BASTEI
LÜBBE

BASTEI LÜBBE PETER F. HAMILTON IM TASCHENBUCH-PROGRAMM:

DER ARMAGEDDON ZYKLUS
23 221 Band 1 Die unbekannte Macht
23 222 Band 2 Fehlfunktion
23 227 Band 3 Seelengesänge
23 228 Band 4 Der Neutronium Alchimist
23 233 Band 5 Die Besessenen
23 234 Band 6 Der nackte Gott
23 240 Band 7 Zweite Chance auf Eden

MINDSTAR
23 202 Band 1 Die Spinne im Netz
23 208 Band 2 Das Mord-Paradigma
23 215 Band 3 Die Nano-Blume

DRACHENTEMPEL
23 254 Band 1 Sternenträume
23 256 Band 2 Drachenfeuer

24 256 The Web (mit Stephen Baxter u.a.)

Peter F. Hamilton

Der Armageddon-Zyklus

ROMAN

Ins Deutsche übertragen
von Axel Merz

BASTEI LÜBBE TASCHENBUCH
Band 23 234

1. Auflage: März 2001
2. Auflage: Oktober 2001
3. Auflage: Januar 2003
4.Auflage: November 2005

Vollständige Taschenbuchausgabe

Bastei Lübbe Taschenbücher
in der Verlagsgruppe Lübbe

Deutsche Erstveröffentlichung
Titel der englischen Originalausgabe:
The Naked God, Part 2 (Kap. 15-Ende)

Lektorat: Uwe Voehl / Stefan Bauer
Titelillustration: Jim Burns/ Agentur Schlück
Umschlaggestaltung: QuadroGrafik, Bensberg
Satz: Fotosatz Steckstor, Rösrath
Druck und Verarbeitung: 32950
Brodard & Taupin, La Flèche, Frankreich
Printed in France
ISBN 3-404-23234-8

Sie finden uns im Internet unter
http://www.luebbe.de

Der Preis dieses Bandes versteht sich einschließlich
der gesetzlichen Mehrwertsteuer

Zu guter Letzt ein paar wohlverdiente Danksagungen

Ich brauchte sechseinhalb Jahre, um die ›Night's Dawn‹ Trilogie niederzuschreiben. Während dieser Zeit wurden mir Unterstützung, Getränke, Liebe, dumme Witze, Mitgefühl, Freundschaft, Einladungen zu Partys und exotische E-Mails von den folgenden Personen zuteil:

John F. Hamilton
Kate Fell
Simon Spanton-Walker
Jane Spanton-Walker
Kate Farquhar-Thomson
Christine Manby
Antony Harwood
Carys Thomas
James Lovegrove
Lou Pitman
Peter Lavery
Betsy Mitchell
Jim Burns
Dave Garnett
Jane Adams
Graham Joyce

Ich danke euch, Freunde.
Peter F. Hamilton
Rutland, im April 1999

1. Kapitel

Es war eine unangenehme Arbeit, aber immer noch besser, als in den Sternenkratzern herumzuturnen. Tolton und Dariat fuhren langsam in einem Laster über die Grasebenen von Valisk. Sie waren auf der Suche nach Servitor-Leichen. Nahrung wurde in dem geschwächten Habitat zusehends zu einem kritischen Rohstoff. Während Kiera Salters Herrschaft hatten sich die Besessenen einfach aus den Vorräten bedient, ohne sich Gedanken darüber zu machen, wie sie wieder ersetzt werden konnten. Nach dem Sturz in das dunkle Kontinuum hatten die Überlebenden angefangen, die wilden terrestrischen Tiere zu schlachten, die überall bewußtlos herumlagen. Sie hatten große Kochgruben draußen vor den Kavernen der nördlichen Abschlußkappe ausgehoben, und die Starbridge-Leute hatten die Tiere auf langen Spießen gegrillt.

Es hatte ausgesehen wie ein mittelalterliches Grillfest. Es war eine vorhersehbar eintönige Diät aus Ziegen, Schafen und Kaninchen, aber sie war nahrhaft genug. Keiner der anderen lethargischen Überlebenden beschwerte sich.

Und jetzt wurde die Operation noch beschleunigt. Die Tiere erwachten nicht mehr aus ihrem unnatürlichen Koma, sondern starben einfach. Die Körper mußten gesucht und das Fleisch gegart werden, bevor sie in Verwesung übergingen. Richtig präpariertes Fleisch konnte in den kältesten Kavernen aufgehängt mehrere Wochen gelagert werden, ohne ungenießbar zu werden. Und Nahrungsvorräte anzulegen war eine logische Vorbereitung, durchaus üblich in Kriegszeiten ... Rubras Nachkommen wußten Bescheid über den unheimlichen Besucher und hatten ihre Bewaffnung seither genauso verstohlen wie unaufhörlich verstärkt. Die überlebenden Besessenen wußten nichts von dem Zwischenfall.

Tolton fragte sich, ob das der Grund war, aus dem die Persönlichkeit Dariat und ihn mit dieser Aufgabe betraut hatte. Damit er nicht in unnötigen Kontakt mit den Flüchtlingen in der Kaverne kam.

»Aber warum sollte die Persönlichkeit dir mißtrauen?« fragte Dariat, während der Straßenpoet den Laster an einem kleinen Bach entlang durch eines der flachen Täler steuerte, die das Grasland im Süden des Habitats durchzogen. »Du bist schließlich einer der richtigen Überlebenden der Possessionskrise. Und du hast dich als eine wertvolle Verstärkung erwiesen, soweit es unsere Lage betrifft.«

»Weil ich bin, was ich bin, darum. Du weißt, daß ich auf der Seite der Unterdrückten und Unterprivilegierten stehe. Das ist meine Natur. Ich könnte schließlich hingehen und sie warnen.«

»Glaubst du vielleicht, eine Warnung könnte ihnen helfen? Sie sind absolut nicht in der Lage, Widerstand zu leisten, sollte dieses Ding zurückkehren. Du weißt genausogut wie ich, daß meine illustren Verwandten die einzigen sind, die überhaupt eine Chance haben, es aufzuhalten. Geh nur und erzähl den Kranken, daß wir von einer Art menschenmordendem Eisdrachen verfolgt werden. Sieh, ob du damit ihre Moral verbessern kannst. Ich will ganz bestimmt keine Predigt halten, aber Klassenunterschiede sind für eine ganze Weile nicht mehr relevant, bis auf zwei: Diejenigen, die etwas tun können, und diejenigen, die von den anderen abhängig sind. Das ist alles.«

»Schon gut, verdammt. Aber wir können sie doch nicht ewig im unklaren lassen!«

»Das wird auch nicht geschehen. Wenn dieses Ding jemals in das Habitat eindringen sollte, werden es alle ganz schnell erfahren.«

Tolton packte das Steuer mit beiden Händen und verlangsamte seine Fahrt, um Dariats Antwort von seinen Lippen abzulesen. »Du glaubst also, es wird zurückkehren?«

»Die allgemeine Meinung lautet übereinstimmend ja. Es wollte beim ersten Mal etwas von uns, und wir haben nichts weiter getan, als es wütend gemacht. Selbst unter der Annahme, daß es die verdrehteste Psyche besitzt, die man sich nur denken kann – es wird zurückkehren. Die einzige Frage ist: Wann? Und: Wird es allein sein?«

»Verdammter Mist!« Tolton drehte den Gashebel wieder auf, und der Laster fuhr spritzend durch eine Furt auf die andere Seite des Baches. »Was ist mit dem Signalprojekt? Sind wir bereits imstande, die Konföderation um Hilfe zu rufen?«

»Nein. Aber eines unserer Teams arbeitet daran, wenngleich die meisten meiner Verwandten damit beschäftigt sind, die Verteidigung des Habitats zu verstärken.«

»Wir haben eine Verteidigung?«

»Nichts Großartiges«, gestand Dariat.

Tolton bemerkte einen verdächtigen avocadogrünen Klumpen zwischen den dürren pinkfarbenen Xeno-Grashalmen und brachte den Wagen zum Stehen. Es war der Kadaver einer großen Servitor-Echse, der zusammengerollt auf dem Boden lag.

Ein Tegu, gentechnisch maßgeschneidert für die Landschaftspflege. Er maß eineinhalb Meter vom Kopf bis zum Schwanz und besaß lange Krallen an den Händen, die wie Rechen aussahen. Es gab Hunderte von ihnen in Valisk. Sie patrouillierten die Bäche und Flüsse, und ihre Aufgabe bestand darin, die felsigen Abschnitte von Verstopfungen aus totem Gras und Zweigen freizuhalten.

Dariat erhob sich und beobachtete, wie sein neu gewonnener Freund sich vornüberbeugte und die Kreatur vorsichtig an der Seite berührte.

»Ich kann nicht feststellen, ob es noch lebt oder nicht!« beschwerte sich Tolton.

»Tot«, antwortete Dariat. »Der Körper besitzt keinerlei Lebensenergie mehr.«

»Das kannst du sehen?«

»Ja. Es ist wie ein kleines inneres Leuchten. Alle lebenden Dinge haben es.«

»Hölle. Und du kannst dieses Leuchten sehen?«

»Es ist ähnlich wie Sehen, ja. Ich schätze, mein Gehirn interpretiert es als Licht.«

»Du hast kein Gehirn. Du bist nichts weiter als ein Geist. Ein ganzer Haufen Gedanken, die irgendwie zusammenhängen.«

»Oho, ein bißchen mehr ist schon an mir, falls es dir nichts ausmacht. Ich bin eine nackte Seele.«

»Hey, nicht nötig, daß du gleich eingeschnappt bist«, grinste Tolton. »Eingeschnappt. Hihi. Ein eingeschnapptes Gespenst. Ich raff' es nicht.«

»Ich hoffe für dich, daß deine Poesie besser ist als dein Humor. Schließlich bist du derjenige von uns beiden, der das Vieh aufheben muß.« Dariats durchsichtiger Fuß stieß gegen die Echse.

Toltons Grinsen erstarb. »Scheiße.« Er ging zur Rückseite des Lasters und öffnete die Ladeklappe. Auf der Pritsche lagen bereits drei tote Schimps. »Die Ziegen haben mich nicht gestört, aber das hier kommt mir vor wie Kannibalismus« brummte er.

»Affen galten bei einigen vorindustriellen Gesellschaften auf der Erde als Delikatesse.«

»Kein Wunder, daß alle ausgestorben sind. Ihre Kinder rannten in die Städte und lebten glücklich bis an ihr Ende aus den Mülltonnen chinesischer Schnellrestaurants.« Er legte die Hände unter den Kadaver der Echse, gründlich verstimmt wegen der trocken-schlüpfrigen Art und Weise, wie sich die Schuppen anfühlten, und der Leichtigkeit, mit der sie über vorstehende Knochen glitten. Er schleppte den Kadaver zur Pritsche hinüber, während er etwas von einer fehlenden Winde murmelte. Die Echse war relativ schwer, und Tolton benötigte mehrere Pausen, bis er sie dort hatte, wo er sie haben wollte. Als sie schließlich zwischen den Schimps lag, war der Straßenpoet gründlich ins Schwitzen gekommen. Er sprang von der Pritsche, schloß die Ladeklappe und schob die Riegel vor.

»Gut gemacht«, sagte Dariat.

»Solange ich sie nicht ausnehmen und häuten muß, kann ich damit leben.«

»Wir sollten zurückfahren. Wir haben schon eine ganze Menge eingesammelt.«

Tolton brummte zustimmend. Sie hatten die Systeme der Laster bis auf das absolut Notwendigste stillgelegt. Es gab keine Steuerprozessoren, kein Radar, das vor Kollisionen gewarnt hätte, keine Sicherheitsgurte, die sich bei einem Aufprall automatisch um die Insassen legten. Eine Energiezelle war direkt mit den Nabenmotoren verbunden, und ein großdimensionierter Spannungsregler war die einzige Kontrolle. Auf diese Weise funktionierten die Fahrzeuge halbwegs zuverlässig, obwohl sie weit entfernt waren von hundert Prozent. Das Starten war jedesmal aufs neue ein Glücksspiel. Und wenn zuviel Ladung auf der Pritsche war, funktionierten sie überhaupt nicht mehr.

– Dariat! rief die Persönlichkeit unvermittelt. – **Der Besucher ist zurück, und diesmal nicht allein.**

– **O Thoale! Wie viele?**

– **Ein paar Dutzend, glaube ich. Vielleicht sind es auch mehr.**

Einmal mehr spürte Dariat die mentale Anstrengung, die nötig war, um die Sinneszellen des Habitats auf die sich nähernden Schatten zu richten. Selbst dann wußte er noch nicht, ob die Habitat-Persönlichkeit alle sah. Wie schon zuvor verwoben sich bleiche Streifen aus Türkis und Burgunderrot mit den dunstigen Nebelschleiern draußen vor dem Habitat. Eine Anzahl schwacher grauer Punkte flitzte zwischen den Schleiern hin und her, schwang um sie herum und kam mit jeder Kurve näher. Die Bewegungen waren verwirrend, doch die Persönlichkeit hätte trotzdem keine Mühe haben dürfen, sie zu verfolgen.

Dariat blickte durch die schmutzstarrende Windschutzscheibe des Lasters nach vorn. Die nördliche Abschlußkappe lag dreißig Kilometer von ihrem gegenwärtigen Standort entfernt – plötzlich eine gewaltige Distanz durch das hügelige Grasland und die Steppe. Sie würden wenigstens vierzig Minuten benötigen, um dorthin zu gelangen, vorausgesetzt, das pinkfarbene Gras wurde nicht so dick, daß es den Wagen bremste, bevor sie einen der Feldwege erreichten. Vierzig Minuten waren eine verdammt lange Zeit, allein in diesem Kontinuum. Nicht, daß die Kavernen viel Schutz geboten hätten.

Was für eine Ironie, dachte Dariat. *Dreißig Jahre habe ich die Isolation gewollt, und jetzt wünsche ich mir nichts mehr als die Gesellschaft von Menschen.* Er würde niemals diese unglaubliche Kälte vergessen, die der Besucher beim letzten Mal ausgestrahlt hatte, eine Kälte, die ihn gelähmt und geschwächt hatte. Seine Seele war in diesem Universum vollkommen schutzlos. Und wenn er schon wirklich und endgültig sterben mußte, dann doch lieber in Gesellschaft von seinesgleichen. Er drehte sich zu Tolton um und achtete darauf, daß dieser seine Lippen ablesen konnte. »Kann das Ding auch schneller fahren?«

Der Straßenpoet warf ihm einen erschrockenen Blick zu. »Warum?«

»Weil jetzt ein guter Zeitpunkt wäre, das herauszufinden.«

»Kommt der Bastard etwa wieder zurück?«

»Aber nicht allein.«

Tolton drehte den Regler bis zum Anschlag, und der Laster beschleunigte auf mehr als vierzig Stundenkilometer. Die Nabenmotoren gaben erratisch summende Geräusche von sich – normalerweise liefen sie völlig lautlos. Dariat setzte seine Affinität ein, um die Annäherung der Besucher zu verfolgen. Die Habitat-Persönlichkeit hatte die sieben Laser und zwei Maser aktiviert, die um den Rand des nicht-rotierenden Raumhafens herum montiert waren. Wie schon zuvor, so fingen die Antennen auch diesmal keinerlei Radarreflexion auf.

Die ersten Besucher setzten zum letzten Ansturm vom Rand des wabernden Nebels an, durch den freien Raum hinweg, der das Habitat umgab. Die Schwärze ringsum zog sich zusammen, und das Licht dahinter verwirbelte zu kaleidoskopartigen Gebilden. Optische Sensoren schalteten sich auf und richteten die Energiewaffen auf einen der verräterischen Wirbel. Neun starke Energiestrahlen vereinigten sich auf dem Besucher. Seine einzige Reaktion bestand darin, daß er sich schneller drehte und Haken schlug, während er mit ungebremster Geschwindigkeit auf den Rumpf des Habitats zuschoß. Die radialen Spiralausläufer verzerrter Lumineszenz flammten heller und heller. Dann war das fremdartige Gebilde hinter den Spitzen der Wolkenkratzer verschwunden und außerhalb des Schußfelds der Waffen. Die Laser richteten sich nach außen und auf ein weiteres Ziel, das sich vom Anprall aus roher Energie ebenfalls unbeeindruckt zeigte.

Die Habitat-Persönlichkeit stellte das Feuer ein. Furcht breitete sich unter Rubras Nachkommen wie ein mentaler Virus aus, während sie auf das warteten, was die Besucher als nächstes unternehmen würden. Die vorbereiteten Handwaffen wurden ausgegeben und bereit gemacht. Nicht, daß sie viel genutzt hätten – wenn die Raumhafenlaser den fremden Wesen nicht schaden konnten, dann waren Gewehre (ganz gleich welchen

Kalibers) erst recht nutzlos. Trotzdem weigerte sich keiner, eine Waffe in die Hand zu nehmen. Ein Stück destruktiver Hardware zu halten war noch immer ein netter psychologischer Auftrieb.

Das Orgathé führte einen Schwarm seiner eifrigen Kith zu dem gigantischen lebenden Objekt und saugte die gewaltige Hitze auf, die es so leichtfertig verschleuderte. Sie waren gekommen, um die Absorption vorwegzunehmen, die das Schicksal aller lebenden Dinge in diesem dunklen Kontinuum war, und soviel wie nur irgend möglich von seiner Lebensenergie in sich hineinzufressen, bevor es die Melange erreichte. Sobald das erst geschah, würden unzählige der in der Melange gefangenen Entitäten genügend Kraft zur Wiederauferstehung und Individualität finden, bis die gesamte Melange sich lockerte und möglicherweise sogar für eine kurze Weile auseinanderbrach.

Doch es würde niemals genügend Energie geben, um sie alle an den Ort zurückzuheben, von dem sie in das dunkle Kontinuum herabgefallen waren. Dieses Privileg würden nur diejenigen erfahren, denen es gelang, sich selbst mit genügend Kraft zu versorgen, bevor die Auflösung einsetzte.

Das war der Grund, aus dem das Orgathé die anderen herbeigerufen hatte, die stärksten ihrer Art, die imstande waren, sich lange und weit von der Melange zu entfernen. Gemeinsam waren sie vielleicht imstande, das Objekt zu stürmen, wo einer allein versagt hatte. Und mit genügend Energie belohnt zu werden, um sich aus dem dunklen Kontinuum zu erheben, war jedes denkbare Risiko wert.

Das Orgathé glitt näher. Gewaltige Gedankenwellen plätscherten durch die Schicht aus Lebensenergie unter der Oberfläche des Objekts und richteten sich dem Orgathé entgegen. Säulen aus Energie rasten aus der toten Sektion am anderen Ende – eine Energie, die das Orgathé nicht verwenden konnte. Es schloß seinen Rand gegen den Ansturm und ließ ihn harmlos von sich abprallen. Die Energiesäulen verschwanden wieder, als es sich der Oberfläche weit genug genähert hatte. Seine Kith folgten ihm nach unten, vom Hunger nach dem Überfluß an Energie getrieben. Siegesgewisse Schreie halten durch das Kontinuum.

Vor dem Orgathé lagen nun die hohlen Spindeln, die aus der Mittelsektion des gigantischen Objekts ragten. Das Orgathé vergrößerte seine Geschwindigkeit noch und härtete sich selbst, ohne Rücksicht auf seinen eigenen Energiezustand zu nehmen. Es erinnerte sich an die dünne Schicht transparenter Materie, auf der es schon beim letzten Mal gelandet war. Leicht zu identifizieren unter den Tausenden identischer Schichten, die sich über die gesamte Länge der Spindel zogen: eine tote Sektion, bar jeder Lebensenergie und Wärme. Diesmal jedoch verlangsamte das Orgathé nicht.

Das Fenster von Horner's Bar zerplatzte in einer unglaublich heftigen Explosion. Kristallsplitter flogen umher und fetzten durch Mobiliar und Wände. Gefrorene, eisüberkrustete Tische und Stühle lösten sich in Wolken aus glänzenden Fragmenten auf. Dann kehrte der Mahlstrom seine Richtung um und heulte durch das zerstörte Fenster nach draußen. Die stark mitgenommene Eingangstür zum Vestibül hinaus wölbte sich nach innen und riß aus ihren Verankerungen. Hinter ihr raste Luft herein.

Überall im fünfundzwanzigsten Stockwerk schlossen sich die Notschotten. Es waren mechanische Systeme, mit einfacher, autarker Energieversorgung, die von einfachen Sicherungen ausgelöst wurden. Die Mehrzahl von ihnen funktionierte trotz der Schwächung, die das dunkle Kontinuum hervorgerufen hatte. Von den Muskelmembranen hingegen reagierten nur ganz wenige auf die Entstehung einer potentiell tödlichen Umgebung.

Die Habitat-Persönlichkeit konzentrierte sich angestrengt darauf, um die Membranen rings um die Lobby des Djerba-Sternenkratzers zu schließen, dann versuchte sie, in die Stockwerke unmittelbar darunter vorzustoßen. Ihre Gedankenroutinen trafen auf eine Welle aus Erschöpfung, die um so stärker wurde, je weiter sie in den Sternenkratzer vordrang. Vom fünfundzwanzigsten Stockwerk waren nur vollkommen verschwommene Bilder zu empfangen.

Das Orgathé packte mit mehreren seiner Extremitäten nach dem Fensterrand, während es darauf wartete, daß der Sturm entweichender Luft abklang. Flaschen zerplatzten mitten in der Luft auf ihrem Weg nach draußen, und ihr exotischer Inhalt erstarrte in eigenartigen Tropfenformen, sobald sie mit der Umgebung in Berührung kamen. Alles, was das Orgathé traf, prallte harmlos ab und trudelte in das hinter dem Fenster liegende Nichts davon. Die Mauer rings um die leere Türöffnung brach auseinander wie sprödes Papier, als es hindurchging.

Noch immer gab es kein deutliches Bild von ihm, während es sich durch das Vestibül bewegte. Alles, was die sensitiven Zellen auffingen, bevor sie starben, war ein Tumor aus noch dunkleren Schatten in der lichtlosen Halle. Und jetzt mußte die Habitat-Persönlichkeit ihre Aufmerksamkeit auch noch auf den Rest des Orgathé-Schwarms lenken, der sich gleich dem ersten einen Weg durch andere Sternenkratzerfenster ins Innere bahnte. Überall in den verlassenen Gebäuden schlossen sich Notfallschotten und Muskelmembranen in dem verzweifelten Bemühen, die Lecks zu dichten und die Atmosphäre zu halten.

Das Orgathé setzte seinen Weg ins Innere des Sternenkratzers fort, während es nach weiteren Konzentrationen von Lebensenergie suchte, die es verzehren konnte. Die

Lebensenergie war hier unten nur dünn verteilt, nicht annähernd so reichhaltig wie die Schicht unter der Außenhaut des riesigen *Dings*. Instinktiv bahnte sich das Orgathé einen Weg in Richtung dieser gewaltigen Quelle. Flache Paneele aus Materie zersplitterten wie Glas, als es sich Bahn brach. Weitere rauhe Böen aus Gas schossen ihm pfeifend entgegen. Dann hatte es gefunden, wonach es suchte: Einen dichten Strom aus Flüssigkeit, wimmelnd vor Lebensenergie, der sich durch das Zentrum der hohlen Spindel ergoß. Es näherte sich der Quelle, soweit es nur konnte, und saugte die Wärme aus der dicken Wand von Materie, die den Strom umgab, bis die Umhüllung zu reißen begann. Dann bohrte es sich mit zwei Mandibeln hindurch und tauchte die Spitzen in den Strom. Wundervolle, erfrischende Lebensenergie floß in das Orgathé zurück und stärkte es nach all den erschöpfenden Anstrengungen. Es ließ sich nieder und begann, den offensichtlich unerschöpflichen Strom zu konsumieren, und dabei wuchs es auf eine Weise, die vorher unmöglich gewesen wäre.

Drei Laster näherten sich dem Ring aus verfallenden Hütten, welche die Lobby des Djerba-Sternenkratzers umgaben. Jedes der Fahrzeuge hatte zwei Insassen, einen nervösen Fahrer und einen noch nervöseren Ausguck mit einer schwerkalibrigen Waffe. Die Fahrzeuge schlichen über die ausgefahrenen Wege zwischen den zerbrechlichen Wänden, und massive Reifen drückten Dosen und leere Lebensmittelverpackungen in den weichen Untergrund.

Nachdem sie die Hütten hinter sich gelassen hatten, hielten sie vor der Lobby an. Wie bei allen internen Gebäuden Valisks war auch die Lobby eine kunstvolle Konstruktion, eine Kuppel aus nach und nach stärker geneigten ringförmigen Stufen aus langen weißen Polypfenstern, mit einem Apex aus bernsteinfarbenem Kristall. Im Innern fand sich die Art von Sitzecken und weitläufigen marmorgepflasterten Böden, die man in jeder von Menschen erbauten Durchgangsstation wiederfand. Ein paar zerborstene Fenster in der untersten Wand und zerschmettertes Mobiliar überall waren die einzigen Spuren vergangener Schlachten zwischen Kiera Salter und Rubra.

Tolton warf einen bitteren Blick auf ihre Umgebung. »Mein Gott, ich hätte wirklich nicht gedacht, daß ich noch einmal hierher zurückkehre«, brummte er.

»Du bist nicht allein«, entgegnete Dariat.

Erentz kletterte aus dem Beifahrersitz, wobei sie ihre Waffe ununterbrochen auf den Eingang gerichtet hielt. Die Besucher waren inzwischen seit dreißig Stunden in den Sternenkratzern. In all der Zeit waren sie nicht weiter vorgedrungen oder hatten andere feindselige Züge unternommen. Wären nicht die zerbrochenen Scheiben und die geschlossenen Notschotten gewesen, hätte es nicht den geringsten Beweis für ihr Eindringen gegeben. Nach ihren verzweifelten Bemühungen, sich Zugang zu verschaffen, reagierten die Bewohner des Habitats genau wie die Persönlichkeit mit Sorge und Verwirrung. Die Habitat-Persönlichkeit war fest entschlossen herauszufinden, was für frevelhafte Dinge sich tief unten in den Sternenkratzern zusammenbrauten.

Die Aufzüge befanden sich im Zentrum der Lobby, eine breite Säule aus weißem Polyp, die hinauf bis zur halben Höhe der bernsteinfarbenen Kristallkuppel reichte. In die runde Wand waren in gleichmäßigen Abständen silbern glänzende mechanische Metalltüren eingelassen. Eine der Türen glitt auf, als sich die Gruppe näherte. Erentz stellte die große Ausrüstungskiste ab, die sie bei sich getragen hatte, und schob sich vor bis zum Rand, so daß sie einen vorsichtigen Blick nach unten werfen konnte.

Das Dach der Liftkabine war außer Sicht, und die vertikalen Wände des Schachts mit ihren Führungsschienen verschwanden nach ein paar Metern in der Dunkelheit. Sie leuchtete mit einem Handscheinwerfer in den Abgrund, doch außer mehr Dunkelheit und einem Notausstieg auf der Innenseite war nichts zu sehen. Sie beugte sich noch weiter vor und entdeckte die Tür eine Etage tiefer.

– Nach allem, was ich feststellen kann, befindet sich der Besucher auf der zweiundzwanzigsten Etage, berichtete die Habitat-Persönlichkeit. **– Es ist mir gelungen, die Stockwerke darüber abzuriegeln, so daß das zweiundzwanzigste seine Atmosphäre behalten hat. Für den dreiundzwanzigsten Stock gilt das gleiche. Die vierundzwanzigste Etage hatte einen Druckverlust, und ab der fünfundzwanzigsten herrscht Vakuum. Deine einzige Fluchtroute, Erentz, geht also nach oben. Dariat, du müßtest die tieferen Etagen eigentlich benutzen können. Ein Vakuum sollte dir nicht das geringste ausmachen.**

Dariat nickte nachdenklich. **– Ich bin nicht besonders scharf darauf, deine Theorie zu überprüfen, okay? Außerdem, wo soll ich denn hin, wenn ich auf der untersten Etage angekommen bin?**

Die Vorbereitungen nahmen zwanzig Minuten in Anspruch. Drei Mann aus der Gruppe begannen mit dem Aufbau der Winde, die sie mitgebracht hatten, und sicherten das Gerät mit schweren Bolzen im Boden der Lobby. Die übrigen halfen Erentz in den silbergrauen Anzug, den sie während der Aufklärungsmission tragen würde. Sie hatten sich für einen Thermoanzug entschieden, der imstande war, seinen Träger vor extremen Temperaturunterschieden zu bewahren. Er besaß eine dicke Isolationsschicht mit einer Molekularstruktur ganz ähnlich der, die bei Nullthermschaum zum Einsatz kam. Der einzige Nachteil dabei war, daß die Wärme, die ein lebender Körper mit seinen Muskeln und Organen erzeugte, nicht nach draußen entweichen konnte. Wer einen solchen Anzug trug, würde sich selbst innerhalb von dreißig Minuten grillen. Also zog Erentz vorher einen engsitzenden Overall aus einem wärmeabsorbierenden Material an, der ihren Wärmeausstoß für einen Zeitraum von sieben Stunden aufsaugen und speichern konnte, bevor er entladen werden mußte.

»Bist du sicher, daß das funktioniert?« fragte Tolton, als er die Handschuhe mit den Ärmeln verband. Das bauschige Aussehen des Anzugs ließ sie wie einen Eskimo in der Arktis aussehen.

»Du warst schon einmal mit diesem Ding zusammen dort unten«, antwortete sie. »Es scheint die Fähigkeit zu besitzen, Wärme zu absorbieren. Und ich muß etwas tun, um mich davor zu schützen, falls ich zu nahe komme. Ein SII-Raumanzug wäre in diesem Kontinuum viel zu riskant; es gibt nicht einmal eine Garantie, daß er unterhalb dieser Etage noch funktioniert.«

»Also gut, wenn es dich glücklich macht . . .«

»Das macht es ganz und gar nicht.« Sie schob sich die Atemmaske des Anzugs über das Gesicht und fummelte an ihr herum, bis sie bequem saß. Der Anzug stand nicht unter Druck, doch die Maske hielt die Atemluft bei einer konstanten Temperatur.

Tolton reichte ihr den Elektrostab. Das spitze Ende gab einen starken Stromstoß bei einer Spannung von zehntausend Volt ab. »Damit solltest du in der Lage sein, den Besucher abzuwehren, falls er dir zu nahe kommt. Elektrizität scheint das einzige zu sein, was dieser Tage verläßlich wirkt. Sie kann die Besessenen in das Jenseits zurückschicken, und sie hat dem Besucher ganz offensichtlich ebenfalls Angst eingejagt.«

Erentz hielt den Stab in die Höhe, dann schob sie ihn zu der Laserpistole und der Fissionsklinge in den Gürtel. »Ich fühle mich, als würde ich losziehen, um einen schlafenden Tiger mit dem Stock zu wecken«, murmelte sie durch ihre Maske hindurch.

– **Es tut mir leid**, sagte die Habitat-Persönlichkeit. – **Aber wir müssen wirklich herausfinden, was diese Dinger dort unten anstellen.**

– **Ja, ja, schon gut.** Sie zog das Helmvisier herunter, ein transparentes Stück Plastik, das dick genug war, um die Welt in einen türkisfarbenen Schein zu tauchen. – **Bist du soweit?** wandte sie sich an Dariat.

– **Ja.** Seine Affinitätsstimme mochte es gesagt haben, aber sein Verstand sicherlich nicht.

Das Seil der Winde war über eine Rolle oben in der Spitze des Aufzugsschachts geschlungen. Es endete in zwei einfachen Schlaufen, die Erentz mit einem Traggestell um ihren Rumpf verband. Über den Schlaufen befand sich ein einfacher Mechanismus an einem flexiblen Stab. Er besaß vier Knöpfe, mit denen die Winde gesteuert wurde. Erentz zerrte prüfend an dem dünnen Seil.

– **Es ist eine Silikonfaser aus langen molekularen Ketten**, erklärte einer der Techniker, der die Winde aufgebaut hatte. – **Vollkommen zuverlässig. Es kann mehr als das Hundertfache deines Körpergewichts tragen.** Er zeigte ihr einen kleinen Handgriff, der zwischen den beiden Schlaufen unter dem Steuerkasten angebracht war. – **Das ist der Sicherheitsgriff. Die Kabeltrommel arbeitet wie eine Feder. Je weiter du nach unten kommst, desto größer die Spannung. Also wenn du flüchten mußt, vergiß den Kontrollmechanismus und zieh einfach hier an diesem Griff. Dann geht es wirklich schnell nach oben. Die gesamte Vorrichtung arbeitet mechanisch; kein Dämonenspuk der Welt kann sie außer Betrieb setzen.**

– **Danke.** Erentz berührte ehrfürchtig den kleinen Handgriff, wie sie es bei Christen gesehen hatte, die ein Kruzifix streichelten. Dann trat sie zum Rand des Aufzugsschachts und schaltete die Helm- und Handgelenksscheinwerfer ein. – **Los geht's.**

Dariat nickte und stellte sich hinter sie. Dann legte er die Arme um ihre Brust und verschränkte die Beine um die ihren. Seine Füße überkreuzten sich vor ihren Knöcheln. Es fühlte sich an wie ein sicherer Halt. – **Ich glaube, so könnte es gehen.**

Erentz stieß sich vom Rand des Schachts ab und schwang über den Abgrund. Sie baumelte über der schwarzen Leere und rotierte dabei langsam. Dariat wog überhaupt nichts. Sie merkte nur an dem schwachen Schimmern seiner Arme, die sich an sie klammerten, daß er überhaupt noch da war. – **Also schön, sehen wir nach, was es im Schilde führt.** Sie drückte auf einen Knopf, und die Winde setzte sich in Bewegung. Langsam glitten sie nach unten. Das letzte, was sie von der Lobby sah, war ein hell erleuchteter Rahmen, in dem sich drei Männer Schulter an Schulter drängten und ihr hinterherblickten. Zweiundzwanzig Stockwerke in die Tiefe sind ein weiter Weg, wenn man in absoluter Dunkelheit am Ende eines unsichtbaren Seils hängt.

– **Das horizontale Notschott des Schachts im dreißigsten Stockwerk ist geschlossen**, berichtete die Habitat-Persönlichkeit. – **Der Sturz würde also nicht so furchtbar lange dauern, wie du es dir ausmalst.**

– **Ich versuche krampfhaft, mir überhaupt nichts auszumalen**, giftete sie bissig zurück.

Dariat sagte überhaupt nichts. Er war zu sehr damit beschäftigt, das erschöpfte Zittern seiner Beine zu kontrollieren. Die unbequeme Position, in der er sich befand, erzeugte Krämpfe in seinen Muskeln. *Wie dumm für einen Geist*, sagte er sich immer wieder.

Die Aufzugstüren glitten vorüber, blanke Silberpaneele, die mit einem Geflecht aus Führungsschienen und Aktuatoren am Polyp gehalten wurden. Dariat versuchte immer wieder, die sensitiven Zellen jedes einzelnen Stockwerks zu benutzen, während sie an den Vorhallen vorbeiglitten, doch das neurale Stratum war stark geschwächt von den Einflüssen des dunklen Kontinuums. Die Gedankenroutinen im Innern waren wirr und langsam und lieferten nur unzureichende Bilder von den dunklen Korridoren. Im einundzwanzigsten Stock gab es nicht einmal mehr Bilder. Ernste Sorgen stiegen in Dariat auf. Diese Beeinträchtigungen hier unten wurden eindeutig durch den Besucher verursacht. Er war beinahe wie eine Anti-Präsenz, die alles Leben und alle Wärme in sich aufsaugte wie ein verschwommener Ereignishorizont. *Fremdartig* in einem bis dahin unbekannten Extrem.

– **Wir sind da**, sagte Erentz und verlangsamte ihren Abstieg, bis sie auf gleicher Höhe waren mit den Türen zum Vestibül des zweiundzwanzigsten Stocks.

– **Ich hätte auch nicht mehr viel länger durchgehalten**, antwortete Dariat. – **Meine Arme tun höllisch weh.**

Erentz reagierte mit mildem Unglauben, doch sie verschonte ihn vor einem direkten Kommentar. Statt dessen fing sie an zu schaukeln, bis die pendelnden Bewegungen sie näher und näher an die Schachtwand führten. Schließlich bekam sie eine der Streben neben der Tür zu packen und hielt sich daran fest, bis ihre Füße auf dem Gehäuse des Türmotors Halt gefunden hatten. Die obere Schiene war mit einem Notschalter versehen, den sie um neunzig Grad drehte. Unter dem leisen Zischen komprimierter Luft glitt die Aufzugstür auf.

Mit einer Hand am Notgriff des Seils schob sie sich über die untere Führungsschiene zur Tür und dann ins Innere des Vestibüls. – **So weit, so gut**, sagte sie zu der Habitat-Persönlichkeit und ihren Verwandten, die ausnahmslos über das Affinitätsband ihre Fortschritte verfolgten. Im Vestibül herrschte die gleiche Dunkelheit wie im Schacht. Selbst die Notlichter waren erloschen. Frost glitzerte überall dort, wo das Licht aus ihren Scheinwerfern hinfiel. Die Außensensoren ihres Thermoanzugs meldeten fünfzig Grad Celsius unter dem Gefrierpunkt. Bisher funktionierten die elektronischen Systeme mit nahezu operativer Effizienz.

Langsam hakte Erentz das Seil aus und sicherte es an einer Strebe unmittelbar hinter dem Türrahmen, wo es leicht erreichbar war, falls sie es eilig hatten. Gemeinsam mit Dariat betrachtete sie vermittels ihrer Affinität zur Habitat-Persönlichkeit den Grundriß der Etage; die ungefähre Position des Besuchers war als schwarzer Fleck eingezeichnet. Die Angabe war nicht sonderlich präzise, und beide wußten, daß der Besucher sich leicht zu einem anderen Ort bewegt haben konnte, ohne daß die Habitat-Persönlichkeit wegen der ausgefallenen BiTek-Sensoren und Elektronik etwas davon wußte.

Das war einer der Gründe, weshalb Rubra Dariat bei der Unternehmung dabei haben wollte. Die Persönlichkeit wußte, daß Dariat von dem Besucher beeinträchtigt wurde, was bedeutete, daß er ihn vielleicht spüren konnte, wo Erentz in ihrem isolierten Thermoanzug nichts bemerkte. Wie das mit Theorien so ist: inspirierend war sie bestimmt nicht. Die Persönlichkeit schätzte ihn nicht besonders und behandelte ihn fast wie ein Anhängsel von sich selbst, wie eine außerordentlich mobile Subroutine (*oder ein Schoßtier*, dachte Dariat mehr als einmal). Aber sie benötigten dringend quantifizierbare Daten über das dunkle Kontinuum, wenn sie eine Nachricht an die Konföderation abschicken wollten. Bis jetzt hatten die Sonden und Quantenanalyse-Sensoren so gut wie nichts erbracht. Der Besucher war die einzige Quelle von Fakten, die ihnen bis jetzt begegnet war. Und seine offensichtliche Fähigkeit, Energiezustände zu manipulieren, konnte sich als wertvoll erweisen.

»Das irdische Rezept für Omelette«, brummte Dariat leise. »Zuerst muß man ein paar Eier stehlen.«

– **Los geht's**, sagte Erentz.

So sehr Dariat sich auch bemühte, er fand keine richtige Furcht in Erentz' Bewußtsein. Aufregung, ganz gewiß, aber sie war fest überzeugt, daß ihre Mission erfolgreich verlaufen würde.

Sie setzten sich durch das Vestibül hindurch in Bewegung, auf die Stelle zu, wo der Besucher stecken sollte. Fünfzehn Meter vom Aufzug entfernt hatte er ein gewaltiges Loch durch den Boden geschlagen. Es sah aus, als wäre eine Bombe detoniert und hätte die ordentlichen Schichten aus Polyp in einen Trümmerhaufen aus großen Brocken und pulverisiertem Gestein verwandelt. Nährflüssigkeit, Wasser und Schleim leckten aus zahlreichen durchtrennten Tubuli und über die Trümmer, bevor sie zu faltigen Zungen aus grauem Eis erstarrten. Dariat und Erentz blieben am Rand des Lochs stehen und starrten nach unten.

– **Gegen dieses Ding haben wir nicht den Hauch einer Chance,** sagte Dariat. – **Heiliger Anstid, sieh dir nur an, wozu es imstande ist, wie unglaublich stark es ist! Die Polypwand ist über zwei Meter dick! Wir müssen von hier verschwinden.**

– **Beruhige dich,** antwortete die Habitat-Persönlichkeit. – **Wer hätte je gedacht, daß es ängstliche Geister gibt?**

– **Vielleicht bin ich ja der erste. Denk darüber, wie du willst, aber das hier ist Selbstmord.**

– **Physische Kraft allein war nicht der ausschlaggebende Faktor,** stellte Erentz fest. – **Der Besucher hatte Hilfe von der Kälte. Wenn man die Temperatur des Polypmaterials weit genug senkt, wird es brüchig wie Glas.**

– **Wirklich tröstend zu wissen,** entgegnete Dariat beißend.

– **Die Habitat-Persönlichkeit hat recht, wir sollten wegen dieses Loches hier nicht einfach fliehen. Es demonstriert lediglich, daß der Besucher Kälte auf die gleiche Weise einsetzt wie wir Wärme, sonst nichts.**

Würden wir durch eine Wand brechen wollen, würden wir sie mit Lasern oder einem Induktionsfeld erhitzen, bis ihre Struktur geschwächt ist. Das ist ein Beispiel für die Logik dieses Kontinuums: Es ist unglaublich schwer, genügend Wärme zu konzentrieren, um etwas zu erhitzen – also kommt das Gegenteil zum Einsatz.

– Aber wir wissen nicht, wie die Besucher es machen, entgegnete Dariat. – Also können wir uns auch nicht dagegen verteidigen.

– Dann müssen wir es eben herausfinden, sagte Erentz leichthin. – Und du wirst zugeben müssen, daß wir dieses Ding definitiv kommen hören, wenn es sich immer auf diese Weise fortbewegt.

Dariat fluchte unterdrückt, während Erentz sich einen Weg über den Trümmerhaufen suchte, der das Loch umgab. Jetzt wußte er, warum die Habitat-Persönlichkeit ausgerechnet Erentz für diese Aufgabe ausgewählt hatte. Sie besaß mehr leidenschaftlichen Optimismus als ein ganzes Geschwader von Testpiloten. Zögernd setzte er sich in Bewegung, um ihr zu folgen.

Der Boden wies tiefe Furchen auf, und der rote und grüne Teppich ringsum war in kleine Fetzen zerrissen. Der nackte Polyp darunter war mit kleinen Kratern übersät, die sich in einem triangularen Muster alle zwei Meter wiederholten. Dariat hatte keine Mühe, sich vorzustellen, daß es Klauenabdrücke waren. Der Besucher hatte sich mit Gewalt einen Weg durch das Vestibül gebahnt und Wände und Mobiliar ohne Unterschied unter sich zermalmt. Dann war er tiefer in das Innere des Sternenkratzers vorgedrungen. Nach der Habitat-Persönlichkeit zu urteilen, befand er sich unmittelbar vor dem zentralen Strang. Die Tür zu einem großen Appartement fehlte, zusammen mit einem beträchtlichen Stück der umgebenden Wand. Erentz blieb ein paar Meter vor dem Loch stehen und leuchtete mit ihren Scheinwerfern hinein.

– Das Vestibül auf der anderen Seite ist unbeschädigt, sagte sie schließlich. **– Das Ding muß also irgendwo dort drin sein.**

– Das denke ich auch.

– Bist du sicher?

– Ich bin ein Geist, kein Hellseher.

– Du weißt genau, was ich meine.

– Ja. Aber ich fühle mich im Augenblick ganz in Ordnung.

Erentz kniete nieder und begann, mitgebrachte Sensoren von ihrem Gürtel loszuhaken, um sie anschließend auf einen Teleskopstiel zu schrauben. **– Ich möchte zuerst einen optischen und infraroten Scan durchführen, mit spektralen und Partikelinterpretationsprogrammen und ohne aktive Elemente.**

– Versuch auch einen magnetischen Scan, schlug die Persönlichkeit vor.

– Einverstanden. Erentz fügte einen weiteren Sensor zu dem kleinen Bündel am Ende der Stange hinzu, dann blickte sie sich zu Dariat um. **– Alles in Ordnung?**

Dariat nickte. Sie streckte den Stab vorsichtig aus. Dariat benutzte seine Affinität, um sich die Ergebnisse des BiTek-Prozessors, der die Sensoren steuerte, direkt übermitteln zu lassen. Er sah das bleiche Bild einer frostüberzogenen Wand vorbeigleiten. Es war überlagert von durchsichtigen farbigen Schichten, die in spektralen Mustern schimmerten – Resultate der Analyseprogramme, mit denen Dariat nicht das geringste anfangen konnte. Er veränderte seinen Fokus und blendete alles bis auf die rohen visuellen und infraroten Daten aus dem Affinitätsband aus und beobachtete, wie der Rand des Lochs in der Wand vorüberglitt.

Dann nichts mehr. **– Funktionieren die Sensoren noch?** fragte er.

– Ja. Aber dort drinnen gibt es absolut keine Strahlung. Kein Licht, kein Infrarot, überhaupt keine elek-

tromagnetischen Emissionen. Das ist sehr eigenartig, die Wände sollten ein infrarotes Signal aussenden, ganz gleich, wie kalt sie sind. Es ist, als hätte der Besucher eine Art energetischer Barrikade über das Loch gelegt.

– Dann laß uns auf aktive Methoden umschalten, schlug Dariat vor. **– Vielleicht Laserradar?**

– Es wäre einfacher, wenn du einen Blick hineinwerfen könntest, meldete sich die Persönlichkeit zu Wort.

– Ganz bestimmt nicht! Du weißt schließlich nicht, ob es nur eine energetische Barrikade ist. Es könnte genausogut der Besucher selbst sein, der sich hinter der Wand versteckt!

– Wenn er so nah wäre, würdest du ihn ganz bestimmt spüren.

– Auch das wissen wir nicht.

– Hör endlich auf herumzuunken wie eine alte Frau und steck deinen Kopf durch das Loch!

Erentz hatte den Teleskopstab bereits zurückgezogen. Von ihr konnte er keine Unterstützung erwarten.

– Also gut, ich sehe nach. Das Gefühl war noch schlimmer als damals, als er in Anders Bospoorts Appartement die Selbstmordpille genommen hatte. Damals hatte er wenigstens eine halbwegs genaue Vorstellung von dem besessen, worauf er sich einließ. **– Leuchte mit soviel Licht hierher, wie du nur kannst,** sagte er zu Erentz.

Sie hakte die Sensoren wieder in ihren Gürtel, dann zog sie die Laserpistole und einen kleinen Leuchtraketenwerfer. – **Ich bin soweit.**

Beide gingen zur anderen Seite des Vestibüls, von wo aus Dariat einen besseren Winkel zur Annäherung hatte. Erentz richtete ihre Helmscheinwerfer auf das Loch, während er über den Boden darauf zu kroch. Es war nicht das geringste zu erkennen.

Die Scheinwerfer hätten auch auf einen kalten Neutronenstern leuchten können, sowenig wurde von dem ausgesandten Licht reflektiert.

Dariat stand inzwischen genau gegenüber dem Loch in der Wand. – **Scheiße. Vielleicht ist es ein Ereignishorizont. Ich kann nicht das geringste sehen.**

Es war, als wäre das Universum hinter dem Loch zu Ende. Ein unbehaglicher Gedanke angesichts der Lage, in der sie steckten.

– **Dann gehen wir über zu Phase zwei,** sagte Erentz. Sie brachte ihren Leuchtkugelwerfer in Anschlag und zielte damit auf das Loch. – **Wollen doch mal sehen, ob wir damit mehr erkennen können.**

– **Vielleicht sollten wir nicht so voreilig handeln,** sagte Dariat hastig.

– **Meinetwegen,** unterbrach die Habitat-Persönlichkeit beißend. – **Und wenn du schon von draußen nichts erkennen kannst – warum gehst du nicht einfach hinein und siehst dich um?**

– **Ich meine ja nur, das ist alles. Es kann schließlich nicht schaden, vorsichtig zu sein.**

– **Wir haben jede Vorsichtsmaßnahme ergriffen, zu der wir in der Lage sind. Erentz, schieß die verdammte Leuchtkugel ab.**

– **Halt, warte!** Dariat hatte eine Bewegung in dem Vorhang aus Schwärze entdeckt, kaum sichtbar, aber nichtsdestotrotz vorhanden. Schwache Schatten, die sich wellenförmig bewegten, eine oberflächliche Verzerrung von etwas, das sich tief im Innern rührte. Die Schwärze zog sich vor ihm mit der Trägheit einer einsetzenden Ebbe zurück, und die Ränder des Appartements wurden sichtbar.

Dariats Verstand spürte, wie Erentz den Finger um den Abzug krümmte. Und ihre unumstößliche Entschlossenheit, nicht ohne nützliche Informationen über den unheimlichen Besucher zurückzukehren.

– **Nein, nicht ...!**

Die Leuchtkugel schoß durch das Vestibül, eine blendend helle Magnesiumsonne, die den Pseudovorhang über dem Loch durchdrang. Dariat blickte direkt in das zerstörte Appartement.

Es war paradox, doch die neue Stärke, die das Orgathé gefunden hatte, schwächte es in seiner Gesamtheit. Während es noch die Lebensenergie absorbierte, die in dem Strom von Flüssigkeit ruhte, stiegen seine einst stillen Rider aus ihrer Einheit. Es existierte nicht länger als Singleton. Das Kollektiv, aus dem sich das Orgathé ursprünglich gebildet hatte, stand im Begriff sich zu trennen. Vorher hatten sie ihre schwachen Funken von Lebensenergie gebündelt, eine synergistische Kombination, die es ihnen ermöglicht hatte, aus der Melange zu fliegen. Gemeinsam waren sie stark gewesen. Jetzt gab es mehr als genug Lebensenergie, um die Individuen stark zu machen. Sie brauchten einander nicht mehr.

Physisch blieben sie am gleichen Ort. Es gab keinen Grund, sich zu bewegen, ganz im Gegenteil. Sie mußten bleiben und mehr und mehr von der Lebensenergie in sich aufnehmen, bis sie schließlich ihre Unabhängigkeit gewonnen hätten. Dieser ultimative Zustand war noch nicht erreicht, obwohl dazu nicht mehr viel fehlte. Bereits jetzt änderte sich die physikalische Komposition des Orgathé voller Erwartung jenes glorreichen Augenblicks. Im Innern hatte es längst begonnen, sich in einer Imitation biologischer Zellmultiplikation aufzuteilen, und jede einzelne Sektion nahm eine einzigartige Gestalt an. Das Orgathé war zum Schoß eines ganzen Dutzends verschiedener Spezies mutiert.

Dann spürte es, wie sich zwei Entitäten näherten. Ihre Lebensenergien brannten so schwach und waren zu unbedeutend, um eine aktive Intervention zu rechtfertigen. Der flüssige Vorrat an Lebensenergie war eine viel reichhaltigere Quelle als das Aussaugen individueller Wesenheiten. Das Orgathé zog einfach die Dunkelheit rings um sich zusammen und konsumierte weiter.

Dann feuerte Erentz die Leuchtkugel in das dunkle Appartement.

Dariat sah den gewaltigen Leib des Orgathé, das sich an der gegenüberliegenden Wand festklammerte, eine schlaffe glänzende Membran mit fadenscheinigen Protuberanzen, die in diskordanten Rhythmen pulsierten, als würden darunter verschiedene Lebewesen krabbeln.

Tentakelartige Muskelbänder waren so eng um den Körper gewunden, daß sie vor Anspannung zitterten.

Die Leuchtkugel traf eine Wand, prallte ab und fiel auf den frostüberzogenen Teppich, wo sie begann, sich durch das Gewebe und in den darunterliegenden Polyp zu brennen. Hitze und Licht zu gleichen Teilen überfluteten das Appartement. Das Orgathé konnte das Licht abwehren, aber nicht die Hitze. Sie durchdrang all seine Bruchteile und brachte eine Welle aus Schmerz mit sich.

Dariat sah, wie das Orgathé zerfiel wie faulendes Obst, als es von der Wand abließ. Ein Strom eisigen Breis ergoß sich aus zwei Löchern, von denen es gesaugt hatte. Die dicke blubbernde Welle schwemmte eine groteske Menagerie formloser Kreaturen über den Boden vor dem Orgathé. Sie stolperten und rollten durch das schwächer werdende Licht und wühlten den Brei auf. Beine mit viel zu vielen Gelenken tasteten suchend umher wie ein junges Reh, daß gerade geboren worden war und seine ersten Stehversuche unternahm. Nasse Flügel flatterten ohne jeden Effekt und verspritzten Kaskaden klebriger Flüssigkeit. Mäuler, Schnäbel und Schlünde atmeten pumpend und lautlos.

– **Heilige Scheiße!** stöhnte Dariat. Auf dem Affinitätsband des Habitats herrschte entsetztes Schweigen, als Dariat die Bilder, die seine Augen empfingen, mit jedermann teilte.

Erentz wich langsam durch das Vestibül zurück, und die Furcht sandte kalte Schauer durch ihre Gliedmaßen. Die Leuchtkugel spuckte und erlosch und sandte eine letzte Rauchwolke an die Decke. Unmittelbar bevor das Licht erlosch, meinte Dariat zu sehen, wie sich die Kreaturen verfestigten und ihre Haut Form annahm. Dann, als es völlig dunkel war, vernahm er ein *Klack* wie von übergroßen Zähnen, die in einem mächtigen zuschnappenden Kiefer saßen. Schlagartig überkam ihn heftige Benommenheit, und er stolperte von dem Appartement weg, ohne auf die Anzuglichter Erentz' zu achten, die wild umhertanzten, als sie anfing zu rennen.

– **Bewegung, Dariat!** Die Sorge in der Stimme des Habitats brachte ihn dazu, ein paar Schritte zu unternehmen. – **Los schon, Junge! Mach, daß du von hier wegkommst!**

Dariat stolperte ein paar unsichere Schritte weiter und seufzte frustriert angesichts der Schwäche, die seine spektralen Gliedmaßen erfaßt hatte. Er spürte deutlich den gewaltigen Hunger des Besuchers, doch das hatte nichts mit Affinität zu tun.

Dariat war ein paar Meter weit gekommen, als ihm endlich bewußt wurde, daß er die falsche Richtung eingeschlagen hatte. Elende Verzweiflung übermannte ihn, und durch seine Kehle entrang sich ein erbärmliches Heulen. »Anastasia! Hilf mir!«

– **Komm schon, Junge, weiter! Sie würde nicht wollen, daß du aufgibst. Nicht jetzt.**

Wütend darüber, daß ihre Erinnerung gegen ihn benutzt wurde, warf er einen Blick zurück über die Schulter. Erentz' Scheinwerfer waren schon fast außer Sicht, so schnell rannte sie davon. Dann sah er ein Halo aus tiefster Dunkelheit, das die dünnen Lichtkegel hinter ihm überdeckte. Seine Beine drohten bei diesem Anblick nachzugeben.

– **Los, weiter! Ich weiß einen Fluchtweg für dich.**

Dariat stolperte ein paar unsichere Schritte weiter, bevor die Worte der Persönlichkeit in sein Bewußtsein gesickert waren. – **Wo?**

– Der nächste Aufzugsschacht. Die Tür ist offen und klemmt.

Inzwischen sah Dariat fast gar nichts mehr. Es war nicht nur der Mangel an Licht; seine Sicht war wie mit einem grauen Schleier überzogen. Allein seine Erinnerung führte ihn zu dem Aufzugsschacht, und sie wurde von der Habitat-Persönlichkeit gestärkt. Fünf oder sechs Meter voraus und zur Linken.

– Und wie soll mir das weiterhelfen? fragte er.

– Ganz einfach. Der Aufzug steckt zehn Stockwerke weiter unten fest. Du mußt nur springen. Du landest auf dem Dach und gehst durch die Tür. Du bist dazu imstande, Dariat. Schließlich bist du ein Geist.

– Ich kann nicht, heulte er auf. – **Du verstehst das nicht! Feste Materie ist grauenhaft!**

– Und der Besucher hinter dir? Ist er vielleicht nicht ... grauenhaft?

Schluchzend fuhr Dariat mit der Hand über die Wand, bis er die offene Lifttür gefunden hatte. Der Besucher glitt hinter ihm heran, geschmeidig und lautlos, und Dariats Furcht stieg weiter. Er sank auf die Knie und kauerte wie im Gebet am Rand des Schachts.

– Keine zehn Stockwerke. Das überlebe ich nicht.

– Sag mir doch bitte, welche Knochen du dir in deinem transparenten Leib brechen könntest? Hör zu, du kleiner Trottel, wenn du auch nur eine Spur von Vorstellungskraft besitzen würdest, könntest du einfach durch den Schacht zur Lobby hinaufschweben. Und jetzt SPRING!

Dariat spürte, wie der Polyp rings um ihn starb, während der Besucher näher und näher kam. – **Lady Chi-Ri, bitte hilf mir!** Er ließ sich vornüberkippen und fiel in den Aufzugsschacht.

Erentz rannte durch das Vestibül zurück, so schnell sie konnte. Irgend etwas hinderte ihre Muskeln daran, volle Leistung zu erbringen. Sie fühlte sich schwach. Ihr war übel. Der faltige Teppich schien ihr immer wieder Fußangeln stellen zu wollen.

– **Los, weiter**, flehte die Habitat-Persönlichkeit inständig.

Sie blickte sich nicht um, und das war auch gar nicht nötig. Sie wußte, daß irgend etwas hinter ihr her war. Der Boden vibrierte, als ein schwerer Körper darüber stapfte. Immer und immer wieder ertönten durchdringend kreischende Geräusche, als eine Klaue oder ein Fang über den Polyp schabten. Kälte penetrierte ihren Anzug, als existierte die Isolation gar nicht. Ohne auch nur ein einziges Mal nach hinten zu sehen, schwenkte sie die Laserpistole hinter sich und gab eine Serie ungezielter Schüsse ab. Sie hatten nicht den geringsten erkennbaren Effekt auf ihren Verfolger.

Das Affinitätsband zeigte ihr die Gruppe der anderen, die oben in der Lobby warteten. Ihre Verwandten machten die Waffen bereit und legten die Sicherungshebel um. Tolton, der keine Affinität besaß, geriet in Panik. »Was ist los?« brüllte er. »Was?«

– **Du näherst dich dem Loch im Boden**, warnte die Habitat-Persönlichkeit.

»Scheiße!« Es sollte ein herausfordernder Schrei werden, doch hervor kam nur ein schwaches Wimmern. Ihr Körper wog doppelt soviel wie gewöhnlich. Die Schwäche schien ihre Furcht noch zu verstärken und hinderte ihren Verstand am klaren Denken.

– **Ein einfacher Sprung**, versprach die Persönlichkeit. – **Nicht stehenbleiben. Es ist lediglich eine Frage des Timings und eines sicheren Absprungs.**

– **Wo steckt Dariat?** fragte sie unvermittelt.

– **Nur noch vier Schritte. Konzentriere dich!**

Ihr war, als verlöre sie bereits jetzt das Gleichgewicht.

Sie beugte sich zu weit vor und mußte mit den Armen rudern, um auf den Beinen zu bleiben. Der Rand kam wackelnd näher. Ihre Knie beugten sich, und sie wußte nicht warum.

– Jetzt!

Das Kommando der Persönlichkeit kontrahierte ihre Muskeln. Erentz sprang über das Loch und warf die Arme nach vorn. Auf der anderen Seite prallte sie schmerzhaft auf den Boden und rollte weiter. Ellbogen und Knie trafen jedes hervorstehende Stück Schutt.

– Steh auf! Du bist fast da. Los, weiter!

Sie stöhnte vor Qual und kämpfte sich auf die Beine. Als sie sich umdrehte, leuchteten die Scheinwerfer an ihren Handgelenken über das Loch. Erentz schrie panisch auf. Das Orgathé selbst war hinter ihr her. Es war noch immer das Stärkste und Schnellste seines aufgelösten Kollektivs und stampfte wütend hinter der winzigen flüchtenden Wesenheit her. Hier drin konnte es nicht fliegen. Obwohl es an Größe durch die Abtrennung der anderen verloren hatte, war das Vestibül bei weitem zu klein, um die Flügel zu entfalten. Es mußte sich sogar ducken, um nicht an die hohe Decke zu stoßen.

Es war von Wut beseelt. Wut, weil es bei seiner Nahrungsaufnahme gestört worden war. Es war so nah daran gewesen, das erforderliche Energieniveau zu erreichen! Es war unerträglich, daß ihm dieser Triumph aus den Händen gerissen worden war. Die Nahrung war vergessen. Selbst der Ausbruch aus dem dunklen Kontinuum war vergessen. Es wollte nur noch Rache.

Erentz setzte sich erneut in Bewegung. Nacktes adrenalingesteuertes Entsetzen übernahm das Kommando über die aufsässigen Muskeln. Sie sprintete in Richtung der offenen Lifttür. Eine Bö eiskalter Luft verriet ihr, daß der Besucher über das Loch gesprungen war. Ihr würde nicht genug Zeit bleiben, um die beiden Schlaufen an ihrem Traggestell zu sichern.

Sie prallte gegen die Wand neben den Aufzugstüren und wirbelte zu dem fremdartigen Ding herum. Es hatte sich wieder in Falten aus Dunkelheit gehüllt. Nur das entschlossene Kräuseln, das über die nebulöse Oberfläche glitt, deutete auf die schreckliche Bedrohung hin, die sich darunter verbarg. Sie feuerte ihre Laserpistole ab – mit dem einzigen Effekt, daß die Dunkelheit *hart* und fest wurde rings um die Stelle, wo der Strahl auftraf. Ein schwacher rosafarbener Lichtschein leuchtete hinter dem Orgathé wie ein groteskes Zerrbild von Laserfeuer auf.

– **Die Leuchtkugeln**, drängte die Habitat-Persönlichkeit. – **Schieß eine Leuchtkugel auf das Mistding!**

Erentz war am Ende ihrer Möglichkeiten angekommen. Jetzt blieb nur noch, in den Schacht zu springen und zu hoffen, daß der Sturz sie töten würde, bevor das unheimliche Ding sie fangen konnte. Sie riß den kleinen Leuchtkugelwerfer hoch, richtete ihn auf das Zentrum der etherischen Dunkelheit und krümmte den Finger um den Abzug.

Ein erbärmlich kleines Kügelchen brennenden Magnesiums traf den riesigen Besucher. Er zuckte unkontrolliert, und seine Extremitäten schlugen gegen Wände und Decke. Große Splitter Polyp spritzten in gefährlichen Kaskaden herum, herausgerissen von den unglaublichen Kräften des Wesens. Erentz starrte das zappelnde Monster offenen Mundes an. Sie konnte einfach nicht glauben, daß so eine winzige Leuchtkugel ein derart beeindruckendes Ergebnis hervorzurufen imstande war. Das gesamte Vestibül erbebte heftig.

– **Ja, ja, faszinierend**, sagte die Habitat-Persönlichkeit. – **Und jetzt mach bitte gefälligst, daß du von dort verschwindest, solange dieses Ding von dir abgelenkt ist.**

Sie packte die Schlaufen und löste sie von der Strebe, an der sie gesichert gewesen waren. Erst eine war mit ihrem Geschirr verbunden, als sie auch schon den Nothebel betätigte. Die Gewalt, mit der sie nach oben gerissen wurde, entlockte ihr einen Angstschrei, und die unerwartete Beschleunigung sorgte dafür, daß sie Laserpistole und Leuchtraketenwerfer fallen ließ, um sich mit beiden Händen am Seil festzuklammern. Der schmale Ausschnitt der Schachtwand, der von den Lichtkegeln ihrer Scheinwerfer erhellt wurde, verschwamm zu einem kontinuierlichen Grau.

– **Aufgepaßt**, warnte die Persönlichkeit.

Unvermittelt fand sie sich in freiem Fall wieder, während sie noch immer weiter nach oben schoß. Lose Schlaufen von Seil schwebten träge ringsum. Über ihr kam die Tür zur Lobby in Sicht, ein leeres weißes Rechteck, das sich mit erschreckender Geschwindigkeit ausdehnte. Dann wurde sie langsamer, erreichte den Höhepunkt ihrer Flugbahn, genau auf gleicher Höhe mit der Tür. Die Seilschlaufen rasten über ihr durch die Rollen des Flaschenzugs, und gerade als sie wieder zu fallen begann, straffte sich das Seil. Hände griffen nach ihr und zogen sie durch die Tür in die Lobby. Sie sank auf die schwarz-weißen Marmorfliesen und atmete hechelnd. Der Helm wurde abgenommen. Ärgerliches Stimmengewirr erfüllte die Luft.

»Wo ist er?« fragte Tolton. »Wo ist Dariat?«

»Noch dort unten«, ächzte sie elend. »Er ist noch dort unten.« Ihr Bewußtsein sandte einen verzweifelten Affinitätsruf zu dem Geist. Das einzige, was sie als Antwort empfangen konnte, war ein schwacher inkohärenter Schrei der Bestürzung.

Aus der offenen Schachttür ertönte das brutale Kreischen von reißendem Metall und Polyp. Die gesamte Gruppe erstarrte, dann blickten sie wie ein Mann zur Tür.

»Es kommt hier herauf!« stammelte Erentz. »Heilige Scheiße, es kommt hinter mir her!«

Sie rannten los, in Richtung der Ausgänge und ihrer draußen geparkten Laster. Erentz war so erschöpft und der Anzug so sperrig, daß sie fast nicht mehr vorankam. Tolton packte ihren Arm und zerrte sie mit sich.

Das Orgathé raste mit beinahe Schallgeschwindigkeit durch den Schacht, ein Komet aus Anti-Licht. Es brach durch das Dach der Lobby, ohne auch nur langsamer zu werden. Große tödliche Splitter von bernsteinfarbenem Kristall regneten herab und zersprangen auf den Marmorfliesen. Erentz und Tolton warfen sich hinter einer der umgeworfenen Couches in Deckung, bis das Schlimmste vorbei war.

Die Persönlichkeit beobachtete den Besucher, der über der Lobby herumschwang und dabei *flach* wurde. Die Wahrnehmungszellen hatten Mühe, das Ding zu fokussieren: es war ein ungefähr dreieckiger Fleck aus flirrender Luft, umgeben von spektralen Lichtbrechungen wie Regenbögen oder eine hitzeflirrende Fata Morgana. Eisenhart gefrorene Hagelkörner hämmerten auf das Gras darunter. Einen Kilometer über der Parklandschaft begann es zu kurven und kehrte in Richtung der Lobby des Djerba-Sternenkratzers zurück. Tolton und Erentz hatten den Laster erreicht. Beide spähten hinauf in das rötliche Licht der Axialröhre in dem Versuch, den Besucher auszumachen. Tolton riß den Gashebel auf, soweit es ging, und das Gefährt rumpelte los. Mit weniger als zehn Stundenkilometern zockelten sie auf den Ring aus schäbigen Hütten zu.

»Schneller!« gellte Erentz wild.

Tolton drehte das Gas einmal zurück und wieder auf. Es machte keinen Unterschied in ihrer Geschwindigkeit. Ein zweiter Laster schaukelte neben ihnen über den aufgewühlten Boden. Er fuhr noch langsamer als sie. »Mehr Saft gibt es nicht!« bellte Tolton zurück.

Erentz starrte auf die dünne Linie aus wabernder silberschwarzer Luft, die durch den Himmel auf sie zugeglitten kam. Unter dem Gebilde wurden jetzt transparente Ranken sichtbar, die wie Quallenfäden aussahen.

Sie wußte genau, wozu sie dienten und wen sie packen wollten. »Das ist es. Ende der Fahnenstange.«

– **Nein, ist es nicht**, widersprach die Habitat-Persönlichkeit. – **Geht zwischen den Hütten in Deckung. Vergeßt die Laster, aber stellt verdammt noch mal sicher, daß jeder einen Laser oder einen Leuchtkugelwerfer bei sich hat.**

Während sich noch der Plan der Habitat-Persönlichkeit in Erentz' Bewußtsein ausbreitete, rief sie Tolton zu: »Los, komm!«

Er bremste den Wagen dicht vor der ersten verfallenden Hütte aus Plastikpaneelen und Kompositstäben. Sie rannten durch eine schmutzige Gasse zwischen windschiefen Wänden hindurch. Hoch über ihnen hatte der Besucher Kurs auf sie genommen. Überall ringsum gefror die Luftfeuchtigkeit und ging als dichter Hagel auf das darunterliegende Land.

Erentz und ihre Verwandten fingen an, wild mit den Lasern um sich zu schießen. »Anzünden!« brüllte sie Tolton zu. »Stecken Sie die Hütten in Brand!« Hellrote Strahlenfinger erfaßten Wände und Dächer und hinterließen lange Brandmarken im Plastik. Die Ränder schmolzen und flammten auf, und brennende Tropfen regneten herab. Flammen schossen aus den Verbindungsnähten, zusammen mit dichtem schwarzem Qualm.

Die Gruppe hatte sich in einem der größeren offenen Höfe zwischen den improvisierten Hütten gesammelt. Tolton erschrak, als er den offensichtlichen Irrsinn sah. Er schirmte das Gesicht vor der Hitze ab, die von den hochzüngelnden Flammen ausging. »Was soll das werden?« fragte er.

Erentz feuerte weiter. Flammen zuckten aus Verpackungsmaterial und leeren Containern. Rußflocken schwebten in den thermischen Verwirbelungen. »Es kann keine Hitze vertragen!« brüllte sie dem ängstlichen

Straßenpoeten zu. »Die Flammen schlagen es zurück. Kommen Sie, helfen Sie uns!«

Tolton hob seinen Laser und richtete ihn ebenfalls auf die Hütten.

Der Besucher war kaum zu sehen, ein linsenförmiger Fleck von schattiger, flirrender Luft, zusätzlich verzerrt von der Hitze, die von den Flammen aufstieg. Er behielt seinen Kurs bei und schoß auf die kleine Gruppe von Menschen zu – bis zum buchstäblich letzten Augenblick. Die langen Tentakel auf seiner Unterseite zuckten heftig zurück, als sie mit den Flammen in Berührung kamen.

Dann konnte Tolton das Ding überhaupt nicht mehr sehen. Seine Augen tränten von dem stinkenden chemischen Smog, der aus dem brennenden Plastik stieg. Fetter schwarzer Rauch schwelte um seine Beine und verdeckte den Boden. Hitze sengte über seine Handrücken, als er die Hände schützend vor das Gesicht schlug. Er schmeckte die kochende Luft. Ein Luftstoß ließ ihn stolpernd in die Knie gehen, und der Rauch verwandelte sich in einen Zyklon, in dem nicht mehr das geringste zu erkennen war. Einen Sekundenbruchteil verschwand die Hitze und wich dem genauen Gegenteil. Nasser Schweiß überall an seinem Körper verwandelte sich in Frost. Tolton meinte, sein Blut müßte in den Adern erstarren, so unglaublich intensiv war die Kälte. Dann war es vorbei.

Der Rauch jagte in wirbelnden Spiralen davon, als plötzlich Hagel auf ihn herabprasselte.

»Ja!« rief Erentz dem zurückweichenden Besucher hinterher. »Wir haben den Bastard geschlagen! Er hat Angst vor dem Feuer!«

– **Wir haben es zurückgeschlagen**, schalt die Habitat-Persönlichkeit. – **Das ist ein großer Unterschied.**

Die sensitiven Zellen zeigten Erentz, daß das fliegende Monster in einer weiten Kurve kehrt machte und erneut

Kurs auf das Hüttendorf nahm. Die Flammen von den ersten in Brand gesteckten Hütten erstarben bereits wieder.

– **Bewegt euch zu einem neuen Hüttenabschnitt!** befahl die Habitat-Persönlichkeit. – **Hoffen wir, daß der Mistkerl aufgibt, bevor nichts mehr zum Verbrennen da ist.**

Der Besucher unternahm fünf weitere Versuche, Erentz und ihre Verwandten anzugreifen, bevor er endlich aufgab und tiefer ins Innere des Habitats schwebte. Mehr als die Hälfte des Hüttendorfs war zu diesem Zeitpunkt bereits niedergebrannt. Tolton und die anderen waren mit Ruß und Schmutz überkrustet und würgten und husteten vom Rauch und den giftigen Gasen. Die ungeschützten Hautstellen waren mit Brandblasen überzogen und bluteten. Allein Erentz mit ihrem Anzug und der Atemmaske blieb unbeeinträchtigt.

– **Ihr setzt euch jetzt besser in Richtung der Kavernen in Bewegung,** sagte die Habitat-Persönlichkeit. – **Wir schicken ein paar Wagen aus, die euch unterwegs aufsammeln können.**

Erentz ließ den Blick über die geschwärzten Ruinen und die erstarrenden Pfützen aus geschmolzenem Plastik gleiten. – **Können wir nicht einfach hier warten? Wir sind alle gerade durch die Hölle gegangen.**

– **Tut mir leid, weitere schlechte Nachrichten. Wir glauben, daß die anderen Sektionen des Besuchers ebenfalls aus dem Djerba nach oben kommen. Die wenigen noch funktionierenden Systeme im Sternenkratzer fallen in diesem Augenblick Stockwerk für Stockwerk aus. Es kann nur der Besucher sein.**

– **Verdammter Mist!** Sie warf einen angespannten Blick auf die Lobby. – **Was ist mit Dariat?**

– **Noch immer nichts.**

– **Verdammt.**

– **Wir sind er. Dariat lebt in uns weiter.**

– **Ich glaube nicht, daß er das so sehen würde.**

– **Wahrscheinlich nicht, ja.**

– **Dort unten müssen bestimmt fünfzig von diesen Biestern gewesen sein.**

– Nein, widersprach die Persönlichkeit. – **Wir hatten zwar nur einen kurzen Blick auf den Besucher ohne seinen schwarzen Schild, aber eine detaillierte Erinnerungsanalyse der Szene hat ergeben, daß die Mutterkreatur zwölf, höchstens fünfzehn Ableger geboren hat. Wir glauben nicht, daß sie auch nur annähernd so groß sind wie das Ding, das euch angegriffen hat.**

– **Das erleichtert mich ungemein.**

Sie suchten einen Weg durch die noch immer schwelenden Trümmer nach draußen und in Richtung des Weges, der sich durch die Wüstensteppe in Richtung der nördlichen Abschlußkappe wand. Tolton sträubte sich, bis Erentz ihm den Grund für ihre Eile erklärte. »Also können wir nicht in den Sternenkratzer zurückkehren und nachsehen, was aus Dariat geworden ist?« fragte er.

»Nicht, bevor wir nicht wissen, daß keine Gefahr mehr lauert. Und dann – wie sehen die sterblichen Überreste eines Geistes aus? Schließlich ist es nicht so, als würden wir dort unten Knochen finden.«

»Ja, sicher.« Tolton warf einen letzten reumütigen Blick über die Schulter. »Vermutlich nicht.«

Das Orgathé schwebte träge durch die Luft und suchte den Innenraum des Objekts nach der nächsten Quelle von Lebensenergie ab. Hier drinnen war es noch schlimmer als draußen. Die lebenden Schichten waren durch viele Meter toter Materie geschützt, und dünn über die Oberfläche verteilt gab nur ganz wenige Zellen. Pflanzen, die erbärmlich wenig Lebensenergie enthielten. Nicht zu gebrauchen für das Orgathé; es mußte sich einen neuen Weg zu den sagenhaften Reichtümern unter der Erde suchen. Mehrere Eingänge führten hinunter in die nach außen ragenden Spindeln der Mittelsektion, doch diesmal ignorierte das Orgathé diese Möglichkeit. Es suchte nach einem sichereren Ort, wo es fressen konnte.

Eine ganze Weile schwebte es über dem pinkfarbenen Grasland, bevor es sich schließlich dem umlaufenden Gürtel aus Flüssigkeit zuwandte. Direkt oberhalb der Strände und Buchten auf der gegenüberliegenden Seite war die Innenseite durchlöchert mit großen Höhleneingängen, und die Höhlen dahinter führten tief in den massiven Mantel aus Materie hinab.

Dort drinnen brannten gewaltige Ströme von Lebensenergie und flossen hell leuchtend durch die dicht aufeinandergepackten Zellschichten. Tunnel voll lebender Flüssigkeiten bildeten komplexe Labyrinthe, Tausende von Kanälen, die mit den stadtgroßen Organen in der Abschlußkappe verbunden waren.

Das Orgathé landete auf einer weiten Fläche aus Platinsand, die eine der schönen kleinen Buchten begrenzte. Kunstvolle Muster aus Gletscherfrost wuchsen unter seinen Füßen heran, während es zu dem nächstgelegenen Eingang rannte. Als es die Klippe erreicht hatte, erloschen Gras und Büsche unter ihm; Blätter und Spreite verwandelten sich in ein ranziges Braun und erstarrten zu versteinerten spröden Skulpturen.

Das Orgathé paßte kaum durch den Eingang. Falsche Stalaktiten und Stalagmiten brachen ab, als es mit seinem harten Panzer dagegen stieß, und zersplitterten auf dem Boden wie dünnes Glas. Das Orgathé modifizierte und härtete seine Extremitäten, indem es weitere Energie zuführte, und brach sich einen Weg durch Einschnürungen und enge Biegungen. Der Kontakt mit der unglaublich heißen Materie setzte seinem Körper übel zu, doch langsam gewöhnte es sich an die Hitze, die im Innern dieses gigantischen Objekts allgegenwärtig schien. Der

Schmerz von den Berührungen wurde zunehmend schwächer.

Nach einer ganzen Weile erreichte es einen gigantischen Tunnel, hinter dessen Wänden die lebendige Flüssigkeit strömte. Es brach durch die Wand und tauchte mit dem ganzen Körper in die reißende Strömung. Zum ersten Mal, seit es in das dunkle Kontinuum gerutscht war, empfand es Zufriedenheit. Und mit der Zufriedenheit kam der Schauer der Erwartung.

Die Laster waren noch immer nicht bei Erentz und den anderen angekommen, doch sie konnten bereits ein paar dunkle Punkte erkennen, die sich irgendwo weit vor ihnen durch die Steppe bewegten. Das Gehen war zu einem mechanischen Dahintrotten geworden, während Erentz' Bewußtsein die Flugbahn des Besuchers verfolgte. Valisks allgemeines Affinitätsband wimmelte vor Spekulationen, während die Habitat-Persönlichkeit und Erentz' Verwandte aufgeregt diskutierten, was als nächstes zu unternehmen sei.

Als das Orgathé in der Höhle verschwand, entzog es sich auch der Verfolgung durch die Sinneszellen des Habitats. Seine Bewegungen waren nur noch anhand der Nullzone aus abgestorbenem Polyp zu erkennen, die es hinter sich zurückließ.

– Das verdammte Mistding ist definitiv in die Hauptarterie eingebrochen, die meinen Verdauungstrakt versorgt, sagte die Habitat-Persönlichkeit. **– Es erzeugt ernste Störungen im Kreislauf.**

– Was macht es denn genau mit der Nährflüssigkeit? fragte Erentz. **– Kannst du eine Veränderung spüren?**

– Die Flüssigkeit wird stark heruntergekühlt, was angesichts der dem Besucher innewohnenden Fähigkeiten verständlich erscheint. Und mehr als neunzig Prozent der Blutkörperchen sind tot. Äußerst merk-

würdig, die niedrige Temperatur reicht bei weitem nicht aus, um dafür verantwortlich zu sein.

– Als Dariat und ich es unten im Djerba gestört haben, war es auch in eine der Nährflüssigkeitsleitungen eingebrochen. Anscheinend ist es das, was es sucht. Es frißt deine Nährflüssigkeit.

– Eine ausgezeichnete Hypothese. Aber es nimmt keinerlei Flüssigkeit in sich auf. Wir hätten den Verlust an Volumen bemerkt. Außerdem zweifeln wir ernsthaft daran, daß es eine kompatible Biochemie besitzt.

– Aber es muß irgend etwas mit dem zu tun haben, was in der Nährflüssigkeit steckt. Kannst du die Flüssigkeit im Djerba und den anderen von Besuchern befallenen Sternenkratzern analysieren?

– Einen Augenblick.

Erentz spürte, wie sich die Hauptbewußtseinsroutine der Habitat-Persönlichkeit auf das ausgedehnte Netzwerk aus Röhren und Tubuli konzentrierte, die sich durch die gigantische Mitoseschicht von Valisk erstreckten, und nach Abweichungen suchte. Ein großer Teil des Problems bei der Suche nach Interferenzen war die Art und Weise, wie die Nährflüssigkeit in die Sternenkratzer und ihre nähere Umgebung gepumpt wurde. Außerdem gab es ganz verschiedene Typen. Einige fütterten ausschließlich die Mitoseschicht selbst und die Muskelmembranen, andere die Filterorgane der Lebenserhaltungssysteme in den untersten Stockwerken. Spezielle Flüssigkeiten waren für die Nahrungssyntheseorgane zuständig, die sich in jedem Appartement befanden. Und schließlich durchliefen alle eine gewaltige Strecke von den Verdauungsorganen in der südlichen Abschlußkappe bis zu den Sternenkratzern und wieder zurück und benötigten mehrere Tage für einen kompletten Kreislauf. Der gesamte Prozeß wurde autonom gesteuert, und regelnde Subroutinen wachten in Zusammenarbeit mit speziellen Sinneszellen im Innern der Röhrenwände über die Konzentration bekannter Toxine. Sie waren nicht darauf programmiert herauszufinden, welche Schäden die Besucher anrichteten.

Weil die BiTek-Systeme in den Sternenkratzern gegenwärtig bestenfalls erratisch arbeiteten, war der Rückfluß an Informationen ebenfalls unvollständig. Einige der Blutkörperchen waren auf natürliche Weise erschöpft worden durch die Organe, die sie versorgten, während ein großer Teil noch immer die frischen Moleküle und den Sauerstoff transportierte, mit dem er ursprünglich beladen worden war. Dadurch wurde eine Untersuchung der Flüssigkeiten, die aus den Sternenkratzern zurückkehrten, äußerst schwierig.

Nach einer ganzen Weile jedoch meldete die Persönlichkeit: – **Wir sind darin übereingekommen, daß die Besucher irgend etwas aus den Nährflüssigkeiten extrahieren. Der Anteil toter Blutkörperchen in einigen der Tubuli beträgt beinahe neunzig Prozent. Die Natur dessen, was die Besucher extrahieren, ist zu diesem Zeitpunkt noch völlig unklar. Wir können nur schlußfolgern, daß es irgendwie mit ihrer Fähigkeit zusammenhängt, Hitze zu speichern. Eine physische Verdauung ist nicht nachzuweisen.**

– **Die Besucher sind Ghouls,** sagte Erentz. – **Dinosauriergroße Parasiten! Wir müssen einen Weg finden, um sie aufzuhalten.**

– **Feuer ist bisher die einzige effektive Methode, die wir kennen. Es dauert eine Weile, bis wir ausreichend Flammenwerfer hergestellt haben.**

– **Uns bleibt keine andere Möglichkeit. Sie fressen dich sonst bei lebendigem Leib auf.**

– **Ja. Und bis wir imstande sind, die entsprechenden Waffen zu bauen, werden wir die Nahrungszufuhr zu den Sternenkratzern unterbrechen.**

– **Eine gute Idee.** Sie sah die Laster draußen in der Wüstensteppe wachsen, während sie über den Feldweg aus festgefahrener Erde näher kamen. – **Vielleicht können wir sie daran hindern, sich zu vermehren. Wenn uns das nicht gelingt, entwickeln sich die Bastarde zu einer richtigen Seuche.**

Fünfzig Lichtjahre von Hesperi-LN bewegten sich die *Oenone* und die *Lady Macbeth* zaghaft aufeinander zu. Joshua mußte Radar für das Manöver benutzen, während Syrinx das Raumverzerrungsfeld ihres Voidhawks einsetzte. So tief im interstellaren Raum gab es nicht einmal genügend Licht, um einen weißen Gasriesen zu beleuchten. Zwei winzige technische Artefakte, die noch dazu in nichtreflektierenden Schaum gehüllt waren, bildeten vor dem schwarzen Hintergrund des Nichts lediglich Objekte von noch größerer Dunkelheit. Der einzige Hinweis auf ihre Existenz, den ein fremder Beobachter auffangen konnte, war das gelegentliche Verschwinden eines Sterns, wenn eines der Schiffe ihn verdeckte.

Als Joshua schließlich die Korrekturantriebe der *Lady Macbeth* feuerte, um den Kursvektor zu stabilisieren, blinzelte Syrinx mit tränenden Augen. Die blauen Flammen waren für die an den tiefen Raum akklimatisierten optischen Sensoren der *Oenone* grell und blendend wie das Licht einer nahen Sonne. Beide Schiffe fuhren ihre Andockschläuche aus und öffneten die Luftschleusen. Joshua führte Alkad Mzu, Peter, Liol und Ashly in den Mannschaftstoroiden der *Oenone*. Sie wollten gemeinsam mit den Wissenschaftlern an Bord des BiTek-Schiffes die Daten besprechen, die das Team aus Tanjuntic-RI geborgen hatte, um im Anschluß daran ihr nächstes Flugziel festzulegen.

Die Anwesenheit der beiden Physiker war offensichtlich erforderlich. Außerdem hatte Joshua Ashly mitgenommen wegen seiner großen Erfahrung (und Begeisterung) an neuen und fremden Kulturen; er konnte sich als nützlich erweisen. Liols Anwesenheit war da schon schwerer zu rechtfertigen. Von allen Mitgliedern der Expedition hatte Liol am wenigsten vom Universum gesehen. Es war nur, daß ... Joshua gewöhnte sich mehr und mehr daran, ihn um sich zu haben, jemanden, dem er nicht alles und jedes erklären mußte. Sie dachten auf die gleiche Art und Weise über die gleichen Themen, und das machte Liol als Rückendeckung extrem nützlich, wenn Joshua einen strittigen Punkt durchsetzen wollte.

Syrinx erwartete sie bereits hinter der inneren Schleusenluke. In ihr regten sich verstohlene Erinnerungen an das letzte Mal, als die beiden Schiffe aneinander angedockt hatten und Joshua an Bord gekommen war. Falls sie je heimliche Zweifel an seiner Integrität gehegt hatte, so waren sie spätestens seit Hesperi-LN ausgelöscht. Im Gegenteil, inzwischen war sie froh, daß er es war, der die *Oenone* auf ihrer Mission begleitete und nicht irgendeiner dieser schaurig effizienten Kommandanten des Geschwaders von Admiral Meredith Saldana.

Sie führte die Gäste in die Messe der *Oenone*. Das große Abteil war möbliert mit einfachen roten Couches, die sich an die sanft geschwungenen Wände schmiegten. Gläserne Vitrinen zeigten eine große Sammlung der verschiedensten Erinnerungsstücke, welche die Besatzung im Verlauf ihrer Reisen gesammelt hatte, angefangen bei einfachen Kieselsteinen bis hin zu antiken Schnitzereien und außergewöhnlichen Haushaltsgegenständen.

Monica und Samuel saßen in einer der Couches. Joshua setzte sich in das Möbel neben den beiden, womit er Renato, Oski und Kempster gegenüber saß. Alkad und Peter saßen mit Parker zusammen, der seine ehemalige Kollegin mit einem freundlichen Kopfnicken begrüßte, als hegte er keinerlei Groll oder Mißtrauen gegen sie wegen ihrer Handlungsweisen und Motive. Joshua glaubte nicht eine einzige Sekunde, daß es echt sein könnte.

Syrinx nahm neben Ruben Platz und lächelte in die Runde. »Jetzt, wo wir alle hier sind – Oski, haben wir sämtliche Daten aus der Weltraumarche geborgen?«

Die Elektronikspezialistin warf einen bedeutungsvollen Blick auf den kleinen Prozessorblock, der auf dem Rosenholztischchen vor ihr ruhte. »Ja. Es ist uns gelungen, sämtliche Dateien aus dem Terminal für Planetare Habitate in unseren Speichern zu sichern. Inzwischen haben wir alles übersetzt. Wir fanden eine Menge Informationen über die fünf Planeten, welche die Tyrathca auf ihrem Weg nach Hesperi-LN kolonisiert haben.«

»Ich habe mir einige der Daten angesehen«, sagte Monica. »Ich hatte recht, einer dieser Planeten wurde von einer intelligenten Spezies bewohnt. Sie war bereits bis in das Industriezeitalter vorgestoßen.«

Sie schickte einen Datavis-Befehl an den Prozessor der Messe. Eine AV-Linse an der Decke erwachte zum Leben und sandte einen laserähnlichen Konus aus Licht hinunter in das Abteil. An der Basis, unmittelbar über dem Decksboden, materialisierte eine Reihe zweidimensionaler Bilder. Luftaufklärungsbilder von grauen, schmutzigen Städten, Gebäude aus Ziegelsteinen, die sich über eine Landschaft voll blau-grüner Vegetation ausdehnten. Jede Stadt war von Ansammlungen von Fabriken umgeben, mit hohen eintönigen Schornsteinen, aus denen dichter Rauch in den azurblauen Himmel quoll. Kleine Fahrzeuge bewegten sich über schmale gepflasterte Straßen, und wie von Menschenhand in Schachbrettmustern angelegte Felder schnitten in die dichten Wälder oder endeten vor den steileren Gebirgen.

Dann kamen Raumflugzeuge der Tyrathca in Sicht. Sie landeten auf Wiesen und Feldern außerhalb der Städte. Ganze Scharen der vierarmigen Zweibeiner, die Monica in der Vitrine des Archivs entdeckt hatte, rannten vor den bewaffneten Soldaten der Tyrathca davon.

Nahaufnahmen der schrulligen Wohngebäude mit ihren geschwungenen Dächern. Die Außenwände waren fensterlos, statt dessen sorgte ein weiter Lichtschacht für Innenbeleuchtung. Die Prinzipien ihrer Architektur waren leicht zu erkennen: viele Gebäude waren von Raketen und Geschossen der Tyrathca getroffen, und eingestürzte Mauern gaben den Blick frei auf ausgebrannte Innenräume.

Irgendwann hatten die Xenos dann ihr Äquivalent einer Armee versammelt. Primitive Artillerie, gezogen von achtbeinigen Pferde-Analogen, war gegen die gelandeten Raumflugzeuge in Stellung gegangen. Maserfeuer verwandelte sie in schwelende Schlacke.

»Mein Gott«, flüsterte Joshua, als die Datei geendet hatte. »Eine richtige Alien-Invasion aus dem Weltraum. Das sieht ja aus wie eine billige Imitation von *Krieg der Welten*!«

»Ich fürchte, es war unausweichlich«, sagte Parker Higgens in bedauerndem Tonfall. »Ich fange schmerzhaft an zu begreifen, wie fest unterschiedliche Spezies an ihren Philosophien und Gesetzen festhalten und wie verschieden diese Philosophien von den unsrigen sein können.«

»Sie haben eine intelligente Spezies ausgerottet!« fauchte Monica den alten Direktor des Laymil-Projekts an. »Das war glatter Genozid! Wenn es überhaupt noch Überlebende gibt, dann sind sie wahrscheinlich von den Tyrathca versklavt worden. Und das nennen Sie eine Philosophie? Um Himmels willen!«

»Wir betrachten den Genozid als eines der schlimmsten Verbrechen, das eine Person oder eine Regierung begehen kann«, entgegnete Parker. »Die massive Exterminierung nicht nur von Leben, sondern einer ganzen Lebensweise. Ein derartiger Akt erfüllt uns mit Abscheu, und das mit Recht, weil wir Menschen eben so sind und nicht anders. Wir besitzen Emotionen und Mitgefühl, und manch einer würde wahrscheinlich sagen, daß unsere Emotionen uns beherrschen. Ich möchte Sie lediglich daran erinnern, daß die Tyrathca die Eigenschaften nicht besitzen. Das einzige, was bei ihnen annähernd einer Emotion gleichkommt, ist der Schutz, den sie ihren Kindern und ihrem Clan zukommen lassen. Wenn Sie einen Angehörigen der Brüterkaste vor ein menschliches Kriegsgericht stellen, um sich wegen dieser Monstrosität zu verantworten, würde er gar nicht verstehen, was er dort macht. Wir können die Tyrathca nicht nach unseren Regeln und Gesetzen verurteilen, weil unsere Regeln und Gesetze die Grundlage unserer Zivilisation sind. Wir dürfen die Tyrathca nicht verdammen, wie sehr wir ihre Handlungsweise auch mißachten. Menschenrechte sind exakt das, was der Begriff aussagt: menschlich.«

»Die Tyrathca haben eine ganze Welt von ihren rechtmäßigen Besitzern geraubt, und Sie glauben nicht, daß daran etwas Falsches war?«

»Selbstverständlich war es falsch. Nach unseren Standards. Und nach unseren Standards handeln auch die Kiint nicht moralisch, indem sie sich weigern, uns bei unserem Problem der Possession zu helfen, obwohl sie die Lösung kennen. Was wollen Sie vorschlagen? Daß wir die Kiint ebenfalls vor ein Kriegsgericht stellen?«

»Ich rede hier nicht von einem Kriegsgericht, verdammt. Ich rede von den Tyrathca als Spezies. Wir müssen unsere gesamte Mission neu durchdenken, nach dem, was wir hier entdeckt haben.«

»Was meinen Sie mit ›neu durchdenken‹?« fragte Joshua. »Die Umstände, die zu dieser Mission geführt haben, sind immer noch die gleichen, genau wie unser Ziel. In Ordnung, die Tyrathca haben vor Tausenden von Jahren ein schreckliches Verbrechen begangen, aber wir, unsere beiden Schiffe, können daran nicht das geringste ändern. Sobald wir zurückkehren, soll sich meinetwegen die Konföderationsversammlung den Kopf darüber zerbrechen, was sie wegen des Genozids unternehmen will.«

»Wenn sie überhaupt noch die Möglichkeit zu einer derartigen Initiative erhält«, sagte Monica leise. »Ich gestehe ja, daß mich der Genozid wütend gemacht hat. Aber ich mache mir noch viel mehr Sorgen wegen der Implikationen für die Gegenwart.«

»Welche Implikationen denn?« fragte Alkad. »Und ich spreche als jemand, der unmittelbare Erfahrungen mit Genozid besitzt. Was wir gesehen haben, ist schrecklich, ja. Aber es ist sehr lange her und weit von uns entfernt.«

»Es betrifft uns«, entgegnete Monica, »weil es uns zeigt, wie die Tyrathca wirklich sind. Bedenken Sie, wir wissen jetzt, daß es wenigstens tausend Weltraumarchen gegeben hat.«

»Eintausendzweihundertundacht«, sagte Renato. »Ich habe die Dateien über die verschiedenen Bahnvektoren noch einmal überprüft.«

»Großartig, noch schlimmer«, brummte Monica. »Selbst wenn wir davon ausgehen, daß jede einzelne Arche weniger erfolgreich war als Tanjuntic-RI und nur jeweils zwei Kolonien gegründet hat, verfügen die Tyrathca damit über eine Bevölkerung, die zwei- oder dreimal so groß ist wie die der gesamten Konföderation.«

»Verteilt über ein riesiges Gebiet«, erwiderte Kempster. »Und keineswegs politisch zusammenhängend wie unsere Zivilisation.«

»Aber nur, weil es bisher keinen Grund gegeben hat, sich zu vereinigen«, sagte Monica. »Bis heute. Sehen Sie, ich arbeite für den Geheimdienst. Samuel und ich verbringen unsere Zeit damit, potentielle Risiken auszuspähen, dafür wurden wir ausgebildet. Wir finden Probleme, noch bevor sie gravierend werden können. Und genau diese Situation haben wir hier. Die Tyrathca stellen eine massive Bedrohung für die gesamte Konföderation dar. Sie sind meiner Meinung nach wenigstens genauso gefährlich wie die Besessenen, wenn nicht noch schlimmer.«

»Physisch gefährlich«, warf Samuel ein und lächelte entschuldigend, weil er sie unterbrochen hatte. »Allerdings stimme ich mit Monica überein, daß die Tyrathca sich zu einem unerwarteten Problem entwickeln.«

»Unsinn«, sagte Joshua. »Sie wissen so gut wie ich, was wir im System von Hesperi-LN gemacht haben. Sie und die Serjeants haben ein ganzes Regiment ihrer Soldatenkaste geschlagen, und die *Lady Macbeth* fliegt Kreise um ihre Schiffe. Die Technologie der Konföderation ist der ihren um eine Größenordnung überlegen.«

»Nicht ganz, Joshua«, entgegnete Ashly. Der Pilot des Raumflugzeugs starrte noch immer auf das letzte Bild, das die AV-Linse in der Decke projizierte. »Was Monica uns andeuten will ist, daß wir buchstäblich ein Hornissennest aufgescheucht haben. Das Potential der Tyrathca-Bedrohung ist sehr ernst. Wenn sich all ihre Tausende von Koloniewelten zusammenschließen, dann würde uns ihre reine Zahl vor ein gewaltiges Problem stellen. Und sie besitzen unsere Technologie; die Konföderation hat ihnen in der Vergangenheit genügend Waffensysteme verkauft. Sie könnten wahrscheinlich sogar unsere Kombatwespen nachbauen, wenn es sein muß.«

»Du hast gesehen, wie sie ihre Kombatwespen gegen die *Lady Macbeth* eingesetzt haben«, antwortete Joshua. »Die Tyrathca sind nicht in der Lage, einen vernünftigen Raumkrieg zu führen. Sie besitzen einfach nicht die richtige neurale Verdrahtung für diese Art von Aktivitäten.«

»Sie könnten es lernen. Versuch und Irrtum würden ihnen weiterhelfen. Sicher, sie wären wahrscheinlich niemals so gut wie wir, aber das ist der Punkt, wo ihre zahlenmäßige Überlegenheit ins Spiel kommt, und sie spricht gegen uns. Auf lange Sicht würden sie uns niederringen.«

»Aber warum sollten sie das?« fragte Liol. Er breitete beschwörend die Arme aus. »Ich meine, um Himmels willen, ihr sitzt hier und redet, als wären wir schon mitten im Krieg gegen die Tyrathca. Zugegeben, sie waren stinksauer über unser Eindringen in ihr System und die Art und Weise, wie wir uns aufgeführt haben. Aber ein einziger Besuch von zwei Schiffen ist doch wohl gar nichts, oder? Niemand wird zugeben, daß wir geschickt worden sind. Man schickt doch nicht seine ganze Rasse in einen Krieg, bei dem wahrscheinlich Milliarden den Tod finden werden, nur weil zwei Schiffe ein Wrack beschädigt haben, das längst aufgegeben worden ist.«

»Wir neigen dazu, ihr Wesen zu übersehen, so daß wir unsere beliebte Politik diplomatischer Toleranz aufrechterhalten können«, sagte Samuel. »Wir möchten sie gerne als ein wenig einfach und stur sehen, die größten Tölpel des Universums. Eine Spezies, der gegenüber wir uns überlegen fühlen können, ohne daß sie jemals unserer selbstzufriedenen Herablassung gewahr werden. Während sie im Gegenteil eine so aggressive und territoriale Spezies sind, daß sie im Verlauf ihrer Evolution sogar eine Soldatenkaste entwickelt haben. Im Verlauf ihrer Evolution! Wir sind kaum imstande, die Triebfeder hinter einem derartigen Phänomen zu begreifen. Eine solche Entwicklung erfordert Dutzende von Millennien! Und während dieser ganzen Zeit müssen die sozialen Umstände ihrer Heimatwelt den notwendigen Druck aufrechterhalten, um diese Entwicklung zu begünstigen. Nein, die Geschichte der Tyrathca ist eine einzige monotone Kultur des Konflikts.«

»Ich verstehe trotzdem nicht, wieso sie dadurch zu einer Gefahr werden«, beharrte Liol. »Wenn überhaupt, dann dient diese Tatsache doch höchstens unserem Vorteil. Wir haben den Tyrathca von Hesperi-LN vor mehr als zwei Jahrhunderten den ZTT-Antrieb gegeben, und was haben sie damit gemacht? Sind sie bei der erstbesten Gelegenheit losgeflogen, um ihre lange verschollenen Artgenossen auf den fünf anderen Koloniewelten zu besuchen? Einen Scheiß haben sie getan! Sie haben weitere Koloniewelten für sich selbst gegründet, zum Vorteil ihrer nächsten Verwandten. Sie wollten ihr kleines technologisches Juwel mit niemandem teilen.«

»Sie haben recht«, sagte der große Edenit. »Vorausgesetzt, sie fügen eine Einschränkung hinzu: Bis heute. Wie Monica bereits gesagt hat, hier geht es um das Konzept des Potentials. In wenigstens einer Hinsicht sind die Tyrathca nicht anders als wir. Eine Gefahr von außen einigt sie. Die Weltraumarchen sind mehr als genug Beweis dafür.«

»Aber wir sind keine Bedrohung für die Tyrathca!« Liol schrie beinahe.

»Wir *waren* keine Bedrohung, bis heute«, sagte Monica. »Bis vor kurzer Zeit wußten die Tyrathca nicht, daß wir zu *Elementargeistern* werden konnten. Sie waren so beunruhigt angesichts der Tatsache menschlicher Besessener, daß sie augenblicklich jeden Kontakt zur Konföderation abgebrochen haben. Wir sind zu einer Gefahr geworden. Besessene Menschen haben Tyrathca-Siedlungen angegriffen. Unsere bereits jetzt überlegene militärische Technologie wurde um einen nicht einzuschätzenden Faktor erhöht. Vergessen Sie nicht, die Tyrathca unterscheiden nicht zwischen Besessenen und normalen Menschen. Wir sind eine Spezies, die sich plötzlich und dramatisch zum Schlechten hin verändert hat.« Sie deutete auf die Projektion. »Und jetzt wissen wir, was mit Xeno-Spezies geschieht, die mit den Tyrathca in einen Konflikt geraten.«

Liol verstummte. Er verzog das Gesicht, mehr besorgt als wütend, weil er den Streit zu verlieren drohte.

»In Ordnung«, sagte Joshua. »Zugegeben, es gibt ein

gewisses Potential für einen Konflikt zwischen den Tyrathca und der Konföderation, vorausgesetzt, wir überleben die Possession. Trotzdem beeinträchtigt das unsere Mission nicht.«

»Die Konföderation muß über diese Entwicklung in Kenntnis gesetzt und gewarnt werden«, sagte Monica. »Wir haben mehr über die Tyrathca herausgefunden als jemals ein Mensch zuvor. Und wegen ihrer Isolationspolitik wird es so bald auch niemand sonst herausfinden. Dieses Wissen ist von beträchtlicher strategischer Bedeutung.«

»Sie wollen nicht ernsthaft vorschlagen, daß wir umkehren?« fragte Joshua.

»Ich stimme Monica zu; die Tyrathca sind ein Faktor, den wir in unsere Überlegungen mit einbeziehen müssen.«

»Nein, nein«, sagte Joshua. »Sie bauschen diese Geschichte über alle Maßen auf. Sehen Sie, wir befinden uns zweiundvierzig Lichtjahre von Yaroslav entfernt, dem nächsten von Menschen bewohnten System der Konföderation. Die *Lady Macbeth* müßte einen großen Teil ihres Delta-V vernichten, um sich an die relative Systemgeschwindigkeit anzupassen. Wir würden mehr als einen Tag benötigen, um hinzukommen, und die gleiche Zeit, bis wir wieder hier wären. Außerdem ist Zeit der kritischste Faktor, den wir im Augenblick haben. Wer weiß, was die Besessenen hinter unserem Rücken aushecken? Vielleicht haben sie das Yaroslav-System längst übernommen?«

»Bestimmt nicht die edenitischen Habitate«, entgegnete Monica. »Und ihre Voidhawks könnten unsere Warnung weiterleiten.«

»Die *Oenone* würde nur einen Tag benötigen, um zum Yaroslav-System und wieder hierher zurück zu fliegen«, sagte Ruben. »Das wäre keine so große Verzögerung.« Er lächelte Syrinx ermutigend zu.

Sie erwiderte sein Lächeln nicht. »Ich möchte nicht, daß wir uns in diesem Stadium aufteilen«, sagte sie. »Außerdem haben wir noch gar nicht darüber gesprochen, wie die Suche nach dem Schlafenden Gott von hier aus weitergehen soll. Ich denke, wir sollten uns zumindest den Statusbericht von Parker Higgens' Team anhören, bevor wir derartige Entscheidungen treffen.«

»Einverstanden«, sagte Joshua rasch. Monica warf Samuel einen Blick zu, dann zuckte sie die Schultern. »Meinetwegen.«

Parker beugte sich vor und gestattete sich ein schwaches Lächeln. »Wenigstens habe ich eine gute Neuigkeit. Wir haben bestätigen können, daß der Schlafende Gott tatsächlich existiert. Wir haben eine Referenz in einer der Tyrathca-Dateien gefunden.«

Alle lächelten. Ashly klatschte in die Hände und stieß einen begeisterten Ruf aus. »Ja!« Er und Liol grinsten sich breit zu.

»Aus der Datei ging allerdings nicht hervor, was das verdammte Ding ist«, brummte Kempster Getchell mürrisch. »Nur, was es getan hat. Und das ist wirklich unheimlich.«

»Vorausgesetzt, es entspricht den Tatsachen«, warf Renato ein.

»Seien Sie doch nicht so pessimistisch, mein Junge. Diesen Aspekt haben wir doch bereits geklärt. Die Tyrathca erfinden keine Geschichten; sie sind überhaupt nicht dazu imstande.«

»Und was hat dieser Schlafende Gott nun getan?« fragte Joshua.

»Nach unseren Daten hat er eine ihrer Archen über eine Entfernung von einhundertfünfzig Lichtjahren transportiert. Und zwar in Nullzeit.«

»Also ist es ein Raumschiffsantrieb?« fragte Joshua enttäuscht.

»Das glaube ich nicht. Oski, würden Sie bitte für uns Licht in die Sache bringen?«

»Selbstverständlich.« Sie übermittelte einen Datavis-Befehl an den Prozessorblock auf ihrem Tisch und löschte das letzte Bild der Tyrathca-Invasion aus der AV-Projektion. »Was Sie als nächstes sehen, ist eine Simulation der Reise von Tanjuntic-RI, ausgehend von Mastrit-PJ bis nach Hesperi-LN, basierend auf den Daten, die wir in der Weltraumarche gefunden haben.«

Die AV-Linse projizierte eine komplexe Sternenkarte, in deren Zentrum der bunte Fleck des Orion-Nebels lag. Ein roter Stern auf der von der Konföderation aus betrachtet gegenüberliegenden Seite des Nebels war von einer Reihe informeller Symbole umgeben. »Mastrit-PJ ist heute entweder ein roter Riese oder sogar ein Superriese, und die Sonne muß sich auf der anderen Seite des Nebels und recht nah bei ihm befinden, daher haben wir sie noch nie gesehen. Und jetzt die Fahrt von Tanjuntic-RI um den Nebel herum. Wir wissen nicht, welchen Weg die Arche genommen hat; die Tyrathca haben uns nie die Koordinaten der unterwegs gegründeten Kolonien verraten, und wir konnten nicht genug Informationen aus ihren Datenbanken extrahieren, um sie zu bestimmen. Eines wissen wir allerdings mit Bestimmtheit: Tanjuntic-RI hat unterwegs elf Mal angehalten, bevor die Arche Hesperi-LN erreichte. Fünf dieser Zwischenstops fanden statt, um neue Kolonien zu gründen. Die anderen ereigneten sich in Sonnensystemen ohne biokompatible Welten, wo die Arche lediglich instandgesetzt und neu betankt wurde, bevor sie weiterflog.« Eine dünne blaue Linie wanderte von Mastrit-PJ nach draußen und verband elf Sonnensysteme in einer weiten Kurve, die um die galaktische Südseite des voluminösen Nebels herumführte. »Dieser Kurs ist von Bedeutung, weil die Arche dadurch keine direkte Kommunikationslinie mehr zu Mastrit-PJ besaß. Der Kommunikationslaser war nicht stark genug, um den Staub zu durchdringen, aus dem der Orion-Nebel besteht. Also mußten nach dem vierten Stop sämtliche Nachrichten von und nach Mastrit-PJ durch eine der Kolonien weitergeleitet werden. Was auch der Grund ist, weshalb die späteren Kommuniqués im Terminal der Planetaren Habitate gespeichert waren.

Wir glauben, daß die stellare Expansion der Sonne von Mastrit-PJ dafür verantwortlich ist, daß die Kommunikation letztendlich zum Erliegen kam«, sagte Renato eifrig. »Gegen Ende der Reise bestand lediglich noch eine Verbindung zwischen Tanjuntic-RI und seinen Kolonien. Außerdem wurden ein paar Nachrichten an die Arche weitergeleitet von Kolonien, die von anderen Archen gegründet worden waren, aber von Mastrit-PJ kam überhaupt nichts mehr.«

»Ich bin überrascht, daß überhaupt eine Kommunikation zu Mastrit-PJ bestand«, sagte Alkad. »Wenn die Sonne sich in einen roten Riesen verwandelt hat, dann dürfte in ihrem System nichts mehr überlebt haben. Die Planeten wären von der Sonne verschlungen worden.«

»Sie müssen eine Art Redoute im Kometenhalo errichtet haben«, sagte Renato. »Ihre Ressourcen waren damals außerordentlich groß. Die Tyrathca, die nicht an Bord der Archen fliehen konnten, müssen versucht haben, die Katastrophe auch so zu überleben.«

»Eine logische Schlußfolgerung«, gab Alkad zu.

»Trotzdem mußte diese Zivilisation begrenzt sein«, sagte Renato. »Sie besaßen keine neuen Rohstoffe mehr, die sie hätten abbauen können, und sie konnten ihre Vorräte nicht wieder wie die Archen in jedem Sternensystem neu auffüllen. Also mußten sie irgendwann aussterben. Daher die fehlende Kommunikation in den letzten fünftausend Jahren.«

»Aber eines der letzten Kommuniqués von Mastrit-PJ beinhaltete die Nachricht vom Schlafenden Gott«, sagte

Parker Higgens. »Ein Jahrhundert später endete jeglicher Nachrichtenaustausch. Tanjuntic-RI hat eine Nachricht zurückgeschickt und um weitere Einzelheiten gebeten, doch zu diesem Zeitpunkt war die Arche bereits achthundert Lichtjahre weit von ihrem Heimatsystem entfernt. Die Zivilisation von Mastrit-PJ war wahrscheinlich bereits ausgestorben, bevor die erste der Koloniewelten die ursprüngliche Botschaft empfing.«

»Können wir sie bitte sehen?« fragte Ruben.

»Selbstverständlich«, antwortete Oski. »Wir haben den relevanten Text aus der Nachricht herausgelöst; es gibt sehr viel Rauschen wegen der Entfernung und der Datenkompression. Und sie wiederholen jede Nachricht mehrere Tausend Mal innerhalb eines Zeitraums von vierzehn Tagen, um sicherzustellen, daß jedes einzelne Bit intakt beim Empfänger eintrifft.« Sie übermittelte den anderen den Kode einer Datei. Als sie per Datavis darauf zugriffen, zeigte der Prozessor einen einfachen zweidimensionalen Text.

EINGEHENDES SIGNAL
EMPFANGSDATUM 75572-094-648
URSPRUNGSORT FALINDI-TY RELAISSTATION
BERICHT MASTRIT-PJ

SIGNAL VON ARCHE SWANTIC-LI EMPFANGEN UND WEITERGELEITET 38647-046-831. LETZTES SIGNAL EMPFANGEN 23876-032-749.

TRANSMISSIONSDETAILS ANHÄNGIG.
BERICHT VON SWANTIC-LI

DATUM 29321-072-491.
PLASMAPUFFER AUSGEFALLEN WÄHREND VERZÖGERUNG IN DAS STERNENSYSTEM ********.

ZAHLREICHE KOLLISIONSSCHÄDEN.
EIN HABITATIONSRING ATMOSPHÄRELOS.
27 INDUSTRIELLE AUSRÜSTUNGSKAMMERN OHNE ATMOSPHÄRE, ZUGEHÖRIGE AUSRÜSTUNG VERLORENGEGANGEN.
32% DER POPULATION UMGEKOMMEN.
LEBENSERHALTUNGSFUNKTIONEN NICHT MEHR GEGEBEN.
TOTALER AUSFALL DER SYSTEME INNERHALB SIEBEN WOCHEN ZU ERWARTEN.
KEINERLEI BEWOHNBARE PLANETEN IM STERNENSYSTEM.
SENSOREN HABEN IM ORBIT UM DIE SONNE EINE WEITLÄUFIGE RÄUMLICHE VERZERRUNG ENTDECKT. ES HANDELT SICH UM EINE SCHLAFENDE QUELLE VON GOTTESMACHT. SIE SIEHT DAS GESAMTE UNIVERSUM. SIE KONTROLLIERT JEDEN ASPEKT PHYSISCHER EXISTENZ. IHR GANZER SINN BESTEHT DARIN, BIOLOGISCHEN ENTITÄTEN IN IHREM FORTSCHRITT ZU HELFEN. UNSERE ANKUNFT HAT SIE ERWECKT. ALS WIR UM HILFE BATEN, WURDE SWANTIC-LI ZU DIESEM STERNENSYSTEM IN 160 LICHTJAHREN ENTFERNUNG TRANSPORTIERT, WO ES EINEN BEWOHNBAREN PLANETEN GIBT. AN DIE, DIE NACH UNS KOMMEN – SWANTIC-LI GLAUBT, DIE QUELLE IST EIN VERBÜNDETER ALLER TYRATHCA.

DATUM 29385-040-175.
SWANTIC-LI POPULATION ZU BEWOHNBAREM PLANETEN TRANSFERIERT.
KOLONIE GOERTHT-WN GEGRÜNDET.

Angehängt an die Datei waren drei Bilder. Die Qualität war ausnahmslos schlecht, selbst nachdem verschiedene Diskriminierungs- und Filterprogramme die Daten überarbeitet hatten. Alle zeigten den gleichen silbergrauen Fleck vor dem schwarzen Hintergrund des Weltraums. Was auch immer das Objekt war, die Tyrathca von Coastuc-RT hatten seine Gestalt beinahe exakt reproduziert: Eine breite Scheibe mit konischen Säulen, die aus den Seiten ragten. Die Oberfläche war glatt, ohne jegliche erkennbare Kontur und ohne Markierungen, und sie glänzte in einem metallischen Leuchten.

»Wie groß ist dieses Ding?« fragte Joshua.

»Unbekannt«, antwortete Renato. »Und nicht festzustellen. Wir besitzen keinerlei Referenzen. Keines der Bilder war mit einem Maßstab oder einem Bezugssystem versehen, so daß wir keine Möglichkeit haben, das Ding abzuschätzen. Es könnte so groß sein wie ein Gasriese oder auch nur zwei Kilometer. Der einzige Hinweis, der uns vielleicht weiterhilft, ist die Behauptung der Tyrathca von Swantic-LI, daß dieses Gebilde eine ausgedehnte Raumverzerrung erzeugt, bei der es sich meiner Meinung nach um ein Gravitationsfeld handeln muß. Das würde ein zu kleines Objekt von vornherein ausschließen. Das einzige Objekt, von dem wir mit Bestimmtheit sagen können, daß es die Parameter erfüllt, wäre ein kleiner Neutronenstern. Aber ein Neutronenstern kann unmöglich diese Form besitzen.«

Joshua bedachte Alkad Mzu mit einem langen fragenden Blick.

»Neutronensterne, ganz gleich welcher Größe, besitzen keine der Eigenschaften, welche die Tyrathca in ihrem Kommuniqué beschreiben«, sagte sie. »Und sie sehen auch nicht so aus. Ich denke, daraus dürfen wir schließen, daß es sich um einen Artefakt handelt.«

»Ich habe nicht vor, über Theorien zu streiten«, sagte Kempster Getchell. »Rundheraus gesagt, wir verfügen nicht über ausreichende Informationen, um die Natur dieses Objekts zu bestimmen. Es macht nicht den geringsten Sinn, hier herumzusitzen und zu raten, was diese paar unscharfen Bilder darstellen sollen. Wir wissen mit Bestimmtheit nur, daß es sich um ein Objekt mit ein paar sehr eigenartigen Fähigkeiten handelt.«

»Der Begriff ›Gottesmacht‹ klingt faszinierend«, sagte Parker Higgens. »Insbesondere, weil die Tyrathca keine sprachlichen Nuancen benutzen. Ihre Art der unverschlüsselten Informationsübermittlung verleiht unserer Übersetzung die höchstmögliche Genauigkeit.«

»Ha!« Kempster winkte abschätzig in Richtung des Direktors. »Hören Sie auf, Parker. Wir haben nicht einmal in unserer eigenen Sprache eine exakte Definition für ›Gott‹. Jede Kultur schreibt ihrem Gott andere Eigenschaften zu. Die Menschheit hat das Wort Gott für alles mögliche benutzt, angefangen beim Schöpfer des Universums bis hin zu einer Gruppe großer böser Männer, die nichts anderes zu tun hatten, als am Wetter herumzupfuschen. Gott ist ein Konzept und keine Beschreibung.«

»Meinetwegen diskutieren Sie über Semantik, aber Gott impliziert immer und in jeder Sprache eine außergewöhnliche Macht.«

»Gottes*macht*, nicht Gott«, korrigierte Ruben ostentativ. »Das ist ein signifikanter Unterschied, und er muß etwas zu bedeuten haben. Es handelt sich definitiv um einen Artefakt, auch wenn wir im Augenblick nicht sagen können, von welcher Art. Und da die Tyrathca diesen Artefakt nicht selbst erbaut haben, ist unsere Chance, ihn wieder zu aktivieren, wahrscheinlich genauso groß wie die jeder beliebigen anderen Spezies.«

»Er befand sich im Ruhezustand, und die Annäherung der Tyrathca weckte ihn auf«, sagte Oski. »Klingt, als müßte man nicht einmal einen Knopf drücken, um ihn zu wecken.«

»Für mich klingt das immer noch nach einem Raumschiffsantrieb«, beharrte Liol mit einem Kopfnicken in Joshuas Richtung. »Nach dem Kommuniqué der

Tyrathca dient es dem Fortschritt biologischer Entitäten, und es hat ihre Arche über eine Distanz von hundertsechzig Lichtjahren katapultiert. Das scheint mir eindeutig, oder nicht? Kein Wunder, daß die Tyrathca es für ein verdammtes Wunder gehalten haben. Sie besaßen schließlich keine Überlichttechnologie. Und ein Raumschiffsantrieb, der stark genug ist, um eine Arche anzutreiben, muß höllisch groß sein. Kein Wunder, daß die Tyrathca vor Staunen die Münder aufgerissen haben, trotz all ihrer fatalistischen Einstellung.«

»Aber die Tyrathca haben eine ganze Menge mehr über dieses Ding gesagt, und nichts davon paßt so richtig zusammen«, sagte Joshua. »Was ich meine ist, keine der Fähigkeiten, die sie diesem Ding zuschreiben, gehört zu einer einzigen Maschine. Raumschiffsantriebe beobachten nicht das Universum, und sie kontrollieren auch keine physische Existenz.«

»Ich hätte auch noch einige Fragen«, sagte Syrinx. »Beispielsweise, was tut dieses Ding in einem Sonnensystem, in dem es keinen einzigen biokompatiblen Planeten gibt? Außerdem scheint es, als gäbe es eine Art kontrollierendes Bewußtsein. Die Tyrathca haben es um Hilfe *gebeten*, erinnern Sie sich? Sie haben es nicht einfach eingeschaltet und dann seinen Raumschiffsantrieb benutzt.«

»Was ihnen auch nichts genutzt hätte. Schließlich wußten sie nicht wohin«, sagte Samuel. »Swantic-LI wurde zu einem System mit einem bewohnbaren Planeten gebracht. Mit anderen Worten, der Artefakt oder was auch immer *wußte*, wo sich eine bewohnbare Welt befindet. Die Tyrathca wußten es jedenfalls ganz bestimmt nicht.«

»Das macht ihn zu einem gutartigen Artefakt«, sagte Kempster Getchell. »Oder wenigstens zu einem, der biologischen Wesenheiten freundlich gesonnen ist. Und ich bin arrogant genug, um zu glauben, daß dieser Artefakt, wenn er den Tyrathca geholfen hat, uns Menschen erst recht behilflich sein wird.«

Joshua sah die anderen der Reihe nach an. »Also schön. Auch wenn niemand mehr etwas Neues über die Fähigkeiten oder die Natur des Artefakts hinzufügen kann, denke ich, wir haben genug erfahren, um uns darauf zu verständigen, daß wir unsere Mission fortsetzen. Monica, Sie wollen bestimmt dagegen stimmen?«

Die Agentin der ESA preßte die Handflächen gegeneinander und senkte den Blick.

»Ich stimme Ihnen zu, daß dieses Ding sehr beeindruckend klingt, aber ich wollte Ihre Aufmerksamkeit nicht nur auf die Tyrathca richten, weil ich denke, daß sie ein Problem werden könnten. Sie machen mir Angst.«

»Zugegeben – aber bestimmt nicht in einem Zeitraum, der unmittelbares Einschreiten erforderlich macht«, sagte Oski Katsura. »Selbst wenn wir annehmen, daß Sie hundertprozentig recht haben und die Tyrathca uns Menschen als eine gefährliche Spezies betrachten, die ausgerottet werden muß, würden Jahrzehnte vergehen, bevor sie auch nur anfangen könnten, über eine Vorgehensweise nachzudenken. Nehmen wir ruhig den schlimmsten Fall an und gehen davon aus, daß sie bereits von Hesperi-LN zu den anderen Kolonien geflogen sind, die Tanjuntic-RI gegründet hat. Trotzdem wären sie noch auf Jahre nicht imstande, Überlichtraumschiffe zu bauen, nicht in größeren Zahlen jedenfalls. Ehrlich gesagt, ich bezweifle, daß sie es je schaffen. Unsere Systeme nachzubauen wäre extrem schwierig für sie, wenn man ihren ausgesprochenen Mangel an Intuition bedenkt. Selbst wenn sie das Konstruktionsprinzip entdecken, müßten sie immer noch Produktionsanlagen bauen. Also wären wir in jedem Fall rechtzeitig zurück, um die Konföderation zu warnen, selbst wenn unsere Reise Jahre dauern würde.«

Monica blickte fragend zu Samuel. »Ich halte die Schlußfolgerung für logisch«, sagte er.

»Also schön«, gab sie schließlich zögernd nach. »Ich gebe ja zu, daß ich ebenfalls neugierig bin, was es mit diesem Schlafenden Gott auf sich hat.«

»Gut«, sagte Joshua. »Nächste Frage. Wo zur Hölle finden wir dieses Ding? Sie haben die Koordinaten des Sternensystems nicht eingezeichnet.«

»Es ist eine Koordinate aus zehn Ziffern«, antwortete Kempster. »Ich kann Ihnen eine direkte Übersetzung liefern, wenn Sie darauf bestehen. Unglücklicherweise ergibt sie nicht den geringsten Sinn, weil wir nicht im Besitz des Tyrathca-Almanachs sind und daher mit ihren Koordinatenangaben nichts anfangen können.«

»Verdammter Mist!« Liol fiel in seine Couch zurück und schlug frustriert auf das Polster. »Wollen Sie damit vielleicht andeuten, daß wir noch einmal zurück nach Hesperi-LN müssen?«

»Das wäre höchst unklug«, gab Samuel zu bedenken. »Ich bin fest überzeugt, daß die Analogie mit dem Hornissennest voll und ganz zutrifft. Wir haben die Tyrathca wirklich aufgeschreckt.«

»Kann denn die *Oenone* die Koordinaten nicht herausfinden?« fragte Joshua. »Ich dachte immer, die Voidhawks hätten eine ausgesprochen gute räumliche Orientierung?«

»Haben sie auch«, antwortete Syrinx. »Hätten wir einen Tyrathca-Almanach, könnte die *Oenone* uns auf direktem Weg zu dem Sternensystem mit dem Schlafenden Gott bringen. Aber zuerst benötigen wir diesen Almanach, und es gibt nur eine einzige Möglichkeit, wie wir an ihn gelangen können. Wir müssen umkehren.«

»Müssen wir nicht«, entgegnete Kempster Getchell fröhlich. »Wir wissen von einem zweiten Sternensystem, wo es einen Almanach gibt. Mastrit-PJ selbst. Und besser noch: Die Tyrathca von Mastrit-PJ haben die Nachricht von Swantic-LI direkt empfangen. Vielleicht gibt es auch noch andere, die niemals an Tanjuntic-RI weitergeleitet wurden. Wir müssen nichts weiter tun, als um den Nebel herumzufliegen. Jeder rote Riese wird uns anleuchten wie ein gottverdammtes Signalfeuer. Sobald unsere Sensoren Mastrit-PJ entdeckt haben, können wir einen gültigen Annäherungsvektor ausarbeiten.«

»Besser noch, jedenfalls aus unserer Sicht, ist die Tatsache, daß Mastrit-PJ inzwischen unbewohnt sein dürfte«, sagte Parker Higgens. »Diesmal haben wir mehr Zeit, um die benötigten Daten ohne jede drohende Gefahr aus den Ruinen zu extrahieren.«

»Wir wissen nicht, wie lange diese Kometenzivilisation schon ausgestorben ist«, sagte Oski mit einem Unterton von Sorge. »Der Zustand der Laymil-Relikte ist schlimm genug, und sie sind gerade zweieinhalbtausend Jahre alt. Ich kann nicht versprechen, daß wir etwas aus einer Elektronik extrahieren können, die mehr als doppelt so lang dem Weltraum ausgesetzt war.«

»Wenn nötig, suchen wir die Sterne in der Umgebung von Mastrit-PJ nach anderen Tyrathca-Kolonien ab. In dieser Region müßte es eine ganze Menge davon geben, und sie wurden bestimmt noch nicht über die verschlagenen Menschen informiert. Aber der eigentliche Punkt ist, daß wir diesen Almanach auch auf der anderen Seite des Orion-Nebels finden können.«

»Das wollte ich auch nicht in Abrede stellen«, sagte Oski. »Ich möchte lediglich für das Protokoll bemerken, daß wir auf Probleme stoßen könnten.«

»Sie übersehen eine Tatsache«, sagte Joshua. Fast lächelte er, als er die indignierten Blicke der anderen bemerkte. »Wird überhaupt noch ein Schlafender Gott auf uns warten, wenn die Kiint vor uns dort sind? Und was zur Hölle wollen sie überhaupt von ihm?«

»Wir können wohl kaum nur wegen der Kiint aufgeben«, entgegnete Syrinx. »Außerdem haben wir keinen wirklichen Beweis, daß ...« Sie brach ab, als sie Joshuas spöttischen Blick bemerkte. »Also schön, sie waren in Tanjuntic-RI. Aber wir wußten bereits, daß sie sich für den Schlafenden Gott interessieren, bevor wir aufgebrochen sind. Nur aus diesem einen Grund sind wir überhaupt hier. Und meiner Meinung nach beweist das große Interesse der Kiint nichts anderes, als daß der Schlafende Gott tatsächlich eine bedeutende Angelegenheit ist.«

»Gut«, sagte Joshua. »Also auf zur anderen Seite des Nebels.«

2. Kapitel

Fünfzig Jahre zuvor hatte Sinon den walisisch-ethnischen Planeten Llandilo besucht. Er hatte drei kalte Stunden zugesehen, wie ein Clan Neuer Druiden bei Sonnenaufgang den ersten Tag des Frühlings willkommen geheißen hatte. Wie das mit heidnischen Zeremonien so ist, war sie für einen Außenseiter eine sterbenslangweilige Angelegenheit voller mißtönender Gesänge und undefinierbarer gaelischer Anrufungen an die Muttergöttin des Planeten. Lediglich die Landschaft hatte das Spektakel lohnenswert gemacht. Sie hatten sich auf einer Landspitze zusammengefunden, die einer steilen Küste vorgelagert war, einer Reihe gewaltiger Granitfelsen, die sich bis weit ins Meer erstreckten. »Gottes Kolonnade« hatten die Einheimischen diese Formation genannt.

Als schließlich die Sonne hinter dem Horizont erschienen war, Pink und Gold aus dem über dem Meer liegenden Dunst, war die Sichel perfekt entlang der Reihe von Felsen ausgerichtet gewesen und hatte eine Spitze nach der anderen mit einer strahlenden Korona umgeben. Glücklich über die Intensität des Naturschauspiels hatte es die Versammlung weißgekleideter Neuer Druiden schließlich doch noch geschafft, sich auf eine gemeinsame Harmonie zu einigen, und ihre Stimmen hatten weit über das Wasser geschallt.

Es war eine merkwürdige Erinnerung für einen Serjeant-Körper mit seiner beschränkten Speicherkapazität, dachte Sinon. Auch fiel ihm beim besten Willen kein Grund ein, warum seine Persönlichkeit ausgerechnet diese Erinnerung behalten hatte. *Möglicherweise eine Überdosis an Sentimentalität*. Was auch immer, die Erinnerung an Llandilo erzeugte eine nützliche Brücke, die ihm die Akklimatisierung an die Gegenwart erleichterte.

Neuntausend der auf dem Ketton-Felsen gestrandeten Serjeants hatten sich am Rand des Plateaus eingefunden, um gemeinsam ihren *Willen* anzustrengen. Die restlichen hatten sich den Bemühungen per Affinität angeschlossen, während sie über den Schlamm zum gemeinsamen Treffpunkt wanderten. Es war kein Gebet oder etwas in der Art, doch die äußerliche Ähnlichkeit mit den Neuen Druiden war ein amüsanter Trost. Die gestrandeten Edeniten hatten dringend Aufmunterung nötig, um nicht wegen der mißlichen Situation zu verzagen, in die sie geraten waren.

Ihre erste – und dringlichste – Priorität war es gewesen, den Sturm einzudämmen, mit dem die Atmosphäre von ihrem fliegenden Felsen entwich. Eine einfache Aufgabe für ihren vereinten *Willen,* nachdem sie nun ebenfalls über energistische Fähigkeiten verfügten. Ihr gemeinsamer Wunsch beugte die lokale Realität und brachte sie dazu, ihnen zu gehorchen. Selbst Stephanie Ash und ihre abgerissene kleine Gruppe hatten den Serjeants dabei geholfen. Inzwischen war die Luft draußen vor dem Rand des Felsens zu einer undurchdringlichen vertikalen Barriere geworden.

Ermutigt und erleichtert hatten die Serjeants ihren zweiten Wunsch laut und deutlich kundgetan: zurückzukehren in ihr eigenes Universum. Theoretisch hätte es ganz leicht sein müssen. Eine massive Konzentration energistischer Kraft hatte sie in dieses Universum gebracht, also sollte eine gleichermaßen beharrliche Konzentration sie auch wieder zurückbefördern. Bisher hatte dieses Argument logischer Symmetrie jedoch keinerlei Ergebnis gezeitigt.

»Ihr Burschen solltet eine Pause einlegen«, schlug Cochrane ein wenig gereizt vor. »Es ist wirklich gespenstisch, wenn ihr alle so mucksmäuschenstill steht wie eine Armee von Zombies.«

Gemeinsam mit den anderen aus Stephanies Gruppe

hatte der beeindruckende Hippie eine gute Viertelstunde lang versucht, den Serjeants bei ihren Bemühungen zu helfen, eine Verbindung zurück in das alte Universum herzustellen. Als (für Stephanies Gruppe) offensichtlich wurde, daß diese Idee nicht so ohne weiteres in die Tat umzusetzen, wenn nicht sogar völlig unmöglich war, hatte Cochrane in seiner Konzentration nachgelassen. Schließlich hatten sie sich in einem Kreis um Tina auf den Boden gesetzt, um ihr an Trost und Unterstützung zu geben, was möglich war.

Tina war noch immer sehr schwach. Sie schwitzte und fror abwechselnd, obwohl sie in einem gut isolierten Feldschlafsack steckte. Einer der Serjeants mit medizinischen Kenntnissen hatte sie untersucht und festgestellt, daß der starke Blutverlust das größte Problem sei. Die Infusionsausrüstung der Serjeants funktionierte in diesem Universum nicht, also hatte er einen primitiven intravenösen Tropf improvisiert, um Tina mit Nährstoffen zu versorgen.

Stephanies unausgesprochene Sorge war, daß Tina innere Verletzungen erlitten hatte, die sie mit ihren energistischen Fähigkeiten niemals heilen könnten, ganz gleich, wie sehr sie es herbeiwünschten. Wie schon mit Moyos Augen mußten sie vor den tieferen Subtilitäten des Fleisches kapitulieren. Sie benötigten voll funktionsfähige nanonische Medipacks. Und die würde es in diesem Universum einfach nicht geben.

Ihre zweite Sorge galt der Frage, was mit den Seelen geschehen würde, deren Körper in diesem Universum starben. Ihre Verbindung mit dem Jenseits war unwiderruflich unterbrochen. Stephanie wollte lieber nicht über die Implikationen nachdenken. Auch wenn Tina sich alle Mühe gab, Zuversicht auszustrahlen, würden sie es vielleicht viel zu bald herausfinden.

Sinon erwachte aus seinem tranceähnlichen Zustand und blickte auf Cochrane herab.

»Unsere Versuche, die energistischen Kräfte zu manipulieren, führen nicht zu physischer Erschöpfung, wie Sie eigentlich wissen müßten. Und weil es sonst nichts für uns zu tun gibt, betrachten wir es als durchaus angemessen, wenn wir unsere Anstrengungen fortsetzen, nach Hause zurückzukehren.«

»Tut ihr, ja? Na ja, meinetwegen, macht was ihr wollt. Ich für meinen Teil ziehe Yoga vor. Es ist auch nicht schlecht. Aber da ist noch etwas anderes, Jungs. Wir müssen nämlich hin und wieder auch *essen*.«

»Es tut mir leid. Sie hätten sich früher melden sollen.« Sinon ging zu einem der großen Stapel Rucksäcke und Waffen, welche die Serjeants abgelegt hatten. Er fand seinen eigenen und öffnete ihn. »Wir nehmen keine feste Nahrung zu uns, tut mir leid. Aber unsere Nährlösung ist auch für Sie verdaulich. Sie enthält sämtliche Vitamine, Proteine und Mineralien, die von einem normalen menschlichen Verdauungssystem aufgenommen werden.« Er zog mehrere silbrige Tüten hervor und verteilte sie unter den zweifelnden Besessenen aus Stephanies Gruppe. »Sie sollten die Mahlzeit durch Wasser ergänzen.«

Cochrane schraubte den Deckel seiner Tüte ab und schnüffelte mißtrauisch. Unter den Augen der anderen quetschte er ein paar Tropfen der blassen bernsteinfarbenen Flüssigkeit auf den Finger und leckte sie ab. »Heilige Scheiße! Das Zeug schmeckt wie Meerwasser! Mann, ich kann kein rohes Plankton essen, ich bin schließlich kein Walfisch!«

»Groß genug dazu bist du jedenfalls«, murmelte Rana leise.

»Wir haben leider keine andere Nahrungsquelle zur Verfügung«, sagte Sinon tadelnd.

»Das geht schon in Ordnung, danke sehr«, wandte sich Stephanie an den großen Serjeant. Sie konzentrierte sich einen Augenblick lang, und ihr Beutel verwandelte sich in eine Tafel Schokolade. »Achten Sie nicht auf das, was Cochrane sagt. Wir können unsere Nahrung in alles verwandeln, worauf wir Lust haben, wenn Sie nur genügend Energie liefert.«

»Dein schlimmes Karma holt dich noch ein«, schniefte der Hippie. »He, Sinon! Hätten Sie vielleicht ein Glas für mich übrig? Ich schätze, ich kann mich noch gut genug erinnern, wie ein vernünftiger Bourbon schmeckt.«

Der Serjeant wühlte in seinem Rucksack und fand einen Plastikbecher.

»Hey, danke, Mann.« Cochrane nahm den Becher entgegen und verwandelte ihn in einen Kristalltumbler. Dann schenkte er sich eine gute Portion der Brühe ein und sah glücklich zu, wie sie sich in seinen goldenen Lieblingsschnaps verwandelte. »Das ist schon besser.«

Stephanie wickelte das Silberpapier von ihrer Schokolade und biß eine Ecke ab. Sie schmeckte ganz genauso gut wie die importierten schweizerischen Delikatessen aus ihrer Kindheit. *Andererseits,* so sagte sie sich ironisch, *bestimmt in diesem Fall die Erinnerung den Geschmack.* »Wieviel von dieser Nährlösung haben Sie noch übrig?« wandte sie sich an Sinon.

»Jeder von uns führt Proviant für eine Woche mit sich«, antwortete der Serjeant. »Berechnet auf der Annahme, daß wir die meiste Zeit über physisch stark aktiv sind. Bei vorsichtiger Rationierung müßten wir zwei bis drei Wochen damit hinkommen.«

Stephanies Blick schweifte über den zerknitterten grau-braunen Schlamm, der die gesamte Oberseite des fliegenden Felsens bedeckte. Vereinzelt glitzerten Tümpel und Pfützen in dem eintönigen blauen Licht, das sie von allen Seiten umgab. Ein paar verstreute Ferrangs und Kolfrans hielten sich an den Rändern der austrocknenden Tümpel auf und knabberten lustlos an der welkenden Vegetation. Es waren bei weitem nicht genug, um Menschen und Serjeants auch nur mit einer einzigen Mahlzeit zu dienen. »Ich schätze, das ist in diesem Fall alle Zeit, die uns bleibt«, sagte sie. »Selbst wenn wir ganze Silos voller Saatgut hätten, drei Wochen sind bei weitem nicht genug, um eine Ernte hervorzubringen.«

»Es ist zweifelhaft, ob die Luft so lange reichen wird«, entgegnete Sinon. »Wir schätzen, daß mehr als zwanzigtausend Menschen und Serjeants auf diesem Felsen gestrandet sind. Der Sauerstoff wird uns vielleicht nicht ausgehen, aber die Konzentration an Kohlendioxid aus dem Atem so vieler Individuen wird in spätestens zehn Tagen ein gefährlich hohes Niveau erreichen, falls die Luft nicht regeneriert wird. Wie Sie sehen können, existiert keinerlei Vegetation mehr, die diese Aufgabe übernehmen könnte. Daher die Entschlossenheit, mit der wir das Potential unserer energistischen Kräfte erforschen.«

»Wir sollten wirklich besser helfen«, sagte Stephanie. »Nur, daß ich keinen Weg sehe, wie wir das anstellen könnten. Keiner von uns verfügt über Affinität.«

»Die Zeit wird kommen, da wir Ihre Instinkte brauchen«, sagte Sinon. »Ihr kollektiver Wille hat uns hergebracht. Es ist möglich, daß Sie auch wieder einen Weg zurück finden. Ein Teil unseres Problems rührt sicherlich auch daher, daß wir nicht verstehen, wo wir sind. Wir haben keinerlei Referenzpunkt. Wenn wir wüßten, wo wir uns in Relation zu unserem eigenen Universum befinden, könnten wir vielleicht eine Verbindung dorthin zurück herstellen. Aber da wir keinerlei Anteil daran hatten, den Felsen herzubringen, wissen wir überhaupt nicht, wo wir mit der Suche anfangen sollen.«

»Ich schätze, uns geht es nicht viel besser«, sagte Moyo. »Das hier ist nur ein Hafen für uns, ein Ort, wo wir sicher sind vor der Befreiungskampagne.«

»Interessant«, sagte Sinon. Mehr und mehr Serjeants lauschten mit Hilfe ihrer Affinität der Unterhaltung. Vielleicht fand sich ja in den Worten des verletzten Besessenen ein Hinweis. »Dann wußten Sie vorher nichts über dieses Universum?«

»Nein. Nichts Spezifisches jedenfalls. Obwohl ich schätze, wir haben gespürt, daß ein solcher Ort existiert oder zumindest existieren könnte. Der Wunsch, hierhin zu entfliehen, wohnt jedem von uns inne. Jedem von uns Possessoren, meine ich. Wir wollen an einem Ort leben, wo es keine Verbindung zum Jenseits gibt und keine Nacht, die uns an die Leere erinnert.«

»Und Sie glauben, das hier ist dieser Ort?«

»Er scheint die Kriterien jedenfalls zu erfüllen«, sagte Moyo. »Nicht, daß ich die Hand dafür ins Feuer legen würde, daß es hier keine Nacht gibt«, fügte er bitter hinzu.

»Sind die anderen Planeten auch hier?« fragte Sinon. »Norfolk und all die anderen? Können Sie sie vielleicht die ganze Zeit über spüren?«

»Nein. Ich habe nichts davon gehört oder gespürt, seit wir hierher gekommen sind.«

»Danke sehr.« – **Es scheint, als würden sie von ihren Instinkten geleitet**, sagte Sinon zu den anderen. – **Ich glaube nicht, daß wir ihre Antworten als verläßlich betrachten dürfen.**

– **Ich verstehe nicht, warum wir uns nicht einfach zurück wünschen können**, sagte Choma. – **Wir verfügen jetzt über die gleichen Kräfte wie sie, und wir haben den gemeinsamen Wunsch zurückzukehren.**

Die vereinigten Bewußtseine ihres kleinen Konsensus entschieden, daß es zwei Möglichkeiten gab. Entweder hatten die Besessenen spontan ein nach allen Seiten hin abgeriegeltes Kontinuum für sich ganz allein geschaffen – ein unwahrscheinliches Ereignis, das zwar mehrere Phänomene in diesem Universum erklären konnte, beispielsweise das Versagen jeglicher Elektronik und das Abgeschnittensein vom Jenseits. Aber die Erschaffung eines gänzlich neuen Kontinuums durch Manipulation der existierenden Raumzeit mit Hilfe von Energie war ein unglaublich komplizierter Prozeß. Daß die Besessenen hergekommen waren, hatte nur einen einzigen Grund: Todesangst. Und diese Tatsache sprach eindeutig gegen die erste Möglichkeit und eine wohldurchdachte Aktion.

Viel wahrscheinlicher hatte dieses Kontinuum bereits existiert, irgendwo zwischen den grenzenlosen Dimensionen der Raumzeit. Das Jenseits war ein solcher Ort, auch wenn dort ganz andere Parameter galten. Sie waren wahrscheinlich irgendwo mitten hinein in die Vielzahl paralleler Sphären geschleudert worden, die innerhalb des Universums miteinander verbunden waren. Unter diesen Umständen war der Ort, an dem sie sich jetzt befanden, nicht durch Entfernung von der Realität getrennt, und zur gleichen Zeit lag er am anderen Ende der Unendlichkeit.

Außerdem wollte es ihnen nicht gelingen, ein Wurmloch aufzureißen, ganz gleich, wie sehr sich die zusammengeschalteten Bewußtseine darauf konzentrierten. Das ließ nichts Gutes erahnen. Noch kurze Zeit zuvor hatten zehntausend Possessoren ausgereicht, um ein Portal zu öffnen, das weit genug gewesen war, um einen zwölf Kilometer durchmessenden Felsen aufzunehmen. Und jetzt konnten zwölftausend Serjeants keinen Riß öffnen, der weit genug gewesen wäre, um ein einzelnes Photon durchzulassen.

Die Erklärung war, daß die Energiezustände in dieser Sphäre sich von den gewohnten unterschieden. Und in spätestens zehn Tagen würde dieser Unterschied dazu führen, daß sie starben. So lange reichte die Luft noch.

Stephanie beobachtete Sinon ein paar Minuten lang, bis offensichtlich wurde, daß er nichts mehr sagen würde. Sie konnte die Bewußtseine der vielen Serjeants ringsum deutlich spüren. Sie besaßen keine von diesen emotionalen Aufwallungen, die normale menschliche

Gedanken begleiteten, nur ein leichtes, gleichmäßiges Leuchten von Rationalität, hin und wieder unterbrochen von einem kurzen leidenschaftlichen Aufflackern, eine Kerzenflamme, die eine Staubflocke verbrannte. Sie wußte nicht, ob es ein gemeinsames Merkmal aller Edeniten war oder die normale Mentalität der Serjeants.

Die dunkelhäutigen BiTek-Konstrukte verharrten beängstigend lange ohne jede Bewegung, während sie in einer lockeren Kreisformation herumstanden. Jeder Trupp, der sich durch den schweren Schlamm gekämpft hatte, legte nach dem Eintreffen auf der Stelle die Rucksäcke und Waffen ab und gesellte sich zu den übrigen Serjeants, um in unbeweglicher Kontemplation über die mißliche derzeitige Lage nachzudenken. Soweit Stephanie feststellen konnte, waren sie und ihre Gruppe die einzigen Menschen unter ihnen.

Die neu eingetroffenen Serjeants hatten Ketton weitläufig umrundet. Trotzdem spürte Stephanie, wie sich inmitten der Ruinen Kettons Unruhe regte. Zuerst war sie verwirrt gewesen, weil keiner von Eklunds Besessenen herausgekommen war, um mit den Serjeants zu reden, doch inzwischen schrieb sie diese Tatsache einer gewissen Resignation zu.

»Wir sollten vielleicht rübergehen und mit den anderen sprechen«, schlug sie vor. »Unter den gegebenen Umständen ist es lächerlich, wenn wir weiter in zwei Lager gespalten bleiben. Wenn wir überleben wollen, müssen wir miteinander kooperieren.«

McPhee seufzte und räkelte sich behaglich auf dem Schlafsack, der ihm als Unterlage diente. »O mein Gott, Süße, du siehst immer nur das Positive in jedem Menschen. Mach endlich die Augen auf, Stephanie! Erinnere dich, was diese Bastarde uns angetan haben, und laß sie einfach schmoren.«

»Ich würde meine Augen ja nur zu gerne öffnen«, sagte Moyo rauh. »Aber Stephanie hat recht. Wir sollten wenigstens einen Versuch unternehmen. Es ist wirklich dumm, wenn wir weiter in zwei Lager gespalten bleiben.«

»Hey, ich wollte niemandem zu nahe treten. Ich wollte nur darauf hinweisen, daß Eklunds Leute keinerlei Anstalten gemacht haben, mit uns oder den Serjeants Kontakt aufzunehmen.«

»Wahrscheinlich hatten sie zuviel Angst vor ihnen«, sagte Stephanie. »Es ist schließlich erst einen halben Tag her. Ich bezweifle, daß sie überhaupt wissen, in welchen Schwierigkeiten wir stecken. Sie sind nicht so diszipliniert wie die Edeniten.«

»Irgendwann werden sie es auch herausfinden«, sagte Rana. »Lassen wir sie zu uns kommen, wenn es soweit ist. Dann sind sie nicht mehr so gefährlich.«

»Sie sind auch jetzt nicht mehr gefährlich. Und wir sind in einer perfekten Position, um den ersten Schritt zu unternehmen.«

»Hey, halt mal, Schwester!« rief Cochrane. Er mühte sich in eine sitzende Position, was einen Teil des Bourbons in seinem Tumbler überschwappen ließ. »Nicht gefährlich? Und wovon träumst du nachts? Was ist mit dieser verdammten Eklund? Sie hat ein paar mächtig deutliche Worte gesagt, als wir das letzte Mal zum Abschied gewunken haben.«

»Die Situation hat sich seither ja wohl deutlich verändert. Du hast Sinon gehört. Wir werden sterben, wenn wir keinen Weg finden, wie wir von hier wegkommen. Ich weiß zwar nicht, ob ihre Hilfe einen Unterschied macht oder nicht, aber unsere Chancen verringern sich dadurch ganz bestimmt nicht.«

»Arrrgh! Ich hasse es, wenn du so vernünftig redest! Das ist der ultimative schlimme Trip. Ich weiß jedesmal schon vorher, daß es ein riesiger Fehler ist, und ich kann mich einfach nicht entziehen.«

»Gut. Dann kommst du also mit uns.«

»Scheiße.«

»Ich bleibe hier bei Tina«, sagte Rana leise und drückte ihrer Freundin die Hand. »Jemand muß schließlich auf sie aufpassen.«

Tina lächelte in gequältem Trotz. »Ich bin ein richtiges Ärgernis.« Ringsum in der Gruppe ertönte ein Chor von beschwichtigendem Protest. Alle lächelten ihr aufmunternd zu oder machten ermutigende Gesten. Moyos Gesicht zeigte einen verlorenen Ausdruck, als er nach Stephanies führender Hand tastete.

»Wir werden nicht lange wegbleiben«, sagte sie aufmunternd zu den beiden. »Sinon?« Sie tippte dem Serjeant leicht auf die Schulter. »Möchten Sie vielleicht mit uns kommen?«

Der Serjeant erwachte aus seiner Starre. »Ja, das möchte ich. Kontakt herzustellen ist eine gute Idee. Choma wird uns ebenfalls begleiten.«

Stephanie war sich selbst nicht ganz im klaren über ihre Beweggründe. Sie spürte nichts von ihren Mutterinstinkten, die sie auf Mortonridge dazu getrieben hatten, den Kindern zu helfen. Nicht einmal das Gefühl von Verantwortung, das die kleine Gruppe in den Wochen vor dem Beginn der Befreiung hatte zusammenbleiben lassen. Vermutlich war es reiner Selbsterhaltungstrieb. Stephanie wollte, daß die beiden Seiten zusammenarbeiteten, um die Situation zu retten. Alles andere als ihre gemeinsame und volle Anstrengung war vielleicht nicht genug.

Das Land rings um Ketton hatte als Folge des Bebens ein paar einschneidende Veränderungen erfahren. Rings um den Rand des Felsens verlief eine sanfte Erhebung, die den ursprünglichen Verlauf des Tals erraten ließ, in dem die Stadt einst gelegen hatte. Langgestreckte Hügel umsäumten die langsam austrocknenden Tümpel wie kleine Sandwellen auf einer Düne. Von den Wäldern, die einst die Ausläufer der Berge bedeckt hatten, war nichts mehr zu sehen außer kahlen schwarzen Ästen und Stämmen, die trotzig in den Himmel ragten. Die wenigen Straßen, die die Sintflut überlebt hatten, waren verschwunden; das Beben hatte sie vernichtet. Zweimal waren sie auf große zerfetzte Platten aus Carbo-Beton gestoßen, die in den unmöglichsten Winkeln aus dem Schlamm aufragten, doch keine der Stellen hatte zu ihrer Erinnerung an die Straße gepaßt.

Nachdem der ganze Schlamm vom Beben wieder aufgewirbelt worden war, sanken Stephanies Füße bei jedem Schritt ein paar Zoll tief ein. Es war nicht so schlimm wie bei ihrer Flucht vor der heranrückenden Armee, aber es bedeutete Anstrengung. Und sie hatten immer noch nicht wieder zu ihren vollen Kräften zurückgefunden. Eine halbe Meile vor den Außenbezirken von Ketton blieb sie stehen, um sich ein wenig auszuruhen. Ihr Atem ging schwer und stoßweise, und sie hatte ein schlechtes Gewissen, weil sie die Luft mit Kohlendioxid verpestete.

Aus einiger Entfernung hatte sich Ketton vom umgebenden Land unterschieden. Eine ganze Reihe von Gebäuden war stehengeblieben und hatte durchaus intakt ausgesehen. Jetzt erkannte sie, welch ein Irrtum das gewesen war. Das völlige Fehlen aller Bäume hätte eigentlich Warnung genug sein müssen.

Cochrane schob seine schmale purpurne Sonnenbrille hoch in die Stirn und spähte aus zusammengekniffenen Augen auf die Ortschaft. »Mann o Mann, was habt ihr euch dabei nur gedacht, Jungs?« wandte er sich an die beiden Serjeants. »Ich meine, dieses Kaff ist erledigt, voll und ganz hinüber, futschikato!«

»Der Harpunenangriff gegen Ketton sollte die Besatzungstruppen ihrer taktischen Deckung berauben«, sagte Sinon. »Wir haben beträchtliche Verluste wegen Ihrer Fallen und Hinterhalte erlitten. Und da Sie offensichtlich entschlossen waren, sich hier zu verschanzen, war General Hiltch gleichermaßen entschlossen, Ihnen jeden Vorteil zu nehmen, den die Stadt bieten konnte. Ich denke, das Beben war auch dazu gedacht, Ihnen einen psychischen Schlag zu versetzen.«

»Ach ja?« spöttelte der Hippie. »Dieser Schuß ist ja wohl offensichtlich nach hinten losgegangen, wie? Sehen Sie nur, wohin Sie die Heidenangst gebracht hat, die Sie uns eingejagt haben.«

»Glaubst du vielleicht, du bist besser dran?« lachte McPhee abfällig.

»Sieht es schlimm aus?« fragte Moyo.

»Schlimm? Es ist überhaupt nichts mehr übrig«, sagte Stephanie. »Überhaupt nichts.« Aus der Nähe betrachtet war das, was sie für Gebäude gehalten hatten, nichts als bunte Trümmerhaufen, die mit dem Schlamm verschmolzen. Niemand hatte einen Versuch unternommen, die Häuser mit Hilfe seiner energistischen Kräfte wiederaufzubauen. Statt dessen rannten die Menschen scheinbar kopflos zwischen den Ruinen hin und her. Alles schien auf den Beinen.

Als sie näher kamen, bemerkte Stephanie, daß die Überlebenden bei weitem nicht kopflos agierten. Sie durchwühlten methodisch die Trümmerhaufen und förderten mit Hilfe energistischer Kräfte Ziegelsteine und zerbrochene Betonplatten aus dem Abfall. Sie gingen entschlossen und effizient zu Werke, mit anderen Worten: Sie waren organisiert.

»Vielleicht war die Idee doch nicht so gut«, sagte Stephanie leise, als sie den äußeren Rand des Ruinenfelds erreicht hatten. »Ich glaube fast, die Eklund hat noch immer das Kommando.«

»Das Kommando über was?« fragte Cochrane. »Das sieht aus wie eine Müllkippe. Und sie haben nur noch zehn Tage zu leben, genau wie wir.«

Eine Gruppe aus zwei Frauen und einem Mann, kaum

aus den Teenagerjahren, arbeiteten an einem der Trümmerhaufen. Sie wuchteten große Metallträger herum, als bestünden sie aus Leichtplastik. Sie hatten bereits den einen oder anderen kurzen Tunnel in den Haufen gegraben, und mitgenommene Kompositkisten voller Proviant und Lebensmittel stapelten sich ein paar Meter abseits im Schlamm. Als Stephanie und Sinon zu ihnen gingen, unterbrachen sie ihre Arbeit. Stephanies Zuversicht sank noch weiter, als sie sah, daß alle drei militärische Kleidung trugen.

»Wir dachten, wir sehen nach, ob wir vielleicht helfen können«, begann sie. »Ob jemand unter den Trümmern begraben wurde oder so.«

Der junge Mann blickte finster von Stephanie zu ihren Begleitern. »Niemand ist unter den Trümmern begraben. Was macht ihr mit diesen Monstern zusammen? Seid ihr vielleicht Spione?«

»Nein, ich bin kein Spion«, antwortete sie vorsichtig. »Hier gibt es nichts zu spionieren, für niemanden. Wir sitzen zusammen auf dieser Insel fest. Niemand hat mehr etwas zu verbergen, und es gibt auch nichts, weswegen wir kämpfen müßten.«

»Ach ja? Und wieviel Essen habt ihr? Nicht viel, jede Wette. Ist das der Grund, weshalb ihr hergekommen seid?« Sein besorgter Blick ging zu dem kleinen Stapel Lebensmittelkisten, die er zusammen mit den beiden Frauen ausgegraben hatte.

»Die Serjeants haben genügend Nahrung für uns, danke sehr. Wer hat hier eigentlich das Kommando?«

Der Mann wollte gerade den Mund zu einer Antwort öffnen, als ein gräßlicher Schmerz durch Stephanies Hüfte stach. Er war so intensiv, daß sie nicht einmal mehr schreien konnte, bevor sie in einen Schockzustand verfiel. Sie wurde von der Wucht des Einschlags nach hinten geworfen, und die Welt drehte sich wie verrückt. Sie landete auf dem Rücken und sah sich mit den Gliedmaßen in der Luft rudern. Ringsum spritzten Eingeweide und Blut auf den Boden, und dann wurde sie schlaff.

Man hat auf mich geschossen!

Alle brüllten wild durcheinander. Alle rannten aufgeregt hin und her. Die Luft ringsum begann dunstig zu schillern und verdickte sich schützend rings um sie. Stephanie hob den Kopf und blickte mit betäubtem Interesse an sich herab. Ihre Hose und Bluse glitzerten feucht vor Blut. Im Stoff über der Hüfte war ein großes Loch, und darunter sah sie zerfetztes Fleisch und Knochensplitter. Der Schock sorgte dafür, daß sie die Wunde mit fast wissenschaftlicher Klarheit betrachten konnte. Dann wurde ihr Kopf plötzlich heiß, und der Schmerz kehrte zurück. Sie schrie auf, und ihr wurde grau vor Augen, als sich die Muskeln entspannten und ihr Kopf kraftlos in den Dreck fiel.

»Stephanie! Scheiße, o verdammte Scheiße! Was ist passiert?«

Das war Moyos Stimme. Seine Angst und seine Aufregung drohten sie anzustecken.

»Heilige Scheiße! Diese Mistkerle haben auf sie geschossen! Hey, Stephanie, Baby, kannst du mich hören? Halte durch, Süße. Es ist nur ein Kratzer. Wir bringen das wieder in Ordnung für dich.«

Ein dunkler Dämon kniete neben ihr nieder, und sein Panzer glitzerte funkensprühend.

»Ich drücke die Adern ab, das sollte die Blutung stoppen. Konzentriert euch darauf, als erstes den Knochen zu reparieren.«

Stephanie entfernte sich von ihnen, und sie spürte die warme Flüssigkeit nur schwach, die sich überall auf ihrem Leib auszubreiten schien. Am stärksten war es über ihren Hüften, wie ein weiches Gewicht. Vor ihren Augen glitzerte träge eine wunderschöne opaleszierende Wolke. Sie spürte, wie ihr Herzschlag sich verlangsamte

– wodurch sie ihre panischen Atemzüge wieder unter Kontrolle bekam. Das war gut. Sie litt noch immer unter heftigen Schuldgefühlen, weil sie soviel Luft verbrauchte.

»Sie schließt sich wieder.«

»Mein Gott, soviel Blut!«

»Sie kommt durch. Sie bleibt am Leben.«

»Stephanie, kannst du mich hören?«

Langsame Schauer liefen über ihren Körper hinauf und hinunter. Ihre Haut hatte sich in Eis verwandelt. Aber sie schaffte es, die Augen zu öffnen und zu fokussieren. Die Gesichter ihrer Freunde blickten auf sie herab, betäubt vor Kummer und Sorge.

Ihre Lippen verzogen sich zu einem winzigen Lächeln. »Das hat weh getan«, flüsterte sie.

»Bleib einfach ruhig liegen«, brummte Franklin. »Du hast einen Schock erlitten.«

»Ja, ganz bestimmt.« Moyos Hand umklammerte ihren Oberarm so heftig, daß es schmerzte. Sie versuchte, ihn zu berühren, ihm Trost zu spenden.

»Die Wunde ist repariert«, sagte Sinon. »Allerdings haben Sie eine beträchtliche Menge Blut verloren. Wir müssen Sie in unser Lager zurückbringen und Ihnen eine Plasmainfusion geben.«

Etwas Vertrautes näherte sich ihrem Bewußtsein. Vertraut und doch alles andere als willkommen. Kalte, harte Gedanken, die nach gefühlloser Befriedigung stanken.

»Ich habe dich gewarnt, Stephanie Ash. Ich habe dich gewarnt, nicht wieder hierher zurückzukehren.«

»Du verdammtes faschistisches Stück Scheiße!« bellte McPhee. »Wir sind unbewaffnet!«

Stephanie bemühte sich, den Kopf zu heben. Annette Eklund stand an der Spitze von vielleicht dreißig ihrer Soldaten. Sie trug die makellose helle Khaki-Uniform eines Commanders, komplett mit Feldmütze und drei Sternen auf den Epauletten. In der Armbeuge trug sie eine großkalibrige Jagdwaffe. Ohne Stephanies Blick auszuweichen, zog sie den Repetierbügel nach vorn und wieder zurück. Eine verbrauchte Patronenhülse wurde ausgeworfen.

Stephanie stöhnte und ließ angstvoll die Schultern hängen.

»Du bist vollkommen wahnsinnig geworden!«

»Du bringst den Feind mitten in unser Lager und erwartest auch noch, ungestraft damit durchzukommen? Komm schon, Stephanie, komm schon. So funktioniert das nun einmal nicht.«

»Was denn für einen Feind? Wir sind gekommen, weil wir dachten, daß ihr vielleicht Hilfe braucht. Verstehst du denn überhaupt nichts?« Sie sehnte sich nach dem dumpfen Nichts des Schocks zurück. Das war immer noch besser als diese Frau hier.

»Nichts hat sich dadurch geändert, daß wir gewonnen haben. Sie sind immer noch der Feind. Und du und der Abschaum, den du Freunde nennst, ihr seid allesamt Verräter, weiter nichts.«

»Verzeihung«, meldete sich Sinon zu Wort. »Aber Sie haben nicht gewonnen. Auf diesem Felsen gibt es nicht genügend Nahrung. In spätestens zehn Tagen geht die Atemluft aus. Wir alle müssen bis dahin einen Weg zurück gefunden haben.«

»Was soll das heißen, die Atemluft geht aus?« fragte Devlin.

Sinons Stimme wurde lauter. »Diese Sphäre hier besitzt keine Frischluft, nur das, was wir mitgebracht haben. Und bei der gegenwärtigen Rate, mit der wir die Luft verbrauchen, wird dieser Vorrat in zehn, bestenfalls vierzehn Tagen erschöpft sein.«

Verstohlen wechselten mehrere von Eklunds Soldaten besorgte Blicke.

»Absolute Desinformation«, entgegnete Annette verächtlich. »Natürlich klingt alles wunderbar plausibel, und wenn wir in unserem alten Universum wären, würde ich es sogar beinahe selbst glauben. Aber das sind wir nicht. Wir sind an dem Ort, den wir uns ausgewählt haben. Und wir haben eine Existenz für uns ausgewählt, die uns sicher durch die Ewigkeit bringt. Das ist so nah an der klassischen Vorstellung vom Himmel, wie die menschliche Rasse sich nur erträumen kann.«

»Sie haben vielleicht die Grenzen spezifiziert«, sagte Sinon. »Eine Sphäre, in der Sie vom Jenseits abgeschnitten sind und die Nacht ein nicht existierendes Konzept darstellt. Aber das ist auch schon alles, was Sie getan haben. Diese Sphäre beschützt Sie nicht vor Dummheiten. Sie ist keine aktiv gutartige Umgebung, die jedes Bedürfnis nur allzu gern befriedigt. Sie sind verantwortlich für alles, was Sie hierher mitbringen, und alles, was Sie mitgebracht haben, war ein Felsklumpen mit einer dünnen Luftschicht oben drauf. Verraten Sie mir doch, wie Sie sich vorstellen, daß dieser Felsen sie für Zehntausende von Jahren ernähren soll? Ich bin wirklich interessiert.«

»Du bist nichts weiter als eine Maschine. Eine Maschine, die nur zu einem einzigen Zweck erschaffen wurde, dem Töten. Das ist alles, wovon du etwas verstehst. Du hast keine Seele. Hättest du nämlich eine Seele, würdest du spüren, wie sehr sie mit diesem Ort eins ist. Du würdest die Großartigkeit dieser Sphäre erkennen. Das ist der Ort, an den wir uns gesehnt haben. Wo wir sicher sind und in Frieden leben können. Du hast verloren, Maschine.«

»Hey, du da!« Cochrane hatte die Hand gehoben wie ein eifriger Schuljunge, und genauso wirkte sein Lächeln. »Äh, Lady, ich bin normalerweise so *organisch*, daß ich sogar die Musik des Landes spüre. Und ich sage dir, ich spüre nicht das Geringste von diesem Haufen Schlamm. Hier gibt es keine karmischen Vibrationen, Baby, glaub mir.«

»Was denn, einem aufrührerischen Junkie? Ganz bestimmt nicht.«

»Was willst du überhaupt?« fragte Stephanie. Sie spürte, daß Cochrane die Ruhe verlieren würde, wenn er weiter mit der Eklund stritt. Und das würde ein böses Ende für sie alle nehmen. Die Eklund benötigte nur den winzigsten Anlaß, um sie alle zu eliminieren. Genaugenommen fragte sich Stephanie sogar, was sie zurückhielt. Wahrscheinlich die Tatsache, daß sie sich an ihnen weidete.

»Ich will überhaupt nichts, Stephanie Ash. Ihr habt unsere Vereinbarung gebrochen und seid hergekommen, oder hast du das vergessen?«

»Wir sind in Frieden gekommen. Wir wollten euch helfen, sonst nichts!«

»Wir brauchen keine Hilfe. Ganz bestimmt nicht von euch. Nicht hier. Ich habe alles unter Kontrolle.«

»Hör auf damit.«

»Womit, Stephanie?«

»Laß sie gehen. Gib diesen Leuten ihre Freiheit zurück. Um Himmels willen, Annette, wir werden hier alle sterben, wenn wir keinen Ausweg finden, und du hältst sie mit deinem autoritären Regime fest! Das hier ist nicht der Himmel. Das hier ist ein einziger großer Fehler, zu dem wir in unserer Panik gezwungen wurden! Die Serjeants versuchen uns zu helfen! Warum kannst du diese Vorstellung nicht akzeptieren?«

»Weil diese ... diese *Dinger*, mit denen du dich angefreundet hast, noch vor zehn Stunden versucht haben uns zu töten, nein, schlimmer noch als töten. Jeder, den sie fangen, wird in das Jenseits zurückgeworfen. Ich habe nicht gesehen, daß du es eilig gehabt hättest, deinen hübschen neuen Körper aufzugeben, Stephanie Ash. Du bist aus Ketton geschlichen in der Hoffnung, du könntest dich im Dreck verstecken, bis sie an dir vorbei wären.«

»Sieh mal, Annette, wenn du dich unbedingt rächen

mußt, dann schieß mir doch einfach in den Kopf und fertig. Aber laß die anderen gehen. Du kannst doch nicht jeden auf diesem Felsen zum Untergang verurteilen, nur weil du selbst soviel Furcht und Haß in dir herumträgst.«

»Ich verabscheue dich und deinen gespielten Edelmut.« Die Eklund trat an Cochrane und Sinon vorbei und stand über Stephanie. Der Lauf ihres Jagdgewehrs schwebte nur Zentimeter über ihrer schweißnassen Stirn. »Ich finde dich abstoßend. Du willst niemals akzeptieren, daß du dich ebenfalls irren könntest. Du beanspruchst ständig die Moral für dich, als sei sie dein natürliches Recht. Du benutzt deine Friede-Freude-Eierkuchen-Natur als Schild, der dir gestattet zu ignorieren, was du mit deinem gestohlenen Körper tust. Das widert mich an. Ich würde niemals versuchen zu verbergen, was ich bin, noch was ich getan habe. Also gib endlich, endlich einmal die Wahrheit zu, Stephanie Ash. Ich habe das getan, was richtig war. Ich habe die Verteidigung von zwei Millionen Seelen organisiert, einschließlich deiner eigenen, und verhindert, daß du in diesen namenlosen Horror zurückgestoßen wurdest. Sag mir, Stephanie, habe ich das Richtige getan oder nicht?«

Stephanie schloß die Augen, und kleine Tränen traten zwischen den Lidern hervor und rannen über ihre Schläfen. *Vielleicht hat die Eklund ja tatsächlich recht. Vielleicht versuche ich ja tatsächlich, dieses monströse Verbrechen zu ignorieren. Aber wer würde das nicht?* »Ich weiß, daß das, was ich getan habe, falsch war. Ich habe es immer gewußt. Aber ich hatte keine andere Wahl.«

»Danke, Stephanie Ash. Ich danke dir.« Die Eklund wandte sich zu Sinon um. »Und du, Mordmaschine, wenn du an das glaubst, was du sagst, warum schaltest du dich dann nicht einfach ab, damit wir richtigen Menschen länger leben können? Du verschwendest unsere Luft!«

»Ich bin ein richtiger Mensch. Vermutlich sogar mehr, als Sie es jemals sein werden.«

»Die Zeit wird kommen, da werden wir die Schlange in den Abgrund zurückstoßen.« Sie grinste ohne jede Spur von Humor. »Und wenn es soweit ist: Genieße den Fall. Es sieht ganz danach aus, als könnte es ein sehr, sehr langer Fall werden.«

Sylvester Geray öffnete die breite Doppeltür zu Prinzessin Kirstens privatem Büro und winkte Ralph einzutreten. Die Prinzessin saß mit dem Rücken zu den großen offenen französischen Fenstern an ihrem Schreibtisch, und eine leichte Brise spielte mit ihrem Kleid. Ralph nahm vor dem Schreibtisch Haltung an, salutierte und legte dann seine Flek auf den Tisch. Er hatte während des gesamten Fluges von Xingu hierher am Inhalt der einzelnen Datei gearbeitet, die auf der Flek gespeichert war.

Kirsten warf mit geschürzten Lippen einen Blick auf den Datenträger, ohne Anstalten zu machen, ihn in die Hand zu nehmen. »Und das wäre ...?« fragte sie mit dem Tonfall von jemandem, der ganz genau wußte, welcher Inhalt sich auf der Flek befand.

»Mein Rücktritt, Ma'am.«

»Abgelehnt.«

»Ma'am, wir haben bei Ketton zwölftausend Serjeants verloren, und Gott allein weiß, wie viele besessene Zivilisten mit ihnen gegangen sind. Ich habe den Befehl erteilt. Ich allein bin verantwortlich für diese Katastrophe.«

»Das sind Sie, ganz ohne Zweifel. Sie haben diese Verantwortung übernommen, als König Alastair Ihnen den Befehl über die Befreiungskampagne übertrug. Und Sie werden diese Verantwortung weiter tragen, bis der letzte Besessene auf Mortonridge in Null-Tau gelegt wurde.«

»Das kann ich nicht, Ma'am.«

Kirsten schenkte ihm einen mitfühlenden Blick. »Setzen Sie sich, Ralph. Sie deutete auf einen der Besucherstühle vor dem Schreibtisch. Eine Sekunde lang sah es danach aus, als würde er sich weigern, doch dann nickte er niedergeschlagen und nahm Platz.

»Jetzt wissen Sie, was es heißt, ein Saldana zu sein, Ralph«, sagte sie zu ihm. »Zugegeben, wir stehen nicht jeden Tag vor derart großen Entscheidungen, aber sie passieren nichtsdestotrotz diesen Schreibtisch hier. Mein Bruder hat Flottenoperationen befohlen, die weit mehr Leben gekostet haben als Ketton. Und Sie von allen Menschen müßten eigentlich am besten wissen, daß wir direkt die Eliminierung von Bürgern lizensieren, die dem Königreich eines Tages Probleme bereiten könnten. Es sind nicht sehr viele, und es geschieht wahrscheinlich auch nicht häufig, aber im Verlauf eines Jahrzehnts kommen doch einige zusammen. Diese Entscheidungen müssen getroffen werden, Ralph. Also beiße ich die Zähne zusammen und unterschreibe die notwendigen Befehle. Die wirklich harten Befehle, an denen sich das Kabinett ein Jahr lang die Zähne ausbeißen würde, wenn es je damit konfrontiert würde. Das ist wirkliche politische Macht. Entscheidungen zu treffen, die unmittelbar das Leben von anderen betreffen. Es ist das tägliche Brot von uns Saldanas, das Königreich zu regieren. Nennen Sie uns, wie Sie wollen, Ralph, skrupellose Diktatoren, herzlose Kapitalisten oder wohlwollende Wächter, die von Gott eingesetzt wurden. Der Punkt ist, daß wir sehr gut sind in dem, was wir tun. Und das liegt daran, daß wir die notwendigen Entscheidungen ohne das geringste Zögern treffen.«

»Dazu wurden Sie auch ausgebildet, Ma'am.«

»Zugegeben. Aber das gleiche gilt auch für Sie, Ralph. Ich gestehe ja, daß die Tragweite hier sehr viel weitreichender ist als das, was ein Stationsleiter der ESA normalerweise tut, aber letzten Endes entscheiden Sie bereits seit einer ganzen Weile, wer weiterlebt und wer sterben muß.«

»Aber ich habe einen Fehler gemacht!« Ralph wollte es herausschreien, sie zwingen, seinen Grund zu sehen, doch irgend etwas in seinem Unterbewußtsein hielt ihn zurück. Nicht Respekt oder gar Furcht, ganz und gar nicht. *Vielleicht geht es nur darum zu wissen, ob ich das Richtige getan habe.* Und niemand sonst im gesamten Königreich, mit Ausnahme von Alastair II selbst, konnte ihm diese Sicherheit geben.

»Ja, Ralph, das haben Sie. Es war sogar ein ganz gewaltiger Fehler. Die Besessenen in Ketton einzuschließen war ein ungeschickter Zug, schlimmer noch als der Einsatz von Elektronenstrahlen gegen die rote Wolke.«

Er sah überrascht auf und begegnete ihrem unnachgiebigen Blick.

»Sind Sie vielleicht gekommen, um sich bemitleiden zu lassen, Ralph? Dann sind Sie bei mir falsch. Hier bekommen Sie kein Mitleid, jedenfalls nicht von mir. Ich möchte, daß Sie unverzüglich nach Xingu zurückkehren und das weitere Vorgehen in Mortonridge überdenken. Nicht nur, weil es Ihre Aufgabe ist, mich und meine Familie vor Schuldzuweisungen zu schützen. Ich erinnere Sie an den Abend, als wir herausfanden, daß die Eklund und ihre Leute auf unserer Welt gelandet sind. Sie waren von einer brennenden Überzeugung getrieben, Ralph. Es war äußerst beeindruckend, Sie zu beobachten. Sie haben sich nicht bei einer einzigen Entscheidung durch Jannike oder Leonard kompromittieren lassen. Das hat mir sehr gut gefallen. Menschen ihres Schlages laufen nicht oft öffentlich gegen eine Mauer aus Beton.«

»Mir war nicht bewußt, daß Sie mir soviel Aufmerksamkeit geschenkt haben, Ma'am«, brummte Ralph.

»Selbstverständlich nicht. Sie hatten eine Aufgabe zu erledigen, und nichts anderes hat für Sie gezählt. Und jetzt, Ralph, haben Sie eine andere Aufgabe zu erledigen. Und ich erwarte von Ihnen, daß Sie die Sache zu einem Ende bringen.«

»Ich bin nicht der richtige Mann, Ma'am. Diese brennende Überzeugung, die Sie bei mir gesehen haben, genau diese brennende Überzeugung hat das Fiasko von Ketton hervorgebracht. Die KI hat mir mehrere Möglichkeiten zur Auswahl gegeben. Ich entschied mich für den Einsatz nackter Gewalt, weil ich innerlich zu aufgewühlt war, um eine rationale Entscheidung zu treffen. Ich wollte sie mit überwältigender Feuerkraft und Bataillonen von Truppen in den Boden hämmern, bis sie kapitulieren. Jetzt wissen wir, welche Folgen diese Politik gezeitigt hat. Ein verdammt großes Loch im Boden.«

»Es war eine schmerzhafte Lektion, nicht wahr, Ralph?« Sie beugte sich vor, entschlossen zu überzeugen und ihn nicht vor den Kopf zu stoßen. »Das qualifiziert Sie noch mehr, weiterhin das Kommando zu führen.«

»Niemand wird mir noch vertrauen.«

»Hören Sie augenblicklich mit diesem verdammten Selbstmitleid auf!«

Fast mußte Ralph grinsen. Eine Saldana-Prinzessin hatte vor seinen Augen geflucht.

»So ist das nun einmal im Krieg, Ralph. Die Edeniten werden keinen Groll gegen Sie hegen; sie haben die Entscheidung mitgetragen, Ketton zu stürmen. Was die anderen angeht, die Marines und die Besatzungsstreitkräfte – die hassen Sie sowieso, Ralph. Der Boß hat ein weiteres Mal Mist gebaut. Das kennen sie schon, und das wird ihre Meinung über Sie nicht ändern. Sie erteilen ihnen die Befehle für die nächste Operation, und Ihre Offiziere tragen dafür Sorge, daß sie buchstabengetreu ausgeführt werden. Ich will, daß *Sie* diese Befehle erteilen, Ralph. Und jetzt habe ich Sie bereits zum zweiten Mal darum gebeten.«

Sie schob die Flek über den Schreibtisch zu ihm hin

wie ein Schachgroßmeister, der im Begriff steht, seinen Gegner matt zu setzen.

»Jawohl, Ma'am.« Er nahm die Flek an sich. Irgendwie hatte er die ganze Zeit gewußt, daß es nicht so leicht werden würde.

»Sehr gut«, sagte Kirsten steif. »Und wie sieht nun Ihr nächster Zug aus?«

»Ich wollte meinem Nachfolger empfehlen, unsere Strategie zu ändern. Eine unserer größten Sorgen wegen des Ketton-Zwischenfalls ist, wie die Bewohner und die Serjeants überleben können. Selbst wenn die Besessenen in ihren Städten massenweise Lebensmittel gehortet haben, kann es dort, wo sie hingegangen sind, nicht für unbegrenzte Zeit Nahrung geben.«

»Sie raten nur.«

»Jawohl, Ma'am. Aber falls wir die Situation nicht völlig falsch verstanden haben, ist die Annahme durchaus logisch. Vorher haben die Besessenen ganze Planeten in diese versteckte Dimension mitgenommen, zu der sie sich flüchten. Ein Planet gibt ihnen eine lebensfähige Biosphäre, die sie ernähren kann. Ketton ist anders. Es ist nur ein Felsen mit einer dicken Schlammschicht oben drauf. Die Frage ist nur, was ihnen zuerst ausgeht – die Nahrung oder die Luft zum Atmen.«

»Es sei denn, sie finden einen dieser anderen Planeten und können sich dorthin retten.«

»Ich hoffe wirklich, daß sie dazu imstande sind, Ma'am. Ich weiß nicht, welche Bedingungen dort herrschen, wo auch immer sie sich jetzt befinden, aber es müßten schon äußerst eigenartige Bedingungen sein, wenn sie ihnen gestatten, diesen Felsen heil auf einer Planetenoberfläche zu landen. Genaugenommen halten wir es für äußerst wahrscheinlich, daß die Besessenen zurückkehren werden, sobald sie realisieren, in welchen Schwierigkeiten sie stecken. Die Geologen sagen, daß dadurch jede Menge neuer Probleme entstehen würden, aber wir bereiten uns auf eine Rückkehr Kettons vor.«

»Du liebe Güte!« Kirsten versuchte sich vorzustellen, wie der gigantische Felsen in seinem eigenen Krater zu landen versuchte, aber es sprengte ihre Phantasie. »Wissen Sie, was es für die anderen Planeten bedeuten würde, wenn die Besessenen zurückkehren? Es wäre der Beweis, daß sie ebenfalls zurückgebracht werden können.«

»Jawohl, Ma'am.«

»Also schön, das ist ja theoretisch alles sehr interessant, aber wie sieht nun Ihre veränderte Politik aus, Ralph?«

»Nachdem wir über die Probleme nachgedacht haben, die sich für Ketton ergeben, machten wir uns daran, die Situation der gesamten Halbinsel zu durchdenken. Wegen der sintflutartigen Regenfälle gibt es nirgendwo mehr frische Nahrung. Die Satelliten haben auf ganz Mortonridge nicht ein einziges Feld entdeckt, auf dem noch etwas gewachsen wäre. Einige Tiere haben die Katastrophe überlebt, aber auch sie werden bald sterben, weil es für sie nichts mehr zu fressen gibt. Wir wissen, daß die Besessenen außerstande sind, mit ihren energistischen Fähigkeiten Nahrung zu erschaffen, jedenfalls nicht aus anorganischer Materie. Also ist es lediglich eine Frage der Zeit, bis ihnen die abgepackte industrielle Fertignahrung ausgeht.«

»Sie könnten sie aushungern.«

»Ja. Aber es würde seine Zeit dauern. Mortonridge hatte eine landwirtschaftlich ausgerichtete Ökonomie. In den meisten Städten gab es eine Nahrungsmittelindustrie und Lagerhäuser. Wenn es den Besessenen gelingt, sich halbwegs zu organisieren, können sie noch eine ganze Weile durchhalten. Was ich vorschlage ist, daß wir mit unserem Vormarsch weitermachen, aber wir ändern die Stoßrichtung. Die Serjeants können weiterhin kleinere Gruppen von Besessenen auf dem freien Land angreifen, ohne daß wir uns sorgen müßten. Größere Konzentrationen in den Städten lassen wir zunächst einmal in Ruhe. Wir errichten eine Feuerschneise rings um die Städte und lassen eine Garnison als Wache zurück, und dann warten wir einfach ab, bis ihnen die Nahrungsmittel ausgehen.«

»Oder sie ebenfalls verschwinden.«

»Wir glauben, daß sich der Ketton-Zwischenfall nur ereignen konnte, weil die Besessenen dort durch unseren Angriff in Panik geraten sind. Es ist ein gewaltiger psychologischer Unterschied, ob man zehntausend Serjeants auf sich zumarschieren sieht oder ob man untereinander um die letzten Tüten Spaghetti streitet.«

»Je länger wir die Besessenen in ihren gestohlenen Körpern lassen, desto schlimmer ist der Zustand, in dem sie sich befinden. Und das ohne Mangelernährung.«

»Ja, Ma'am, das ist mir bewußt. Aber es gibt ein weiteres Problem. Falls wir wie bisher vormarschieren und die Besessenen vor uns her treiben, erhalten wir in der Mitte der Halbinsel eine unüberschaubare Konzentration von ihnen. Wir müssen Mortonridge in Sektionen unterteilen. Das bedeutet, daß die Serjeants Brückenköpfe ins Landesinnere schieben und miteinander verbinden müssen. Wenn wir hinter der Front Garnisonen als Besatzung zurücklassen, wird die Zahl der Fronteinheiten dann am stärksten geschwächt, wenn wir sie am dringendsten brauchen.«

»Noch mehr Entscheidungen, Ralph. Was ich ihnen vor einiger Zeit in Bezug auf politische Rückendeckung zugesichert habe, gilt noch immer. Sie tun, was Sie tun müssen. Überlassen Sie den Rest mir.«

»Kann ich mit Verbesserungen in der medizinischen Versorgung rechnen, Ma'am? Wir brauchen dringend mehr Medipacks und Null-Tau-Kapseln, wenn wir erst mit der Belagerung anfangen.«

»Der edenitische Botschafter hat angedeutet, daß ihre

Habitate uns die schlimmsten Fälle von Krebs abnehmen, doch ihre Voidhawks sind weit verteilt. Admiral Farquar bemüht sich, Truppentransporter zu organisieren. Wenigstens haben sie Null-Tau-Kapseln an Bord. Ich habe Alastair darüber hinaus gebeten, mir einige Kolonistentransporter der Kulu Corporation zur Verfügung zu stellen. Wir können die Patienten an Bord der Schiffe unterbringen, bis der Druck auf unsere medizinischen Einrichtungen ein wenig nachgelassen hat.«

»Das ist ein Anfang, schätze ich.«

Kirsten erhob sich und teilte Sylvester Geray per Datavis mit, daß die Audienz beendet war. »Die grundlegendste Regel unserer modernen Gesellschaft, Ralph. Alles kostet mehr und dauert länger. So war es immer, und daran wird sich nie etwas ändern. Und es gibt absolut nichts, was Sie oder ich deswegen unternehmen könnten, General.«

Ralph verneigte sich leicht, als von außen die Flügeltüren geöffnet wurden. »Ich werde daran denken, Ma'am.«

»Ich denke, ich schaffe es jetzt wieder zu laufen«, sagte Stephanie.

Choma und Franklin hatten sie auf einer improvisierten Bahre zurück zum Camp der Serjeants getragen. Sie hatte mit einem Schlafsack um Beine und Rumpf gewickelt auf dem schmutzigen Boden neben Tina gelegen und über einen Tropf eine Plasmainfusion erhalten. Zu schwach, um sich zu bewegen, war sie stundenlang immer wieder weggedämmert und hatte vage, angsterfüllte Träume durchlebt. Moyo war nicht eine Minute von ihrer Seite gewichen, hatte ihre Hand gehalten und immer wieder ihre Stirn abgewischt. Ihr Körper reagierte auf die Verwundung, als wäre sie einem starken Fieber zum Opfer gefallen.

Irgendwann war der Schüttelfrost vergangen, und sie hatte passiv auf dem Rücken gelegen und versucht, ihre benebelten Gedanken zu ordnen. Viel hatte sich in der Zwischenzeit nicht verändert; noch immer standen die Serjeants überall herum wie Statuen, ohne die kleinste Bewegung.

Hin und wieder erschien oben am Himmel über den Serjeants ein weißes Leuchten und pulsierte kurz, bevor es wieder verging. Wenn sie die Augen schloß, konnte sie den Fluß energistischer Kräfte in die von den Serjeants vorherbestimmte Zone spüren, einen intensiven Brennpunkt, der ein Loch in das Gewebe dieser Sphäre reißen sollte. Das Muster, das die Serjeants der Energie aufprägten, durchlief bei jedem neuen Versuch subtile Änderungen, doch das Resultat war stets das gleiche: Der Brennpunkt löste sich einfach auf. Die Realität dieser Sphäre blieb beharrlich intakt.

Choma blickte zu ihr herüber. Er untersuchte gerade Tinas untere Wirbelsäule. »Ich würde Ihnen raten, sich noch eine Weile zu schonen«, sagte er zu Stephanie. »Sie haben viel Blut verloren.«

»Genau wie ich«, sagte Tina. Es war kaum mehr als ein Hauchen. Sie hob den Arm ein paar Zoll über den Boden und tastete suchend durch die Luft.

Stephanie berührte sie, und ihre Finger verschränkten sich. Tinas Haut war erschreckend kalt.

»Ja. Ich glaube, ich sollte mich wirklich ein wenig schonen«, sagte Stephanie. »Wir werden bestimmt nicht schneller gesund, wenn wir uns überanstrengen.«

Tina lächelte. Sie schloß die Augen, und ein zufriedenes Summen kam über ihre Lippen. »Aber wir werden wieder gesund, nicht wahr?«

»Richtig.« Stephanie bemühte sich um einen neutralen Tonfall und hoffte inbrünstig, daß ihre Gedanken sie nicht verrieten. »Wir Frauen müssen schließlich zusammenhalten, oder nicht?«

»Wie immer. Alle haben sich so rührend um mich gekümmert, sogar Cochrane.«

»Er will nur, daß du schnell wieder auf die Beine kommst, damit er weiter versuchen kann, dich auf den Rücken zu legen.«

Tina grinste schwach, dann dämmerte sie in einen Halbschlaf.

Stephanie hob sich auf die Ellbogen und stellte sich vor, wie der Schlafsack sich in ein weiches Kissen verwandelte. Das Gewebe hob sich und stützte sie im Rücken. Ihre Freunde waren alle da und beobachteten sie mit verlegenen Gesichtern. Alle zeigten ernste Besorgnis. »Ich bin eine solche Idiotin!« sagte sie bitter zu ihnen. »Ich hätte niemals nach Ketton zurückkehren dürfen.«

»Auf gar keinen Fall«, dröhnte Cochrane.

McPhee spie in Richtung der zerstörten Stadt. »Wir haben das Richtige getan. Wie es sich für Menschen gehört.«

»Dich trifft nicht die geringste Schuld, Stephanie«, sagte Rana steif. »Diese Frau hat anscheinend vollkommen den Verstand verloren.«

»Niemand wußte das besser als ich«, sagte Stephanie. »Wir hätten wenigstens die grundlegendsten Vorkehrungen treffen müssen. Die Eklund hätte jeden von uns erschießen können.«

»Wenn es eine Charakterschwäche ist, Mitgefühl und Vertrauen zu zeigen, dann bin ich stolz darauf, beides mit dir zu teilen«, sagte Franklin.

»Ich hätte mich besser schützen müssen«, murmelte Stephanie wie zu sich selbst. »Ich war so dumm! Auf Ombey hätte uns keine Kugel der Welt etwas anhaben können, da waren wir ständig auf der Hut. Ich habe wahrscheinlich gedacht, wir würden jetzt alle am gleichen Strang ziehen, nachdem wir hier gestrandet sind.«

»Das war ein großer Fehler.« Moyo tätschelte zärtlich ihren Arm. »Der erste, den du begangen hast, seit ich dich kenne, also werde ich ausnahmsweise darüber hinwegsehen.«

Sie nahm seine Hand und führte sie zu ihrem Gesicht, dann küßte sie zärtlich seine Handfläche. »Danke.«

»Ich glaube sowieso nicht, daß es uns viel genutzt hätte, auf der Hut zu sein«, sagte Franklin.

»Und warum nicht?«

Er hielt eine Verpackung mit Nährflüssigkeit hoch. Die silberne Umhüllung verwandelte sich nach und nach in eine blau-weiße, während die Form rundlicher wurde. Schließlich hielt er eine Dose mit gebackenen Bohnen in der Hand. »Wir sind in dieser Sphäre nicht so stark. In unserem alten Universum hätte es nur eines Augenblinzelns bedurft, um diesen Beutel Nahrung zu verwandeln. Und das ist auch der Grund, warum sie es nicht schaffen, einen Weg zurück zu öffnen.« Er deutete auf die Serjeants, und genau in diesem Augenblick flammte ein weiterer grellweißer Lichtschein hoch oben in der Luft auf, um kurze Zeit später in Ströme aus blauen Ionen zu zerfließen. »Es gibt hier nicht genügend energistische Kraft, um zu tun, was wir getan haben. Fragt mich nicht warum. Wahrscheinlich hat es etwas damit zu tun, daß wir vom Jenseits abgeschnitten sind. Ich schätze, diese Gewehre, die die Eklund besitzt, könnten uns eine Menge Schaden zufügen, ganz gleich, wie sehr wir uns anstrengen, um die Luft rings um uns zu härten.«

»Hast du noch mehr gute Nachrichten für unsere Patienten?« fragte Moyo beißend.

»Nein, er hat recht«, sagte Stephanie. »Außerdem hilft es niemandem weiter, wenn wir die Augen vor den Tatsachen verschließen.«

»Wie kannst du nur so ruhig dabei bleiben? Schließlich stecken wir fest!«

»Nicht wirklich«, erwiderte sie. »Invalide zu sein hat einen Vorteil. Sinon?«

Seit dem unglückseligen Ausflug nach Ketton hatten die Serjeants die Stadt mißtrauisch im Auge behalten für den Fall, daß die Eklund eine feindliche Aktion startete. Sinon und Choma hielten gegenwärtig Wache, während sie gleichzeitig den beiden Verwundeten halfen. Es war nicht besonders schwierig; von ihrem leicht erhöhten Standort aus konnte man leicht alles erkennen, was sich über das freie Stück ockerfarbenen Schlamms zwischen ihrem Lager und der desolaten Stadt bewegte. Sie würden reichlich Vorwarnzeit haben, falls die Eklund kam.

Sinon überprüfte eine Reihe von Scharfschützengewehren, die zur Ausrüstung der Serjeants gehörten. Er rechnete zwar nicht damit, daß die Waffen zum Einsatz kamen – falls die Eklund ihre Leute schickte, würden die Serjeants einfach eine Barriere um ihr Lager herum errichten ähnlich der, mit der sie die Luft auf dem Felsen festhielten, und auf diese Weise ein passives und undurchdringliches Hindernis errichten.

Sinon legte das Zielfernrohr weg, das er gerade gereinigt hatte. »Ja?«

»Haben Sie und Ihre Kameraden eigentlich bemerkt, daß wir uns bewegen?« fragte Stephanie. Sie hatte seit einer Weile das beobachtet, was in dieser Sphäre wohl der Himmel war. Als sie hier angekommen waren, hatte es ausgesehen, als würde ein nicht identifizierbares Licht aus allen Richtungen zugleich auf ihren Felsen scheinen. Doch je länger Stephanie auf dem Rücken gelegen und in den Himmel gestarrt hatte, desto mehr subtile Eigenheiten waren ihr aufgefallen. Es gab Schatten über dem fliegenden Felsen, wie Schäfchenwolken oder Dunstschleier, kaum zu sehen und doch vorhanden. Und sie bewegten sich alle langsam und träge in eine einzige Richtung.

Als Stephanie anfing, ihre Beobachtung zu beschreiben, lösten sich mehr und mehr Serjeants aus ihrer mentalen Einheit und sahen nach oben. Ein mildes Gefühl von Selbstkritik erhob sich in den versammelten Bewußtseinen. – **Das hätte uns längst auffallen müssen. Direkte Beobachtung ist noch immer die grundlegendste Methode, um Daten über seine Umgebung zu sammeln.**

Indem sie ihre Sichtfelder mit Hilfe ihrer Affinität verbanden, suchten die Serjeants den Himmel ab wie ein multisegmentiertes Teleskop. Tausende von Augenpaaren verfolgten, wie das schwache Flackern, das Stephanie beschrieben hatte, über ihnen vorbeizog. Parallel arbeitende Gehirne führten komplizierte mathematische Berechnungen durch, um die Parallaxe zu bestimmen, und fanden auf diese Weise heraus, daß die Lichterscheinung maximal fünfzig Kilometer von der Oberfläche entfernt war.

»Die Bänder aus dünnerem Licht scheinen in der Breite veränderlich. Deshalb kommen wir zu dem Schluß, daß wir von einer Art extrem dünnem Nebel umhüllt sind«, teilte Sinon den faszinierten Besessenen mit. »Allerdings ist die Lichtquelle immer noch nicht zu identifizieren, daher wissen wir nicht mit Sicherheit zu sagen, ob der Felsen sich bewegt oder der Nebel. Angesichts der Tatsache, daß sich die Geschwindigkeit im Bereich von hundertfünfzig Stundenkilometern bewegt, neigen wir zu der vorsichtigen Annahme, daß es der Felsen ist.«

»Warum?«

»Weil es sehr viel Energie braucht, um den gesamten Nebel mit dieser Geschwindigkeit zu bewegen. Es ist nicht unmöglich, aber da die Umgebung außerhalb des Felsens im Grunde genommen ein Vakuum ist, wird das Problem, welche Kraft den Nebel bewegen könnte, um mehrere Größenordnungen schwieriger. Wir können keinerlei kinetische Einflüsse auf unseren Felsen feststellen, also gibt es auch keinen ›Wind‹, um ihn zu bewegen. Wir räumen ein, daß die Sphäre sich möglicherweise noch immer ausdehnt, aber da die Fluktuationen im

Nebel eine halbwegs inerte Zusammensetzung nahelegen, ist die Wahrscheinlichkeit dafür beliebig gering.«

»Also fliegen wir tatsächlich«, sagte McPhee.

»Es sieht ganz danach aus, ja.«

»Ich will euch bestimmt nicht die Schau stehlen oder so was«, meldete sich Cochrane zu Wort. »Aber habt ihr Jungs je über die Möglichkeit nachgedacht, daß wir vielleicht *fallen*?«

»Die Richtung der Strömung, die wir im Nebel feststellen konnten, macht das höchst unwahrscheinlich«, antwortete Sinon. »Die Bewegung verläuft offensichtlich horizontal. Die wahrscheinlichste Erklärung wäre noch, daß wir mit einer Geschwindigkeit in dieser Sphäre materialisiert sind, die sich von der des Nebels unterscheidet. Außerdem – wären wir seit unserer Ankunft ununterbrochen gefallen, dann wäre das Objekt, dem wir entgegenfallen, inzwischen bestimmt längst zu sehen. Es müßte äußerst massiv sein, um ein so starkes Gravitationsfeld zu erzeugen. Mehrfach größer als beispielsweise ein Super-Gasriese wie der Jupiter.«

»Aber wir wissen nicht, welche Massen oder Anziehungskräfte in dieser Sphäre herrschen«, gab McPhee zu bedenken.

»Damit haben Sie völlig recht. Dieser Felsen selbst ist der Beweis dafür.«

»Wie meinen Sie das?«

»Die Gravitation hat sich seit unserer Ankunft nicht verändert, und doch sind wir nicht mehr auf der Oberfläche des Planeten. Wir haben angenommen, daß die Gravitation normal ist, weil das Unterbewußtsein von jedem von uns verlangt, daß sie normal ist.«

»Heilige Scheiße.« Cochrane sprang in die Höhe und warf einen verblüfften Blick auf seine weiten ausgestellten Samthosen. »Heißt das vielleicht, wir träumen bloß, daß es hier Gravitation gibt?«

»Prinzipiell gesehen – ja.«

Der Hippie verschränkte die Hände und preßte sie gegen seine Stirn. »O Mann, das ist ja vielleicht ein Hammer! Ich will aber, daß meine Gravitation echt ist! Hört mal, man pfuscht nicht an derart grundlegenden Naturgesetzen herum! Das macht man einfach nicht!«

»Die Realität in dieser Sphäre ist im Prinzip das, was in unserem Bewußtsein ruht. Wenn Sie die Einflüsse von Gravitation bemerken, dann ist sie real«, sagte der Serjeant ungerührt.

Ein großer brennender Joint erschien in Cochranes Hand, und er nahm einen tiefen Zug. »Ich bin schwer«, skandierte er. »Schwer, schwer, schwer. Und daß mir das niemand vergißt. Habt ihr gehört, was ich gesagt habe, Leute? Vergeßt das bloß nicht!«

»Wie dem auch sei«, fuhr Sinon an McPhee gewandt fort, »befänden wir uns im Griff eines Gravitationsfeldes, würde der Nebel zusammen mit uns angezogen. Aber das ist nicht der Fall.«

»Wenigstens eine gute Nachricht«, brummte McPhee. »Was in dieser Gegend auch nicht so selbstverständlich zu sein scheint.«

»Vergeßt mal das Akademische«, sagte Moyo. »Gibt es eine Möglichkeit, wie wir uns dieses Phänomen zunutze machen können?«

»Wir planen die Einrichtung einer Observationswache. Einen Spähposten auf der Landspitze, wenn Sie so wollen, um herauszufinden, ob irgend etwas dort vorn auf uns wartet. Durchaus möglich, daß all die anderen Planeten, die von den Besessenen aus unserem Universum entführt wurden, ebenfalls in dieser Sphäre sind. Wir werden außerdem unsere Affinität einsetzen und um Hilfe rufen; Affinität ist die einzige Kommunikationsmethode, die hier zu funktionieren scheint.«

»O Mann, auf keinen Fall! Wer soll das denn hören? Kommt schon, Jungs, werdet vernünftig.«

»Selbstverständlich wissen wir nicht, wer, wenn überhaupt, uns dort draußen hören kann. Und selbst wenn uns jemand hört und es dort draußen einen Planeten gibt, zweifeln wir stark daran, daß wir imstande wären, seine Oberfläche heil zu erreichen.«

»Sie meinen lebendig«, sagte Moyo.

»Korrekt. Allerdings besteht eine Möglichkeit, uns dennoch zu retten.«

»Was?« kreischte Cochrane aufgeregt.

»Falls alle Besessenen in diese Sphäre entfliehen, dann wäre es durchaus vorstellbar, daß auch Valisk hier gelandet ist. Das Habitat könnte unseren Ruf empfangen, und seine Biosphäre würde uns das Überleben ermöglichen. Es wäre einfach, nach Valisk überzusiedeln.«

Cochrane stieß einen tiefen Seufzer aus, und seinen Nasenlöchern entwichen zwei dünne grünliche Rauchwolken. »Hey, Mann, mehr davon! Positives Denken! Ich könnte es in Valisk aushalten.«

Beobachten war eine Sache, die die Besessenen fast genausogut konnten wie die Serjeants, also wanderten Stephanie und ihre Freunde den letzten Kilometer zum Rand des Felsens, um beim Errichten des Lagers zu helfen. Sie benötigten mehr als eine Stunde für das kurze Stück Weg. Nicht, daß die Landschaft besonders unzugänglich gewesen wäre – getrockneter Schlamm, der unter ihren Füßen einbrach und quatschte, und sie mußten mehreren Tümpeln voller abgestandenem Wasser ausweichen –, aber Tina mußte den ganzen Weg auf einer Bahre getragen werden, zusammen mit den primitiven medizinischen Geräten. Und selbst mit ihren stärkenden energistischen Kräften mußte auch Stephanie alle paar Minuten eine Rast einlegen.

Doch schließlich kamen sie auf der Klippe an und ließen sich fünfzig Meter vor dem Abgrund nieder. Sie hatten den Kamm eines Hügels ausgewählt, weil sie von dort aus einen wunderbar ungestörten Ausblick über die leuchtende Leere vor dem Felsen hatten. Tina wurde so hingelegt, daß sie nur den Kopf ein wenig heben mußte, so daß sie sich als Teil des Unterfangens empfinden konnte. Sie lächelte schmerzvoll und dankbar, als die anderen den Plasmatropf auf einem alten Zweig neben ihr montierten. Die zehn Serjeants in ihrer Begleitung legten ihre Rucksäcke auf einen Stapel und setzten sich in einem weiten Halbkreis auf den Boden wie eine Ansammlung fetter Buddhas in Lotusposition.

Stephanie ließ sich vorsichtig auf einem Schlafsack nieder, hoch zufrieden, daß die Wanderung endlich vorüber war. Dann verwandelte sie einen Beutel Nährlösung in ein Schinkensandwich und biß hungrig hinein. Moyo setzte sich zu ihr und lehnte sich mit der Schulter an sie. Sie küßten sich zärtlich.

»Groovy!« krähte Cochrane. »Hey, wenn Liebe blind macht, wie kommt es dann eigentlich, daß Damenunterwäsche so populär ist?«

Rana warf ihm einen verzweifelten Blick zu. »Wie taktvoll du bist.«

»Das war ein Witz!« protestierte der Hippie. »Moyo hat ihn verstanden, oder nicht, Mann?«

»Nein.« Er und Stephanie steckten die Köpfe zusammen und kicherten.

Cochrane starrte die beiden mißtrauisch an und ließ sich ebenfalls auf seinem Schlafsack nieder. Er hatte das Gewebe zu einem purpurn und grün leuchtenden Samt verändert. »Was haltet ihr von einer kleinen Wette, Leute? Was kommt zuerst über den Horizont gesegelt?«

»Fliegende Untertassen«, sagte McPhee.

»Nein, nein«, widersprach Rana steif. »Geflügelte Einhörner mit Jungfrauen darauf, die alle Cochranes weiße Rüschenunterwäsche tragen.«

»Hey, ich meine es ernst, Leute! Schließlich hängen unsere Leben davon ab.«

»Eigenartig«, sinnierte Stephanie. »Es ist noch gar nicht so lange her, da habe ich mir gewünscht, der Tod wäre etwas Endgültiges. Jetzt ist das vielleicht tatsächlich der Fall, und ich möchte verdammt noch mal ein wenig länger leben.«

»Wenn ich vielleicht die Frage stellen darf – warum glauben Sie überhaupt, daß Sie sterben?« erkundigte sich Sinon. »Sie alle haben angedeutet, daß genau das in dieser Sphäre geschieht.«

»Ich glaube, das ist wie mit der Gravitation«, sagte Stephanie. »Der Tod ist etwas so Fundamentales. Der Tod ist das, was wir am Ende unseres Lebens erwarten.«

»Sie meinen, Sie beenden Ihr Leben aus freien Stücken?«

»Nicht ganz, nein. Frei zu sein vom Jenseits war nur ein Teil dessen, was wir uns ersehnt haben. Diese Sphäre hier sollte ein Paradies sein. Das wäre sie vermutlich auch, befänden wir uns auf einem Planeten. Wir wollten hierher kommen und ewig leben, genau wie es die Legenden vom Himmel erzählen. Und wenn schon nicht ewig, dann doch zumindest Tausende von Jahren. Ein anständiges Leben, wie wir es uns immer ersehnt haben. Und ein Leben, das mit dem Tod endet.«

»Im Himmel würde der Tod nicht in das Jenseits zurückführen«, sagte Choma.

»Exakt. Dieses Leben hier sollte besser sein als das vorherige. Unsere energistischen Kräfte verleihen uns die Macht, all unsere Träume zu verwirklichen. Wir benötigen keine Fabriken und kein Geld. Wir können herstellen, was immer wir wollen, indem wir es uns einfach wünschen. Wenn das die Menschen nicht glücklich macht, dann sind sie durch gar nichts glücklich zu machen.«

»Sie würden niemals das Gefühl kennen, etwas erreicht zu haben«, sagte Sinon. »Es gäbe keine Grenzen, an denen Sie wachsen könnten. Elektrizität ist praktisch nicht existent, was bedeutet, daß Sie niemals über das Niveau von Dampfmaschinen hinauskämen. Sie rechnen damit, einen guten Teil der Ewigkeit zu leben. Und niemand kann jemals weggehen. Verzeihen Sie mir, aber in meinen Augen ist das nicht gerade das Paradies.«

»Immer nur das Negative«, murmelte Cochrane.

»Da könnten Sie recht haben. Aber selbst ein Gefängnisplanet, der im achtzehnten Jahrhundert feststeckt, gefolgt von einem richtigen und endgültigen Tod, ist besser als das Jenseits«, entgegnete Stephanie.

»Dann sollten Sie ihre energistischen Kräfte vielleicht besser auf die Lösung des Problems verwenden, daß immer wieder menschliche Seelen im Jenseits stecken bleiben«, schlug Sinon vor.

»Schöne Worte«, sagte Moyo. »Und wie sollten wir das anstellen?«

»Das weiß ich nicht. Aber wenn mehr von Ihnen mit uns kooperieren würden, könnten sich ganz neue Möglichkeiten eröffnen.«

»Wir kooperieren doch.«

»Nicht hier. Daheim in unserem Universum, wo wir die wissenschaftlichen Ressourcen der Konföderation lenken könnten.«

»Sie haben doch gar keinen Versuch gemacht, mit uns zu kooperieren. Sie haben uns militärisch überfallen«, sagte Rana. »Und wir wissen, daß das Militär mehrere Besessene viviseziert hat. Wir konnten ihre gequälten Schreie durch das Jenseits hallen hören.«

»Hätten sie mit uns kooperiert, wären wir nicht gezwungen gewesen, Gewalt anzuwenden«, entgegnete Choma. »Außerdem haben wir niemanden vivisieziert. Wir sind schließlich keine Barbaren. Glauben Sie wirklich, ich möchte meine Familie im Jenseits wissen? Wir wollen helfen, das diktiert allein schon unser eigenes Interesse, wenn sonst nichts anderes.«

»Also wieder eine ungenutzte Gelegenheit«, sagte Stephanie traurig. »Sie türmen sich zu Bergen in unserer Geschichte, nicht wahr?«

»Irgend jemand kommt aus der Stadt«, verkündete Choma. »Sie wandern auf unser Lager zu.«

Stephanie drehte sich automatisch um und blickte über die Schlammwüste hinter ihnen. Sie sah nicht die geringste Bewegung.

»Es sind nur fünf Leute«, sagte Choma. »Sie scheinen keine feindseligen Absichten zu hegen.« Der Serjeant versorgte die Besessenen weiterhin mit Informationen.

Ein Trupp war ausgesandt worden, um die Neuankömmlinge abzufangen, die behaupteten, der Eklund den Rücken kehren zu wollen. Sie waren desillusioniert über die Art und Weise, wie die Dinge in der zerstörten Stadt liefen. Die Serjeants dirigierten alle zu dem Horchposten am Rand des Felsens.

Stephanie beobachtete ihre Annäherung. Sie war nicht überrascht, als sie Devlin in der Gruppe entdeckte. Er war in seine Uniform eines Offiziers aus dem neunzehnten Jahrhundert gekleidet, dicke Wolle mit reichlich Purpur, Gold und imperialen Kordeln.

»Phallozentrische Militaria.« Rana rümpfte verächtlich die Nase und wandte sich demonstrativ ab, um in das Nichts jenseits des Abgrunds zu starren.

Stephanie bedeutete den Neuankömmlingen mit einer Geste, sich zu ihr zu setzen. Sie schienen alle nervös, weil sie nicht wußten, was für einen Empfang man ihnen bereiten würde.

»Ihr Jungs hattet wohl die Schnauze voll, wie?« fragte Cochrane.

»Bewundernswert treffend ausgedrückt«, räumte Devlin ein. Er verwandelte einen Schlafsack in eine Decke mit Tartanmuster und ließ sich darauf nieder. »Sie ist vollkommen übergeschnappt. Eine Verrückte mit Macht. Ich kenne das, habe es oft genug gesehen damals im Großen Krieg. Jedes Anzeichen von Meinungsverschiedenheit wird als Meuterei bewertet. Ich schätze, sie wird uns eigenhändig erschießen, wenn sie uns jemals wieder in die Finger kriegt. Und das meine ich ernst.«

»Also seid ihr desertiert.«

»Ich bin so sicher wie die Hölle, daß die Eklund es genau so sieht, ja.«

»Wir glauben, daß wir ihre Streitkräfte auf Distanz halten können«, sagte Sinon.

»Ich bin wirklich froh, das zu hören, alter Freund. Die Dinge werden ständig schlimmer dort hinten. Die Eklund und Hoi Son bereiten sich immer noch auf einen Konflikt vor. Sie hat die Macht, verstehen Sie? Jetzt, da es kein Jenseits mehr gibt, in das die Seelen fliehen können, ist die Drohung mit disziplinarischen Maßnahmen verdammt effektiv. Außerdem ist sie diejenige, die entscheidet, wer zu essen bekommt und wer nicht. Eine verdammte Bande von Irren glaubt immer noch an das, was sie tut, und mehr braucht es nicht. Mehr braucht es niemals, einen Führer und eine Bande von Loyalisten, welche die Ordnung erzwingen. Es ist so verdammt *dumm*.«

»Was glaubt sie denn, was geschehen wird?« fragte Stephanie.

»Da bin ich ein wenig überfragt. Ich glaube, das weiß sie selbst nicht so genau. Hoi Son schwafelt ununterbrochen davon, wie sehr wir doch eins sind mit dem Land und wie die Serjeants unsere Harmonie zerstören. Sie peitschen jeden anderen auf. Versuchen, die armen Schlucker dort drüben zu überzeugen, daß alles wunderbar wird, sobald die Serjeants erst über die Klippe gesprungen sind ... oder geworfen, was das betrifft. Absoluter Unsinn. Jeder Idiot kann sehen, daß dieser Felsen für uns nicht den leisesten Nutzen hat, ganz gleich, wer darauf ist und wer nicht.«

»Nur jemand wie Annette kann denken, daß diese Insel wert ist, darum zu kämpfen«, sagte Stephanie.

»Ganz meine Meinung«, sagte Devlin. »Der allerletzte

Schwachsinn. Das kenne ich von früher. Die Menschen werden besessen von einer Idee und können nicht mehr loslassen. Es ist ihnen egal, wie viele dabei sterben. Nun, ich jedenfalls werde ihr nicht dabei helfen. Ich habe diesen Fehler schon einmal begangen. Niemals wieder.«

»Yo, Mann, willkommen im Land der Vernunft.« Cochrane streckte ihm einen silbernen Flachmann hin.

Devlin nahm einen kleinen Schluck und grinste anerkennend. »Nicht schlecht.« Er nahm einen weiteren, diesmal größeren Schluck und reichte die Flasche zurück. »Nach was genau sucht ihr eigentlich hier draußen?«

»Das wissen wir selbst nicht so genau«, antwortete Sinon. »Aber wir werden es in dem Augenblick wissen, in dem wir es sehen.«

Nach dem Frühstück an jenem Morgen verbrachte Jay zwanzig Minuten damit, ihren Universalversorger zu korrigieren und zu geißeln. Immer wieder mußte er das Kleid absorbieren und ein neues für sie ausstoßen. Die Variationen waren geringfügig, aber Jay war entschlossen, nicht aufzugeben, bevor jedes Detail stimmte. Tracy hatte sich das Spiel die ersten fünf Minuten angesehen, dann war sie aufgestanden, hatte Jay die Schulter getätschelt und gesagt: »Ich denke, ich lasse euch beide jetzt allein, Kleine.«

Das Design, das Jay wollte, war wirklich nicht besonders raffiniert. Sie hatte es irgendwann auf der Erde in der Arkologie gesehen, ein locker fallendes, gefältetes rötliches Kleid, das bis hinunter zu den Knien reichte und oben in einem rechteckig ausgeschnittenen Hals in leuchtendem Kanariengelb endete, und die beiden Farben waren ineinander verzahnt wie gegensätzliche Flammen. Es hatte damals, vor zwei Jahren, an dem Mannequin im Laden einfach wundervoll ausgesehen, teuer und attraktiv zugleich. Aber als Jay ihre Mutter gefragt hatte, war die Antwort nein gewesen. Sie konnten es sich nicht leisten. Hinterher war dieses Kleid zu einem Symbol geworden für alles, was auf der Erde falsch war. Jay hatte immer gewußt, was sie in ihrem Leben wollte, aber sie hatte es nie geschafft, es auch zu bekommen.

Tracy klopfte an die Schlafzimmertür. »Haile kommt jeden Augenblick, Püppchen«, rief sie.

»Ich bin sofort fertig!« rief Jay zurück. Ungeduldig funkelte sie die Kugel an, die reglos über dem Korbstuhl schwebte. »Los doch, spuck's schon aus!«

Das Kleid glitt durch die purpurne Oberfläche. Es war immer noch nicht richtig! Jay stemmte die Hände in die Hüften und seufzte den Universalversorger resignierend an. »Der Saum ist zu tief! Ich hab' dir doch gesagt, wie es aussehen muß! Der Saum darf nicht auf gleicher Höhe mit den Knien sein! Das sieht schrecklich aus!«

»Verzeihung«, murmelte der Versorger schwach.

»Ich schätze, mir bleibt im Augenblick keine andere Wahl, als es zu tragen. Aber du wirst es richtig machen, wenn ich heute abend wieder da bin.«

Hastig schlüpfte sie in das Kleid und zuckte zusammen, als es über den großen blauen Fleck auf ihren Rippen streifte (Die Kante des Surfbretts hatte sie heftig getroffen, als sie heruntergefallen war). Auch die Schuhe waren völlig daneben. Weiße Turnschuhe mit einer Sohle, die dick genug war, um zu einem Dschungelstiefel zu gehören. Und die Socken! Blau! Sie seufzte ein letztes Mal über ihr Märtyrertum und nahm den steifen Strohhut (wenigstens den hatte das dumme Ding richtig gemacht), um ihn aufzusetzen. Ein rascher Blick in den Spiegel über dem Waschbecken, um herauszufinden, wie schlimm es tatsächlich stand – und sie erblickte Prinz Dell auf ihrem Bett. Sie verzog das Gesicht, als heftige Schuldgefühle in ihr aufstiegen. Aber sie konnte Prince nicht zu Hailes Heimatplaneten mitnehmen. Es war vollkommen unmöglich. Der ganze Ärger mit dem Kleid war nur aufgekommen, weil sie der erste Mensch war, der jemals dort sein würde. Und sie war ganz sicher, daß angemessene Kleidung erforderlich war. Schließlich war sie eine Art Botschafterin für ihre gesamte Rasse. Sie konnte sich genau vorstellen, was ihre Mutter sagen würde. Es schickte sich einfach nicht, ein altes abgewetztes Spielzeug mit sich herumzutragen.

»Jay!« rief Tracy von unten.

»Ich komme!« Jay platzte zur Tür hinaus und rannte auf die kleine Veranda des Chalets. Tracy stand neben den Stufen und benutzte eine Messingkanne mit einem langen Schnabel, um die herabhängenden Geranien in den Balkonkästen zu gießen. Sie musterte das kleine Mädchen gründlich.

»Sehr hübsch, Püppchen, wirklich sehr hübsch. Gut gemacht, das Kleid war eine ganz ausgezeichnete Wahl.«

»Danke sehr, Tracy.«

»Vergiß nur nicht, du wirst eine Menge neuer Dinge sehen. Einige davon werden ganz und gar erstaunlich sein, da bin ich sicher. Bitte versuche nur, möglichst ruhig zu bleiben.«

»Ich werde mich benehmen, Tracy, versprochen.«

»Ich bin sicher, das wirst du.« Tracy gab ihr einen kleinen Kuß. »Und jetzt lauf los.«

Jay rannte die Treppen hinunter, doch dann blieb sie wieder stehen. »Tracy?«

»Was denn?«

»Wie kommt es eigentlich, daß du noch nie auf Riyine gewesen bist? Haile sagt, es sei wirklich eine ganz wichtige Welt, eine ihrer Hauptwelten.«

»Oh, ich weiß es nicht. Ich war wohl zu beschäftigt, als daß ich diese Art von Sightseeing genossen hätte. Jetzt, wo ich die Zeit habe, fehlt mir die rechte Lust. Wenn man ein technologisches Wunder gesehen hat, kennt man alle.«

»Es ist nie zu spät«, sagte Jay großzügig.

»Vielleicht ein andermal. Und jetzt lauf los, du kommst noch zu spät. Und Jay, vergiß nicht, wenn du eine Toilette benötigst, ruf einfach einen Versorger. Niemand wird es peinlich oder gar beleidigend finden.«

»Ja, Tracy. Tschüs.« Sie drückte ihren Strohhut mit einer Hand auf den Kopf und rannte über den Sand in Richtung des schwarzen Kreises davon.

Die alte Frau blickte ihr hinterher, und ihre übergroßen Knöchel packten den Griff der Gießkanne viel zu fest. Das helle Sonnenlicht glitzerte in der Flüssigkeit, die sich in ihren Augenwinkeln gesammelt hatte. »Verdammt«, flüsterte sie.

Haile materialisierte, als Jay noch zehn Meter vom Kreis entfernt war. Sie jauchzte auf und rannte noch schneller.

– Freundin Jay. Ein wunderschöner Morgen es ist.

»Ja, ein wundervoller Morgen!« Sie kam neben Haile zum Stehen und warf die Arme um den Hals des Kiint-Jungen. »Haile! Du wirst jeden Tag größer!«

– Sehr viel wachsen ich.

»Wie lange dauert es, bis du so groß bist wie die Erwachsenen?«

– Acht Jahre. Und die ganze Zeit es juckt.

»Ich werde dich kratzen.«

– Du eine wahre Freundin bist. Wir gehen?

»Ja!« Jay vollführte einen kleinen Freudensprung und lächelte begeistert. »Komm, laß uns gehen! Komm!«

Schwärze umfing die beiden, und dann waren sie verschwunden.

Das Gefühl des freien Falls machte Jay nicht mehr das geringste aus. Sie schloß einfach die Augen und hielt den Atem an. Einer von Hailes traktamorphen Armen war tröstend um ihr Handgelenk geschlungen.

Das Gewicht kehrte rasch wieder zurück. Jays Fußsohlen berührten festen Boden, und sie beugte die Knie ein wenig, um den Aufprall abzufedern. Licht leuchtete auf ihre fest zusammengekniffenen Augenlider.

– Da wir sind.

»Ich weiß.« Plötzlich verspürte Jay eine merkwürdige Nervosität. Sie hielt die Augen geschlossen.

– Ich hier lebe.

Hailes Tonfall war so drängend, daß Jay einfach hinsehen mußte. Die Sonne stand tief über dem Horizont und besaß noch nicht die volle Kraft des anbrechenden Tages. Lange Schatten fielen hinter Haile und Jay auf den ebenholzschwarzen Kreis, in dem sie materialisiert waren. Er lag mitten in einer freien Landschaft, die sich sanft gewellt Hunderte von Kilometern bis zum Horizont zu erstrecken schien. Flache konusförmige Berge aus blassem Fels, durchzogen von hellpurpurnen Schluchten, erhoben sich majestätisch aus dem üppigen Mantel blau-grüner Vegetation, nicht in einer Reihe ausgerichtet, wie es sonst der Fall war, sondern über die gesamte Steppe verstreut. Große mäandernde Flüsse und Nebenflüsse hatten sich Wege durch die Täler gebahnt, und sie glitzerten silbern im freundlichen Licht der Sonne, während hauchfeine Dunstschleier die Ausläufer der Berge säumten.

Der Anblick war absolut atemberaubend, Natur, wie es prachtvoller nicht ging. Und doch war nichts daran natürlich; genau so hatte sich Jay das Innere eines edenitischen Habitats vorgestellt, aber in einem unendlich kleineren Maßstab. Hier war nichts Häßliches erlaubt, die kunstvolle Geometrie stellte sicher, daß diese Welt keine dunklen, stickigen Sümpfe und leblosen Lavafelder besaß.

Was sie nicht daran hinderte, durch und durch wunderschön auszusehen.

Mitten in die Landschaft schmiegten sich Häuser; hauptsächlich Kiint-Kuppeln der verschiedensten Größen, aber auch einige verblüffend große Wolkenkratzer, die aussahen wie von Menschenhand errichtet. Und es gab Konstruktionen, die mehr an Skulpturen als an Gebäude erinnerten: Eine bronzene Spirale, die ins Nichts führte, smaragdfarbene Kugeln, die aneinanderklebten wie Seifenblasen. Jedes einzelne der Gebäude stand für sich allein; es gab weder Straßen noch Feldwege, soweit Jay sehen konnte. Nichtsdestotrotz und ganz ohne jeden Zweifel befand sie sich mitten in einer Stadt, einer Stadt, die großzügiger und weitläufiger angelegt war als alles, was die Konföderation jemals erreicht hatte. Die perfekte post-urbane Eroberung des Landes.

»Und wo wohnst du jetzt?« fragte Jay.

Hailes traktamorpher Arm wickelte sich von Jays Handgelenk und streckte sich aus. Der ebenholzfarbene Kreis war umgeben von einer breiten Wiese aus glänzenden aquamarinfarbenen Gräsern, die gesäumt wurde von kleinen Hainen. Wenigstens sie sahen aus wie natürlich gewachsene Wälder und nicht wie eine künstlich gestaltete Parklandschaft. Mehrere verschiedene Arten wuchsen wild durcheinander, schwarze oktagonale Blätter und gelbe Parasole, die miteinander um Licht und Raum kämpften, lange glatte Stämme mit einem flaumigen Ball aus pinkfarbenen Farnbüscheln auf der Oberseite, die aus mehr buschigen Pflanzen ragten und an gigantische gelbe Schilfweiden erinnerten.

Durch eine Lücke zwischen den Bäumen in einer Entfernung von vielleicht einem halben Kilometer war eine stahlblaue Kuppel zu sehen. Sie sah kaum größer aus als die Bauwerke der Kiint in Tranquility.

»Das ist hübsch«, sagte Jay höflich.

– Es einen Unterschied hat zu meinem ersten Zuhause im Ringsumher. Die Universalversorger das Leben wunderbar erleichtern.

»Ganz bestimmt sogar. Und wo stecken jetzt all deine Freunde?«

– Komm. Vyano hat bereits von dir gehört. Er dich begrüßen möchte.

Jay schnappte nach Luft, als sie sich umwandte, um dem Kiint-Jungen zu folgen. Hinter ihr befand sich ein riesiger See mit etwas darin, das ihrer festen Überzeugung nach nur das Schloß irgendeines magischen Elfenkönigs sein konnte. Dutzende von glatten, hoch aufragenden weißen Türmen erhoben sich aus dem Zentrum, und die höchsten Spitzen mit sicher mehr als einem Kilometer standen direkt in der Mitte. Zerbrechlich wirkende Brücken wanden sich ihren Weg durch die Lücken zwischen den Türmen und schwangen herum und herum, ohne sich jemals zu berühren. Soweit Jay erkennen konnte, folgten sie keinem bestimmten Muster und keiner Logik. Manche Türme besaßen zehn verschiedene Wege, alle auf verschiedenen Ebenen, während andere nur zwei oder gar nur einen hatten. Das gesamte Bauwerk schillerte in brillanten roten und goldenen Farbtönen, als das kräftiger werdende Sonnenlicht langsam über die quarzartige Oberfläche wanderte. Es war genauso würdevoll wie wunderschön.

»Was ist das?« fragte sie, während sie hinter Haile herlief.

– Das ein Lokus von Korpus. Ein Ort, wo Wissen reifen und gedeihen.

»Du meinst, das ist eine Schule?«

Das Kiint-Junge zögerte. **– Korpus ja sagt.**

»Und du gehst zu dieser Schule?«

– Nein. Haile noch empfangen zahlreiche grundlegende Erziehungskurse von Korpus und von Eltern. Zuerst ich sie vollständig begreifen müssen. Das eine Hartheit ist. Wenn Verständnismäßigkeit ich besitze, beginnen kann ich meine eigenen Gedanken zu expandieren.

»Oh, ich verstehe. So machen wir Menschen das nämlich auch, weißt du? Ich muß mir eine ganze Menge didaktischer Kurse reinziehen, bevor ich zur Universität gehen kann. Oder darf.«

– Du zur Universität gehen willst?

»Ich glaube schon. Ich weiß allerdings nicht, wie es auf Lalonde ausgesehen hätte. Vielleicht gibt es eine in Durringham. Mami wird es mir erzählen, wenn sie erst zurück ist und die Dinge besser geworden sind.«

– Das ich für dich hoffe.

Sie hatten unterdessen das Ufer des Sees erreicht. Das Wasser war sehr dunkel, selbst als Jay am Rand der Wiese und direkt am Ufer stand, konnte sie den Boden nicht erkennen. Die Oberfläche war spiegelglatt und reflektierte ihr Spiegelbild. Dann kräuselte sich das Wasser leicht.

Haile watete in Richtung der weißen Türme. Jay hielt einen Augenblick inne und beobachtete ihre Freundin. Irgend etwas an der Szene schien nicht zu stimmen, etwas, das ihr Verstand nicht zu begreifen vermochte.

Haile war bereits zehn Meter vom Ufer entfernt, als sie bemerkte, daß Jay nicht hinter ihr her kam. Das Kiint-Junge schwang den Kopf herum und blickte das junge Mädchen fragend an. **– Vyano dort drin wartet. Du ihn kennenlernen nicht willst?**

Langsam, ganz langsam räusperte sich Jay. »Haile, du gehst auf dem Wasser.«

Das Kiint-Junge blickte an sich herab zu den Stellen, wo seine Füße das Wasser berührten. **– Ja. Frage Überraschung. Warum du empfindest Falschheit?**

»Weil es *Wasser* ist!« brüllte Jay.

– Stabilität es gibt für diejenigen, die den Lokus besuchen möchten. Hineinfallen du bestimmt nicht wirst, Freundin Jay.

Jay funkelte ihre Freundin an, obwohl ihre unglaubliche Neugier eine starke Versucherin war. Tracys Warnung ging ihr noch immer deutlich durch den Kopf. Und Haile würde ihr bestimmt keinen dummen Streich spielen. Vorsichtig setzte sie einen Fuß auf das Wasser. Die dunkle Oberfläche bog sich nur ganz leicht, als sie ihr Gewicht nach vorn verlagerte, doch all ihr Gewicht schaffte es nicht, die Oberfläche zu durchdringen und ihre Schuhe zu durchnässen. Sie legte noch mehr Gewicht auf ihren Fuß, bis ihr gesamtes Körpergewicht auf dem einzelnen Fuß ruhte und sie mit der gesamten Sohle im Wasser stand. Die Oberflächenspannung schien nicht einmal Notiz von ihrer Anwesenheit zu nehmen.

Ein paar vorsichtige Schritte, und Jay blickte von einer Seite zur anderen und begann zu kichern. »Das ist ja wunderbar! Ihr braucht keine Brücken und all dieses Zeug zu bauen.«

– Du jetzt Glücklichkeit hast?

»Darauf kannst du wetten.« Sie setzte sich in Hailes Richtung in Bewegung. Langsame Wellen gingen von ihren Fußschritten aus, brandeten herein und gingen wieder nach draußen. Jay konnte gar nicht mehr mit dem Kichern aufhören. »So etwas hat uns in Tranquility gefehlt. Wir hätten zu Fuß zu der Insel auf der anderen Seite unserer Bucht laufen können!«

– Richtigkeit.

Glücklich lächelnd ließ Jay sich von Hailes traktamorphem Arm an der Hand nehmen, und gemeinsam wanderten sie über den See. Nach einigen Minuten schienen die Türme des Lokus noch immer nicht näher gekommen zu sein. Jay begann sich zu fragen, wie groß sie in Wirklichkeit waren.

»Und wo ist dieser Vyano?«

– Er kommt.

Jay suchte die Basis der Türme ab. »Ich kann niemanden erkennen.«

Haile blieb stehen und blickte nach unten, zwischen ihren Füßen hindurch, wobei ihr Kopf von einer Seite zur anderen schwankte. – **Ihn sehen kann ich.**

Jay nahm sich fest vor, nicht aufzuschreien oder sonst etwas, als sie ebenfalls nach unten sah. Zwischen ihren Füßen bemerkte sie eine Bewegung. Ein kleiner blaßgrauer Berg glitt durch das Wasser, vielleicht zwanzig Meter unter der Oberfläche.

Plötzlich schlug ihr Herz ganz wild, aber sie biß die Zähne zusammen und starrte voller Staunen auf das riesige Wesen. Es mußte größer sein als jeder Wal aus ihren didaktisch-zoologischen Erinnerungen. Und es besaß auch eine ganze Menge mehr Flossen als die Behemoths der alten Erde. Neben dem Riesen schwamm eine kleinere Ausgabe desselben, offensichtlich ein Kind. Es kurvte von der Flanke seines Elter weg und raste mit begeisterten Flossenschlägen der Oberfläche entgegen. Das große Elternwesen rollte langsam herum und tauchte in die Tiefen hinab.

»Das ist Vyano?« fragte Jay aufgeregt.

– Ja. Vyano ein Cousin ist von mir.

»Was meinst du mit Cousin? Er sieht dir überhaupt nicht ähnlich!«

– Menschen haben Unterspezies viele.

»Nein, haben wir nicht!«

– Adamisten und Edeniten ihr habt, weiße Haut, dunkle Haut, mehr Haarfarben als der Regenbogen hat Farbe. Das ich gesehen habe mit meinen eigenen Augen.

»Ja, sicher, aber ... sieh mal, wir Menschen leben nicht unter Wasser. Das ist doch etwas völlig anderes.«

– Menschliche Wissenschaftler experimentiert haben mit Lungen, die Sauerstoff aufnehmen können aus Wasser, Korpus sagt.

Jay erkannte diesen besonderen Tonfall, aus dem reine Halsstarrigkeit sprach. »Wahrscheinlich hast du recht«, lenkte sie ein.

Das aquatische Kiint-Junge war mehr als fünfzehn Meter lang und flacher als ein terrestrischer Wal, und es besaß einen dicken traktamorphen Schwanz, der sich zu einer Kugel zusammenzog, als es sich der Wasseroberfläche näherte. Die übrigen Extremitäten, sechs Knospen aus traktamorphem Fleisch, waren in gleichmäßigen Abständen über seine Flanke verteilt. Gegenwärtig besaßen sie die Form halbrunder Ventilatorflügel und sorgten durch langsame Drehung für Vortrieb im Wasser. Der vielleicht offensichtlichste Hinweis auf eine Verwandtschaft mit den landbewohnenden Kiint war der Kopf, eine etwas stromlinienförmigere Version mit sechs Lamellen anstelle der normalen Atemöffnungen. Die typischen, stets ein wenig melancholisch dreinblickenden Kiint-Augen waren durch eine milchige Membran geschützt.

Vyano brach in einer gewaltigen Fontäne durch die Wasseroberfläche, und hohe Wellen rasten ringförmig nach außen davon.

Jay hatte plötzlich alle Mühe, das Gleichgewicht zu bewahren, als die Wasseroberfläche unter ihr wie ein hyperelastisches Trampolin zu schwingen begann. Haile neben ihr tanzte ebenfalls auf und ab, und sie hatte fast die gleichen Schwierigkeiten, was Jay ein wenig beruhigte. Als sich das Wasser ein wenig beruhigt hatte, schwebte ein Berg von nassem glitzerndem Fleisch ein paar Meter vor ihnen. Das aquatische Kiint-Junge verwandelte einen seiner traktamorphen Auswüchse in einen Arm, und die Spitze nahm die Form einer menschlichen Hand an.

Jay berührte die Handfläche.

– Willkommen auf Riyine, Jay Hilton.

»Danke sehr. Ihr habt eine wunderschöne Welt.«

– Sie viel Gutes hat, ja. Haile ihre Erinnerungen von euren Konföderationswelten hat geteilt mit mir. Sie sehr interessant sind. Ich gerne würde besuchen sie, nachdem frei ich bin von elterlichen Beschränkungen.

»Ich würde auch gerne nach Hause zurück.«

– Von deiner Bürde wir gesprochen haben. Ich mit dir traurig bin um alles, was du verloren.

»Richard sagt, wir würden die Krise überstehen. Ich glaube fest daran.«

– Richard Keaton mit dem Korpus stimmt überein, Haile hat gesagt. Richard nicht würde dir erzählen Unwahrheiten.

»Wie kannst du die Welten der Konföderation besuchen? Funktioniert eure Sprungmaschine vielleicht auch unter Wasser?«

– Selbstverständlich.

»Aber es würde nicht viel für dich zu sehen geben, fürchte ich. Alles Interessante passiert an Land. Oh, mit Ausnahme von Atlantis natürlich.«

– Das Land immer klein ist und übersät von identischen Pflanzen. Ich das Leben sehen würde, das unter den Wellen gedeiht, wo niemals etwas gleich bleibt. Jeder Tag freudvoll anders wäre. Du dich modifizieren solltest und unter uns leben.

»Nein, danke sehr«, antwortete sie steif.

– Eine Traurigkeit das ist.

»Ich schätze, was ich damit sagen will ist, daß du nicht imstande wärst zu sehen, was die Menschen erreicht haben. Alles, was wir gebaut und vollbracht haben, befindet sich an Land oder im Weltraum.«

– Eure Maschinerie alt ist für uns. Wenige Attraktionen sie enthält. Das der Grund ist, warum meine Familie zurückgekehrt in das Wasser.

»Du meinst, ihr seid wie unsere Pastoralen?«

– Um Verzeihung ich bitte. Mein Verständnis menschlicher Bedeutungen nicht vollständig ist.

»Pastorale sind Leute, die sich von der Technologie abgewandt haben und so einfach leben, wie es nur geht. Es ist eine primitive Existenz, aber sie sind auch frei von modernen Sorgen.«

– Alle Rassen der Kiint moderne Technologie will-

kommen heißen, sagte Haile. – **Die Versorger niemals mehr versagen, sie uns alles geben und wir trotzdem frei.**

»Seht ihr, das ist es, was ich überhaupt nicht verstehe an euch. Frei, um was zu tun?«

– **Zu leben.**

»Schön und gut, dann sieh es einmal von dieser Seite: Was werdet ihr beide tun, wenn ihr eines Tages erwachsen seid?«

– **Ich sein werde ich.**

»O nein.« Am liebsten hätte Jay mit dem Fuß aufgestampft, um ihre Worte zu unterstreichen, doch angesichts der Tatsache, daß sie auf dem Wasser stand, besann sie sich eines Besseren. »Ich meine, welchen Beruf wollt ihr ergreifen? Womit verbringen die Kiint ihren Alltag?«

– **Du weißt, daß meine Eltern geholfen haben beim Laymil-Projekt.**

– **Jegliche Aktivität einen Sinn hat,** sagte Vyano. – **Wir mit Wissen uns bereichern. Dies kommen kann aus einfacher Interpretation des umgebenden Universums oder auch aus Extrapolation von Gedanken zu ihrem logischen Schluß. Beides komplementär ist. Bereicherung das Resultat ist, dem alles Leben entgegenstrebt. Nur dann wir können voll Zuversicht transzendieren.**

»Transzendieren? Du meinst sterben?«

– **Körper Lebensverlust, ja.**

»Ich bin sicher, daß es für euch wirklich gut ist, nichts zu tun außer Denken. Aber für mich wäre das todlangweilig. Die Menschen brauchen Dinge, mit denen sie sich beschäftigen können.«

– **Verschiedenheit Vielfalt ist,** sagte Vyano. – **Im Wasser mehr Verschiedenheit als auf dem Land es gibt. Unser Reich dort liegt, wo die Natur am prächtigsten ist. Der Mutterleib jeder Welt. Verstehst du nun, warum wir das Wasser vorziehen dem Land?**

»Schätzungsweise ja. Aber ihr könnt doch nicht die ganze Zeit damit verbringen, neue Dinge zu bewundern. Irgend jemand muß sich doch darum kümmern, daß die Dinge glatt laufen!«

– Dazu die Provider geschaffen wir haben. Wir nicht dieses kulturelle Niveau erreichen konnten, bevor die Maschinerie unserer Zivilisation Status gegenwärtigen hatte. Versorger versorgen uns, unter der weisen Leitung von Korpus.

»Das kann ich verstehen. Ihr habt euren Korpus, genau wie unsere Edeniten ihren Konsensus.«

– Konsensus eine frühe Version von Korpus ist. Eines Tages auch die Menschen sich auf unseren Stand entwickeln werden.

»Tatsächlich?« fragte Jay. Sie hatte wirklich nicht vorgehabt, mit einem Kiint eine philosophische Diskussion anzufangen, als sie Riyine besuchen wollte. Sie deutete auf den Lokus und all die anderen extravaganten Gebäude, ein Akt menschlicher Körpersprache, der an dem jungen aquatischen Kiint wahrscheinlich verschwendet war. »Du meinst, wir Menschen würden eines Tages genauso leben wie ihr?«

– Ich kann nicht für euch Menschen sprechen. Möchtest du leben wie wir?

»Es wäre ganz schön, sich nicht um Geld und andere Dinge sorgen zu müssen.« Sie dachte an die Bewohner von Aberdale und ihre Begeisterung für das, was sie sich erschufen. »Aber wir brauchen konkrete Aufgaben. So sind wir Menschen nun einmal.«

– Eure Natur euch zu eurem Schicksal führen wird. So stets es ist.

»Wahrscheinlich, ja.«

– Ich spüre, wir verwandte Seelen sind, Jay Hilton. Du Neuheit wünschst an jedem Tag. Das der Grund ist, aus dem du Riyine besuchst, Frage?

»Ja.«

– Dann die Kongressionen besuchen du solltest. Das der beste Ort für einen Eindruck ist von den physischen Errungenschaften, die du schätzt so hoch.

»Danke sehr, Vyano.«

Das aquatische Kiint-Junge sank langsam zurück unter die Wasseroberfläche. – **Dein Besuch eine Neuheit ist, die bereichert mich hat, Jay Hilton. Ich geehrt mich fühle, kennengelernt zu haben dich.**

Als Haile ihrer Freundin Jay erzählt hatte, daß Riyine eine Hauptwelt der Kiint war, hatte sich das kleine Mädchen eine kosmopolitische Metropole vorgestellt, in der eine Vielzahl von Kiint und Tausende der aufregendsten Xenos lebten. Der Lokus des Korpus war sicherlich grandios, aber kaum als aufregend zu bezeichnen.

Jays Eindruck änderte sich, als sie in der schwarzen Teleportkugel materialisierte, die mitten in einer von Riyines Kongressionen ruhte. Obwohl das physikalische Konzept sicherlich alles andere als extravagant war für eine Rasse mit den technologischen Ressourcen der Kiint, hatten die gigantischen Städte, die ernst durch die Atmosphäre schwebten, etwas anachronistisch Stolzes an sich. Wunderbar kunstvolle Kolosse aus Kristall und glänzendem Metall verrieten jedem Besucher auf Anhieb die wahre Natur der Kiint, mehr noch als der Ring aus künstlichen Planeten. Keine Rasse, die auch nur die geringsten Zweifel an ihren eigenen Fähigkeiten besaß, würde es wagen, derartige Wunder zu errichten.

Die Kongression, in der sich Jay wiederfand, besaß einen Durchmesser von sicherlich zwanzig Kilometern. Das Zentrum bestand aus einer dichten Ansammlung von Türmen und kreisrunden Lichthöfen, die aussahen wie verzerrte Regenbögen. Von diesem Zentrum aus erstreckten sich acht massive Halbinseln nach draußen, die ihrerseits mit kurzen spitzen Türmen besetzt waren.

Die Wolken, denen die Kongression auf ihrem trägen Weg um den Globus begegnete, teilten sich wie von Geisterhand vor ihr und flossen um die Extremitäten herum, so daß die Klarheit der fliegenden Stadt die Landschaft viele Kilometer tiefer noch zu vergrößern schien. Ganze Schwärme fliegender Fahrzeuge umschwirrten die Kongression; so verschieden in ihren Konstruktionsprinzipien und ihrem Design wie die Spezies, die darin saßen. Raumschiffe mit Atmosphärenantrieben jagten auf den gleichen Bahnen dahin wie kleine Orbitalfähren. Alle ohne Ausnahme starteten oder landeten auf einer der Halbinseln rings um das Zentrum.

Jay war an einem Ende einer Avenue materialisiert, die sich durch die oberen Bereiche einer Halbinsel hinzog. Die gesamte Halbinsel schien aus einem burgunderroten Material angefertigt worden zu sein, in das unmittelbar unter der Oberfläche ein Gewirr opaleszierender Fäden eingelassen war. Jede Kreuzung in diesem Gewirr bildete ein riesiges stumpfes Dreieck, wie die Skulptur einer mediterranen Pinie. Hoch oben über Jay spannte sich ein kristallenes Kuppeldach, das den Dächern der irdischen Arkologien herzzerbrechend ähnlich sah.

Sie hielt sich krampfhaft an Hailes traktamorphem Arm fest.

Die Avenue wimmelte nur so vor Xenos; Hunderte verschiedener Spezies, die in einem nicht versiegenden Strom vielfarbigen Lebens gingen, glitten und in mehr als einem Fall sogar flogen.

In einem einzigen überwältigten »Wow!« stieß sie den angehaltenen Atem aus. Die beiden beeilten sich, die Teleporterscheibe wieder freizugeben, so daß eine Familie aus großen gefiederten Oktopoden sie benutzen konnte. Kugeln, die den Universalversorgern ganz ähnlich sahen, aber in vielen verschiedenen Farben leuchteten, glitten gelassen über ihren Köpfen dahin. Jay sog prüfend die Luft ein, die von so vielen sich ständig verändernden Düften schwanger war, daß alles, was bis zu ihrem Gehirn durchdrang, wie eine Art trockenes Gewürz roch. Dumpfes Baßpoltern, helles Schnattern, Pfeifen und menschenähnliche Laute erfüllten die Luft und vermischten sich zu einem einzigen undeutbaren Hintergrundlärm.

»Woher kommen die alle?« fragte sie. »Sind das alles eure Beobachter?«

– Keiner von ihnen ein Beobachter ist. Das die Spezies sind, die leben in dieser Galaxis, und ein paar andere noch dazu. Alle Freunde sind der Kiint.

»Oh. Richtig.« Jay trat zum Rand der Avenue. Er war durch ein Geländer gesichert, als handele es sich um nichts weiter als einen außergewöhnlich großen Balkon. Sie stellte sich auf die Zehenspitzen und spähte hinunter. Sie befanden sich über einer kompakten Stadt oder vielleicht auch nur über einem Distrikt mit hohen Industriegebäuden. In den Straßen zwischen den Bauwerken schien es keinerlei Bewegung zu geben. Direkt vor Jays Nase jagten Raumschiffe parallel zum Kuppeldach der Halbinsel ihren Landeplätzen entgegen. Mehrmals erhaschte sie einen Blick auf kleine purpurne Konen mit winzigen Stummelflügeln zwischen den dunkleren, eher sachlichen Fahrzeugen. *Wahrscheinlich so etwas ähnliches wie Raumyachten,* dachte Jay. Es würde bestimmt viel Spaß machen, damit zu fliegen.

Die Kongression befand sich hoch genug über dem Festland, daß keine einzelnen Details mehr zu erkennen waren zwischen den breiten farbigen Bändern von Gebirgszügen und Savannen. Aber wie als Wiedergutmachung konnte man den gekrümmten Horizont sehen und eine hauchdünne neonfarbene Sichel, die Land und Himmel zu trennen schien. Weit voraus verlief eine Küstenlinie. Oder auch hinter ihnen. Jay war nicht sicher, in welche Richtung die Kongression trieb. Wenn überhaupt.

Sie begnügte sich damit, den vorbeifliegenden Raumschiffen zuzusehen. »Und was machen die nun alle hier?« wandte sie sich an Haile.

– Verschiedene Spezies hierher kommen, um Tausch zu betreiben. Einige Ideen anzubieten haben, andere Wissen benötigen, um Ideen umzusetzen in die Tat. Der Korpus sich um alles kümmert. Die Kongressionen als Verbindungsstellen dienen für diejenigen, die suchen und diejenigen, die wünschen zu geben. Hier sie einander finden können.

»Das klingt alles so schrecklich edel.«

– Wir unsere Welten geöffnet haben für diese Art von gegenseitigem Gewinn seit langer Zeit. Einige Rassen wir kennen seit Anbeginn unserer Geschichte, andere neu hinzugekommen sind. Alle gleichermaßen uns willkommen sind.«

»Außer uns Menschen.«

– Auch Menschen frei sind uns zu besuchen.

»Aber kein Mensch weiß etwas von Riyine. Die Konföderation denkt immer noch, Jobis wäre die Heimatwelt der Kiint.«

– Traurigkeit deswegen ich verspüre. Wenn die Menschen herkommen können, dann sie sind willkommen.

Jay beobachtete ein Quartett erwachsener Kiint, die über die Avenue wanderten. Sie befanden sich in Begleitung von Wesen, die wie die Gespenster von schlanken Reptilien aussahen und in einteilige Overalls gekleidet waren. Allesamt transparent; Jay konnte tatsächlich durch sie hindurchsehen. »Langsam verstehe ich. Es handelt sich um eine Art Eignungstest, nicht wahr? Wer schlau genug ist, um hierher zu finden, der ist auch schlau genug, um bei euch mitzumachen.«

– Bestätigung.

»Das wäre wirklich hilfreich für uns Menschen, neue Dinge kennenzulernen. Aber ich glaube immer noch nicht, daß die Leute ihr Leben mit Philosophieren verbringen wollen. Nun ja, ein paar vielleicht schon, beispielsweise Vater Horst, aber bestimmt nicht viele.«

– Manche kommen zu den Kongressionen um Hilfe zu erbitten unsere und zu verbessern ihre Technologie.

»Und ihr gebt ihnen, was sie wollen? Maschinen und solche Dinge?«

– Der Korpus reagiert auf Ansinnen jedes in entsprechend angemessener Weise.

»Das ist der Grund, warum der Versorger mir kein Raumschiff geben wollte.«

– Du bist einsam. Ich dich hergebracht habe. Ich mich sorge um dich.

»Hey!« Sie legte den Arm um das Kiint-Junge und streichelte Hailes Atemlöcher. »Es tut mir überhaupt nicht leid, daß du mich hergebracht hast. Das hier ist etwas, das noch nicht einmal Joshua gesehen hat, und er war schon überall in der Konföderation. Er wird ganz schön beeindruckt sein, wenn ich erst wieder daheim bin. Ist das vielleicht nichts?« Sie blickte wieder hinaus zu einem der phantasievollen Fahrzeuge. »Komm schon, wir suchen uns einen Versorger. Ich habe Lust auf eine Portion Eiskrem.«

3. Kapitel

Rocio wartete noch einen Tag, nachdem der Konvoi der Organisation von der Antimateriestation zurückgekehrt war, bevor er seine Routinepatrouille im hohen Orbit über New California aufgab und zum Almaden hinaus sprang. Radarpulse der Nahbereichserfassung wuschen über den Rumpf der *Mindori* und lieferten einen verschwommenen Fleck auf den Schirmen, der im Rhythmus eines menschlichen Herzens pulsierte. Das visuelle Spektrum zeigte eine riesige dunkle Harpyie mit gefalteten Flügeln, die zwei Kilometer vor dem nicht-rotierenden Raumhafen schwebte. Durch die nicht ganz geschlossenen Augenlider schimmerte ein Streifen glitzernd rotes Licht.

Im Gegenzug richtete Rocio seine Sinne auf das Andocksims des Almaden-Asteroiden. Jedes einzelne der Landegestelle hatte unter Laserbeschuß gelegen, und geschmolzenes Metall und Plastik waren über die Felsen ringsum verspritzt, wo sie in großen bizarren Tümpeln wieder erstarrt waren. Die Oberflächen waren von Pockennarben übersät, wo Gasblasen geplatzt waren. Nicht nur die Landegestelle, sondern auch die Raffinerie für Nährflüssigkeit und die drei Vorratstanks waren beschossen worden.

Rocio teilte seine Sicht mit Pran Soo, der auf dem Monterey geblieben war. **– Und? Was hältst du von der Sache?** fragte er seinen Hellhawk-Kameraden.

– Die Raffinerie ist offensichtlich nicht so stark beschädigt, wie es auf den ersten Blick scheint. Lediglich die äußeren Bereiche der Anlage wurden getroffen. Etchells hat seine Laser kreuz und quer über die Apparate geführt, was ganz ohne Zweifel spektakulär ausgesehen haben muß. Jede Menge geschmolzenes

Metall, das in alle Richtungen spritzt, und Rohre, die unter dem Druck der kochenden Flüssigkeiten bersten. Aber der Kern der Anlage ist intakt geblieben, und das ist der Ort, an dem die eigentliche Nahrungssynthese stattfindet.

– Typisch.

– Ja. Zum Glück. Es gibt keinen praktischen Grund, aus dem die Anlage nicht wieder funktionsfähig gemacht werden könnte. Immer vorausgesetzt natürlich, du schaffst es, die Einheimischen zum Mitmachen zu bewegen.

– Sie werden mitmachen, verlaß dich drauf, entgegnete Rocio. – Schließlich haben wir etwas, das sie unbedingt wollen: uns selbst.

– Viel Glück.

Rocio lenkte seine Sinne auf den nicht-rotierenden Raumhafen, eine kleine Scheibe, deren Aussehen den Schluß nahe legte, daß sie noch im Bau befindlich war. Die Konstruktion bestand in der Hauptsache aus nackten Trägern, zwischen denen Tanks und dicke Rohre verliefen, ohne die schützende Panzerung gegen die Antriebsflammen, die Raumhäfen normalerweise auszeichnete. Drei Schiffe lagen gegenwärtig angedockt, zwei Frachtschlepper und die *Lucky Logorn*. Das interplanetare Schiff war erst zehn Stunden zuvor wieder auf dem Almaden eingetroffen. Falls die Lieutenants der Organisation vorgehabt hatten, die Besatzung des Schiffes zu disziplinieren, dann war es inzwischen längst geschehen.

Rocio öffnete einen Kurzstreckenkanal. »Deebank?«

»Schön, dich zu sehen.«

»Gleichfalls. Ich bin froh, daß sie dich nicht aus deinem neuen Körper geworfen haben.«

»Sagen wir einfach, es gibt mehr Leute, die für meine Handlungsweise Verständnis aufbringen als für die der Organisation.«

»Was ist aus den Lieutenants geworden?«

»Sie beschweren sich direkt aus dem Jenseits bei dem guten Al Capone.«

»Das war riskant. Er nimmt es dir persönlich übel, wenn du dich gegen ihn auflehnst. Möglicherweise sind bereits mehrere Fregatten auf dem Weg hierher, um das zu verdeutlichen.«

»Wir glauben, Capone hat im Augenblick genug Probleme mit der Antimaterie. Außerdem – die einzige Option, die er noch gegen diesen Asteroiden besitzt, ist eine Atombombe. Und wenn es danach aussieht, verschwinden wir aus diesem Universum und versuchen unser Glück. Nicht, daß wir scharf darauf wären.«

»Ich verstehe vollkommen. Ich möchte auch nicht, daß ihr verschwindet.«

»Sieht ganz danach aus, als hätten wir beide unsere Probleme. Hast du eine Idee, wie wir uns gegenseitig helfen können?«

»Wenn wir uns von der Organisation befreien wollen, benötigen wir eine unabhängige Nahrungsquelle. Als Gegenleistung dafür, daß ihr die Raffinerie wieder zum Laufen bringt, sind wir bereit, die gesamte Bevölkerung vom Almaden zu einem Planeten zu bringen.«

»New California wird uns ganz bestimmt nicht haben wollen.«

»Wir bringen euch zu einer anderen Welt, die bereits von der Organisation infiltriert worden ist. Meine Freunde und ich verfügen über genügend Raumflugzeuge, um den Transfer zu bewerkstelligen. Aber es muß bald geschehen. Ohne die Antimateriestationen wird es keine neuen Infiltrationsflüge mehr geben, und die bereits infiltrierten Welten werden nicht mehr viel länger in diesem Universum bleiben.«

»Wir könnten sofort mit den Reparaturarbeiten an der Raffinerie anfangen. Aber wenn wir alle von hier verschwinden, wer wird sie für euch warten?«

»Ihr müßt genügend Ersatzteile herstellen, um die Raffinerie zehn Jahre lang betriebsfähig zu halten. Außerdem müßt ihr die Mechanoiden so programmieren, daß wir sie fernsteuern können.«

»Das ist nicht gerade wenig.«

»Ich denke, der Handel ist für beide Seiten ausgeglichen.«

»In Ordnung, legen wir die Karten auf den Tisch. Meine Leute hier sagen, die Ersatzteile wären kein besonderes Problem, unsere Industriestationen können sie herstellen. Aber wir sind nicht imstande, die Elektronik zu produzieren, die für die Raffinerie nötig ist. Kannst du vielleicht die Prozessorblocks besorgen?«

»Schick mir eine Liste per Datavis. Ich werde mich umhören.«

Jed und Beth hatten die Unterhaltung in der Kapitänskabine mitverfolgt, in die sie zwischenzeitlich gezogen waren. Sie verbrachten viel Zeit miteinander in dem schick möblierten Zimmer. Im Bett. Es gab nicht viel anderes zu tun an Bord seit Jeds erfolgreichen Bemühungen, ihre Nahrungsmittelvorräte wieder aufzufüllen. Und trotz Rocios Versicherungen, daß alles glatt nach Plan lief, konnten sie das Gefühl unmittelbar bevorstehenden Unheils nicht ablegen. All das hatte dazu geführt, daß sie vorübergehend alle Hemmungen verloren hatten.

Sie lagen in postkoitaler Mattigkeit auf dem Bett und streichelten einander in zärtlicher Bewunderung. Sonnenlicht fiel durch die Holzjalousien vor dem Bullauge und zeichnete warme Streifen auf ihre Leiber. Es half, die feuchte Haut zu trocknen.

»Hey, Rocio, glaubst du wirklich, daß dieser Handel in Ordnung geht?« fragte Beth.

Der Spiegel über der Frisierkommode aus Teakholz

schimmerte opaleszierend und zeigte dann Rocios Gesicht.

»Ich denke schon. Beide Seiten haben der anderen etwas anzubieten, das sie dringend braucht. Das ist üblicherweise die Basis für einen guten Handel.«

»Und wie viele Hellhawks sind dabei?«

»Ausreichend.«

»Ach ja? Wenn eine ganze Gruppe von euch meutert, wird Kiera alles tun, was in ihren Kräften steht, um euch zu verkrüppeln. Beispielsweise müßt ihr den Almaden bestimmt verteidigen. Und dafür braucht ihr Kombatwespen.«

»Um Himmels willen, glaubst du wirklich?«

Beth funkelte ihn an.

»Es gibt keine geeigneten Asteroidensiedlungen in anderen Sternensystemen«, sagte Rocio. »Der Almaden ist unsere einzige Chance auf eine unabhängige Zukunft, trotz der Nähe zur Organisation. Wir werden verdammt noch mal sicherstellen, daß wir imstande sind, diese Zukunft auch zu verteidigen, keine Sorge.«

Jed setzte sich auf und achtete darauf, daß die Decke seinen Unterleib verbarg, als er sich dem Spiegel zuwandte. (Beth hatte für diese ihrer Meinung nach gespielte Schüchternheit kein Verständnis.) »Und wo kommen wir in deinen Plänen vor?«

»Das weiß ich noch nicht. Vielleicht brauche ich euch auch überhaupt nicht.«

»Heißt das, du willst uns Capone ausliefern?« fragte Beth und hoffte inbrünstig, daß Rocio nicht das Zittern in ihrer Stimme bemerkte.

»Das würde schwierig werden. Wie soll ich eure Anwesenheit an Bord erklären?«

»Also läßt du einfach Deebank und seine Kumpane an Bord, damit sie sich um uns kümmern, wie?«

»Bitte, Beth. Wir sind nicht alle wie Kiera. Ich hatte eigentlich gehofft, das hättest du inzwischen selbst bemerkt. Ich verspüre nicht den geringsten Wunsch, Kinder auszuliefern.«

»Und wann wirst du uns von Bord lassen?« fragte Beth.

»Ich weiß es noch nicht. Obwohl ich sicher bin, daß die Edeniten mehr als glücklich sein werden, euch aus meinen korrupten Klauen zu erretten. Über Einzelheiten können wir immer noch reden, sobald unsere nächste Zukunft gesichert ist. Und ich muß schon sagen, ich bin sehr enttäuscht von eurer Haltung, vor allem, wenn man bedenkt, vor welchem Schicksal ich euch bewahrt habe.«

»Es tut uns leid, Rocio«, sagte Jed hastig.

»Ja. Wir wollten dich nicht verletzen, bestimmt nicht«, fügte Beth mit deutlichem Sarkasmus in der Stimme hinzu.

Das Bild im Spiegel verblaßte, und die beiden Menschen blickten sich an.

»Du solltest ihn wirklich nicht so sehr reizen«, sagte Jed vorwurfsvoll. »Meine Güte, wir sind schließlich völlig von ihm abhängig! Luft, Wasser, Wärme, selbst die verdammte Gravitation. Hör endlich auf damit, Beth!«

»Es war doch nur eine Frage!«

»Dann stell eben keine Fragen mehr.«

»Jawohl, Sir. Ich hatte für einen Augenblick vergessen, daß du hier das Sagen hast.«

»Hör auf damit«, sagte Jed reumütig. Er streckte die Hand aus und streichelte zärtlich ihre Wange. »Ich habe nie gesagt, daß ich der Boß bin. Ich mache mir lediglich Sorgen, das ist alles.«

Beth spürte deutlich, daß er vor seinem geistigen Auge eigentlich Kiera Salters fabelhafte Figur sah, wenn er ihren Körper so betrachtete wie jetzt. Es machte ihr nichts mehr aus, wenngleich sie die Gründe dafür lieber nicht so genau hinterfragte. *Ich muß aufhören, mich so zu zieren.* »Ich weiß. Ich auch, Jed. Gut, daß wir etwas gefunden haben, um nicht die ganze Zeit daran denken zu müssen, oder?«

Er grinste verlegen. »Zu wahr.«

»Ich mache mich jetzt besser an die Arbeit. Die Kinder warten bestimmt schon auf ihr Abendessen.«

Navar kreischte und zeigte anklagend mit dem Finger auf die beiden, als sie in der Messe erschienen. »Ihr habt es schon wieder getan!«

Jed versuchte, ihre Hand wegzuschlagen, doch sie wich ihm lachend und schnaubend aus. Er konnte sie kaum wegen ihres Verhaltens zurechtweisen; Beth und er hatten kein großes Geheimnis aus dem gemacht, was sie miteinander trieben.

»Können wir jetzt endlich essen?« fragte Gari anklagend. »Ich hab' schon alles vorbereitet.«

Beth inspizierte Garis Bemühungen. Die Mädchen und Webster Pryor hatten sechs Teller mit gemischter Fertignahrung für den Induktionsherd vorbereitet. Kartoffelkuchen mit rehydrierten Rühreiern und Karottenwürfeln. »Gut gemacht.« Sie tippte die Menge in das Kontrollfeld des Ofens und schob die Teller hinein. »Wo steckt Gerald?«

»Er spinnt in der Messe herum, wie immer.«

Beth bedachte Navar mit einem strengen Blick.

Navar weigerte sich, klein beizugeben. »Wirklich!« beharrte sie.

»Du teilst das Essen aus«, sagte Beth zu Jed. »Ich sehe nach, was er hat.«

Gerald stand vor dem großen Panoramafenster. Er hatte die Hände an die Scheibe gelegt, als versuchte er, das Glas aus der Fassung zu drücken.

»Hey, Gerald, alter Freund! Das Essen ist fertig.«

»Ist sie dort?«

»Wo, mein Freund?«

»Auf diesem Asteroiden?«

Beth stand hinter ihm und blickte ihm über die Schulter. Der Almaden lag genau in der Mitte des Blickfelds. Ein dunkler Felsklumpen, der langsam vor dem Schwarz des Weltalls rotierte.

»Nein, mein Freund, tut mir leid. Das ist der Almaden, nicht der Monterey. Marie ist nicht dort.«

»Ich dachte, es wäre der andere. Der Monterey, wo sie ist.«

Beth nahm Geralds Hände näher in Augenschein. Die Knöchel waren ein wenig geschwollen; er hatte wahrscheinlich gegen die Scheibe geschlagen. Wenigstens bluteten sie nicht. Sanft legte sie die Hand auf seinen Oberarm und spürte die Anspannung in seinen verkrampften, zitternden Muskeln. Seine Stirn war schweißbedeckt.

»Komm schon, Freund«, sagte sie leise. »Du mußt etwas essen. Das tut dir gut.«

»Du verstehst das einfach nicht!« Er war den Tränen nahe. »Ich muß zu ihr zurück! Ich kann mich nicht einmal mehr erinnern, wann ich sie das letzte Mal gesehen habe! Mein Kopf ist so voller Dunkelheit! Alles tut weh!«

»Ich weiß, mein Freund.«

»Du weißt?« kreischte er. »Was weißt du? Sie ist mein Baby, meine wunderschöne kleine Marie! Und diese Teufelin läßt sie *Dinge* tun, die ganze Zeit!« Er erschauerte heftig, und seine Augenlider flatterten. Einen Augenblick lang dachte Beth, er würde umkippen. Sie verstärkte ihren Griff, als er unsicher schwankte.

»Gerald? Hör mal . . .«

Abrupt riß er die Augen auf und blickte sich panisch in der Messe um. »Wo sind wir?«

»Das hier ist die *Mindori*«, erklärte Beth mit ruhiger Stimme. »Wir sind an Bord, und wir suchen nach einem Weg, wie wir auf den Monterey zurückkehren können.«

»Ja.« Er nickte rasch. »Ja, das ist richtig. Wir müssen zum Monterey. Sie ist nämlich dort, weißt du? Marie. Ich muß sie finden. Ich kann sie befreien, ich weiß, wie es geht. Loren hat es mir verraten, bevor sie gegangen ist. Ich kann Marie helfen zu entkommen.«

»Das ist gut, mein Freund.«

»Ich muß mit dem Kommandanten reden. Ihm alles erklären. Wir müssen auf dem schnellsten Weg zum Monterey zurück. Er wird es tun, er wird mich verstehen. Sie ist mein Baby. Mein ein und alles.«

Beth rührte sich nicht, als er herumwirbelte und nach draußen eilte. Mutlos stieß sie den Atem aus. »Verdammte Scheiße.«

Jed und die drei Kinder saßen an der kleinen Theke in der Kombüse und löffelten den rosafarbenen Brei von ihren Tellern. Sie alle blickten Beth erwartungsvoll an, als sie den Raum betrat.

Sie gab Jed einen Wink mit dem Kopf und ging wieder hinaus. Er folgte ihr.

»Wir müssen ihn zu einem Arzt schaffen oder sowas«, sagte sie mit leiser Stimme.

»Das hab' ich dir am ersten Tag gesagt, als wir ihn gesehen haben. Dieser Typ ist ein echter Irrer.«

»Nein, es ist nicht nur das. Nicht nur sein Kopf. Er ist wirklich krank. Seine Haut ist ganz heiß, er hat Fieber. Einen Virus oder so etwas.«

»Ach du meine Güte, Beth.« Jed drückte die Stirn an eine kühle Metallwand. »Denk doch mal nach, ja? Was zur Hölle können wir schon tun? Wir stecken in einem beschissenen Hellhawk fest, fünfzig Trillionen Lichtjahre von allem weg, was sich auch nur einen Dreck um uns scheren würde. Wir können nichts, rein gar nichts tun. Es tut mir wirklich leid, wenn er sich irgendeine Xeno-Krankheit eingefangen hat, aber im Augenblick ist meine einzige Sorge, daß er uns anstecken könnte.«

Sie haßte ihn dafür, daß er recht hatte. Daß sie so völlig machtlos waren, ganz zu schweigen abhängig von Rocio, war schwer genug zu ertragen. »Komm mit.« Sie warf einen letzten Blick auf die Kinder, um sicherzustellen, daß sie auch wirklich aßen, dann zerrte sie Jed hinter sich her in die Messe. »Rocio?«

Das transparente Gesicht des Possessors materialisierte auf einem Bullauge. »Was ist denn jetzt schon wieder?«

»Wir haben ein echtes Problem mit Gerald. Ich schätze, er ist richtig krank. Er sieht jedenfalls überhaupt nicht gut aus.«

»Er ist hier, weil ihr darauf bestanden habt. Was soll ich eurer Meinung nach tun?«

»Das wissen wir selbst nicht so genau, Rocio. Hast du vielleicht eine Null-Tau-Kapsel an Bord? Wir könnten ihn hineinlegen, bis wir von Bord gehen. Die edenitischen Ärzte können sich richtig um ihn kümmern.«

»Nein. Es gibt keine funktionierende Null-Tau-Kapsel an Bord. Die Besessenen sind verständlicherweise nervös in Gegenwart dieser Apparate; die ersten, die an Bord gekommen sind, haben alle zerstört.«

»Scheiße. Was sollen wir nur tun?«

»Ihr müßt ihn pflegen, so gut es geht.«

»Entsetzlich«, murmelte Jed.

Der Almaden geriet hinter dem Bullauge in Bewegung.

»Hey, wohin fliegen wir jetzt?« fragte Jed. Der Asteroid verschwand hinter dem Rand, und der Sternenhimmel beschrieb einen schwachen Bogen, als der Hellhawk in einer engen Kurve beschleunigte.

»Zurück auf meinen Patrouillenvektor«, antwortete Rocio. »Und ich hoffe, daß niemand meine Abwesenheit bemerkt hat. Deebank hat mir eine Liste elektronischer Komponenten geschickt, die sie brauchen, um die Nahrungssynthesemaschinen zu reparieren. Alles ist auf dem Monterey zu haben.«

»Schön, da bin ich aber froh, das zu hören«, sagte Jed automatisch. Plötzlich stieg ein eisig kalter Gedanke in ihm auf. »Halt, warte mal, einen Augenblick, Rocio! Wie willst du die Organisation dazu bringen, dir das Zeug zu übergeben?«

Rocios transparentes Abbild zwinkerte ihm zu, dann verschwand es.

»O Scheiße! Nicht schon wieder!«

In Friedenszeiten waren die designierten Austrittszonen Avons rings um den Planeten und sein umgebendes Band aus Asteroidensiedlungen im hohen Orbit in bequemer Entfernung zu den jeweiligen Raumhäfen positioniert, mit der Ausnahme von Trafalgar, das aus reiner Notwendigkeit heraus stets mit verdächtigen Neuankömmlingen rechnete. Nach dem offiziellen Ausbruch des Krieges mit der Organisation – oder, wie es die Diplomaten in Regina lieber nannten, der aktuellen Krisensituation – waren sämtliche Austrittszonen automatisch weiter nach draußen und von ihren zugeordneten Häfen weggelegt worden. Jeder Almanach der Konföderation beinhaltete die alternativen Koordinaten, und es lag in der Verantwortung der Schiffskommandanten sicherzustellen, daß sie über jegliche offizielle Deklaration Bescheid wußten.

Die Austrittszone DR45Y befand sich in einer Entfernung von dreihunderttausend Kilometern über Trafalgar und war zivilen Schiffen zugewiesen, die im Regierungsauftrag unterwegs waren. Die Sensorsatelliten, die DR45Y überwachten, waren von der gleichen militärischen Spezifikation wie jene, die für die Überwachung der zahlreichen Austrittszonen vorgesehen waren, in denen Kriegsschiffe materialisierten. Schließlich konnte niemand im voraus wissen, welche Art von Schiff ein möglicher Gegner schicken würde. Folglich wurden, nachdem die Scanner die vertraute gravitonische Verzerrung einer unmittelbar bevorstehenden Materialisierung entdeckten, innerhalb Millisekunden zusätzliche Sensorbatterien aktiviert. Der sich rasch ausdehnende Riß im Raum-Zeit-Gefüge wurde von nicht weniger als fünf strategischen Verteidigungsplattformen anvisiert. Das Verteidigungskommando Trafalgars dirigierte darüber hinaus fünf Voidhawks zu den entsprechenden Koordinaten um und versetzte weitere zehn in äußerste Alarmbereitschaft.

Der Ereignishorizont expandierte bis auf einen Durchmesser von achtunddreißig Metern und verschwand dann schlagartig. Zurück blieb der Rumpf eines fremden Schiffes. Die visuellen Sensoren zeigten eine Standardkonstruktion, kugelförmig, eingehüllt in Nullthermschaum. Alles völlig normal, mit Ausnahme einer fehlenden hexagonalen Rumpfplatte. Das Schiff befand sich beeindruckend dicht am Zentrum der Austrittszone; der Kommandant mußte beachtliche Anstrengungen unternommen haben, um sein Schiff so exakt auf die letzten Sprungkoordinaten auszurichten. Ein derartiges Manöver deutete auf jemanden hin, der unter allen Umständen gefallen wollte.

Radarpulse lösten den Transponder des fremden Schiffes aus. Die KI Trafalgars benötigte weniger als eine Millisekunde, um den Antwortkode als zur *Villeneuve's Revenge* gehörig zu identifizieren, geführt von Kommandant André Duchamp.

Gleich im Anschluß an das Transpondersignal übermittelte die *Villeneuve's Revenge* ihren offiziellen Autorisierungskode, der von der Regierung des Ethentia-Asteroiden ausgestellt war.

Beide Kodes wurden über Sicherheitsprotokolle der Stufe zwei geleitet. Die Offizierin vom Dienst des KNIS im Kommandozentrum Trafalgars reagierte unverzüglich.

Ein weiterer, doch sehr viel unauffälligerer Alarm wurde in das gesicherte Kommunikationsnetz des Asteroiden abgesetzt, von dem der KNIS jedoch nicht die geringste Ahnung hatte. Die altmodischen Fernseher, Radios und holographischen Fenster im Clubzimmer des Chalets unterbrachen ihre nostalgischen Programme, um die Kiint-Beobachter über die neueste Entwicklung zu informieren.

Tracy setzte sich auf und starrte auf den Schirm. In der großen Halle herrschte plötzlich beklommene Stille. Farbenfrohe Bilder von den strategischen Sensoren prangten auf dem großen Sony-Fernseher, während zahlreiche Waffensysteme auf das Schiff gerichtet wurden. Tracy vervollständigte die ein wenig lückenhaften Daten mit einer weitreichenden Zusammenfassung von Korpus, der seinerseits aus einer reichen Fülle von eigenen Quellen in und rings um Trafalgar schöpfte.

»Sie werden das Schiff bestimmt nicht in ihre Nähe lassen«, sagte Saska mit hoffnungsvoller Stimme. »Sie sind im Augenblick viel zu paranoid dazu, allen Heiligen sei Dank.«

»Ich hoffe inbrünstig, daß du recht hast«, murmelte Tracy. Eine hastige Rückversicherung bei Korpus zeigte ihr, daß Jay noch immer zusammen mit Haile in der Kongression war. Der beste Ort für sie für den Augenblick; Tracy wollte unter allen Umständen vermeiden, daß das kleine Mädchen etwas von ihren Zweifeln und Ängsten spürte. »Der Teufel allein weiß, wie es dieser Pryor geschafft hat, sich eine Startgenehmigung vom Ethenthia zu beschaffen.«

»Wahrscheinlich konnte er die Besessenen vom Ethenthia mit Al Capones Namen einschüchtern«, vermutete Galic. »Aber es ist eine ganz andere Geschichte, sich einen Weg in das Hauptquartier der Konföderation zu bluffen.«

Die Offizierin vom Dienst des KNIS schien den Gedanken zu teilen. Die Frau rief unverzüglich Alarmstufe C4 aus und untersagte dem wahrscheinlich feindlichen Schiff jedes weitere Manöver. Dann schickte sie die patrouillierenden Voidhawks auf Abfangkurs. Die Warnungen gingen per Datavis direkt an die *Villeneuve's Revenge*, und sie machten sehr deutlich, was geschehen würde, falls das Schiff sich nicht an die Befehle des strategischen Verteidigungskommandos hielt. Der *Villeneuve's Revenge* wurde jeglicher Einsatz der Antriebssysteme untersagt, einschließlich der schwachen chemischen Korrekturtriebwerke zur Stabilisierung des Bahnvektors. Außerdem durfte das Schiff seine Wärmepaneele und seine Sensorbündel nicht ausfahren und keine Rumpfklappen öffnen. Die einzige Ausnahme war der Ausstoß nicht dem Antrieb dienender Gase, doch nur nach vorhergehender Ankündigung. Nachdem der gründlich verstimmte André Duchamp seine Beschwerde über die feindselige Behandlung losgeworden war, beschleunigten die vier abfangenden Voidhawks mit respektablen fünf g in Richtung des inerten Schiffs.

Kingsley Pryor übermittelte dem Offizier vom Dienst seinen persönlichen Kode, der ihn als Mitglied der Konföderierten Navy auswies. »Ich konnte von New California fliehen«, erzählte er. »Es ist mir gelungen, eine ganze Reihe taktischer Daten über die Flotte der Organisation zu sichern, bevor ich geflohen bin. Sie sollten so bald wie möglich an Admiralin Lalwani weitergeleitet werden.«

»Wir wissen bereits von Ihrer Zusammenarbeit mit Capone«, entgegnete der Offizier vom Dienst. »Die Berichte unseres Undercover-Agenten Erick Thakrar, der zu dieser Zeit an Bord der *Villeneuve's Revenge* gewesen ist, waren äußerst umfassend.«

»Erick ist hier? Das ist gut. Wir dachten schon, er sei gefaßt worden.«

»Er wirft Ihnen Desertion und Kollaboration mit dem Gegner vor.«

»Nun, selbst wenn ich bis vor ein Kriegsgericht ziehen muß, um meine Unschuld zu beweisen, ändert das nichts an der Tatsache, daß ich eine gewaltige Menge lebenswichtiger Informationen mitbringe. Die Admiralin wird sicherlich mit mir sprechen wollen.«

»Das wird sie. Ihre Eskorte wird Sie zu einem gesicherten Dock bringen, nachdem sie den Status Ihres Schiffes bestätigt hat.«

»Ich versichere Ihnen, es gibt keine Besessenen an Bord. Genausowenig, wie dieses Schiff eine militärische Bedrohung darstellt. Ich bin im Gegenteil erstaunt, daß wir es tatsächlich bis hierher geschafft haben angesichts des Zustands, in dem sich einige unserer Systeme befinden. Kommandant Duchamp ist nicht gerade der tüchtigste Schiffsführer.«

»Auch darüber sind wir informiert.«

»Also schön. Sie sollten außerdem wissen, daß ein nuklearer Sprengkopf in Rumpfplatte 4-36-M versteckt ist mit einer Sprengkraft von null Komma drei Kilotonnen TNT. Ich verfüge über den Kode der Zeituhr, und die Detonation erfolgt von jetzt an in sieben Stunden.«

»Ja, das ist Capones Standardprozedur, um sich Gehorsam zu erzwingen. Wir werden die Platte mit den Sensoren unserer Voidhawks untersuchen.«

»Sehr gut. Was soll ich unterdessen tun?«

»Überhaupt nichts. Die Rumpfplatte muß entfernt werden, bevor Sie die Genehmigung zum Andocken erhalten. Duchamp muß uns die Kontrolle über seinen Bordrechner gewähren und jegliche Zugriffsbeschränkung deaktivieren. Weitere Instruktionen erhalten Sie, wenn wir mit unserer Analyse fertig sind.«

Auf der Brücke der *Villeneuve's Revenge* öffnete Kingsley Pryor die Gurte, die ihn auf der Beschleunigungsliege festgehalten hatten, und musterte den schäumenden Kommandanten mit einem abwesenden Lächeln. »Tun Sie, was man von Ihnen verlangt. Jetzt.«

»Aber selbstverständlich«, grollte André. Tausend Mal während des Fluges hierher hatte er sich geschworen, einfach nicht mehr mitzumachen und Pryor dazu zu zwingen, Farbe zu bekennen. Die Ankunft auf Trafalgar würde seinem Leben ein Ende setzen. Für immer. Die verdammte *anglo*-Navy wußte zuviel über ihn, dank Erick Thakrar. Sie würden ihm das Schiff und wahrscheinlich auch seine Freiheit nehmen, ganz gleich, wieviel Geld er gerissenen Anwälten in den Rachen warf. Trafalgar war ein Raumhafen, wo absolut niemand ihm einen Gefallen schuldete. Doch jedesmal, wenn ihm dieser Gedanke durch den Kopf gegangen war, hatte ihn seine verdammte Feigheit daran gehindert, seine Wünsche in die Tat umzusetzen. Sich zu weigern bedeutete den sicheren Tod angesichts der Bombe an Bord, und André Duchamp sah diesem Schicksal längst nicht mehr mit der gleichen Gelassenheit wie früher entgegen. Er hatte den Besessenen in die Augen gestarrt, ja, er hatte sie sogar geschlagen (nicht, daß die verdammte Konföderierte Navy es ihm gedankt hätte, o nein!), und er wußte mehr als jeder andere, wie real sie waren. Und mit diesem Wissen kam die kalte Furcht vor dem, was seine Seele erwartete. Jedes denkbare Schicksal, ganz gleich wie demütigend, war plötzlich verlockender geworden als der nackte Tod.

André übermittelte eine Reihe von Befehlen an seinen Bordrechner, und das strategische Verteidigungskommando übernahm die Kontrolle über sein Schiff. Die Prozedur war inzwischen Routine: Sämtliche internen Sensoren wurden aktiviert, um die Anzahl der Besatzungsmitglieder an Bord zu kontrollieren und ihre Identität zu bestätigen. Dann wurden sie aufgefordert, per Datavis ihre physiologischen Daten zu übermitteln, die erste grobe Überprüfung, ob sie besessen waren. Die zweite Phase der Tests würde aus einem intensiven Sensorscan bestehen, sobald sie angedockt hatten.

Nachdem das strategische Verteidigungskommando die fünf Menschen an Bord vorläufig für Nicht-Besessene erklärt hatte, wurde jeder einzelne Prozessorblock an

Bord einer gründlichen Diagnose unterzogen. Im Fall der *Villeneuve's Revenge* verlief die Prozedur nicht so glatt wie bei einem Schiff, daß den Raumsicherheitsvorschriften entsprach und regelmäßig gewartet wurde. Mehrere gesetzlich vorgeschriebene Systeme ließen sich einfach nicht einschalten. Allerdings gab es keinerlei unerklärliche Fehler bei den Prozessoren, die noch funktionierten, was zusammen mit einer Analyse der (zugegebenermaßen unvollständigen) Daten der Lebenserhaltungssysteme zu einer fünfundneunzigprozentigen Wahrscheinlichkeit führte, daß das Schiff keine Besessenen an Bord schmuggelte.

André erhielt die Genehmigung, die Wärmeableitpaneele auszufahren, was die Wärmespeicher ein wenig entlastete. Die Korrekturtriebwerke durfte er ebenfalls wieder benutzen, um seine Fluglage zu stabilisieren. Ein MSV von einem der Voidhawks glitt aus seinem Hangar und manövrierte zu Rumpfplatte 4-36-M. Lange Waldo-Arme wurden ausgefahren und machten sich bereit, die Platte zu lösen.

Tracy beobachtete die Ereignisse auf dem großen Bildschirm des antiken Sony-Fernsehers. Große Anti-Drehmoment-Schlüssel hakten sich rings um den Rand der Rumpfplatte in die dafür vorgesehen Aussparungen ein. »Ich glaube das nicht!« rief sie. »Ich glaube das einfach nicht! Diese Trottel halten das Schiff tatsächlich für ungefährlich!«

»Sei vernünftig«, sagte Arnie. »Diese Vorsichtsmaßnahmen sind vollkommen ausreichend, um jeden Besessenen aufzuspüren, der sich an Bord versteckt hält.«

»Mit Ausnahme von Quinn Dexter«, brummte Saska.

»Wir wollen die Dinge doch nicht unnötig verkomplizieren. Tatsache ist, daß die Navy äußerst sorgfältig ans Werk geht.«

»Unsinn«, schnappte Tracy. »Diese KNIS-Offizierin ist kriminell inkompetent! Sie muß doch wissen, daß

Capone etwas gegen Pryor in der Hand hat, um ihn unter Druck zu setzen, und doch hat sie nichts deswegen unternommen! Sie werden dieses verdammte Schiff andocken lassen, sobald sie die Rumpfplatte abgeschraubt haben.«

»Wir können sie nicht aufhalten«, warnte Saska. »Du kennst die Regeln.«

»Capone und sein Einfluß schwinden langsam dahin«, entgegnete Tracy. »Ganz gleich, welche trügerischen Siege er erringt, er kann nicht wiedergewinnen, was er verloren hat, jedenfalls nicht im Augenblick. Ich sage, wir dürfen nicht zulassen, daß er mit diesem Plan durchkommt. Die psychologische Dynamik der Gesamtsituation muß mit berücksichtigt werden. Die Konföderation muß überleben, und nicht nur das: Sie muß das Gebilde sein, das diese Krise erfolgreich meistert. Und die Navy ist der Inbegriff der Konföderation, ganz besonders jetzt. Sie darf keinen Schaden nehmen. Nicht in dem Ausmaß jedenfalls, das Pryors Mission anzurichten imstande ist.«

»Du bist genauso arrogant wie dieser Capone«, sagte Galic. »Immer mußt du recht haben, immer willst du die Oberhand gewinnen.«

»Wir wissen ganz genau, wer gewinnen muß«, entgegnete sie. »Es muß einen funktionierenden speziesweiten Regierungsmechanismus geben, um die Art von Politik durchzusetzen, die nach der Krise erforderlich sein wird, um die Übergangsphase zu meistern. Und trotz all ihrer Fehler kann die Konföderation vernünftig funktionieren. Wenn sie versagt, wird sich die menschliche Rasse aufspalten, sozial, politisch, ökonomisch, religiös und ideologisch. Wir würden wieder zurückfallen in ein Prä-Raumfahrt-Zeitalter, und es würde Jahrhunderte dauern, bis die Menschen wieder dort wären, wo sie heute stehen. Zu diesem Zeitpunkt könnten wir längst zur aktiv transzendenten Bevölkerung dieses Universums gehören.«

»*Wir?*«

»Ja, wir. Wir. Wir wenigen Privilegierten. Die Tatsache, daß wir hier gezüchtet wurden, bedeutet noch lange nicht, daß wir nicht menschlich sind. Zweitausend Jahre unter unserem eigenen Volk haben das hier zu einer fremden Welt gemacht.«

»Jetzt wirst du melodramatisch.«

»Nenn es meinetwegen, wie du willst. Aber ich weiß genau, was ich bin.«

Die internen Sensoren der *Villeneuve's Revenge* zeigten, daß Kingsley Pryor allein in seiner kleinen Kabine war. Er hatte die gleiche entnervende Haltung eingenommen, wie sie André Duchamp und seine drei Besatzungsmitglieder während der gesamten quälend langsamen Reise hierher beobachtet hatten. Er schwebte wenige Zentimeter über dem Boden, die Beine in Lotusposition gefaltet, und seine Augen blickten in eine entsetzliche persönliche Hölle. Selbst über die Datavis-Verbindung zum strategischen Verteidigungskommando konnte die diensthabende Offizierin sehen, daß Pryor etwas Schreckliches durchlitt.

Nachdem die Ferndiagnose der Bordelektronik abgeschlossen und die Rumpfplatte 4-36-M entfernt worden war und in den Armen des Waldo hing, erhielt André einen Vektor, der die *Villeneuve's Revenge* mit einem Zehntel g in Richtung Trafalgars bringen würde. Das strategische Verteidigungskommando verfolgte, wie der Bordrechner auf die Befehle der Besatzung reagierte und die Fusionsantriebe zum Leben erwachten. Das Schiff befolgte die Sicherheitsprotokolle buchstabengetreu bis zum letzten Byte.

Kingsley schwebte die letzten Zentimeter zum Decksboden hinunter und unterdrückte ein Aufstöhnen, als ihm bewußt wurde, was das bedeutete. Im Verlauf der

Reise hierher hatte er sein Dilemma zu einem fast physischen Schmerz erhoben, und jeder Gedanke an das, was seine Bestimmung war, hatte ihn von innen heraus verbrannt.

Es gab einfach keinen Ausweg aus der Falle, in der Capone und seine Hure ihn gefangen hatten. Er war vom Tod umgeben, und der Tod machte ihn zu einem willfährigeren Werkzeug, als es eine Sequestrierungsnanonik je vermocht hätte. Tod und Liebe. Er durfte nicht zulassen, daß der kleine Webster und Clarissa im Jenseits verschwanden. Nicht jetzt. Oder daß sie von Possessoren übernommen wurden. Es gab nur einen Weg, das zu verhindern, und auch er war grundfalsch.

Wie die meisten Männer in Kingsley Pryors Position im Verlauf der menschlichen Geschichte, so tat auch er nichts, während die Ereignisse ihrem unweigerlichen Höhepunkt entgegentrieben; er wartete einfach und betete, daß sich wie aus dem Nichts eine magische dritte Option auftat. Doch jetzt, nachdem die Fusionsantriebe die *Villeneuve's Revenge* in Richtung Trafalgar schoben, verließ ihn schlagartig alle Hoffnung. Er war mit einer irrsinnigen Macht ausgestattet, mit dem einzigen Ziel, Leiden zu verursachen, und doch spürte er auf der anderen Seite Webster und Clarissa. Die beiden Gegenpole balancierten sich perfekt aus, genau wie Capone es gewußt hatte. Kingsley Pryor mußte eine unmögliche Wahl treffen. Eine Wahl zwischen dem Unaussprechlichen und seiner Familie.

Der Kabinensensor besaß genügend Auflösungsvermögen, um das bittere Lächeln zu entdecken, das über sein Gesicht huschte. Er sah aus, als würde er jeden Augenblick die Beherrschung verlieren. Die KNIS-Offizierin schüttelte den Kopf, als sie sein Verhalten bemerkte. *Der sieht aus, als hätte er den Verstand verloren,* dachte sie. Obwohl er sich nach außen hin passiv verhielt.

Was der Sensor nicht zeigte war der Fleck in der Luft, der sich direkt neben Kingsleys Pritsche verdickte und die Gestalt Richard Keatons annahm. Er lächelte traurig auf den unglücklichen Offizier der Navy hinab.

»Wer sind Sie?« fragte Kingsley heiser. »Wie haben Sie sich an Bord versteckt?«

»Das habe ich nicht«, antwortete Richard. »Ich bin kein Besessener, der Sie im Auge behalten soll. Ich bin ein Beobachter, das ist alles. Bitte fragen Sie nicht für wen oder warum. Ich würde Ihnen die Antwort schuldig bleiben. Aber ich verrate Ihnen, daß Webster vom Monterey entkommen ist. Er ist nicht länger in Capones Gewalt.«

»Webster?« kreischte Kingsley. »Wo ist er?«

»So sicher, wie es im Augenblick nur irgend möglich ist. Er befindet sich an Bord eines abtrünnigen Schiffs, das von niemandem Befehle entgegennimmt.«

»Woher wissen Sie das?«

»Ich bin nicht der einzige, der die Konföderation beobachtet.«

»Ich verstehe das nicht. Warum sagen Sie das?«

»Sie wissen ganz genau warum, Kingsley. Weil Sie eine Entscheidung fällen müssen. Sie sind in einer einzigartigen Position, und Ihre Entscheidung kann die weitere Entwicklung der Menschheit beeinflussen. Es geschieht nicht häufig, daß ein einzelner in eine solche Position gerät, auch wenn Sie die Umstände sicherlich nicht willkommen heißen, die sich daraus ergeben. Ich kann Ihnen diese Entscheidung nicht abnehmen, Kingsley, so gerne ich es auch tun würde. Selbst ich kann die Beschränkungen nicht durchbrechen, die mir auferlegt sind, aber ich kann die Regeln zumindest so weit beugen, daß ich Ihnen sämtliche Fakten zukommen lasse, bevor Sie Ihr Urteil fällen. Sie müssen entscheiden, wann und wo Sie sterben und wer mit Ihnen geht.«

»Das kann ich nicht.«

»Ich weiß. Es ist nicht leicht. Sie möchten, daß der Status Quo lange genug anhält, bis Sie irrelevant geworden sind. Ich mache Ihnen keinen Vorwurf daraus, aber es wird nicht geschehen. Sie müssen wählen.«

»Wissen Sie, was Capone mit mir gemacht hat? Was ich in mir trage?«

»Ich weiß es.«

»Was würden Sie an meiner Stelle tun?«

»Ich weiß zuviel, um Ihnen das zu verraten.«

»Dann haben Sie mir nicht alles gesagt. Ich muß es wissen. Bitte!«

»Sie suchen nur nach Absolution, Kingsley. Ich kann Ihnen keine Absolution erteilen. Bedenken Sie folgendes: Ich habe Ihnen das erzählt, wovon ich glaube, daß es wichtig ist für Sie. Ihr Sohn wird nicht unter den Taten leiden, die Sie begehen. Weder jetzt noch in absehbarer Zeit.«

»Woher weiß ich, daß Sie die Wahrheit sagen? Und wer sind sie?«

»Ich sage die Wahrheit, Kingsley, weil ich genau weiß, was ich Ihnen sage. Wenn ich nicht wäre, was ich zu sein vorgebe – woher sollte ich dann von Webster und Ihnen wissen?«

»Was soll ich tun? Sagen Sie mir, was ich tun soll.«

»Das habe ich soeben.« Richard Keaton hob die Hand zu einer Geste, die aussah wie Sympathie und Mitgefühl. Kingsley Pryor fand ihre Bedeutung niemals heraus, denn sein Besucher verblaßte so schnell, wie er gekommen war.

Kingsley stieß ein irres Kichern aus. Menschen (oder Xenos, vielleicht sogar Engel) beobachteten die menschliche Rasse, und sie waren gut in ihrer Arbeit. Es gehörte nicht viel Mühe dazu herauszufinden, was in der Konföderation geschah – ein paar sorgfältig plazierte Scanner konnten die entsprechenden Datavis-Übermittlungen auffangen; der KNIS und die übrigen Geheimdienste taten es aus Routine. Doch Beobachter in die von Besessenen beherrschten Bevölkerungen einzuschleusen war eine Leistung, die weit über alles hinausging, wozu ein gewöhnlicher Geheimdienst imstande war. Diese Fähigkeit allein war angsteinflößend. Und trotzdem verspürte Kingsley ein klein wenig Erleichterung. Wer auch immer sie waren, sie sorgten sich um die Menschen. Sorgten sich genug, um einzugreifen. Nicht viel, gerade so, daß es reichte.

Sie wußten von den Zerstörungen, die er verursachen würde. Und sie hatten ihm eine Entschuldigung geliefert, es nicht zu tun.

Kingsley blickte geradewegs in den Kabinensensor. »Es tut mir leid. Es tut mir wirklich leid. Ich war schwach, daß ich mich so weit habe treiben lassen. Ich mache der Sache ein Ende. Jetzt.« Er sandte einen Datavis-Befehl an den Bordrechner.

Auf der Brücke zuckte André zusammen, als im Innern seines Schädels rote neurale Symbole warnend aufflammten. Eines nach dem anderen wurden die Hauptsysteme des Schiffs seiner Kontrolle entzogen.

»Duchamp, was machen Sie da?« fragte das strategische Verteidigungskommando an. »Geben Sie uns augenblicklich wieder Zugriff auf Ihren Bordrechner, oder wir eröffnen das Feuer!«

»Ich kann nicht!« kreischte der zu Tode erschrockene Kommandant zurück. »Die Autorisierungskodes sind plötzlich ungültig geworden! Madeleine! Kannst du den Rechner übernehmen?«

»Keine Chance, Boß. Irgend jemand installiert soeben durch das Operationsmanagementprogramm seine eigenen Kontrollroutinen.«

»Bitte nicht schießen!« flehte André. »Es liegt nicht an uns!«

»Es muß jemand sein, der unbeschränkten Zugriff auf das Operationsmanagement besitzt. Das ist einzig und allein Ihre Besatzung, Duchamp.«

André warf Madeleine, Desmond und Shane einen ängstlichen Blick zu. »Aber wir sind ... *merde!* Pryor! Das ist Pryor! Er steckt dahinter! Er war schließlich auch derjenige, der unbedingt hierher kommen wollte!«

»Die Maschinen werden heruntergefahren!« rief Desmond. »Der Fusionsantrieb ist aus. Das Plasma in den Tokamaks kühlt sich ab. Verdammt, er hat die Notventile geöffnet! Alle! Was hat er vor?«

»Geht runter und haltet ihn auf. Setzt Waffengewalt ein, wenn es sein muß«, rief André zurück. »Wir kooperieren!« sandte er per Datavis an das strategische Verteidigungskommando. »Wir bringen das Schiff wieder unter Kontrolle. Geben Sie uns ein paar Minuten.«

»Boß!« Shane deutete auf den Boden. Die Schleuse im Deck glitt zu. Orangefarbenes Blinklicht zuckte blendend hell im Rhythmus zu einem ohrenbetäubenden Alarmschrillen über die Brücke.

»*Mon Dieu, non!*«

Die Sensoren übermittelten der Offizierin vom Dienst ein absolut klares Bild von der *Villeneuve's Revenge*. Das Schiff hatte bereits einen großen Teil seiner überschüssigen Geschwindigkeit abgebaut, als der Notfall begann. Es befand sich weniger als zweihundert Kilometer von Trafalgars nicht-rotierendem Raumhafen entfernt, was ein Grund für äußerste Besorgnis war. Die offensichtliche Bestürzung der Besatzung konnte durchaus ein gerissenes Ablenkungsmanöver sein. Eine Salve von Kombatwespen, die aus dieser Nähe auf den Asteroiden abgefeuert wurde, konnte unmöglich zu einhundert Prozent abgefangen werden.

Wäre es nur um Duchamp und die Besatzung der *Villeneuve's Revenge* gegangen, hätte sie das Raumschiff an Ort und Stelle verdampft. Doch Pryors Handlungsweise und sein rätselhaftes Statement direkt in die Aufnahmeoptik des Kabinensensors hinein, bevor dieser sich abgeschaltet hatte, ließen sie zögern. Sie war sicher, daß Pryor hinter alledem steckte, und die einzige Kontrolle, die Trafalgar noch über das Schiff besaß, war die Feuerleitzentrale für die Kombatwespen. Pryor schien das Verteidigungskommando beruhigen zu wollen. Keine einzige der tödlichen Drohnen war scharf gemacht worden.

»Behalten Sie das Schiff unter allen Umständen im Visier«, befahl sie ihren Kollegen in der Kommandozentrale. »Und sagen Sie den eskortierenden Voidhawks, daß sie erst einmal abwarten sollen.«

Lange Ströme leuchtender Dämpfe schossen aus den Notventilen der *Villeneuve's Revenge,* als die Notventilation jeden einzelnen Tank an Bord entleerte. Wasserstoff, Helium, Kühlflüssigkeiten, Wasser, Reaktionsmasse, alles entwich unter hohem Druck und schüttelte das Schiff, als feuerte ein ganzes Dutzend von Korrekturtriebwerken in entgegengesetzte Richtungen. Kein einziger der Gasströme war stark genug, um die orbitale Flugbahn der *Villeneuve's Revenge* zu beeinträchtigen, doch nachdem die Bremsantriebe ausgefallen waren, raste es mit unvermindert zwei Sekundenkilometern auf Trafalgar zu.

»Sie haben keinen Treibstoff zum Bremsen, selbst wenn sie die Kontrolle über die Antriebe zurückerlangen«, sagte der Feuerleitoffizier. »Das Schiff wird in genau zwei Minuten von jetzt an aufschlagen.«

»Sobald es sich Trafalgar bis auf zehn Kilometer genähert hat, zerstören Sie es.«

Der Gasausstoß aus den zahlreichen Ventilen dauerte weitere fünfzehn Sekunden an, während derer das Schiff in ein unkontrolliertes Taumeln geriet. Überall am Rumpf detonierten Sicherheitssprengladungen, und graue Staubwolken schossen in den Raum hinaus, als sie die Trägerstruktur durchtrennten. Große Bereiche des Rumpfes schälten sich ab wie silberne Blätter einer sich weit öffnenden Blume, und die metallischen Eingeweide der *Villeneuve's Revenge* wurden sichtbar. Blaues Licht flammte im Innern auf, sichtbar nur durch hauchfeine Risse: weitere Sprengladungen, die Ausrüstungsteile aus ihren Verankerungen lösten. Das Schiff begann auseinanderzubrechen. Tanks, Antriebsrohre, Tokamak-Toroide, Energiemusterknoten, Wärmetauscher und ein ganzer Schwarm untergeordneter Mechanik bildeten einen sich langsam ausdehnenden Klumpen.

Rings um die Basis der oberen Lebenserhaltungskapsel, in der die Brücke der *Villeneuve's Revenge* untergebracht war, feuerten ohne jede Vorwarnung drei starke chemische Raketenmotoren und schoben die Kapsel aus der Wolke von technischem Geröll. Duchamp und die anderen wurden mit dem Fünfzehnfachen ihres eigenen Gewichts in die Beschleunigungsliegen gepreßt.

»Mein Schiff!« kreischte André trotz der mörderischen Kräfte. Die *Villeneuve's Revenge*, die letzte winzige Hoffnung auf eine Existenz nach der Krise, die André noch geblieben war, löste sich vor seinen Augen auf. Die Millionen Fuseodollar teuren Komponenten wirbelten träge in die Tiefen des Weltraums davon und verwandelten sich in Raumschrott, der keine Bergung mehr lohnte. André hatte sein Schiff mehr geliebt als jede Frau und bereitwillig all sein Geld hineingesteckt, trotz aller Unzulänglichkeiten und dem ewigen Durst nach Treibstoff und Ersatzteilen, denn es hatte ihm ein Leben ermöglicht, das über das eines gewöhnlichen Sterblichen ging. Aber es war noch nicht ganz bezahlt gewesen, und vor Jahren hatte er die Vollkasko-Police gekündigt, die er bei einer dieser legalisierten Diebesbanden von *Anglo*-Versicherungen abgeschlossen hatte und statt dessen lieber seinen eigenen Fähigkeiten und seinem Geschäftssinn vertraut. Sein Schrei endete in einem elenden Schluchzer. Das Universum war genau in diesem Augenblick zu einem schlimmeren Ort geworden, als das Jenseits jemals sein konnte.

Kingsley Pryor verzichtete darauf, die Raketenmotoren seiner eigenen Lebenserhaltungskapsel zu zünden. Für ihn gab es keine Flucht. Das Wrack der *Villeneuve's Revenge* brach auseinander, erhitzt vom Start der Lebenserhaltungskapsel mit der Brücke darin. Doch es hielt noch immer Kurs in Richtung Trafalgar, und Kingsley mit ihm. Er wußte nicht genau, wo er sich befand, und er machte sich nicht die Mühe, die verbliebenen Sensoren zu fragen, die seine eigene Kapsel besaß. Er hatte alles getan, was in seiner Macht stand, und er befand sich nicht im Innern von Trafalgar, wie Capone es von ihm gewollt hatte. Nichts anderes zählte mehr. Die Entscheidung war gefallen.

Kingsley erteilte dem Implantat in seinem Unterleib den Befehl zum Abschalten. Die kleine Umschließungskammer war die neueste Errungenschaft konföderierter Technologie, trotzdem waren die Sicherheitsvorschriften für den Umgang mit Antimaterie um Größenordnungen überschritten. Das militärische Speziallabor von New California, wo die Einschließungskammer hergestellt worden war, hatte auf die standardmäßige Ausfallsicherung verzichtet (die allein der gesunde Menschenverstand erforderte und die selbst bei den geizigsten Schwarzen Syndikaten zum Einsatz kam). Capone hatte einen Container verlangt, der allein durch seine Baugröße definiert war. Und einen solchen Container hatte er bekommen.

Als das magnetische Umschließungsfeld zusammenbrach, berührte die Kugel aus gefrorenem Antiwasserstoff die Seitenwand der Kammer. Protonen, Elektronen, Antiprotonen und Antielektronen vernichteten sich gegenseitig in einer Reaktion, die für einen sehr, sehr kurzen Zeitraum Energiedichten freisetzte, wie es sie nur beim Urknall gegeben hatte.

Diesmal jedoch resultierte der Ausbruch nicht in einer Schöpfung.

Die Laser der strategischen Verteidigungsplattformen

hatten längst das Feuer auf die taumelnden Trümmer eröffnet, die einmal die *Villeneuve's Revenge* gewesen waren. Der Großteil des Schwarms befand sich keine fünfundzwanzig Kilometer von Trafalgar entfernt und auf einem Kurs, der mit einem der kugelförmigen nichtrotierenden Raumhäfen kollidierte. Ionisierter Dampf von den sich auflösenden Komponenten fluoreszierte in bleichem Blau, wo die Energiestrahlen hindurchstießen, und bildete eine schäumende Bugwelle rings um die verbliebenen Bruchstücke. Es sah aus wie ein ungewöhnlich substanzloser Komet, der durch den Raum raste.

Kingsley Pryors Lebenserhaltungskapsel war noch genau dreiundzwanzig Kilometer (oder acht Sekunden) vom Raumhafen entfernt, als es geschah. Weitere drei Sekunden, und die strategischen Laser hätten das Feuer auf die Kapsel eröffnet – nicht, daß es auch nur den geringsten Unterschied gemacht hätte. Capone hatte mit Trafalgar tun wollen, was Quinn Dexter mit dem Jesup vorgemacht hatte. Wäre die Antimaterie in einer der Biosphärenkavernen freigesetzt worden, hätte die Explosion den Asteroiden zerrissen. Selbst wenn es Kingsley nicht gelungen wäre, sich durch die unausweichlichen Sicherheitsüberprüfungen zu schmuggeln und er auf dem Raumhafen Kamikaze beging, würden die Schäden gewaltig sein. Der Raumhafen mitsamt allen angedockten Schiffen wäre vernichtet und der Asteroid mit größter Wahrscheinlichkeit aus seinem Orbit gestoßen.

Indem Kingsley das Einschließungsfeld noch außerhalb von Trafalgar deaktivierte, würde er die Schäden beträchtlich verringern. Genug, um sein Gewissen zu erleichtern und ihm nach vorgeblich erfolgreicher Mission eine Rückkehr nach New California zu ermöglichen. In rein physischer Hinsicht jedoch erwies er der Konföderierten Navy mit seiner Tat keinen besonderen Gefallen. Im Gegensatz zu einer Fusionsbombe erzeugte die Antimaterie bei ihrer Explosion keine relativistische Plasmakugel und keine Partikel-Druckwelle, doch die auf einen vergleichsweise winzigen Punkt konzentrierte Energieeruption besaß genügend Kraft, um die Nachtseite des Planeten hunderttausend Kilometer tiefer zu erhellen. Das sichtbare und infrarote Spektrum enthielt nur einen Bruchteil der gesamten freigesetzten Energie; der größte Teil erstrahlte im Gamma- und Röntgenspektrum.

Der Schwarm aus Trümmern, der einmal die *Villeneuve's Revenge* gewesen war, erstrahlte für eine Pikosekunde in grellstem Licht, bevor er in seine subatomaren Komponenten zerplatzte. Trafalgar war nicht so leicht zu zerstören. Die zerklüftete Felsenoberfläche leuchtete sonnenhell auf, als der Tsunami aus Energie dagegen anbrandete. Als das weiße Licht verblaßte, glühte die Oberfläche, die der Explosion zugewandt war, in dunklem Rot. Zentrifugalkräfte zerrten an dem geschmolzenen Fels, und er floß durch Täler und an Kraterrändern entlang, wo er sich zu rasch wachsenden Stalaktiten auftürmte. Gigantische Wärmetauscher lösten sich mitsamt ihren Hilfsapparaturen aus ihren Fundamenten, und ihre Kompositkomponenten zersplitterten wie antikes Glas, während sich alles Metall verflüssigte und in glühenden Tropfen in das All segelte.

Hunderte von Raumschiffen wurden vom Ausbruch der Mikro-Nova überrascht. Die Adamistenschiffe hatten noch das meiste Glück; ihre massige Struktur schützte die Besatzungen vor der schlimmsten Strahlung. Die elektronischen Systeme fielen ausnahmslos aus, als der elektromagnetische Puls aus ultraharter Röntgenstrahlung sie durchdrang, und verwandelten die Schiffe augenblicklich in taumelnde Wracks, die Gase ventilierten wie die *Villeneuve's Revenge*. Ganze Scharen von Lebenserhaltungskapseln jagten aus den radioaktiv verstrahlten Rümpfen.

Die Voidhawks litten sehr viel stärker. Die BiTek-

Schiffe starben einen erbärmlichen Tod, als die Integrität ihrer biologischen Zellen zerstört wurde. Je weiter sie vom Ort der Explosion entfernt waren, desto länger zog sich ihr Sterben hin. Die Besatzungen in den dünnwandigen, ungeschützten Toroiden waren auf der Stelle tot.

Der nicht-rotierende Raumhafen von Trafalgar bäumte sich auf wie eine Strandhütte in einem Hurrikan. Der Nullthermschaum, der die Träger und Tanks umgab, verbrannte zu schwarzen Flocken, die in einer großen Wolke davonstoben. Die Luft in den unter Druck stehenden Sektionen wurde überhitzt und dehnte sich mit explosiver Macht aus. Jede bewohnbare Sektion wurde zerfetzt. Fusionsgeneratoren wurden destabilisiert und verdampften in sonnenhellen Blitzen.

Die Erschütterung außerhalb der zentralen Raumhafenspindel war total. Plasma aus den Fusionsgeneratoren schoß aus der auseinanderbrechenden Kugel, und das schlanke Trägerwerk gab unter dem Ansturm unbändiger Kräfte nach. Dann riß die Spindel unmittelbar über dem großen Lager ab, und das ganze Gebilde trudelte unter kurzlebigen feurigen Eruptionen davon.

In Samuel Aleksandrovichs Schädel schrillten Dutzende drängender Datavis-Alarme. Überrascht blickte er zu seinen Stabsoffizieren, die er zur täglichen Lagebesprechung zusammengerufen hatte. Besorgniserregender noch als der Ansturm war die Tatsache, daß drei Alarme augenblicklich wieder erstarben, als ihre Prozessorblocks zusammenbrachen. Dann flackerte die Beleuchtung.

Samuel starrte an die Decke. »Höllenfeuer!« Informationen strömten in sein Bewußtsein und bestätigten, daß es draußen vor dem Asteroiden eine Explosion gegeben hatte. Aber stark genug, um die internen Systeme zu beeinträchtigen? Draußen vor dem Panoramafenster von Samuel Aleksandrovichs Büro verdunkelte sich die axiale Lichtröhre der Biokaverne, als die stromliefernden Generatoren herunterfuhren, weil sie ihre an der Oberfläche liegenden Kühlkreise verloren hatten. Große Bereiche des ultra-abgeschirmten Kommunikationsnetzes waren zusammengebrochen. Nicht ein einziger externer Sensor war noch aktiv.

Die Beleuchtung des Büros sowie die Lebenserhaltungssysteme schalteten auf Notstromversorgung um. Die hellen Geräusche von Pumpen und Lüftern, tagtägliche Lärmkulisse im gesamten Asteroiden, wichen einem dumpferen Ton, als sich die Drehzahlen deutlich verringerten.

Sieben voll bewaffnete Marines in gepanzerten Kampfanzügen stürzten in das Büro, eine Abteilung der Leibwache des Leitenden Admirals. Der befehlshabende Captain nahm sich nicht die Zeit zum Salutieren. »Sir, wir haben eine C10-Situation! Bitte ziehen Sie sich unverzüglich in Ihren Kommandobunker zurück!«

Eine kreisförmige Bodensektion neben dem Schreibtisch glitt zur Seite und gab den Blick frei auf eine Rutsche, die sich außer Sicht krümmte. Blinkende Beleuchtung und Sirenen hatten unterdessen die Datavis-Alarme aufgefangen und gaben die Warnung optisch und akustisch weiter. Schwere Metallblenden schoben sich vor das Panoramafenster. Weitere Marines rannten durch den Korridor vor dem Büro, und laute Befehle hallten durch die Tür. Samuel hätte fast gelacht. Die hektische Aktivität war durch und durch kontraproduktiv. Die Menschen mußten in derartigen Situationen gelassen bleiben, und ihre Furcht durfte nicht noch verstärkt werden. Er überlegte ernsthaft, ob er die Weisung des besorgten jungen Captains ignorieren sollte. All seine Instinkte rieten ihm, die Rolle des harten Frontkommandanten zu übernehmen. Das Dumme war nur, daß diese Art von Geste im gegenwärtigen Augenblick so vollkommen impraktikabel war. Bei einer Krise dieser Größenordnung war es unabdingbar, daß die Kommandokette erhalten blieb. Rasche Reaktion auf jegliche aufkommende Bedrohungen war von allergrößter Bedeutung, und dazu war nur eine nicht durchbrochene Befehlshierarchie imstande.

Noch während Samuel Aleksandrovich zögerte, erbebte der Boden. Trafalgar wurde tatsächlich angegriffen! Die Vorstellung war absurd! Voller Staunen starrte er auf die hüpfenden Tassen auf dem Tisch und den Tee, der aus ihnen spritzte.

»Selbstverständlich«, sagte er zu dem gleichermaßen besorgten Captain.

Zwei der Marines sprangen zuerst mit schußbereiten Magpulsgewehren auf die Rutsche. Samuel folgte ihnen. Während er die breite spiralförmige Rutsche hinunterschlitterte, schaltete in seiner neuralen Nanonik ein Analyse- und Korrelationsprogramm in den Primärmodus und filterte die hereinkommenden Datenströme nach Informationen durch, was eigentlich geschehen war. Das strategische Verteidigungskommando bestätigte, daß die *Villeneuve's Revenge* eine gewisse Menge Antimaterie gezündet hatte. Trafalgar hatte ganz außerordentliche Schäden davongetragen. Doch es war der Gedanke an das, was mit den Schiffen der Ersten Flotte geschehen war, der ihm eisige Schauer über den Rücken jagte. Zwanzig Schiffe hatten zum Zeitpunkt der Detonation am Raumhafen angedockt, drei weitere Geschwader hatten in einer Entfernung von hundert Kilometern Position gehalten. Zwei Dutzend Voidhawks hatten auf den Andocksimsen gesessen. Mehr als fünfzig Schiffe der Zivilverwaltung und der Regierung waren in unmittelbarer Nähe gewesen.

Der Kommandobunker der Admiralität bestand aus einer Reihe von Kavernen, die tief in den Felsen gegraben worden waren. Er besaß ein eigenes Lebenserhaltungssystem und eine autarke Energieversorgung und war dazu gedacht, die Stabsoffiziere während eines Angriffs zu schützen. Eine Waffe, die stark genug war, den Bunker zu beschädigen, würde den gesamten Asteroiden in Stücke reißen.

Angesichts dessen, was sich gerade ereignet hatte, war das kein besonders beruhigender Gedanke, der in Samuel Aleksandrovich aufstieg, während er das Ende der Rutsche erreichte. Er stapfte in das Koordinationszentrum und bemerkte die nervösen Blicke der Rumpfmannschaft, die rund um die Uhr ihren Dienst versah. Der langgestreckte rechteckige Raum mit seinen komplex geschwungenen Reihen von Konsolen und holographischen Fenstern erinnerte Samuel Aleksandrovich stets an die Brücke eines Kriegsschiffs – mit dem einen Vorteil, daß er hier drinnen niemals hohe Beschleunigungskräfte ertragen mußte.

»Statusbericht bitte«, befahl er dem diensthabenden Lieutenant-Commander.

»Bisher gab es lediglich diese eine Explosion«, berichtete sie. »Das strategische Verteidigungskommando ist bemüht, den Kontakt mit seinen Sensorsatelliten wieder herzustellen. Allerdings befanden sich zu dem Zeitpunkt, als wir den Kontakt verloren haben, keine weiteren unautorisierten Schiffe innerhalb des planetaren Verteidigungsperimeters.«

»Haben wir denn *überhaupt keine* Verbindung nach draußen?«

»Ein paar der Sensoren auf dem verbliebenen Raumhafen arbeiten noch, Sir. Aber sie zeigen nicht viel, womit wir etwas anfangen könnten. Der EMP der Antimateriedetonation hat eine Menge elektronischer Bauteile zerstört; selbst die widerstandsfähigsten Prozessoren haben unter dem gewaltigen Ansturm von Energie gelitten. Nicht eine der funktionierenden Antennen empfängt ein Signal von einer der strategischen Verteidigungsplattformen. Es könnte daran liegen, daß die Prozessoren ausgefallen sind, oder vielleicht wurden die Stationen auch zerstört. Wir wissen es noch nicht.«

»Stellen Sie eine Verbindung zu einem GDOS-Satelliten her, oder verbinden Sie uns mit einem Raumschiff, ganz gleich. Ich will mit jemandem reden, der sehen kann, was dort draußen los ist.«

»Jawohl, Sir. Die Backup-Programme für die strategische Verteidigung werden gegenwärtig geladen.«

Weitere Mitglieder des Koordinationszentrums eilten in den Raum und nahmen ihre Plätze hinter den Konsolen ein. Samuel Aleksandrovichs eigene Stabsoffiziere kamen ebenfalls und stellten sich hinter ihn. Er erblickte Admiralin Lalwani und winkte sie drängend herbei.

»Haben Sie Verbindung mit einem der Voidhawks?« fragte er mit leiser Stimme, als sie vor ihm stand.

»Mehrere.« Tiefer Schmerz verzerrte ihr Gesicht. »Ich fühle, wie sie sterben. Wir haben bereits mehr als fünfzig von ihnen verloren.«

»Um Himmels willen!« zischte Samuel. »Das tut mir leid. Was zur Hölle passiert dort draußen?«

»Nichts mehr. Keinerlei Organisationsschiffe, die aus einem ZTT-Sprung materialisieren, jedenfalls soweit es die Überlebenden feststellen können.«

»Sir!« rief der diensthabende Lieutenant-Commander. »Wir haben wieder Verbindung mit dem strategischen Verteidigungsnetzwerk. Drei der GDOS-Satelliten sind ausgefallen; offensichtlich wurden sie bei der Detonation verstrahlt. Fünf Stück funktionieren noch.«

Auf einem der holographischen Fenster flackerten grüne und orangefarbene Streifen, dann stabilisierte sich das Bild. Die Daten stammten von einem Beobachtungssatelliten, der am Perimeter von Trafalgars Verteidigungsnetz postiert war, in einer Entfernung von zehntausend Kilometern. Kein einziger Satellit des inneren Kordons hatte die Detonation und den mit ihr einhergehenden elektromagnetischen Puls überlebt.

»Zur Hölle«, murmelte der Leitende Admiral. Das gesamte anwesende Personal schwieg betroffen.

Die Hälfte von Trafalgars länglicher Erdnußform schimmerte in einem tiefdunklen Rot vor dem Schwarz des Weltraums. Sie sahen zähflüssige Lava über Kämme fließen und felsbrockengroße geschmolzene Klumpen davonsegeln, weggeschleudert von der durch die Rotation des Asteroiden verursachten Zentrifugalkraft. Der zerstörte Raumhafen trieb langsam von der Spindel weg, taumelnd und mit einer Kielwelle aus zerfetzten und verbrannten Trägern und anderen Trümmern. Glühende Kugeln trieben überall in der Umgebung des getroffenen Asteroiden und stießen rußige Gaswolken aus wie kalte Kometen: Schiffe, die zu dicht am Zentrum der Antimateriedetonation gewesen waren, als daß ihre Besatzungen eine Chance gehabt hätten, das Strahlungsgewitter zu überleben.

»Also gut, Trafalgar ist intakt und funktional«, sagte der Leitende Admiral mit ernster Stimme. »Unsere erste Priorität lautet, das strategische Verteidigungsnetzwerk wieder funktionsfähig zu machen. Wenn die Organisation auch nur den Hauch eines Gefühls für Taktik besitzt, dann wird sie versuchen uns anzugreifen, während unsere Waffenplattformen außer Betrieb sind. Commander, bringen Sie zwei Geschwader der Ersten Flotte heran, um die Verteidigungsplattform solange zu ersetzen. Und informieren Sie die planetare Verteidigung, uns mit soviel Feuerschutz zu unterstützen, wie nur irgend möglich. Warnen Sie die Oberfläche vor einer möglichen Infiltrationsmission; ich würde diesem Capone mittlerweile so gut wie alles zutrauen. Sobald wir damit fertig sind, organisieren wir Rettungsflüge für die Überlebenden.«

Die Besatzung des Kommandobunkers verbrachte eine Stunde damit, die überlebenden Geschwader der Ersten Flotte zu einem Verteidigungsschild rings um

Trafalgar zu orchestrieren. Nachdem mehr und mehr Backup-Kommunikationsverbindungen online kamen, strömten die ersten Informationen herein. Die Antimateriedetonation hatte drei Viertel des strategischen Verteidigungsnetzwerks des Asteroiden ausgelöscht. Mehr als einhundertfünfzig Schiffe waren völlig zerstört worden und weitere achtzig so stark radioaktiv verstrahlt, daß sie nicht mehr zu retten waren. Auf dem Raumhafen, welcher der *Villeneuve's Revenge* zugewandt gewesen war, hatte nichts überlebt. Nachdem die Leichen geborgen worden waren, würde man das große Wrack auf einen Kollisionskurs mit der Sonne schicken. Die anfänglichen Verluste wurden mit achttausend geschätzt, obwohl diese Zahl wahrscheinlich viel zu optimistisch war.

Nachdem der Leitende Admiral eine Zeitlang beobachtete, wie seine Befehle umgesetzt wurden, studierte er die Daten, die das strategische Verteidigungskommando über die *Villeneuve's Revenge* besaß. Er stellte ein Untersuchungsteam aus sechs seiner Stabsoffiziere zusammen mit der Aufgabe, eine wahrscheinliche Kette der Ereignisse auszuarbeiten. Die letzten Augenblicke des offensichtlich von Todesfurcht gepackten Kingsley Pryor wiederholten sich in seiner neuralen Nanonik ein gutes Dutzend Mal. »Wir benötigen ein vollständiges psychologisches Profil«, wandte sich Samuel Aleksandrovich an Lieutenant Keaton. »Ich möchte wissen, was sie mit ihm gemacht haben. Ich hasse den Gedanken, daß sie eine Möglichkeit besitzen, meine eigenen Offiziere gegen die Navy zu richten.«

»Die Besessenen sind äußerst phantasievoll, Sir«, sagte der Verbindungsoffizier zum medizinischen Stab höflich. »Sie können einzelne Individuen unter großen psychischen Druck setzen. Und Lieutenant-Commander Pryor hatte seine Familie bei sich auf New California. Eine Frau und einen Jungen.«

»›Ich gelobe, meine Aufgabe und meine Handlungen über alle persönlichen Erwägungen zu stellen‹«, zitierte Samuel leise. »Besitzen Sie eine Familie, Lieutenant?«

»Nein, Sir, keine direkten Verwandten. Obwohl ich eine Großnichte habe, die ich sehr mag. Sie ist ungefähr im gleichen Alter wie Webster Pryor.«

»Ich schätze, akademische Eide und gute Absichten überleben nicht immer die Art von Schrecken, die uns das wirkliche Leben entgegenschleudert. Trotzdem, es scheint, als hätte sich Pryor am Ende doch noch anders entschieden. Wir sollten dankbar sein dafür. Gott allein weiß, was für eine Katastrophe er angerichtet hätte, wenn er erst in Trafalgar gewesen wäre.«

»Jawohl, Sir. Ich bin sicher, er hat sein Bestes gegeben.«

»In Ordnung, Lieutenant. Weitermachen.« Samuel Aleksandrovich wandte sich wieder dem Situationsdisplay vor seinem geistigen Auge zu. Nachdem die strategische Verteidigung wieder im Aufbau und in der Neuformierung begriffen war und Schiffe zu Rettungseinsätzen abkommandiert worden waren, konnte er sich dem Asteroiden selbst zuwenden. Trafalgar hatte schlimme Schäden davongetragen. Praktisch sämtliche Oberflächeninstallationen waren verdampft, und das waren zu neunzig Prozent Wärmeableitaggregate gewesen. Die Energieerzeugung war praktisch vollständig zusammengebrochen, und die Lebenserhaltungssysteme liefen allein aus den Reservebatterien. Keine der Biosphärenkavernen oder der Wohnsektionen konnte ihre überschüssige Wärme in den Raum abstrahlen, und die internen Wärmespeicher hatten eine Kapazität, die höchstenfalls zehn Tage reichte. Als der Asteroid zu einem Habitat umgewandelt worden war, hatte niemand mit derart katastrophalen Schäden gerechnet; die Konstrukteure waren davon ausgegangen, daß sämtliche Wärmepaneele, die einem Kombatwespenangriff zum Opfer fielen, innerhalb dieser zehn Tage zu ersetzen seien. Doch jetzt sah es danach aus, daß die Hardware nicht einmal dann rechtzeitig installiert werden konnte, wenn Avons Industriestationen genügend Aggregate lieferten. Die halbe Oberfläche des Felsens strahlte so stark radioaktiv, daß sie mehrere Meter dick abgetragen werden mußte. Und die gleiche Hälfte war außerdem extrem heiß. Der größte Teil dieser Wärme würde im Verlauf der nächsten paar Monate in den Weltraum abstrahlen, aber nicht wenig würde auch nach innen durchdringen. Ohne Gegenmaßnahmen würde die Temperatur in den Biosphärenkavernen hoch genug ansteigen, um sie zu sterilisieren. Die einzige Möglichkeit, das zu verhindern, bestand in der Montage von Wärmeableiteinheiten – was wegen der Hitze und der Strahlung unmöglich war.

Samuel fluchte in sich hinein, als die verschiedenen Teams von Technikern per Datavis ihre Beurteilungen und Empfehlungen übermittelten. Von den Kosten einmal ganz abgesehen konnte er unmöglich inmitten dieser Krise mit einem solchen Programm beginnen.

Er würde den Asteroiden evakuieren müssen. Es gab Alternativpläne für die Aufteilung der Navyeinrichtungen und Streitkräfte auf den Monden und Asteroidensiedlungen im Avon-System; das war nicht das Problem. Capone hatte einen gewaltigen Propagandasieg davongetragen. Das Hauptquartier der Konföderierten Navy vernichtet, ganze Schiffsgeschwader verloren, Dutzende von Voidhawks tot. Damit würde das positive Zeichen der Befreiungskampagne von Mortonridge in den Augen der öffentlichen Meinung vollkommen zunichte gemacht.

Samuel Aleksandrovich sank in seinem Sitz zurück. Der einzige Grund, warum er das Gesicht nicht in den Händen vergrub, war die Tatsache, daß alle Augen auf ihn gerichtet waren, daß alle ihn benötigten, um nicht die Zuversicht zu verlieren.

»Sir?«

Er blickte auf und bemerkte Captain Amr al-Sahhafs normalerweise ruhiges Gesicht, das von Besorgnis gezeichnet war. *Was denn jetzt noch?* »Ja, Captain?«

»Sir, Dr. Gilmore meldet, daß Jacqueline Couteur entkommen konnte.«

Eine kalte Wut, wie Samuel Aleksandrovich sie seit langer Zeit nicht mehr erlebt hatte, durchbrach seine rationalen Gedankengänge. Diese verdammte Frau entwickelte sich zu seinem *bête noire*, einem Ghoul, der von den Mißgeschicken der Navy lebte. Tödlich und voller verächtlicher Selbstgefälligkeit ... »Ist sie aus dem Labortrakt ausgebrochen?«

»Nein, Sir. Die Integrität der Dämonenfalle ist während des gesamten Zwischenfalls unangetastet geblieben.«

»Sehr gut. Schicken Sie einen Zug Marines und was Dr. Gilmore sonst noch so alles braucht, um sie zu finden. Oberste Priorität.« Er startete ein Suchprogramm durch mehrere Dateien. »Ich möchte, daß Lieutenant Hewlett die Suchaktion leitet. Meine Befehle für ihn sind ganz einfach. Sobald sie wieder eingefangen wurde, ist sie unverzüglich in Null-Tau zu verbringen. Und damit meine ich unverzüglich. Dr. Gilmore soll sich jemand anderen für seine Forschung suchen, der nicht so viele Scherereien macht.«

In der Nähe des dritten Durchgangs war es beträchtlich wärmer als in den breiten Korridoren, die zum Hochsicherheitslabor des KNIS führten. Die Hitze aus den gepanzerten Kampfanzügen von fünfunddreißig Marines staute sich in der umgebenden Luft. Die Klimaschächte entlang der Decke arbeiteten mit verminderter Leistung, und nur ein Drittel der Lichtpaneele brannte.

Murphy Hewlett übernahm persönlich die Spitze und führte seine Leute durch die Abteilung. Jeder von ihnen war mit einer Maschinenpistole bewaffnet, die statische Projektile verschoß wie die Waffen, welche auf Mortonridge zum Einsatz kamen. Fünf Mann trugen außerdem schwere Bradfield-Gewehre, nur für den Fall. Murphy hatte sich die Zeit genommen, seine Leute persönlich über das zu informieren, was sie erwartete, und ihnen einfache Strategien erklärt, wie man Besessenen gegenübertreten mußte, immer in der Hoffnung, dabei Zuversicht auszustrahlen.

Als sie bei der dritten Tür angekommen waren, signalisierte er den technischen Sergeant zu sich. Der Mann kam herbei und untersuchte den Türprozessor mit Hilfe seines eigenen Blocks.

»Ich kann keinerlei zeitliche Diskrepanz im Log entdecken, Sir«, berichtete er sodann. »Die Tür wurde nicht geöffnet.«

»In Ordnung. Vorderste Reihe fertig machen«, befahl Murphy.

Acht Marines verteilten sich über die Breite des Korridors und richteten ihre Maschinenpistolen auf die Tür. Murphy setzte eine Datavis-Meldung an Dr. Gilmore ab, daß sie in Position und bereit waren. Die Tür schwang zischend vom Druckunterschied auf. Weißer Dampf drang auf den Korridor heraus, als warme und kalte Luft aufeinander trafen. Unmittelbar hinter der Tür standen Dr. Gilmore, fünf weitere Forscher und drei bewaffnete Marines. Sonst war niemand zu sehen.

Murphy aktivierte den Lautsprecher seines Kampfanzugs. »Rein!« befahl er.

Die Marines stürmten vor, und die Forscher drängten sich eng zusammen, als die Soldaten an ihnen vorbeirannten. Murphy befahl der Tür, sich wieder zu schließen, und verriegelte sie mit einem eigenen Sicherheitskode. Das schwere Metallschott senkte sich herab und riegelte die Abteilung hermetisch ab.

»Jacqueline Couteur befindet sich nicht in dieser Sektion«, sagte Dr. Gilmore befremdet angesichts der militärischen Professionalität, mit der die Soldaten zu Werke gingen.

Statt einer Antwort winkte Murphy ihn zu sich heran und legte ihm einen statischen Sensor auf den Unterarm. Das Resultat war negativ. Er befahl seinen Leuten, die anderen Forscher und Marines zu überprüfen. »Wenn Sie es sagen, Doktor. Was genau ist geschehen?«

»Wir glauben, der elektromagnetische Puls hat den Stromfluß unterbrochen, mit dessen Hilfe wir ihre energistischen Fähigkeiten neutralisiert haben. Das hätte eigentlich nicht geschehen dürfen. Die Forschungsstation ist außerordentlich gut abgeschirmt, und unsere sämtlichen Systeme sind unabhängig mit Ausnahme der Wärmetauscher. Aber irgendwie muß es ihr gelungen sein, die Marines auszuschalten, die sie bewacht haben, und aus dem Isolationslabor auszubrechen.«

»Die Marines ausschalten? Wie genau hat sie das Ihrer Meinung nach getan?«

Pierce Gilmore lächelte freudlos. »Sie hat sie getötet, und außerdem zwei von meinen Mitarbeitern. Diese Eskapade ist eine vergebliche Geste ihres Trotzes, weiter nichts. Nicht einmal Jacqueline Couteur kann durch zwei Kilometer massiven Fels spazieren. Sie muß das wissen, ganz bestimmt sogar. Aber es gehört zu ihrem ermüdenden kleinen Spiel, uns die größtmöglichen Schwierigkeiten zu bereiten.«

»Damit ist es von jetzt an vorbei, Doktor. Meine Befehle lauten, Jacqueline Couteur nach der Ergreifung unverzüglich in Null-Tau zu bringen. Sie stammen direkt vom Leitenden Admiral, also bemühen Sie sich erst gar nicht, sie in Frage zu stellen.«

»Aber wir stehen auf der gleichen Seite, Lieutenant Hewlett.«

»Sicher, Doc. Ich war im Gerichtssaal, vergessen Sie das nicht.«

»Sie können im Protokoll nachlesen, daß ich Bedenken gegen dieses Abenteuer hatte. Jacqueline Couteur ist extrem hinterhältig und verschlagen, und sie ist intelligent. Eine bösartige Kombination.«

»Wir werden das nicht vergessen. Wie viele von Ihren Mitarbeitern haben auf Ihre Rufe reagiert?«

Gilmore blickte durch den Korridor, der den gesamten Laborkomplex durchlief. Mehrere der metallenen Türen standen offen, und nervöse Wissenschaftler schielten nach draußen. »Neun meiner Leute haben nicht auf meinen Datavis-Anruf reagiert.«

»Scheiße!« Murphy rief einen Grundriß aus seiner neuralen Nanonik ab. Der Laborkomplex erstreckte sich über zwei Ebenen und bestand im wesentlichen aus einem Ring von Forschungslaboratorien, der über den zugehörigen Lebenserhaltungssystemen und der Energieversorgung angeordnet war. Lagereinrichtungen und Werkstätten gehörten ebenfalls dazu. »In Ordnung. Jeder kehrt in sein Labor zurück, ganz gleich, wo er sich im Augenblick befindet. Die anwesenden Marines werden bei Ihnen bleiben und Sie gegen jeglichen Eindringling schützen. Ich möchte niemanden herumlaufen sehen außer meinen eigenen Leuten, und das schließt Sie mit ein, Doktor. Außerdem möchte ich, daß eine KI online geht und die Prozessorblocks des gesamten Blocks auf Fehlfunktionen überwacht.«

»Das tun wir bereits«, erwiderte Dr. Gilmore.

»Und die KI kann sie nicht entdecken?«

»Noch nicht. Jacqueline Couteur weiß selbstverständlich, wie wir die Besessenen aufspüren. Sie wird ihre energistischen Kräfte unterdrücken. Was bedeutet, daß sie in den ersten Sekunden nach ihrer Entdeckung verwundbar sein wird.«

»Ja, ja. Ich sage Ihnen, Doc, dieser Auftrag bringt eine gute Nachricht nach der anderen.«

Die Prozedur, die Murphy befahl, war eigentlich ganz

einfach. Fünf Marines blieben zurück, um die Tür zu bewachen – für den Fall, daß die Couteur einen Ausbruchsversuch unternahm. Das war zwar unwahrscheinlich, wie sich Murphy Hewlett selbst eingestand, doch bei dieser Frau mußte man stets mit Hinterhalten und Bluffs rechnen. Die restlichen Soldaten wurden in zwei Gruppen aufgeteilt, die sich in entgegengesetzten Richtungen durch den Ring vorarbeiten sollten. Jedes Labor wurde der Reihe nach mit Hilfe von Prozessorblocks für elektronische Kriegführung sowie Infrarot-Detektoren durchsucht (möglicherweise hatte sich die Couteur als Equipment getarnt). Sämtliches Personal wurde überprüft und auf Possession getestet, und jeder mußte seine neurale Nanonik für das KNIS-Büro öffnen, das die Aktion überwachte – um sicherzustellen, daß sie nicht besessen wurden, nachdem die Marines wieder weg waren. Murphy ließ einen Raum nach dem anderen überprüfen und vergaß nicht einmal die Korridorwände; er wollte absolut nichts dem Zufall überlassen.

Er führte die Gruppe, die sich vom Eingang her entgegen dem Uhrzeigersinn durch den Ring vorarbeitete. Der Korridor mochte vielleicht eine viel einfachere Geometrie besitzen als der Dschungel von Lalonde, doch Murphy konnte sich des Gefühls nicht erwehren, daß der Feind genau hinter ihm stand. Mehrere Male ertappte er sich dabei, daß er herumwirbelte und an den Marines vorbeistarrte, die ihm folgten. Das war überhaupt nicht gut, denn es machte sie nervös und lenkte sie unnötig ab. Er konzentrierte sich angestrengt auf den gebogenen Gang vor ihm und darauf, jeden leeren Raum zu sichern. Immer hübsch einen Schritt nach dem anderen und mit gutem Beispiel voran.

Trotz des Durcheinanders von Apparaten und Meßgeräten in den meisten Labors war die Suche dank der Sensoren relativ einfach. Die Wissenschaftler und Techniker waren gewaltig erleichtert, die Marines zu sehen, wenngleich die Stimmung allgemein niedergedrückt war. Jedesmal wurden alle gründlichst überprüft, bevor sie in ihren Zimmern eingeschlossen wurden.

Der neunte Raum, den Murphy und seine Abteilung betraten, war die biologische Isolationsstation, wo die Couteur gefangen gehalten worden war. Die Tür war halb geöffnet, und ihre verbogenen Laufschienen verhinderten, daß sie ganz aufging. Murphy winkte seinen technischen Sergeant vor. Der Soldat drückte sich flach gegen die Wand, während er vorsichtig einen Sensorblock in den Eingang schob.

»Alles sauber«, meldete der Sergeant schließlich. »Wenn sie sich dort drin aufhält, dann außerhalb der Reichweite meiner Sensoren.«

Sie rückten schulmäßig vor, und die Marines gingen hinter der Tür in Position. Eine gläserne Wand teilte den Raum in zwei Hälften; ein großes Loch war hineingeschlagen worden. Murphy hatte einen ähnlichen Anblick erwartet, zusammen mit den Leichen, welche die charakteristischen tiefen Brandwunden aufwiesen.

Auf der anderen Seite der Glaswand stand eine medizinische Untersuchungsliege, umgeben von zahlreichen Apparaten. Schläuche und Kabel hingen schlaff herab, genau wie die Fesseln, die aussahen, als wären sie von einem Messer durchtrennt worden.

Wer wollte der Couteur einen Vorwurf machen, daß sie ausgebrochen war? Murphy verspürte keine große Lust, sich die Frage stellen zu lassen.

Sie ließen zwei Sensorblocks zurück, um die zerstörte Tür zu überwachen, für den Fall, daß Jacqueline Couteur noch einmal hierher zurückkam. Im nächsten Raum, einem Büro, lag ein weiteres von Couteurs Opfern auf dem Teppich. Sie überprüften zuerst den Leichnam mit Hilfe eines Statik-Sensors. Murphy würde sich nicht mit einem derart plumpen Trick überlisten lassen.

Doch der Leichnam war tatsächlich tot. Brandwunden

bedeckten den gesamten Körper, und zahlreiche Knochen waren gebrochen. Eine Überprüfung ergab, daß es sich um Eithne Cramley handelte, eine der Technikerinnen aus der physikalischen Abteilung. Murphy war überzeugt, daß die Couteur versucht hatte, Eithne für eine Possession vorzubereiten, doch offensichtlich war ihr nicht genug Zeit geblieben, um den Prozeß erfolgreich abzuschließen. Der Rest des Zimmers war leer. Sie versiegelten es und rückten weiter vor.

Neunzig Minuten später trafen sich die beiden Gruppen auf der gegenüberliegenden Seite des ringförmigen Korridors. Alles, was sie hatten finden können, waren die sechs Leichen von Gilmores Stabsmitgliedern, die nicht auf die früheren Datavis-Rufe geantwortet hatten.

»Sieht ganz danach aus, als hätte sie sich im Keller versteckt«, sagte Murphy zu seinen Leuten. Er postierte zehn Soldaten am Ende der Treppe und führte den Rest nach unten. Das hier war schon eher Couteurs Territorium. Die Räumlichkeiten waren längst nicht so sorgfältig hergerichtet wie oben im Ring aus Labors. Weitläufig und geräumig und hell erleuchtet, doch im Grunde genommen nicht mehr als sechs ganz gewöhnliche Kavernen, die hintereinander aus dem Fels gebrochen worden waren, um die Versorgungssysteme aufzunehmen.

Erneut gingen die Marines schulmäßig in Stellung, als sie den untersten Treppenabsatz erreicht hatten. Murphy verspürte eine wachsende Unruhe. Inzwischen mußte er seinen Herzschlag von der neuralen Nanonik regulieren lassen, so hoch war die Anspannung. Selbst das regenerierte Fleisch auf den Fingern seiner linken Hand kitzelte in einer Art Phantomschmerz. Er wünschte nur, es wäre eine verläßliche Warnung, daß ein Besessener sich näherte. Mit jedem Meter, den sie weiter vordrangen, wurde das Gefühl stärker, daß die Couteur einen wütenden Angriff auf sie startete. Er verstand einfach nicht, was sie vorhatte. Am wahrscheinlichsten war noch, daß die drei Mitarbeiter Gilmores, die sie nicht hatten finden können, von Possessoren übernommen worden waren, doch die Couteur mußte wissen, daß Murphy von dieser Annahme ausging. Es würde ihr nicht das geringste nützen. Außer vielleicht, daß sie sich ein paar zusätzliche Stunden in Freiheit erkaufte. Für die meisten Leute mehr als Grund genug. Murphy mußte immer wieder an die Rückfahrt nach Trafalgar an Bord der *Ilex* denken, an die ermüdenden Machtkämpfe, die sie unablässig mit ihren Bezwingern ausgefochten hatte. Er hatte nicht lange gebraucht, um herauszufinden, daß sie sich freiwillig hatte gefangennehmen lassen.

Dem Gegner gegenüber im Vorteil zu sein, das war ihr einziges Ziel, stets die Oberhand zu gewinnen. Diese Flucht würde ihr nichts dergleichen verschaffen. Es sei denn, er hatte irgendeine Ungeheuerlichkeit übersehen. Der Druck und die Sorge waren so stark, daß Murphys Gehirn sich anfühlte wie versteinert.

»Sir«, meldete der vorderste Marine, »ich habe eine Infrarotsignatur!«

Sie hatten die Lebenserhaltungsmaschinerie erreicht. Eine nackte Felsenhöhle mit sieben großen Filter- und Umwandlungseinheiten, die in einer langen Reihe in der Mitte der Halle standen. Ein Gewirr von Rohren führte aus den Maschinen nach oben und verschwand hinter den Lichtpaneelen in der Decke. Die Marines rückten rechts und links der massigen grauen Gehäuse vor.

Oben auf der dritten Maschine kauerte eine Gestalt inmitten eines Gewirrs aus meterdicken Rohren. Als Murphy seine Retinaimplantate auf Infrarotsicht umschaltete, erkannte er deutlich die thermische Emission, die sich hinter den Rohren abzeichnete wie ein rosafarbener Nebel. Seine neurale Nanonik errechnete den Ausstoß als zu nicht mehr als einer Person gehörig.

»Falsch«, murmelte er. Die Lautsprechereinheit seines

Kampfanzugs verstärkte das Wort und sandte es grollend durch die Höhle. OK, sie hatte einen Versuch unternommen, sich zu verstecken, aber es war erbärmlich. *Warum?*

»Dr. Gilmore?« fragte er per Datavis. »Könnte sie irgendeine Art Superwaffe aus einem Ihrer Labors gestohlen haben?«

»Absolut nicht, nein«, antwortete Gilmore per Datavis. »Zur Zeit untersuchen wir nur drei tragbare Waffensysteme in unseren Labors, und ich habe mich persönlich davon überzeugt, daß sie noch dort sind, sobald wir von Couteurs Flucht erfuhren.«

Noch eine Erklärung weniger, gestand sich Murphy unglücklich ein. »Einschließungsmanöver«, befahl er seinen Leuten.

Sie verteilten sich durch die Halle, wobei sie sich immer in der Deckung von Röhren und Maschinen hielten. Als sie die Couteur eingeschlossen hatten, drehte Murphy die Lautstärke auf. »Kommen Sie heraus, Jacqueline. Sie wissen, daß wir hier sind, und wir wissen, wo Sie sind. Das Spiel ist vorbei.«

Es gab keinerlei sichtbare Reaktion.

»Sir«, meldete der Techniker, »ich empfange Störungen in unserem Block für elektronische Kriegführung! Sie aktiviert ihre energistischen Kräfte!«

»Jacqueline, hören Sie augenblicklich auf damit! Ich habe die Vollmacht, Sie zu töten, und ich werde nicht zögern, das auch zu tun. Sie haben unsere obersten Ränge wirklich stinkwütend gemacht. Werfen Sie einmal einen Blick auf das, worauf Sie sitzen. Das Gehäuse besteht durch und durch aus Metall. Wir müssen nicht einmal unsere Maschinenpistolen benutzen. Eine einzige EI-Granate in Ihre Richtung reicht. Sie müssen doch längst herausgefunden haben, was Elektrizität bei Ihresgleichen bewirkt, Jacqueline.«

Er wartete ein paar Sekunden, dann feuerte er drei

Schuß über die Rohre unmittelbar über der Stelle, wo er die thermische Emission sah. Die Kugeln schnitten dünne violette Linien in sein Sichtfeld und waren so schnell wieder verschwunden, wie sie gekommen waren.

Jacqueline Couteur erhob sich langsam mit hoch erhobenen Händen. Mit kalter Herablassung musterte sie die Marines, die ringsum in ihren Positionen kauerten und entschlossen ihre Waffen auf sie gerichtet hielten.

»Los, auf den Boden«, befahl Murphy.

Sie gehorchte mit beleidigender Langsamkeit und kletterte an den Sprossen herab, die an den Seiten des Gehäuses eingelassen waren. Als sie den Boden erreicht hatte, rückten fünf Marines gegen sie vor.

»Auf den Boden!« wiederholte Murphy.

Seufzend angesichts des Unrechts, das ihr geschah, sank sie auf die Knie und beugte sich langsam vor. »Ich hoffe doch sehr, jetzt fühlen Sie sich sicherer?« fragte sie spöttisch.

Der erste Marine schulterte seine Maschinenpistole und hakte einen Fesselstab aus dem Gürtel. Die Teleskopstange fuhr auf eine Länge von zwei Metern aus, und er legte die Klammer um den Hals der Couteur.

»Den Rest der Halle absuchen und sichern«, befahl Murphy den übrigen Marines. »Wir vermissen immer noch drei Leichen.«

Er ging zu der Stelle, wo die Couteur gehalten wurde. Die Klammer saß hoch an ihrem Hals und zwang ihren Kopf in den Nacken. Es war eine unbequeme Haltung, doch sie zeigte nicht eine Spur von Zorn.

»Was haben Sie vor?« fragte Murphy.

»Ich dachte, Sie wären der Boß.« Der Ton war so berechnet, daß er Murphy in Wut versetzen sollte, überlegen und amüsiert zugleich. »Verraten Sie es mir.«

»Sie meinen, das hier ist alles, was Sie erreicht haben? Zwei Stunden auf freiem Fuß, und dann verkriechen Sie sich hier unten? Hören Sie auf, Couteur, das ist erbärmlich!«

»Zwei Stunden, in denen ich Ihre Ressourcen gebunden und Ihrem Trupp Angst gemacht habe. Und Ihnen. Ich kann die Furcht spüren, die Ihren Verstand umnebelt. Außerdem habe ich eine Reihe von Wissenschaftlern der KNIS in Schlüsselpositionen eliminiert. Und möglicherweise habe ich ein paar Besessene auf Ihren kostbaren Asteroiden losgelassen, aber das werden Sie schon selbst herausfinden müssen. Betrachten Sie das wirklich als erbärmlich, Lieutenant?«

»Nein. Trotzdem ist es weniger, als ich von Ihnen erwartet hätte.«

»Sie machen mich verlegen.«

»Dazu gibt es keinen Grund. Ich werde herausfinden, was auch immer Sie ausgeheckt haben, und ich werde jeden von Ihren Besessenen aus der verdammten Luftschleuse stoßen. Sie täuschen mich nicht mehr, Couteur.« Murphy schob sein Visier in den Nacken und brachte sein Gesicht ganz nah an das ihre. »Für Sie gibt es nur noch Null-Tau. Sie haben unsere Gastfreundschaft viel zu lange mißbraucht. Ich hätte Sie schon auf Lalonde erschießen sollen.«

»Das hätten Sie nicht fertig gebracht«, schnaubte sie. »Dazu sind Sie viel zu anständig.«

»Schafft sie nach oben«, schnarrte Murphy.

Gilmore erwartete sie oben am Ende der Treppe. Er führte sie in das Labor von Professor Nowak, wo zwei Techniker eine Null-Tau-Kapsel vorbereitet hatten. Jacqueline Couteur zögerte unmerklich, als sie die Apparatur erkannte.

Die Marines stießen ihr zwei Maschinenpistolen in den Rücken und drängten sie weiter.

»Vielleicht sollte ich mich für die Unannehmlichkeiten entschuldigen, die ich Ihnen bereitet habe«, begann Gilmore ein wenig umständlich. »Aber nach der Geschichte im Gerichtssaal denke ich, daß meine Handlungsweise vollkommen gerechtfertigt war.«

»Das denke ich mir«, entgegnete Jacqueline Couteur. »Ich werde Sie aus dem Jenseits beobachten. Wenn es an der Zeit ist, daß Sie zu uns kommen, werde ich auf Sie warten.«

Gilmore deutete auf die Null-Tau-Kapsel, als stünde es ihr frei, ob sie hineinklettern wollte oder nicht. »Leere Drohungen, fürchte ich. Bis dahin haben wir das Problem längst gelöst.«

Die Couteur bedachte ihn mit einem letzten verächtlichen Blick, dann kletterte sie in die offene Kapsel.

»Haben Sie noch eine letzte Nachricht?« fragte Murphy. »Vielleicht Kinder oder Enkel, denen Sie etwas sagen möchten? Ich werde dafür sorgen, daß sie weitergegeben wird.«

»Fick dich selbst.«

Murphy grunzte, dann nickte er dem Techniker zu, der die Kapsel aktivierte. Die Couteur verschwand unter der Weltraumschwärze des Null-Tau-Feldes.

»Wie lange?« fragte Murphy nervös. Er konnte immer noch nicht glauben, daß das alles gewesen sein sollte.

»Wir lassen sie für wenigstens eine Stunde da drin«, antwortete Gilmore mit bitterem Respekt. »Diese Frau ist verdammt hart.«

»Also gut.«

Die Tür, die den Sicherheitstrakt mit dem Rest des Asteroiden verband, würde weiterhin geschlossen bleiben, solange noch immer drei Leute fehlten. Die Marines setzten ihre Suche in den Kavernen unter dem Laborring fort. Murphy befahl ihnen, auch die Fusionsgeneratoren in Augenschein zu nehmen. Seit dem Ausfall der externen Wärmetauscher arbeiteten sie im Leerlauf und leiteten ihren geringen Wärmeausstoß in einen Notspeicher. Die Couteur hatte keine Chance, die Generatoren zur Explosion zu bringen, aber falls sie sich an den Einschließungsfeldern zu schaffen gemacht hatte, konnte das Plasma auch so große Schäden verursachen.

Doch die Techniker stellten bald fest, daß niemand versucht hatte, die Generatoren zu manipulieren. Weitere vierzig Minuten später tauchte der erste Leichnam der drei Vermißten auf. Er war hinter einem Klimaauslaß versteckt worden. Murphy befahl seinen Marines umzukehren und sämtliche Belüftungsgitter zu öffnen, ganz gleich wie groß. Ein Besessener konnte mit Leichtigkeit ein kleines Nest im Fels aushöhlen, um darin Unterschlupf zu finden.

Murphy wartete siebzig Minuten, bevor er die Null-Tau-Kapsel abschalten ließ. Die Frau im Innern trug einen zerfetzten und verbrannten Laborkittel mit dem Abzeichen des KNIS auf der Schulter. Sie weinte heftig, als sie taumelnd aus der Kapsel stieg, und umklammerte eine blutige Wunde in ihrem Unterleib. Murphys Identifikationsprogramm erkannte in ihr Toshi Numour, eine der Biophysikerinnen aus der Abteilung für Waffenforschung.

»Scheiße!« stöhnte Murphy. »Dr. Gilmore!« rief er per Datavis.

Keine Antwort.

»Doktor?«

Die Kommunikationsprozessoren im Laborkomplex berichteten, daß sie keinen Zugriff auf Dr. Pierce Gilmores neurale Nanonik hatten.

Murphy platzte in den Hauptkorridor hinaus und brüllte seinen Soldaten zu, ihm zu folgen. Zehn Gestalten in Kampfanzügen rannten ihm hinterher, als er zu Gilmores Büro sprintete.

Sobald die Schwärze des Null-Tau-Feldes Jacqueline Couteur umfangen hatte, war Dr. Gilmore in sein Büro zurückgekehrt. Er verzichtete auf einen Protest gegen

Murphys Befehl, den Komplex des Sicherheitslabors weiterhin nicht zu verlassen – im Gegenteil, er hieß ihn sogar ausgesprochen gut. Jacqueline Couteurs Flucht in der Folge der Erschütterungen, die von der Antimaterieexplosion hervorgerufen worden waren, hatte einen häßlichen Schock bedeutet, und unter den gegebenen Umständen waren Lieutenant Hewletts Vorsichtsmaßnahmen sowohl logisch als auch der Situation angemessen.

Die Tür seines Büros glitt hinter ihm zu, und die Beleuchtung schaltete sich ein, wenn auch nicht mit gewohnter Helligkeit. Die gegenwärtigen Beschränkungen gestatteten nur vier Leuchtpaneele pro Büro, die Art von Helligkeit, die ein kalter Winternachmittag lieferte. Keines der holographischen Fenster war aktiv.

Gilmore trat zur Kaffeemaschine, die noch immer zufrieden vor sich hinköchelte, und schenkte sich einen Becher aus. Nach einem Augenblick des Bedauerns schaltete er sie ab. Wahrscheinlich gab es im Evakuierungskontingent nicht genügend Platz, um sie mitzunehmen. Genauso wenig wie das teure Chinaporzellan. Wenn es überhaupt Platz gab, um persönliche Dinge mitzunehmen. Mit mehr als dreihunderttausend Menschen, die innerhalb einer einzigen Woche evakuiert werden mußten, würde die Menge an Gepäck minimal sein, die jeder mitnehmen durfte.

Die kleine Sonnenröhre über seinen Orchideen war ebenfalls abgeschaltet.

Ein paar der seltenen genetisch reinen Pflanzen standen kurz vor der Blüte, und ihre fleischigen Knospen waren so dick, daß sie jeden Augenblick platzen konnten. Es würde nicht geschehen. Es würde kein Licht und keine frische Luft geben, und bald würde die Hitze durchkommen. Das Sicherheitslabor war näher an der Oberfläche als die meisten Biokavernen des Asteroiden, und es würde am stärksten unter der Wärmeeinwirkung leiden. Mobiliar, Ausrüstung, alles wäre verloren. Das einzige, was überleben würde, wären ihre Aufzeichnungen.

Pierce nahm hinter seinem Schreibtisch Platz. Es war an der Zeit, daß er sich Gedanken machte, wie die Informationen zu schützen waren, wenn sie zu ihren Ausweichlabors geschafft wurden. Er stellte seinen Becher auf die lederne Schreibtischfläche neben eine leere Tasse. Die vorher noch nicht dort gestanden hatte.

»Hallo Doktor«, sagte Jacqueline Couteur.

Er zuckte zusammen, aber wenigstens gelang es ihm, nicht zurückzuweichen oder aufzuschreien. Sie hatte nicht die Befriedigung, seine Beunruhigung zu beobachten, was in dem Spiel, das sie beide spielten, eine Menge Punkte zu seinen Gunsten bedeutete.

Seine Augen richteten sich auf einen leeren Fleck an der Wand direkt vor ihm, als er sich beharrlich weigerte, sich nach ihr umzudrehen. »Jacqueline. Sie haben wirklich keinerlei Anstand. Der arme Lieutenant Hewlett wird sich bestimmt nicht freuen, auf diese Weise von Ihnen überlistet worden zu sein.«

»Sie können jetzt Ihre Bemühungen einstellen, per Datavis um Hilfe zu rufen, Doktor. Ich habe die Netzprozessoren Ihres Büros deaktiviert. Nicht mit meinen energistischen Kräften, keine Sorge, ich wollte schließlich die KI nicht alarmieren. Kate Morley besitzt ein paar Kenntnisse, was Elektronik anbelangt. Sie hat den einen oder anderen didaktischen Prägekurs empfangen.«

Pierce Gilmore stellte eine Datavis-Verbindung zu dem Prozessorblock in seinem Schreibtisch her. Die Maschine meldete, daß sämtliche Verbindungen zu Trafalgars Kommunikationsnetz unterbrochen waren.

Jacqueline Couteur kicherte leise, als sie um den Schreibtisch herum in sein Gesichtsfeld trat. Sie trug einen kleinen Prozessorblock bei sich. Auf dem Display zeigten Graphiken seine Datavis-Sendungen. »Sonst noch etwas, das Sie ausprobieren möchten?« fragte sie leichthin.

»Die KI wird feststellen, daß die Prozessoren offline sind. Selbst wenn es nicht durch eine Fehlfunktion ausgelöst wurde, wird ein Trupp Marines hereinkommen und der Sache nachgehen.«

»Tatsächlich, Doktor? Der EMP der Antimaterieexplosion hat eine ganze Reihe elektronischer Systeme beschädigt. Ich wurde offensichtlich gefangen und in Null-Tau gesteckt, und die Marines haben diese Ebene bereits einmal durchsucht. Ich denke, das verschafft uns Zeit genug.«

»Wofür?«

»Ach du lieber Gott, stellen Sie sich doch nicht so dumm. Spüre ich da etwa einen Anflug von Furcht in Ihrem Bewußtsein, Doktor? Das muß die erste Gefühlsregung seit vielen Jahren für Sie sein, oder irre ich mich? Vielleicht sogar eine Spur von Bedauern? Bedauern für das, was Sie mir angetan haben?«

»Das haben Sie sich selbst zuzuschreiben, Jacqueline. Wir haben Sie um Kooperation gebeten, und Sie waren diejenige, die sich geweigert hat. Sehr unverblümt, wenn ich mich recht entsinne.«

»Nicht schuldig. Ich wurde gefoltert, und zwar von Ihnen.«

»Kate Morley. Maynard Khanna. Soll ich fortfahren?«

Sie stand unmittelbar vor seinem Schreibtisch und starrte ihm ins Gesicht. »Ah, zwei Fehler von mir rechtfertigen den Ihren? Habe ich Sie tatsächlich soweit gebracht, Doc? Angst bewirkt die seltsamsten Dinge, selbst bei den brillantesten Gehirnen. Sie erweckt Verzweiflung in ihnen. Sie macht sie erbärmlich. Hätten Sie vielleicht noch eine andere Entschuldigung anzubieten?«

»Würde ich vor einer Jury stehen, die mich richtet, könnte ich mehr als nur eine Rechtfertigung vorbringen. Aber diese Argumente wären Ihnen gegenüber mehr als verschwendet.«

»Wie kleingeistig, sogar für Sie.«

»Kooperieren Sie mit uns. Es ist noch nicht zu spät.«

»Nicht einmal fünfhundert Jahre vermögen gewisse Klischees zu ändern. Das sagt eine ganze Menge aus über die menschliche Rasse, finden Sie nicht auch, Doktor? Ganz bestimmt jedenfalls alles, was ich wissen muß.«

»Sie transferieren das Problem auf ein abstraktes Konzept. Selbsthaß ist bei geistig Verwirrten weit verbreitet.«

»Wenn ich die geistig Verwirrte bin, wie kommt es dann, daß Sie in terminalen Schwierigkeiten stecken?«

»Hören Sie auf, das Problem zu sein, und helfen Sie uns bei einer Lösung.«

»Wir sind keine *Probleme*.« Ihre Hand krachte vor ihm auf die Tischplatte und brachte die beiden Kaffeetassen zum Springen. »Wir sind Menschen. Wenn diese einfache Tatsache je in Ihrem faschistischen BiTek-Gehirn angekommen wäre, könnten Sie die Sache vielleicht aus einem anderen Blickwinkel betrachten, einem Blickwinkel, der helfen würde, Ihrem Leiden ein Ende zu bereiten. Aber das übersteigt Ihre Fähigkeiten bei weitem. Um in diesen Bahnen zu denken, müßten Sie menschlich sein. Und nach all den Wochen der Studien bin ich zu einer einzigen definitiven Schlußfolgerung gelangt, nämlich, daß Sie nicht menschlich sind. Noch können Sie jemals menschlich werden. Sie haben nichts, keinerlei moralisches Fundament, aus dem etwas erwachsen könnte. Laton und Hitler waren Heilige verglichen mit Ihnen.«

»Sie nehmen Ihre Situation viel zu persönlich, Jacqueline. Das ist verständlich, nach allem, was geschehen ist, Sie können sich wohl kaum daraus befreien. Dazu fehlt Ihnen einfach der Mut.«

»Nein.« Sie richtete sich auf. »Aber ich kann mich ehrenvoll verteidigen bis zum Schluß. Und die Konföderierte Navy Ihres sogenannten Talents zu berauben wird eine Tat sein, die meinem Leben einen Sinn verleiht. Nichts Persönliches, verstehen Sie mich nicht falsch.«

»Ich kann alledem ein Ende bereiten, Jacqueline. Wir stehen sehr dicht vor einer Antwort.«

»Lassen Sie uns sehen, wie Ihre Rationalität die Gegebenheiten des Jenseits erträgt. Sie werden gleich jede einzelne Facette davon erfahren. Zuerst werden Sie von einem seiner Bewohner besessen, und dann werden Sie dort existieren. Wenn Sie wirklich Glück haben, kehren Sie als Possessor zurück und werden bis zum Ende Angst verspüren, daß irgendein verdammter lebender Bastard Sie Ihres kostbaren neuen Körpers beraubt und Sie schreiend wieder zurückschickt. Ich frage mich, welche Antwort werden Sie dann geben?«

»Die gleiche.« Er bedachte sie mit einem traurigen niedergeschlagenen Lächeln. »Das nennt man Entschlossenheit, Jacqueline. Die Fähigkeit und Härte, die Dinge bis zum Ende durchzustehen. Ganz gleich, wie unerwartet und enttäuschend dieses Ende sein mag. Nicht, daß es irgend jemand je erfahren würde. Aber ich werde mir treu bleiben bis zum Schluß.«

Sein Ton erschreckte sie, und sie hob den rechten Arm. Aus ihrem Handgelenk zuckte das erste weiße Feuer.

In Gilmores Verstand zeichneten sich rein sachlich zwei deutliche Alternativen ab. Daß sie ihn foltern würde schien unausweichlich. Er würde besessen werden, oder wahrscheinlicher, so stark verletzt, daß sein Körper starb und seine Seele in das Jenseits entschwand. An dieser Stelle brach die Logik ab. Er glaubte, oder wenigstens meinte er zu glauben, daß es einen Weg aus dem Jenseits gab. Doch Zweifel unterminierte diesen Glauben. Aufrührerische, unreine menschliche Emotionen von der Art, die er so sehr verabscheute. Falls es einen Weg durch das Jenseits hindurch gab, wie kam es dann, daß so viele menschliche Seelen darin steckenblieben? Es gab keine echte Gewißheit mehr. Nicht für ihn, nicht dort. Und das war eine Vorstellung, die Pierce Gilmore nicht ertragen konnte. Fakten und Rationalität waren mehr als die Grundpfeiler seines Verstandes. Sie waren seine Existenz. Wenn das Jenseits tatsächlich ein Ort ohne jede Logik war, dann verspürte Pierce Gilmore nicht den geringsten Wunsch, dort zu existieren. Und sein eigenes Opfer würde das menschliche Wissen um einen Schritt weiterbringen. Diese Erkenntnis war ein passender letzter Gedanke.

Er befahl seinem Desktop-Prozessor, die letzte Version des Erinnerungslöschers zu aktivieren. Jacquelines Hand richtete sich bereits auf ihn, und das weiße Feuer flackerte auf, als die AV-Projektorsäule lautlos ein blendendes, alles durchdringendes rotes Licht in das Büro von Pierce Gilmore pumpte.

Sechzig Minuten später sprengten Murphy Hewlett und seine Marines die verschlossene Bürotür mit einer EI-Granate und stürzten herein, um Dr. Gilmore zu retten.

Sie fanden den Wissenschaftler über seinem Schreibtisch zusammengesunken und Kate Morley auf dem Fußboden davor. Beide waren am Leben, aber keiner von ihnen reagierte auf irgendeine medizinische Stimulation, die der Sanitäter anwendete.

Wie Murphy später während seiner Abschlußbesprechung sagte, sie waren nichts weiter als zwei lebende Klumpen Fleisch.

4. Kapitel

Aus der relativen Sicherheit des kleinen Plateaus auf halbem Weg die nördliche Abschlußkappe hinauf richtete Tolton sein Teleskop auf die Lobby des Djerba-Sternenkratzers. Ein weiterer Wirbel aus Dunkelheit bahnte sich seinen Weg durch die Kuppel aus weißen Bogengewölben. Teile der Konstruktion polterten über die Seiten auf den niedergetrampelten Rasen, der das verlassene Gebäude umgab. Tolton wartete vergeblich auf das Geräusch berstenden Glases; die Entfernung war viel zu groß. Das Teleskop lieferte ein gutes, scharfes Bild, als wäre er nur wenige Meter vom Ort des Geschehens entfernt. Er erschauerte, bevor ihm diese Tatsache bewußt wurde; noch immer spürte er die Welle aus Kälte, die ihn jedesmal durchzuckt hatte, wenn das fliegende Monster über seinen Kopf hinweggestrichen war.

»Dieses hier scheint erdgebunden.« Er trat zur Seite und ließ Erentz an die Optik des Teleskops.

Sie studierte das Wesen für eine Minute. »Stimmt. Und es wird schneller.«

Der Besucher hatte sich einen Weg durch die schwelenden Ruinen der Hüttenstadt gebahnt und eine tiefe Spur hinter sich hergezogen. Jetzt durchquerte er die dahinterliegenden Wiesen. Die büscheligen pinkfarbenen Gräser in seiner unmittelbaren Umgebung verfärbten sich schwarz, als wären sie verbrannt. »Es bewegt sich jedenfalls ziemlich flüssig, und schnell obendrein. Wenn es dieses Tempo beibehält, müßte es in spätestens fünf oder sechs Stunden bei der südlichen Abschlußkappe angelangt sein.«

– **Genau das, was uns noch gefehlt hat,** nörgelte die Habitat-Persönlichkeit. – **Noch so ein Mistviech, das an uns saugt. Wir müssen die Nährflüssigkeitsproduk-**

tion bis auf das absolut erforderliche Minimum reduzieren, um das neurale Stratum am Leben zu erhalten. Das wird unserer Mitoseschicht übel mitspielen. Wir werden Jahre benötigen, um die Schäden zu regenerieren.

Bisher waren acht der unheilvollen Besucher aus dem Djerba aufgetaucht. Drei von ihnen waren Flugwesen. Alle ohne Unterschied hatten sich augenblicklich der südlichen Abschlußkappe zugewandt, genau wie der erste und größte von ihnen. Die Wesen, die sich über den festen Boden bewegten, hatten eine Spur toter Vegetation hinter sich zurückgelassen. Sobald sie die Endkappe erreicht hatten, bohrten sie sich einen Weg durch das Polypmaterial und in die Arterien, die die gigantischen Organe versorgten, wo sie die Nährflüssigkeit in sich aufsaugten.

»Es kann nicht mehr lange dauern, bis wir imstande sind, sie herauszubrennen«, sagte Erentz. »Die Flammenwerfer und die Brandtorpedos machen gute Fortschritte. Dir wird schon nichts Ernsthaftes geschehen.«

Der Blick, den Tolton ihr zuwarf, machte seine fehlende Affinität irrelevant. Er beugte sich wieder über das Teleskop. Der Besucher bahnte sich seinen Weg durch einen kleinen Wald. Bäume schwankten und kippten um, als sie an der Basis einfach abbrachen. Das Wesen schien außerstande, von seinem schnurgeraden Kurs abzuweichen. »Dieses Biest ist geradezu furchterregend stark.«

»Das ist es.« Ihre Sorge schwang deutlich in ihrer Stimme mit.

»Welche Fortschritte macht das Signalprojekt?« Es war eine Frage, die er mehrere Male am Tag stellte – als hätte er Angst, er könnte einen entscheidenden Durchbruch versäumen.

»Die meisten von uns arbeiten gegenwärtig an der Entwicklung und Produktion unserer Waffen.«

»Aber ihr könnt das Signalprojekt nicht einfach aufgeben! Das dürft ihr nicht!« Er sagte es so laut, daß die Habitat-Persönlichkeit es mithören konnte.

»Niemand hat etwas von Aufgeben gesagt. Die Physiker arbeiten noch immer mit einer Rumpfmannschaft an dem Problem.« Sie erzählte ihm nicht, daß die Rumpfmannschaft aus nicht mehr als fünf theoretischen Physikern bestand, die den größten Teil ihrer Zeit mit Diskussionen verbrachten, wie sie am besten vorgehen sollten.

»Das ist gut.«

– **Zwei weitere nähern sich**, warnte die Habitat-Persönlichkeit.

Erentz warf einen raschen Seitenblick zu dem Straßenpoeten. Er war in sein Teleskop vertieft und verfolgte die Bewegungen des Besuchers über die Grasebene hinweg.

– **Kein Grund, die anderen in Panik zu versetzen**, erwiderte sie.

– **Meine Meinung.**

Seit Erentz' disaströsem Abstecher in den Djerba waren die fremdartigen Wesen in regelmäßigem halbstündlichem Abstand aus den Sternenkratzern in das Innere des Habitats vorgedrungen. Die Persönlichkeit machte sich inzwischen Sorgen, ob sie unter diesen Umständen in der Lage war, die Biosphärenintegrität des Habitats aufrechtzuerhalten. Jeder der Neuankömmlinge bahnte sich ohne Unterschied seinen Weg durch einen Sternenkratzer hindurch und vernichtete dabei die interne Struktur der Türme. Bisher hatten die Notschotten gehalten, doch wenn die Invasion in diesem Tempo weiterging, war es nur noch eine Frage der Zeit, bis der erste Bruch auftrat.

– **Wir glauben, daß einige der Besucher in den anderen Türmen sich ebenfalls in Bewegung setzen**, sagte die Persönlichkeit. **Sie sind sehr langsam, deswegen ist es schwierig zu sagen, aber wenn ich mich nicht irre,**

müßten sie innerhalb eines Tages oder so ebenfalls in das Parkland vorgestoßen sein.

– Glaubst du, sie vervielfachen sich, wie es der erste Besucher getan hat?

– Unmöglich zu sagen. Unsere Wahrnehmungsroutinen in ihrer Nähe sind inzwischen so gut wie nicht mehr ansprechbar. Wir glauben, daß ein Großteil des Polyps abgestorben ist. Aber wenn es einer von ihnen getan hat, dann ist es nur logisch anzunehmen, daß die anderen seinem Beispiel folgen werden.

– Großartig. Verdammte Scheiße! Wir müssen jeden einzelnen separat aufhalten. Ich bin nicht einmal sicher, ob wir gewinnen können. Die Zahlen verschieben sich eindeutig zu unseren Ungunsten.

– Nach den ersten Begegnungen müssen wir unsere Taktik wahrscheinlich sowieso überdenken. Falls der Aufwand zu groß ist, wird uns vielleicht gar nichts anderes übrig bleiben, als Toltons Wunsch nachzukommen und jeden dem Signalprojekt zuzuweisen.

– Richtig. Sie stieß einen niedergeschlagenen Seufzer aus. **– Weißt du, vielleicht ist es gar nicht so verkehrt. Mir jedenfalls ist alles recht, was uns von diesem Ort fortbringt.**

– Eine gesunde Einstellung.

Tolton straffte sich. »Was machen wir jetzt?«

»Wir sehen besser zu, daß wir nach unten zu den anderen zurückkehren. Die Besucher stellen keine unmittelbare Gefahr dar.«

»Das kann sich ändern.«

»Falls es sich ändert, werden wir es bestimmt recht schnell erfahren.«

Sie gingen in die kleine Höhle auf der Rückseite des Plateaus. Dort befand sich ein Tunnel, der durch mehrere Kammern in die Kavernen an der Basis der nördlichen Abschlußkappe führte. Gleittreppen und Stufen verliefen parallel zueinander. Die meisten der Gleittreppen standen, daher dauerte der Abstieg eine ganze Weile.

Die Kavernen sahen aus wie eine Festung im Belagerungszustand. Zehntausende kranker Menschen lagen auf allem, was halbwegs als Pritsche zu gebrauchen war. Es gab keine Ordnung in den langen Reihen von Betten. Die Pflege der Bettlägerigen blieb allein denen überlassen, die nicht ganz so krank waren, und sie bestand hauptsächlich darin, daß ihre sanitären Bedürfnisse erfüllt wurden. Die wenigen Bewohner Valisks, die qualifiziert waren, nanonische Medipacks anzuwenden (oder grundlegende didaktische Erinnerungen besaßen) kreisten unablässig zwischen den Betten. Sie waren längst vollkommen erschöpft.

Erentz' Verwandte hatten in den tiefsten Kavernen einen inneren Zirkel eingerichtet. Dort befanden sich die kleineren Fabrikationsanlagen sowie die Forschungsausrüstungen. Sie waren außerdem dazu übergegangen, ihre eigenen Nahrungsvorräte zu bunkern, und besaßen inzwischen einen Vorrat, der einen ganzen Monat reichte. Hier unten wenigstens blieb der Deckmantel der Normalität erhalten. In den Korridoren leuchteten helle elektrophosphoreszierende Streifen. Mechanische Türen öffneten und schlossen sich automatisch. Die Geräusche kybernetischer Industrien hallten durch den Polyp. Selbst Toltons Prozessorblock aktivierte sich mit einem leisen Piepser, so daß die einfacheren Funktionen wieder zur Verfügung standen.

Erentz führte ihn in eine Kammer, die als Waffenlager diente. Seit der Aufklärungsmission im Djerba-Sternenkratzer waren ihre Verwandten nicht untätig gewesen. Sie hatten einen tragbaren Flammenwerfer entworfen und mit der Produktion der Waffe begonnen. Das grundlegende Prinzip hatte sich im Verlauf der letzten sechshundert Jahre nicht geändert; ein einfacher Tank mit Chemikalien, der auf den Rücken geschnallt wurde, mit einem flexiblen Schlauch, der zu einer schmalen, gewehrähnlichen Mündung führte. Moderne Materialien und Fabrikationstechniken gestatteten die Verwendung eines Hochdrucksystems, das eine schmale Flammenlanze über zwanzig Meter weit schleudern konnte. Ein breiter konischer Fächer war für den Nahkampf vorgesehen. Skalpell oder Donnerbüchse, hatte Erentz' Kommentar dazu gelautet.

Außerdem hatten sie Brandgranatenwerfer konstruiert – im Prinzip nichts anderes als im Maßstab vergrößerte Signalpistolen.

Erentz begann sich mit mehreren ihrer Verwandten zu unterhalten, doch sie benutzte dazu größtenteils ihre Affinität. Tolton fühlte sich bald wie ein Kind, das einer abstrusen Konversation zwischen Erwachsenen zu folgen versuchte. Seine Gedanken schweiften ab. Die Habitat-Persönlichkeit würde doch wohl nicht von ihm erwarten, daß er sich an den Kämpfen mit den dunklen Kreaturen beteiligte? Ihm fehlte es an der leidenschaftlichen Entschlossenheit von Erentz und ihren Verwandten, ihrem genetischen Erbe. Er hatte Angst zu fragen – vielleicht sagten sie tatsächlich ja. Schlimmer noch, vielleicht würden sie ihn aus ihrer Kaverne werfen, damit er sich dem Rest der Bevölkerung anschloß.

Es mußte doch irgendeine wichtige Aufgabe für ihn geben, die ihn aus den Kämpfen heraushielt. Er hob seinen Prozessorblock und tippte eine unverfängliche Frage an die Persönlichkeit ein. Der gute alte Rubra würde ihn verstehen. Und der Teil, der Dariat war, war sogar mit ihm befreundet. Dann wurde ihm bewußt, daß Erentz und die anderen ihre Unterhaltungen beendet hatten.

»Was ist?« fragte er nervös.

»Wir können spüren, daß sich etwas durch eine der Vakzugröhren einer Station in der Abschlußkappe nähert«, sagte der Prozessorblock. Es war genau die gleiche Stimme, die Rubra benutzt hatte, um mit ihm zu kommunizieren, während er sich vor den Besessenen versteckt gehalten hatte, doch etwas hatte sich verändert. Eine gewisse Steifheit in der Betonung? Es fiel kaum auf, aber es war bestimmt von Bedeutung.

»Eines der Wesen kommt hierher?«

»Wir glauben nicht. Sie wüten durch das Habitat, ohne auch nur einen Versuch zu unternehmen, sich zu tarnen. Das hier ist eher wie eine Maus, die durch einen unterirdischen Gang schleicht. Und der umgebende Polyp stirbt auch nicht an Wärmeentzug wie sonst. Trotzdem sind unsere perzeptiven Zellen außerstande, ein klares Bild zu empfangen.«

»Die Bastarde haben offensichtlich ihre Taktik geändert«, schnarrte Erentz. Sie riß einen der Flammenwerfer aus einem Regal. »Sie wissen offensichtlich, daß wir uns hier verstecken!«

»In diesem Punkt sind wir uns nicht sicher«, erwiderte die Habitat-Persönlichkeit. »Allerdings denken wir, daß diese Angelegenheit untersucht werden muß.«

Mehrere Verwandte von Erentz rannten in die Waffenkammer und nahmen Ausrüstung an sich. Tolton beobachtete die plötzliche Aktivität mit bestürzter Furcht.

»Hier.« Erentz drückte ihm einen Brandgranatenwerfer in die Hände.

Er umfaßte die Waffe reflexhaft. »Aber ich weiß nicht, wie man dieses Ding benutzt!«

»Zielen und schießen, ganz einfach. Die effektive Reichweite beträgt zweihundert Meter. Noch Fragen?«

Sie klang nicht danach, als hätte sie die Geduld für Antworten.

»Oh, verdammte Scheiße«, brummte er und drehte den Kopf von einer Seite zur anderen in dem Versuch, die Steifheit aus seinem Nacken zu vertreiben. Dann eilte er den anderen hinterher.

Sie waren zu neunt in seiner Gruppe und marschierten die Treppe hinunter zur Vakstation. Acht von Rubras schwer bewaffneten, grimmig entschlossenen Nachkommen und Tolton, der sich so weit hinter den anderen hielt wie möglich, ohne daß es allzu offensichtlich wirkte.

Die Leuchtstreifen an der Decke waren kalt und dunkel. Notpaneele flackerten in schuldbewußter saphirner Phosphoreszenz, als wären sie vom den trampelnden Schritten aus ihrem Dämmerschlaf geschreckt worden. Nicht, daß ihr Licht von großem Nutzen gewesen wäre. Jeder in der Gruppe benutzte die eigenen Helmscheinwerfer und war in einen eigenen hellen Lichtkegel getaucht. Bis jetzt waren die Energiezellen durch das fremde Kontinuum nicht beeinträchtigt.

»Irgendwelche Neuigkeiten?« fragte Tolton flüsternd.

»Nein«, antwortete der Prozessorblock genauso leise. »Das fremde Wesen bewegt sich immer noch durch den Vakzugtunnel.«

Die Station war im Verlauf der kurzen aktiven Auseinandersetzungen Rubras mit den Besessenen unbeschädigt geblieben.

Tolton erwartete immer noch, daß jeden Augenblick alles blitzartig wieder lärmend und in hell strahlendem Licht zum Leben erwachte. Ein einsamer Waggon stand verlassen neben dem Zwillingsbahnsteig, und auf dem Marmorboden davor lagen ein paar geöffnete Essensverpackungen, deren Inhalt längst zu grauem undefinierbarem Staub zerfallen war.

Erentz und ihre Vettern schwärmten entlang dem Bahnsteig aus und schoben sich vorsichtig auf den leeren schwarzen Kreis des Tunnels hinter dem Triebwagen zu. Drei von ihnen sprangen auf die Schiene hinunter und überquerten sie hastig, um auf der anderen Seite in Nischen Deckung zu suchen, wo sie ihre Waffen in Anschlag brachten.

Zusammen mit den anderen suchte Tolton hinter einem der Stützpfeiler Schutz und richtete seinen Werfer auf den Eingang. Neun Paare Helmprojektoren fokussierten ihr Licht auf die Schwärze hinter dem Eingang und verbannten auf ein paar Metern die Dunkelheit.

»Ich jedenfalls würde das genaugenommen nicht als einen Hinterhalt bezeichnen«, beobachtete Tolton. »Es kann uns schon von weitem sehen.«

»Dann finden wir wenigstens heraus, wie entschlossen diese Dinger sind und was sie überhaupt wollen«, entgegnete Erentz. »Die subtile Form der Annäherung habe ich bereits im Djerba ausprobiert, und das hat nicht das geringste gebracht.«

Tolton faßte den Griff seiner Waffe fester, während er darüber nachdachte, was sie wohl unter dem Begriff subtil verstand. Einmal mehr überprüfte er, ob der Sicherungshebel umgelegt war.

»Es ist inzwischen ganz nah«, warnte die Habitat-Persönlichkeit.

Ganz am Ende der dunklen Schatten tauchte ein grauer Fleck auf. Er schien sich zu kräuseln, während er sich stetig der Station näherte.

»Das hier ist anders«, murmelte Erentz. »Es unternimmt keinen Versuch, sich zu tarnen.« Dann ächzte sie auf. Die Wahrnehmungszellen des Habitats hatten endlich einen Fokus gefunden.

Tolton spähte aus zusammengekniffenen Augen auf die sich langsam aus der Dunkelheit schälenden Umrisse, während er den Werfer senkrecht hielt. »Du heilige Scheiße«, flüsterte er beinahe andächtig.

Dariat kam aus dem Tunnel und lächelte unsicher dem Halbkreis tödlicher Waffen entgegen, die im strahlenden Lichtschein auf ihn gerichtet waren. »Hab' ich vielleicht was falsch gemacht?« fragte er unschuldig.

– **Du hättest dich ruhig zu erkennen geben können,** sagte die Habitat-Persönlichkeit tadelnd.

– **Ich war zu sehr mit Nachdenken beschäftigt. Ich weiß noch nicht so genau, was ich jetzt bin.**

– **Wieso? Was bist du denn jetzt?**

– Das weiß ich eben noch nicht so genau.

Tolton stieß einen frohen Schrei aus und trat hinter seiner Säule hervor.

»Vorsicht!« warnte Erentz.

»Dariat? Hey, Dariat, bist du das?« Tolton rannte über den Bahnsteig und grinste fröhlich.

»Ich bin es.« Seine Stimme war von einem leicht ironischen Unterton begleitet.

Tolton runzelte die Stirn. Er hatte die Stimme seines Freundes laut und deutlich gehört, ohne sich auch nur einen Augenblick lang auf Dariats Lippenbewegungen konzentrieren zu müssen. Verwirrt blieb er stehen. »Dariat?«

Dariat legte die Hände flach auf die Bahnsteigkante und schob sich auf die Plattform hinauf wie ein Schwimmer, der aus dem Becken steigt. Es sah aus, als kostete es ihn viel Mühe, sein geringes Gewicht zu heben. Seine Toga spannte sich straff über seinen Schultern. »Was ist denn los, Tolton?« fragte er. »Du siehst aus, als wärst du einem Geist begegnet.« Er kicherte über seinen guten Witz und marschierte auf Tolton zu. Der verschlissene Saum seiner Toga berührte eine der Nahrungsmittelverpackungen und wirbelte sie beiseite.

Tolton starrte verblüfft auf das kleine Stück Plastik, das einen halben Meter weiter zum Liegen kam. Die anderen richteten erneut ihre Waffen auf den Neuankömmling.

»Du ... du bist real«, stammelte Tolton. »Fest.« Der fette grinsende Mann, der da vor ihm stand, war nicht mehr länger durchsichtig.

»Verdammt richtig, Tolton. Die Lady Chi-Ri hat auf mich herabgelächelt. Ich schätze, es war ein etwas verschrobenes Lächeln, aber ein Lächeln war es definitiv.«

Tolton streckte eifrig die Hand aus und berührte Dariats Arm. Kälte fraß sich in seine tastenden Finger wie rasiermesserscharfe Fänge. Erschrocken riß er die Hand zurück, doch er hatte definitiv eine physisch vorhandene Oberfläche gespürt, selbst das grobe Gewebe der weiten Toga. »Scheiße! Was ist bloß mit dir passiert, Mann?«

»Ah. Das ist eine etwas längere Geschichte.«

»Ich bin also gefallen«, erzählte Dariat. »Zehn verdammte Stockwerke tief durch den Schacht, und ich habe die ganze Zeit über geschrien. Thoale allein weiß, warum Selbstmörder sich so verdammt gern von Klippen und Brücken stürzen – wenn sie wüßten, wie das ist, würden sie sich bestimmt eine andere Methode ausdenken. Ich bin nicht einmal sicher, ob ich tatsächlich absichtlich gesprungen bin. Die Habitat-Persönlichkeit hat mich gedrängt, es zu tun, aber dieses Ding kam immer näher, und dadurch wurde ich immer schwächer ... wahrscheinlich habe ich einfach die Kontrolle über meine Beine verloren, weil ich so entkräftet war. Was auch immer ... Jedenfalls bin ich über die Kante gestolpert und auf dem Dach des Aufzugs aufgeschlagen. Mein Körper ist ein paar Zentimeter tief eingedrungen, so hart war der Aufprall. Scheiße, das hat vielleicht weh getan. Ihr habt keine Ahnung, wie schlimm sich feste Materie für einen Geist anfühlt. Na ja, ich stehe also gerade im Begriff, meine Beine durch das Dach zu zwängen, als das verdammte Mistding direkt neben mir landet. Ich konnte es kommen spüren; es war wie ein Schwall flüssiges Helium, der durch den Schacht schießt. Das Interessante daran war, daß es nicht zerbrach, als es aufgeprallt ist. Es ist auseinandergespritzt.«

»Auseinandergespritzt?« fragte Tolton.

»Ganz genau. Es ist zerplatzt wie ein mit Wasser gefüllter Luftballon. Der ganze Schacht war vollgespritzt mit diesem zähen flüssigen Zeugs, einfach alles, einschließlich mir. Die Flüssigkeit hat mit meinem Körper reagiert. Ich konnte die Tropfen spüren. Es war, als wäre ich von einem eisigen Sprühregen umgeben.«

»Wie meinst du das, die Flüssigkeit hat mit deinem Körper reagiert?«

»Sie hat sich verändert, während sie durch mich hindurchgespritzt ist. Die Farbe und Struktur der Tropfen schien zu versuchen, sich den Bereichen meines Körpers anzupassen, durch die sie gerade hindurchging, sowohl in der Farbe als auch in der Struktur. Ich schätze, meine Gedanken haben sie beeinflußt; schließlich ist mein Körper ja auch nur ein Produkt meiner Vorstellung. Also war es meine Vorstellung, die mit der Flüssigkeit interagiert und ihr Form und Gestalt verliehen hat.«

»Der Geist herrscht über die Materie«, sagte Erentz skeptisch.

»Ganz genau. Diese Kreaturen unterscheiden sich nicht von menschlichen Geistern, nur, daß sie ganz aus diesem Zeug bestehen. Eine stoffliche Visualisierung, sozusagen, aber sie sind nichts weiter als Seelen, genau wie wir.«

»Und wie bist du dann wieder stofflich geworden?« fragte Tolton.

»Wir haben um die Flüssigkeit gekämpft, ich und die Seele dieses anderen Dings. Der Aufprall hat es einen Augenblick lang verwirrt, und es ließ in seiner Konzentration nach. Deswegen konnte die Flüssigkeit umherspritzen. Wir fingen beide an, so viel davon in uns aufzusaugen, wie wir nur konnten. Und ich war verdammt viel stärker als dieses Ding. Ich habe gewonnen. Ich hab' bestimmt drei Viertel der Flüssigkeit gewonnen, bevor ich mich zurückgezogen habe. Und anschließend hielt ich mich in den unteren Stockwerken versteckt, bis die anderen sich aus dem Sternenkratzer zurückgezogen hatten.« Dariat blickte den Kreis zweifelnder Gesichter der Reihe nach an. »Wißt ihr, warum sie hergekommen sind? Valisk steckt voller Energie, die sie nutzen können.

Es ist die Art von Energie, aus der unsere Seelen bestehen. Lebensenergie. Sie werden von ihr angezogen wie Bienen von Blütenpollen, ein unwiderstehlicher Zwang. Sie sind intelligent, genau wie wir, und sie sind aus dem gleichen Universum gekommen wie wir, aber heute werden sie nur noch von blinden Instinkten geleitet. Sie sind schon so lange hier, daß ihre Intelligenz stark nachgelassen hat, und sie verhalten sich irrational. Sie interessieren sich für nichts anderes als Lebensenergie, und sie stopfen alles in sich hinein, was sie kriegen können. Valisk ist die größte Quelle von Lebensenergie, die es hier jemals gegeben hat.«

»Das machen sie also mit meiner Nährflüssigkeit«, sagte die Habitat-Persönlichkeit. »Sie absorbieren die Lebensenergie darin.«

»Genau. Und damit wird sie wertlos. Und du kannst nichts von dem ersetzen, was sie dir entziehen. Dieses dunkle Kontinuum ist praktisch die Hölle des Jenseits.«

Tolton setzte sich auf eine Treppenstufe und ließ die Schultern hängen.

»Na wunderbar. Einfach wunderbar. Das hier ist also schlimmer als das Jenseits?«

»Ich fürchte ja. Es muß das sechste Reich sein, die namenlose Leere. Die Entropie ist der einzige Herrscher hier. Am Ende werden wir alle von ihr aufgezehrt.«

»Das hier hat nichts mit der Starbridge-Religion zu tun«, entgegnete die Habitat-Persönlichkeit scharf. »Es ist nicht mehr und nicht weniger als ein Aspekt der physikalischen Realität, und wenn wir erst seine Grundlagen verstanden und erfaßt haben, werden wir wissen, wie wir einen Wurmloch-Zwischenabschnitt öffnen und entkommen können. Wir haben diesen Kreaturen und ihrem Schmarotzertum an uns bereits Einhalt geboten.«

Dariat blickte sich mißtrauisch in der leeren Station um. »Wie das?«

»Die Adern des Habitats wurden stillgelegt. Es fließt keine Nährflüssigkeit mehr.«

»Ach du meine Güte!« entfuhr es Dariat. »Das war kein kluger Schachzug.«

Als ihre Nahrungsquelle unerwartet versiegte, schrien die Orgathé empört auf mit ihren fremdartigen, körperlosen Stimmen und machten sich auf die Suche nach weiteren Quellen roher Lebensenergie. Ihre Verwandten, die sich in den Organen der südlichen Abschlußkappe festgesetzt hatten, antworteten auf die gleiche Weise. Selbst dort trockneten die reichen Ströme aus, auch wenn die Organe selbst vor Lebensenergie noch glühten wie ein Hochofen. Es reichte für Tausende von ihrer Art.

Eines nach dem anderen brachen sich die Orgathé durch die Sternenkratzer nach oben Bahn und machten sich auf den Weg.

Dariat, Tolton, Erentz und mehrere ihrer Verwandten standen draußen vor einer der Kavernen in der Abschlußkappe, die sie als Garagen für die wenigen noch funktionierenden Transportfahrzeuge benutzten. Sie schirmten die Augen vor dem geschwächten mandarinenfarbenen Glühen der Axialröhre ab und beobachteten einen der schwarzen Kolosse, der aus einer zusammenbrechenden Lobby nach oben in das Innere des Habitats jagte. Mit voll entfalteten Flügeln war er größer als eine orbitale Frachtfähre. Unter seinem warzigen Unterleib gefror die Luft und bildete einen kleinen perlweißen Wirbelsturm aus Schnee und Hagel, der auf die Landschaft prasselte.

Erentz stieß erleichtert den Atem aus. »Wenigstens nehmen sie alle Kurs auf die südliche Kappe.«

– **Inzwischen fressen sich mehr als dreißig dieser Biester durch unsere Organe!** entgegnete die Habitat-Persönlichkeit. – **Die Schäden, die sie anrichten, errei-**

chen allmählich ein gefährliches Niveau. Außerdem gibt es im Igan-Sternenkratzer nur eine einzige Druckschleuse, die ein Leck und damit das Entweichen der Atmosphäre verhindert. Ihr müßt in die Offensive gehen, etwas anderes bleibt uns gar nicht übrig. Dariat, werden die Flammenwerfer ausreichen, um sie zu töten?

– Nein. Seelen können nicht getötet werden, nicht einmal hier. Sie verblassen höchstens zu Gespenstern und vielleicht sogar etwas noch viel Schwächerem.

– Du weißt genau, was wir meinen, Junge.

– Ja. Sicher. Okay. Das Feuer wird das Fluidum angreifen, aus dem sie sich konstituieren. Sie brauchen sehr lange Zeit, um sich an die hier im Habitat herrschende Hitze zu akklimatisieren. Wir sind hier Thoale weiß wie viele tausend Grad über der normalen Umgebungstemperatur dieses Kontinuums.

– Du meinst hundert.

– Ich meine genau das, was ich gesagt habe. Jedenfalls sind sie nicht imstande, einen direkten Treffer aus physikalischer Hitze zu überstehen. Laser oder Maser werden einfach abgelenkt, aber Flammen trennen sie von ihrem Fluidum und lassen die Seelen nackt zurück. Sie verwandeln sich in das, was die Besessenen auch sind, nämlich Geister, die durch das Parkland schleichen.

– Exzellent.

»Aber was wollen sie mit all dieser Lebensenergie, wenn sie sowieso nicht sterben können?« fragte Erentz.

»Sie verleiht ihnen mehr Kraft als dem Rest«, antwortete Dariat. »Wenn sie erst erstarkt sind, bleiben sie eine ganze Weile frei, bis sich die Lebensenergie wieder verflüchtigt hat.«

»Frei? Wovon?« fragte Tolton beunruhigt. Er mußte mehrere Schritte von seinem Freund entfernt stehen, nicht aus Grobheit. Dariat war eisig kalt. Auf seiner Toga kondensierte Feuchtigkeit wie auf einer Flasche, die frisch aus dem Kühlschrank kommt. Allerdings benetzte keiner der Tautropfen das Gewebe, wie Tolton bemerkte. Und das war nur eine der Merkwürdigkeiten, die Dariats neue Reinkarnation zeigte. Er verhielt sich anders, kleine Eigenheiten, die mit einem Mal ans Tageslicht traten. Er hatte Dariat verstohlen beobachtet, während sie aus der Station gewandert waren. Dariat strahlte ein Selbstbewußtsein aus, das vorher nicht dagewesen war. Die tiefe Wut, die vorher in ihm gewesen war, existierte nicht mehr. Sie war Traurigkeit gewichen. Tolton wunderte sich über diese eigenartige Kombination; Trauer und Zuversicht waren eine merkwürdige Triebfeder. Wahrscheinlich eine höchst unbeständige noch dazu. Andererseits – wenn man bedachte, was der arme Dariat in den letzen paar Wochen durchgemacht hatte, dann war es durchaus verständlich. Es war genaugenommen sogar den einen oder anderen Vers wert. Und Tolton hatte schon ziemlich lange nichts mehr gedichtet.

»Wir hatten keine ausgedehnte Konversation oben auf dem Dach des Aufzugs«, antwortete Dariat. »Eher die Art von gewaltsamem Erinnerungsaustausch, wie ich sie auch im Jenseits erlebt habe. Die Gedanken des anderen Wesens waren nicht sehr stabil.«

»Du meinst, es weiß über uns Bescheid?«

»Ich fürchte ja. Aber verwechselt nicht Wissen mit Interesse. Sie interessieren sich für nichts anderes als die Aufnahme von immer mehr Lebensenergie, jedenfalls für den Augenblick.«

Erentz spähte dem sich entfernenden Orgathé hinterher, als es über den umlaufenden Salzwasserozean schwebte. »Ich schätze, wir sehen besser zu, daß wir uns organisieren«, sagte sie, und sie hätte nicht weniger begeistert klingen können.

Dariat wandte sich von dem dunklen Eindringling ab und drehte sich um. Eine Gruppe von Geistern drückte sich im Bereich des Kaverneneingangs herum, in der Deckung der großen Felsbrocken, die die gesamte Wüste vor der Abschlußkappe durchsetzten. Sie beobachteten die kleine Ansammlung zählebiger körperlicher Menschen mit widerwilligem Respekt, doch sie vermieden jeglichen direkten Augenkontakt, wie Ladendiebe, die der Aufmerksamkeit des Kaufhausdetektivs zu entgehen versuchten.

»Du!« bellte Dariat plötzlich. Er setzte sich über den pulvrigen Sand in Bewegung. »Ja, genau du, Dreckskerl! Erinnerst du dich noch an mich?«

Tolton und Erentz folgten ihm nach, neugierig, was sein Verhalten nun schon wieder zu bedeuten hatte.

Dariat näherte sich zielstrebig einem der Geister, der in einem weiten Overall steckte. Es war der Mechaniker, einer aus der Gruppe, der er unmittelbar nach der Ankunft von Valisk im dunklen Kontinuum begegnet war, als er nach Tolton gesucht hatte.

Die Erinnerung war offensichtlich gegenseitig. Der Mechaniker wandte sich ab und ergriff die Flucht. Andere Geister wichen auseinander, um ihn durch ihre Mitte zu lassen. Dariat jagte ihm hinterher, und er entwickelte angesichts seiner Leibesfülle eine überraschende Geschwindigkeit. Als er die anderen Geister erreicht hatte, erschauerten sie und wichen noch weiter auseinander, schockiert und verängstigt angesichts der Kälte, die von ihm ausstrahlte.

Dariat bekam den Arm des Mechanikers zu fassen und beendete seine Flucht. Der Mann kreischte voller Panik und schlug blindlings um sich, doch er war unfähig, sich aus Dariats Griff zu befreien. Und dann wurde er noch durchsichtiger.

»Dariat!« rief Tolton. »Hey, Mann, komm schon! Du tust ihm weh!«

Der Mechaniker war kraftlos in die Knie gegangen, und er zitterte heftig, während er immer mehr von seiner blassen Farbe verlor. Im Gegensatz dazu leuchtete Dariat fast. Er starrte finster auf sein Opfer herab. »Erinnerst du dich? Erinnerst du dich an das, was du mir angetan hast, du Dreckskerl?«

Tolton blieb vor den beiden stehen, doch er wagte nicht, seinen einstigen Freund zu berühren. Die Erinnerung an die Kälte, die er in der Station gespürt hatte, war zu frisch und zu stark.

»Dariat!« brüllte er.

Dariat blickte auf das verblassende Gesicht seines früheren Peinigers herab. Gewissensbisse öffneten seinen Griff, und der körperlose Arm entzog sich seinem Griff. Was würde Anastasia zu seinem Verhalten gesagt haben? »Tut mir leid«, murmelte er verschämt.

»Was hast du mit ihm gemacht?« verlangte Tolton zu wissen. Der Mechaniker war kaum noch zu sehen. Er hatte sich in eine fetale Position zusammengerollt, und sein halber Körper war in den Sand eingesunken.

»Nichts«, sprudelte Dariat hervor, peinlich berührt wegen seiner unkontrollierten Entgleisung. Das Fluidum, das seinem Körper Stofflichkeit verlieh, besaß offensichtlich einen häßlichen Preis. Er hatte es die ganze Zeit über gewußt, doch er hatte sich geweigert, darüber nachzudenken. Sein Haß war eine Entschuldigung gewesen, weiter nichts, und ganz bestimmt nicht die Triebfeder für sein Tun. Wie bei den Orgathé, so begann auch bei ihm der Instinkt die Rationalität zu ersetzen.

»Komm schon«, drängte Tolton. »Sag's mir.« Er beugte sich herab und bewegte die Hand durch den leise wimmernden Geist. Die Luft fühlte sich ein wenig kühler an, doch das war auch schon der einzige Hinweis auf seine Existenz. »Was hast du mit ihm gemacht?«

»Es ist das Fluidum«, sagte Dariat. »Ich brauche eine Menge, um mich selbst zu erhalten.«

»Eine Menge von was?« Es war eine rhetorische Frage. Tolton kannte die Antwort auch so.

»Lebensenergie. Sie verbraucht sich, auch wenn ich nichts tue. Ich muß sie immer wieder ersetzen. Ich verfüge nicht über eine Biologie. Ich muß weder essen noch atmen; aber ich muß Lebensenergie aufnehmen. Und andere Seelen besitzen eine hohe Konzentration davon.«

»Was ist mit ihm?« Eine dünne Patina aus Frost hatte sich im Bereich des vagen Umrisses auf dem Boden gebildet, wo der geschwächte Mechaniker lag. »Was ist mit *seiner* Konzentration?«

»Er wird sich wieder erholen. Es gibt genug Pflanzen und anderes Zeugs, aus dem er den Verlust wieder wettmachen kann. Er hat mir viel Schlimmeres zugefügt, glaub mir.« Ganz gleich, wie sehr Dariat sich auch bemühte, er schaffte es nicht, den Blick von dem geschwächten Geist abzuwenden. *So werden wir alle enden*, gestand er sich ein. *Erbärmliche Schatten dessen, was wir einst waren, die sich an ihre Identität klammern, während das dunkle Kontinuum uns langsam auslaugt, bis wir nur noch eine lautlose Stimme sind, die in der Nacht weint. Es gibt keinen Weg hinaus. Die Entropie hier ist zu stark, und wir entfernen uns immer weiter vom Licht.*

Und ich habe großen Anteil daran, daß wir überhaupt hier gelandet sind.

»Kommt, wir gehen wieder nach drinnen«, sagte Erentz. »Es wird Zeit, daß wir dich unter das Mikroskop legen. Vielleicht können die Physiker neue Erkenntnisse aus dir gewinnen.«

Dariat überlegte einen Augenblick, ob er protestieren sollte, doch schließlich nickte er nur schwach. »Sicher«, sagte er.

Sie durchquerten die Gruppe von gedrückten Geistern und kehrten zum Höhleneingang zurück. Zwei weitere Orgathé schossen aus der Lobby des Gonchraov-Sternenkratzers und segelten taumelnd hinauf in das Zwielicht des Habitat-Inneren.

Bei King's Cross trieben sich Vigilanten herum, harte junge Bandenmitglieder aus den billigen Wohngegenden in den äußeren Bezirken der Westminster-Kuppel. Ihre Uniformen reichten von Pseudo-Militaria bis hin zu teuren Geschäftsanzügen und verrieten ihre verschiedenen Zugehörigkeiten. Normalerweise war eine solche Mischung hypergolisch. Sehen und Töten. Und wenn sich Zivilisten in die Schußlinie verirrten, wurde es hart für sie. In manchen Fällen reichten die Fehden zwischen Gemeinden oder einzelnen Banden Jahrhunderte zurück. Heute jedoch trugen alle ohne Ausnahme ein einfaches weißes Band an ihren verschiedenen Revers. Es stand für Reine Seele, und es vereinigte sie in ihrem Engagement. Sie waren hier um sicherzustellen, daß London frei blieb von Besessenen.

Louise trat aus dem Vakzug-Waggon und gähnte heftig. Genevieve lehnte sich an sie und schlief fast im Gehen, als sie sich von der großen Luftschleuse entfernten. Es war drei Uhr in der Frühe, lokale Zeit. Louise dachte lieber nicht darüber nach, wie lange sie inzwischen ununterbrochen wach war.

»Was habt ihr Miststücke euch eigentlich dabei gedacht, hier auszusteigen?«

Sie hatte die beiden nicht einmal bemerkt, bis sie genau vor ihnen stand. Zwei große dunkelhäutige Frauen mit rasierten Schädeln; die größere der beiden hatte ihre Augäpfel gegen silberne Kugeln ausgetauscht. Beide trugen identische schwarze zweiteilige Anzüge aus einer Art Seide. Die Jacken wurden von einem einzelnen Knopf vorn geschlossen; darunter trugen sie keine Blusen, und ihre Bauchmuskeln traten so deutlich hervor wie bei einem Landarbeiter von Norfolk. Das Dekolleté war der einzige Hinweis auf ihre Weiblichkeit, doch selbst das half Louise nicht viel weiter. Vielleicht waren es auch nur extrem ausgebildete Brustmuskeln.

»Hä?« antwortete sie verwirrt.

»Dieser Zug kommt von Edmonton, Baby. Da sind die Besessenen. Seid ihr deswegen von dort verschwunden? Oder seid ihr aus einem anderen Grund gekommen, vielleicht weil ihr in einen unserer schicken Nachtclubs wollt?«

Louise wurde schlagartig hellwach. Sie bemerkte eine Menge junger Leute auf dem Bahnsteig, manche in Anzügen wie denen der beiden Frauen (Die Stimme jedenfalls klang eindeutig weiblich), andere in weniger formeller Kleidung. Keiner von ihnen machte Anstalten, in den eben eingelaufenen Zug einzusteigen. Mehrere Polizisten in gepanzerten Kampfanzügen hatten sich am Ausgang gruppiert. Ihre Helmvisiere waren hochgeklappt. Sie blickten interessiert in Louises Richtung.

Ivanov Robson trat geschmeidig vor und stellte sich neben Louise. Seine Bewegung verriet die gleiche unaufhaltsame Wucht, die auch ein Eisberg besaß. Er lächelte mit ausgesuchter Höflichkeit. Die Bandenmitglieder zuckten nicht direkt zusammen, doch sie wirkten mit einem Mal kleiner und irgendwie weniger bedrohlich.

»Gibt es ein Problem?« fragte er leise.

»Nicht für uns«, antwortete die Frau mit den silbernen Augäpfeln.

»Das ist gut. Würden Sie dann bitte aufhören, diese beiden jungen Damen zu belästigen?«

»Ach ja? Wer bist du? Ihr Vater? Oder vielleicht nur ihr häßlicher großer Freund, der sich heute nacht ein Vergnügen leisten möchte?«

»Wenn ihr nicht mehr drauf habt, dann probiert es besser gar nicht erst.«

»Du hast meine Frage nicht beantwortet, großfüßiger Mann.«

»Ich bin Bürger von London. Wie wir alle. Nicht, daß es euch etwas anginge.«

»Und ob es das tut, Bruder.«

»Ich bin nicht dein Bruder.«

»Ist deine Seele rein?«

»Was denn, bist du plötzlich zu meiner Beichtmutter geworden?«

»Wir sind Wächter, keine Priester. Die Religion ist am Ende; sie weiß nicht, wie man gegen Besessene kämpft. Wir schon.« Sie klopfte auf ihr weißes Band. »Wir sorgen dafür, daß die Arkologie rein bleibt. An uns kommt keiner von diesen kleinen beschissenen Dämonen vorbei.«

Louise warf einen Blick auf die Polizisten am Eingang. Inzwischen waren es ein paar mehr geworden, doch sie machten keinerlei Anstalten einzugreifen. »Ich bin nicht besessen«, sagte sie indigniert. »Keiner von uns ist besessen.«

»Beweise es, Baby.«

»Wie?«

Die Bandenfrauen zogen kleine Sensorpads aus ihren Taschen. »Zeig uns, daß in dir nur eine Seele wohnt, daß du rein bist.«

Ivanov wandte sich zu Louise.

»Tun Sie ihnen den Gefallen«, empfahl er mit lauter, deutlicher Stimme. »Ich habe keine Lust, sie zu erschießen, und es würde viel zuviel kosten, den Richter zu bestechen, damit wir vor dem Frühstück wieder auf freiem Fuß wären.«

»Arschloch!« brüllte die zweite Bandenfrau.

»Fangen Sie schon an«, sagte Louise müde und streckte ihren linken Arm vor. Der rechte war schützend um Genevieve gelegt. Die Bandenfrau klatschte den Sensor auf ihren Handrücken.

»Keine Statik«, bellte sie. »Dieses Baby ist sauber.« Ihr anschließendes Grinsen war unheimlich; sie entblößte Zähne, die zu lang waren, um echt zu sein.

»Dann überprüfe das Balg.«

»Komm, Gen, mach mit«, drängte Louise. »Streck deine Hand hin.« Widerwillig tat Genevieve wie geheißen.

»Sauber«, berichtete die Bandenfrau.

»Dann müssen Sie das sein, was ich rieche«, sagte Genevieve verächtlich.

Die Bandenfrau holte aus, um das kleine Mädchen zu schlagen.

»Träum nicht einmal davon«, gurrte Ivanov.

Genevieves Gesicht verzog sich langsam zu einem breiten Grinsen. Sie blickte der Frau mit den silbernen Augen direkt ins Gesicht. »Sind die beiden Lesben, Louise?«

Die Bandenfrau hatte Mühe, ihre Wut zu bezähmen. »Komm mit uns, kleines Kind. Finde heraus, was wir mit Frischfleisch wie dir machen.«

»Das reicht jetzt.« Ivanov trat vor und hielt seine Hand hin. »Genevieve, du wirst dich auf der Stelle benehmen, oder ich versohle dir persönlich den Hintern.« Die Bandenfrau legte ihm den Sensor auf die Hand, sorgsam darauf bedacht, es sanft zu tun.

»Ich bin einem Besessenen begegnet«, sagte Genevieve. »Dem gemeinsten von allen, den es jemals gegeben hat.«

Die beiden Bandenfrauen bedachten sie mit unsicheren Blicken.

»Wenn je ein Besessener aus einem Zug aussteigt, wißt ihr, was ihr dann tun solltet? Davonlaufen. So schnell ihr könnt. Es gibt rein gar nichts, womit ihr sie aufhalten könntet.«

»Falsch, kleines Miststück.« Die Bandenfrau tätschelte ihre Tasche, die von etwas Schwerem ausgebeult war. »Wir pumpen sie mit zehntausend Volt voll und beobachten das Feuerwerk. Ich habe gehört, es soll wirklich beeindruckend sein. Wenn du ganz brav bist, lasse ich dich auch dabei zusehen.«

»Hab' ich schon gesehen.«

»Huh!« Die Frau richtete ihre silbernen Augen auf Banneth. »Du auch. Ich will wissen, ob du rein bist.«

Banneth lachte leise. »Hoffen wir, daß dein Sensor nicht mein Herz untersucht.«

»Was zur Hölle macht ihr eigentlich alle hier?« fragte Ivanov. »Ich habe die Blairs und die Benns bisher nur ein einziges Mal zusammen an einem Ort gesehen, und das war in einem Leichenschauhaus. Und da drüben stehen außerdem noch zwei MoHawks.«

»Wir passen auf unser Gebiet auf, Bruder. Diese Besessenen, sie gehören zu der Sekte. Und du findest keinen von diesen Bastarden hier unten, oder? Wir werden nicht zulassen, daß sie uns so zermalmen, wie sie es in New York oder in Edmonton getan haben.«

»Meint ihr nicht, die Polizei sollte sich darum kümmern?«

»Pah, die Polizei! Sie gehört zu GovCentral, und diese Scheißköpfe haben die Besessenen überhaupt erst auf die Erde gelassen! Dieser Planet besitzt die besten Verteidigungsanlagen in der gesamten Galaxis, und die Besessenen sind durch sie hindurchgegangen, als wären sie nicht existent! Willst du, daß ich dir erzähle, woran das liegt?«

»Guter Punkt«, sagte Banneth. »Diese Frage interessiert mich nämlich auch.«

»Und warum wurden die verdammten Vakzüge nicht richtig abgeschaltet?« fuhr die Bandenfrau fort. »Sie fahren immer noch nach Edmonton, obwohl es dort Besessene gibt, wie wir wissen. Ich habe das Sens-O-Vis von dem Kampf gesehen, es ist erst ein paar Stunden her, verdammt noch mal!«

»Kriminell«, stimmte Banneth ihr zu. »Sie wurden wahrscheinlich von irgendwelchen reichen Geschäftemachern bestochen.«

»Willst du mich verarschen, Schwester?«

»Wer, ich?«

Die Bandenfrau bedachte Banneth mit einem angewiderten Blick; sie wurde aus ihrem Verhalten nicht recht schlau. Dann deutete sie mit dem Daumen über die Schulter. »Geht schon weiter. Macht, daß ihr von hier verschwindet, alle zusammen. Ich hasse die verdammten reichen Spinner.« Sie blickte ihnen hinterher, während Louise und die beiden anderen durch den Ausgang verschwanden, und ein vages Gefühl von Unruhe regte sich in ihr. Irgend etwas stimmte nicht mit dieser Gruppe; die vier paßten überhaupt nicht zusammen. Aber egal. Solange sie nicht besessen waren – wen interessierte es da schon, zu welcher Orgie sie sich zusammengefunden hatten? Plötzlich erschauerte sie, als eine kalte Brise über den Bahnsteig wehte. Offensichtlich stammte sie von einer der großen Luftschleusen, die sich in diesem Augenblick geschlossen hatte.

»Das war schrecklich!« rief Genevieve, sobald sie in der großen Halle über den Bahnsteigen der Station angekommen waren. »Warum werden sie nicht von den Polizisten daran gehindert, so etwas mit den Leuten zu tun?«

»Weil es viel zuviel Schwierigkeiten gäbe für diese Uhrzeit«, sagte Ivanov. »Vergiß nicht, wir haben erst drei Uhr morgens. Außerdem schätze ich, daß die meisten Polizisten dort unten glücklich sind, daß die Vigilanten alles abkriegen, wenn ein Besessener aus dem Zug steigen sollte. Sie sind ein willkommener Puffer.«

»Ist denn GovCentral tatsächlich so dumm, daß die Züge nach Edmonton wieder verkehren?« fragte Louise.

»Nicht dumm, nur langsam. Vergessen Sie nicht, daß es die größte Bürokratie des Universums ist.« Er winkte in Richtung der Informationsblasen, die über ihren Köpfen schwebten. »Sehen Sie? Sie haben bereits einige Verbindungen unterbrochen. Und es wird nicht lange dauern, bis der öffentliche Druck sie zwingt, weitere Schritte zu unternehmen. Alles wird sich wie ein Schneeballsystem ausbreiten, sobald nur genug Menschen das Sens-O-Vis von Edmonton gesehen haben.

Morgen um diese Zeit werden Sie Schwierigkeiten haben, ein Taxi zu finden, das Sie weiter als ein paar Straßenblocks bringt.«

»Glauben Sie, daß wir London wieder verlassen können?«

»Wahrscheinlich nicht.«

Die Art und Weise, wie er es sagte, war so endgültig, daß es nicht wie eine Meinung, sondern wie eine Feststellung klang. Wie immer schien er mehr Dinge zu wissen, als er überhaupt wissen konnte.

»Also schön«, sagte Louise. »Ich schätze, es ist besser, wenn wir unter diesen Umständen in unser Hotel zurückkehren.«

»Ich werde Sie begleiten«, sagte Ivanov. »Vielleicht treiben sich noch mehr von diesen Spinnern herum. Es wäre überhaupt nicht gut, wenn die Einheimischen herausfinden würden, daß Sie von Norfolk kommen. Wir leben in paranoiden Zeiten.«

Aus irgendeinem unerfindlichen Grund mußte Louise an Andy Behoo denken und sein Angebot, ihr zur Staatsangehörigkeit von GovCentral zu verhelfen. »Danke sehr.«

»Was ist mit Ihnen?« wandte sich Ivanov an Banneth. »Sollen wir ein Taxi teilen?«

»Nein danke. Ich weiß genau, wohin ich gehen muß.« Sie wandte sich ab und ging in Richtung der Aufzüge davon, die ringsum in die halbkreisförmige Wand der Kaverne eingelassen waren.

»Keine Ursache«, murmelte Louise mürrisch hinter ihr her.

»Ich schätze, sie ist Ihnen wirklich dankbar«, sagte Ivanov. »Wahrscheinlich weiß sie nur nicht, wie sie es zum Ausdruck bringen soll.«

»Sie könnte sich ruhig ein wenig mehr anstrengen.«

»Kommen Sie, wir bringen Sie beide nach Hause und ins Bett. Es war ein langer Tag.«

Quinn beobachtete, wie sich die Aufzugstüren hinter Banneth schlossen. Er machte sich nicht die Mühe, hinter ihr herzueilen – es würde relativ einfach sein, sie wiederzufinden. Köder waren niemals zu gut versteckt. Oh, nicht daß es offensichtlich wäre – er würde seine Zeit benötigen, und Ressourcen obendrein und sich anstrengen müssen. Aber ihr Versteck würde bis zu den Unterstädtern von London durchsickern, die Sektenquartiere und die Banden würden Bescheid wissen. Schließlich war das der Grund, weshalb er hergelockt worden war. London war die größte und ausgeklügeltste Falle, die jemals für einen einzelnen Mann aufgestellt worden war. Auf gewisse Weise fühlte er sich äußerst geschmeichelt. Es war ein Zeichen für den gewaltigen Respekt, den man vor ihm hatte, daß die Superbullen tatsächlich bereit waren, eine ganze Arkologie für ihn zu opfern. Sie fürchteten Gottes Bruder ganz genau so, wie Er gefürchtet werden sollte.

Er folgte Louise und ihrer kleinen verzogenen Schwester, als die beiden in Begleitung des riesigen Privatschnüfflers ihrerseits zu den Aufzügen gingen.

Louise war sehr müde, was ihr Gesicht ein wenig entspannter wirken ließ. Die Gesichtszüge waren unverstellt und natürlich, ein Zustand, der ihre Schönheit nur noch unterstrich. Quinn hätte am liebsten die Hand ausgestreckt und ihre exquisite Wange gestreichelt, um ihr Lächeln auf seine sanfte Berührung hin zu sehen. Zu sehen, wie sie ihn willkommen hieß.

Sie runzelte die Stirn und rieb sich die Arme. »Es ist plötzlich so kalt hier unten.« Der Augenblick zerbrach.

Quinn fuhr zusammen mit dem Trio nach oben, doch als sie sich in Richtung des Taxistands davonmachten, verließ er sie. Statt dessen benutzte er eine Unterführung unter der geschäftigen Straße hindurch und eilte dann eine der Hauptstraßen entlang, die sternförmig von King's Cross aus verliefen. Ihm würde nur wenig Zeit bleiben, bevor die Superbullen die Vakstationen schlossen.

Bereits in der zweiten Nebenstraße fand er, wonach er gesucht hatte. Das Black Bull, ein kleines, billiges Pub, gefüllt mit harten Zechern. Er betrat die Kneipe und bewegte sich ungesehen zwischen den Männern hindurch, während seine erweiterten Sinne ihre Kleidung und ihre Schädel sondierten. Keiner von ihnen besaß eine neurale Nanonik, aber ein paar trugen Prozessorblocks bei sich.

Er folgte einem von ihnen auf die Toilette, wo es nur einen einzigen elektrischen Stromkreis gab: den für die Beleuchtung.

Jack McGovern stand vor dem gesprungenen Urinal und erleichterte sich, als ihn eine eisige Hand im Nacken packte und sein Gesicht mit unwiderstehlicher Kraft gegen die Wand schlug. Seine Nase brach von der Wucht des Aufpralls, und ein Blutschwall spritzte auf das schäbige Porzellan.

»Du wirst jetzt deinen Prozessorblock aus der Manteltasche nehmen«, sagte eine unsichtbare Stimme. »Dann wirst du deinen Aktivierungskode benutzen und einen Anruf für mich tätigen. Tu es jetzt oder stirb, Schwanzgesicht.«

Jack mochte vielleicht eine Ratte sein, aber der überentwickelte Selbsterhaltungstrieb gestattete seinem Verstand mit bemerkenswerter Klarheit, die beiden Möglichkeiten zu durchdenken. »In Ordnung«, murmelte er, und bei der Lippenbewegung tropfte weiteres Blut über die Wand.

Er kramte nach seinem Prozessorblock. Das kleine Gerät war mit einem Polizeinotruf gesichert, der ausgelöst wurde, indem er den falschen Aktivierungskode eingab.

Der schreckliche Griff in seinem Nacken ließ ein wenig nach, und Jack konnte sich umdrehen. Als er sah, wer sein Angreifer war, verschwand jeder Gedanke an einen Hilferuf schneller aus seinem Kopf als eine Schneeflocke in der Hölle schmelzen konnte.

Quinn kehrte nach King's Cross zurück und teilte sich mit einer Gruppe von Vigilanten einen Lift nach unten in die große unterirdische Halle. Er wanderte um die geschlossenen Kioske und Verkaufsstände herum und achtete darauf, den geschäftigen Reinigungsmechanoiden nicht in den Weg zu kommen. Die Aufzüge spien immer neue Bandenmitglieder aus, die unverzüglich die Gleitstege hinunter zu den Bahnsteigen nahmen. Er behielt die Informationsholos im Auge und schenkte den Ankunftsschirmen besondere Aufmerksamkeit. Im Verlauf der beiden nächsten Stunden trafen fünf weitere Vakzüge von Edmonton ein. Die Abfahrten wurden im Gegensatz dazu weniger und weniger, bis gar keine Züge mehr London verließen.

Um fünf Minuten nach fünf fuhr der Zug aus Frankfurt ein. Quinn ging zum Gleitsteg und wartete am oberen Ende. Sie waren die letzten, die aus dem Zug stiegen: Billy-Joe und Courtney führten eine mit Drogen betäubte Frau zwischen sich. Die beiden Akolythen hatten sich äußerlich merklich verändert und ähnelten inzwischen eher heruntergekommenen Universitätsstudenten als ungebildeten Barbaren aus der Unterstadt. Ihr Opfer, eine Frau mittleren Alters in einem zerknitterten Kostüm mit einer offenstehenden Strickjacke besaß den typischen leeren Blick eines Menschen, der unter Triazothin stand: Die Körperfunktionen völlig normal, doch das Gehirn im fortgeschrittenen Stadium der Hypnorezeption. Sie hätte auf der Stelle gehorcht, wenn man ihr jetzt befohlen hätte, von der Spitze einer Arkologiekuppel zu springen.

Die drei bewegten sich mit zielstrebigen Schritten über den Bahnsteig und stiegen in einen Aufzug. Quinn wäre am liebsten augenblicklich materialisiert, nur um einen lauten Jubelschrei auszustoßen. Endlich wendete sich das Schicksal. Gottes Bruder hatte Seinem Messias ein weiteres Zeichen gesandt, daß er auf dem richtigen Weg war.

Um fünf Uhr dreißig traf der sechste Zug aus Edmonton ein. Eine Notiz glitt über die Informationsholos und verkündete, daß die Strecken nach Nordamerika auf Befehl von GovCentral hin von nun an geschlossen waren. Fünf Minuten später wurden sämtliche Abfahrten annulliert. Vakzüge auf dem Weg nach London wurden nach Glasgow und Birmingham umdirigiert. London war nun physikalisch vom Rest der Erde isoliert.

Es war schon ein wenig unheimlich, wie genau Quinns Vorhersage Wirklichkeit geworden war. Andererseits wiederum war es kein Wunder – schließlich war er von Gottes Bruder erleuchtet.

Die Menschen kamen von den Bahnsteigen herauf; die letzten Passagiere, die Vigilanten (die sich bereits wieder mißtrauisch beäugten, nun, da der Grund für ihren Waffenstillstand vorüber war), die Polizisten auf Wache, die Bediensteten der Bahnhofsgesellschaft. Die Informationsholos über ihren Köpfen lösten sich in Luft auf wie platzende Seifenblasen, und Bildschirme wurden dunkel. Die Verkaufsstände, die vierundzwanzig Stunden am Tag geöffnet waren, packten zusammen, und das Personal schwatzte lebhaft, während es mit den Aufzügen an die Oberfläche fuhr. Die Gleitstege blieben stehen. Die Lichtpaneele verringerten ihren Photonenausstoß, und die große Halle versank in einem schwachen Dämmerlicht. Selbst die Ventilatoren der Klimaanlage liefen langsamer, und ihr helles Surren sank um mehrere Oktaven.

Es war der paranoide Augenblick, den jeder Solipsist fürchtet. Die Welt war eine Bühne, die ringsum aufgebaut war, und dieser Bereich der Bühne wurde abgeschaltet, als gehörte er nicht länger zum Schauspiel. Einen Augenblick lang fürchtete Quinn, daß er nichts mehr sehen würde, wenn er zur Kuppelwand ging und nach draußen blickte.

»Noch nicht«, sagte er zu sich selbst. »Bald. Bald genug.«

Er warf einen letzten Blick in die Runde, dann ging er zu einer der Feuertreppen und machte sich an den langen Aufstieg zur Oberfläche und zu dem verabredeten Treffpunkt hin.

Überrascht stellte Louise fest, wie sehr sie das Hotelzimmer inzwischen mit ihrem Zuhause assoziierte. Doch es war ein beruhigendes Gefühl, nach der Zerreißprobe von Edmonton wieder zurück zu sein. Teilweise, weil nun ihre Verpflichtung zu Ende war und sie ihr Versprechen gegenüber Fletcher Christian eingelöst und Banneth gewarnt hatte. Ein kleiner Schlag gegen dieses Monster Quinn Dexter (obwohl er es wahrscheinlich niemals erfahren würde). Die Tatsache, daß das Ritz so komfortabel war, half auch ein ganzes Stück weiter.

Nachdem Ivanov Robson sie am Hotel abgesetzt hatte, schliefen die beiden jungen Frauen bis weit in den Morgen hinein. Als sie endlich nach unten gingen, um zu frühstücken, informierte die Rezeption Louise, daß ein kleines Paket für sie eingetroffen war. Es war eine einzelne dunkelrote Rose in einer weißen Schachtel, verziert mit einem silbernen Band. Die Karte dazu war von Andy Behoo unterschrieben.

»Laß mich sehen!« verlangte Genevieve und hüpfte aufgeregt auf ihrem Bett.

Louise roch an der Rose – um ehrlich zu sein, der Duft war enttäuschend schwach. »Nein«, sagte sie und hielt die Karte hoch. »Das ist privat. Aber du kannst die Rose in eine Vase stellen.«

Genevieve musterte die Blume mißtrauisch und schnüffelte vorsichtig daran. »Meinetwegen. Aber verrate mir wenigstens, was er schreibt.«

»Er bedankt sich für den vergangenen Abend, das ist alles.« Sie erwähnte nichts vom zweiten Teil der Nachricht, in dem er schrieb, wie wunderschön sie sei und daß er alles auf der Welt tun würde, um sie wiederzusehen. Die Karte wanderte in ihre neue Tasche aus Schlangenleder, welche sie mit einem Schließkode gegen kleine neugierige Finger sicherte.

Genevieve nahm eine der Vasen aus dem antiken Eichenschrank und ging dann ins Badezimmer, um Wasser zu holen. Louise aktivierte ihre Kommunikationsverbindung ins Netz und erkundigte sich, ob Nachrichten für sie eingegangen waren. Das sechsstündige Ritual. Sinnlos, da der Server jedes Kommuniqué automatisch an sie weiterleiten würde, sobald es bei ihm eingetroffen war.

Es gab keine Nachrichten. Insbesondere keine Nachrichten von Tranquility. Louise warf sich rücklings auf das Bett und starrte an die Decke, während sie versuchte, das Rätsel zu lösen. Sie wußte, daß das Protokoll für ihre Nachricht korrekt war – diese Prozedur gehörte mit zum Kommunikationsteil des NAS2600. Es mußte irgend etwas am anderen Ende der Verbindung sein, das falsch lief. Aber als sie den Nachrichtenspürer in den Primärmodus versetzte, fand er keinerlei Meldungen über unerwartete Vorkommnisse betreffend Tranquility. Vielleicht war Joshua einfach nicht dort, und ihre Nachrichten stapelten sich im Speicher seines Servers.

Sie dachte eine Weile darüber nach, dann schrieb sie eine kurze Nachricht an Ione Saldana persönlich. Joshua sagte, daß er sie kannte und daß sie zusammen aufgewachsen waren. Wenn irgend jemand wußte, wo er steckte, dann war das Ione Saldana.

Hinterher aktivierte sie eine kurze Verzeichnissuche

und setzte sich per Datavis mit Detective Brent Roi in Verbindung.

»Kavanagh?« antwortete er. »Du meine Güte, heißt das etwa, Sie haben sich eine neurale Nanonik implantieren lassen?«

»Ja. Sie haben mit keinem Wort erwähnt, daß ich das nicht darf.«

»Nein, aber ich dachte, auf Ihrer Welt wären derartige Technologien nicht erlaubt?«

»Ich bin aber nicht auf meiner Welt.«

»Sicher, ja. Also was zur Hölle wollen Sie?« fragte er.

»Ich würde gerne nach Tranquility reisen, bitte. Ich weiß nicht, an wen ich mich wenden muß, um eine Genehmigung zu erhalten.«

»An mich. Ich bin für Ihren Fall zuständig. Und ich sage nein.«

»Aber warum nicht? Ich dachte, Sie wollten, daß wir die Erde verlassen? Wenn wir nach Tranquility reisen, müßten Sie sich unsretwegen nicht mehr den Kopf zerbrechen.«

»Offengestanden, Mrs. Kavanagh, ich zerbreche mir längst nicht mehr Ihretwegen den Kopf. Sie scheinen sich zu benehmen – das heißt, zumindest haben sie keines unserer Monitorprogramme ausgeschaltet.«

Louise fragte sich, ob er etwas von den Wanzen wußte, die Andy in Judes Eworld entfernt hatte. Freiwillig würde sie ihm die Information nicht zukommen lassen, soviel stand fest. »Und warum darf ich dann nicht wieder abreisen?«

»Wie es scheint, sind Sie noch nicht allzu vertraut mit Ihrem Nachrichtenspürer, Mrs. Kavanagh.«

»Doch, das bin ich.«

»Tatsächlich? Dann müßten Sie aber wissen, daß das globale Vakzugnetz seit fünf Uhr siebzehn GMT heute morgen durch präsidiale Verfügung abgeschaltet worden ist. Das Präsidialbüro möchte vermeiden, daß die Besessenen aus Paris oder Edmonton sich in weitere Arkologien schleichen. Ich persönlich halte das für baren Unsinn, aber der Präsident sorgt sich mehr um die öffentliche Meinung als um die Besessenen. Also, wie ich Ihnen bereits vorher gesagt habe – für die Dauer der Krise sitzen Sie auf der Erde fest. Tut mir leid.«

»So schnell?« flüsterte sie laut. Soviel also zu einer angeblich langsamen Bürokratie. Aber Ivanov Robson hatte schon wieder recht behalten. »Es muß doch einen Weg aus London heraus und zum Orbitalturm geben!« sagte sie per Datavis.

»Nur die Vakzüge.«

»Und wie lange bleibt der Verkehr eingestellt?«

»Fragen Sie den Präsidenten. Er hat vergessen, mich zu informieren.«

»Ich verstehe. Danke sehr jedenfalls.«

»Keine Ursache. Möchten Sie einen Ratschlag von mir hören? Ihre finanziellen Mittel sind doch sicherlich begrenzt, oder nicht? Sie sollten vielleicht in Betracht ziehen, sich ein anderes Hotel zu suchen. Und wenn diese Geschichte noch lange andauert – was ich vermute – dann werden Sie sich eine Arbeit suchen müssen.«

»Eine Arbeit?«

»Ja, das ist eine der widerlichen kleinen Beschäftigungen, denen gewöhnliche Menschen nachgehen. Als Gegenleistung erhalten sie von ihren Arbeitgebern ein wenig Geld.«

»Sie müssen nicht unhöflich werden.«

»Sie werden es überleben. Wenn sie sich beim Londoner Burrow Burger als Kellnerin bewerben oder was auch immer, wird man Ihre Bürgernummer verlangen. Verweisen Sie die Leute an mich, ich garantiere Ihnen temporäres Asyl.«

»Danke sehr.« Ihr Sarkasmus würde über die Datavis-Verbindung verloren gehen, doch er würde auch so wissen, wie die Antwort gemeint war.

»Hey, wenn Ihnen das nicht gefällt, haben Sie ja immer noch eine Alternative. Eine Frau von Ihrem Aussehen hat bestimmt keine Mühe, einen Mann zu finden, der sich um sie kümmert.«

»Detective Roi, darf ich fragen, was mit Fletcher Christian geschehen ist?«

»Nein, dürfen Sie nicht.« Die Verbindung wurde unterbrochen.

Louise blickte zum Fenster hinaus auf Green Park. Dunkle Wolken zogen über die Kuppel hinweg und verbargen die Sonne. Sie fragte sich, wer sie geschickt hatte.

Es war ein vierzigstöckiger achteckiger Turm im Dalston-Distrikt, eines von acht gleichartigen Gebäuden, aus denen das Parsonage Heights Erschließungsgebiet bestand. Sie sollten das allgemeine Niveau der Gegend anheben, die im wesentlichen aus billigen Mietsblocks, Markthallen und einer von Sozialhilfe lebenden Bevölkerung bestand. Das Projekt war ein Gemeinschaftsunternehmen des Rates von Dalston und der Voynow Finance, einer Investmentgesellschaft aus dem O'Neill-Halo, die hier steuerliche Abschreibungsmöglichkeiten für die einheimischen Unternehmer und kleinen Geschäftsleute geschaffen hatte. Die Türme sollten ursprünglich auf einem gigantischen Labyrinth aus Fabriken und kleineren Produktionsanlagen stehen. Über diesem geschäftigen industriellen Kern sollten sieben Etagen mit Ladengeschäften liegen, gefolgt von fünf Geschossen, in denen kommerzielle Freizeiteinrichtungen untergebracht wären, drei weiteren mit Büroräumen, bis schließlich die obersten Etagen gekommen wären, die reinen Wohnzwecken vorbehalten blieben. Die gesamte Anlage wäre für Dalston wie eine ökonomische Herztransplantation gewesen, die neue Geschäftsmöglichkeiten geschaffen und das Labyrinth aus heruntergekommenen Straßen ringsum mit Strömen von Geld und Kommerz gekräftigt und belebt hätte.

Doch Dalston lag auf einer wasserundurchlässigen Tonschicht, die zu einer Verdreifachung der Kosten für die unterirdischen Fabrikationsanlagen geführt hätte, um ein Eindringen von Grundwasser zu verhindern. Also wurde das Projekt auf ein paar unterirdische Lagerhäuser zusammengestutzt. Die lokalen Markthallen gingen mit ihren Dumpingpreisen noch weiter in den Keller, und damit blieb die Hälfte der Ladengeschäfte unverpachtet. Franchise-Ketten übernahmen magere acht Prozent des vorgesehenen Geschäftsraums. Um wenigstens die nicht unbeträchtlichen Investitionen wieder zurückzugewinnen, hatte Voynow die oberen dreißig Geschosse eilig in komfortable Appartements mit einem schönen Ausblick über die Westminster-Kuppel umgewandelt, von denen Marktanalysen anzeigten, daß die unteren und mittleren Managementtypen an derartigen Objekten Interesse hegten.

Der hastige Kompromiß hatte funktioniert, wenn auch mehr schlecht als recht. Sechzig Jahre nach dem Bau war Parsonage Heights bewohnt von Leuten, die etwas wohlhabender waren als der Durchschnitt von Dalston. Auf den unteren Etagen hatten sich sogar ein paar halbwegs vernünftige Läden und Cafés etabliert. Doch was in den verfallenden, düsteren, feuchten Lagerhallen weiter unten vor sich ging, war etwas, von dem die Bewohner der Türme nichts wissen wollten.

Die einheimische Polizei wußte, daß es dort unten ein Nest der Lichtbringersekte gab, doch aus welchem Grund auch immer (üblicherweise die angespannte Lage des Etats) hatte der Chief Constabler nie eine Razzia angeordnet.

Deswegen warteten auch der Magus und eine fünfzehn Mann starke Leibwache ungefährdet auf dem Bahnsteig, als der Zug mit Banneth an Bord in der Station von Dalston einlief, um sie zu begrüßen. Sie warf einen Blick auf die jungen Schläger mit den leeren Gesichtern und dem erbärmlichen Sortiment primitiver Waffen und hatte Mühe, nicht in lautes Gelächter auszubrechen.

– Haben Sie diesen Empfang arrangiert? fragte sie Westeuropa.

– Ich habe dem Magus lediglich gesagt, wie wichtig Sie für Gottes Bruder sind. Er hat angemessen reagiert, finden Sie nicht?

– Zu angemessen. Diese ganze Sache wird allmählich zu einer Farce.

Der Magus vom Dalstoner Nest der Bruderschaft trat vor und verneigte sich leicht. »Hoher Magus, es ist eine Ehre, dich bei uns zu haben. Unsere Zuflucht steht zu deiner Verfügung.«

»Besser, wenn es eine gute Zuflucht ist, oder ich lasse dich auf deinem eigenen Altar festschnallen und demonstriere deinen Jüngern, wie wir in Edmonton mit Leuten verfahren, die Gottes Bruder enttäuschen.«

Die schwach hoffnungsvolle Stimmung des einheimischen Magus' schwand dahin, und ein streitlustiger Ausdruck trat auf sein Gesicht.

»Du kannst uns keinen Vorwurf machen, Hoher Magus. Es war schließlich nicht unsere Position, die kompromittiert wurde.«

Banneth ignorierte den deutlichen Vorwurf. »Führe mich zu deinem Nest.«

Die Leibwächter trampelten geräuschvoll über die Treppen aus Carbo-Beton und hinaus auf die Kingston High Street. Die ersten vier, die aus den Türen kamen, richteten ihre Thermokarabiner die Straße hinauf und hinunter und verschreckten damit die wenigen Passanten, die zu später Stunde auf dem Heimweg aus den heruntergekommenen Clubs und Bars waren. Die Akolythen schwenkten die Waffen auf eine Art und Weise, von der sie wahrscheinlich glaubten, daß es professionell wirkte.

»Alles in Ordnung«, bellte der Anführer schließlich.

Banneth verdrehte die Augen, als der Rest der Leibwächter mit ihr zusammen nach draußen eilte, um sie abzuschirmen. Sie eilten auf die ebenerdige Mall von Parsonage Heights zu, die auf der anderen Straßenseite lag. Dort warteten drei weitere Sektenmitglieder und standen neben einer offenen Aufzugstür Wache. Der Magus sowie acht Leibwächter drängten sich rings um Banneth in den Lift, und sie fuhren gemeinsam in das oberste Stockwerk, wo sich die Tür direkt zum Vestibül des Penthouses hin öffnete. Dort warteten weitere waffenschwingende Sektenmitglieder. Einige waren damit beschäftigt, die neuen Sicherheitssensoren der Suite zu installieren.

»Kein Schwein wird sich hier hinaufschleichen, während du bei uns bist«, sagte der Magus zuversichtlich. »Wir haben jeden möglichen Annäherungsweg abgesichert. Draußen stehen rund um die Uhr Wachen, außerdem in allen Treppenhäusern. Niemand ohne den entsprechenden Sicherheitskode kommt hinein oder wieder heraus, und du ganz allein bestimmst diesen Kode.«

Banneth betrat das Penthouse. Es erstreckte sich über den gesamten vierzigsten Stock des Hochhauses. Die Zimmer waren rings um eine großzügige Lounge angeordnet, die auch als Eßzimmer diente. Der abwesende Besitzer hatte die Einrichtung offensichtlich direkt aus einem dreißig Jahre alten Katalog ausgewählt, der auf schrillen Chintz spezialisiert war. Türkische Teppiche, grüne Ledermöbel, polierte Marmorfliesen, an den Wänden Zeichnungen in leuchtenden Grundfarben, ein offener Kamin aus rotem Marmor, komplett mit holographischen Flammen. In eine gläserne Wand war eine Schwingtür eingelassen, die auf einen Dachgarten mitsamt Swimmingpool und heißem Massagebad hinausführte; die Sonnenliegen waren geformte blaue Kunststofffrösche.

»Der Kühlschrank ist voll«, bemerkte der Magus. »Falls du irgendeine Vorliebe hast, dann laß es uns wissen; wir schicken dir alles nach oben. Ich kann alles besorgen, was du dir nur wünschst. Ich habe diese Stadt vollkommen unter Kontrolle.«

»Da bin ich ganz sicher«, erwiderte Banneth. »Du, du und du . . .« Ihr Finger deutete auf zwei attraktive Frauen und einen Teenagerjungen. »Ihr drei bleibt hier. Der Rest von euch – verschwindet. Jetzt.«

Der Magus errötete stark. Daß er vor seinen Akolythen wie ein Stück Dreck behandelt wurde, würde seiner Autorität schweren Schaden zufügen. Sie starrte ihm in das Gesicht, eine direkte, lautlose Herausforderung.

Er schnippte mit den Fingern und bedeutete den anderen mit einer Geste, nach draußen zu gehen, dann folgte er ihnen durch die massiven Türen aus Blackwood, ohne noch einen Blick nach hinten zu werfen.

»Legt die Waffen ab«, befahl Banneth den drei verbliebenen Akolythen. »Die sind hier drinnen vollkommen überflüssig.«

Nach einem Augenblick des Zögerns gehorchten sie und legten die Waffen neben der Küchentheke auf den Boden. Banneth trat in den kleinen gepflasterten Garten hinaus. Nachtfuchsien sandten ihren süßen schweren Duft in die Lüfte. Der Garten war von einer Wand aus hohem einseitig transparentem Glas umgeben, das ihr einen Ausblick über den schimmernden Krater aus Lichtern gewährte, die die Stadt ausmachten. Niemand konnte zu ihr hineinsehen. Es war ein effektiver Schutz gegen Heckenschützen, wie sie eingestehen mußte.

– **Habe ich genügend Aufsehen erregt?** wandte sie sich per Affinität an Westeuropa.

– Das haben Sie, ganz ohne Zweifel. Der gute Magus weint sich im Augenblick beim Hohen Magus von

London aus, was Sie doch für ein riesiges Miststück wären. Bis heute abend ist Ihre Ankunft in sämtlichen Sektennestern das Gesprächsthema Nummer eins.

– Bis zum Abend. Sie schüttelte den Kopf. **– Ich hasse diese Zeitverschiebungen.**

– Unwichtig. Ich habe die kleine Schau unten auf der Straße in das Bulletin der Polizei geloggt. Die Beamten auf Streife werden ihre Informanten nach weiteren Aktivitäten des Sektennests aushorchen. Wir haben die gesamte Arkologie mit ihrer Ankunft geimpft. Quinn Dexter wird Sie finden, ganz bestimmt.

»Scheiße«, murmelte Banneth. Sie winkte die nervösen Akolythen zu sich in den Garten. »Erstens, ich möchte ein anständiges Glas Crown Whiskey, und dann zieht eure Kleidung aus. Ich möchte euch beim Schwimmen zusehen.«

»Äh, Hoher Magus«, sagte eine der jungen Frauen ängstlich, »ich kann nicht schwimmen.«

»Dann solltest du es besser ganz schnell lernen, nicht wahr?«

Banneth ignorierte das Getuschel hinter ihrem Rücken und blickte nach oben. Lange Streifen schwach lumineszierender Wolken zogen sich über die Kuppel hinweg und lösten sich in aufgeregte Wirbel, als sie ein Stück weiter hinten in den Windschatten eintraten. Durch die Lücken waren Flecken des nächtlichen Himmels zu sehen. Sterne und die Antriebe von Orbitalfähren oder Raumschiffe leuchteten hell vor der Schwärze der Nacht. Über dem nördlichen Horizont war ganz schwach ein dunstiger Bogen zu erkennen.

– Das Penthouse ist von der Oberfläche her nur schwer zu erreichen, aber zum Himmel hin steht es weit offen, beobachtete sie. **– Das bedeutet einen Schlag aus dem Orbit, nicht wahr?**

»Korrekt. Ich hege nicht die geringste Absicht, eine Atomwaffe innerhalb der Kuppel einzusetzen. Ein

Röntgenlaser kann die Kristallscheiben mit minimalen Schäden durchdringen. Wenn Dexter auch das überlebt, dann gibt es offengestanden keine Hoffnung mehr für uns.«

– Die gibt es für mich sowieso nicht.

– Sie haben ihn immerhin erschaffen.

– B7 hat mich erschaffen.

– Wir haben Sie zugelassen, das ist ein Unterschied. Sie waren bequem für uns. Unter unserer Schirmherrschaft konnten Sie sich die meisten Ihrer Wünsche erfüllen. Ohne uns wären Sie inzwischen längst tot oder zwangsdeportiert.

– Wenn es mir gelingt, ihn auszuschalten ...

– Nein. Ich will nicht, daß Sie sich zur Wehr setzen. Er darf sich auf keinen Fall wieder unsichtbar machen. Ich habe nur diese eine Chance. Es ist richtig poetisch, sehen Sie das nicht? Die Zukunft der ganzen Welt liegt in den Händen eines einzelnen Individuums.

– Poetisch, pah! Was für Menschen sind Sie bloß?

– Ich glaube, der Wortlaut Ihres Handels mit B7 beinhaltet, daß Sie keinerlei Fragen stellen. Trotz Ihrer mißlichen Lage sind Sie immer noch nicht berechtigt dazu, und ich hege nicht die Absicht, Ihnen das nachzusehen. Wenn Sie tot sind, können Sie mich und die weiteren Geschehnisse aus dem Jenseits verfolgen.

– Einige Seelen schaffen es, das Jenseits hinter sich zu lassen. Jedenfalls behaupten das die Edeniten.

– Dann wünsche ich Ihnen gute Reise.

Banneth richtete den Blick wieder auf die behütete Stadt. Das erste blaßgraue Licht der Morgendämmerung schlüpfte über den östlichen Horizont und schwappte gegen die gigantische Kristallkuppel. Sie fragte sich, wie oft sie die Morgendämmerung noch sehen würde.

Schätzungsweise, und wie sie Quinn Dexter kannte, höchstens noch eine Woche.

Die Akolythen planschten inzwischen im Pool herum,

einschließlich der jungen Frau, die nicht schwimmen konnte. Sie hielt sich entschlossen im seichteren Bereich. Banneth war es egal, ihr ging es nur darum, ihre großartigen jungen Körper splitternackt und naßglänzend zu sehen. Sich mit ihnen zu vergnügen war definitiv besser als die traditionelle Henkersmahlzeit. Allerdings besaß sie in ihrer neuralen Nanonik noch ein paar Dateien, die vorbereitet und redigiert werden mußten. Ihr Lebenswerk. Sie durfte nicht zulassen, daß alles umsonst gewesen war, obwohl es sich als schwierig erweisen konnte, eine Institution zu finden, die ihre Informationen entgegennahm. Es ging ihr nicht nur darum, daß sie die Daten aufgehoben wissen wollte – sie wollte, daß sie benutzt wurden, daß weiter mit ihnen gearbeitet wurde. Es war ein wichtiges Wissensgebiet: menschliches Verhalten unter der Art von extremen Bedingungen, die den akademisch medizinischen Kreisen für immer verschlossen bleiben würden. Es war einzigartig, was die ganze Sache um so wertvoller machte. Vielleicht würde ihr Werk eines Tages zu einer klassischen Referenz für Studenten der Psychologie werden.

Sie kehrte in die Lounge zurück und ließ sich in einem der schrecklichen grünen Ledersofas nieder, um mit der Indizierung ihrer Daten zu beginnen. Es würde amüsant werden zu beobachten, wie lange die Akolythen im Wasser bleiben würden.

Das Lancini war zu Beginn des einundzwanzigsten Jahrhunderts gebaut worden, ein riesiges Kaufhaus, das Londons besten Adressen gleichkommen sollte. Es befand sich in Millbank, direkt an der Themse, und der *très chic* Ausblick zusammen mit der Retro-Dreißiger-Dekoration war dazu angetan, die Wohlhabenden und die Neugierigen gleichermaßen anzusprechen. Wie bei allen derart großen Unternehmungen erfolgte der Niedergang langsam. Das Lancini hatte sich jahrzehntelang mit sinkenden Kundenzahlen und negativen Profiten hingeschleppt. Das Bild, das es von Anfang an zu vermitteln versucht hatte, war das von Erhabenheit ohne Snobismus. Nach den von seinen Managern so hoch verehrten Marktanalyseprogrammen sollte diese Politik in der Hauptsache eine ältere Klientel mit entsprechend größerer Kaufkraft anziehen. Die Abteilungsleiter, denen keinerlei Spielraum für Innovation blieb, orderten weiterhin die etablierten, wenig schicken, angestaubten Artikel, um ihre loyalen, aber alternden Kunden zu bedienen. Und jedes Jahr kamen weniger von ihnen zurück.

Die Direktion hätte es kommen sehen müssen. Sie hätte lediglich die Daten ihrer Marktanalysen mit denen ihrer Bestattungsabteilung korrelieren müssen, um zu sehen, wie weit die Treue ihrer Kundschaft reichte. Unglücklicherweise erstreckte sich diese Treue nicht auf Einkäufe nach dem eigenen Verscheiden. Und so kam es, wie es kommen mußte, und der Winterschlußverkauf des Jahres 2589 endete mit einer Versteigerung der Einrichtung des Kaufhauses. Heute existierte nur noch die leere Hülle des Gebäudes; die langen Verkaufshallen waren ausgeweidet und ihrer Schalter und Theken und Teppichböden beraubt und zu einem Schlupfwinkel für Motten und Mäuse geworden. Tag für Tag stachen dicke Sonnenstrahlen durch die Reihen hoher Bogenfenster und beschrieben die immer gleichen Parabelbahnen über Wände und Dielen. Die Zeit hatte ihre Bahnen in die Farben und Lacke gebrannt, wie es kein Meißel besser gekonnt hätte.

Nichts änderte sich, weil jegliche Änderung verboten war. Das Londoner Amt für Denkmalschutz verteidigte sein Erbe mit rigoroser Entschlossenheit. Jedermann konnte das Lancini kaufen und darin ein neues Kaufhaus etablieren, vorausgesetzt, es wurde so ausgestattet, daß es den ursprünglichen Plänen gleichsah, und die ursprünglichen Pläne sahen nun einmal ein ganz normales Kaufhaus vor. Ein weiterer Hinderungsgrund war der Preis, der an die Gläubiger der letzten Besitzer entrichtet werden mußte, um alle Schulden abzulösen.

Dann erreichte die Nachricht von der Possession und dem Jenseits die Erde. Und paradoxerweise wurde Alter plötzlich zu einem Motivationsfaktor für Veränderung. Es waren alte Menschen, die im Amt für Denkmalschutz saßen, und die wohlhabendsten und bestsituierten Londoner Finanzinstitute und Banken wurden von Hundertjährigen beherrscht. Sie waren die erste Generation menschlicher Wesen, die wußten, welches Entsetzen sie im Jenseits erwartete, bevor sie starben. Es sei denn natürlich, man fand vorher eine Möglichkeit der Rettung. Bisher waren die Kirchen (jeglicher Couleur und Glaubensrichtung), die wissenschaftlichen Institute Gov-Centrals und die Konföderierte Navy nicht imstande gewesen, diese Lösung zu präsentieren.

Damit blieb nur eine einzige Zuflucht: Null-Tau.

Rasch wurden zahlreiche Gesellschaften gegründet, um die gestiegene Nachfrage zu befriedigen. Es war offensichtlich, daß langfristig große Lagerkapazitäten erforderlich werden würden, um die neue Kundschaft durch die Millennien zu bringen, Mausoleen, die länger überdauerten als die ägyptischen Pyramiden. Doch man würde Zeit benötigen, um sie zu entwerfen und zu bauen, und in der Zwischenzeit waren die Geistlichen in den Hospitälern nicht arbeitslos. Temporäre Lagerkapazitäten waren demzufolge dringend erforderlich.

Mit nahezu einstimmiger Mehrheit gestattete das Londoner Amt für Denkmalschutz die Nutzung des Lancini für diesen Zweck. Null-Tau-Kapseln wurden aus dem O'Neill-Halo herbeigeschafft und durch Laderampen in das Innere verfrachtet, die bis dahin nur Haute Couture und Haushaltsartikel oder Möbel zu sehen bekommen hatten. Die antiken Käfigaufzüge besaßen genügend

Tragfähigkeit, um sie in jedes Stockwerk zu befördern, und die eichenen Dielenböden, erhärtet in fünfhundert Jahren trockener Luft, waren stark genug, um das neue Gewicht zu tragen. Massive Energiekabel wurden verlegt, um die hungrigen Systeme der Null-Tau-Kapseln zu versorgen. Wäre nicht die vorherberechnete Lebensspanne des Bauwerks von dreihundert Jahren gewesen, das Lancini hätte eine hervorragende Krypta für die Ewigkeit abgegeben.

Für Paul Jerrold jedenfalls schien es angemessen genug, als man ihn zu seiner Null-Tau-Kapsel führte. Sie stand im vierten Stockwerk, in einem langen Saal, der ehemals die Gartenabteilung beherbergt hatte, gegenüber der Fensterreihe. Mehr als die Hälfte der großen Sarkophage war bereits aktiviert, und ihre schwarzen Oberflächen absorbierten die Sonnenstrahlen wie unendlich tiefe Abgründe. Die beiden Krankenschwestern halfen ihm über den Rand, dann machten sie sich an seiner Kleidung zu schaffen und glätteten den locker sitzenden Trainingsanzug. Er ließ die Prozedur geduldig schweigend über sich ergehen; mit hundertundzwölf Jahren hatte er sich längst an das Gebaren von medizinischem Personal gewöhnt. Immer mußte es die Aufmerksamkeit übertreiben, die es seinen Patienten schenkte, als würde ihre Fürsorge unbemerkt bleiben, wenn sie es nicht taten.

»Sind Sie soweit?« fragte eine von ihnen.

Paul lächelte. »O ja, das bin ich.« Die letzten beiden Wochen waren hektisch verlaufen, eine willkommene Abwechslung für jemanden seines Alters. Zuerst die niederschmetternden Nachrichten von der Possession. Dann die langsame Reaktion darauf, seine eigene Entschlossenheit und die der anderen im elitären West End Club, kein Opfer des Jenseits' zu werden. Das Netz diskreter Kontakte, das sie geknüpft hatten, das Angebot einer Alternative für diejenigen, die imstande waren, entsprechend dafür zu bezahlen. Pauls Anwälte und Buchhalter waren beauftragt worden, seine beträchtlichen Besitztümer in eine Stiftung zu überführen, die für die Aufrechterhaltung seiner Stasis zahlen sollte. Es kostete nicht viel: Wartung, Miete und Energie. Selbst wenn die Stiftung stümperhaft verwaltet wurde, besaß er genügend Geld auf der Bank, um für zehntausend Jahre in Null-Tau zu bleiben. Vorausgesetzt natürlich, es gab noch so etwas wie Geld in dieser fernen Zukunft. Nachdem er alles arrangiert hatte, waren die Diskussionen mit seinen Kindern und dem Schwarm von Nachkommen gefolgt, die alle still und leise darauf gewartet hatten, eines Tages sein Erbe unter sich aufzuteilen. Eine kurze rechtliche Auseinandersetzung (er konnte sich viel bessere Anwälte leisten als sie), und das war es gewesen. Und jetzt war er hier, Vertreter der neuen Spezies der Chrononauten.

Seine ständige Angst vor der Zukunft war vergangen, gewichen einer heftigen Neugier auf das, was ihn erwartete. Wenn das Null-Tau-Feld abgeschaltet wurde, würde es eine vollständige Lösung für das Problem des Jenseits geben, und die Gesellschaft würde sich wegen des Wissens um das Leben nach dem Tod radikal verändert haben. Vielleicht gab es bis dahin sogar eine anständige Verjüngungskur, oder die Menschheit erreichte die physische Unsterblichkeit. Er würde gottgleich werden.

Ein graues Flackern, kürzer als ein Blinzeln ...

Der Deckel der Null-Tau-Kapsel wurde geöffnet, und Paul Jerrold stellte überrascht fest, daß er sich noch immer im Lancini befand. Er hatte eigentlich erwartet, in einem gewaltigen technologischen Gewölbe zu sich zu kommen, oder vielleicht sogar in einem geschmackvoll ausgestatteten Aufwachzimmer. Jedenfalls ganz bestimmt nicht genau dort, wo seine Reise durch die Ewigkeit ihren Anfang genommen hatte. Es sei denn natürlich, die neuen, wunderbar weit fortgeschrittenen Menschen hatten das Lancini wiedererschaffen, um ihre

Vorfahren mit dem Trost einer vertrauten Umgebung auszustatten, eine aufmerksame Art und Weise, um sie in diese fabelhafte neue Zivilisation einzuführen, die sie während ihrer Abwesenheit errichtet hatten.

Neugierig warf er einen Blick durch das hohe Fenster auf der anderen Seite. Die Westminster-Kuppel lag im Dämmerlicht. Vor den stahlgrauen Wolken hinter dem weiten Rund der Kuppel glänzten die hellen Lichter der South Bank. Vielleicht eine Projektion?

Die beiden Krankenpfleger, die sich um ihn kümmerten, wirkten ein wenig unkonventionell.

Eine junge Frau beugte sich über den Sarkophag, eine sehr junge Frau, mit ganz und gar erstaunlichen Brüsten, die von einer engen Lederweste gehalten wurden. Der heranwachsende Junge neben ihr trug einen kostspieligen Pullover aus echter Wolle, der irgendwie nicht richtig zu ihm passen wollte – sein Gesicht war stoppelig, und die Augen blickten irre wie die eines Tiers. Er hielt ein Stromkabel in der Hand, an dessen Ende ein Stecker baumelte.

Paul warf einen Blick auf den Stecker und sandte per Datavis einen Hilferuf aus. Er bekam keine Reaktion von einem Netzprozessor, und dann stürzte seine neurale Nanonik ab. Eine dritte Gestalt in einem pechschwarzen Umhang tauchte aus dem Dämmerlicht auf und trat an das Fußende der Null-Tau-Kapsel.

»Wer seid ihr?« krächzte Paul mit einem Mal voller Furcht. Mit seinen dürren Händen und den dick hervortretenden Adern umfaßte er die Ränder des Sarkophags und richtete sich in eine sitzende Haltung auf.

»Du weißt ganz genau, wer wir sind«, antwortete Quinn Dexter.

»Habt ihr gewonnen? Habt ihr uns besiegt?«

»Das werden wir, jawohl.«

»Heilige Scheiße, Quinn«, protestierte Billy-Joe. »Sieh dir diese alten Scheißer an, sie sind zu nichts mehr nutze!

Keine Seele im ganzen Jenseits schafft es, daß sie noch lange durchhalten, nicht einmal mit all deiner Magie!«

»Sie halten lange genug. Das ist alles, was zählt.«

»Ich hab' dir gleich gesagt, wenn du vernünftige Körper für die Possessoren willst, dann mußt du zu der Sekte gehen. Scheiße, sie beten dich an, Quinn! Du mußt ihnen nur sagen, daß sie sich ergeben sollen, sie würden nicht einmal kämpfen!«

»Gottes Bruder!« grollte Quinn. »Denkst du eigentlich nie, du Scheißhirn? Die Sekten sind eine verdammte Lüge! Ich habe dir gesagt, daß sie von den Superbullen kontrolliert werden! Ich kann nicht zu den Sekten gehen, damit würden wir uns nur verraten, weiter nichts! Das hier ist verdammt noch mal perfekt! Niemand wird feststellen, wenn jemand von hier verschwindet, weil er offiziell aufgehört hat zu existieren, sobald er durch diese Tür hereingekommen ist.« Sein Gesicht schoß aus der Kapuze hervor und grinste auf Paul herab. »Stimmt's?«

»Ich habe Geld.« Es war Pauls letzter Einsatz. Das eine, hinter dem alle her waren.

»Das ist gut«, sagte Quinn. »Du bist schon fast einer von uns. Du mußt gar nicht weit gehen.« Er richtete den Finger auf Paul, und Pauls Welt explodierte in einer Woge aus Schmerz.

Westeuropa hatte acht KI's in das Londoner Kommunikationsnetz eingebunden, womit er über genügend Rechenkapazität verfügte, um jeden noch so unbedeutenden elektronischen Schaltkreis in der Arkologie in einem Zehn-Sekunden-Zyklus zu überwachen, vorausgesetzt natürlich, er besaß eine Netzverbindung. Sämtliche Prozessorblocks, ganz gleich mit welcher Funktion, wurden alle fünfzehn Sekunden per Datavis angerufen und nach verdächtigen Aussetzern untersucht.

Westeuropa war nicht der einzige, der sich Sorgen

machte. Mehrere kommerzielle Softwarehäuser hatten die Marketinggelegenheit beim Schopf gepackt und boten Überwachungsprogramme gegen Possessoren an. Die Programme liefen in neuralen Nanoniken ab und sandten kontinuierliche Diagnosedaten sowie die Koordinaten ihrer Träger an das Sicherheitszentrum der jeweiligen Gesellschaft, die unverzüglich die Polizei alarmierte, sobald der Träger Opfer eines unerklärlichen Fehlers oder gar Ausfalls wurde. Darüber hinaus ergoß sich eine Flut von Armbändern in die Verkaufsstellen. Sie besaßen die gleiche Funktion wie die Programme in den Nanoniken, doch sie waren für Kinder gedacht, die noch zu jung waren, um mit einer Nanonik ausgerüstet zu werden.

Die Kommunikationsbandbreite entwickelte sich rasch zu einem ernsten Problem. Westeuropa mußte seine GISD-Befehlsgewalt einsetzen, um den Suchroutinen seiner KI's höchste Priorität einzuräumen, wodurch sie unbeeinträchtigt funktionieren konnten, während jeglicher zivile Datenverkehr unter noch nie dagewesenen Schaltverzögerungen und Kapazitätsproblemen litt.

Die Visualisierung der elektronischen Struktur der Arkologie war nichts weiter als eine theatralische Geste, die niemanden beeindruckte. Sie stand auf dem Tisch der gesicherten Sens-O-Vis-Konferenz wie ein kunstvolles Glasmodell der zehn Kuppeln. Fächer aus buntem Licht rotierten durch die transparente Miniatur wie Stroboskoplampen.

Südpazifik studierte ihre Bewegung, während die Repräsentationen der übrigen B7-Supervisoren rings um den ovalen Tisch online kamen. Als endlich alle sechzehn anwesend waren, fragte sie: »Und? Wo befindet er sich jetzt?«

»Nicht in Edmonton«, erwiderte Nordamerika. »Wir

haben ihre Ärsche dorthin zurückgetreten, wo sie hergekommen sind. Das ganze gottverdammte Nest ist erledigt, keiner von den Bastarden hat überlebt.«

»Tatsächlich?« fragte Asien-Pazifik. »Haben Sie diesen Freund von Carter McBride mit eingerechnet?«

»Er stellt keine Gefahr für die Arkologie dar. Er ist lediglich hinter Dexter her.«

»Unsinn. Sie können ihn nicht finden, und er ist nichts weiter als ein ganz gewöhnlicher Besessener.« Asien-Pazifik winkte in Richtung der Miniatursimulation Londons. »Sie müssen nichts weiter tun als sich von jeglicher Elektronik fernhalten, und schon sind sie sicher.«

»Irgendwann müssen sie essen«, sagte Südafrika. »Und es ist schließlich nicht so, als hätten sie Freunde, die ihnen alles besorgen.«

»Die Lichtbringersekte liebt sie«, knurrte Ostasien.

»Die Sekten gehören ausnahmslos uns«, entgegnete Westeuropa. »In dieser Hinsicht haben wir nicht die geringsten Bedenken.«

»In Ordnung«, sagte Südpazifik. »Dann erzählen Sie uns doch, wie Sie in New York vorankommen? Wir alle dachten, die Polizei hätte sie längst ausgeschaltet.«

»Ah, New York«, sagte der militärische Abschirmdienst. »Wie lautet doch die Phrase, die die Nachrichtensprecher immer wieder benutzen? Das Hydra-Syndrom. Stecke einen Besessenen in Null-Tau, und während du noch damit beschäftigt bist, kommen fünf Stück aus dem Jenseits zurück. Ein gefühlsbetonter Vergleich, aber nichtsdestotrotz zutreffend.«

»New York ist außer Kontrolle geraten«, sagte Nordamerika. »Auf so etwas war ich nicht vorbereitet.«

»Das ist offensichtlich. Wie viele Kuppeln haben die Besessenen inzwischen in ihre Gewalt gebracht?«

»Zahlen dieser Größenordnung sind unnötig emotional«, sagte Westeuropa. »Sobald erst die Basis der Besessenen zweitausend überschreitet, gibt es nichts mehr, das irgend jemand dagegen unternehmen könnte. Die Exponentialkurve nimmt ihren Verlauf, und die gesamte Arkologie ist verloren. New York wird zum Mortonridge dieser Welt, daran ist nichts mehr zu ändern. Und es ist auch nicht mehr unsere größte Sorge.«

»Nicht unsere größte Sorge!« fauchte Nordpazifik. »Das ist absoluter Unsinn! Selbstverständlich ist es unsere größte Sorge. Wenn die Besessenen sich weiter so in den Arkologien ausbreiten, dann ist die gesamte Erde verloren!«

»Große Zahlen sind nicht unsere Sorge. Damit muß sich das Militär befassen. Und mit New York wird es sich später befassen.«

»Wenn es dann noch da ist, und wenn sie sich nicht in Kannibalen verwandelt haben. Die Nahrungsdrüsen funktionieren nicht, wenn Besessene in der Nähe sind, und die Wetterschirme halten ebenfalls nicht.«

»Sie werden die eroberten Kuppeln mit ihren energistischen Kräften verstärken«, sagte Nordamerika. »Die Arkologie wurde gestern von den Ausläufern eines Armadasturms gestreift, und die Kuppeln haben allesamt standgehalten.«

»Aber nur, bis ihre Übernahme vollständig ist«, warf Südpazifik ein. »Die verbliebenen Kuppeln können sich nicht für ewig verbarrikadieren.«

»Die Tatsache, daß New York unausweichlich fallen wird, ist äußerst bedauerlich, kein Zweifel«, sagte Westeuropa. »Aber das ist irrelevant. Wir müssen es als Niederlage hinnehmen und weitergehen. Die Aufgabe von B7 lautet Prävention, nicht Heilung. Und um zu verhindern, daß die Erde selbst fällt, müssen wir Quinn Dexter eliminieren, koste es, was es wolle.«

»Und? Beantworten Sie meine anfängliche Frage: Wo steckt er?«

»Das steht im Augenblick nicht genau fest.«

»Sie haben seine Spur verloren, geben Sie es zu. Sie

haben es vermasselt. In Edmonton war er schutzlos wie eine sitzende Ente, aber Sie mußten unbedingt schlauer sein. Sie haben geglaubt, Sie könnten mit ihrem überheblichen psychologischen Spielchen gewinnen. Ihre Arroganz hätte möglicherweise unseren Untergang bedeutet.«

»Interessante Zeitform, die Sie da benutzen«, giftete Westeuropa zurück. »Hätte. Sie meinen, wenn Sie nicht den Tag gerettet hätten, indem sie die Zugverbindungen eingestellt haben, nachdem wir übereingekommen waren, uns nicht gegenseitig ins Handwerk zu pfuschen.«

»Der Präsident stand unter hohem öffentlichem Druck; er hatte gar keine andere Wahl, als die Verbindungen zu unterbrechen. Nach dem schweren Gefecht, das Sie am hellichten Tag in Edmonton veranstalten mußten, hat die ganze Welt lautstark danach verlangt, die Züge abzuschalten.«

»Angeführt von Ihren Nachrichtenagenturen«, entgegnete Südafrika.

Westeuropa beugte sich über den Tisch und brachte sein Gesicht zentimeternah vor das der grinsenden Simulation von Südpazifik. »Ich habe sie trotzdem zurückgebracht, Sie hinterhältiges Miststück. Banneth und Louise Kavanagh sind sicher nach London heimgekehrt. Dexter wird alles in seiner Macht Stehende unternehmen, um sie in seine Finger zu kriegen. Aber das kann er verdammt noch mal nur, wenn er nicht in Edmonton festsitzt. Sechs Züge, mehr sind nicht herausgekommen, bevor sie Ihren dämlichen Befehl zum Abschalten gegeben haben! Sechs! Das reicht ganz bestimmt nicht, um sicherzugehen.«

»Wenn er so gut ist, wie Sie glauben, dann hat er einen davon genommen.«

»Das sollten Sie besser hoffen, weil Sie Edmonton nämlich abschreiben können, falls er noch dort feststeckt.

Wir haben niemanden vor Ort, der seine Existenz bestätigen könnte.«

»Dann verlieren wir eben zwei Arkologien. Der Rest ist garantiert sicher.«

»*Ich* verliere zwei Arkologien«, sagte Nordamerika. »Dank Ihnen. Wissen Sie eigentlich, wieviel Territorium das für mich ausmacht?«

»Paris«, sagte Südpazifik. »Bombay. Johannesburg. Jeder von uns muß Verluste hinnehmen.«

»Sie nicht. Und die Besessenen in diesen Arkologien sind in die Enge getrieben. Wir haben sie festgesetzt, dank unserer Sekten. Keine dieser Arkologien wird zu einer Wiederholung von New York.«

»Hoffen wir«, warf Indien ein. »Im Augenblick herrscht in Bombay ein Kräftegleichgewicht, aber das ist auch schon alles. In naher Zukunft spielt die aufkeimende Panik eine entscheidende Rolle, und sie arbeitet den Besessenen in die Hände.«

»Sie verlieren sich in Einzelheiten«, mahnte Südpazifik. »Der entscheidende Punkt ist, daß wir über Methoden verfügen, um dieses Problem zu lösen, ohne immer nur an Dexter zu denken. Meine Politik ist richtig. Wir sperren sie ein, während wir an einer permanenten Lösung arbeiten. Hätten wir von Anfang an so gehandelt, wir hätten höchstenfalls die Bodenstation des brasilianischen Orbitalturms verloren.«

»Wir hatten nicht die geringste Ahnung, welcher Gefahr wir gegenüberstanden, als Dexter auf der Erde eintraf«, entgegnete Südamerika. »Wir hätten auf jeden Fall eine Arkologie verloren.«

»Meine Güte, ich hatte keine Ahnung, daß ich hier in einem politischen Debattierclub gelandet bin«, spottete Westeuropa. »Ich dachte, wir wollten eine Lagebesprechung abhalten.«

»Nun, da Sie keine Fortschritte gemacht haben ...«, sagte Südpazifik zuckersüß.

»Falls er sich in London aufhält, werden wir ihn bestimmt nicht mit konventionellen Methoden aufspüren. Ich dachte, soviel wüßten wir inzwischen. Und zu Ihrer Information, völlige Inaktivität ist keine Politik, sondern das Gegenteil davon. Das Wunschdenken kleinkarierter Geister.«

»Ich habe verhindert, daß sich die Possession weiter ausbreiten kann. Verraten Sie uns doch, was Sie in dieser Zeit erreicht haben.«

»Sie vertrödeln Zeit, während Rom in hellen Flammen steht. Unsere allerwichtigste Sorge gilt der Ursache für dieses Feuer.«

»Quinn Dexter zu eliminieren entfernt weder die Besessenen aus New York noch von sonst irgendwo. Ich stimme dafür, daß wir einen höheren Prozentsatz unserer wissenschaftlichen Ressourcen darauf verwenden, nach einer permanenten Lösung zu suchen.«

»Ich kann kaum glauben, daß selbst Sie in dieser Sache politische Spiele spielen. Prozentsätze machen in diesem Stadium für das Jenseits nicht den geringsten Unterschied. Jeder, der einen relevanten Beitrag zu dem Problem liefern kann, tut das bereits, und zwar von Anfang an. Wir brauchen keine Rechnungsprüfer, um unsere persönliche Hingabe an dieses Problem in Zahlen zu fassen. Außerdem wäre das sowieso nicht möglich.«

»Wenn Sie nicht an dem Projekt teilhaben wollen, dann ist das Ihre Sache. Aber stellen Sie verdammt noch mal gefälligst sicher, daß Sie uns in Zukunft nicht weiter mit Ihrer Verantwortungslosigkeit in Gefahr bringen.«

Westeuropa beendete seine Teilnahme an der Sens-O-Vis-Konferenz, und mit ihm verschwand die Simulation der Londoner Arkologie.

Die Höhle befand sich ganz unten in dem Labyrinth aus Kavernen, welche die Abschlußkappe durchzogen, und sie war von allen Seiten durch Hunderte von Metern massiven Polyps geschützt. Tolton fühlte sich relativ sicher in ihr – zum ersten Mal seit langer Zeit.

Ursprünglich hatte sie als Veterinärzentrum für die Servitoren gedient, doch nach dem Eintritt in das dunkle Kontinuum war sie in ein physikalisches Laboratorium umgewandelt worden. Dr. Patan führte die Gruppe von Wissenschaftlern, die von der Habitat-Persönlichkeit Valisks beauftragt worden war, das dunkle Kontinuum begreifbar zu machen. Er hatte Dariat mit der gleichen Freude begrüßt wie einen verlorenen Sohn. Sie hatten Dutzende von Experimenten an ihm durchgeführt, angefangen bei einfachen Messungen der Temperatur (Dariats Pseudokörper war acht Grad wärmer als flüssiger Stickstoff und nahezu vollkommen hitzeresistent), der elektrischen Leitfähigkeit (was sie nach Dariats schmerzerfüllten Protesten rasch wieder aufgegeben hatten), bis hin zu komplexeren Größen wie dem Energiespektrum und der Quantensignaturanalyse. Der interessanteste Teil für einen Laienbeobachter wie Tolton war noch, als Dariat eine Probe von sich selbst zur Analyse gab. Patans Team stellte schnell fest, daß eine eingehendere Untersuchung nicht möglich war, solange die fremdartige Substanz von Dariats Gedanken animiert wurde. Versuche, eine Nadel in ihn zu stecken und eine kleine Menge des Fluidums abzusaugen, erwiesen sich rasch als undurchführbar. Die Spitze ging nicht durch Dariats Haut.

Am Ende lag es an Dariat selbst, der seine Hand über eine Glasschale hielt und sich mit einer Nadel stach, die er durch bloße Vorstellungskraft heraufbeschworen hatte. Rotes Blut tropfte heraus, doch noch während es in die Schale fiel, veränderte es seine Farbe und Konsistenz. Was in der Schale landete, war eine klebrige, grau-weiße Masse, die von den triumphierenden Wissenschaftlern weggetragen wurde. Dariat und Tolton wechselten einen befremdeten Blick und kehrten in den hinteren Bereich des Labors zurück, wo sie sich hinsetzten.

»Wäre es nicht viel einfacher gewesen, wenn du ein Stück aus deiner Kleidung gerissen hättest?« fragte Tolton schließlich. »Ich meine, es ist doch alles das gleiche Zeug, oder nicht?«

Dariat bedachte ihn mit einem verblüfften Blick. »Mist. Auf diese Idee bin ich überhaupt nicht gekommen.«

Die nächsten zwei Stunden verbrachten sie mit leisen Unterhaltungen. Dariat berichtete von den Einzelheiten seines Martyriums. Danach verstummte das Gespräch, und Dariat beobachtete freudlos die Physiker bei ihrer Arbeit. Sie waren seit einigen Minuten verstummt, seit Erentz und fünf von ihnen über den Resultaten einer Gammapulsmikroskopie saßen. Ihre Gesichter drückten womöglich noch mehr Besorgnis aus als das von Dariat.

»Was haben Sie herausgefunden«, fragte Tolton.

»Dariat hat wahrscheinlich recht«, antwortete Erentz. »Die Entropie in diesem dunklen Kontinuum scheint wesentlich ausgeprägter zu sein als in unserem Universum.«

»Ich wünschte wirklich, ich könnte nicht sagen, ich hab's euch gleich gesagt«, brummte Dariat.

»Woher wissen Sie das?« fragte Tolton.

»Wir untersuchen diese Theorie bereits seit einer Weile«, antwortete Dr. Patan. »Diese Substanz scheint unsere Annahmen zu bestätigen, obwohl ich noch nichts mit letzter Bestimmtheit sagen kann.«

»Aber was zur Hölle ist dieses Zeug?«

»Wollen Sie die beste Beschreibung?« erwiderte Dr. Patan. »Es ist nichts.«

»Nichts? Aber Dariat ist körperlich!«

»Ja. Dieses Fluidum ist eine perfekt neutrale Substanz, das Endprodukt totalen Zerfalls. Das ist die beste Definition, die ich Ihnen aufgrund unserer Ergebnisse liefern kann. Die Gammapulsmikroskopie gestattet uns, selbst subatomare Partikel sichtbar zu machen. Ein äußerst nützliches Werkzeug für uns Physiker. Unglücklicherweise besitzt dieses Fluidum keinerlei subatomare Partikel. Es besitzt auch keine Atome als solche. Es scheint ganz aus einer einzigen Art von Partikeln zu bestehen, und zwar einer Art mit absolut neutraler Ladung.«

Tolton rief seine didaktischen Physikerinnerungen auf. »Sie meinen Neutronen?«

»Nein. Die Restmasse dieser Partikel ist wesentlich geringer als die von Neutronen. Sie besitzen eine schwache Anziehungskraft, die für den flüssigen Zustand verantwortlich ist, aber das ist auch schon die einzige quantifizierbare Größe. Ich bezweifle stark, daß sie imstande ist, einen Feststoff zu bilden, nicht einmal dann, wenn man die Masse eines Supersternriesen zusammenbrächte. In unserem eigenen Universum würde eine derart große Masse unter ihrer eigenen Gravitation kollabieren und sich in Neutronium verwandeln. Hier gehen wir jedoch davon aus, daß es noch ein weiteres Zerfallsstadium geben muß, bevor dies geschieht. Die Elektronen und Protonen verlieren ununterbrochen Energie, und die Elementarpartikel, aus denen sie aufgebaut sind, verlieren den Zusammenhalt. Im dunklen Kontinuum scheint Verflüchtigung die Norm zu sein, nicht Kontraktion wie bei uns.«

»Verlieren Energie? Wollen Sie damit sagen, unsere Atome verlieren jetzt in diesem Augenblick Energie?«

»Ganz genau. Es würde jedenfalls erklären, warum unsere elektronischen Systeme eine so starke Degradation erfahren haben.«

»Wie lange kann es dauern, bis wir alle uns in dieses Zeugs da auflösen?« ächzte Tolton.

»Das haben wir noch nicht ausgerechnet. Aber jetzt, da wir wissen, wonach wir suchen müssen, können wir anfangen, die Verlustrate zu kalibrieren.«

»O Scheiße!« Er wirbelte zu Dariat herum. »Der Krebstopf, so hast du diesen Ort genannt, nicht wahr? Es gibt kein Entkommen von hier, stimmt's?«

»Mit ein wenig Hilfe von der Konföderation können wir es immer noch schaffen, solange nur unsere Atome intakt bleiben.«

In Toltons Verstand drehte sich alles mit dem neuen Konzept. »Wenn ich nur in dieses Fluidum auseinanderfalle, dann ist meine Seele doch imstande, es wieder an sich zu ziehen, oder? Ich bin dann wie du.«

»Aber nur, wenn deine Seele genügend Lebensenergie besitzt.«

»Aber die verflüchtigt sich ebenfalls ... Deine tut es; du mußtest dir neue von diesem anderen Geist nehmen. Und diese Wesen da draußen, sie alle kämpfen um Lebensenergie. Mehr tun sie nicht. Niemals.«

Dariat lächelte in traurigem Mitgefühl. »So ist der Lauf der Dinge hier.« Er brach ab und starrte zur Decke der Höhle hinauf. Die Physiker taten es ihm gleich, und auf ihren Gesichtern wurde Besorgnis sichtbar.

»Was ist jetzt schon wieder?« fragte Tolton. An der Höhlendecke war nicht das geringste zu sehen.

»Sieht so aus, als wären unsere Besucher der südlichen Abschlußkappe überdrüssig geworden«, berichtete Dariat. »Die Habitat-Persönlichkeit hat uns informiert, daß sie auf dem Weg hierher sind.«

Der erste von drei Transportern der Marines der Konföderierten Navy jagte über Regina hinweg, als sich die Dämmerung über die Stadt senkte. Samuel Aleksandrovich schaltete sich auf die Sensoren der Maschine und beobachtete die unter ihm vorbeiziehende Stadt. Straßenbeleuchtung, Werbetafeln und Wolkenkratzer reagierten auf die verschwindende Sonne, indem sie ihre eigenen schillernden Lichter auf die urbane Landschaft warfen. Samuel Aleksandrovich hatte diesen Anblick Hunderte Male zuvor gesehen, doch an diesem Abend wirkte der Verkehr auf den breiten Freeways dünner als üblich.

Es paßte jedenfalls zu der Stimmung, die von den wenigen Nachrichtensendungen verbreitet wurde, die er im Verlauf der letzten Tage hatte sehen können. Der Angriff der Organisation hatte der Bevölkerung einen schweren Schock versetzt. Von allen konföderierten Welten hatten sie sich auf Avon fast so sicher wie auf der Erde selbst gefühlt. Doch inzwischen waren die irdischen Arkologien heimgesucht, und Trafalgar war so schwer beschädigt worden, daß es evakuiert werden mußte. Nirgendwo auf dem gesamten Planeten war noch ein einziges Hotelbett frei, so viele Menschen hatten ihren Jahresurlaub in Anspruch genommen oder sich krank gemeldet.

Der Flieger schoß über den See hinweg, der an den östlichen Rand der Stadt grenzte, und legte sich in eine enge Kurve. Dann ging er tiefer und näherte sich den Navy-Unterkünften im Schatten des Gebäudes der Konföderierten Versammlung.

Die Maschine landete auf einem runden Metallgestell, das augenblicklich in den unterirdischen Hangar zurücksank. Über ihr schlossen sich rumpelnd schwere gepanzerte Schotten.

Jeeta Anwar wartete bereits, um den Leitenden Admiral zu begrüßen, als Samuel Aleksandrovich aus dem Flieger stieg. Er wechselte ein paar flüchtige Worte mit ihr, dann winkte er dem Captain der Marines, der abwartend in der Nähe stand.

»Sollten Sie nicht die Neuankömmlinge überprüfen, Captain?« erkundigte sich Samuel.

Das Gesicht des Offiziers blieb nichtssagend, obwohl er merkwürdig unfähig war, dem Leitenden Admiral in die Augen zu blicken. »Jawohl, Sir.«

»Dann erfüllen Sie freundlicherweise Ihren Auftrag. Ich sagte keinerlei Ausnahmen, haben Sie verstanden?«

Samuel wurde ein Sensor auf den Handrücken gedrückt, und er wurde gebeten, per Datavis seine physiologischen Daten in einen Prozessorblock zu übermitteln.

»In Ordnung, Sir«, meldete der Captain und salutierte zackig.

»Sehr gut. Die Admiräle Kohlhammer und Lalwani werden in Kürze eintreffen, geben Sie das weiter.«

Die Eskorte des Admirals sowie die beiden Stabsoffiziere Amr al-Sahhaf und Richard Keaton, die hinter ihnen aus dem Flieger stiegen, wurden ebenfalls rasch auf Anzeichen von Possession untersucht. Sobald die Prozedur beendet war, gesellten sie sich zu dem Leitenden Admiral.

Der Zwischenfall ließ Samuel Aleksandrovichs Stimmung noch weiter sinken. Auf der einen Seite war das Verhalten des Captains durchaus entschuldbar; es war unvorstellbar, daß der Leitende Admiral persönlich ein Opfer der Possessoren werden könnte – andererseits breitete sich die Possession genau aus diesem Grund immer noch weiter aus. Niemand wollte wahrhaben, daß sein Freund/Ehegatte/Kind von einer Verlorenen Seele übernommen worden sein könnte. Und genau deswegen mußte die Navy mit gutem Beispiel vorangehen. Die drei ranghöchsten Admiräle flogen in drei verschiedenen Fliegern zum gleichen Bestimmungsort, für den Fall, daß einer von ihnen von einer hinterhältigen Waffe unter Beschuß genommen wurde. Erzwungene Routineüberprüfungen hatten vielleicht Erfolg, wo persönliche Vorlieben und Vertrautheiten zum Desaster führten.

Im Konferenzzimmer des Kommandeurs traf er auf Präsident Haaker. Es war eine Unterhaltung, die in beiderseitigem Einverständnis noch nicht vor die politischen Gremien getragen werden sollte.

Der Präsident hatte neben Jeeta Anwar noch Mae Ortlieb mitgebracht, so daß beide über zwei Adjutanten verfügten. Alles sehr ausgewogen und neutral, dachte Samuel, als er dem Präsidenten die Hand schüttelte. Nach Haakers ungezwungener Stimmung zu urteilen mußte der Präsident das gleiche gedacht haben.

»Also funktioniert der Erinnerungslöscher tatsächlich«, begann Haaker, nachdem sie rings um den großen Konferenztisch Platz genommen hatten.

»Ja und nein, Sir«, antwortete Captain Keaton. »Er hat zwar Jacqueline Couteur und ihren Wirt zusammen mit Dr. Gilmore ausgelöscht, aber er ist nicht bis in das Jenseits durchgedrungen. Die Verlorenen Seelen lauern noch immer dort.«

»Können wir ihn weiterentwickeln, damit er funktioniert?«

»Das Prinzip ist erkannt, Sir. Wie lange es allerdings noch dauert, kann im Augenblick niemand sagen. Die Schätzungen seitens der Entwicklungsgruppe reichen von ein paar Tagen bis hin zu Jahren.«

»Sie haben dem Projekt doch immer noch oberste Priorität eingeräumt, nicht wahr?« erkundigte sich Jeeta Anwar.

»Die Arbeiten werden fortgesetzt, sobald unsere Forschergruppe in der Ausweichanlage eingetroffen ist«, antwortete Captain Amr al-Sahhaf. »Wir hoffen, daß es nicht länger als eine Woche dauern wird.«

Mae Ortlieb wandte sich dem Präsidenten zu. »*Ein* Team«, sagte sie ostentativ.

»Das erscheint mir nicht als besonders hohe Priorität«, sagte der Präsident. »Und Dr. Gilmore ist obendrein tot. Wenn ich mich recht entsinne, hat er zahlreiche fruchtbare Anregungen gegeben.«

»Das trifft zu, Sir«, antwortete der Leitende Admiral. »Aber selbst Dr. Gilmore ist nicht unersetzlich. Das grundlegende Konzept des Erinnerungslöschers ist erkannt, und seine Weiterentwicklung ist eine interdisziplinäre Angelegenheit.«

»Ganz genau«, sagte Mae Ortlieb. »Sobald ein Konzept erst bewiesen wurde, besteht der schnellste Weg zu einer Entwicklung darin, die Resultate mehreren Teams zur Verfügung zu stellen. Je mehr Leute daran arbeiten und je mehr frische Geister sich darauf konzentrieren, desto schneller kommen wir zu einer brauchbaren Waffe.«

»Sie müßten die Teams aber zuerst zusammenstellen und ihnen die Resultate vermitteln«, warf Captain Keaton ein. »Bis Sie damit fertig wären, werden wir schon wieder weiter sein.«

»Hoffen Sie vielleicht.«

»Haben Sie Grund zu der Annahme, die Forscher der Konföderierten Navy wären inkompetent?«

»Nicht im geringsten, nein. Ich weise lediglich auf eine Methode hin, die unsere Erfolgschancen signifikant erhöhen würde. Genaugenommen eine weit verbreitete Standardprozedur.«

»Und wer soll uns Ihrer Meinung nach assistieren? Ich bezweifle stark, daß die Raumfahrtindustrie die notwendigen Spezialisten besitzt.«

»Die größeren industrialisierten Sternensysteme wären bestimmt imstande, die erforderlichen Spezialisten zu versammeln. Kulu, New Washington, Oshanko, Nanjing und Petersburg zum Beispiel, und ich bin ganz sicher, daß auch die Edeniten imstande wären, beträchtliche Unterstützung zu leisten. Sie wissen mehr über Gedankenprozesse als jede adamistische Kultur. Und der irdische GISD hat seine Hilfe bereits angeboten.«

»Jede Wette, daß er das hat«, knurrte Samuel Aleksandrovich. Kraft seiner Position besaß er eine sehr genaue Vorstellung, wie weit die Augen und Ohren des irdischen Geheimdienstes innerhalb der Konföderation reichten. Der GISD verfügte über wenigstens dreimal so viele Mitarbeiter wie die ESA, obwohl nicht einmal die

Lalwani genau wußte, wie weit der Arm des GISD tatsächlich reichte. Einer der Gründe, weshalb es so schwerfiel, die Größe festzustellen, war die nahezu völlig passive Natur ihres Netzwerks. In den letzten zehn Jahren hatte es nicht mehr als drei aktive Operationen gegeben, von denen der KNIS wußte, und sie waren ausnahmslos gegen schwarze Syndikate gerichtet gewesen. Was die Erde mit all den Informationen machte, die ihre Geheimdienstler sammelten, war ein völliges Geheimnis, was Samuel Aleksandrovich um so mißtrauischer gegen den GISD machte. Bisher hatten sie jedoch noch jedesmal mit dem KNIS kooperiert, wenn Admiralin Lalwani eine offizielle Anfrage um Unterstützung gestellt hatte.

»Es ist ein vernünftiger Vorschlag«, sagte Präsident Haaker.

»Außerdem würde er die Exklusivität aus den Händen des Politischen Konzils nehmen«, fügte der Leitende Admiral hinzu. »Wenn souveräne Nationen in den Besitz des Erinnerungslöschers gelangten, könnten sie die Waffe durchaus auch ohne vorherige Konsultation einsetzen, insbesondere, wenn sie unmittelbar von Besessenen bedroht sind. Schließlich würde diese Art Super-Genozid nicht einmal Leichen als Beweis hinterlassen. Der Erinnerungslöscher ist eine Weltuntergangswaffe und unser wichtigstes Verhandlungsinstrument. Wie ich immer betont habe, stellt sie keine Lösung des Problems dar. Wir müssen uns als Menschheit insgesamt dieser Sache stellen.«

Der Präsident gab ein zögerndes Seufzen von sich. »Also schön, Samuel. Halten wir den Erinnerungslöscher für den Augenblick in den Händen der Navy zurück. Aber ich werde die Situation von heute an in vierzehn Tagen erneut bewerten. Falls Ihr Team nicht die Fortschritte macht, die wir brauchen, dann werde ich nach Maes Rat verfahren und Hilfe von außen in Anspruch nehmen.«

»Selbstverständlich, Mister President.«

»So weit, so gut, Samuel. Dann begeben wir uns jetzt zum Politischen Konzil und hören uns die wirklich schlechten Nachrichten an, nicht wahr?« Olton Haaker erhob sich mit einem freundlichen Lächeln von seinem Platz, zufrieden, daß ein weiteres Problem mit einem traditionellen Kompromiß abgehakt worden war. Mae Ortlieb wirkte gleichermaßen zuversichtlich. Ihr geschäftsmäßiger Gesichtsausdruck täuschte Admiral Samuel Aleksandrovich nicht eine Sekunde lang.

Das Politische Konzil scheute für seine geheimen Sitzungen vor *sicheren* Sens-O-Vis-Umgebungen zurück. Die Mitglieder zogen es vor, sich in einem verschwiegenen Seitenflügel des Gebäudes der Vollversammlung in Person zu treffen. Angesichts der Tatsache, daß hier die grundlegendsten Entscheidungen betreffend die menschliche Rasse gefällt wurden, hatten sich die Architekten veranlaßt gesehen, einen großen Betrag an Steuergeldern in die Ausstattung zu stecken. Es war ein Amalgam aus sämtlichen Kabinettsräumen aller menschlichen Regierungen, infiziert mit stillem Klassizismus. Zwölf Säulen aus einheimischem Granit stützten ein Kuppeldach, das im Renaissancestil bemalt war. Im Apex hing ein schwerer Kronleuchter aus Gold und Platin, während sich schwanenweiße Fresken mit mythologischen Szenen über babyblaue Wände zogen. Der runde Tisch in der Mitte des Raums bestand aus einer massiven Scheibe eines uralten irdischen Mammutbaums, einem der letzten Waldgiganten, der vor den Armadastürmen gefällt worden war. Die fünfzehn Sessel waren aus Eiche und Leder gefertigt und einem Design des neunzehnten Jahrhunderts nachempfunden, und sie waren allesamt neu (jedes Mitglied des Konzils durfte seinen Sessel mit nach Hause nehmen, sobald seine Amtszeit vorüber war). Verglaste Alkoven mit Marmorfliesen zeigten achthundertzweiundsechzig Skulpturen und Statuetten, eine von jedem und für jeden Planeten der Konföderation. Die Tyrathca hatten eine grob hexagonale Schieferplatte beigesteuert, deren Oberfläche schwach grünliche Kratzer aufwies, irgendeine Art Plakette von der Tanjuntic-RI (die für die Tyrathca wertlos war, aber sie wußten, wie sehr Menschen Antiquitäten schätzten). Die Kiint hatten eine rätselhafte kinetische Skulptur aus silbriger Folie beigesteuert, fünfundzwanzig kreisrunde Streifen, die umeinander rotierten, ohne daß irgendein Lager zwischen ihnen zu sehen gewesen wäre. Jeder Streifen schien in der Luft zu schweben und wurde scheinbar von einer Art Perpetuum mobile angetrieben (man vermutete, daß es sich um Stücke aus metallischem Wasserstoff handelte).

Lalwani und Kohlhammer trafen vor dem Kabinettszimmer auf den Leitenden Admiral, und gemeinsam folgten sie dem Präsidenten nach drinnen. Zwölf Sitze waren bereits von den Botschaftern belegt, die gegenwärtig zum Politischen Konzil abgeordnet waren. Haaker und Aleksandrovich nahmen ihre Plätze ein, doch der fünfzehnte Sessel blieb leer. Obwohl Botschafter Roulor berechtigt gewesen wäre, den von Rittagu-FUH geräumten Platz einzunehmen, hatte die Vollversammlung die formelle Wahl verschoben, die seine Berufung bestätigt hätte. Die Kiint hatten sich nicht beschwert.

Samuel begrüßte die übrigen Anwesenden mit einem gemessenen Nicken. Es gefiel ihm nicht im geringsten, daß er nun von ihnen auf die gleiche Weise gerufen worden war, wie er sie zusammengeholt hatte, um die Autorisierung für die Raumflugquarantäne zu erhalten. Es war ein deutlicher Hinweis darauf, daß er inzwischen nur noch auf die Ereignisse reagierte und nicht umgekehrt.

Der Präsident erklärte das Treffen für eröffnet. »Admiral, wenn Sie uns bitte einen kurzen Lagebericht über die Situation auf Trafalgar geben könnten.«

»Die Evakuierung wird in drei Tagen abgeschlossen sein«, begann Samuel. »Das aktive Personal der Navy wird vorrangig zu den Ausweichstellen geflogen. In weiteren zwei Tagen sollte das Flottenkommando wieder über volle operative Kapazität verfügen. Die zivilen Angestellten werden hinunter nach Avon verschifft. Sämtliche Pläne zur Restauration der Asteroidenbasis wurden bis nach dem Ende der Krise verschoben. Wir müßten sowieso warten, bis er die durch die Explosion aufgefangene Hitze wieder abgestrahlt hat.«

»Was ist mit den Schiffen?« fragte der Präsident. »Wie viele Schiffe wurden beschädigt?«

»Einhundertdreiundsiebzig Adamistenschiffe wurden völlig zerstört. Weitere sechsundachtzig wurden so stark beschädigt, daß eine Reparatur nicht in Frage kommt. Zweiundfünfzig Voidhawks starben. Die menschlichen Verluste belaufen sich gegenwärtig auf neuntausendzweihundertzweiunddreißig. Siebenhundertsiebenundachtzig Personen liegen in unseren Hospitälern, die meisten von ihnen wurden verstrahlt. Wir haben die Medien noch nicht mit diesen Zahlen versorgt. Sie wissen nur, daß es uns schlimm getroffen hat.«

Die Botschafter schwiegen für einen langen Augenblick.

»Wie viele der Schiffe gehörten zur Ersten Flotte?« fragte der Botschafter der Erde.

»Wir haben siebenundneunzig unserer Frontlinienschiffe verloren.«

»Gütiger Gott!« Samuel konnte nicht erkennen, von wem der Ausruf gekommen war.

»Wir dürfen nicht zulassen, daß Capone mit einer Ungeheuerlichkeit diesen Ausmaßes ungeschoren davonkommt«, sagte der Präsident. »Das dürfen wir unter gar keinen Umständen.«

»Es waren die Umstände, die zusammengespielt haben«, sagte Samuel. »Unsere neuen Sicherheitsprozeduren werden verhindern, daß sich so etwas wiederholt.« Noch während er die Worte sprach, wußte er, wie erbärmlich sie klingen mußten.

»Vielleicht diese Umstände«, entgegnete der Botschafter von Abeche bitter. »Was, wenn er sich etwas Neues einfallen läßt? Er könnte durchaus ein weiteres verdammtes Desaster anrichten.«

»Wir werden ihn aufhalten.«

»Sie hätten mit so etwas rechnen müssen und Vorkehrungen treffen. Wir wissen, daß Capone über Antimaterie verfügt und daß er nichts zu verlieren hat. Diese Kombination mußte früher oder später zu einem verwegenen Schlag gegen uns führen. Meine Güte, haben Ihre Strategen diese Szenarien denn nicht in ihre Planungen mit einbezogen?«

»Durchaus, Herr Botschafter. Und wir nehmen die Bedrohung äußerst ernst.«

»Mortonridge hat nicht annähernd den Sieg gebracht, den wir erwartet haben«, sagte der Botschafter von Miyag. »Capones Infiltrationsflüge hingegen haben jeden erstarren lassen. Und jetzt das!«

»Wir haben Capones Antimateriequelle vernichtet«, sagte der Leitende Admiral tonlos. »Die Infiltrationsflüge haben genau aus diesem Grund aufgehört. Er verfügt nicht mehr über die Ressourcen, um einen weiteren Planeten zu erobern. Capone ist ein Problem der Medien, keine wirkliche Bedrohung.«

»Erzählen Sie mir bloß nicht, wir sollen ihn einfach ignorieren!« sagte der irdische Botschafter. »Es ist ein Unterschied, ob man seinen Gegner einschließt oder gar nichts unternimmt in der Hoffnung, daß er von alleine wieder verschwindet, und die Navy hat verdammt wenig getan, um mich zu überzeugen, daß Capone unter Kontrolle ist.«

Der Präsident hob eine Hand, um Samuel Aleksandrovichs Antwort zu unterbinden. »Was wir damit sagen wollen, Samuel, ist, daß wir uns entschlossen haben, unsere gegenwärtige Politik zu ändern. Wir können uns die bisherige Hinhaltetaktik einer konföderationsweiten Quarantäne nicht mehr länger leisten.«

Samuel blickte in die harten, entschlossenen Gesichter der anderen.

Es war fast wie ein Mißtrauensvotum gegen seine Führerschaft. Nicht ganz, aber fast. Bevor es soweit kam, war ein weiterer schwerer Rückschlag erforderlich. »Und welche neue Politik haben Sie beschlossen?«

»Eine aktive Vorgehensweise«, sagte der Botschafter von Abeche erregt. »Etwas, das den Menschen beweist, daß wir unsere militärischen Ressourcen dazu einsetzen, sie zu beschützen. Etwas Positives.«

»Trafalgar sollte unter keinen Umständen zum *Casus belli* werden«, beharrte der Leitende Admiral.

»Das wird es nicht«, erwiderte Präsident Haaker. »Ich will, daß die Navy Capones Flotte eliminiert. Eine taktische Mission, kein Krieg. Löschen Sie ihn aus, Samuel. Eliminieren Sie die Antimaterie-Bedrohung vollständig. Solange Capone auch nur noch ein Gramm davon besitzt, kann er einen Kingsley Pryor nach dem anderen durch unsere Verteidigung schleusen.«

»Aber Capones Flotte ist das einzige, was ihn an der Spitze seiner Organisation hält, Sir«, gab Samuel Aleksandrovich zu bedenken. »Wenn wir ihm die Flotte nehmen, werden wir Arnstadt und New California verlieren. Die Besessenen werden mitsamt den beiden Welten aus unserem Universum verschwinden.«

»Das wissen wir. So lautet unsere Entscheidung. Wir müssen uns zuerst einmal der aktuellen Bedrohung durch die Besessenen entledigen, bevor wir anfangen können, in Ruhe an einer Lösung des Problems zu arbeiten.«

»Ein Angriff von der Größenordnung, wie er notwendig wäre, um Capones Flotte und das strategische Verteidigungsnetzwerk von New California zu zerstören, würde Tausende von Opfern fordern, Sir. Ich möchte Sie daran erinnern, daß die meisten Besatzungsmitglieder der Organisationsschiffe Nicht-Besessene sind.«

»Verräter meinen Sie wohl«, schnarrte der Botschafter von Mendina.

»Nein«, entgegnete der Leitende Admiral entschieden. »Sie sind Erpressungsopfer. Ihre Familien werden als Geiseln gehalten werden und sind von Folter und Schlimmerem bedroht. Capone ist völlig skrupellos, was die Anwendung von Terror betrifft.«

»Genau das ist das Problem, das wir zuerst lösen müssen«, sagte der Präsident. »Wir befinden uns im Kriegszustand. Wir müssen Vergeltung üben, und zwar schnell, oder er wird uns die wenige Initiative, die uns geblieben ist, auch noch aus der Hand nehmen. Capone muß erkennen, daß wir durch sein diabolisches Geiseldrama nicht ohnmächtig geworden sind. Wir können unsere Entscheidungen noch immer mit Gewalt und Entschlossenheit durchsetzen, wenn es sein muß.«

»Menschen zu töten wird uns nicht weiterhelfen.«

»Im Gegenteil, Admiral«, widersprach der Botschafter von Miyag. »Wir bedauern das Opfer zwar zutiefst, aber die Vernichtung der Organisation verschafft uns den dringend benötigten Raum zum Atmen. Keiner anderen Gruppe von Besessenen ist es gelungen, mit der gleichen Effizienz Schiffe zu befehligen wie Capone. Wenn er beseitigt ist, sinkt das Risiko der weiteren Ausbreitung auf die wenigen Blockadebrecher, und die Navy wäre wieder imstande, diese Gefahr zu begrenzen, genau wie Sie es ursprünglich vorgesehen haben. Irgendwann werden sich die Besessenen einfach ganz aus unserem Universum zurückgezogen haben, und das ist der Punkt, an dem wir endlich unseren wirklichen Kampf beginnen können, und zwar mit wesentlich weniger Druck als im Augenblick.«

»Lautet so die Entscheidung dieses Konzils?« fragte Samuel Aleksandrovich formell.

»So lautet sie«, antwortete Präsident Haaker. »Mit einer Stimmenthaltung.« Er warf einen Seitenblick zu Cayeux. Der edenitische Botschafter erwiderte den Blick, ohne mit der Wimper zu zucken. Die Edeniten und die Erde hatten die beiden einzigen anderen permanenten Sitze im Konzil inne (hauptsächlich wegen ihrer Bevölkerungszahlen) und bildeten einen machtvollen Stimmblock, denn sie waren sich kaum jemals uneins, was die allgemeine Politik betraf. Wenn es jedoch um ethische Dinge ging, waren die Edeniten meistens allein.

»Sie richten einfach zuviel Schaden an«, sagte der irdische Botschafter in gedämpftem Tonfall. »Sowohl physisch als auch ökonomisch. Ganz zu schweigen von den Folgen für die allgemeine Moral, die Geschehnisse wie auf Trafalgar und unglücklicherweise jetzt auch in unseren Arkologien nach sich ziehen. Wir müssen dem ein Ende setzen, und wir können uns in dieser Angelegenheit nicht den kleinsten Hinweis auf Schwäche leisten.«

»Ich verstehe«, sagte Samuel Aleksandrovich. »Nun, wir verfügen immer noch über den größten Teil von Admiral Kohlhammers Eingreif-Flotte; sie befindet sich gegenwärtig im Avon-System. Motela, wie lange würden Sie benötigen, um in Gefechtsbereitschaft zu gehen?«

»Wir können in acht Stunden über dem Kotcho sein und das Rendezvous mit den adamistischen Kriegsschiffen einleiten«, antwortete Kohlhammer. »Die zugehörigen Voidhawk-Verbände benötigen ein wenig länger, doch die meisten könnten unterwegs zu uns stoßen.«

»Das bedeutet, wir könnten Capone von heute an in drei Tagen angreifen«, sagte Samuel. »Ich würde gerne ein wenig mehr Zeit haben, um die Streitkräfte zu verstärken. Unsere taktischen Simulationen deuten darauf hin, daß wir wenigstens tausend Kriegsschiffe benötigen, um Capone in einer direkten Konfrontation erfolgreich herausfordern zu können. Wir müssen Reservegeschwader von den Streitkräften der einzelnen Nationen anfordern.«

»Sie haben eine Woche«, sagte der Präsident.

5. Kapitel

Die Neuigkeiten von Trafalgar wanderten im Jenseits von Seele zu Seele, bis sie den Monterey erreichten, worauf sich in nicht wenigen Quartieren lauter Jubel ausbreitete.

»Wir haben die Bastarde geschlagen!«, jauchzte Al. Er alberte zusammen mit Jezzibella im Swimmingpool des Monterey Hilton herum, als Patricia mit den Neuigkeiten hereingerannt kam.

»Das haben wir, Boß!« sagte Patricia. »Tausende von Schiffsbesatzungen der Navy sind im Jenseits gelandet.« Sie strahlte freudig. Al konnte sich nicht erinnern, sie je so gesehen zu haben.

Jezzibella warf sich auf Capones Rücken, schlang die Arme um seinen Hals und die Beine um seine Hüften. »Ich hab' dir gleich gesagt, daß Kingsley es schaffen würde«, lachte sie. Sie war in ihre sorglose jugendliche Persönlichkeit geschlüpft und trug einen goldenen Mikrobikini.

»Schon gut, in Ordnung.«

Sie spritzte ihn naß. »Ich hab's dir gesagt.«

Er drückte sie unter Wasser. Prustend schoß sie wieder hoch und lachte ausgelassen, eine Venus aus dem Meer.

»Was ist mit dem Asteroiden?« erkundigte sich Al. »Haben wir den Leitenden Admiral erwischt?«

»Ich glaube nicht«, antwortete Patricia. »Wie es scheint, ist die Antimaterie außerhalb Trafalgars hochgegangen. Der Asteroid als solcher ist noch intakt, aber die militärischen Einrichtungen sind vollkommen zerstört.«

Al neigte den Kopf zur Seite und lauschte der Vielzahl von Stimmen, die beschwörend auf ihn einredeten, jede einzelne voller Flehen. Es dauerte eine Weile, bis er sich durch den Unsinn gearbeitet hatte, den die meisten von sich gaben, doch schließlich gewann er ein Bild von der Katastrophe.

»Was ist genau passiert?« fragte Jezzibella.

»Kingsley hat es nicht bis nach drinnen geschafft. Ich schätze, diese Sicherheits-Nazis haben ihn abgefangen. Aber er kam weit genug, Jesses, was ist er weit gekommen! Hat einen ganzen verdammen Raumhafen voll mit ihren Schiffen ausgelöscht, und mit ihnen eine Riesenladung voller beschissener Waffen.«

Jezzibella umrundete ihn und umarmte ihn leidenschaftlich. »Das ist gut. Das ist sogar sehr gut. Ausgezeichnete Propaganda.«

»Wie meinst du das?«

»Wir haben alle ihre Maschinen hochgejagt, ohne daß zu viele Menschen dabei gestorben wären. Sieht so aus, als wärst du der gute Junge.«

»Ja.« Er rieb seine Nase an der ihren, und seine Hände bewegten sich über ihren Leib zu ihrem Hintern hinunter. »Schätze, das bin ich.«

Jezzibella warf Patricia einen verschlagenen Blick zu. »Hat irgend jemand Kiera schon die gute Nachricht überbracht?«

»Nein, ich glaube nicht.« Patricia grinste erneut. »Wißt ihr was? Ich glaube, ich gehe und sag' es ihr.«

»Sie wird dich nicht in ihr kleines Ghetto lassen wollen«, erwiderte Al. »Lade sie doch einfach zu unserer Siegesfeier ein.«

»Wir veranstalten eine Siegesfeier?« fragte Jezzibella.

»Hey, wenn das keine Siegesfeier wert ist, dann weiß ich verdammt noch mal nicht, was überhaupt. Ruf Leroy an und sag ihm, wir brauchen den Ballsaal für ein Besäufnis. Heute abend wird gefeiert!«

Kiera Salter stand vor dem Fenster der Lounge und starrte auf die Hellhawks hinunter, die auf ihren Simsen ruhten. Die jammernden, erbärmlichen Stimmen aus dem Jenseits berichteten von dem gewaltigen Desaster, das Capones Aktion gegen Trafalgar bewirkt hatte. Sein Triumph erzürnte sie maßlos. Capone war ganz offensichtlich um einiges schwerer zu knacken, als sie sich zu Beginn ihrer kleinen Rebellion vorgestellt hatte. Es war nicht nur sein berühmter Name oder der schlaue Griff, mit dem er die Macht in der Organisation in den Händen hielt. Diese beiden Aspekte hätte sie nach und nach zermürben können. Aber er hatte weit mehr als nur seinen gerechten Anteil Glück. Weit mehr. Eine Weile hatte die Vernichtung der Antimateriestation das Schicksal zu ihren Gunsten gewendet. Nachdem die Infiltrationsflüge aufgehört hatten, war die Flotte wieder nervös geworden. Und jetzt das. Schlimmer noch, Capone war sich voll und ganz ihrer weniger als loyalen Aktionen bewußt, obwohl nichts davon offen zutage getreten war. Noch nicht.

Sie konnte es von ihrem Fenster aus nicht sehen, aber ein Stück weiter auf dem runden Andocksims war der kleine Mistkerl Emmet Mordden damit beschäftigt, eine der Syntheseanlagen für Nährflüssigkeit wieder aufzubauen, die sie ausgeschaltet hatte. Wenn er damit Erfolg hatte, würde sie verlieren, und zwar auf der ganzen Linie. Eine der körperlosen Stimmen, die sich ganz besonders begierig einzuschmeicheln versuchte, berichtete ihr, daß wenigstens ein ganzes Geschwader Voidhawks in der gigantischen Explosion vernichtet worden war.

»Verdammte Scheiße!« tobte Kiera. Sie weigerte sich, noch mehr von dem hinterhältigen geisterhaften Gemurmel zur Kenntnis zu nehmen. »Ich hatte nicht die geringste Ahnung, was da am Laufen war!«

Ihre beiden Mitkonspirateure, Luigi Balsmao und

Hudson Proctor, warfen sich einen verstohlenen Blick zu. Sie wußten, wie gefährlich das Leben in Kieras Nähe wurde, wenn sie in diese Stimmung kam.

»Ich auch nicht«, sagte Luigi. Er saß auf einem der breiten Sofas, trank ausgezeichneten Kaffee und beobachtete sie vorsichtig. »Al hat vor einer Weile ein wenig Antimaterie für ein geheimes Projekt benutzt. Ich hätte nicht im Traum gedacht, daß er so etwas damit vorhaben könnte. Ich muß gestehen, das verschafft seiner Glaubwürdigkeit bei den Besatzungen eine Menge neue Nahrung.«

»Dieser Barbar hat einfach nicht die Intelligenz, um von sich aus auf einen Plan wie diesen zu kommen«, fuhr sie Luigi an. »Jede Wette, daß ich genau weiß, wer ihm diese Idee in den Kopf gesetzt hat. Verdammte kleine Hure!«

»Ziemlich schlau für eine kleine Hure«, sagte Hudson Proctor.

»Verdammt zu schlau«, entgegnete Kiera. »Viel zu schlau. Und eines Tages werde ich ihr das auch sagen. Ich freue mich jetzt schon darauf.«

»Trotzdem, für uns wird das Leben wegen dieser Geschichte schwieriger«, sagte Luigi. »Wir haben in letzter Zeit mit einer Menge Leute geredet. Wir hatten reichlich Unterstützung für unsere Idee, nach unten auf die Oberfläche zurückzukehren.«

»Die gibt es noch immer«, sagte Kiera. »Wie lange wird Capones Triumph anhalten? Eine Woche? Zwei? Letzten Endes ändert sich dadurch nicht das geringste. Er hat nichts anzubieten. Ich werde die Organisation mit mir hinunter nach New California nehmen, und Capone und seine Hure können sich meinetwegen hier oben die Ärsche abfrieren, bis die Überbleibsel der Konföderierten Navy vorbeikommen und anklopfen. Ich bin gespannt, wie ihm das schmeckt.«

»Wir machen jedenfalls weiter«, versprach Luigi.

»Vielleicht gibt es eine Möglichkeit, wie wir diese Geschichte noch zu unseren Gunsten drehen können«, sagte Kiera nachdenklich. »Falls es uns gelingt, die Besatzungen davon zu überzeugen, daß es sich um nichts weiter als eine Propagandaaktion handelt, die neunundneunzig Prozent der Konföderierten Navy verdammt übel auf uns zu sprechen macht.«

»Und daß sie wahrscheinlich herkommen und die Sache ein für alle Mal regeln werden.«

»Ganz genau. Und es gibt nur einen einzigen Ort, an dem wir wirklich sicher vor ihrer Vergeltung sind.«

Ein Summen ertönte von einer der AV-Säulen auf dem Glastisch vor dem Sofa.

Kiera marschierte ärgerlich hin und tippte ihre Bestätigung ein. Es war Patricia Mangano, die anrief, um Kiera und den anderen die fabelhaften Neuigkeiten über Trafalgar zu überbringen, falls sie es nicht schon gehört hätten. Und sie alle wären zu der großen Siegesfeier eingeladen, die Al an diesem Abend im Ballsaal des Hilton veranstalten würde.

»Wir werden dort sein«, antwortete Kiera zuckersüß und schaltete ab.

»Wir gehen hin?« fragte Hudson Proctor ehrlich verblüfft.

»O ja, das werden wir«, antwortete Kiera. Ihr Lächeln verwandelte sich in reine Bosheit. »Das ist das perfekte Alibi.«

Die *Mindori* schwang über den nicht-rotierenden Raumhafen herein und sank auf das Landegestell herab, das Hudson Proctor ihr zugewiesen hatte. Rocio Condra erhielt das Raumverzerrungsfeld des Hellhawks noch für eine Weile aufrecht, denn ein Stück weiter um das felsige Sims herum hatte er interessante Aktivitäten bemerkt. Mehrere Nicht-Besessene in Raumanzügen arbeiteten an einer Sektion Maschinerie, die aus der vertikalen Klippe ragte.

– Wie lange geht das schon so? wandte er sich im Singular-Affinitätsmodus an Pran Soo.

– Seit zwei Tagen.

– Weiß irgend jemand, was sie dort machen?

– Nein. Aber es hat nichts mit Kiera zu tun.

– Tatsächlich? Die einzigen Systeme hier auf dem Sims haben mit Wartung und Nahrungsaufnahme für Voidhawks und Blackhawks zu tun.

– Es ist doch ein ganz offensichtlicher Zug für Capone, daß er bemüht ist, uns ebenfalls mit Nahrung versorgen zu können, antwortete Pran Soo. – Wie es scheint, wendet sich das Blatt allmählich zu unseren Gunsten.

– Das sehe ich anders, erwiderte Rocio. – Capone braucht uns nur zur Verstärkung seiner Flotte. Zweifellos wird er uns bessere Bedingungen bieten als Kiera, aber wir werden immer noch in den Konflikt hineingezogen. Mein Ziel bleibt die vollkommene Unabhängigkeit für uns alle.

– Wir sind inzwischen fünfzehn, die dir jede nur denkbare verdeckte Unterstützung geben. Wir denken, daß die meisten anderen sich uns anschließen, falls Almaden seine Nahrungssyntheseanlage wieder zum Laufen bringen kann. Mit einigen nennenswerten Ausnahmen.

– Womit wir beim Thema wären; wo steckt Etchells?

– Ich weiß es nicht. Er ist immer noch nicht wieder zurückgekehrt.

– Soviel Glück können wir gar nicht haben. Hast du das Kommunikationsnetz vom Monterey überprüft, ob die von uns benötigte Elektronik auf Lager ist?

– Ja. Alles vorhanden. Aber ich verstehe nicht, wie du das Zeug herausschaffen willst. Wir müßten schon die Organisation direkt fragen. Willst du vielleicht mit

ihnen verhandeln? Sie brauchen uns noch immer, damit wir Patrouille um New California fliegen; das ist schließlich kein Kampfeinsatz.

– Nein. Capone wäre alles andere als erfreut, wenn er von meinem Handel mit dem Almaden erführe; schließlich haben wir vor, ihn der industriellen Kapazität des Asteroiden zu berauben. Ich denke, ich kann die Elektronik auch ohne die Hilfe außenstehender Gruppierungen besorgen.

Rocio benutzte die BiTek-Prozessoren im Lebenserhaltungsmodul der *Mindori,* um eine Verbindung zum Kommunikationsnetz des Monterey herzustellen. Das letzte Mal hatte er sich nur auf die visuellen Sensoren aufgeschaltet, um die Lagerräume für Nahrungsmittel zu lokalisieren, damit Jed Essen organisieren konnte. Das war ganz leicht gewesen, doch was er nun plante, war weitaus komplexer.

Mit Pran Soos Hilfe gewann er Zugriff zu den Wartungsdaten und suchte den Lagerort für die elektronischen Bauteile heraus, die er benötigte. Die entsprechenden Informationen waren nicht mit einer Zugangsbeschränkung versehen, obwohl sie einen gefälschten Log-in-Kode benutzten, um sicherzustellen, daß keinerlei verräterische Bytes im Netz zurückblieben, die eine Verbindung zwischen ihnen und den fraglichen Komponenten schufen. Anschließend lud Rocio eine Anforderung für die Bauteile in das Netz. Die Prozedur, die Emmet Mordden für die Ersatzteilzuweisung eingeführt hatte, besaß mehrere integrierte Sicherheitsprotokolle. Rocio mußte die bordeigenen BiTek-Prozessoren in die Verbindung einschleifen, um die Sicherheitsabfragen mit einem machtvollen Kodebrecher zu umgehen. Nachdem er erfolgreich in das System eingedrungen war, ordnete er die Lieferung der Bauteile zu einem Wartungsdock außerhalb von Kieras physischem Einflußbereich an.

– **Ausgezeichnet**, sagte Pran Soo. – **Und wie geht es jetzt weiter?**

– **Ganz einfach. Wir gehen einfach hinein und sammeln das Material auf.**

Jed studierte die Route, die Rocio ausgearbeitet hatte, und suchte nach eventuellen Schwachstellen. Bisher hatte er deprimierend wenige gefunden, nämlich null. Der Possessor des Blackhawks benutzte den großen Schirm in der Messe, um ein Schema des Weges zu projizieren, obwohl er auch in den Prozessorblock von Jeds Raumanzug geladen werden würde. Jed konnte ihn jederzeit als graphisches Überlagerungsbild aufrufen, um sich zu orientieren, so daß er diesmal nicht auf Rocios Richtungsanweisungen angewiesen sein würde. Er würde etwa einen Kilometer weit über das Felsensims wandern müssen, um die entsprechende Luftschleuse zu erreichen. So weit, so gut, obwohl er schon wieder das verdammte enge Ding würde tragen müssen, das so zwischen den Beinen kniff. Die Besessenen konnten keine Raumanzüge benutzen, also wäre er vor den Mistkerlen sicher, solange er sich draußen auf dem Sims aufhielt. Erst im Innern des Asteroiden würden die Schwierigkeiten anfangen. Wieder einmal.

»In fünfzig Minuten fängt eine große Siegesfeier an«, sagte Rocio. Sein Gesicht nahm einen kleinen Raum in der oberen rechten Ecke des Schirms ein. »Und genau das ist der Zeitpunkt, an dem du deinen Auftrag durchführen wirst. Die meisten Besessenen sind dort, und die Chance, entdeckt zu werden, ist minimal.«

»Na prima«, murmelte Jed. Es fiel ihm schwer, sich zu konzentrieren und gleichzeitig neben Beth auf der Couch zu sitzen, während Gerald hinter ihm auf und ab ging und unverständliche Selbstgespräche führte.

»Die Hälfte der angeforderten Ersatzteile wurde bereits zum Wartungsdock geliefert«, fuhr Rocio fort. »Das ist das Schöne an einem so stark automatisierten

System wie hier auf dem Monterey. Die Frachtmechanoiden stellen keine unbequemen Fragen, und in den Werkstätten ist niemand, der ihnen Antworten geben könnte. Sie legen einfach die bestellten Ersatzteile ab und kehren zurück, um die nächste Ladung herbeizuschaffen.«

»Schon gut, das wissen wir alles«, sagte Beth. »Du bist ein wahres Genie.«

»Nicht jeder wäre imstande, diese Aufgabe so elegant zu lösen.«

Jed und Beth wechselten einen Blick. Ihre Hand legte sich auf seinen Oberschenkel und drückte zu. »Fünfzig Minuten«, murmelte sie.

Gerald kam um das große Sofa herum und baute sich vor dem Schirm auf. Er streckte die Hand aus und fuhr mit dem Zeigefinger sanft der gepunkteten grünen Linie nach, die von der *Mindori* zur Luftschleuse des Asteroiden ging. »Zeig sie mir«, bat er leise. »Zeig mir meine Marie.«

»Ich kann nicht. Es tut mir leid«, antwortete Rocio. »Es gibt keinen freien Netzzugriff auf die Sektion, in der sich Kiera verbarrikadiert hat.«

»Verbarrikadiert!« rief Gerald, und auf seinem Gesicht breitete sich Bestürzung aus. »Ist mit ihr alles in Ordnung? Schießt Capone auf sie?«

»Nein, nein. Nichts dergleichen, Gerald. Es ist nur Politik. In der Organisation sind Machtkämpfe entbrannt, und Kiera will lediglich sicherstellen, daß niemand sie digital ausspioniert, weiter nichts.«

»In Ordnung, in Ordnung.« Gerald nickte langsam. Er faltete die Hände und knetete seine Finger, bis die Knöchel knackten.«

Jed und Beth warteten besorgt. Diese Art von Verhalten ging üblicherweise einer Ankündigung voraus.

»Ich werde mit Jed gehen«, sagte Gerald schließlich. »Er braucht bestimmt Hilfe.«

Rocio kicherte dumpf. »Auf gar keinen Fall, Gerald.

Tut mir leid, aber wenn ich dich von Bord lasse, sehen wir dich nie wieder. Und das geht einfach nicht, meinst du nicht auch?«

»Ich werde ihm helfen, wirklich! Ich werde keine Schwierigkeiten machen, ich verspreche es!«

Beth machte sich im Sofa ganz klein und wich den Blicken der anderen aus. Die jämmerliche Art, mit der Gerald immer wieder bettelte, von Bord zu dürfen, war ausgesprochen peinlich. Und er war physisch in einem schlimmen Zustand; seine Haut war verschwitzt, und unter seinen Augen hatten sich dunkle Ringe gebildet.

»Du verstehst das nicht!« Gerald wich vom Schirm zurück. »Das ist meine letzte Chance. Ich habe genau gehört, was du gesagt hast; du willst nicht wieder hierher zurück. Marie ist hier! Ich muß zu ihr. Sie ist doch noch ein Kind! Mein kleines Baby. Ich muß ihr helfen, ich muß, ich muß!« Er zitterte am ganzen Leib, als würde er jeden Augenblick anfangen zu weinen.

»Ich werde dir helfen, Gerald«, versprach Rocio. »Ganz ehrlich, ich werde dir helfen. Aber nicht jetzt. Das hier ist für uns extrem wichtig. Jed muß diese Komponenten unbedingt an Bord bringen. Sei ein wenig geduldig.«

»Geduldig?« Die Frage klang wie ein ersticktes Ächzen. Gerald wirbelte herum, und seine Hände waren zu Klauen verkrümmt, als wollte er die Luft anfallen. »Nein! Nicht noch länger!« Er zog eine Laserpistole aus der Tasche.

»Um Himmels willen!« stöhnte Jed. Seine Hände betasteten automatisch die Taschen seiner Jacke. Sinnlos; er wußte genau, wo seine Pistole war.

Beth sprang aus dem Sofa hoch und stolperte, weil sie Jeds panischem Armwedeln in die Quere kam. »Gerald, mein Freund, laß das. Tu das nicht!« rief sie.

»Sie bittet dich, hör hin«, sagte Rocio.

»Bring mich zu Marie! Ich mache keinen Spaß.« Gerald

richtete die Laserpistole auf die beiden jungen Leute und marschierte auf sie zu, bis der Lauf keine zehn Zentimeter mehr von Jeds Stirn entfernt war. »Versuch nicht, deine energistischen Kräfte gegen mich einzusetzen! Das funktioniert nicht.«

Mit der freien Hand zerrte er am Saum seines Sweatshirts, und darunter wurden mehrere Energiezellen und ein Prozessorblock sichtbar, die er sich mit Klebeband um den Leib geschlungen hatte. Die Zellen und der Block waren durch verschiedene Kabel miteinander verbunden. Auf dem Display des Prozessorblocks war eine kleine grüne Spirale zu sehen, die sich langsam drehte. »Wenn dieser Block gestört wird, gehen wir alle hoch. Ich weiß, wie man die Sicherheitssperren der Zellen überbrückt. Das habe ich schon vor langer Zeit gelernt, damals, als ich noch auf der Erde war. Bevor all das hier geschehen ist. Dieses Leben, in das ich alle geführt habe. Es sollte ein gutes Leben werden, aber das ist es nicht. Das ist es nicht! Ich will mein Baby zurück! Ich will, daß die Dinge wieder so werden, wie sie waren! Ihr werdet mir dabei helfen. Ihr alle.«

Jed sah Gerald direkt in die Augen und bemerkte sein Blinzeln, als würde er unter großen körperlichen Schmerzen leiden. Ganz, ganz langsam schob er Beth von sich. »Geh weiter«, drängte er, als sie protestieren wollte. »Gerald wird nicht auf dich schießen. Nicht wahr, Gerald? Ich bin deine Geisel.«

Die Hand mit der Laserpistole zitterte alarmierend. Aber lange nicht genug, als daß Jed aus der Schußlinie hätte springen können. Nicht, daß er es versucht hätte, dafür sorgten schon die Energiezellen um Geralds Leib.

»Ich werde dich erschießen!« zischte Gerald.

»Sicher wirst du mich erschießen. Aber nicht Beth.« Jed schob sie weiter von sich weg, bis sie sich erneut widersetzte.

»Ich will zu Marie!«

»Du kannst zu Marie, wenn du Beth in Ruhe läßt.«

»Jed!« protestierte sie.

»Geh weiter, Süße. Rede nicht, geh. Verschwinde von hier.«

»Das werde ich ganz bestimmt nicht, verdammt. Gerald, du legst sofort die Waffe hin! Und dann schaltest du den verdammten Prozessorblock ab.«

»*Ich will zu Marie!*« kreischte er. Beth und Jed zuckten simultan zusammen.

Gerald drückte die Mündung des Lasers gegen Jeds Stirn.

»Auf der Stelle! Du wirst mir dabei helfen. Ich weiß, daß ihr Angst habt vor dem Jenseits. Versteht ihr, ich weiß ganz genau, was ich tue.«

»Gerald, mein Freund, bei allem Respekt, aber du hast nicht die geringste Ahnung, was . . .«

»Halt's Maul!« fiel Gerald ihr ins Wort. Er fing an zu hecheln wie nach einem Hundert-Meter-Lauf, als gäbe es mit einem Mal nicht mehr genügend Sauerstoff in der Luft zum Atmen. »Bist du das, Kommandant? Tust du meinem Kopf weh? Ich habe dich gewarnt, deine Kräfte nicht gegen mich einzusetzen!«

»Das bin ich nicht, Gerald«, sagte Rocio hastig. »Überprüf deinen Block, er funktioniert einwandfrei, oder nicht?«

»O mein Gott, Gerald!« Beth hätte sich am liebsten wieder hingesetzt; mit einem Mal schien alle Kraft aus ihren Beinen gewichen.

»In den Zellen ist genügend Energie gespeichert, um ein Loch in die Lebenserhaltungskapsel zu blasen, wenn sie hochgehen.«

»Ganz bestimmt, Gerald«, sagte Rocio. »Das hast du sehr schlau angestellt. Du hast mich überlistet. Ich werde nicht versuchen, gegen dich zu kämpfen.«

»Du glaubst, daß sie mich zu fassen kriegen, wenn ich dort reingehe, nicht wahr?«

»Die Wahrscheinlichkeit ist jedenfalls sehr groß, Gerald.«

»Aber wenn das alles vorbei ist, fliegst du weg von hier, nicht wahr? Also macht es überhaupt nichts aus, wenn sie mich fangen.«

»Nicht, wenn wir die Komponenten bekommen.«

»Da hast du es.« Gerald gab ein hysterisches Lachen von sich. »Ich helfe Jed, die Komponenten zu verladen, und danach suche ich nach Marie. Es ist ganz leicht. Eigentlich hättest du selbst darauf kommen müssen.«

»Rocio?« fragte Beth verzweifelt und blickte flehend auf die kleine Sektion des Schirms, die das Gesicht des Possessors zeigte.

Rocio wog seine Möglichkeiten ab. Es war unwahrscheinlich, daß er mit dem Irren würde verhandeln können. Und auf Zeit zu spielen war sinnlos. Zeit war der kritische Faktor.

Ihm blieben allerhöchstens vier Stunden, bis er mit der Aufnahme seiner Nahrungsflüssigkeit fertig war; wie die Dinge lagen, hatte er sich extra nicht sonderlich beeilt. Eine Gelegenheit wie diese würde sich niemals wieder ergeben.

»In Ordnung, Gerald, du hast gewonnen. Du kannst mit Jed gehen. Aber vergiß nicht, ich werde dich nicht wieder an Bord lassen, unter gar keinen Umständen. Hast du das verstanden, Gerald? Du bist absolut auf dich allein gestellt.«

»Ja.« Es war, als hätte sich das Gewicht der Laserpistole auf einen Schlag verzwanzigfacht; Geralds Arm fiel kraftlos herab. »Und du läßt mich wirklich gehen? Zu Marie?« Seine Stimme wurde zu einem ungläubigen Gequieke. »Wirklich?«

Beth stand schweigend dabei, während Jed und Gerald sich in die Raumanzüge zwängten. Sie half ihnen mit den Helmverschlüssen und überprüfte die Tornistersysteme. Die Anzüge kontrahierten sich um ihre Körper; Geralds Anzug umriß die Energiezellen, die er sich um den Bauch gebunden hatte. Beth hätte zweimal Gelegenheit gehabt, ihm die Laserpistole zu entreißen, während er sich in den weiten Sack mühte, doch die Angst vor dem, wie er darauf reagieren würde, hielt sie zurück. Das hier war nicht mehr der verwirrte, verletzte Exzentriker, um den sie sich seit dem Koblat gekümmert hatte. Geralds Wahninn hatte eine Stufe erreicht, die potentiell tödlich war. Beth glaubte fest, daß er sich in die Luft sprengen würde, wenn ihm jetzt noch jemand in den Weg trat.

Unmittelbar bevor Jed sein Visier schloß, küßte sie ihn ein letztes Mal. »Komm zurück«, flüsterte sie.

Er schenkte ihr ein nervöses, tapferes Lächeln.

Die Luftschleuse glitt zu, und die Pumpen traten in Aktion.

»Rocio!« rief Beth in Richtung des nächsten AV-Projektors. »Was zur Hölle machst du nur? Sie werden ganz bestimmt gefaßt! Mein Gott, du hättest Gerald aufhalten müssen!«

»Und welche Alternative schlägst du vor? Gerald mag vielleicht gefährlich aus dem Gleichgewicht geraten sein, aber sein Trick mit den Energiezellen war verdammt schlau eingefädelt.«

»Wieso hast du nicht bemerkt, was er vorhat? Ich meine, beobachtest du uns denn nicht?«

»Möchtest du vielleicht, daß ich alles beobachte, was ihr macht?«

Beth errötete. »Nein, ganz bestimmt nicht. Aber ich dachte, du würdest wenigstens hin und wieder ein Auge auf uns haben, um sicherzustellen, daß wir deine Pläne nicht durchkreuzen.«

»Du und Jed könnt meine Pläne nicht durchkreuzen. Ich gebe zu, daß ich mit Gerald einen Fehler gemacht habe, einen verdammt großen sogar. Aber wenn es Jed gelingt, die Komponenten an Bord zu bringen, spielt es nicht die geringste Rolle.«

»Für Gerald schon! Sie werden ihn fangen! Du weißt genau, daß er keine Chance hat! Er ist nicht imstande, diese Tortur noch einmal zu ertragen, nicht das, was die Besessenen mit ihm machen!«

»Das weiß ich. Trotzdem, ich kann nichts dagegen unternehmen. Genausowenig wie du. Akzeptiere das endlich, Beth, und lerne damit umzugehen. Das hier ist bestimmt nicht das letzte Mal, daß du in deinem Leben eine Tragödie miterlebst. Uns allen geht es so. Es tut mir leid, aber wenn Gerald aus dem Weg ist, können wir uns wenigstens wieder unseren Plänen zuwenden. Ich bin dir dankbar für deine Bemühungen und deine physische Hilfe, und ich verspreche noch einmal, daß ich euch bei den Edeniten abliefern werde. Mein Ehrenwort, wenn es dir etwas bedeutet, aber sonst kann ich dir nichts geben.«

Beth kehrte auf die Brücke der *Mindori* zurück. Sensordaten und Kamerabilder füllten die meisten Schirme über den Konsolen. Sie berührte keine der Kontrollen, sondern ließ sich lediglich in eine der großen Beschleunigungsliegen fallen und versuchte soviel auf einmal aufzufangen, wie sie nur konnte. Ein Schirm war auf zwei Gestalten in Raumanzügen zentriert, die über den glatten Fels des Andocksimses watschelten. Andere zeigten verschiedene Luftschleusen, Fenster und Wände voller Maschinerie. Eine Gruppe von fünf Schirmen übertrug Bilder aus dem Innern des Asteroiden: zwei leere Korridore, das Wartungsdock mit Rocios kostbarem Stapel requirierter Komponenten und zwei Ausblicke auf die Lobby des Monterey Hilton, wo Capones Gäste zur Party eintrafen.

Eine junge Frau, kaum älter als Beth, rauschte in

Begleitung zweier attraktiver Männer in die Lobby. Die meisten Leute drehten sich zu ihr um und stießen sich verstohlen an.

Das wunderschöne Gesicht der jungen Frau erzeugte bei Beth ein verdrießliches Stirnrunzeln. »Das ist sie, nicht wahr? Das ist Kiera Salter.«

»Ja«, antwortete Rocio. »Der Mann zu ihrer Rechten ist Hudson Proctor; den anderen kenne ich nicht. Irgendein armer Kerl, den sie im Bett aussaugt. Dieses Miststück ist eine komplette Hure.«

»Nun, bitte sag es nicht Gerald, ja?«

»Das hatte ich auch nicht vor. Aber vergiß nicht, die meisten Besessenen sind am Anfang ganz verrückt nach Sex. Kieras Verhalten ist durchaus nicht ungewöhnlich.«

Beth erschauerte. »Wie weit muß Jed noch gehen?«

»Er ist doch gerade erst losgegangen. Hör mal, mach dir keine Gedanken, die Route ist frei, und die Komponenten warten nur darauf, abgeholt zu werden. Es dauert weniger als zehn Minuten, reinzugehen und alles aufzuladen.«

»Wenn Gerald es nicht vermasselt.«

Bernhard Allsop war es egal, daß er die große Siegesfeier versäumen würde. Er kam nicht besonders gut mit Capones Lieutenants zurecht. Sie alle lachten und redeten verächtlich hinter seinem Rücken über ihn. Jedenfalls die Besessenen; die Nicht-Besessenen behandelten ihn mit Respekt – der Art von Respekt, die man einer wütenden Klapperschlange entgegenbrachte. Nichts von alledem störte ihn. Er war hier, mitten im Zentrum des Geschehens. Und Al vertraute ihm. Er war weder degradiert noch zur Oberfläche verbannt worden wie ein paar der Lieutenants, die ihren Aufgaben nicht gewachsen waren. Capones Vertrauen bedeutete Bernhard eine

Menge mehr als das spöttische Gekicher seiner Stiefellecker.

Also beschwerte sich Bernhard auch nicht, als das Los auf ihn fiel. Er fürchtete sich nicht vor harter, anstrengender Arbeit. Nein, Sir. Außerdem war es eines von Capones wichtigsten Projekten. Emmet Mordden hatte es selbst gesagt. Genauso wichtig wie der Schlag gegen Trafalgar. Deswegen wurde die Arbeit selbst während der Party nicht unterbrochen. Al wollte, daß sie die gesamte Maschinerie reparierten. Es hatte irgend etwas mit den Hellhawks zu tun. Bernhard war nicht so fit in technischen Details. Er hatte daheim in Tennessee Automotoren überholt und getunt, aber alles, was komplexer war als eine Turbine, überstieg sein Verständnis bei weitem.

Es machte ihm nicht einmal etwas aus, weil es bedeutete, daß er sich nicht die Hände schmutzig machen, sondern lediglich die Burschen beaufsichtigen mußte, die Emmet für diese Arbeit eingeteilt hatte. Auf Anzeichen von Verrat und doppeltem Spiel in den Gedanken der Nicht-Besessenen achten und sicherstellen, daß sie die ganze Zeit über vernünftig arbeiteten. Ganz einfach. Und wenn alles vorbei war, würde Al wissen, daß Bernhard Allsop es wieder einmal geschafft hatte.

Es war ein weiter Weg durch die Korridore von den Wohnquartieren des Monterey bis zu der Sektion, wo die Reparaturarbeiten auf dem Andocksims durchgeführt wurden. Bernhard hatte keine Ahnung, was hinter all den Türen vor sich ging, an denen er vorüberkam. In diesem Teil des Felsens waren hauptsächlich technische Werkstätten und Lagerräume untergebracht. Die meisten davon wurden nicht mehr benutzt, seit die Organisation die Navy von New California übernommen hatte. Womit Meilen hell erleuchteter, warmer Korridore zurückblieben, angelegt in einem dreidimensionalen Muster und abgesehen von dem einen oder anderen Wartungsmechanoiden oder Techniker allesamt verlassen. Alle zweihundert Meter gab es dicke Sicherheits-Druckschotten gegen plötzlichen Druckabfall, und sie halfen Bernhard bei der Orientierung. Jede einzelne war mit einer Kombination aus Zahlen und Buchstaben markiert, die ihm verriet, wo er sich befand. Wenn man es ein paar Mal gemacht hatte, war es ganz wie daheim in Manhattan. Offensichtlich.

Druckschott 78D4, noch zehn Minuten Fußweg zur Nahrungssyntheseanlage.

Bernhard stieg über den massiven Rand des Schotts und marschierte durch den nächsten Korridor. Er verlief parallel zum Andocksims, obwohl Bernhard nie die Kurve erkennen konnte, die der Gang zweifelsohne beschrieb. Die Türen zu seiner Linken führten zu ein paar Werkstattbüros mit breiten Fenstern, die auf die Simse hinauszeigten, zu einer Lounge, einer Luftschleusenkammer und zwei Vorbereitungsräumen für Arbeiten im Vakuum. Zur Rechten gab es lediglich zwei Türen; eine führte in ein Wartungszentrum für Mechanoiden und eine weitere in eine Elektronikwerkstatt.

Ein leises metallisches Surren ließ ihn aufblicken. Das Druckschott 78D5 sechzig Meter vor ihm glitt über den Korridor. Bernhards geliehenes Herz schlug plötzlich schneller. Die Schotten schlossen sich nur, wenn es irgendwo einen Druckabfall gab. Er wirbelte herum und sah gerade noch, wie 78D4 in seine Fassung glitt.

»Hey!« rief er. »Was ist da los?« Es gab weder blinkende rote Lichter noch Alarmsirenen wie bei all den Übungen. Nichts als entnervende Stille. Er bemerkte, daß selbst die Ventilatoren der Klimaanlage angehalten hatten; offensichtlich waren auch die Belüftungsschächte abgeriegelt worden.

Bernhard rannte in Richtung 78D5 los und zerrte seinen Prozessorblock aus der Tasche. Er tippte einen Befehl ein, um das Kontrollzentrum anzurufen, und auf dem Display erschien die Meldung: KEINE NETZVERBINDUNG VORHANDEN. Er musterte das Gerät mit einem verwirrten, sorgenvollen Blick. Dann hörte er, wie ein anfangs nahezu unhörbares zischendes Geräusch an Lautstärke gewann und rasch immer lauter wurde. Er blieb stehen und blickte sich erneut um. Auf halbem Weg den Korridor hinunter glitt eine Schleusentür auf. Es war die Schleuse, die hinaus auf das Andocksims führte. Und Emmet hatte den Mitgliedern der Organisation, die aus früheren Jahrhunderten stammten, immer wieder eingeschärft, daß es unmöglich war, beide Schleusentüren gleichzeitig zu öffnen.

Bernhard heulte voller Angst und Wut auf und wandte sich ab, um in Richtung 78D5 davonzulaufen. Er riß eine Hand hoch und verschoß einen Blitz weißen Feuers. Das energistische Geschoß traf das Druckschott und löste sich in einen violetten Funkenschauer auf. Irgend jemand auf der anderen Seite lenkte seine Blitze ab.

Die Luft raste rechts und links an ihm mit der Macht eines Hurrikans vorbei und erzeugte kurzlebige Schleier aus weißem Dunst, die um seinen Körper kurvten. Er schleuderte einen weiteren Blitz weißen Feuers gegen die Druckschleuse. Diesmal erreichte er nicht einmal die stumpfe Metalloberfläche, bevor er sich in Nichts auflöste.

Sie versuchten ihn zu ermorden!

Er erreichte die massige Druckschleuse und hämmerte gegen das kleine transparente Bullauge in der Mitte, während der Sturm unablässig an seiner Kleidung zerrte. Das Brüllen der aufgewühlten Luft wurde schwächer. Er konnte zwei Bewußtseine spüren; eines davon glaubte er zu erkennen. Die Befriedigung, die sie ausstrahlten, war scheußlich auffallend.

Bernhard öffnete den Mund und stellte fest, daß kaum noch Luft zum Atmen vorhanden war. Er konzentrierte seine energistischen Kräfte rings um sich selbst und machte seinen Körper stark, während er gleichzeitig gegen das kitzelnde Gefühl ankämpfte, das über seine Haut kroch. Sein Herz schlug ihm bis zum Hals.

Er hämmerte gegen die Drucktür und erzeugte eine winzige Delle in dem massiven Metall. Ein weiterer Schlag. Die erste Delle verschwand in einem Schimmer von rotem Licht.

»Helft mir!« gellte er. Die Luft wurde ihm förmlich aus dem Rachen gerissen, doch der Schrei war an die unendliche Menge von Seelen gerichtet, die ihn umgaben. *Erzählt es Capone!* flehte er lautlos. *Kiera steckt hinter alledem! Ihr müßt ihn warnen!*

Er hatte Mühe, sich auf die hartnäckige Drucktür zu konzentrieren. Er schlug erneut dagegen. Das Metall färbte sich rot. Diesmal war es eine Flüssigkeit, kein energistischer Überlauf, der die physikalische Realität veränderte. Bernhard sank auf die Knie, und seine Fingernägel kratzten verzweifelt Halt suchend über das Metall nach unten. Die Seelen rings um ihn wurden um einiges deutlicher.

»Was ist das?« fragte Jed. Er hatte nicht mehr mit Gerald gesprochen, seit sie die Stufen der *Mindori* heruntergeklettert waren, und selbst da hatte er ihm lediglich gesagt, in welche Richtung sie sich bewegen mußten.

Seither waren sie nebeneinander an den Hellhawks vorbeigegangen, die auf den Simsen ruhten und Nahrung in sich pumpten. Inzwischen befanden sie sich in einer Sektion des Simses, das weder von Capone noch von Kiera benutzt wurde. Niemandsland. Die purpurfarbenen physiologischen Diagramme, die der Raumanzug von innen gegen sein Visier projizierte, berichteten von seinem traurigen körperlichen Zustand: Sein Herzschlag war bei weitem zu hoch, und seine Körpertemperatur lag ebenfalls über dem normalen Wert. Diesmal verzichtete er jedoch darauf, sich eine Infusion zu setzen, um seine hektischen Gedanken zu beruhigen. Bis jetzt jedenfalls.

»Gibt es ein Problem?« fragte Rocio.

»Das frage ich dich, Freund.« Jed deutete auf die Klippenwand in fünfzig Metern Entfernung. Ein Schwall weißer Gase rauschte durch eine offenstehende Luftschleuse horizontal in das Vakuum hinaus. »Sieht ganz nach einem Leck aus.«

»Marie!« schnaufte Gerald. »Ist Marie dort? Ist sie in Gefahr?«

»Nein, Gerald«, antwortete Rocio mit deutlich genervtem Unterton in der Stimme. »Sie ist überhaupt nicht in deiner Nähe. Sie ist auf Capones Party, trinkt Champagner und amüsiert sich.«

»Das ist eine Menge Luft, die da unkontrolliert entweicht«, stellte Jed fest. »Die Kammer scheint leckgeschlagen zu sein. Rocio, kannst du erkennen, was da los ist?«

»Ich erhalte auf keinen der Sensoren hinter der Schleuse Zugriff. Die gesamte Sektion des Netzes wurde isoliert. Nicht einmal ein Druckalarm geht nach draußen an das Lebenserhaltungs-Kontrollsystem des Asteroiden. Der Korridor wurde versiegelt. Irgend jemand muß eine Menge Mühen auf sich genommen haben, um zu verheimlichen, was immer zur Hölle dort vor sich geht.«

Jed beobachtete, wie der Schwall entweichenden Gases verebbte. »Sollen wir trotzdem weitermachen?«

»Auf jeden Fall!« antwortete Rocio. »Laßt euch auf nichts ein. Und zieht auf keinen Fall Aufmerksamkeit auf euch.«

Jed warf einen Blick auf die lange Reihe leerer Fenster über der offenen Schleuse. Sie waren ausnahmslos dunkel. Nichts regte sich dahinter. »Kein Problem.«

»Aber warum?« meckerte Gerald. »Was geht dort vor?

Warum willst du nicht, daß wir nachsehen? Es ist Marie, nicht wahr? Mein Baby ist dort drin!«

»Nein, Gerald.«

Gerald machte ein paar Schritte auf die offene Schleuse zu.

»Gerald?« Beths Stimme klang schrill. Angespannt und aufgeregt. »Gerald, hör mir zu! Sie ist nicht dort, in Ordnung? Marie ist nicht dort drin. Ich kann sie von hier aus sehen, Freund. In der großen Hotellobby hängen überall Kameras. Ich sehe sie groß und deutlich vor mir. Ich schwöre es, Freund. Sie trägt ein schwarzes und pinkfarbenes Kleid. Ich könnte mir das nicht ausdenken, oder?«

»Nein!« Gerald rannte los, eine mühsame, hüpfende Art der Fortbewegung in der niedrigen Gravitation des Asteroiden. »Du lügst!«

Jed rannte in wachsendem Entsetzen hinter Gerald her. Außer einer Leuchtkugel gab es so gut wie nichts, womit sie mehr Aufmerksamkeit auf sich hätten lenken können.

»Jed«, sagte Rocio, »ich bin jetzt auf deiner persönlichen Anzugfrequenz. Gerald kann mich nicht hören. Jed, du mußt ihn aufhalten! Wer immer diese Luftschleuse geöffnet hat, will ganz bestimmt nicht, daß Gerald ihn bei seinen Plänen stört. Und es muß sich um eine mächtige Gruppierung handeln. Dieser Zwischenfall könnte unseren gesamten Plan ruinieren.«

»Aber wie soll ich ihn aufhalten? Er wird mich entweder erschießen oder uns beide in das verdammte Jenseits sprengen!«

»Falls Gerald einen Alarm auslöst, kommt keiner von uns lebend von diesem Felsen.«

»O mein Gott!«

Er schüttelte hilflos die Faust hinter Gerald her. Der Irre war nur noch fünfzehn Meter vom Eingang der Schleuse entfernt.

»Nimm eine Dosis!« sagte Beth. »Kühl dich ab, bevor du hinter ihm hergehst.«

»Leck mich am Arsch.« Jed rannte hinter Gerald her. Er war fest überzeugt, daß inzwischen der gesamte Asteroid zusah. Und schlimmer noch, über ihn *lachte*.

Gerald erreichte die offene Schleuse und duckte sich hinein. Als Jed dreißig Sekunden später ebenfalls in der Schleuse eintraf, war von Gerald nichts mehr zu sehen. Es war eine Standardschleuse, genau wie die, durch die Jed beim letzten Mal in den verfluchten Asteroiden vorgedrungen war, als er Essen für sich und die anderen an Bord des Hellhawks organisiert hatte. Mißtrauisch bewegte er sich vor. »Gerald?«

Die innere Luke stand offen. Und das war völlig verkehrt. Jed wußte alles über Luftschleusen auf Asteroiden, und die eine vollkommen unmögliche Sache war, daß man einen inneren Korridor zum Vakuum hin öffnen konnte. Nicht durch Zufall jedenfalls. Er musterte die rechteckige Luke im Vorbeigehen und sah die abgerissenen Aufhängungen und die geschmolzenen Kabel an der Verriegelungskontrolle für das Siegel.

»Gerald?«

»Ich verliere dein Signal«, meldete Rocio. »Und ich habe immer noch keinen Zugriff auf das Netz in deiner Umgebung. Wer auch immer dahinter steckt, er ist noch da.«

Gerald saß zusammengesunken an der Korridorwand und hatte die Beine weit gespreizt von sich gestreckt. Er rührte sich nicht. Jed näherte sich vorsichtig. »Gerald?«

Der Anzugsender übermittelte ein leises, verängstigtes Wimmern.

»Gerald, komm hoch. Wir müssen weg von hier! Und laß in Zukunft diesen verrückten Unsinn, ja? Ich halte das ehrlich nicht mehr aus, in Ordnung? Ich halte es wirklich nicht mehr aus. Du bringst mich noch um den Verstand.«

Gerald winkte schwach mit einer behandschuhten Hand. Jed starrte in die angegebene Richtung, zum Ende des Korridors, und gefährliche Übelkeit stieg in ihm auf.

Bernhard Allsops gestohlener Körper war auf spektakuläre Art und Weise auseinandergebrochen, als die energistische Kraft, die sein Gewebe verstärkte, geschwunden war. Die Lungen, das weicheste und verwundbarste Gewebe, waren zerplatzt und hatten Massen von Blut aus seinem Mund spritzen lassen. Tausende kleiner Kapillaren direkt unter der Haut waren als Folge des Druckverlustes geplatzt und hatten ein blutiges Muster in seine Kleidung gezeichnet. Es sah aus, als wäre seine zweireihige Uniform ganz aus leuchtendem Rot gemacht. Einem Rot, das wallte und brodelte, als wäre es lebendig. Die Flüssigkeit verdampfte im Vakuum und umgab Bernhard mit einem dunstigen rötlichen Nebelschleier.

Jed hämmerte auf seine Anzugkontrolle, als hätte er sich verbrannt. Trockene Luft mit Pfefferminz- und Pinienaroma wehte ihm ins Gesicht. Er preßte die Kiefer gegen das aufsteigende Erbrochene aufeinander, und seine Muskelbänder spannten sich bis zum Zerreißen, als er gegen die Übelkeit ankämpfte.

Dann gab irgend etwas in ihm nach. Er hustete und spuckte, und widerlich weißer Schleim spritzte über die Innenseite seines Helmvisiers. Doch seine Übelkeit schwand. »O Gott, meine Güte, er hat sich von oben bis unten bekotzt!«

Der Pinienduft war inzwischen überwältigend, und seine aromatische Kälte vertrieb jedes Gefühl aus Jeds Gliedern. Seine Arme bewegten sich nur mühsam, und doch fühlte er sich leicht wie Wasserstoff. Ein gutes Gefühl.

Jed stieß ein Kichern aus. »Ich schätze, der Bursche konnte sich nicht zusammenreißen, wie?«

»Das ist nicht Marie.«

Der Prozessor von Jeds Raumanzug beendete die Notfallinfusion, und der Strom chemischer Suppressoren versiegte. Die Dosis hatte das von der Raumaufsicht festgelegte Maximum um eine beträchtliche Menge überschritten. Jetzt injizierte der Prozessor automatisch das Gegenmittel. Jed wurde so eisig kalt, daß er einen Handschuh vor sein Visier hielt in der Erwartung, Frost auf dem gummiartigen Gewebe glitzern zu sehen. Die farbigen Lichter blinkten wütend auf dem Visier, während sie sich nach und nach in Symbole und Ziffern verwandelten. Von irgendwoher kam ein ununterbrochener monotoner Sprechgesang: »Marie, Marie, Marie ...«

Jed blickte erneut auf den Leichnam. Er war übel zugerichtet, doch diesmal stieg keine Übelkeit mehr in Jed auf. Die Infusion schien seine inneren Organe völlig abgeschaltet zu haben. Außerdem implantierte sie ein starkes Gefühl von Zuversicht; er war jetzt voll und ganz imstande, seine Mission ohne weitere Zwischenfälle zu erledigen.

Er rüttelte Gerald an der Schulter, was zumindest den trübseligen Sprechgesang beendete. Gerald zuckte zusammen und wich vor Jeds Berührung zurück.

»Komm, alter Freund, wir verschwinden von hier«, sagte Jed. »Wir haben eine Aufgabe zu erledigen.«

Eine Bewegung erweckte Jeds Aufmerksamkeit. Ein Gesicht, das von der anderen Seite gegen das Bullauge der Drucktür gepreßt wurde. Er beobachtete, wie das Blut, das die kleine runde Glasscheibe verschmierte, wie von Zauberhand zur Seite floß. Der Mann auf der anderen Seite starrte verblüfft auf Jed.

»Verdammter Mist!« stöhnte Jed. Das behagliche Gefühl, hervorgerufen durch die Infusion, löste sich in Nichts auf. Er wandte sich hastig um und sah, wie die innere Luke der Luftschleuse sich zu schließen begann.

»Das war's, Freund, wir verschwinden von hier.« Er zerrte Gerald auf die Beine und drückte ihn gegen die

Wand. Dann preßte er sein Helmvisier gegen das von Gerald, so daß er an den blinkenden Symbolen vorbei in das Gesicht des Irren sehen konnte. Gerald war offensichtlich vollkommen weggetreten, verloren in einer traumähnlichen Trance. Die Laserpistole entglitt leblosen Fingern und fiel zu Boden. Jed warf einen sehnsüchtigen Blick auf die Waffe, doch dann entschied er sich dagegen. Falls es zu einem Zusammenstoß mit den Besessenen kam, würde er so oder so nicht gewinnen. Die Laserpistole würde sie höchstens noch wütender machen. Keine gute Idee.

Das Gesicht hinter dem Bullauge war verschwunden. »Komm endlich.« Er zerrte an Gerald und zwang ihn, ein paar Schritte mit ihm durch den Korridor zu kommen. Dünne Schleier grauer Gase schossen aus den Luftdüsen an der Decke. Grüne und gelbe Symbole erschienen auf Jeds Helmvisier und berichteten, daß die Partialdrücke von Sauerstoff und Stickstoff ringsum zunahmen. Jed klammerte sich an die Hoffnung, daß die Besessenen im Vakuum hilflos waren; Raumanzüge funktionierten bei ihnen nicht, und ihre energistischen Kräfte konnten sie ebenfalls nicht schützen.

Sobald er wieder draußen auf dem Sims war, wäre er in Sicherheit. Relativ.

Sie erreichten die Luftschleuse, und Jed hämmerte auf den Aktivierungsknopf. Das Display des Prozessors blieb dunkel. Ziffern huschten über sein Visier; der Druck betrug bereits ein Viertel des Standards. Jed ließ Gerald los und zerrte das manuelle Rad aus seiner Vertiefung. Es ließ sich mühelos drehen, herum und herum, doch dann blockierte es mit einem Mal, und ein Ruck ging durch Jeds Arme. Er runzelte böse die Stirn, weil etwas so Primitives offensichtlich versuchte, ihn zu ärgern. Doch wenigstens schwang die Luke auf, als er am Griff zog.

Gerald stolperte gehorsam wie ein Mechanoid in die

Kammer. Jed lachte und jubelte, während er die Luke hinter sich zuzog.

»Alles in Ordnung?« fragte Rocio besorgt. »Was ist passiert?«

»Jed?« kreischte Beth. »Jed, kannst du mich hören?«

»Kein Streß, Süße. Die bösen Jungs haben einfach nicht das Zeug, um mich einzufangen.«

»Er ist noch immer high«, stellte Rocio fest. »Aber er kommt wieder zu sich. Jed, warum hast du den Infusor benutzt?«

»Hör endlich auf, mir auf die Nerven zu gehen, Mann. Jesses, ich bin schließlich nur wegen dir hergekommen, oder nicht?«

Jed betätigte den Schalter für die äußere Luke, und zu seinem Erstaunen verfärbte sich eine Reihe grüner Symbole auf dem Display bernsteinfarben. »Du hättest dir auch eine Nase voll genommen, wenn du gesehen hättest, was ich gesehen habe.«

»Und was hast du gesehen?« Rocios Stimme hatte die Sorte von Tonfall angenommen, den Mrs. Yandell benutzte, wenn sie im Tagesclub mit unartigen Kindern sprach. »Was hast du gesehen, Jed?«

»Eine Leiche.« Seine Entrüstung über den beleidigenden Ton verschwand unter der Erinnerung an das bluttränkte brodelnde Stoffgewebe. »Irgendein Typ, der im Vakuum überrascht wurde.«

»Hast du gesehen, wer es war?«

»Nein!«

Jed wurde zusehends nüchtern, und er bemühte sich verzweifelt, die Erinnerung an den Anblick zu verdrängen. Er überprüfte das Display des Schleusenprozessors und stellte erleichtert fest, daß die Evakuierung der Kammer normal verlief. Die Elektronik auf dieser Seite der Schleuse war unbeschädigt. *Nicht sabotiert*, korrigierte er sich in Gedanken.

»Jed, ich empfange merkwürdige Daten aus Geralds

Anzug-Telemetrie«, sagte Rocio alarmiert. »Ist mit ihm alles in Ordnung?«

Am liebsten hätte Jed »War es das jemals?« geantwortet, doch statt dessen sagte er: »Ich schätze, der Leichnam hat ihn aus der Fassung gebracht. Als ihm bewußt wurde, daß es nicht Marie war, ist er einfach zusammengebrochen.« Und Jed hatte nicht vor, sich deswegen zu beschweren.

Die Lampen auf dem Kontrollpaneel leuchteten rot, und die Luke schwang auf.

»Du machst besser, daß du wieder nach draußen kommst«, warnte Rocio. »Es gibt zwar noch keinen Alarm im Netz, aber irgendwann wird man den Mord bemerken.«

»Sicher.« Er nahm Gerald an der Hand und zog sanft. Gerald folgte gehorsam.

Rocio ließ sie vor einer Reihe hufeisenförmiger Buchten am Fuß der Klippe anhalten, gut hundert Meter vor dem Eingang, den sie eigentlich benutzen sollten, um in den Asteroiden einzudringen. In den Buchten parkten drei Zugmaschinen, einfache vierradgetriebene Fahrzeuge mit sechs Sitzplätzen und einer Pritsche zum Transport von Lasten im Heck.

»Überprüf die Systeme«, sagte Rocio. »Du brauchst einen davon, um die Komponenten an Bord zu schaffen.«

Jed aktivierte der Reihe nach die Managementprozessoren und startete die Diagnoseroutinen der Maschinen. Die erste besaß nur wenig Strom in den Energiezellen, doch die zweite war in Ordnung und voll aufgeladen. Er setzte Gerald in einen der Passagiersitze und steuerte den Wagen zur Luftschleuse.

Als die innere Luke der Schleusenkammer aufschwang, überprüfte Jed als erstes seine externen Sensoren, bevor er das Helmvisier öffnete. Lebenslange Notfallübungen daheim auf dem Koblat hatten ihn stets mißtrauisch gemacht, was die äußeren Umweltbedingungen anging. Die Symbole bedeuteten ihm, daß die Atmosphäre in Ordnung war, doch die Feuchtigkeit lag ein gutes Stück über der Norm (vom Koblat). Bedingungen wie diese herrschten in den äußeren Sektionen von Asteroiden, wenn die Filter der Belüftungsanlagen nicht regelmäßig gereinigt wurden. Für die Techniker war Kontamination mit Feuchtigkeit ein regelmäßiges Ärgernis.

»Niemand in deiner Nähe«, meldete Rocio. »Los, hol das Zeug.«

Jed eilte durch den Korridor, bog an einer vorbezeichneten Stelle rechts ab und sah die breite Tür der Werkstatt als dritte in einer Reihe zu seiner Rechten. Sie öffnete sich, als er das Kontrollpaneel berührte. Die Innenbeleuchtung flammte zu voller Intensität auf und enthüllte einen rechteckigen Raum mit blaßblauen Wandpaneelen. Kybernetische Werkzeugmodule standen im Zentrum, eingehüllt in Kristallzylinder, um die empfindlichen Waldos zu schützen. Die hintere Wand wurde von einem großen Regal eingenommen, in dem normalerweise Ersatzteile vorrätig gehalten wurden, die die Werkstatt regelmäßig benötigte. Jetzt standen nur noch ein paar vereinzelte Kartons und Pakete herum – mit Ausnahme des Stapels in der Mitte, den der Mechanoid auf Rocios Anforderung angeliefert hatte.

»Ach du meine Güte!« maulte Jed. »Das sind ja wenigstens hundert, wenn nicht mehr! Soviel schaffe ich beim besten Willen nicht! Das dauert Ewigkeiten!«

Die Komponenten waren ausnahmslos in Plastikschachteln verpackt.

»Ich schätze, das habe ich schon einmal gehört«, entgegnete Rocio glattzüngig. »Staple sie einfach auf einen Lastkarren und leg sie in der Luftschleuse ab. Es sind höchstens drei Touren. Zehn Minuten.«

»Verdammter Mist.« Jed packte einen Karren und

schob ihn zum Regal hinüber. Dann begann er, die Schachteln auf die Ladefläche zu werfen. »Warum hast du den Mechanoiden nicht befohlen, sie vor der Luftschleuse abzuladen, damit ich sie einfacher abholen kann?«

»Weil es dort keine vorgeschriebene Lagerfläche gibt. Ich hätte die Managementroutinen umprogrammieren müssen. Das wäre zwar nicht weiter schwierig gewesen, aber es hätte auffallen können. Diese Methode ist viel weniger riskant, Jed.«

»Für dich vielleicht«, murmelte Jed.

Gerald kam herein. Jed hatte ihn schon fast wieder vergessen. »Gerald, alter Freund, du kannst deinen Helm ruhig absetzen.«

Gerald antwortete nicht. Jed ging zu ihm hin und löste die Helmverschlüsse. Gerald blinzelte, als das Visier sich öffnete.

»Du kannst nicht im Raumanzug hier herumlaufen, Freund. Man wird dich entdecken. Außerdem wirst du irgendwann ersticken.«

Er dachte, daß Gerald anfangen würde zu weinen, so elend blickte er drein. Um seine eigenen Schuldgefühle zu verbergen, wandte sich Jed hastig wieder dem Beladen des Karrens zu. Als der kleine Wagen randvoll war, sagte er: »Ich bringe dieses Bündel jetzt zur Schleuse. Tu mir einen Gefallen, Freund, und fang an, den nächsten Wagen vollzuladen.«

Gerald nickte. Obwohl Jed nicht überzeugt war, daß Gerald ihn überhaupt verstanden hatte, eilte er zur Schleuse. Als er in das Lager zurückkehrte, hatte Gerald zwei Kisten auf den zweiten Karren gestapelt.

»Ignoriere ihn einfach«, empfahl Rocio. »Mach es allein.«

Jed mußte noch dreimal zwischen Luftschleuse und Lager hin und her, bis er alle Ersatzteile an Ort und Stelle hatte. Als er die letzten Kisten auf seinen Wagen geladen hatte, wandte er sich erneut an Gerald. »Hör mal, Freund, du mußt unbedingt wieder einen klaren Kopf kriegen, hörst du?«

»Laß ihn in Ruhe«, sagte Rocio kalt.

»Er ist durchgedreht«, antwortete Jed traurig. »Vollkommen weg diesmal. Dieser Leichnam hat ihm den Rest gegeben. Wir können ihn unmöglich hier zurücklassen.«

»Ich werde ihn unter keinen Umständen wieder an Bord nehmen. Du weißt sehr genau, zu was für einer Gefahr er für uns geworden ist. Wir können nichts für ihn tun.«

»Meinst du vielleicht, diese Bande von Verbrechern würde ihm helfen?«

»Jed, er ist nicht hergekommen, weil er ihre Hilfe sucht. Vergiß nicht, daß er eine selbstgebastelte Bombe um den Bauch mit sich trägt. Wenn Capone zu unsanft mit Gerald umspringt, erwartet ihn eine häßliche Überraschung. Und jetzt komm zur Schleuse zurück. Beth und deine beiden Schwestern sind die Leute, auf die du dich jetzt konzentrieren solltest.«

Jed wünschte sich inzwischen mehr als alles andere eine weitere Dosis der Stimulanzien, die sein Anzug bereithielt. Irgend etwas, das den Schmerz linderte, weil er den armen alten Irren im Stich lassen mußte. »Es ... es tut mir wirklich leid, Freund. Ich hoffe, du findest Marie. Ich wünschte, sie wäre nicht ... na ja, was sie jetzt ist. Sie hat uns eine Menge Hoffnung geschenkt, weißt du? Ich schätze, ich bin euch beiden etwas schuldig.«

»Jed, verschwinde jetzt!« befahl Rocio.

»Leck mich.« Jed steuerte den Karren durch die weite Tür. »Viel Glück!« rief er Gerald ein letztes Mal zu.

Er mußte sich zwingen, auf dem Rückweg zur *Mindori* nicht zu schnell zu fahren. Es stand zuviel auf dem Spiel, als daß er durch einen Fehler in letzter Minute riskieren durfte, Aufmerksamkeit auf sich zu ziehen. Also widerstand er der Versuchung, das Gas aufzudrehen, als er die verhängnisvolle Luftschleuse mit dem Leichnam dahinter passierte.

Rocio meldete, daß das Kommunikationsnetz in dieser Sektion des Asteroiden zu voller Funktionalität zurückgekehrt war und die Sicherheitsschotten des Korridors sich geöffnet hatten. Bisher war der Leichnam noch nicht entdeckt worden.

Jed steuerte unter den großen Hellhawk und parkte das Fahrzeug direkt unter einem der Frachthangars. Rocio öffnete die Luken, und Jed begann, die Kisten auf die Teleskopplattformen zu verladen, die sich aus der Luke auf das Deck senkten. In seinem Hinterkopf erwachte der störende Gedanke, daß er und Beth und seine beiden Schwestern nicht mehr nötig wären, sobald erst alles an Bord war. Möglicherweise stellten sie für Rocio sogar eine Belastung dar.

Um so größer war seine Überraschung, als sich die Mannschleuse öffnete und er über die Leiter an Bord der *Mindori* zurückklettern durfte.

Seine Scham drohte ihn zu überwältigen, als er den Helm absetzte. Beth stand bereit, um ihm aus dem Anzug zu helfen; ihr Gesicht war angespannt und verriet keinerlei Gefühl. Die Ungeheuerlichkeit dessen, was er getan hatte, ließ schließlich sämtliche Kraft aus seinen Beinen weichen. Er sank auf die Knie und begann zu weinen.

Beths Arme fingen ihn auf. »Du konntest nichts für ihn tun«, flüsterte sie tröstend. »Du konntest ihm nicht helfen.«

»Ich habe es nie versucht! Ich hab' ihn einfach dort zurückgelassen!«

»Er hätte nicht wieder zurück an Bord gekonnt. Nicht mehr. Er hätte uns alle in die Luft gesprengt.«

»Er wußte doch verdammt noch mal gar nicht, was er tat! Er ist verrückt!«

»Nicht wirklich. Gerald ist nur sehr, sehr krank. Wenigstens ist er jetzt dort, wo er die ganze Zeit sein wollte: in Maries Nähe.«

Jack McGovern kehrte mit einem scharfen, stechenden Schmerz von der Nase wieder ins Bewußtsein zurück. Flatternd hoben sich seine Augenlider, und er bemerkte das dunkelbraune Holz an seiner Backe. Er lag in nahezu vollständiger Dunkelheit und in der denkbar unbequemsten Haltung von allen auf den Dielenbrettern. Seine Beine waren gekrümmt, bis die Fersen die Hinterbacken berührten, und die Arme waren auf den Rücken verdreht. Blut hämmerte schmerzhaft in seinen Unterarmen. Die Kopfschmerzen jedoch waren das Schlimmste von allem. Als er sich zu rühren versuchte, stellte er fest, daß es nicht ging. Seine Handgelenke und Knöchel waren zusammengebunden mit etwas, das sich anfühlte wie rotglühendes Isolierband. Er wollte stöhnen, doch auch das ging nicht, weil sein Mund ebenfalls mit Klebeband verschlossen war. Ein Nasenloch war von getrocknetem Blut verstopft.

Furchtbare Angst durchzuckte ihn, und Puls und Atemfrequenz jagten in die Höhe. Die Luft zischte und pfiff durch die eine enge Atemöffnung, die ihm geblieben war. Das Gefühl verstärkte noch sein Bewußtsein für die schlimme Lage, in der er sich befand. Hyperventilation und das drohende Ersticken ließen seinen Kopf noch stärker dröhnen als vorher. Seine Sicht verschwand unter einem roten Schleier.

Irrationale Panik beherrschte ihn für eine unbestimmbare lange Zeit. Als seine Sicht endlich zusammen mit den schleppenden Gedanken wiederkehrte, spürte er, daß sich sein Atem verlangsamt hatte. Seine Strampelversuche hatten ihn ein paar Zentimeter über den Dielenboden rutschen lassen. Schließlich beruhigte er sich einigermaßen. Er wünschte inbrünstig, seine verdammten Kopfschmerzen würden endlich verschwinden. Die Erinnerung an das, was sich auf der Toilette des Black Bull zugetragen hatte, kehrte zurück. Er stellte fest, daß das rote Klebeband über seinem Mund ihn nicht daran hinderte, vor Angst leise zu wimmern.

Ein Besessener! Er war von einem Besessenen überfallen worden! Aber ... Er war nicht besessen, und das war es doch, was sie mit ihren Opfern machten – jedes Kind wußte das. Oder befand er sich vielleicht im Jenseits?

Es gelang Jack, sich herumzurollen und einen Blick auf seine Umgebung zu werfen. Es war definitiv nicht das Jenseits. Er befand sich in irgendeiner Art von altem Zimmerchen, mit einem halbmondförmigen Fenster hoch oben an der Decke. Alte Transparente und Verkaufsschilder waren auf der gegenüberliegenden Seite gelagert, verblassende holographische Drucke, auf denen für Badezimmerartikel geworben wurde, an deren Marken er sich blaß aus seiner Kindheit erinnern konnte. Eine schwere Kette führte von seinen Knöcheln zu einer Reihe von Metallrohren, die gerade vom Boden zur Decke verliefen.

Er rutschte einen halben Meter über den Boden, bis die Kette straff war. Nichts, was er anschließend unternahm, vermochte die Rohre auch nur anzukratzen, geschweige denn zu verbiegen oder gar aus der Wand zu reißen. Bis zur Tür waren es immer noch drei Meter. Alle Anstrengung führte zu dem einzigen Effekt, daß seine Handgelenke und Knöchel und Muskeln noch mehr schmerzten. Und das war es dann. Es gab kein Entkommen.

Seine Kopfschmerzen waren längst vorüber, als die Tür endlich geöffnet wurde. Er wußte nicht, wieviel Zeit vergangen war, nur, daß es Stunden um Stunden gewesen sein mußten. Das kalte Nachtlicht der Arkologie schimmerte inzwischen durch das hohe Fenster und tauchte den nackten Putz der Wände in ein schmutziges

Natriumgelb. Der besessene Mann kam als erster herein. Er bewegte sich ohne das leiseste Geräusch, und seine Mönchskutte flatterte um seinen Leib wie ein Nebelschleier. Zwei weitere folgten ihm, eine junge Frau und ein mürrisch dreinblickender heranwachsender Junge. Sie hatten eine Frau mittleren Alters zwischen sich, die geschlagen die Schultern hängen ließ. Ihr kastanienbraunes Haar war hochgesteckt, als hätte sie eine Dusche nehmen wollen; einzelne Strähnen hatten sich gelöst und baumelten vor ihren Augen. Sie verbargen den größten Teil ihres Gesichts, obwohl Jack den gebrochenen, verzweifelten Ausdruck bemerkte.

Der Junge bückte sich herab und riß brutal das Klebeband von Jacks Mund. Jack ächzte schmerzerfüllt auf und holte tief Luft.

»Bitte«, flehte er. »Bitte foltert mich nicht. Ich ergebe mich auch so. Bitte foltert mich nicht.«

»Wir würden nicht im Traum daran denken«, erwiderte Quinn freundlich. »Ich möchte, daß du mir hilfst.«

»Ich mache alles, was ihr von mir wollt. Hundert Prozent. Alles!«

»Wie alt bist du, Jack?«

»Ich ... äh, achtundzwanzig.«

»Ich hätte dich für älter gehalten, aber es geht auch so. Und du hast die richtige Größe.«

»Größe? Wofür?«

»Nun, sieh es einmal so, Jack: Du hast Glück. Wir werden dich ein wenig herausputzen und hier und da ein paar Kleinigkeiten verändern. Wenn wir mit dir fertig sind, wirst du ein ganz neuer Mann sein. Und es kostet dich nicht einen Cent. Na, wie klingt das?«

»Sie meinen andere Kleidung und so?« fragte Jack mißtrauisch.

»Eigentlich nicht. Sieh mal, Jack, ich habe herausgefunden, daß Greta hier eine bestens ausgebildete Krankenschwester ist. Sicher, manche Arschlöcher würden unterstellen, daß Absicht dahinter steckt. Aber du und ich, wir beide wissen, daß das kompletter Schwachsinn ist, nicht wahr, Jack?«

Jack grinste wild um sich. »Sicher, klar. Absolut. Vollkommener Schwachsinn!«

»Richtig. Das alles ist Teil Seines Planes. Gottes Bruder stellt sicher, daß sich alles für mich fügt. Ich bin immerhin der Auserwählte, nicht wahr, Jack? Ihr beide seid Seine Geschenke für mich.«

»Da sagst du was, Quinn«, sagte Courtney.

Jacks Grinsen war zu einer Maske erstarrt, seit er bemerkt hatte, wie hilflos er ihrem Wahnsinn ausgeliefert war. »Eine Krankenschwester?«

»Yepp.« Quinn gab Greta ein Zeichen vorzutreten.

Jack bemerkte, daß sie ein nanonisches Medipack in der Hand hielt. »Jesses, heilige Scheiße, was habt ihr damit vor?«

»Jesus ist tot, Arschloch!« brüllte Courtney ihn an. »Wage es nicht, in unserer Gegenwart noch einmal seinen Namen zu nennen! Er kann dir nicht helfen. Er ist der falsche Gott. Quinn ist der neue Messias der Erde.«

»Hilfe!« kreischte Jack los. »Irgend jemand muß mir helfen!«

»So ein vorlautes kleines Arschloch, was?«, sagte Billy-Joe. »Kein Schwein kann dich hören, Kerl. Sie haben auch die anderen nicht gehört, und denen hat Quinn ein ganzes Stück mehr weh getan als dir.«

»Hört mal, ich hab' doch gesagt, daß ich euch helfen würde!« flehte Jack verzweifelt. »Und das werde ich! Wirklich! Ich will euch nicht verscheißern! Aber ihr müßt euren Teil des Handels einhalten. Ihr habt gesagt, ihr würdet mich nicht foltern.«

Quinn bewegte sich zur Tür und entfernte sich so weit von Greta, wie es in dem kleinen Raum nur möglich war. »Funktioniert es jetzt?« fragte er.

Sie warf einen prüfenden Blick auf das kleine Display ihres Prozessorblocks. »Ja.«

»Gut. Dann fang damit an, seine Stimmbänder zu entfernen. Billy-Joe hat recht, der Kerl redet zuviel. Und ich brauche ihn still, wenn er mir nützen soll. Das ist wichtig.«

»Nein!« kreischte Jack. Er wand sich und zappelte am Boden.

Billy-Joe lachte nur und setzte sich so hart auf seine Brust, daß Jack die Luft wegblieb. Leise pfeifend entwich sie seinem freien Nasenloch.

»Das Medipack kann seine Stimmbänder nicht entfernen«, sagte Greta mit leidenschaftsloser, monotoner Stimme. »Ich muß seine Nerven durchtrennen.«

»Auch gut«, entgegnete Quinn. »Mir egal.«

Jack starrte sie aus weit aufgerissenen Augen an, als sie sich über ihn beugte und das glänzende grüne Medipack auf seinen Hals legte. Direkter Augenkontakt, die persönlichste Form menschlicher Kommunikation, die es überhaupt gibt. Flehen, betteln. *Tu es nicht!* Er hätte genausogut in die Sensoren eines Mechanoiden blicken können, soviel bewirkte er bei ihr. Das Medipack schmiegte sich weich und warm an seine Haut. Er verkrampfte seine Halsmuskeln, um sich gegen die Invasion zu wehren, doch nach einer Minute entspannten sie sich wieder, als er jegliches Gefühl zwischen Unterkiefer und Schultern verloren hatte.

Ihn zum Schweigen zu bringen war erst der Anfang. Sie ließen ihn allein, während das Medipack seine Arbeit erledigte, dann kehrten alle vier wieder zurück. Diesmal hatte Greta ein anderes Medipack dabei, eine Gesichtsmaske mit mehreren drüsenartigen Ausstülpungen auf der Außenseite, in denen klebrige Flüssigkeiten gespeichert waren. Die Maske besaß keinerlei Schlitze, durch die Jack etwas hätte sehen können.

Damit begann so etwas wie Routine. Alle paar Stunden kehrten sie zurück und entfernten die Maske. Greta füllte die Drüsensäcke nach, und sein Gesicht wurde in Augenschein genommen. Anschließend erteilte Quinn ein paar Instruktionen, und die Maske wurde Jack wieder aufgesetzt. Gelegentlich gab man ihm einen kalten Teller Suppe zu essen oder einen Becher Wasser.

Er wurde in einer Dunkelheit alleingelassen, die in ihrer Vollkommenheit furchtbar war. Sein Gesicht war taub von dem Medipack, und was auch immer die Nanotechnik mit ihm anstellte, sie ließ nicht einmal die roten Flecken durch, die man normalerweise bei großer Anspannung hinter den geschlossenen Augenlidern sehen kann.

Jack besaß lediglich noch sein Gehör. Er lernte, wie man den Unterschied zwischen Tag und Nacht an den Geräuschen erkennen konnte. Das halbmondförmige Fenster ließ eine Vielzahl von Geräuschen durch, hauptsächlich vom Verkehr auf dem breiten hochgelegenen Fahrweg, der genau über der Mitte der Themse verlief.

Außerdem gab es die Geräusche von Schiffen, Booten, Schwänen und schnatternden Enten. Nach und nach entwickelte Jack ein Gespür für das Gebäude, in dem sich sein Gefängnis befand. Groß und alt, dessen war er sich sicher; die Bodendielen und die Metallrohre übertrugen schwache Vibrationen.

Während des Tages gab es gelegentliche Aktivitäten. Surrende Geräusche wie von Aufzügen, dumpfe Stöße von schweren Gegenständen, die durch die Gegend bewegt wurden. Nichts von allem auch nur halbwegs in der Nähe seines Zimmers.

In der Nacht hörte Jack Schreie. Eine Frau. Es begann mit einem leisen Weinen und endete in einem elenden Schluchzen. Jedesmal das Gleiche, und gar nicht weit entfernt. Jack benötigte eine Weile, bis ihm klar wurde, daß es Greta war. Offensichtlich gab es schlimmere

Dinge, die sie mit einem anstellten, als nur die Gesichtszüge durch nanonische Medipacks zu verändern. Das Wissen spendete Jack nicht den geringsten Trost.

Die Geister wußten, daß die Orgathé unterwegs waren zur nördlichen Abschlußkappe des Habitats. Ihre neuen Sinne spürten die schwarzen Knoten aus alles verschlingendem Hunger, die durch die Luft glitten. Es reichte aus, um ihre Scheu vor den sie hassenden Menschen zu überwinden, und sie flohen in Scharen in die Kavernen, wo ihre ehemaligen Wirte lagen.

Ihre Anwesenheit bedeutete eine weitere Komplikation für die Verteidiger. Die Habitat-Persönlichkeit war zwar imstande, den Weg der Orgathé durch den Innenraum Valisks zu verfolgen, aber sie besaß keine Möglichkeit vorherzusagen, wo die fremdartigen Wesen landen würden. Damit blieb Erentz und ihren Verwandten nichts weiter übrig, als die gesamte umlaufende Abschlußkappe zu bewachen. Sie hatten bereits entschieden, daß es unmöglich war, Tausende und Abertausende kranker und ausgezehrter Menschen von den außen gelegenen Kavernen tiefer ins Innere umzuquartieren. Die Flugzeit durch die gesamte Länge des Habitats betrug kaum mehr als fünfzehn Minuten, und die Orgathé von der südlichen Abschlußkappe erhielten unterwegs Gesellschaft von mehreren Neuankömmlingen, die gerade durch die Sternenkratzer ins Innere Valisks vorgestoßen waren. Es gab einfach nicht genügend Zeit, um Vorbereitungen zu treffen; sie konnten nichts weiter tun als ihre Waffen packen und sich in Gruppen zu versammeln, die auf die jeweils nächstgelegenen Eindringlinge reagieren würden. Und selbst dann noch waren sie gefährlich weit um den Perimeter der Abschlußkappe verstreut.

– Wartet, bis sie in die Kavernen vorgedrungen sind,

befahl die Habitat-Persönlichkeit. **Wenn ihr feuert, solange sie noch in der Luft sind, werden sie einfach ausweichen. Wenn wir sie erst in den Kavernen haben, können sie nicht mehr fliehen.**

Die Orgathé zögerten, als sie auf dem Weg über die Steppenwüste nach unten den Haß und die Furcht der Entitäten in der Abschlußkappe spürten. Mehrere Minuten kreisten sie unentschlossen über den Eingängen zu den Kavernen, während die letzten Geister tief ins Innere des Polyps flüchteten. Dann sank der gesamte Schwarm herab.

– Achtunddreißig von den Mistviechern. Haltet euch bereit.

Tolton faßte den Griff seines Brandtorpedowerfers fester, als Erentz Rubras Warnung an ihn weitergab. Der Schweiß machte das Gehäuse schlüpfrig. Er stand direkt hinter Dariat, der seinerseits als letzter in einer Gruppe seiner Verwandten in einer Passage auf der Rückseite einer der Hospitalkavernen wartete. Sein eingebildeter spezieller Status hatte ihn nicht vor diesem neuen und tödlichen Irrsinn bewahrt.

Er hörte, wie in der Kaverne Stöhnen laut wurde. Es artete schnell in schwache Schreie und gebrüllte Flüche aus, als die Geister hereinströmten. Sie ignorierten die bettlägerigen Menschen ganz und rannten weiter, tiefer hinein in den Schutz des Höhlennetzes. Sie rannten ganz dicht an Tolton vorbei, und ihre Münder waren weit aufgerissen, als sie lautlose Warnungen ausstießen. Ihre Bewegungen waren kaum mehr als kurzlebige Schleier ausgewaschener transparenter Farbe in der Luft.

Dann traf eines der Orgathé auf den Kaverneneingang. Sein Körper zog sich in die Länge, und der vordere Bereich drückte sich begierig durch den gewundenen Gang, während die birnenförmige Achterpartie heftig zappelte und den Schwung verstärkte. Die Geister, die nicht schnell genug geflüchtet waren, wurden von zuckenden Anhängseln getroffen, während die große Kreatur weiter und weiter durch die Passage vordrang. Ihre verzweifelten Leidensschreie durchdrangen die gesamte Abschlußkappe, als ihnen jedes Quentchen Lebensenergie entrissen wurde. Die anderen Geister sowie Dariat konnten ihre Schreie hören, doch die Menschen bemerkten von den Qualen nichts außer einer fröstelnden Unruhe. Tolton warf einen Blick auf die Waffe in seinen Händen und stellte fest, daß sie ganz unkontrolliert zitterten.

»Wir sind an der Reihe!« bellte Erentz.

Das Orgathé stürmte in die Kaverne, geführt von einem Hagelschauer aus gefrierenden Polyptrümmern und einem bunten Regenbogen aus panisch flüchtenden Geistern. In seinem Weg standen drei Reihen schmuddeliger Krankenlager mit mehr als dreihundert lethargischen Patienten darin, die bereits von der Flucht der Geister unruhig geworden waren. Sie unternahmen alles in ihren Kräften Stehende, um zu flüchten und kriechend und stolpernd an die rückwärtige Höhlenwand zu gelangen; einigen der Pfleger gelang es sogar, ihre Schutzbefohlenen in die Gänge zu schaffen. Gierig schoß das Orgathé vor, und die Kaverne verwandelte sich in ein Chaos aus umherpeitschenden Tentakeln und hysterischen Leibern. Jedesmal, wenn sich ein Tentakel um einen der Kranken wickelte, erstarrte sein Körper innerhalb von Sekundenbruchteilen zu Eis und zersplitterte. Ein Geist löste sich aus dem Leichnam, nur um kraftlos auf die Knie zu sinken und auf den anschließenden vernichtenden Schlag zu warten.

In all dem Chaos bemühten sich Erentz und ihre Verwandten verzweifelt, sich zu verteilen und das Orgathé einzukreisen. Sie mußten um jeden Meter Boden kämpfen und sich mit Ellbogen und Fäusten einen Weg durch die Traube verängstigter Menschen bahnen. Decken, Plastikschachteln und Bruchstücke steinhart gefrorenen

Fleisches wurden in den Grund getrampelt und machten jeden Schritt gefährlich. Die Einschließungsbewegung würde unter diesen Umständen niemals funktionieren; sie konnten bestenfalls darauf hoffen, sich dicht bei den Durchgängen zu postieren und dem Orgathé den Fluchtweg abzuschneiden.

Als sie schließlich fünf der möglichen sieben Ausgänge blockiert hatten, eröffneten sie das Feuer. Tolton kauerte tief in seiner Deckung, als er die silbrigen, blendenden Lichtblitze sah, die durch die Luft jagten und von der nebulösen Form des Orgathé absorbiert wurden. Er ging davon aus, daß es auch für ihn das Zeichen war, und stieß zwei ältere Kranke beiseite, um seinen Torpedowerfer in Anschlag zu bringen. Sein Verstand war vom Anblick aus Panik und Zerstörung so mitgenommen, daß er sich kaum Zeit nahm, um ordentlich zu zielen. Er betätigte einfach den Abzug und beobachtete betäubt, wie die Brandtorpedos in die dunkle Masse einschlugen.

Die Flammenwerfer eröffneten nun ebenfalls das Feuer, und ihr tosendes Brüllen trug seinen Teil zur allgemeinen Verwüstung bei. Acht weite Bögen aus grellgelbem Feuer jagten über die Köpfe der geduckten Menge hinweg und zerplatzten wie reife Früchte auf der Oberfläche des Orgathé. Das Wesen zuckte und wand sich, als es von allen Seiten von schrecklichem Feuer eingehüllt wurde. Die eigenartige Flüssigkeit, aus der es bestand, kochte heftig auf, und Wolken aus erstickendem Nebel sprühten durch die belagerte Kaverne.

Tolton schlug eine Hand über den Mund, als plötzlicher scharfer Schmerz seine Augen durchzuckte. Der Dampf war kälter als jedes Eis, und er kondensierte über seiner Kleidung und seiner Haut wie ein klebriger schleimiger Film. Er hatte Mühe, das Gleichgewicht zu bewahren, als sich die Substanz am Boden anreicherte. Ringsum rutschten Menschen oder fielen mit Armen und

Beinen rudernd hin. Jetzt konnte er überhaupt nicht mehr zielen; der Rückstoß eines jeden Schusses sandte ihn schlingernd meterweit nach hinten. Außerdem wußte er nicht mehr genau zu sagen, wo sich die Kreatur befand. Der Nebel fluoreszierte stark, während ununterbrochen Flammenströme hindurchschossen, und tauchte die gesamte Kaverne in ein einheitliches topasfarbenes Licht.

Ohne sichtbares Ziel stellte Tolton sein Feuer ein. Überall rannten und taumelten kreischende und schreiende Menschen, ein Radau, der sich mit dem Tosen der Flammenwerfer mischte und ein totales akustisches Chaos erzeugte. Jeder ungezielte Schuß würde jemand Unbeteiligten treffen. Tolton ließ sich auf alle viere fallen und versuchte, die Wand der Kaverne zu erspähen und mit ihr einen Weg nach draußen.

Erentz und die anderen feuerten unablässig weiter. Die Wahrnehmung der Habitat-Persönlichkeit durch die sensitiven Zellen der Kaverne war alles andere als perfekt, doch sie reichte immer noch aus, um sie per Affinität über den ungefähren Aufenthaltsort des Orgathé auf dem laufenden zu halten. Erentz drehte sich unablässig weiter und hielt die Flammen stets auf der Flanke der Kreatur. Durch den wabernden eisigen Nebel hindurch, wegen der panisch rennenden Gestalten und nicht zuletzt, weil das fremdartige Wesen ständig an Größe verlor, hatte sie alle Mühe, ihren Flammenwerfer im Ziel zu halten. Doch es funktionierte, und das war es schließlich, worauf es ankam – und es verdrängte den Gedanken an das, was ein fehlgeleiteter Feuerstoß unweigerlich treffen mußte.

Dariat spürte, wie der von allem Fluidum entblößte nackte Geist des Wesens zurück in das Innere des Habitats flüchtete. Er teilte seine erweiterten Sinne mit den anderen Nachkommen Rubras und der Persönlichkeit und zeigte ihnen das Gespenst, wie es an ihnen vorbeijagte. Das Licht und der tosende Lärm der Flammenwerfer erstarben.

Nachdem sich der widerlich kalte Dunst aus der Luft verflüchtigt hatte und am Boden ohne Unterschied auf Mensch und Materie kondensiert war, wurde ein Schlachtfeld voller Leichen sichtbar. Wer nicht von den Flammen erfaßt worden und den zuckenden Tentakeln des Orgathé entkommen war, wand sich schwach unter dem zähen membranartigen Schleim. Nahezu ein Drittel der Kranken regte sich überhaupt nicht mehr; es war unmöglich zu sagen, ob sie zu erschöpft oder zu schwer verwundet worden waren. Das eigenartige Fluidum verbarg jegliche Einzelheit.

Tolton beobachtete voller dumpfem Unglauben, wie sich überall Geister aus dem Boden lösten wie humanoide Pilze und elastische Wedel des Fluidums an sich rissen. Sie sammelten das Material ein, wie Dariat es getan hatte, und umhüllten ihre Gestalt mit Substanz.

Erentz und ihre Gruppe stapften durch das Gemetzel und Elend, als existierte es überhaupt nicht. Sie sammelten sich an einem der Ausgänge, wo sie jeden der ihren triumphierend begrüßten. Dr. Patan befand sich ebenfalls unter ihnen. Er wischte sich den Schleim aus dem Gesicht und grinste genauso wild wie alle anderen auch, während er seinen Torpedowerfer überprüfte.

Tolton starrte hinter ihnen her, als sie durch den Korridor davoneilten, ohne sich die geringste Emotion angesichts des Leidens ringsum anmerken zu lassen. Die Habitat-Persönlichkeit hatte sie informiert, daß ein weiterer Besucher in einer Kaverne ganz in der Nähe Tod und Verderben über die Kranken brachte, und sie waren begierig darauf, den Kampf fortzusetzen. *Nicht allein die Entropie scheint in diesem Universum stärker zu sein,* dachte er betrübt. *Auch die Unmenschlichkeit erreicht unbekannte Höhen.*

Schließlich rührte er sich wieder, obwohl er unsicher

war, was er als nächstes tun sollte. Dariat kam herbei und stellte sich zu ihm, und gemeinsam blickten sie über die Kaverne mit all den Toten, den Verletzten und den verängstigten Geistern. Gemeinsam setzten sie sich in Bewegung, um an Hilfe zu gewähren, was in ihren Kräften stand.

Die Maske löste sich sauber von Jack McGoverns Gesicht. Er blinzelte in das schwache Licht, das durch das hohe halbmondförmige Fenster des Zimmers fiel. Ohne das Medipack verspürte er eine eigenartige Empfindung auf seiner Haut, irgendwo zwischen taub und wund. Er wollte sein Gesicht mit den Fingern betasten, über Kinn und Wangen fahren und herausfinden, was sie mit ihm angestellt hatten, doch er war immer noch mit Klebeband und Kette gefesselt.

»Nicht schlecht«, sagte Courtney und gab Greta einen liebevollen Klaps auf den Arm. Die Frau zuckte heftig zusammen, und die Muskulatur ihres Nackens und ihrer Glieder verspannte sich deutlich sichtbar.

»Selbst die Augenfarbe ist richtig.«

»Zeig es ihm«, befahl Quinn Dexter.

Kichernd beugte sich Courtney vor und hielt Jack einen kleinen Spiegel hin. Er starrte das Bild darin an. Es war das letzte, was er erwartet hätte: Sie hatten ihm tatsächlich Quinns Gesicht gegeben. Verwirrt runzelte er die Stirn.

»Du wirst schon sehen«, sagte Dexter. »Macht ihn fertig.« Eine Handbewegung, und die Kette fiel von Jacks Knöcheln ab. Das Klebeband war nicht ganz so einfach: Billy-Joe zog ein gefährlich aussehendes Kampfmesser und begann damit zu schneiden.

Das in die Gliedmaßen zurückschießende Blut brachte rasende Schmerzen in Jacks Hände und Füße mit sich, nachdem das Band ab war. Er konnte nicht stehen.

Courtney und Billy-Joe mußten ihn in die Mitte nehmen und nach draußen schleppen. Der erste Halt fand in einem Erfrischungsraum für das Personal statt. Sie schoben ihn in eine Duschkabine und drehten das Wasser auf. Es war eiskalt. Er ächzte nach Luft und hob schwach die Arme, um sich vor dem kalten Strahl zu schützen. Dunkle Lachen bildeten sich an seinen Füßen. Sie hatten ihn nicht ein einziges Mal die Toilette benutzen lassen.

»Zieh deine Kleidung aus«, befahl Quinn Dexter und warf ihm eine Flasche Duschgel vor die Füße. »Wasch dich gründlich. Dieser Gestank ist viel zu verräterisch.«

Sie standen um ihn herum und sahen ihm zu, wie er langsam die Verschlüsse seines Hemdes und seiner Hosen öffnete. Allmählich kehrte das Gefühl in seine Glieder zurück. Er hatte ziemlich viel Mühe, die Plastikflasche zu halten und das Gel herauszuquetschen. Auch das Stehen war schmerzhaft. Die Knie durchzudrücken war von einem Gefühl begleitet, als müßten seine Sehnen reißen. Doch es war Quinn Dexter, der ihm befohlen hatte zu stehen, und er wagte nicht, sich zu widersetzen.

Quinn schnippte mit den Fingern, und von einem Augenblick zum anderen war Jack trocken. Courtney reichte ihm ein schwarzes Gewand. Sein Schnitt war identisch zu dem Quinns, weite Ärmel und eine tiefe Kapuze, doch es bestand nur aus gewöhnlichem Stoff und nicht dem Flecken aus Nichts, das den dunklen Messias umgab.

Courtney und Billy-Joe inspizierten die beiden, während Jack Seite an Seite mit Quinn stehen mußte. Die Größe war beinahe gleich, bis auf zwei oder drei Zentimeter. Und der geringe Gewichtsunterschied fiel unter der weiten Robe nicht auf.

»Gottes Bruder lacht sich wahrscheinlich weg«, sagte Billy-Joe. »Scheiße, es sieht aus, als wärt ihr beide Zwillinge.«

»Es wird jedenfalls reichen«, entgegnete Quinn. »Gibt es Neuigkeiten über ihr Versteck?«

»Absolut nicht, Mann«, antwortete Billy-Joe, plötzlich tiefernst. »Diese Typen vom Lambeth-Nest haben darauf geschworen. Es ist eine verdammt große Sache für sie, daß ein Hoher Magus aus einer anderen Arkologie zu Besuch ist, ganz besonders jetzt. Alles redet darüber, daß Seine Zeit gekommen ist. Aber sie bleibt in ihrem Turm in Deckung. Sie verläßt ihre Gemächer nicht, will niemanden sehen, nicht einmal den Hohen Magus von London. Und sie ist wie Schmerzen im Arsch, schikaniert alle und jeden. Wer sonst soll es sein?«

»Du hast deine Sache gut gemacht, Billy-Joe«, sagte Quinn. »Das werde ich nicht vergessen, genausowenig wie Gottes Bruder. Wenn ich die Nacht über diese Arkologie bringe, lasse ich dich in eine Modellagentur gehen. Du kannst dir meinetwegen einen Harem der heißesten Frauen zulegen, die es gibt.«

»In Ordnung!« Billy-Joe boxte mit der Faust in die Luft. »Reiche Miststücke, Quinn. Ich will ein paar reiche Miststücke für mich, alle in feiner Seide und so 'nem Zeugs. Sie tragen das immer nur für ihresgleichen und sehen Jungs wie mich nicht einmal an. Aber ich werde ihnen zeigen, wie es ist, mit einem richtigen Mann zu ficken.«

Quinn lachte. »Scheiße, du änderst dich nie, weißt du das?« Er warf einen weiteren Blick auf Jack, und schließlich nickte er befriedigt. Der Mann sah ihm wirklich unheimlich ähnlich. Es mußte reichen. »Fang an«, befahl er an Courtney gewandt.

Sie schob Jacks Kapuze beiseite und drückte ihm ein medizinisches Pflaster auf den Hals.

»Nur, um dich ruhig zu halten«, sagte Quinn. »Bis jetzt hast du dich wunderbar geschlagen, und ich hasse die Vorstellung, daß du alles verderben könntest.«

Jack wußte nicht, welche Droge sie ihm verabreicht

hatten, nur, daß es warm in seinen Ohren summte. Die Furcht vor dem, was mit ihm geschehen würde, verflog wie eine leichte Brise am Abend. Allein stillzustehen und die glitzernden Tropfen am Duschkopf zu bewundern war eine durch und durch faszinierende Unterhaltung. Wenn sie abfielen, war es wie eine epische Reise.

»Komm her«, sagte Quinn.

Warum ist seine Stimme plötzlich nur so laut? dachte Jack. Aber weil er sowieso nichts anderes zu tun hatte, ging er langsam zu der Stelle, wo Quinn Dexter wartete. Und dann wurde seine Haut mit einem Mal kalt, als würde ein winterlicher Wind durch die Robe gehen. Der Raum begann sich zu verändern, und seine tristen Farben verschwanden. Wände und Boden wurden zu kaum mehr als einfachen Ebenen dichteren Schattens. Billy-Joe, Courtney und Greta verwandelten sich in reglose schillernde Statuen. Andere Menschen wurden sichtbar, an denen jede Einzelheit deutlich zu erkennen war: Gesichtszüge, Kleidung (eigenartige, antike Stile), Haare. Und doch fehlte es ihnen an Farbe bis hin zu einem Punkt, der sie transparent erscheinen ließ. Und sie blickten ohne Ausnahme unendlich traurig drein, mit trüben, gequälten Augen.

»Ignoriere sie«, befahl Quinn. »Eine Bande von Arschlöchern, weiter nichts.« Im Gegensatz zu den anderen leuchtete Quinn voller Farbe und Leben.

»Ja.«

Quinn musterte ihn mit einem scharfen Blick, dann zuckte er die Schultern. »Ja. Vermutlich reden wir gar nicht richtig miteinander. Immerhin lebst du nicht wirklich hier drin.«

Jack dachte über Quinns Worte nach. Seine Gedanken verloren allmählich ihre Langsamkeit. »Wie meinst du das?« Ihm wurde bewußt, daß er seinen eigenen Herzschlag nicht mehr länger hörte. Noch bewegte sich sein Mund, wenn er redete.

»Scheiße!« Quinns Zorn manifestierte sich in einer Woge aus Hitze, die von seinem leuchtenden Körper ausstrahlte. »Das Hypogenikum funktioniert hier ebenfalls nicht! Daran hätte ich denken müssen. Also gut, drücken wir es einfach genug für dich aus. Du tust genau, was ich sage, oder ich werde dir verdammt weh tun, kapiert? Und in diesem Reich der Geister meine ich wirklich verdammt weh.«

Sie glitten durch den Raum. Jack hatte keine Ahnung, wie ihm geschah, denn seine Beine bewegten sich nicht. Die Wand kam ihm entgegen und glitt mit einem stechenden Gefühl, das ihn erbeben ließ, ringsum an ihm vorüber.

»Es wird noch schlimmer«, sagte Quinn. »Das Durchdringen dichter Materie ist schmerzhaft. Ignoriere es. Setz dich einfach zurück und genieße die Aussicht.« Sie wurden schneller.

Banneth war der Akolythen nach und nach überdrüssig geworden. Es langweilte sie sogar, ihnen dabei zuzusehen, wie sie sich gegenseitig um den Verstand fickten. Alles war so gewöhnlich. Sie mußte immer wieder an die Modifikationen und Verbesserungen denken, die sie an ihren zuckenden Leibern vornehmen konnte, um den Sex würziger und höchstwahrscheinlich eine ganze Menge interessanter zu machen. Es gab definitiv ein paar Attribute, die sie dem Jungen hätte gewähren können, die ihn sowohl im Leben als auch im Bett skrupelloser gemacht hätten, wobei die zweite Arena das Übungsgelände für die erste war. Nach kritischer Überlegung kam sie zu dem Schluß, daß wahrscheinlich auch die beiden Mädchen von einer mehr katzenhaften Natur profitieren würden.

Nicht, daß noch irgend etwas davon jetzt eine Rolle gespielt hätte. Banneth hatte sich die gleiche Art von

Fatalismus zugelegt wie die restliche Bevölkerung des Planeten. Seit die Vakzüge abgeschaltet worden waren, hatten unentschuldigte Abwesenheit vom Arbeitsplatz und Kleinkriminalität in jeder Arkologie beträchtlich zugenommen. Nach anfänglich starken Bedenken waren die Behörden zu dem Schluß gekommen, daß es nichts mit der drohenden Possession der gesamten Bevölkerung zu tun hatte. Es waren die schlechten Nachrichten, die den Menschen so sehr zusetzten. Apathie hatte sich ausgebreitet und herrschte mit der nicht greifbaren Macht eines dominanten Sternzeichens.

Banneth zog ihren Umhang über und verließ das große Schlafzimmer ihrer Penthouse-Suite, ohne auch nur einen Blick auf das neuerlich lauter werdende Stöhnen von dem Gewimmel der Leiber auf der Matratze hinter ihr zu werfen. Sie ging zur Cocktailbar des Wohnbereichs hinüber und schenkte sich einen großen Crown Whisky ein. Vier Tage des Nichtstuns und der Inaktivität, während sie im Appartement festsaß, hatten den Flüssigkeitsstand in der Flasche auf ein paar Zentimeter sinken lassen.

Sie setzte sich in einen der gräßlichen Ledersessel und wandte sich per Datavis an den Managementprozessor ihrer Suite. Quastenvorhänge rauschten vor die Glasfenster und versperrten den Ausblick auf die nächtliche Arkologie. Ein holographischer Schirm über dem großen Kamin flammte bunt auf und übertrug die neuesten Nachrichten von einem lokalen Sender.

In New York waren zwei weitere Kuppeln den Besessenen zum Opfer gefallen. Die freien Reporter übertrugen ihre Bilder von einem Aussichtspunkt auf einem der Megatürme herab, und Banneth bemerkte den schwachen roten Lichtschein von den Gebäuden unter den geodätischen Kristalldächern. Die Polizei von Paris behauptete, neunzehn weitere Besessene gefangen und in Null-Tau verbracht zu haben. Es gab Interviews mit den noch immer benommenen Ex-Wirten; einer von ihnen behauptete ernsthaft, von Napoleon persönlich übernommen worden zu sein, eine andere schwor, von Eva Péron benutzt worden zu sein. Aus Bombay kam ein knappes offizielles Statement, welches den Einwohnern versicherte, die lokalen Unruhen seien ausnahmslos unter Kontrolle.

Mehrere Male im Verlauf ihrer Sendung schaltete die Station zur laufenden Ansprache des Präsidenten, der versicherte, daß keine weiteren Fälle mutmaßlicher Possession mehr aufgetreten wären. Er betonte, daß seine Entscheidung, den Vakzugverkehr einzustellen, inzwischen voll und ganz gerechtfertigt sei. Die lokalen Ordnungsbehörden hielten die Besessenen erfolgreich unter Kontrolle, in den bedauerlichen Einzelfällen, in denen es ihnen gelungen sei, sich in den Arkologien festzusetzen. Er rief die gesamte Erdbevölkerung auf, für New York und seine Bewohner zu beten.

Banneth nahm einen weiteren Schluck von ihrem Whisky und genoß das allzu seltene Gefühl von Alkohol, der ihre Synapsen überschwemmte. – **Niemand redet von London, wie es aussieht.**

– Ganz recht, bestätigte Westeuropa. – **Ich mußte nicht einmal Nachrichten unterdrücken. Er hält sich bemerkenswert zurück.**

– Falls er überhaupt hier ist.

– Er ist hier.

– Sie haben den Vakzugverkehr schrecklich schnell einstellen lassen.

– Das war ich nicht.

– Tatsächlich? Banneth horchte auf. Jegliche Information, die sie über B7 in Erfahrung brachte, faszinierte sie. In all den Jahren, seit sie für das Sicherheitsbüro arbeitete, hatte sie kaum jemals etwas darüber erfahren, wie es organisiert war. – **Aber wer war es dann?**

Ein Anflug von Pikiertheit sickerte durch das Affinitätsband. – Ein idiotischer Kollege von mir ist in Panik geraten. Traurigerweise konzentrieren sich nicht alle von uns mit voller Kraft auf das Problem.

– Wie viele von Ihnen gibt es denn?

– Nein. Alte Gewohnheiten sterben langsam, und die Gewohnheit der Geheimhaltung ist in meinem Fall uralt. Sie sollten das zu schätzen wissen, bei Ihrer Leidenschaft für die Verhaltenspsychologie.

– Hören Sie schon auf. Sie könnten mich ruhig ein wenig verwöhnen. Ich kann nicht einmal furzen, ohne daß sie Ihr Einverständnis geben. Und ich stehe im Begriff, atomisiert zu werden.

– Möchten Sie vielleicht, daß ich Ihnen für Ihre Ergebenheit den Kopf tätschele?

– Nennen Sie es, wie Sie wollen.

– Also schön, ich schätze, ich schulde Ihnen einen kleinen Gefallen. Sie haben sich in der Tat bewundernswert geschlagen. Ich werde Ihnen einen Aspekt von mir selbst enthüllen, unter der Bedingung, daß Sie nicht weiter in mich zu dringen versuchen.

– Einverstanden.

– Die Gewohnheit, von der ich sprach. Sie hatte sechshundert Jahre Zeit zu ihrer Entstehung.

– Scheiße! Sie sind sechshundert Jahre alt?

– Offengestanden, sechshundertzweiundfünfzig.

– Was zur Hölle *sind* Sie?

– Sie waren einverstanden, erinnern Sie sich?

– Ein Xeno also, stimmt's?

Über das Affinitätsband drang ein mentales Kichern. – **Ich bin voll und ganz menschlich, genau wie Sie. Und jetzt hören Sie auf, Fragen zu stellen.**

»Sechshundert Jahre«, murmelte Banneth ehrfürchtig. Es war eine unglaubliche Enthüllung. Wenn sie der Wahrheit entsprach. Aber der Supervisor hatte keinen Grund zu lügen. – **Sie gehen immer wieder in Null-Tau, bleiben für fünfzig Jahre dort und kommen ein paar**

Jahre jedes Jahrhundert wieder hervor. Ich habe schon von Leuten gehört, die so etwas machen.

– Meine Güte, Sie enttäuschen mich. Das muß der viele Whisky sein, den Sie in letzter Zeit hinunterkippen. Er benebelt Ihr Gehirn. Ich denke nicht, daß ich so nüchtern bin. Null-Tau, also wirklich.

– Aber was dann?

– Finden Sie es heraus. Sie sollten dankbar sein. Ich habe Ihnen etwas gegeben, womit Sie Ihren Verstand in den letzten paar Tagen ablenken können. Sie wurden zu morbide und entrückt für meinen Geschmack. Jetzt, nachdem Sie all Ihre Daten sortiert und katalogisiert haben, brauchen Sie eine neue mentale Herausforderung.

– Was wird mit meinen Daten geschehen? Sie werden sie doch veröffentlichen, oder?

– Ah, die süße Eitelkeit. Sie hat schon viel größere Egomaniker zu Fall gebracht als Sie.

– Werden Sie meine Dateien veröffentlichen? wiederholte sie verärgert.

– Sie geben exzellentes Archivmaterial für meine Leute ab.

– Ihre Leute? Aber was wollen Ihre Leute mit ... Das Bild auf dem Holoschirm wackelte – ein Bericht aus Edmonton, ein Reporter, der durch eine sabotierte Kraftwerksanlage ging und die Fortschritte der Reparaturarbeiten schilderte. **– Haben Sie das gesehen?**

– Die KI hat Mikrofluktuationen in den elektronischen Schaltkreisen des Penthouses entdeckt. Er ist hier. Westeuropas plötzliche Aufregung knisterte durch das Affinitätsband wie ein statischer Schlag mitten in das Gehirn.

»Scheiße!« Banneth kippte ihren Whisky in einem Zug hinunter. *Es gibt nichts, was ich jetzt noch tun könnte.* Der Gedanke war in ihrem Bewußtsein verankert, wiederholte und wiederholte sich immer wieder. Jetzt, da der

Augenblick nahte, stieg bitterer Unwille in ihr auf. Sie kämpfte sich auf die Beine. Quinn würde sie unter keinen Umständen in diesem Zustand sehen, zusammengesunken und geschlagen. Und er würde verdammt genau wissen, daß sie die wichtigste Spielfigur war, wenn es darum ging, ihn in eine Falle zu locken.

Per Datavis schaltete sie die Raumbeleuchtung auf maximale Stärke, dann drehte sie sich einmal um die eigene Achse und suchte das Penthouse ab. Feuchtigkeit legte sich über ihre Pupillen und verschmierte ihre Sicht. Das Bild des Holoschirms wackelte erneut, und der Ton stotterte.

Ganz langsam und mit einem beleidigenden Grinsen auf den Lippen sagte sie: »Wo steckst du, Quinn?«

Es war, als schaltete man einen schlecht fokussierten AV-Projektor ein. Vor der Tür zum Schlafzimmer waberte ein dunkler Schatten und versperrte die Sicht auf die selbstversunkenen Akolythen. Zuerst transparent, doch dann wurde er rasch dicker. Die Lampen an der Decke flackerten, und das Bild des Holoschirms implodierte zu einem schmutzigen Regenbogen. Banneths neurale Nanonik hörte auf zu arbeiten.

Quinn Dexter stand in seiner nachtschwarzen Robe auf den Marmorfliesen und blickte sie direkt an. Vollständig materialisiert.

– Hab' ich dich, Bastard!

Der Siegesschrei des Supervisors dröhnte durch Banneths Schädel. Eine ganze Sekunde lang starrte sie auf ihre wunderbare Schöpfung, jedes einzelne der prachtvollen Attribute, und erinnerte sich an die wütende Kraft, die sich hinter der glatten bleichen Haut verborgen hatte. Er erwiderte ihren Blick. Das heißt, seine Augen bewegten sich nicht. Falsch! Alles falsch! FALSCH! – **Warten Sie! Das ist nicht ...**

Der Röntgenlaser feuerte. Viele Kilometer über Banneth durchschlug der Strahl die Kristallkuppel der Arkologie und traf die Spitze des Parsonage Heights Towers. Innerhalb einer kaum meßbaren Zeitspanne verwandelte sich das Gebäude aus Carbo-Beton in eine Wolke aus Ionen. Ein Wirbelsturm aus nahezu massivem blauem Licht raste von der zerstörten Spitze des Turms zur Kuppel hinauf.

Quinn schwebte leicht durch das Herz der Explosion, fasziniert vom Ausmaß der Vernichtung, die das physikalische Universum ringsum erfaßt hatte. Er hatte sich die ganze Zeit über gefragt, welche Waffe sie wohl gegen ihn richten würden, nachdem sie ihn erst gefunden hatten. Nur eine strategische Verteidigungsplattform war imstande, diese spektakuläre Wildheit zu entfesseln.

Quinn beobachtete, wie sich Banneths Seele aus den sich verflüchtigenden Atomen ihres Körpers löste. Sie heulte auf vor Wut, als sie ihn entdeckte: den echten Quinn Dexter. Jack McGoverns trostlose Seele glitt bereits in das Jenseits hinüber.

»Netter Versuch«, spottete Quinn. »Und was willst du als nächstes probieren?« Er weitete seine Wahrnehmung aus, während sie vor ihm schwand, und genoß ihre Wut und ihre Qualen. Außerdem ... dort draußen, ganz am Rand seiner Wahrnehmung, bemerkte er einen abgehackten Chorus dünner Schreie. Voller Elend und entsetzlicher Qualen. Weit, weit entfernt.

Das war interessant.

6. Kapitel

Das eintönige Licht, das über Norfolk erschien und signalisierte, daß Tag war, leuchtete nicht ganz so grell wie sonst. Obwohl es noch ein paar Wochen hin war, konnte man den Herbst bereits herannahen sehen, wenn man sich ein wenig mit dem Wetter auskannte.

Luca Comar stand an seinem Schlafzimmerfenster und blickte über die Hochebenen, wie er es jeden Morgen bei Tagesanbruch getan hatte seit ... nun ja, jeden Morgen halt. Heute lag besonders dichter Nebel über dem Gutshof. Hinter dem weitläufigen Rasen (inzwischen seit Wochen nicht mehr gemäht, verdammt noch mal!) war nichts zu sehen außer den alten Zedern, großen grauen Schatten, die über Cricklades Obsthaine und Weidegründe wachten. Ernst und erhaben in ihrer Größe und Vertrautheit.

Draußen herrschte vollkommene Stille. Es war ein so schaler Morgen, daß nicht einmal die einheimischen Tiere aus ihrem Bau kommen wollten. Tautropfen bedeckten jedes Blatt, und die Äste bogen sich schwer vom Gewicht des Wassers. Es sah aus, als ließe jeder Busch und jeder Baum apathisch die Schultern hängen.

»Um Himmels willen, komm zurück ins Bett«, murmelte Susannah. »Mir ist kalt.«

Sie lag in der Mitte ihres riesigen Himmelbettes, die Augen geschlossen, und zog schläfrig die Decke über die Schultern hoch. Ihr dunkles Haar lag ausgebreitet auf den zerwühlten Kissen wie ein zerbrochenes Vogelnest. Es war nicht mehr so lang wie früher einmal, dachte er wehmütig. Daß sie beide wieder zusammengekommen waren, schien im Nachhinein betrachtet unausweichlich. *Wieder* zusammen, zumindest in einer Hinsicht. Aus welchem Winkel man es auch betrachtete, sie waren für einander geschaffen. Außerdem hatte er sich einmal zuviel mit Lucy gestritten.

Luca wandte sich vom Fenster ab und kehrte zum Bett zurück. Er blickte auf seine Liebe hinab. Ihre Hand kroch unter der Decke hervor und tastete suchend nach ihm. Er faßte sie sanft und beugte sich vornüber, um ihre Knöchel zu küssen, eine Geste, die sie sich seit jenen Tagen bewahrt hatten, da er um sie geworben hatte.

Sie lächelte verschlafen und gurrte: »Das ist schon besser. Ich hasse es, wenn du jeden Morgen so aus dem Bett springst.«

»Aber ich muß. Der Gutsbetrieb läuft schließlich nicht von alleine. Ganz besonders im Augenblick. Ehrlich, ein paar von den Scheißkerlen sind noch dümmer und fauler, als sie es vorher waren.«

»Was spielt das denn für eine Rolle?«

»Eine große. Wir müssen immer noch eine Ernte einbringen. Niemand weiß, wie lange dieser Winter dauern wird.«

Sie hob den Kopf und blickte ihn in vorsichtiger Verwirrung an. »Er wird genauso lange dauern wie sonst auch immer, wie jedes Jahr. Das ist richtig für diese Welt, und so fühlen wir es alle. Also wird der Winter auch genauso lange dauern. Hör auf, dir Sorgen zu machen.«

»Sicher.« Er wandte den Kopf unentschlossen wieder zum Fenster. Spürte die Versuchung.

Sie setzte sich auf und musterte ihn kritisch. »Was ist denn los? Ich kann spüren, daß du dir Sorgen machst. Es ist nicht allein die Ernte.«

»Nicht allein, stimmt. Du und ich, wir wissen beide, daß es meine Aufgabe ist dafür zu sorgen, daß alles richtig gemacht wird. Nicht nur, weil die anderen eine Bande von Faulenzern sind. Sie benötigen die Art von Führung, die nur Grant ihnen geben kann. Welche Silos für welches Getreide verwendet werden und wie stark es vorher getrocknet werden muß.«

»Das kann ihnen auch Mister Butterworth sagen.«
»Du meinst Johan.«
Sie vermieden es, sich anzusehen, doch das schwache Schuldgefühl war in beiden das gleiche. Identität war dieser Tage auf Norfolk zu einem Tabuthema geworden.
»Sicher, kann er«, entgegnete Luca. »Aber ob sie auf ihn hören und hinterher die Arbeit auch tun ist eine ganz andere Sache. Wir haben noch immer einen weiten Weg vor uns, bis wir wieder zu einer großen harmonischen Familie zusammengewachsen sind, die für das Wohl der Allgemeinheit arbeitet.«
Susannah grinste. »Also muß man ihnen in die Ärsche treten?«
»Verdammt richtig!«
»Und warum machst du dir dann so große Sorgen?«
»Tage wie dieser geben mir Zeit zum Nachdenken. Sie sind so langsam. Im Augenblick gibt es keine dringenden Arbeiten zu erledigen, bis auf Unkraut jäten und das Zurechtstutzen der Stöcke. Und Johan ist voll und ganz in der Lage, die Aufsicht zu führen.«
»Ah.« Sie zog die Knie an das Kinn und schlang die Arme um die Beine. »Die Mädchen, wie?«
»Ja«, gestand er kleinlaut. »Die Mädchen. Ich hasse diesen Gedanken, weißt du? Er bedeutet, daß ich inzwischen mehr Grant als ich selbst bin. Daß ich die Kontrolle über mich selbst verliere. Das kann einfach nicht richtig sein. Ich bin immer noch Luca, und die beiden Mädchen bedeuten mir nicht das geringste. Ich habe absolut nichts mit ihnen zu schaffen.«
»Ich auch nicht«, gestand sie elend. »Aber ich glaube, wir kämpfen gegen eine instinktive Regung, die wir niemals überwinden können. Es sind schließlich die Töchter dieser Körper, Luca. Und je mehr ich mich an diesen Körper gewöhne, je mehr er zu mir gehört, desto mehr muß ich akzeptieren, was er mit sich bringt. Was Marjorie Kavanagh ist. Wenn ich das nicht tue, wird sie mich bis

ans Ende aller Tage verfolgen, und das mit vollem Recht. Schließlich soll dieses Universum hier doch unser Zufluchtsort sein, oder nicht? Wie kann es das, wenn wir die ehemaligen Besitzer unserer Körper zurückstoßen? Sie werden niemals Frieden geben.«

»Grant haßt mich. Wenn er eine Waffe an meine Schläfe setzen könnte, er würde ohne zu zögern abdrücken. Manchmal, wenn ich mehr er bin als ich selbst, denke ich, daß ich es tue. Der einzige Grund, weshalb ich noch immer hier bin, ist die Tatsache, daß er sich noch nicht zum Selbstmord durchgerungen hat. *Noch* nicht. Er will unbedingt herausfinden, was aus Louise und Genevieve geworden ist. Er ist so besessen von diesem Gedanken, daß er mich angesteckt hat. Deswegen ist dieser Tag heute so verlockend. Ich könnte ein Pferd nehmen und nach Knossington rüber reiten. Dort gibt es eine weitere Aeroambulanz. Wenn die Maschine noch funktioniert, könnte ich bis zum Abend in Norwich sein.«

»Ich bezweifle, daß irgendein Flugzeug noch funktioniert. Ganz bestimmt nicht hier.«

»Das weiß ich selbst. Aber mit einem Schiff nach Norwich zu fahren ist ein unvergleichliches Stück schwieriger. Und der bevorstehende Winter macht die ganze Sache so gut wie unmöglich. Also gehe ich besser jetzt als später.«

»Aber Cricklade wird dich nicht loslassen.«

»Nein. Ich denke nicht. Ich bin nicht mehr so sicher. Er wird ständig stärker in mir und zermürbt mich nach und nach.« Luca stieß ein kurzes bitteres Lachen aus. »Siehst du die Ironie, die sich dahinter verbirgt? Die Person, von der ich Besitz ergriffen habe, zahlt mit gleicher Münze zurück und ergreift Besitz von mir. Nicht, daß ich es nicht verdient hätte, o nein. Ganz bestimmt sogar. Und weißt du was? Ich will tatsächlich wissen, ob die Mädchen in Sicherheit sind. Ich, meine eigenen Gedanken. Ich weiß nicht, woher das kommt. Ob es die Schuldgefühle sind wegen dem, was ich Louise anzutun versucht habe, oder sein erster Triumph. Carmitha meint, wir würden uns zurückverwandeln. Sie könnte recht haben.«

»Nein, ganz bestimmt nicht. Wir werden immer wir selbst sein.«

»Werden wir?«

»Ja«, sagte sie nachdrücklich.

»Ich wünschte, ich könnte es glauben. So viel in diesem Universum ist anders als das, was wir erwartet haben. Ich wollte im Grunde genommen niemals mehr als frei zu sein von dem verdammten Jenseits. Jetzt bin ich frei, und noch immer werde ich gequält. Lieber Gott im Himmel, warum nur ist der Tod nicht endgültig? Was für ein Universum ist das nur?«

»Luca, wenn du nach den Mädchen sehen willst, werde ich mitkommen.«

Er küßte sie in dem Bemühen, in die Normalität zurückzufinden. »Gut.«

Sie schlang die Arme um seinen Nacken. »Komm her. Laß uns feiern, daß wir wir sind. Ich weiß ein paar Dinge, die Marjorie niemals für Grant getan hat.«

Carmitha verbrachte den Morgen mit Arbeit im Rosengarten. Sie gehörte zu einer Gruppe von dreißig Leuten, die dafür bezahlt wurden, Norfolks legendäre Plantagen wieder in Ordnung zu bringen. Weil sie so spät damit angefangen hatten, war die Arbeit mühseliger als üblich. Die Stiele der Pflanzen waren verholzt, und neue Spätsommertriebe waren hochgeschossen und hatten sich einen Weg durch die engen Drahtspaliere gebahnt. Sie mußten ausnahmslos weggeschnitten und die Stöcke auf ihre ursprüngliche Fächerform getrimmt werden. Es fing damit an, daß die Pflanze an der Spitze eingekürzt wurde, dann wurden die obersten Triebe mit einer starken Schere entfernt. Lange peitschenartige Schößlinge bildeten einen großen wirren Haufen am Fuß von Carmithas Leiter.

Auch das Gras zwischen den einzelnen Stöcken stand viel zu hoch, doch Carmitha hielt den Mund. Es reichte, daß sie die wirtschaftliche Grundlage ihrer Welt funktionsfähig erhielten. Wenn das Ende kam und die Konföderation Norfolk in sein altes Universum zurückholte, um die Seelen der Possessoren aus ihren angeeigneten Körpern zu vertreiben, würde genug für die ursprünglichen Einwohner übrigbleiben, damit sie weitermachen konnten. Nicht wie *vorher*, ganz bestimmt nicht, aber es würde eine gewisse Kontinuität geben. Die nächste Generation wäre in der Lage, sich ein Leben auf den Ruinen des Entsetzens aufzubauen.

Es war genau dieser Gedanke, an den sie sich Tag für Tag aufs neue klammerte. Die Vorstellung, daß das hier niemals enden würde, war eine Schwäche, der sie sich unter keinen Umständen hingeben durfte. Irgendwo auf der anderen Seite, jenseits der Grenzen dieses Universums, gab es eine immer noch intakte Konföderation, deren politische Führung jede nur denkbare Anstrengung unternahm, um Norfolk aufzuspüren und eine Antwort auf die Besessenen zu finden.

Wie diese Antwort aussehen mochte, darüber wagte sie nicht nachzudenken. Es half überhaupt nichts, die Seelen der Besessenen einfach in die schwarze Leere zurückzukatapultieren, aus der sie gekommen waren. Man mußte einen Ort für sie finden, wo sie nicht mehr so unendlich litten. Natürlich waren die Besessenen der Meinung, sie hätten ihn bereits gefunden, indem sie hierher gekommen waren. Diese Dummköpfe. Diese armen, verblendeten, tragischen Narren.

Ihre Vorstellung versagte auch, wenn es darum ging sich auszumalen, wie das Leben auf Norfolk und den anderen von Besessenen eroberten und entführten Welten hinterher sein würde. Sie hatte stets die Religiosität der Kultur respektiert, mit der sie aufgewachsen war, genau wie die Häuserbauer ihren christlichen Gott verehrten. Keine der ihr bekannten Religionen lieferte auch nur den geringsten Hinweis darauf, wie die Menschen leben sollten, jetzt, nachdem sie ohne jeden Zweifel wußten, daß sie eine unsterbliche Seele besaßen. Wie konnte irgend jemand seine eigene physische Existenz überhaupt noch ernst nehmen mit diesem Wissen? Warum irgend etwas tun, warum versuchen, im Leben etwas zu erreichen, wenn danach so viel mehr auf einen wartete? Carmitha hatte stets einen Widerwillen gegen die künstlichen Restriktionen dieser Welt verspürt, obwohl sie wußte, daß es für sie niemals eine Alternative geben würde. Ein Schmetterling ohne Flügel, hatte ihre Großmutter immer zu ihr gesagt. Und jetzt hatte sich mit einem Mal die Tür zu einer wunderbaren, unendlichen Freiheit weit, weit geöffnet.

Und was hatte sie getan, als sie diese Freiheit erblickt hatte? Sich mit einer Macht und einer Entschlossenheit an ihr erbärmliches Leben geklammert, wie sie nur wenige andere auf dieser Welt aufbrachten. Vielleicht mußte es auch so sein. Eine Zukunft in ewiger Schizophrenie, während der innere Kampf zwischen Yin und Yang zu einem Atomkrieg mutierte.

Es war viel leichter, nicht darüber nachzudenken – doch auch das erzeugte Unbehagen in ihr. Es bedeutete nämlich, daß sie ihr Schicksal keineswegs in der Hand hatte. Und sich statt dessen mit dem zufrieden gab, was auch immer die Konföderation großzügig an Hilfe anbot. Abhängig von der Wohlfahrt. Was ihrer Natur diametral zuwider war. Die Zeiten waren wirklich nicht leicht.

Sie beendete das Einkürzen des Strauchs und zog zwei widerspenstige Triebe zwischen den dickeren unteren Zweigen hervor, um sie achtlos fallen zu lassen. Die

Baumschere bewegte sich weiter und kappte einige der älteren Zweige. Bis auf die fünf Hauptäste wurde ein Rosenstock alle sechs Jahre idealerweise vollständig zurückgeschnitten, so daß sich neues Grün bilden konnte. Nach der verschrumpelten Rinde zu urteilen und den bläulichen Algen, die sich in den Haarrissen festgesetzt hatten, war dieser Zweig hier alt genug. Geschickt band sie die stehengebliebenen neuen Triebe mit Hilfe von speziellem Bindedraht am Spalier an. Ihre Hände bewegten sich beinahe automatisch, während sie den Draht verdrillte. Sie mußte nicht einmal hinsehen, um alles richtig zu machen. Jedes Kind auf Norfolk beherrschte diese Art von Arbeit im Schlaf. Die anderen in ihrer Gruppe arbeiteten mit der gleichen Effizienz. Noch immer herrschten Instinkt und Tradition, zumindest in dieser Hinsicht.

Carmitha kletterte auf ihrer Leiter vier Stufen tiefer und machte sich an die nächste Reihe von Zweigen und Trieben. Ein aufgeregtes fremdes Etwas drängte sich in einen Winkel ihres Bewußtseins. Sie hielt sich an einer stabilen Spalierstrebe fest und lehnte sich hinaus, um die Reihe von Sträuchern entlang nach der Ursache zu suchen. Lucy rannte durch das Gras. Sie wich den Haufen abgeschnittener Zweige aus und wedelte hektisch mit den Armen. Außer Atem blieb sie am Fuß von Carmithas Leiter stehen.

»Kannst du bitte ganz schnell kommen?« japste sie. »Johan ist zusammengebrochen. Gott allein weiß, was mit ihm los ist.«

»Zusammengebrochen? Wie?«

»Ich weiß nicht. Er war in der Zimmermannswerkstatt und wollte etwas holen, und die Jungs erzählen, er wäre einfach vornübergekippt. Sie wollten ihm wieder auf die Beine helfen, aber es ging nicht, ganz gleich, was sie versucht haben. Also legten sie ihn hin und haben mich geschickt, um dich zu holen. Verdammt, ich bin den ganzen Weg hier raus auf einem Pferd geritten. Was würde ich für ein vernünftiges Mobiltelephon geben!«

Carmitha kletterte von der Leiter herunter. »Hast du ihn gesehen?«

»Ja. Er sieht eigentlich ganz normal aus«, antwortete Lucy eine Spur zu schnell. »Er ist bei vollem Bewußtsein, nur ein wenig schwach. Ich glaube, er hat sich einfach überanstrengt. Dieser verdammte Luca glaubt anscheinend immer noch, wir wären alle seine Bediensteten. Wir müssen etwas dagegen unternehmen, weißt du?«

»Sicher«, sagte Carmitha und eilte zwischen den Rosenstöcken hindurch auf die strohgedeckte Scheune zu, wo ihr eigenes Pferd angebunden war.

Als Carmitha in den Stall geritten und abgestiegen war, reichte sie die Zügel ihres Tieres einem der (nicht-besessenen) Jungen, die Johan/Butterworth zu Stallburschen befördert hatte. Er lächelte freundlich und murmelte leise: »Das hat sie alle ziemlich aufgerüttelt.«

Sie zwinkerte. »Zu schade.«

»Wirst du ihm helfen?«

»Kommt darauf an, was es ist.« Seit sie auf Cricklade angekommen war, hatte sich eine überraschende Anzahl von Bewohnern vor ihrem Caravan eingefunden und wegen der verschiedensten Beschwerden um Hilfe gebeten. Erkältungen, Kopfschmerzen, Gliederreißen, Heiserkeit, Verdauungsschwierigkeiten: kleine, belanglose Problemchen, die sie mit ihren energistischen Kräften nur schwer in den Griff bekamen. Gebrochene Knochen und Schnittwunden konnten sie in Null Komma nichts heilen, aber innere Verletzungen und weniger offensichtliche Virusinfektionen bereiteten ihnen Schwierigkeiten. Also hatte Carmitha damit angefangen, die alten Kräutertränke und Tees ihrer Großmutter zu verteilen. Bald darauf hatte sie den Kräutergarten des Hauses übernommen, und seither hatte sie zahlreiche Abende damit verbracht, die getrockneten Blätter und Blüten in einer Reibschale zu zermahlen, zu mischen und die entstandenen Pulver in ihre alten gläsernen Flaschen zu füllen.

Es hatte ihr mehr als alles andere zu einer allgemeinen Akzeptanz bei den Bewohnern des Herrenhauses geholfen. Sie griffen lieber zu naturalistischen Zigeunerheilmitteln, als daß sie die wenigen qualifizierten Ärzte in der Stadt aufsuchten. Richtig zubereiteter Ginseng (leider genetisch verändert, damit er im einzigartigen Klima Norfolks wachsen konnte und damit wahrscheinlich in seiner ursprünglichen Wirksamkeit beeinträchtigt) und seine botanischen Verwandten bildeten die bevorzugten Grundstoffe für die Art von Arzneien, die Norfolks von Gesetzen eingeengte Pharmaindustrie herstellen durfte. Nicht, daß ihre Vorräte außergewöhnlich groß gewesen wären; außerdem hatte Luca längst den Versuch aufgegeben, mit Boston um weitere Lieferungen zu verhandeln. Die Städter hatten ihre Fabrik auch nicht wieder zum Arbeiten gebracht.

Carmitha fand den Gedanken eigenartig, daß ausgerechnet ihr ursprüngliches Wissen um Pflanzen und Land, kulturelles Erbe ihrer Volksgruppe, welches ihr ermöglicht hatte, sich vor den Besessenen zu verbergen, nur kurze Zeit später dabei half, sich ihren Respekt und sogar ihre Dankbarkeit zu verdienen.

Die Zimmermannswerkstatt war in einem großen einstöckigen Gebäude auf der Rückseite des Herrenhauses untergebracht, mitten in einer ganzen Reihe verwirrend ähnlicher Bauwerke, die wild durcheinandergewürfelt herumstanden wie das Labyrinth eines Riesen. Für Carmitha sahen alle ohne Unterschied wie überdimensionierte Scheunen aus, mit hohen Holztoren und steilen solarzellengedeckten Dächern – doch sie beherbergten eine Stellmacherei, eine Molkerei, eine Schmiede, eine Steinhauerei, zahllose Werkstätten und sogar eine Pilzzucht. Die Kavanaghs hatten gründlich sichergestellt, daß sie über jedes notwendige Handwerk verfügten, um das Gehöft praktisch unabhängig von externen Zulieferern zu machen.

Als Carmitha eintraf, trieben sich mehrere Leute im Eingangsbereich der Zimmerei herum. Sie wirkten verlegen wie jemand, der einen Familienkrach über sich ergehen lassen mußte: Sie wollten lieber irgendwo anders sein, aber sie hatten Angst, etwas zu verpassen.

Carmitha wurde mit erleichterten Rufen und Lächeln begrüßt und rasch ins Innere des Gebäudes geführt. Die elektrischen Sägen und Hobel und Zapfenmaschinen standen still. Die Zimmerleute hatten eine der Werkbänke von Holz und Arbeitsgeräten freigeräumt und Johan darauf gelegt. Er war ganz in eine schwere Decke eingewickelt. Susannah hielt ein Glas kaltes Wasser an seine Lippen und nötigte ihn zum Trinken, während Luca am Ende der Werkbank stand und mit sorgenvoller Miene auf das Geschehen blickte.

Johans rundliches Teenagergesicht war verzerrt, und die wenigen normalerweise kaum sichtbaren Falten bildeten tiefe Linien in seine schweißglitzernde Haut. Das dünne hellblonde Haar klebte auf seiner Stirn. Alle paar Sekunden durchlief ein Schauer seinen gesamten Körper. Carmitha legte ihm die Hand auf die Stirn. Obwohl sie darauf gefaßt war, überraschte sie die Hitze seiner Haut. Seine Gedanken waren voller Besorgnis und Entschlossenheit.

»Erzählst du mir, was passiert ist?« fragte sie.

»Ich habe mich ein wenig schwach gefühlt, das ist alles. Ich muß mich nur ein wenig ausruhen, dann geht es schon wieder. Wahrscheinlich eine Lebensmittelvergiftung, denke ich.«

»Du ißt doch nie etwas«, murmelte Luca.

Carmitha wandte sich zu den neugierigen Zuschauern um. »In Ordnung, das war's, Leute. Geht raus und macht Frühstückspause oder was weiß ich. Ich brauche frische Luft hier drin.«

Sie verließen gehorsam die Werkstatt. Carmitha bedeutete Susannah zurückzutreten, dann zog sie Johans Decke beiseite. Das Flanellhemd unter seiner Jacke war naß von Schweiß, und seine Knickerbockerhose sah aus, als klebte sie an den Beinen. Von der plötzlichen kühlen Luft begann er zu zittern.

»Johan«, sagte sie entschlossen, »zeig dich mir.«

Seine Lippen verzogen sich zu einem tapferen Lächeln.

»Das tue ich doch schon.«

»Nein, tust du nicht. Ich möchte, daß du die Illusion auf der Stelle beendest.« Sie ließ nicht zu, daß er ihrem Blick auswich, und zwischen ihnen entbrannte ein lautloser Machtkampf.

»Also gut«, sagte Johan schließlich. Er ließ erschöpft und resignierend den Kopf auf das Kissen zurückfallen. Es sah aus, als würde ein Kräuseln wie von Wasser über seinen gesamten Körper laufen, vom Kopf bis herunter zu den Füßen, wie eine verzerrte Vergrößerung, hinter der ein vollkommen anderes Bild zum Vorschein kam. Johan expandierte in alle Richtungen zugleich. Seine Hautfarbe gewann an Helligkeit, und die Adern darunter wurden sichtbar. Fleckige graue Bartstoppeln sprossen aus seinem Kinn und den Wangen, als er um vierzig Jahre alterte. Beide Augen schienen in die Höhlen zu sinken.

Carmitha sog erschrocken die Luft ein. Es waren die schlaffen Wangen, die ihren Verdacht erhärteten. Um sich Gewißheit zu verschaffen, knöpfte sie sein Hemd auf. Johan war nicht gerade ein klassisches Hungeropfer – deren Haut spannte sich straff über dem Skelett, und ihre Muskeln waren zu dünnen Strängen reduziert, die sich um die Knochen wanden. Johan hingegen sah aus, als wäre sein Skelett eingeschrumpft und hätte einen

Hautsack zurückgelassen, der wenigstens drei Nummern zu groß war.

Sie fand unübersehbare Hinweise, daß die Ursache nicht allein zuwenig Essen sein konnte. Die fleischigen Falten waren merkwürdig hart und so an Johans Körper angeordnet, daß sie aussahen wie die Muskeln eines außergewöhnlich gut durchtrainierten Fünfundzwanzigjährigen. Ein paar der Auswölbungen schimmerten rosig, als wären sie wundgescheuert, und manche waren so rot, daß Carmitha der Verdacht kam, es könnte sich um lange blutgefüllte Blasen handeln.

Scham stieg in Johans Bewußtsein auf, als er die Abscheu und das Entsetzen bei den drei Leuten bemerkte, die ihn umrundeten. Die emotionale Schwingung war so stark, daß Carmitha sich auf die Werkbank neben ihn setzen mußte. Am liebsten wäre sie aufgesprungen und davongelaufen.

»Du wolltest wieder jung sein«, sagte sie leise. »Nicht wahr?«

»Wir haben uns ein Paradies geschaffen«, antwortete er voller Verzweiflung. »Wir können sein, was immer wir wollen. Dazu braucht es nicht mehr als einen Gedanken.«

»Nein«, widersprach Carmitha. »Dazu braucht es sogar eine ganze Menge mehr. Ihr habt nicht einmal eine Gesellschaft, die so gut funktioniert wie die alte Gesellschaft von Norfolk.«

»Das ist etwas anderes«, beharrte Johan. »Wir verändern unser Leben und diese Welt zugleich.«

Carmitha beugte sich über den zitternden Mann, bis ihr Gesicht nur noch ein paar Zentimeter von dem seinen entfernt war. »Du änderst überhaupt nichts. Du bringst dich nur um, das ist alles.«

»In diesem Universum gibt es keinen Tod«, sagte Susannah scharf.

»Tatsächlich?« fragte Carmitha. »Und woher willst du das wissen?«

»Wir wollen keinen Tod in diesem Reich, und deswegen gibt es keinen.«

»Wir sind an einem anderen Ort, aber unsere Existenz ist noch immer die gleiche. Wir sind einen riesigen Schritt von der Realität entfernt. Es wird nicht anhalten, weil es auf einen Wunsch gebaut ist und nicht auf eine Tatsache.«

»Wir sind für alle Ewigkeit hier«, sagte Susannah schroff. »Du gewöhnst dich besser daran.«

»Glaubst du ernsthaft, Johan wird die Ewigkeit überstehen? Ich bin nicht einmal sicher, ob ich ihn auch nur eine weitere Woche am Leben halten kann. Sieh ihn dir doch an! Sieh verdammt genau hin! Sieh dir an, was eure lächerlichen Kräfte aus ihm gemacht haben! Ein ... ein Wrack! Eure Kräfte versetzen euch nicht in die Lage, Wunder zu bewirken. Ihr korrumpiert die Natur, das ist alles.«

»Ich will nicht sterben«, schnaufte Johan. »Bitte!« Seine Hand packte Carmithas Arm. Es war ein heißes, feuchtes Gefühl. »Du mußt es aufhalten! Hilf mir, wieder gesund zu werden!«

Sanft befreite sie sich aus seinem Griff. Dann begann sie mit einer gründlichen Untersuchung seiner selbst beigefügten Verstümmelungen, während sie überlegte, was zur Hölle sie tun konnte, um ihm zu helfen. »Der größte Teil des Heilungsprozesses liegt bei dir selbst, aber deine Genesung wird die ganzheitliche Methode der Medizin trotzdem bis an ihre Grenzen strapazieren.«

»Ich tue alles, was du von mir verlangst! Alles!«

»Hmmm.« Sie strich mit der Hand über seine Brust und prüfte die Festigkeit der Falten und Beulen, wie man eine reife Frucht betastet. »In Ordnung. Wie alt bist du?«

»Was?« fragte er verwirrt.

»Sag mir, wie alt du bist. Versteh mich richtig, ich weiß es schon. Ich komme seit mehr als fünfzehn Jahren zur Erntezeit auf dieses Gut. Meine erste Erinnerung ist, wie

Mister Butterworth die Arbeiter beaufsichtigt. Er war schon damals der Verwalter. Und er war ein guter Verwalter: Er hat nie gebrüllt und wußte immer, mit welchen Worten er die Leute zum Arbeiten bringen konnte. Er hat uns Zigeuner nie anders als alle anderen behandelt. Ich erinnere mich genau, wie er in seiner Tweedhose und der gelben Weste ausgesehen hat; damals, mit fünf, habe ich geglaubt, er sei der König der Welt, so fein und prächtig hat er ausgesehen. Und mit Ausnahme der Kavanaghs wußte er besser als jeder andere, wie Cricklade funktioniert. So etwas kommt nicht über Nacht, Johan, nichts von alledem. Und jetzt sag mir, wie alt du bist. Ich will es aus deinem eigenen Mund hören. Wie alt bist du?«

»Achtundsechzig«, flüsterte er. »Ich bin achtundsechzig irdische Jahre alt.«

»Und wieviel wiegst du, wenn du gesund bist?«

»Achtundneunzig Kilo.« Er verstummte für einen Augenblick, dann fuhr er fort: »Und meine Haare sind grau, nicht blond. Die wenigen, die ich noch habe.« Jetzt, nachdem es heraus war, schien er sich ein wenig zu entspannen.

»Das ist gut. Allmählich fängst du an zu verstehen. Du mußt akzeptieren, was du bist, und dich daran erfreuen. Du warst nichts weiter als eine von Leere gefolterte Seele, und jetzt hast du wieder einen Körper. Einen Körper, der dir jegliche Empfindung ermöglicht, die das Jenseits dir verwehrt hat. Wie dieser Körper aussieht ist absolut unbedeutend. Du mußt dem Fleisch erlauben, sein natürliches Aussehen zu behalten. Versteck dich nicht. Ich weiß, es ist schwer. Du hast geglaubt, dieser Ort wäre die Lösung für alles. Das Eingeständnis, daß dies nicht für dich gilt, wird dir schwerfallen, und es zu glauben noch viel mehr. Aber du mußt lernen, dein neues Selbst zu akzeptieren, genau wie die Beschränkungen von Mister Butterworths Körper. Er war immer gesund, und es gibt keinen Grund, warum sich daran etwas ändern sollte.«

Johan bemühte sich, vernünftig zu sein. »Aber wie lange?« fragte er.

»Ich schätze, seine Vorfahren wurden genetisch verbessert. Das ist bei den meisten Kolonisten der Fall. Also wird er wenigstens noch einige Jahrzehnte überdauern, vorausgesetzt, du kommst nicht auf den Gedanken, noch einmal diesen Unsinn zu versuchen.«

»Jahrzehnte!« Seine Stimme klang bitter vor Enttäuschung.

»Oder auch nur ein paar Tage, wenn du nicht bald anfängst, wieder an dich selbst zu glauben. Du mußt mir helfen, wenn ich dir helfen soll, Johan. Das ist kein Scherz. Ich denke nicht daran, meine Zeit mit dir zu verschwenden, wenn du nicht aufhörst zu träumen, daß dein Schicksal Unsterblichkeit ist.«

»Ich werde es tun«, sagte er. »Ehrlich, ich werde es tun.«

Sie tätschelte ihn tröstend und deckte ihn wieder zu. »Sehr gut. Für den Augenblick wirst du hier liegen bleiben. Luca wird ein paar der Männer zusammentrommeln, die dich in dein Zimmer tragen. Ich gehe derweil hinüber in die Küche und rede mit Cook, welche Nahrungsmittel sie auf Lager hat. Wir werden dir anfangs zahlreiche kleinere Mahlzeiten am Tag geben. Ich möchte vermeiden, daß dein Verdauungssystem plötzlichem Streß ausgesetzt wird. Aber es ist wichtig, daß wir dir endlich wieder ein paar vernünftige Nährstoffe zuführen.«

»Danke sehr.«

»Es gibt ein paar Dinge, mit denen ich dir die ganze Sache erleichtern kann, aber die Vorbereitungen brauchen Zeit. Wir werden heute nachmittag mit der Behandlung anfangen.«

Sie wandte sich um und verließ die Zimmermannswerkstatt. Die Küche von Cricklade Manor lag auf der Rückseite des Herrenhauses, ein langer, rechteckiger Raum zwischen den Lagerräumen des Westflügels und der Haupthalle. Sie war mit schwarzem und weißem Marmor gefliest, und eine Wand wurde von einem gewaltigen Herd eingenommen, dessen wilde Hitze nicht einmal die weit geöffneten Fenster vertreiben konnten. Zwei von Cooks Helfern nahmen Brotlaibe aus den großen Backöfen und klopften sie aus ihren Blechformen auf Drahtgestelle, die unter einem Fenster standen. Drei weitere Gehilfen arbeiteten an den Spülbecken und putzten Gemüse für das Abendessen. Cook selbst beaufsichtigte einen Metzger, der auf der großen Mittelplatte ein frisch geschlachtetes Schaf zerlegte. Kupferkessel und -pfannen aller Größen und Formen baumelten von einem großen Gestell herab wie Segmente eines schimmernden Halos. An der dem Ofen gegenüberliegenden Seite hatte Carmitha ihre Kräuter zwischen den Töpfen aufgehängt, wo sie schneller trockneten.

Sie winkte Cook zu und ging zu Véronique, die am Spülbecken saß und auf dem hölzernen Schneidbrett Karotten schnitt. »Wie geht es dir?« fragte Carmitha.

Véronique lächelte und legte anbetend die Hand auf ihren hochschwangeren Leib. »Ich kann kaum glauben, daß er noch nicht heraus will. Ich muß alle zehn Minuten pinkeln. Bist du ganz sicher, daß es nicht Zwillinge werden?«

»Du kannst ihn inzwischen selbst fühlen.« Carmitha fuhr mit der Hand über das Baby und spürte nichts als warme Zufriedenheit. Véronique war die Possessorin von Olive Fenchurch, einer neunzehn Jahre alten Magd, die ihren Geliebten, einen Landarbeiter vom Gutshof, vor ungefähr zweihundert Tagen geheiratet hatte. Eine kurze Verbindung, gefolgt von einer ebenfalls kurzen, biologisch absolut unglaublichen Schwangerschaft. Sie stand im Begriff, nahezu siebzig Tage zu früh zu gebären. Doch das war inzwischen auf Norfolk durchaus normal.

»Ich will nicht«, sagte Véronique scheu. »Es könnte ein schlechtes Omen sein oder so.«

»Nun, dann glaub mir einfach, es geht ihm prächtig. Wenn er sich bewegen will, werden wir es alle rechtzeitig erfahren.«

»Ich hoffe nur, es dauert nicht mehr so lange.« Die junge Frau rutschte unbehaglich auf ihrem Holzstuhl hin und her. »Mein Rücken bringt mich sonst noch um, und ich kriege bald Plattfüße.«

Carmitha lächelte mitfühlend. »Ich komme heute abend vorbei und massiere dir ein wenig Pfefferminzöl in die Beine. Das sollte dich aufmuntern.«

»Oh, danke sehr! Du hast die geschicktesten Hände von allen.«

Es war beinahe, als hätte die Possession nicht stattgefunden. Véronique besaß eine so stille, sanfte Natur, eifrig darauf bedacht, allen zu gefallen, und Olive unglaublich ähnlich. Einmal hatte sie Carmitha gestanden, daß sie bei einer Art Unfall gestorben war. Sie wollte nicht sagen, wie alt sie gewesen war, doch Carmitha vermutete, höchstens um die fünfzehn – Véronique hatte hin und wieder von Schikanen in ihrem Tagesclub erzählt.

Inzwischen vermischte sich ihr französischer Akzent mit dem schweren Dialekt Norfolks. Es war eine ungewöhnliche Kombination, obwohl sie angenehm klang. Die reichen Selbstlaute Norfolks wurden mit jedem Tag deutlicher, je mehr das Durcheinander abklang, das besessene Bewußtseine auszeichnete. Carmitha hatte diesbezüglich bereits eine ganz eigene Vermutung.

»Hast du von Mister Butterworth gehört?« fragte sie.

»Ja, warum?« antwortete Véronique. »Geht es ihm wieder besser?«

Interessant, daß sie nicht Johan in ihm sieht, dachte Carmitha, dann fühlte sie sich schäbig wegen ihres billigen Tricks. »Er ist ein wenig wacklig, das ist alles. Hauptsächlich, weil er die ganze Zeit nicht vernünftig gegessen hat. Ich bringe ihn wieder auf die Beine, und genau deswegen bin ich hier. Ich brauche deine Hilfe, du mußt mir ein paar Öle zubereiten.«

»Liebend gerne.«

»Danke. Ich brauche Holzäpfel; davon gibt es im Lager reichlich, also sollte es kein Problem darstellen. Ein wenig Bergamotte, aber vergiß nicht, daß es aus der Borke gemacht werden muß. Und wir benötigen Brustwurz; damit steigern wir seinen Appetit. Also brauche ich ihn jeden Tag frisch. Sobald Butterworth wieder auf den Beinen ist, können wir seine Hautfarbe mit ein paar Avocados auffrischen und ihm auf diese Weise zu neuer Zuversicht verhelfen.«

»Ich mache mich augenblicklich an die Arbeit.« Véronique warf einen Blick zur Tür und errötete. Carmitha wandte sich um und bemerkte Luca, der im Eingang gestanden und die beiden Frauen beobachtet hatte. »Ich komme bald wieder und hole die Sachen«, sagte sie zu der jungen Frau.

»Und du glaubst, dieser ganze Kram kann ihm helfen?« fragte Luca, als sie sich an ihm vorbei und in den Personalkorridor schieben wollte, der den gesamten Westflügel durchzog.

»Vorsicht«, entgegnete sie. »Fast hättest du gesagt: dieser Unsinn.«

»Aber ich habe es nicht gesagt, oder?«

»Nein. Diesmal nicht.«

»Drei der Jungs haben ihn nach oben gebracht. Sieht nicht besonders gut aus, oder? Ich meine, sieh dir seinen Zustand an!«

»Kommt auf den Standpunkt an.« Sie ging hinaus in den Hof, und Luca folgte ihr. Ihr Wagen stand noch immer dicht am Tor, mit zugezogenen Vorhängen und verschlossener Tür. Noch immer ihre kleine Festung gegen dieses fremdartige Universum. Der Wagen war gegenwärtig mehr ihre Welt als der gesamte Planet.

»Also schön, es tut mir leid!« rief Luca hinter ihr her. »Du solltest inzwischen wirklich wissen, daß ich es nicht so meine!«

Sie lehnte sich gegen das Vorderrad und grinste hinterhältig. »Wer von euch beiden, Mylord Sir?«

»Damit wären wir quitt.«

»Vielleicht.«

»Also, bitte, wozu sind diese Öle?«

»Hauptsächlich Aromatherapie und Massage, obwohl ich einige davon auch in seinem Bad benutzen werde. Vielleicht Lavendel.«

»Massage?« Die Zweifel waren wieder da.

»Sieh mal, selbst wenn wir die medizinische Technologie der Konföderation besäßen, wäre das noch längst nicht die Lösung, nicht in diesem Fall. Menschen zu heilen ist mehr, als nur ihre Biochemie wieder ins Gleichgewicht zu bringen, weißt du? Das war schon immer das größte Problem der medizinischen Wissenschaft. Sie interessiert sich nur für das Physische. Johan muß von außen *und* innen gegen seine Gebrechen ankämpfen. Dies ist schließlich nicht sein ursprünglicher Körper, und der Instinkt, ihn zu dem zu formen, woran er sich erinnert, muß gebrochen werden. Kräftiger physischer Kontakt, beispielsweise durch Massage, kann in ihm ein Gefühl für den fremden Körper erwecken. Ich kann ihn dazu bringen, daß er seinen Körper annimmt, daß diese unterbewußte Ablehnung und Abscheu vor Butterworth endet. Deswegen auch die Öle; eine Zubereitung aus Holzapfel ist ein ganz ausgezeichnetes Entspannungsmittel. Beides zusammen müßte ihm die Akzeptanz seiner wahren Existenz ein wenig erleichtern.«

»Erstaunlich. Du klingst wie ein Experte auf dem Gebiet der Wirtskörperabstoßung durch Possessoren.«

»Ich wandle lediglich mehrere alte Methoden ab, sonst nichts. Es gibt nämlich ein paar Präzedenzfälle, weißt du? Johans Zustand ist nicht weit entfernt von einer klassischen Anorexie.«

»Ach was, hör auf!«

»Ich sage die Wahrheit. Junge Frauen kamen in vielen Fällen nicht mit ihrer sich entwickelnden Sexualität zurecht. Sie versuchten, den Körper zurückzugewinnen, den sie verloren hatten, indem sie soweit abmagerten, daß keinerlei Fett mehr an ihnen war, mit katastrophalen Folgen. Hier auf diesem Planeten glaubt ihr alle fest daran, daß ihr wie die Engel oder gar wie Gott seid, Unsinn wie dieser. Ihr glaubt, das hier wäre ein richtiger Garten Eden und ihr wärt die unsterblichen Jugendlichen, die sich am Brunnen tummeln. Wie Politiker, die ihren eigenen Mist glauben, so habt ihr euch eingeredet, eure Illusionen wären so stark wie die Realität. Aber das sind sie nicht.«

Seinem Lächeln fehlte jede Überzeugung. »Wir *können* erschaffen. Das weißt du. Schließlich hast du selbst es auch getan.«

»Ich habe Materie geformt, das ist alles. Eine magische, unsichtbare Klinge mit meinem Verstand festgehalten und so lange geschnitzt, bis ich die Form hatte, die ich wollte. Die Natur dieser Materie hat sich dadurch aber nicht geändert.« Sie blickte sich im Hof um; die üblichen Arbeiter saßen in den spärlichen schattigen Flecken entlang der Mauern und machten ihre Mittagspause. Mehrere Augenpaare verfolgten träge ihre Unterhaltung. »Los, komm nach drinnen«, sagte sie.

Selbst nach all der Zeit, die sie sich in den Wäldern versteckt gehalten hatte, und mit ihren neuen Kräften, wollte es ihr nicht gelingen, das Innere des Wagens ordentlich zu halten. Luca blickte höflich zur Seite, während sie ein paar Kleidungsstücke vom Stuhl nahm und ihm anschließend mit einer Handbewegung bedeutete, Platz zu nehmen. Sie selbst setzte sich auf das Bett. »Ich wollte nicht in Gegenwart von Susannah damit anfangen, aber ich denke, ich muß mit jemandem darüber reden.«

»Worüber denn?« fragte er vorsichtig.

»Ich glaube nicht, daß es nur mit Unterernährung zu tun hat. Ich konnte harte Knoten unter seiner Haut spüren. Würde er nicht so offensichtlich immer weiter abmagern, würde ich sagen, daß ihm neue Muskeln wachsen. Nur, daß es sich nicht wie Muskelgewebe angefühlt hat.« Sie biß sich auf die Unterlippe. »Damit bleiben eigentlich nicht mehr viele Möglichkeiten.«

Luca benötigte einige Zeit, um zu begreifen, was sie gesagt hatte. Hauptsächlich, weil er sich verzweifelt bemühte, die Schlußfolgerung zu vermeiden. »Tumoren?« sagte er schließlich leise.

»Ich werde ihn richtig untersuchen, wenn ich ihn das erste Mal massiere. Aber ich wüßte nicht, was es sonst sein könnte. Und Luca – es sind höllisch viele Knoten.«

»O Gott im Himmel! Du kannst ihn heilen, oder? In der Konföderation gibt es keinen Krebs mehr wie in meinen Tagen.«

»Die Konföderation hat den Krebs besiegt, ja. Aber es gibt keine einfache Lösung, keine Superpille des siebenundzwanzigsten Jahrhunderts, deren Formel ich abrufen und die ich in meinem Labor zusammenbrauen könnte. Man benötigt funktionierende nanonische Medipacks und Spezialisten, die wissen, wie sie programmiert werden müssen. Norfolk hat weder das eine noch das andere. Ich denke, du solltest allmählich qualifizierte Ärzte kommen lassen. Diese Sache übersteigt meine Fähigkeiten um einige Größenordnungen.«

»O Scheiße!« Er schlug die Hände vor das Gesicht. Seine Finger waren weit gespreizt, und sie zitterten deutlich sichtbar. »Wir können nicht zurück. Wir können einfach nicht zurück!«

»Luca, du hast deinen Körper ebenfalls verändert. Nicht so stark wie Johan, aber du hast es getan. Die Falten geglättet, den Bauch verschwinden lassen. Wenn du möchtest, daß ich dich untersuche, dann mache ich es jetzt. Niemand muß etwas wissen.«

»Nein.«

Zum allerersten Mal spürte sie so etwas wie Bedauern für ihn. »In Ordnung. Falls du deine Meinung doch noch ändern solltest ...« Sie machte sich daran, die kleinen Schränkchen ihres Wohnwagens zu öffnen und die Dinge vorzubereiten, die sie mit in Johans Zimmer nehmen wollte.

»Carmitha?« fragte Luca leise. »Was zur Hölle hast du eigentlich getan? Warum bist du für Geld mit Grant ins Bett gegangen?«

»Verdammt, was soll das denn für eine beschissene Frage sein?«

»Du weißt ganz genau, was ich meine. Eine Frau wie du. Du bist klug, du bist jung, du bist verdammt attraktiv. Du hättest unter allen jungen Männern aussuchen können, die du wolltest, selbst unter den Landbesitzerfamilien. Das weiß jeder. Warum also?«

Ihr Arm schoß vor, und sie packte sein Kinn mit einem überraschend festen Griff, so daß er die Augen nicht von ihrem wütenden Gesicht abwenden konnte. »Ich warte schon eine Ewigkeit auf diesen Tag, Grant.«

»Ich bin nicht ...«

»Halt den Mund. Du bist Grant, oder zumindest hörst du zu. Und diesmal kannst du deinen Verstand nicht verschließen. Du gierst viel zu verzweifelt nach Sinneseindrücken von außen, stimmt das nicht?«

Er konnte nur grunzen, als ihre Finger noch fester zupackten.

»Er hat dich zum Nachdenken gebracht, nicht wahr? Dieser Luca. Hat dich einhalten und einen Blick auf deine kostbare Welt werfen lassen. Nun, er hat recht mit seiner Frage. Warum habe ich mit dir herumgehurt? Der Grund ist ganz einfach, Grant. Du bewunderst meine Unabhängigkeit und meinen freien Geist. Diese Unabhängigkeit kostet viel. Ich müßte eine ganze Saison in den Obstgärten arbeiten, um auch nur ein Rad an meinem Wagen zu ersetzen. Ein gebrochenes Rad, ein Steinbrocken, der sich im Schlamm verbirgt, und meine Freiheit ist dahin. Die Felge wird aus Tythorn gemacht, ich könnte also ein neues Stück sägen und einpassen, wenn mir ein Mißgeschick unterläuft. Aber die Lager und die Federspeichen werden in deinen Fabriken hergestellt. Wir brauchen sie, weil es keine vernünftigen Straßen gibt. Ihr baut keine, nicht wahr, weil ihr wollt, daß alle die Züge benutzen. Wenn die Menschen Autos hätten, würde das die Wirtschaft aus euren Händen nehmen, die gesamte Ökonomie würde euch entgleiten. Ich will erst gar nicht davon anfangen, wieviel ein Pferd wie Olivier in der Anschaffung und im Unterhalt kostet. Da hast du deine Antwort, offen und ehrlich. Ich mache es für Geld, weil ich keine andere Wahl habe. Ich wurde als deine Hure geboren, Grant. Ihr habt jeden auf dieser Welt zu euren Sklaven gemacht. Eure Landbesitzerfreiheiten sind mit unseren Leben erkauft. Du konntest mich haben, weil du gut dafür bezahlt hast. Diese *kleine Aufmerksamkeit,* die du immer so freundlich zurückgelassen hast, bedeutet für mich, daß ich es nicht so häufig tun mußte. Du bist ein Sachwert, Grant, du und die anderen Landbesitzer. Ihr seid eine Währung, weiter nichts.« Sie stieß ihn hart von sich weg. Er krachte mit dem Hinterkopf gegen die hölzerne Dachrundung des Caravans und stieß einen Schmerzenslaut aus. Als er mit der Hand nach seinem Schädel tastete, klebte Blut an seinen Fingern. Er starrte Carmitha erschrocken an.

»Heil dich selbst«, sagte sie. »Und dann mach, daß du hier raus kommst.«

Für eine Stadt, die jeglichen kommerziellen Flugverkehr untersagte, besaß Nova Kong eine erstaunliche Anzahl von Himmelsbeobachtern. Ihre Aufmerksamkeit war ausnahmslos auf den Apollo-Palast gerichtet. Sie notierten die Bewegungen der Ionenflieger, Flugzeuge und Raumflugzeuge, die in den Höfen des Bauwerks starteten und landeten. Ihre Zahl, die Ankunfts- und Abflugzeiten und die Marke der Maschinen waren ein untrügliches Indiz für die diplomatischen Aktivitäten und das Krisenmanagement der Saldana-Familie. In Kulus Kommunikationsnetz gab es sogar das eine oder andere sehr inoffizielle Bulletin, das sich ausschließlich mit diesem Thema befaßte – sorgfältig durch die ISA überwacht, um sicherzustellen, daß keinerlei illegale aktive Sensoren zum Einsatz kamen.

Mit dem Beginn der Possessionskrise nahm die Aufmerksamkeit der Himmelsbeobachter Dimensionen an, die sonst nur noch von den strategischen Verteidigungssensoren der Stadt erreicht wurden. Zivile Flugzeuge wie die, die von unwichtigeren Ministern und schalkhaften königlichen Verwandten benutzt wurden, waren ganz vom Himmel verschwunden. Allein militärische Maschinen jagten noch zwischen den kunstvollen Rotunden und steinernen Schornsteinen durch den Himmel. Dennoch verrieten die Insignien wenigstens das eine oder andere über die jeweiligen Passagiere und Fracht. Die Bulletins und Klatschspalten wurden von den Himmelsbeobachtern bestens bedient (zusammen mit einigen Beiträgen gezielter Desinformation seitens der ISA).

An diesem besonderen Morgen, als die Stadt unter grauen Wolken versank und Nieselregen auf die Boulevards und Parks niederging, vermerkten die Himmelsbeobachter gewissenhaft die Ankunft von vier Fliegern des königlichen Geschwaders Nummer 585, zusammen mit zwanzig weiteren Landeanflügen anderer Maschinen. Das 585ste war ein Logistik-Geschwader, eine Beschreibung, die weitläufig genug war, um zahlreiche Sünden abzudecken. Als Konsequenz fiel seine Anwesenheit nicht weiter auf.

Ebenso unbemerkt blieb die im Verlauf der vorangehenden dreißig Stunden erfolgte Ankunft von Kriegsschiffen von Oshanko, New Washington, Petersburg, Nanjing und anderen Systemen, die nun in niedrigen äquatorialen Orbits über dem Planeten parkten. Mit ihnen waren Prinz Tokama, Vizepräsident Jim Sanderson, Premierminister Korzhenev und der Stellvertretende Sprecher Ku Rongi eingetroffen. Die Geheimhaltung um die Anwesenheit der hochrangigen Staatsgäste war so extrem, daß nicht einmal der Außenminister Kulus informiert worden war, ganz zu schweigen von den Botschaften der jeweiligen Systeme.

Es blieb allein der Premierministerin Lady Phillipa Oshin überlassen, die Ankömmlinge zu begrüßen, als deren Flieger einer nach dem anderen in einem der inneren Höfe landeten. Sie lächelte mit höflicher Entschlossenheit, während Königliche Marines jeden Gast auf Statik überprüften, was diese ihrerseits mit der gleichen stoischen Gelassenheit ertrugen. Die Säulengänge des Palastes waren ungewöhnlich leer, als Lady Phillipa die Gäste zu dem privaten Arbeitszimmer des Königs führte. Alastair II erhob sich aus dem tiefen Sessel hinter seinem Schreibtisch, um seinen Besuchern ein wärmeres Willkommen zu bereiten. Im Kamin brannte ein starkes Feuer und vertrieb die Kälte, die sich draußen vor den französischen Fenstern im Innenhof ausgebreitet hatte. Die Kastanienbäume rings um den gepflegten Rasen waren kahl, und die nackten Äste glitzerten unter dicken Eiskrusten wie Quarz.

Lady Phillipa nahm am Schreibtisch unmittelbar neben dem Duke von Salion Platz. Die Besucher setzten sich in die bereitstehenden grünen Ledersessel vor König Alastair.

»Ich danke Ihnen allen für Ihr Kommen«, begann der König.

»Ihr Botschafter ließ verlauten, daß es dringend sei«, antwortete Jim Sanderson. »Außerdem sind die freundschaftlichen Beziehungen zwischen unseren Staaten alt und wertvoll genug, daß ich meinen Hintern hierher zu Ihnen geschafft habe. Obwohl ich eigentlich besser zu Hause geblieben wäre, um mich den Wählern zu zeigen. Diese Krise verlangt vom Bürger mehr Vertrauen in die Politik als alles andere.

»Ich verstehe«, sagte Alastair. »Falls Sie mir eine Beobachtung gestatten, dann lassen Sie mich sagen, daß sich die Krise inzwischen längst über die Arena öffentlichen Vertrauens hinaus entwickelt hat.«

»Ja. Wir haben gehört, daß Ihre Mortonridge-Befreiung Probleme hat.«

»Die Geschwindigkeit unseres Vormarsches hat sich nach Ketton stark verringert«, gestand der Duke of Salion. »Trotzdem, wir gewinnen noch immer Boden und befreien die Bewohner von ihren Possessoren.«

»Schön für Sie, aber was hat das mit uns zu tun? Sie hatten bereits alle Hilfe, die wir Ihnen zur Verfügung stellen können.«

»Wir halten die Zeit für gekommen, einige Entscheidungen über die Politik zu fällen, mit der wir die Besessenen schlagen wollen.«

Korzhenev grunzte amüsiert. »Also haben Sie uns um ein heimliches Treffen gebeten, um weitere Aktionen zu besprechen, anstatt sie vor die Ratsversammlung zu bringen? Ich fühle mich schon fast wie das Mitglied einer mittelalterlichen Verschwörung, die irgendeine Revolution ausbrütet.«

»Das sind Sie auch«, sagte König Alastair. Korzhenevs Lächeln verblaßte.

»Die Konföderation versagt«, berichtete der Duke of Salion den überraschten Gästen. »Die Wirtschaft entwickelter Welten wie der unsrigen leidet stark unter der zivilen Raumflugquarantäne. Planeten der Stufe zwei sind völlig gelähmt. Capones Infiltrationsflüge und sein Schlag gegen Trafalgar waren von einzigartiger Brillanz. Unsere Bevölkerungen sind in einen Zustand der Apathie gefallen, sowohl physisch als auch psychisch. Die Quarantänebrecher tragen dazu bei, daß sich die Possession langsam, aber unaufhaltsam weiter ausbreitet. Und jetzt wurde auch noch die Erde infiziert, das industrielle und militärische Herz der gesamten Konföderation. Ohne die Erde auf unserer Seite hat sich die gesamte Gleichung verändert. Wir müssen ihren Verlust berücksichtigen, wenn wir überleben wollen.«

»Halt, nicht so schnell«, entgegnete Jim Sanderson. »Die Besessenen haben vielleicht einen Fuß in ein paar der Arkologien, aber das ist auch schon alles. Die Erde läßt sich nicht so einfach abschreiben. Der GISD ist eine verdammt fähige Agentur, und die Jungs knacken jeden, wenn es darum geht, die Besessenen zu vertreiben.«

Alastair blickte den Duke an und nickte seine Einwilligung.

»Nach den Informationen unseres Kontaktmanns im GISD sind inzwischen wenigstens fünf Arkologien an die Besessenen gefallen.«

Prinz Tokama hob eine Augenbraue. »Sie sind wirklich erstaunlich gut informiert, Sir. Ich wußte nicht im geringsten von dieser neuesten Entwicklung, als ich von Oshanko aufbrach.«

»Die Hälfte der Hilfsschiffe unserer Navy ist mit Kurierdiensten für uns beschäftigt«, sagte der Duke. »Wir tun unser Bestes, um immer auf dem aktuellen Stand zu bleiben, doch selbst diese Informationen sind inzwischen ein paar Tage alt. Nach dem Bericht zu urteilen steht es in New York am schlimmsten, doch die vier anderen Arkologien werden ebenfalls innerhalb einiger weniger Wochen fallen. GovCentral hat bemerkenswert schnell reagiert und die Vakzug-Linien geschlossen, doch wir sind überzeugt, daß die Besessenen letzten Endes auch die verbliebenen Arkologien infizieren werden. Wenn irgend jemand imstande ist, das irdische Klima ohne technische Hilfsmittel zu überleben, dann ist es ein Besessener.«

»Und das ist nicht einmal unser größtes Problem«, sagte Alastair. »Die Bevölkerung von Lalonde betrug grob geschätzt zwanzig Millionen, von denen wenigstens fünfundachtzig Prozent besessen wurden. Und diese fünfundachtzig Prozent haben genug energistische Kräfte entwickelt, um den Planeten aus unserem Universum zu entfernen. New Yorks offizielle Bevölkerung zählt dreihundert Millionen. Sie allein besitzt schon genügend Kräfte, um die Erde verschwinden zu lassen. Sie müssen nicht erst warten, bis die anderen Arkologien übernommen worden sind.«

»Eine stichhaltige Beobachtung«, sagte Ku Rongi. »Aber das Halo wird unberührt bleiben, und das ist unser wichtigster Handelspartner in der Konföderation. Der Handel mit dem irdischen Sonnensystem mag vielleicht zurückgehen, aber er wird nicht ganz erlöschen.«

»Hoffentlich haben Sie recht«, sagte der Duke. »Unsere Verbindungsleute sagen, sie wissen immer noch nicht, wie es den Besessenen gelingen konnte, die irdische Verteidigung zu überwinden. Also besteht durchaus die Möglichkeit, daß sie sich über das O'Neill-Halo ausbreiten. Das zweite Problem, mit dem das Halo konfrontiert wird, ist die Tatsache, daß das irdische Gravitationsfeld zusammen mit der Erde verschwindet, wenn die Besessenen den Planeten entführen. Was dazu führen würde, daß die Asteroiden des Halos aus ihren Bahnen ausbrechen und sich physisch im gesamten Solsystem verteilen.«

»Schön und gut«, sagte Prinz Tokama. »Ich bin sicher, Ihre Analysten haben bereits genau ausgerechnet, was im Falle dieser Ereignisse herauskommt. Wenn wir also tatsächlich der Erde beraubt werden – und zumindest einiger Ressourcen des O'Neill-Halos –, wie sieht Ihrer Meinung nach die effizienteste Vorgehensweise für uns aus?«

»Olton Haaker und das Politische Konzil haben soeben einen großmaßstäblichen Angriff der Konföderierten Navy gegen Capones Flotte angeordnet«, sagte der Duke. »Damit sollte die Herrschaft der Organisation gebrochen werden, und die Besessenen auf New California können endlich das tun, wonach es sie die ganze Zeit drängt. Sie können den Planeten aus diesem Universum entfernen, und das eliminiert die Gefahr weiterer Infiltrationsangriffe und terroristischer Antimaterie-Einsätze. Wir schlagen vor, diese Politik bis in die letzte Konsequenz weiterzuverfolgen.«

»Die industrialisierten Welten sollten sich in einer Art Kern-Konfödereration vereinigen«, sagte Lady Phillipa. »Gegenwärtig sind unsere Kräfte gefährlich überdehnt durch unsere Bemühungen, die Quarantäne durchzusetzen und gleichzeitig Aktionen wie die auf Mortonridge zu unterstützen. Wir können uns die Kosten längerfristig einfach nicht leisten, nicht bei dem ökonomischen Stillstand, unter dem wir alle leiden. Wenn wir unsere Einflußsphäre zusammenziehen, werden die Kosten beträchtlich reduziert, und die Effizienz unserer militärischen Kräfte bei der Aufrechterhaltung der Sicherheit in einem kleineren Raumsektor nimmt in gleichem Ausmaß zu. Und unter diesen Bedingungen könnten wir den Handel untereinander wieder aufnehmen.«

»Sie meinen, wir würden niemandem sonst gestatten, in unser Gebiet einzufliegen?«

»Prinzipiell ja. Wir würden den regierungsamtlichen Autorisierungsprozeß, der gegenwärtig für Raumflüge erforderlich ist, auf unsere kommerziellen Schiffe ausdehnen. Jedes Schiff, das in einem der sicheren Systeme registriert ist, darf den Betrieb wieder aufnehmen, falls es sich angemessenen Sicherheitsinspektionen unterzieht. Schiffe aus ungesicherten Systemen erhalten keine Erlaubnis zum Andocken. Mit anderen Worten, wir stecken unsere Grenzen ab und bewachen sie, so gut wir können.«

»Und die restlichen Planeten«, erkundigte sich Korzhenev, »diejenigen, die wir im Regen stehen lassen – was haben Ihre Analysten für diese Welten vorausgesagt?«

»Sie sind die ursächliche Quelle für unsere Probleme«, antwortete der Duke. »Ihre Asteroidensiedlungen machen, was sie wollen, was die Blockadebrecher überhaupt erst ermöglicht, und damit die weitere Ausbreitung der Besessenen über andere Sternensysteme.«

»Also lassen wir sie einfach im Stich?«

»Indem wir unsere gegenwärtige bedingungslose militärische Unterstützung einstellen, ja. Damit zwingen wir sie, die Verantwortung zu übernehmen, aus der sie sich bis heute gestohlen haben. Wegen der gegenwärtigen Quarantäne sind ihre kleinen Asteroidensiedlungen sowieso praktisch unangreifbar. Genaugenommen haben wir diesen Zustand die ganze Zeit über für ihre Besitzer garantiert. Sobald diese Situation erst beendet ist, werden die Asteroiden eingemottet und ihre Bevölkerungen auf die Heimatwelten zurückgeschafft. Allein dadurch reduzieren wir die Anzahl der möglichen Routen, über die sich die Besessenen weiter ausbreiten können. Vielleicht entledigen wir uns auf diese Weise sogar ganz ihrem weiteren Vordringen in dieses Universum. Wenn sie merken, daß sie keine neuen Planeten mehr erreichen können, dann werden die Verbliebenen sich alle in ihr neues Universum zurückziehen.«

»Und was dann?« fragte Jim Sanderson. »In Ordnung, unsere finanziellen Verluste machen wir damit wieder wett, und ich bin durchaus nicht abgeneigt. Aber langfristig löst es überhaupt nichts. Selbst wenn jeder Besessene aus diesem Universum verschwindet und sie uns in Ruhe lassen, müssen wir noch immer an die Leute denken, die *Menschen*, von deren Körpern sie Besitz ergriffen und die sie versklavt haben. Hunderte von Millionen von ihnen hoffen darauf, daß wir zu ihrer Rettung kommen, inzwischen vielleicht sogar schon Milliarden. Das ist ein beträchtlicher Prozentsatz unserer gesamten Spezies, und das dürfen wir nicht ignorieren. Auch das Problem unserer unsterblichen Seelen und was mit ihnen nach dem Tod geschieht wird dadurch nicht gelöst. Das war es eigentlich, worauf ich gehofft hatte, als ich heute hergekommen bin. Etwas Neues.«

»Würde eine einfache Lösung existieren, hätten wir sie in der Zwischenzeit längst gefunden«, sagte der König. »Die Anstrengungen, die unsere Forscher darauf verwenden, und die damit verbundenen finanziellen Aufwendungen sind mit keinem anderen Unternehmen in der menschlichen Geschichte zu vergleichen. Jede Universität, jede Gesellschaft, jedes militärische Labor, jeder fruchtbare Geist in achthundert bewohnten Sternensystemen hat daran gearbeitet. Das Beste, was wir gefunden haben, ist die mögliche Schaffung eines Erinnerungslöschers, einer Weltuntergangswaffe für die Seelen, die im Jenseits gefangen sind. Und eine derartige Massenvernichtung kann wohl niemand ernsthaft als Antwort auf das Problem betrachten, selbst wenn dieser Erinnerungslöscher eines Tages funktionieren sollte. Wir müssen anfangen, uns dem Problem aus einem ganz anderen Sichtwinkel zu nähern. Und um das zu bewerkstelligen, müssen wir für Stabilität und einen vernünftigen Wohlstand sorgen, einen Schirm, unter dem wir arbeiten können. Die Gesellschaft wird sich in vielerlei Hinsicht ändern müssen, und das meiste davon wird zutiefst beunruhigend sein. Wir wissen nicht einmal, ob am Ende unser Glaube an Gott ausgelöscht oder gar verstärkt werden wird.«

»Ich sehe die Logik in Ihren Worten«, sagte Korzhenev. »Aber was ist mit der Ratsversammlung und der Konföderierten Navy? Sie existieren, um sämtliche Planeten ohne Unterschied zu beschützen.«

»Lange Rede kurzer Sinn«, entgegnete Lady Phillipa. »Wer die Zeche zahlt ... und wir, die wir uns hier in diesem Raum versammelt haben, zahlen den größten Teil der Zeche. Wir lassen niemanden im Stich, wir formulieren lediglich unsere Politik neu. Eine realistischere Antwort auf die gegenwärtige Krise, wenn Sie so wollen. Wäre sie schnell zu lösen gewesen, hätten die Quarantäne und ein paar Einsätze der Flotte völlig ausgereicht. Da dies aber offensichtlich nicht der Fall ist, müssen wir die harte Entscheidung treffen und uns auf einen weiten Weg gefaßt machen. Und es ist der einzige Weg, den wir all denjenigen anzubieten haben, die bereits besessen sind, ohne jegliche Aussicht darauf zu verlieren, daß sie eines Tages wieder Herren über ihre eigenen Körper sind.«

»Und wie viele andere Sternensysteme sollten sich Ihrer Kern-Konföderation außerdem anschließen?« erkundigte sich Prinz Tokama.

»Wir glauben, daß dreiundneunzig Systeme über eine vollständig entwickelte technologisch-industrielle Infrastruktur verfügen, die sie zur Zulassung qualifiziert. Wir sehen diese Systeme keineswegs als kleine Elite an. Unsere fiskalische Analyse zeigt, daß viele Systeme imstande wären, aus eigener Kraft einen schwachen, aber wenigstens stetigen Aufschwung zu bewerkstelligen.«

»Werden Sie die Edeniten fragen, ob sie beitreten wollen?« fragte Ku Rongi.

»Aber selbstverständlich«, erwiderte der König. »Genaugenommen waren es die Edeniten, von denen wir inspiriert wurden. Nach Pernik haben sie eine bemerkenswerte Entschlossenheit demonstriert, ihre

Habitate vor feindlicher Infiltration zu schützen. Ganz präzise jene Art von Entschlossenheit, die wir unter uns ebenfalls zu konstituieren wünschen. Hätten die Planeten der Stufe zwei und die aufstrebenden Asteroiden sich von Anfang an genauso verhalten, wären wir niemals in diese entsetzliche Situation geraten.«

Jim Sanderson blickte die anderen drei Besucher an, dann wandte er sich wieder an König Alastair. »Also schön. Ich werde den Präsidenten informieren und ihm sagen, daß ich dafür stimme. Es ist nicht das, was ich wollte, aber wenigstens ist es ein praktischer Ansatz.«

»Ich werde meinem ehrenwerten Vater Bericht erstatten«, sagte Prinz Tokama. »Er wird Ihren Vorschlag mit dem imperialen Hof beraten müssen, aber ich sehe keine Probleme, falls es gelingt, genügend Sternensysteme dafür zu gewinnen.«

Auch Korzhenev und Ku Rongi gaben ihre Zustimmung und versprachen, Kulus Vorschlag ihren jeweiligen Regierungen zu unterbreiten. Der König schüttelte ihnen die Hände und fand für jeden einzelnen ein paar persönliche Worte des Dankes, während sie hinausgeführt wurden. Er drängte sie nicht, aber Zeit war von allergrößter Bedeutung: die nächsten vier hochrangigen Repräsentanten würden in weniger als einer Stunde eintreffen. Das 585ste Geschwader hatte drei geschäftige Tage vor sich.

Eine Viertel Million Kilometer über Arnstadt öffneten sich einhundertsiebenundachtzig Wurmlöcher mit beeindruckender Gleichzeitigkeit, genau in der Linie zwischen dem Planeten und seiner Sonne. Voidhawks tauchten aus den Abgründen auf und etablierten unverzüglich eine defensive Kugelformation mit einem Durchmesser von fünftausend Kilometern, während sie die Umgebung mit ihren Raumverzerrungsfeldern nach Spuren technologischer Aktivität absuchten. Selbstverständlich entdeckten sie die strategischen Verteidigungsplattformen des Planeten; ein stark ausgedünntes Netzwerk nach der erfolgreichen Invasion durch die Organisation. Nichtsdestotrotz hatten lokale Sensorsatelliten sie bereits entdeckt, und die verbliebenen Plattformen im hohen Orbit schwangen zu den Eindringlingen herum. Das Verteidigungsnetzwerk wurde durch Kriegsschiffe der Organisationsflotte verstärkt, von denen gegenwärtig einhundertachtzehn im Orbit über Arnstadt parkten, zusammen mit dreiundzwanzig Hellhawks sowie einem halben Dutzend neuer Plattformen in niedrigem Orbit, die von New California hergeschafft worden waren (und deren Aufgabe hauptsächlich darin bestand, die Herrschaft der Organisation unten auf der Oberfläche durchzusetzen).

Ihre Anwesenheit, insbesondere in Verbindung mit den Antimaterie-Kombatwespen, die einige der Schiffe an Bord hatten, reichte mehr als aus, um den planetaren Verteidigungsschild auf die gleiche Stärke zu bringen, wie es ein voll ausgebautes Verteidigungsnetzwerk vermocht hätte.

Capone und Emmet Mordden waren überzeugt, daß die Organisation jeden Überfall eines konföderierten Geschwaders von Kriegsschiffen abwehren konnte, das versuchen würde, den Raum über Arnstadt wieder unter Kontrolle zu bringen. Außerdem setzte allein die Herrschaft der Organisation über dem Planeten, die seine besessenen Bewohner daran hinderte, aus diesem Universum zu verschwinden, den Leitenden Admiral schachmatt.

Zugegeben, es hatte in letzter Zeit immer mehr Überfälle gegeben. Voidhawks waren materialisiert und hatten ihre Salven an Kombatwespen und Minen verschossen – doch nur wenige davon hatten je ihr Ziel getroffen. Die Abfangrate lag bei über fünfundneunzig Prozent. Der ständige Alarmzustand hatte die Teams an den Sensorsatelliten fit gemacht; sie waren zuversichtlich, daß sich nichts und niemand nahe genug an die Asteroidensiedlungen im Orbit heranschleichen konnte, um ernstere Schäden zu verursachen. Außerdem halfen ihnen die empfindlichen Ortungsorgane der Hellhawks.

In den ersten beiden Minuten, nachdem die Voidhawks materialisiert waren, geschah überhaupt nichts. Beide Seiten suchten nach Hinweisen auf das, was die andere tun würde. Der Befehlshaber der Organisation wußte nicht, was er von der Sache halten sollte. Normalerweise übernahmen Voidhawks in dieser Formation die Sicherung für eine Hauptflotte aus adamistischen Kriegsschiffen, damit diese ungestört in einen Zielsektor springen konnten. Aber hundertsiebenundachtzig Voidhawks waren eine gewaltige Zahl für einen Brückenkopf und viel wahrscheinlicher die gesamte Streitmacht. Die Entfernung zum Planeten stellte ein weiteres Rätsel dar: gegenwärtig befanden sie sich außerhalb der effektiven Reichweite aller Kombatwespen. Und die Antimateriewespen der Organisation würden dafür sorgen, daß sie die Eindringlinge zuerst angreifen konnten, sobald diese sich dem Planeten näherten.

Die Voidhawks überzeugten sich, daß sie außerhalb der Reichweite der Verteidiger waren – es sei denn, die Hellhawks sprangen herbei und suchten die direkte Konfrontation. Keiner von ihnen machte Anstalten. Schließlich öffneten sich weitere Wurmloch-Termini. Und dann materialisierten die ersten Adamistenschiffe mitten in der kugelförmigen Defensivformation.

Admiral Kohlhammer hatte die *Illustrious* als Flaggschiff ausgewählt. Ihre Größe gestattete ihm einen vollständigen Stab sowie eine von der Brücke unabhängige Kommunikations- und Aufklärungsabteilung. Kein Schiff in der gesamten Konföderierten Navy war besser geeignet für die Koordination einer Angriffsflotte dieser Größenordnung, obwohl selbst die unzähligen Antennen der *Illustrious* kaum ausreichten, um ununterbrochen mit den mehr als tausend Kriegsschiffen unter Motela Kohlhammers Kommando in Kontakt zu bleiben.

Wie um die monumentale Kraft noch zu unterstreichen, die sie repräsentierte, benötigte die Flotte fünfunddreißig Minuten, bis sämtliche Schiffe materialisiert waren. Für die Offiziere und Besatzungen der Organisationsflotte sah es aus, als würde der Strom von Schiffen überhaupt nicht mehr abreißen.

Kohlhammers Stab übermittelte den materialisierten Schiffen per Datavis neue Vektoren, sobald der Kontakt hergestellt war. Fusionsantriebe erwachten zu blendend hellem Leben und schoben die Angriffsstreitmacht in eine gigantische Scheibenformation. So viele Plasmaströme an einem Ort erzeugten einen purpurweißen Dunst, der heller erstrahlte als die Sonne. Die Besessenen unten auf der Oberfläche konnten die Angreifer sehen: ein münzgroßer Fleck, der sich vom Zentrum her immer weiter ausdehnte. Ein schrecklicher Vorbote dessen, was dort auf sie zuzukommen drohte.

Achthundert Adamistenschiffe bildeten den Kern der neuen Angriffsformation, während sich fünfhundert Voidhawks ein wenig weiter abseits hielten. Nachdem sie ihre relativen Positionen eingenommen hatten, erwachten die Hauptantriebe zum Leben, und die Schiffe beschleunigten mit acht g auf den Planeten zu. Voidhawks dehnten ihre Raumverzerrungsfelder aus und paßten sich mit spielerischer Leichtigkeit an die Bahnvektoren ihrer mechanischen Kameraden an.

Das gigantische neurale Display drehte sich langsam vor Motelas geistigem Auge. Jedes Schiff war ein Stecknadelkopf aus goldenem Licht mit einem purpurnen Vektor. Es war ein ungestümer Vorstoß in Richtung der Oberfläche Arnstadts, das durch eine ebenholzschwarze Kugel dargestellt war. Die planetaren Verteidiger wurden ihrer Stärke entsprechend durch transparente buntfarbene Schalen symbolisiert, die sich um die Schwärze der Kugel legte. Die Schiffe hatten noch ein ganzes Stück Weges vor sich bis zur äußeren, gelben Schale. Und noch immer hatte keine der beiden Seiten einen einzigen Schuß abgefeuert.

Die Simulation erinnerte ihn an einen Hammer, der auf ein Ei herabsauste. Er war bestürzt über das Ausmaß an Gewalt, das er loslassen würde, sobald die beiden Mächte in der realen Welt kollidierten. Womit er niemals gerechnet hatte. Die Tradition der Konföderierten Navy war es, derartige Monstrositäten zu verhindern, ganz sicher nicht, sie zu beginnen. Kohlhammer konnte nichts gegen die in ihm aufsteigenden Schuldgefühle unternehmen. All dies geschah nur aus einem Grund: weil Politiker davon überzeugt waren, daß die Navy ihren ursprünglichen Auftrag nicht erfüllt hatte.

Eigenartig nur, daß dieses Wissen und die daraus resultierende Bürde genau wegen jener Politiker erträglich waren. Die gleichen Leute, auf deren Veranlassung hin der Angriff überhaupt stattfand, hatten dafür Sorge getragen, daß die Zahl der Verluste minimal bleiben würde – auf Seiten der Navy. Indem das Politische Konzil auf totalem Erfolg bestand, hatte es Kohlhammer mit etwas ausgerüstet, nach dem alle militärischen Befehlshaber sich sehnen, bevor sie in die Schlacht ziehen. Überwältigende Feuerkraft.

Kohlhammers Flotte beschleunigte dreißig Minuten lang mit konstant acht g in Richtung Arnstadts. Als er schließlich den Befehl zum Abschalten der Antriebe erteilte, befanden sie sich noch immer einhundertundzehntausend Kilometer über dem Planeten, dicht außerhalb der Reichweite von Arnstadts strategischen Plattformen, und bewegten sich mit mehr als einhundertfünfzig Kilometern in der Sekunde auf ihr Ziel zu. Fregatten, Schlachtschiffe und Voidhawks feuerten eine Salve von je fünfundzwanzig Kombatwespen. Jede einzelne davon war vorher so programmiert worden, daß sie selbsttätig Ziele anvisieren und zerstören würde. Ein perfektes Szenario: Jeder Brocken Materie über Arnstadt, angefangen bei kieselsteingroßen interplanetaren Meteoriten bis hin zu kilometerlangen Orbitalstationen, MSVs und Asteroiden, war als feindlich klassifiziert. Die konföderierten Schiffe mußten nicht warten, um den Angriff über verschlüsselte Kommunikationskanäle zu überwachen – es würde keine Salven von Antimaterie-Kombatwespen geben, mit denen die Organisation kontern konnte, und ganz sicher keine Ausweichmanöver bei Beschleunigungen von zwölf g. Keinerlei Risiko.

Die adamistischen Kriegsschiffe sprangen aus dem System. Wurmloch-Zwischenabschnitte wurden aufgerissen und brachten einige der Voidhawks zu den vorgesehenen Rendezvouskoordinaten. Lediglich die *Illustrious*, zehn Eskortfregatten und dreihundert begleitende Voidhawks blieben zurück, um das weitere Geschehen zu verfolgen. Sie alle verzögerten inzwischen mit zehn g, während die Armada aus zweiunddreißigtausend Kombatwespen weiterhin Arnstadt entgegenjagte und dabei mit vollen fünfundzwanzig g beschleunigte.

Es war ein Zusammenstoß, der vom allerersten Augenblick an nur ein Ergebnis nach sich ziehen konnte. Selbst mit mehr als fünfhundert Antimaterie-Kombatwespen an Bord der Verteidigerschiffe gab es nichts, was die Organisation hätte tun können, um den Ansturm zu stoppen. Nicht nur, daß die Überzahl der Konföderation schier gigantisch war – die fortwährende Beschleunigung der sich nähernden Wespen verschaffte ihnen außerdem einen entscheidenden kinetischen Vorteil. Ein Abschuß war nur durch einen direkten Treffer beim allerersten Versuch möglich – nicht eine defensive Submunition würde eine zweite Chance bekommen.

Die Hellhawks sprangen in Scharen davon, ohne sich auch nur die Mühe zu machen, vorher beim strategischen Kommando von Arnstadt nachzufragen. Organisationsfregatten zogen ihre Sensorbäume und Kommunikationsschüsseln in die Rumpfnischen ein und trafen Vorbereitungen zum Sprung. Die Schiffe im niedrigen Orbit, deren Aufgabe es war, die Bevölkerung in Schach zu halten, beschleunigten mit maximaler Kraft aus Arnstadts Gravitationstrichter heraus in dem Bemühen, eine Höhe zu erlangen, wo sie ihre Sprungknoten aktivieren konnten.

Die Raumverzerrungsfelder der Voidhawks spürten den Druckwellen nach, die von den Organisationsschiffen bei ihrer Flucht auf die Raumzeit ausgeübt wurden. Jede Kombination von Energiekompression und Bahnvektor war einzigartig und gestattete lediglich einen einzigen möglichen Austrittspunkt. Drei Voidhawks verfolgten jedes einzelne Schiff der Organisation, mit dem Befehl, es abzufangen und zu zerstören. Weil die Adamistenschiffe nach jedem Sprung mehrere Sekunden benötigten, um ihre Sensoren auszufahren, würde sich für die Voidhawks ein kleines Zeitfenster öffnen, in dem das jeweilige Ziel vollkommen wehrlos war. Kohlhammer war fest entschlossen, kein einziges Schiff nach New California entkommen zu lassen, um dort Capones Flotte zu verstärken und seine Antimaterie in den kommenden Kampf einzubringen.

Die Kombatwespen im angreifenden Schwarm begannen mit dem Ausstoßen ihrer Submunition, und dichtes filigranes Feuer erstreckte sich Zehntausende von Kilometern durch den Raum. Kurze, winzige Pulse aus leuchtend violettem Gas erblühten in scheinbar willkürlicher Reihenfolge, als die äußeren Sensorsatelliten des strategischen Verteidigungsnetzwerks explodierten. Dann vervielfachten sich die Detonationen, während mehr und mehr von Arnstadts Hardware vernichtet wurde. Der Schwarm jagte über die erste der vier in geosynchronem Orbit kreisenden Asteroidensiedlungen des

Planeten hinweg und vernichtete die Nahbereichsverteidigung. Kinetische Harpunen und nuklearbestückte Submunition hämmerte auf den Felsen ein und hinterließ Hunderte verstrahlter Krater. Gewaltige Katarakte aus Ionen und Magma spritzten in den Raum hinaus, und die Rotation des Asteroiden verwandelte ihre Bahnen in enge Spiralen, bis er in eine dichte psychedelische Chromosphäre gehüllt war. Die zweite Staffel aus strategischen Plattformen sowie die interorbitalen Fähren waren als nächstes an der Reihe, gefolgt von einem weiteren Asteroiden.

Einen Augenblick lang sah es aus, als hätte die reine Barbarei der Waffen irgendwie eine Kettenreaktion innerhalb der atomaren Struktur des Felsens ausgelöst. Die üppig erblühenden Explosionen verschmolzen zu einer einzigen sonnenhellen Entladung. Dann zerbrach die Uniformität des Lichts. In seinem Zentrum war der Asteroid auseinandergebrochen, und eine Sintflut aus Trümmern und geschmolzenem Fels löste sich von ihm, nur um ihrerseits eine Kaskade neuerlicher Explosionen zu verursachen, als sie von weiterer Submunition abgefangen wurden.

Tief in seine Beschleunigungsliege gepreßt von Luftmolekülen, die schwerer wogen als Blei, beobachtete Motela Kohlhammer das Geschehen mit Hilfe einer Kombination aus Datavis-Übertragungen und taktischen graphischen Überlagerungen. Die Symbole verschmolzen immer stärker mit der Realität, je mehr die Wirklichkeit die elektronischen Anzeigen imitierte. Gestaffelte Schalen aus Licht hüllten den Planeten ein, als sich Plasmawolken ausdehnten und dabei abkühlten. Die größte Anzahl von Fähren, Schiffen, Stationen und strategischer Hardware war wie üblich im niedrigen Orbit stationiert. Konsequenterweise erzeugten die resultierenden Explosionswellen, als die tausendfache Submunition hindurchging, einen Mantel aus undurchdringlicher Helligkeit, der den gesamten Planeten vor jeglicher Beobachtung von außen abschirmte.

Unter diesem Schirm regneten Trümmer in bezaubernden pyrotechnischen Stürmen auf die Oberfläche herab. Streifen ionisierter Luft schossen durch die oberen Atmosphäreschichten, ein Schauer aus heimtückischen Sternen, die die Stratosphäre auf Hochofentemperaturen erhitzten. Die Wolken darunter färbten sich tiefrot.

Die *Illustrious* raste in achtzigtausend Kilometern Höhe über den Südpol hinweg, als die Besessenen am Boden ihren Zaubergesang anstimmten. Die erste Warnung kam, als das Gravitationsfeld des Planeten schwankte und die Flugbahn des Schlachtschiffs um mehrere Meter verschob.

Der Lichtschein rings um Arnstadt flackerte nicht einen Augenblick, sondern änderte lediglich seine Farbe. Er durchlief das Spektrum zu immer tieferem Rot hin, während er sich weiter und weiter zusammenzog. Die optischen Sensoren mußten im Verlauf der letzten Minuten mehrere Schutzfilter aktivieren, während die Lichtquelle weiter und weiter schrumpfte, ohne an Intensität zu verlieren.

Motela Kohlhammer hielt einen optischen Sensor auf die anklagend leere Stelle im Raum gerichtet, an der noch Sekunden vorher Arnstadt gewesen war, während Radar und gravitonische Sensoren des Schlachtschiffes den Raum nach einer Spur des Planeten absuchten. Die Resultate waren ausnahmslos gleich: negativ. »Befehlen Sie unserer Eskorte, zu den Rendezvouskoordinaten der Flotte zu springen«, ordnete Kohlhammer an. »Und dann berechnen Sie einen Kurs nach New California.«

Sarha schwebte durch die offene Luke in die Kabine des Kommandanten, ohne die Leiter aus dunklem Komposit zu beachten. Sie ließ sich von der halben Standardschwere des Beschleunigungsmanövers zu Boden ziehen, wo sie graziös landete.

»Das Ballett hat wirklich einen Verlust erlitten, als du dich an der Universität für Raumfahrt und Raumfahrttechnik eingeschrieben hast«, sagte Joshua. Er stand in seine Shorts gekleidet mitten im Raum und rieb sich mit einem Handtuch eine reichliche Portion nach Limonen riechendes Gel vom Oberkörper.

Sie musterte ihn mit einem wilden Grinsen. »Ich weiß eben, wie man niedrige Gravitation zu seinem Vorteil ausnutzt.«

»Ich hoffe, Ashly weiß das zu schätzen.«

»Ich weiß gar nicht, wovon du redest?«

»Hmmm. Wie kommen wir voran?«

»Offizieller Abschlußbericht meiner Brückenwache, Sir. Wir kommen genauso voran wie gestern.« Ihr militärischer Salut war alles andere als zackig.

»Also genauso wie vorgestern.«

»Und vorvorgestern, verdammt richtig. Oh, und ich habe das Leck in dieser Reaktionsmassezuleitung gefunden. Irgend jemand scheint geschlampt zu haben, als die Tanks im Laderaum installiert wurden. Ein Flansch ist undicht, weil er nicht richtig sitzt. Beaulieu meint, daß sie die Sache heute noch in Ordnung bringt. Bis dahin habe ich die Zuleitung isoliert; wir verfügen über ausreichend Redundanz, um den Fluß im optimalen Bereich zu halten.«

»Ja. Richtig. Ausgesprochen faszinierend.« Er knüllte das Handtuch zusammen und warf es in hohem Bogen quer durch die Kabine. Es landete ganz genau über der Öffnung des Wäschetrichters und rutschte hinein.

Sarha blickte ihm hinterher. »Ich möchte die Zufuhr auf maximalem Niveau halten«, sagte sie. »Wir könnten auf jedes Gramm angewiesen sein.«

»Sicher. Wie waren Liols Sprungmanöver?« Selbstverständlich wußte er längst Bescheid; das Logbuch der

Lady Macbeth war das erste, was er überprüft hatte, als er aufgewacht war. Liol hatte im Verlauf der letzten Wache fünf Sprünge durchgeführt, und nach dem Bordrechner zu urteilen war jeder davon im wesentlichen fehlerfrei verlaufen. Aber das war nicht der Punkt.

»Prima.«

»Hmmm.«

»Also gut, was ist eigentlich los? Ich dachte, ihr beide kämt inzwischen ganz gut miteinander zurecht? Du kannst ihm jedenfalls keine Inkompetenz vorwerfen.«

»Will ich auch gar nicht.« Er angelte ein sauberes Sweatshirt aus einem Spind. »Es ist nur, daß ich dieser Tage eine Menge Leute um ihren Rat und ihre Meinung frage, und das ist für einen Kommandanten gar keine gute Entwicklung. Schließlich bin ich derjenige, von dem alle fehlerlose Entscheidungen aus dem Bauch heraus erwarten.«

»Falls du mir eine Frage bezüglich der Führung der *Lady Macbeth* stellen würdest, wäre ich zutiefst besorgt. Aber alles andere ...« Sie winkte träge ab. »Du und ich, wir beide sind lange genug in deinem Null-g-Käfig herumgeturnt. Ich weiß beispielsweise, daß du dich nicht wie andere Männer bindest. Wenn du diesbezüglich Hilfe suchst, bist du bei mir richtig.«

»Was meinst du damit, ich binde mich nicht?«

»Joshua, du warst draußen im Ruinenring auf Schatzsuche, seit du achtzehn warst. Das ist nicht normal. Andere Männer in deinem Alter wären unterwegs gewesen, um sich zu amüsieren.«

»Aber ich habe mich amüsiert.«

»Nein. Du hast zwischen deinen Flügen nach draußen eine Menge Mädchen gevögelt, das ist alles.«

»Aber genau das ist es, was Achtzehnjährige machen, oder nicht?«

»Das ist es, wovon Achtzehnjährige träumen, Joshua. Adamisten jedenfalls. Alle anderen sind voll und ganz damit beschäftigt, so schnell wie möglich in die Welt der Erwachsenen zu kommen und herauszufinden, wie zur Hölle sie funktioniert und warum alles so verdammt kompliziert und schmerzhaft ist. Wie man mit Freundschaften und Beziehungen umgeht. Wie man sich trennt. All solche Dinge.«

»Das klingt ja gerade so, als müßten wir eine Art Prüfung ablegen.«

»Das müssen wir auch, obwohl sie die längste Zeit unseres Lebens dauert. Und du hast noch nicht einmal damit angefangen.«

»Meine Güte, das ist alles so tiefgründig, und das zu dieser frühen Tageszeit! Was zur Hölle willst du mir damit sagen?«

»Nichts, Joshua. Du bist derjenige, der sich Gedanken macht. Ich weiß verdammt genau, daß es nichts mit unserer Mission zu tun hat. Also schätze ich, daß ich versuche, dir zu entlocken, was in dir vorgeht, und dich davon überzeuge, daß es in Ordnung ist, darüber zu reden. Die meisten Leute tun das, wenn sie sich nahestehen. Das ist vollkommen normal.«

»Ballett und Psychologie, wie?«

»Du hast mich wegen meiner Vielseitigkeit in die Besatzung aufgenommen, schon vergessen?«

»Also schön«, gab Joshua nach. Sie hatte recht, es fiel ihm tatsächlich schwer, über diese Sache zu reden. »Es ist wegen Louise.«

»Ah. Die Puppe von Norfolk. Die ganz besonders junge Puppe.«

»Sie ist nicht ...«, fing er automatisch an, doch Sarhas emotionsloser Gesichtsausdruck ließ ihn innehalten. »Zugegeben, sie ist ein wenig jung. Ich schätze, ich habe das ausgenutzt.«

»Wow, ich hätte nie gedacht, daß der Tag kommen würde, an dem ich diese Worte aus deinem Mund hören würde. Aber warum genau machst du dir Gedanken?

Schließlich benutzt du deinen Status wie eine Betäubungspistole.«

»Tue ich nicht!«

»Bitte, Joshua. Wann warst du das letzte Mal unten auf einem Planeten, ohne deinen kleinen Kommandantenstern hell und glitzernd auf der Schulter zu tragen?« Sie schenkte ihm ein mitfühlendes Lächeln. »Du warst tatsächlich in sie verliebt, wie?«

»Nicht mehr als normal. Es ist nur, daß keine von meinen anderen Freundinnen als Besessene geendet ist. Meine Güte, ich hatte schließlich einen Vorgeschmack darauf, wie es sein muß. Ich kann den Gedanken einfach nicht verdrängen, wie es für sie gewesen sein muß, wie verdammt häßlich. Sie war so süß, so verdammt süß. Sie gehörte einfach nicht in eine Welt, wo den Menschen derartige Dinge zustoßen.«

»Gehört irgend jemand von uns in so eine Welt?«

»Du weißt genau, was ich meine. Du hast Stim-Programme benutzt, die du nicht benutzen solltest, und du hast Sens-O-Vis-Nachrichten gesehen. Wir wissen, daß dieses Universum gemein ist. Es hilft, zumindest ein wenig. Wenn überhaupt irgend etwas helfen kann. Aber Louise – und dieses kleine Balg, ihre Schwester auch, verdammt! Wir sind einfach davongeflogen und haben sie im Stich gelassen. Genau wie wir es immer tun.«

»Sie verschonen Kinder, das weißt du. Diese Stephanie Ash auf Ombey brachte sogar eine ganze Gruppe von Kindern nach draußen. Ich habe den Bericht gesehen.«

»Louise war aber kein Kind! Sie ist nicht verschont worden.«

»Das weißt du nicht mit Sicherheit. Wenn sie es schlau genug angestellt hat, konnte sie vielleicht sogar rechtzeitig verschwinden.«

»Das bezweifle ich. Sie besitzt nicht die nötigen Fähigkeiten.«

»Dafür scheint sie ein paar andere ganz und gar

erstaunliche Talente zu besitzen, wenn sie bei dir soviel Eindruck hinterlassen konnte.«

Er dachte zurück an die Eisenbahnfahrt nach Cricklade, nachdem sie sich gerade kennengelernt hatten; ihre Beobachtungen über Norfolk und seine Eigenheiten. Er war in so gut wie allem, was sie erzählt hatte, der gleichen Meinung gewesen. »Sie war nicht gerissen, um auf der Straße zu überleben. Und das ist die Art von schmutziger Selbstsucht, die man braucht, um den Besessenen zu entwischen.«

»Du glaubst wirklich nicht, daß sie es geschafft haben könnte, wie?«

»Nein.«

»Glaubst du vielleicht, daß du für sie verantwortlich bist?«

»Nicht verantwortlich, nein, das trifft es nicht. Allerdings glaube ich, daß sie in mir jemanden gesehen hat, der sie von Cricklade Manor wegbringt.«

»Du meine Güte, wie kommt sie nur auf einen derartigen Gedanken, Joshua?«

Er hörte nicht mehr zu. »Ich habe sie im Stich gelassen, wie ich es immer tue. Es ist kein schönes Gefühl, Sarha. Sie war wirklich eine wunderbare Frau, obwohl sie auf Norfolk aufgewachsen ist. Wäre sie woanders geboren worden, hätte ich sie wahrscheinlich ...« Er verstummte und zerrte sein Sweatshirt in Form, ohne Sarhas erstaunten Blicken zu begegnen.

»Sag es«, verlangte sie.

»Was?«

»Wahrscheinlich geheiratet.«

»Ich hätte sie nicht geheiratet. Ich sage lediglich, daß wir vielleicht ein wenig länger hätten zusammenbleiben können, wenn sie eine vernünftige Kindheit besessen hätte anstatt in dieser lächerlichen mittelalterlichen Bauerngesellschaft aufzuwachsen.«

»Nun, das erleichtert mich«, spottete sie.

»Was habe ich denn jetzt schon wieder Falsches gesagt?« rief er.

»Du warst Joshua, weiter nichts. Einen Augenblick lang dachte ich, du hättest dich tatsächlich weiterentwickelt. Hörst du dir denn niemals selbst zu? Sie besaß nicht die nötige Bildung, um ein Besatzungsmitglied der *Lady Macbeth* zu werden, deswegen konnte es keine funktionierende Beziehung zwischen euch geben. Nicht ein Gedanke, daß du dein Leben aufgeben könntest, um bei ihr zu bleiben.«

»Das kann ich nicht!«

»Weil die *Lady Macbeth* viel wichtiger ist als Cricklade, welches ihr Leben ist, richtig? Liebst du sie, Joshua? Oder fühlst du dich nur schuldig, weil eines der Mädchen, die du gevögelt und weggeworfen hast, möglicherweise von den Besessenen gefangen und versklavt wurde?«

»Meine Güte! Was willst du mir eigentlich in den Mund legen?«

»Gar nichts, Joshua. Ich versuche lediglich dich zu verstehen. Und dir zu helfen, wenn ich kann. Diese Sache ist wichtig für dich. Sie bedrückt dich. Und du mußt herausfinden warum.«

»Ich weiß aber nicht warum! Ich weiß nur, daß ich mich um Louise sorge. Vielleicht habe ich Schuldgefühle. Vielleicht bin ich wütend, weil das ganze Universum plötzlich gegen uns zu sein scheint.«

»Schon möglich. Wir alle fühlen uns im Augenblick ein wenig betrogen. Aber wenigstens unternehmen wir etwas dagegen. Du kannst nicht mit der *Lady Macbeth* nach Norfolk fliegen und sie retten; das geht nicht mehr. Und soweit es irgend jemand weiß, ist das hier die nächstbeste Möglichkeit, ihr zu helfen.«

Er schenkte ihr ein trauriges Grinsen. »Ja. Ich schätze, ich bin einfach zu selbstsüchtig, wie? Ich muß etwas unternehmen. Ich.«

»Das ist genau die Art von Selbstsucht, welche die Konföderation im Augenblick dringend benötigt.«

»Deswegen ist das, was mit Louise geschehen ist, noch lange nicht fair. Sie leidet ohne eigenes Verschulden. Falls dieser Schlafende Gott so machtvoll ist, wie die Tyrathca glauben, dann muß er uns einige Dinge erklären.«

»Wir sagen das gleiche über unsere Götter, seit wir sie erträumt haben. Es ist ein Trugschluß anzunehmen, daß dieser Gott unsere Moral und Ethik teilt. Im Gegenteil, es ist sogar ganz offensichtlich, daß er es nicht tut. Wäre es anders, hätte all das niemals geschehen können. Wir würden alle im Paradies leben.«

»Du meinst, der Disput um die göttliche Intervention wird niemals enden?«

»Jepp. Freier Wille bedeutet, daß wir unsere eigenen Entscheidungen treffen müssen. Ohne einen freien Willen ist das Leben ohne jede Bedeutung. Wir wären Insekten, die nur das tun, was unsere Instinkte uns sagen. Ein Bewußtsein ist schließlich nicht irgend etwas.«

Joshua beugte sich vor und küßte sie dankbar auf die Stirn. »Es bringt uns üblicherweise immer nur in Schwierigkeiten. Ich meine, sieh mich doch an! Ich bin ein Wrack! Empfindungen tun weh!«

Sie gingen gemeinsam auf die Brücke hinaus. Liol und Dahybi lagen auf ihren Beschleunigungsliegen und sahen aus, als langweilten sie sich. Samuel kam auf der anderen Seite aus der Schleusenluke.

»Das war eine ziemlich lange Wachübergabe«, bemerkte Liol gereizt.

»Hast du uns vermißt?« entgegnete Joshua.

»Du magst vielleicht den Körper eines Calvert besitzen, aber vergiß nicht, wer von uns beiden die größere Erfahrung besitzt.«

»Nicht auf allen Gebieten, Bruder, ganz bestimmt nicht.«

»Ich bin weg«, verkündete Dahybi laut und löste seine Sicherheitsgurte. Das Netz über seiner Liege rollte sich zusammen, und er schwang die Füße über die Seite. »Kommst du mit, Sarha?«

Joshua und Liol grinsten sich an. Joshua deutete freundlich in Richtung Bodenluke, und Liol bedankte sich mit einer graziösen Verbeugung. »Danke sehr, Kommandant.«

»Wenn ihr in die Kombüse geht – ich könnte ein Frühstück vertragen«, rief Joshua ihnen hinterher. Niemand antwortete. Er und Samuel legten sich auf ihre Beschleunigungsliegen. Der große Edenit wurde mehr und mehr zu einem zuverlässigen Systemoffizier und half der Besatzung aus, genau wie die anderen Mitglieder des wissenschaftlichen Teams, die an Bord der *Lady Macbeth* mitreisten. Selbst Monica trug ihren Teil dazu bei.

Joshua schaltete eine Verbindung zum Bordrechner. Flugbahnvektoren und Statusdiagramme überlagerten die Bilder von den externen Sensoren. Der Raum draußen sah beeindruckend aus.

Drei Lichtjahre voraus erstrahlte Mastrit-PJ in intensiv rotem Licht, das sich auf dem matten Schaum brach, in den der Rumpf der *Lady Macbeth* gebettet war. Der Orion-Nebel bedeckte den halben Horizont im galaktischen Norden: eine phantastische dreidimensionale Tapisserie aus leuchtenden Gasen mit einer wilden, turbulenten Oberfläche, zusammengesetzt aus purpurnen, grünen und türkisfarbenen Wolken, die wie konkurrierende Ozeane aufeinanderprallten. Ihr Millionen Jahre alter Widerstreit erzeugte chaotische, energiegeladene Protuberanzen, die in alle Richtungen schossen. Im Innern des Nebels ruhten unzählige Proplyden, leuchtende protoplanetare Scheiben, die aus dem Mahlstrom heraus kondensierten. Mitten im Herzen lag das Trapezium, die vier heißesten, schwersten Sterne, deren phänomenaler ultravioletter Ausstoß den gewaltigen Nebel aus interstellarem Gas von innen heraus energetisch anregte und zum Leuchten brachte.

Joshua hatte die unendlich variantenreiche Topologie des Gebildes zu schätzen gelernt, während sie langsam den konföderierten Weltraum hinter sich gelassen hatten und um den Nebel herumgeflogen waren. Er war auf eine Art und Weise lebendig, wie kein biologisches Wesen es sein konnte. Seine Strömungen und molekularen Schwärme waren Milliarden Male komplexer als alles, was man in einer auf Kohlenwasserstoff basierenden Zelle finden konnte. Ebbe und Flut in geologischen Maßstäben und doch nahezu unfaßbar schnell. Die jungen, pulsierenden Sterne, die sich im Nebel drängten, stießen gewaltige Ströme an ultraheißen Gasen aus, und die resultierenden Schockwellen breiteten sich mit mehr als hundertfünfzigtausend Stundenkilometern aus. Sie besaßen die Form von Schleifen, die sich in Sinuskurven wanden und verdrehten, und ihre ausgefransten Enden schimmerten hell, während sie die wilden Energiestöße abstrahlten, die durch ihre gesamte Länge verliefen.

Für die Besatzungen der *Oenone* und der *Lady Macbeth* hatte die Beobachtung des Nebels sämtliche Formen aufgezeichneter Unterhaltung ersetzt. Seine Majestät hatte ihre Stimmung beträchtlich aufgehellt; ihre Reise war jetzt ein wahrer Flug in die Geschichte, ganz gleich, was am Ende dabei herauskommen mochte.

Joshua und Syrinx hatten beschlossen, den Nebel auf der galaktischen Südseite zu umfliegen, in einer Annäherung an den Weg, den Tanjuntic-RI genommen hatte. Während der ersten Phase hatten sie sich noch auf die Daten konföderierter Observatorien stützen können, um mit ihrer Hilfe um die zerfransten Ausläufer aus Gaswolken und leuchtenden Protuberanzen herumzunavigieren, die selbst vom menschlichen Weltraum aus zu sehen waren, auch wenn die Bilder mehr als eineinhalbtausend Jahre alt waren. Doch nach den ersten paar

Tagen reisten sie durch Gebiete, die noch nie ein menschliches Teleskop erblickt hatte. Sie kamen nun langsamer voran, weil sie den Weg vor sich nach Sternen und Staubwolken und parsekweiten Zyklonen aus schillernden Gasen absuchen mußten.

Lange bevor Mastrit-PJ selbst in Sicht kam, erhellte ihr Licht die kühleren äußeren Bereiche des Nebels wie ein immerwährender Sonnenaufgang. Die Schiffe flogen weiter auf die Sonne zu, während der rote Schein ringsum stetig an Intensität gewann. Sobald der Stern in einer Entfernung von siebenhundert Lichtjahren voll in Sicht kam, gelang es der *Oenone* mit Hilfe von Parallaxenberechnungen, ihre Position festzustellen und einen genauen Flugvektor direkt zur Heimatsonne der Tyrathca festzulegen.

Jetzt steuerte Joshua die *Lady Macbeth* auf ihre vorletzte Sprungkoordinate. Das Radar zeigte ihm die *Oenone* in tausend Kilometern Entfernung und relativem Stillstand zu seinem eigenen Schiff. Beide beschleunigten mit einem halben g, mehr, als es für Adamistenschiffe normalerweise üblich war, doch sie hatten ihr Delta-V während der Reise um den Nebel herum nicht sonderlich verändert und statt dessen beschlossen zu warten, bis sie eine exakte Peilung auf Mastrit-PJ hatten, um anschließend ihre Geschwindigkeit an die galaktische Fluchtgeschwindigkeit des roten Riesen anzupassen.

»Die Brennrate ist konstant«, meldete Samuel, nachdem alle Diagnoseprogramme abgeschlossen waren. »Sie haben wirklich bemerkenswert leistungsfähige Antriebsrohre, Joshua. Wir müßten noch knapp sechzig Prozent Fusionstreibstoff übrig haben, wenn wir im System eingetroffen sind.«

»Das reicht aus. Hoffen wir nur, daß wir nicht zuviel Delta-V verbrauchen, während wir nach der Redoute der Tyrathca suchen. Ich möchte sämtliche Antimaterie für den Schlafenden Gott in Reserve halten.«

»Dann sind Sie also überzeugt, daß wir ihn finden?«

Joshua dachte einen Augenblick nach, bevor er antwortete, milde überrascht von seiner eigenen Zuversicht. Es war ein angenehmer Kontrast zu der Beunruhigung, die er wegen Louise verspürte. Intuition, ein Tonikum gegen das Gewissen. »Ja. Schätze, das bin ich. Finden werden wir ihn bestimmt.«

Der orangefarbene Vektor, den der Bordrechner per Datavis in seine neurale Nanonik übertrug, zeigte Joshua, daß die Sprungkoordinaten näher kamen. Er reduzierte die Beschleunigung und sandte per Datavis eine Warnung an die Besatzung. Samuel aktivierte die Programme für das Einziehen der Sensorbäume und Wärmeleitpaneele.

Die *Lady Macbeth* sprang zuerst und legte zweieinhalb Lichtjahre zurück. Sechs Sekunden später schoß die *Oenone* aus ihrem Wurmloch-Terminus, kaum hundertfünfzig Kilometer entfernt. Mastrit-PJ war keine exakt runde Scheibe, obwohl es die Intensität ihres Lichts unmöglich machte, die Tatsache allein mit optischen Sensoren festzustellen. Aus weniger als einem halben Lichtjahr Entfernung reichte die Strahlung aus, um den Nebel und die meisten Sterne zu überdecken.

»Ich bin schon von Lasern mit weniger Energie getroffen worden«, murmelte Joshua, als sich die automatischen Filter aktivierten, um den Ansturm von Photonen aufzuhalten.

»Sie hat ihre Expansionsphase erst vor kurzer Zeit beendet«, sagte Samuel. »In astronomischen Maßstäben ist das alles gerade erst passiert.«

»Stellare Explosionen sind schnellebige Ereignisse. Und das hier ist wenigstens fünfzehntausend Jahre her.«

»Nachdem die anfängliche Expansion eingesetzt hat, findet in der Photosphäre eine lange Phase der Anpassung statt, und die Sonne stabilisiert sich immer weiter. Wie auch immer, der Energieausstoß ist in höchstem

Maße beeindruckend. Soweit es diese Seite der Galaxis angeht, ist er größer als der des gesamten Nebels.«

Joshua überprüfte die neuralen Displays seiner Nanonik.

»Keine Wärme, und nur vernachlässigbar geringe Strahlung. Die Partikeldichte ist höher als normal, aber sie hat sich die gesamte Zeit über verändert, während wir um den Nebel herumgeflogen sind.« Per Datavis befahl er dem Bordrechner, eine Kommunikationsverbindung mit der *Oenone* herzustellen. »Wie weit sind wir mit den letzten Koordinaten?«

»Ich habe mit meinen früheren Schätzungen erfreulich richtig gelegen«, antwortete der Voidhawk. »In spätestens fünf Minuten habe ich die endgültigen Daten für Sie bereit, Joshua.«

»Sehr schön.« Nach der ersten Sichtung von Mastrit-PJ hatte Joshua die Daten überprüft, die mehrfach von der *Oenone* übertragen worden waren – eher aus Interesse als aus Mißtrauen. Jedesmal waren sie besser gewesen als alles, was die elektronischen Sensoren der *Lady Macbeth* zu liefern imstande waren. Anschließend hatte sich Joshua die Mühe gespart.

»Wir müßten imstande sein, die Grenze der Photosphäre mit einer Fehlertoleranz von maximal tausend Kilometern zu vermessen«, sagte Syrinx per Datavis. »Die exakte Bestimmung, wo die Photosphäre endet und der Raum beginnt, dürfte problematisch werden. Rein theoretisch existiert eine efferveszierende Zone mit einer Dicke zwischen fünfhundert und einer halben Million Kilometern.«

»Also bleiben wir bei Plan A«, antwortete Joshua per Datavis.

»Ich schätze, das werden wir. Bisher hat sich alles genau nach unseren Erwartungen entwickelt. Kempster hat jeden Sensor an Bord aktiviert und zeichnet auf, als hätten wir einen unendlichen Vorrat an Fleks an Bord.

Ich denke, er wird uns wissen lassen, falls er und Renato eine Anomalie entdecken.«

»In Ordnung. Bis dahin berechne ich einen Kurs, der die *Lady Macbeth* zu einer neutralen relativen Geschwindigkeit verhilft. Ich kann ihn jederzeit korrigieren, sobald Sie die endgültigen Koordinaten haben.« Vermutlich hätte ihm die *Oenone* den entsprechenden Vektor innerhalb von Millisekunden liefern können. Aber verdammt noch mal, Joshua besaß auch seinen Stolz.

Die Navigationssysteme der *Lady Macbeth* richteten sich auf die neuen Sternkonstellationen, die sie inzwischen kartographiert hatten.

Joshua aktivierte die entsprechenden Programme seiner neuralen Nanonik und machte sich daran, die Rohdaten einzuspeisen.

Joshua und Syrinx hatten sich auf eine Pause von sieben Stunden verständigt, bevor sie den letzten Sprung nach Mastrit-PJ antraten. Hauptsächlich, weil sie die tatsächliche Größe und die aktuelle Position der Sonne nicht kannten. Nachdem diese Parameter bestimmt waren, beschlossen sie, in die Ebene der Ekliptik zu springen, in sichere Entfernung über der Photosphäre und mit perfekt an die Sonne angepaßter Geschwindigkeit. Was bedeutete, daß die einzige Kraft, die auf die Schiffe einwirkte, die Gravitation der Sonne sein würde, ein kaum wahrnehmbares Ziehen tiefer in das Zentrum des Systems hinein. Von ihrem Aussichtspunkt aus wären sie imstande, einen beträchtlichen Ausschnitt des umliegenden Raums abzusuchen. Die Überreste der Tyrathca-Zivilisation müßten den Äquator der Sonne umkreisen. Möglicherweise auf einem Planeten ähnlich dem Pluto, der die Explosion der Sonne überdauert hatte, oder auf einem großen Oortschen Asteroiden. Obwohl der abzusuchende Raum gewaltig war, würden sie die Redoute der Tyrathca mit Hilfe kleinerer Sprünge rings um den Äquator von Mastrit-PJ schlußendlich finden.

Außerdem würde die *Oenone* die Zeit benötigen, um ihre Energiemusterzellen aus der kosmischen Strahlung vollständig wiederaufzuladen (und damit Fusionstreibstoff sparen). Dadurch würde der Voidhawk nicht nur in die Lage versetzt, die Suche durchzuführen, er konnte sich auch über eine beträchtliche Distanz zurückziehen, ähnlich der Fähigkeit der *Lady Macbeth* zu sequentiellen Sprüngen, sollten sie sich unerwartet in einer feindlich gesinnten und bewaffneten Xeno-Umgebung wiederfinden. Es war ein Worst-Case-Szenario, das Joshua, Ashly, Monica, Samuel und (überraschenderweise) auch Ruben für nicht auszuschließen hielten – wohingegen die anderen fest überzeugt waren, daß die fünf an akuter Paranoia litten.

Wie sich herausstellen sollte, war ihre Vorsicht alles andere als unnötig.

Ein Stern ist ein ewiges Schlachtfeld titanischer Urgewalten, prinzipiell Wärme und Gravitation, die sich in Expansion und Kontraktion manifestieren. Im Kern ist ein gewöhnlicher Stern nichts anderes als ein gigantischer Fusionsreaktor, der die restliche Masse genügend aufheizt, um der gravitationsinduzierten Kontraktion entgegenzuwirken. Allerdings ist die Fusion nur solange möglich, wie es Fusionsbrennstoff gibt, während die Gravitation niemals aufhört.

Nach Milliarden von Jahren stetigen Feuers hatte Mastrit-PJ die Wasserstoffatome seines Kerns verbrannt und in inertes Helium verwandelt. Die Produktion von Fusionsenergie fand weiterhin statt, doch nur in einem kleinen Bereich aus Wasserstoff rings um den Kern herum, was zur Bildung von weiterem Helium führte, das nach innen sank. Temperatur, Druck und Dichte veränderten sich alle gleichermaßen, als die Hülle den Kern als prinzipielle Wärmequelle ablöste. Jeder Stern erreicht irgendwann einmal diesen Wendepunkt, und was anschließend geschieht, hängt von seiner Größe ab.

Mastrit-PJ war eineinhalb Mal so groß gewesen wie die irdische Sonne, zu groß, um in elektronische Degeneration zu fallen und viel zu klein, um sich in eine Supernova zu verwandeln. Ihr Schicksal war dennoch unausweichlich.

Je weiter die Umwandlung der internen Struktur voranschritt, desto schneller entfernte sich Mastrit-PJ von seiner stabilen Brennphase. Die äußeren Schichten begannen zu expandieren, aufgeheizt von Konvektionsströmen, die aus der heraufsteigenden Fusionszone nach oben schossen, während auf der Unterseite der Zone die gravitationale Kontraktion des Kerns weiterging, je mehr Heliumatome ihre Masse beisteuerten. Je weiter der Kern schrumpfte, desto höher stiegen Dichte und Temperatur – bis die magische Grenze von einhundertzwanzig Millionen Kelvin überschritten war und die Heliumfusion einsetzte.

Mastrit-PJ zerfiel in zwei eigenständige und äußerst unterschiedliche Entitäten: Der Kern brannte mit erneuter Kraft, während seine Kontraktion unaufhörlich fortschritt, und die äußeren Schichten blähten sich weiter und weiter auf, während sie durch das gesamte Spektrum hindurch von Weiß über Gelb bis hin zu Rot abkühlten. Inzwischen emittierte der Stern die gewaltige Hitze der Kernfusion durch Konvektionsströme von der Größe planetarer Orbits, was in einer einzigartigen und für rote Riesen charakteristischen Leuchtdichte resultierte, obwohl seine Oberflächentemperatur zur gleichen Zeit bis auf verhältnismäßig frostige zwölftausend Kelvin absank, so weit war sie vom Zentrum entfernt.

Das war die Epoche stellarer Evolution, vor der die Tyrathca geflohen waren. Die expandierende Sonne blähte sich auf mehr als das Vierhundertfache ihrer ursprünglichen Größe auf, bis sie schließlich bei einem Durchmesser von eintausendsechshundertsiebzig Millionen Kilometern zu wachsen aufhörte. Sie verschlang die inneren drei Planeten, einschließlich der Heimatwelt der Tyrathca, und anschließend die beiden äußeren Gasriesen. Ein paar prachtvolle Jahrtausende flammten die gefrorenen Kometen im Oortschen Gürtel hell auf, als ihre flüchtigen Bestandteile eruptierten. Sie umgaben den neuen Titanen mit einem wunderschönen, zerbrechlich glitzernden scharlachroten Armband, wie eine Milliarde primitiver Feuerwerksraketen, die alle auf einen Punkt hin steuerten. Doch bald waren sie ausgebrannt, ihre dürftigen chemischen Quellen versiegt, und zurück blieben schwarze, hartgebrannte Felsen, die träge in ihrem vierhundert Jahre währenden Orbit kreisten.

Es gab keine exakte Linie, die gezeigt hätte, wo der Stern endete und der Weltraum begann – statt dessen nahm die Dichte des brennenden Wasserstoffs nach außen hin immer weiter ab, um sich irgendwann in einen dichten Sonnenwind zu verwandeln, der unablässig in die Galaxis hinaus wehte. Die von der *Oenone* definierte Peripherie war ausschließlich für den Sternenkatalog und als Navigationshilfe gedacht, und sie lag siebenhundertachtzig Millionen Kilometer vom unsichtbaren Kern entfernt.

Die *Lady Macbeth* materialisierte als erstes der beiden Schiffe in respektvollen fünfzig Millionen Kilometern Entfernung von dem wolkig strahlenden Ozean sich auflösender Partikel. Der normale Raum hatte aufgehört zu existieren, und das Raumschiff trieb zwischen zwei parallelen Universen aus Licht. Zur einen Seite die spektralen Wirbel des Nebels voller junger funkelnder Sterne, zur anderen eine flache, konturlose Wüste aus heißgoldenen Photonen.

Zwanzig Kilometer von dem dunklen Adamistenschiff entfernt materialisierte die *Oenone*.

»Kontakt bestätigt«, meldete Joshua per Datavis an Syrinx, nachdem die Antenne das Kurzstreckensignal der *Oenone* empfangen hatte. Sämtliche Sensorbäume der *Lady Macbeth* hoben sich aus ihren Rumpfnischen, zusammen mit den neuen Systemen, die auf Kempster Getchells Bitte hin eingebaut worden waren. Joshua konnte sehen, wie sich aus den Frachtluken an der Unterseite des Voidhawks eine ähnliche Reihe von Meßgeräten schob.

»Ich kann Sie sehen«, antwortete Syrinx. »Keinerlei Felsen oder Staubwolken in unserer unmittelbaren Umgebung. Wir beginnen mit der Sensorabtastung.«

»Wir auch.«

»Wie ist Ihr thermisches Profil?«

»Bis jetzt prima« antwortete Sarha, nachdem Joshua die Frage an sie weitergegeben hatte. »Es ist heiß dort draußen, aber längst nicht so heiß wie bei der Annäherung an die Antimateriestation. Unsere Wärmepaneele können die aufgenommene Hitze schneller abstrahlen, als sie vom Rumpf absorbiert wird. Aber ich würde nicht viel näher heranfliegen. Und wenn du uns in eine langsame, kontinuierliche Rotation versetzen könntest, wäre ich dir dankbar. Damit vermeiden wir lokale Aufheizungen in der Rumpfisolierung.«

»Ich tue mein Bestes«, antwortete Joshua. »Syrinx, wir kommen zurecht. Wie sieht es bei Ihnen aus.«

»Keinerlei Probleme bei dieser Entfernung. Die Schaumisolation ist intakt.«

»In Ordnung.« Joshua aktivierte die äquatorialen Korrekturtriebwerke der *Lady Macbeth* und initiierte die langsame Barbecue-Rolle, die Sarha sich gewünscht hatte.

Die Besatzung war vollzählig auf ihren Brückenstationen und in Alarmbereitschaft, falls der rote Riese eine unliebsame Überraschung für sie bereithielt. Samuel und Monica befanden sich unten in der Messe in Kapsel B, gemeinsam mit Alkad, Peter und Oski, die mit den Sensoren arbeiteten. Die Daten der *Oenone* wurden direkt an Parker, Kempster und Renato weitergeleitet. Außerdem tauschten beide Schiffe ihre Daten in Echtzeit aus, so daß die Experten sie simultan analysieren und abgleichen konnten.

Rasch entwickelte sich ein Bild des lokalen Raums. Es war alles andere als ein Vakuum. Heiße Partikelströme rasten an den Rümpfen der Schiffe vorbei.

»Ruhiger als die Umgebung des Jupiter«, kommentierte Syrinx. »Aber mindestens genauso gefährlich.«

»Nicht soviel harte Strahlung, wie wir vorhergesagt hatten«, fügte Alkad hinzu.

»Die Wasserstoffhülle scheint den größten Teil der Strahlung zu absorbieren, bevor sie die Oberfläche erreicht.«

Die optischen und infraroten Sensoren tasteten die Umgebung des roten Riesen in immer weiterer Entfernung von der Oberfläche ab. Analyseprogramme suchten nach sich bewegenden Lichtpunkten, die auf Asteroiden oder mondgroße Körper hindeuteten oder vielleicht sogar einen Planeten. Das Raumverzerrungsfeld der *Oenone* fand nur wenig lokale Masse, die die Uniformität der Raumzeit krümmte. Die starken Sonnenwinde schienen alles aus dem System geblasen zu haben. Andererseits hatten sie bisher weniger als ein Prozent des äquatorialen Orbits abgesucht.

»Kempster?« meldete sich Oski per Datavis. »Besteht die Möglichkeit, daß ein roter Riese Mikrowellenstrahlung abgibt?«

»Nicht nach irgendeiner unserer gegenwärtigen Theorien«, antwortete der überraschte Astronom.

»Kommandant Calvert, dürften wir bitte einen genaueren Blick auf die Strahlenquelle werfen?«

Auf der Brücke warf Joshua Dahybi einen alarmierten Blick zu. Die alte Intuition beschleunigte seinen Puls. »Energieknotenstatus?« fragte er.

»Wir können jederzeit springen, Boß«, antwortete Dahybi leise.

»Liol, du hältst unsere elektronischen Stördetektoren im Auge, ja? Ich will in dieser Sache absolut auf Nummer Sicher gehen.«

Der Bordrechner verkündete, daß die Sensoren einen weiteren Mikrowellenpuls aufgefangen hatten.

»Die Strahlung ist unserem Radar sehr ähnlich«, sagte Beaulieu. »Allerdings besitzt sie keine Signatur, die mit irgend etwas verwandt ist, was in der Konföderation zum Einsatz kommt. Sie besitzt auch keine Gemeinsamkeiten mit dem, was die Schiffe der Tyrathca benutzt haben.«

»Oski, ich schalte unsere Sensoren jetzt für Sie frei«, sagte Joshua.

Aktive und passive Antennen rotierten auf ihren Bäumen in die Richtung, aus der das Signal gekommen war. Der Bordrechner setzte die Meßwerte nach Maßgabe der graphischen Generierungsroutinen zu einem neuralen Diagramm zusammen und näherte die physikalischen Strukturdaten, die von den Bildaufbereitungsprogrammen geliefert wurden, dem thermischen und elektromagnetischen Profil an.

»Wenn ich mich recht erinnere«, sagte Sarha mit unterdrückter Stimme, »dann waren die Experten unseres Teams einstimmig der Meinung, daß wir hier eine seit Äonen tote Zivilisation vorfinden würden, deren Überreste noch dazu extrem schwer aufzuspüren sind. Das ist es doch, was du uns gesagt hast, oder?«

Die stärksten Teleskope der *Lady Macbeth* und der *Oenone* richteten sich auf das von den Sensoren lokalisierte Gebilde. Die ersten, noch schwach aufgelösten Bilder wurden verstärkt und aufgehellt. Zwanzig Millionen Kilometer weiter innen schwebte gelassen eine Stadt über den langsamen Wirbeln der Konvektionsströme, die die Oberfläche des roten Riesen konturierten. Die Spektrographie bestätigte das Vorhandensein von Silikaten, Kohlenstoffverbindungen, Leichtmetallen und Wasser. Mikrowellen schwirrten zwischen den Türmen hin und her. Magnetische Felder schlugen in einem stetigen Rhythmus ähnlich dem Schlagen eines Herzens. Ein ganzer Wald nadelspitzer Stacheln ragte aus der dunklen Rückseite. Ihre Spitzen schimmerten im oberen Bereich des infraroten Spektrums, während sie gewaltige Mengen thermischer Last abstrahlten.

Das Gebilde maß fünftausend Kilometer im Durchmesser.

7. Kapitel

Quinn verließ sich lieber auf einen einfachen Zeitplan statt zu riskieren, seine Befehle mit Hilfe des Londoner Kommunikationsnetzes weiterzuleiten. Ganz gleich, wie harmlos die Nachricht sein mochte, es bestand immer die Möglichkeit, daß die Superbullen etwas merkten und den Weg zurückverfolgten. Auch wenn sie glaubten, ihn mit dem Schlag gegen Parsonage Heights eliminiert zu haben, würden sie nach weiteren Anzeichen von Besessenen in der Arkologie Ausschau halten. Standardprozedur. Quinn an ihrer Stelle hätte es genauso gemacht. Allerdings war ihre Paranoia in den Flammen erstickt, die das Penthouse des Wolkenkratzers verschlungen hatten. Ihre Anstrengungen würden ein wenig nachlassen, und sie würden in bewährte Routine zurückfallen statt aggressiv zu suchen. Was ihm den Spielraum verschaffte, den er benötigte.

Gezwungenermaßen war London jetzt zur Hauptstadt Seines Reiches auf Erden geworden. Diese Ehre konnte der alten Stadt und ihren umliegenden Kuppeln nur zuteil werden, indem er Besessene als Jünger einsetzte, um Seine Lehren zu verbreiten. Doch ihre Rekrutierung war mit inhärenten Problemen verbunden. Selbst die Besessenen zögerten, den Lehren von Gottes Bruder auf den schmerzvollen Buchstaben zu folgen. Wie bereits auf dem Jesup war – abgesehen von Billy-Joe und Dwyer – gewaltsame Überredung häufig das einzige Mittel, um sich die volle Kooperation von Nicht-Sektenmitgliedern zu sichern. Selbst Quinn konnte nur eine beschränkte Anzahl von Leuten gleichzeitig einschüchtern. Und ohne die strikte Hingabe an Seine Sache würden die Besessenen tun, was sie immer taten, und diese Welt aus dem Universum reißen. Das konnte Quinn nicht zulassen, also griff er zu einer mehr taktischen Strategie, angelehnt an Capones Vorbild, und nutzte die Feindseligkeit und Gier zu seinen Zwecken aus, welche die meisten Verlorenen Seelen bei ihrer Rückkehr in das Universum an den Tag legten.

Die Besessenen aus dem Lancini waren vorsichtig und verstohlen durch die Arkologie ausgeschwärmt. Quinn hatte ihnen äußerst detaillierte Instruktionen mitgegeben. Geschwindigkeit war der Schlüssel. Sobald die vereinbarte Stunde schlug, würde jeder von ihnen ein vorher bestimmtes Gebäude betreten und das Personal der Nachtschicht für die Possession öffnen. Wenn dann die Frühschicht kam, würden sie einen nach dem anderen übernehmen und auf diese Weise ihre Zahl beträchtlich vergrößern, ohne in die exponentielle Vermehrung überzugehen. Quinn wollte bis um zehn Uhr morgens fünfzehntausend Besessene in der Arkologie.

Sobald diese Zahl erreicht war, würden sie aus den jeweiligen Gebäuden ausschwärmen und sich über die Arkologie verteilen. Die Behörden hatten kaum Chancen, etwas dagegen zu unternehmen. Man benötigte durchschnittlich fünf bis zehn gut bewaffnete Polizisten, um einen einzigen Besessenen zu eliminieren. Selbst wenn es gelang, sie mit Hilfe der elektronischen Störungen aufzuspüren, gab es einfach nicht genügend Beamte, um mit ihnen fertig zu werden. Quinn spekulierte darauf, daß GovCentral keinen Orbitalschlag gegen London anordnen würde. Die restliche Bevölkerung würde als Geisel dienen.

Noch während dieser Vorgänge würde Quinn selbst einen Kern von loyalen Anhängern um sich scharen, deren Aufgabe allein darin bestand, Disziplin zu erzwingen. Auch das eine Hierarchie, wie sie in der Organisation herrschte. Die neuen Besessenen würden lernen, daß sie den Status quo aufrechterhalten mußten, und auf Polizei und Regierungspersonal gehetzt – jeden, der imstande war, Widerstand zu organisieren. Im nächsten Stadium würden sie die Transportwege unterbrechen, um anschließend Kraftwerke, Wasserversorgung und Nahrungsmittelproduktion unter ihre Kontrolle zu bringen. Hundert neue Fürstentümer würden entstehen, Lehen, deren einzige Verpflichtung in Gehorsam und Treue gegenüber dem neuen Messias bestand.

Nachdem sein Reich auf diese Weise gegründet war, plante Quinn, die nicht-besessenen Techniker an sicheren Transportmethoden arbeiten zu lassen, die ihn in die Lage versetzten, den Kreuzzug von Gottes Bruder in neue Arkologien zu tragen. Irgendwann würden sie Zugang zum O'Neill-Halo erhalten. Von da an war es nur noch eine Frage der Zeit, bis Seine Nacht über diese gesamte Ecke der Galaxis fiel.

In der Nacht nach dem Zwischenfall von Parsonage Heights fuhren die Streifenbeamten Appleton und Moyles auf ihrer üblichen Strecke durch Central Westminster. Es war ruhig um zwei Uhr morgens, als ihr Fahrzeug die alten Houses of Parliament passierte und in die Victoria Street einbog. Nur wenige Fußgänger waren unterwegs auf den Bürgersteigen vor den leeren Glasfassaden der Regierungsgebäude, die den Anfang der Straße in eine tiefe Schlucht verwandelten. Die beiden Polizeibeamten waren daran gewöhnt; Westminster war schließlich ein Bürobezirk, und es gab nur wenige Menschen, die hier wohnten und keinerlei Nachtleben, das Besucher hätte anziehen können, nachdem die Büros und Läden geschlossen hatten. Und im Verlauf der letzten Tage war der dünne Strom der nächtlichen Passanten fast völlig ausgetrocknet.

Ein Körper fiel lautlos aus dem schwarzen Himmel über den Lichtbögen und krachte dreißig Meter vor Appleton und Moyles auf den Carbo-Beton.

Der Kontrollprozessor des Wagens kehrte automatisch den Energiefluß zu den Nabenmotoren um und ließ das Fahrzeug nach rechts ausweichen. Es bremste und kam beinahe genau neben dem zerschmetterten Leichnam zum Stehen. Blut sickerte aus den Ärmeln und Beinen des Overalls und bildete große Lachen auf dem Straßenbelag.

Appleton sandte per Datavis einen Hilferuf an sein Revier und forderte Unterstützung an, während Moyles die Steuerungsprozessoren der Victoria Street anwies, jeglichen Verkehr umzuleiten. Dann stiegen sie mit schußbereiten statischen Karabinern aus und gingen hinter den gepanzerten Türen in Stellung. Mit auf maximale Empfindlichkeit geschalteten Retinaimplantaten und den Bewegungsdetektorprogrammen im Primärmodus blickten sie sich suchend um. Im Umkreis von hundert Metern war niemand zu sehen. Keine Gefahr eines unerwarteten Hinterhalts.

Vorsichtig suchten sie die steilen Fassaden aus Glas und Beton auf beiden Seiten der Straße ab, auf der Jagd nach dem offenen Fenster, durch das der Tote gekommen sein mußte. Doch es war nichts zu sehen.

»Das Dach?« fragte Appleton nervös. Er schwenkte den Karabiner in weitem Bogen, als wollte er die halbe Arkologie in Schach halten.

Die Wachhabenden vom Dienst des Reviers hatten sich unterdessen bereits auf das Sensornetz der Westminster-Kuppel aufgeschaltet und blickten aus der Vogelperspektive auf die beiden Beamten herab, die geduckt neben ihren Fahrzeugen verharrten. Auf den Dächern rechts und links der Straße war nicht das geringste zu sehen.

»Ist er tot?« rief Moyles.

Appleton leckte sich über die Lippen, während er das Risiko abwog, die Deckung der Wagentür zu verlassen und zu dem Leichnam hinüber zu springen. »Ich glaube schon.« Nach dem übel zugerichteten blutigen Körper zu urteilen, war es ein alter Kerl gewesen, richtig alt. Er bewegte sich nicht; Atem war ebenfalls nicht zu erkennen. Appletons aufgerüstete Sinne entdeckten auch keinen Herzschlag. Doch dann bemerkte er die tiefen Brandwunden auf der Brust des Toten. »Ach du heilige Scheiße!«

Der Trupp von Technikern reparierte das Loch in der Westminster-Kuppel mit beeindruckender Geschwindigkeit. Eine kleine Flotte von Kriechern überquerte das gewaltige Kristallgebilde und zog ein Ersatzsegment hinter sich her. Es dauerte kaum zwölf Stunden, das alte Hexagon zu entfernen und das neue Segment einzupassen. Anschließend wurden die Molekularbindungsgeneratoren getestet und sichergestellt, daß alles nahtlos in den Rest der energetischen Wetterverteidigung der Kuppel integriert war.

Die Überprüfung der superharten Träger aus Kohlefaser und der Austausch verdächtiger Bauteile der geodätischen Struktur dauerten noch an, als sich die Dunkelheit herabsenkte. Die Arbeiten wurden im Flutlicht der Kriecher fortgesetzt.

Ein gutes Stück tiefer waren die Aufräumarbeiten an den Ruinen von Parsonage Heights ebenfalls in vollem Gange. Fünf Mechanoiden hatten das Feuer gelöscht, das in dem zerfetzten Stummel des oktagonalen Turms gewütet hatte. Sanitäter zogen die Verletzten aus den verbliebenen sieben Türmen des Entwicklungsprojekts, die mit einem Blizzard von zerfetztem Glas und tödlichen Splittern bombardiert worden waren. Kleinere Feuer waren in den beiden benachbarten Wolkenkratzern ausgebrochen. Inspektoren der Stadtverwaltung hatten den größten Teil des Tages mit der Untersuchung und Vermessung der beschädigten Gebäude verbracht, um herauszufinden, ob sie noch zu retten waren. Die Überreste des zerstörten Turms waren verloren und mußten abgetragen werden. Die verbliebenen acht Stockwerke waren gefährlich geschwächt; stählerne Träger waren unter der Hitze des Röntgenlasers geschmolzen und aus den Platten aus Carbo-Beton geflossen wie Marmelade aus einem Doughnut. Die Gerichtsmediziner gingen als erstes hinein, nachdem sich die Feuerwehrmechanoiden zurückgezogen hatten und die Wände abgekühlt waren. Die Leichen, die sie aus den Trümmern bargen, waren von der Strahlung bis zur Unkenntlichkeit verbrannt.

Es war das größte Londoner Spektakel seit Menschengedenken, und es zog große Menschenmassen an, die sich über den Markt und die umgebenden Straßen verteilten. Zivilisten vermischten sich mit Sensationsreportern und gafften mit offenen Mündern auf das Bild der Zerstörung und die Arbeiten am Kristalldach der Kuppel hoch oben. Es war offensichtlich, daß eine Orbitalwaffe verantwortlich war für das Desaster, obwohl die einheimischen Behörden dies entschieden dementierten. Am frühen Morgen hatte das Büro des Bürgermeisters widerwillig verlauten lassen, daß die Polizei einen Besessenen in den oberen Stockwerken vermutet hatte. Auf die Frage hin, wie denn ein Besessener überhaupt London hatte infiltrieren können, wies die Sprecherin des Büros darauf hin, daß sich im Lagerhaus unter dem Turm ein Sektennest befand. Die Akolythen, so versicherte sie den Reportern, seien zwischenzeitlich ausnahmslos in Arrest genommen worden. Zumindest diejenigen, die den Orbitalschlag überlebt hatten.

In London breitete sich Nervosität aus, je mehr Fakten im Verlauf des Morgens und Nachmittags aus verschiedenen Behörden GovCentrals ans Licht kamen, eine Menge davon widersprüchlich. Mehrere Anwälte, beauftragt von Verwandten der im Turm verbrannten Bewohner, reichten Anklagen ein gegen die Polizei wegen des Gebrauchs übermäßiger Gewalt und beschuldigten den Commissioner der Fahrlässigkeit, weil er nicht versucht hatte, das Gebäude vorher zu evakuieren. Immer mehr Menschen erschienen nicht mehr auf ihren Arbeitsstellen. Produktivität und Ladenverkäufe sanken in einem nie gekannten Ausmaß, mit der Ausnahme von Lebensmittelvorräten. Die Menschen hamsterten kistenweise tiefgefrorene Nahrung und Fertigmahlzeiten.

Und die ganze Zeit über strahlten die Nachrichtensender Bilder des zerstörten Wohnturms mit seinen geschwärzten, schwach radioaktiven Zacken aus Carbo-Beton aus. Leichensäcke, die über Berge von Schutt getragen wurden, bildeten einen grimmigen Hintergrund für den gesamten Tag, über den Nachrichtensprecher und ihre Studiogäste immer wieder diskutierten.

Zusammen mit den Gerichtsmedizinern wurde die Spurensicherung der Polizei in den Turm geschickt. Ihre Befehle waren nicht sonderlich präzise; sie sollten lediglich nach Ungewöhnlichem Ausschau halten. Drei Experten des lokalen GISD-Büros waren bei ihnen, doch sie blieben unter all den anderen, die in dem abgesperrten Gebiet herumstocherten, vollständig anonym.

Als es dunkel wurde, gingen die Gaffer nach Hause, und zurück blieb eine einfache Absperrung, gesichert von Beamten, die sich sehnlichst wünschten, an jenem Abend für eine andere Aufgabe eingeteilt worden zu sein.

Noch vor Mitternacht hatten die Experten vom GISD einen vorläufigen Bericht zusammengestellt, in dem sie die Ergebnisse und Analysen ihrer Kollegen von der lokalen Polizei wiederholten. Er enthielt nicht den geringsten Hinweis auf Banneth oder Quinn Dexter.

»Es war sowieso nur eine Formalität«, sagte Westeuropa zu Nordamerika und dem Halo, nachdem er den

Bericht studiert hatte. »Obwohl ich zu gerne wüßte, wie Dexter diesen Unsichtbarkeitstrick durchgeführt hat.«

»Ich denke, wir sollten uns glücklich schätzen, daß keiner der anderen Besessenen dazu in der Lage zu sein scheint«, entgegnete das O'Neill-Halo.

»Dieser Orbitalschlag hat eine Menge Staub aufgewirbelt«, sagte Nordamerika. »Die ehrenwerten Herren und Damen Senatoren verlangen zu erfahren, wer dem strategischen Verteidigungskommando den Befehl gegeben hat, die Oberfläche zu beschießen. Das Dumme daran ist, diesmal schreit das Büro des Präsidenten ebenfalls nach einer Antwort. Möglicherweise rufen sie sogar einen Untersuchungsausschuß zusammen. Falls die Repräsentanten und die Exekutive beide dafür sind, könnten wir Schwierigkeiten haben, ihn abzublocken.«

»Dann lassen Sie es doch«, sagte Westeuropa. »Ich bin sicher, wir finden jemanden Geeigneten, um den Ausschuß zu leiten. Hören Sie endlich auf, ich brauche Ihnen doch wohl nicht zu erklären, wie wir uns vor derartigen Unbequemlichkeiten schützen müssen. Der Orbitalschlag ist nach Lage der Akten vom Zivilverteidigungsbüro des Bürgermeisters autorisiert und an das Verteidigungskommando weitergeleitet worden. Es war eine legitime Bitte. Hochrangige Beamte GovCentrals haben das Recht, im Notfall Unterstützung durch das Militär anzufordern. Das ist in der Verfassung verankert.«

»Das Verteidigungskommando hätte sich die Feuererlaubnis vom Präsidialbüro bestätigen lassen müssen«, sagte O'Neill-Halo grob. »Die Tatsache, daß sie auf die Erde schießen können, ohne daß eine entsprechende politische Autorisation vorliegt, hat bei nicht wenigen Leuten Unbehagen und Stirnrunzeln ausgelöst.«

»Südpazifik rührt sich nicht, oder?« fragte Westeuropa in scharfem Ton.

»Nein. Und sie hat genausoviel zu verlieren wie wir anderen auch. Der gegenwärtige militärische Berater des

Präsidenten ist einer von ihren Leuten, und er leistet gute Arbeit, was die Schadensbegrenzung betrifft.«

»Hoffen wir, daß es ausreicht. Ich hasse die Vorstellung, den Präsidenten ausgerechnet zu diesem Zeitpunkt fallen lassen zu müssen. Die Menschen wollen eine stabile Führung, die sie durch diese Krise bringt.«

»Wir werden sicherstellen, daß die Nachrichtenagenturen die Geschichte unter den Tisch kehren, ganz gleich, wie laut die Senatoren rufen«, sagte das O'Neill-Halo. »Das sollte kein Problem sein.«

»Sehr gut«, antwortete Westeuropa. »Damit bleibt also nur noch das Problem der gewöhnlichen Besessenen.«

»New York ist ein einziges Chaos«, gestand Nordamerika düster. »Die verbliebenen nicht-besessenen Einwohner verteidigen sich mit allen Mitteln, doch ich schätze, sie werden am Ende verlieren.«

»Wir werden wohl eine weitere Vollversammlung von B7 einberufen müssen«, schloß Westeuropa ohne jede Begeisterung. »Und entscheiden, was wir in diesem Fall unternehmen. Ich für meinen Teil hege nicht die geringste Absicht, mich aus diesem Universum dorthin entführen zu lassen, wohin all die anderen Planeten der Besessenen verschwunden sind.«

»Ich bin nicht sicher, ob wir eine Vollversammlung bekommen«, sagte das O'Neill-Halo. »Südpazifik und ihre Verbündeten sind ziemlich sauer auf Sie.«

»Sie werden schon aus ihren Löchern kommen«, entgegnete Westeuropa zuversichtlich. Er bekam keine Gelegenheit herauszufinden, ob er recht behalten sollte. Der Deputy Police Commissioner von London meldete sich genau um Viertel nach zwei mit der Nachricht vom Leichnam in der Victoria Street.

»Der alte Mann trug keinerlei Identitätsnachweis bei sich«, berichtete der stellvertretende Polizeichef. »Also nahmen unsere Beamten eine DNS-Probe. Nach unseren Akten zu urteilen handelt es sich um Paul Jerrold.«

»Den Namen habe ich schon einmal gehört«, sagte Westeuropa. »Er war ziemlich wohlhabend. Sie sind ganz sicher, daß die Brandwunden vom weißen Feuer der Besessenen stammen?«

»Sie passen perfekt dazu. Wir werden es mit Sicherheit wissen, sobald der Leichenbeschauer mit seiner Arbeit fertig ist.«

»In Ordnung, danke, daß Sie mich informiert haben.«

»Da wäre noch etwas, Sir. Paul Jerrold war einer der Null-Tau-Flüchtlinge. Er hat seine Besitztümer in einen Langzeitfonds transferiert und ging letzte Woche in Null-Tau.«

»Scheiße!« Westeuropa sandte eine hastige Anfrage an seine KI, die ihrerseits eine sofortige Suche startete. Paul Jerrold hatte sich und seinen Körper der Perpetuity Inc. anvertraut, einer von zahlreichen in letzter Zeit gegründeten Gesellschaften, die sich darauf spezialisiert hatten, den älteren und wohlhabenderen Mitgliedern der Gesellschaft Null-Tau-Verwahrung anzubieten. Die Durchsicht der Daten von Perpetuity Inc. brachte zutage, daß Jerrold zu einem alten Kaufhaus namens Lancini geschickt worden war, das die Firma gemietet hatte, bis geeignetere Räumlichkeiten gebaut werden konnten.

Unter Westeuropas Anleitung richtete die KI ihre Aufmerksamkeit auf das Kaufhaus und reaktivierte uralte Sicherheitssensoren in jedem der vielen Stockwerke. Halle auf Halle voller sperriger Null-Tau-Kapseln wurden in blau verrauschten zweidimensionalen Bildern sichtbar. Die KI schaltete auf die einzige Szene, in der Aktivität erkennbar war. Die Perpetuity Inc. hatte im alten Büro des Geschäftsführers ein Überwachungszentrum eingerichtet. Zwei Techniker der Nachtschicht saßen an ihren Schreibtischen, tranken Tee und hielten ein Auge auf einen AV-Projektor, der eine Nachrichtensendung wiedergab.

»Rufen Sie die Leute per Datavis«, befahl Westeuropa

dem stellvertretenden Polizeichef. »Sagen Sie ihnen, daß sie Paul Jerrolds Kapsel abschalten und nachsehen sollen, wer an seiner Stelle darin liegt.«

Es folgte eine kurze hitzige Diskussion, bevor sich die Techniker fügten und taten, was von ihnen verlangt wurde. Westeuropa wartete ungeduldig, während der antike Lift knarrend in den vierten Stock hinauffuhr und die beiden in die ehemalige Gartenabteilung trotteten. Einer von ihnen schaltete die Kapsel ab. Das Innere war leer.

Gründlich erschrocken machten die Techniker nun genau das, was von ihnen verlangt wurde. Sie gingen durch die Reihen von Null-Tau-Kapseln und schalteten eine nach der anderen ab. Sämtliche Kapseln waren leer.

»Wirklich äußerst schlau eingefädelt«, gestand Westeuropa bitter. »Wer wird schon merken, daß die alten Säcke verschwunden sind?«

»Und was sollen wir jetzt tun?« fragte der stellvertretende Polizeichef.

»Wir müssen annehmen, daß die Null-Tau-Flüchtlinge von Possessoren übernommen wurden. Im Lancini stehen vierhundert Kapseln, also schaffen Sie augenblicklich ein paar von Ihren Beamten dorthin und finden Sie heraus, wie viele Menschen genau von den Besessenen übernommen worden sind. Als nächstes schließen Sie die Verbindungen zwischen den Londoner Kuppeln und deaktivieren jegliche internen Transportmittel. Ich werde veranlassen, daß das Büro des Bürgermeisters eine offizielle Ausgangssperre verhängt. Vielleicht haben wir Glück; es ist zwei Uhr dreißig, und neunzig Prozent der Bevölkerung sind zu Hause, ganz besonders nach den Schrecken des heutigen Tages. Falls es uns gelingt, sie dort zu halten, können wir vielleicht verhindern, daß sich die Besessenen ausbreiten.«

»Die Streifenwagen sind bereits auf dem Weg.«

»Ich möchte außerdem, daß jedes Spurensicherungsteam der gesamten Arkologie zum Lancini gebracht wird. Sie haben dreißig Minuten, um Ihre Leute hineinzuschaffen. Lassen Sie jeden Raum gründlich untersuchen, der aussieht, als wäre er erst vor kurzem benutzt worden. Personalräume, Lagerräume, die Art von Räumen, in denen es keine Sicherheitssensoren gibt. Die Leute sollen nach Spuren von Menschen suchen. Jedes Stück ist auf seine DNS hin zu testen.«

Westeuropa erteilte noch mehr Befehle. Hauptsächlich taktische Vorbereitungen. Sämtliche Polizeibeamten und Sicherheitskräfte wurden alarmiert und auf ihre Reviere gerufen, um so schnell wie möglich gegen die Besessenen vorgehen zu können. Krankenhäuser wurden in Bereitschaft versetzt und auf die Ankunft zahlreicher Schwerverwundeter vorbereitet. Die Versorgungsbetriebe der Arkologie wurden bewacht und die dort arbeitenden Techniker in den zuständigen Polizeirevieren einquartiert. Der GISD wurde benachrichtigt und das lokale Büro in Alarmbereitschaft versetzt.

Sobald die erforderlichen Schritte eingeleitet und die Befehle aus dem Büro für zivile Verteidigung des Bürgermeisters (in Wirklichkeit einer KI, die zu B7 gehörte) abgesetzt worden waren, rief Westeuropa seine Kollegen zusammen. Sie erschienen zögernd und widerwillig in der Sens-O-Vis-Konferenz. Nord- und Südpazifik waren die letzten.

»Wir haben Probleme«, eröffnete Westeuropa den anderen. »Es sieht danach aus, als wäre es Dexter gelungen, nahezu vierhundert Leute zu übernehmen, während er sich in London aufgehalten hat.«

»Ohne Ihr Wissen?« fragte Zentralamerika ungläubig. »Was ist mit den Suchprogrammen Ihrer KI?«

»Er hat sie aus Null-Tau-Kapseln entführt«, sagte Westeuropa. »Sie sollten die Gesellschaften in Ihren eigenen Arkologien überprüfen, die Null-Tau-Verwahrung anbieten. Es war unser blinder Fleck.«

»Hinterher ist man immer klüger«, sagte Nordamerika.

»Und Dexter hat ihn gefunden«, sagte Asien-Pazifik. »Er scheint ein geradezu furchteinflößendes Talent zu besitzen, unsere Schwachstellen zu finden.«

»Nicht mehr«, entgegnete das O'Neill-Halo.

»Das hoffe ich wirklich«, sagte Westeuropa.

Es war das erste Mal, daß er in dieser Angelegenheit auch nur die geringste Unsicherheit zeigte. Die anderen waren so schockiert, daß es ihnen die Sprache verschlug.

»Sie haben mit einem Röntgenlaser aus dem Orbit auf ihn gefeuert!« sagte Osteuropa. »Das kann er doch unmöglich überlebt haben?«

»Ich hoffe, daß die forensische Untersuchung des Lancini das bestätigt. Bis dahin jedoch habe ich die Simulation seines psychologischen Profils reaktiviert, in der Hoffnung herauszufinden, was er mit diesen neuen Besessenen zu erreichen versucht. Die Tatsache, daß sie sich über die gesamte Arkologie verteilt haben, deutet darauf hin, daß sie etwas vorhaben. Es hätte Dexter nicht weitergeholfen, hätte er die Besessenen frei herumlaufen lassen. Vergessen Sie nicht, Dexter wollte die gesamte Menschheit für seinen Lichtbringer erobern. Ich halte es für wahrscheinlich, daß er eine funktionierende Arkologie unter seine Kontrolle bringen wollte, um von dort aus seine Ziele ungestört weiter zu verfolgen.«

»Eine Frage«, unterbrach Südafrika. »Sie haben gesagt, dieser Paul Jerrold sei von weißem Feuer getötet worden. Das deutet darauf hin, daß er nicht besessen war.«

»Genau an dieser Stelle wird die Sache interessant«, sagte Westeuropa. »Angenommen, Jerrold war besessen und Dexter hat ihn zusammen mit den anderen aus dem Lancini losgeschickt. Sie haben sich über London verteilt und fangen an, neue Rekruten für Dexters Sache zu gewinnen. Einer dieser Neuankömmlinge ist unser Verbündeter aus Edmonton, dieser Freund von Carter McBride.«

»Scheiße, glauben Sie wirklich?«

»Absolut. Er überwältigt Paul Jerrolds Possessor und gibt uns eine Warnung, die wir unmöglich ignorieren können. Wie es aussieht, haben diese beiden Streifenbeamten fast einen Herzschlag erlitten, als die Leiche vor ihrem Wagen auf der Straße landete. Verstehen Sie? Er verrät uns, daß die Besessenen aktiv sind, und er läßt uns wissen, woher sie gekommen sind. Dexters gesamte Operation wurde durch diesen Zwischenfall aufgedeckt.«

»Können Sie sie aufhalten?«

»Ich denke schon. Wir wurden rechtzeitig genug gewarnt. Wenn wir die Bevölkerung der Arkologie daran hindern können zusammenzurennen, dann müssen sich die Besessenen bewegen. Und das heißt, sie müssen ihre Deckung verlassen, was sie verwundbar macht.«

»Ich weiß nicht«, warf Ostasien ein. »Setzen Sie einen einzigen von ihnen in einen Wohnblock, und er muß sich nicht auf der Straße zeigen, um jeden für die Possession zu öffnen, der sich dort bei ihm aufhält.

»Wir würden es sehen«, entgegnete Westeuropa. »Würden sie sich so dicht zusammenraufen, könnten sie die statischen Störeffekte nicht mehr vor unserer KI verbergen.«

»Schön, dann sehen Sie es eben«, entgegnete Südpazifik. »Na und? Ihre Polizei ist nicht imstande, einen ganzen Wohnblock voll mit zwei- oder dreitausend Besessenen hochzunehmen. Und es wäre nicht nur ein einziger Block. Sie haben gesagt, daß Hunderte von Leuten in diesem alten Kaufhaus aus ihren Null-Tau-Kapseln verschwunden sind. Wenn die Besessenen erst einmal hundert Wohnblocks übernommen haben, sind Sie nicht mehr in der Lage, sie zurückzuhalten. B7 mag mächtig sein, aber so mächtig, daß wir hundert verschiedene Orbitalschläge anordnen können, sind wir auch nicht. Nicht mehr nach dieser Geschichte mit Parsonage Heights.«

»Womit wir wieder bei unserem ursprünglichen Problem wären«, sagte Südamerika. »Löschen wir eine ganze Arkologie aus, um zu verhindern, daß die Besessenen uns die Erde stehlen?«

»Nein!« sagte Westeuropa. »Nein, das tun wir nicht. Das ist nicht der Zweck von B7. Wir sind eine Polizei- und Sicherheitsmacht, aber keine machthungrigen Irren. Wenn erst in einer der Arkologien diese rote Wolke entsteht, dann haben wir verloren. Wir werden diese Niederlage mit soviel Würde hinnehmen, wie wir aufbringen können, und uns von dieser Welt zurückziehen. Ich werde mich ganz sicher nicht an einem Völkermord beteiligen. Ich dachte, soviel hätten Sie alle inzwischen begriffen.«

»Dexter hat Sie geschlagen«, sagte Südpazifik. »Und seine Beute ist unsere Welt.«

»Ich kann vierhundert Besessene in London festhalten«, sagte Westeuropa. »Auch viertausend. Vielleicht sogar fünfzehntausend, obwohl es eine blutige Angelegenheit werden würde. Ohne Dexter sind sie nur ein Haufen Pöbel. Falls er noch am Leben ist, wird er sie unter Kontrolle halben, und die Erde ist noch nicht verloren. Wir werden nicht zulassen, daß es so weit kommt. Es ist nicht London, um das wir uns sorgen müssen.«

»Sie wissen überhaupt nichts«, fauchte Südpazifik. »Und Sie können nichts unternehmen. Wir alle können nur noch zusehen. Und beten, daß die Konföderierte Navy irgendwann mit einem funktionierenden Erinnerungslöscher aufwartet. So weit haben Sie uns gebracht. Sie halten mich für stur und kaltblütig. Nun, ich bin jedenfalls lieber stur und kaltblütig als so unglaublich arrogant wie Sie.« Ihre Repräsentation verschwand abrupt aus der Sens-O-Vis-Umgebung. Die übrigen

Supervisoren folgten ihr, bis nur noch Nordamerika und das O'Neill-Halo übrig waren.

»Dieses Miststück hat nicht ganz unrecht«, sagte Nordamerika. »Es gibt wirklich nicht mehr viel, was wir hier auf der Erde noch tun könnten. Selbst wenn Sie mit London Erfolg haben sollten, bleiben immer noch Paris, New York und andere Arkologien, die uns am Ende den Hals brechen. Und sie stehen ein ganzes Stück dichter vor einer endgültigen Übernahme durch die Besessenen. Gottverdammt, ich hasse den Gedanken, von hier wegzugehen.«

»Ich habe unseren geschwisterlichen Kollegen nicht alles erzählt«, sagte Westeuropa gelassen. »Achtunddreißig der vermißten Alten aus dem Lancini sind erst gestern dort eingetroffen, nach dem Orbitalschlag gegen Parsonage Heights. Mit anderen Worten, der Plan, sie zu entführen und der Possession zu unterwerfen, war vor neun Stunden noch im Gange. Und wir wissen, daß Dexter dahinter steckt – dieser Freund von Carter McBride hat das überdeutlich gemacht, als er uns Jerrold lieferte.«

»Heilige Scheiße, Dexter lebt also noch!« rief das O'Neill-Halo. »Meine Güte, Sie haben ihn voll mit einem orbitalen Laser getroffen! Und er hat es überlebt! Was zur Hölle *ist* dieser Kerl?«

»Schlau und hart.«

»Und was machen wir jetzt?« fragte Nordamerika.

»Ich spiele meinen Trumpf aus«, antwortete Westeuropa.

»Sie haben ein As im Ärmel?«

»Immer.«

Die schrecklichen, gequälten Schreie waren immer noch schwach. Quinn schob sich tiefer in das Reich der Geister als jemals zuvor, so weit, daß er selbst sich fast nicht mehr von den kaum-existierenden Wesen dort unterschied. Dann öffnete er sein Bewußtsein und lauschte dem schwachen Klagen von einem Ort, der immer noch weiter vom realen Universum entfernt zu liegen schien. Die ersten Laute, die er vernommen hatte, waren von Menschen gewesen, doch jetzt, da er näher heran war, dachte er, auch noch andere zu hören. Von einer Art, die er nicht kannte.

Sie waren nicht mit dem jämmerlichen Flehen zu vergleichen, das immerfort aus dem Jenseits kam. Diese hier waren anders. Eine weit ausgeklügeltere Qual. Viel schlimmer.

Eigenartig zu denken, daß es einen Ort geben konnte, der schlimmer war als das Jenseits. Andererseits war es nicht mehr als ein Fegefeuer. Gottes Bruder lebte an einem weit dunkleren Ort. Quinns Stimmung hob sich, als ihm der Gedanke kam, es könnte sich um die ersten Lebenszeichen des Wahren Gottes handeln, der Sich endlich erhob, um Seine Armee der Verdammten in den Kampf gegen die leuchtenden Engel zu führen. Tausend Mal in jener Nacht rief Quinn nach den Wesenheiten, deren Schreie er hören konnte, steckte all seine Kraft in die lautlose Stimme. Verzehrte sich nach einer Antwort.

Doch es kam keine.

Es spielte keine Rolle. Gottes Bruder hatte ihm gezeigt, was war. Träume brandeten gegen die weitesten Grenzen seines Bewußtseins, während er im Reich der Geister schwebte. Dunkle Gestalten, die in ihrer Qual vereinigt waren, einer Qual, die seit Anbeginn der Schöpfung dauerte. Er konnte nicht sehen, was sie waren. Wie jeder Traum entzogen sie sich dem bewußten Fokus der Sinne. Aber sie waren nicht menschlich, soviel wußte er bestimmt.

Krieger der Nacht. Dämonen.

Flüchtig. Für den Augenblick.

Quinn sammelte seine Gedanken und kehrte in die Wirklichkeit zurück. Courtney gähnte und blinzelte hastig, als Quinns Stiefelspitze sie aus dem Schlaf riß. Sie lächelte ihren dunklen Meister an und streckte sich auf den alten Steinfliesen.

»Es ist Zeit«, sagte Quinn.

Die besessenen Jünger, die er ausgewählt hatte, standen schweigend in einer Reihe da und warteten geduldig auf seine Instruktionen. Überall ringsum heulten die Geister dieses Ortes ihre Wut hinaus über Quinns obszöne Entweihung, lauter, als er es jemals zuvor von ihnen gehört hatte. Aber immer noch hilflos gegenüber seiner Macht.

Billy-Joe schlenderte durch den Mittelgang herbei und kratzte sich ausgiebig. »Alles verdammt still da draußen, Quinn«, berichtete er. »Irgend etwas Merkwürdiges geht da vor.«

»Gehen wir und sehen nach, oder?«

Er wandte sich um und ging hinaus in die verhaßte Dämmerung.

Die Verkündigung der Ausgangssperre leuchtete auf dem Schirm des Prozessorblocks, als Louise und Genevieve erwachten. Louise las die Botschaft zweimal, dann bat sie den Netzprozessor ihrer Suite per Datavis um Bestätigung. Eine lange Datei mit Verhaltensmaßregeln wartete auf sie und setzte sie offiziell in Kenntnis, daß der Bürgermeister vorübergehend ihre Rechte auf Reisefreiheit und freie Versammlung außer Kraft gesetzt hatte.

Genevieve drückte sich an ihre Seite. »Sind sie hier, Louise?« fragte sie ängstlich.

»Ich weiß es nicht.« Louise umarmte ihre kleine Schwester. »Diese Explosion bei Parsonage Heights war jedenfalls ziemlich verdächtig. Ich denke, die Behörden haben Angst, daß einige der Besessenen entwischt sein könnten.«

»Aber es ist nicht dieser schreckliche Quinn Dexter, oder?«

»Nein, selbstverständlich nicht. Die Polizei von Edmonton hat ihn erwischt.«

»Das kannst du gar nicht wissen!«

»Nicht mit Sicherheit, nein. Trotzdem, ich halte es für äußerst unwahrscheinlich, daß Quinn Dexter hier in London ist.«

Das Frühstück war eines der wenigen Dinge, die nicht von der Ausgangssperre betroffen waren. Als die beiden Schwestern im Restaurant eintrafen, wurden sie vom Hotelmanager persönlich an der Tür begrüßt. Er entschuldigte sich wortreich für den wegen der Ausgangssperre eingeschränkten Service seines Hauses und versicherte ihnen, daß das verbliebene Personal alles in seiner Macht Stehende tun würde, um die Gäste so wenig wie möglich merken zu lassen. Er sagte auch, daß – bedauerlicherweise – die Ausgänge entsprechend der behördlichen Anweisungen verschlossen worden wären, und betonte, daß die Polizei sehr streng mit jedem verfahren würde, der auf der Straße angetroffen wurde.

Lediglich ein Dutzend Tische war besetzt. Niemand redete, als wären auch Gespräche der Gäste untereinander von der Ausgangssperre betroffen. Louise und Genevieve aßen in gedrückter Stimmung ihre Frühstücksflocken und ein paar Rühreier, dann kehrten sie nach oben zurück. Sie sahen sich ein paar Nachrichtensendungen auf dem großen Holoschirm an und lauschten den ernsten Kommentaren der Sprecher, während sie am Fenster standen und auf Green Park hinaussahen. Auf den Gehwegen waren Schwärme heller bunter Vögel unterwegs und pickten zwischen den Steinen, als suchten sie dort nach den verschwundenen Menschen. Hin und wieder beobachteten die beiden Mädchen den einen oder anderen Wagen der Polizei, wie er lautlos über Picadilly jagte und die Rampe zum Schnellweg hinauf, der das Herz der alten Stadt umgab.

Genevieve langweilte sich sehr bald. Louise saß auf dem Bett und sah Nachrichten. Überall in der Arkologie hatten Reporter in hohen Türmen mit guter Aussicht Posten bezogen und übermittelten ähnliche Bilder von verlassenen Straßen und menschenleeren Plätzen. Das Büro des Bürgermeisters, stets ängstlich besorgt um die öffentliche Meinung, hatte einigen Reportern die Genehmigung erteilt, in verschiedenen Streifenwagen der Polizei mitzufahren. Treu übermittelten sie Bilder von Beamten, die Gruppen aufsässiger Jugendlicher von den Straßen jagten, wo sie in beherzter Herausforderung der Autoritäten herumlungerten. Eine nicht enden wollende Anzahl von Sprechern der Regierung erschien zu Interviews und versicherte den Zuschauern, daß die Ausgangssperre nichts weiter als eine Vorsichtsmaßnahme sei und Zeichen für die verantwortungsvolle Politik des Bürgermeisters und seine Entschlossenheit, London nicht zu einem zweiten New York werden zu lassen. Also bitte, kooperieren Sie mit uns, und bis zum Wochenende haben wir alles wieder im Griff.

Louise schaltete angewidert ab. Noch immer keine Nachricht von Joshua.

Genevieve schnallte sich ihre Gleitstiefel um und fuhr in die Empfangshalle hinunter, um dort ihre Slalomtechnik zu perfektionieren. Louise ging mit ihrer Schwester und half ihr dabei, eine Reihe von Cola-Kartons auf dem polierten Marmor aufzubauen.

Das junge Mädchen war halb durch den abgesteckten Kurs hindurch und in voller Fahrt, als sich die Drehtür in Bewegung setzte und Ivanov Robson eintrat. Genevieve kreischte überrascht und verlor alle Konzentration. Die Beine schossen unter ihr hervor, und sie purzelte ein weiteres Mal schmerzhaft auf den Marmor. Ihr eigener Schwung ließ sie weiterrutschen, genau auf Robson zu. Sie prallte heftig gegen seine Schuhe.

»Aua!« Sie rieb sich ein Knie und die Schulter.

»Wenn du schon unbedingt mit diesen Dingern herumflitzen mußt, dann solltest du zumindest die richtige Schutzausrüstung tragen«, sagte Robson. Er streckte ihr seine mächtige Hand entgegen und zog sie wieder auf die Beine.

Genevieves Füße glitten erneut auseinander; hastig doppelklickte sie mit dem rechten Absatz, bevor sie ein weiteres Mal würdelos hinfallen konnte.

»Was machen Sie hier?« fragte sie staunend.

Er warf einen Blick zu der Empfangsdame. »Man hat mich gebeten, euch beide abzuholen.«

Louise blickte durch die Glasflächen der Drehtür. Draußen parkte ein Polizeifahrzeug mit undurchsichtigen Fenstern. Privatdetektive besaßen keine offizielle Ausnahmegenehmigung während einer öffentlichen Ausgangssperre, ganz gleich, wie gut ihre Kontakte angeblich sein mochten. »Wer hat Sie gebeten?« erkundigte sie sich leichthin.

»Jemand mit der entsprechenden Autorität.«

Louise war angesichts dieser neuerlichen Entwicklung nicht im geringsten beunruhigt. Ganz im Gegenteil, es war wahrscheinlich das allererste Mal, daß dieser Robson offen und ehrlich zu ihnen war. »Stehen wir unter Arrest?«

»Absolut nicht.«

»Und wenn wir uns weigern?«

»Bitte tun Sie das nicht.«

Louise legte den Arm um ihre Schwester. »Also schön. Wohin genau fahren wir?«

Ivanov Robson grinste munter. »Ich habe nicht die geringste Ahnung. Ich bin selbst gespannt, das herauszufinden.« Er begleitete sie zu ihrer Suite hinauf und drängte sie, so schnell wie möglich alles zusammenzupacken. Der Portier und zwei der Hotelpagen nahmen ihre Koffer auf und mühten sich mit ihnen nach unten.

Robson beglich ihre Rechnung an der Rezeption, nachdem er Louises halbherzigen Protest abgewehrt hatte. Dann ging es durch die Drehtür hinaus und in den Fond des Polizeifahrzeugs, während ihr Gepäck im Kofferraum verstaut wurde.

»Wirklich sehr komfortabel«, stellte Louise fest, nachdem Robson eingestiegen war und ihr gegenüber Platz genommen hatte. Das Innere des Wagens erinnerte eher an eine Luxuslimousine als an einen Streifenwagen, mit dicken Ledersitzen, Klimaanlage und einseitig durchsichtigem Glas. Halb erwartete Louise eine Cocktailbar.

»Nicht ganz ein gewöhnliches Polizeiauto, wie?« sagte Robson.

Sie beschleunigten über den Picadilly hinweg und kurvten sanft die Rampe zum Expreßweg hinauf. Jetzt endlich sah Louise all die Hologrammwerbung über den leeren Straßen tief unten am Boden, die einzige sichtbare Bewegung in der gesamten Arkologie. Die intensiven Farben und die kindische Begeisterung der Protagonisten gaben ihrer Bedeutungslosigkeit mitten zwischen all den stillen Gebäuden eine bittere Schärfe.

Der Wagen schoß über das Netz hochliegender Straßen dahin, die sich um die Wolkenkratzer wanden, und Louise stellte sich Millionen Augenpaare hinter den blanken Glasfassaden vor, die ihrem Wagen folgten. Die Menschen würden sich fragen, wohin sie fuhren und ob es vielleicht einen neuen Ausbruch von Besessenen gegeben hatte. Es gab keinen anderen Grund für die Polizei, aktiv zu werden. Nicht einmal der Bürgermeister selbst durfte sein Quartier in der Downing Street Nummer 10 verlassen, wie sein Pressesprecher an diesem Morgen hundertfach betont hatte.

Neugier machte sich unaufhaltsam in Louises Kopf breit. Sie war gespannt auf die Person, die sie aus dem Hotel hatte holen lassen. Offensichtlich war eine ganze Menge rings um sie herum vorgegangen, von der sie nichts geahnt hatte. Es wäre nett, eine Erklärung dafür zu erhalten. Nichtsdestotrotz konnte sie sich beim besten Willen nicht vorstellen, warum jemand mit genügend Macht, die Ausgangssperre zu ignorieren, sie und ihre kleine Schwester sehen wollte.

Ihre Hoffnung, daß sich alles rasch aufklären würde, erhielt einen kleinen Dämpfer, als das Fahrzeug eine Rampe hinunter zum Boden nahm und auf direktem Weg in einen achtspurigen Tunnel steuerte. Hinter ihm glitten mächtige Türen zu, und dann gab es nichts mehr zu sehen außer Wänden aus Carbo-Beton, die von blendfreien blau-weißen Lampen erhellt wurden. Mehr noch als die Arkologie vermittelte die breite verlassene Straße Louise einen Eindruck von den Folgen der Ausgangssperre und dem Gefühl der Angst, das Londons Bürger dazu brachte, den Anordnungen der Behörden Folge zu leisten.

Einige Zeit und eine unbekannte Entfernung später bogen sie von der Schnellstraße in einen schmaleren Tunnel ab, der hinunter zu den Industriegebieten Londons führte. Der Wagen steuerte in eine riesige unterirdische Garage mit einem Dach, das eher zu einem altertümlichen Bahnhof des Dampfzeitalters gepaßt hätte. Lange Reihen schmutziger schwerer Oberflächenfahrzeuge standen verlassen in den Parkbuchten. Das Streifenfahrzeug fuhr weiter, bis sie zu einer Parkbucht mit einem VW-Militärtransporter kamen. Zwei Techniker und drei Mechanoiden arbeiteten hektisch an dem großen Fahrzeug und machten es bereit für seine neue Aufgabe.

Die Wagentür glitt auf, und ein Schwall feuchtwarmer Luft drang ins Innere, der stark nach Pilzen roch. Genevieve hielt sich die Nase in übertriebenem Abscheu zu, als sie Robson und ihrer großen Schwester nach draußen folgte, um einen Blick auf den VW zu werfen. Der Truppentransporter besaß auf jeder Seite sechs Doppelreifen von eineinhalb Metern Durchmesser, deren

Profil tief genug war, um Genevieves Hand Platz zu bieten. Auf der Rückseite befand sich eine schwere einziehbare Kettenlafette, die imstande war, das Fahrzeug aus dem Morast zu schieben, falls es bis über die Achsen einsank. Der schmutzig-olivfarbene Rumpf erinnerte an einen flachen Bootskörper, mit kleinen rechteckigen Fenstern an den Seiten und einer großen, zweigeteilten Windschutzscheibe vorn. Das Glas war tief dunkel gefärbt. Wegen seiner schweren Panzerung aus Stahl und Titan wog das Gefährt sechsundsechzig Tonnen, womit es praktisch nicht einmal von einem Armadasturm umgeworfen werden konnte. Nur um sicherzugehen besaß der Transporter außerdem sechs Sicherungskanonen, die lange gefiederte Harpunen in den Boden schießen und so für zusätzliche Stabilität sorgen konnten für den Fall, daß er jemals draußen von rauhem Wetter überrascht wurde.

Langsam ließ Genevieve den Blick über das schmutzüberkrustete Ungetüm gleiten. »Wir gehen nach draußen?« fragte sie überrascht.

»Sieht danach aus«, antwortete Robson vergnügt.

Einer der Mechanoiden erhielt den Befehl, das Gepäck der beiden Schwestern auszuladen und in einem Kasten an der Seite des Transporters zu verstauen. Ein Techniker zeigte ihnen die Einstiegsluke.

Die Fahrgastkabine des Truppentransporters war ursprünglich für vierzig Personen ausgelegt gewesen; diese hier besaß zehn äußerst komfortable schwenkbare Ledersessel. Im Heck befanden sich eine Toilette und eine kleine Bordküche, und vorne eine dreisitzige Fahrerkabine. Der Pilot stellte sich als Yves Gaynes vor.

»Leider haben wir keine Stewardeß an Bord«, sagte er. »Also bedienen Sie sich einfach selbst, falls Sie etwas zu essen oder zu trinken wünschen. Wir sind mit allem gut versorgt.«

»Wie lange soll unsere Fahrt dauern?« fragte Louise.

»Wenn alles glatt geht, müßten wir bis zum Fünfuhrtee wieder da sein.«

»Und wohin genau fahren wir?«

Gaynes zwinkerte. »Das ist geheim.«

»Dürfen wir vorne sitzen? Bitte?« bettelte Genevieve. »Ich möchte so gerne sehen, wie es draußen auf der Erde ist.«

»Sicher, kein Problem.« Er winkte das junge Mädchen zu sich nach vorn, und sie kletterte auf einen der Pilotensitze.

Louise blickte Robson an. »Na los, gehen Sie schon«, sagte er. »Ich war schon öfters draußen.« Sie gesellte sich zu ihrer Schwester.

Yves Gaynes saß vor einer Konsole und begann mit der Anlaufprozedur. Die Schleuse glitt zu, und die Luftfilter liefen an. Louise stieß einen Seufzer aus, als die Luft kühler wurde und Feuchtigkeit und Gestank nachließen. Der Transporter setzte sich in Bewegung. Am anderen Ende der Garage glitt ein Stück der Wand nach oben. Dahinter wurde eine lange Rampe aus Carbo-Beton sichtbar, die in so grelles Sonnenlicht getaucht war, daß Louise trotz der getönten Scheiben die Augen zusammenkneifen mußte.

London erstreckte sich weiter als bis zum Perimeter seiner neun äußeren Kuppeln. Die Arkologie selbst war prinzipiell in Wohnzonen und kommerzielle Sektionen aufgeteilt, und die wenige Industrie im Innern konzentrierte sich im wesentlichen auf die Programmierung von Software und leichten Konsumgütern. Die Schwerindustrie war draußen vor den Kuppeln in unterirdischen Bunkern von zehn Kilometer Länge untergebracht. Sie besaß ihre eigenen Verhüttungsanlagen, chemischen Raffinerien und Recyclingwerke. Die Kuppelwände waren wie Betonschwämme mit Environment-Anlagen durchsetzt, die London mit Wasser, kühler Luft und Energie versorgten. Das Gebiet unmittelbar außerhalb der Kuppeln jedoch wurde von Nahrungsmittelfabriken dominiert. Hunderte von Quadratkilometern wurden von Synthesemaschinerie eingenommen, die Proteine und Kohlenhydrate und Vitamine produzierten und in einer Million verschiedenen Geschmacksrichtungen kombinierten, die trotz aller Bemühungen irgendwie niemals ganz wie natürliches Essen schmeckten. Sie versorgten die gesamte Arkologie mit Nahrung. Die Rohstoffe kamen durch Pipelines vom Meer, aus der Kanalisation und der Luft, wurden verarbeitet und in Beutel und Kisten verpackt. Die Reichen und Mächtigen konnten sich importierte Nahrungsmittel und Delikatessen leisten, doch selbst ihre Grundnahrung wurde neben den Fabriken für Burgerpaste und Kartoffelgranulat für die Massen hergestellt.

Der Transporter benötigte vierzig Minuten, um die ausgedehnte Landschaft aus halb vergrabenen Carbo-Betongebäuden voller organischer Syntheseanlagen und Klontanks hinter sich zu lassen. Streng geometrische Hügel mit großen Kühltürmen auf den Oberseiten wichen der natürlich geschwungenen Topologie des freien Landes. Die Schwestern starrten begierig auf das smaragdfarbene Grün hinaus, das sich vor ihnen hinzog. In Louise breitete sich zunehmend Enttäuschung aus; sie hatte eine weit dynamischere Landschaft erwartet. Selbst Norfolk hatte Spektakuläreres zu bieten. Das einzig Aufregende hier waren die langen Wolkenstreifen, die über den leuchtend kobaltblauen Himmel jagten. Gelegentliche dicke Regentropfen detonierten mit einem dumpfen Knall auf der Windschutzscheibe.

Sie fuhren über eine Straße, die aus einer Art dunklem Geflecht bestand. Gräser wuchsen in den Lücken und bildeten einen dichten Teppich. Es waren die gleichen lebendig grünen Pflanzen, die jeden freien Fleck der Landschaft bedeckten.

»Gibt es denn keine Bäume?« fragte Louise. Es sah aus,

als führen sie durch ein hellgrün leuchtendes Meer. Selbst kleine unregelmäßig geformte Brocken, von denen sie annahm, daß es sich um Felsen handelte, waren von den Gräsern überwuchert.

»Nein, nicht mehr«, antwortete Yves Gaynes. »Das hier ist so ungefähr die einzige Vegetation, die auf der Erde noch wächst. Das grüne Gras der Heimat. Man nennt es Tapegras, eine Kreuzung zwischen Gras und Moos. Es ist durch genetische Manipulation entstanden, und das Wurzelwerk ist dicker als alles, was Sie sich vorstellen können. Ich habe mir schon einmal einen Spaten abgebrochen bei dem Versuch, durch dieses Zeug zu graben. Die Wurzeln reichen mehr als sechzig Zentimeter in die Tiefe. Aber wir müssen dieses Gras anbauen. Es gibt nichts anderes, um die Bodenerosion aufzuhalten. Sie sollten die Fluten sehen, die hier nach einem Sturm entstehen. Jede Bodenfalte verwandelt sich in einen reißenden Strom. Gäbe es dieses Gras auf Mortonridge, hätte die Sache ganz anders ausgesehen, das können Sie mir glauben.«

»Kann man es essen?« fragte Genevieve.

»Nein. Die Biotechniker, die es gezüchtet haben, waren zu sehr in Eile, um etwas Nützliches hervorzubringen, als daß sie noch Zeit gefunden hätten, derartige Feinheiten mit einzubauen. Sie haben alle Anstrengungen auf die Widerstandsfähigkeit konzentriert, biologisch gesprochen. Es hält sämtliche UV-Strahlen der Sonne aus, und es gibt nicht eine einzige Krankheit, die ihm schaden könnte. Deswegen ist es inzwischen auch viel zu spät, um es gegen eine andere Pflanze auszutauschen. Es wächst einfach überall. Ein halber Zentimeter Erde reicht aus. Lediglich Felsenklippen sind zu karg, und dafür haben wir Klettflechten gezüchtet.«

Genevieve zog einen Schmollmund und preßte die Nase gegen die Windschutzscheibe. »Was ist mit Tieren? Gibt es noch Tiere?«

»Das weiß niemand so genau. Ich habe schon gesehen, wie sich hier draußen etwas bewegt hat, aber es war zu weit entfernt, also könnten es auch Büschel von totem Tapegras gewesen sein, die vom Wind herumgewirbelt wurden. Es heißt, daß in einigen flutfreien Tälern Kaninchen in großen unterirdischen Bauten leben. Freunde von mir sagen, sie hätten sie gesehen, andere Fahrer. Ich bin nicht sicher, ob es stimmt. Das ultraviolette Licht müßte ihnen die Augen ausbrennen. Sie müßten an Krebs verenden. Vielleicht hat eine Rasse Widerstandsfähigkeit entwickelt; sie vermehren sich jedenfalls schnell genug, um sich anzupassen, und sie waren schon immer ziemlich hart auszurotten. Und jede Wette, daß es auch noch überlebende Ratten hier draußen vor den Kuppeln gibt.«

»Warum fahren Sie überhaupt nach draußen?« fragte Louise.

»Die Wartungsmannschaften haben reichlich Arbeit an den Vakzugröhren. Dann gibt es noch die ökologischen Trupps, deren Aufgabe die Beseitigung der schlimmsten Erosionsschäden ist. Sie pflanzen neues Tapegras an und reparieren Flußböschungen, die vom Wasser fortgerissen wurden.«

»Warum?«

»Die Arkologien expandieren noch immer, trotz aller Emigrationsbewegungen. Ich habe gehört, daß allein London noch dieses Jahrhundert zwei neue Kuppeln erhalten soll. Birmingham und Glasgow sind auch schon wieder überfüllt. Wir müssen uns um das Land kümmern, um den Boden – würden wir das nicht, würde alles ins Meer gespült und wir hätten bald Kontinente, die nur noch aus kleinen Felsplateaus bestehen. Diese Welt hat bereits genug Schaden erlitten. Stellen Sie sich vor, wie die Meere aussehen würden, wenn man zuläßt, daß all das Erdreich hineingeschwemmt wird. Nur die Ozeane halten uns noch am Leben. Ich schätze, es ist letzten Endes reiner Eigennutz, wirklich. Aber das bedeutet zumindest, daß wir niemals aufhören werden, unser Land zu behüten. Und das ist doch schon etwas Gutes, oder?«

»Sie mögen das hier draußen, oder?« fragte Louise.

Yves Gaynes lächelte sie glücklich an. »Ich liebe es.«

Sie fuhren weiter durch das zerstörte Land, das geschützt unter seinem einzigen, lebenden Mantel lag. Louise empfand die Einöde als beinahe deprimierend. Das Tapegras, so stellte sie sich vor, war wie eine sterile Verpackung, welche die ursprünglichen Felder und Wälder schützte, die sich darunter verbargen. Sie sehnte sich nach etwas, das die Uniformität durchbrach, einer Spur der alten Wälder, die aus ihrem Winterschlaf erwachten und das Land einmal mehr mit Farbe und Vielfalt erfüllten. Was hätte sie nicht für den Anblick einer einzelnen stolzen Zeder gegeben: ein einziges Zeichen des Widerstands in dieser passiven Resignation vor den unnatürlichen Elementen. Die Erde von allen Planeten mit ihren technologischen Wundern und ihrem Reichtum sollte dazu imstande sein.

Sie fuhren stetig weiter nach Norden und verließen das Tal der Themse. Yves Gaynes zeigte ihnen alte Städte und Dörfer. Die Wände der einstigen Gebäude waren nur noch schemenhaft zu erkennen, überwuchert von Tapegras, und ihre Namen verfielen zu bloßen Wegmarken, deren Koordinaten in das Leitsystem des Transporters eingespeist waren. Das Fahrzeug hatte die einfache Straße schon vor einer ganzen Weile hinter sich gelassen, als Louise schließlich in die Passagierkabine zurückkehrte und ein paar Beutel Fertignahrung zum Mittagessen erhitzte. Der Transporter fuhr inzwischen querfeldein über das Gras, und die mächtigen Reifen hinterließen zwei dunkelgrüne Spuren in der Uniformität der Landschaft. Das Land wurde zunehmend zerklüfteter, die Täler tiefer, die Hügelspitzen nackter Fels, an den sich grau-grüne Flechten klammerten. In Wasserrinnen plätscherten dampfende Bäche, und in jeder Senke hatten sich Tümpel gebildet.

»Da wären wir«, sagte Gaynes vier Stunden, nachdem sie London hinter sich gelassen hatten.

Ivanov Robson quetschte seinen mächtigen Leib in die Fahrerkabine hinter die beiden Schwestern und starrte mit einer Neugier nach vorn, die der von Louise und Genevieve in nichts nachstand. Mitten in der unbewohnten Landschaft erhob sich eine einzelne schmucklose geodätische Kristallkuppel mit einem Durchmesser von nahezu fünf Meilen, wie Louise schätzte; ihr Rand verlief über Hänge und durch Täler. Die Kuppel selbst war grau, als wäre sie mit dichtem Nebel angefüllt.

»Was ist das?« fragte Genevieve.

»Das ist die Landwirtschaftliche Forschungseinrichtung Nummer sieben«, antwortete Yves Gaynes mit ausdruckslosem Gesicht.

Genevieve antwortete mit einem scharfen Blick, doch sie verzichtete auf eine Herausforderung.

Am Fuß der Kuppel öffnete sich ein Tor und ließ den Transporter ein.

Nachdem sich das Tor hinter ihnen wieder geschlossen hatte, schoß von allen Seiten ein rotes fungizides Spray hervor und wusch Schmutz und Sporen von der Karosserie und den Reifen. Sie rollten in eine kleine Garage, und die Luke glitt auf.

»Zeit, den Boß kennenzulernen«, sagte Ivanov Robson. Er führte die beiden jungen Frauen nach draußen in die Garage. Die Luft war kühler als im Innern des Transporters und auch in der Westminster-Kuppel, dachte Louise. Sie trug nur ein einfaches navyblaues Kleid mit kurzen Ärmeln. Nicht, daß ihr kalt gewesen wäre; es war eher wie ein frischer Frühlingstag.

Ivanov winkte ihnen vorzutreten. Genevieve doppelklickte mit ihren Hacken und glitt neben ihm her. Ein kleiner viersitziger Jeep wartete auf sie, mit einer rotweiß gestreiften Persenning und einem manuell zu betätigenden Lenkrad. Der erste, den Louise auf dieser Welt zu sehen bekam. Sie fühlte sich fast wie zu Hause, als Robson dahinter Platz nahm. Sie und Genevieve stiegen hinten ein, und der Wagen rollte los.

»Ich dachte, Sie wüßten gar nichts über diesen Ort?« fragte Louise.

»Weiß ich auch nicht. Ich werde geführt.«

Per Datavis setzte Louise eine Bitte um Zugriff auf den Netzprozessor ab, doch sie erhielt keine Antwort. Ivanov steuerte den Jeep in einen gewundenen Tunnel von mehreren hundert Yards Länge, und dann waren sie unvermittelt draußen im vollen Sonnenlicht. Genevieve jauchzte vor Freude. Die Kuppel des agronomischen Forschungszentrums überspannte einen Flecken Land, der aussah wie das England in ihren Geschichtsbüchern: Grüne Wiesen, gesprenkelt mit Butterblumen und Gänseblümchen, üppig wuchernde Hecken, die verwilderte Koppeln umsäumten, kleine Wälder aus Eschen, Pinien und Weißbirken, die sich auf den Hängen sanft geschwungener Täler erstreckten, gewaltige Roßkastanienbäume und Buchen mitten in einer ausgedehnten Parklandschaft. Auf den Koppeln grasten Pferde friedlich vor sich hin, und Enten und rosafarbene Flamingos vergnügten sich in einem Teich, der von Malven und einem schmalen Gürtel aus Lilien gesäumt war. Im Zentrum von allem stand ein wunderschöner Landsitz, neben dem Cricklade schrill und protzig gewirkt hätte. Dreistöckige Mauern aus orangefarbenen Ziegeln wurden mit dicken schwarzen Eichenstämmen in traditionellen Tudor-Diagonalen zusammengehalten, obwohl sie unter den Massen prachtvoll blühender topas- und pinkfarbener Kletterrosen nur schwer zu sehen waren. Fenster mit bleiverglasten Butzenscheiben standen weit offen, um die frische Luft ins Innere zu lassen. Gepflasterte Wege wanden sich über einen gepflegten Rasen, der von sauber getrimmten Büschen begrenzt wurde. Eine Reihe alter Eiben markierte das Ende des Ziergartens. Auf der anderen Seite lag ein Tennisplatz, auf dem zwei Leute einen beeindruckend langen Ballwechsel zeigten.

Auf einem Feldweg ging es über die Wiesen und auf den Landsitz zu. Sie fuhren durch ein schmiedeeisernes Tor und über einen moosbewachsenen gepflasterten Weg. Rechts und links schossen Schwalben im Tiefflug über das Gras, bevor sie wieder zu den Simsen hinaufstiegen, wo die schmutzigbraunen Nester mit der Brut versteckt waren. Ein hölzerner Vorbau vor dem Eingang war vollständig von Geißblatt überwuchert. Louise bemerkte eine Gestalt, die im tiefen Schatten darunter wartete.

»Wir sind in der Heimat angekommen!« murmelte Genevieve entzückt.

Vor dem Vorbau brachte Ivanov den Jeep zum Halten. »Von jetzt an sind Sie auf sich allein gestellt«, sagte er zu den beiden Frauen.

Als Louise ihn überrascht ansah, blickte er starr geradeaus, die Hände fest am Steuer. Sie wollte ihm gerade auf die Schulter tippen, als die Gestalt unter dem Vorbau einen Schritt vortrat. Es war ein junger Mann, ungefähr im gleichen Alter wie Joshua, dem Aussehen nach zu urteilen. Aber wo Joshuas Gesicht schmal und markant war, war das seine rund. Trotzdem recht hübsch, mit kastanienblondem Haar und großen grünen Augen. Die Lippen waren nach oben gezogen und zeigten eine Emotion irgendwo zwischen Lächeln und verächtlichem Schnauben. Er trug einen weißen Kricketpullover und Tennisshorts; die nackten Füße steckten in Turnschuhen mit einem abgerissenen Schnürsenkel.

Er streckte ihnen die Hand entgegen und lächelte einladend. »Louise. Genevieve. Endlich lernen wir uns kennen, um es in einem Klischee auszudrücken. Willkommen in meinem Heim.« Ein schwarzer Labrador trottete aus dem Haus herbei und schnüffelte an seinen Füßen.

»Wer sind Sie?« fragte Louise.

»Charles Montgomery David Filton-Asquith, zu Ihren Diensten. Allerdings würde ich es vorziehen, wenn Sie Charlie sagen. Jeder hier nennt mich so. Was wohl auch nur recht und billig ist, sollte man meinen.«

Louise runzelte die Stirn, ohne seine Hand zu ergreifen – obwohl er kaum bedrohlich wirkte. Genau die Art von jungem Landbesitzer, mit denen sie zusammen aufgewachsen war, obwohl er allem Anschein nach über eine Menge mehr Schwung verfügte. »Aber wer sind Sie? Ich verstehe das nicht. Sind Sie derjenige, der uns hat herbringen lassen?«

»Ich fürchte ja, meine Liebe. Ich hoffe, Sie verzeihen mir, aber ich dachte, nach London wäre das hier eine echte Verbesserung für Sie. In London ist es zur Zeit ja nicht sehr angenehm.«

»Aber ... Wie? Wie haben Sie uns durch die Ausgangssperre gebracht? Sind Sie vielleicht von der Polizei?«

»Nicht genau, nein.« Er schnitt eine bedauernde Miene. »Man könnte eher sagen, ich regiere die Welt. Eine Schande, daß ich meine Arbeit gegenwärtig nicht besser erledige. Aber so ist das Leben.«

Auf der Rückseite des alten Hauses befand sich ein Swimmingpool, ein langgestrecktes Becken in Tränenform mit Wänden aus winzigen weißen und grünen Marmorkacheln. Auf dem Boden des tiefen Teils war ein Mosaik der Mona Lisa eingelassen, das Louise wiedererkannte, auch wenn sie sich nicht erinnern konnte, daß die linke Brust der Frau im Originalgemälde nackt gewesen war. Eine Gruppe junger Menschen bevölkerte den

Pool und planschte begeistert im Wasser, während sie mit einem großen pinkfarbenen Strandball eine Art Wasserpolo mit eigenen Regeln spielten. Louise saß zusammen mit Genevieve und Charlie in einem Patio, der mit Yorksteinen gepflastert war, entspannt an einem großen Eichentisch, von wo aus sie einen exzellenten Ausblick auf den Pool und den Rasen genoß. Ein Butler in einer weißen Livree hatte ihr ein großes Glas Pimm's mit reichlich Eis und Früchten serviert. Genevieve vergnügte sich mit einem extravaganten Schokoladenmilchshake, der mit Erdbeeren und Sahne überhäuft war, während Charlie an einem Gin Tonic nippte. Es war, wie Louise eingestehen mußte, alles wunderbar zivilisiert.

»Also sind Sie nicht der Präsident oder etwas in der Art?« erkundigte sie sich. Charlie hatte den beiden jungen Frauen vom Internen Sicherheitsdienst von GovCentral und der Hierarchie seiner Büros erzählt.

»Nichts dergleichen. Ich führe lediglich die Aufsicht über ernste Sicherheitsangelegenheiten überall in Westeuropa, und ich verbünde mich mit meinen Kollegen, um gegen weltweite Bedrohungen anzukämpfen. Niemand hat uns gewählt; wir waren in der glücklichen Lage, die Struktur und die Aufgabengebiete des GISD zu diktieren, als die kontinentalen Regierungen und die UNO zu GovCentral verschmolzen. Also haben wir uns mit integriert, ganz einfach.«

»Aber das ist schon sehr lange her«, beobachtete Louise.

»Anfang des zweiundzwanzigsten Jahrhunderts. Es war eine interessante Zeit damals. Wir waren viel aktiver als heutzutage.«

»Aber Sie sind nicht so alt.«

Charlie lächelte und deutete auf den Rosengarten hinaus, eine hübsche, in einer Senke stehende Anlage, aufgeteilt in Segmente, von denen jedes mit Rosenbüschen in verschiedenen Farben bepflanzt war. Mehrere schildkrötenartige Wesen krochen langsam zwischen den dichten Büschen hindurch, mit hoch aufgereckten Greifhälsen, die ihnen gestatteten, die verblühten Blüten zu erreichen und mitsamt Stiel bis hin zu dem Ast abzufressen, aus dem sie gesprossen waren. »Dort sehen Sie ein paar BiTek-Konstrukte. Ich verfüge über zwölf verschiedene Spezies, die sich allein um die Landschaftspflege meines Gutes kümmern. Insgesamt sind es fast zweitausend.«

»Aber die Adamisten haben BiTek von all ihren Welten verbannt!« sagte Genevieve. »Und die Erde war der erste Planet!«

»Die Öffentlichkeit hat keinen Zugriff darauf«, sagte Charlie. »Aber ich. BiTek und Affinität sind äußerst machtvolle Technologien, sie verhelfen B7 zu einem Vorteil über jeden möglichen Feind der Republik. Außerdem ist es eine Kombination, die mir ermöglicht hat, seit mehr als sechshundert Jahren ohne Unterbrechung zu leben.« Er winkte stolz an sich herab. »Das hier ist der einunddreißigste Körper, in dem ich lebe. Es sind allesamt Klone, verstehen Sie? Parthenogenese, damit ich das für meine Arbeit erforderliche Temperament nicht verliere. Ich verfüge über Affinität, und das schon lange, bevor die edenitische Kultur gegründet wurde. Zuerst benutzte ich neurale Symbionten, doch dann ließ ich die Affinitätssequenz in meine DNS sequenzieren. Auf gewisse Weise ist die Methode, die wir von B7 benutzen, um unsterblich zu werden, eine Variante des Bewußtseinstransfers in das neurale Stratum eines Habitats, den die Edeniten am Ende ihres Lebens vornehmen. Ich benutze sie, um mich in einen neuen, kraftvoll jungen Körper zu übertragen. Der Klon wird achtzehn Jahre lang in sensorischer Isolation herangezogen, so daß sich keinerlei Gedankenmuster entwickeln können. Es ist genaugenommen ein leeres Gehirn, das nur darauf wartet, von meinem Bewußtsein gefüllt zu werden. Wenn die Zeit gekommen ist, editiere ich einfach die Erinnerungen, die ich mitnehmen möchte, und versetze meine Persönlichkeit in den neuen Körper. Der alte wird anschließend unverzüglich zerstört, so daß der gesamte Prozeß Kontinuität besitzt. Selbst die verworfenen Erinnerungen werden in einem neuralen BiTek-Konstrukt gespeichert, so daß nie auch nur ein einziger Aspekt meines Lebens endgültig verloren ist.«

»Einunddreißig Körper für nur sechshundert Jahre«, sagte Louise. »Ein Saldana lebt heutzutage fast zweihundert Jahre, und selbst wir Kavanaghs haben eine Lebenserwartung von hundertzwanzig Jahren.«

»Ja«, sagte Charlie mit bedauerndem Schulterzucken. »Aber Sie verbringen das letzte Drittel dieser Zeit in der Würdelosigkeit und mit den Leiden des Alters. Es wird niemals besser, nur immer schlimmer. Wohingegen ich, sobald mein Körper vierzig Jahre erreicht, den nächsten Transfer durchführe. Unsterblichkeit und ewige Jugend. Kein schlechtes Arrangement, wenn Sie mich fragen.«

»Bis zum heutigen Tag jedenfalls.« Louise nahm einen Schluck von ihrem Pimm's. »Diese Körper hatten alle ihre eigene Seele. Das ist etwas ganz anderes als Erinnerungen. Ich habe es in einer der Nachrichtensendungen gesehen. Die Kiint sagen, es wären zwei verschiedene Dinge.«

»Richtig. Und B7 hat diese Tatsache völlig ignoriert. Kaum überraschend, wenn man bedenkt, wie konservativ wir sind. Ich schätze, wir werden von heute an unsere alten Körper in Null-Tau lagern müssen, zumindest solange, bis wir das Problem des Jenseits und der verlorenen Seelen gelöst haben.«

»Also haben Sie tatsächlich schon im einundzwanzigsten Jahrhundert gelebt?« fragte Genevieve.

»Ja. Jedenfalls erinnere ich mich bis dahin zurück. Wie deine Schwester bereits gesagt hat, die Definition von Leben hat sich seit kurzer Zeit gewaltig geändert. Trotzdem, ich habe mich in all den Jahrhunderten stets als eine einzige und authentische Person empfunden. Und diese Empfindung läßt sich nicht innerhalb weniger Wochen durchbrechen.«

»Wie kam es eigentlich, daß Sie so mächtig geworden sind?« fragte Louise.

»Die übliche Geschichte. Reichtum. Wir alle haben während des einundzwanzigsten Jahrhunderts gewaltige Wirtschaftsimperien besessen und geführt. Wir waren nicht einfach nur multinational, wir waren die ersten interplanetarischen Konzerne, und wir machten größere Gewinne als ganze Staaten. Es war eine Zeit, in der neue Grenzen geöffnet wurden, was immer zu schnellem und gewaltigem Reichtum führt. Es war auch eine Zeit großer ziviler Unruhen; das, was damals noch als die Dritte Welt bezeichnet wurde, entwickelte sich nach Einführung der Fusionsenergie mit atemberaubendem Tempo, und mit gleicher Geschwindigkeit wurde die Ökologie destabilisiert. Nationale und regionale Regierungen steckten gewaltige Ressourcen in den Zusammenbruch der Biosphäre. Sozialausgaben, die Verwaltung der Infrastruktur, Gesundheitsvorsorge und Sicherheit, die Felder, auf die Regierungen früher ihre gesamten Anstrengungen konzentrierten, wurden an private Unternehmen verkauft und erhielten keine steuerliche Förderung mehr. Es war kein großer Sprung für uns. Seit Ende des zwanzigsten Jahrhunderts hatten private Sicherheitsunternehmen Firmeneigentum geschützt, Gefängnisse wurden von privaten Unternehmen errichtet und betrieben, private Polizeiunternehmen schützten Wohngebiete und Anwesen, und alles wurde privat finanziert. In manchen Ländern mußte man sogar eine Versicherung abschließen, um die staatliche Polizei zu bezahlen, wenn man als Opfer wollte, daß sie nach einem Verbrechen die Ermittlungen aufnahm. Sie sehen also, Louise, es war kein großer Schritt für unsere industrialisierte Gesellschaft, die Polizei ganz zu privatisieren. Wir sind sechzehn Leute, und wir kontrollierten bereits damals neunzig Prozent aller Sicherheitskräfte der Welt, daher ist es nur zu natürlich, daß wir in geheimdienstlichen Fragen zusammengearbeitet und Informationen ausgetauscht haben. Wir fingen sogar an, in neue Entwicklungen zu investieren und Ausbildungen zu finanzieren, die sich rein finanziell niemals rentieren würden. Sie machten sich trotzdem bezahlt, denn niemand sonst hätte unsere Fabriken und Anlagen vor Verbrecherbanden und einheimischer Mafia geschützt. Und was die Kriminalitätsrate betrifft, sie ging zum ersten Mal seit Jahrhunderten zurück.

Irgendwann trafen wir dann die Entscheidung, GovCentral zu gründen, zusammen mit gemeinsamen Steuern und Gesetzen. Natürlich richteten wir es so ein, daß sie uns zugute kamen. Wir schleusten unsere Anwälte in Beraterpositionen von Kabinettsmitgliedern und Staatssekretären ein, und unsere Lobbyisten halfen uns, Parlamente und Kongresse durch die kontroverse Gesetzgebung zu steuern. B7 war lediglich eine formelle Angelegenheit, die Konsolidierung unserer Positionen.«

»Das ist ungeheuerlich!« sagte Louise. »Sie sind Diktatoren!«

»Nicht anders als die Landbesitzerkaste auf Norfolk«, entgegnete Charlie. »Ihre Familie ist genau wie ich, Louise, mit dem einzigen Unterschied, daß Sie das niemals so freimütig eingestehen würden.«

»Die Menschen kamen nach Norfolk, nachdem unsere Verfassung niedergeschrieben war. Niemand wurde gezwungen, sie anzuerkennen.«

»Ich könnte mit Ihnen darüber streiten, Louise, aber ich verstehe ihre Erregung völlig, wahrscheinlich sogar besser als Sie selbst. Ich habe sie mehr als oft genug im Verlauf der Jahrhunderte erlebt. Ich kann Sie nur bitten, unsere Mittel nach dem Zweck zu beurteilen, den wir verfolgt haben. Und nach dem, was wir erreicht haben. Die Erde besitzt eine stabile, ausgewogene Bevölkerung, die ihr Leben mehr oder weniger leben kann, wie sie möchte. Wir haben den Zusammenbruch unseres Klimas überlebt, und wir haben uns ausgebreitet und die Sterne besiedelt. Nichts von alledem hätte ohne eine starke Führung stattfinden können, und daß es daran mangelt, ist der Fluch einer jeden modernen, den Medien gegenüber rechenschaftspflichtigen Demokratie. Ich würde sagen, wir haben eine ganze Menge erreicht.«

»Die Edeniten sind demokratisch, und ihre Kultur wächst und gedeiht.«

»Ah, ja. Die Edeniten. Unser größter, wenngleich zufälliger Triumph.«

»Was meinen Sie mit zufällig?« Louise konnte ihre Neugier nicht verbergen. Zum ersten Mal erfuhr sie die Wahrheit über die Hintergründe der Welt und ihre Geschichte. Die Art von wirklicher Geschichte, wie sie niemals in Geschichtsbüchern stand. Alles, was ihr zu Hause so streng vorenthalten wurde.

»Wir wollten das BiTek natürlich für uns alleine, und deswegen unternahmen wir einen Versuch, die gesamte Technologie zu verbieten«, erklärte Charlie. »Uns war bewußt, daß wir es mit einer politischen Deklaration niemals geschafft hätten, so vollkommen war unsere Kontrolle über die Legislative und das Establishment damals noch nicht. Also versuchten wir es mit einer religiösen Verdammnis, die wir ein Jahrzehnt lang mit negativer Publicity vorbereiteten. Wir hatten es fast geschafft. Päpstin Eleanor war bereit, die Affinität zu einer unheiligen Verirrung zu erklären, und die Ajatollahs standen hinter ihr. Wir hätten nur noch ein paar Jahre länger öffentlichen Druck ausüben müssen, und die unabhängigen Gesellschaften wären gezwungen gewesen, weitere Entwicklungen aufzugeben. BiTek und Affinität wären untergegangen, eine weitere Technologie, die in einer Sackgasse gelandet war. Die Geschichte ist voll von Beispielen. Aber dann kam Wing-Tsit Chong daher und transferierte sein Bewußtsein in das neurale Stratum Edens. Ironischerweise war uns das Potential der Habitate bis zu diesem Zeitpunkt völlig entgangen, obwohl wir ähnliche Experimente durchführten, um unsere eigene Unsterblichkeit zu erreichen. Dieses Ereignis zwang die Päpstin, aktiv zu werden; ihre Deklaration kam einfach zu früh. Auf der Erde waren immer noch zuviel BiTek und Affinität im allgemeinen Gebrauch, als daß die Menschen ohne zu fragen gehorcht hätten. Die Anhänger der Technologie wanderten nach Eden aus, das sich zu diesem Zeitpunkt von der Erde abgespalten hatte und unserer Kontrolle entzogen war. Wir hatten absolut nichts damit zu tun, wie sie ihre Gesellschaft formten – schließlich ist es nicht so, als könnte einer unserer Agenten sie infiltrieren.«

»Aber für jeden anderen waren Sie es, die die Gesetze gemacht haben.«

»Absolut. Wir kontrollieren die prinzipiellen politischen Aspekte von GovCentral, unsere Gesellschaften dominieren die irdische Industrie, und unsere wirtschaftliche Macht beherrscht die gesamte Konföderation. Wir sind diejenigen, die den größten finanziellen Anteil an jedem neuen Kolonisierungsprojekt und jeder Entwicklungsgesellschaft tragen, weil wir zugleich die einzigen sind, die lange genug leben, um die Dividenden einzuheimsen, die zwei Jahrhunderte lang auf sich warten lassen. Unsere Finanzinstitute besitzen einen gesunden Prozentsatz vom gesamten menschlichen Hab und Gut.«

»Aber wofür? Niemand braucht soviel Geld.«

»Sie wären erstaunt. Wirksame Polizei und Verteidigung verschlingt Trillionen von Fuseodollars, und die Navy von GovCentral ist wie ein finanzieller Ereignishorizont. Wir finanzieren noch immer unsere eigene Sicherheit, wie wir es immer getan haben, und indem wir das tun, sorgen wir auch für die Sicherheit aller anderen.

Ich mag vielleicht letzten Endes ein Diktator sein, aber ich bin so gutartig und wohlwollend, wie man es nur sein kann.«

Louise schüttelte sorgenvoll den Kopf. »Und trotz all Ihrer Macht und Stärke ist es Ihnen nicht gelungen, diesen Quinn Dexter aufzuhalten.«

»Nein«, gestand Charlie. »Dexter ist unser größter Fehlschlag. Gut möglich, daß wir die gesamte Erde und sämtliche vierzig Milliarden Seelen verlieren, die hier leben, und all das nur, weil ich nicht gut genug war, um ihn zu überlisten. Die Geschichte wird uns eines Tages als die größten Sünder aller Zeiten brandmarken, und vermutlich zu Recht.«

»Dann hat Dexter also tatsächlich gewonnen?« fragte Louise bestürzt.

»Wir haben mit einem strategischen Röntgenlaser auf ihn gefeuert. Irgendwie ist es ihm gelungen zu entwischen. Jetzt läuft er frei umher und kann tun und lassen, was immer er will.«

»Also ist er uns nach London gefolgt.«

»Ja.«

»Sie haben mich und Genevieve die ganze Zeit über manipuliert, nicht wahr? Ivanov Robson ist einer Ihrer Agenten.«

»Ja, ich habe Sie manipuliert. Aber ich verspüre kein Bedauern deswegen, Louise. Wenn man bedenkt, was auf dem Spiel steht, dann war es völlig gerechtfertigt.«

»Vermutlich, ja«, gestand sie schwach. »Ich mochte Robson gerne, wissen Sie, obwohl er immer eine Spur zu gut war, um echt zu sein. Er hat nicht einen einzigen Fehler gemacht. So sind die Menschen nicht im wirklichen Leben.«

»Machen Sie sich wegen Robson keine Gedanken. Er ist kein Agent; ich gestehe, daß ich ihn nach seiner Verurteilung in meine Dienste gepreßt habe. Leute wie er sind immer nützlich. Aber der gute alte Ivanov war kein netter

Mann, Louise. Nicht ganz so unangenehm wie Banneth, zugegeben. Sie war ein menschengroßer Virus, der mit seinen abartigen Leidenschaften sogar mir Schauer eingejagt hat. Gar nicht leicht nach all den Ungeheuerlichkeiten, die ich in meinem langen Leben gesehen habe.«

»Und Andy? Was ist mit ihm? War er auch einer von Ihren Leuten?«

Charlies Miene hellte sich auf. »Ah, die romantische Verkaufsratte. Nein, Andy war echt. Ich hätte nie erwartet, daß Sie hingehen und eine neurale Nanonik kaufen, Louise. Sie sind eine konstante Überraschung und ein Quell der Freude für mich.«

Sie blickte ihn stirnrunzelnd über den Rand ihres Glases hinweg an. »Und wie geht es jetzt weiter? Warum haben Sie uns hergebracht? Doch ganz bestimmt nicht, um uns diese Geschichte aus erster Hand zu erzählen, oder? Sie wollen sich doch wohl nicht entschuldigen, habe ich recht?«

»Sie waren das letzte As in meinem Ärmel, Louise. Ich hatte gehofft, daß Dexter versuchen würde, Ihnen hierher zu folgen. Ich habe eine letzte Waffe parat, die vielleicht funktionieren könnte. Sie nennt sich Erinnerungslöscher, und sie vernichtet Seelen. Sie wurde von der Konföderierten Navy entwickelt, aber sie befindet sich noch im Prototypstadium. Was bedeutet, daß sie nur auf sehr kurze Entfernungen funktioniert. Wäre er mit Ihnen hergekommen, hätten wir vielleicht eine Chance gehabt, sie gegen ihn einzusetzen. Es wäre meine letzte noble Geste gewesen. Ich war darauf vorbereitet, ihm gegenüberzutreten.«

Louise blickte rasch in die Runde, und ihre Augen suchten den Garten nach einer Spur jenes Teufels ab, dessen Gesicht sie niemals vergessen würde. Es war eine törichte Reaktion, doch der Gedanke, daß Dexter sie heimlich durch die desolate Landschaft verfolgt haben könnte, ließ sie frösteln. »Aber er ist nicht gekommen.«

»Diesmal nicht, leider. Und deswegen wäre ich froh, Sie beide mit mir zu nehmen, wenn ich von hier weggehe. Ich werde sicherstellen, daß man Ihnen eine Passage zum Jupiter gibt.«

»Sie waren es, der all meine Nachrichten an Joshua abgefangen hat!«

»Ja.«

»Ich will mit ihm sprechen. Sofort!«

»Das ist eine weitere schlechte Nachricht, fürchte ich. Er befindet sich nicht länger in Tranquility. Er ist zusammen mit einem Geschwader der Konföderierten Navy zu einem Schlag gegen die Besessenen aufgebrochen, doch selbst ich war nicht imstande herauszufinden, wie sein genauer Auftrag lautet. Sie dürfen gerne eine Nachricht an die Lady Ruin absetzen, um sich die Bestätigung einzuholen.«

»Das werde ich auch«, sagte Louise erzürnt. Sie erhob sich und streckte die Hand nach Genevieve aus. »Ich möchte jetzt spazieren gehen, das heißt, falls das nicht ebenfalls gegen Ihre Gesetze verstößt. Ich muß über all das nachdenken, was Sie gesagt haben.«

»Selbstverständlich. Sie sind meine Gäste. Gehen Sie, wohin auch immer sie mögen. In der gesamten Kuppel gibt es nichts, das Ihnen gefährlich werden könnte. Oh, abgesehen natürlich von ein paar der großen Bärenklausträucher. An einem der Bäche wächst eine Gruppe davon. Sie stechen ziemlich übel.«

»Wunderbar. Was auch immer.«

»Ich hoffe, Sie leisten mir beim Abendessen Gesellschaft? Normalerweise treffen wir uns vorher auf der Terrasse, um einen Aperitif zu nehmen. So gegen halb sieben?«

Louise vertraute ihrer eigenen Stimme nicht, deswegen schwieg sie. Mit Genevieves Hand fest in der eigenen ging sie über den Rasen davon, weg vom Swimmingpool und den vergnügten Menschen.

»Das war absolut ultra-unglaublich!« sprudelte Genevieve hervor.

»Ja. Es sei denn, er ist der größte Lügner in der gesamten Konföderation. Ich war so schrecklich dumm! Ich habe alles getan, was er wollte, wie eine dumme Marionette, die man aufziehen kann. Wie konnte ich nur jemals glauben, daß man uns mit nichts als einer Ermahnung gehen lassen würde, nachdem wir versucht haben, einen Besessenen auf die Erde zu schmuggeln? Sie exekutieren Menschen schon wegen viel kleinerer Verbrechen.«

Genevieves Gesichtsausdruck war kindlich-traurig. »Das konntest du doch nicht wissen, Louise. Wir kommen von Norfolk, und man hat uns *nie* etwas darüber gesagt, wie es auf anderen Welten ist. Außerdem sind wir diesem schrecklichen Quinn Dexter zweimal aus eigener Kraft entkommen! Das ist mehr, als Charlie jemals zustande gebracht hat.«

»Ja.« Das Dumme mit ihrer Wut war, daß sie sich ganz und gar nach innen richtete, gegen sie selbst. Diese Leute von B7 hatten tatsächlich alles in ihrer Macht Stehende getan, um die Erde zu schützen. Charlie hatte recht, sie war durch und durch entbehrlich. Sie hatte erst jetzt wirklich begriffen, welche Gefahr Dexter für das Universum darstellte. Und nicht die leiseste Ahnung gehabt von dem, was um sie herum geschah, mit Ausnahme einer vagen Unruhe wegen Ivanov Robson ... Wie ausgesprochen dumm!

Sie spazierten über den Rasen und durch eine der Magnolienhecken, und plötzlich fanden sie sich in einem Obstgarten voller Apfelbäume wieder. Die kurzen Bäume verrieten ihr hohes Alter durch knorrige graue Rinde und verdrehte Stämme. In ihren Kronen hingen große Misteln, deren parasitäre Wurzeln das Holz darunter zu unregelmäßigen Beulen hatten anschwellen lassen. BiTek-Konstrukte, die aussahen wie Miniaturschafe mit goldbraunem Fell, grasten rings um die Bäume und trimmten auf diese Weise das Gras zu einem gepflegten Rasen.

Genevieve beobachtete eine Weile ihre trägen Bewegungen, fasziniert von ihrem niedlichen Aussehen. Ganz und gar nicht die Teufelsbrut, die der Vikar von Colsterworth bei jeder Sonntagspredigt von seiner Kanzel herab verdammt hatte. »Glaubst du, er wird uns nach Tranquility bringen? Ich würde es so gerne sehen. Und Joshua«, beeilte sie sich hinzuzufügen.

»Ich denke schon. Er braucht uns jetzt schließlich nicht mehr.«

»Aber wie kommen wir zum Halo hinauf? Die Vakzüge und die Orbitaltürme sind deaktiviert, und Raumflugzeuge sind in der irdischen Atmosphäre längst nicht mehr gestattet.«

»Hast du denn nicht zugehört? Charlie *ist* die Regierung. Er kann tun und lassen, was immer er will.« Sie grinste und zog Genevieve dichter zu sich heran. »Wie ich dieses B7 einschätze, kann die ganze verdammte Kuppel hinauf in den Orbit fliegen.«

»Wirklich?«

»Das werden wir bald genug herausfinden.«

Langsam umrundeten sie das Haus, und sie schöpften Trost aus der Vertrautheit von allem. Auf der anderen Seite des Obstgartens fanden sie ein großes baufälliges Treibhaus, dessen Regale mit Tontöpfen voller Kakteen und Geranien vollgestellt waren. Ein Servitor-Schimp mit einer Schlauchspritze schlurfte durch den Mittelgang und befeuchtete Töpfe mit kleinen grünen Sprößlingen.

»Sieht so aus, als hätten sie in dieser Kuppel einen Winter«, stellte Louise fest, als sie durch die Tür nach innen spähten.

Hinter dem Treibhaus befand sich eine von Kirschbäumen gesäumte Allee. Zwei große Pfauen stolzierten unter den Ästen her, und ihre schrillen Rufe hallten durch die schwere Luft. Die Schwestern blieben stehen und beobachteten, wie einer der Vögel seinen grünen und goldenen Schwanz spreizte und den Kopf majestätisch in den Nacken legte. Die schnatternde Schar von Hennen ignorierte den Anblick und pickte ungestört unter den Bäumen weiter.

Als sie den Fahrweg überquerten, war kein Zeichen mehr von dem viersitzigen Jeep zu entdecken, genausowenig wie von Ivanov Robson. Sie kamen durch eine Lücke in einer Hecke aus weißen Fuchsienbüschen und fanden sich zurück am Swimmingpool. Charlie war aus dem Patio verschwunden.

Eine der jungen Frauen am Pool erblickte die beiden Schwestern und winkte, dann kam sie rufend herbeigerannt.

Sie war vielleicht zwei Jahre älter als Louise und trug einen purpurnen Stringtanga.

Louise wartete höflich, und ein neutraler Gesichtsausdruck verbarg ihr Unbehagen. Der Bikini war ausgesprochen knapp.

Sie versuchte den Gedanken zu verdrängen, daß kein Geschäft auf ganz Norfolk jemals ein solches Kleidungsstück verkaufen würde, aus Gründen der Schicklichkeit. Genevieve schien sich überhaupt nichts daraus zu machen.

»Hi!« sagte die junge Frau freundlich. »Ich bin Divinia, eine von Charlies Freundinnen. Er hat uns gesagt, daß ihr kommen würdet.« Sie blickte mit geschürzten Lippen auf Genevieve herab. »Magst du vielleicht ins Wasser kommen? Du siehst aus, als wäre dir heiß und langweilig.«

Genevieve sah sehnsüchtig zu der Gruppe lachender junger Leute, die vergnügt im Pool planschten. Einige von ihnen waren fast so jung wie sie selbst. »Darf ich?« fragte sie Louise.

»Äh . . . wir haben keine Badeanzüge.«

»Kein Problem«, sagte Divinia. »Im Umkleideraum gibt es genügend.«

»Dann geh schon.« Louise lächelte. Genevieve grinste freudig und rannte in Richtung des Hauses davon.

»Ich möchte nicht unhöflich erscheinen«, sagte Louise, »aber wer bist du?«

»Das hab' ich dir doch schon gesagt, Süße. Charlies Freundin. Eine sehr gute Freundin.« Divinia bemerkte Louises Blicke und kicherte. Sie streckte ihre Brüste noch weiter heraus. »Wenn du welche hast, dann zeig sie auch, Süße. Sie halten schließlich nicht für ewig, nicht einmal mit genetischer Verbesserung und Kosmetik. Am Ende schlägt uns die Gravitation immer. Ehrlich, es ist schlimmer als die Steuer.«

Louise errötete so heftig, daß sie ein Blockprogramm in ihrer neuralen Nanonik aktivieren mußte.

»Tut mir leid«, sagte Divinia und lächelte zerknirscht. »Ich und mein großer Mund. Ich bin nicht an Leute mit starken Körpertabus gewöhnt.«

»Ich habe keine Körpertabus. Ich muß mich nur erst noch daran gewöhnen, wie es hier auf der Erde ist, weiter nichts.«

»Meine Güte, du armes Ding, diese Welt muß für dich schrecklich laut und aufdringlich sein, und ich bin dir auch keine besondere Hilfe.« Sie nahm Louises Finger und zog sie hinter sich her in Richtung Pool. »Komm mit, ich stell' dich den anderen vor. Sei nicht so schüchtern. Es wird dir Spaß machen, versprochen.«

Nach einer Sekunde des Widerstands ließ sich Louise von ihr mitziehen. Man konnte nicht lange böse sein auf jemanden mit einer solchen Frohnatur.

»Weißt du, was Charlie macht?« fragte sie vorsichtig.

»O Gott, ja, natürlich, Süße. Er ist einer von den Supervisoren. Das ist schließlich der Grund, warum ich mit ihm zusammen bin.«

»Zusammen?«

»Wir vögeln uns gegenseitig besinnungslos. Diese Art Zusammen. Stell dir vor, ich muß ihn mit der Hälfte der anderen Mädchen hier teilen!«

»Oh.«

»Ich bin entsetzlich, nicht wahr? Meine Güte! Überhaupt keine Dame.«

»Kommt darauf an, unter welchen Gesichtspunkten man es betrachtet«, erwiderte Louise herausfordernd.

Divinias Grinsen erzeugte tiefe Grübchen unter der gewaltigen Menge an Sommersprossen. »Wow, eine echte Norfolker Rebellin! Gut für dich. Gib diesen mittelalterlichen schwachköpfigen Machos Saures, wenn du wieder zurück bist.«

Louise wurde jedem am Pool vorgestellt. Es waren über zwanzig von ihnen, sechs Kinder, der Rest irgendwo zwischen fünfzehn und dreißig. Zwei Drittel waren Frauen. Alle ohne Ausnahme hinreißend, wie ihr nicht verborgen blieb. Es endete damit, daß sie die Schuhe ausgezogen hatte und die Beine im Pool baumeln ließ. Divinia setzte sich zu ihr und reichte ihr ein frisches Glas Pimm's.

»Cheers.«

»Cheers.« Louise nahm einen Schluck. »Wie hast du ihn kennengelernt?«

»Charlie? Oh, Daddy macht schon seit Jahrzehnten mit ihm Geschäfte. Wir sind nicht so reich wie Charlie, aber wer ist das schon? Aber ich habe den richtigen Stammbaum, Süße. Ganz zu schweigen vom Körper.« Sie rührte mit ihrem Stab im Glas, während ihr Gesicht zu einem spöttischen Lächeln verzogen war.

Louise lächelte offen zurück.

»Es hat etwas mit Klasse zu tun«, fuhr Divinia fort. »Man wird nicht in diesen magischsten aller Zirkel eingeladen, wenn man nicht ganze Banken voller Geld hat, und selbst das reicht allein noch nicht. Das Aussehen zählt fast genausoviel. Man braucht die Arroganz und

Verachtung für das Normale, damit einen die bloße Enthüllung der Existenz von B7 nicht aus der Bahn wirft. Auch das hab' ich eimerweise. Ich wurde total verzogen, Tonnen mehr Geld als Grips. Aber ich habe auch reichlich Grips, die besten Neuronen, die man mit Geld in seine DNS sequenzieren lassen kann. Das hat mich vor dem müßigen Leben einer Erbin bewahrt. Ich bin einfach zu schlau.«

»Und was machst du den ganzen Tag?«

»Im Augenblick überhaupt nichts, Süße. Ich bin lediglich hier, weil ich eine gute Gesellschafterin für Charlie bin. Es bedeutet, daß ich mich amüsieren kann, und zwar ausgesprochen gut und reichlich. Jede Menge Sex, Partys mit Charlie und Co., noch mehr Sex, bergeweise gratis einkaufen gehen, die Londoner Clubs, Sex, Shows und Konzerte, Sex, eine Tour durch das O'Neill-Halo, Sex im Freien Fall! Das ist es, was ich im Augenblick mache, und ich kriege den Hals nicht voll davon. Wie gesagt, alles sackt tiefer und tiefer, je älter man wird, also genieße deine Jugend, solange du sie noch hast. So bin ich nun einmal, weißt du? Und ich kenne mich selbst verdammt genau. Ich weiß, daß es keinen Sinn macht, ein Leben wie dieses hundert Jahre lang fortzusetzen. Es ist eine Verschwendung, eine einzige, totale, hundserbärmliche Verschwendung. Ich habe die müßigen Reichen gesehen, wie sie mit sechzig sind. Sie machen mich krank. Ich habe Geld, ich habe Verstand, und ich habe keinerlei Skrupel – daraus ergibt sich ein verdammt großes Potential. Wenn ich fünfunddreißig bin oder vierzig, mache ich etwas aus meinem Leben. Ich weiß noch nicht genau, was das sein wird, vielleicht mit einem Raumschiff ins galaktische Zentrum vorstoßen oder ein Geschäftsimperium aufbauen, das der Kulu Corporation nicht nachsteht oder eine Kultur gründen, die noch wunderbarer ist als die der Edeniten, wer weiß? Aber ich werde es tun, und ich werde es erstklassig tun.«

»Ich wollte immer reisen«, sagte Louise. »Solange ich mich zurückerinnern kann.«

»Wunderbar!« Divinia stieß ihr Glas mit lautem Klingen gegen Louises. »Siehst du, du hast es getan! Du hast mehr von der Galaxis gesehen als ich. Herzlichen Glückwunsch, du bist eine von uns.«

»Aber ich mußte von zu Hause weg. Die Besessenen waren hinter mir her.«

»Sie waren hinter jedem her. Aber du bist diejenige, die ihnen entkommen konnte. Dazu braucht es Mut, ganz besonders für jemanden mit deinem Hintergrund.«

»Danke sehr.«

»Keine Sorge.« Sie streichelte über Louises langes Haar und dirigierte die wogenden Flexitive weich über ihre Schultern nach hinten. »Irgend jemand wird eine Lösung finden. Wir werden dir dein Norfolk wieder zurückbringen, und wir werden Dexters Verstand zusammen mit seiner Seele ins Nichts blasen.«

»Fein«, schnurrte Louise. Sonnenlicht und der Pimm's hatten sie wundervoll schläfrig gemacht. Sie hielt ihr Glas hoch, um es nachfüllen zu lassen.

Von all den seltsamen Tagen, die sie erlebt hatte, seit sie ihrem Vater Lebewohl gewinkt hatte, war dieser hier ohne Zweifel der mental am stärksten befreiende. Die Unterhaltung und die Gesellschaft von Charlies Freunden und Kindern erweckte ein schwaches Gefühl von Eifersucht in ihr. Sie waren nicht weniger moralisch als sie selbst, nur eben anders. Weniger Sorgen und Komplexe beispielsweise. Sie fragte sich, ob echte Aristokratie bedeutete, daß man kein Gen für Schuldempfindungen in sich trug. Ein wundervolles Leben.

Als die schrecklich ausdauernden Schwimmer endlich müde waren und die Sonne bereits den Rand der Kuppel berührte, bestand Divinia darauf, Louise zu einer Massage mitzunehmen. Sie war entsetzt über die Tatsache, daß Louise noch nie massiert worden war. Zwei der anderen Mädchen gesellten sich zu ihnen in einem der ursprünglichen Stallgebäude, das zu einer Sauna mit einem Fitneßraum umgebaut worden war.

Mit dem Gesicht nach unten und nur einem Handtuch über dem Po erlebte Louise das schmerzhafte Wohlgefühl der kräftigen Masseurshände, die zuerst ihren Körper durchklopften und dann jeden einzelnen Muskel kneteten. Ihre Schultern wurden so locker, daß sie meinte, sie müßten abfallen.

»Woher kommt all das Personal hier?« fragte sie irgendwann. Es war schwer vorstellbar, daß so viele eingeweihte Leute dazu gebracht werden konnten, das Geheimnis von B7 zu wahren.

»Sie sind sequestriert«, antwortete Divinia. »Kriminelle, die vom GISD geschnappt wurden.«

»Oh.« Louise drehte den Kopf und betrachtete die stämmige Frau, die mit steifen Fingern ihre Oberschenkelmuskulatur bearbeitete. Es schien ihr überhaupt nichts auszumachen, daß ihre Versklavung so offen diskutiert wurde. Die Vorstellung bedrückte Louise, obwohl es nicht viel besser war, sie zu Zettdees zu machen. Gleich wie, sie waren dazu verdammt, für andere zu arbeiten. Diese Methode hier war lediglich eine Spur härter. Andererseits hatte sie nicht die geringste Ahnung, wie schlimm das Verbrechen gewesen war, das zu dieser Strafe geführt hatte. *Denk nicht darüber nach. Es ist schließlich nicht so, als könntest du etwas daran ändern.*

Divinia und die anderen Mädchen schnatterten ununterbrochen während der gesamten Massage. Sie redeten und lachten und amüsierten sich über Jungs, Partys, Spiele. Obwohl es in einem Tonfall war, der fast an Wehmut erinnerte. Orte, die sie niemals wiedersehen würden, Freunde, die außer Reichweite waren. Als wäre die Erde bereits verloren.

Als Louise den Fitneßraum verließ, fühlte sie sich voll frischer Energie. Divinia begleitete sie zum Haus und zeigte ihr das Gästezimmer, in dem sie untergebracht war. Es lag im ersten Stock mit einem Ausblick über den Obstgarten. Die Decke mit den dicken Eichenbalken hing tief, kaum einen Fuß über Louises Kopf, und verlieh dem Zimmer eine heimelige Atmosphäre. Ein Himmelbett trug seinen Teil dazu bei, genau wie die Stoffe aus rotem und goldenem Brokat, aus denen Baldachin und Vorhänge gemacht waren.

Sämtliche Taschen und Koffer ihres Gepäcks waren auf einem Bettkasten am Fußende ihres Bettes sauber aufgestapelt. Divinia stürzte sich begierig darauf und machte sich daran, die Kleider durchzugehen. Das lange blaue Abendkleid wurde hervorgezogen und bewundert, genau wie eine Reihe anderer. Trotzdem war keines von ihnen so richtig passend, erklärte Divinia. Sie wollte Louise eines leihen, das für den Abend gehen würde.

Es stellte sich als ein recht schändliches kleines schwarzes Cocktailkleid heraus, das Louise im ersten Augenblick abstoßend fand. Divinia benötigte volle zehn Minuten, um sie dazu zu überreden, es wenigstens anzuprobieren. Sie schmeichelte und lobte und ermutigte aus Leibeskräften. Als Louise es schließlich am Leib hatte, litt sie unter einer bis dahin unbekannten Art von Selbstzweifeln. Man benötigte schon ein ganz außergewöhnlich hoch entwickeltes Selbstbewußtsein, um ein Kleid wie dieses vor anderen Menschen zu tragen.

Genevieve kam ins Zimmer, kurz bevor es Zeit war, nach unten zu gehen. »Ich werd' verrückt, Louise!« staunte sie mit weiten Augen, als sie das Kleid erblickte.

»Ich kuriere mich selbst«, erzählte Louise ihr. »Es ist nur für heute abend.«

»Das hast du beim letzten Mal auch gesagt.«

Die Bewunderung von Charlie und seinen Freunden, als sie auf die Terrasse hinaustrat, war Belohnung genug. Charlie und die anderen Männer trugen Smokings, während sämtliche Frauen Cocktailkleider anhatten, manche noch verlockender als Louises ausgeliehenes Stück.

Draußen vor der Kuppel hatte die Sonne den Horizont erreicht. Licht ergoß sich symmetrisch von der großen strahlend orangefarbenen Scheibe und breitete sich in sanften Wellen über das üppige Land aus. Charlie führte Louise hinüber zum Rand der Terrasse, so daß sie den Sonnenuntergang besser sehen konnte. Er reichte ihr eine schlanke Kristallflöte.

»Ein Sonnenuntergang bei Champagner und in Begleitung einer wunderschönen Frau. Keine schlechte letzte Erinnerung an die alte Welt, auch wenn sie ein wenig schwermütig ist. Wie äußerst rücksichtsvoll vom Wetter, daß es extra für uns klar geblieben ist. Der erste Gefallen, den es uns seit fünf Jahrhunderten getan hat.«

Louise trank Champagner und bewunderte die reine Eleganz des strahlenden orangefarbenen Sterns. Sie erinnerte sich, daß die Luft über Bytham so klar gewesen war wie hier, kurz bevor es von heimtückischen Schleiern der roten Wolke infiltriert worden war. Es war ihre letzte Erinnerung an zu Hause.

»Es ist wundervoll«, sagte sie.

Beim Essen saß sie neben Charlie. Es war, wie nicht anders zu erwarten, eine prachtvolle Tafel. Das Essen war exquisit, der Wein mehr als hundert Jahre alt. Sie war gefesselt von den Themen der Konversation, und sie lachte über Geschichten von Fehlern und sozialen Katastrophen, die nur je einer Elite wie dieser hier passieren konnten. Obwohl sie alle wußten, daß sie ihre Heimatwelt innerhalb weniger Tage würden verlassen müssen, strahlten sie eine Selbstsicherheit ohnegleichen aus. Nach einer Ewigkeit voller Depressionen und Angst war es für Louise ein wundervolles Gefühl, derart unerschrockenen Optimismus zu erleben.

Charlie brachte sie von allen am häufigsten zum Lachen. Sie wußte warum, doch es schreckte sie nicht länger. Ihre schlaue, raffinierte Verführung und die Anstrengungen, die er hineinlegte, weckten in ihr ein starkes Gefühl von Zugehörigkeit. Er spielte seine Rolle klassisch und betörend verfeinert. Für jemanden, der einen ganzen Planeten unterdrückte, war er unglaublich charmant.

Er half sogar Divinia dabei, sie am Ende des Abends nach oben zu bringen. Nicht, daß sie betrunken gewesen wäre und Hilfe benötigt hätte, sie wollte nur die Stimmung nicht verderben, indem sie das gemeine kleine Dekontaminierungsprogramm in den Primärmodus schaltete. Die Hände der beiden ließen sie erst unmittelbar vor ihrer Tür los, und sie lehnte sich gegen den Rahmen, froh um die Stütze, die er bot.

»Mein Schlafzimmer ist direkt die Treppe hinunter«, murmelte Charlie. Er küßte Louise sanft auf die Stirn. »Wenn du magst.«

Er legte den Arm um Divinia, und gemeinsam gingen sie die Treppe hinunter.

Louise schloß die Augen und preßte die Lippen zusammen. Sie drehte sich um, legte die Stirn an die kühle Fläche ihrer eigenen Schlafzimmertür und stolperte hinein.

Sie hatte ihren Atem immer noch nicht unter Kontrolle, und ihre Haut war erhitzt. Heftig schloß sie die Tür hinter sich. Ein weißes Seidennegligé lag auf ihrem Bett bereit, neben dem ihr Cocktailkleid sittsam aussah.

Gütiger Herr im Himmel, was mache ich jetzt?

Sie hob das Negligé auf.

Niemand hier wird geringer von mir denken, wenn ich mit ihnen Sex habe. Die Tatsache, daß diese Option tatsächlich bestand, ließ sie vor Staunen lächeln. Es gab keine Ordnung mehr im Universum. Nichts war mehr so, wie sie es gekannt hatte.

Mache ich es oder nicht? Die einzigen Schuldgefühle sind die, die ich mir selbst einrede. Und das ist nur das Produkt meiner Erziehung. Also, alle Tapferkeit beiseite – wie unabhängig bin ich wirklich von Norfolk geworden?

Sie stand vor dem Spiegel. Ihr Haar war offen, die Flexitive inaktiv, und es hing wie immer dunkel und widerspenstig herab. Das Negligé klebte an ihrem Leib und zeigte provokativ jede Rundung. Ihre Erregung war nicht zu übersehen. Ein sinnliches Grinsen breitete sich über ihrem Gesicht aus, als sie anerkannte, wie unglaublich attraktiv sie war.

Joshua hatte ihre Nacktheit immer bewundert, fast wie in einem Taumel, wenn sie sich ihm hingegeben hatte. Und das war die einzige Antwort, die sie brauchte.

Louise wurde wach, als Genevieve auf ihr Bett sprang und sie begeisterte schüttelte. Sie hob den Kopf und wischte sich das wilde Haar aus dem Gesicht. Ihr Mund war ekelhaft trocken, und sie litt unter mörderischen Kopfschmerzen.

Für die Zukunft – aktiviere das Dekontaminationsprogramm, bevor du dich schlafen legst. Bitte!

»Was denn?« krächzte sie.

»Ach, komm schon, Louise. Ich bin seit Stunden auf!«

»O mein Gott!« Schwerfällige Gedanken adressierten viel zu helle neurale Symbole, und ihre Nanonik sandte eine Reihe von Befehlen an das Medipack um ihr Handgelenk. Es begann unverzüglich mit der Regulierung ihrer Blutchemie und filterte die giftigen Rückstände aus. »Ich muß aufs Klo«, murmelte sie.

»Woher hast du dieses Nachthemd?« brüllte Genevieve hinter ihr her, als sie in Richtung des Badezimmers stolperte.

Zum Glück hing hinter der Tür ein großes Handtuch. Sie hüllte sich darin ein, bevor sie in das Schlafzimmer und zu ihrer jüngeren Schwester zurückkehrte. Dank des Medipacks war ihr Kopf bereits ein gutes Stück klarer, obwohl ihr Körper noch immer unter den Auswirkungen der Nacht litt.

»Divinia hat es mir geliehen«, sagte sie rasch, um weiteren Fragen zuvorzukommen.

Genevieves breites Grinsen war verschlagen und selbstgefällig. Sie ließ sich rücklings auf das Bett fallen und verschränkte die Hände hinter dem Kopf. »Du hast einen Kater, gib es zu!«

»Teufelskind.«

Im Frühstücksraum gab es einen langen Tresen mit großen silbernen Wärmern mit einer beträchtlichen Vielfalt an Speisen darin. Louise hob jeden einzelnen Deckel. Sie kannte nicht einmal die Hälfte des Angebots. Am Ende begnügte sie sich mit den üblichen Frühstücksflocken, gefolgt von Rührei. Eine der Mägde brachte ihr eine Tasse frischen Tee.

Divinia und Charlie betraten den Raum, kurz nachdem Louise angefangen hatte zu essen. Er schenkte Louise ein gemessenes Lächeln, in dem ein Hauch von Bedauern lag. Die einzige Anspielung, die er auf seine Einladung vom vergangenen Abend machte.

Er fuhr Genevieve durch die Haare, als er sich zu ihnen setzte, was ihm einen mißbilligenden Blick einbrachte.

»Und wann brechen wir auf?« fragte Louise.

»Ich weiß es noch nicht«, antwortete Charlie. »Ich halte die Entwicklung im Auge. New York und London sind gegenwärtig die kritischen Orte. Es sieht aus, als würde New York im Verlauf einer Woche fallen. Die Einwohner können den Besessenen nicht viel länger widerstehen, und sie verlieren an Boden.«

»Was wird geschehen, wenn die Besessenen die Stadt übernommen haben?«

»An diesem Punkt wird das Leben wirklich unangenehm. Ich fürchte, unser lieber Präsident hat inzwischen auch herausgefunden, wozu derart viele Besessene imstande sind. Er hat Angst, sie könnten versuchen, die Erde aus diesem Universum zu entführen. Damit bleiben ihm zwei Möglichkeiten. Er kann die Elektronenstrahlen der strategischen Plattformen einsetzen und den Umkreis von New York beschießen in der Hoffnung, daß sie das gleiche tun wie in Ketton und zusammen mit einem großen Stück Land von hier verschwinden. Falls nicht, bleibt nur noch eine Wahl, und die ist äußerst kraß. Entweder wir gehen mit ihnen, oder die strategischen Waffen feuern direkt auf die Arkologie ...«

»Und töten alle?« fragte Genevieve furchtsam.

»Ich fürchte ja.«

»Wird er das wirklich tun? Eine ganze Arkologie?«

»Ich bezweifle, daß er den Mut hat, eine solche Entscheidung zu fällen. Er wird den Senat konsultieren, in der Hoffnung, daß sie die Schuld auf sich nehmen, aber sie werden ihm lediglich die Ermächtigung geben und den Ball wieder zurückspielen, ohne sich die Finger schmutzig zu machen. Falls er tatsächlich den Befehl erteilt, auf die Arkologie zu feuern, wird B7 die orbitalen Waffen vorher deaktivieren. Ich bin der Meinung, wir sollten zulassen, daß die Besessenen die Erde entführen. Es ist eine gefühllose Gleichung, aber auf diese Weise verursachen wir langfristig den geringsten Schaden. Eines Tages werden wir herausfinden, wie wir sie zurückbringen können.«

»Du glaubst wirklich, daß das möglich ist?« fragte Louise.

»Wenn ein Planet aus dem Universum entfernt werden kann, dann kann man ihn auch wieder zurückbringen. Aber frag mich nicht wann.«

»Und was ist mit London?«

»Das ist schon schwieriger. Wie ich meinen werten Kollegen bereits mitgeteilt habe, falls es Dexter gelingt, die Kontrolle über genug Besessene zu gewinnen, kann er jedem seinen Willen aufzwingen, gleichgültig, ob er besessen ist oder nicht. Falls es soweit kommt, könnten wir tatsächlich gezwungen sein, die strategischen Waffen einzusetzen, um jeden Besessenen zu töten, den er kommandiert. Nur so können wir ihm seine Macht wieder nehmen.«

Louise verlor jegliches Interesse an ihrem Frühstück. »Wie viele Menschen?«

»Strategische Waffen sind kein Kinderspielzeug. Es wird eine ganze Menge Unschuldiger treffen. Eine schreckliche Menge«, sagte er bedeutungsvoll. »Wahrscheinlich müssen wir Tausende von Besessenen unter Beschuß nehmen.«

»Das kannst du nicht tun. Charlie, das kannst du einfach nicht!«

»Ich weiß. B7 überlegt bereits, ob wir den New Yorker Besessenen nicht aktiv helfen sollten, die gesamte Arkologie zu übernehmen. Falls es ihnen gelingt, bevor Quinn Dexter seine Machtbasis ausdehnen kann, werden sie die Erde aus diesem Universum entführen, bevor er seine finsteren Pläne verwirklichen kann.«

»Herr im Himmel! Das ist nicht eine Spur besser.«

»Ja«, sagte er bitter. »Wer will schon die Welt regieren, wenn es heißt, derartige Entscheidungen zu treffen? Und wir müssen diese Entscheidungen treffen, leider. Wir können nicht einfach so verschwinden.«

Nach der milden Euphorie des vergangenen Tages darüber, daß sie endlich einen wirklich sicheren Hafen erreicht hatten, ganz gleich, wie unorthodox er auch sein mochte, raubten Charlies schlechte Neuigkeiten den beiden Schwestern wieder einmal allen Mut. Sie verbrachten den gesamten Morgen im Gesellschaftszimmer und starrten in eine große AV-Projektion, um herauszufinden, was um sie herum vorging.

Zuerst schalteten sie zwischen den Londoner Nachrichtensendungen hin und her, bis Louise herausfand, daß die Netzprozessoren ihr Zugriff auf die Sicherheitssensoren gewährten, die überall in den Rahmen der Westminster-Kuppel eingelassen waren. Sie war sogar imstande, das taktische Gitterdisplay der lokalen Polizei über das einzigartige Panorama von Londons Straßen und Plätzen zu legen. Sie konnten die Ereignisse in Echtzeit verfolgen, ohne die aufdringlichen Kommentare und Spekulationen der Reporter. Nicht, daß viel zu sehen gewesen wäre. Gelegentlich eine rennende Gestalt. Weißes Feuer, das hinter geschlossenen Fenstern aufflackerte. Polizeifahrzeuge, die sich einem Gebäude näherten. Schwer bewaffnete Beamte auf dem Weg ins Innere. Manchmal kamen sie wieder zurück nach draußen und schleppten Besessene in bereitstehende Null-Tau-Kapseln. Manchmal blieben sie auch verschwunden, und ein Ring leerer Fahrzeuge mit aktivierten Blaulichtern blockierte die umliegenden Straßen. Lokale Ämter, Verwaltungsgebäude und Polizeireviere, die ohne jede Vorwarnung in Flammen aufgingen. Keine Feuerwehren kamen zu ihrer Rettung. Sobald die betreffende Regierungseinrichtung niedergebrannt war, erstarben die Flammen auf die gleiche mysteriöse Art und Weise, wie sie gekommen waren, und hinterließen einen zusammengefallenen Haufen schwarzer schwelender Ruinen zwischen zwei vollkommen unbeschädigten Gebäuden.

Reporter in Streifenwagen der Polizei sowie die Überwachungsprogramme der KI's zeigten, daß kleine Banden von Besessenen durch die Stadt zogen, indem sie die Tunnel der unterirdischen Nahverkehrsmittel und die Wartungsschächte benutzten. Je weiter sie sich über die Arkologie ausbreiteten, desto mehr elektrische Anlagen fielen aus. Mehrere Bezirke waren ohne Strom. Dann starben korrespondierende Sektionen des Kommunikationsnetzes. Mehr und mehr Sicherheitskameras auf

Straßenniveau fielen aus. Sie alle zeigten einen grellen Blitz weißen Feuers, bevor das Bild dunkel wurde. Reporter gingen mitten in Sens-O-Vis-Übertragungen aus der Leitung. Datavis-Sendungen der Polizei wurden mehr und mehr gestört, und alles breitete sich viel schneller aus, als die Besessenen alleine – rein statistisch betrachtet – es hätten erreichen können. Der GISD schätzte, daß die Rate der Desertionen inzwischen nahezu vierzig Prozent betrug.

Über London war zwar noch immer eine Ausgangssperre verhängt, doch GovCentral erzwang nicht länger ihre Einhaltung.

Am späten Vormittag trotteten Servitor-Schimps in den Gesellschaftsraum und begannen mit dem Verpacken des antiken Silbers und der Vasen. Ihre Vorbereitungen machten deutlich, wie verzweifelt die Lage inzwischen war, trotz der physischen Entfernung zwischen dem alten Landhaus und London.

Durch eine der offenen Türen erhaschte Louise einen Blick auf Charlie; er führte seine beiden Labradors zum Spazieren über den Rasen aus. Genevieve und Louise rannten ihm hinterher.

Charlie blieb bei einem Tor in der Eibenhecke stehen und wartete auf die beiden. »Ich wollte die Hunde ein letztes Mal ausführen, weiter nichts«, sagte er. »Wir werden wahrscheinlich morgen von hier aufbrechen. Ich fürchte, ihr müßt wieder einmal packen.«

Genevieve kniete nieder und streichelte den goldenen Labrador. »Aber du läßt die Hunde doch nicht hier zurück, oder?«

»Nein. Sie kommen in Null-Tau. Ich lasse sie ganz bestimmt nicht zurück. Und eine ganze Menge anderer Dinge auch nicht. Ich habe Jahrhunderte gebraucht, um meine kleine Sammlung von Schnickschnack aufzubauen. Mit der Zeit wird man schrecklich sentimental mit den einfachsten Dingen. Ich besitze vier Kuppeln wie diese hier in verschiedenen Gegenden der Welt, jede mit einem anderen Klima. Ich habe viel Arbeit in jede davon gesteckt. Aber seht es einmal von der guten Seite, ich kann meine Erinnerungen mit mir nehmen, im wahrsten Sinne des Wortes.«

»Wohin wirst du von hier gehen?« fragte Louise.

»Ich bin noch nicht sicher, ehrlich«, antwortete er. »Ich brauche eine industrialisierte Welt als Basis, wenn ich die Kontrolle über meine Industriekonzerne behalten will. Kulu wird mich wohl kaum willkommen heißen; die Saldanas sind äußerst territorial. Vielleicht New Washington, ich besitze ein wenig Einfluß dort. Möglicherweise germiniere ich auch irgendwo ein unabhängiges Habitat.«

»Aber es ist nur vorübergehend, oder?« drängte Louise. »Nur bis wir eine Antwort gefunden haben.«

»Ja. Vorausgesetzt, Dexter ist nicht hinter der gesamten Menschheit her. Er ist auf seine eigene abstoßende Weise eine äußerst bemerkenswerte Persönlichkeit, mindestens ebenso kompetent wie Capone. Ich hätte nicht gedacht, daß er London so schnell in seine Hände bekommen würde. Ein weiterer Fehler in einer mittlerweile deprimierend langen Liste.«

»Was wirst du tun? Der Präsident wird keinen Orbitalschlag befehlen, oder? In den Nachrichten heißt es, der Senat hätte sich zu einer Sitzung unter Ausschluß der Öffentlichkeit zurückgezogen.«

»Nein, er wird keinen Feuerbefehl erteilen, jedenfalls nicht heute. London ist vor ihm sicher. Solange sich über den Kuppeln keine roten Wolken bilden, betrachtet er die Londoner Besessenen nicht als eine Gefahr für den Rest der Welt.«

»Das war dann alles? Wir verschwinden einfach von hier, weiter nichts?«

»Ich tue mein Bestes, Louise. Ich bemühe mich immer noch, Dexters gegenwärtige Position zu finden. Noch besteht die Chance, den Erinnerungslöscher gegen ihn einzusetzen. Ich bin überzeugt, daß er sich irgendwo im Zentrum der Londoner City aufhält; dort konzentrieren sich die Ausfälle der elektronischen Einrichtungen. Wenn es mir gelingt, jemanden dicht genug an ihn heranzubringen, können wir ihn eliminieren. Wir haben einen Projektor gebaut, der mit BiTek-Prozessoren arbeitet. Er müßte auch dann noch störungsfrei funktionieren, wenn Besessene in der Nähe sind und normale Elektronik versagt.«

»Die Besessenen können die Gedanken von jedem spüren, der ihnen feindlich gesonnen ist. Niemand kann unbemerkt in ihre Nähe gelangen, der ihnen gefährlich werden könnte.«

»Normalerweise, ja. Aber wir haben einen Verbündeten. Er nennt sich selbst einen Freund von Carter McBride. Ein Besessener, der Quinn Dexter haßt und den Mut besitzt, sich ihm zu widersetzen. Und ich weiß, daß er sich in London aufhält; er könnte wahrscheinlich nahe genug an Dexter herankommen. Das Problem ist nur – er ist genauso schwer zu finden wie Dexter.«

»Fletcher hätte uns helfen können«, sagte Genevieve. »Er hat Dexter wirklich gehaßt. Und er hat sich auch nicht vor ihm gefürchtet.«

»Ich weiß«, sagte Charlie. »Ich überlege, ob ich ihn nicht um Hilfe bitten soll.«

Louise starrte ihn erstaunt an; sicherlich hatte sie sich verhört. »Soll das heißen, Fletcher ist noch immer hier?«

»Nun ja«, antwortete Charlie, überrascht von ihrer Überraschung. »Er wird oben im Halo in einem Hochsicherheitstrakt des GISD festgehalten, wo er unseren Wissenschaftlern hilft, die Physik der Possession zu erforschen. Ich fürchte nur, sie haben bisher keine größeren Fortschritte erzielt.«

»Warum hast du mir nichts davon erzählt?« fragte Louise mit weichen Knien. Es waren die besten Nachrichten seit langem, obwohl sie von Schuldgefühlen für den Mann begleitet waren, dessen Körper Fletcher in Besitz genommen hatte.

Und von dem Wissen, daß sie jetzt irgendwann erneut um ihn würde trauern müssen. Aber ... er war noch immer bei ihnen, und das machte all die Komplikationen ein gutes Stück erträglicher.

»Ich dachte, es wäre vielleicht besser, ihn nicht zu fragen. Ihr beide habt bereits genug durchgemacht, und ihr seid über ihn hinweggekommen. Es tut mir leid.«

»Und warum erzählst du uns das jetzt?« fragte Louise wütend und mißtrauisch zugleich.

»Verzweifelte Zeiten«, antwortete Charlie tonlos.

»Oh.« Louise sank zusammen, als das Begreifen einsetzte. Sie fragte sich, wie tiefgründig seine Art der Manipulation reichte. »Ich werde ihn für dich bitten.«

»Danke, Louise.«

»Unter einer Bedingung. Genevieve wird nach Tranquility gebracht. Heute noch.«

»Louise!« kreischte ihre kleine Schwester.

»Keine Widerrede«, sagte Louise.

»Selbstverständlich«, stimmte Charlie zu. »Ich sorge dafür.«

Genevieve stemmte die Hände in die Hüften. »Ich will aber nicht!«

»Du mußt, Kleine. In Tranquility bist du sicher. Wirklich sicher, nicht wie hier auf diesem Planeten.«

»Gut. Dann kommst du auch mit.«

»Ich kann nicht.«

»Warum nicht?« Das junge Mädchen kämpfte mit den Tränen. »Fletcher möchte, daß du in Sicherheit bist. Du weißt, wie sehr er sich das wünscht.«

»Ich weiß. Aber ich bin die Garantie dafür, daß er macht, um was wir ihn bitten.«

»*Selbstverständlich* wird er diesen Dexter töten! Er haßt ihn, du weißt, daß er ihn haßt. Wie um alles in der Welt kannst du nur so schlecht von ihm denken? Das ist schrecklich, Louise, wirklich schrecklich!«

»Ich denke nicht schlecht von Fletcher. Aber andere tun es.«

»Charlie nicht. Oder, Charlie?«

»Nein, ich denke bestimmt nicht schlecht von Fletcher. Doch meine werten Kollegen von B7 werden Garantien verlangen.«

»Ich hasse dich!« schrie Genevieve. »Ich hasse euch alle! Und ich gehe nicht nach Tranquility!« Sie wirbelte herum und rannte über den Rasen in Richtung des Hauses davon.

»Meine Güte!« sagte Charlie. »Ich hoffe, sie beruhigt sich wieder.«

»Ach, halt die Klappe«, fuhr Louise ihn an. »Oder hab wenigstens den Mut einzugestehen, was du bist. Oder hast du den vielleicht auch verloren, zusammen mit dem Rest an Menschlichkeit?«

Für einen winzigen Augenblick sah sie sein wahres Selbst, als ein Anflug von Zorn über seine Gesichtszüge huschte. Ein Jahrhunderte altes Bewußtsein, das sie nüchtern durch die Augen eines jugendlichen Körpers betrachtete. Sein Körper war eine geschicktere Illusion als alles, was die Realdysfunktion der Besessenen je erreichen konnte. Alles, was er tat, jede Emotion, die er zeigte, war nichts weiter als ein mentaler Zustand, den er nach Belieben benutzte, wo es ihm angebracht erschien. Fünf Jahrhunderte Leben hatten Charlie ein ganzes Paket beinahe-automatischer Reaktionen auf seine Umwelt entwickeln lassen. Äußerst raffinierter Reaktionen, doch sie wurzelten in nichts, was Louise als menschlich wiedererkannt hätte. Die Weisheit einer halben Ewigkeit hatte ihn weit über die Ursprünge eines gewöhnlichen Menschen erhoben.

Sie eilte ihrer Schwester hinterher.

Die Verbindung zum O'Neill-Halo wurde über einen großen Holoschirm in einem der Gesellschaftsräume hergestellt. Louise saß vor dem Schirm auf einem Sofa, und Genevieve hatte sich an ihre Seite gekuschelt. Das junge Mädchen hatte sich die Seele ausgeweint – vergeblich. Es hatte die Willensschlacht gegen Louise verloren. Wenn das hier vorbei war, würde Genevieve nach Tranquility fliegen. Louise fühlte sich deswegen nicht viel besser.

Blaue Linien flackerten in Wellen aus dem Holoschirm, und ein Bild nahm Form an. Fletcher saß an einem Metallschreibtisch, gekleidet in die Uniform der britischen Marine seiner Zeit. Er blinzelte, schielte in die Aufnahmeoptik und lächelte dann.

»Meine werten Ladies, ich kann Euch gar nicht sagen, wie froh ich bin, Euch in Sicherheit zu sehen.«

»Hallo Fletcher«, erwiderte Louise seinen Gruß. »Geht es Ihnen gut?«

Genevieve lächelte strahlend und winkte ihm frenetisch zu.

»Es scheint so, werte Lady Louise. Die Gelehrten dieser Zeit haben mich ganz schön in Atem gehalten und meine armen alten Knochen mit ihren Maschinen gepiesackt. Viel genutzt hat es ihnen indes nicht; sie gestehen freimütig ein, daß unser lieber Gott im Himmel eifersüchtig über die Geheimnisse Seiner Schöpfung wacht.«

»Ich weiß«, erwiderte Louise. »Keiner hier unten hat auch nur die geringste Ahnung, was zu tun ist.«

»Und Ihr, Lady Louise? Wie geht es Euch und der kleinen Dame?«

»Mir geht's prima!« plapperte Genevieve munter drauflos. »Wir haben einen Polizisten kennengelernt. Er heißt Charlie und ist in Wirklichkeit ein Diktator. Ich mag ihn nicht besonders, aber er hat uns aus London geholt, bevor die Dinge dort zu schlimm geworden sind.«

Louise legte eine Hand auf Genevieves Arm und

brachte sie damit zum Schweigen. »Fletcher, Quinn Dexter ist hier unten auf der Erde. Er läuft frei und ungehindert in London herum. Man hat mich gebeten zu fragen, ob Sie helfen könnten, ihn aufzuspüren?«

»Mylady Louise, dieser Schurke hat mich schon einmal besiegt. Wir sind nur durch Gottes Gnade und eine gewaltige Portion Glück entkommen. Ich fürchte, ich wäre nur wenig nützlich gegen ihn.«

»Charlie besitzt eine Waffe, die vielleicht funktionieren könnte, wenn wir sie nur nahe genug an Dexter heranbringen. Und es muß ein Besessener sein, der sie trägt. Niemand sonst hat auch nur die geringste Chance. Fletcher, es wird wirklich schlimm werden hier unten, wenn niemand Quinn Dexter aufhält. Die einzige Alternative der Behörden ist, viele, viele Menschen zu töten. Wahrscheinlich Millionen.«

»Aye, Lady. Ich kann spüren, wie die Seelen voller Aufregung der Dinge harren, die da kommen. Viele, viele Leiber werden für ihre Übernahme bereit gemacht, und man verspricht ihnen mehr und mehr. Ich fürchte, der Tag der Abrechnung naht sich unaufhaltsam. Bald werden alle Menschen zu wählen haben, wo sie mit ihren Herzen stehen.«

»Also werden Sie nach unten kommen?«

»Selbstverständlich, werte Lady Louise. Wie könnte ich Euch je eine Bitte ausschlagen?«

»Dann treffen wir uns in London, Fletcher. Charlie hat bereits sämtliche Arrangements getroffen. Genevieve wird nicht bei uns sein. Sie fliegt noch heute nach Tranquility ab.«

»Ah. Ich glaube zu verstehen. Verrat lauert unter jedem Stein auf dem Weg, den wir gehen.«

»Er tut, was er tun zu müssen glaubt.«

»Die Ausrede gar manches Tyrannen, Lady Louise«, erwiderte Fletcher traurig. »Kleine Lady? Ich möchte, daß Ihr mir versprecht, Eurer Schwester keine unnötigen

Umstände zu bereiten, bevor Ihr zu diesem magischen Schloß aufbrecht. Sie liebt Euch über alles und möchte nicht, daß Euch etwas Unrechtes geschieht.«

Genevieve klammerte sich an Louises Arm und kämpfte mühsam gegen ein Schluchzen an. »Ich verspreche es. Aber ich möchte nicht, daß einer von euch beiden weggeht. Ich möchte nicht allein zurückbleiben.«

»Ich weiß, kleine Lady. Aber unser Herr im Himmel sagt uns, daß nur die Tugendhaften tapfer sind. Zeigt Mut, Genevieve. Tut es für mich, und geht dorthin, wo Ihr in Sicherheit seid, selbst wenn es bedeutet, die zu verlassen, die Euch lieben. Nach unserem Sieg werden wir alle wieder vereint sein.«

8. Kapitel

Al wußte gleich von Anfang an, daß es ein schlimmer Tag werden würde.

Zuerst war es der Körper. Blut war Al kaum etwas Fremdes – er hatte es in seiner Zeit mehr als einmal gesehen, und meistens war er selbst dafür verantwortlich gewesen –, doch das hier drehte ihm den Magen um. Es hatte eine ganze Weile gedauert, bis jemand bemerkte, daß der gute alte Bernhard Allsop verschwunden war. Wem sollte es schon etwas ausmachen, daß die kleine Ratte nicht überall im Weg stand wie üblich? Erst als seine Aufgaben unerledigt blieben, erkundigte sich Leroy schließlich nach seinem Verbleib. Selbst dann war es noch keine dringliche Sache. Bernhards Prozessorblock reagierte nicht auf Datavis-Anfragen, also nahmen alle an, daß er sich zum Pennen in eine Ecke verpißt hatte. Ein paar Jungs wurden beauftragt, nach ihm Ausschau zu halten. Einen weiteren Tag später war Leroy beunruhigt genug, um Bernhards Verschwinden bei einem Treffen mit Capones übrigen Lieutenants zu erwähnen. Eine Suche wurde organisiert.

Es waren die Sicherheitskameras, die ihn schließlich fanden. Das heißt, sie lokalisierten die Sauerei. Die Identifikation des Opfers mußte vor Ort geschehen.

Jede Menge Blut klebte am Boden, an den Wänden und an der Decke. Soviel Blut, daß Al überzeugt war, es müsse sich um mehrere Personen handeln. Aber Emmet Mordden widersprach und meinte, die Menge passe ungefähr zu einem einzigen ausgewachsenen Mann.

Al zündete sich eine seiner Zigarren an und paffte heftig. Nicht aus Vergnügen; der Rauch überdeckte den Gestank verwesenden Fleisches. Patricia hatte das Gesicht angeekelt verzogen, und Emmet hielt sich ein

Taschentuch vor das Gesicht, während er die Überreste untersuchte.

Das Gesicht gehörte offensichtlich zu Bernhard, obwohl sich in Al immer noch leise Zweifel regten. Es sah aus, als hätte jemand die Haut ungefähr zu Bernhards Gesichtszügen verschoben. Eher eine Karikatur als ein natürliches Gesicht. Wie eine schlechte Fälschung oder eine verpfuschte kosmetische Operation.

»Und du bist ganz sicher?« wandte er sich an Emmet, der gerade mit einem langen Stab die blutgetränkte Kleidung abtastete.

»Ziemlich sicher, Al, ja. Das hier sind seine Klamotten. Und das ist sein Prozessorblock. Und du kannst nicht erwarten, daß sein Gesicht genauso aussieht, wie wir es gewohnt sind. Wir sehen schließlich nur Illusionen von uns, vergiß das nicht. Das Gesicht seines Körpers hat sich dieser Illusion immer weiter angenähert, aber das braucht seine Zeit.«

Al grunzte und warf einen weiteren Blick auf die Leiche. Die Haut war zusammengeschrumpft und spannte sich fest über Schädel und Kieferknochen, eine ganze Reihe von Kapillaren war aufgebrochen, die Augäpfel geplatzt.

Er wandte sich ab. »Ja, schon gut.«

Emmet entwand den Prozessorblock aus Bernhards leichenstarren Fingern und winkte zwei nicht-besessene Sanitäter heran, die den Toten wegschaffen sollten. Sie bugsierten den ausgetrockneten Leichnam in einen Plastiksack. Beide schwitzten stark und kämpften heftig gegen ihre Übelkeit an.

»Was ist deiner Meinung nach passiert?« fragte Al.

»Er war hier zwischen den Drucktüren gefangen, und jemand hat die Luftschleuse geöffnet.«

»Ich dachte, das wäre unmöglich?«

»Die Sicherungsmechanismen wurden umgangen«, sagte Patricia. »Ich habe es nachgeprüft. Die elektronischen Schaltkreise sind verbrannt, und jemand hat die Gestänge durchtrennt.«

»Du meinst, es war ein richtig professioneller Anschlag?« fragte Al.

Emmet tippte Befehle in Bernhards Prozessorblock. Das Gerät lieferte nur wenige zusammenhängende Antworten: kleine blaue Spiralen trieben durch das holographische Display und zerstückelten jedes Symbol, das vom Managementprogramm aufgerufen wurde. »Sieht aus, als hätte jemand per Datavis einen Virus in den Block übertragen. Ich muß ihn mit einem Desktop-Prozessor verbinden und ein Diagnoseprogramm ablaufen lassen, um ganz sicher zu gehen. Aber wie es scheint, war Bernhard nicht in der Lage, nach Hilfe zu rufen.«

»Kiera!« fluchte Al. »Sie steckt dahinter. Es gab keinerlei Alarm. Kiera wußte, daß Bernhard durch diesen Korridor kommen würde und wann. Eine Falle wie diese muß gründlich organisiert werden. Sie ist die einzige hier oben auf dem Asteroiden, die dazu imstande wäre.«

Mit der Spitze seines Stifts kratzte Emmet an der blutigen Korridorwand. Das Blut war inzwischen längst zu einem rissigen schwarzen Film getrocknet. Hauchdünne dunkle Schuppen lösten sich wie Schneeflocken vom Komposit. »Mehrere Tage alt, selbst unter Berücksichtigung der Tatsache, daß es dem Vakuum ausgesetzt war«, stellte er fest. »Bernhard hat schon während der Siegesfeier seinen Dienst nicht angetreten. Schätzungsweise ist das der Zeitpunkt, an dem es passiert ist.«

»Womit Kiera ein Alibi hätte«, sagte Patricia voll düsterem Unwillen.

»Hey!« fauchte Al. »Hier oben gibt es keine verdammten Bundesgerichte! Und es gibt keinen beschissenen Rechtsverdreher, der sie aus dem Schlamassel reißen kann, indem er der Jury den Verstand verdreht. Wenn ich sage, Kiera war es, dann war sie es. Punkt. Das Miststück ist schuldig.«

»So leicht wird sie sich nicht geschlagen geben, Al«, entgegnete Patricia. »Und mit ihrem ständigen Gerede über Trafalgar hat sie die Flotte ganz schön nervös gemacht. Alle haben Angst vor einem Vergeltungsschlag der Konföderation. Kiera hat eine Menge Anhänger, Al.«

»Scheiße!« Wütend funkelte Al den Leichensack an, während er Bernhard im stillen verfluchte. Warum konnte das kleine Arschloch nicht stärker sein? Sich gegen die Bastarde zur Wehr setzen, die ihm aufgelauert hatten, und wenigstens einen oder zwei mit sich zurück ins Jenseits nehmen? *Das hätte mir eine Menge Ärger erspart.*

Doch dann besserte sich seine Laune eine Spur. Bernhard war vom ersten Augenblick an loyal gewesen, seit er mit seinem zusammengewünschten Oldsmobile vorbeigekommen und Al aufgeladen hatte, damals in San Angeles. Wahrscheinlich war es genau diese Loyalität, die zu dem hinterhältigen Anschlag geführt hatte. Mach die mittleren Ränge fertig, die wirklich wertvollen Jungs, und du zerstörst die Machtbasis des Kerls an der Spitze.

Dieses elende ausgekochte *Miststück*!

»Das ist interessant.« Emmet hatte sich vorgebeugt und untersuchte einen Teil des Korridors, der nicht mehr von Blut besudelt war. »Diese Spuren hier. Könnten Fußabdrücke sein.«

Plötzliches Interesse ließ Al zu der Stelle gehen, um selbst einen Blick darauf zu werfen. Die Kleckse aus getrocknetem Blut besaßen ungefähr die richtige Form und Größe für Stiefelabdrücke. Es waren insgesamt acht, und sie wurden zunehmend kleiner, während sie in Richtung Luftschleuse verliefen.

Unvermittelt lachte Al laut auf. *Gottverdammt! Ich mache hier die beschissene Arbeit von Detektiven. Ich und ein Bulle!*

»Ich verstehe«, sagte Al. »Wenn sie Spuren hinterlassen haben, dann bedeutet es, daß das Blut noch feucht war, richtig? Was heißt, daß sie ungefähr um die Zeit entstanden sein müssen, als Bernhard umgebracht wurde.«

Emmet grinste. »Du brauchst mich gar nicht.«

»Sicher brauche ich dich.« Al klopfte ihm auf die Schulter. »Emmet, mein Junge, du bist gerade zum Polizeichef dieses gesamten lausigen Felsens geworden. Ich will wissen, wer das hier getan hat, Emmet. Ich will es verdammt noch mal wissen!«

Emmet kratzte sich am Hinterkopf und ließ den Blick über die gräßliche Szenerie schweifen, während er überlegte, was als nächstes zu tun war. Er hatte sich längst daran gewöhnt, daß Al ihn immer wieder in Verlegenheit brachte. »Ein Team zur Spurensicherung wäre ganz nützlich«, sagte er. »Ich setzte mich mit Avram in Verbindung und frage ihn, ob er noch ein paar Jungs aus den Polizeilabors hat, die mal eben aushelfen können.«

»Wenn nicht, dann laß welche von der Oberfläche kommen«, sagte Al.

»Verstanden.« Emmets Blick blieb auf der Druckschleuse haften. »Wer auch immer den Angriff durchgeführt hat, er muß ganz in der Nähe gewesen sein. Das ist die einzige Möglichkeit, wie sie ihn daran hindern konnten zu entkommen. Eine Tür wie diese zu durchbrechen stellt für einen Besessenen nicht das geringste Problem dar, nicht einmal für Bernhard.« Er tippte mit dem Stift gegen das gläserne Bullauge in der Mitte der Luke. »Siehst du? Hier gibt es nicht eine Spur von Blut, obwohl der Rest der Tür voller Spritzer ist. Wahrscheinlich haben sie ihn von der anderen Seite aus beobachtet, um sicherzugehen, daß er auch wirklich tot ist.«

»Aber wenn sie auf der anderen Seite der Luke geblieben sind, woher zur Hölle kommen dann die Fußabdrücke?«

»Keine Ahnung.« Emmet zuckte die Schultern.

»Hat dieser Korridor denn keine von den verdammten Spionagekameras der Bullen?«

»Doch, sicher, Al. Ich werde gleich die Speicher durchgehen, aber ich bezweifle, daß wir etwas finden. Diese Typen sind echte Profis.«

»Sieh zu, was du für mich tun kannst, mein Junge. Und bis dahin: sag den anderen weiter, daß ich möchte, daß ihr ein paar Vorsichtsmaßnahmen ergreift. Bernhard war ganz bestimmt nur der Anfang. Dieses Miststück hat es auf uns alle abgesehen, und ich kann es mir nicht leisten, auch nur einen von euch zu verlieren. Kapiert?«

»Kapiert, Al.«

»Das ist gut. Patricia, ich denke, wir sollten das Kompliment zurückgeben.«

Patricias Bewußtsein schwoll an vor dunkler Freude. »Sicher, Boß.«

»Sieh zu, daß du das Miststück richtig triffst. Jemand, auf den sie sich voll und ganz verläßt. Wie heißt noch einmal dieser rattengesichtige Wichser, der ihr die ganze Zeit auf den Hacken folgt? Dieser Psycho, der mit den Hellhawks redet?«

»Hudson Proctor.«

»Das ist der Bursche. Schieb seinen Arsch zurück ins Jenseits. Aber stell sicher, daß es nicht zu schnell geht, in Ordnung?«

Eine ganze Gruppe von Leuten erwartete Al bereits, als er in die Nixon-Suite zurückkehrte. Leroy und Silvano unterhielten sich in gedämpftem Tonfall mit Jezzibella, und ihre Besorgnis schwebte über ihnen wie ein hartnäckiger Nebel. Einer der Jungs (ein Besessener), den Al nicht kannte, wurde von zwei Soldaten in Schach gehalten. Das Bewußtsein des Fremden war angefüllt mit den merkwürdigsten Gedanken, die Al je bei einem Besessenen gespürt hatte. Sein Verstand brannte vor Zorn. Er schien sich noch zu vertiefen, als er Al bemerkte.

»Meine Güte, was ist denn hier los? Silvano?«

»Erinnerst du dich nicht an mich, Al?« fragte der Fremde. Sein Tonfall war gefährlich spöttisch. Seine Kleidung begann sich zu verändern, nahm das Aussehen der Uniform eines Lieutenant-Commanders der Konföderierten Navy an, während die Gesichtszüge ebenfalls zerflossen und Capones Erinnerung auf die Sprünge halfen.

Jezzibella warf Al ein nervöses Lächeln zu. »Kingsley Pryor ist zurück«, sagte sie.

»Hey Kingsley!« sagte Al und grinste breit. »Mann, das ist vielleicht gut, dich zu sehen. Scheiße, Gottverdammt, du bist ein beschissener Held, weißt du das eigentlich? Du hast es getan, Mann, du hast es verdammt noch mal tatsächlich getan! Du hast ganz allein die halbe Konföderierte Navy ausgeschaltet? Ist dieser Scheiß denn zu glauben?«

Kingsley Pryor produzierte die Art von großäugigem Grinsen, die selbst Al verunsicherte. Er fragte sich ernsthaft, ob die beiden Soldaten ausreichten, um den Navy-Mann in Schach zu halten.

»Du tust auch besser daran, diesen Scheiß zu glauben«, sagte Kingsley. »Ich hab' nämlich fünfzehntausend Leute für dich umgelegt. Jetzt bist du an der Reihe, deinen Teil des Handels einzulösen. Ich will meine Frau und mein Kind, und ich habe beschlossen, daß ich außerdem ein Raumschiff will. Das ist ein kleiner Bonus, den du mir für die Erfüllung meiner Mission gewähren wirst.«

Al breitete die Arme aus, und seine Gedanken waren die Verkörperung der Vernunft. »Nun ja, zur Hölle, Kingsley, die Vereinbarung lautete, daß du Trafalgar von *innen* heraus in die Luft jagen solltest.«

»GIB MIR CLARISSA UND WEBSTER.«

Al wich einen Schritt zurück. Kingsley leuchtete von innen heraus, und das im wahrsten Sinne des Wortes. Ein Licht hatte sich in seinem Körper entzündet und illuminierte sein Gesicht und seine Uniform. Mit Ausnahme der Augen; sie schienen alles Licht in sich hineinzusaugen. Die beiden Soldaten der Organisation strafften nervös ihren Griff um die Thompson-Maschinenpistolen, mit denen sie Pryor in Schach hielten.

»Also gut, also gut«, sagte Al in dem Bemühen, die Situation wieder in den Griff zu bekommen. »Jesses, Kingsley, wir stehen hier doch alle auf der gleichen Seite, oder vielleicht nicht?« Er beschwor eine Havanna herauf und hielt sie Pryor lächelnd entgegen.

»Falsch!« Kingsley streckte einen Finger steif in die Luft, wie ein Prediger, und richtete ihn dann langsam auf Al. »Erzähl mir nichts von wegen gleichen Seiten, du Stück Scheiße! Ich bin wegen dir gestorben. Wegen dir habe ich meine Kameraden abgeschlachtet. Also wage es niemals, niemals mehr, mir etwas über Vertrauen, Glauben oder Loyalität zu erzählen. Und jetzt gib mir entweder meine Frau und meinen Sohn zurück, oder wir tragen es hier und jetzt aus!«

»Hey, ich halte nichts und niemanden zurück. Du bekommst, was du willst. Al Capone bricht niemals sein Wort, hast du verstanden? Mein Wort ist genauso viel wert wie gute harte Dollars, kapiert? Ich betrüge niemals. Niemals! Verstehst du? Ich habe nichts weiter als meinen Namen, das ist alles, was ich wert bin. Also wage es nicht, mich in Frage zu stellen. Ich kann verstehen, daß du sauer bist, in Ordnung, meinetwegen, dazu hast du jedes Recht nach allem, was passiert ist. Aber wage es nicht, wage es niemals wieder, zu irgend jemand zu sagen, Al Capone hätte sein Versprechen gebrochen.«

»Dann gib mir meine Frau und meinen Sohn.«

Al begriff nicht, warum Kingsleys Zähne nicht zersplitterten, so hart waren die Kiefermuskeln des Mannes verkrampft. »Kein Problem. Silvano, bring unseren guten Lieutenant-Commander Pryor hier zu seiner Frau und seinem Sohn.«

Silvano nickte und winkte Pryor zur Tür.

»Niemand hat sie angerührt, während du weg warst«, sagte Al. »Vergiß das nicht.«

Pryor wandte sich an der Tür um. »Keine Sorge, Mister, ich werde bestimmt nichts von dem vergessen, was hier geschehen ist.«

Als Pryor gegangen war, sank Al in den nächsten Stuhl. Er legte den Arm um Jezzibella, auf der Suche nach Trost, und stellte fest, daß sie am ganzen Leib zitterte.

»Herr Gott im Himmel!« schnaufte Al.

»Al«, sagte Jezzibella entschlossen, »du mußt ihn loswerden. Er hat mir eine Scheiß-Angst eingejagt. Vielleicht war es doch keine so gute Idee von mir, ihn nach Trafalgar zu schicken.«

»Das ist verdammt noch mal wahr. Leroy, sag mir um Himmels willen, daß du diesen Rotzbengel von ihm wiedergefunden hast.«

Leroy fuhr sich mit dem Finger durch den Ausschnitt zwischen Hals und Kragen. Er blickte Al verängstigt an. »Al, wir haben alles abgesucht. Ich weiß nicht, wohin der kleine Bengel verschwunden ist. Wir haben wirklich überall nachgesehen. Er ist einfach verschwunden, wie vom Erdboden verschluckt.«

»Verfluchte Scheiße. Kingsley wird explodieren, wenn er das erfährt. Es wird ein Blutbad. Leroy, du rufst besser schon einmal ein paar von den Jungs zusammen. Und verdammt noch mal keine Weicheier. Es wird verdammt hart, ihn zu schlagen.«

»Ich starte gleich eine neue Suche nach Webster«, sagte Leroy. »Der Lümmel muß doch irgendwo stecken, verdammt noch mal.«

»Kiera«, sagte Jezzibella. »Wenn ihr wirklich überall nach Webster gesucht habt, dann kann er nur noch bei Kiera stecken.«

Al schüttelte voll staunender Bewunderung den Kopf.

»Gottverdammt, ich kann nicht glauben, daß ich so dumm gewesen bin, dieses Miststück auf meinen Asteroiden zu lassen. Sie läßt auch nicht einen Trick aus.«

Zehntausend Kilometer vom Montgomery entfernt brach Etchells aus seinem Wurmloch-Terminus. Der Asteroid war eine schmale graue Scheibe vor einem der türkisfarbenen Ozeane New Californias. Nichts weiter als ein öder Felsbrocken, aber einladend genug. Fast hörte Etchells seinen Magen vor Hunger rumpeln.

Das strategische Verteidigungsnetzwerk von New California schaltete sich auf den Hellhawk, und Etchells identifizierte sich hastig gegenüber dem Kontrollzentrum des Montgomery. Er erhielt die Genehmigung für einen Fünf-g-Anflug. Seine Energiemusterzellen besaßen nicht mehr genügend Energie dazu.

– Macht ein Landegestell für mich frei, sagte er zu den Hellhawks auf dem Landesims. **– Ich benötige dringend Nährflüssigkeit.**

– Das tun wir doch alle, antwortete Pran Soo in scharfem Ton. **– Und es geht immer schön der Reihe nach, oder hast du das vergessen?**

– Verarsch mich nicht, Miststück. Ich war länger weg, als ich eigentlich geplant hatte. Ich bin vollkommen erschöpft.

– Mir bricht das Herz.

Pran Soos Verhalten überraschte ihn doch. Sicher, die Hellhawks arbeiteten nur widerwillig für Kiera, sie zankten häufig, und keiner von ihnen mochte ihn besonders – doch dieser lässig arrogante Tonfall war etwas Neues. Er würde den Grund dafür noch früh genug erfahren. Aber das mußte warten. Zuerst benötigte er Nahrung, und er machte sich ernsthaft Gedanken um seinen Zustand.

– Wo zur Hölle hast du die ganze Zeit gesteckt? fragte Hudson Proctor.

– Im System von Hesperi-LN, wenn du es genau wissen willst.

– Wo? Im Affinitätsband schwang unüberhörbar Proctors Verwirrung mit.

– Schon gut. Mach einfach ein Landegestell für mich frei, ja? Und sag Kiera, daß ich wieder da bin. Ich habe eine Menge wichtiger Neuigkeiten für sie.

Einer der Hellhawks wurde von seiner Nahrungszufuhr abgeschnitten und erhielt den Befehl, sich von seinem Landegestell zu entfernen und den metallenen Pilz für Etchells freizumachen. Er gehorchte, und das BiTek-Raumschiff schwang ohne jede Eleganz über das Landesims, während sich das Affinitätsband wegen seiner unsicheren Manöver mit Hohn und Spott füllte. Wartungsteams zogen sich in Deckung zurück, als er unsicher über das Landesims wankte und nach einem mühsamen Abstieg auf dem freien Gestell landete. Die Nahrungsschläuche schoben sich unverzüglich in die Aufnahmestutzen, und Etchells schlang den geschmacklosen Brei in sich hinein, so schnell er konnte.

Die bordeigenen BiTek-Prozessoren stellten per Datavis eine Verbindung zu der Sektion der Biosphäre her, die Kiera als ihre eigene in Beschlag genommen hatte. Sie saß in einem großen Sofa in einer Lounge mit Ausblick auf das gesamte Landesims. Sie trug ein hellrotes Kleid mit einem engen Oberteil, das von Stoffknöpfen zusammengehalten wurde. Der weite Rock ermöglichte ihr, die Beine unter den Leib zu falten und der Kamera eine katzenhafte Haltung zu präsentieren.

Etchells zögerte eine Sekunde, während er den sexuellen Kitzel ihres Anblicks genoß, dieser jungen, wundervollen Haut, die sie ihm so freizügig zeigte. Es war einer der seltenen Augenblicke, in denen er sich wünschte, nicht Possessor eines Blackhawks zu sein. Kiera war eine von ganz wenigen, die diesen Wunsch in ihm erwecken konnte.

»Ich hatte mir schon Gedanken wegen dir gemacht«, begann sie. »Du bist schließlich mein wichtigster Hellhawk. Was ist bei der Antimateriestation geschehen?«

»Etwas ganz Eigenartiges. Ich schätze, wir stecken in richtigen Schwierigkeiten. Das geht weit über die kleinen Machtspielchen der Besessenen untereinander hinaus. Ich schätze, wir benötigen Hilfe.«

Rocio schaltete sich auf das Netz des Almaden, um bei den Reparaturarbeiten zuzusehen. Deebank hatte seinen Teil des Handels eingehalten und sämtliche nicht-besessenen Techniker, die noch auf dem Asteroiden waren, zu den Nahrungssyntheseanlagen abkommandiert. Sie hatten den beschädigten Wärmetauscher draußen auf der Oberfläche ersetzt und die Kaverne neu versiegelt, die durch Etchells Laserbeschuß aufgerissen worden war. Anschließend hatten sie die Maschinen zerlegt und mit in den eigenen Industriestationen fabrizierten Ersatzteilen wieder zusammengebaut. Jetzt fehlten nur noch die elektronischen Platinen.

Sobald die *Mindori* auf einem der drei Landegestelle des Asteroiden niedergegangen war, hatte eine Gruppe von Helfern die Kisten aus dem Frachthangar entladen. Es hatte länger als einen Tag gedauert, die neuen Prozessoren und Schaltkreise in die Anlage zu integrieren. Die Prozeßsteuerung mußte modifiziert werden. Das Anfahren der Anlage stellte sich als nicht minder schwierig heraus. Synthesetests, integrale Kalibrierungsroutinen, mechanische Inspektionen und Untersuchungen des Wirkungsgrades mußten durchgeführt werden, gefolgt von Analysen der Qualität der Flüssigkeit. Schließlich wurde die erste Ladung durch die Rohre zum Landegestell der *Mindori* gepumpt. Die internen BiTek-Geschmacksfilter nahmen eine Probe und bewerteten die Proteinstrukturen der Nährlösung.

»Ausgezeichnet«, sagte Rocio zu der erwartungsvollen Bevölkerung des Asteroiden. Ihre Jubelrufe angesichts dieses Urteils hallten durch die gesamte Syntheseanlage und von dort aus wie ein hochfrequentes Beben durch den restlichen Asteroiden.

»Und?« fragte Deebank grinsend. »Sind wir miteinander im Geschäft?«

»Absolut. Meine Kollegen werden anfangen, eure Leute von hier fortzubringen. Die Besessenen zu der nächstgelegenen Welt, die Capone infiltriert hat, die Nicht-Besessenen zu den Edeniten.«

Der ausgezehrte Nicht-Besessene, der am nächsten an der AV-Säule mit der übertragenen Unterhaltung stand, stieß einen lauten Erleichterungsseufzer aus. Die Nachricht wurde in Windeseile an die als Geiseln gehaltenen Familien weitergeleitet.

Deebank und Rocio verhandelten unterdessen weiter. Die Evakuierung sollte in mehreren Stufen ablaufen. Zuerst würde die Raffinerie sorgfältig auf langfristige Störanfälligkeit untersucht und eventuelle Modifikationen durchgeführt werden, bevor die Mannschaften den Asteroiden verließen. Mechanoiden würden für die Wartungsarbeiten programmiert werden, und ein paar Techniker würden zurückbleiben, um die enttäuschend wenigen Hellhawk-Possessoren zu trainieren, die behaupteten, über wissenschaftliche Grundkenntnisse zu verfügen. Die Fusionsgeneratoren des Asteroiden mußten ebenfalls für einen langfristigen störungsfreien Betrieb vorbereitet werden. Große Mengen Ausgangsmaterial für die Raffinerie mußten hergestellt und in Tanks gelagert werden, die erst noch fabriziert werden würden. Kraftstoffreserven an Deuterium und Helium-III mußten angelegt werden, so daß die verbliebenen Generatoren versorgt waren (kein Problem, jetzt, nachdem die Biosphärenkaverne abgeschaltet werden würde).

– **Wir können anfangen**, sagte Rocio schließlich zu

Pran Soo. – **Sieh zu, daß unsere Sympathisanten auf Patrouille in hohe Orbits geschickt werden. Sie werden von jetzt an Transportmissionen erledigen. Wir können mit der Evakuierung der Bevölkerung anfangen.**

– Möchtest du den gesamten Almaden evakuieren?

– Noch nicht, nein. Wir halten diese Entwicklung zunächst einmal vor den anderen verborgen. Es wäre doch nicht schlecht, wenn mehr von uns eine volle Ladung Waffen erhielten, bevor die Organisation realisiert, daß wir desertieren. Kiera wird ganz sicher einen Angriff versuchen, sobald sie merkt, was wir vorhaben.

– Es gibt nicht viele von uns, die ihr noch folgen würden.

– Ich weiß, aber wir gehen trotzdem auf Nummer Sicher. Wer weiß schon, zu was diese Hexe imstande ist.

Jed und Beth standen hinter dem gekrümmten Fenster der Messe und beobachteten das Eintreffen der Hellhawks. Die mächtigen Wesen tauchten aus dem Nichts zwischen den Sternen hervor auf und landeten auf den beiden verbliebenen Gestellen. Plumpe zylindrische Busse rollten über das Sims und fuhren begierig ihre Andockschläuche aus, um sie mit den entsprechenden Halteklammern an den Luftschleusen der Lebenserhaltungskapseln zu verbinden.

Ein kleines Rechteck ganz oben am Rand des Fensters schimmerte weiß und verwandelte sich in Rocios grinsendes Gesicht. »Sieht so aus, als hätten wir's geschafft!« sagte er. »Ich möchte euch danken, ganz besonders dir, Jed. Ich weiß, daß diese Sache alles andere als leicht gewesen ist.«

»Kommen sie jetzt an Bord?« fragte Beth.

»Nein. Ich springe in zwei Stunden zum Monterey zurück. Man wird mich vermissen, wenn ich mich nicht am Ende meines Patrouillenorbits wieder melde.«

In einer instinktiv beschützenden Geste legte Jed den Arm um Beth. »Du hast versprochen, daß du uns zu einem edenitischen Habitat bringen würdest«, sagte er.

»Das werde ich auch. Wir werden sämtliche Nicht-Besessenen vom Almaden-Asteroiden an die Edeniten übergeben, sobald unsere Vorbereitungen abgeschlossen sind. Und ihr werdet mit ihnen gehen.«

»Aber warum können wir nicht zuerst dorthin? Wir sind schließlich diejenigen, die euch geholfen haben, oder? Das hast du gerade selbst gesagt.«

»Weil ich bis jetzt noch nicht einmal mit den Edeniten über diesen Plan geredet habe, Jed. Ich will nicht, daß ihre Voidhawks überraschend hier auftauchen und alles vernichten. Habt einfach Geduld. Ihr habt mein Wort, daß ich euch von hier wegbringe.«

Rocio beendete seine Verbindung zur Messe und manipulierte die Form seines Raumverzerrungsfeldes. Der Hellhawk wurde von seinem Landegestell geschoben und erhob sich über das Sims. Einer der anderen Hellhawks, der gerade von New California hereingesprungen war, passierte die *Mindori* auf dem Weg zu dem freigewordenen Landeplatz. Über das Affinitätsband wechselten sie aufgeregt lächelnde Bilder.

Rocios Stimmung hob sich noch weiter, als er vom Asteroiden weg beschleunigte. Alles fügte sich einfach wunderbar zusammen. Sein nächstes Ziel war, so viele voll bewaffnete Hellhawks um sich zu versammeln wie nur irgend möglich und sie für die Bewachung des Almaden abzustellen. In ein paar Tagen von jetzt an würden er und Pran Soo die verbliebenen Hellhawks über ihre neue Nahrungsquelle informieren. Alle würden ihre Wahl treffen müssen. Rocio rechnete nicht damit, daß viele bei Kiera bleiben würden: Etchells ganz bestimmt, vielleicht noch Lopez und ein paar andere, die sich nicht mit ihrer neuen Gestalt hatten anfreunden können oder die sich daraus ergebenden Möglichkeiten nicht verstanden. Ganz bestimmt jedenfalls nicht genug, um seinen Plan zu durchkreuzen.

Er sprang nach New California zurück und nahm seine Patrouille im hohen Orbit wieder auf. Zwei Millionen Kilometer unter ihm drehte sich der Planet friedlich vor sich hin. Sein Raumverzerrungsfeld breitete sich aus, und sorgfältig geformte Wellen sondierten das umliegende Gewebe der Raumzeit. Kein anderer Voidhawk im Umkreis von wenigstens hunderttausend Kilometern. Genausowenig wie getarnte Waffen oder Spionagesatelliten mit Kurs auf die Schiffe oder Stationen der Organisation. Niemand stellte Fragen, wo er gewesen war.

Ein Blick auf die internen Sensoren zeigte ihm, daß die jüngeren Kinder draußen auf dem Hauptkorridor eine Art Fangen spielten. Jed und Beth waren in ihrer Kabine und vögelten schon wieder. Rocio seufzte in der Erinnerung. Wie schön es doch gewesen war, ein Teenager zu sein.

Zwei Stunden später meldete sich Hudson Proctor und befahl ihm, auf dem Sims anzudocken.

– **Warum denn das?** erwiderte Rocio. – **Ich habe noch mehr als genug Nährflüssigkeit.** Auf dem Almaden hatte er jede einzelne Reserveblase bis zum Platzen mit Vorräten aufgefüllt. Wenn sie ihn vor Ablauf der normalen Frist wieder hereinriefen, würde er alles in den Raum ablassen müssen, bevor er auf dem Monterey landete.

– **Wir werden ein paar zusätzliche Fusionsgeneratoren in deinen Frachthangars installieren,** sagte Hudson Proctor. – **Du bist doch imstande, den Energieausstoß der Reaktoren direkt umzusetzen, oder?**

– **Ja, sicher. Aber warum?**

– **Wir planen eine Langstreckenmission. Du paßt in das Schema.**

– **Was für eine Mission?**

– **Das wird Kiera dir erzählen, sobald die Vorbereitungen abgeschlossen sind.**

– Werde ich auch mit Kombatwespen ausgerüstet?

– Ja. Du wirst vollständig bewaffnet. Die Kombatwespen werden zur gleichen Zeit eingeladen wie die Fusionsgeneratoren. Auch deine Laser benötigen eine Überprüfung.

– Ich bin schon auf dem Weg.

Al starrte Kiera entgeistert an. Er konnte nicht glauben, daß die Frau den Nerv besaß, in dieser Manier in seine Suite zu schneien. Jezzibella stand neben ihm und hatte sich bei ihm untergehakt. Mickey, Silvano und Patricia drängten sich hinter ihm, zusammen mit einem halben Dutzend Organisationssoldaten. Kiera befand sich in Begleitung von Hudson Proctor und acht ihrer Schläger, die als Leibwächter mitgekommen waren. Feindselige Gedanken schwebten über den beiden Gruppen und machten die Luft zum Schneiden dick.

»Du hast gesagt, es sei dringend?« begann Al.

Kiera nickte. »Das ist es. Etchells ist soeben zurückgekehrt.«

»Das ist doch der Hellhawk, der bei der Antimateriestation die Flucht ergriffen hat, als es rauh wurde?«

»Er ist nicht geflüchtet. Er hat herausgefunden, daß die Navy etwas Merkwürdiges im Schilde führt. Er glaubt, daß eines ihrer Schiffe Antimaterie an Bord genommen hat, bevor die Produktionsstation gesprengt wurde. Hinterher hat es sich mit einem Voidhawk getroffen, und gemeinsam sind die beiden nach Hesperi-LN geflogen. Das ist die Welt der Tyrathca.«

»Ich hab' schon davon gehört. Sie sind so eine Art Marsianer, was?«

»Xenos, ja.«

»Und was hat das alles mit uns zu tun?«

»Der Voidhawk und das andere Schiff waren stark an einer alten Tyrathca-Arche interessiert, die aufgegeben und verlassen um Hesperi-LN kreist. Etchells glaubt, sie hätten ein Team an Bord gebracht. Anschließend sind sie in Richtung Orion-Nebel davongeflogen. Dort stammen die Tyrathca ursprünglich her. Und es ist verdammt weit weg.«

»Gut eintausendsechshundert Lichtjahre«, sagte Jezzibella.

»Na und?« fragte Al. Er hatte nicht die geringste Ahnung, worauf sie hinauswollte. »Was hat das alles mit uns zu tun?«

»Denk mal darüber nach«, sagte Kiera. »Wir stecken mitten in der größten Krise, die die menschliche Rasse jemals gesehen hat, und die Konföderierte Navy bricht ausgerechnet das Gesetz, dessen Einhaltung sie über allem anderen erzwingt. Sie hilft sogar dabei mit, ein Raumschiff mit Antimaterie zu betanken. Und anschließend fliegt dieses Schiff zusammen mit einem Voidhawk zu einem Ort, an dem noch nie zuvor ein Mensch gewesen ist. Und sie suchen nach etwas. Wonach?«

»Verdammte Scheiße!« fuhr Al auf. »Woher soll ich das wissen?«

»Es muß etwas sein, das für die Konföderation sehr, sehr wichtig ist. Etwas, das die Tyrathca besitzen und das die Navy unbedingt haben will. So unbedingt, daß sie einen Krieg riskiert. Etchells hat erzählt, sie hätten tatsächlich auf Tyrathca-Schiffe gefeuert, während sie im Orbit um Hesperi-LN waren! Was auch immer es sein mag, sie wollen es unbedingt in die Hände kriegen.«

»Versuchst du etwa, mir einen Vortrag zu halten?« fauchte Al. Allmählich verlor er die Geduld wegen dieser ganzen Sache, aber schließlich ging es ihm immer so, wenn das Gespräch auf Maschinenkram und den Weltraum kam und er nicht mehr folgen konnte. »Diesen Superwaffen-Scheiß haben wir doch schon mehr als einmal durchgekaut. Ich habe Oskar und ein paar Jungs nach diesem Miststück Mzu und seiner Alchimistenbombe ausgeschickt. Und was hat es mir verdammt noch mal genutzt?«

»Das hier ist etwas anderes«, beharrte Kiera. »Ich weiß nicht genau, hinter was die Navy her ist, aber es muß sich um etwas handeln, das sie gegen uns einsetzen kann. Falls es sich um eine Waffe handelt, dann muß es eine verdammt mächtige sein. Normale Waffen sind nutzlos gegen uns. Wenn die Navy genügend Feuerkraft aufbietet, um uns gefährlich zu werden, verschwinden wir einfach aus diesem Universum. Sie weiß das, insbesondere nach der Sache mit Ketton. Wir schützen uns ganz instinktiv, und auf der anderen Seite sind wir in völliger Sicherheit. Nichts kann uns dort erreichen. Nichts Menschliches jedenfalls.«

»Meine Güte, Frau, du änderst deine Meinung aber verdammt schnell. Gestern hast du mir noch erzählte, daß nichts, was diese Konföderierten sich zusammenträumen, uns auch nur berühren kann, wenn wir New California von hier entführen.«

»Aber hier handelt es sich um Xeno-Technologie! Wir wissen nicht, wozu sie imstande ist.«

»Das ist verdammter Unsinn!« fauchte Al wütend. »Vielleicht. Wenn. Unter Umständen. Könnte sein. Du hast nichts in den Fingern, und du weißt es. Soll ich dir etwas sagen? Ich habe diesen Mist schon einmal gehört. Der Staatsanwalt bei meiner letzten Verhandlung hat genau den gleichen Scheiß erzählt. Schon damals wußte jeder ganz genau, daß es nur ein Haufen Scheiß war, und seitdem hat sich nichts geändert. Ich will dir noch etwas sagen, dunkle Schwester. Du bist nicht halb so überzeugend wie das Arschloch damals.«

»Falls die Konföderation etwas hat, das die Planeten erreichen kann, die wir aus diesem Universum entführt haben, dann haben wir bereits verloren.«

»Ach ja? Was ist denn los mit dir, Kiera? Hast du plötzlich Angst?«

»Ich sehe, daß ich meine Zeit verschwende. Ich hätte von Anfang an wissen müssen, daß das hier eine Nummer zu hoch ist für dich.« Sie wandte sich zum Gehen.

Al hielt seine Wut mühsam unter Kontrolle. »In Ordnung, dann klär mich auf.«

»Wir schicken ihnen ein paar von unseren Schiffen hinterher. Ich bin gegenwärtig dabei, drei meiner Hellhawks für die Verfolgung auszurüsten. Vergiß mal eine Stunde lang unseren Streit und stell ein paar Fregatten ab, um die Hellhawks zu begleiten.«

»Du meinst wohl Fregatten, die mit Antimaterie bewaffnet sind.«

»Natürlich, was dachtest du denn? Wir benötigen überlegene Feuerkraft. Wenn möglich, schnappen wir uns die Tyrathca-Waffe. Wenn nicht, zerstören wir sie zusammen mit den Navy-Schiffen.«

Al brütete eine volle Minute über Kieras Vorschlag und genoß die Art und Weise, wie sie sichtlich nervös wurde wegen der Verzögerung. »Du willst einen Handel vorschlagen, wie?« sagte er schließlich. »Also gut, ich sage dir, was ich für dich tun werde, und zwar nur aus dem einen Grund, daß es möglicherweise um unser aller Zukunft geht. Ich gebe dir zwei meiner Fregatten mit. Ich rüste die beiden Schiffe sogar mit je einem halben Dutzend Antimaterie-Kombatwespen aus. Na, wie klingt das?«

Kiera lächelte erleichtert. »Damit kann ich leben.«

»Gut zu hören.« Capones Grinsen war schlagartig weggewischt. »Und als Gegenleistung mußt du nichts weiter tun, als mir Webster zu übergeben.«

»Was?«

»Den verdammten kleinen Rotzbengel Pryor. Du weißt genau, wen ich meine.«

Kiera warf einen verwirrten Blick zu Hudson Proctor. Ihr General zuckte ratlos die Schultern. »Noch nie gehört, den Namen«, sagte er.

»Dann gibt es keinen Handel«, schnaubte Al. »Bis ihr euch wieder erinnert.«

Kiera funkelte ihn an. Einen Augenblick lang glaubte Al, sie würde auf ihn losgehen.

»Arschloch!« kreischte sie. Sie wirbelte auf dem Absatz herum und stürmte nach draußen.

»Sie hat vielleicht einen Wortschatz!« kicherte Al. »Eine wahre Lady.«

Jezzibella teilte seine Belustigung nicht. Mit sorgenvoller Miene blickte sie auf die große Doppeltür, die sich hinter Kiera geschlossen hatte. »Vielleicht sollten wir selbst ein paar Worte mit diesem Etchells wechseln«, schlug sie vor. »Uns ein Bild von dem machen, was zur Hölle eigentlich vorgeht.«

Die Leibwächter in Kieras Umgebung verhielten sich äußerst leise und unauffällig, als sie mit ihr in den Aufzug stiegen, der hinauf zur Lobby des Hilton führte. Nach und nach versiegte ihre Wut auf Capones Dummheit und wich einer eisenharten Entschlossenheit. Capone mußte aus dem Weg geräumt werden, und zwar schnell. Daran bestand nicht der geringste Zweifel.

Anschließend war immer noch Zeit, sich den übrigen Fragen zuzuwenden.

Etchells' Geschichte erfüllte sie mit großer Besorgnis. Sie wollte einfach nicht glauben, daß die Konföderierte Navy ohne einen sehr triftigen Grund Schiffe zum Orion-Nebel schickte. Es mußte irgendwie mit den Besessenen in Verbindung stehen. Und mit einer Waffe, das war offensichtlich. Und falls das zutraf, dann hatte ausgerechnet dieser Trottel Capone die ganze Zeit über recht gehabt mit seiner These, daß sie in diesem Universum bleiben und sich hier gegen die Konföderation wehren mußten. Nicht zu fassen!

Falls sie bei ihrem ursprünglichen Plan blieb, die Organisation hinunter auf die Oberfläche zu transferieren und das Universum zu verlassen, dann besaß sie keine Möglichkeit, irgendeine der Entwicklungen zu kontern, die es in der Konföderation geben mochte. Es war zwar immer ein Faktor gewesen, doch jetzt erforderte er dringliche Überlegungen.

Und wenn sie erst die Kontrolle über die Flotte der Organisation an sich gerissen hatte, dann konnte sie selbstverständlich ein ganzes Geschwader mit Antimaterie bewaffneter Fregatten zum Orion-Nebel schicken. Aber sie würde auf jeden Fall mitfliegen müssen. Ein hastiger Seitenblick auf Hudson Proctor beseitigte jeden Zweifel. Er war loyal, aber nur, weil der Weg nach oben, den er für sich gewählt hatte, nicht an ihr vorbeiführte. Wenn er die Chance hatte, eine Superwaffe der Tyrathca abzufangen, würde er mit ihr genau das machen, was sie mit Capone vorhatte. Es war keine gute Ecke, in die sie gedrängt zu werden drohte.

Die Aufzugstür glitt zur Seite, und Kiera stapfte in die Lobby hinaus. Diese Sektion des Hilton befand sich tief im Fels des Asteroiden. Sie verband den Turm des Hotels durch ein Labyrinth von Korridoren mit der restlichen Biosphäre des Asteroiden. Mehrere von Capones Soldaten lungerten auf den Sofas. Sie tranken und unterhielten sich, während ein nicht-besessener Barkeeper sie bediente. Drei weitere Gangster lehnten an einem langen Tresen, während eine Putzkolonne von Nicht-Besessenen die letzten Spuren der großen Trafalgar-Siegesfeier beseitigte.

Kiera nahm die Szene mit einem schnellen Blick in sich auf, bemühte, sich nichts von ihrer Anspannung anmerken zu lassen. Sie wußte, daß Capones Leute es nicht wagen würden, sie auf dem Weg zum Boß zu schikanieren. Der Weg nach draußen war eine ganz andere Sache. Die Gangster waren ausnahmslos verstummt und starrten sie an.

Einer der Ausgänge führte zu einer Vakstation, die das Monterey Hilton mit dem Rest des kleinen Verkehrsnetzes verband. Es war der schnellste Weg zurück zu dem Territorium beim Andocksims, das sie als ihr eigenes markiert hatte. Doch die Waggons waren möglicherweise manipuliert. Ganz besonders jetzt, nachdem Bernhard Allsops Leichnam gefunden worden war.

»Wir gehen zu Fuß«, verkündete sie ihrem Gefolge.

Sie schoben sich durch die schweren Glastüren und traten in die große öffentliche Halle hinaus. Niemand verstellte ihnen den Weg oder störte sie. Die wenigen Fußgänger in der Halle wichen Kiera und ihren Leibwächtern im weiten Bogen aus, als sie entschlossen losstapften.

»Wie lange noch, bis die Hellhawks ausgerüstet sind?« fragte Kiera.

»Ein paar Stunden«, antwortete Hudson Proctor. Er runzelte die Stirn. »Jull von Holger meldet, die strategischen Sensoren hätten die Spur der *Tamaran* verloren. Der Hellhawk ist auf Patrouille im hohen Orbit.«

»Haben die Voidhawks ihn erwischt?«

»Ich habe keinerlei Todesschrei gehört, genausowenig wie die übrigen Hellhawks. Außerdem müßten die Edeniten ihre Strategie schon grundlegend geändert haben, wenn sie jetzt unsere Schiffe in den Hinterhalt locken.«

»Dann starte eine Sensorsuche nach den übrigen patrouillierenden Hellhawks. Stell sicher, daß sie noch da sind.« Kiera stieß wütend den Atem aus. Eine weitere Komplikation. Die Vorstellung, daß die Hellhawks jetzt zu den Edeniten überlaufen könnten, gefiel ihr ganz und gar nicht. Die edenitischen Angebote, den großen besessenen BiTek-Schiffen Zuflucht zu gewähren, besaßen nach allem, was Hudson, Jull und die anderen Affinitätsfähigen erzählten, noch immer ihre Gültigkeit. Die einzige andere Alternative, daß nämlich Capone zwischenzeitlich eine der Nahrungssyntheseanlagen repariert haben könnte, war noch weniger vielversprechend.

Ein paar Meter vor ihr trottete ein Nicht-Besessener mit einem Karren voller Lebensmittel durch die Halle. Unvermittelt änderte er die Richtung, und Kiera mußte einen hastigen Schritt zur Seite machen, um nicht von dem widerspenstigen Karren umgefahren zu werden. Der Mann, der den Wagen schob, war ein Wrack. Unrasiert, der graue Overall zerknittert und schmutzig, fettige Haare, die wirr in seine Stirn hingen. Sein hageres Gesicht war verzerrt und zeigte einen Ausdruck allerhöchster Qual. Kiera hatte ihm keine Beachtung geschenkt, genausowenig wie all den anderen Nicht-Besessenen, denen sie auf dem Monterey begegnet war, weil sein Bewußtsein das übliche Durcheinander von Elend und Furcht widerspiegelte.

Doch plötzlich öffnete er die Arme, packte sie und drückte sie mit aller verbliebenen Kraft an sich. »Mein!« heulte er auf. »Du bist mein!« Sie krachten schmerzhaft zu Boden, und Kiera stieß sich das Knie am harten Carbo-Beton. »Liebling, Baby, Marie, ich bin da! Ich bin endlich bei dir!«

»Daddy!« Das war nicht sie, die dieses Wort ausgestoßen hatte. Die Stimme kam von tief innen und erhob sich mit unwiderstehlicher Macht aus Marie Skibbows gefangener Seele. Ungläubige Fassungslosigkeit strömte aus Kiera Salters Gedanken und erstickte ihre Gegenwehr. Marie Skibbow stand im Begriff, die volle Kontrolle über ihren Körper zurückzugewinnen.

»Ich werde sie aus dir vertreiben, Liebes, das verspreche ich dir«, rief Gerald. »Ich weiß, wie man es anstellen muß. Loren hat es mir verraten.«

Hudson Proctor erholte sich schließlich von seinem Schock und beugte sich über das zappelnde Paar, um Gerald am Kragen zu packen. Er zerrte ihn heftig und mit energistisch verstärkten Muskeln zu sich heran in dem Versuch, Kiera aus dem Griff des offensichtlich verwirrten Mannes zu befreien. Gerald stieß eine kleine Energiezelle gegen Proctors Hand, und die Elektroden drangen tief in die ungeschützte Haut ein. Proctor schrie auf, als der unerträgliche elektrische Schlag durch seinen Körper zuckte. Voller Entsetzen und Schmerz sprang er zurück und starrte auf seine Hand, die von kleinen Flammen eingehüllt war. Zwei der Leibwächter sprangen Gerald an und hielten seine Beine und einen Arm. Er schlug wie rasend um sich.

Kiera schlitterte unkontrolliert über den Boden. Sie bemerkte kaum etwas von dem Tohuwabohu, das ringsum ausgebrochen war. Ihre Gliedmaßen bewegten sich auf eine Art und Weise, die Marie bestimmte. Die Gedanken der jungen Frau expandierten mit zunehmender Geschwindigkeit in die alten Bahnen zurück. Kiera mußte alle Kräfte aufbieten, um die endgültige Rückkehr Maries zu verhindern.

Gerald stieß die Energiezelle in Richtung von Maries Gesicht, und die Elektroden verharrten nur Millimeter vor ihren Augen. »Hinaus aus meiner Tochter!« schrie er. »Hinaus mit dir! Sie gehört mir! Sie ist mein Baby!«

Einer der Leibwächter packte Geralds Handgelenk und drehte es hart herum. Knochen splitterte. Die Energiezelle fiel polternd zu Boden. Gerald schrie voll ohnmächtiger Wut. Er stieß den Ellbogen des freien Arms mit der Kraft eines Berserkers nach hinten und traf den Leibwächter voll. Er klappte zusammen.

»Daddy!«

»Marie!« ächzte Gerald voll ängstlicher Hoffnung.

»Daddy!« Maries Stimme wurde schwächer. »Daddy, hilf mir!«

Gerald tastete verzweifelt nach der Energiezelle. Seine kalten Finger schlossen sich um die Zelle. Hudson Proctor landete wuchtig in seinem Rücken, und zusammen rollten sie herum.

»Marie!« Gerald sah ihr junges, wunderschönes Gesicht direkt vor sich. Sie schüttelte sich wie ein Hund, der aus dem Wasser kommt, und ihr Haar wirbelte umher.

»Nicht mehr«, schnarrte sie. Ihre Faust traf Gerald mitten auf der Nase.

Langsam mühte sich Kiera auf die Beine. Sie schwankte leicht, als Schauer über ihren Körper liefen. Das kleine Miststück Marie war wieder dort, wo es hingehörte, heulend im Zentrum ihres eigenen Gehirns. Einer von Kieras Leibwächtern lag zusammengekrümmt auf dem Boden und hielt sich den Unterleib. Seine Wange ruhte in einer kleine Pfütze aus Erbrochenem. Hudson Proctor hüpfte umher und schüttelte heftig seine Hand, als stünde sie noch immer in Flammen. Aus einer tiefe Brandwunde auf seinem Handrücken stieg immer noch fetter Rauch und erfüllte die Luft mit einem widerlichen Gestank. Dicke Tränen kullerten aus seinen Augenwinkeln. Die übrigen Leibwächter standen um Gerald und warteten nur darauf, daß er weitere Schwierigkeiten machen würde.

»Ich bringe den Mistkerl um!« brüllte Hudson. Er trat Gerald in die Rippen.

»Das reicht jetzt«, sagte Kiera scharf. Sie wischte sich mit zitternder Hand über die Stirn. Eine wirre Haarsträhne geriet in Bewegung, straffte sich und floß zurück in die übliche dunkel glänzende Frisur. Sie blickte auf Gerald herab. Er stöhnte leise und hielt sich kraftlos die Stelle, wo Hudsons Tritt ihn getroffen hatte. Blut sprudelte aus seiner gebrochenen Nase. Seine Gedanken und Emotionen waren ein einziger dissonanter Unsinn. »Wie zur Hölle hat er es nur bis hierher geschafft?« murmelte sie.

»Du kennst ihn?« fragte Hudson überrascht.

»O ja. Er ist Marie Skibbows Vater. Das letzte Mal hab' ich ihn auf Lalonde gesehen. Und Lalonde ist längst aus diesem Universum verschwunden.«

Hudson zuckte unbehaglich zusammen. »Du glaubst doch nicht, daß sie zurückkommen, oder?«

»Nein.« Kieras Blick schweifte durch die Halle. Drei von Capones Soldaten waren aus der Lobby des Hilton gekommen, um nachzusehen, was da vor sich ging.

»Wir müssen weg von hier. Schafft ihn auf die Beine«, befahl sie ihren Leibwächtern.

Sie packten Gerald unter den Armen und zogen ihn hoch. Seine benebelten Augen richteten sich auf Kiera. »Marie!« flehte er.

»Ich weiß nicht, wie du hierher gekommen bist, Gerald, aber das werden wir noch früh genug herausfinden. Du mußt dein Töchterchen wirklich sehr lieben, um ein solches Wagnis einzugehen.«

»Marie, Baby, ich bin es. Daddy ist gekommen. Kannst du mich hören? Ich bin hier. Bitte, sag etwas, Marie.«

Kiera beugte ihr geschwollenes Knie und zuckte zusammen, als Schmerz durch ihr gesamtes Bein jagte. Sie konzentrierte ihre energistischen Kräfte auf das verletzte Gelenk und spürte beinahe augenblicklich, wie die Schwellung nachließ. »Normalerweise wäre es Strafe genug, dich fertigzumachen, bis du bereit bist, eine Seele aus dem Jenseits in dir aufzunehmen. Aber nach allem, was du getan hast, verdienst du ein wenig mehr Aufmerksamkeit.« Sie lächelte und beugte sich zu ihm vor. Ihre Stimme wurde rauchig. »Du wirst besessen, Gerald. Und der glückliche Junge, der deinen Körper gewinnt, kriegt mich obendrein. Ich werde mit ihm ins Bett gehen, und er kann es mir besorgen, wie er und so oft er will. Und du wirst es die ganze Zeit über spüren, Gerald. Du wirst spüren, wie du deine eigene Tochter vögelst.«

»Neeeiiin!« heulte Gerald auf und erschauerte im Griff seiner Wächter. »Nein, das kannst du nicht tun! Das kannst du nicht!«

Kiera leckte langsam über Geralds Wange, während sie seinen Kopf mit eisernem Griff festhielt, so daß er sich nicht entwinden konnte. Ihr Mund kam bei seinem Ohr an. »Es ist nicht die erste von Maries Perversionen, Gerald«, flüsterte sie leise. »Ich genieße es, wie heiß dieser Körper wird, wenn ich ihn benutze, um meinen perversen Gelüsten nachzugehen. Und ich habe eine ganze Menge davon, wie du bald herausfinden wirst.«

Gerald begann gequält zu weinen, und seine Knie gaben nach. »Es tut wieder weh«, plapperte er. »Mein Kopf tut so weh. Ich kann überhaupt nichts sehen. Marie? Wo bist du, Marie?«

»Du wirst sie sehen, Gerald. Ich verspreche dir, daß ich dir die Augen öffnen werde.« Kiera gab den Leibwächtern, die Gerald hielten, einen ungeduldigen Wink mit dem Kopf. »Los, nehmt ihn mit.«

Das Büro, das Emmet Mordden für sich in Beschlag genommen hatte, lag im gleichen Korridor wie das taktische Operationszentrum. Sein vorheriger Besitzer, der kommandierende Admiral des strategischen Verteidigungsnetzwerks von New California, hatte auffällige Farben für sein Mobiliar bevorzugt. Die bequemen Sessel leuchteten rot, purpurn, zitronengelb und grün, während der geschwungene Schreibtisch eine perfekte spiegelnde Oberfläche besaß. Ein durchgehender holographischer Schirm bildete ein schmales Band, das den Raum auf halber Höhe umgab und einen Ausblick auf ein Korallenriff zeigte, das von einer extraterrestrischen unter Wasser lebenden Art Termiten besiedelt war. Emmet störte sich nicht daran; wie alle Besessenen, so fand auch er Geschmack an der Wirkung intensiver Farben, und das Meer ringsum wirkte entspannend. Außerdem gab es einen sehr leistungsfähigen Desktop-Prozessor, der imstande war, die meisten Probleme zu lösen, mit denen Emmet konfrontiert wurde. Und er befand sich ganz nah am Kommunikationszentrum der Organisation, für den Fall, daß eine Krise eintrat – so ungefähr fünf Mal am Tag. Nicht zuletzt hatte der Admiral eine exzellente Auswahl an Spirituosen in seinem Barschrank.

Als Al eintrat, musterte er die schrillen Sessel mit einem mißbilligenden Blick. »Ich soll mich in eins von diesen Dingern setzen? Jesses, Emmet, erzähl das bloß keinem weiter. Ich hab' schließlich einen Ruf zu verlieren.« Al setzte sich in den Sessel, der dem Schreibtisch am nächsten stand, und legte seinen Fedora auf der breiten Armlehne ab. Dann warf er einen etwas gründlicheren Blick in die Runde. Es war das gleiche wie überall auf dem Asteroiden. Abfall stapelte sich auf, Nahrungsmittelverpackungen und gebrauchte Becher, zusammen mit einem Haufen schmutziger Wäsche in einer Ecke des Zimmers, die auf die Wäscherei wartete. Wenn irgend jemand den Zimmerservice im Griff hätte haben müssen, dann sicherlich Emmett. Schlechtes Zeichen, daß es nicht so war. Doch der Hirnschmalzbubi war auf anderen Gebieten beschäftigt gewesen. Sein Schreibtisch war übersät mit elektronischen Rechenmaschinen, die ausnahmslos mit Hilfe gläserner Drähte zusammengestöpselt waren. Bildschirme reihten sich am Rand des Schreibtisches auf Stapeln von Dingern, die aussahen wie Schallplattenständer. Der ganze Aufbau sah nach Hektik aus, direkt aus der Schublade auf den Tisch. »Sieht so aus, als wärst du ziemlich beschäftigt gewesen«, begann Al.

»War ich.« Emmet musterte ihn mit einem nachdenklichen Blick. »Al, laß dir gleich vorneweg eines sagen: Ich habe mehr unbeantwortete Fragen als zu Anfang.«

»Schieß los.«

»Als erstes hab' ich die Kameras im Korridor überprüft, genau wie alle anderen rings um das fragliche Gebiet. Und gefunden habe ich nichts. Absolut gar nichts. Ich weiß nicht, wer Bernhard umgebracht hat, aber er hat definitiv die Kameraprozessoren manipuliert.

Die Speicher wurden gelöscht, und jemand hat einen Kodebrecher gegen deine Sicherheitsprotokolle eingesetzt.«

»Emmet, komm schon, du weißt genau, daß ich nichts von diesem technischen Scheiß verstehe.«

»'tschuldige, Al. Also gut, es ist so, als würden die Bilder der Kameras automatisch in einem sicheren Safe weggeschlossen. Und irgend jemand hat diesen Safe geknackt, die Photos herausgenommen und die Tür hinter sich wieder verschlossen.«

»Scheiße. Also keine Bilder, wie?«

»Nicht im Korridor, nein. Also habe ich die Suche ausgeweitet und bin die Kameras draußen durchgegangen, die auch das Landesims abdecken.« Er tippte auf einen der improvisierten Schirme. »Sieh her.«

Das Bild des Simses erschien auf dem Schirm. Sie blickten auf die Luftschleuse, während die Atmosphäre zwischen die Sterne entwich. Zwei Gestalten in Raumanzügen standen davor und sahen es geschehen. Plötzlich rannte eine der beiden in weiten Sätzen auf die Schleuse zu. Nach kurzem Zögern folgte ihr die zweite.

»Ein paar Minuten lang geschieht überhaupt nichts«, sagte Emmet.

Das Bild füllte sich mit Statik, und dann tauchten die beiden Gestalten in den Raumanzügen wieder in der Luftschleuse auf und wanderten über das Sims davon.

»Die Typen mit den Fußabdrücken?« schlug Al vor.

»Ich glaube ja. Aber ich denke nicht, daß sie etwas mit Bernhards Tod zu tun hatten.«

»Ich schon. Sie haben schließlich keinen Alarm geschlagen, oder?«

»Sie stecken in Raumanzügen, Al, also sind sie nicht besessen. Sieh die Sache mal aus ihrem Blickwinkel. Sie stolpern völlig überraschend über den frischen Leichnam eines deiner Unterführer, und sie haben sogar sein Blut an ihren Stiefeln. Und es ist niemand in der Nähe, der mit dem Finger auf sie zeigen könnte. Was würdest du an ihrer Stelle tun?«

»Den Mund halten«, stimmte Al ihm zu. »Und? Hast du herausgefunden, wer sie sind?«

»An dieser Stelle wird die ganze Sache eigenartig, Al. Ich bin ihrer Spur zurückgefolgt; sie kamen aus einem Hellhawk namens *Mindori*.«

»Gottverdammt! Kieras Leute!«

»Wie gesagt, ich denke nicht.« Die Aufzeichnung der Kamera lief weiter. Auf dem Bildschirm waren die beiden Gestalten in ihren Raumanzügen zu sehen, wie sie einen kleinen Transporter bestiegen und damit zu einer anderen Luftschleuse fuhren. »Von den Kameras in dieser Sektion konnte ich ebenfalls keine Aufzeichnungen erhalten«, sagte Emmet. »Ich weiß also nicht, was sie drinnen gemacht haben. Aber es war ein anderes Programm, das die Speicher gelöscht hat, nicht das gleiche, das bei dem Überfall auf Bernhard benutzt wurde.« Eine der Gestalten in den Raumanzügen kam zurück auf das Sims und belud den Transporter mit mehreren Paletten kleiner Kisten. Dann fuhr sie allein zur *Mindori*. Schließlich kehrte sie an Bord des Lebenserhaltungsmoduls des großen Hellhawks zurück.

»Kiera benutzt keine Nicht-Besessenen als Besatzungen für ihre Hellhawks«, sagte Emmet. »Und dieser Typ war immer noch an Bord, als der Hellhawk gestartet ist. Der andere muß sich noch im Innern des Asteroiden aufhalten.«

»Jesses. Er läuft ungehindert hier drinnen rum?«

»Sieht ganz danach aus, Al. Mit Sicherheit wissen wir bisher nur eins: Er hat ganz bestimmt nichts mit Kiera zu tun.«

»Aber er könnte von der gottverdammten Konföderierten Navy sein! Irgendeine Art Meuchelmörder oder so. Ihre Version von Kingsley Pryor.«

»Da bin ich gar nicht sicher, Al. Diese Kisten auf dem

Transporter. Ich habe ein Suchprogramm auf unsere Inventarverzeichnisse angesetzt. Sie sind nicht gerade auf dem Stand der Dinge, aber ich fand heraus, daß eine Menge Elektronik fehlt. Und ich wüßte keinen Grund, warum die Konföderierte Navy hier eindringen und einen Haufen Schaltkreise stehlen sollte. Das ergibt doch nicht den geringsten Sinn.«

Al starrte auf den Schirm, auf dem das letzte Bild mit der Gestalt im Raumanzug erstarrt war, die soeben im Begriff stand, an Bord der *Mindori* zu gehen. »Also schön, also haben wir es hier mit zwei voneinander unabhängigen Dingen zu tun, wie? Kiera läßt Bernhard über die verdammte Klinge springen, und ein Hellhawk hilft jemandem, unseren elektronischen Kram zu klauen. Das erste kann ich ja noch verstehen. Aber der Hellhawk ... Kannst du dir vorstellen, was das zu bedeuten hat?«

»Nein. Aber er ist inzwischen wieder hier. Wir könnten ihn einfach fragen. Die *Mindori* hat diesen Morgen auf dem Sims angedockt. Kiera hat ihre Techniker hingeschickt, um das Schiff für einen Langstreckentrip auszurüsten. Noch eine Sache, die wir in unsere Überlegungen mit einbeziehen müssen: Unser Verteidigungsnetzwerk meldet, daß ein weiterer Hellhawk auf seiner Patrouille verschwunden ist. Sie überprüfen gerade die restlichen Vögel, um zu sehen, wie viele wir noch haben.«

Al lehnte sich in seinem Sessel zurück und grinste fröhlich. »Vielleicht versuchen sie, sich von Kieras Joch zu befreien? Wie lange noch, bis diese Nahrungsfabrik wieder funktioniert, die sie so dringend brauchen?«

»Eine Woche. Fünf Tage, wenn wir uns wirklich beeilen.«

»Dann beeilt euch, Emmet. Und bis dahin werde ich einen Flug mit Cameron unternehmen. Er kann mit den anderen Hellhawks reden, ohne daß Kiera dabei zuhört.«

Geralds zusammenhanglose Gedanken glitten durch ein Universum voller Dunkelheit und Schmerz. Er wußte nicht, wo er sich befand oder was er tat. Es war ihm egal. Hin und wieder eruptierten Blitze, wenn Neuronen erratische Verbindungen schalteten, und erzeugten helle Bilder von Marie. Seine Gedanken sammelten sich darum wie Motten um ein Kerzenlicht. Der Grund für all diese Vergötterung blieb ihm schleierhaft.

Stimmen drangen auf seine elende Existenz ein. Ein Chor von Flüstern. Beharrlich. Schonungslos. Sie wurden lauter, stärker. Drangen in sein vages Bewußtsein ein.

Ein Stoß aus heißem, weißem Schmerz brachte ihn in plötzlichen Kontakt mit seinem Körper.

Laß uns herein. Beende die Qual. Wir können helfen.

Der Schmerz änderte Position und Natur. Brannte.

Wir können machen, daß es aufhört.

Ich. Ich kann machen, daß es aufhört. Laß mich rein. Ich will dir helfen.

Nein, ich. Ich bin der, den du brauchst.

Ich.

Ich kenne das Geheimnis, die Folter zu beenden.

Es gab Geräusche. Richtige Geräusche, ein Rattern, das die Luft erfüllte. Geralds eigene dünne Schreie. Und Lachen. Grausames, unendlich grausames Lachen.

Gerald.

Nein! sagte er zu ihnen. *Nein, ich will nicht. Nicht noch einmal. Lieber sterbe ich.*

Gerald, laß mich herein. Kämpf nicht gegen mich.

Ich sterbe für Marie. Eher das als ...

Gerald, ich bin es. Kannst du mich nicht spüren? Erkennst du mich nicht? Fühl meine Erinnerungen.

Sie hat gesagt ... sie hat gesagt, daß ... o nein. Nicht das. Nicht mit ihr. Nein.

Ich weiß. Ich war dabei. Und jetzt laß mich zu dir. Es ist schwer, ich weiß. Aber wir müssen ihr helfen. Wir müssen Marie helfen. Das ist der einzige Weg, der uns jetzt noch bleibt.

Staunen über die Identität der Seele ließ seine mentalen Barrieren zusammenbrechen. Die Seele jagte aus dem Jenseits hervor. Sie durchdrang die Grenzen seines Körpers, und die Energie, die sie mit sich brachte, jagte in seine Glieder und brannte heiß in seiner Wirbelsäule. Erfrischend. Belebend. Neue Erinnerungen fluteten in seine Synapsen, kollidierten mit den alten Bildern, Geräuschen, Geschmäckern und Tastempfindungen. Es war anders als beim ersten Mal. Damals war er eingesperrt worden, zurückgedrängt bis ganz an den Rand der Bewußtheit, und hatte das Außen nur noch durch ein hauchdünnes Rinnsal von Nervenimpulsen erlebt. Damals war er ein passiver, nahezu jeglicher Wahrnehmung beraubter Gefangener in seinem eigenen Körper gewesen. Diesmal war es mehr eine gleichberechtigte Partnerschaft, annähernd jedenfalls, denn der Neuankömmling war ohne Zweifel dominant.

Gerald öffnete die Augen, und ein Schwall energistischer Kraft half ihm, den Blick zu fokussieren. Ein weiterer Schwall verbannte ein für alle Mal die schrecklichen Kopfschmerzen, unter denen er nun schon so lange gelitten hatte.

Zwei von Kieras Leibwächtern grinsten ihn einfältig von oben herab an. »Da haben wir ihn ja, unseren Glückspilz«, kicherte der eine von ihnen. »Mann, heute nacht kriegst du den Fick deines Lebens, weißt du das?«

Gerald hob eine Hand. Zwei sengende Speere weißen Feuers rasten aus seinen Fingerspitzen und bohrten sich mitten durch die Schädel der überraschten Leibwächter. Vier Seelen schnatterten ihre Wut hinaus, während sie in das Jenseits flossen.

»Ich habe andere Pläne für heute nacht, danke sehr«, sagte Loren Skibbow.

Es war schon eine ganze Weile her, daß Al eine Spritztour in seinem neumodischen Raketenschiff unternommen hatte. Als er jetzt in dem dicken grünen Ledersessel auf dem Promenadendeck des Hellhawks Platz genommen hatte, wurde ihm erst richtig bewußt, wie lange. Er streckte sich und legte die Füße hoch.

»Und wohin soll ich dich bringen, Al?« drang Camerons Stimme aus dem silbernen Lautsprechergrill in der Schottenwand.

»Einfach nur weg vom Monterey, du weißt schon.« Er brauchte eine Pause, ein paar kurze Augenblicke, um wieder einen klaren Kopf zu bekommen und zu realisieren, was da eigentlich geschah. In den alten Tagen hätte er sich einen seiner Wagen geschnappt und vielleicht noch eine Angelrute mitgenommen. Oder Golf; er hatte einige Male Golf gespielt, wenn auch nicht nach Regeln, von denen die Golfgesellschaft je gehört hätte. Einfach ein paar Freunde, die an einem schönen Tag Blödsinn machten.

Der Blick durch das riesige Frontfenster zeigte Al, wie der nicht-rotierende Raumhafen des Asteroiden über ihm vorüberglitt, als der Hellhawk das Landesims verließ. Die Gravitation im Innern der Kabine war unverrückbar fest. Auf der anderen Seite des Fensters kam New California in Sicht, ein silbriger Halbmond wie der über Brooklyn, damals in den klaren Sommernächten. Al würde sich wohl niemals daran gewöhnen, wieviel Wolken diese verdammten Planeten alle hatten. Es war schon erstaunlich, daß man unten auf der Oberfläche je die Sonne zu sehen bekam.

Cameron kurvte um den großen Asteroiden herum und drehte sich dabei ständig um die eigene Achse wie ein verspielter Delphin. Hätte Al durch die Bullaugen einen Blick nach hinten geworfen, würde er strahlendes Sonnenlicht auf den gelben Finnen und dem purpurnen Rumpf bemerkt haben.

»Hey, Cameron, kannst du mir zeigen, wo der Orion-Nebel liegt?«

Der Hellhawk beendete seine Mätzchen und schwang mit dem Bug herum wie eine Kompaßnadel. Vor den Fenstern glitten die Sterne vorbei. »So, da wären wir. Müßte jetzt eigentlich genau in der Mitte deines Fensters liegen.«

Dann sah Al den Nebel: ein feines Gespinst aus Licht, als hätte Gott seinen Daumen naßgemacht und einen Stern auf das Himmelszelt geschmiert. Er lehnte sich in seinem Sitz zurück und trank aus einer winzigen Tasse Cappuccino, während er den Nebel betrachtete. Ein merkwürdiges kleines Gebilde. Ein Nebel im Weltraum, hatte Emmet gesagt. Wo Sterne geboren werden. Die Marsianer und ihre Todesstrahlen lebten auf der anderen Seite.

Die seinen Blicken verborgen blieb, ganz gleich, wie sehr er den Kopf verrenkte. Die Vorstellung, daß Schiffe der Konföderierten Navy dorthin geflogen sein sollten, hatte Kiera gehörig erschreckt, und selbst Jezzibella hatte sich mit einem Mal Sorgen gemacht. Al begriff es einfach nicht, so sehr er sich auch bemühte. Wieder einmal würde er den Rat anderer einholen müssen. Er seufzte und ergab sich in das Unvermeidliche. Trotzdem, es gab ein paar Dinge, die er noch immer selbst erledigen konnte. In Chicago hatte es mehr Territorien, Gruppierungen und Banden gegeben als in der gesamten Konföderation. Er wußte, wie er sie zu manipulieren hatte. Hier ein paar neue Freunde gewinnen, dort ein paar alte verlieren. Ein wenig Druck anwenden. Bestechung, Erpressung, Nötigung. Niemand in der heutigen Zeit, lebendig oder tot, hatte seine Art politischer Erfahrung. Der Prinz der Stadt. Damals, heute, immer.

»Cameron, ich will mit einem Hellhawk reden. Er heißt *Mindori*, und ich möchte, daß uns niemand sonst zuhören kann.«

Die spitze purpurne Nase des Hellhawks drehte sich erneut, und der Nebel glitt zur Seite außer Sicht. Der Monterey kam ins Bild, ein schmutzigbrauner Felsen mit stecknadelkopfgroßen hellen Lichtern rings um die Raumhafensektion.

»Der Name des Burschen lautet Rocio«, sagte Cameron.

Ein Quadrat in der Ecke des Bildschirms wurde grau, dann wurde ein Gesicht erkennbar. »Hallo, Mister Capone«, sagte Rocio höflich. »Ich fühle mich geehrt. Was kann ich für Sie tun?«

»Ich mag Kiera nicht«, sagte Al.

»Wer tut das schon? Aber wir sind beide auf sie angewiesen.«

»Du tust mir weh, Rocio. Du weißt ganz genau, daß du Scheiße erzählst. Sie hat dich bei den Eiern, weil sie all eure Nahrungsfabriken hochgejagt hat. Was hältst du davon, wenn ich dir sage, daß ich vielleicht imstande bin, eine neue zu bauen?«

»In Ordnung, ich bin interessiert.«

»Ich weiß, daß du das bist. Du versuchst selbst, eine Fabrik in Gang zu bringen. Deswegen hast du auch neulich diesen elektrischen Schnickschnack aus meinem Lager geklaut, nicht wahr?«

»Ich weiß nicht, wovon Sie reden.«

»Wir haben alles aufgenommen, Rocio. Deine Jungs sind in den Monterey eingebrochen und haben eine ganze Lastwagenladung Zeug zu dir an Bord gebracht.«

»Ich hatte für eine Routineüberholung angedockt, und ein paar Ersatzteile wurden eingebaut. Na und?«

»Möchtest du, daß ich Kiera frage?«

»Ich dachte, Sie mögen sie nicht?«

»Tue ich auch nicht, deswegen rede ich ja zuerst mit dir.«

»Was wollen Sie, Mister Capone?«

»Zwei Dinge. Erstens, falls deine Fabrik nicht funktioniert, komm zu mir und rede mit mir. In Ordnung? Wir können bestimmt viel bessere Bedingungen aushandeln als das, was Kiera euch diktiert. Beispielsweise keine Kampfeinsätze mehr. Ihr Hellhawks haltet einfach nur rings um New California für uns die Augen und Ohren auf. Eure große Sichtweite ist ein unbezahlbares Gut. Ich respektiere das, und ich bin bereit, einen mehr als fairen Preis dafür zu bezahlen.«

»Ich werde über Ihr Angebot nachdenken. Und was ist das zweite?«

»Ich möchte mit dem Burschen reden, der den Mord beobachtet hat. Das war ein guter Freund von mir, der da in die Mangel genommen wurde. Ich habe ein paar Fragen an deinen Kumpan.«

»Er wird nicht persönlich erscheinen. Er ist viel zu wertvoll für mich, ich dulde nicht, daß er von Bord geholt wird.«

»Zur Hölle, nein. Ich weiß, daß er nicht besessen ist. Ich will nur mit ihm reden, das ist alles.«

»Also gut.«

Al lehnte sich mit seinem Cappuccino zurück und wartete eine Minute, während er bemüht war, geduldig zu erscheinen. Als Jeds zögerndes, mißmutiges Gesicht endlich auf dem Schirm erschien, lachte er leise auf. »Ich will verdammt sein! Wie alt bist du, Junge?«

»Was geht Sie das an?«

»Ich bin beeindruckt, das geht es mich an. Du hast Mumm, das hast du bei Gott, Junge. Direkt in mein Hauptquartier zu marschieren und mir für hundert Riesen elektrischen Schnickschnack zu klauen! Das ist die Art von Stil, die mir gefällt. Es gibt nicht viele in diesem Universum, die so etwas getan hätten.«

»Ich hatte keine große Wahl«, grunzte Jed.

»Zur Hölle, das weiß ich selbst. Ich bin in einer harten Gegend großgeworden, und ich weiß, wie das ist, wenn man ganz unten im Scheißhaufen steht. Du mußt dem

Boß zeigen, daß du die Nerven nicht verlierst, wie? Weil, wenn du sie verlierst, bist du für ihn zu nichts nütze. Du kriegst den Tritt in den Hintern, weil es immer einen anderen Klugscheißer gibt, der meint, er könnte es besser.«

»Sind Sie wirklich Al Capone?«

Al fuhr mit den Fingern über die Revers seiner Jacke. »Sieh dir den Faden an, Sonny. Niemand außer mir hat soviel Klasse.«

»Und warum wollen Sie mit mir reden?«

»Ich muß ein paar Dinge wissen, Sonny. Ich kann dir nicht viel als Gegenleistung bieten; ich meine, du bist verständlicherweise nicht begierig darauf, mich persönlich zu besuchen, oder? Ich verstehe das gut, glaub mir, aber deswegen kann ich dir auch keine Belohnung geben. Keine Ladys, keinen Stoff, dieses Zeugs eben. Was ich reichlich habe, ist unser lokales Zahlungsmittel. Hast du schon davon gehört?«

»Sie meinen diese Art Gutschein?«

»Genau. Gutscheine, gedeckt durch mein Wort. Wenn ich sage, du schuldest jemandem etwas, dann mußt du zahlen. Und ich schulde dir drei Gefälligkeiten. Ich, Al Capone, schulde dir höchstpersönlich drei Gefälligkeiten. Die du auf jedem besessenen Planeten einlösen kannst. Sicher, du kannst keinen Scheiß wie Weltfrieden oder so verlangen, aber wenn du Hilfe oder Dienste brauchst – sie gehören dir. Stell dir einfach vor, es ist eine perfekte Versicherungspolice. Ich meine, wir Besessenen, wir breiten uns über das gesamte Universum aus, nicht wahr. Also, spielst du mit oder nicht?«

Er lächelte zwar nicht gerade, aber das mürrische Stirnrunzeln war ebenfalls verschwunden. »Einverstanden. Was wollen Sie wissen?«

»Erstens, dieser andere Typ, der bei dir war. Den du zurückgelassen hast. Ist er hier, um mich zu töten?«

»Gerald? Um Himmels willen, nein! Er ist krank, sehr,

sehr krank.« Jeds Miene hellte sich noch weiter auf. »Hey, das ist schon der erste Gefallen, den Sie mir tun können. Sein Name lautet Gerald Skibbow, und wenn Sie ihn finden, dann möchte ich, daß er in ein richtiges Krankenhaus mit richtigen Ärzten und Geräten und so gebracht wird.«

»Einverstanden. Das ist schon viel besser so, wir kommen richtig ins Gespräch, du und ich. In Ordnung. Gerald Skibbow heißt er also. Wenn wir ihn finden, sorge ich dafür, daß er medizinisch versorgt wird. Und jetzt die andere Sache. Ich möchte wissen, ob du jemanden in diesem Korridor gesehen hast, wo die Leiche gelegen hat.«

»Da war ein Typ, ja. Ich hab' ihn durch das Glas in der Tür gesehen. Aber ich hab' nicht viel erkennen können. Eine lange Nase. Und ja, richtig dichte Augenbrauen, Sie wissen schon, die Sorte, die über der Nase zusammenzuwachsen scheint.«

»Luigi!« grollte Al. *Ich hätte mir denken können, daß er sich auf Kieras Seite schlägt. Wenn man Leute diszipliniert, erweckt man damit immer eine ganze Wagenladung voller Ablehnung. Er wird noch Verbindungen zu Offizieren der Flotte haben, eine ganze Menge sogar. So richtig nach Kieras Geschmack.* »Danke, mein Junge. Ich schulde dir immer noch zwei Gefälligkeiten.«

Jed nickte überschwenglich. »Richtig.« Sein Bild verblaßte.

Al stieß wütend die Luft aus. Teilweise ärgerte er sich über sich selbst. Er hätte Luigi wirklich besser im Auge behalten müssen. Es war diese ganze Scheiß-Konstellation mit den zurückkehrenden Seelen. Man konnte ein Arschloch nicht mehr ins Jenseits schicken, weil eine gute Chance bestand, daß es unten auf New California in einen Körper zurückkehrte und noch wütender auf einen war als vorher.

Eine Woge aus Überraschung und Verblüffung durchlief die Seelen im Jenseits und erweckte zum ersten Mal seit langer Zeit Capones Aufmerksamkeit. Etwas Gewaltiges war im Gange. Terror und Ehrfurcht waren die dominanten Empfindungen, die aus dem Jenseits in sein Bewußtsein drangen.

»Was denn?« fragte Al. »Was ist los?«

Es war nicht zu vergleichen mit der Agonie, die jenem furchtbaren ersten Schlag gegen Mortonridge gefolgt war, zum Glück. Als Al sich auf die unsicheren grauen Bilder konzentrierte, die von Seele zu Seele flatterten, erblickte er eine Sonne, aus der eine weitere Sonne ausbrach. Der Raum war erfüllt von Flammen, und der Tod flutete unausweichlich über den Himmel wie eine Sturmfront.

Arnstadt!

»Herr im Himmel!« ächzte Al. »Cameron? Siehst du das auch?«

»Laut und deutlich. Ich glaube, die Hellhawks sind weggesprungen.«

»Kann ich ihnen nicht verdenken.« Organisationsschiffe verschwanden in aufblühenden Blitzen aus blendend weißem Licht.

Die Konföderierte Navy hatte auf Trafalgar mit einer Antwort reagiert, die Al sich nicht im Traum hätte vorstellen können. Brutalste Gewalt auf einem unbezwingbaren Niveau. Seine Kriegsschiffe waren hilflos. Ihre kostbare Antimaterie nutzlos. »Verstehen sie denn nicht?« fragte er die verzweifelten Seelen. »Arnstadt wird aus diesem Universum verschwinden.«

Bereits jetzt durchzuckte freudige Erwartung das Jenseits, als eine Vielzahl von Körpern für die Possession angeboten wurde. Die Realitätsdysfunktion um Arnstadt herum wurde stärker und stärker, als mehr und mehr Besessene der entstehenden Entität ihre Macht hinzufügten. Nachdem die orbitalen Waffen der Organisation in einem Regen aus Rauch und Trümmern zur Erde regneten, gab es nichts mehr, das sie hätte schützen können.

»Cameron, bring mich nach Hause. Schnell!«

Al wußte, was geschehen würde. Die Konföderierte Navy würde als nächstes New California einen Besuch abstatten, und ihre bevorstehende Ankunft würde Kiera ihre größte Chance liefern. Diesmal würden seine Unterführer und Soldaten zuhören, wenn sie die Besessenen aufforderte, auf die Oberfläche des Planeten zurückzukehren.

Der Tag wurde von Minute zu Minute schlimmer.

Die Familien der Raumschiffsbesatzungen, die Capone als Geiseln dienten, wurden in einem Hotel hoch über der Biosphäre des Monterey festgehalten. Während des Tages trafen sie sich in den Hallen und öffentlichen Bereichen des Komplexes, um sich gegenseitig an Zuspruch und Trost zu spenden, was sie aufzubringen imstande waren. Es war nicht gerade viel. Im Verlauf der Monate waren sie zu einer müden Menge geworden, die jeden Tag aufs neue mit bis zum Zerreißen beanspruchten Nerven überstand: mehr schlecht als recht ernährt, ohne Zugriff auf Informationen und von ihren Bewachern ebensosehr ignoriert wie verachtet.

Silvano und die beiden Soldaten führten Kingsley Pryor in die Konferenzsuite des Hotels. Er entdeckte Clarissa augenblicklich, die beim Servieren der morgendlichen Mahlzeit half. Sie erblickte ihn und schrie auf, und ihre Schöpfkelle fiel in die Pfanne mit gebratenen Bohnen. Alle starrten zu den beiden, als sie sich in die Arme fielen.

Clarissa war überwältigt vor Freude, ihn wiederzusehen. Zuerst jedenfalls. Doch dann konnte Kingsley die Unehrlichkeit nicht mehr länger ertragen und gestand ihr, was aus ihm geworden war. Sie versteifte sich und wich erschauernd zurück. Wünschte sich nichts sehnlicher, als daß er die Worte niemals ausgesprochen hätte.

»Wie ist das geschehen?« fragte sie schließlich. »Wie bist du gestorben?«

»Ich war an Bord eines Raumschiffes. Es gab eine Antimaterieexplosion.«

»Trafalgar?« flüsterte sie. »Warst du das, Kingsley? Bist du dafür verantwortlich?«

»Ja.«

»O du lieber Gott! Nicht du! Nicht das!«

»Ich muß dich etwas fragen, Clarissa. Es tut mir leid, daß ich nicht frage, wie es dir ergangen ist; ich schätze, das sollte ich eigentlich, aber im Augenblick ist eine andere Frage die wichtigste im gesamten Universum für mich. Weißt du, wo Webster steckt?«

Sie schüttelte den Kopf. »Sie halten uns voneinander getrennt. Dieser fette Bastard von Kollaborateur Octavius hat ihn dem Küchenpersonal zugeteilt. Ich durfte ihn nur einmal in der Woche sehen. Aber es ist jetzt mehr als vierzehn Tage her, daß sie ihn das letzte Mal zu mir gebracht haben. Und keiner will mir sagen, was mit Webster ist.« Sie brach ab, als sie das eigenartige Lächeln bemerkte, das sich auf Kingsleys Gesicht schlich. »Was ist los?«

»Er hat die Wahrheit gesagt.«

»Wer?«

»Jemand hat mir erzählt, daß Webster sich aus den Fängen der Organisation befreien konnte und daß er jetzt an Bord eines Raumschiffes wäre. Und jetzt sagst du mir, du hättest ihn seit vierzehn Tagen nicht mehr gesehen, und Capone kann ihn nirgendwo finden.«

»Webster ist frei?« Die Nachricht überwältigte sie, und einmal mehr streckte sie die Hände nach ihm aus.

»Es sieht jedenfalls danach aus.«

»Wer hat dir das erzählt?«

»Ich weiß es nicht. Es war sehr eigenartig. Glaub mir, Clarissa, in diesem Universum geschehen eine Menge mehr Dinge, als wir bisher realisiert haben.«

Ihr Lächeln war beinahe tragisch. »Wie soll ich den Worten meines toten Ehemannes nicht glauben?«

»Es ist Zeit zu gehen«, sagte Kingsley unvermittelt.

»Gehen? Wohin?«

»Für dich – ganz gleich wohin, nur weg von hier. Capone schuldet mir diesen Gefallen, aber ich schätze, es wird schwierig werden, ihn einzufordern. Also machen wir einen Schritt nach dem anderen.«

Er ging zur Tür der Konferenzsuite, und Clarissa folgte ihm scheu. Die beiden Soldaten, die sich an der Tür herumgelümmelt hatten, strafften sich mißtrauisch; Silvano war verschwunden, und sie wußten nicht recht, wie sie sich verhalten sollten.

»Ich gehe jetzt«, sagte Kingsley mit leiser, eindringlicher Stimme zu ihnen. »Seid vernünftig und laßt uns durch.«

»Das wird Silvano nicht gefallen«, entgegnete der eine.

»Dann soll er mir das persönlich sagen. Eure Aufgabe ist es jedenfalls nicht.« Er konzentrierte sich auf die Tür und stellte sich vor, wie sie aufschwang.

Sie starteten einen Versuch, ihn daran zu hindern, und konzentrierten sich darauf, sie geschlossen zu halten. Eine magische Version von Armdrücken.

Kingsley lachte, als die Tür krachend aufflog. Er blickte die beiden Gangster der Reihe nach an und runzelte in spöttischer Herausforderung die Stirn. Sie ließen ihn ohne weiteren Widerstand passieren. Clarissa folgte ihm an der Hand.

Hinter ihm nahm einer der beiden Gangster einen altmodischen Telephonhörer auf und wählte wild.

Vorsichtig wanderte Gerald durch den Korridor. An jeder Tür blieb er stehen und lauschte, ob jemand dahinter war. Loren verwendete einen großen Teil ihrer Konzentration darauf, seine Beine zu einer regelmäßigen

Bewegung anzuhalten. Sein Bewußtseinszustand hatte sie entsetzt; die Gedanken zusammenhanglos, die Persönlichkeit bis hin zu einer kindlichen Verwirrung verfallen, die Erinnerungen schwach und kaum noch abzurufen. Lediglich seine Emotionen besaßen noch die alte Kraft, unbeeinflußt von Vernunft und Überlegung. Sie trieben das, was von seiner Rationalität noch geblieben war, mit den scharfen Spitzen extremer Zustände. Gerald erlebte nackte Furcht, keine milde Beunruhigung, und tiefste Scham, keine schwache Verlegenheit.

Loren mußte ununterbrochen beruhigen und trösten und die Art ständiger Bestätigung liefern, nach der sich jedes Kind verzehrte. Ihre Gegenwart war ihm ein Trost, er redete beinahe ununterbrochen mit ihr, und sein zusammenhangloses Gefasel lenkte sie in höchstem Maße ab.

Auch sein körperlicher Zustand ließ sehr zu wünschen übrig. Die rohen Verletzungen, die Kieras Schläger ihm beigebracht hatten, waren mit Hilfe ihrer energistischen Kräfte relativ leicht zu heilen gewesen. Doch sein Körper blieb immerfort kalt, und hinter seinen Schläfen verbarg sich ein heimtückischer Schmerz, den selbst Lorens energistische Macht nicht ganz vertreiben konnte. Was Gerald benötigte war wenigstens eine Woche richtigen Schlafes, einen Monat anständigen Essens und ein Jahr auf der Couch eines Psychiaters. Aber das alles mußte warten.

Sie befanden sich irgendwo im Innern der Raumhafensektion, die Kiera für sich und ihre Anhänger in Beschlag genommen hatte. Das Zentrum der Intrigen. Nur, daß es praktisch verlassen lag. Abgesehen von den beiden Schlägern, die sie nach ihrer Rückkehr getötet hatte, waren ihr bisher nur drei andere Besessene über den Weg gelaufen. Keiner hatte ihr auch nur die geringste Aufmerksamkeit geschenkt, als sie mit angespannten Gedanken ihren jeweiligen Befehlen nachgeeilt waren, wie auch immer diese lauten mochten. Die Hallen und Gänge waren ausnahmslos leer und verlassen.

Loren betrat die Haupthalle, und die unpersönliche Einrichtung zusammen mit dem unaufdringlichen Mobiliar erzeugten fast eine Atmosphäre von Vertrautheit. Es war ein Ort, den sie oft genug aus dem Jenseits gesehen hatte. Kieras Schlupfwinkel.

Geralds Hand fuhr über das wollähnliche Gewebe des Sofas. Marie hatte stundenlang darauf gesessen und zu ihren Mitverschwörern gesprochen. Die Kaffeemaschine, die sie zusammen mit dem guten Porzellan hergebracht hatte, köchelte noch immer vor sich hin und erfüllte den Raum mit ihrem aromatischen Duft. Seine Augen bewegten sich hastig hinüber zu der Schlafzimmertür. Die Gedanken bei den Männern, die sie mit sich dort hinein genommen hatte.

Loren versuchte die Seelen im Jenseits zu fragen, wo Kiera steckte. Doch die Unruhe und Aufregung durch den Arnstadt-Zwischenfall rührte die ewige Kakophonie von Stimmen noch mehr auf als gewöhnlich. Sie erhielt ein paar Ausblicke auf eine weibliche Gestalt. Möglicherweise Kiera. Sie rannte zusammen mit einer Gruppe von Leuten durch einen unbekannten Korridor.

Das Gesicht sah Maries weniger ähnlich als noch kurze Zeit zuvor.

Loren fluchte böse. So weit war sie gekommen. Gerald und sie hatten Entsetzen und Horror durchgemacht, die weit über alles hinausgingen, was die Menschheit bis dahin gekannt hatte. Sie hatten sie überstanden. Sie waren *so verdammt nah* gewesen. Welche omnipotente Entität auch immer das Jenseits geschaffen haben mochte, mit Sicherheit war sie es auch gewesen, die verantwortlich zeichnete für das Konzept des Schicksals.

Loren konnte spüren, wie Gerald zusammenzubrechen drohte, als die Aussicht auf die Errettung ihrer gemeinsamen Tochter wieder einmal in weite Ferne zu rücken drohte. *Es wird nicht so weit kommen*, versprach sie ihm.

Während sie sich durch die Halle bewegte, sah sie draußen auf dem Sims einen Hellhawk auf seinem Landegestell. Geralds Überraschung ließ sie innehalten, und dann erkannte sie die unverstellte Form der *Mindori*. Plattformen und Laufstege umgaben die Frachtmodule, die von hellen Flutlichtern angestrahlt wurden. Wartungsmannschaften in schwarzen SII-Raumanzügen waren damit beschäftigt, massive Ausrüstungsteile zu installieren und die Energie- und Kühlleitungen mit den existierenden Apparaturen des Hellhawks zu verbinden. Loren verstand zwar nichts von alledem, doch sie war sicher, daß sie jetzt eine Fluchtroute hatten, sollte der Zeitpunkt kommen. Vorausgesetzt, dieser Zeitpunkt kam bald.

Sie verließ die Halle und stieg eine Ebene hinunter. Sie fand sich im Technikbereich wieder. Offensichtlich hatten die zuständigen Arbeitskräfte in letzter Zeit keine Mühe auf interne Instandhaltung verschwendet. Lichtpaneele an den hohen Korridordecken leuchteten in schwachem Gelb, und ein paar der Belüftungsgitter gaben ein ärgerliches Brummen von sich, während sie in unregelmäßigen Abständen frische Luft in den Raum bliesen. Die meisten arbeiteten überhaupt nicht mehr. Der einzige Hinweis, daß die Sektion nicht völlig verlassen war, stammte von einem beinahe unhörbaren Brummen schwerer Maschinen. Loren drehte sich um sich selbst, um die Richtung herauszuhören, neugierig, was an einem Ort wie diesem noch funktionierte, wo offensichtlich niemand in der Nähe war.

Als sie schließlich die fragliche Tür entdeckt und geöffnet hatte, fand sie sich in einer großen Werkstatt wieder, die zu einer kybernetischen Fabrik umgebaut worden war. Lange Reihen von Fabrikationsmaschinen arbeiteten mit entschlossener Wut vor sich hin. Sie hämmerten, bohrten, frästen und sägten Komponenten aus Blöcken von rohem Metall. Zwischen den Maschinen waren einfache Fließbänder installiert, die die frisch hergestellten Metallstücke zu großen Tischen transportierten, wo sie von mehr als zwei Dutzend nicht-besessenen Arbeitern zu Maschinenpistolen zusammengesetzt wurden. Die Männer arbeiteten mit nackten Oberkörpern, und ihre Haut glänzte vom Schweiß angesichts der ungefilterten Hitze, die von den Maschinen ausging.

Nichts von alledem kam bei Gerald an, während Loren in sich in völliger Verwirrung umblickte. Sie ging zu einem der nicht-besessenen Arbeiter.

»Hey, du! Wofür zur Hölle ist das alles?«

Der Mann blickte erschrocken zu ihr auf, dann senkte er den Kopf.

»Das sind Waffen«, brummte er düster.

»Das sehe ich selbst. Aber wofür sind sie?«

»Kiera.«

Es war alles an Antwort, was sie von ihm bekommen würde. Loren nahm eine der Maschinenpistolen an sich. Sie waren schlüpfrig vom feinen Film aus schützendem Öl. Weder sie noch Gerald wußten viel über Waffen, abgesehen von einem didaktischen Kursus über die Handhabung der Jagdlaser, die auf Lalonde erlaubt gewesen waren. Und trotzdem sahen die Waffen eigenartig aus. Sie sah dem Arbeiter zu, wie er eine der Maschinenpistolen zusammenbaute. Der Schloßmechanismus war viel zu groß, und der Lauf war von einer Art Komposit eingefaßt. Erinnerungen, die keinem von beiden gehörten, schäumten hinter Geralds Stirn hoch. Erinnerungen an Schlamm und Schmerz. An dunkle humanoide Monster, bewaffnet mit feuerspuckenden Maschinenpistolen, die mit tödlicher Unausweichlichkeit aus dem nicht enden wollenden grauen Regen heraus vorrückten.

Mortonridge. Kiera baute die gleichen Waffen, wie sie

von der Konföderation zur Befreiung von Mortonridge eingesetzt wurden! Gegen die Besessenen!

Loren blickte sich erneut in der Fabrikhalle um, tief besorgt über das, was sie sah. Die Produktionsrate mußte sich auf Hunderte Maschinenpistolen pro Tag belaufen. Sie war umgeben von Nicht-Besessenen, und alle bauten emsig die eine Waffe zusammen, die jeden Besessenen in einer Sekunde in das Jenseits zurückbefördern konnte. Falls es geeignete Munition dafür gab.

Loren warf einen neuen Blick auf die Waffe in ihren Händen. Mit einem Lappen wischte sie das überschüssige Öl ab. Nachdem sie sich überzeugt hatte, daß die Maschinenpistole funktionsfähig war, verließ sie die Fabrik und machte sich auf die Suche nach der zweiten. Sie konnte nicht weit entfernt sein.

Der Monterey lag zwanzig Kilometer vor ihnen. Camerons Annäherungsvektor erweckte den Eindruck, als schöbe sich der Asteroid vor die Sichel New Californias, während er im Panoramafenster des Promenadendecks immer größer wurde. Sie kamen mit einem Winkel von neunzig Grad zur Rotationsachse herein, und der nichtrotierende Raumhafen sproß wie ein glitzernder Metallpilz gerade in die Höhe. Das änderte sich, als Cameron herumschwang und parallel zur axialen Raumhafenspindel auf Kurs ging. Das Landesims befand sich direkt geradeaus, ein tiefer kreisrunder Graben, der in den Fels gemeißelt war, mit winzigen strahlend hellen Lichtern auf der einen Seite, die weiße Kreise auf die gegenüberliegende warfen.

Erneut änderte sich die Orientierung, als der Hellhawk sich der Rotation des Asteroiden anpaßte und die Seiten des Grabens zu einer Decke und einem Boden wurden. Und schließlich begann Al zu verstehen, wie Zentrifugalkräfte funktionierten.

Eine Explosion erstrahlte aus der Felswand an der Rückseite des Landesimses, neunzig Grad von Camerons gegenwärtiger Position entfernt, in einer Sektion, die von einem großen Gewirr von Maschinen aus Metall und Komposit überzogen war. Eine helle Fontäne leuchtend weißen Gases strömte mit der Trägheit einer Flüssigkeit aus einem gezackten Loch im Zentrum der Maschinen. Winzige Fragmente fester Materie wirbelten durch die Fontäne davon.

Al nahm die Havanna aus dem Mund und ging zum Fenster. Er preßte die Stirn dagegen, um besser sehen zu können. »Heilige Scheiße! Cameron, was zur Hölle war das? Ist die verdammte Navy schon da?«

»Nein, Al. Es hat ein Leck im Fels gegeben. Ich überwache den Funkverkehr; niemand weiß genau, was passiert ist.«

»Und wo ist es passiert?« Al kniff die Augen zusammen, als er nach Hellhawks oder Menschen in Raumanzügen Ausschau hielt, die sich in der Nähe der Gasfontäne auf dem Sims aufhielten.

»In einer Industriesektion. Wo du diese Nahrungssyntheseanlage repariert hast.«

Capones Faust krachte wütend gegen die Scheibe. »Dieses *Miststück*!« Die drei kleinen Narben leuchteten schneeweiß auf seinen hochroten Wangen. Er starrte auf die langsam versiegende Fontäne und die darunter sichtbaren zerfetzten Trümmer, die sich träge vom vertikalen Felsen gelöst hatten und davontrieben. »Also gut. Wenn sie den offenen Kampf will, dann soll sie ihn verdammt noch mal haben!«

»Al, ich fange eine Breitbandnachricht an die Flotte auf. Es ist Kiera.«

Eines der kleinen runden Bullaugen entlang der Seiten des Observationsdecks schimmerte silbern, und dann wurde Kieras Gesicht erkennbar. ». . . nach Arnstadt gibt es für uns keine Alternative mehr. Die Konföderierte

Navy ist auf dem Weg hierher, und sie kommt mit genügend Schiffen, um uns zu vernichten. Wenn wir nicht wieder in das Jenseits verbannt werden wollen, bleibt uns keine andere Wahl, als hinunter zur Oberfläche zu gehen. Ich habe die Absicht, dies zu tun, und ich verfüge über die Mittel, unsere Autorität auf dem Planeten zu erhalten, auch ohne die Hilfe strategischer Verteidigungsplattformen und Antimaterie. Alles, was ihr jetzt habt, euren Status und eure Positionen in der Organisation, könnt ihr unter meiner Schirmherrschaft behalten. Und diesmal müßt ihr nicht einmal eure Körper auf einer dieser gefährlichen kriegerischen Missionen von Al Capone aufs Spiel setzen. Seine Zeit ist vorbei. Wer von euch sich für eine privilegierte Zukunft entscheidet, der soll sich mit Luigi in Verbindung setzen. Er wird an Bord der *Swabia* zu euch stoßen. Folgt ihm in den niedrigen Orbit, und ich stelle euch die Mittel zur Verfügung, um auf der Oberfläche Fuß zu fassen. Wer lieber bleiben und auf die Navy warten möchte, kann das meinetwegen gerne tun.«

»Verflucht!« Al packte den Hörer des schwarzen Telephons. »Cameron, gib mir Silvano!«

»Er ist schon in der Leitung, Boß.«

»Silvano?« brüllte Al. »Hörst du dieses Miststück?«

»Laut und deutlich, Boß.« Die Stimme seines Lieutenants knisterte und knackte statisch.

»Sag Emmet, daß er jedes Schiff aufhalten soll, das nicht dort bleibt, wo es ist. Mir scheißegal, zu welchen Mitteln er greifen muß. Ich werde später mit der Flotte reden. Und ich will, daß diese verdammte Botschaft unterbrochen wird! Auf der Stelle! Schickt eine Abteilung unserer Soldaten, sie sollen ihr Hauptquartier einkreisen und niemanden herauslassen. Ich komme persönlich herunter und kümmere mich um Kiera. Heute nacht schläft sie mit den Fischen.«

»Verstanden, Boß.«

»Ich docke jeden Augenblick an. Ich will, daß du und ein paar von den Jungs auf mich warten. Ich meine loyale Jungs, Silvano.«

»Wir werden auf dich warten, Boß.«

Luigi fühlte sich so gut wie schon lange nicht mehr, als er endlich an der Basis der Raumhafenspindel ankam. Das Warten und Intrigieren hatte an seinen Nerven gezerrt; für seinen Geschmack waren sie viel zu sehr im Dunkeln getappt. Er gehörte zu der Sorte, die lieber draußen im Freien operierte. Kiera hatte darauf bestanden, daß er sich unauffällig verhielt. Er spielte noch immer den Laufburschen für diesen blöden Wichser Malone unten im Boxstudio und schaufelte Scheiße für die Nicht-Besessenen. Es war selten genug geschehen, daß er Zeit gefunden hatte, um nach draußen zu seinen alten Freunden an Bord der Organisationsschiffe zu gehen, und bei diesen Gelegenheiten hatte er nicht mehr getan als ein paar zwieträchtige Worte auszusäen und Zweifel zu verbreiten.

Und jedesmal war er zu Kiera zurückgekehrt und hatte ihr berichtet, daß die Flotte allmählich die Geduld mit Capone verlor. Was sie auch tat. Aber er hatte die Zahlen ein wenig in seinem Sinne geschönt und sich besser aussehen lassen, als es der Wirklichkeit entsprach.

Nicht, daß es jetzt noch eine Rolle gespielt hätte. Er hatte Malones schmuddeligen Laden im Keller verlassen, sobald die Nachricht von Arnstadt eingetroffen war, und nicht erst auf Kieras Zeichen gewartet. Das war es. Ihre Chance. Sobald er wieder draußen bei seiner Flotte war, würden all diese Zahlen nicht mehr das geringste bedeuten. Sie würden ihm wieder folgen, das wußte er. Er war stets fair gewesen zu seinen Lieutenants, und sie respektierten ihn.

Die große Transferkammer in der axialen Nabe war

fast leer, als er aus der Röhre kam. Er schwamm durch die Schwerelosigkeit zu den Türen, die zu den Pendlerbussen führten.

Ein Mann und eine Frau glitten auf ihn zu. Luigi ärgerte sich über die Verzögerung, doch es war nicht der Ort, um eine Szene zu machen. Zehn Minuten. Nur *zehn Minuten*, und er war wieder an Bord eines Raumschiffes und hatte wieder das Kommando.

»Ich erinnere mich an dich«, sagte Kingsley Pryor. »Du warst einer von Capones Lieutenants.«

»Was ist los mit dir, Kerl?« fuhr Luigi ihn an. Er hatte nie das ewige Geflüster und Getuschel aus dem Jenseits ertragen können, das ihm überall hin gefolgt war, als wäre er eine Art Kinderschänder auf der Flucht.

»Nichts. Gehst du nach draußen auf ein Schiff?«

»Ja. Das ist richtig.« Luigi blickte weg. Vielleicht ließ ihn das Arschloch jetzt in Frieden.

»Das trifft sich gut«, sagte Kingsley. »Wir nämlich auch.«

Die Türen öffneten sich und enthüllten den leeren Innenraum eines Pendlerbusses. Kingsley machte eine einladende Handbewegung. »Du bitte zuerst«, sagte er höflich.

Nach dem Duschen ging Jezzibella die Kleider durch, die Libby für sie auf dem Bett zur Auswahl ausgebreitet hatte. Das Problem war: keines davon war neu. Sie hatte ihre gesamte Garderobe getragen, seit sie sich mit Al zusammengetan hatte. *Ich brauche dringend etwas Neues zum Anziehen.* Als sie noch auf Tournee gewesen war, hatte es dieses Problem überhaupt nicht gegeben. Kleider stellten einen so geringen Teil des gesamten Tournee-Budgets dar, daß die Musikgesellschaft nie etwas gesagt hatte, wenn sie auf jedem Planeten gleich reihenweise Klamotten kaufte. Nicht, daß es nötig gewesen wäre. In jedem einzelnen Sternensystem lebten Dutzende junger heißer Designer, die gemordet hätten, nur damit sie in einem Kleid mit ihrem Aufnäher gesehen wurde.

Sie seufzte und überflog das Angebot noch einmal von vorn. Sie würde sich mit dem blau-grünen Sommerfummel mit den breiten Trägern und dem Supermikrorock zufrieden geben müssen. Dazu ihre jungmädchenhafte sympathische Persönlichkeit.

Die winzigen Hautschuppen begannen sich als Folge der von ihr eingegebenen Sequenz zu kontrahieren und expandieren und produzierten winzige Veränderungen in ihrem grundlegenden Gesichtsausdruck, bis sie unendlich interessiert und vertrauensselig wirkte. Die Haut nahm einen jungen, gesunden Teint an. Von oben bis unten einundzwanzig, wieder einmal.

Jezzibella trat zu den gewinkelten Spiegeln auf der Schminkkommode und überprüfte ihr Aussehen. Die Augen waren nicht richtig. Sie waren zu starr und drückten nicht genügend Staunen aus, nicht genügend Ehrfurcht vor der wunderbar geheimnisvollen Welt, die sie erkundeten. Ein kleines Stück der harten, gerissenen, selbstbewußten Geschäftsfrau hatte das Verfalldatum überdauert. Sie runzelte die Stirn, als sie die widerspenstigen Stellen musterte: ein weiterer Ausdruck, der nicht zu dieser Persönlichkeit paßte. Die dermalen Schuppen degenerierten wieder einmal. Und immer waren es die Bereiche um die Augen herum, die als erstes verschlissen. Ihr Vorrat an Ersatz war auch nicht besonders groß. Nicht einmal ein Planet hätte ihr helfen können, diese Knappheit zu überwinden; ihre Vorräte waren stets direkt von Tropicana gekommen, der einen adamistischen Welt, auf der die BiTek-Gesetze nicht allzu ernst genommen wurden.

»Libby!« brüllte sie. »Libby, schaff deinen Hintern herbei, und bring dieses verdammte kosmetische Nanopack mit dir.«

Die gute alte Libby hatte in letzter Zeit wahre Wunder vollbracht und die Schuppen geduldig immer wieder und mit einem künstlerischen Geschick re-implantiert, der die verringerte Anzahl ausglich und übertünchte. Doch selbst all ihre Magie konnte ohne Nachschub an Schuppen nicht ewig helfen.

»Libby! Schaff augenblicklich deinen arthritischen Arsch hier herein!«

Kiera, Hudson und drei ihrer Schläger betraten das Schlafzimmer; sie passierten die Tür geradewegs, ohne sie zu öffnen, als wären die Paneele aus Clanwood nichts weiter als gefärbte Luft. Alle fünf trugen die speziellen Maschinenpistolen mit elektrostatischer Munition in den Armbeugen.

»Zeigen wir etwa unser wirkliches Alter?« fragte Kiera seidig.

Jezzibella bemühte sich, ihren Schock und die aufsteigende Angst unter Kontrolle zu halten. Kiera würde es sicherlich bemerken, und Jezzibella beabsichtigte nicht, ihr diese Genugtuung zu verschaffen. Ihr Bewußtsein schlüpfte augenblicklich in die kühle herrische Persönlichkeit, ohne daß ihre abgestürzte neurale Nanonik dabei hätte helfen müssen. »Bist du gekommen, um dir ein paar Schönheitstips abzuholen, Kiera?«

»Dieser Körper braucht keine. Er ist natürlich schön. Im Gegensatz zu deinem.«

»Schade nur, daß du nicht weißt, wie du ihn richtig einsetzen mußt. Mit diesen Brüsten hätte ich die gesamte Galaxis beherrscht. Und du hast nichts weiter als zwanzig männliche Schwachköpfe, deren dicke Schwänze alles Blut aus dem Gehirn abgezwackt haben. Was für eine wirklich beeindruckende Streitmacht, die du um dich versammelt hast.«

Kiera trat einen raschen Schritt vor; ihre Beherrschung hatte sichtlich nachgelassen. »Dein Mundwerk war schon immer ein Problem für mich.«

»Schon wieder falsch, Kiera. Es ist nicht das Mundwerk, sondern das klügere Gehirn dahinter, das dich jedesmal schlägt.«

»Bring das Biest um«, bellte Hudson Proctor. »Wir haben keine Zeit für diesen Unsinn. Wir müssen ihn finden.«

Kiera hob ihre Maschinenpistole und drückte die Mündung leicht gegen Jezzibellas Hals. Sie beobachtete die Frau genau, um keine Reaktion zu verpassen, während der Lauf nach unten glitt und spielerisch den dicken weiten Morgenmantel öffnete. »O nein«, murmelte sie. »Wenn wir sie umbringen, kommt sie auf der Stelle zurück und ist genauso stark wie wir. Oder vielleicht nicht, Jezzibella?«

»Ich müßte mich schon verdammt weit herablassen, um auf eure Stufe zu gelangen.«

Kiera streckte die Hand aus, um den schäumenden Hudson Proctor zurückzuhalten. »Du verärgerst meine Freunde, Jezzibella.«

Jezzibellas Gesichtsausdruck zeigte köstliche Amüsiertheit. Sie mußte nicht einmal sprechen.

Kiera nickte zögernd und gab den lautlosen Kampf verloren. Sanft schob sie den Morgenmantel wieder zu. »Wo ist er?«

»Also bitte. Versucht doch wenigstens, mich vorher zu bedrohen.«

»Ganz wie du meinst. Ich werde nicht zulassen, daß du stirbst. Und ich besitze die Macht dazu. Wie gefällt dir das?«

»Verdammt noch mal!« begehrte Hudson Proctor auf. »Überlaß das Miststück mir. Ich finde heraus, wo er sich versteckt hat.«

Kiera bedachte ihn mit einem mitleidigen Blick. »Tatsächlich? Willst du sie mit deinen Freunden durchbumsen, bis sie sich ergibt? Oder willst du sie einfach schlagen, bis sie auspackt?«

»Was auch immer nötig ist.«

»Sag es ihm«, verlangte Kiera.

»Hätte ich geglaubt, daß ihr eine Chance habt zu gewinnen, wäre ich gleich von Anfang an bei euch gewesen«, sagte Jezzibella. »Aber ihr könnt nicht gewinnen, und deswegen bin ich nicht bei euch.«

»Das Spiel hat sich gewendet«, entgegnete Kiera. »Die Konföderierte Navy hat unsere Schiffe im Arnstadt-System zerstört. Sie kommt hierher. New California muß aus diesem Universum verschwinden, und wir gehen mit. Das einzige, was uns daran hindert, ist Al Capone.«

»Das Leben ist schon schwer genug, und der Tod ist eine Tragödie. Dort treffen wir uns wieder.«

»Einer deiner besseren Songs, Jezzibella. Zu schade, daß du damit nicht unsterblich wirst.«

Der Prozessorblock, den Jezzibella auf der Ankleidekommode hatte liegen lassen, gab einen schrillen Alarm von sich.

»Pünktlich auf die Minute«, sagte Kiera. »Das sind meine Leute, die sich um Capones Raffinerie kümmern. Ich halte mir nur den Rücken frei für den Fall, daß es ihm gelingt, einige meiner Hellhawks umzudrehen. Nicht, daß ich ihn persönlich in das Jenseits zurückschicken müßte – diesen Auftrag hat schon einer meiner Sympathisanten übernommen. Aber ich hätte mich so gefreut, dabei sein zu können. Du hast mir wieder einmal den Spaß verdorben, wie schon so oft.« Sie hielt einen Finger in die Höhe. Eine lange gelbliche Flamme schoß aus der Spitze hervor und tanzte vor Jezzibellas stoischem Gesicht. »Wollen doch mal sehen, ob ich mich nicht geirrt habe mit meiner Meinung, daß wir dich nicht zwingen können, nicht wahr? Nach all diesen Mühen habe ich mir ein wenig Entspannung wirklich verdient.« Das gelbe Feuer wurde blau und schrumpfte zu einer furchtbar heißen kleinen Schweißflamme zusammen.

Das Leben in Emmet Morddens Büro war auf einen Schlag furchtbar hektisch geworden. Eine Reihe von Schirmen zeigte die Explosion in der Nährflüssigkeitsraffinerie aus der Sicht überlebender Kameras und Sensoren, zusammen mit einem allgemeinen Diagramm des Bereichs. Wer auch immer die Bombe gelegt hatte, er verstand sein Handwerk. Sie hatte ein großes Segment der Außenwand herausgerissen, die internen Maschinen zerfetzt und Stromversorgungsleitungen sowie Datenkabel zerrissen.

Die Dekompression hatte die Anlage weiter beschädigt. Rohre waren geplatzt und Synthesemodule gesprungen. Wenigstens war kein Feuer ausgebrochen – das Vakuum hatte dafür Sorge getragen.

Emmet koordinierte die Aufräumarbeiten gemeinsam mit dem Projektmanager und versuchte sicherzustellen, daß jeder, der die Explosion überlebt hatte, hinter Drucktüren oder in Druckiglus in Sicherheit war, während er gleichzeitig die Leichen zählte. Ärztliche Hilfe war unterwegs.

Auf dem größten Schirm war das strategische Sensornetzwerk zu sehen. Langstreckensensoren tasteten die Vektoren im hohen Orbit ab, die eigentlich von den Hellhawks überwacht werden sollten. Sechs von ihnen fehlten. Die Sensoren zeigten auch, daß zwei Voidhawks aufgetaucht waren, um die Situation zu ihrem Vorteil auszunutzen.

Die Analyse des Virusprogramms in Bernhards Prozessorblock hatte noch immer kein Ergebnis gebracht. Einer der holographischen Schirme war angefüllt mit kubischer Alphanumerik. Emmet fand nicht einmal genügend Zeit, um das Programm zu beenden.

Mehrere Questoren aus seinem Prozessorblock durchsuchten die Speicher des Asteroiden nach Referenzen betreffend die Militärgeschichte der Tyrathca und den Orion-Nebel. Al hatte alles darüber wissen wollen. Bisher hatten sie nur magere Ergebnisse gezeitigt. Ausschließlich über die Soldatenkaste. Nichts davon hatte Emmet bisher gesichtet.

Von einem anderen Schirm lächelte ihm Kieras Gesicht zufrieden entgegen, und ihre verstärkte Stimme dröhnte durch den Raum, während sie der Flotte empfahl, Capone den Rücken zuzukehren und gemeinsam mit ihr auf die Oberfläche hinunter zu emigrieren. Auf dem Schirm unmittelbar daneben lief ein Programm, das die Kommunikationskreise des Asteroiden nach der Antenne durchsuchte, von der aus Kiera ihre Botschaft abstrahlte, und nach der Stelle, wo ihre Signale in das Netz eingespeist wurden.

Das strategische Sensornetzwerk gab Alarmstufe eins. Die *Swabia* hatte sich von ihrem Landegestell gelöst und war augenblicklich gesprungen. Diese Arschlöcher hatten sich nicht einmal Zeit genommen, vorher den Rand des Simses hinter sich zu bringen!

Sein Desktop summte drängend. »Was ist denn?« brüllte Emmet.

»Emmet, hier spricht Silvano. Ich habe eine Nachricht vom Boß.«

»Ich bin im Augenblick ein wenig beschäftigt.« Er schielte auf den Schirm mit den Kommunikationskreisen. Ganze Sektionen fielen aus. Warnungen verkündeten das Eindringen von Viren.

»Schaff deinen Hintern in das Kontrollzentrum und stell sicher, daß die Flotte auf ihrem Posten bleibt. Wer Kurs auf die Oberfläche nimmt, wird mit den strategischen Waffen aus dem All geblasen. Hast du das?«

»Aber ...«

»Auf der Stelle, du kleines Arschloch.« Der Schirm wurde dunkel. Emmet fauchte ihn an; es war das Maximum an Respektlosigkeit, das er der eiskalten rechten Hand des Bosses jemals entgegenbringen würde. Er nahm sich noch die Zeit, ein paar Befehle in den Desktop-Prozessor einzugeben und eine Virussuche zu starten, bevor er rennend das Büro verließ.

Die schwere Tür zum Kontrollzentrum glitt auf. Gezackte Linien aus weißem Feuer schossen Zentimeter vor ihm durch die Luft. Alarme schrillten, während rote Blitze durch seine optischen Nervenbahnen jagten. Dichter Rauch quoll in den Korridor hinaus. Emmet kreischte panisch auf und warf sich hinter eine der Konsolen, während er eine Blase aus Luft schützend rings um sich verhärtete.

Zwei weiße Feuerbälle zerplatzten an ihren Rändern. Instinktiv schleuderte er weißes Feuer in die Richtung zurück, aus der sie gekommen waren. Sie zischten laut in dem Strom aus purpurnem Feuerlöschschaum, der aus den Deckendüsen spritzte.

»Was zur Hölle geht hier vor?« brüllte er. Er spürte zwei verschiedene Gruppen von Bewußtseinen, die sich in entgegengesetzten Ecken des Kontrollzentrums drängten. Die meisten Konsolen dazwischen waren von rotem Schaum überzogen, der zischend und blubbernd die Flammen absorbierte, die aus rußgeschwärzten Einschußlöchern hervorquollen.

»Emmet, bist du das? Kieras Bastarde haben versucht, das strategische Verteidigungsnetzwerk außer Gefecht zu setzen. Wir haben sie gestoppt. Einer ist erledigt.«

Trotz der tödlichen Umgebung nahm Emmet die Arme beiseite, die er schützend über den Kopf gelegt hatte, und warf einen zweiten Blick in die Runde. *Gestoppt?* dachte er ungläubig. Das Verteidigungszentrum war ein totaler Trümmerhaufen.

»Emmet!« brüllte Jull von Holger. »Emmet, sag deinen Jungs, daß sie einpacken sollen. Wir haben gewonnen, und du weißt es. Die Navy ist auf dem Weg, und sie macht keine Gefangenen. Wir müssen hinunter auf die Oberfläche, oder es ist aus.«

»Scheiße!« flüsterte Emmet.

»Emmet, hilf uns!« riefen Capones Anhänger. »Wir können ihnen in den Arsch treten.«

»Mach diesem Unsinn ein Ende, Emmet«, rief Jull. »Komm mit uns. Auf der Oberfläche sind wir sicher.«

Das weiße Feuer wurde wütender, und seine Helligkeit nahm zu. Emmet rollte sich zu einer Kugel zusammen und wünschte sich weit, weit weg.

Das glänzend rote Raketenschiff schob sich langsam über den Rand des Andocksimses und kroch zu seinem Landegestell, das nur sechzig Meter von der senkrechten Felswand entfernt lag. Es landete weich, und ein metallener Andockschlauch schob sich aus der Klippenwand auf die Schleuse des Hellhawks zu. Dann verriegelten Schleuse und Schlauch miteinander.

Al Capone stapfte durch den Schlauch in den Ankunftsraum dahinter. In der rechten Hand hielt er seinen berüchtigten Baseballschläger. Seine Lieutenants erwarteten ihn bereits. Silvano und Patricia, mit grimmigen Gesichtern, aber offensichtlich begierig auf den Kampf. Leroy an ihrer Seite, ängstlich darauf bedacht, seine Loyalität zu beweisen. Hinter ihnen ein Halbkreis mit einem guten Dutzend weiterer Unterführer, alle gleich entschlossen, gekleidet in ihre besten Nadelstreifenanzüge und mit glänzenden Thompson-Maschinenpistolen schußbereit in den Händen.

Al nickte in die Runde, zufrieden mit dem, was er sah. Er hätte zwar seine alten Freunde vorgezogen, doch diese hier mußten reichen. »Also gut, wir alle wissen, was Kiera will. Die Dame scheißt sich in die Hosen wegen der Konföderierten Navy und diesem Russenadmiral. Schön. Ich sage, jetzt, da wir gesehen haben, wozu diese Bastarde imstande sind, wenn sie mit dem Rücken an die Wand gedrängt werden, ist es wichtiger als je zuvor, daß wir hierbleiben und dafür sorgen, daß sie uns nicht in den Arsch treten können. Wir haben noch immer unsere Antimaterie, und zwar jede Menge. Was bedeutet, daß wir zurückschlagen können, wo es richtig weh tut. Wir sind dazu imstande. Wenn die verdammten Feds nicht aufhören, uns in die Suppe zu spucken, wird von jetzt an jeder Planet in Furcht und Schrecken vor uns leben. Das ist der einzige Weg, wie wir sicher sein können. Ich war mein ganzes Leben lang ein gesuchter Gangster, und ich weiß, wie man mit diesem Scheiß umzugehen hat. Man darf niemals, *nicht eine Sekunde lang*, seine Deckung herunterlassen. Man muß verdammt noch mal sicherstellen, daß man der allergemeinste, niederträchtigste Hurensohn auf der gesamten Straße ist, mit dem sich besser niemand anlegt. Wenn sie dich nicht respektieren, dann fürchten sie dich auch nicht.« Er schlug mit dem Baseballschläger in die offene linke Hand. »Und Kiera wird das jetzt aus erster Hand erfahren.«

»Wir sind dabei, Al«, rief einer aus der Menge.

Der Halbkreis aus Gangstern teilte sich, und Al stapfte hindurch. »Silvano, wissen wir, wo sie steckt?«

»Ich glaube, sie ist ins Hotel gegangen, Al. Wir kriegen niemanden ans Telephon. Mickey ist zurück, um einen Blick auf die Sache zu werfen. Er meldet sich sofort, wenn er sie gefunden hat.«

»Was ist mit Jez?«

Silvano warf einen Seitenblick zu Leroy. »Wir glauben, sie ist immer noch dort, Al. Ein paar von den Jungs sind bei ihr. Ihr wird schon nichts zustoßen.«

»Hoffentlich.« Er blickte hoch und sah Avram Harwood III im Ausgang der Lounge. Der Mann sah aus, als wäre er unter eine Dampfwalze geraten. Schweratmend, und aus unverheilten Wunden troff blaßgelbe Flüssigkeit über die bleiche, feuchte Haut. Er konnte sich kaum auf den Beinen halten.

»Ich bin der Bürgermeister«, ächzte er. »Und ich verdiene Respekt. Das ist doch dein großes Ding, Al, nicht wahr? Respekt?« Er kicherte.

»Avvy, schaff deinen verschissenen Hintern aus dem Weg«, fauchte Al.

»Kiera hat mich respektiert.« Avram Harwood hob seine elektrostatische Maschinenpistole. »Und jetzt wirst du das gleiche tun.« Die Feuergeschwindigkeit der Waffe war auf Maximum gesetzt. Er betätigte den Abzug.

Al war bereits im Sprung. Silvano riß seine eigene Thompson hoch. Leroy hob abwehrend die Arme und kreischte mit sich überschlagender Stimme *»Nein!«* Die übrigen Gangster tauchten in Deckung oder feuerten auf Harwood.

Ein Regen aus elektrostatisch aufgeladenen Kugeln fauchte durch die Ankunftshalle, und eine vernichtende Linie aus blau-weißem Licht funkelte grell auf, wo sie einschlugen. Al prallte auf den Boden, als der erste besessene Körper auf seine bekannt spektakuläre Art in Flammen aufging. Der blendende Feuerschein überdeckte alles. Eine Hitzewelle fegte über Al und seine Leute hinweg, versengte ungeschützte Haut und Haare. Ein weiterer Körper flammte auf.

Al brüllte in ungezügelter Wut und schleuderte einen weißen Feuerball, der genauso stark war wie die beiden menschlichen Hochöfen. Acht identische Flammenbälle krachten in Avram Harwoods Körper und verdampften den Torso augenblicklich inmitten einer aufblühenden Wolke aus Asche und blutigem Dampf. Ausgestreckte Arme fielen rechts und links auf den schmelzenden Teppich, wo bereits die zuckenden Beine lagen. Hitze ließ jede Patrone detonieren, die noch im Magazin seiner Maschinenpistole gesteckt hatte, und ein tödlicher Splitterregen prasselte in Decke und Wände und Fleisch.

Als Hitze, Licht und Lärm verklungen waren, kam Al schwankend auf die Beine. Zuerst sah er nichts weiter als ein gewaltiges rotes Nachbild auf der Netzhaut, das nicht einmal seine energistischen Kräfte überwinden konnten. Sein unheimlicher siebter Sinn fand nicht die geringste Spur von Avram Harwoods Bewußtsein. Er blinzelte und blinzelte, um die roten Flecken zu vertreiben, als er realisierte, daß er schwere Verwundungen davongetragen hatte.

Er blutete aus mehr als einem halben Dutzend Wunden, die der Splitterregen verursacht hatte. Eines nach dem anderen holte er die heißen Metallstücke aus seiner Haut und verschloß die Wundränder wieder. Der Schmerz verebbte.

Leroy lag zu Capones Füßen am Boden und regte sich nicht. Kugeln hatten eine blutige Spur über seinen Leib gezogen, und die letzte hatte ihm den halben Hals weggerissen. Tote Augen starrten blicklos ins Leere. Al richtete den Blick auf die beiden verkohlten Haufen in den Lachen aus geschmolzenen Kompositfliesen. »Wer?« fragte er.

Die Gangster kamen nach und nach auf die Beine, während sie ihre Wunden heilten und versiegelten. Al zählte die Köpfe durch und fand heraus, daß Silvano eines der beiden Opfer der statischen Kugeln gewesen war. Niemand wagte ein Wort zu sagen, als Al über dem schwelenden Haufen stand, der einmal seine rechte Hand gewesen war. Er hielt den Kopf gesenkt wie im Gebet. Nach einer Weile trat er zu den vier abgerissenen Gliedmaßen, die von Avram Harwood geblieben waren. »Bastard!« brüllte Al. Sein Baseballschläger fuhr krachend auf einen Arm herab. »Verfluchtes Arschloch!« Der Schläger traf den Arm erneut. »Scheißefresser!« Diesmal traf er ein Bein. »Psychopath!« Das andere Bein. »Ich bring' deine Familie um! Ich brenne dein Haus bis auf die Grundmauern nieder! Ich grabe deine Mutter aus und scheiße auf ihren Sarg! Du willst Respekt? War es das, was du wolltest? Das ist die Art von Respekt, die ich für einen feigen Arschkriecher wie dich übrig habe.« Der

Schläger hämmerte und hämmerte auf die Gliedmaßen ein, bis sie aussahen wie rohes Fleisch.

Patricia trat schließlich aus der Reihe beunruhigter Gangster vor. »Al. Al, das ist genug.«

Der Schläger wurde hochgerissen, bereit, ihr den Schädel einzuschlagen. Al begegnete ihrem ausdruckslosen Blick. Verharrte einen Moment mit erhobenem Schläger. Stieß langsam den Atem aus. »In Ordnung«, sagte er schließlich. »Los, wir gehen und holen uns Kiera.«

Der Boden unter Emmet schmolz und verwandelte sich in eine Pfütze aus kaltem flüssigem Felsen. Bald würde sie tief genug sein, um ihn ganz zu bedecken. Irgend jemand hatte es darauf abgesehen, ihn in ein Fossil zu verwandeln. Er bemühte sich angestrengt, den Fels wieder zu verfestigen, während über ihm die Luft mit weißem Feuer und Flüchen erfüllt war. Die beiden Gruppen waren annähernd gleich stark, und beide riefen ihm zu, sich ihnen endlich anzuschließen.

Er wollte Capones Jungs helfen. Seiner eigenen Seite. Er wollte es wirklich. Nur, daß die Vorstellung, hinunter nach New California und an einen sicheren Ort zu gehen, äußerst verlockend war. Nichts mehr von all dieser Scheiße würde für den Anfang schon reichen.

Eine gierige Fontäne weißen Feuers traf die Konsole, hinter der er Deckung gesucht hatte, und begann sich durch das Kompositgehäuse und die dicht gepackten Platinen dahinter zu fressen. Kieras Leute, die offensichtlich zu dem Ergebnis gekommen waren, daß er sich ihnen nicht anschließen würde.

Löschschaum regnete herab, nur um von der unnatürlichen Hitze in grünen Sirup verwandelt zu werden. Er troff über den Rand der Konsole und auf Emmet und versengte seine ungeschützte Haut. Emmet ächzte erschrocken auf und betete, daß seine Blase nicht nachgab, dann beschwor er seinerseits einen weißen Feuerball herauf. Er jagte durch die Halle in Richtung Jull von Holger und seiner Kohorten. Das Ergebnis war nicht ganz das, was Emmet erwartet hatte.

Ein gewaltiges Donnern und Krachen überschwemmte das Kontrollzentrum. Ein besessener Körper ging in Flammen auf und zwang Emmet, schützend den Arm vor das Gesicht zu legen. Der mentale und vokale Schreckensschrei der ausgelöschten Seelen ging ihm durch Mark und Bein wie Nadeln aus Eis. Ein zweiter Körper flammte auf, dann ein dritter. Die Luft war zum Schneiden dick vor Hitze und übelkeiterregendem Gestank von brennendem Fleisch, als dichte Rauchschwaden aus den brennenden Leichen aufstiegen.

Nach einer halben Ewigkeit waren die Körper ausgebrannt, und die Helligkeit sank wieder auf ein normales Maß herab. Der schreckliche Gestank hingegen blieb. Das Krachen und Donnern war verstummt.

Ein lautes metallisches *Klick* hallte durch den Raum. In Emmets Ohren hatte es einen mechanischen Klang, wie von einer Waffe. Schritte quatschten durch den Schaum.

»Du hast dich vollgepißt«, sagte eine Stimme.

Emmet hob den Kopf aus seiner embryonalen Haltung. Ein hagerer Mann in einem schmutzigen einteiligen Overall blickte auf ihn herab. Er hielt eine merkwürdige Maschinenpistole, und der warme Lauf zeigte genau auf Emmets Stirn. Über seiner Schulter trug er eine Umhängetasche, die vollgestopft war mit Magazinen.

»Ich hatte Angst«, gestand Emmet. »Ich gehöre nicht zu den Schlägern der Organisation.«

Die Gesichtszüge des Mannes verschwammen für eine Sekunde und wichen dem Antlitz einer Frau. Wenn überhaupt, dann war ihr Ausdruck noch unerträglicher. Emmet spürte die energistische Macht in ihrem Körper. Sie war der Capones ebenbürtig.

Überlebende der Organisation schielten nervös hinter ihrer Deckung hervor.

»Wer bist du?« stammelte Emmet.

»Wir sind die Skibbows.«

»Äh, ich verstehe. Seid ihr auf Kieras Seite?«

»Nein. Aber wir möchten wirklich zu gerne wissen, wo sie steckt.« Die Sicherung der Maschinenpistole wurde umgelegt. »Augenblicklich, bitte.«

Mickey Pileggi hatte auf die harte Tour herausgefunden, daß es ungesund war zu versuchen, Kiera und ihre Schläger im Sturm zu überrennen. Drei seiner Soldaten brannten wie Miniatursonnen, nachdem sie versucht hatten, in die Nixon-Suite vorzustoßen. Mickey hatte sich bereits als strahlenden Sieger gesehen, von Al persönlich überhäuft mit nicht enden wollendem Lob und unbeschränkten Privilegien, weil er es gewesen war, der Jezzibella aus Kieras Händen befreit hatte. Dieser Traum hatte sich blitzschnell in einen Haufen Scheiße verwandelt. Die merkwürdigen Waffen von Kiera und ihren Leuten hatten schreckliche Ernte unter den Gangstern gehalten. Diese Schreie würde Mickey bis an sein Lebensende nicht mehr vergessen.

Er hatte ihnen befohlen, sich nach draußen auf den Korridor zurückfallen zu lassen. Sie hatten die Aufzüge mit strategischen Schüssen weißen Feuers außer Betrieb gesetzt und waren anschließend in geschützter Stellung in Deckung gegangen. Kiera würde nirgendwohin verschwinden. Jetzt mußte er nur noch Al beibringen, daß er die Sache vermasselt hatte.

Ein weiterer Regen elektrostatischer Kugeln fetzte durch die zersplitterten Türen der Nixon-Suite. Die Gangster duckten sich tiefer in ihre Deckungen und stärkten ihre Schilde aus verfestigter Luft.

»Vielleicht sollten wir die gesamte Etage abriegeln«,

schlug einer von ihnen vor. »Dann sprengen wir die Fenster raus und sehen zu, wie sie Vakuum frißt.«

»Großartige Idee«, brummte Mickey. »Und du gehst dann und erzählst Al, daß wir mit Jezzibella das gleiche gemacht haben wie sie mit dem armen Bernhard?«

»Lieber nicht.«

»Siehst du? Jetzt kommt schon, Jungs. Wir konzentrieren uns darauf, diese Türen zu verdampfen. Wir halten sie in Atem, bis unsere Verstärkungen eingetroffen sind.«

»Wenn überhaupt welche kommen.«

Mickey warf dem Mann einen wütenden Blick zu. »Niemand desertiert aus Capones Reihen. Nicht nach allem, was er für uns getan hat.«

»Für dich, meinst du wohl.«

Mickey konnte nicht erkennen, wer das gesagt hatte, doch die helle Wut in seinem Bewußtsein war den anderen eine Warnung. Er konzentrierte sich auf die Tür und hämmerte mit der Macht seines Verstandes dagegen. Kugeln pulverisierten eine Linie in der Marmorwand über seinem Kopf. Winzige elektrische Entladungen zuckten über die blanke Fläche. Alle zogen hastig die Köpfe ein.

Mickeys Prozessorblock piepste. Er schüttelte sich heiße Marmorsplitter aus den Haaren und zog das Gerät aus der Tasche, voller Staunen, daß das kleine Ding trotz der gewaltigen energistischen Kräfte ringsum immer noch funktionierte.

»Mickey?« flehte Emmet. »Mickey, hast du eine Ahnung, wo Kiera steckt?«

»Wo Kiera steckt? Das weiß ich sogar verdammt genau. Sie ist keine zehn Yards von mir weg.« Mickey warf einen wütenden Blick auf den Prozessorblock, als Emmet abrupt die Verbindung beendete. »In Ordnung, Jungs, diesmal versuchen wir's zusammen. Auf drei. Eins, zwei ...«

Die Bürotür schloß sich hinter Skibbow, und Emmet stieß erleichtert den Atem aus. Dieser irre Besessene wurde von einem echten Monsterproblem gequält, und Emmet war außerordentlich froh, daß er keinen Teil davon darstellte. Er wartete noch ein paar kostbare Augenblicke, bis sein Körper sich weiter beruhigt hatte, dann stellte er eine Verbindung zu Al her.

»Was ist los, Emmet?«

»Wir hatten ein Problem im strategischen Kontrollzentrum«, berichtete Emmet. »Kieras Leute haben versucht, die Orbitalplattformen auszuschalten.«

»Und?«

»Sie schlafen bei den Fischen.« Er hielt besorgt den Atem an; vielleicht spürte Al die Halbwahrheiten selbst durch das Kommunikationsnetz hindurch.

»Ich bin dir was schuldig, Emmet. Ich werde nicht vergessen, was du für mich getan hast.«

Emmets Finger huschten über die Tastatur seines Desktops und leiteten die generellen Kommandokanäle des strategischen Verteidigungsnetzwerks um. Symbole blinkten auf dem taktischen Display und verrieten ihm, welche der Plattformen noch reagierten. Er lächelte unruhig, als ihm bewußt wurde, welche Macht er in den Händen hielt. Herr des Himmels, Admiral der Flotte, Befehlshaber über einen ganzen verdammten Planeten. »Das Kommandozentrum sieht aus, als hätte eine Bombe eingeschlagen, Al, aber die wichtigste Hardware reagiert noch auf meine Befehle.«

»Was macht die Flotte, Emmet? Bleiben die Jungs, wo sie sind?«

»Mehr oder weniger, Boß. Acht Fregatten haben Kurs auf einen niedrigen Orbit genommen. Ich schätze, der Rest will abwarten, was du ihnen zu sagen hast. Aber, Boß, bis jetzt sind siebzehn Hellhawks verschwunden.«

»Jesses, Emmet, das ist die erste gute Nachricht, die ich heute zu hören kriege. Du behältst weiter alle im Auge und stellst sicher, daß sie sich nicht rühren. Ich hab' ein paar Dinge zu erledigen, dann melde ich mich wieder bei dir.«

»Sicher, Al.«

Er blinzelte und schielte auf das taktische Display. Es war nicht dazu gemacht, auf einem so kleinen Schirm wiedergegeben zu werden, sondern auf Hundert-Meter-Schirm vor Admirälen und Verteidigungschefs.

Doch er meinte zu erkennen, daß zwei der winzigen Symbole direkten Kurs auf den Monterey genommen hatten.

Die *Varrad* jagte im Tiefflug über den zerklüfteten Felsen. Sie hielt eine konstante Höhe von fünfzig Metern über dem bimsähnlichen Terrain ein, während sie in perfekt paralleler Formation über Krater und Kämme unter ihren metallenen unteren Modulen stieg und sank. Pran Soo beobachtete, wie der Turm des Monterey-Hilton vor die Sterne glitt, während sie sich näherte wie ein atmosphärischer Kampfflieger auf Angriffskurs. Zusammen mit all den anderen Hellhawks hatte sie die Kommunikationsnetze seit dem Ausbruch von Kieras Revolte ununterbrochen überwacht. Und Mickey Pileggi hatte volle fünfzehn Minuten damit verbracht, seine Unterführerkollegen durch das Netz um Hilfe gegen Kiera und ihre verdammten Waffen anzurufen.

– Und du bist ganz sicher? fragte Rocio.

– Absolut. Wir wissen, daß ein besessener Körper außerstande ist, sich gegen eine Raumschiffswaffe zu wehren. Die Energie ist einfach zu groß, selbst wenn die Betreffenden wissen, daß sie das Ziel sind. Ich kann Kiera mit einem einzigen Schuß erledigen, und diesmal wird es kein Comeback mit der Organisation geben. Wir sind wirklich und wahrhaftig frei.

– Aber Capones Freundin ist in diesem Hotel.

– Er wird eine andere finden. Eine Gelegenheit wie diese kommt nicht wieder.

– Schön und gut, aber versuch, die Zerstörung so gering wie möglich zu halten. Vielleicht müssen wir doch noch einen Handel mit der Organisation eingehen.

– Nicht, wenn die Konföderierte Navy zuerst hier ist.

– Laß mich sehen, was bei dir geschieht. Der Felsen blockiert mein Verzerrungsfeld.

Pran Soo öffnete ihre Affinität und gestattete ihm, zu sehen, was die BiTek-Sensoren enthüllten: nackten Fels, der unter ihrem Rumpf vorbeischoß. Ihr wichtigster anderer Sinn, das Verzerrungsfeld, war zu einer halbkugelförmigen Schale zusammengeschrumpft und von der Masse des gigantischen Asteroiden eingeengt.

Das Monterey Hilton rückte näher. Stolz ragte der Turm aus dem Boden, eine Säule aus widerstandsfähigem kohlefaserverstärktem Titan, die übersät war mit dicken, vielschichtigen Fenstern. In Pran Soos Raumverzerrungsfeld zeigte er sich als eine Anhäufung dünner Materiescheiben, durchsetzt von einem Geflecht noch dünnerer Strom- und Datenkabel, deren Elektronen einen zarten spektralen Schimmer erzeugten.

Sie paßte ihren Kursvektor der Rotation des Asteroiden an. Gerätekapseln an ihrem Rumpf öffneten sich wie Blütenkelche, und Sensoren kamen zum Vorschein. Sie tasteten die Basis und die unteren Stockwerke des Turms ab.

– Ich kann keine individuellen Leute unterscheiden, berichtete sie Rocio. **– Die Strahlungsabschirmung der Fenster schützt zuverlässig vor jeder Präzisionsortung. Ich spüre ihre Emotionen, aber auf diese Entfernung hin ist alles verschmolzen und unscharf. Ich weiß nur, daß definitiv mehrere Leute im Zimmer sind.**

– Und Mickey Pileggi ruft immer noch um Hilfe. Einer dieser Leute muß Kiera sein.

Pran Soo aktivierte einen Mikrowellenlaser und richtete ihn auf das Hilton. Der Strahl würde die Seite des Turms abtasten und die Trägerstruktur in Scheiben zerschneiden, so daß der gesamte untere Teil des Turms einfach in den interplanetaren Raum davonsegeln würde. Die Zielsysteme waren bereits dabei, das erforderliche Schneidemuster auszurechnen.

Hinter Pran Soo hob sich ein weiterer Hellhawk über den gekrümmten Horizont des Asteroiden. Auf seiner Hülle leuchteten lebendige Linien aus elektrischer Energie, die eine Batterie von Strahlenwaffen versorgten.

Etchells! rief Pran Soo überrascht.

Zwei Maser punktierten ihre dicke Polypschale genau dort, wo sich die zentralen Organe des mächtigen BiTek-Wesens befanden.

Endlich gelang es Emmet, die Vergrößerung des taktischen Displays hochzuregeln und den Bereich um den Monterey selbst heranzuzoomen. Er kam gerade rechtzeitig, um zu sehen, wie eines der Symbole beim Turm des Hilton inert davontrieb. Das zweite Symbol bewegte sich noch näher heran. Die Beschriftung identifizierte es als die *Stryla*, die, wie er wußte, von Etchells besessen war. Doch Emmet hatte nicht die geringste Ahnung, auf wessen Seite der Hellhawk stand – falls die Hellhawks überhaupt für eine Seite Partei ergriffen.

Emmet aktivierte die Nahverteidigungssysteme und richtete sie auf den Hellhawk. Es war die einzige Möglichkeit angesichts der Tatsache, daß der Verbindungsoffizier zu den Hellhawks im strategischen Kommandozentrum nur noch ein Häufchen schwelender Asche war. Etchells war ein unbekannter Faktor in der Gleichung, und er war imstande, Besessene zu töten. Und Al war auf dem Weg zum Hilton.

Das Symbol der Stryla emittierte eine Reihe kleiner

alphanumerischer Zeichen, die Emmet verrieten, daß der Hellhawk direkt mit dem strategischen Verteidigungskommando des Asteroiden in Datavis-Verbindung stand. Er jagte durch seine Programmenüs in dem verzweifelten Bemühen, die Nachricht durch sein Büro umzuleiten.

»Schalt deine Nahverteidigung ab«, befahl Etchells.

»Bestimmt nicht«, entgegnete Emmet. »Ich will dich tausend Kilometer von diesem Asteroiden weg haben, und ich gebe dir dreißig Sekunden, bis du beschleunigst, sonst eröffne ich das Feuer.«

»Hör zu, Spatzenhirn. Ich habe fünfzig Kombatwespen in meinen Abschußrohren, alle mit zahlloser Submunition, alle mit nuklearen Sprengköpfen ausgerüstet. In diesem Augenblick sind alle scharf, und sie werden durch einen Toter-Mann-Kode aktiviert. Du kannst gar nicht genug Strahlwaffen auf mich richten, um mich und die Wespen innerhalb eines Sekundenbruchteils zu verdampfen. Falls du auf mich feuerst, gehen sie hoch. Ich bin nicht sicher, ob die Sprengkraft ausreicht, um den ganzen Monterey auseinanderzureißen oder nicht. Möchtest du es herausfinden?«

Emmet raufte sich in frustrierter Wut die Haare. *Ich bin einfach nicht für diese Scheiße gemacht. Ich will nach Hause.*

Was hätte Al an seiner Stelle getan? Es war keine gute Frage. Emmet hatte das abscheuliche Gefühl, daß Al in einer Pattsituation wie dieser nicht zögern würde zu feuern.

»Vielleicht will ich das«, antwortete Emmet starrsinnig. »Ich hatte einen verdammt beschissenen Tag, und die Konföderierte Navy ist auf dem Weg, um ihn noch schlimmer zu machen.«

»Das Gefühl kenne ich«, entgegnete Etchells. »Aber ich bin keine Bedrohung für dich, wirklich nicht.«

»Was machst du dann zur Hölle da?«

»Ich muß jemandem eine Frage stellen. Sobald ich das

getan habe, verschwinde ich wieder. Gib mir fünf Minuten, dann kannst du meinetwegen wieder den harten Mann spielen, einverstanden?«

Der kostspielige Designerglanz war längst aus der Lounge der Nixon-Suite verschwunden. Mickeys unüberlegter Versuch, den Raum zu stürmen, hatte zu massenweise weißen Feuerbällen geführt, die blinde Zerstörung hervorgerufen hatten. Kieras Gegenangriff hatte die Sache nur noch verschlimmert. Die Beleuchtung war ausgefallen, und ein Gewirr zerrissener Leitungen und Rohre baumelte von der teilweise eingestürzten Decke herab. Das Mobiliar war in helle Flammen aufgegangen und bestand nur noch aus schwelenden Haufen Asche. Ströme energistischer Macht, die von beiden Seiten gegen die Türen anbrandeten, hatten sie sowie die umgebenden Wände in phantastische Flächen aus heterogenem Kristall verwandelt; lange Adern aus eingeschlossenem Quarz bildeten wirre Muster, die sich gegenseitig zu verdrängen suchten wie ein Wald eifersüchtiger Juwelen. Jedesmal, wenn ein neuerlicher Ansturm energistischer Macht anbrandete, zuckten und wanden sie sich, als wären sie lebendig, und jedesmal wurden sie ein wenig länger und verschlungener und wuchsen ein Stück weiter in die Lounge hinein.

Kiera fürchtete, daß die ununterbrochenen Angriffe gegen die Tür nur ein Ablenkungsmanöver darstellten. Zwei ihrer Leute patrouillierten die übrigen Räume und suchten nach Gangstern der Organisation, die sich heimlich auf der anderen Seite der Wände oder der Decke zusammenrotteten. Bis jetzt hatte es keinen Versuch durchzubrechen gegeben, doch es konnte nur eine Frage der Zeit sein. Niemand war so dumm, immer wieder den gleichen Weg zu versuchen, wenn er so gründlich versperrt war. Außerdem stellte sich allmählich auch die

Frage nach der Munition. Sie würde nicht mehr allzu lange halten.

Sie hatte vorher sichergestellt, daß sie in ununterbrochenem Kontakt mit ihren Stellvertretern blieb. Hudson Proctor konnte seine Affinität benutzen, um mit den verbliebenen Überlebenden aus Valisk zu reden, die sie überall im Asteroiden postiert hatte, und diese wiederum verständigten sich mit Hilfe des Netzes mit Kieras Rekruten. Kommunikation war der Schlüssel zu jeder Revolution.

Unglücklicherweise reichte Kommunikation allein nicht als Erfolgsgarantie aus.

»Wie viele Leute sind inzwischen auf unsere Seite gewechselt?« fragte Kiera.

Hudson Proctor addierte ein gutes Maß zu den Zahlen, die ihm bekannt waren – unter gar keinen Umständen würde er es sein, der die schlimmen Nachrichten persönlich überbrachte. »Ungefähr tausend hier im Asteroiden.«

»Was ist mit der Flotte?« fragte sie. »Wie viele Schiffe?«

»Jull hat gemeldet, daß mehrere Dutzend Kurs auf einen flachen Orbit genommen hätten, bevor Emmets Leute ihn ausgelöscht haben. Aber sie haben das strategische Verteidigungszentrum zerstört. Capone kann seine Plattformen nicht mehr dazu benutzen, irgend jemanden einzuschüchtern, weder im Raum noch auf der Oberfläche.«

»Wo zur Hölle steckt Luigi?«

»Ich weiß es nicht. Er hat sich noch nicht wieder gemeldet.«

»Verdammt! Hat denn niemand zugehört? Luigis Aufgabe war von entscheidender Bedeutung! Die Flotte muß uns hinunter auf die Oberfläche folgen, sonst schickt uns Capone alle ins Jenseits zurück.«

Hudson hatte den Spruch schon unzählige Male gehört. Er schwieg.

»Ich hätte selbst das Kontrollzentrum übernehmen sollen, nicht Capone«, schimpfte Kiera. Sie starrte auf das kristalline Bollwerk, das in rascher Folge wogte und wallte und smaragdfarben glitzerte. Einer ihrer Leute feuerte mit der Maschinenpistole durch eine Lücke, wo kurze Zeit zuvor noch die Türen gewesen waren. »Vielleicht sollten wir versuchen, uns in die Verteidigungssektion durchzuschlagen. Es muß schließlich noch einen zweiten Kontrollraum für Notfälle geben.«

»Wir kommen nie im Leben an Pileggi vorbei«, entgegnete Hudson. »Es sind einfach zu viele da draußen.«

»Nur, wenn wir einen frontalen Ausbruchsversuch starten.« Kiera legte den Kopf in den Nacken und starrte mit durchbohrenden Blicken zur Decke hinauf. »Jede Wette, daß wir ...« Sie verstummte, als draußen vor dem großen Panoramafenster ein silberweißes Raumschiff mit leuchtenden Antriebsöffnungen in Sicht kam.

»Ach du Scheiße!« murmelte Hudson. »Das ist die *Varrad*. Und Pran Soo ist bestimmt nicht dein größter Fan.«

»Rede mit ihr. Finde heraus, was sie will.«

Hudson leckte sich über die Lippen und setzte zu einem Stirnrunzeln an, das niemals Zeit hatte, sich voll auszubilden. »Ich kann doch nicht ... oh.«

Das Phantasiebild des Hellhawks zerplatzte. Das große BiTek-Wesen trudelte außer Sicht, und ein anderer Hellhawk glitt heran, eine dunkle Raubvogelgestalt mit rotgefleckten Reptilienschuppen. Hudson Proctor grinste erleichtert. »Etchells!«

»Frag ihn, ob er Pileggi mit seinen Lasern unter Feuer nehmen kann.«

»Sicher.« Hudson konzentrierte sich. »Äh, er sagt, er hätte eine Frage an dich.«

Kieras Prozessorblock piepste. Ohne die Augen von Hudson zu nehmen, fischte sie das Gerät aus ihrer Tasche. »Was gibt's?«

»Ich muß etwas wissen«, sagte Etchells. »Glaubst du,

daß die Navy-Mission in den Orion-Nebel eine Gefahr für uns bedeutet?«

»Selbstverständlich glaube ich das! Das ist der Grund, weshalb ich dich und die anderen mit zusätzlichen Fusionsgeneratoren ausgerüstet habe. Wir müssen die Angelegenheit untersuchen.«

»Darin wären wir also einer Meinung.«

»Gut. Und jetzt nimm diese Arschlöcher unter Beschuß, die mich hier drin festhalten, damit ich Capone eliminieren kann. Wenn er aus dem Weg ist, kann ich Kriegsschiffe mit Antimaterie auf den Weg schicken. Damit sind wir in der Lage, der Bedrohung entsprechend gegenüberzutreten.«

»Siebenundzwanzig Hellhawks sind ohne vorherige Erlaubnis von ihrem vorgeschriebenen Patrouillenkurs abgewichen. Das bedeutet, daß sie eine alternative Nahrungsquelle gefunden haben. Selbst wenn du die Kontrolle über die Organisation gewinnst, wirst du sie verlieren.«

»Aber ich gewinne die Kontrolle über die Antimaterie.«

»Die Konföderierte Navy ist auf dem Weg hierher. Jede orbitale Einrichtung in diesem System wird vernichtet, wenn sie angreift. Deine Strategie war doch, New California aus dem Universum zu entführen, oder?«

»Ja?« fragte sie verärgert. »Und?«

»Wie willst du die Schiffe unter Kontrolle halten, die du in den Orion-Nebel entsendest?«

Kiera richtete den Blick von Hudson Proctor direkt auf den mächtigen Hellhawk hinter dem Fenster. »Uns wird schon etwas einfallen.«

»Deine Rebellion hat versagt. Capone ist auf dem Weg zu dir, und er hat genug Leute bei sich, um dich zu überwältigen.«

»Fick dich.«

»Ich glaube ehrlich, daß die Navy-Mission eine Bedrohung für meine fortgesetzte Existenz in diesem Körper darstellt. Das muß verhindert werden. Ich beabsichtige, nach Mastrit-PJ zu fliegen, und ich biete dir die Chance, mit mir zu entkommen.«

»Warum?«

»Du besitzt die Armierungskodes für die Kombatwespen, mit denen ich ausgerüstet wurde. Zugegeben, es sind nur Fusionssprengköpfe, aber ich helfe dir zu fliehen, wenn du mir diese Kodes gibst.«

Kiera blickte sich in der zerstörten Lounge um. Ihre Leute eröffneten einmal mehr das Feuer aus brüllenden Maschinenpistolen. Saphirfarbenes Licht flackerte in den Kristallen auf, und sie wuchsen noch weiter in den Raum hinein. »Also gut.«

Der Hellhawk machte einen Satz nach vorn, und sein Hals wurde flach. Energistische Macht hüllte den gekrümmten Schnabel in ein funkelndes rotes Licht. Das Fenster der Lounge kräuselte sich, als die Spitze dagegen drückte, dann teilte es sich wie Wasser, und der Kopf der gigantischen Kreatur schob sich in den Raum. Eine riesige Iris richtete sich auf Kiera. Der Schnabel teilte sich, und dahinter wurde eine Luftschleuse sichtbar.

»Willkommen an Bord«, sagte Etchells.

Al rannte den letzten Treppenabsatz hinunter und stand Mickey gegenüber, der am Fuß auf ihn gewartet hatte. Der Lieutenant wich erschrocken einen Schritt zurück.

»Al, bitte! Ich habe alles getan, was ich konnte. Bitte. Ich schwöre es.« Er bekreuzigte sich umständlich. »Beim Leben meiner Mutter, wir haben versucht, Jezzibella da rauszuholen. Drei der Jungs wurden im gleichen Augenblick abgeschossen, als sie durch die Tür gingen. Diese Kugeln sind einfach zuviel. Sie bringen uns um, Al, bringen uns einfach um.«

»Halt die verdammte Schnauze, Mickey.«

»Sicher, Al, sicher. Kein Problem. Absolut kein Problem. Ich bin stumm. Von jetzt an. Definitiv.«

Al warf einen vorsichtigen Blick in den Korridor. Kugeln hatten die Kompositpaneele an den Wänden zerfetzt und sogar das Metall dahinter durchschlagen. Auf der anderen Seite glitzerten die Türen der Nixon-Suite prismatisch im Licht der beiden letzten noch funktionierenden Lichtpaneele an der Decke.

»Wo ist Kiera, Mickey?«

»Sie war da drin, Al. Ich schwöre es.«

»War?«

»Vor ein paar Minuten haben sie plötzlich aufgehört zu feuern. Wir können noch immer ein paar von ihnen spüren.«

Al klopfte mit seinem Baseballschläger auf den Fußboden, während er seine Sinne auf die Nixon-Suite konzentrierte. »Hey«, rief er. »Ihr da drin! Ich hab' eine ganze Lastwagenladung von meinen Jungs mitgebracht, und wir kommen jeden Augenblick herein und schlagen euch die Scheiße aus dem Leib. Eure Schießeisen nutzen euch gar nichts gegen unsere Übermacht. Aber wenn ihr augenblicklich rauskommt, dann habt ihr mein Wort, daß ich eure Eier nicht in die nächste Lampenfassung schraube. Das hier geht nur noch mich und Kiera etwas an. Ihr könnt gehen.«

Der Baseballschläger klopfte einen präzisen Takt wie ein Metronom auf den Boden. Hinter der kristallinen Wand bewegte sich vorsichtig eine Gestalt.

»Mickey?« fragte Al. »Warum bist du nicht einfach durch die Decke auf die Bastarde losgegangen?«

Mickey wand sich unbehaglich in seiner zweireihigen Uniform. »Die Decke, Al?«

»Schon gut, Mickey.«

»Ich komme raus«, rief Hudson Proctor. Er trat durch eine Lücke im Kristall; sein ausgestreckter Arm hielt die Maschinenpistole am Tragriemen.

Dreißig Thompsons waren auf ihn gerichtet, die meisten davon versilbert. Er schloß die Augen und wartete auf den Kugelhagel, während sein Adamsapfel in rascher Folge auf und ab tanzte.

Al wußte sich keinen rechten Reim auf die Entrüstung im Bewußtsein des Mannes zu machen. Furcht, ja, reichlich sogar. Aber Hudson Proctor war wegen irgend etwas außer sich.

»Wo ist sie?« fragte Al.

Hudson beugte sich vornüber und legte die Maschinenpistole zu Boden, bevor er den Tragriemen losließ. »Weg«, sagte er. »Ein Hellhawk hat sie gerettet.« Er hielt inne, und heiße Wut verdunkelte seine Gedanken. »Nur sie allein. Ich wollte hinter ihr her, aber sie hat mir den Lauf ihrer Maschinenpistole ins Gesicht gehalten. Dieses Miststück; es wäre Platz genug an Bord gewesen für uns alle. Aber wir waren ihr scheißegal. Sie gibt einen Dreck auf andere. Ich habe alles für sie arrangiert, weißt du? Ohne mich hätte sie die Hellhawks niemals unter Kontrolle behalten. Ich war derjenige, der sie bei der Stange gehalten hat.«

»Warum sollte ein Hellhawk sie retten?« fragte Al. »Sie hat nichts mehr gegen die Hellhawks in der Hand.«

»Es ist Etchells, die *Stryla*. Er ist besessen von der Waffe, die die Tyrathca auf der anderen Seite des Orion-Nebels haben. Er nahm sie zu sich an Bord, damit sie die Kombatwespen für ihn abschießen kann. Wahrscheinlich fangen die beiden den ersten Krieg zwischen zwei verschiedenen Spezies in der Geschichte der Menschheit an. Beide sind verrückt genug.«

»Frauen, wie?« Al grinste freundlich.

Hudsons Miene verzerrte sich. »Ja. Frauen. Verdammte Weiber.«

»Zu nichts nutze«, lachte Al.

»Genau. Zu nichts.«

Der Baseballschläger traf Hudson mitten auf dem

Schädel. Er zertrümmerte den Knochen und zermalmte das Gehirn. Blut spritzte auf Capones makellos schicken Anzug und auf seine Lacklederschuhe. »Und sieh dir die Scheiße an, in die sie dich reiten«, sagte er zu dem zusammenbrechenden Leichnam.

Dreißig Bälle weißen Feuers schossen simultan durch den Korridor. Sie verdampften die Kristallwand und dezimierten die Besessenen, die dahinter Schutz gesucht hatten.

Libbys Schreie führten sie ins Schlafzimmer. Die anderen hielten sich im Hintergrund, als Al die Tür öffnete und den verdunkelten Raum betrat. Libby kniete auf dem Boden und hielt eine Gestalt in einem fleckigen Morgenmantel. Ihre dünne Stimme gab ein ununterbrochenes leises Wimmern von sich, wie ein Tier, das um seinen toten Gefährten trauert. Sie schaukelte sanft vor und zurück und streichelte immer wieder Jezzibellas Gesicht. Al trat vor; er fürchtete das Schlimmste. Doch Jezzibellas Gedanken waren noch immer da, flossen noch immer durch ihr eigenes Gehirn.

Libby wandte ihm den Kopf zu, und Al bemerkte die glitzernden Tränen auf ihren Wangen. »Sieh nur, was sie getan haben«, wimmerte sie. »Sieh dir mein Püppchen an, mein wunderschönes Püppchen. Teufel seid ihr. Teufel, alle miteinander. Das ist der Grund, weshalb ihr in das Jenseits geschickt worden seid. Ihr seid Teufel.« Ihre Schultern bebten, als sie sich langsam über Jezzibella beugte und sie fest in die Arme schloß.

»Es ist gut«, sagte Al leise. Sein Mund war ganz trocken, als er sich neben der geschlagenen alten Frau niederhockte. In seinem ganzen Leben hatte er sich noch nie so vor dem gefürchtet, was er im nächsten Augenblick sehen würde.

»Al?« keuchte Jezzibella. »Al, bist du das?«

Verbrannte, leere Augenhöhlen suchten nach ihm. Er nahm ihre Hand und spürte, wie die schwarze Haut unter seiner Berührung aufbrach. »Sicher, Baby. Ich bin hier.« Seine Stimme erstarb, als ein dicker Klumpen seine Kehle verschloß. Am liebsten hätte er es Libby gleich getan, den Kopf in den Nacken gelegt und geschrien.

»Ich hab' ihr nichts gesagt«, flüsterte Jezzibella. »Sie wollte wissen, wo du bist, aber ich habe ihr nicht ein Wort verraten.«

Al schluchzte. Als hätte es eine Rolle gespielt, wenn Kiera es herausbekommen hätte. Jeder, auf den es ankam, war letzten Endes loyal geblieben. Aber Jezzibella hatte das nicht gewußt. Sie hatte getan, wovon sie gedacht hatte, daß es nötig war. Für ihn.

»Du bist ein Engel«, heulte er. »Ein gottverdammter beschissener Engel, der aus dem Himmel herabgesandt wurde, um mir zu zeigen, was für ein wertloses Stück Scheiße ich bin.«

»Nein«, gurrte sie leise. »Nein, Al.«

Er tastete mit den Fingern über die Überreste ihres kostbaren Gesichts. »Ich werde dich wieder gesund machen«, versprach er. »Du wirst sehen. Jeder Arzt auf dieser beschissenen kleinen Welt wird hier heraufkommen und dich heilen. Ich sorge dafür. Du wirst wieder ganz die alte, wie früher. Und ich werde die ganze Zeit über hier bei dir bleiben. Von jetzt an werde ich für dich sorgen. Gut sorgen. Du wirst sehen. Keine Kämpfe und kein Blutvergießen mehr. Nie wieder. Du bist alles, was für mich zählt. Du bist alles für mich, Jez. Alles.«

Mickey hielt sich im Hintergrund der Menge, die sich in der Nixon-Suite herumdrückte, als die beiden verängstigt dreinblickenden nicht-besessenen Ärzte eintrafen. Er schätzte, daß es das Klügste war. Da sein, seine Loyalität zeigen wie eine glänzende Medaille, aber unter keinen Umständen in direkte Sichtlinie geraten. Nicht zu einem Zeitpunkt wie diesem. Er kannte den Boß inzwischen gut genug. Irgend jemand würde verdammt hart für das bezahlen, was hier geschehen war. Verdammt hart. Der Asteroid brodelte vor Gerüchten, daß die Konföderation herausgefunden hätte, wie man einen Besessenen monatelang foltern konnte. Und wenn jemand diese Folter noch verbessern konnte, dann war es die Organisation, mit Patricia als Leiterin der Forschungsabteilung.

Eine Hand legte sich schwer auf seine Schulter. Mickeys Nerven waren so angespannt, daß seine Beinmuskeln unwillkürlich einen Satz machen wollten – doch die Hand verhinderte jede tatsächliche Bewegung und hielt ihn mit übernatürlicher Kraft an Ort und Stelle fest. »Was soll das?« krächzte er mit gespielter Empörung. »Weißt du eigentlich, wer ich bin?«

»Das könnte mir nicht gleichgültiger sein«, entgegnete Gerald Skibbow. »Sag mir auf der Stelle, wo ich Kiera finde.«

Mickey versuchte, den Angreifer ... nun ja, eigentlich eher Fragesteller abzuschätzen. Unheimlich stark und absolut humorlos. Keine gute Kombination. »Das Miststück hat Fersengeld gegeben. Ein Hellhawk hat sie von hier weggebracht. Und jetzt laß meine Schulter wieder los, Mann. Das tut weh!«

»Wohin hat der Hellhawk sie gebracht?«

»Wohin er sie ... Oh, willst du ihr vielleicht folgen?« schnaubte Mickey höhnisch.

»Ja.«

Es gefiel Mickey nicht ein Stück, wie diese Sache schneller und schneller aus seiner Kontrolle lief. Er verwarf die sarkastische Art. »Zum Orion-Nebel, in Ordnung? Kann ich jetzt bitte gehen?«

»Warum sollte sie zum Orion-Nebel?«

»Was geht dich das an, Freundchen?« fragte eine neue Stimme.

Gerald ließ Mickey gehen und wandte sich zu Al

Capone um. »Kiera ist die Possessorin unserer Tochter. Wir wollen sie zurück.«

Al nickte nachdenklich. »Ich schätze, wir beide müssen miteinander reden.«

Rocio beobachtete, wie der Bus über das Sims auf ihn zurollte. Der elephantenrüsselähnliche Andockschlauch hob sich in die Höhe und verband sich mit seiner Schleuse.

»Wir haben einen Besucher«, meldete er Jed und Beth in ihrer Kabine.

Beide rannten durch den Hauptkorridor zur Luftschleuse. Die Luke stand bereits weit offen und umrahmte eine vertraute Gestalt. »Leck mich am Arsch!« entfuhr es Beth. »Gerald!«

Er lächelte sie müde an. »Hallo. Ich hab' ein bißchen was Vernünftiges zum Essen mitgebracht. Schätze, soviel bin ich euch schuldig.« Auf dem Boden im Bus hinter ihm stapelten sich kistenweise Lebensmittel.

»Was ist passiert, Freund?« fragte Jed. Er schielte an dem alten Irren vorbei in dem Versuch, die Verpackungsaufschriften zu entziffern.

»Ich habe meinen Mann gerettet.« Loren manifestierte ihr Gesicht über dem Geralds und lächelte die beiden Jugendlichen an. »Ich muß euch danken, daß ihr euch um ihn gekümmert habt. Gott weiß, daß es schon in guten Zeiten nicht leicht war mit ihm.«

»Rocio!« kreischte Beth entsetzt.

Jed stolperte schockiert rückwärts. »Er ist besessen! Lauf weg!«

Rocios Gesicht tauchte in einem der messinggerahmten Bullaugen auf. »Es ist alles in Ordnung«, versicherte er ihnen. »Ich habe eine Abmachung mit Capone. Wir nehmen die Skibbows mit uns und spüren meinen hinterhältigen alten Freund Etchells auf. Als Gegenleistung versorgt die Organisation die Hellhawks mit jeder technischen Unterstützung, die wir zur Sicherung des Almaden benötigen, und dann läßt sie uns in Ruhe.«

Beth warf einen nervösen Blick auf Gerald. Sie traute ihm nicht einen Meter über den Weg, ganz gleich, wer sein Possessor sein mochte. »Und wohin geht die Reise?« fragte sie Rocio.

»Zum Orion-Nebel. Erstmal.«

9. Kapitel

Das STNI-986M war ein einfaches senkrechtstartendes Transportflugzeug (mit dem phantasielosen Spitznamen Stony); unterschallschnell, mit einem stumpfen Rumpf, der entweder zwanzig Tonnen Nutzlast oder einhundert Passagiere aufnehmen konnte. Sieben Stony-Geschwader des Transportkommandos der New Washington Navy (NWN) waren nach Ombey abkommandiert worden, als der Präsident den Ruf des alliierten Kulu nach Hilfe für die Befreiung von Mortonridge beantwortete. Seit General Ralph Hiltch wieder Flugerlaubnis über gesicherte Gebiete der Halbinsel erteilt hatte, waren die Stonys für die Besatzungstruppen zu einem vertrauten Anblick geworden. Nach Ketton war ihre Hilfe bei der Unterstützung der neuen Vormarschtaktik unschätzbar gewesen, indem sie der bis dahin gefährlich weit auseinandergezogenen Armee von Serjeants half, die Halbinsel in verschiedene Einschließungszonen zu unterteilen. Auf dem Hinflug von Fort Forward lieferten sie Nahrungsmittel, Ausrüstung und Munition zu den weiter im Landesinnern gelegenen Stützpunkten, und auf dem Rückflug evakuierten sie die am schwersten mißbrauchten Opfer der Possession, die am dringendsten medizinische Hilfe benötigten.

Selbst bei Flugzeugen, die speziell für den rauhen Einsatz konzipiert waren, erzeugte die Dauernutzung über vierundzwanzig Stunden am Tag ernste Instandhaltungsprobleme. Ersatzteile waren ebenfalls rar; Ombeys einheimische Industrie hatte bereits Mühe, den Bedarf an Frontausrüstung nachzuliefern und die Königlichen Marines zu versorgen. Sämtliche Stony-Geschwader hatten inzwischen Notlandungen und unerwartete Triebwerksausfälle erlebt. Die Reporter, die über die Befreiungsaktion berichteten, wußten alles über die in letzter Zeit aufgetretenen Mängel der STNI-986M's, auch wenn sie in ihren offiziellen Berichten nichts davon erwähnten. Es war nicht gut für die allgemeine Moral. Es gab zwar keine offene Zensur, doch jeder wußte, daß er Bestandteil der Befreiungskampagne war und helfen sollte, die Menschen draußen in der Konföderation zu überzeugen, daß die Besessenen geschlagen werden konnten. Es war eine für Kriegszeiten ganz normale Übereinkunft. Die Reporter wahrten die Interessen der Armee und erhielten im Gegenzug ein Maximum an Informationen.

Also unterdrückte Tim Beard den physiologischen Input aus seiner Nanonik größtenteils, als die Stony zusammen mit ihm und Hugh Rosler in der Dämmerung von Fort Forward aus startete. Er wollte den Teilnehmern zu Hause ein Gefühl von Aufregung vermitteln, während das Flugzeug in geringer Höhe über die endlose Steppe aus getrocknetem Schlamm jagte, was bedeutete, daß er die instinktive Unruhe seines Körpers unterdrücken mußte. Es half ein wenig, daß er so dicht bei Hugh saß; sie waren eingeklemmt zwischen zwei Kompositfässern voller Nährflüssigkeit für die Serjeants. Hugh schien niemals die Ruhe zu verlieren; selbst als Ketton sich aus dem Planeten gerissen hatte, war er aufrecht stehengeblieben und hatte das Spektakel mit einer Art amüsiertem Staunen betrachtet, während der Rest der Reporter sich auf den bebenden Boden geworfen und die Köpfe zwischen den Armen vergraben hatte. Hugh besaß auch einen untrüglichen Sinn für Gefahr. Bei mehr als einer Gelegenheit hatte er, als der Trupp Reporter über Ruinen geklettert war, Fallen erspäht, die die Serjeants und die Pioniere der Marines übersehen hatten. Hugh war zwar nicht der beste Gesellschafter, aber Tim fühlte sich in seiner Gegenwart sicher, und das war genug.

Es war einer der Gründe, weshalb er Hugh gebeten

hatte mitzukommen. Das hier war kein Flug, den die Army für sie organisiert hatte – doch die Story war zu gut, als daß er hätte warten können, bis der Verbindungsoffizier endlich Zeit für ihn fand. Gute Storys über die Befreiung von Mortonridge waren zunehmend schwerer zu finden. Tim berichtete inzwischen seit mehr als zwanzig Jahren von den Schauplätzen militärischer Auseinandersetzungen, und er wußte, wie er sich durch die archaische Befehlskette arbeiten und welche Beziehungen er pflegen mußte. Piloten waren stets gutes Material, fast so gut wie die Serjeants selbst. Und zwischen Kisten und Fässern einen Flug an Bord einer Frühmaschine zu finden war nicht sonderlich schwer gewesen.

Die Stony kurvte von Fort Forward weg und ging auf Südkurs. Sie folgte den Überresten der Straße Nummer sechs. Als sie ihre operative Flughöhe von zweihundert Metern erreicht hatten, öffnete Tim die Schnalle von etwas, das sich lächerlicherweise Sicherheitsgurt nannte, und kauerte sich vor dem Bullauge der Ausstiegstür auf den Boden. Mit seinen Retinaimplantaten suchte er die Straße unter sich ab. Er hatte inzwischen gut hundert Fleks mit dem gleichen Ausblick an sein Studio geschickt; inzwischen war der Anfang der M6 im Bereich der Feuerschneise jedem durchschnittlichen Bürger der Konföderation ein mindestens ebenso vertrauter Anblick wie die eigene Straße vor der Haustür. Doch mit jedem Trip kamen sie ein wenig weiter die Straße hinunter, dichter an die letzten Enklaven der Besessenen heran. In den ersten beiden Wochen war der Fortschritt tatsächlich erstaunlich gewesen. Keiner der Reporter hatte den optimistischen Unterton fälschen müssen, der ihre Aufzeichnungen durchdrungen hatte. Das war inzwischen längst Vergangenheit. Zwar machte die Armee weiterhin ihre Fortschritte, doch es wurde zunehmend schwierig, diese an einem einfachen Retinaschwenk von Horizont zu Horizont auszumachen.

Die taktischen Karten, die ihnen von den Verbindungsoffizieren der Army förmlich aufgedrängt wurden, zeigten längst nicht mehr den ursprünglichen Streifen verräterischen Rots quer über Mortonridge, der das von Besessenen gehaltene Gebiet kennzeichnete.

Zuerst hatten sich die Ränder wie eine Schlinge zusammengezogen, dann waren nach und nach immer mehr geographische Details hinter dem Rot sichtbar geworden, je weiter die Frontlinie vorgerückt war.

Nach Ketton hatte sich erneut alles geändert.

Die Serjeants waren zu Speerspitzen zusammengefaßt worden, die breite Korridore durch die Gebiete der Besessenen geschnitten hatten. Separation und Isolation lautete General Hiltchs Plan, mit dem er die Besessenen daran hindern wollte, sich zu Gruppen zusammenzuraufen, die groß genug waren, um einen weiteren Zwischenfall wie Ketton hervorzurufen. Die gegenwärtige taktische Karte zeigte Mortonridge unter langsam schrumpfenden Flecken roter Wolken, die sich immer weiter voneinander entfernten wie austrocknende Tümpel. Natürlich wußte niemand genau, wie hoch die kritische Anzahl Besessener war, die es unter allen Umständen zu vermeiden galt. Und so zogen die Serjeants die Schlingen unaufhaltsam enger und enger, geführt von numerischen Simulationen, die bestenfalls auf groben Schätzungen basierten. Es gab keine weiteren Angriffe mehr mit kinetischen Harpunen, die ihnen die Arbeit erleichtert hätten, nicht einmal Laserfeuer von den strategischen Plattformen im niedrigen Orbit, um stark verteidigte Stellungen aufzuweichen. Die Frontlinie mußte einmal mehr alle Drecksarbeit selbst erledigen und das Land auf die härteste nur denkbare Weise von Besessenen säubern.

Tims aufgerüstete Retinas suchten eifrig das Band aus Carbo-Beton ab, dem die Stony folgte. Mechanoiden der Königlichen Marine hatten mit Bulldozern ganze Sümpfe aus durchnäßtem Boden von der Straße geschaufelt, während die Armee über das Rückgrat der Halbinsel vorgerückt war. Manchmal lag der einzige geräumte und befahrbare Weg zwanzig Meter tiefer als die umgebende neue Landschaft, wie ein abgekühlter Lavafluß, der sich durch heiße Erosion in ein tiefes Tal gegraben hatte.

Die Seitenwände der Schluchten waren mit chemischen Bindemitteln verfestigt worden, die zwar rasch zementierend wirkten, doch ihre anfängliche Stärke war mit einer limitierten Lebensdauer erkauft. Auffallendes Sonnenlicht wurde in smaragdene Refraktionsmuster zerlegt und zurückgeworfen, als die Stony darüber hinweghuschte. Die ursprünglichen Brücken waren ausnahmslos weggespült worden, und allenthalben ragten nackte Stützpfeiler in schiefen Winkeln aus dem trocknenden Schlamm. Von den Ersatzbrücken waren nicht zwei gleich. Schmale Gräben voll zäh dahinfließendem Schlamm wurden von einfachen Bogengerüsten aus monogebundenem Silizium überspannt. Architektonisch meisterhafte Hängebrücken mit einem einzigen Tragepfeiler überspannten halbkilometerbreite Lücken, und die hauchdünnen Kabel glitzerten in der klaren Luft der Dämmerung wie dünne Eiszapfen. Schwimmbrücken, lange Pontonreihen aus programmierbarem Silikon, trugen das gleiche Geflecht, aus dem auch die Straßen von Fort Forward gemacht waren, und führten über ganze Talböden.

»Der finanzielle Aufwand für die Wiederinbetriebnahme dieser Straße beträgt annähernd zehn Millionen Kulu-Pfund pro Kilometer«, sagte Tim. »Das Dreißigfache des ursprünglichen Preises, und dabei verfügt sie nicht einmal über eine elektronische Verkehrsflußkontrolle. Sie wird wahrscheinlich noch an die Befreiung erinnern, wenn sich das Leben auf Mortonridge längst wieder normalisiert hat, obwohl gut achtunddreißig Prozent als Behelfskonstruktion klassifiziert sind. Die Bodentruppen nennen sie die ›Straße zur anderen Seite der Hölle‹.«

»Man kann es natürlich auch von der optimistischen Seite aus betrachten«, sagte Hugh Rosler.

Tim schaltete die Aufzeichnung auf Pause. »Wenn ich eine finden könnte, würde ich das ganz bestimmt«, sagte er. »Es ist schließlich nicht so, als wollte ich für die Besessenen Stimmung machen. Aber nach all dieser Zeit noch optimistisch zu sein ist vollkommen unmöglich. Hin und wieder müssen wir auch die Wahrheit sagen.«

Hugh nickte in Richtung des rechteckigen Bullauges. »Ein Konvoi von Ichwills, sieh mal.«

Eine lange Kolonne von Lastern und Bussen bewegte sich in nördlicher Richtung über die instandgesetzte Straße. Die Busse bedeuteten, daß es sich in der Hauptsache um Zivilisten handelte, ehemalige Besessene, die in Sicherheit gebracht wurden. »Ichwill« war der Spitzname, den die Reporter unter sich für die Ex-Besessenen geprägt hatten. Jedes Interview, wenn sie schwankend aus den Null-Tau-Kapseln torkelten, war die gleiche Litanei von Forderungen. Ich will ärztliche Behandlung, ich will Kleidung, ich will Essen, ich will meine Familie zurück, ich will einen sicheren Ort zum Leben, ich will mein altes Leben zurück. Und warum überhaupt habt ihr so lange gebraucht, um mich zu befreien?

Nach einer Weile hatten die Reporter aufgehört, die Ex-Besessenen zu interviewen. Die Bevölkerung Ombeys entwickelte zunehmend Ablehnung gegen ihre Mitbürger wegen des offensichtlichen Mangels an Dankbarkeit.

Zweihundertfünfzig Kilometer südlich der alten Feuerschneise war ein großes Sammellager am Rand der M6 entstanden, als wäre eine große Ladung Carbo-Beton aus der Straße ausgelaufen und hätte sich zu einer gewaltigen Pfütze ausgebreitet, bevor sie erstarren konnte. Eine einzelne schmale Straße führte vom Lager durch das offene Land davon. Vielleicht hatte unter dem erhärtenden Schlamm ursprünglich tatsächlich eine Straße gelegen, doch die Pioniere der Königlichen Marine hatten es vorgezogen, diese Möglichkeit zu ignorieren und ihre eigene Route direkt über neu vermessenes Gelände zu bauen und sich dabei strikt an die stabilsten Formationen zu halten. Ähnliche Etappen fanden sich entlang der gesamten M6, und überall führten ähnliche Nebenstraßen ab. Es waren die Nachschublinien für die Armee, die die Städte überrannten, nicht so sehr zum Nutzen der Serjeants an der Front, sondern eher für die Unterstützungstruppen und die Besatzungsstreitkräfte gedacht, die in ihrem Gefolge kamen.

Dieser Sammelplatz war verlassen, obwohl Schlammspuren zeigten, wie viele Fahrzeuge hier aufmarschiert waren. Über dem Platz legte sich die Stony in eine enge Kurve und verließ ihren bisherigen Kurs, um dem Verlauf der Nebenstraße zu folgen. Ein paar Minuten später kreisten sie über dem, was von Exnall noch übrig war.

Das Landefeld der Besatzungsmacht war ein breites Komposit-Mikrogeflecht, das ein Stück flaches Land am (offiziellen) Stadtrand bedeckte, mit einem Fundament aus chemischen Bindemitteln, die den Schlamm darunter erhärteten. Noch immer quoll an zahlreichen Stellen Schlamm aus der improvisierten Landebahn, wo die Chemikalien nicht abgebunden hatten.

Keiner an Bord der Maschine war überrascht, als Tim und Hugh aus der offenen Luke der Stony sprangen. Sie grinsten nur, als die beiden Reporter Mühe hatten, die Füße aus dem Schlamm zu lösen.

Tim öffnete eine neue Speicherzelle für seinen Bericht und reduzierte hastig seine Riechempfindlichkeit. Die meisten der toten Tiere und abgestorbenen Pflanzen waren vom Schlamm verschlungen worden, doch die konstanten Regenschauer auf der Halbinsel deckten immer wieder neue Kadaver auf. Zum Glück war der Gestank nicht mehr annähernd so stark wie am Anfang.

Sie hielten einen Jeep an und ließen sich auf der Pritsche zum Besatzungsquartier mitnehmen, das die Königlichen Marines auf dem freien Platz am Ende von Maingreen errichtet hatten.

»Wo war das Büro von DataAxis?« fragte Tim.

Hugh blickte sich suchend um in dem Bemühen, etwas in der fremdartigen Umgebung zu erkennen. »Ich bin nicht sicher; ich müßte erst einen Trägheitsleitblock fragen. Das hier sieht aus wie Pompeji am Morgen danach.«

Tim zeichnete weiter auf, während sie durch die tiefen Rinnen im Schlamm wateten, und konservierte Hughs Bemerkungen über die wenigen markanten Punkte seiner alten Stadt, die er noch wiedererkannte. Die Sintflut hatte Exnall hart getroffen. Schlammlawinen hatten die mächtigen Harandridenbäume entwurzelt; sie waren auf eben jene Häuser gestürzt, die sie früher so majestätisch überragt hatten, und hatten sie zum Einsturz gebracht, noch bevor das Wasser die Fundamente unterspülen konnte. Leichtbaudächer aus Kohlefaser waren abgerissen und auf dem Schlamm davongetrieben. Eine ganze Gruppe von ihnen war am Ende von Maingreen zur Ruhe gekommen; es sah aus, als wäre die Hälfte aller Bauwerke der Stadt bis zu den Regenrinnen zusammen begraben worden. Fassaden waren frei umhergetrieben wie architektonische Flöße, bis der nach und nach erhärtende Schlamm sie an einer neuen Stelle verankert hatte. Wo sie auf Straßen zur Ruhe gekommen waren, waren Jeeps und Transporter geradewegs über sie hinweggefahren und hatten parallele Reihen von Ziegeln und Holzbalken tiefer und tiefer in den trocknenden Matsch gedrückt. Allein die Fundamente und die abgerissenen Reste der Erdgeschoßmauern verrieten noch die ursprünglichen Umrisse der Stadt, zusammen mit halb versunkenen Stümpfen schmutzbedeckter Harandriden.

Im zentralen Verwaltungsbezirk waren Iglus und Hallen aus programmierbarem Silikon errichtet worden, die als Quartier für die Besatzer dienten; weder die Stadthalle noch das Polizeigebäude hatten die Katastrophe überstanden. Armeeverkehr füllte die schmalen Gassen zwischen den neuen Bauwerken, dazwischen immer wieder Trupps von Serjeants oder Besatzungstruppen. Tim und Hugh stiegen aus dem Jeep, um sich umzusehen.

Hugh musterte die zahlreichen Hügel in der Landschaft und konsultierte seinen Leitblock. »Hier ungefähr muß es passiert sein«, sagte er schließlich. »Hier hat sich die Menschenmenge nach Finnualas offener Datavis-Übertragung versammelt.«

Tim ließ den Blick über das düstere Panorama schweifen. »Sieg um welchen Preis?« sagte er leise. »Das hier ist nicht einmal das Auge des Sturms.« Er zoomte auf mehrere stehende Tümpel und untersuchte das geknickte Gras und die Sträucher, die an den Rändern des Wassers um ihr Überleben kämpften. Wenn tatsächlich Vegetation auf diese Halbinsel zurückkehren würde, dann konnte sie sich höchstens von frischem Wasser her ausbreiten, vermutete Tim. Diese schmutzigen, durchweichten Stengel dienten nur noch Pilzen als Wirt, die in der hohen Feuchtigkeit prächtig gediehen. Er bezweifelte stark, daß sie noch viel länger durchhalten würden.

Sie wanderten durch das Lager und fingen zufällige Bilder der sich neu organisierenden Armee auf. Verletzte Serjeants lagen in langen Reihen auf den Pritschen eines Feldhospitals. Techniker und Mechanoiden arbeiteten an allen möglichen Ausrüstungsteilen. Ein nicht enden wollender Strom von Lastern zog vorbei, und ihre Nabenmotoren brummten wütend, als die mächtigen Profilreifen im Schlamm um Traktion kämpften.

»Hey, ihr zwei!« rief Elena Duncan von der anderen Straßenseite. »Was zur Hölle glaubt ihr eigentlich, was ihr hier macht?«

Sie überquerten die Straße, wobei sie hastig zwei Jeeps auswichen. »Wir sind Reporter«, sagte Tim. »Wir sehen uns nur ein wenig um.«

Klauenhände schlossen sich um seinen Oberarm und hinderten ihn am Weglaufen. Tim war ziemlich sicher, daß sie seinen Arm leicht hätte durchtrennen können, wenn sie gewollt hätte. Sie drückte einen Sensorblock auf seine Brust. Auch das keine sanfte Berührung.

»In Ordnung. Und jetzt du.« Hugh ergab sich ohne Beschwerde in die Prozedur.

»Für heute waren keine Reporter angekündigt«, sagte Elena schließlich. »Der Colonel hat Exnall bis jetzt nicht einmal für geräumt erklärt.«

»Ich weiß«, gestand Tim. »Wir wollten nur vor den anderen da sein.«

»Typisch«, brummte Elena und zog sich in das Zelt zurück, wo zwanzig Null-Tau-Kapseln aufgebaut worden waren. Alle ohne Ausnahme zeigten die vollkommen schwarzen Oberflächen eines aktivierten Feldes.

Tim folgte ihr. »Ist das Ihre Abteilung?«

»Ganz richtig, Sonny. Ich bin diejenige, die den finalen Akt der Befreiung an diesen großartigen Leutchen durchführt, zu deren Rettung wir gekommen sind. Das ist der Grund, weshalb ich wissen wollte, wer ihr seid. Ihr gehört nicht zur Armee, und ihr seid beide viel zu gesund, um Ex-Besessene zu sein. So etwas erkenne ich inzwischen auf den ersten Blick, wißt ihr? Es geht einem mit der Zeit in Fleisch und Blut über.«

»Gut zu wissen, daß jemand aufpaßt.«

»Vergiß es. Wenn ihr Fragen stellen wollt, dann fragt. Ich bin gelangweilt genug, daß ich sie wahrscheinlich sogar beantworte. Ihr seid hier, weil diese Stadt früher Exnall war, richtig?«

Tim grinste. »Na ja, hier hat doch alles angefangen, oder nicht? Das weckt natürlich das Interesse. Und den Teilnehmern zu zeigen, daß es wieder in unserer Hand und befriedet ist, gibt einen guten Sendebeitrag.«

»Das ist typisch für Leute wie euch. Die Story ist wichtiger als alles andere, wie banale Sicherheitsvorkehrungen und gesunder Menschenverstand. Ich hätte euch gleich erschießen sollen.«

»Aber Sie haben uns nicht erschossen. Bedeutet das, daß Sie Vertrauen in die Arbeit der Serjeants haben?«

»Kann schon sein. Ich weiß jedenfalls, daß ich nicht tun könnte, was sie tun. Immer noch tun. Ich dachte, ich könnte es, als ich hergekommen bin, aber diese ganze Befreiungsaktion ist für uns alle eine verflucht harte Prüfung. Wir lernen ununterbrochen, oder nicht? Wir führen längst keine Kriege wie diesen mehr, wenn wir das überhaupt je getan haben. Selbst wenn ein Konflikt ein paar Jahre andauert, sind die einzelnen Schlachten schnell und brutal. Die Soldaten ziehen sich von der Front zurück und erholen sich ausgiebig, bevor es wieder losgeht. Die eine Seite gewinnt ein wenig an Boden, die andere wirft sie wieder zurück. So läuft das normalerweise – aber hier? Hier hört es niemals auf, nicht eine Sekunde lang. Habt ihr das je in euren Sens-O-Vis-Berichten eingefangen? Was hier wirklich passiert? Ein einziger Serjeant ist nur eine Sekunde lang unaufmerksam, und einer von den Bastarden schlüpft durch. Und auf einem anderen Kontinent geht alles wieder von vorne los. Ein einziger Fehler. Nur *ein einziger*. Das ist kein menschlicher Krieg. Die einzige Waffe, die diesen Krieg gewinnen kann, heißt Perfektion. Die Besessenen? Sie müssen so niederträchtig und bösartig sein wie der Teufel selbst, und sie dürfen nicht eine Sekunde lang aufhören zu versuchen, einen der ihren an unseren Reihen vorbeizuschleusen. Und unsere Serjeants müssen immer wachsam sein und dürfen nie auf die andere Straßenseite, wo der Schlamm nicht so zäh und so tief ist, weil sie sonst vielleicht einen der Scheißkerle übersehen. Ihr habt nicht die geringste Ahnung, was es dazu braucht.«

»Entschlossenheit?« schlug Tim vor.

»Kalt, ganz kalt. Entschlossenheit ist nichts weiter als eine Emotion. Und Emotionen sind ein Weg in dein

Herz. Sie schwächen dich. Und das darf hier einfach nicht geschehen. Menschliche Motive zählen hier nicht. Maschinen sind das, was wir brauchen.«

»Ich dachte, die Serjeants wären Maschinen?«

»O ja, die Serjeants sind verdammt gut. Absolut nicht schlecht für ein Waffensystem in der ersten Entwicklungsgeneration. Aber die Edeniten müssen noch einiges an ihnen verbessern. Für die nächste Befreiungskampagne brauchen wir ein paar richtig gemeine Scheißkerle. Aufgerüstet, wie wir Söldner das sind, und mit noch weniger Persönlichkeit als die jetzigen Serjeants. Ich hab' ein paar von ihnen kennengelernt, und sie sind noch viel zu human für das hier.«

»Sie glauben, es wird einen weiteren Befreiungsfeldzug geben?«

»Ganz bestimmt sogar. Bis jetzt hat noch niemand eine andere Methode gefunden, um die Bastarde aus den Körpern zu werfen, die sie gestohlen haben. Und bis es soweit ist, müssen wir sie jagen. Wie ich gesagt habe; wir dürfen nicht die kleinste Schwäche zeigen. Wir suchen uns einen anderen Planeten, vielleicht einen von denen, die Capone infiltriert hat, und retten seine Bewohner, bevor die Besessenen ihn entführen können. Sie müssen merken, daß wir niemals aufgeben und ihre Ärsche aus unserem Universum vertreiben, wo wir sie finden.«

»Würden Sie bei der nächsten Befreiung wieder mitmachen?«

»Ganz bestimmt nicht. Ich habe meinen Teil getan, und ich habe meine Lektion gelernt. Es dauert einfach zu lange. Du wolltest eine Story, wie Exnall gewesen ist, aber dazu bist du einen Tag zu spät. Gestern hatten wir noch ein paar Besessene hier, weil keine Null-Tau-Kapsel frei war. Sie sind diejenigen, mit denen du hättest reden sollen.«

»Was haben sie Ihnen gesagt?«

»Daß sie diesen Krieg genauso hassen wie wir. Er

macht ihnen eine Menge zu schaffen; sie haben nicht genügend Essen, es hört überhaupt nicht auf zu regnen, und jede Nacht steigen sie mit dem Schlamm zusammen ins Bett. Und seit dieses Miststück Eklund mitsamt Ketton verschwunden ist, bricht ihr organisierter Widerstand immer mehr zusammen. Sie wehren sich nur noch instinktiv, das ist der einzige Grund, warum sie überhaupt noch kämpfen. Und sie verlieren, weil sie Menschen sind. Sie sind in unser Universum zurückgekehrt, weil sie entschlossen waren, ihr Leiden im Jenseits zu beenden, nicht wahr? Das ist die ultimative menschliche Motivation. Alles, nur um dem Jenseits zu entkommen. Und jetzt, wo sie wieder hier sind, wo sie sich eigentlich hingesehnt haben, kehren all die menschlichen Schwächen zurück. Sobald sie wieder in einem menschlichen Körper stecken, ist es für uns möglich, die Besessenen zu schlagen.«

»Es sei denn, sie nehmen den gesamten Planeten mit aus dem Universum«, widersprach Tim.

»Meinetwegen. Damit können sie uns wenigstens keine weiteren Schwierigkeiten mehr machen. Ein Patt in dieser Auseinandersetzung bedeutet, daß unsere Seite gewonnen hat. Unser einziges Ziel ist schließlich, sie an weiterer Ausbreitung zu hindern.«

»Aber dieser Krieg bedeutet doch gar nicht das Ende«, gab Hugh Rosler zu bedenken. »Oder haben Sie vergessen, daß Sie ebenfalls eine Seele besitzen? Und daß Sie eines Tages sterben werden?«

Elenas Metallklauen klickten ärgerlich.

»Nein, das habe ich nicht. Aber jetzt im Augenblick habe ich eine Aufgabe zu erfüllen, und das ist es, was zählt. Was wichtig ist. Wenn ich eines Tages sterbe, werde ich mich dem Jenseits stellen. Aber dieses Philosophieren und Moralisieren und sich Quälen, das ist alles Scheiße. Wenn du an der Reihe bist, bist du auf dich allein gestellt.«

»Genau wie im richtigen Leben«, sagte Hugh mit freundlichem Grinsen.

Tim blickte ihn stirnrunzelnd an. Es sah Hugh höchst unähnlich, einen Kommentar über den Tod und das Jenseits abzugeben. Es war ein Thema, das er (eigenartigerweise) stets vermied.

»Ganz genau«, dröhnte Elena zustimmend.

Tim verabschiedete sich von dem großen weiblichen Söldner und ließ sie bei den Null-Tau-Kapseln zurück. »Im Tod wie im Leben, wie?« schalt er Hugh, als die beiden außerhalb der aufgerüsteten Hörweite Elenas waren.

»So ähnlich«, antwortete Hugh einsilbig.

»Interessante Persönlichkeit, unsere Elena«, sagte Tim. »Das Interview muß allerdings um ein paar Passagen gekürzt werden. Wer sie so schimpfen hört, kriegt sonst noch höllische Depressionen.«

»Vielleicht solltest du nichts herausschneiden. Sie kämpft schon ziemlich lange gegen die Besessenen, und ob sie es eingesteht oder nicht, es hat ihr Denken beeinflußt. Das darfst du nicht verfälschen.«

»Ich verfälsche meine Berichte nie.«

»Ich habe deine Sens-O-Vis-Aufzeichnungen gesehen. Du sammelst nur Höhepunkte, alles andere fliegt heraus.«

»Das hält die Zuschauer bei der Stange, meinst du nicht? Hast du unsere Zahlen gesehen?«

»Nachrichten sind nicht nur dazu da, um Zuschauer anzulocken, verdammt. Hin und wieder muß man auch ein wenig Substanz vermitteln. Sie dient als Gegengewicht und betont diese Höhepunkte, die du so sehr bevorzugst.«

»Scheiße, wie bist du nur in diesem Business gelandet?«

»Ich bin dafür gemacht«, erwiderte Hugh offensichtlich amüsiert.

Tim musterte ihn mit einem verständnislosen Blick,

doch dann meldete seine neurale Nanonik einen hereinkommenden Dringlichkeitsruf vom Studioleiter in Fort Forward. Es war die Nachricht vom Angriff der Konföderierten Navy gegen Arnstadt.

»Heilige Scheiße!« murmelte Tim. Ringsum schlugen sich die Söldner auf die Schultern und gaben laute Jubelrufe von sich. Laster und Jeeps hupten ausgelassen.

»Das ist gar nicht gut«, sagte Hugh. »Sie wußten von Anfang an, zu was das führen würde.«

»Verdammt, ja«, fluchte Tim. »Wir haben die Story verpaßt!«

»Ein ganzer Planet wurde in ein anderes Universum entführt, und alles, was dich interessiert, ist die verdammte Story?«

»Verstehst du denn nicht?« Tim breitete theatralisch die Arme aus und schloß die gesamte Besatzungsstation ein. »Das hier war *die* Story. Die einzige Story, und wir waren in vorderster Linie gegen die Besessenen. Was wir gesehen und berichtet haben, das besaß Gewicht. Und damit ist es jetzt vorbei. Einfach so.« Das Astronomieprogramm seiner neuralen Nanonik fand den Ausschnitt dunkelblauen Himmels, wo unsichtbar der Stern Avons leuchtete. Frustriert starrte er nach oben. »Irgend jemand dort hat eine neue Politik beschlossen, und ich hänge hier unten fest. Verfluchter Mist!«

Cochrane sah es zuerst. Wie nicht anders zu erwarten, taufte er es Tinkerbell.

Nicht ganz gelenkig genug, um stundenlang ohne Unterbrechung in einer Lotusposition zu verharren, hatte sich der alte Hippie breit auf ein ledernes Sitzkissen gefläzt und blickte in die Richtung, in die Ketton offensichtlich trieb. Mit einem Glas Jack Daniels in der einen Hand und seiner John-Lennon-Sonnenbrille auf der Nase war er vielleicht nicht ganz so wachsam, wie er es hätte sein sollen. Trotzdem war er von allen elf Leuten oben auf der Klippe derjenige, der Tinkerbell entdeckte.

Sie hatten, wie McPhee sich später beschwerte, nach etwas Massivem Ausschau gehalten, einem Planeten oder Mond oder möglicherweise sogar Valisk. Einem Objekt, das irgendwo in der Ferne als kleiner dunkler Fleck erschien und langsam anwuchs, je näher der Felsen kam.

Das letzte, womit irgend jemand gerechnet hätte, war ein kieselsteingroßer Kristall, der von innen heraus funkelte und aus dem hellen Nichts vor ihnen geschossen kam, um sich gleich wieder dorthin zurückzuziehen. Aber genau das war es, was sie zu sehen bekamen.

»Heilige Mama! Hey, Leute, seht euch das hier an!« jauchzte Cochrane. Er wollte mit der Hand auf das Ding zeigen, und Jack Daniels schwappte über seine weiten Schlaghosen.

Der Kristall glitt über den Rand des Felsens, und seine facettierte Oberfläche sandte dünne Speere aus reinem weißem Licht in jede Richtung. Er fegte auf Cochrane und seine Kameraden zu, während seine Höhe konstant vier Meter über dem Boden betrug. Bis dahin war Cochrane längst auf den Beinen; er tanzte und winkte hektisch in Richtung des Dings. »Hey, du da, wir sind hier! Hier sind wir, komm schon, Junge, komm zu deinem großen alten Freund Cochrane!«

Der Kristall beschrieb eine enge Kurve und kreiste über den Köpfen der aufgeregten Menschen und Serjeants.

»*Ja!*« brüllte Cochrane. »Es weiß, daß wir hier sind! Es ist lebendig; es muß lebendig sein, Mann. Seht euch doch nur an, wie es herumfliegt, wie eine interkosmische Fee!« Lichtstrahlen aus dem Kristall zuckten über Cochranes Sonnenbrille. »Holla, das ist hell! Hey, Tinkerbell, mach das ein wenig dunkler, Mann!«

Devlin starrte in absoluter Ehrfurcht auf den unheimlichen Besucher, die Hand vor der Stirn, um sich vor den blendenden Lichtstrahlen zu schützen. »Ist das ein Engel?«

»Bestimmt nicht!« kicherte Cochrane. »Engel sind große mächtige Dinger mit Flammenschwertern und so. Das da ist Tinkerbell, nicht mehr und nicht weniger.« Er legte die Hände trichterförmig an den Mund. »Hey, Tinky, wie geht's denn so?«

Chomas dunkle, schwere Hand legte sich besänftigend auf Cochranes Schulter. Der Hippie zuckte zusammen.

»Ich möchte bestimmt nicht griesgrämig erscheinen«, sagte der Serjeant, »aber ich denke doch, daß es angemessenere Methoden gibt, um die Kommunikation mit einer unbekannten Xeno-Spezies zu eröffnen.«

»Ach ja?« giftete Cochrane. »Und wie kommt es dann, daß ihr Tinky schon vor Langeweile vertreibt?«

Der Kristall hatte tatsächlich die Richtung geändert und schwebte in Richtung des Hauptlagers davon. Cochrane rannte schreiend und winkend hinterher.

Sinon hatte sich wie jeder andere Serjeant auf dem Felsen umgedreht und beobachtete die eigenartige Verfolgungsjagd, nachdem Choma seine Kameraden über die Ankunft des Kristalls informiert hatte. »Wir haben eine Begegnung mit einem fremden Wesen«, verkündete er den Menschen in seiner Umgebung.

Stephanie starrte auf das leuchtende Kristallkorn, das Cochrane eine fröhliche Jagd lieferte, und stieß ein leises bestürztes Stöhnen aus. Sie hätten den alten Hippie wirklich nicht zu dem Spähtrupp am vorderen Rand des Felsens lassen dürfen.

»Was ist denn los?« fragte Moyo.

»Eine Art fliegender Xeno«, erklärte sie.

»Oder eine Sonde«, sagte Sinon. »Wir versuchen, uns per Affinität mit ihm zu verständigen.«

Die Serjeants vereinigten ihre mentalen Stimmen zu einem kollektiven Ruf, der aus deutlichen Begrüßungsworten, mathematischen Formeln und Gesetzen, Piktogrammen und einem ganzen Spektrum rein emotionaler Zustände bestand. Nichts von alledem erzeugte auch nur die geringste erkennbare Reaktion.

Der Kristall verlangsamte seinen Flug erneut und trieb über das Hauptlager hinweg. Inzwischen lagerten mehr als sechzig Menschen bei den Serjeants. Stephanies Gruppe hatte Zuwachs erhalten von einem stetigen Strom von Deserteuren aus Eklunds Armee. Sie hatten sich im Verlauf der letzten Woche abgesetzt, manchmal in Gruppen, manchmal einzeln, und alle hatten ihre Autorität und wachsende Intoleranz nicht mehr länger ertragen. Die Nachrichten, die sie aus der alten Stadt mitgebracht hatten, waren alles andere als gut. Die Eklund hielt das von ihr verhängte Kriegsrecht mit eiserner Hand aufrecht und hatte den ganzen Ort praktisch in ein Gefängnis verwandelt. Gegenwärtig konzentrierte sie ihre Anstrengungen darauf, so viele Gewehre wie möglich aus den Ruinen und den Hügeln aus lockerem Erdreich zu bergen. Offensichtlich hatte sie ihren Plan noch immer nicht aufgegeben, den Felsen von Serjeants und abtrünnigen Besessenen zu befreien.

Stephanie sah zu dem glitzernden Kristall hinauf, der einen scheinbar zufälligen Kurs über ihren Köpfen flog. Cochrane stolperte noch immer dreißig Meter hinterher. Seine inzwischen wütenden Schreie drangen schwach zu ihnen. »Hat es bis jetzt eine Reaktion gegeben?« fragte sie.

»Keine«, antwortete Sinon.

Die Menschen waren aufgesprungen und gafften den winzigen Lichtpunkt an. Er schenkte ihnen nicht die geringste Beachtung. Stephanie konzentrierte sich auf die leuchtenden Schatten, die ihre Sinne enthüllten. Menschliche und Serjeantbewußtseine waren darin zu sehen, leicht voneinander zu unterscheiden – der Kristall hingegen existierte als ein tränenförmiges Filigran aus

Saphir. Er sah beinahe aus wie eine Computergraphik und stand in völligem Gegensatz zu allem, was sie auf diese Weise wahrnehmen konnte. Als er näher kam, wurde seine Struktur absolut deutlich: die inneren Fäden waren dimensionsverachtend länger als der Durchmesser.

Stephanie hatte aufgehört, über Wunder zu staunen, als Ketton Mortonridge und das heimatliche Universum verlassen hatte. Jetzt verspürte sie nichts als Neugier.

»Dieses Ding ist unmöglich natürlichen Ursprungs«, sagte sie.

Sinon antwortete für den Mini-Konsensus der Serjeants. »Wir stimmen zu, Stephanie Ash. Sein Verhalten und seine ganze Struktur deuten auf eine hoch entwickelte Entität hin.«

»Ich kann aber keine Gedankenmuster erkennen.«

»Keine, die mit den unseren verwandt wären. Aber das ist vollkommen normal. Es scheint perfekt an dieses Universum hier angepaßt zu sein. Allein deswegen ist jede Gemeinsamkeit unwahrscheinlich.«

»Sie glauben, es handelt sich um eine eingeborene Lebensform?«

»Wenn schon nicht eingeboren, dann zumindest unseren KI's äquivalent. Es scheint selbstbestimmt zu sein, ein ausgezeichneter Indikator für Unabhängigkeit.«

»Oder gute Programmierung«, entgegnete Moyo. »Unsere Aufklärungssonden würden sich nicht anders verhalten.«

»Das wäre eine weitere Möglichkeit«, stimmte Sinon ihm zu.

»Aber das spielt doch alles keine Rolle!« sagte Stephanie. »Es beweist, daß es in diesem Universum eine Art Intelligenz gibt. Wir müssen mit ihr in Kontakt treten und sie um Hilfe bitten!«

»Das heißt, wenn sie dieses Konzept überhaupt verstehen«, warf Franklin ein.

– **Eine irrelevante Spekulation,** sagte Choma. – **Was es ist, spielt keine Rolle. Wichtig ist, was es *kann*. Wir müssen mit ihm in Kontakt treten.**

– **Aber es reagiert nicht auf unsere Versuche,** erwiderte Sinon. – **Falls es keine Affinität spürt und nicht auf akustische Wellen reagiert, dann stehen unsere Chancen ziemlich schlecht, Kontakt herzustellen.**

– **Ahmen wir es nach,** sagte Choma.

Der Mini-Konsensus verlangte nach einer Erläuterung.

– **Es kann uns doch offensichtlich spüren, oder?** erklärte Choma. – **Daher müssen wir demonstrieren, daß wir seine Gegenwart ebenfalls bemerken. Sobald es das weiß, wird es logischerweise seinerseits mit der Suche nach Kommunikationsmöglichkeiten beginnen. Die einfachste Methode wäre, wenn wir unsere energistischen Kräfte benutzen und eine Imitation des Wesens erzeugen.**

Sie fokussierten ihre Bewußtseine auf einen Stein zu Sinons Füßen.

Vierzehntausend Serjeants stellten sich den Stein als einen kleinen transparenten Diamanten vor, mit einer Flamme aus kaltem Licht, die in seinem Zentrum brannte. Er erhob sich in die Luft und schüttelte die letzten Schlammbrocken ab, als er davonflog.

Der echte Kristall schwenkte herum und näherte sich der Illusion, um sie langsam zu umkreisen. Im Gegenzug versetzten die Serjeants ihre Schöpfung in eine ähnliche Bewegung, bis die beiden über Sinons Kopf eine kunstvolle Spirale beschrieben.

– **Damit hätten wir seine Aufmerksamkeit erweckt,** stellte Choma zuversichtlich fest.

Cochrane war im Lager angekommen. Er atmete schwer. »Hey, Tinky, nun mach mal langsam, Baby.« Er stemmte die Hände in die Hüften und starrte verdutzt nach oben. »Was soll denn das, Mann? Vermehrt sie sich vielleicht?«

»Wir bemühen uns, mit diesem Wesen zu kommunizieren«, erklärte Sinon.

»Ach tatsächlich?« Cochrane streckte die offene Hand nach oben. »Ganz ruhig, Junge.«

»Nicht . . .!« riefen Sinon und Stephanie unisono.

Cochranes Hand umschloß Tinkerbell. Und schloß sich immer weiter. Seine Finger und die Handfläche wurden länger und länger, als wäre die Luft selbst zu einem Zerrspiegel geworden. Sie wurden in den Kristall hineingezogen. Cochrane quiekte in panischem Staunen, als sein Handgelenk sich fließend zu dehnen begann und der Hand in das Innere zu folgen begann. »Ho, Scheiiiiiße . . .!«

Plötzlich wurde sein Körper hochgezogen, und seine Füße verließen den Boden.

Stephanie setzte ihre energistische Macht ein und wollte ihn zurückziehen. *Beharrte* darauf, daß er zurückkehrte. Sie spürte, wie die Serjeants sich ihren Bemühungen anschlossen – doch keiner, weder sie noch die vielen tausend Serjeants, war imstande, seine Gedanken um den heulenden und zappelnden Hippie zu legen. Die physische Masse seines Körpers war mit einem Mal flüchtig geworden; es war, als versuchten sie, ein Seil aus Wasser zu ergreifen.

Das panische Schreien endete, als Cochranes Kopf in den Kristall gesaugt wurde. Torso und Beine folgten rasch darauf.

»Cochrane!« brüllte Franklin.

Eine goldene Sonnenbrille mit kleinen purpurnen Gläsern fiel zu Boden.

Stephanie spürte die Gedanken des Hippies nicht mehr. Sie wartete betäubt, wer als nächstes verschlungen werden würde. Das Ding war höchstens zwei Meter von ihr entfernt.

Einen Augenblick lang funkelte der Kristall rot und golden, dann kehrte die alte reinweiße Farbe zurück, und er schoß mit hoher Geschwindigkeit über die zerwühlte Schlammlandschaft in Richtung Ketton davon.

»Es hat ihn getötet!« ächzte Stephanie voller Bestürzung.

»Einfach gefressen«, sagte Rana.

– Oder, was auch möglich wäre, es hat eine Probe genommen, sagte Sinon zu den anderen Serjeants. Die geschockten Menschen würden eine so nüchtern-klinische Analyse wahrscheinlich nicht hören wollen.

– Aber es hat Cochrane nicht ausgesucht, entgegnete Choma. **– Er hat es ausgesucht. Oder, was wahrscheinlicher ist, es handelt sich um einen einfachen Verteidigungsmechanismus.**

– Ich hoffe doch, du irrst dich. Das würde nämlich implizieren, daß wir uns in einer feindseligen Umgebung befinden. Ich würde es vorziehen, es als einen Analysemechanismus zu betrachten.

– Die Methode war jedenfalls bemerkenswert, sagte Choma. **– Handelt es sich möglicherweise um eine Art kristallines Neutronium? Nichts auf der Welt außer Neutronium könnte Materie so einsaugen.**

– Wir wissen nicht einmal, ob in diesem Universum Gravitation oder feste Masse existieren, entgegnete Sinon. **– Außerdem hat es keinerlei Energieemission gegeben. Wäre Cochranes Masse durch Gravitation komprimiert worden, hätte uns die Strahlung allesamt umgebracht.**

– Dann bleibt also zu hoffen, daß es tatsächlich eine Probenahme war.

– Ja. Sinon ließ ein wenig Unsicherheit in den Gedanken einfließen. **– Eine Schande nur, daß es ausgerechnet Cochrane war.**

– Sicher. Es hätte auch die Eklund sein können.

Sinon beobachtete, wie der Kristall frei über das Land streifte. Er war inzwischen so schnell, daß er aussah wie ein Kometenschweif. **– Das könnte durchaus noch passieren.**

Annette Eklund hatte ihr neues Hauptquartier auf der Spitze des steilen Trümmerberges aufgeschlagen, der einmal Kettons Stadthalle gewesen war. Sie hatten überall ringsum rechteckige Sektionen der verschiedensten Gebäude geborgen und gegeneinander gestellt; energistische Macht hatte daraus schwere Baumwollzelte entstehen lassen, die mit einer grün-schwarzen Tarnbemalung überzogen waren. Drei der Zelte enthielten die letzten Überreste an Lebensmitteln. Ein viertes diente als Waffenkammer und improvisierte Werkstatt, in der Milne und seine Leute die Gewehre überholten, die sie aus dem nassen Erdboden gegraben hatten. Das fünfte und letzte Zelt, genau in der Mitte, war Annettes persönliches Quartier und Kommandostand zugleich. Sie hatte das Netz zu beiden Seiten hochgerollt und auf diese Weise einen guten Überblick über die fleckig-braune Landschaft des Felsens bis hin zu seinen unvermittelten steilen Rändern.

Karten und Klemmbretter bedeckten den improvisierten Tisch in der Mitte. Mit farbigen Stiften waren die Schützengräben und Unterstände der Armee rings um Ketton eingemalt, zusammen mit möglichen Angriffsrouten, die auf Kundschafterberichten über das Gelände draußen basierten. Die Lager der Serjeants sowie ihre geschätzte Stärke waren ebenfalls eingezeichnet.

Es hatte Tage gedauert, die Informationen zusammenzutragen, doch im Augenblick schenkte Annette den Karten nicht die geringste Aufmerksamkeit. Sie funkelte den Captain an, der vor ihr in Habachtstellung stand. Hoi Son lehnte sich in seinem Segeltuchstuhl an der Seite des Tisches zurück und beobachtete die Szene ohne jeden Versuch, seine Amüsiertheit zu verbergen.

»Fünf Mann der Patrouille haben sich geweigert zurückzukehren«, berichtete der Captain. »Sie sind einfach immer weiter gelaufen und haben gesagt, sie wollten sich erst einmal bei den Serjeants so richtig satt essen.«

»Beim Feind«, korrigierte ihn Annette.

»Ja. Dem Feind. Wir waren dann nur noch zu dritt. Wir konnten sie nicht aufhalten.«

»Du bist erbärmlich!« fauchte Annette ihn an. »Ich weiß nicht, wie ich je denken konnte, du hättest das Zeug zum Offizier! Du gehst schließlich mit deinen Leuten nicht nur spazieren, verdammt, du bist ihr Anführer! Das bedeutet, du mußt ihre Schwächen genauso gut kennen wie ihre Stärken. Du hättest es kommen sehen müssen, ganz besonders jetzt, wo du imstande bist, ihren emotionalen Zustand zu spüren. Sie hätten erst gar keine Gelegenheit erhalten dürfen, uns auf diese Weise zu verraten. Das ist ganz allein deine Schuld!«

Der Captain blickte sie voll ungläubiger Bestürzung an. »Das ist einfach lächerlich! Jeder hier hat eine Scheiß-Angst! Das war überhaupt nicht zu übersehen. Niemand konnte vorhersehen, was sie deswegen unternehmen würden.«

»Trotzdem, du hättest es wissen müssen. Du erhältst sechsunddreißig Stunden lang nichts mehr zu essen und wirst hiermit zum Korporal degradiert. Und jetzt mach, daß du zu deiner Division zurückkommst. Du bist eine Schande für die Truppe.«

»Ich habe dieses Essen ausgegraben. Ich war zwei Tage lang bis zu den Ellbogen in der Scheiße, um es zu bergen! Das kannst du nicht machen! Es gehört mir!«

»Das wird es in sechsunddreißig Stunden wieder. Keine Sekunde vorher.«

Sie starrten sich über den Tisch hinweg an. Papier raschelte leise.

»Gut«, fauchte der Ex-Captain. Er stürmte hinaus.

Annette starrte ihm wütend hinterher. Es war nicht zu fassen, wie die Moral nachgelassen hatte. Begriff denn außer ihr niemand, wie kritisch diese Zeiten waren?

»Wirklich gut gemacht«, sagte Hoi Son; sein Tonfall grenzte an Hohn.

»Meinst du vielleicht, ich hätte ihm das durchgehen lassen sollen? Du würdest nicht glauben, wie schnell sich alles auflösen würde, wenn ich nicht für Ordnung sorge.«

»Deine Gesellschaft vielleicht, aber nicht das Leben einzelner Individuen.«

»Du glaubst, eine andere Gesellschaft wäre besser geeignet, um hier zu überleben?«

»Laß einfach los und sieh zu, was sich entwickelt.«

»Das ist absoluter Mist, selbst für dich.«

Hoi Son zuckte ungerührt die Schultern. »Ich würde gerne wissen, was uns deiner Meinung nach erwartet, wenn nicht das Nichts.«

»Dieser Ort hier bietet uns Sicherheit.«

»Setzt du mich auch auf Nulldiät, wenn ich dazu eine Bemerkung mache?«

»Es würde doch nichts ändern. Ich kenne dich. Du hast bestimmt irgendwo dein eigenes kleines Vorratslager.«

»Ich habe gelernt, vorzusorgen, das will ich gar nicht bestreiten. Ich möchte lediglich vorschlagen, daß du die Möglichkeit in deine Überlegungen einbeziehst, daß die Serjeants sich nicht irren. Dieser Ort mag uns vielleicht Zuflucht bieten, wenn wir mit einer ganzen Welt hierher kommen. Aber dieser Felsen ist verdammt klein.«

»Das mag sein. Was jedoch nicht für diese Sphäre gilt. Wir sind schließlich *instinktiv* hergekommen. Wir wußten, daß dies der eine Ort ist, an dem wir wirklich sicher sein würden. Er kann ein Paradies sein, wenn wir einfach nur daran glauben. Du hast selbst gesehen, wie unsere energistischen Kräfte hier wirken. Es dauert länger, bis die Effekte funktionieren, aber wenn es dann soweit ist, sind die Änderungen tiefgreifender.«

»Schade, daß wir uns damit immer noch kein Essen herbeizaubern können, nicht einmal Luft zum Atmen. Ich persönlich wäre schon für ein wenig mehr Land dankbar.«

»Wenn du so denkst, warum bleibst du dann überhaupt bei mir? Warum rennst du nicht zu den Serjeants wie all die anderen Schwächlinge?«

»Du hast den Proviant sicher im Griff, und es gibt keinen Busch für mich, in dem ich mich verstecken könnte. Ehrlich gesagt, es gibt nicht einen einzigen Busch auf diesem Felsen. Was mich gewaltig stört. Dieses Land ist ... nicht gut für uns. Es besitzt keinen Geist.«

»Wir können alles haben, was wir wollen.« Annette blickte aus dem offenen Ende ihres Zeltes auf den nahen, scharf umrissenen Horizont. »Wir können dem Land seinen Geist zurückgeben.«

»Wie?«

»Indem wir zu Ende bringen, was wir angefangen haben. Indem wir entfliehen. Sie halten uns zurück, siehst du das denn nicht?«

»Die Serjeants?«

»Ja.« Sie lächelte ihn an, zufrieden, daß er verstanden hatte. »Dies hier ist das Reich, in dem unsere Träume wahr werden. Aber die Träume der Serjeants handeln von Vernunft und Physik und der alten Ordnung. Sie sind Maschinen, ohne Seele, sie können einfach nicht begreifen, welche Möglichkeiten wir hier haben. Sie sind es, die unsere geflügelten Gedanken in stählernen Käfigen festhalten. Stell dir nur vor, Hoi, was geschieht, wenn wir uns dieser Fesseln entledigen könnten. Wir könnten diesen Felsen vergrößern, könnten neues Land aus den Klippenrändern wachsen lassen. Land, das mit üppigem grünen Leben bedeckt ist. Wir sind die Saat hier, wir können uns zu etwas Wunderbarem entwickeln. Der Himmel ist das, was wir daraus machen, und das ist unser Recht. Es wartet nur, irgendwo dort draußen, daß wir es uns nehmen. Wir sind so weit gekommen; wir dürfen einfach nicht erlauben, daß sie unser Bewußtsein mit ihrer dunklen Sehnsucht nach der Vergangenheit vergiften.«

Hoi Son hob eine Augenbraue. »Eine Saat? Du denkst, dieses Felseneiland ist ein Saatkorn?«

»Genau. Ein Saatkorn, aus dem wir züchten können, was immer wir wollen.«

»Das wage ich zu bezweifeln. Das wage ich sogar ernsthaft zu bezweifeln. Wir sind Menschen in gestohlenen Körpern, alles andere als gottgleiche Embryos.«

»Und doch haben wir den ersten Schritt bereits getan.« Sie hob in einer theatralischen Geste die Hände zum Himmel. »Schließlich waren wir es, die gesagt haben, es werde Licht. Oder nicht?«

»Ich habe dieses Buch gelesen, aber wer sonst noch? Aus meinem Volk kaum jemand. Wie typisch europäisch-christlich zu denken, daß eure Religion und Mythologie die ganze Welt bevölkert hat. In Wirklichkeit habt ihr uns nur Umweltverschmutzung, Krieg und Seuchen gebracht.«

Annette grinste wölfisch. »Komm schon, Hoi, zeig ein wenig mehr Entschlossenheit. Werde endlich wieder radikal. Wir können diesen Ort zum Funktionieren bringen. Sobald wir erst die Serjeants eliminiert haben, kommt unsere große Chance.« Ihr Lächeln verblaßte, als sie das Durcheinander aus Überraschung und Konfusion spürte, das mit einem Mal vom gemeinsamen Bewußtsein der Serjeants ausstrahlte. Es war stets präsent, ganz am Rand ihrer Wahrnehmung, wie ein Morgengrauen, dem nie ein Tag folgte. Jetzt jedoch hatten sich ihre kühlen, rationalen Gedanken verändert, und sie waren einer Panik näher, als sie es jemals zuvor erlebt hatte. »Was hat sie so außer sich gebracht?«

Zusammen mit Hoi trat sie an das Ende des Zeltes und blickte hinaus auf die dunkle Menge von Serjeants, die sich in den Ausläufern der verlorenen Berge drängten, welche Catmos Vale einmal umschlossen hatten.

»Nun ja, sie greifen uns jedenfalls nicht an«, stellte Hoi Son fest. »Das ist erfreulich.«

»Irgend etwas stimmt nicht.« Sie brachte ihren Feldstecher hoch und suchte das Lager der Serjeants ab, in dem Bemühen, in dem Gewühl aus schwarzen Leibern etwas Außergewöhnliches zu entdecken. Sie saßen ruhig beisammen wie immer.

Dann wurde ihr plötzlich bewußt, daß jeder einzelne Kopf in ihre Richtung blickte.

Sie senkte den Feldstecher und runzelte die Stirn. »Ich verstehe das nicht.«

»Dort, sieh nur.« Hoi Son deutete auf einen hellen Funken, der über die Befestigungen am Stadtrand herbeigeflogen kam. Die Soldaten riefen und gestikulierten wild, während er erhaben über sie hinwegrauschte.

Genau in Richtung des großen Hügels in der Mitte der Stadt.

»Es gehört mir«, sagte Annette hitzig. Mit gespreizten Beinen hob sie die Hände und verschränkte sie zu einem Pistolengriff. Ein gedrungener schwarzer Maserkarabiner materialisierte, und der stumpfe Lauf zielte auf den herannahenden Kristall.

»Ich glaube nicht, daß es sich um eine Waffe handelt«, sagte Hoi Son. Er wich von Annette zurück. »Es kam nicht von den Serjeants. Sie sind genauso verwirrt und unsicher wie wir.«

»Es hat jedenfalls keine Erlaubnis, in meine Stadt einzudringen.«

Hoi begann zu rennen. Ein dünner Blitz aus intensiv weißem Feuer schoß aus Annettes Waffe und auf den sich nähernden Kristall zu. Das Gebilde wich mühelos aus und schwebte über Hoi. Er geriet ins Stolpern, als er von den tanzenden hellen Lichtspeeren eingekreist wurde.

Geschmeidig und methodisch drehte sich Annette und folgte dem Eindringling. Sie betätigte erneut den Abzug ihres Masers und schleuderte dem Gebilde den stärksten Blitz entgegen, den sie zustandebrachte. Ohne den geringsten Effekt. Der Kristall schwang über Hois Kopf in eine enge Parabelkurve und kehrte auf dem gleichen Weg zurück, den er gekommen war.

Die Serjeants beobachteten seine Rückkehr. Diesmal wurde es nicht einmal langsamer, als es durch die Luft über ihnen raste. Über der Klippe kurvte es nach unten. Devlin sprang zum Rand hin, warf sich flach in den Dreck und schob den Kopf über den Abgrund. Das letzte, was er von dem Gebilde sah, war ein schwacher Lichtschein, der parallel zu der zerklüfteten Felswand nach unten sank, bevor es ganz verschwand.

Sieben schwere Händlerwagen kamen rasselnd und hupend die Auffahrt nach Cricklade herauf. Dampf zischte aus Ventilen hinter den Fahrerkabinen, während glänzende Kolbenstangen aus Messing die Vorderräder antrieben. Vor den breiten Stufen des Herrenhauses kamen die Wagen rumpelnd zum Halten. Öl tropfte auf den Kies, während Dampf aus undichten Flanschverbindungen entwich.

Luca kam aus dem Haus, um die Händler zu begrüßen. Soweit er es beurteilen konnte, waren die Gedanken der Leute in den Wagen einigermaßen friedlich. Er rechnete nicht mit Problemen. Cricklade hatte schon früher Besuch von Händlern erhalten, aber noch nie in einem Konvoi dieser Größe. Eine Gruppe von zehn Landarbeitern hielt sich in Rufweite auf, nur für den Fall.

Der Anführer der Händler kletterte vom vorderen Wagen und stellte sich als Lionel vor. Er war ein kurzgewachsener Mann mit wallendem blondem Haar, das hinten von einem Lederband zusammengehalten wurde. Er trug alte Segeltuchhosen und einen kragenlosen Pullover, Arbeitskleidung, die zu seiner offenen Art paßte wie angegossen. Nach einigen Minuten einleitender Konversation, während der sie sich gegenseitig abschätzten, bat Luca ihn nach drinnen.

Lionel setzte sich dankbar in einen der schweren ledernen Armsessel des Arbeitszimmers und trank einen Schluck Norfolk Tears, den Luca ihm angeboten hatte. Wenn er Bedenken hatte wegen der zurückhaltenden, düsteren Stimmung, die im Herrenhaus herrschte, dann zeigte er es jedenfalls nicht.

»Unsere Haupt-Handelsware auf dieser Tour ist Fisch«, begann er. »Größtenteils geräuchert, aber wir haben auch welchen auf Eis. Abgesehen davon führen wir Obst- und Gemüsesamen mit, befruchtete Hühnereier, ein paar schicke Parfums, ein paar elektrische Werkzeuge. Wir sind bemüht, uns einen Ruf als verläßliche Partner zu erwerben, also falls Sie etwas benötigen, das wir nicht mit uns führen, dann versuchen wir, es bei unserem nächsten Besuch mitzubringen.«

»Und was suchen Sie im Gegenzug?« fragte Luca, während er hinter seinem großen Schreibtisch Platz nahm.

»Mehl, Fleisch, ein paar neue Achslager für einen Traktor und einen Energieanschluß, um die Wagen wieder aufzuladen.« Er hob sein Glas. »Ein köstliches Getränk.« Sie grinsten und stießen miteinander an. Lionels Blick blieb einen Augenblick auf Lucas Hand hängen. Der Kontrast zwischen ihrer beider Hautfarben war subtil, aber wahrnehmbar. Lucas Haut war dunkler und dicker, mit Haaren auf dem Handrücken, ein echter Hinweis auf Grants wirkliches Alter, während Lionel ein mehr jugendliches Aussehen aufrecht erhielt.

»Und an welchen Preis hatten Sie für den Fisch gedacht?« erkundigte sich Luca.

»Gegen Mehl – fünf zu eins, Nettogewicht.«

»Versuchen Sie erst gar nicht, meine Zeit zu verschwenden.«

»Das tue ich nicht. Fisch enthält wertvolles Protein. Außerdem kommt der Transport hinzu; Cricklade liegt ziemlich weit im Landesinnern.«

»Aus diesem Grund halten wir Vieh und Schafe. Wir exportieren Fleisch. Ihre Transportkosten könnte ich in Elektrizität bezahlen; wir verfügen über ein eigenes Wärmekraftwerk.«

»Unsere Energiezellen sind noch zu siebzig Prozent geladen.«

Das Feilschen hielt noch gut vierzig Minuten an. Als Susannah den Raum betrat, fand sie die beiden bei der dritten Runde Norfolk Tears.

Sie setzte sich zu Luca auf die Stuhllehne und legte den Arm um seinen Leib. »Wie kommt ihr voran?« fragte sie.

»Ich hoffe, du magst Fisch«, antwortete er. »Ich habe nämlich gerade drei Tonnen gekauft.«

»Ach du heilige Güte!« Sie nahm das Glas aus seiner Hand und trank nachdenklich einen Schluck. »Ich glaube, wir haben noch genügend Platz im Kühlraum. Ich schätze, ich muß mit Cook reden.«

»Lionel hat ein paar interessante Neuigkeiten mitgebracht.«

»Aha?« Sie musterte den Händler mit einem freundlich fragenden Blick.

Lionel lächelte und überspielte damit seine eigene Neugier. Genau wie Luca, so zeigte auch Susannah das wirkliche Alter ihres Gastkörpers. Die ersten Menschen in mittlerem Alter, die er zu sehen bekam, seit Norfolk aus dem alten Universum verschwunden war. »Wir haben den Fisch in Holbeach gekauft, von einem Schiff namens *Cranborne*. Sie haben vor einer Woche dort angelegt und ihre Handelsware gegen Ersatzteile für die Maschine getauscht. Eigentlich müßte die *Cranborne* noch immer dort liegen.«

»Aha?« fragte sie.

»Die *Cranborne* ist ein Händler-Tramp« erklärte Luca. »Sie segelt einfach zwischen den Inseln hin und her und befördert Fracht und Passagiere, was immer sich rentiert;

außerdem kann sie fischen, mit dem Schleppnetz fangen, Mintweed abernten, Eis brechen, was immer du willst.«

»Die gegenwärtige Besatzung hat das Schiff mit Netzen ausgerüstet«, sagte Lionel. »Im Augenblick gibt es kaum lohnende Charteraufträge, also leben sie vom Fischfang. Sie planen auch, einen Handelsverkehr zwischen den Inseln aufzunehmen. Sobald sich die Dinge ein wenig beruhigt und sie eine Vorstellung haben, wo was produziert wird und welche Art von Gütern sie als Tauschobjekte anbieten können.«

»Das freut mich für sie«, sagte Susannah. »Und warum erzählen Sie mir das?«

»Es ist eine Möglichkeit, nach Norwich zu kommen«, antwortete Luca. »Ein Anfang jedenfalls.«

Susannah starrte ihm überrascht ins Gesicht, das immer mehr Grants ursprüngliche Züge annahm. Die Rückentwicklung hatte sich immer mehr beschleunigt, seit er von seinem Trip nach Knossington mit der Nachricht zurückgekehrt war, daß die Aeroambulanz nicht mehr flog, weil ihre Elektronik in diesem Universum einfach nicht arbeiten wollte. »Eine so weite Reise wäre ganz bestimmt nicht billig«, sagte sie leise.

»Cricklade könnte die Mittel aufbringen.«

»Ja«, erwiderte sie vorsichtig. »Es könnte. Aber es gehört nicht mehr uns allein. Wenn wir soviel Nahrungsmittel oder Norfolk Tears oder Pferde dafür eintauschen, werden die anderen sagen, wir hätten es gestohlen. Wir könnten nicht mehr zurückkehren, nicht einmal nach Kesteveen.«

»Wir?«

»Ja, wir. Sie sind unsere Kinder, und das hier ist unser Zuhause.«

»Das eine bedeutet nichts ohne das andere.«

»Ich weiß nicht«, sagte sie tief beunruhigt. »Wer garantiert uns, daß die Besatzung der *Cranborne* sich an die Vereinbarung hält, wenn wir erst auf hoher See sind?«

»Wer hindert uns daran, ihr das ganze Schiff zu stehlen?« entgegnete Luca müde. »Wir leben wieder in einer Zivilisation, Liebling. Es ist nicht die beste, das weiß ich sehr genau, aber sie ist da, und sie funktioniert. Und wir sind imstande, Verrat und Täuschung schon auf weite Entfernung zu erkennen.«

»Also schön. Willst du gehen? Es ist schließlich nicht so, als hätten wir nicht genug Schwierigkeiten«, sagte sie mit einem schuldbewußten Seitenblick auf den diplomatisch schweigenden Lionel.

»Ich weiß es nicht. Ich will dagegen ankämpfen. Wenn ich gehe, heißt es, daß Grant gewonnen hat.«

»Das ist kein Kampf, das ist eine Sache des Herzens.«

»Wessen Herz?« flüsterte er schmerzerfüllt.

»Verzeihung«, unterbrach Lionel die beiden. »Haben Sie bedacht, daß die Seelen in den Körpern Ihrer Töchter Sie vielleicht gar nicht sehen möchten? Was wollen Sie überhaupt tun, wenn Sie sie gefunden haben? Schließlich können Sie sie nicht einfach exorzieren und dann in den Sonnenuntergang davonspazieren. Sie werden Ihnen genauso fremd sein wie umgekehrt.«

»Sie sind mir nicht fremd!« sagte Luca und sprang nervös aus dem Stuhl. Er zitterte am ganzen Leib. »Verdammt, ich kann einfach nicht aufhören, mir Sorgen zu machen!«

»Wir alle unterliegen immer stärker unseren Wirten«, sagte Lionel leise. »Am einfachsten ist es noch, wenn wir uns fügen. Wenigstens haben wir dann ein wenig Frieden. Sind Sie dazu willens?«

»Ich weiß es nicht«, stöhnte Luca. »Ich weiß es einfach nicht!«

Carmitha fuhr mit den Fingern über den Arm der Frau, um die Struktur der Muskeln und Knochen und Sehnen zu ertasten. Sie hielt die Augen geschlossen, während sich ihr Bewußtsein auf den Wirbel aus nebulösen Strahlen konzentrierte, aus dem das Fleisch bestand. Es war nicht allein das taktile Fühlen, auf das sie sich verließ; die einzelnen Zellen bildeten deutlich unterscheidbare Schattenbänder, fast wie bei einem sehr unscharfen Röntgenbild des menschlichen Körpers. Ihre Fingerspitzen glitten zwei Zentimeter weiter, drückten einzeln sehr vorsichtig zu, als spielten sie auf einem Piano, dann glitten sie erneut weiter. Es dauerte mehr als eine Stunde, einen menschlichen Körper auf diese Weise zu untersuchen, und selbst dann war die Methode kaum hundertprozentig zuverlässig. Nur die Oberfläche erschloß sich der Inspektion. Es gab eine ganze Menge verschiedener Arten von Krebs, die Organe, Drüsen und Mark beeinträchtigten, heimtückische Monster, die unbemerkt blieben, bis es viel, viel zu spät war.

Irgend etwas unter ihrem Zeigefinger glitt zur Seite. Sie spielte damit, prüfte seine Beweglichkeit. Ein harter Knoten, fast wie ein eingekapselter kleiner Stein unter der Haut. In ihrem Bewußtsein leuchtete er als weißes verschwommenes Gebilde mit einem Saum hauchdünner Tentakel, die sich in das umgebende Gewebe erstreckten. »Noch einer«, sagte sie.

Die Antwort der Frau war fast ein Schluchzen. Carmitha hatte auf die harte Tour gelernt, ihren Patienten nichts zu verbergen. Ohne Ausnahme hatten sie ihr Erschrecken stets längst bemerkt, bevor sie etwas sagen konnte.

»Ich werde sterben«, jammerte die Frau. »Wir alle werden sterben, wir verfaulen von innen heraus. Das ist die Strafe dafür, daß wir aus dem Jenseits geflohen sind.«

»Unsinn. Diese Körper sind genetisch angepaßt, und das macht sie unglaublich resistent gegen Krebs. Wenn du erst aufhörst, ihn mit deiner energistischen Macht zu reizen, müßte sich alles wieder zurückbilden.« Ihr verbales Standardplacebo, das sie seit dem Tag, an dem Butterworth kollabiert war, so oft wiederholt hatte, daß sie inzwischen selbst angefangen hatte es zu glauben.

Carmitha setzte die Untersuchung fort. Sie passierte den Ellenbogen; es war nur noch eine Formalität. Die Oberschenkel der Frau waren am schlimmsten betroffen gewesen; Knoten so groß wie Walnüsse, wo sie das Fett vertrieben hatte, um sich selbst zu einem jugendlich schlanken Körper zu verhelfen. Doch jetzt hatte Angst den instinktiven Wunsch nach jugendlicher Schönheit durchbrochen, und die unnatürliche Beanspruchung der Zellen würde enden. Vielleicht bildeten sich die Tumoren tatsächlich zurück.

Luca klopfte just in dem Augenblick an den Wagen, als Carmitha die Untersuchung beendet hatte. Sie bat ihn draußen zu warten, um der Frau Gelegenheit zu geben, sich in Ruhe anzuziehen.

»Es kommt alles wieder ins Lot«, sagte sie und umarmte die Frau. »Du mußt nur endlich du sein, und du darfst nicht schwach werden.«

»Ja«, kam die kleinlaut-trotzige Antwort.

Es war nicht die Zeit für Belehrungen, entschied Carmitha. Sollte sie zuerst den Schock verarbeiten. Hinterher war immer noch Zeit zu lernen, wie sie ihre innere Stärke finden und sich wappnen konnte. Carmithas Großmutter hatte immer wieder betont, wie wichtig es war, daß man sich selbst als gesund empfand. »Ein schwacher Verstand läßt jeden Keim hinein.«

Luca vermied sorgfältig, dem tränenverschmierten Blick der Frau zu begegnen, als sie aus dem Wagen stieg und verlegen zur Seite auswich.

»Schon wieder eine?« fragte er, nachdem sie im Herrenhaus verschwunden war.

»Yepp«, antwortete Carmitha. »Diesmal ist es nicht so schlimm.«

»Na Klasse.«

»Nicht wirklich. Bisher haben wir nur die anfänglichen Tumore gesehen. Ich bete inständig, daß die natürliche Resistenz eurer Körper imstande ist, sie unter Kontrolle zu halten. Falls nicht, bilden sich im nächsten Stadium die Metastasen, und der Krebs breitet sich durch den ganzen Körper hindurch aus. Wenn das erst geschieht, ist alles zu spät.« Es gelang ihr nur mit Mühe, ihren Unmut zu verbergen. Landbesitzer und Stadtbewohner waren die Nachkommen genetisch angepaßter Kolonisten; die Zigeuner hatten derartige Dinge rundweg abgelehnt.

Er schüttelte den Kopf, zu starrköpfig, um mit ihr zu streiten. »Wie geht es Johan?«

»Er nimmt langsam wieder zu, ein gutes Zeichen. Ich lasse ihn viel spazieren und habe ihm muskelaufbauende Übungen gezeigt. Auch das tut ihm gut. Und er hat seine Körperillusionen vollkommen verworfen. Die Tumoren sind immer noch da, und im Augenblick ist sein Körper noch zu schwach, um sie zu bekämpfen. Ich hoffe, daß seine natürlichen Abwehrkräfte sich entfalten, sobald wir seine allgemeine Gesundheit wiederhergestellt haben.«

»Ist er fit genug, um bei der Verwaltung des Gutsbetriebs zu helfen?«

»Denk nicht mal dran. In ein paar Wochen ist er vielleicht soweit, daß er mir in meinem Kräutergarten helfen kann. Und mehr Anstrengung werde ich auf keinen Fall erlauben.«

Es gelang ihm nicht, die aufsteigende Enttäuschung zu verbergen.

»Warum?« fragte sie mißtrauisch. »Warum willst du ihn jetzt schon wieder zurück? Ich dachte, alles läuft zufriedenstellend, fast wie früher? Ich merke jedenfalls fast keinen Unterschied.«

»Ich habe nur über eine Gelegenheit nachgedacht, das ist alles.«

»Eine Gelegenheit? Du willst weg?« Der Gedanke verblüffte sie.

»Ich hab' daran gedacht«, gestand er schroff. »Sag's niemandem.«

»Keine Sorge. Aber ich verstehe nicht. Wo willst du denn hin?«

»Die Mädchen suchen.«

»O Grant!« Sie legte ihm die Hand auf den Arm, augenblicklich voller Mitgefühl. »Es wird ihnen schon nichts geschehen. Selbst wenn Louise besessen ist, wird keine Seele der Welt ihr Aussehen verändern. Sie ist einfach zu prachtvoll!«

»Ich bin nicht Grant!« Er blickte sich nervös und mißtrauisch auf dem Hof um. »Aber wo wir schon von bösen inneren Dämonen reden ... Gott, wie mußt du diese Situation genießen.«

»Oh, sicher. Ich amüsiere mich prächtig, wirklich.«

»Entschuldige.«

»Wie viele sind es?« fragte sie leise.

Er schwieg lange, bevor er schließlich antwortete. »Ein paar auf der Brust. Den Armen. Sogar in den Füßen, verdammt noch mal.« Er grunzte angewidert. »Ich hätte mir nicht träumen lassen, daß meine Füße anders sind. Warum ausgerechnet die Füße?«

Carmitha haßte seine ehrliche Verwirrung; Grant Kavanaghs Possessor hatte eine Art, viel zu viel Mitgefühl in ihr zu erwecken. »Diese Dinge gehorchen nicht irgendeiner Logik.«

»Die meisten Leute haben keine Ahnung, was passiert, jedenfalls nicht außerhalb von Cricklade. Nimm nur diesen Händler, Lionel. Er hat nicht die leiseste Ahnung. Wie ich ihn darum beneide. Aber es kann nicht mehr lange dauern. Überall auf dem Planeten müssen inzwischen Leute wie Johan wie die Fliegen umfallen. Und wenn alle begreifen, was da geschieht, fällt wieder einmal alles auseinander. Das ist der Grund, warum ich so früh wie möglich auf die Reise gehen wollte. Wenn es zu einer zweiten Welle der Anarchie kommt, finde ich vielleicht niemals heraus, was aus den Mädchen geworden ist.«

»Wir sollten auf jeden Fall ein paar richtige Ärzte herkommen lassen, die dich untersuchen. Vielleicht können wir dieses weiße Feuer benutzen, um die Tumoren auszubrennen. Wir haben alle so etwas wie einen Röntgenblick; es gibt keinen Grund, warum es nicht funktionieren sollte. Vielleicht müssen wir nicht einmal zu einer so drastischen Methode greifen. Vielleicht reicht es, wenn wir die befallenen Zellen tot wünschen.«

»Ich weiß es nicht.«

»Das klingt überhaupt nicht nach dir. Nach keinem von euch beiden. Sitz nicht einfach nur auf deinem Hintern herum, sondern finde es heraus! Schaff einen Arzt nach Cricklade. Massage und Tee helfen auf lange Sicht nicht viel weiter, und mehr kann ich euch nicht geben. Du kannst jetzt nicht von hier weggehen, Luca. Die Menschen haben dich als ihren Anführer akzeptiert. Benutz deinen Einfluß dazu, die Situation zu retten. Hilf ihnen, diese Krebsbedrohung zu überwinden.«

Er stieß einen langen zögernden Seufzer aus, dann neigte er den Kopf und blickte sie mit einem zugekniffenen Auge an. »Du glaubst wohl immer noch, daß die Konföderation kommt und dich rettet, wie?«

»Absolut.«

»Sie werden uns niemals finden. Sie müßten zwei Universen absuchen.«

»Glaub was du willst. Ich weiß, was geschehen wird.«

»Freundliche Feinde, wir beide, wie?«

»Manche Dinge ändern sich nie, ganz gleich, was sonst noch geschieht.«

Er wurde vom Zwang einer schneidenden Antwort befreit, als ein Stalljunge in den Hof gerannt kam und laut verkündete, daß ein Bote von der Stadt unterwegs sei. Zusammen mit Carmitha ging er durch die Küche und zum Haupteingang des Herrenhauses hinaus.

Eine Frau auf einem Schimmel kam die Auffahrt herauf. Die Gedankenmuster in ihrem Kopf waren beiden vertraut: Marcella Rye. Der Galopp des Reitpferdes spiegelte die Aufregung und Angst in ihrem Bewußtsein wider. Vor den breiten Steinstufen, die zu dem marmornen Säulenvorbau führten, zügelte sie das Tier und sprang ab. Luca nahm die Zügel und tat sein Bestes, um das aufgeregte Pferd zu beruhigen.

»Wir haben soeben Nachricht von den Dörfern entlang der Eisenbahn. Eine Bande von Plünderern ist hierher unterwegs. Der Rat von Colsterworth bittet respektvoll und all dieser Scheiß. Luca, wir brauchen eure Hilfe, um die Bastarde abzuwehren. Offensichtlich sind sie bewaffnet. Sie haben wohl ein altes Depot der Miliz in einem der Vororte von Boston überfallen und Gewehre sowie ein halbes Dutzend Maschinenpistolen erbeutet.«

»Das ist wieder einmal verdammt typisch!« schimpfte Luca. »Das Leben hier wird von Tag zu Tag besser.«

Luca studierte den Zug durch sein Fernglas (ein echtes, das Grant von seinem Vater geerbt hatte). Er war sicher, daß es der gleiche war wie schon einmal, auch wenn er sich verändert hatte. Vier zusätzliche Waggons waren angehängt worden – nicht, daß irgend jemand an Bord deswegen mehr Komfort gehabt hätte. Das dort war ein schwerer eisengepanzerter Kampfzug, dessen Plattenpanzer (echtes Eisen, dachte Luca) über die gesamte Länge der Waggons verlief und mit schweren Nieten und Bolzen befestigt war. Der Zug stampfte mit unverminderter Geschwindigkeit von dreißig Meilen pro Stunde auf Colsterworth zu. Bruce Spanton war es offensichtlich letzten Endes doch noch gelungen, sein Konzept von einer unwiderstehlichen Streitmacht in die Realität umzusetzen. Es war mitten in Norfolks malerischer Landschaft materialisiert, wo es nicht hingehörte.

»Diesmal sind es mehr«, stellte Luca fest. »Ich schätze, wir könnten die Schienen wieder aufrollen.«

»Dieses Monstrum ist nicht für Rückwärtsfahren gebaut«, sagte Marcella grimmig. »Man muß die Köpfe umdrehen, die Schwänze folgen von alleine.«

»Zwischen den Beinen.«

»Genau.«

»Noch zehn Minuten, bis sie hier sind. Wir schaffen besser unsere Leute in Position und denken uns eine Strategie aus.« Er hatte beinahe siebzig Landarbeiter von Cricklade mitgebracht, und der Aufruf des Gemeinderates von Colsterworth hatte in über fünfhundert Freiwilligen resultiert, die sich den Marodeuren entgegenstellen wollten. Vielleicht weitere dreißig hatten sich von den umliegenden Farmen eingefunden, entschlossen, die Nahrungsmittel zu schützen, für die sie so hart gearbeitet hatten. Jeder einzelne war mit Jagdflinten oder Schrotgewehren aus seiner angenommenen Heimstadt ausgerüstet.

Luca und Marcella teilten sie in vier Gruppen auf. Die größte davon, dreihundert Köpfe stark, ging in einer Hufeisenformation rings um den Bahnhof von Colsterworth in Stellung. Zwei weitere Gruppen hielten sich abseits der Flanken, bereit, über die Schienen auszuschwärmen und die Angreifer zu umzingeln. Der Rest, drei Dutzend Männer auf Pferden (größtenteils aus Cricklade), bildete eine Kavalleriestreitmacht, die jeden jagen würde, der dem Hinterhalt entkam.

Luca und Marcella verbrachten die letzten paar Minuten damit, zwischen den Reihen hindurchzugehen, ihre Leute zu ordnen und sicherzustellen, daß jeder seine Kleidung in kugelsichere Panzer verwandelt hatte. Schüsse aus echten Gewehren waren in diesem Universum schwerer abzuwehren. Die offensichtlich beliebteste Lösung waren Flakjacken aus verstärktem Carbo-Silizium, was der vordersten Reihe das Aussehen einer

Hundertschaft Bereitschaftspolizei aus dem frühen einundzwanzigsten Jahrhundert verlieh.

»Wir haben ein Recht, so zu leben, wie wir wollen, und dafür stehen wir hier«, sagte Luca wiederholt zu ihnen, während er seine Leute inspizierte. »Wir sind diejenigen, die etwas aus den Umständen gemacht und uns ein erträgliches Leben geschaffen haben. Ich will verdammt sein, wenn ich zulasse, daß dieser Pöbel es wieder zerstört. Wir dürfen nicht zulassen, daß sie von uns schmarotzen; wir wären nicht besser als Leibeigene.«

Wohin er auch kam, überall empfing er zustimmendes Gemurmel und Nicken. Die Entschlossenheit und das Selbstvertrauen der Verteidiger gewannen an Substanz und wuchsen zu einer physischen Aura heran, die die Luft mit einem kräftig roten Lichtschein erfüllte. Als er schließlich zusammen mit Marcella Position bezog, grinsten sie sich nur zu und freuten sich auf den Kampf. Der Zug war höchstens noch eine Meile von der Stadt entfernt und in der letzten weiten Kurve, bevor es auf die Gerade ging, die in den Bahnhof führte. Die Dampfpfeife stieß ein wütend herausforderndes Signal aus, und der rote Dunst über dem Bahnhof leuchtete heller. Fünf Yards von Lucas Füßen entfernt rissen die Holzschwellen bis weit hinter den Bahnsteig in der Mitte auf. Der Riß verharrte in zitternder Erwartung, als er knapp sechs Zoll breit geworden war. Granitschotter rollte über die Ränder und verschwand lautlos in der unergründlichen Dunkelheit darunter.

Luca starrte direkt auf die Stirnseite des Zuges und die unübersehbaren Läufe seiner Kanonen. »Komm nur, Arschloch«, sagte er leise.

Subtilität stand überhaupt nicht zur Diskussion. Jede Seite kannte ungefähr die Stärken und Schwächen sowie die Positionen der anderen. Es konnte gar nichts anderes geben als eine direkte Konfrontation. Ein Kampf zwischen energistischen Kräften und Vorstellungsvermögen, bei dem die echten Waffen nur eine unwillkommene Nebenrolle spielten.

Eine halbe Meile bis zum Bahnhof, und der Zug verringerte seine Geschwindigkeit ein wenig. Die beiden hinteren Waggons wurden ausgekuppelt und bremsten mit stehenden Rädern in einem orange und rot leuchtenden Funkenschauer, bis der Waggon zum Halten gekommen war. Dann klappten die Seiten zu Rampen herab, und Geländewagen rasten auf den festen Boden. Sie waren mit Panzerplatten und Überrollbügeln umgebaut; mächtige Geländereifen wurden von Vier-Liter-Benzinmotoren angetrieben, die unter metallischem Brüllen schmutzige Auspuffgase in die Luft spuckten. Jeder war mit einem über dem Fahrer montierten Maschinengewehr ausgerüstet, das von einem Schützen in schwarzer Lederjacke mit Fliegerbrille und Helm bedient wurde.

Sie jagten von den stehenden Waggons weg in dem Versuch, die Flanken der Verteidiger zu umgehen. Luca gab seiner eigenen Kavallerie das Zeichen. Sie galoppierten hinaus auf die Felder, um die Jeeps abzufangen. Der Zug donnerte weiter.

»Macht euch fertig!« rief Marcella.

Weiße Rauchwolken schossen aus den Kanonen am Bug des Zuges. Luca duckte sich reflexhaft und verhärtete schützend die Luft um sich herum. Am vorderen Ende des Bahnhofs schlugen Granaten ein und explodierten, und fettes Erdreich spritzte unter orangefarbenen Blitzen in die Höhe. Zwei der Granaten prallten auf die Ausläufer der roten Luft und detonierten harmlos gut zwanzig Yards über dem Boden. Ein Splitterregen jagte von der schützenden Grenze nach draußen. Die Verteidiger stimmten laute Jubelrufe an.

»Jetzt sitzen sie in der Falle«, grollte Luca triumphierend.

Maschinengewehrfeuer ratterte über die Felder. Die

Jeeps jagten in engen Kurven umher und wirbelten Schmutzfontänen auf. Sie fuhren geradewegs durch Gatter hindurch, und die Bohlen zerbarsten in Blitzen aus weißem Licht. Pferde galoppierten hinter ihnen her und übersprangen mühelos Hecken und Zäune. Ihre Reiter feuerten aus den Sätteln und schleuderten Blitze aus weißem Feuer. Schließlich versagten unter dem Ansturm energistischer Kräfte die Energiezellen tief unter den semi-soliden Illusionen, und die Motoren der Wagen begannen zu stottern oder gingen aus.

Der Zug war nur noch eine Viertelmeile vom Bahnhof entfernt. Die Kanonen feuerten ununterbrochen. Das Land vor dem Bahnhof wurde förmlich umgepflügt: überall brachen Krater auf, und Erde, Gras, Bäume und Steinmauern flogen in die Luft. Luca war überrascht, wie klein die Krater waren; er hatte eigentlich erwartet, daß die Granaten größere Sprengkraft besaßen. Aber sie erzeugten eine Menge Rauch, dichte grau-blaue Wolken, die wie rasend an der schützenden Blase aus roter Luft zerrten. Inzwischen war der Zug vor Rauch fast nicht mehr zu sehen.

Luca runzelte mißtrauisch die Stirn. »Vielleicht versuchen sie, unter dem Rauch in Deckung zu gehen«, rief er Marcella über dem dumpfen Grollen explodierender Granaten zu.

»Auf keinen Fall!« rief sie zurück. »Wir können sie spüren, vergiß das nicht. Vernebeln hilft ihnen überhaupt nichts.«

Trotzdem, irgend etwas stimmte nicht, und Luca wußte es. Als er seine Aufmerksamkeit wieder auf den Zug richtete, spürte er das Triumphgefühl der Angreifer, genauso stark wie sein eigenes. Und doch hatten sie bisher keinerlei Erfolg erzielt. Nichts, was er sehen konnte, sicherte ihnen den Sieg.

Langsam krochen die Rauchschleier der Explosionen auf den Bahnhof zu. Als sie die Barriere aus rotem Licht durchdrangen, leuchteten sie mit einer dunklen bordeauxroten Phosphoreszenz. Die Männer in den Reservegruppen draußen neben den Bahnsteigen reagierten merkwürdig, als die ersten Fetzen sie umhüllten. Sie wedelten mit den Händen vor den Gesichtern, als wollten sie eine hartnäckige Wespe vertreiben, dann begannen sie zu stolpern. Wellen der Panik stiegen aus ihren Bewußtseinen auf und steckten alle in ihrer Nähe an.

»Was ist denn mit denen los?« wollte Marcella wissen.

»Ich bin nicht sicher.« Luca beobachtete die Ausbreitung des dunklen Rauchs. Er verhielt sich vollkommen natürlich, wie er in den leichten Luftströmungen wogte und wallte. Er wurde nicht von außen dirigiert, von keinem bösartigen energistischen Druck gelenkt, und doch brach überall das Chaos aus, wo er hinkam. Luca brauchte eine Zeitlang, um zu der entsetzlichen Schlußfolgerung zu gelangen. Auch wenn er sich sagte, daß Spanton zu den gemeinsten nur denkbaren Mitteln greifen würde, fand er es schwer, eine derartige Verderbtheit zu akzeptieren.

»Gas«, sagte er sprachlos. »Das ist kein Rauch. Dieser Bastard benutzt Kampfgas!«

In diesem Augenblick eröffneten Maschinengewehre und Pistolen das Feuer aus jedem Schlitz in den gepanzerten Seiten des Zuges. Und weil die Verteidiger abgelenkt waren, schnitten die Kugeln mühelos durch die rosige Luft. Die vorderste Reihe Stadtbewohner wurde von einem Regen von Kugeln zurückgeworfen, die in ihre Flakjacken prasselten. Unvermittelt war die rosige Luft verschwunden. Der menschliche Überlebensinstinkt war zu stark, und alle konzentrierten sich darauf, ihr eigenes Leben zu retten.

»Blast es zu ihnen zurück!« bellte Luca durch den Aufruhr hindurch. Der Zug war nur noch ein paar hundert Yards entfernt, und die Schubstangen donnerten wütend, während er erbarmungslos über die Geleise näher kam. Luca breitete die Hände aus und fächelte Luft.

Marcella folgte seinem Beispiel. »Tut, was er sagt!« rief sie denen zu, die ihr am nächsten waren »Blast!«

Sie imitierten ihr Beispiel und sandten energistische Ströme aus, um die Luft und mit ihr das tödliche Gas abzuwehren. Die Idee breitete sich unter den Verteidigern aus wie ein Lauffeuer und wurde in die Realität umgesetzt, sobald der Gedanke erfaßt war. Sie mußten nicht aktiv werden, nur denken.

Luft geriet in Bewegung, pfiff über das Bahnhofsgebäude hin und gewann über den Schienen mehr und mehr an Geschwindigkeit. Die aufsteigenden Rauchwolken bogen sich von ihren Kratern weg und wurden zu Büscheln zerpflückt, die auf den sich nähernden Zug zuglitten. Äste und Zweige von den Hecken wurden vom Sturm aufgewirbelt und davongetragen. Sie prallten harmlos gegen den schwarzen Eisenbug der Lokomotive und wirbelten im wilden Fahrtwind an den Seiten entlang.

Luca brüllte voll wortlosem Jubel und fügte dem vorbeijagenden Sturm die Luft aus seinen Lungen hinzu. Er hatte sich inzwischen zu einer Naturgewalt erhoben, die machtvoll an ihm zerrte. Er verschränkte die Arme mit seinen Nachbarn, und gemeinsam suchten sie Halt am Boden. Der vereinte Wille war wieder da, und mit ihm eine unvergleichliche Macht über die Luft. Jetzt, da der Wind eingesetzt hatte, konnten sie anfangen ihn zu formen, zogen seine Spitze immer weiter zusammen und richteten sie rachsüchig gegen den Zug. Die Papierkörbe auf dem Bahnsteig zerrten und rissen an ihren Verankerungen und schwangen parallel zum Boden.

Der Zug wurde langsamer, gebremst von der unheimlichen Wucht des horizontalen Tornados, der gegen ihn geschleudert wurde. Dampf aus undichten Flanschen und Übergängen wurde abgerissen und vermischte sich mit dem tödlichen Gas. Die Marodeure konnten nicht mehr richtig zielen; der Wind zerrte und rüttelte an den Waffen und drohte sie ihnen aus den Händen zu reißen. Die Kanonenläufe wurden aus der Zielrichtung gedrückt. Sie hatten bereits aufgehört zu feuern.

Inzwischen hatten sich sämtliche Verteidiger zusammengeschlossen; sie alle trugen ihren Willen zum rasenden Sturm bei und lenkten ihn direkt gegen den Zug. Hundert Yards vor dem Bahnhof kamen die Waggons schwankend zum Stehen. Die Verteidiger verdoppelten ihre Anstrengungen, aufgestachelt vom Adrenalin in ihren Adern. Die eiserne Bestie wankte, als wögen die Panzerplatten nichts.

»Wir können es schaffen!« brüllte Luca, und die Worte wurden ihm vom übernatürlichen Sturm von den Lippen gefetzt. »Macht weiter!« Es war eine Aussicht, die von allen geteilt wurde, ermutigt durch die ersten kreischenden Bewegungen der mächtigen Zugmaschine.

Die Angreifer setzten ihre gesamten Kräfte darein, sich und die Waggons zu verankern. Sie waren einfach nicht zahlreich genug, um diesen Kräftewettbewerb zu gewinnen.

Granitschotter von den Geleisen prasselte gegen den Zug. Die Schienen selbst wurden auseinandergerissen und gegen die Zugmaschine geschleudert, wo sie sich um den Kessel wickelten. Schwellen bohrten sich tief in die Seiten der Waggons.

Eine Reihe von Rädern an der Seite der Lokomotive verließ den Boden. Einen Augenblick lang schwebte die Maschine reglos in der Luft, während die Insassen sich verzweifelt bemühten, die Kippbewegung zu kontern. Doch die Verteidiger verstärkten den Mahlstrom noch, den sie erschaffen hatten, und verdrehten den Waggon direkt hinter der Lokomotive um neunzig Grad.

Hätte es sich um eine natürliche Entgleisung gehandelt, wäre die Sache damit vorbei gewesen. Doch die Verteidiger drückten weiter. Die Zugmaschine kippte erneut, und ihr zerfetztes Drehgestell zeigte direkt in den Himmel. Wütende Dampffontänen schossen aus den abgerissenen Ventilen, nur um vom Wirbelsturm augenblicklich aufgelöst zu werden. Erneut drehte sich die Zugmaschine, als der Hurrikan ihre hintere Flanke erfaßte, und fegte die verbliebenen Waggons um. Der Schwung gewann an Wucht und verwandelte die Drehbewegung in ein konstantes Rollen. Die Kupplungen zwischen den Waggons rissen ab. Die schweren Wagen verteilten sich über die Felder und walzten jeden Baum um, der in ihren Weg geriet, bis sie in Gräben und Vertiefungen knarrend liegen blieben.

Die Zugmaschine rollte weiter und weiter, angestoßen und vorangetrieben vom Sturm, den ihre beabsichtigten Opfer entfacht hatten. Schließlich barst der Kessel und durchtrennte das mächtige Rückgrat der Lok. Eine Dampfwolke explodierte aus dem großen Riß und verschwand augenblicklich in dem kreischenden Sturm, gefolgt von einer Lawine aus Trümmern. Fragmente sehr modern aussehender Maschinerie regneten auf das zerstörte Land ringsum. Jede Illusion einer dampfgetriebenen Lokomotive war mit einem Schlag verschwunden, und halb vergraben im aufgewühlten Erdreich lag eine von Norfolks ganz gewöhnlichen achträdrigen Zugmaschinen.

Nachdem der Wind abgeklungen war, organisierte Marcella erste Hilfe für die Opfer des heimtückischen Gasangriffs. Selbst jetzt noch schwebte ein widerlicher Gestank über den Granattrichtern. Die wenigen Besessenen aus vergangenen Jahrhunderten, die über Kenntnisse auf diesem Gebiet verfügten, meinten, es handele sich um Phosphor oder Chlorgas oder vielleicht etwas noch Schlimmeres. Die Namen sagten Luca nichts, nur die Absicht, die dahinter gesteckt hatte. Er ging an den Reihen von Verletzten entlang und entrang sich ein verzerrtes Lächeln angesichts hervorquellender Augen, die in gleichem Maße salzige Tränen wie Blut weinten, während er über dem gräßlich abgehackten Husten immer wieder nach tröstenden Worten rang.

Danach gab es keinen Zweifel mehr über das, was getan werden mußte.

Er versammelte eine kleine Gruppe von Landarbeitern um sich, die ihn begleiten sollten. Während er mit ihnen über die Felder zu der zerstörten Lok ging, erinnerte er sich an seine erste Begegnung mit Spanton.

Die Marodeure hatten tatsächlich eine Art Metallplatten über den Rumpf der Zugmaschine genietet. Kein Eisen, wie es schien, sondern irgendein leichtes Konstruktionsmaterial, ein Gerüst, das im Bewußtsein des Betrachters leicht zu einem dicken Panzer werden konnte. Die Platten hatten unter der schieren Wucht des Sturms sichtlich gelitten. Ein paar Kanonenläufe waren abgebrochen, der Rest war zumindest verbogen. Das Fahrwerk der Zugmaschine war zu einem weiten V verformt, dessen vorderes Ende tief im Boden steckte.

Luca wanderte um die Fahrerkabine herum. Sie war völlig zerstört; die Seiten nach innen gedrückt, genau wie das Dach, und der Innenraum auf weniger als Schrankgröße reduziert. Luca ging in die Hocke und spähte durch den verbogenen Fensterschlitz.

Bruce Spanton erwiderte seinen Blick. Sein Körper war zwischen verschiedenen Rohren und Metallstücken eingeklemmt, die aus den Wänden gebrochen waren. Blut aus seinen zerschmetterten Beinen und dem Arm vermischte sich mit Öl und schmutzigem Erdreich. Sein Gesicht zeigte das bleiche Grau eines Schockopfers, und seine Gesichtszüge waren nicht mehr die gleichen wie früher. Die Sonnenbrille war zusammen mit dem zurückgekämmten schwarzen Haar verschwunden, und mit beiden auch jegliche andere Illusion.

»Gott sei Dank!« stöhnte er. »Hilf mir hier raus, Mann.

Ich kann nicht mehr tun, als meine verfluchten Beine daran zu hindern, daß sie ganz abfallen.«

»Ich dachte mir, daß ich dich hier finden würde«, entgegnete Luca sachlich.

»Schön, jetzt hast du mich gefunden. Ich geb' dir eine beschissene Medaille. Hol mich einfach nur raus, ja? Diese Wände sind bei der Rauferei wie Papier eingedrückt worden. Es tut so weh, daß ich den Schmerz nicht einmal wie gewöhnlich abschalten kann.«

»Eine Rauferei also? Das war es, nur eine einfache Rauferei?«

»Was willst du hören, Mann?« kreischte Spanton. Er unterbrach sich und verzerrte das Gesicht wegen der Schmerzen, die sein Ausbruch nach sich zog. »Also schön, in Ordnung. Du hast gewonnen. Du bist der König hier. Und jetzt bieg endlich das Eisen beiseite.«

»Das war's?«

»Das war was?«

»Wir haben gewonnen, ihr habt verloren, und alles ist vorbei?«

»Sicher, was glaubst du denn, du beschissenes Arschloch?«

»Ah. So langsam verstehe ich. Du spazierst in den Sonnenuntergang und kommst nie wieder zurück, ist es so? Das Ende. Keine nachtragenden Gefühle. Am Ende ist ja alles gutgegangen, du hast ja nur ein paar von meinen Leuten mit Giftgas umgebracht. Vielleicht in einer kleineren Stadt, die nicht imstande ist zurückzuschlagen. Na ja, großartig. Absolut phantastisch. Das ist genau der Grund, weshalb ich herausgekommen bin und der Stadt geholfen habe. Damit du deine kleine Rauferei kriegst und dann in Ruhe wieder abziehen kannst.«

»Was zur Hölle willst du?«

»Ich will leben. Ich will imstande sein, am Ende des Tages auf das zu sehen, was ich vollbracht habe. Ich möchte, daß meine Familie davon profitiert. Ich möchte, daß sie sicher ist. Ich will nicht, daß sie sich ängstigt wegen irgendwelcher größenwahnsinniger Arschlöcher, die meinen, nur weil sie hart sind, hätten sie das Recht, auf dem Rücken normaler hart arbeitender Leute zu leben.« Er lächelte in Spantons erschrockenes Gesicht. »Na, klingelt es vielleicht jetzt bei dir? Erkennst du dich möglicherweise in meinen Worten wieder?«

»Ich gehe weg, in Ordnung? Wir verschwinden von dieser Insel. Du kannst uns auf ein Schiff setzen und dich überzeugen, daß wir wirklich weg sind.«

»Nicht wo ihr seid ist das Problem, sondern was ihr seid.« Luca richtete sich wieder auf.

»Was denn? Das war's? Hilf mir hier raus, du Arschloch!« Er hämmerte mit der Faust gegen die Wand.

»Ich denke nicht.«

»Wenn du glaubst, ich bin jetzt ein Problem, dann weißt du noch gar nicht, was ein Problem wirklich ist, Arschloch! Ich werde dir zeigen, was ein richtiges gottverdammtes Problem ist!«

»Genau das habe ich mir gedacht.« Luca schwang seine Schrotflinte herum. Der Lauf der Waffe kam keine sechs Zoll von Spantons Gesicht zur Ruhe. Luca feuerte, bis der Kopf des Gangsters nicht mehr zu erkennen war.

Bruce Spantons Seele schlüpfte aus dem Leichnam seines gestohlenen Körpers, zusammen mit der Seele des rechtmäßigen Besitzers. Substanzlose Geister, die sich wie aufsteigender Rauch über das Wrack der Lokomotive erhoben. Luca blickte geradewegs in durchsichtige Augen, die mit einem Schlag erkannten, daß nach Jahrhunderten verschwendeter Halbexistenz tatsächlich der Tod kam. Er wich dem Blick nicht aus und erkannte seine eigene Schuld an, während das sich windende Gespenst langsam verblaßte und aufhörte zu existieren. Es dauerte höchstens Sekunden, eine Zeitspanne, die ein ganzes Leben voll bitterer Furcht und schmerzender Ablehnung enthielt.

Luca erschauerte unter dem Eindruck plötzlichen Wissens und seiner Gefühle. *Ich habe getan, was ich tun mußte,* sagte er sich selbst. *Jemand mußte Spanton aufhalten. Nichts zu tun hätte bedeutet, mich selbst zu zerstören.*

Die Landarbeiter beobachteten ihn vorsichtig. Ihre Stimmung war gedämpft, während sie darauf warteten, was er als nächstes unternehmen würde.

»Kommt, wir gehen und treiben den Rest von ihnen zusammen«, sagte Luca. »Ganz besonders diesen verdammten Chemiker.« Er marschierte in Richtung des nächsten Waggons los, während er neue Patronen in das leere Magazin seiner Schrotflinte schob.

Die anderen folgten ihm, und sie hielten ihre Waffen fester in den Händen als zuvor.

Cricklade hatte Schreie wie diese seit dem Tag nicht mehr gehört, an dem Quinn Dexter angekommen war. Ein hohes Heulen, wie es nur Frauen unter größten Schmerzen auszustoßen imstande sind, drang aus einem offenen Fenster in den Hof. Die ruhige Luft eines hellen frühen Herbsttages trug das Geräusch weit über die Dächer des Gutshofes. Pferde scheuten in ihren Ställen, und Männer zuckten schuldbewußt zusammen.

Véroniques Fruchtblase war in den frühen Morgenstunden geplatzt, am Tag, nachdem Luca seine Arbeiter nach Colsterworth geführt hatte, um im Kampf gegen die Marodeure zu helfen. Carmitha war seit Tagesanbruch bei ihr gewesen, hinter verschlossenen Türen in einem der schicken Schlafzimmer des Westflügels. Sie schätzte, daß es vielleicht sogar Louises Zimmer gewesen sein mochte; großartig genug war es, mit einem breiten Bett als zentralem Möbel, doch nicht breit genug, um ein richtiges Doppelbett darzustellen (ein Ding der Unmöglichkeit für eine unverheiratete Landbesitzerstochter!) Nicht, daß Louise ihr Zimmer jetzt in Anspruch hätte nehmen können. Véronique lag mitten auf dem Bett, und Cook befeuchtete ihr schmerzverzerrtes Gesicht mit einem kleinen Handtuch. Alles andere lag bei Véronique und Carmitha. Und dem Baby, das offensichtlich keine besondere Eile mit seinem Erscheinen hatte.

Wenigstens war Carmitha dank ihrer neuen Sinne imstande zu sehen, daß es richtig herum lag für die Geburt und daß sich die Nabelschnur nicht um seinen Hals gewickelt hatte. Und daß es keine anderen offensichtlichen Komplikationen gab. Damit blieb ihr im Grunde genommen nichts weiter zu tun als Zuversicht auszustrahlen und der werdenden Mutter gut zuzureden. Sie hatte schließlich bereits bei einem guten Dutzend natürlicher Geburten geholfen, was für jeden Beteiligten ein großer Trost war. Irgendwie – vielleicht weil Véronique sie wie eine Kreuzung zwischen ihrer längst toten Mutter und einer voll ausgebildeten Gynäkologin ansah – war Carmitha nie dazu gekommen zu erzählen, daß ihre Hilfe lediglich darin bestanden hatte, Handtücher zu reichen, wenn sie verlangt wurden und hinterher für die eigentliche Geburtshelferin aufzuwischen.

»Ich kann den Kopf sehen«, sagte Carmitha aufgeregt. »Jetzt mußt du mir einfach nur vertrauen.«

Véronique schrie erneut. Der Schrei ging in ein wütendes Wimmern über. Carmitha legte die Hand über den geschwollenen Leib der jungen Frau und wandte ihre energistische Kraft an, indem sie bei den Wehen mithalf zu pressen. Véronique schrie weiter, während das Kind kam. Irgendwann brach sie in Tränen aus.

Es ging ein gutes Stück schneller als bei einer gewöhnlichen Geburt, dank Carmithas Hilfe. Sie bekam das Kind zu fassen und zog sanft, um die letzten Augenblicke für die erschöpfte Mutter erträglicher zu machen. Anschließend war es die übliche hektische Routine von Durchschneiden der Nabelschnur und Verknoten. Véronique schluchzte voller Glück. Leute kamen mit Handtüchern herein und lächelten beglückwünschend. Das Baby abwischen. Den Mutterkuchen herausholen. Endloses Aufwischen.

Neu war, daß sie ein wenig energistische Kraft zum Heilen der kleinen Risse in Véroniques Vaginawänden einsetzte. Nicht zu viel; Carmitha machte sich immer noch Sorgen wegen der langfristigen Nebenwirkungen, die selbst schwache Heilversuche auslösen mochten. Wenigstens mußte sie nicht nähen. Als Carmitha schließlich mit dem Aufräumen fertig war, lag Véronique auf sauberen Laken und hielt ihre kleine Tochter mit der klassischen Aura erschöpfter Glückseligkeit in den Armen. Und einem ruhigen Bewußtsein.

Carmitha studierte sie einen Augenblick lang schweigend. Nichts mehr war zu spüren von der inneren Zwietracht und Pein, verursacht von einer Possessorseele, die ihren Wirt rücksichtslos vergewaltigte. Irgendwann im Verlauf der Schmerzen und des Blutes und der Freude waren die beiden Eins geworden, waren voller Glückseligkeit über das neue Leben auf jeder Ebene miteinander verschmolzen.

Véronique lächelte scheu zu Carmitha auf. »Ist sie nicht wundervoll?« fragte sie und blickte auf ihr verschlafenes Töchterchen. »Ich bin dir ja so dankbar.«

Carmitha setzte sich auf die Bettkante. Es war unmöglich, das kleine verschrumpelte Gesicht nicht anzulächeln, so unschuldig und so überwältigt von seiner brandneuen Umgebung. »Sie ist wundervoll. Wie wirst du sie nennen?«

»Jeanette. Diesen Namen hat es in unser beider Familien gegeben.«

»Ich verstehe. Das ist gut.« Carmitha küßte das Baby auf die Stirn. »Ihr beide werdet euch jetzt ein wenig ausruhen. Ich komme in einer Stunde oder so wieder und sehe nach euch.«

Sie wanderte durch das Herrenhaus und in den Hof hinaus. Dutzende von Leuten hielten sie unterwegs an und erkundigten sich, wie es gelaufen war und ob Mutter und Kind wohlauf waren. Sie war glücklich, endlich einmal gute Nachrichten überbringen zu können und dadurch zu helfen, einen Teil der Sorge und der Anspannung zu mildern, der über Cricklade lastete.

Luca fand sie in der offenen Tür an der Rückseite ihres Wohnwagens, wo sie tiefe Züge von einem Joint inhalierte. Er lehnte sich gegen das große hintere Rad und verschränkte die Arme vor der Brust, während er auf sie herabsah. Sie bot ihm den Joint an.

»Nein danke«, lehnte er ab. »Ich wußte gar nicht, daß du so etwas machst.«

»Nur hin und wieder, wenn es etwas zu feiern gibt. Hier auf Norfolk gibt es nicht besonders viel Gras, weißt du? Wir müssen vorsichtig sein, wenn wir es anbauen. Ihr Landbesitzer seid sehr streng mit den Lastern anderer Menschen.«

»Ich bin nicht gekommen, um mit dir zu streiten. Ich habe gehört, das Baby ist angekommen?«

»Das ist es, ja. Es ist ein prachtvolles Mädchen. Genau wie Véronique. Jetzt.«

»Jetzt?«

»Sie und Olive haben sich allem Anschein nach versöhnt. Sie sind Eins geworden. Eine Persönlichkeit. Ich schätze, das wird so oder ähnlich früher oder später mit euch allen passieren.«

»Ha!« Luca grunzte bitter. »Da irrst du dich aber gewaltig, Frau. Ich habe heute Menschen getötet. Butterworth fürchtet sich zu Recht wegen seiner Gesundheit. Wenn der Körper hier in diesen Universum stirbt, dann stirbt die Seele mit ihm. Keine Geister, keine Unsterblichkeit, nur Tod. Wir haben es vermasselt. Wir hatten unsere eine große Chance, hinzugehen, wohin wir wollten – und wir sind hier gelandet.«

Carmitha stieß einen langen Atemzug voller süßlichem Rauch aus. »Ich schätze, ihr seid genau dort, wo ihr hinwolltet.«

»Rede keinen Unsinn, Frau.«

»Ihr seid dort gelandet, wo wir die menschliche Rasse von Anfang an gesehen haben. Was hier existiert ist alles, was wir hatten, bevor die Menschen anfingen, Dinge zu erfinden und elektrischen Strom zu benutzen. Es ist die Art von endlicher Welt, in der sich Menschen sicher fühlen. Es gibt ein wenig Magie, aber sie ist nicht zu viel nutze. Nur sehr wenige Maschinen funktionieren, nichts Kompliziertes, und mit Sicherheit keine Elektronik. Und der Tod ... der Tod ist real. Zur Hölle, wir haben sogar wieder Götter auf der anderen Seite des Himmels. Götter mit Kräften, die über alles hinausgehen, was hier möglich ist, nach unserem eigenen Ebenbild geschaffen. In ein paar Generationen werden es nur noch Gerüchte sein. Legenden, die erzählen, wie diese Welt erschaffen wurde, wie sie in hellem rotem Feuer aus der schwarzen Leere gerast kam. Was ist das, wenn nicht ein neuer Anfang in einer Wellt voller Unschuld? Dieser Ort ist nicht für euch gemacht, das war er nie. Ihr habt den biologischen Imperativ neu erfunden, und diesmal bedeutet er tatsächlich etwas. Was ihr seid, könnt ihr nur durch eure Kinder weitergeben. Jeder Augenblick muß in seiner Gänze ausgekostet werden, weil er nicht wiederkehrt.« Sie nahm einen weiteren Zug, und das Ende des Joints glühte hellrot auf. Kleine Funken spiegelten sich in ihren fröhlichen Augen. »Mir gefällt diese Vorstellung ausgesprochen gut. Dir nicht?«

Stephanies Schußwunde war weit genug verheilt, daß sie wieder im Lager umherwandern konnte; gemeinsam mit Moyo und Sinon drehte sie zweimal am Tag die Runde. Ihr kleines abgeschlossenes Refugium war auf chaotische

Weise gewachsen, je mehr Deserteure aus Eklunds Armee eingetroffen waren. Inzwischen erstreckte sich ein Gewirr von Schlafsäcken über den gesamten Hügel am Rand der Klippe. Die Neuankömmlinge neigten dazu, in kleinen Gruppen unter sich zu bleiben und drängten sich um die kleinen Stapel von was auch immer sie aus Ketton mitgebracht hatten. Die Serjeants bestanden lediglich auf einer einzigen Regel: Jeder, der Asyl vor der Eklund suchte, mußte seine echten Waffen bei der Ankunft abliefern. Niemand hatte genügend Einwände, um wieder zurückzukehren.

Während Stephanie die Gruppen gedrückter Menschen umkreiste, fing sie genügend Fragmente von Unterhaltungen auf, um zu erraten, was einen Deserteur erwartete, der dumm genug war, zur Eklund zurückzukehren. Annette Eklunds Verfolgungswahn wuchs in besorgniserregendem Maße. Und Tinkerbells Auftauchen hatte nicht geholfen, im Gegenteil. Offensichtlich hatte sie auf das Kristallwesen geschossen. Das war der Grund, weshalb es zurück in die leere Helligkeit geflüchtet war.

Als hätten sie in ihrer gegenwärtigen mißlichen Lage nicht schon genug Sorgen, kam jetzt noch die nicht geringe Wahrscheinlichkeit hinzu, daß die Eklund einen Krieg anzettelte.

»Ich vermisse ihn ebenfalls«, sagte Moyo mitfühlend. Er drückte Stephanies Hand in dem Versuch, sie zu trösten.

Sie lächelte schwach, dankbar, daß er ihre melancholischen Gedanken aufgenommen hatte. »Ein paar Tage ohne ihn, und wir zerstreiten uns alle heillos.« Sie verstummte und atmete tief durch. Vielleicht war ihre Genesung doch noch nicht so weit fortgeschritten, wie sie sich das gewünscht hätte. »Kommt, wir gehen wieder zurück«, sagte sie. Diese kleinen Spaziergänge hatten angefangen, weil sie den Neuankömmlingen ein Gefühl von Identität vermitteln und ihnen zeigen wollten, daß sie alle Teil einer großen neuen Familie waren. Stephanie war diejenige, zu der alle kamen, und sie wollte ihnen demonstrieren, daß sie Zeit hatte für jeden, der ihren Rat oder ihre Hilfe suchte. Die meisten erkannten sie wieder, als sie vorbeiging. Doch inzwischen waren es einfach zu viele geworden, und die Serjeants mußten für ihre Sicherheit garantieren. Stephanies Rolle hatte sich in Nichts aufgelöst. *Gott hilf mir, daß ich nicht anfange, meine eigene Bedeutung hochzuspielen wie die Eklund.*

Sie drehten um und kehrten zu dem kleinen Lager zurück, wo ihre Freunde über Tina wachten. Ein kleines Stück weiter bildeten die Serjeants eine Kette von Beobachtern, die nach Tinkerbell Ausschau hielten. Die Kette deckte inzwischen fast ein Fünftel des gesamten Randes ab, und Sinon berichtete, daß der Mini-Konsensus überlegte, Serjeants rings um den Felsen zu postieren. Als sie fragte, ob die Eklund das nicht als bedrohliche Aktion betrachten könne, schüttelte das große BiTek-Konstrukt bloß die Schultern. »Es gibt Dinge, die sind um einiges wichtiger als die Neurosen dieser Frau.«

»Das war aber eine schnelle Inspektionstour«, bemerkte Franklin, als sie wieder im Lager waren.

Stephanie führte Moyo zu einer gemütlichen Sitzposition ein paar Meter von Tinas improvisiertem Krankenlager entfernt, und breitete neben ihm eine Decke aus. »Ich bin wirklich kein besonders inspirierender Anblick mehr«, sagte sie.

»Aber selbstverständlich bist du das«, widersprach Tina.

Sie mußten sich anstrengen, um ihre Stimme zu hören. Tinas Zustand hatte sich weiter verschlimmert. Die Serjeants, das wußte Stephanie, hatten sie bereits aufgegeben und bemühten sich nur noch, das, was sie als Tinas letzte Tage betrachteten, so erträglich wie möglich zu gestalten. Und obwohl Rana die Hand ihrer

Freundin kaum jemals losließ, übte sie keinerlei energistische Macht aus außer einem allgemeinen Wunsch, daß Tina wieder genesen möge. Jeder aktive Eingriff in die zerschmetterten inneren Organe würde die Dinge wahrscheinlich nur noch schlimmer machen. Tina besaß nicht mehr die Willenskraft, irgendeine Form körperlicher Illusion aufrechtzuerhalten. Ihre krankhaft blasse Haut war für jeden frei sichtbar, während sie mühsam nach Luft rang. Sie wurde immer noch intravenös ernährt, obwohl ihr Körper entschlossen schien, jede Flüssigkeit schneller auszuschwitzen, als er sie aufnehmen konnte.

Sie alle wußten, daß es jetzt nicht mehr lange dauern konnte.

Stephanie war wütend auf sich selbst, weil sie sich bei dem Gedanken ertappte, was wohl mit Tina geschehen würde: ob ihre Seele wieder in das Jenseits zurückkehren oder hier gefangen sein oder ob sie einfach endgültig sterben würde. Ein legitimes Interesse angesichts ihrer Situation, doch Stephanie war sicher, daß Tina das Schuldgefühl in ihrem Bewußtsein spüren konnte.

»Wir ziehen immer noch Eklunds Ausgemusterte an«, berichtete Stephanie. »Wenn das so weitergeht, sind in spätestens einer Woche alle hier.«

»Was für eine Woche?« brummte McPhee leise. »Merkst du denn nicht, wie die Luft immer schlechter wird?«

»Wir besitzen im Augenblick keinerlei Möglichkeit, die Konzentration an Kohlendioxid in der Luft zu messen«, sagte Choma.

»Na und? Und was tut ihr sonst noch, um uns weiterzuhelfen?« McPhee deutete auf die Reihe regloser Serjeants entlang der Klippen. »Außer, daß ihr diese Irre noch paranoider macht?«

»Unsere Anstrengungen dauern an«, sagte Sinon. »Wir sind noch immer um einen Weg bemüht, ein Wurmloch zu öffnen, und unsere Beobachtungsaktivitäten haben wir ebenfalls verstärkt.«

»Wir setzen unsere verdammten Hoffnungen auf eine Märchenfee! Offensichtlich weicht uns dieses Universum langsam, aber sicher die Gehirne auf!«

»Dieser Name ist vollkommen unzutreffend, obwohl es aus Cochranes Sicht verständlich erscheint, wie er darauf kommen konnte.«

»Das bedeutet also, ihr habt immer noch nicht herausgefunden, was es war«, sagte Moyo.

»Unglücklicherweise nicht, nein. Obwohl die Tatsache an sich, daß in diesem Universum eine Intelligenz existiert, eine ermutigende Entwicklung darstellt.«

»Wenn du das sagst.« Er wandte sich ab.

Stephanie kuschelte sich dichter an Moyo und genoß die instinktive Art und Weise, wie er den Arm um ihre Schultern legte. Mit ihm zusammen zu sein machte das schreckliche Warten ein wenig erträglicher. Sie wußte nur nicht genau, was sie sich sehnlicher wünschte. Sie hatten zwar nicht offen darüber gesprochen, doch die Serjeants würden wahrscheinlich versuchen, ein Wurmloch zurück nach Mortonridge zu öffnen. Und das konnte für die Besessenen wohl kaum die Rettung bedeuten. Da war es vielleicht besser hierzubleiben, bis das Kohlendioxid in der Luft eine tödliche Konzentration erreicht hatte.

Sie warf einen weiteren schuldbewußten Blick zu Tina.

Drei Stunden später war das Warten zu Ende. Diesmal sahen die Serjeants es als erste kommen. Ein Tumult aus winzigen blendenden Kristallen schoß unter dem Rand des Felsens hervor und senkrecht in die Höhe. Sie brachen über die Klippe wie ein lautloser weißer Feuersturm. Tausende von ihnen kurvten durch die Luft und schossen dann nach unten, um sich über dem Lager auszubreiten und langsamer zu werden, bis sie dicht über den Köpfen der erstaunten Menschen und Serjeants zum

Stillstand kamen. Plötzlich vervierfachte sich die Helligkeit noch, so daß Stephanie ihre Augen mit der Hand abschirmen mußte. Nicht, daß es gegen das grelle Funkeln viel genutzt hätte. Selbst der graubraune Boden strahlte.

»Und was jetzt?« fragte sie Sinon.

Der Serjeant beobachtete den Wirbel von Kristallen, die träge über ihren Köpfen schwebte, und teilte seine Informationen mit den anderen. Es war kein Muster in den Bewegungen zu erkennen. »Ich weiß es nicht.«

– **Sie beobachten uns genauso, wie wir sie beobachten**, sagte Choma. – **Es muß sich um eine Art Sonde handeln.**

– **Sehr wahrscheinlich**, sagte Sinon.

– **Irgend etwas kommt auf uns zu**, warnten die Serjeants entlang der Klippe.

Eine Scheibe aus reinem Licht expandierte von der Unterseite des Felsens her. Sie hätte sich unmöglich dort verstecken können; ihr Durchmesser betrug sicherlich mehr als hundert Kilometer. Der Effekt war ähnlich einem adamistischen Schiff, das nach einem ZTT-Sprung materialisierte, doch es geschah viel, viel langsamer.

Nachdem die Ausdehnung geendet hatte, stieg die Scheibe parallel zur Klippe in die Höhe. Eine kalte, hell strahlende Sonne glitt über den Horizont und erfüllte ein Drittel des Himmels. Es war keine massive Kugel; hinter der alles überstrahlenden Helligkeit waren geometrische Körper wie Schneeflocken zu erkennen, die sich wahllos bewegten. Die kleinen Kristalle glitten auseinander und rasten über die Landschaft davon, bis nichts mehr zwischen dem Lager und dem gigantischen Besucher stand. Tief in seinem Inneren eruptierten schillernde Fontänen und schossen wie Pilze zu der prismatischen Oberfläche hinauf. Streifen und Flecken tanzten umeinander und kämpften um Ordnung innerhalb des gewaltigen Chaos aus Licht.

Es war die schiere Größe des Bildes, in das sie miteinander verschmolzen, die Stephanie eine Zeitlang am Erkennen hinderte. Ihre Augen weigerten sich einfach, an das Gehirn weiterzuleiten, was sie sahen.

Cochranes Gesicht. Es lächelte aus einer Höhe von dreißig Kilometern zu ihnen herab.

»Hi, Leute«, sagte er. »Ratet mal, was ich entdeckt habe.«

Stephanie fing an zu lachen. Mit dem Handrücken wischte sie sich die Tränen aus dem Gesicht.

Die Kristallkugel trieb näher an Ketton heran und wurde dabei dunkler. Als sie nur noch ein paar Meter von der Klippe entfernt war, verdunkelte sich eine winzige kreisrunde Sektion vollständig und glitt in einer flüssigen Bewegung beiseite.

Auf Cochranes Drängen hin traten Stephanie und ihre Freunde zusammen mit Sinon und Choma durch die Öffnung. Der kreisrunde Tunnel besaß glatte Wände aus klarem Kristall, die von dünnen grünen Platten unterteilt waren. Nach vielleicht hundert Metern öffnete er sich zu einer breiten, linsenförmigen Kaverne von sicherlich einem Kilometer Durchmesser. Hier glommen die langen Risse aus Licht unter ihren Füßen purpurn, kupferfarben und azurblau und bildeten ein kontinuierliches Geflecht, das in den Korridor hinein verschmolz. Nirgendwo war eine Spur von dem furchtbaren Licht, das die Außenhülle abstrahlte, und doch konnten sie ungehindert nach draußen sehen. Der Felsen von Ketton war deutlich erkennbar, wenn auch ein wenig verzerrt von den kompakten Facetten aus Kristall.

Eines der roten Lichtpaneele, die die Kaverne durchzogen, begann zu wachsen, und der Kristall in seiner Umgebung löste sich einfach auf. Cochrane spazierte aus der entstehenden Öffnung. Er grinste über das ganze Gesicht. Stephanie rannte auf ihn zu und wurde von seiner Umarmung fast zerdrückt.

»Mann! Ist das gut, dich wiederzusehen, Baby!«

»Dich auch«, flüsterte sie leise.

Er ging zum Rest der Gruppe und begrüßte alle überschwenglich; selbst die Serjeants bekamen einen Handschlag ab.

»Cochrane, was zur Hölle ist dieses Ding?« fragte Moyo.

»Erkennst du es nicht wieder?« fragte der Hippie in gespielter Überraschung. »Das ist Tinkerbell, Kumpel! Stell dir vor, es hat sich einfach invertiert oder sowas, seit ihr uns das letzte Mal gesehen habt.«

»Invertiert?« fragte Sinon. Er blickte sich unablässig in der Kammer um und teilte seine Beobachtung mit den anderen draußen.

»Seine physikalische Dimension, ja. Es besitzt eine ganze Wagenladung voller schicker Eigenschaften, von denen ich nicht das geringste verstehe. Ich glaube, wenn es will, kann es noch ein ganzes Stück größer werden als jetzt. Echt kosmisch, nicht wahr?«

»Aber was *ist* es?« fragte Moyo ungeduldig.

»Ah.« Cochrane gestikulierte unsicher in die Runde. »Nun ja, wißt ihr, der Informationsfluß war irgendwie größtenteils einseitig. Aber Tinkerbell kann uns helfen. Glaube ich.«

»Tina stirbt«, sagte Stephanie abrupt. »Gibt es eine Möglichkeit, ihr zu helfen?«

Die Glöckchen an Cochranes Hosenschlägen klingelten leise, als er mit den Füßen scharrte. »Sicher, Mann, du mußt nicht so schreien. Ich weiß selbst ganz gut, was mit Tina los ist.«

»Die kleineren Kristalle versammeln sich um Tina«, berichtete Sinon. Er teilte die Sicht der Serjeants, die sich um die Verwundete kümmerten. »Es sieht so aus, als wollten sie sie einhüllen.«

»Können wir direkt zu diesem Tinkerbell-Ding reden?« fragte Choma.

»Das könnt ihr«, antwortete eine klare Frauenstimme, die von überall zugleich zu kommen schien.

»Danke sehr«, sagte der Serjeant ernst. »Wie nennst du dich?«

»Ich wurde auf den Namen Tinkerbell getauft, in eurer Sprache.«

Cochrane wand sich unter den Blicken, die auf ihn gerichtet waren. »Was denn?«

»Also schön«, sagte Choma. »Tinkerbell, wir würden gerne wissen, was du bist?«

»Die beste Analogie wäre vielleicht, daß ich eine Persönlichkeit wie die Multiplizität eines edenitischen Habitats besitze. Ich bin in viele Sektionen untergliedert, und ich bin genauso Eins wie mannigfaltig.«

»Sind die kleinen Kristalle dort draußen Segmente von dir?«

»Nein. Sie sind andere Mitglieder meiner Spezies. Ihre physikalische Dynamik befindet sich in einer anderen Phase als die meine, wie Cochrane es bereits erklärt hat.«

»Hat Cochrane dir erzählt, wie wir hierhergekommen sind?«

»Ich habe seine Erinnerungen assimiliert. Es ist lange Zeit her, daß ich einem organischen Wesen begegnet bin, doch ich habe seiner neuralen Struktur während des Leseprozesses keinerlei Schäden zugefügt.«

»Wie kannst du das wissen?« murmelte Rana. Cochrane zeigte ihr grinsend den erhobenen Daumen.

»Dann verstehst du also unsere mißliche Lage«, meldete sich Stephanie zu Wort. »Gibt es einen Weg zurück in unser Universum?«

»Ich kann ein Tor für euch öffnen, ja.«

»O Gott!« Sie sackte gegen Moyo, überwältigt vor Erleichterung.

»Allerdings denke ich, daß ihr zuerst euren Konflikt lösen solltet. Bevor unsere Existenz in diesem Universum begann, waren wir biologisch wie ihr. Unsere Rasse hat die gleichen Ursprünge wie die eure; diese Gemeinsamkeit gestattet mir, die ethischen und moralischen Gesichtspunkte eurer gegenwärtigen Stufe der Evolution zu bewerten. Die dominanten Bewußtseine haben sich diese Körper gegen den Willen der rechtmäßigen Besitzer angeeignet. Das ist falsch.«

»Genau wie das Jenseits«, brüllte McPhee los. »Niemand bringt mich freiwillig dorthin zurück!«

»Das wird auch nicht nötig sein«, antwortete Tinkerbell. »Ich kann euch mehrere Alternativen anbieten.«

»Du sagst, ihr wärt früher einmal biologische Wesen wie wir gewesen«, sagte Sinon. »Werden wir alle uns eines Tages zu deiner gegenwärtigen Form in diesem Universum entwickeln?«

»Nein. In diesem Universum gibt es keine Evolution. Wir haben uns vor langer Zeit dazu entschlossen, hierher zu kommen. Wir haben diese Form bewußt gewählt, um unser Bewußtsein in Verbindung mit den Energiemustern zu konservieren, aus denen die Seele besteht. Wir sind vollständig und praktisch unsterblich.«

»Dann hatten wir recht«, sagte Moyo. »Dieses Universum ist eine Art Himmel.«

»Nicht im klassisch menschlich-religiösen Sinn«, widersprach Tinkerbell. »Es gibt keine Königreiche mit göttlichen Wesen, die über allem wachen, nicht einmal verschiedene Ebenen der Ekstase und Bewußtheit, durch die sich eure Seelen erheben könnten. Im Gegenteil, dieses Universum ist recht lebensfeindlich für nackte Seelen. Das Energiemuster löst sich sehr schnell auf. Wenn ihr hier sterbt, dann ist es endgültig.«

»Aber wir wollten zu einem Zufluchtsort!« beharrte McPhee. »Das war es, was wir uns gewünscht haben, als wir den Weg hierher geöffnet haben.«

»Ein Wunsch, der im Prinzip erfüllt wurde, wenn auch nicht in der Substanz. Wärt ihr zusammen mit einem Planeten hier eingetroffen, dann hätten seine Atmosphäre und Biosphäre euch für Tausende von Generationen am Leben gehalten – wenigstens so lange, wie es eine Sonne getan hätte. Dieses Universum ist stabil und langlebig. Das ist der Grund, weshalb wir hergekommen sind. Aber wir waren auf unser neues Leben vorbereitet. Ihr hingegen kamt mit nichts außer einem nackten Klumpen Fels.«

»Du sprichst von Veränderung«, sagte Sinon. »Und du weißt, was Seelen sind. Ist eure Form der Existenz die Antwort auf unser Problem? Soll unsere Rasse lernen, sich in Entitäten zu verwandeln wie ihr es seid?«

»Es wäre eine Antwort, gewiß. Ob ihr jedoch bereit wärt, eure Errungenschaften zu opfern, um unseren Zustand zu erreichen, das bezweifle ich. Ihr seid eine junge Spezies, und ihr habt noch großes Potential in euch. Wir waren bereits alt. Wir waren alt und in Stagnation, und das sind wir immer noch. Das Universum, in dem wir geboren wurde, enthielt keine Geheimnisse mehr für uns. Wir kennen seinen Ursprung und seine Bestimmung. Deshalb sind wir hergekommen. Diese Sphäre hier ist im Einklang mit uns, es besitzt unser Tempo. Wir werden hier bleiben bis zum Ende unserer Existenz und beobachten, was zu uns kommt. Das ist unsere Natur. Andere Rassen und Kulturen würden den Weg in die Dekadenz oder Transzendenz vorziehen. Ich frage mich, für welchen Weg ihr euch entscheiden werdet, wenn eure Zeit gekommen ist?«

»Für die Transzendenz, hoffe ich doch«, antwortete Sinon. »Aber wie du bereits gesagt hast, wir sind eine junge Rasse, längst nicht so reif wie die deine. Wahrscheinlich ist es ganz normal für Wesen wie uns, von einem positiven Schicksal zu träumen.«

»Darin hast du recht.«

»Kannst du uns eine wirksame Lösung für das Problem der Possession nennen, dem unsere Spezies gegenwärtig ausgesetzt ist? Wie schicken wir unsere Seelen sicher durch das Jenseits?«

»Unglücklicherweise haben die Kiint recht mit ihrer Aussage, daß eine solche Lösung aus euch selbst heraus kommen muß.«

»Sind eigentlich alle Rassen, die das Problem der Seelen gelöst haben, so moralisch überheblich gegenüber unterlegenen Spezies?«

»Ihr seid nicht unterlegen, nur anders.«

»Aber wie sehen unsere Möglichkeiten aus?« fragte Stephanie.

»Ihr könntet sterben«, antwortete Tinkerbell. »Ich weiß, daß ihr alle den Wunsch danach geäußert habt. Ich kann euch dabei helfen. Ich kann eure Seelen aus den Körpern entfernen, in die sie gefahren sind, und die Natur dieses Universums nimmt ihren Lauf. Euer Wirt erhält seinen rechtmäßigen Körper und kann wieder nach Mortonridge zurückkehren.«

»Gibt es denn keine andere Möglichkeit?« fragte Stephanie. »Das klingt so schrecklich.«

»Eure Seele könnte bei mir in diesem Gefäß Aufnahme finden. Ihr würdet Teil meiner Multiplizität.«

»Wenn du das kannst, warum gibst du uns denn nicht jedem ein eigenes Gefäß?«

»Wir sind zwar so gut wie allmächtig in diesem Universum, doch das übersteigt selbst unsere Fähigkeiten. Das Instrument, das uns hergebracht und unsere Gefäße konstruiert hat, ist vor langer Zeit in unserem alten Universum zurückgeblieben. Wir hatten keine weitere Verwendung mehr dafür, so dachten wir damals.«

»Könnt ihr nicht zurück?«

»Theoretisch, ja. Aber ob wir es wollen, ist eine andere Frage. Außerdem wissen wir nicht, ob das Instrument überhaupt noch existiert. Weiterhin wärt ihr wahrscheinlich gar nicht imstande, euch an ein solches Gefäß zu adaptieren; eure Psyche ist ganz anders.«

»Nichts davon klingt besonders einladend«, sagte Stephanie.

»Für dich vielleicht«, unterbrach sie Choma hastig. »Für die meisten Serjeants hingegen ist die Aussicht, in eine neue Art von Multiplizität zu transferieren, äußerst verlockend.«

»Womit sich eine weitere Option eröffnen würde«, sagte Tinkerbell. »Ich könnte eure Seelen in die leeren Serjeantkörper transferieren.«

»Das klingt schon besser«, sagte Stephanie. »Aber wenn wir zurückkehren, und sei es in Serjeantkörpern, enden wir immer noch irgendwann wieder im Jenseits.«

»Das hängt ganz davon ab. Vielleicht entscheidet eure Rasse bereits vorher, was mit Seelen geschieht, die ihm Jenseits feststecken.«

»Du hältst aber ziemlich viel von uns, wie? Nach unserer bisherigen Geschichte zu urteilen bin ich gar nicht sicher, ob wir das verdient haben. Unsere Spezies interessiert sich nur für Dinge, auf die man schießen kann.«

»Das ist unfair«, sagte Sinon.

»Aber ehrlich. Militärisches Denken hat unsere Regierungen jahrhundertelang verseucht, bevor sie schließlich eins wurden«, warf Rana ein.

»Fangt nicht damit an«, grollte Cochrane. »Das hier ist verdammt wichtig, kapiert?«

»Ich gebe nicht vor zu wissen, was die Zukunft bringt«, sagte Tinkerbell. »Diese Arroganz haben wir zurückgelassen, als wir hergekommen sind. Ihr scheint entschlossen. Das reicht normalerweise.«

»Seid ihr nur deshalb hergekommen, weil ihr das Jenseits umgehen wolltet?« fragte Sinon. »War das die Lösung, die eure Spezies gefunden hat?«

»Nicht im geringsten, nein. Wie ich bereits sagte, wir sind eine sehr alte Spezies, und als wir noch in unserer biologischen Form waren, hatten wir bereits angefangen, uns zu einem Kollektiv aus Kollektiven zu entwickeln.

Wir sammelten jahrtausendelang Wissen, erforschten Galaxien und erforschten verschiedene Dimensionen, die mit unserem eigenen Universum koexistierten. Alles, was eine junge Rasse tut, solange sie dadurch neue Erkenntnisse und Einsichten sammeln kann. Aber irgendwann gab es nichts Neues mehr für uns, lediglich Variationen des immer Gleichen, das wir bereits Millionen Male gesehen hatten. Unsere Technologie war perfekt, unser Intellekt vollständig. Wir hörten auf, uns zu reproduzieren, weil es keinen Grund mehr gab, neue Bewußtseine in das Universum einzubringen. Sie hätten immer nur ein Erbe besitzen, aber niemals selbst etwas entdecken können. An diesem Punkt sterben viele Rassen zufrieden aus, und ihre Seelen gehen in das Jenseits. Wir entschieden uns für diese Transzendenz, die letzte Leistung unserer technologischen Meisterschaft. Ein Instrument, das imstande war, das Bewußtsein aus einem biologischen Wirt zu entfernen und mitsamt der Seele in diesen Zustand zu übertragen, war selbst für uns eine Herausforderung. Ihr könnt lediglich die physischen Aspekte dieses Gefäßes wahrnehmen, und selbst diese liegen im Widerspruch zu dem, was ihr zu begreifen glaubt. Was ihr euch bereits selbst eingestanden habt, wie ich denke.«

»Aber warum die Mühe und ein Instrument erschaffen? Wir sind allein durch Willenskraft hergekommen.«

»Eure energistischen Kräfte sind extrem grob und unbeholfen. Unsere Gefäße können in unserem alten Universum nicht einmal existieren; die erforderlichen Energiemuster haben dort keine Entsprechung. Ihre Konstruktion erfordert eine große Menge Geschick.«

»Was ist mit anderen? Habt ihr andere Lebensformen entdeckt?«

»Sogar sehr viele. Einige sind wie wir und haben das alte Universum hinter sich gelassen. Andere sind wie ihr, hergespült durch Zufall oder Mißgeschick. Andere unterscheiden sich wieder von allen. Es gibt sogar Besucher hier, Entitäten, die noch viel weiter fortgeschritten sind als wir und die durch zahlreiche Universen reisen.«

»Ich glaube, ich würde sie gerne sehen«, sagte Choma. »Und wissen, was du weißt. Ich möchte mich dir anschließen, wenn ich darf.«

»Du bist willkommen«, sagte Tinkerbell. »Was ist mit den anderen?«

Stephanie blickte ihre Freunde an und versuchte, ihre Reaktionen auf Tinkerbells Angebote abzuschätzen. Sie alle waren unsicher, und sie warteten auf Stephanies Entscheidung. Wieder einmal.

»Gibt es noch andere Menschen hier?« fragte sie. »Vielleicht Planeten?«

»Durchaus möglich« antwortete Tinkerbell. »Obwohl ich bis jetzt keine gesehen habe. Dieses Universum ist nur eines von vielen, welche den von euch geforderten Parametern genügen.«

»Und wir können nirgendwo anders Zuflucht suchen?«

»Nein.«

Stephanie nahm Moyos Hand in die ihre und zog ihn dicht zu sich. »Also gut. Ich schätze, es ist an der Zeit, den Tatsachen ins Gesicht zu sehen.«

»Ich liebe dich«, sagte Moyo. »Ich möchte einfach nur bei dir sein. Du bist mein Paradies.«

»Ich werde keine Entscheidung für euch treffen«, sagte sie zu ihren Freunden. »Das müßt ihr schon selbst tun. Ich für meinen Teil werde einen Serjeantkörper annehmen, wenn ich einen bekomme, und damit nach Mortonridge zurückkehren. Falls ich keinen bekomme, sterbe ich hier in diesem Universum. Mein Wirt erhält seine Freiheit und seinen Körper zurück.«

10. Kapitel

Eine Zivilisation, die nicht an regelmäßige interstellare Reisen gewohnt war, würde die Ankunft eines einzelnen Raumschiffs wohl kaum als eine Bedrohung betrachten. Was dieses Raumschiff jedoch repräsentierte, das Potential, das sich dahinter verbarg, war eine ganz andere Sache. Eine paranoide Spezies konnte in der Tat ziemlich übel auf ein derartiges Ereignis reagieren.

Es war ein Faktor, den Joshua fest im Hinterkopf behielt, als die *Lady Macbeth* nach ihrem Sprung in einhunderttausend Kilometern Höhe über der Scheibenstadt materialisierte. Deswegen blieb das Schiff auch in der ersten Minute nach der Ankunft vollkommen inaktiv, bis auf die passive Ortung. Keine Partikel oder Artefakte trieben in der unmittelbaren Nähe, und kein Xeno-Sensor richtete seine Strahlen auf den Rumpf.

»Dieser ursprüngliche Radarpuls ist alles, was ich bis jetzt auffangen konnte«, meldete Beaulieu. »Sie haben uns nicht entdeckt.«

»Wir sind startklar«, berichtete Joshua der *Oenone* und Syrinx. Jegliche Kommunikation zwischen den beiden Schiffen fand via Affinität statt; die BiTek-Prozessoren in der elektronischen Ausrüstung der *Lady Macbeth* übertrugen ihre Informationen mit mindestens der gleichen Effizienz an die *Oenone* wie ein Standard-Datavis-Kanal. Das BiTek-Raumschiff hatte das gesamte Affinitätsband abgesucht und seine Empfindlichkeit bis zum Maximum erhöht.

Es herrschte absolute Stille. Soweit die *Oenone* feststellen konnte, besaßen die Tyrathca keine Affinitätstechnologie.

»Wir sind bereit zum Eintauchen«, antwortete Syrinx. »Rufen Sie, wenn Sie uns brauchen.«

»In Ordnung, Leute«, wandte sich Joshua an seine Besatzung. »Wir gehen nach Plan vor.«

Sie machten die *Lady Macbeth* einsatzbereit. Wärmeleitpaneele wurden ausgefahren und strahlten die gesammelte Hitze des Schiffes auf der der Photosphäre abgewandten Seite ab, und Sensorbäume schoben sich aus dem Rumpf. Joshua benutzte die hochauflösenden Systeme, um die Scheibenstadt genau anzupeilen. Bis jetzt hatte er noch keine aktiven Sensoren eingesetzt. Nachdem er ihre Position bis auf ein paar Meter genau bestimmt hatte, übertrug er die Navigationsdaten auf mehr als ein Dutzend getarnter ELINT-Satelliten, die er an Bord der *Lady Macbeth* mitführte. Sie wurden durch ein Abschußrohr ausgesetzt und segelten einen halben Kilometer antriebslos durch das All, bevor ihre Fusionsaggregate zündeten und sie auf einer dünnen blauen Flamme in Richtung der Scheibenstadt sandten. Sie würden fast einen ganzen Tag benötigen, um in eine annehmbare Operationsentfernung zu kommen und nützliche Daten von der abgewandten Seite des Artefakts zu übertragen. Joshua und Syrinx hielten es für unwahrscheinlich, daß die Bewohner der Scheibenstadt in der Lage waren, die winzigen Sonden zu entdecken, selbst wenn sie ihre aktiven Sensoren auf den Raum rings um die *Lady Macbeth* fokussierten. Es war eines der akzeptableren Risiken, die diese Mission mit sich brachte.

Nachdem die Sonden ausgesetzt waren, schaltete Joshua die aktiven Sensoren des Raumschiffes ein und tastete den umliegenden Raum erneut ab. »Jetzt sind wir offiziell eingetroffen«, sagte er zu den anderen.

»Ich richte die Hauptschüssel aus«, meldete Sarha. Sie folgte dem Gitterbild und wartete, bis die Koordinaten auf die Scheibenstadt zeigten.

Joshua befahl dem Bordrechner per Datavis, ihre Botschaft abzusetzen. Es war eine einfache Begrüßungsformel, ein Text in der Sprache der Tyrathca, der über ein breites Frequenzband übertragen wurde. Aus der Nachricht ging hervor, wer sie waren, woher sie kamen und daß die Menschen freundschaftliche Beziehungen zu den Tyrathca von Tanjuntic-RI unterhielten, gefolgt von der Bitte, den Ruf zu beantworten. Die Anwesenheit der *Oenone* wurde vorerst verschwiegen.

Sie schlossen Wetten ab, wie lange eine Antwort auf sich warten lassen würde, ja sogar wie sie lauten würde oder ob sie statt dessen nur eine Salve Raketen bekämen. Niemand hatte auch nur einen Cent darauf verwettet, daß sie aus acht verschiedenen Sektionen der Scheibenstadt acht völlig verschiedene Antworten erhalten könnten.

»Verständlich ist es trotzdem«, sagte Dahybi schlußendlich. »Die Tyrathca sind immerhin eine Clan-Spezies.«

»Aber sie müssen eine einheitliche Verwaltungsstruktur besitzen, um einen Artefakt wie diesen funktionsfähig zu erhalten«, protestierte Ashly. »Anders ist so etwas gar nicht möglich.«

»Kommt darauf an, was sie aneinander bindet«, entgegnete Sarha. »Etwas von dieser Größe kann wohl kaum die effizienteste Möglichkeit sein.«

»Aber warum haben sie es dann überhaupt erst gebaut?« fragte Ashly.

Oski leitete die Antworten durch das Übersetzungsprogramm. »Ein paar Abweichungen im Vokabular, der Syntax und Symbologie unserer Tyrathca« stellte sie fest. »Aber es sind ja auch fünfzehntausend Jahre vergangen. Trotzdem besitzen wir eine erkennbare Basis, die wir zur Arbeit benutzen können.«

»Ich bin ja richtig froh, daß sich etwas verändert hat«, murmelte Liol. »Es war schon richtig unheimlich, daß bei diesen Typen immer alles so unveränderlich gleich geblieben ist.«

»Aber es ist nur eine Tendenz, keine wirkliche Veränderung«, belehrte ihn Oski. »Und sehen Sie sich diese Scheibenstadt ruhig genauer an. So etwas könnten wir leicht nachbauen, wahrscheinlich sogar eine ganze Ecke besser, wie Sarha sagt. Sie demonstriert lediglich Expansion, aber nicht Entwicklung. Es hat keinen wirklichen technologischen Fortschritt gegeben, genausowenig wie in ihren Kolonien und den Archen.«

»Was besagen die Botschaften?« erkundigte sich Joshua.

»Eine ist fast völlig unleserlich. Wahrscheinlich eine Art Bild, glaube ich. Der Computer hat mit einer Musteranalyse begonnen. Die übrigen sind reine Textbotschaften. Zwei haben unseren Gruß erwidert und wollen wissen, was wir hier tun. Zwei verlangen Beweise, daß wir tatsächlich Xenos sind, und drei heißen uns willkommen und bitten uns, an der Scheibenstadt anzudocken. Ach ja, und sie heißt Tojolt-HI.«

»Gib mit bitte die Koordinaten der drei freundlichen Begrüßungen«, bat Joshua.

Drei blaue Punkte glitzerten über dem neuralen Bild von Tojolt-HI. Zwei befanden sich mitten auf der Scheibe, der dritte lag am Rand. »Damit wäre der Fall klar«, sagte Joshua. »Wir konzentrieren uns fürs erste auf die Quelle am Rand. Ich habe nicht die geringste Lust, die *Lady Macbeth* weiter über dieses Ding zu steuern als unbedingt nötig, bevor wir nicht wissen, was uns dort erwartet. Wissen wir inzwischen, wie die fragliche Sektion genannt wird?«

»Das Dominion von Anthi-CL«, sagte Oski.

»Sarha, richte die Antenne bitte darauf. Enge Bündelung.«

Joshua ging die Nachricht von Anthi-CL durch, um ein Gefühl für den Stil zu entwickeln, dann machte er sich daran, eine Antwort zu formulieren.

RAUMSCHIFF *LADY MACBETH*.
KOMMUNIKATION GERICHTET AN TOJOLT-HI,
DOMINION VON ANTHI-CL.

NACHRICHT:
DANKE FÜR IHRE ANTWORT. WIR SIND HERGEKOMMEN IN DER ERWARTUNG DES AUSTAUSCHS VON MATERIAL UND WISSEN, DIE UNSEREN BEIDEN SPEZIES ZUGUTE KOMMEN. WIR BITTEN UM DIE GENEHMIGUNG ZUM ANDOCKEN, UM DIESEN PROZESS ZU BEGINNEN. FALLS SIE DAMIT EINVERSTANDEN SIND, GEBEN SIE UNS BITTE EINEN ANNÄHERUNGSVEKTOR.
KOMMANDANT JOSHUA CALVERT

DOMINION VON ANTHI-CL.
KOMMUNIKATION AN RAUMSCHIFF *LADY MACBETH*.
NACHRICHT:
WILLKOMMEN IM SYSTEM VON MASTRIT-PJ. IGNORIEREN SIE DIE NACHRICHTEN AUS ANDEREN DOMINIEN VON TOJOLT-HI. WIR VERFÜGEN ÜBER DIE GRÖSSTEN DEPOTS AN MATERIAL UND WISSEN INNERHALB UNSERES SYSTEMS. DER AUSTAUSCH MIT UNS WIRD DER ERTRAGREICHSTE SEIN. BESTÄTIGEN SIE DIESE BITTE.
QUANTOOK-LOU
DISTRIBUTOR DER DOMINION-RESSOURCEN.

»Was haltet ihr davon?« fragte Joshua.

»Nicht ganz die Art von Antwort, die ich von unseren Tyrathca erwartet hätte«, sagte Samuel. »Es könnte sein, daß sie ihr Verhalten an die besonderen Umstände angepaßt haben. Diese Botschaft klingt, als wären sie von Habsucht und Gier besessen.«

»Möglicherweise sind die Ressourcen knapp«, gab Kempster Getchell zu bedenken. »Schließlich gibt es in diesem System keine neuen Quellen fester Materie, die sie ausbeuten könnten. Ein Kilo unseres Abfalls ist für sie vielleicht mehr wert als tausend Fuseodollars.«

»Wir werden das im Hinterkopf behalten, sobald wir mit den Verhandlungen beginnen«, entschied Joshua. »Erst einmal haben wir eine Einladung erhalten, und ich denke, wir nehmen an.«

RAUMSCHIFF *LADY MACBETH*.
KOMMUNIKATION GERICHTET AN TOJOLT-HI, DOMINION VON ANTHI-CL.
NACHRICHT:
WIR DANKEN FÜR IHRE EINLADUNG UND BESTÄTIGEN, DASS WIR EXKLUSIV MIT IHNEN ZU VERHANDELN WÜNSCHEN. BITTE GEBEN SIE UNS NUN EINEN ANFLUGVEKTOR.
KOMMANDANT JOSHUA CALVERT.

DOMINION VON ANTHI-CL.
KOMMUNIKATION GERICHTET AN RAUMSCHIFF *LADY MACBETH*.
NACHRICHT:
KÖNNEN SIE DEN ANNÄHERUNGSVEKTOR NICHT SELBST BERECHNEN? IST IHR SCHIFF BESCHÄDIGT?
QUANTOOK-LOU
DISTRIBUTOR DER DOMINION-RESSOURCEN.

»Könnte sein, daß sie keine Raumflugkontrolle haben«, sagte Joshua. Er aktivierte die Enzyklopädie seiner neuralen Nanonik und startete eine Suche über Hesperi-LN. »Die Tyrathca von Hesperi-LN besaßen ebenfalls keine offizielle Raumflugkontrolle, bevor sie anfingen, Schiffe der Konföderation zu empfangen.«

»Außerdem braucht man schon eine ganze Menge Schiffe, bevor ein derartiges Arrangement Sinn macht«, sagte Ashly. »Und wir haben bisher nicht ein einziges Schiff in der Umgebung von Tojolt-HI entdecken können. Ich suche ununterbrochen danach.«

»Sicherlich haben sie uns auf ihren Schirmen«, sagte Beaulieu. »Ich registriere inzwischen siebzehn verschiedene Radarsignale, die ausnahmslos auf uns fokussiert sind. Außerdem glaube ich, daß auch ein Laserradar in unsere Richtung zeigt.«

»Keinerlei Schiffe also?« fragte Joshua.

»Ich kann keine Antriebsemissionen entdecken«, antwortete Sarha. »Bei der Auflösung unserer optischen Sensoren müßten wir imstande sein, in dieser Umbra selbst einen chemischen Raketenantrieb zu sehen.«

»Vielleicht benutzen sie etwas Ähnliches wie das Raumverzerrungsfeld unserer Voidhawks?« schlug Dahybi vor. »Kempster hat schließlich selbst gesagt, daß Masse für sie kostbar sein muß. Vielleicht können sie sich keine Reaktionsantriebe leisten?«

»Die gravitonischen Detektoren sagen, daß du dich irrst«, konterte Liol. »In dieser Ecke des Alls gibt es nicht das kleinste Verzerrungsmuster.«

»Wahrscheinlich wollen sie ihre Asse nicht so früh aus dem Ärmel ziehen«, sagte Monica. »Sie werden uns nicht zeigen, was sie haben, ganz besonders dann nicht, wenn es kampftauglich ist.«

Sarha drehte unter ihrem Sicherheitsnetz den Kopf und blickte die ESA-Agentin stirnrunzelnd an. »Das ist doch absurd! Man kann doch nicht von einem Augenblick zum anderen all seinen Raumverkehr einstellen, wenn man einen Xeno entdeckt! Es müßten doch Schiffe im Transit sein! Außerdem, sie wissen doch gar nicht, wie lange wir sie schon beobachtet haben!«

»Hoffen Sie.«

Sarha seufzte resignierend. »Die Tyrathca besitzen keine ZTT-Technologie, also sind für sie die einzig möglichen interstellaren Schiffe Weltraumarchen. Und wenn eine dieser Archen mit Hilfe ihres Fusionsantriebes in das System bremsen würde, könnten sie es aus einer Entfernung von wenigstens einem halben Lichtjahr sehen, und zwar mit bloßem Auge. Sie müssen neugierig sein über uns und wie zur Hölle wir unbemerkt hierhergekommen sind, das ist alles.«

»Nun beruhige dich wieder«, murmelte Joshua.

RAUMSCHIFF *LADY MACBETH*.
KOMMUNIKATION GERICHTET AN TOJOLT-HI, DOMINION VON ANTHI-CL.
NACHRICHT:
WIR SIND NICHT BESCHÄDIGT UND DURCHAUS IMSTANDE, EINEN ANNÄHERUNGSVEKTOR ZU IHRER POSITION AUF TOJOLT-HI ZU BERECHNEN. WIR WOLLTEN NICHT UNABSICHTLICH EINES IHRER GESETZE BEZÜGLICH SICH NÄHERNDER RAUMFAHRZEUGE BRECHEN. GIBT ES IRGENDWELCHE BESCHRÄNKUNGEN BETREFFEND ANNÄHERUNGSGESCHWINDIGKEIT ODER MINDESTABSTAND VON IHRER STRUKTUR?
KOMMANDANT JOSHUA CALVERT.

DOMINION VON ANTHI-CL.
KOMMUNIKATION GERICHTET AN RAUMSCHIFF *LADY MACBETH*.
NACHRICHT:
KEINE RESTRIKTIONEN BEZÜGLICH ANNÄHERUNG. WIR WERDEN IHNEN DIE KOORDINATEN DER ENDGÜLTIGEN PARKPOSITION MITTEILEN, SOBALD SIE SICH DEM TERRITORIUM DES DOMINIONS BIS AUF TAUSEND KILOMETER GENÄHERT HABEN.
QUANTOOK-LOU
DISTRIBUTOR DER DOMINION-RESSOURCEN.

RAUMSCHIFF *LADY MACBETH*
KOMMUNIKATION GERICHTET AN DAS DOMINION VON ANTHI-CL
NACHRICHT:
VERSTANDEN. GESCHÄTZTE ANKUNFTSZEIT FÜNFUNDVIERZIG MINUTEN.
KOMMANDANT JOSHUA CALVERT.

Joshua befahl dem Bordrechner per Datavis, die Fusionsantriebe zu zünden. Die *Lady Macbeth* ging mit einem halben g Beschleunigung auf Kurs in Richtung der Scheibenstadt. Joshua verfeinerte den Vektor so, daß er die Antriebe hundert Kilometer vor der Scheibenstadt wieder abschalten konnte. Falls Fusionsantriebe in diesem System nicht in allgemeinem Gebrauch waren, konnten die Abgasströme der *Lady Macbeth* die Xenos durchaus beunruhigen. Ein Grinsen stahl sich auf seine Lippen bei dem Gedanken, was die Tyrathca wohl zum Antimaterieantrieb der *Lady Macbeth* sagen würden.

»Joshua?« meldete sich Syrinx. »Wir haben eine weitere Scheibenstadt entdeckt.«

»Wo?« fragte er. Jeder auf der Brücke der *Lady Macbeth* blickte auf.

»Sie folgt Tojolt-HI in einem Abstand von fünfundvierzig Millionen Kilometern mit einer Neigung von zwei Grad relativ zur Ekliptik. Kempster und Renato hatten recht. Die Chancen, daß wir so nah bei der einzigen bewohnten Struktur des Systems herauskommen würden, sind so gut wie nicht existent.«

»Meine Güte, soll das heißen, daß diese überlebende Zivilisation über den gesamten äquatorialen Orbit der Sonne auseinandergezogen ist?«

»Sieht danach aus, Joshua. Wir suchen mögliche Koordinaten nach weiteren Strukturen ab. Unter der Annahme, daß die Distanz zwischen ihnen annähernd gleich ist und sie nicht in wilden Orbits beliebiger Inklination kreisen, kommen wir auf eine Gesamtzahl von gut über hundert von diesen Dingern.«

»Verstanden.«

»Gut über hundert«, sagte Ashly. »Das macht eine ziemlich große Zivilisation, alles zusammengenommen. Wie viele Tyrathca kann eine von diesen Scheibenstädten wohl aufnehmen?«

»Bei einer Oberfläche von zwanzig Millionen Quadratkilometern schätzungsweise bis zu hundert Milliarden«, sagte Sarha. »Selbst bei ihrer primitiven Technologie ist das eine Menge Raum. Überleg nur, wie viele Leute wir in unsere Arkologien pferchen.«

»Wenn man es aus dieser Perspektive betrachtet, dann ist der Wunsch des Dominions von Anthi-CL nach Exklusivität kein Wunder«, sagte Liol. »Die Nachfrage nach Ressourcen muß phänomenal sein. Ich bin völlig überrascht, daß sie so lange überleben konnten. Normalerweise hätten sie längst in ihrem eigenen Abfall ersticken müssen.«

»Gesellschaften haben gewöhnlich nur so lange Abfall, wie die Gewinnung frischer Rohmaterialien eine billigere Option als das Recycling darstellt«, sagte Samuel. »So nah bei der Sonne verfügen die Scheibenstädte über einen extremen Reichtum an Energie. Es gibt nur wenig Abfälle, die sich nicht zu etwas Nützlichem recyceln lassen.«

»Trotzdem. Es muß eine strenge Bevölkerungskontrolle geben. Wenn ich so etwas sehe, dann fällt mir nur eine Bakterienkultur in einer Petrischale ein.«

»Diese Analogie gilt nicht für intelligentes Leben. Die Tyrathca neigen von Natur aus zu logisch untermauertem restriktivem Verhalten. Schließlich haben sie ihre Bevölkerungszahlen auf einer mehr als zehntausend Jahre dauernden Reise mit einer Weltraumarche perfekt unter Kontrolle gehalten. Die Situation hier ist für sie nichts anderes.«

»Man sollte vielleicht nicht davon ausgehen, daß ihre Dominien alle gleich sind«, warnte Sarha. »Einige Sektionen auf der Scheibe sind viel heißer als der ganze Rest; ihre thermische Regulation ist anscheinend völlig zusammengebrochen. Die Wärme von der Sonne geht geradewegs hindurch. Sie müssen tot sein.«

»Vielleicht« entgegnete Beaulieu. »Trotzdem kann ich noch eine Menge Aktivität dort unten entdecken. Wir werden von Radarpulsen aus jeder Sektion förmlich bombardiert. Eine ganze Reihe von Dominien scheint großes Interesse an uns zu haben.«

»Noch immer kein Start irgendeines Schiffes«, sagte Joshua. »Niemand versucht uns abzufangen, bevor wir Anthi-CL erreichen.« Er schaltete sich auf die Sensoren und beobachtete, wie Tojolt-HI vor dem strahlend roten Hintergrund der Sonne wuchs. Abgesehen von dem gigantischen Maßstab war es eine ganz ähnliche Situation wie die Annäherung an die Antimateriestation. Ein pechschwarzer, zweidimensionaler Kreis direkt in der Photosphäre. Das kalte Licht des Nebels hinter ihnen war nicht stark genug, um auch nur die schwächsten Konturen auf der Unterseite der Scheibenstadt zu beleuchten. Allein die Sensoren der *Lady Macbeth* enthüllten die Topographie gigantischer Türme, die aus der Scheibe wuchsen. Das Kartographieprogramm des Bordrechners hatte Mühe, eine genaue Karte zu kompilieren; die grellen elektromagnetischen Emissionen, die auf die Antennen prallten, interferierten mit den Reflexionen des Radarsignals.

»Und was sagen sie?« fragte er Oski.

»Ich habe ein Diskriminierungsprogramm für Schlüsselworte gestartet, das den Datenverkehr analysiert. Nach den bisherigen Proben sagen alle so ziemlich das gleiche. Sie möchten, daß wir in ihrer Sektion der Scheibe andocken, und jeder behauptet, die größten Ressourcen zu besitzen sowie die einzigartigsten Informationen.«

»Irgendwelche Drohungen?«

»Bis jetzt nicht.«

»Behalte die Sache weiter im Auge.«

Die *Lady Macbeth* drehte sich um ihre Längsachse und begann mit dem Bremsmanöver.

Während der finalen Annäherungsphase wuchs allmählich das Datenmaterial, das die Sensoren über Tojolt-HI lieferten, und die Menschen an Bord der *Lady Macbeth* und der *Oenone* gewannen eine Vorstellung davon, wie die massive Scheibe konstruiert worden war. Die zentrale Platte, welche die eigentliche Scheibe bildete, bestand aus einem dichten Geflecht von röhrenförmigen Strukturen. Sie variierten in der Dicke von zwanzig bis zu dreihundert Metern Durchmesser. Obwohl sie dicht gepackt waren, berührten sie sich nur an speziellen Verbindungspunkten; die Lücken dazwischen waren versiegelt mit dünnen Folien, um zu verhindern, daß Licht vom roten Riesen die Umbra penetrierte und die Dunkelheit verringerte. Die individuellen Geflechte besaßen prinzipiell Kreisform, doch auch sie variierten gewaltig in der Größe, und sie überlappten sich in einem dichten regellosen Gewirr. Die spektrographische Analyse ergab, daß die zugrundeliegenden Röhren hauptsächlich aus Metall bestanden; längere Abschnitte wurden von Carbo-Silizium-Komposit überspannt. Mehr als fünf Prozent waren kristallin, und sie strahlten eine schwache Phosphoreszenz in Richtung des Nebels ab. Es gab Regionen – nach einem scheinbar zufälligen Muster über die gesamte Scheibe verteilt –, wo das Gewirr von Röhren zu komplexen, abstrakten Knotengebilden anschwoll, die mehrere Kilometer durchmaßen. Es sah fast so aus, als wären die Rohre massiv zur Seite hin verdreht worden, wenngleich das Radarbild keinerlei Hinweis auf Frakturen lieferte.

Der dichte Schatten der dunklen Seite wurde unvermeidlich von der Wärmetauschermaschinerie beherrscht. Paneele stapelten sich zu kilometerhohen Konen, die unmittelbar neben runden Türmen aus schwach leuchtenden Finnen standen und neben Minaretten aus spiralförmigem Glasrohr, durch das heiße Gase jagten. Daneben gab es Verkrustungen aus schwarzen Säulen, die aussahen wie gewachsene spitze Kristalle und deren weit in den Raum ragende Enden in korallenfarbenem Pink fluoreszierten. Ihre mäandernden Reihen bildeten Bergrücken, die alles überragten, was planetare Geologie aufzuweisen hatte, und sie erstreckten sich Hunderte von Kilometern über das Geflecht. In den Tälern zwischen ihnen ruhten auf mächtigen Gerüsten gigantische Industriemodule. Dunkle metallene Ovoide und Trapeze aus Maschinerie, deren Außenflächen ein massives Geflecht aus Rohren und Leitungen bildeten, erhoben sich zu einer Krone aus Wärmeableitpaneelen und Finnen (hier war eine direkte Verbindung zu den Maschinen an Bord von Tanjuntic-RI nicht zu übersehen). Obwohl die Scheibenstadt insgesamt eine gewisse Uniformität besaß, die wahrscheinlich durch das grundlegende Geflecht zustande kam, glich keine Region der anderen, und keine zwei Maschinen waren identisch. Die Technologien waren genauso heterogen wie die Umrisse. Die Standardisierung und Kompatibilität, die in der Konföderation ein Synonym für die Tyrathca waren, hatte zwischen den Dominien offensichtlich bereits vor Jahrtausenden aufgehört zu existieren.

Als die *Lady Macbeth* näher kam, wurden weitere Einzelheiten auf der dunklen Seite sichtbar. Züge aus Hunderten von Tankbehältern und viele Kilometer lang, glitten langsam durch die Täler und an den Dämmen zwischen den Wärmeableitsystemen hindurch. Ihre Schienen waren ein offenes Netzwerk aus Trägern, die über den Rohren und Folien der Scheibe verliefen und sich durch die Landschaft schlängelten wie eine Achterbahn, steil in die Tiefe ragten und dort in die großen Röhren führten. Die Züge verschwanden darin, um kurze Zeit später und ein Stück weiter hinten wieder an die Oberfläche zurückzukehren und auf Stelzenkonstruktionen mitten durch eines der gigantischen Industriemodule zu fahren.

»Wer zur Hölle hat dieses Ding bloß gebaut?« fragte Ashly voller Verwunderung, als sich die grauen Pixel in seiner neuralen Nanonik zu einem umfassenden Bild zusammenfanden. »Isambard Kingdom Brunel?«

»Wenn etwas funktioniert, versuch nicht, es zu verbessern«, sagte Joshua.

»Da steckt mehr dahinter«, widersprach Samuel. »Tojolt-HI ist ganz bestimmt keine sterbende Technologie. Sie haben sich bewußt für die einfachste Konstruktion entschieden, die sie am Leben erhalten kann. Menschen würden ohne jeden Zweifel im Verlauf von fünfzehntausend Jahren Entwicklung bei einer vollständigen Dyson-Sphäre enden, doch die Tyrathca haben etwas entwickelt, das nur ein absolutes Minimum an Aufwand zu seiner Erhaltung benötigt. Diese Konstruktion besitzt eine ganz eigene Eleganz.«

»Trotzdem scheint sie immer wieder Ausfälle zu erleben«, sagte Beaulieu. »Über die Scheibe verteilt gibt es Dutzende toter Sektionen. Jeder Ausfall kostet sie Millionen und Abermillionen Leben. Eine intelligente Kultur sollte doch versuchen, ihre Lebensumgebung soweit zu entwickeln, daß sie nicht für die kleinste Störung anfällig ist, oder sehe ich das falsch?«

Samuel schwieg und zuckte die Schultern.

Das Dominion von Anthi-CL übermittelte die finalen Rendezvouskoordinaten für die *Lady Macbeth*. Es war eine Rißzeichnung von einer spezifischen Sektion des Randes, die der Bordrechner mit seinen Sensordaten in Bezug setzte. Das Dominion wollte, daß die *Lady Macbeth* zwei Kilometer außerhalb einer aus dem Rand herausragenden pierähnlichen Konstruktion parkte.

»Wie weit ist die Aktualisierung des Übersetzungsprogramms?« fragte Joshua. »Wissen wir inzwischen genug, um direkt mit ihnen zu kommunizieren?«

»Es hat sämtliche Ausdrücke integriert, die wir bisher auffangen konnten«, antwortete Oski. »Die Reaktionszeit der analytischen Vergleichsroutine ist auf ein erträgliches Maß abgesunken. Ich würde sagen, es ist in Ordnung, wenn wir den direkten Kontakt mit ihnen aufnehmen.«

Der Schub aus den Antrieben der *Lady Macbeth* nahm stetig ab, während das Schiff sich auf die Scheibenebene ausrichtete. Im Vergleich zur desolaten Festigkeit der Dunkelseite wirkte der Rand unfertig. Es wimmelte nur so von schlanken Spitzen und Plattformen, die aus der Konstruktion ragten und von unzähligen Kabeln umhüllt waren. Tanks und andere Behälter klumpten sich an zahlreichen offenen Stellen des Gerüsts.

»Ah, endlich«, sagte Sarha. »Das dort muß ein Schiff sein.«

Es lag angedockt am Rand in einer Entfernung von vielleicht hundert Kilometern von den Rendezvouskoordinaten. Die Form war einfach: ein Pentagon aus fünf riesigen Kugeln, jede mit einem Durchmesser von wenigstens zwei Kilometern, die im Licht des roten Riesen golden und purpurn schimmerten. Sie umgaben die weite Öffnung eines langen trichterartigen Gebildes, das aus einem Geflecht von pechschwarzem Material bestand; die Mundöffnung durchmaß wenigstens acht Kilometer. Aus der gegenwärtigen Position der *Lady Macbeth* war keinerlei Lebenserhaltungsmodul zu erkennen.

»Ich empfange eine Menge äußerst komplexer magnetischer Fluktuationen von diesem Ding«, berichtete Liol. »Was auch immer es macht, es benutzt eine gewaltige Menge Energie dazu.«

»Wenn ich es nicht besser wüßte, würde ich sagen, es handelt sich um einen Bussard-Staustrahlantrieb«, sagte

Joshua. »Es war eine geniale Idee, ein interstellarer Antrieb aus der Vor-ZTT-Zeit. Man benutzt eine magnetische Schaufel, um interstellaren Wasserstoff direkt in ein Fusionsrohr zu leiten. Eine einfache und billige Methode, um zwischen Sternen zu reisen; man muß sich keine Gedanken machen über irgendwelchen mitzuführenden Treibstoff. Unglücklicherweise stellte sich heraus, daß die Wasserstoffkonzentration zwischen den Sternen nicht annähernd hoch genug war, damit das System wie geplant funktioniert.«

»Vielleicht in unserem Teil der Galaxis«, sagte Liol. »Aber wie sieht es mit der Wasserstoffkonzentration im Raum zwischen einem roten Riesen und einem Nebel aus?«

»Gutes Argument. Das könnte bedeuten, daß die Tyrathca mit dem nächstgelegenen kolonisierten System in Kontakt stehen.« Er glaubte selbst nicht daran; irgend etwas hatten sie übersehen. Welchen Grund konnte es geben, zu einem anderen Stern zu fliegen? Handel über interstellare Distanzen war unmöglich, jedenfalls mit unterlichtschnellen Schiffen. Und wenn man bedachte, daß das Zielsystem den gleichen technologischen Stand und die gleiche Gesellschaft hatte wie das Ursprungssystem – mit was hätten sie überhaupt handeln sollen? Jede Entwicklung, jeder technologische Fortschritt, der im Verlauf der Jahrtausende auftrat, konnte per Kommunikationslaser weitergeben werden. »Hey!« rief er. »Parker?«

»Ja, Joshua?« antwortete der alte Direktor.

»Wir dachten doch, der Grund, daß Tanjuntic-RI den Kontakt mit Mastrit-PJ verloren hatte, wäre das Aussterben der Zivilisation hier gewesen. Das trifft aber nicht zu. Warum also haben sie den Kontakt abgebrochen?«

»Ich weiß es nicht, Joshua. Vielleicht ist eine der Koloniewelten kollabiert, die den Laserstrahl um den Nebel herumgeleitet hat?«

»Eine Tyrathca-Zivilisation soll kollabiert sein? Klingt das nicht ein wenig unwahrscheinlich?«

»Vielleicht wurden sie auch einfach vernichtet«, sagte Monica. »Der Gedanke, daß eine der versklavten Xeno-Rassen sich erfolgreich gegen ihre Herren aufgelehnt und sie ausgerottet haben könnte, gefällt mir ausgesprochen gut.«

»Möglich.« Joshua war nicht überzeugt. *Ich übersehe etwas Offensichtliches.*

Die *Lady Macbeth* durchquerte die Ebene der Scheibe. Es war ein absichtliches Manöver, das ihnen ermöglichte, die der Sonne zugewandte Seite von Tojolt-HI zu sehen. Hier zumindest fanden sie die unveränderliche Konformität, die sie von den Tyrathca erwartet hatten.

Auf dieser Seite der Scheibe bestand jede Rohrsektion aus transparentem Material; Trillionen von Riefen, die von schwarzen Verstärkungsringen gehalten wurden wie das Dach von Gottes eigenem Treibhaus. Das Licht von der Photosphäre der Sonne reichte aus, um alles in purpurnen Dunst zu tauchen; es brandete gegen die Scheibenstadt, nur um von der polierten Oberfläche in kupferfarbenen Wellen abzuprallen, die länger waren als die Sichel eines Planeten. So oder ähnlich mußte der Sonnenuntergang über dem Ozean der Ewigkeit aussehen.

»Du meine Güte!« summte Joshua. »Ich schätze, das reicht aus, um Tanjuntic-RI wiedergutzumachen.«

Sie hielten einige Minuten lang die Position, während jeder Sensor an Bord auf die Szenerie gerichtet war. Schließlich feuerte Joshua zögernd die sekundären Antriebe, um die *Lady Macbeth* wieder in die Ebene der Scheibe und zu ihrer designierten Position zu steuern. Er gab die Koordinaten ein, die Anthi-CL ihnen zugewiesen hatte, und initiierte ein beständiges Rollmanöver. Die Wärmepaneele des Raumschiffes wurden ganz ausgefahren, und jedesmal, wenn sie in den Schatten kamen, leuchteten sie kirschrot auf.

Sobald Sarha bestätigt hatte, daß die bordeigenen Wärmetauscher mit der Hitze der Sonne zurechtkamen, öffnete Joshua einen direkten Kommunikationskanal zum Dominion von Anthi-CL.

»Ich würde gerne mit Quantook-LOU sprechen«, sagte er.

Die Antwort kam beinahe augenblicklich. »Ich spreche.«

»Ich möchte dem Dominion von Anthi-CL noch einmal unseren Dank dafür aussprechen, daß es uns empfangen hat. Wir freuen uns auf einen einträglichen Austausch und hoffen, daß es nur der erste von vielen zwischen unser beider Spezies sein wird.« *Sollen sie ruhig glauben, daß noch weitere unterwegs sind*, dachte er, *das bedeutet lediglich, daß sie über jede Anwendung von Gewalt auf ihrer Seite eines Tages Rechenschaft ablegen müssen. Unwahrscheinlich, wenn man den Maßstab von allem hier betrachtet, aber das können sie schließlich nicht wissen.*

»Diese Freude ist ganz auf unserer Seite«, antwortete Quantook-LOU. »Sie fliegen da ein sehr interessantes Schiff, Kommandant Calvert. So etwas haben wir noch nie gesehen. Wer von uns Ihren Ursprung bezweifelt hat, ist inzwischen verstummt. Handelt es sich vielleicht um ein Beiboot Ihres richtigen Raumschiffes, oder haben Sie damit den interstellaren Raum durchquert?«

Joshua warf seinem Bruder einen beunruhigten Blick zu. »Selbst wenn dieses Übersetzungsprogramm einen Narren aus mir macht, antworten sie überhaupt nicht wie die Tyrathca, die ich kenne.«

»Außerdem handelt es sich um eine Suggestivfrage«, mahnte Samuel zur Vorsicht. »Falls Sie bestätigen, daß wir mit der *Lady Macbeth* um den Nebel herumgeflogen sind, wissen sie, daß wir im Besitz eines Überlichtantriebs sind.«

»Und sie werden ihn haben wollen«, sagte Beaulieu. »Wenn wir recht haben mit unserer Annahme eines immensen Drucks auf die lokalen Ressourcen, dann bedeutet er ihre Fluchtroute an den umliegenden Koloniewelten vorbei.«

»Nein, bedeutet er nicht«, widersprach Ashly. »Ich habe im Zeitalter der Großen Expansion gelebt, vergiß das nicht. Wir konnten nicht einmal fünf Prozent der Erdbevölkerung wegschaffen, als wir es wirklich dringend nötig gehabt hätten. Der ZTT-Antrieb ist keine Fluchtmöglichkeit, nicht einmal mit der industriellen Kapazität einer Scheibenstadt. Alles ist relativ. Sie könnten in einem Jahr genügend Schiffe bauen, um Milliarden Brüter von Mastrit-PJ zu evakuieren, aber es wären noch immer Tausende von Milliarden übrig, die in den Scheibenstädten zurückbleiben. Und sie alle hätten nichts anderes im Sinn, als weitere Eier zu legen.

»Es mag ihr Problem vielleicht nicht lösen«, sagte Liol, »aber es würde Sternensystemen, auf denen sie siedeln möchten, eine ganze Menge Kopfschmerzen bereiten. Wir haben gesehen, was sie mit den eingeborenen Spezies anderer Planeten anfangen, auf die sie scharf sind.«

Joshua hob eine Hand. »Ich habe verstanden, danke sehr. Obwohl ich denke, daß wir unsere ZTT-Technologie als die ultimative Währung in Betracht ziehen müssen, um den Aufenthaltsort des Schlafenden Gottes zu erfahren. Die Tyrathca von Hesperi-LN besitzen bereits ZTT-Technologie. Es mag Dekaden dauern, bis sie Mastrit-PJ erreicht, aber irgendwann wird sie auch hierher gelangen.«

»Versuchen Sie trotzdem, es zu vermeiden«, sagte Monica entschieden. »Geben Sie sich *Mühe*.«

Joshua erwiderte ihren strengen Blick, während er den Kanal zu Quantook-LOU wieder öffnete. »Die Art unseres Schiffes ist einer der Punkte, über den wir im Rahmen unseres gegenseitigen Wissensaustausches diskutieren können. Vielleicht hätten Sie Lust, die Gebiete in Wissenschaft und Technologie aufzulisten, an denen Sie am meisten interessiert sind?«

»Auf welchen Gebieten hat Ihre Spezies Meisterschaft erreicht?«

Joshua runzelte die Stirn. »Falsch«, flüsterte er zu seinen Leuten. »Ganz falsch. Das ist ganz bestimmt kein Tyrathca.«

»Ich stimme Ihnen zu. Eine Antwort wie diese paßt überhaupt nicht zu ihnen.«

»Aber was dann?« fragte Sarha.

»Das werden wir herausfinden«, sagte Joshua. »Quantook-LOU, ich denke, wir sollten langsam anfangen. Als eine Geste guten Willens möchte ich Ihnen ein Geschenk anbieten. Anschließend könnten wir beginnen, unser beider Entwicklungsgeschichten auszutauschen. Sobald wir die Hintergründe unserer beiden Spezies verstehen, haben wir eine bessere Vorstellung von dem, was an Nützlichem gehandelt werden kann. Sind Sie mit dieser Vorgehensweise einverstanden?«

»Im Prinzip ja. Was für ein Geschenk ist das, von dem Sie gesprochen haben?«

»Ein elektronischer Prozessor. Es ist ein Standardarbeitsgerät bei den Menschen; Design und Konstruktion sind möglicherweise von Interesse für Sie. Falls ja, wäre eine Vervielfältigung leicht.«

»Ich nehme Ihr Geschenk an.«

»Ich werde es Ihnen bringen. Ich bin begierig, das Innere von Tojolt-HI zu sehen. Es ist wirklich eine außerordentliche Errungenschaft.«

»Danke sehr. Könnten Sie mit Ihrem Schiff an einer unserer Schleusen andocken? Wir verfügen nicht über ein geeignetes Schiff, um Sie aus Ihrer gegenwärtigen Position abzuholen.«

»Das wird merkwürdiger und merkwürdiger«, sagte Liol. »Sie können Habitate von der Größe eines Kontinents bauen, aber sie haben keine Pendelfähren.«

»Wir verfügen über ein kleines Beiboot, mit dem wir an Ihrer Schleuse andocken können«, sagte Joshua. »Wir werden unsere Raumanzüge anbehalten, solange wir im Innern von Tojolt-HI sind, um jegliche biologische Kontamination auszuschließen.«

»Ist denn ein direkter physischer Kontakt zwischen unseren Spezies gefährlich?«

»Nicht, wenn wir adäquate Vorsichtsmaßnahmen ergreifen. Unsere Spezies ist auf diesem Gebiet sehr erfahren. Bitte machen Sie sich keine Gedanken.«

Joshua pilotierte das MSV selbst und ignorierte Ashlys bissige Kommentare über Gewerkschaftsvorschriften. Es war beengt in der kleinen Kabine; er hatte Samuel und Oski bei sich sowie einen Serjeant (zur Sicherheit, für alle Fälle). Er mußte den anderen versprechen, daß sie sich bei ihren Besuchen der Scheibenstadt abwechseln würden. Jeder hatte mitkommen wollen.

Die Schleusenanlage, die Quantook-LOU ihnen zugewiesen hatte, war eine fette Birne aus grau-weißem Metall mit einem Durchmesser von vielleicht vierhundert Metern, die aus dem Ende eines der Rohre des Scheibengeflechts ragte. Genau im Apex befand sich ein rundes Tor mit einem Durchmesser von gut fünfundsiebzig Metern. Es stand weit offen und gab den Blick frei auf einen schwach erleuchteten Innenraum.

»Sieht aus wie eine einzige große leere Kammer da drin«, sagte Joshua. Vorsichtig feuerte er die Korrekturtriebwerke und dirigierte das kleine Gefährt Stück um Stück hinein. Sanftes rotes Licht schimmerte aus roten Streifen, die wie fluoreszierende Rippen an den Innenwänden entlangkurvten. Dazwischen fanden sich Reihen von Maschinerie, die beinahe aussahen wie von Menschen gemacht. Joshua mußte unwillkürlich an die Docks auf dem Raumhafen von Tranquility denken.

Direkt gegenüber dem großen äußeren Schleusentor befand sich ein zylindrisches Gitter mit mehreren weit kleineren inneren Schleusentoren am entgegengesetzten Ende. Joshua steuerte das MSV dorthin.

»Die Trägerfrequenz für euer Datavis bricht zusammen«, berichtete Sarha an Bord der *Lady Macbeth*.

»Das war nicht anders zu erwarten, obwohl ein guter Gastgeber uns ein Relais mit einer konstanten Verbindung anbieten würde. Wir fangen an uns zu sorgen, wenn sie diese große Luke wirklich schließen.«

Das MSV erreichte die Oberseite des zylindrischen Gitters. Joshua fuhr einen der Waldo-Arme aus und verankerte das Gefährt an einer Klammer. »Wir haben festgemacht«, berichtete er auf dem Kanal, den er auch für die Kommunikation mit Quantook-LOU benutzte.

»Bitte gehen Sie zur Luftschleuse genau vor Ihnen. Ich erwarte Sie auf der anderen Seite.«

Joshua und die anderen zogen ihre gepanzerten Raumhelme über. Sie nahmen an, daß die Tyrathca kein programmierbares Silikon kannten und daher nichts über die irdischen SII-Raumanzüge wußten. Der Panzer würde ihnen als Raumanzug erscheinen; auf diese Weise reduzierten sie das Risiko, ihre Gastgeber zu beleidigen und hatten gleichzeitig einen gewissen Grad an Schutz. Die Kabinenatmosphäre wurde abgepumpt, und sie glitten nach draußen.

Am Ende des Gitters gab es drei Schleusenluken. Nur eine davon, die größte, stand offen. Die Kammer dahinter war kugelförmig und besaß einen Durchmesser von etwa sechs Metern.

»Die anderen Schleusen sind zu klein für die Brüter«, sagte Samuel. »Ich frage mich, ob sie vielleicht eine Vasallenkaste mit einem höheren IQ gezüchtet haben. Die Brüter sind jedenfalls nicht zu vernünftigen Ingenieursleistungen imstande.«

Joshua antwortete nicht. Er befestigte seine Stiefel am

vermeintlichen Kabinenboden, als die Außenluke zuglitt und Atmosphäre in die Kammer gepumpt wurde. Die Sensoren zeigten an, daß es sich um eine Mischung aus Sauerstoff, Stickstoff, Kohlendioxid, Argon und zahlreichen Kohlenwasserstoffverbindungen handelte. Die Luftfeuchtigkeit war extrem hoch und mit Pheromonen durchsetzt. Joshuas Hand wollte zu dem unverdächtig aussehenden Zylinder an seinem Gürtel kriechen, der in Wirklichkeit ein Laser war, doch er beherrschte sich.

Eigenartigerweise verspürte er nicht die geringste Aufregung. Es war alles so überwältigend und fremdartig, daß es ihm unmöglich war, mit Emotionen darauf zu reagieren. Aber das war vermutlich gut so.

Die innere Luke glitt auf und gab den Blick frei auf eines der größeren Habitatrohre von Tojolt-HI, das in vielleicht einem Kilometer Entfernung vor einem flachen Metallschott endete. Zwei Farben dominierten den Innenraum: Rot und Braun. Joshuas Mundwinkel zogen sich um das Respiratorrohr nach oben, als er die Gruppe von Xenos sah, die ihn erwarteten. Es waren keine Tyrathca.

Der erste Eindruck erinnerte an einen Schwarm menschengroßer Seepferdchen, die vorsichtig in der Luft schwebten. Sie alle zeigten das gleiche nervöse Zucken am ganzen Körper, als warteten sie gespannt auf das Startsignal zu einem Wettrennen. Ihre Farbe war fast schwarz, obwohl Joshua vermutete, daß es am allgegenwärtigen roten Licht liegen mußte. Die Spektralanalyse der optischen Sensoren zeigte, daß ihre Schuppen einen sehr dunklen Graubraunton besaßen, ganz ähnlich dem der Tyrathca. Möglicherweise ließ sich daraus auf eine gemeinsame Abstammung im System von Mastrit-PJ schließen. Der Kopf war spitz und drachenähnlich, mit einem langen Schnabel und zwei tief in den Höhlen liegenden Augen, und er stand beinahe rechtwinklig vom Körper ab, gehalten von einem starken, runzligen Hals, der beträchtliche Flexibilität suggerierte. Der Rest des Körpers war eiförmig und verjüngte sich zur Basis hin, obwohl nirgendwo ein Anzeichen von einem Schwanz zu sehen war. Er war S-förmig gekrümmt (von der Seite betrachtet) und besaß drei Gliederpaare, die in gleichen Abständen über den Rumpf verteilt waren. Sie hatten alle das gleiche grundlegende Profil: eine lange erste Sektion, die einem schulterähnlichen Sockel entsprang und in einem Handgelenk endete. Die neun zweigliedrigen Finger waren beim oberen Gliedmaßenpaar lang und dünn und höchst beweglich, beim mittleren Paar ein wenig kürzer und dicker, während das untere Paar dick und stummelig war, mehr Zehen als Finger. Bei den meisten Xenos schien das untere Paar darüber hinaus verkümmert zu sein, mehr Paddel oder Flossen als Füße, als wären sie von wasserbewohnenden Wesen ausgeliehen.

Es war eine zutreffende Klassifizierung. Jede Oberfläche im Innern der Röhre war übersät von etwas, das aussah wie langblättrige, gummiartige Vegetation, die ausnahmslos dem geometrischen Zentrum der Röhre zustrebte. Selbst die Blätter, die aus den transparenten Flächen sprossen, wuchsen vom Licht weg, etwas, das Joshua noch auf keiner der zahlreichen terrakompatiblen Welten, die er kannte, gesehen hatte, ganz gleich, wie bizarr ihre einheimische Botanik und Biochemie manchmal sein mochte. Allerdings machte der gleichmäßige Bewuchs auf der Innenseite der Röhre die Fortbewegung für die Xenos sehr leicht. Sie schienen beinahe mühelos durch die obersten Spitzen hindurchzugleiten, wobei die untere Hälfte ihrer Körper in die braunen Blätter tauchte. Ihre unteren Gliedmaßen wedelten sanft und kontrollierten die Bewegung, eine irre Kombination aus einem raschen delphinartigen Flossenschlag und einer menschlichen Hand, die sich von Haltegriff zu Haltegriff schwang. Es sah wundervoll graziös aus.

Joshua bewunderte ihre Fortbewegung mit einem

Anflug von Neid, während er sich gleichzeitig fragte, wie lange die Evolution benötigen mochte, um ein derartiges Arrangement hervorzubringen, das fast wie eine Symbiose aussah (und zugleich bedeutete, daß die braunen Gummiwedel wahrscheinlich allgegenwärtig waren).

Joshua bezweifelte nicht eine Sekunde lang, daß diese Wesen intelligenter waren als jede Vasallenkaste der Tyrathca, die die Konföderation jemals zu Gesicht bekommen hatte. Sie trugen elektronische Systeme wie Kleidung. Ihre obere Körperhälfte steckte in Westen, die aus Schnüren und Bandolieren bestanden und an denen die verschiedensten elektronischen Module befestigt waren, zusammen mit Werkzeugen und kleinen Behältern. Außerdem benutzten sie exo-augmentierende Prothesen: in den Augensockeln saßen eindeutig künstliche Linsen, und viele hatten die oberen Extremitäten durch kybernetische Klauen ersetzt.

Joshua richtete den Fokus seiner Sensoren von einem zum anderen, bis er einen entdeckte, dessen Elektronik qualitativ hochwertiger zu sein schien als bei den anderen. Die Apparate waren kleiner, die Displays und Eingabemodule eleganter; einige schienen sogar mit marmorierten Verzierungen versehen. Ein schneller spektrographischer Scan verriet Joshua, daß es sich bei dem Metall um Eisen handelte. Eine eigenartige Wahl, dachte er.

»Ich bin Kommandant Joshua Calvert, und ich möchte mich bei Quantook-LOU entschuldigen«, begann Joshua und wartete, bis der Kommunikatorblock seine Worte in das Tröten und Trompeten der Tyrathca-Sprache übersetzt hatte. Er konnte die Laute durch die Isolation seines SII-Raumanzugs hindurch kaum hören. »Wir hatten angenommen, daß die Tyrathca in diesem System leben.«

Das Wesen, auf das Joshuas Sensor gerichtet war, öffnete seinen knorrigen Schnabel und begann laut zu schnattern. »Möchten Sie wieder abreisen, nachdem Sie herausgefunden haben, daß es sich anders verhält?«

»Überhaupt nicht, nein. Wir sind hoch erfreut, von Ihrer Existenz erfahren zu haben. Würden Sie mir verraten, wie sich Ihre Spezies nennt?«

»Wir sind die Mosdva. Während der gesamten Geschichte der Tyrathca waren wir ihre Untertanen. Die Geschichte der Tyrathca ist vorbei. Mastrit-PJ ist jetzt unser Sonnensystem.«

»Na also«, sagte Monica zufrieden auf dem allgemeinen Kommunikationsband.

»Wir wollen keine voreiligen Schlüsse ziehen«, mahnte Syrinx. »Diese Mosdva entstammen ganz eindeutig der gleichen Evolutionskette.«

»Bitte nur relevante Beobachtungen«, sagte Joshua zu beiden. »Was ich sagen will: Müssen wir überhaupt noch weitermachen? Wir könnten ein paar Stunden lang diplomatische Floskeln austauschen und dann zum nächstgelegenen System mit einer wahrscheinlichen Tyrathca-Kolonie weiterfliegen, um das zu erhalten, was wir brauchen.«

»Sie besitzen die gleiche Sprache und stammen vom gleichen Ursprungsplaneten«, sagte Parker Higgens. »Daher halte ich es für äußerst wahrscheinlich, daß sie auch den gleichen Sternenalmanach benutzen. Wir müssen eine ganze Menge mehr in Erfahrung bringen, bevor wir auch nur daran denken können weiterzufliegen.«

»In Ordnung.« Joshua schaltete seinen Kommunikatorblock wieder zurück auf Übersetzungsfunktion. »Sie haben sehr Großes erreicht in Ihrem System. Meine Rasse hat noch niemals etwas in einem Tojolt-HI vergleichbaren Maßstab geschaffen.«

»Dafür besitzen Sie ein höchst interessantes Schiff.«

»Danke sehr.« Er nahm einen Prozessorblock von seinem Gürtel. Langsam und vorsichtig. Es war ein Gerät, das er in der Werkstatt der *Lady Macbeth* gefunden hatte, ein gutes Viertel Jahrhundert veraltet und vollgeladen mit obsoleten Wartungsprogrammen (sie hatten jede Referenz auf Raumflug gelöscht). Die allgemeinen Wartungsroutinen mochten für die Xenos von einigem Interesse sein, insbesondere nach dem, was er von ihrer eigenen Elektronik zu sehen bekam. Vielleicht war es sogar ein etwas zu großzügiges Geschenk; die Hälfte ihrer Module wäre wahrscheinlich bereits im dreiundzwanzigsten Jahrhundert steinzeitlich gewesen. »Für Sie«, sagte er zu Quantook-LOU.

Einer der anderen Mosdva glitt durch die Blätterwedel vor und nahm behutsam den Block entgegen, um gleich darauf zu Quantook-LOU zurückzueilen. Der Distributor der Ressourcen nahm das Gerät prüfend in Augenschein, bevor er es in einer Tasche am unteren Ende seiner Rumpfbekleidung verstaute.

»Ich danke Ihnen, Kommandant Joshua Calvert. Als Gegenleistung möchte ich Ihnen gerne diese Sektion von Anthi-CL zeigen, an der Sie so großes Interesse zum Ausdruck gegeben haben.«

»War das etwas Zynismus?« fragte Joshua seine Leute verblüfft.

»Ich glaube nicht«, antwortete Oski Katsura. »Die Tyrathca-Sprache, wie wir sie kennen, besitzt keinen Trägermechanismus für diese Art von Nuancen. Kann sie auch nicht, weil die Tyrathca überhaupt nicht wissen, was Zynismus ist.«

»Vielleicht wäre es keine schlechte Idee, wenn das Analyseprogramm darauf achtet, ob sich entsprechende Muster zeigen.«

»Ich bin ganz Ihrer Meinung«, sagte Samuel. »Sie bombardieren uns seit dem Augenblick mit ihren Sensoren und Sonden, seitdem sich diese Luke geöffnet hat. Sie suchen ganz eindeutig nach etwas, das sie zu ihrem Vorteil ausnutzen können. Ein derart merkantiles Verhalten ist Gott sei Dank leicht einzuschätzen. Es macht sie in gewissem Sinne beinahe menschlich.«

»Wunderbar! Sechzehnhundert Lichtjahre, und alles, was wir vorfinden, ist das Xeno-Äquivalent von Kulus Händlervereinigung!«

»Joshua, Ihre erste Aufgabe besteht darin herauszufinden, welche Position genau dieser Quantook-LOU innerhalb ihrer sozialen Struktur einnimmt«, sagte Parker. »Sobald wir das wissen, gelangen wir rasch zu einer Entscheidung, was weiter zu tun ist. Die Kultur der Mosdva hat sich ganz offensichtlich in einer ganz anderen Richtung als die der Tyrathca entwickelt, obwohl ich gerne zugebe, daß die Grundlagen des Handels anscheinend fundamental sind.«

»Ja. Danke sehr, Herr Direktor.« *Und ich frage mich, ob er Zynismus versteht.* »Ich wäre geehrt, Ihr Dominion zu sehen«, sagte er zu dem Mosdva.

»Dann begleiten Sie uns; ich werde Sie herumführen und alles erklären.«

Die ganze Gruppe von Xenos wandte sich praktisch wie ein Mann um und begann mit ihrem gleitenden Schlittern durch die Vegetation. Joshua, der sich eigentlich als äußerst geschickt in der Schwerelosigkeit einschätzte, war von dem Manöver fasziniert. Eine Bewegung wie diese beinhaltete eine Menge Drehmoment und Trägheit; ihre Gliedmaßen mußten ziemlich viel Druck auf die Wedel ausüben. Und die Wedel mußten um einiges stärker sein, als sie aussahen – ein irdischer Palmwedel wäre längst zerrissen.

Er deaktivierte die Hafteinrichtung seiner Stiefelsohlen und drückte sich ab, um den Mosdva zu folgen. Er mußte die Gasjets seines Manöverpacks einsetzen und wie ein Affe an den Wedeln entlangklettern, und wenn er die oberen Ausläufer erreichte, taten sie ihr Bestes, um seine Fortbewegung zu behindern. Wo sie sich für jeden Mosdva teilten, bildeten sie vor Joshua ein elastisches

Netz. Die beste Methode war noch, wie er rasch herausfand, wenn er sich ganz über den Spitzen hielt und nur nach unten griff, wenn es notwendig war, um sich neuen Schwung zu holen. Die taktilen Sensoren seiner Handschuhe zeigten an, daß die Vegetation schwammig war, mit einer festen Blattrippe.

Von allen vieren war Joshua noch der beweglichste, obwohl er Mühe hatte, mit Quantook-LOU mitzuhalten. Die Bewegungen des Serjeants waren so ungeschickt, daß es schmerzte; Ione war nicht häufig in den Null-g-Sektionen Tranquilitys gewesen.

Die Mosdva waren langsamer geworden und beobachteten das Vorankommen der Menschen. Sie warteten, bis der Vorsprung zusammengeschmolzen war.

»Sie fliegen nicht so schnell wie Ihr Schiff, Kommandant Joshua Calvert«, stellte Quantook-LOU fest.

»Unsere Spezies lebt auf Planeten. Wir sind an Umgebungen mit hoher Schwerkraft gewöhnt.«

»Wir wissen, was Planeten sind. Die Mosdva besitzen viele Geschichten über Mastrit-PJs Welten, bevor sie von der Expansion alle verschlungen wurden. Aber es gibt keine Bilder mehr in ganz Tojolt-HI, nicht nach so langer Zeit. Sie sind wie Legenden, mehr nicht.«

»Ich habe viele Bilder von Planeten in meinem Schiff. Ich würde sie mit Vergnügen gegen Bilder aus der Geschichte von Mastrit-PJ tauschen.«

»Ein guter erster Tauschhandel. Es ist ein Glücksfall, daß wir uns begegnet sind, Kommandant Joshua Calvert.«

Joshua hatte sich an einem Wedel festgehalten, während er darauf wartete, daß der Serjeant sie einholte; jetzt spürte er, daß sich die Pflanze unter seinem Griff wand. Am Luftzug konnte es jedenfalls nicht liegen, dazu war er viel zu schwach.

»Die Wedel bewegen die Luft für uns«, erklärte Quantook-LOU, als Joshua ihn deswegen fragte. Sämtliche

Pflanzen auf Tojolt-HI konnten sich bewegen; das war der Grund, aus dem man sie ursprünglich ausgewählt hatte. Sorgfältige Züchtung hatte die Eigenschaft noch verstärkt. In der Schwerelosigkeit mußte die Luft bewegt werden, damit sich keine Taschen abgestandenen Gases bildeten. Das war nicht nur unangenehm, sondern unter Umständen auch gefährlich für Tiere und Pflanzen gleichermaßen.

Die Mosdva benutzten zwar außerdem mechanische Ventilatoren und Rohre, doch sie dienten hauptsächlich als Reservesysteme.

»Nicht ganz so elegant wie bei den Edeniten«, sagte Sarha.

»Aber sie besitzen eine Vorliebe für biologische Lösungen«, erwiderte Ruben. »Und lassen das Mechanische hinter sich.«

»Aber sie können keine gänzlich biologischen Systeme benutzen, jedenfalls nicht in dieser Umgebung. Sie ist zu lebensfeindlich.«

»Und es gibt herzlich wenig Hinweise auf Techniken zur genetischen Manipulation«, stimmte Samuel zu. »Quantook-LOU hat erzählt, daß die Pflanzen *gezüchtet* wurden. Fremdbestäubung ist bei uns Menschen eine fast in Vergessenheit geratene Kunst, bei Adamisten und Edeniten ohne Unterschied. Ich denke, wir müssen vorsichtiger sein, als wir ursprünglich erwartet haben, sowohl in dem, was wir sagen, als auch was wir ihnen zum Tausch anbieten. Ihre Gesellschaft ist statisch, und dadurch überlebt sie ausgezeichnet. Wenn wir Veränderungen einführen, und sei es nur in der Form von Konzepten, könnte das katastrophale Auswirkungen nach sich ziehen.«

»Oder sie retten«, entgegnete Sarha.

»Vor was denn? Wir sind die einzig vorstellbare Gefahr für sie.«

Sie bewegten sich weiter durch die Röhre, und nach

und nach begegneten ihnen weitere Mosdva. Die Xenos blieben ausnahmslos stehen und beobachteten die im Vergleich zu ihrem Empfangskomitee langsam und unbeholfen vorbeischwebenden Menschen. Junge Mosdva (Kinder?) jagten unglaublich geschickt durch die Wedel. Sie tauchten tief zwischen die einzelnen Blätter und kamen an den unmöglichsten Stellen wieder zum Vorschein, um die Menschen nur ja von jeder Seite betrachten zu können. Sie trugen Geschirre wie die Erwachsenen, und genau wie sie eine Vielzahl elektronischer Apparate darin – doch keines der Jungen besaß kybernetische Implantate.

Joshua sah zwischen seinen Handschuhen hindurch nach unten und stellte fest, daß die korkenzieherartig gewundenen Wedel den Blick fast ungehindert durchließen. Sie wuchsen nicht halb so dicht, wie er ursprünglich angenommen hatte, mehr eine Plantage als ein Dschungel, und das gestattete ihm, sich ein Bild von der Konstruktion der Röhre zu machen. Es gab ein äußeres Gehäuse, die gerippte Sektion, die auf der Sonnenseite aus transparentem Material und auf der Dunkelseite aus undurchsichtigem Komposit oder Metall bestand. Die Innenseite wurde von einer dichtgepackten Spirale aus transparentem Rohr bekleidet, mit kleinen runden Öffnungen, aus denen die Pflanzen wuchsen. Ihre kupferfarbenen Wurzeln waren im Innern der Rohre zu sehen, wenn auch nur schwach. Die Spirale war mit einer milchig-klebrigen Flüssigkeit gefüllt, die das intensive Strahlen der Sonne milderte. Dunkle Granulen und winzige Blasen wirbelten in der trüben Brühe und verrieten Joshua, wie schnell sie durch die Rohre gepumpt wurde.

Es handelte sich entweder um Wasser oder Kohlenwasserstoffe, erklärte Quantook-LOU, als Joshua ihn danach fragte; die Zirkulation bildete die Basis ihrer gesamten Recyclingwirtschaft. Hitze vom roten Riesen wurde auf diese Weise rasch zur Dunkelseite abtransportiert, wo sie in den Wärmetauscheranlagen zur Erzeugung elektrischer Energie diente, bevor sie wieder abgestrahlt wurde. In den verschiedenen Flüssigkeiten gediehen eine ganze Reihe von Algenspezies, welche die Fäkalien der Mosdva aufnahmen und in Pflanzennährstoffe umwandelten. Die Pflanzen wiederum dienten zur Aufrechterhaltung der Atmosphäre. Die Dicke der Spiralrohre (keines maß unter zweieinhalb Metern im Durchmesser) bedeutete zudem eine ausgezeichnete Abschirmung vor der stellaren Strahlung.

Die Mosdva zeigten ihnen Habitatrohre, die auf intensiven landwirtschaftlichen Anbau spezialisiert waren. Lebende Rohre, die mit dünnen Platten aus feinem silbrig-weißem Gewebe in Sektionen unterteilt waren. Industrierohre, in denen Maschinen entlang der zentralen Achse aufgehängt waren, direkt über den Spitzen der allgegenwärtigen Wedelpflanzen. (»Die Feuchtigkeit muß ihnen eine Menge zu schaffen machen«, sagte Oski dazu.) Riesige öffentliche Rohre, in denen es vor Mosdva nur so wimmelte.

Zwei Stunden später schwebten sie in eine Sektion, die nach den Worten des Übersetzungsprogramms der *administrativen Klasse* des Dominions von Anthi-CL vorbehalten war. Joshua vermutete allmählich eine Gesellschaft, die streng hierarchisch nach aristokratischen Gesichtspunkten gegliedert war. Die Vegetation war üppiger als in den übrigen Rohren des Geflechts, die Technik weniger aufdringlich. Persönliche Wohnröhren zweigten von den größeren Gängen ab, und sie waren wesentlich besser ausgestattet als die Wohnsektionen, die sie bisher zu Gesicht bekommen hatten. Die Bevölkerungsdichte war im Gegenzug deutlich geringer. Zwei Drittel ihres Empfangskomitees sonderten sich ab, nachdem sie angekommen waren. Diejenigen, die bei den Menschen blieben, waren mit kybernetischen Prothesen aufgerüstet. Keinerlei offen zutage getragenen Waffen, doch die vier Menschen stimmten darin überein, daß es sich um eine Art Polizei oder Militär handeln mußte.

Quantook-LOU machte in einer großen Blase aus transparentem Material Halt. Drei kleinere Röhren führten von hier ab. Die Oberfläche war auch hier von Spiralrohren bedeckt, und überall standen Maschinen, doch es gab keinerlei Pflanzen, und abgesehen von den Luftblasen war die Flüssigkeit in den Spiralen transparent. Sie ermöglichte einen phantastischen Ausblick sowohl auf die Dunkel- als auch auf die Sonnenseite.

»Mein persönlicher Raum«, sagte Quantook-LOU.

Durch die transparenten Wände hindurch konnte Joshua die dünnen Schleier des Nebels erkennen. Scharf umrissene Wärmetauscherkonen bildeten einen fremdartigen, nahen Horizont. Die Sonnenseite war ein gleichförmiger Mantel aus rotem Licht. »Er paßt zu allem anderen, was wir hier gesehen haben«, sagte er.

»Was ist mit Ihrer Welt, Kommandant Joshua Calvert?« fragte Quantook-LOU. »Gibt es bei Ihnen Aussichten wie diese hier?«

Schließlich begann der Austausch der jeweiligen Geschichte. Auf das Drängen der Mosdva hin begannen Joshua, Samuel und Oski zu schildern, was Kontinente und Ozeane waren (Konzepte, die den Mosdva erst klargemacht werden mußten – in ihrer Sprache existierten nicht einmal mehr die entsprechenden Worte) und erklärten dann, wie die Menschheit in Afrika entstanden war und sich nach dem Ende der eiszeitlichen Vergletscherung von dort aus über die gesamte Erde ausgebreitet hatte. Wie sich eine technologisch-industrielle Gesellschaft entwickelt hatte. Wie die irrsinnige Umweltverschmutzung das Klima und die gesamte planetare Ökologie durcheinandergebracht hatte und deswegen Schiffe zu anderen Sternen geflogen waren, um neue Kolonien zu gründen. Daß der Konföderation inzwischen Hunderte von Sternensystemen angehörten, zwischen denen blühender Handel betrieben wurde. Eine wunderbar vereinfachte Zusammenfassung, in der nicht ein einziges Detail und keinerlei Zeitangaben vorkamen.

Im Gegenzug berichteten die Mosdva von Mastrit-PJs langer Geschichte. Weder sie noch die Tyrathca waren die ursprüngliche intelligente Spezies auf der einen Welt, die biologisches Leben getragen hatte. Die Ridbat waren die ersten gewesen, und ihre Zivilisation hatte vor mehr als einer Million Jahren existiert. Heute war nur noch wenig über sie bekannt, berichtete Quantook-LOU, höchstens Gerüchte und Legenden, die von Generation zu Generation weitergegeben und bei jedem Erzählen wilder wurden. Die Ridbat waren richtige Monster gewesen, gefräßige Bestien mit nichts als Niedertracht im Sinn. Während ihrer Epoche hatte es ununterbrochen Kriege gegeben. Zwei davon gipfelten im Einsatz nuklearer Waffen auf der Planetenoberfläche. Die gesamte Zivilisation der Ridbat fiel bei wenigstens drei Ereignissen vom fortgeschritten-technologischen Zeitalter zurück bis in die primitivste Barbarei. Es war nicht bekannt, ob die Ridbat je Raumflug betrieben hatten; man hatte keinerlei Hinweise auf außerplanetare Aktivitäten gefunden. Das vierte und letzte industrielle Zeitalter der Ridbat endete in einem thermonuklearen Konflikt, bei dem auch biologische Waffen eingesetzt wurden. Die Waffen vernichteten siebzig Prozent allen tierischen Lebens und löschten die Ridbat endgültig aus.

Während die Ridbat über den Planeten herrschten, hatten sich die Mosdva zu einer halbintelligenten Rasse entwickelt. Das machte sie zu nützlichen Sklaven, die auf Ausdauer und Kraft und Passivität gezüchtet wurden, wohingegen Eigenschaften wie Neugier oder Beharrlichkeit rücksichtslos ausgemerzt wurden. Als die Ridbat sich selbst vernichteten, entwickelten die Mosdva ein echtes Bewußtsein. Obwohl auch ihre Bevölkerung durch die über das Land rasenden Seuchen stark dezimiert worden war, überlebten sie wenigstens als eine Spezies.

Nachdem die Ridbat verschwunden waren, entwickelten sich die Mosdva auf mehr normale Weise weiter. So normal jedenfalls, wie das Leben auf einem derart zerstörten Planeten sein konnte. Es dauerte extrem lange, bis ihre Zivilisation sich zu einem großen Ganzen zusammenschloß. Mastrit-PJ mit seinen erschöpften Mineralvorkommen, der zerstörten Biosphäre und den ausgedehnten radioaktiven Wüstenlandschaften war keine Umgebung, die einer komplizierten oder technologisch hoch entwickelten Bevölkerung zugute gekommen wäre, und die vorsichtige, mißtrauische Natur der Mosdva paßte perfekt dazu. Im Verlauf des nuklearen Winters, der dem Untergang der Ridbat folgte, wurden sie zu Nomaden, die zwischen den bewohnbaren Gebieten umherzogen. Erst als sich die Gletscher eine halbe Million Jahre später wieder zurückzogen, entwickelten sich die Mosdva weiter.

Sie erreichten ein mittleres Industriezeitalter. Weil keinerlei fossile Brennstoffe mehr übrig waren, weder Kohle noch Gas noch Öl, basierte ihre Technologie auf dem Konzept des Erhalts, zuträglich für die und in Harmonie mit der Natur. Obwohl sie Veränderungen nicht ablehnend gegenüberstanden, dauerte es extrem lange, bis eine Veränderung sich von innen heraus manifestiert hatte. Stetige Fortschritte in den theoretischen Feldern der Wissenschaft, wie Physik, Astronomie und Mathematik hießen noch lange nicht, daß daraus auch technologische Entwicklungen abgeleitet worden wären. Immerhin lebten die Mosdva bereits in ihrem goldenen Zeitalter. Nach dem entsetzlichen Erbe, das sie angetreten hatten, war Stabilität derjenige von allen Werten, den sie am höchsten schätzten. Und ihre Einstellung hätte durchaus zu einer Gesellschaft führen können, deren zeitliche Maßstäbe geologischen Epochen gleichkamen.

Das Schicksal versetzte dieser Aussicht zwei schwere Schläge. Als die Gletscher verschwanden, begannen die Tyrathca, bis dahin einfache rinderähnliche Herdentiere, an der evolutionären Renaissance ihrer Welt teilzuhaben. Es dauerte lange, bis sie ein Bewußtsein entwickelten, doch der Weg dorthin spiegelte ihre physische Kraft und Ausdauer wider: unbeirrbar und unaufhaltsam. Auf jeder anderen Welt wäre ihr völliger Mangel an Phantasie ein schwerer Hinderungsgrund gewesen, doch nicht hier. Die Tatsache, daß sie den Planeten mit einer Spezies teilten, die so wohlwollend und (damals) fortgeschritten war wie die Mosdva, bedeutete, daß sie Zugang erhielten zu Maschinen und Konzepten, die sie selbst niemals zu entwickeln imstande gewesen wären.

Unglücklicherweise waren die Tyrathca aggressiver als die Mosdva, eine Veranlagung, die auf ihre Vergangenheit als Herdentiere und die sich daraus ergebenden Streitereien um Territorien und Grenzen zurückzuführen war. Ihre Aggressivität wiederum führte zur Züchtung der Vasallenkasten, insbesondere der Soldaten.

Mit ihrer gestohlenen Technologie und ihrer körperlichen sowie zahlenmäßigen Überlegenheit wurden die Tyrathca bald die dominante der beiden Spezies.

Für die Mosdva hätte es durchaus das Ende bedeuten können. Ihre Siedlungen standen unter konstantem Druck durch die Expansion der Tyrathca. Doch dann entdeckten Astronomen der Mosdva, daß die Sonne im Begriff stand, sich in einen roten Riesen aufzublähen.

Für eine Spezies, deren Gedanken auf einer mehr abstrakten Ebene funktionierten, war die Erkenntnis des sicheren Endes in dreizehnhundert Jahren niederschmetternd genug; für die Tyrathca, die allein in Fakten dachten, war es intolerabel. Das Überleben der Spezies bildete einen einigenden Motivator, der sie in die Lage versetzte, blitzschnell ihre Herrschaft über den gesamten Planeten zu konsolidieren. Zum zweiten Mal im Verlauf ihrer

Geschichte wurden die Mosdva buchstäblich versklavt. Zuerst wurden sie benutzt, um einen Plan zu entwickeln, der einigen, wenn nicht gar allen Tyrathca das Überleben der stellaren Expansion ermöglichen sollte. Ihre Lösung war das Konzept der Weltraumarchen, das letzten Endes das Überleben der Spezies garantieren würde, während bewohnbare Asteroiden den Rest der Bevölkerung aufnahmen, der nicht rechtzeitig evakuiert werden konnte. Und dann wurden sie benutzt, um diesen Plan in die Tat umzusetzen.

Mit ihren kleineren Körpern, ihrer größeren Geschicklichkeit und höheren Intelligenz gaben die Mosdva exzellente Astronauten ab – ganz im Gegensatz zu den Tyrathca.

Die technischen Fähigkeiten der Mosdva wurden eingesetzt, um Asteroiden einzufangen und sie in einen Orbit um Mastrit-PJ zu bringen, wo sie ausgehöhlt und zu Weltraumarchen ausgebaut wurden. Die Phase des Archenbaus dauerte sieben Jahrhunderte. Während dieser Zeit wurden eintausendsiebenunddreißig Archen fertiggestellt und auf die Reise geschickt.

Anschließend, als die wachsende Instabilität des Sterns die zerbrechliche Ökologie des Planeten zu schädigen begann, wurde Mastrit-PJs massive orbitale Produktionskapazität umgerüstet, um fortan Asteroiden in Habitate umzuwandeln. Die dazu bestimmten Asteroiden kreisten in mehr als zweihundertfünfzig Millionen Kilometern Entfernung um die Sonne des Systems und damit außerhalb der vorausgesagten Expansion der Photosphäre. Weil diese Operation viel unkomplizierter war als der Umbau von Asteroiden in Weltraumarchen, wurden in weniger als zwei Jahrhunderten mehr als siebentausend Habitate geschaffen. Und im Gegensatz zu den Archen, die unmittelbar nach ihrer Fertigstellung für die Tyrathca verloren waren, steuerten die neuen Habitate ihre industrielle Kapazität zum Bau weiterer Zufluchtsstätten bei und sorgten dadurch für ein fast exponentielles Wachstum.

Tausend Jahre, nachdem das Projekt begonnen hatte, wurde der Heimatplanet von Tyrathca und Mosdva unbewohnbar und evakuiert.

Kein Mosdva wurde je an Bord einer Weltraumarche mitgenommen; die Schiffe waren exklusiv den Tyrathca vorbehalten. Sobald die Mosdva mit einer Arche fertig waren, wurden sie von Bord gebracht und begannen mit dem Bau der nächsten.

Allerdings konnten die Tyrathca sie nicht aus den Asteroidenhabitaten ausschließen, ohne Genozid zu begehen. Also wurden sie von den Tyrathca toleriert in dem Bewußtsein, daß ihre eigenen Zahlen ständig weiterwuchsen und das Programm zum Bau von Habitaten nie enden würde. Und weil die exakten Bedingungen der stellaren Expansion nicht vorhersehbar waren, würden die Tyrathca die technischen Fähigkeiten der Mosdva noch benötigen, um die Asteroidenhabitate an die Gegebenheiten der aufgeblähten Photosphäre anzupassen.

Als das Zentralgestirn sich schließlich aufblähte, war der Durchmesser weit größer als vorhergesagt, genau wie der Strahlungsausstoß. Neue, größere Wärmeableitsysteme mußten für die Habitate konstruiert werden, und zwar schnell. Als Konsequenz wurden die Habitate immer mehr von Technik abhängig, was zu einer graduellen Verschiebung politischer Macht führte.

Lediglich die Brüter der Tyrathca waren zu halbwegs sinnvoller technischer Aktivität imstande, wodurch sämtliche Vasallenkasten bis auf die Handwerker, die Haushälter und Bauern redundant wurden. Die Soldatenkaste wurde nur noch gezüchtet, um die Mosdva weiterhin unter Kontrolle zu halten.

Die Revolution erfolgte nicht über Nacht, sondern erstreckte sich über einen Zeitraum von tausend Jahren. Der eigentliche Beginn war sogar zehntausend Jahre früher gewesen. Ursprünglich hatten die Asteroidenhabitate nach der stellaren Expansion eine einzige zusammenhängende Nation gebildet. Doch der Mangel an Materie in Form ungenutzter Asteroiden, die man hätte abbauen können, zwang die Tyrathca zurück zu ihrem ursprünglichen Clanwettbewerb. Je weiter die Zahl ungenutzter Asteroiden zurückging, desto heftiger waren die Kriege, die um die verbliebenen ausgefochten wurden. Die einzelnen Asteroidenhabitate kapselten sich vollkommen ab und wurden autonom.

Danach war es nur noch eine Frage der Zeit, bis die Mosdva die Oberhand gewannen. Sie kontrollierten die Maschinerie der Habitate und die industriellen Anlagen, und diese Macht versetzte sie in die Lage, den Tyrathca ihre Bedingungen zu diktieren.

Unter der neuen Ordnung wuchsen die Habitate allmählich wieder zusammen, sowohl politisch wie auch physisch. Im Verlauf dieses Prozesses entstanden neue Designkonzepte, und die alte Erhaltungsphilosophie der Mosdva trat in den Vordergrund. Sie maximierten den Nutzen aus den schwindenden Materieressourcen. Lebenserhaltungssektionen außerhalb der durch Rotation mit Schwerkraft versehenen Bereiche wurden konstruiert. Zuerst waren sie nur wenig mehr als Anbauten an das Gitterwerk, das die Asteroidenhabitate zusammenhielt; Transport- und Transferröhren, welche den Bedarf an Luftschleusen und ressourcenfressenden Raumfähren eliminierten. Dann fanden die Mosdva heraus, daß sie sich dank ihrer zum Klettern geschaffenen Gliedmaßen und ihrer natürlichen Geschicklichkeit ganz ausgezeichnet an eine schwerelose Umgebung anpaßten. Lediglich die Tyrathca benötigten Schwerkraft und den damit verbundenen Maschinenaufwand, um die rotierenden Biosphären zu erhalten. Weitere Segmente wurden konstruiert und zu den bereits in der Schwerelosigkeit vorhandenen hinzugefügt. Hydroponische Anlagen und Industriesektionen kamen zuerst, wodurch die Techniker mehr und mehr Zeit im freien Fall verbrachten. Bald folgten die ersten Wohnsektionen. Die Epoche der Scheibenstädte begann.

»Und die Tyrathca?« fragte Joshua. »Gibt es sie immer noch?«

»Wir versorgen sie nicht mehr und kümmern uns auch sonst nicht mehr um sie«, antwortete Quantook-LOU. »Sie sind nicht mehr unsere Herren.«

»Meinen Glückwunsch, daß Sie sich ihrer entledigt haben. Die Konföderation hatte von Anfang an Probleme, sich mit ihnen zu verständigen.«

»Aber mit uns gibt es diese Probleme nicht, hoffe ich. Und das Dominion von Anthi-CL befindet sich am Rand von Tojolt-HI. Dadurch sind wir reich an Materie, reicher als jedes andere Dominion. Wir sind gute Handelspartner für Sie, Kommandant Joshua Calvert.«

»Wieso macht Sie die Tatsache, daß Ihr Dominion am Rand von Tojolt-HI liegt, reicher als die anderen?«

»Ist das nicht offensichtlich? Alle Schiffe müssen am Rand andocken. Jegliche Materie fließt durch unser Dominion.«

»Oh. Die klassische Methode«, sagte Ruben. »Die Dominien am Rand sind die Hafenmeister der Scheibenstadt, sie können verlangen, was immer sie wollen, wenn jemand Fracht durch ihren Herrschaftsbereich transportieren möchte. Wahrscheinlich haben sie untereinander eine Art politischer Allianz gebildet, um die Dominien im Innern besser auszuquetschen.«

»Eine Minimumgebühr?« fragte Joshua.

»Höchstwahrscheinlich. Das bringt uns in eine gute Position. Alles geht bei ihnen durch, also müssen sie über eine gute Kommunikation mit den anderen Dominien verfügen. Sie müßten sehr wohl imstande sein, eine Kopie dieses alten Sternenalmanachs zu finden, falls es irgendwo noch eine gibt.«

»In Ordnung.« Joshua blendete die Zeitfunktion seiner neuralen Nanonik ein. Sie waren seit mehr als neun Stunden in der Scheibenstadt. »Ich danke Ihnen für Ihre Gastfreundschaft, Quantook-LOU. Meine Besatzung und ich würden jetzt gerne zu unserem Schiff zurückkehren. Wir haben genug Informationen gesammelt, um zu sehen, wo unsere gegenseitigen Interessen liegen. Jetzt möchten wir die von uns mitgebrachten Informationen und Handelsgegenstände auf ihre Nützlichkeit für das Dominion von Anthi-CL durchgehen, um sicherzustellen, daß wir beide den größtmöglichen Profit aus unserem Handel schlagen können.«

»Wie Sie wünschen. Wie lange wird dieses Durchgehen schätzungsweise dauern?«

»Nicht länger als ein paar Stunden. Ich freue mich bereits auf unser nächstes Treffen und den Beginn echter Verhandlungen.«

»Genau wie ich. Wir werden unsere Ressourcen ordnen, um Ihren Anforderungen gerecht zu werden. Aber vielleicht dürfte ich beim nächsten Mal Ihr Schiff besichtigen?«

»Sie wären mir ein höchst willkommener Gast, Quantook-LOU.«

Zehn Mosdva begleiteten sie auf ihrem Rückweg zum MSV. Sie hatten es nicht angerührt, obwohl Ashly und Sarha, die ununterbrochen den Status des kleinen Gefährts überwacht hatten, meldeten, daß es mit jedem nur denkbaren aktiven Sensorstrahl bombardiert worden war.

Sobald sie zurück an Bord der *Lady Macbeth* und durch die Dekontaminationsprozedur waren, ließ Joshua seinen SII-Raumanzug kontrahieren. Er stieß einen erleichterten Seufzer aus, als wieder Luft an seine Haut kam. »Meine Güte, ich dachte schon, dieser Quantook-LOU würde gar nicht mehr aufhören mit seinem Gerede, was für eine phantastische Spezies die Mosdva sind. Schlafen sie eigentlich nie?«

»Wahrscheinlich nicht«, sagte Parker Higgens. »Schlafphasen entwickeln sich in der Regel nur auf Planeten mit einer richtigen Tag-Nacht-Phase, und die gibt es bei den Mosdva schon seit Ewigkeiten nicht mehr. Ich würde vermuten, daß sie Perioden verringerter Aktivität haben, aber richtigen Schlaf? Kaum.«

»Na gut, meinetwegen, das ist eine Schwäche, die wir ihnen gegenüber eingestehen können. Ich brauche etwas zu essen, eine Gel-Dusche und ein paar Stunden im Kokon. Der Tag war verdammt lang.«

»Einverstanden«, sagte Syrinx. »Die ELINT-Satelliten nähern sich ihrer Operationsreichweite, wodurch wir möglicherweise wertvolle Informationen über die Dominien erhalten. Außerdem müssen wir auswerten, was wir heute in Erfahrung gebracht haben, und ich hätte gerne, daß wir dafür alle ausgeruht sind. Wir reden in sechs Stunden wieder miteinander und sehen, was die Satelliten herausgefunden haben und wie wir von hier aus weitermachen.«

Joshua schaffte es tatsächlich, drei Stunden in seinem Kokon zu schlafen, bevor er wieder aufwachte. Er starrte fünfzehn Minuten an die Kabinenwand, bevor er sich eingestand, daß er ein Somnolenzprogramm aktivieren mußte, wenn er wieder einschlafen wollte. Er haßte es, wenn er nicht ohne Hilfe einschlafen konnte.

Liol, Monica, Alkad und Dahybi hatten sich bereits in der kleinen Kombüse eingefunden, als er kurze Zeit später durch die Luke geschwommen kam. Sie bedachten ihn mit unterschiedlich mitfühlenden Blicken, die er reumütig zur Kenntnis nahm.

»Wir haben mit Syrinx und Cacus gesprochen«, begann Monica. Sie zuckte die Schultern, als sie Joshuas Reaktion bemerkte. Er war dabei gewesen, sich einen Beutel Tee mit heißem Wasser aufzufüllen und hatte innegehalten, um sie mit gehobener Augenbraue anzublicken. »Nicht nur wir finden keinen Schlaf, wissen Sie?

Na ja, jedenfalls ist es ihnen zwischenzeitlich gelungen, sieben weitere Scheibenstädte zu lokalisieren.«

Joshua befahl dem Bordrechner, eine allgemeine Kommunikationsverbindung herzustellen, und wünschte der *Oenone* und ihrer Besatzung einen guten Morgen.

»Das Reich der Mosdva scheint ziemlich ausgedehnt zu sein«, berichtete Syrinx. »Nach der Verteilung der Scheibenstädte zu urteilen, die wir bisher aufspüren konnten, müssen wir unsere frühere Einschätzung nach oben hin revidieren. Würde auch passen, wenn wir davon ausgehen, daß sie zu Beginn siebentausend Asteroidenhabitate zu ihrer Verfügung hatten. Kempster und Renato haben unterdessen begonnen, auch die weiter von der Photosphäre entfernt liegenden Bereiche abzutasten. Bis jetzt haben sie in einem Bereich von zwanzig Grad über und unter der Ekliptik nicht einen einzigen Felsklumpen entdeckt. Quantook-LOU hat die Wahrheit gesagt, nach der stellaren Expansion scheint es tatsächlich verzweifelte Bemühungen gegeben zu haben, um nur ja jeden Brocken Materie zu bergen. Offensichtlich haben die Mosdva jedes verfügbare Gramm in ihre Scheibenstädte eingebaut.«

»Quantook-LOU hat nicht Bemühungen gesagt«, entgegnete Joshua. »Er hat von Kriegen gesprochen. Plural.«

»Die er ausnahmslos den Tyrathca in die Schuhe geschoben hat«, sagte Alkad.

Joshua bedachte die alte Physikerin mit einem düsteren Blick. Sie redete nicht viel, doch ihre Kommentare waren üblicherweise recht stichhaltig. »Sie glauben also, die Mosdva hätten früher die Herrschaft übernommen, als sie uns weismachen wollen?«

»Wir werden niemals wissen, wie sich die genaue Geschichte dieses Systems ereignet hat, aber ich halte es für sehr wahrscheinlich, daß die Mosdva ihre Revolte unmittelbar nach der stellaren Expansion angefangen haben. In einer Zeit, in der die Tyrathca am stärksten von ihnen abhängig waren. Alles andere, was sie uns erzählt haben, läßt sie in einem ungewöhnlich warmherzigen Licht erscheinen. Ein unterdrücktes Volk, das sich abmüht, um seine lange verlorene Freiheit zurückzugewinnen? Bitte, Joshua. Die Geschichte wurde schon immer von den Siegern geschrieben.«

»Ich habe ebenfalls einige unserer weniger schönen Eigenschaften gefärbt«, entgegnete Joshua. »Das ist nur allzu menschlich.«

»Du hättest Quantook-LOUs Büro mit ein paar Nanowanzen impfen sollen«, sagte Liol. »Ich würde zu gerne wissen, was im Augenblick dort drin geredet wird.«

»Das Risiko war zu groß«, widersprach Monica. »Hätten sie die Wanzen entdeckt, könnten sie das schlimmstenfalls als feindseligen Akt interpretieren. Selbst wenn sie diplomatisch darüber hinweggesehen hätten, würden wir ihnen damit eine vollkommen neue Technologie an die Hand gegeben haben.«

»Ich glaube nicht, daß wir uns deswegen große Sorgen machen müßten«, sagte Liol. »Die Mosdva werden die Konföderation bestimmt nicht erobern; es sind die Tyrathca, über die wir uns Gedanken machen müssen.«

»Genug«, sagte Joshua. Er rückte ein wenig beiseite, um dem verschlafenen, unrasierten Ashly Platz zu machen, der in die Kombüse geschwebt kam. »So, da anscheinend alle wieder auf den Beinen sind, setzen wir uns am besten jetzt zusammen und überlegen, was wir als nächstes tun.«

Es gab eine weitere Entdeckung, bevor die Besprechung anfing. Joshua beendete gerade sein Frühstück, als Beaulieu eine kurze Datavis-Nachricht an ihn sandte mit der Bitte, sich auf die Sensoren der *Lady Macbeth* aufzuschalten. »Ich habe ein Mosdva-Schiff entdeckt«, sagte der große weibliche Kosmonik.

»Na endlich«, sagte Liol eifrig. Er schloß die Augen und schaltete sich auf die Sensoren.

Beaulieu hatte keinerlei visuelle Erweiterungsalgorithmen aktiviert, um das Rot der Sonne auszufiltern. Daher sah Joshua im ersten Augenblick nichts weiter als einen gewaltigen weißen Umriß, der aus dem Gravitationstrichter der Sonne herausstieg und auf Rendezvouskurs zu Tojolt-HI ging. Die gleiche Art von Schiff, die bereits am Rand angedockt hatte. Fünf gigantische Kugeln, die sich um eine trichterförmige Antriebseinheit klumpten. Nur, daß diese Kugeln hier in strahlendem Violett-Weiß leuchteten, viel heller als die Photosphäre.

»Es ist vor zwanzig Minuten aufgetaucht«, berichtete Beaulieu.

Sie spielte die Aufzeichnung ab. Die Sensoren der *Lady Macbeth* hatten eine magnetische Anomalie innerhalb der Photosphäre entdeckt, Hunderte von Kilometern im Durchmesser, wo sich die Fluxlinien zu einem dichten Muster ähnlich einem Astknoten in einer Holzplanke verdichteten. Doch die Anomalie bewegte sich schneller als mit Orbitalgeschwindigkeit und wurde ständig größer. Beaulieu hatte die visuellen Sensoren auf die Stelle gerichtet. Zuerst war nichts außer einem endlosen scharlachroten Dunst zu erkennen, genauso gleichförmig wie ein Seenebel in der Dämmerung. Dann geschah das Unfaßbare, und lange schattige Wellen zogen über das Bild. Es waren echte Wellen, Falten im Gas, denn irgend etwas darunter brachte die glühenden Wasserstoffatome in Wallung und erzeugte in der ansonsten ruhigen Umgebung wirbelnde Strömungen. Ein heller Fleck aus weißem Licht wurde im roten Plasma erkennbar. Das Schiff stieg glatt und mühelos durch die äußeren Schichten der Photosphäre, Trichteröffnung voran, und schob eine gewaltige Bugwelle leuchtender Ionen vor sich her. Jede der fünf Kugeln leuchtete so hell wie ein weißer Zwerg, und sie strahlten unglaubliche Mengen an elektromagnetischer und thermischer Energie ab. Gewaltige scharlachrote Koronen quollen lawinenartig von der Trichterlippe und rieselten zeitlupenartig wie Sand zurück in die Photosphäre des roten Riesen. Der Rest wurde in den Trichter hineingesaugt und leuchtete dabei heller und heller, je weiter er kam, bis er von einer alles verzehrenden blendend weißen Flamme in der Nähe des hinteren Endes verschlungen wurde.

»Die Kugeln sind dunkler geworden, seit es die Oberfläche erreicht hat«, berichtete Beaulieu. »Ihre externe Temperatur fällt mit der gleichen Geschwindigkeit.«

»Sieht ganz so aus, als hättest du recht gehabt, Josh«, sagte Liol. »Es ist tatsächlich ein Staustrahltriebwerk. Wie es aussieht, holen sie sich ihre Materie direkt aus der Sonne, nachdem sämtliche Asteroiden verbraucht sind. Was für eine Vorstellung! Sie ernten die Sonne ab!«

»Diese Wärmespeichertechnologie ist verdammt beeindruckend«, sagte Sarha. »Allem weit überlegen, was wir besitzen. Sie strahlen Hitze ab, während sie noch im Innern einer Sonne sind. Herr im Himmel!«

»Die einfache Kompression von Photosphärenwasserstoff in einen stabilen gasförmigen Zustand mit anschließender Kondensation würde nicht soviel Hitze erzeugen«, sagte Alkad. »Sie scheinen den Wasserstoff an Ort und Stelle zu verschmelzen, verbrennen ihn zu Helium oder vielleicht sogar direkt zu Kohlenstoff.«

»Mein Gott, sie müssen wirklich einen verzweifelten Bedarf nach Materie haben.«

»Die Eisengrenze«, sann Joshua. »Man kann Atome nicht weiter als bis zum Eisen verschmelzen, ohne daß die Energiebilanz negativ wird. Bis zum Eisen wird bei jeder Verschmelzung Energie erzeugt.«

»Ist das relevant?« fragte Liol.

»Ich bin nicht sicher. Aber es macht Eisen für sie so wertvoll wie Gold. Und es kann nicht schaden zu wissen, was sie am meisten schätzen. Wahrscheinlich werden ihnen die Trans-Eisen-Elemente am meisten fehlen.«

»Die Tatsache, daß sie auf diese außergewöhnliche Methode verfallen sind, gibt uns ein paar nicht zu verachtende Druckmittel an die Hand«, sagte Samuel. »Wir haben bisher keine Hinweise auf molekularbindungsverstärkte Strukturen in der Scheibenstadt gesehen. Unsere Materialwissenschaften versetzen sie in die Lage, ihre Materie weit effizienter auszunutzen, als sie das bisher tun. Jede Innovation, die wir ihnen in die Hand geben, besitzt das Potential, gewaltige Veränderungen bei ihnen hervorzurufen.«

»Genau das ist es, was wir zu entscheiden haben«, sagte Syrinx. »Liol, gibt es etwas Neues von den ELINT-Satelliten, das uns weiterhelfen könnte?«

»Nicht wirklich. Sie stehen inzwischen tausend Kilometer über der Dunkelseite, und wir haben einen ausgezeichneten Überblick. Im Grunde genommen genau das gleiche, was wir beim Anflug bereits gesehen haben. Ein paar Züge fahren herum, und sonst bewegt sich nichts. Oh, und wir haben ein paar Atmosphärenbrüche aufgezeichnet, die schlimm aussahen. Die Rohre müssen gebrochen sein. Wir sahen Leichen in den Gasfontänen.«

»Offensichtlich tragen sie einen ständigen Kampf gegen strukturelle Ermüdungserscheinungen aus«, sagte Oxley. »Und sie haben eine ganze Menge Oberfläche abzudecken.«

»Alles ist relativ«, entgegnete Sarha. »Es gibt schließlich auch eine ganze Menge Mosdva, um die Oberfläche abzudecken.«

»Ich frage mich, wie sehr die einzelnen Dominien voneinander abhängig sind«, sagte Parker. »Nach allem, was dieser Quantook-LOU erzählt hat über Zölle auf jegliche Fracht, die zu den inneren Dominien weitergeleitet wird, müssen sie schließlich auch sicherstellen, daß es genügend Material gibt. Ohne Zufuhr von außen würden die Rohre nacheinander zerplatzen. Ich könnte mir vorstellen, daß die inneren Dominien auf eine derartige Bedrohung massiv reagieren würden.«

»Wir haben inzwischen achtzig tote Sektionen über ganz Tojolt-HI verteilt gefunden«, sagte Beaulieu. »Die Gesamtfläche beträgt knapp unter dreizehn Prozent der Scheibenstadt.«

»So viel? Das deutet eigentlich auf eine Zivilisation im Niedergang hin, vielleicht sogar eine, die in Dekadenz verfallen ist.«

»Individuelle Dominien mögen vielleicht fallen«, sagte Ruben. »Aber insgesamt betrachtet ist ihre Gesellschaft intakt. Sehen Sie den Tatsachen ins Auge, auch in der Konföderation gibt es Welten, die alles andere als wachsen und gedeihen, trotzdem strotzen einige unserer Kulturen nur so vor Kraft und Leben. Ich finde die Tatsache bedeutsam, daß keine der Randsektionen tot ist.«

»Der zweite hauptsächliche Bereich externer Aktivitäten erstreckt sich genau um diese toten Gebiete«, sagte Liol. »Es sieht aus wie großangelegte Wartungs- und Reparaturarbeiten. Diese Dominien sind eindeutig nicht dekadent; sie sind ganz im Gegenteil damit beschäftigt, ihr Territorium in das ihrer ehemaligen Nachbarn hinein auszudehnen.«

»Ich kann akzeptieren, daß ihre Zivilisation mit der unseren vergleichbar ist«, sagte Syrinx. »Also, basierend auf dieser Annahme – bieten wir ihnen unseren ZTT-Antrieb nun an oder nicht?«

»Im Tausch gegen einen zehntausend Jahre alten Almanach?« fragte Joshua. »Das soll wohl ein Scherz sein. Quantook-LOU ist schlau; er wird wissen, daß irgend etwas faul ist an der Geschichte. Ich würde vorschlagen, wir bauen den Austausch astronomischer Daten irgendwie in den Handel mit ein, wie auch immer er aussehen mag. Schließlich haben sie nicht die geringste Ahnung, was auf der anderen Seite des Nebels liegt. Wenn wir ihnen einen Möglichkeit anbieten, sich aus diesem System und dem von Tyrathca beherrschten Raum zu befreien, dann müssen sie auch wissen, was sie dort draußen erwartet, oder?«

»Ich hab's gleich gesagt«, warf Ashly ein. »ZTT ist kein Ausweg.«

»Nicht für das einfache Volk, zugegeben«, sagte Liol. »Aber die Anführer wollen ihn vielleicht, für ihre Familien oder Clans oder Mitglieder von irgendwelchen Bünden, die sie eingehen. Und die Anführer sind es, mit denen wir verhandeln.«

»Wollen wir wirklich ein solches Erbe hinter uns zurücklassen?« fragte Peter Adul mit leiser Stimme. »Die Möglichkeit interstellarer Konflikte und interner Zwistigkeiten?«

»Kommen Sie mir bloß nicht mit moralischen Gesichtspunkten«, sagte Liol. »Jeder, aber nicht Sie. Außerdem können wir uns diese Art von Ethik nicht leisten. Unsere eigene gottverdammte Spezies steht auf dem Spiel, oder haben Sie das vergessen? Ich gehe jedes Risiko ein, das zur Rettung der Menschheit erforderlich ist.«

»Wenn wir, wie wir es beabsichtigen, einen Gott um seine Hilfe bitten wollen, dann sollten Sie vielleicht auch überlegen, wie würdig wir uns erweisen, oder ob dieser Kurs nicht das Gegenteil bewirkt.«

»Was, wenn diese Gottheit die Vernichtung unserer Feinde als ehrenhaft betrachtet? Sie schreiben ihr äußerst menschliche Eigenschaften zu. Die Tyrathca haben so etwas nie getan.«

»Das ist ein gutes Argument«, sagte Dahybi. »Und jetzt, nachdem wir wissen, warum die Tyrathca trotz ihrer fehlenden Phantasie dorthin gekommen sind, wo sie stehen – wie wirkt sich das auf unsere Analyse dieses Schlafenden Gottes aus?«

»Sehr wenig, fürchte ich«, gestand Kempster Getchell. »Nach allem, was wir über sie wissen, würde ich sagen, daß die Tyrathca von Swantic-LI nicht die geringste Ahnung hatten, was zur Hölle dieses Ding war, wenn der Schlafende Gott es ihnen nicht selbst erklärt hat. Und indem sie dieses Ding Gott nannten, waren sie so ehrlich, wie nur die Tyrathca es sein können. Die einfachste Übersetzung entspricht unserer eigenen: Etwas so Mächtiges, daß wir es nicht verstehen.

»Wie sehr wird der Überlichtantrieb die Zivilisation der Scheibenstädte verändern?« fragte Syrinx.

»Beträchtlich«, antwortete Parker. »Wie Samuel bereits gesagt hat – allein die Tatsache unseres Auftauchens hat bereits für Veränderungen gesorgt. Wir haben Tojolt-HI bewiesen, daß es möglich ist, den von Tyrathca beherrschten Raum zu umgehen. Und da die Mosdva eine Spezies mit einem Intellekt ist, der sich nicht wesentlich von unserem eigenen unterscheidet, müssen wir davon ausgehen, daß sie früher oder später das gleiche versuchen werden. Wenn überhaupt, so erhalten wir vielleicht die Kontrolle über den Zeitpunkt, mehr aber auch nicht. Und wenn wir ihnen den ZTT-Antrieb jetzt zur Verfügung stellen, verschaffen wir uns das Wohlwollen zumindest einer Fraktion einer sehr alten und vielseitigen Rasse. Ich sage, wir sollten jede nur denkbare Anstrengung unternehmen, um mit den Mosdva Freundschaft zu schließen. Schließlich wissen wir inzwischen, daß ZTT-Antrieb und Raumverzerrungsfeld kaum das letzte Wort in Bezug auf interstellare Reisen darstellen. Die Teleportationsfähigkeit der Kiint hat uns das mehr als deutlich bewiesen.«

»Irgendwelche anderen Möglichkeiten?« fragte Syrinx.

»Wie ich die Sache sehe, haben wir insgesamt vier«, faßte Samuel zusammen. »Wir könnten versuchen, den Almanach durch einen Handel zu bekommen. Wir könnten Gewalt einsetzen . . .«, er hielt inne und lächelte entschuldigend in die Runde, als die übrigen Edeniten mißbilligend protestierten. »Es tut mir leid«, sagte er. »Aber wir besitzen diese Möglichkeit, und deswegen sollte sie auch mit in Betracht gezogen werden. Unsere Waffen sind aller Wahrscheinlichkeit nach überlegen, und mit Hilfe unserer Elektronik und unserer Software müßten wir in der Lage sein, auch dann noch Informationen aus ihren Speichern zu extrahieren, wenn sie uns freiwillig keinen Zugang gewähren.«

»Das ist nur ein absolut allerletzter Ausweg«, sagte Syrinx.

»Einverstanden«, sagte Joshua entschieden. »Dies ist eine Zivilisation, die über jedes kleine Stück Materie Kriege in einem Maßstab ausgefochten hat, wie wir sie noch nicht gesehen haben. Die Mosdva mögen vielleicht nicht so hoch entwickelte Waffen besitzen wie wir, aber sie haben eine irrsinnige Menge davon, und die *Lady Macbeth* steht in der Frontlinie. Wie lauten die beiden anderen Möglichkeiten?«

»Falls sich Quantook-LOU als unkooperativ erweist, suchen wir uns einfach ein anderes Dominion, das uns weiterhilft. Schließlich ist es nicht so, als hätten wir keine Auswahl. Die letzte Möglichkeit schließlich ist eine Variante davon; wir verschwinden auf der Stelle und suchen uns eine Kolonie der Tyrathca.«

»Wir haben recht gute Beziehungen zu Quantook-LOU und dem Dominion von Anthi-CL eingeleitet«, warf Sarha ein. »Ich denke, wir sollten darauf aufbauen. Vergeßt nicht, daß Zeit ebenfalls eine Rolle spielt. Jetzt sind wir hier, und wir müssen nicht mit den Tyrathca verhandeln. Das ist doch positiv.«

»Also schön«, schloß Syrinx. »Für den Augenblick bleiben wir bei Joshuas Taktik. Wir bereiten einen größeren Handel mit den Mosdva vor und schließen die Almanach-Daten der Tyrathca als Beigabe mit ein.«

Joshua kehrte mit der gleichen Mannschaft wie bei seinem ersten Besuch in die Scheibenstadt zurück. Diesmal wurden sie auf direktem Weg in Quantook-LOUs private Glaskugel geführt.

»Haben Sie Handelsgegenstände an Bord Ihres Schiffes gefunden, Kommandant Joshua Calvert?« erkundigte sich der Mosdva.

»Wir glauben es jedenfalls«, antwortete Joshua. Er blickte sich in der transparenten Kammer mit ihrer Vielzahl unbekannter Maschinen um und verspürte milde Beunruhigung. Irgend etwas hatte sich verändert. Er startete ein Vergleichsprogramm in seiner neuralen Nanonik, das die visuellen Erinnerungen durchging. »Ich bin nicht sicher, ob es von Bedeutung ist«, sagte er schließlich per Affinitätsverbindung zu seiner Besatzung, »aber einige dieser Maschinen auf den Spiralrohren sind seit unserem letzten Besuch ausgetauscht worden.«

»Wir sehen sie, Joshua«, antwortete Liol.

»Hat jemand eine Ahnung, was für Maschinen das sein könnten?«

»Ich fange keinerlei Sensorsemissionen auf«, sagte Oski. »Aber sie besitzen starke magnetische Felder; in ihrem Innern gibt es definitiv aktive Elektronik.«

»Strahlenwaffen?«

»Nicht sicher. Ich kann nichts entdecken, das einer Mündung oder einem Abstrahltrichter entspricht, und die Magnetfelder passen nicht zu Energiezellen. Ich kann nur raten, aber es sieht danach aus, als hätten sie den gesamten Raum in einen magnetischen Resonanzscanner umgebaut; falls sie über Quantendetektoren mit ausreichender Empfindlichkeit verfügen, hoffen sie wahrscheinlich, auf diese Weise hinter unsere Panzer zu sehen.«

»Und? Können Sie?«

»Nein. Unsere Abschirmung wird das zuverlässig verhindern. Aber es war ein netter Versuch.«

»Haben Sie in der Zwischenzeit den Prozessor untersucht, den ich Ihnen mitgebracht habe?« fragte Joshua seinen Gastgeber.

»Er wurde getestet, ja. Das Design ist umwälzend. Wir glauben, daß wir ihn nachbauen können.«

»Ich kann Ihnen noch höher entwickelte Prozessoren anbieten. Außerdem besitzen wir Energiespeicherzellen, die mit sehr hohen Dichteniveaus arbeiten. Und die Formel für superstarke Molekularketten, die sich für Ihr Volk angesichts des Mangels an Materie als äußerst nützlich erweisen könnte.«

»Interessant. Und was hätten Sie gerne als Gegenleistung?«

»Wir haben Ihr Schiff auf dem Rückweg aus der Sonne beobachtet. Ihre Wärmeleittechnologie wäre von großem Nutzen für uns.«

Die Verhandlungen gerieten rasch in Schwung. Joshua und Quantook-LOU tauschten listenweise Technologien und Fabrikationsmethoden aus. Das Schwierige daran war, sie ins Gleichgewicht zu bringen: waren optische Kristallspeicher mehr wert oder weniger als eine Membranschicht, die Oberflächen vor Vakuumablation schützte? War ein Prozeß, der Kohlendioxid mit geringem Energieaufwand aus der Luft fischte, ultrastarken Magneten gleichwertig?

Während sie redeten, behielt Oski die neuen Maschinen in Quantook-LOUs Raum im Auge. Die magnetischen Felder, die von ihnen ausgingen, veränderten sich ständig. Sie sandten Wellenmuster durch den kugelrunden transparenten Raum, doch keines war imstande, ihre Anzüge zu durchdringen. Im Gegenteil, ihre eigenen Sensoren fingen die Resonanzmuster auf, die in den Körpern der Mosdva entstanden. Langsam gewann Oski ein dreidimensionales Bild ihrer Anatomie, der dreieckigen Knochenplatten und geheimnisvollen Organe. Es war eine angenehme Ironie, dachte sie. Nach vierzig Minuten wurden die Maschinen abrupt ausgeschaltet.

Liol richtete seine Aufmerksamkeit nur beiläufig auf die Verhandlungen. Zusammen mit Beaulieu wertete er die Daten aus, die von den ELINT-Satelliten hereinkamen. Nachdem die Subroutinen für die Observation entsprechend angepaßt worden waren, beobachteten sie eine überraschende Menge von Aktivitäten auf der Dunkelseite. Überall fuhren Züge. Sie folgten einem einfachen allgemeinen Schema. Große volle Tankzüge bewegten sich vom Rand her nach innen und löschten ihre Fracht an den entsprechenden Industriemodulen, und sobald sie leer waren, kehrten sie um und fuhren auf dem schnellsten Weg wieder zum Rand der gigantischen Scheibe. Güterzüge mit Waren, die in den Industriemodulen hergestellt wurden, fuhren in alle Richtungen. Nach und nach gewannen Liol und Beaulieu den Eindruck, daß es sich um eine Art unabhängiger Handelskarawanen handelte, die bis in alle Ewigkeit durch die einzelnen Dominien zogen. Joshua hatte ganz vergessen zu fragen, ob die Mosdva so etwas wie Geld besaßen oder ob sie immer nur handelten.

»Noch ein Siegelbruch«, beobachtete Beaulieu. »Und diesmal nur siebzig Kilometer vom Aufenthaltsort des Bosses entfernt.«

»Meine Güte, das ist nun schon der dritte heute morgen!« Liol befahl dem nächsten Satelliten, seine Sensoren auf die Fontäne zu richten. Flüssigkeitsgefüllte Blasen oszillierten unter dem Gas, das aus dem Gebilde entwich. Dunkle Gestalten, die im Infrarot hell leuchteten, schlugen heftig zappelnd um sich; ihre Bewegungen wurden immer schwächer, je weiter sie davontrieben. »Man sollte wirklich meinen, daß sie nach all der Zeit eine bessere strukturelle Integrität entwickelt hätten«, brummte er. »Alles andere scheint doch prima zu funktionieren. Ich weiß, daß ich für meinen Teil keine Lust hätte, mit so einer Bedrohung im Rücken zu leben. Das ist ja noch schlimmer als ein Haus auf einem Vulkan zu bauen!« Die Angelegenheit ließ seinem Unterbewußtsein keine Ruhe; irgend etwas stimmte nicht mit der Häufung der Siegelbrüche. Er ließ sich von seiner neuralen Nanonik eine Projektion zeigen. »Hey, Leute, wenn die Siegelbrüche in diesem Tempo weitergehen, können die Mosdva ihre Scheibenstadt in sieben Jahren abschreiben. Und dabei habe ich noch ziemlich großzügige Reparaturmaßnahmen mit eingerechnet.«

»Dann haben Sie sich wahrscheinlich irgendwo vertan«, entgegnete Kempster Getchell.

»Entweder das, oder die Häufung der Siegelbrüche ist nicht normal.«

»Schon wieder einer!« rief Beaulieu. »An der gleichen Stelle wie der letzte, kaum hundert Meter voneinander entfernt!«

Auf der Brücke der *Oenone* wechselten Syrinx und Ruben alarmierte Blicke. »Nehmt euch alle visuellen Aufzeichnungen der ELINT-Satelliten vor«, sagte sie. »Versucht herauszufinden, welche Art von Aktivitäten vor den Siegelbrüchen stattgefunden hat.«

Ruben, Oxley und Serina nickten unisono. Ihre Bewußtseine verschmolzen mit den BiTek-Prozessoren, die die Satelliten steuerten.

»Sollen wir Joshua benachrichtigen?« fragte Ashly.

»Noch nicht«, entschied Syrinx. »Ich will ihn nicht beunruhigen. Wir wollen zuerst versuchen, den Grund herauszufinden.«

Eine Stunde nach dem Beginn der Verhandlungen hatten Joshua und Quantook-LOU eine Liste von zwanzig Punkten vorliegen, die sie austauschen wollten. Hauptsächlich handelte es sich um Informationen, Konstruktions- und Baupläne, formatiert im digitalen Standard der Mosdva und jeweils mit einer fertigen Probe versehen als Beweis, daß das Konzept nicht nur eine aufgeblasene Lüge war.

»Ich würde jetzt gerne zum Austausch reiner Daten kommen«, sagte Joshua. »Wir sind an Ihrer Geschichte interessiert; an allem, das Sie uns zur Verfügung zu stellen bereit sind. Astronomische Beobachtungen, insbesondere alles, was mit der stellaren Expansion zusammenhängt, jegliche signifikanten kulturellen Arbeiten, Mathematik, die biochemische Struktur Ihrer Pflanzen. Und noch mehr, wenn Sie einverstanden sind.«

»Ist das der Grund, weshalb Sie gekommen sind?« fragte Quantook-LOU.

»Ich verstehe nicht.«

»Sie sind um den Nebel herumgereist, Tausende von Lichtjahren nach Ihrer eigenen Schilderung. Sie kamen in dem Glauben, die Tyrathca wären die einzigen, die hier leben. Sie sagen, Sie wären nur gekommen, um zu handeln. Das glaube ich nicht. Es kann keinen sinnvollen Handel zwischen uns geben, dazu ist die Entfernung viel zu groß. Und es würde lediglich des Besuches zweier oder dreier Schiffe wie dem Ihrigen bedürfen, um sämtliche Unterschiede zwischen uns auszugleichen. Ihre Technologie ist der unseren so haushoch überlegen, daß wir nicht einmal imstande sind, durch Ihre Raumanzüge hindurch zu scannen und zu sehen, ob Sie tatsächlich das sind, was Sie zu sein vorgeben – was bedeutet, daß Sie jeden Apparat, den Sie hier sehen, in kürzester Zeit verstehen und duplizieren können, auch ohne unsere Hilfe. Im wesentlichen überhäufen Sie uns mit Geschenken, und doch sind Sie nicht von reiner Selbstlosigkeit getrieben. Sie geben vor, daß Sie zum Handeln gekommen sind. Sie beharren hartnäckig darauf, Informationen von uns zu erlangen. Deswegen stelle ich Ihnen nun die Frage: Ist das der eigentliche Grund, weshalb Sie zu diesem Sternensystem gekommen sind?«

»Du meine Güte!« stöhnte Joshua auf der sicheren Kommunikationsverbindung. »Ich bin nicht halb so gerissen, wie ich von mir geglaubt habe.«

»Keiner von uns ist das, wie es scheint«, entgegnete Syrinx. »Verdammt, er hat unsere Strategie vollkommen durchschaut!«

»Was für sich genommen eine nützliche Information darstellt«, sagte Ruben.

»Wie das?«

»Alles im Dominion von Anthi-CL wird in Form von Ressourcen bewertet. Quantook-LOU kontrolliert ihre Verteilung, was ihn zum Führer dieses Dominions macht. Außerdem ist er ein gewiefter Verhandlungspartner und ein geschickter Diplomat. Wenn das die Eigenschaften sind, die ein guter Anführer der Mosdva benötigt, dann bestätigt es den strengen Wettbewerb unter den Dominien. Wir können vielleicht immer noch Druck ausüben. Ich würde vorschlagen, daß Sie jetzt, wo die Katze aus dem Sack ist, mit offenen Karten spielen, Joshua. Sagen Sie ihm, was wir wollen. Offen gestanden – was haben wir an diesem Punkt schon zu verlieren?«

Joshua atmete tief durch. Auch wenn Ruben ohne jeden Zweifel recht hatte, konnte er sich nicht überwinden, den Erfolg ihrer Mission von der Großzügigkeit eines Xenos abhängig zu machen. Insbesondere angesichts der Tatsache, daß sie bisher so gut wie keinerlei Beweise für das hatten, was die Mosdva ihnen über die Geschichte von Mastrit-PJ oder die Natur ihres eigenen Volkes erzählt hatten. »Ich darf Ihnen gratulieren, Quantook-LOU«, sagte Joshua. »Eine bewundernswerte Schlußfolgerung aus einer so kleinen Menge an Informationen. Doch leider nicht ganz korrekt. Ich werde beträchtlichen Profit machen, indem ich einige Ihrer Technologien in der Konföderation einführe.«

»Warum sind Sie hier?«

»Wegen den Tyrathca. Wir wollen wissen, wo sie überall sind und wie weit ihr Einfluß reicht. Und wie viele es von ihnen gibt.«

»Warum das?«

»Im Augenblick koexistiert die Konföderation der Menschen friedlich mit ihnen. Unsere Anführer glauben jedoch, daß diese Situation nicht für immer so bleibt. Wir wissen, daß sie während ihrer Ausbreitung von System zu System ganze Planeten mit intelligenten Spezies unterjocht haben. Die Ureinwohner wurden entweder versklavt, wie es mit Ihnen geschehen ist, oder ganz ausgelöscht. Wir hatten das Glück, daß unsere Technologie überlegen ist – sie haben es nicht gewagt, uns bei unserer ersten Begegnung zu bedrohen. Doch sie verfügen bereits über unsere Antriebssysteme. Der Konflikt ist unausweichlich, wenn sie sich weiterhin ausdehnen. Und jede Expansion muß nach draußen hin und durch die Konföderation hindurch erfolgen. Wenn wir wissen, wie groß ihre Spezies ist, solange unsere Raumschiffe noch überlegen sind, dann sind wir vielleicht imstande, die Bedrohung zu beenden.«

»Was für Antriebssysteme sind das denn? Wie schnell sind Ihre Schiffe?«

»Wir springen in Nullzeit von einem Sternensystem zum nächsten.«

Quantook-LOUs Reaktion war dergestalt, daß Joshua ihn als menschlich oder jedenfalls menschlich genug klassifizierte, daß es keinen Unterschied mehr machte. Der Xeno stieß einen schrillen Ruf aus, und seine vorderen und mittleren Gliedmaßenpaare klatschten aufgeregt gegen den Rumpf.

»Ich bin froh, daß ich keine Eier in meiner Tasche trage«, sagte Quantook-LOU, als er sich ein wenig beruhigt hatte. »Ich hätte sie bestimmt zerbrochen.« *Ein Beuteltier?* wunderte sich Joshua träge.

»Wissen Sie eigentlich, was Sie dort an Bord Ihres Schiffes mit sich führen, Kommandant Joshua Calvert?

Sie sind unser Retter! Wir haben geglaubt, wir wären hier im Orbit um dieses sterbende System gefangen, umgeben von unseren Feinden, ohne jede Möglichkeit zur Flucht, wie sie es getan haben. Das ist vorbei.«

»Ich entnehme Ihren Worten, daß Sie an unserem Antriebssystem interessiert wären?«

»Ja. Vor allem anderen. Wir möchten Ihrer Konföderation beitreten. Sie haben gesehen, wie viele wir sind. Welche Fähigkeiten wir besitzen. Selbst mit unseren beschränkten Ressourcen sind wir mächtig und groß. Wir könnten eine Million Kriegsschiffe bauen, hundert Millionen, und sie mit Ihrem Antriebssystem ausrüsten. Die Tyrathca sind langsam und dumm, sie würden uns niemals rechtzeitig einholen. Gemeinsam könnten wir zu einem Kreuzzug gegen diese schlimme Bedrohung für die Galaxis aufbrechen.«

»Ach du grüne Neune!« rief Joshua über die Kommunikationsverbindung. »Das wird ja von Minute zu Minute besser! Wir verursachen einen kosmischen Genozid, wenn die Mosdva jemals in den Besitz unseres ZTT-Antriebs kommen! Und ich kriege allmählich das dumme Gefühl, daß Quantook-LOU uns nicht an Bord der *Lady Macbeth* zurückkehren läßt, bevor er nicht die relevanten Daten hat.«

»Wir können uns einen Weg durch seine Wohnkugel nach draußen schießen«, sagte Samuel. »Dann verstecken wir uns in der Struktur und warten, bis die *Lady Macbeth* uns aufsammeln kommt.«

»So schlimm muß es gar nicht werden«, sagte Liol. »Wir geben Quantook-LOU irgendeine alte Datei voller Mist. Meinetwegen die Konstruktionszeichnungen für eine vollautomatische Eismaschine mit zehn verschiedenen Geschmacksrichtungen. Er wird den Unterschied erst bemerken, wenn wir längst wieder weg sind.«

»Das ist mein Bruder.«

»Im Augenblick gibt es viel dringlichere Probleme für

euch. Wir glauben, daß die Dominions einen bewaffneten Konflikt austragen. Die Zahl der Siegelbrüche erreicht epidemische Ausmaße hier draußen.«

»Wundervoll, einfach wundervoll.« Joshua suchte die Kugel erneut mit den Sensoren ab. Es konnte nicht schwierig sein auszubrechen. Und bis jetzt hatte er noch keinen Mosdva in einem Raumanzug gesehen. Trotzdem. »Ich bin bereit, Ihnen unser Antriebssystem anzubieten«, sagte er zu Quantook-LOU. »Als Gegenleistung verlange ich sämtliche Informationen, die Sie über die Tyrathca-Archen und die von ihnen kolonisierten Sterne besitzen. Das ist unsere Forderung, von der wir nicht abgehen werden. Die Tyrathca haben Tausende von Jahren Botschaften an ihr Heimatsystem geschickt. Ich möchte sie alle, zusammen mit dem stellaren Koordinatensystem, das sie benutzt haben. Liefern Sie mir diese Daten, und Sie erhalten die Freiheit, durch die Galaxis zu streifen.«

»Es könnte schwierig werden, diese Informationen zu liefern. Das Dominion von Anthi-CL besitzt keine derart antiken Tyrathca-Dateien.«

»Vielleicht haben andere Dominions, was wir wollen.«

Joshuas Sensoren fingen die erregten Bewegungen der sieben restlichen Mosdva auf, die mit ihnen in der Kugel waren.

»Sie werden nicht mit einem anderen Dominion verhandeln«, sagte Quantook-LOU.

»Dann finden Sie heraus, wo diese Informationen aufbewahrt werden, und verhandeln Sie mit den Besitzern.«

»Ich werde die Möglichkeit untersuchen.« Quantook-LOU benutzte eines seiner mittleren Gliedmaßen und faßte damit nach dem Rand eines Rohrs an der Oberseite der Kugel. Aus fünf seiner elektronischen Module schossen dünne silberne Fäden.

Ihre Enden tasteten blind umher, und sie bewegten sich mit einem schlangengleichen Winden durch die Luft auf einen der Apparate zu, der an den Spiralrohren befestigt war. Dort schoben sie sich in verschiedene Sockel, und das Lichtmuster auf der Oberfläche des Geräts änderte sich in rascher Folge.

»Primitiv, aber wirkungsvoll«, kommentierte Ruben. »Ich frage mich, wie weit ihre neurale Interfacetechnologie entwickelt ist.«

»Boß!« rief Beaulieu. »Wir haben etwas entdeckt, das wie Truppenbewegungen aussieht. Sie ziehen sich rings um das Dominion von Anthi-CL zusammen!«

»Du willst mich wohl auf den Arm nehmen!«

»Mosdva in Raumanzügen klettern über die Dunkelseite der Scheibenstadt. Sie haben keinerlei Werkzeuge oder Reparaturmaterial bei sich. Und sie sind äußerst agil.«

Joshua fragte lieber erst gar nicht nach den geschätzten Zahlen. »Sarha, mach die *Lady Macbeth* einsatzbereit. Falls wir dich brauchen, dann brauchen wir dich verdammt *schnell*.«

»Verstanden.«

»Wie lange warten wir?« fragte Oski.

»Wir geben Quantook-LOU noch fünfzehn Minuten. Anschließend verschwinden wir.«

Doch der Mosdva bewegte sich bald wieder. Drei der fünf Kabel lösten sich aus den Sockeln und spulten in die Gehäuse zurück.

»Das Dominion von Anthi-CL besitzt fünf Dateien mit Informationen, die Sie wollen.«

Joshua hielt seinen Kommunikatorblock in die Höhe. »Transferieren Sie die Daten. Wir wollen sehen, ob es ausreicht.«

»Ich werde Ihnen lediglich den Index übermitteln. Falls es die richtigen Daten sind, müssen wir eine Übereinkunft finden, wie wir den Austausch vervollständigen.«

»Einverstanden.« Joshuas neurale Nanonik überwachte den kurzen Datenstrom von der Elektronik der

Kugel in seinen Block. Syrinx und die *Oenone* gingen begierig den Index durch.

»Tut mir leid, Joshua«, sagte Syrinx. »Das sind nur die Aufzeichnungen von Nachrichten, die von den Weltraumarchen übermittelt wurden. Standardberichte über den Verlauf der Fahrt und so weiter. Nichts von irgendwelchem Interesse dabei.«

»Irgendwelche Nachrichten von Swantic-LI?«

»Nein, nicht einmal das.«

»Diese Informationen sind ungenügend«, sagte Joshua zu Quantook-LOU.

»Mehr besitzen wir nicht.«

»Fünf Dateien in ganz Tojolt-HI? Das kann unmöglich alles sein.«

»Doch.«

»Vielleicht weigern sich die übrigen Dominions ja, Sie in ihre Datenbanken sehen zu lassen? Ist das der Grund, weshalb Sie sich im Krieg befinden?«

»Sie haben das über uns gebracht. Wegen Ihnen werden wir sterben. Geben Sie mir das Antriebssystem, und beenden Sie unser Leiden. Besitzt Ihre Spezies denn kein Erbarmen?«

»Ich muß die Information haben.«

»Wo die Tyrathca leben und welche Planeten sie kolonisiert haben, spielt überhaupt keine Rolle mehr. Wenn Sie uns das Antriebssystem geben, werden die Tyrathca niemals wieder für irgend jemanden zu einer Bedrohung. Dann haben Sie Ihr Ziel erreicht.«

»Ich werde Ihnen das Antriebssystem nicht geben, wenn Sie mir nicht im Gegenzug die Informationen liefern. Falls Sie nicht dazu imstande sind, werde ich ein anderes Dominion finden.«

»Sie werden mit keinem anderen Dominion verhandeln.«

»Ich möchte nicht, daß unsere Beziehung in Drohungen endet, Quantook-LOU. Bitte finden Sie diese Informationen für mich. Die Allianz mit einem anderen Dominion ist doch sicherlich ein kleiner Preis für die Freiheit aller Mosdva, oder etwa nicht?«

»Es gibt einen Ort«, sagte Quantook-LOU. »Die von Ihnen gewünschten Informationen sind möglicherweise dort gespeichert.«

»Exzellent. Dann stöpseln Sie sich ein und treffen Sie die erforderlichen Vereinbarungen. Anthi-CL hat genügend neue Technologien von uns erhalten, um ein ganzes Dominion zu kaufen.«

»Dieser Ort besitzt keine Verbindung mehr zu anderen Dominien. Wir haben sie vor langer Zeit abgebrochen.«

»Also gut, Zeit, hallo zu sagen. Wir gehen hin und holen uns die Dateien direkt.«

»Ich kann Sie nicht hinter unsere Grenzen begleiten. Wir wissen nicht, wer von unseren Verbündeten noch vertrauenswürdig ist und wer nicht. Man könnte unseren Zug festhalten.«

»Sie vergessen, daß ich Sie eingeladen habe, mein Raumschiff zu besichtigen. Wir werden fliegen. Das geht außerdem schneller.«

Valisk fiel weiter und weiter durch das Dunkle Kontinuum. Der ebenholzschwarze Nebel draußen war durchsetzt mit schwach phosphoreszierenden Blitzen, die das gigantische Äußere des Habitats in einen kaum sichtbaren Lichthauch tauchten. Wäre jemand dort draußen gewesen, dem es etwas bedeutete, er wäre entsetzt gewesen über den hinfälligen Zustand. Die Träger und Paneele des nicht-rotierenden Raumhafens sahen zerfressen und altersschwach aus, und die Materie rings um den Raumhafen hatte angefangen, sich in zähe Flüssigkeit zu zersetzen. Dunkle kalte Tropfen lösten sich vom Ende der erodierten, spitz zulaufenden Titanstützen und segelten in die Tiefen des Nebels davon.

Intensive Kälte setzte der Polypschale heftig zu; die interne Hitze wurde schneller abgesaugt, als Valisk sie ersetzen konnte. Überall in der Oberfläche hatten sich dünne Risse gebildet, manche tief genug, um bis hinab in die äußeren Mitoseschichten zu reichen. An einigen Stellen kochten teerähnlich zähe Flüssigkeiten aus der Tiefe nach draußen und überzogen die Oberfläche mit einem ungesunden Schwarz. Gelegentlich löste sich ein Fetzen Polyp vom Rand eines neuen Risses und trieb lustlos davon, als wäre selbst die Geschwindigkeit von der erhöhten Entropie betroffen. Am schlimmsten von allem waren die zwölf Fontänen aus Atemluft, die ungehindert aus den zerbrochenen Sternenkratzerfenstern ausströmten und eisiges Gas in langen, unsteten Bögen in das Nichts versprühten. Sie waren bereits seit Tagen aktiv, ein unübersehbares Signal für jedes Orgathé, das zufällig aus dem labyrinthähnlichen Nukleus des Nebels glitt. Die großen Kreaturen bahnten sich einen Weg in den Innenraum und blockierten die Lecks für ein paar Sekunden.

Erentz und all ihre Verwandten wußten, daß die Atmosphäre entwich, doch es gab nichts, was sie tun konnten, um etwas daran zu ändern. Die dunkler werdende Kaverne des Habitats gehörte den Orgathé und all den anderen Kreaturen, die sie mitgebracht hatten. Rein theoretisch hätten die Menschen durch die Vakzugröhren und Wasserleitungen einen Weg zu den Sternenkratzern finden können, doch selbst wenn es ihnen gelang, einige der Lecks abzudichten, würden die neu eintreffenden Orgathé einfach durch andere Fenster brechen.

Fünf Kavernen tief im Innern der nördlichen Abschlußkappe waren zum letzten Zufluchtsort der überlebenden Menschen geworden. Sie hatten sie allein deswegen ausgewählt, weil sie mehrere Eingänge besaßen. Die Verteidiger hatten eine Horatius-Strategie angenommen. Ein paar von Erentz' Verwandten, ausgerüstet mit Flammenwerfern und Brandtorpedos, standen Schulter an Schulter und überzogen den Durchgang mit einer Wand aus Feuer, wann immer eine der Kreaturen durchzubrechen versuchte. Die menschlichen Geister hielten sich im Verlauf der Kämpfe im Hintergrund und warteten, bis sich der Angreifer zurückzog, bevor sie nach vorne huschten und sich das klebrige Fluidum einverleibten, das ihnen neue Substanz verlieh. Sie hatten eine seltsame Allianz mit den lebenden Menschen gebildet, indem sie sie jedesmal rechtzeitig warnten, wenn sich eine der Kreaturen des Dunklen Kontinuums näherte. Doch nicht einer der ehemaligen Possessoren ließ sich dazu überreden, mehr zu tun.«

»Ich kann nicht sagen, daß ich ihnen deswegen einen Vorwurf mache«, erzählte Dariat seinem Freund Tolton. »Wir sind genauso ein Ziel dieser Biester wie die Lebenden.« Er war einer der ganz wenigen substanzhaltigen Geister, die in den Fluchtkavernen zugelassen wurden, und selbst er zog es vor, sich in der kleinen Kaverne von Dr. Patan und seinem Team aufzuhalten, statt sich der Masse der kranken, ausgemergelten Bevölkerung auszusetzen.

Die Habitat-Persönlichkeit und Rubras verbliebene Verwandte hatten ihre gesamte Überlebensstrategie um das einzige Ziel herum aufgebaut, die Gruppe von Physikern unter allen Umständen zu schützen. Ein Hilferuf an die Konföderation war zu ihrer einzigen Hoffnung geworden. Und wenn man den Zustand des Habitats bedachte, war die Zeit denkbar knapp.

Tolton fragte nicht mehr nach Fortschritten, die sie machten. Die Antwort ängstigte ihn zu sehr, denn sie lautete jedesmal gleich. Also hing er mit Dariat herum und hatte seinen Schlafsack draußen vor dem Korridor der Forschungskaverne ausgebreitet. So nahe wie möglich an ihrer letzten Chance, ohne im Weg zu stehen. Die

Persönlichkeit oder Erentz gaben ihm hin und wieder einen Auftrag, und dann mußte er in der Regel hinaus in die große Kaverne. Üblicherweise dann, wenn es galt, einen schweren oder sperrigen Ausrüstungsgegenstand zu verschieben oder beim Austeilen der begrenzten Rationen behilflich zu sein. Er reinigte und reparierte auch Torpedowerfer für die Verteidiger und stellte zu seiner eigenen Überraschung fest, wie talentiert er in diesen rein mechanischen Dingen war. Gleichzeitig bedeutete es aber auch, daß er wußte, wie knapp die Munition geworden war.

»Nicht, daß es etwas ausmachen würde«, beschwerte er sich bei Dariat, als er sich nach ein paar Stunden des Waffenreinigens auf seinen Schlafsack warf. »Wir sind vorher längst alle erstickt.«

»Der Luftdruck hat inzwischen fast um zwanzig Prozent abgenommen. Wenn wir nur einen Weg finden könnten, die Sternenkratzer zu versiegeln, dann stünden unsere Chancen gleich besser.«

Tolton atmete tief ein und langsam wieder aus. »Ich weiß nicht, ob ich es bereits merke oder ob ich mir nur einbilde, daß die Luft dünner ist, weil ich weiß, daß ich es fühlen müßte. Aber bei diesem Gestank, der aus der Nachbarhöhle kommt – wer weiß.«

»Geruch ist einer der Sinne, die ich nicht zurückerlangt habe.«

»Nimm mein Wort, Dariat, in diesem Fall ist es der reinste Segen. Zehntausend Kranke, die seit einem ganzen Monat kein Bad mehr gehabt haben. Kaum zu glauben, daß sich die Orgathé nicht die Nasen zuhalten und schreiend davonrennen.«

»Das tun sie bestimmt nicht.«

»Gibt es denn keine Möglichkeit, wie wir zurückschlagen können?«

Dariat hockte sich hin. »Die Habitat-Persönlichkeit hat darüber nachgedacht, die Axialröhre aufzupumpen.«

»Aufpumpen?«

»Jedes Watt an Elektrizität wird in das Aufheizen des Plasmas gesteckt, dann wird das Einschließungsfeld deaktiviert. Wir haben es schon einmal gemacht, aber in kleinerem Maßstab. Rein theoretisch müßte auf diese Weise jede flüssigkeitsbasierte Kreatur in der Habitatkaverne verdampfen.«

»Dann macht es«, zischte Tolton.

»Erstens besitzen wir nicht mehr viel Energiereserven. Und zweitens machen wir uns Gedanken wegen der Kälte.«

»Kälte?«

»Valisk hat in dieses von Thoale verfluchte Reich Hitze abgestrahlt, seit wir hier angekommen sind. Die Schale ist äußerst brüchig geworden. Wenn wir die Axialröhre aufpumpen, dann ist das, als würden wir im Innern eine Bombe zünden. Valisk könnte zerplatzen.«

»Großartig«, schimpfte Tolton. »Einfach großartig.« Er mußte die Füße einziehen, als drei Leute vorbeistolperten. Sie trugen einen nicht ganz so kleinen Mikrofusionsgenerator in ihrer Mitte. »Ist der für das Aufpumpen?« fragte er, als sie vorbei waren.

Dariat blickte den drei Verwandten stirnrunzelnd hinterher. – **Was haben sie vor?** fragte er die Habitat-Persönlichkeit.

– **Sie installieren den Generator wieder an Bord der *Hainan Thunder*.**

– **Warum das?**

– **Ich dachte, das wäre offensichtlich? Dreißig meiner Nachkommen werden zur Hölle noch mal mit dem Schiff von hier verschwinden.**

– **Welche dreißig?** fragte Dariat wütend.

– **Spielt das eine Rolle?**

– **Für die anderen bestimmt. Und für mich.**

– **Überleben der Fittesten. Du solltest dich nicht beschweren. Du hattest einen verdammt guten Lauf.**

– Was für einen Sinn soll das alles haben? Die Raumschiffe sind so gut wie Wracks! Und selbst wenn es ihnen gelingt, ein Antriebsrohr zum Laufen zu bringen, wohin sollen sie schon fliegen?

– So weit sie können. Der Rumpf der *Hainan Thunder* ist immer noch intakt, lediglich die schützende Schaumschicht schält sich ab.

– Bis jetzt. Die Entropie wird sich hindurchfressen. Das ganze Schiff wird ihnen unter den Hintern wegrotten. Das weißt du.

– Wir wissen aber auch, daß die *Hainan Thunder* noch über funktionierende Energiemusterknoten verfügt. Vielleicht gelingt es, das Energiemuster so zu formatieren, daß wir ein Signal an die Konföderation absetzen können? Irgendeine Art von Energiestoß, der stark genug ist, um den Abgrund zu überwinden.

– Bei Anstid, ist das alles, was von uns noch geblieben ist?

– Ja. Bist du jetzt zufrieden?

»Sie brauchen den Generator drüben in der Waffenfabrikation«, sagte Dariat zu Tolton. »Die Energieversorgung dort ist zusammengebrochen.« Er wich dem Blick des Straßenpoeten aus.

Tolton gab ein gleichgültiges Brummen von sich und zog den Schlafsack über seine Schultern. Als er ausatmete, konnte er sehen, wie sein Atem als weißer Nebel kondensierte. »Verdammt, du hattest recht mit der Kälte.«

– Kann Tolton mit ihnen gehen? fragte Dariat.

– Es tut uns leid.

– Komm schon, du bist ich! Jedenfalls ein Teil von dir. Du schuldest mir wenigstens soviel, aus reiner Sentimentalität. Außerdem war er derjenige, der unsere Verwandten aus dem Null-Tau befreit hat.

– Kannst du dir vorstellen, daß er mitgehen will? Es gibt Tausende von Kindern in den Kavernen. Würde er

an ihnen vorbei zur Luftschleuse marschieren, ohne wenigstens einen Plätzetausch anzubieten?

– Scheiße!

– Wenn überhaupt ein Zivilist mit an Bord geht, dann bestimmt nicht er.

– Schon gut, schon gut. Du hast gewonnen. Bist du jetzt zufrieden?

– Die gute Chi-Ri würde deine Bitterkeit bestimmt nicht gutheißen.

Dariat verzog das Gesicht, doch er verzichtete auf eine Antwort. Statt dessen schaltete er sich auf die Gedankenroutinen des neuralen Stratums, die für administrative Dinge zuständig waren, und untersuchte die Schiffe, die noch im Raumhafen angedockt lagen. Der größte Teil des Raumhafennetzes war ausgefallen, und nur sieben visuelle Sensoren arbeiteten noch. Er blickte sich mit ihrer Hilfe um und lokalisierte vier interstellare Schiffe sowie sieben interplanetarische Fähren. Von allen sah die *Hainan Thunder* tatsächlich noch am besten aus.

– Augenblick mal! sagte die Habitat-Persönlichkeit.

Die schiere Überraschung in diesem Gedanken war so ungewöhnlich, daß jeder Affinitätsfähige innehielt, ganz gleich, was er gerade tat, um herauszufinden, was geschehen war. Sie teilten sich das Bild der wenigen noch lebendigen externen sensitiven Zellen.

Valisk hatte das Ende des Nebels erreicht und glitt nun langsam hinaus. Die Ränder waren so klar und eindeutig definiert wie bei einer atmosphärischen Wolkenbank. Eine Ebene sich langsam bewegender grauer Wirbel erstreckte sich in jede Richtung, soweit die sensitiven Zellen es feststellen konnten. Bleiches Licht sickerte rings um die stumpfen gewölbten Bänder wie eine Seuche aus apathischer Statik.

Eine Lücke aus vollkommen freiem Raum erstreckte sich auf einer Länge von gut hundert Kilometern hinter dem Ende des Nebels.

– **Was ist das?** fragte eine sehr gedämpfte Habitat-Persönlichkeit.

Das andere Ende der Lücke wurde von einer weiteren endlosen Oberfläche gebildet, die parallel zum Nebel verlief und sich ebenfalls in alle Richtungen dehnte. Im Gegensatz zum Nebel jedoch war diese weißlich-grau, und sie wirkte äußerst massiv.

Die Interpretationsroutinen für visuelle Reize konzentrierten sich auf den Anblick. Die gesamte Oberfläche schien in Wallung zu sein. Es sah aus wie winzige beständige Wellen.

»Die Melange«, sagte Dariat am ganzen Leib zitternd vor Furcht, als Erinnerungsfragmente von der Kreatur im Aufzugsschacht in seinem Bewußtsein auftauchten und ihn quälten. – **Das ist der Ort, an dem in diesem Reich alles endet. Das Ende. Für immer.**

– **Macht die *Hainan Thunder* startklar!** befahl die Habitat-Persönlichkeit aufgeregt. **Patan, du und deine Leute gehen augenblicklich an Bord. Schickt der Konföderation eine Nachricht.**

»Was ist denn los?« fragte Tolton befremdet. Er blickte den Korridor entlang, als in der Laborkaverne der Physiker ein halb hysterisches Geschrei ausbrach. Eine Glasapparatur fiel scheppernd zu Boden und zerbrach.

»Wir stecken in Schwierigkeiten«, sagte Dariat.

»Anderen als denen, die wir bisher schon haben?« Tolton bemühte sich, seinen Schrecken zu überspielen, doch die verdächtige Angst des Geistes machte es ihm schwer.

»Bis jetzt war unsere Zeit hier das reinste Paradies. Jetzt sind wir an der Stelle angekommen, wo das Dunkle Kontinuum gemein und persönlich wird.«

Der Straßenpoet erschauerte. – **Hilf uns,** flehte Dariat. – **Um Himmels willen! Ich bin du. Wenn es eine Chance zum Überleben gibt, dann mach, daß es passiert!**

Ein Schwall von Informationen strömte mit schmerzhafter Intensität durch das Affinitätsband in sein Bewußtsein. Er hatte das Gefühl, als würden seine eigenen Gedanken gezwungen, jeden Kubikzentimeter des gigantischen Habitats abzusuchen, als streckten und dehnten sie sich bis zum Zerreißen. Der Fluß endete so schnell, wie er angefangen hatte, und plötzlich blickte er zusammen mit der Persönlichkeit auf die Spindel, die den nicht-rotierenden Raumhafen mit dem Habitat verband.

Wie die meisten Komponenten aus Komposit oder Metall trug sie schlimme Verwitterungsspuren. Doch in der Nähe der Basis, unmittelbar über dem riesigen magnetischen Gleitlager, das in den Polyp eingelassen war, ruhten fünf Fluchtkapseln in ihren abgedeckten Startnischen.

– **Lauf!** sagte die Habitat-Persönlichkeit.

»Los, komm mit!« bellte Dariat den Straßenpoeten an. Er rannte los, durch den Korridor in Richtung der Hauptkaverne, und er bewegte sich so schnell, wie es sein massiger Leib nur gestattete. Tolton zögerte nicht einen Augenblick. Er sprang auf die Beine und rannte hinter dem körperlichen Geist her.

In der Hauptkaverne herrschte großer Tumult. Die Flüchtlinge spürten, daß etwas nicht stimmte, aber sie wußten nicht was. Sie nahmen an, daß ein weiterer Angriff der Orgathé bevorstand, und deswegen zogen sie sich so weit von den beiden Ausgängen zurück, wie es nur möglich war. Die elektrophosphoreszierenden Streifen an der Decke wurden rasch dunkler.

Dariat rannte zu dem Alkoven hinüber, der als Waffenkammer diente. »Nimm dir eine Waffe!« rief er. »Kann sein, daß wir sie noch brauchen.«

Tolton riß einen Torpedowerfer mitsamt der zugehörigen Munition aus dem Gestell. Gemeinsam rannten sie zum nächstgelegenen Ausgang. Keiner der nervösen Verteidiger stellte Fragen, als sie an ihnen vorbeikamen.

Hinter sich hörten sie die Physiker von Dr. Patan brüllend und fluchend durch die Kaverne rennen.

»Wohin gehen wir?« fragte Tolton.

»Zur Spindel. Dort gibt es noch ein paar Rettungskapseln, die nicht gestartet wurden, als ich das letzte Mal eiligst von hier verschwunden bin.«

»Zur Spindel? Dort herrscht Schwerelosigkeit. Mir wird immer schlecht in Schwerelosigkeit.«

»Hör mal . . .«

»Ja, ja, ich weiß. Glaub mir, Schwerelosigkeit ist das reinste Paradies im Gegensatz zu dem, was hier passieren wird.«

Dariat rannte geradewegs in eine Gruppe von Geistern, die auf einer großen ovalen Kreuzung im Gang gewartet hatten. Sie konnten die Melange nicht sehen – keiner von ihnen war affinitätsfähig –, aber sie konnten sie spüren. Der Ether füllte sich mit dem Elend und der Qual der schwindenden Seelen, die in ihr gefangen waren.

»Aus dem Weg!« bellte Dariat. Er legte die Hand auf das Gesicht des ersten Geistes und saugte Lebensenergie aus ihm. Der Geist kreischte angstvoll und stolperte weg von ihm. Seine Umrisse wurden unscharf, zerflossen und sackten mit einem glucksenden Geräusch zu Boden. Die anderen wichen hastig und mit stummer Anklage in den bleichen verlorenen Gesichtern vor Dariat zurück.

Dariat bog in einen der Nebengänge des breiten Korridors ab. Das Licht von den Leuchtpaneelen an der Decke wurde immer dunkler, je weiter sie kamen. »Hast du eine Lampe?« fragte er.

»Sicher.« Tolton klopfte auf den Lichtstab an seinem Gürtel.

»Spar sie auf, bis du sie wirklich brauchst. Solange ich bei dir bin, ist sie unnötig.« Er hielt eine Hand in die Höhe und konzentrierte sich. Seine Handfläche begann in kaltem blauem Licht zu leuchten.

Sie kamen in einer breiteren Sektion der Passage heraus. Hier schien es ein Feuergefecht gegeben zu haben; die Polypwände waren versengt, die elektrophosphoreszierenden Streifen zersplittert und schwarz von Ruß. Tolton spürte, wie es ihm die Kehle zusammenschnürte, und er entsicherte seinen Torpedowerfer. Dariat stand vor einer geschlossenen Muskelmembran, die kaum seine eigene Höhe besaß und tief in die Wand eingelassen war. Er konzentrierte sich, und der gummiartige Stein teilte sich sehr, sehr zögernd und mit bebenden Lippen. Luft zischte in den Gang hinaus und verwandelte sich in eine stürmische Brise, je weiter sich die Membran öffnete.

Dahinter herrschte absolute Dunkelheit.

»Was ist das?« fragte Tolton.

»Ein sekundärer Luftkanal. Sollte uns direkt bis zur Nabe bringen.«

Tolton erschauerte zögernd, dann trat er ein.

Valisk hatte den Nebel unterdessen ganz hinter sich gelassen; das riesige Habitat hatte dazu mehrere Minuten benötigt. Der Raumhafen war die letzte Sektion, die noch im Dunst verschwamm. Vier Scheinwerfer leuchteten hell um den Rand der Andockbucht, in der die *Hainan Thunder* lag. Ganze vier in einem Ring aus wenigstens hundert. Nichtsdestotrotz leuchteten sie außergewöhnlich hell in dieser düsteren Umgebung. Die engen Lichtkegel fielen auf den Rumpf und enthüllten große Flecken silbrig-grauen Metalls, das durch den schorfigen Brei aus beständig abschmelzendem und flockendem Thermoschaum schimmerte.

Hinter den Fenstern, die zum Dock hinauszeigten, leuchtete heller Lichtschein unstetig auf, als die verzweifelte Besatzung an den Büros der Wartungsgesellschaften vorbeirannte, Sauerstoffmasken auf die Gesichter gepreßt, Lampen in den Händen. Zwei Minuten später gab es an Bord des Schiffes Zeichen von Aktivität. Dünne

Gasströme schossen aus Düsen im unteren Viertel des Rumpfes. Eines der Wärmeableitpaneele glitt aus seiner Nische und begann in der Mitte in schwachem Rot zu leuchten. Die Verriegelung des Andockschlauches löste sich, und er fuhr mehrere Meter zur Seite, bevor er ruckelnd zum Halten kam. Zuletzt gaben die Halteklammern den Rumpf frei.

Chemische Raketenmotoren rings um den Äquator zündeten und sandten leuchtende Wolken heißer gelber Gase aus. Sie fraßen sich direkt durch die tragenden Paneele der Andockbucht, und ein heftiger atmosphärischer Siegelbruch aus den darunterliegenden Lebenserhaltungssektionen schlug von unten gegen das Schiff. Die *Hainan Thunder* stieg auf der Krone eines dicken Geysirs aus kochendem weißem Dampf aus ihrem Dock.

Stärkere chemische Antriebe zündeten und schoben das Schiff vom Raumhafen weg. Eine der Brennkammern explodierte; sie war von der beschleunigten Entropie des dunklen Kontinuums zu sehr geschwächt. Das Raumschiff kippte zur Seite, bevor es sich wieder stabilisierte. Es beschleunigte mit wachsender Geschwindigkeit in Richtung des Nebels, aus dem sie gekommen waren.

Ein Orgathé schwang sich aus der wallenden Wand und griff das Schiff an. Seine Krallen fetzten durch die gepanzerten Rumpfplatten und zerstörten die darunterliegenden Maschinen.

Die Raketenmotoren erloschen in einem gewaltigen Funkenschauer. Flüssigkeiten und Dämpfe strömten aus tiefen Rissen.

Ein zweites Orgathé kam zum ersten, und die gewaltigen Kreaturen stritten sich um ihre Beute. Große Stücke Metall und Komposit wurden aus dem Rumpf gerissen und trudelten in das Nichts davon. Gierig bahnten sich die Kreaturen mit Krallen und Schnäbeln einen Weg durch Tanks und Maschinen, um an die Lebenserhaltungskapseln und die kleinen Kerne aus Lebensenergie zu kommen, die sich darin zusammengekauert hatten.

Es gab einen letzten Ausbruch von Gas, als die Kapseln punktiert wurden, und dann hielten die Orgathé still, während sie ihre kümmerliche Nahrung fraßen.

Die Habitat-Persönlichkeit hatte wenig Zeit für Gewissensbisse oder auch nur Wut. Sie beobachtete die Oberfläche der Melange, die näher und näher kam. Die unaufhörliche Bewegung wurde deutlicher, ein aufgewühlter Ozean aus dicker Flüssigkeit.

Noch näher, und eine Milliarde verschiedener Spezies ertrank in diesem Ozean. Ihre Gliedmaßen, Tentakel und sonstigen Extremitäten peitschten und schlugen gegeneinander, während sie darum kämpften, nicht unterzugehen.

Noch näher, und die Körper bildeten sich aus der Flüssigkeit selbst und unternahmen verzweifelte Anstrengungen, sich in das Nichts darüber zu erheben, eine kurze Existenz sinnlosen Strebens und verschwendeter Energie, bevor sie kollabierten, sich wieder auflösten und zurückfielen in die Melange. Wenn sie Glück hatten, bildeten sich kleine Kämme, wo Seelen verschmolzen, ihre Identität opferten und ihre Kraft auf diese Weise kombinierten. Die ganz oben streckten sich weiter und weiter in dem sehnsuchtsvollen Bemühen, sich zu lösen. Nur ein einziges Mal sah die Habitat-Persönlichkeit, wie sich ein Orgathé (oder etwas Ähnliches), neu geboren und siegreich nach oben schwang.

– **Wenn wir dort auftreffen, wird die in uns enthaltene Energie ein Loch aufbrechen, das bis zur anderen Seite reicht**, sagte die Habitat-Persönlichkeit erschüttert.

– **Es gibt keine andere Seite**, entgegnete Dariat. – **Genau wie es keine Hoffnung gibt.** Jeder Teil seines Körpers schmerzte inzwischen von dem angestrengten Klettern im Luftschacht. Er hatte sich gezwungen weiterzumachen. Zuerst war er die steiler werdende Schräge hinaufgestapft, um sich schließlich, als die Gravitation geringer wurde, nur mit den Armen durch einen fast vertikalen Schacht zu schieben.

– Und warum hältst du dann nicht an?

– Instinkt und Dummheit vermutlich. Wenn ich meinen Eintritt in die Melange auch nur um einen Tag verzögern kann, dann bedeutet das einen Tag weniger Leiden.

– Einen Tag aus der Ewigkeit? Spielt das überhaupt eine Rolle?

– Für mich und jetzt? Ja. Es spielt eine Rolle. Ich bin menschlich genug, um Todesangst zu spüren.

– Dann solltest du dich besser beeilen.

Die südliche Abschlußkappe war nur noch zwanzig Kilometer von der Melange entfernt. Genau voraus kochte die Oberfläche vor Aktivität. Gewaltige Spitzen aus verschmelzenden, übereinanderkletternden Leibern entstanden, denn jeder wollte der erste sein, der den Rumpf Valisks berührte und sich an der darin enthaltenen Lebensenergie sattfressen konnte. Ganze Berge aus Gier seufzten und stöhnten vor Erwartung.

Dariat erreichte das Ende des Schachts und befahl der Muskelmembran, sich zu öffnen. Sie schwammen durch die Schwerelosigkeit nach draußen und in einen der Hauptkorridore, die zur Nabenkammer führten.

Tolton hatte seinen Lichtstab am Torpedowerfer befestigt, wie er es bei Erentz gesehen hatte. Er schwenkte die Waffe aufgeregt durch den dunklen Gang. »Spürst du irgendwelche bösen Jungs in der Nähe?«

»Nein. Außerdem warten inzwischen alle wie gebannt auf den Einschlag. Im ganzen Habitat regt sich kein einziges Orgathé mehr.«

»Das überrascht mich nicht. Ich kann das Entsetzen schmecken. Es ist beinahe physisch, als hätte ich zu viele Beruhigungsmittel geschluckt. Scheiße ...« Er grinste Dariat niedergeschlagen an. »Ich habe Angst, Mann, eine richtige Scheiß-Angst. Gibt es hier eine Möglichkeit für eine Seele zu sterben? Richtig endgültig, meine ich? Ich will nicht in die Melange! Alles, nur das nicht!«

»Tut mir leid, aber das geht nicht. Du kannst nicht sterben.«

»Verflucht! Was ist das nur für ein Universum!«

Dariat führte Tolton in die dunkle Nabenkammer. Er streckte die Hand aus und ließ seine Energie frei. Das Licht enthüllte die Geometrie des Raums; stille Türen, die zu den Pendelaufzügen in der Spindel, und breite Gänge, die hinunter zu den Vakzug-Stationen führten. Er zielte auf eine Tür, die zur Wartungssektion führte, und drückte sich ab.

Die Korridore auf der anderen Seite waren aus Metall und besaßen Handgriffe an den Wänden. Sie glitten hastig daran entlang und benutzten die manuellen Kontrollen, um die Luftschleusen zu passieren. Die Luft war eisig, aber atembar. Toltons Zähne fingen an zu klappern.

»Da wären wir«, sagte Dariat. Die runde Luke der Rettungskapsel stand offen. Er landete sich überschlagend im vage vertrauten Innern. Zwölf Beschleunigungsliegen befanden sich an den Wänden ringsum. Dariat entschied sich für diejenige, die direkt unter dem einzigen Kontrollpaneel lag, und begann unverzüglich Schalter umzulegen. Die gleiche Sequenz wie beim letzten Mal. Die Luke schloß sich automatisch. Zögernd schaltete sich die Innenbeleuchtung ein, und die Luftumwälzungspumpen begannen zu summen.

Tolton hielt die Hände vor das Lüftungsgitter und genoß die Wärme. »Mein Gott, war das *kalt* da draußen!«

»Schnall dich an, wir verschwinden von hier.«

Die Habitat-Persönlichkeit beobachtete, wie die Spitze der südlichen Abschlußkappe die Oberfläche der Melange berührte. – **Ich bin stolz auf euch alle**, sagte sie zu Rubras Nachkommen.

Flüssigkeit zog sich von der Aufschlagstelle zurück,

um mit Wucht zurückzukommen und gegen die Schale zu branden. Hunderttausende freßwütiger Seelen glitten einwärts und penetrierten den Polyp, um sich in der wunderbaren Flut aus pulsierender Lebensenergie zu suhlen und soviel davon direkt zu absorbieren, wie sie nur konnten. Der Temperaturunterschied zwischen Fluidum und Polyp war zu groß, als daß die geschwächte Schale des Habitats hätte widerstehen können. Die bereits existierenden Risse platzten noch weiter auf.

– **Lebt wohl**, sagte die Habitat-Persönlichkeit. Der Kummer, den sie über das Affinitätsband ausstrahlte, brachte Tränen in Dariats Augen.

Valisk platzte auseinander, als wäre im Innern eine Fusionsbombe detoniert. Tausende menschlicher Seelen schossen aus den heißen Gasschwaden und Polypfetzen, unzerstörbare Phantome, nackt und ungeschützt in der Dunkelheit. Und wie alles Leben im dunklen Kontinuum sanken sie in die Melange, wo ihr Leiden begann.

Die Feststoffrakete war ausgebrannt, und die Rettungskapsel ging in den freien Fall über. Dariat blickte durch das kleine Bullauge nach draußen, doch es war nur sehr wenig zu sehen. Er drehte den Joystick, und die Kaltgasjets versetzten die Kapsel in Rotation. Graue Schleier schossen draußen vorüber.

»Ich kann die Melange sehen, glaube ich«, berichtete er gewissenhaft. Das Heulen und Stöhnen der furchtbaren Ansammlung gequälter Seelen durchdrang sein Bewußtsein. Es brachte seine eigene Entschlossenheit ins Wanken. Hier konnte es nur ein Schicksal für ein Lebewesen geben.

Inmitten all des Elends schimmerten mehrere Gedankenstränge, die entschlossener und böswilliger waren als der Rest. Einer davon wurde stärker und stärker. Er kam näher, erkannte Dariat. »Irgend etwas ist dort draußen.« Er drehte den Joystick erneut, und die Kapsel rotierte schneller. Blasse Blüten aus Licht tauchten tief im Nebel auf und umhüllten einen Fleck, der wirbelnd und zitternd auf sie zuschoß.

»Scheiße, es ist ein Orgathé!« Er und Tolton wechselten einen betäubten Blick.

Der Straßenpoet zitterte ängstlich. »Ich kann nicht einmal sagen, daß es Spaß gemacht hätte.«

»Wir haben noch fünf Feststoffraketen. Wir könnten sie zünden und in den Nebel zurückfliegen.«

»Werden wir nicht immer wieder hier enden?«

»Ja. Irgendwann. Aber es wären noch ein oder zwei weitere Tage, die wir nicht in der Melange verbringen müssen.«

»Ich bin nicht sicher, daß es noch irgendeinen Unterschied macht.«

»Andererseits könnten wir sie auch zünden, wenn uns das Orgathé eingeholt hat, und den verdammten Bastard rösten.«

»Es tut nur das, was wir an seiner Stelle ebenfalls tun würden.«

»Die dritte Möglichkeit wäre, die Raketen zu feuern und mit voller Geschwindigkeit in die Melange zu rasen.«

»In die Melange! Zu was soll das denn gut sein?«

»Zu überhaupt nichts. Selbst wenn wir beim Aufprall nicht auseinanderbrechen, verschmelzen wir im Lauf von ein, zwei Tagen mit dem Fluidum.«

»Oder wir fliegen geradewegs durch auf die andere Seite.«

»Es gibt keine andere Seite.«

»Das kannst du nicht wissen, solange du es nicht ausprobiert hast. Außerdem hat diese Methode am meisten Stil.«

»Stil, wie?«

Sie grinsten beide.

Dariat drehte die Kapsel erneut und richtete sie ungefähr auf die Melange aus. Er feuerte zwei der Feststoffraketen. Noch eine mehr, und sie würden tatsächlich beim Aufprall zerplatzen.

Die Kälte ist sowieso zu groß, dachte er.

Drei Sekunden lang beschleunigten sie mit fünf g, dann prallten sie auf. Die Verzögerung war atemberaubend und schleuderte Tolton in das Sicherheitsnetz. Er stöhnte vor Schmerz und machte sich auf das Schlimmste gefaßt.

Doch die thermische Isolation der Kapsel hielt. Sie widerstand der schrecklichen subkryogenischen Temperatur der Melange. Die Kapsel zitterte träge, während die Raketenmotoren ununterbrochen weiter feuerten und sie tiefer und tiefer unter die Oberfläche schoben. Sowohl Tolton als auch Dariat hörten die Kakophonie der Seelen, ihren Schock und ihr Entsetzen darüber, daß die Abgasströme das Fluidum verdampften, in dem sie suspendiert waren. Die Schreie verloren an Kraft, je weiter sie in das Innere der Melange vordrangen. Fünfzehn Sekunden später waren die Raketen ausgebrannt.

Toltons Lachen war durchsetzt von einem unsicheren Timbre. »Wir haben es geschafft!«

Das Bullauge war im gleichen Augenblick vereist, in dem sie auf die Flüssigkeit aufgeprallt waren. Der Straßenpoet streckte die Hand aus und wollte die Eisperlen abwischen. Seine Hand blieb am Glas kleben. »Scheiße!« Er verlor ein Stück Haut, als er sich wieder befreite. »Und was machen wir jetzt?«

»Nichts. Absolut nichts.«

11. Kapitel

Der Volkswagen Mannschaftstransporter brachte Louise und Ivanov Robson zurück nach London. Die meiste Zeit während der vierstündigen Fahrt saß sie zusammengerollt in einem der schweren Ledersessel der Kabine und beschäftigte sich mit den Nachrichtensendungen aus der Arkologie. Die Landschaft ringsum interessierte sie nur noch wenig.

In der Westminster-Kuppel waren nur noch wenige Reporter übrig, die ein Bild vom Geschehen liefern konnten. Diejenigen, die darauf beharrt hatten, es bis zum Ende durchzustehen, übertrugen ihre Sens-O-Vis-Berichte mit großer Verspätung. Sie nutzten die Zeit dazwischen, um sich aus dem Gebiet abzusetzen, aus dem sie berichteten; die Besessenen nahmen es alles andere als freundlich auf, wenn sie vom gesamten Planeten bei ihren Aktivitäten beobachtet wurden. Die Reporter, die am ersten Tag von ihnen überrascht worden waren, hatten sich nicht wieder im Netz zurückgemeldet.

Was die Reporter unten an der Oberfläche – und umfassender noch die Sensoren überall im Innern der Kuppel – zeigten, war eine Art roher Ordnung, die sich zwischen den alten Bauwerken etablierte. Die Besessenen organisierten sich in kleine Banden, die ganz offen durch die Straßen marschierten. Es war eine Geste der Herausforderung an GovCentral. Sie hätten ein leichtes Ziel abgegeben für die strategischen Waffen im Orbit, wäre da ein politischer Wille gewesen, sie zu vernichten. Doch da sich immer nur höchstens zweihundert von ihnen zur gleichen Zeit zeigten, hätten die Überlebenden jederzeit grauenhafte Vergeltung an der verbliebenen nicht-besessenen Bevölkerung üben können. Die Ordnungskräfte innerhalb der Arkologie waren längst so gut wie ausgeschaltet. Während der gesamten Nacht hatten gezielt gelegte Feuer gewütet; sämtliche Polizeistationen sowie achtzig Prozent der lokalen Verwaltungsgebäude existierten nicht mehr. Bedeutsamerweise hatten die Besessenen, obwohl das Kommunikationsnetz und die Energieversorgung ebenfalls Ziel ihrer Anschläge gewesen waren, keine der wichtigeren öffentlichen Versorgungseinrichtungen zerstört. Es gab noch immer Wasser und Frischluft, und die Kuppel war noch immer imstande, einen Armadasturm abzuwehren. Irgend jemand kontrollierte die Besessenen, und er lenkte sie mit erstaunlicher Präzision.

Die Medien spekulierten angestrengt, wer dahinter steckte.

Charlie interessierte sich nur für das Warum. Wenn überhaupt irgend etwas, dann erzwangen die Besessenen die ursprüngliche Ausgangssperre GovCentrals mit einer größeren Effizienz, als es die Polizei je geschafft hatte. Die Analyse ihrer Bewegungen, die Charlie mit Hilfe der KI durchgeführt hatte, zeigte an, daß es sich um eine Zahl zwischen sieben- und zehntausend handeln mußte, und jede Gruppe kontrollierte ein eigenes Gebiet. Genug, um sicherzustellen, daß alles in den Häusern und Wohnungen blieb. Nur wenige neue Besessene kamen hinzu, und in den neun äußeren Kuppeln gab es kaum ein paar hundert.

Die einzige bedeutsame Abweichung war ein Versuch gewesen, eine Garage mit Oberflächenfahrzeugen unter Kontrolle zu bringen. Jedesmal, wenn sie eines der schweren Fahrzeuge über die Rampe nach draußen gesteuert hatten, war es von Orbitalwaffen vernichtet worden. Der Präsident selbst hatte die Schläge befohlen, ohne daß B7 seine zahlreichen Verbindungsleute unter Präsidentenberatern oder im Kabinett hätte einsetzen müssen, um ihn zu bedrängen. Die Besessenen hatten acht Versuche unternommen, London zu verlassen. Dann hatten sie aufgegeben.

»Dexter hat irgend etwas vor«, hatte Charlie zu Louise gesagt, kurz bevor sie aus seiner privaten Kuppel aufgebrochen waren. »Auf gar keinen Fall wird er sich allein mit London zufrieden geben. Deswegen wartet er auch noch, bevor er den Rest der Bevölkerung der Possession unterwirft. So, wie er die Dinge im Griff zu haben scheint, könnte er das in weniger als einer Woche schaffen, wenn er wollte. Er ist viel besser organisiert als in New York.«

Louise verstand genausowenig wie Charlie, warum Dexter sich noch zurückhielt. Der teuflische Mann, dem sie daheim auf Norfolk gegenübergestanden hatte, hatte nicht den Eindruck erweckt, als könnte er sich auch nur ein wenig unter Kontrolle halten.

Die einzige andere neue Information, die sie im Verlauf der Rückfahrt erhielt, war eine Nachricht über die Fortschritte von Genevieves Evakuierung. Ihre Schwester wurde in einem anderen Volkswagen nach Birmingham gebracht, zusammen mit Divinia und dem ersten Teil von Charlies Familie. In Birmingham hatte Charlie einen Vakzug bereitstellen lassen, der sie zum Orbitalaufzug von Kenia bringen würde. Genevieve hatte ihre Enttäuschung nicht verborgen, als sich herausgestellt hatte, daß Charlies Kuppel nicht fliegen konnte.

Die Fahrt nach Birmingham war wesentlich kürzer. Genevieve befand sich bereits im afrikanischen Turm und war unterwegs nach Skyhigh Kijabe, während Louise noch immer durch das Tal der Themse fuhr.

»Die Arkologie kommt jetzt in Sicht«, rief Yves Gaynes aus der Fahrerkabine nach hinten. »Falls Sie einen Blick darauf werfen möchten.«

Louise regte sich in ihrem Sessel. Sie stand auf und ging nach vorn zu Gaynes, um sich im Sitz neben ihm niederzulassen. Auf der Herfahrt aus London hatte sie kaum einen Blick auf die Kuppeln werfen können; sie waren ständig in die falsche Richtung gefahren. Jetzt steuerte der schwere Mannschaftstransporter genau auf die Arkologie zu, während er die letzten paar Meilen durch die eintönige Landschaft rumpelte.

Louise starrte auf die Kuppeln, die sich aus dem Dunst am Horizont schälten. Nur die äußeren neun waren sichtbar; sie drängten sich schützend um die alte Stadt im Zentrum. Die Strahlen der untergehenden Sonne funkelten und glitzerten lebhaft kupferfarben auf den geodätischen Kuppeln, die ansonsten vollkommen schwarz waren. Zum ersten Mal begriff sie in vollem Maße, wie künstlich die Arkologie war. Wie fremdartig.

Yves blickte sie von der Seite an. »Ich hätte nicht gedacht, daß wir so bald wieder hierher zurückkehren.«

»Ich auch nicht.«

»Der Boß kümmert sich um seine Leute, wissen Sie?«

»Ich bin sicher, das tut er.« Nicht, daß sie überzeugt gewesen wäre, als Mitglied von B7 gewertet zu werden. Andererseits war es vielleicht Charlie, der den Fahrer fernsteuerte und versuchte, sie zu beruhigen. Sie willfähriger zu machen. Sie wußte nicht mehr, was sie von allem halten sollte. Nichts war, wie es schien.

Der Transporter fuhr mit gleichbleibender Geschwindigkeit zwischen den halb in der Erde vergrabenen Industriebauten hindurch, welche die Arkologie umgaben, und erreichte schließlich eine Rampe, die hinunter in eine der riesigen Untergrundgaragen führte. Die Beleuchtung an der Gewölbedecke brannte nur schwach, und zwischen den Reihen geparkter Fahrzeuge war keinerlei Aktivität zu erkennen. Sie parkten ganz in der Nähe der Rampe. Während die Außentür nach unten glitt, kam ein navyblaues Fahrzeug aus dem düsteren Licht auf sie zu. Ivanov Robson erhob sich und öffnete die Luke der Passagierkabine.

»Sind Sie soweit?« fragte er freundlich.

»Ja.« Louises Antwort war denkbar kühl. Sie hatte kein Wort mehr mit Robson gesprochen, seit ihre Reise begonnen hatte. Sie war wütend und ärgerlich, doch sie wußte nicht genau, gegen wen sie ihren Zorn richten sollte. Gegen ihn dafür, daß er war, wie er war, oder gegen sich selbst, weil sie ihn zu Anfang gleich gemocht hatte. Vielleicht erinnerte er sie auch nur beständig daran, in welch ungeheuerlichem Ausmaß sie manipuliert worden war.

Sie kletterte die kurze Leiter hinab. Es war feucht in der Garage, aber kühler, als sie erwartet hatte. Sie war für die Arkologie gekleidet, mit einem kurzen Rock über schwarzen Leggings und einem langärmeligen T-Shirt (um das nanonische Medipack an ihrem Handgelenk zu verdecken) sowie einer dünnen Lederweste darüber. Das Haar hatte sie zu einem einfachen Pferdeschwanz zusammengebunden.

Ivanov folgte ihr auf dem Weg zu dem wartenden Wagen. Er trug die kleine Tasche aus Alligatorhaut mit der Waffe, die Charlie ihm gegeben hatte. Eine Polizistin öffnete ihnen die Tür; in ihrem Gesicht war keinerlei Emotion zu erkennen. *Wie viele Menschen hat B7 wohl sequestriert?* fragte sich Louise. Diesmal war das Innere des Wagens ganz normal. Louise nahm auf dem Rücksitz Platz, und Ivanov setzte sich zu ihr, die schicksalsträchtige Tasche auf den Knien.

»Ich bin die meiste Zeit über ich selbst, wissen Sie?« begann er leise. »B7 kann mich nicht jede Sekunde meines Lebens kontrollieren.«

»Oh.« Louise wollte nicht über dieses Thema sprechen.

»Ich betrachte es als eine Art Buße, nicht als Bestrafung. Und ich bekomme hin und wieder in paar höchst interessante Dinge zu sehen. Ich weiß außerdem, wie die Welt funktioniert, und das ist heutzutage ein höchst seltenes Privileg. Wie Sie inzwischen selbst herausgefunden haben.«

»Was haben Sie verbrochen?«

»Ich habe etwas sehr Dummes gemacht. Und Böses. Nicht, daß ich damals eine andere Wahl gehabt hätte ... Es hieß sie oder ich. Schätzungsweise hat B7 mir deswegen die Wahl gelassen. Ich bin nicht das, was man unter einem gewöhnlichen Kriminellen versteht. Ich hatte sogar eine Familie. Hab' sie seit Jahrzehnten nicht mehr gesehen, aber man gestattet mir zumindest zu wissen, wie sie zurechtkommt.«

»Aber man hat Ihnen bestimmt gesagt, wie Sie mich behandeln müssen.«

»Mir wurde befohlen, welche Informationen ich an Sie weitergeben durfte und wann. Alles andere, was ich je zu Ihnen gesagt habe, war mein wirkliches Ich.«

»Einschließlich des Rückweges nach London?«

Ivanov kicherte leise. »O nein, natürlich nicht. Selbstlosigkeit schließt Wahnsinn nicht mit ein. Ich bin auf Befehl hier.« Er hielt für einen Augenblick inne. »Aber jetzt, da ich schon einmal hier bin, werde ich mein Bestes tun, um Sie zu beschützen, sollte es notwendig werden.«

»Sie glauben, es war dumm, wieder nach London zurückzukehren?«

»Vollkommen idiotisch. B7 sollte sich zusammenreißen und London mit einer Bombe vernichten. Es ist die einzige Möglichkeit, wie wir diese verdammten Besessenen jemals loswerden können.«

»Aber Bomben sind vollkommen wirkungslos gegen Quinn Dexter.«

»Ist das so?« Ein langer Finger strich nachdenklich über die Tasche aus Alligatorhaut. »Vertrauen Sie diesem Typen, den wir treffen sollen? Diesem Fletcher?«

»Selbstverständlich. Fletcher ist ein grundanständiger Mann. Er hat sich auf dem ganzen Weg von Norfolk hierher um Genevieve und mich gekümmert.«

»Das könnte interessant werden«, murmelte Robson. Er drehte sich um und beobachtete die Tunnelwände, die draußen rechts und links des Wagens vorbeihuschten.

Sie erreichten einen kleinen Frachtbahnhof irgendwo in einer der unterirdischen Industriestationen. Charlie hatte ihn ausgesucht, weil es eine direkte Straßenverbindung zur Garage gab und das Netz in diesem Sektor noch nicht ausgefallen war.

Der Bahnsteig war um einiges kleiner als in King's Cross, und vor jeder Luftschleuse standen schwere Kranmechanoiden. Als Louise und Ivanov aus einem Wartungsaufzug traten, wurden sie von acht Feldagenten des GISD erwartet. Jeder trug eine elektrostatische Maschinenpistole.

Fünf Minuten später traf der Zug ein. Lediglich eine Luftschleuse öffnete sich. Detective Brent Roi stieg als erster aus und sah sich mißtrauisch um. Als sein suchender Blick Louise fand, verriet ihr sein Gesichtsausdruck, daß er offiziell der unglücklichste Mensch auf dem gesamten Planeten war.

»Raus!« befahl er über die Schulter.

Fletcher Christian kam in der Luftschleuse zum Vorschein, gekleidet in seine makellose Ausgehuniform. Hinter ihm standen zwei Wachen, und ein dicker Metallkragen lag um seinen Hals. Louise kümmerte es nicht. Unter den starren Blicken der Feldagenten rannte sie auf Fletcher zu und schlang die Arme um ihn.

»O Gott, ich habe Sie so sehr vermißt!« sprudelte sie hervor. »Ist alles in Ordnung?«

»Der gute Fletcher ist einfach nicht totzukriegen, werteste Lady Louise. Und wie steht es mit Euch? Wie ist es Euch ergangen, seit wir voneinander getrennt wurden? Noch mehr unangemessene Abenteuer, könnte ich wetten.«

Sie wischte sich die Tränen an seinen Revers ab, und die Knöpfe seiner Jacke drückten in ihre Haut. »Etwas in der Art.« Sie umklammerte ihn noch fester, voller Staunen, wie glücklich sie war, ihn wiederzusehen, die einzige Person auf dem gesamten Planeten, der sie wirklich vertraute. Seine Hand streichelte ihren Kopf.

»Ich halte das nicht aus!« rief Brent Roi voller Abscheu.

Louise löste sich von Fletcher und trat einen schüchternen Schritt zurück. Fletchers traurige Blicke verrieten ihr, daß er verstand.

»Sind Sie beide endlich fertig?«

Ivanov Robson trat einen Schritt vor. »Versuchen Sie's doch mal mit mir«, sagte er zu dem Detective aus dem O'Neill-Halo.

»Wer zur Hölle sind Sie?«

»Sagen wir es so: Wir beide besitzen den gleichen Supervisor. Und wenn Ihre Sicherheitseinstufung hoch genug wäre, um zu wissen, was Louise Kavanagh für uns getan hat, dann würden Sie ihr bestimmt ein wenig mehr Respekt entgegenbringen.«

Fletcher blickte den riesigen Privatdetektiv interessiert an. Ivanov streckte ihm die Hand entgegen. »Erfreut Sie kennenzulernen, Fletcher. Ich bin der Bursche, der sich hier unten um Louise gekümmert hat.« Er zwinkerte ihr zu. »Wenn es die Umstände erlaubt haben.«

Fletcher verneigte sich. »Dann haben Sie uns allen einen Dienst erwiesen, Sir. Ich wäre zu Tode betrübt, wenn einer solch kostbaren Blume ein Leid geschehen wäre.«

Brent Roi seufzte ungläubig. »Wollen Sie etwa so weitermachen?«

»Sicher«, entgegnete Ivanov. »Wir übernehmen von jetzt an. Ich denke nicht, daß ich irgendwo für ihn unterschreiben muß, oder?«

»Übernehmen? Soll das heißen, ich bin fertig? So gottverdammt einfach ist das nicht! Ich habe keine Möglichkeit, in das Halo zurückzukehren. Ich sitze hier fest und muß diesen Blödmann eskortieren.«

Louise wollte ihm gerade sagen, daß B7 ihn zum Orbitalaufzug bringen konnte, als sie bemerkte, wie Ivanovs Gesicht plötzlich ausdruckslos wurde. Offensichtlich redete Charlie mit ihm.

»In Ordnung«, sagte Ivanov traurig. »Nur damit Sie es wissen, es war nicht meine Idee.«

»Jetzt fühle ich mich aber ein ganzes Stück besser.«

Louise setzte sich zu Fletcher, als sie wieder im Wagen waren. Ivanov und Brent Roi nahmen auf den gegenüberliegenden Klappsitzen Platz.

»Von jetzt an ist das Ihre Schau«, wandte sich Ivanov an Fletcher. »Wie wollen Sie vorgehen?«

»Halt, einen Augenblick«, sagte Louise. »Fletcher, was soll dieser Kragen?«

»Ein Friedensstifter«, knurrte Brent Roi. »Wenn er Mätzchen macht, jage ich ihm tausend Volt durch den Hals. Glauben Sie mir, selbst diese besessenen Bastarde sind anschließend brav.«

»Nehmen sie dieses Ding ab«, verlangte Louise.

»Lady Louise ...«

»Nein, Fletcher. Nehmen Sie augenblicklich dieses Ding ab. Ich würde nicht einmal ein Tier so behandeln. Es ist monströs.«

»Solange ich in seiner Nähe bin, bleibt der Kragen, wo er ist«, widersprach Brent Roi. »Man kann diesen Kerlen nicht trauen.«

»Charlie«, rief Louise per Datavis. »Sag ihm, er soll Fletcher dieses Ding abnehmen. Ich meine es ernst. Ich kooperiere nicht mehr mit euch, wenn ihr nicht aufhört, Fletcher so zu behandeln.«

»Tut mir leid, Louise«, antwortete Charlie. »Der Halo-Polizist ist nervös. Der Kragen war lediglich für die Dauer des Transfers vorgesehen.«

Sie beobachtete, wie sich Brent Rois Gesichtsausdruck verdüsterte, als er einen Datavis-Befehl von Charlie erhielt. »So eine Sauerei!« fluchte er. Dann ertönte ein Klicken an Fletchers Metallkragen, und der Verschlußmechanismus drehte sich um neunzig Grad. Fletcher griff nach oben und zog probehalber an dem Gerät. Es löste sich von seinem Hals.

»Hey.« Brent Roi schlug seine Jacke zur Seite, und darunter kam ein Schulterhalfter mit einer großkalibrigen automatischen Waffe zum Vorschein. Drei Reservemagazine waren mit kleinen roten Blitzsymbolen gekennzeichnet. Er starrte Fletcher an. »Ich beobachte dich.«

Fletcher legte den Kragen verächtlich auf den Boden zwischen sich und Roi.

»Danke sehr.«

»Kein Problem«, antwortete Ivanov. »Wir wollen schließlich, daß Sie sich wohlfühlen.«

»Ihr erwähntet eine Waffe, Lady Louise?«

»Ja. Die Konföderierte Navy hat ein Gerät gebaut, das Seelen zerstören kann. Sie wollen, daß Sie sich nahe genug an Dexter heranmachen, um ihn damit zu treffen.«

»Echter und wahrhaftiger Tod«, sagte Fletcher voller Staunen. »Es gibt viele, die sich inzwischen nichts sehnlicher wünschen. Seid ihr sicher, daß dieses Gerät auch funktioniert?«

»Das ist bestätigt«, antwortete Ivanov. »Es wurde bereits getestet.«

»Wenn ich so kühn sein darf zu fragen: An wem wurde es getestet?«

»Der Direktor des Forschungsprojekts hat den Erinnerungslöscher gegen sich selbst und eine Besessene gerichtet, die ihn bedrohte.«

»Ich bin nicht sicher, ob das Heldentum oder Tragödie ist. Haben sie gelitten?«

»Nicht eine Sekunde. Es ist vollkommen schmerzlos.«

»Ein weiteres Zeichen für den vielgepriesenen Fortschritt der Menschheit. Dürfte ich dieses furchtbare Instrument sehen?«

Ivanov hob die Alligatortasche auf seine Oberschenkel

und gab per Datavis den Verriegelungskode ein. Das Schloß summte, und er öffnete die Tasche. Fünf mattschwarze Zylinder, jeweils dreißig Zentimeter lang, lagen in einem grauen Schaumpolster. Er nahm einen Zylinder heraus. Ein Ende bestand aus einer gläsernen Linse, das andere trug an der Seite einen einfachen roten Knopf.

»Die wesentlichen Komponenten sind BiTek«, sagte er. »Es sollte also der statischen Störstrahlung der Besessenen eine ganze Weile widerstehen. Die Bedienung ist kinderleicht. Man muß nur den Knopf nach vorn schieben, so ...« er schob den Knopf mit dem Daumen nach vorn, »... und es ist aktiviert. Um es auszulösen, drückt man den Knopf ein. Es erzeugt einen dünnen Strahl roten Lichts, der in die Augen des Opfers fallen muß, damit es funktioniert. Die geschätzte effektive Reichweite beträgt fünfzig Meter.«

»Yards«, murmelte Louise lächelnd.

Fletcher nickte ihr dankend zu.

»Was auch immer«, sagte Ivanov. Er reichte Fletcher die Waffe. Brent Roi versteifte sich, doch Fletcher untersuchte das Gerät lediglich in milder Neugier.

»Es sieht aus wie ein ganz normaler harmloser Stock«, sagte er.

»In seinem Innern geschieht eine ganze Menge, was man nicht sehen kann.«

»Noch verstehen, da könnt' ich wetten. Sein Gebrauch jedoch scheint einfach. Sagt mir, was geschieht mit der ursprünglichen Seele eines Körpers, wenn dies Gerät auf einen Besessenen gerichtet wird?«

Ivanov räusperte sich vorsichtig. »Sie stirbt ebenfalls.«

»Das ist Mord.«

»Ein Toter ist ein kleiner Preis, wenn das Universum dafür von Quinn Dexter befreit wird.«

»Aye. Der einfache Mann hat die Entscheidungen der Könige nicht in Frage zu stellen, denn das ist es, was sie zu Königen macht. Sie müssen sich allein vor Gott dem Herrn verantworten.«

»Kann ich bitte auch eine haben?« fragte Louise.

Kommentarlos reichte ihr Ivanov eines der Rohre. Sie überprüfte flüchtig den Auslöseknopf, dann steckte sie es in eine Tasche ihrer Weste.

Ivanov nahm ebenfalls eines und bot Brent Roi eine Waffe an. Der Beamte aus dem Halo schüttelte den Kopf.

»Jetzt müssen wir nur noch Quinn Dexter finden«, sagte Ivanov. Er sah Fletcher fragend an. »Haben Sie vielleicht eine Idee?«

»Wißt Ihr ungefähr, wo er sich aufhalten könnte?«

»Wir nehmen an, daß er sich in der Westminster-Kuppel herumtreibt – dort scheint er seine Macht über die anderen Besessenen konsolidiert zu haben. Logischerweise kann er nicht allzu weit von ihnen entfernt sein.«

»Ich kenne Westminster, aber ich habe noch nie etwas von dieser Kuppel gehört.«

»Das London, wie Sie es kannten, liegt heute unter einer schützenden Glaskuppel. Wir nennen sie die Westminster-Kuppel. Er kann sich überall in der City von London versteckt halten.«

»Dann würde ich vorschlagen, Ihr bringt mich zu einem geeigneten Aussichtspunkt. Vielleicht bin ich in der Lage festzustellen, wo sich große Gruppen von Besessenen verstecken. Es wäre zumindest ein Anfang.«

Es war ein Zeichen für einen guten Anführer, daß er imstande war, sich rasch auf wechselnde Umstände einzustellen. Und nach den letzten beiden Tagen betrachtete sich Quinn nun als einer der größten in der Geschichte der Menschheit. Die Ausgangssperre hatte ihm einen beträchtlichen Schrecken eingejagt, nicht zuletzt, weil sie bedeutete, daß die Superbullen ihm wieder auf den Fersen waren. Er hatte eine ziemlich genaue Vorstellung, wer es ihnen verraten hatte – und spürte fast so etwas wie Befriedigung.

Natürlich hatte die Ausgangssperre seine ursprünglichen Pläne völlig ruiniert. Die Besessenen aus dem Lancini hatten getan, was er befohlen hatte, und den Schutz der Nacht benutzt, um eine Reihe von Leuten in den vorgesehenen Gebäuden zu übernehmen. Doch am nächsten Morgen war niemand zur Arbeit erschienen, und das Spiel war mit einem Mal ein neues.

Quinn hatte Kuriere durch das Labyrinth aus Tunnels und Wartungsschächten unter der Arkologie gesandt, die Kontakt zu den einzelnen Gruppen aufgenommen und ihnen gesagt hatten, was als nächstes zu tun war. Sie sollten die Polizeistationen ausschalten, wie er es ursprünglich vorgehabt hatte, indem sie die Besatzungen in Hinterhalte lockten und die Amtsgebäude in Brand steckten. Wegen der geringeren Zahlen würde es länger dauern; weil die Ausgangssperre jedoch den Rest der Arkologie effektiv abriegelte, würde die Polizei wenig Unterstützung und Verstärkung erhalten. Außerdem hatte Quinn seinen Anhängern befohlen, das Netz und die Energieversorgung zu unterbrechen und auf diese Weise die in Bedrängnis geratene Polizei noch weiter zu isolieren.

Am späten Nachmittag war die Bevölkerung der Arkologie effektiv in ihren Häusern eingeschlossen, ohne den Schutz der Polizei, ohne Notfallversorgung, ohne Strom und ohne Verbindung nach draußen. Quinn hatte sein Ziel erreicht, ohne das Transportnetz, die öffentlichen Versorgungseinrichtungen oder die Nahrungsmittelfabriken dafür zerstören zu müssen.

Alles war fast genau so wie ursprünglich beabsichtigt, nur daß Quinn weniger Besessene dazu gebraucht hatte, eine Tatsache, die ihm nicht wenig zugute kam. Es war einfacher, die Disziplin aufrechtzuerhalten, wenn die Zahlen kleiner blieben. Und die Arkologie mit all ihren kostbaren Ressourcen war intakt geblieben. Es stand ihm offen, damit zu machen, was er wollte. Die strengste Kontrolle übte er über die Westminster-Kuppel aus; die Furcht in den übrigen neun Kuppeln machte sie als Quellen möglichen Widerstands nutzlos.

Nachdem London fest in seiner Hand war, hatte Quinn einen Versuch unternommen, seine Anhänger in Überlandfahrzeugen nach Birmingham zu schicken. GovCentral hatte mit orbitalen Waffen reagiert, und die gestohlen Fahrzeuge waren mitsamt ihren Insassen völlig vernichtet worden.

Er hatte gleich gewußt, daß es nicht so einfach werden würde.

Im Verlauf des ersten Abends, während seine Bataillone ihre Vernichtungsaktion gegen die lokalen Ordnungskräfte fortsetzten, ließ er verschiedene Techniker und Ingenieure in sein Hauptquartier bringen, ausnahmslos Experten auf ihrem Gebiet. Sie sollten eine Methode ausarbeiten, wie man unbemerkt von den Satelliten im Orbit über das Land fahren konnte. Eine symbolische Geste. Quinn wußte, daß der kommende Krieg der Nacht nicht mit Wissenschaft und Maschinen ausgefochten wurde. Es würde persönlich und ehrenvoll werden, wie jeder Krieg eigentlich sein sollte.

Die Dunkelheit fiel herab, und das dämonische Chaos nahm an Lautstärke zu. Quinn betete vor dem entweihten Altar der St. Paul's Cathedral und tauchte einmal mehr in das Reich der Geister ein. Diesmal wurde er mit dem größten Wissen belohnt, das ein Sterblicher nur erlangen konnte, so wunderbar, daß er vor Freude zu weinen anfing. Gottes Bruder selbst erwachte in Seiner Verbannung irgendwo in unvorstellbarer Entfernung hinter dem Ende des Universums. Schreie der Freude und Begeisterung erhoben sich unter den Dämonen, als sie ihren gewaltigen Gott in ihrer Mitte willkommen hießen. Seine verhängnisvolle Gegenwart brachte ihnen eine Kraft und Stärke, wie sie sie bis dahin noch nicht gekannt hatten.

Ihre kalten träumenden Gedanken sickerten in Quinns Verstand. Er kannte sie alle in ihrer erstaunlichen Vielfalt, aneinandergefesselt in verzückter Qual. Gottes Bruder stieg vor ihnen auf, heiß und dunkel und leuchtend vor Bosheit. Sie streckten die Arme nach ihm aus, verlangten nach Seiner Kraft. Und Er befreite sie, Seine Energie sprengte ihre Ketten, so daß sie wieder frei umherstreifen konnten, wie sie es vor langer, langer Zeit getan hatten. Eine ganze Armee apokalyptischer Engel, verzückt über ihren neuen Zustand – und hungrig.

Hungrig nach so vielen Dingen, die ihnen in all der schrecklichen Zeit verwehrt geblieben waren. Sie wirbelten vergötternd um den Lichtbringer herum, in einem Zyklon, der größer war als die ganze Welt, und brüllten ihre wütende Freude über Seine Ankunft hinaus.

Quinn erwachte aus seiner Träumerei, und sein Körper verfestigte sich genau in dem Augenblick auf dem Altar, als die Morgendämmerung ein erstes graues Licht durch die Bleiglasfenster der Kathedrale sandte. Dann begann er zu lachen, bis ihm die Tränen in die Augen traten. »O Banneth, du verdammtes Stück Scheiße, wo bist du jetzt, du Ungläubige? Diese Wahrheit würde dich endgültig in Verzweiflung stürzen.«

»Quinn?« fragte Courtney besorgt. »Quinn, alles in Ordnung mit dir?«

»Er kommt.«

Courtney warf einen Blick auf die mächtigen schwarzen Eichentüren am anderen Ende der Kathedrale. »Wer kommt, Quinn?«

»Gottes Bruder, du dummes Miststück.« Quinn stand vor dem Altar und breitete die Arme aus. Er sah auf die Versammlung von Besessenen herab, die sich im Kirchenschiff eingefunden hatten. »Ich habe unseren Herrn gesehen! Ich habe Ihn gesehen! Er lebt! Er ist auferstanden, um uns zum endgültigen Sieg zu führen! Er bringt eine Armee mit Sich, und sie wird die hellen metallenen Engel herunterreißen, die den Himmel bewachen. Die Nacht wird kommen!« Er zitterte vor Inbrunst. Courtney beobachtete voll ängstlicher Ehrfurcht, wie er langsam den Blick auf sie richtete. »Glaubst du mir etwa nicht?«

»Ich glaube dir, Quinn! Ich habe dir immer geglaubt.«

»Ja. Das tust du wirklich, nicht wahr?« Er sprang leichtfüßig auf den Steinboden herab, und ein wildes Grinsen wurde in der Kapuze sichtbar, die sein Fleisch verbarg. Er schwang herum und starrte auf die unterwürfige Versammlung. Mehr als fünfhundert seiner Anhänger hatten sich inzwischen eingefunden und warteten ergeben auf das, was der Dunkle Messias von ihnen verlangen würde. Ihre Zahl stieg langsam, während weitere nicht-besessene Gefangene durch unterirdische Wartungstunnel und -korridore in die Kathedrale gebracht wurden. Die kommerziellen und öffentlichen Gebäude in der unmittelbaren Umgebung von St. Paul's waren bereits vor Jahrhunderten abgerissen worden und einem großen Park mit einem Platz gewichen. Quinn wußte verdammt genau, daß die Satelliten und Sensoren hoch oben in der Kuppel sehen konnten, wenn zu viele Leute den offenen Raum überquerten. Das Muster würde aufgezeichnet werden, und die Superbullen würden neugierig wissen wollen, warum nicht einer die Kathedrale wieder verließ. Also mußte die Vergrößerung von Quinns Machtbasis langsam und vorsichtig vonstatten gehen.

Die Nicht-Besessenen wurden in die Krypta geschleppt und von einer Handvoll ergebener Jünger für die Possession vorbereitet. Quinn scherte sich nicht mehr länger darum, ob die Rückkehrer aus dem Jenseits an die Worte von Gottes Bruder glaubten oder nicht. Solange er physisch in der Nähe war, konnte er sie zum Gehorsam zwingen. Quinns Blicke schweiften über die Versammlung. Bis jetzt hatte er schätzungsweise ein Drittel der Menge zusammen, die er für die Anrufungszeremonie benötigte.

Allein der Übergang in das Reich der Geister verschlang eine Unmenge an energistischer Kraft. Er wäre niemals imstande, ohne fremde Hilfe die Tore zur Hölle aufzustoßen.

»Wo steckt Billy-Joe?« fragte er.

Courtney zuckte verdrossen die Schultern. »Unten, wo sonst? Er liebt es zuzusehen.«

»Geh und bring ihn her zu mir. Was ich gesehen habe macht es um so wichtiger, daß wir genügend warme Körper für die Possession fertigmachen. Ich will, daß er den Scheißern draußen auf der Straße Bescheid gibt und sicherstellt, daß sie nicht aufhören, welche herzuschicken. Heute darf sich niemand einen Fehler leisten. Seine Zeit ist gekommen; heute ist Sein Tag.«

»Verstanden.« Courtney setzte sich in Richtung der Tür am Ende der zentralen Kuppel in Bewegung, hinter der die Stufen hinunter in die Krypta führten. Dann blieb sie stehen und wandte sich um. »Quinn? Was geschieht eigentlich hinterher?«

»Hinterher?«

»Wenn der Lichtbringer da ist und wir, du weißt schon, wenn wir jeden umgebracht haben, der nicht macht, was wir sagen.«

»Wir werden in Seinem Königreich leben, und Seinem Licht, und unsere Schlangen werden bis ans Ende aller Tage frei und wild umherschweifen. Er wird uns vor der Sklaverei in dem riesigen Gefängnis des falschen Gottes bewahren, diesem *Himmel*, von dem die Religionen der Trottel soviel erzählen.«

»Oh. Super, das klingt echt cool, Quinn.«

Quinn blickte ihr hinterher und spürte den dumpfen Glauben in ihren Gedanken. Eigenartig, wie sehr ihn ihre bedingungslose Willfährigkeit in letzter Zeit anzuöden begonnen hatte.

Den Rest des Morgens verbrachte Quinn damit, die Gruppen zu überwachen, die er auf der Straße hatte, und ihnen neue Ziele zuzuweisen. Hauptsächlich dadurch, daß er sie einschüchterte, bis sie sich fast in die Hosen schissen, wenn sie sich in der Kathedrale zeigten und neue Körper brachten. Mehrere Male schlüpfte er in das Geisterreich und wanderte persönlich durch die Arkologie. Die ursprünglichen Besessenen aus dem Lancini bemühten sich, die Neuankömmlinge zu disziplinieren und zum Gehorsam anzuhalten, doch nichts, was sie über Quinn zu sagen wußten und das, was geschehen würde, wenn sich jemand sträubte, war so effektiv, als wenn er persönlich ohne jede Vorwarnung mitten unter ihnen materialisierte. Dreimal mußte er an Abweichlern Exempel statuieren. Er konnte vielleicht nicht jede Gruppe besuchen, doch die Neuigkeiten verbreiteten sich schnell genug, auch ohne die Annehmlichkeiten eines funktionierenden Kommunikationsnetzes.

Als er nach der Mittagszeit wieder in die St. Paul's Cathedral zurückkehrte, waren im Hauptschiff der alten Kirche mehrere Orgien im Gange. Neu angekommene Besessene, die nicht genug bekommen konnten von frischen Empfindungen. Er bereitete dem Treiben kein Ende, im Gegenteil: Die Verschandelung eines derart sakrosankten Ortes war etwas Unterhaltsames und einer der Gründe, warum er die Kathedrale für seine Beschwörung ausgewählt hatte. Doch er beschränkte die Zahl weiterer Teilnehmer. Wenn die Besessenen sich mitreißen ließen, erzeugten ihre energistischen Kräfte eine beträchtliche elektrostatische Störstrahlung, die über große Entfernungen wirkte. Und in der Umgebung der Kathedrale gab es noch immer den einen oder anderen arbeitenden elektronischen Schaltkreis. Quinn durfte nicht riskieren, daß ein verräterischer Impuls von den

KI's zurückverfolgt wurde. Possessorseelen in den Körpern ehemaliger Polizisten hatten berichtet, mit welchen Mitteln GovCentral das Kommunikationsnetz dazu verwendete, Besessene aufzuspüren und einzukesseln.

Und bis Quinn genügend Besessene für seine Beschwörung versammelt hatte, würde er sich eben in Zurückhaltung üben müssen.

Quinn beobachtete die Geister, als Billy-Joe mit einem Besessenen hereinstürzte, der sich Frenkel nannte. Es gab viele Gruften in der St. Paul's Cathedral, die gut über ein Jahrtausend alt waren, einschließlich derer, die verloren gegangen waren, als die ursprüngliche Kathedrale in der Feuersbrunst von 1666 niederbrannte. Wer dort lag, war ohne Ausnahme von edler Geburt oder hohem Rang, die Besten der alten Nation. Oder wenigstens hatten sie zu ihren Lebzeiten als die Besten gegolten; heute waren sie nur noch ein lästiges Ärgernis für Quinn. Oh, sie hatten ihren Stolz, der in Form von Ablehnung und Haß herüberschwang, doch im Grunde genommen waren sie nicht besser als all die anderen erbärmlichen Bewohner dieser desolaten Sphäre. Die Krieger, die für Volk und Vaterland und König gefallen waren, schienen die Mehrzahl derer auszumachen, die nach dem Tod durch das Land spukten. Sie verachteten Quinn leidenschaftlich, doch sie kannten genug von seiner Macht, um ihn zu fürchten. Am Anfang hatten sie ihr Bestes gegeben, um seine Anhänger zu erschrecken, insbesondere Billy-Joe Courtney, und sich dabei bis an ihre Grenzen verausgabt. Ihre kalte Präsenz ließ Feuchtigkeit an den Wänden kondensieren, und die Tatsache, daß sie aus dem Augenwinkel heraus sichtbar waren, ließ das prachtvolle golddurchwirkte Innere des Chors vor anämischem Leben wimmeln. Sie klagten und jammerten wie Hunde unter einem Vollmond und verströmten ihre morbide Depression, bis jeder sie spüren konnte. Zweimal mußte Quinn persönlich in das Geisterreich hinüberwechseln, um sie zurechtzuweisen. Allein seine Berührung versengte sie, sandte sie sich rückwärts überschlagend davon, geschwächt und verschüchtert vom Kontakt.

Ihre Mätzchen ließen von da an deutlich nach, und sie schlichen nur noch um die Versammlung der Besessenen herum wie Katzen um den heißen Brei und strahlten ihre stumme Mißbilligung aus, eine düstere Verbitterung, die durch die Kathedrale schwang. Dann rührten sie sich mit einem Mal wieder, als wären sie die Opfer eines unnatürlichen Eindringlings. Sie versammelten sich unter der hohen Kuppel und schnatterten furchtsam.

Die Dämonen wurden lauter.

»Das solltest du dir anhören, Quinn«, sagte Billy-Joe. Er erstarrte, als er den Mißmut Quinns wegen der Unterbrechung sah. Selbst Billy-Joe konnte die Geister in der energistisch veränderten Umgebung des Kirchenschiffs erkennen, zitternde bunte Flammen, die unsicher über den gefliesten Boden schlitterten. »Es ist wichtig, Quinn, ich schwöre es!«

»Schieß los«, seufzte Quinn.

Frenkel atmete schwer und war angestrengt bemüht, nicht in das schwarze Nichts zu starren, das unter Quinns Kapuze lauerte. »Ich gehöre zur Hampstead-Gruppe. Wir haben etwas gesehen, von dem wir dachten, daß du es wissen solltest. Ich bin so schnell hergekommen, wie ich konnte, in einem Wartungsfahrzeug durch die Röhre.«

»Scheiße«, murmelte Quinn. »Ja, ja, schon gut. Erzähl weiter.«

»Wir haben eine Gruppe von Leuten gefunden, bei der Tunnelkreuzung von Darthmouth Park. Sie sind mit einem Wagen dorthin gefahren, was eigenartig ist, weil wir bis jetzt noch keine Zeit hatten, die Verkehrsleitprozessoren auszuschalten. Ihr Wagen muß mit einer polizeilichen Automatikabschaltung ausgestattet sein, denn die Ausgangssperre ist immer noch in Kraft und die Fahrzeugprozessoren arbeiten nicht. Jedenfalls sind sie durch einen Inspektionstunnel auf die Straße hinauf, und dann sind sie durch die Gebäude gezogen. Wir dachten, daß sie von dort sein müssen, weil sie sich verdammt gut auszukennen scheinen. Niemand kann von außen hineinsehen; unsere Jungs hatten alle Mühe, ihnen zu folgen, als ich aufgebrochen bin. Wir haben sie nicht ausgeschaltet, weil ... die Sache ist die, sie sind zu sechst, und zwei von ihnen sind genau wie die Leute, nach denen wir für dich Ausschau halten sollen.«

»Welche beiden?« fragte Quinn scharf.

»Diese Kleine mit den langen Haaren und der übellaunige große schwarze Kerl. Die anderen sind offensichtlich Soldaten, aber richtig harte Typen. Bis auf einen, und das ist wirklich eigenartig, Quinn. Er ist besessen. Und er ist nicht aus unserer Gruppe. Wir haben ihn noch nie vorher gesehen.«

»Kontrolliert er die anderen?«

»Nein. Sie scheinen ein richtiges Team zu sein.«

»Wohin wollen sie? Welche Richtung?«

»Als ich losgelaufen bin, sind sie durch die Junction Road geschlichen. Unsere Jungs behalten sie im Auge.«

»Bring mich hin«, befahl Quinn. Er glitt in Richtung der Tür davon, die zu den unterirdischen Stationen führte. »Billy-Joe, bring deine Hardware.«

Louise war dankbar, daß die beiden GISD-Agenten in ihrer Begleitung mit Kommunikatorblocks ausgerüstet waren. Sie ermöglichten ihrer neuralen Nanonik eine direkte, sichere Satellitenverbindung zu Charlie und der zivilen Datenbank des GISD, ohne daß sie sich mit dem löchrigen Netzwerk in diesem Bereich der Arkologie herumschlagen mußte. Die einzige andere zuverlässige Verbindung war Ivanovs Affinitätsband. Mit Hilfe der Satellitenverbindung konnte sie den Weg zum Archway Tower sehen, den die KI von B7 für sie ausgearbeitet hatte.

Es war unheimlich gewesen, durch den Zugangsweg aus dem unterirdischen Tunnel ans Tageslicht zu kommen, insbesondere die ersten dreißig Sekunden draußen im Freien, als sie in die Deckung des ersten Gebäudes rennen mußte. Anschließend konnte sie nicht nur sehen, wohin sie gehen mußten, sondern auch ihre augenblickliche Position. Voller Überraschung stellte sie fest, wieviel Sicherheit dieses Wissen vermittelte.

Die meisten Gebäude besaßen Durchgänge, Verbindungstüren (ausnahmslos verschlossen) oder Wartungstunnel in den Kellern. Wo es keine gab, würden die Agenten des GISD mit ihren Fissionsklingen eine neue Öffnung in die Wände schneiden, doch selbst das war nicht notwendig. Fletcher beschwor einfach jedesmal eine Tür herauf. Es schien nicht das geringste auszumachen, aus welchem Material die den Weg versperrende Wand bestand, antike Ziegelsteine oder verstärkter Carbo-Beton, geschweige denn, wie dick sie war. Der Trick machte Brent Roi nervös, doch er ersparte ihnen eine Menge Zeit. Außerdem konnte Fletcher stets sagen, ob voraus Menschen waren oder nicht.

Sie arbeiteten sich von Gebäude zu Gebäude und mieden die an den Straßenseiten gelegenen Räume, wann immer möglich. Sie durchquerten öffentliche Hallen, Läden, Lagerräume, Büros, selbst Küchen und Ein-Zimmer-Appartements. Die Menschen, auf die sie unterwegs trafen, begrüßten sie überrascht und angstvoll. Wenn sie dann herausfanden, daß die kleine Gruppe in offiziellem Auftrag unterwegs war, wollten sie nur wissen, was denn zur Hölle eigentlich dort draußen los war. Und wann Rettung kam. Jeder wollte nach draußen.

Das war das Schlimmste, fand Louise. Mit der

Anspannung, gefangen zu werden, konnte sie leben; Anspannung war ein Zustand, an den sie sich in zunehmendem Maße gewöhnte. Doch die mitleiderregenden Bitten der Einwohner waren erbarmungslos, ihre Augen voller Anklage, während sie ihre kleinen Kinder an sich klammerten.

»Gibt es denn keinen anderen Weg?« fragte sie Charlie per Datavis, nachdem sie eine Frau und ihren dreijährigen Sohn unglücklich schluchzend hinter sich gelassen hatten. »Es ist schrecklich, diesen Menschen nicht helfen zu können.«

Brent Roi winkte sie durch eine kleine dreieckige Tür in einen schmalen, unbenutzten Gang. Das einzige Licht fiel durch ein schmutziges Fenster über einer zugemauerten Tür.

»Tut mir leid, Louise«, antwortete Charlie auf dem gleichen Weg. »Die KI sagt, daß ihr auf diesem Weg die größten Chancen habt, von den Besessenen unentdeckt zu bleiben. Sie hat deinen emotionalen Streß nicht bedacht. Versuch dich zusammenzureißen und es durchzustehen. Es ist nicht mehr weit.«

»Wo ist Genevieve?«

»Sie ist vor sieben Minuten in Skyhigh Kijabe angekommen. Ich habe einen Blackhawk gechartert, der sie direkt nach Tranquility bringt. Es dauert keine Stunde mehr, dann ist sie dort.«

Louise tippte Fletcher auf die Schulter. »Genevieve ist in Sicherheit. Sie legt gleich nach Tranquility ab.«

»Ich bin sehr froh, das zu hören, Lady Louise. Hoffnung überlebt immer.«

Ivanov hatte das Ende des Ganges erreicht und hob die Hand. »Draußen führt eine Straße vorbei.«

Die beiden Agenten des GISD traten vor die Metalltür. Einer sah fragend zu Fletcher.

»Es ist niemand in der Nähe«, sagte er.

Der Agent drückte einen kleinen Block an die feuchte

Wand neben der Tür. Er feuerte einen dünnen Elektronenstrahle durch Ziegelsteine und Mörtel, dann fuhr er eine Mikrofaser mit einem Sensor am äußeren Ende aus. Das Bild des Sensors zeigte ihnen eine schmale Gasse, die bis auf zwei Katzen still und verlassen lag. Dann schaltete der Agent den Sensor auf Infrarot und richtete ihn der Reihe nach auf jedes sichtbare Fenster in der Straße, auf der Suche nach heißen menschlichen Silhouetten. Die KI hatte auf dem ganzen Weg die Sensoren oben am Kuppeldach eingesetzt und ihre unmittelbare Umgebung abgesucht, doch der Winkel war vollkommen ungeeignet, um in Fenster hineinsehen zu können.

Die Vorsicht, die sie jedesmal walten ließen, wenn sie eine Straße überqueren mußten, kostete eine ganze Menge Zeit.

»Zwei mögliche Hinterhalte«, berichtete der Agent und übermittelte seinem Kollegen per Datavis die Koordinaten. Die Tür wurde aufgerissen, und er rannte über die Straße zu dem Gebäude direkt gegenüber. Der geplante Eintrittspunkt auf der anderen Seite war ein durch ein Gitter gesichertes Fenster. Das Durchschneiden der Haltebolzen mit der Fissionsklinge dauerte fünfzehn Sekunden, die Fenstersicherung weitere zwei. Der Agent verschwand mit einem Hechtsprung im Innern.

Brent Roi folgte als nächster, dann Louise. Sie rannte über die Straße, so schnell sie konnte. Nach ihrer neuralen Nanonik war es die Vorley Road, das letzte ungeschützte Stück, das sie überqueren mußten.

Wir sind immer noch auf dem Hinweg, erinnerte sie sich. Der Weg zurück zu irgendeiner Vakstation würde sehr, sehr lang werden.

Die Ansammlung von Gebäuden, die sie jetzt durchquerten, umgab die Basis des Archway Towers, eines monolithischen fünfundzwanzigstöckigen Wolkenkratzers. Er stand auf halber Höhe eines flachen Hügelrückens, dessen Abschluß Highgate Hill bildete. Hätten nicht die anderen Gebäude entlang der Straße die Sicht blockiert, sie hätten längst über die Dächer der alten Londoner Innenstadt sehen können.

Nachdem alle sicher im Innern angekommen waren, brachte sie ein Wartungskorridor auf direktem Weg zur Lobby, wo bereits ein Aufzug mit weit geöffneten Türen auf sie wartete.

»Das Kommunikationsnetz und die Energieversorgung funktionieren noch«, berichtete Charlie per Datavis. »Die KI ist mit jedem einzelnen Schaltkreis verbunden. Ich kann euch rechtzeitig genug warnen, sollten statische Störungen auftreten.«

Sie drängten sich alle in den Lift, und er setzte sich sanft in Bewegung. Auf der oberen Versorgungsetage stiegen sie wieder aus, in einer Welt voll künstlicher Beleuchtung, dicker Metallrohre, schwarzer Speichertanks und großer primitiver Klimaanlagen. Ivanov führte sie über einen Laufsteg zu einer Wendeltreppe. Die Tür am oberen Ende ging auf das Flachdach hinaus. Ein Schwarm roter Sittiche ergriff die Flucht, als die Menschen auf das Dach traten, erschreckend laut in der warmen Luft.

Louise blickte sich vorsichtig um. Die erste Reihe großer, moderner Wolkenkratzer, welche die alte Stadt umgaben, befand sich in weniger als einer Meile Entfernung in nördlicher Richtung, und ihre verspiegelten Fassaden leuchteten goldrot im letzten Zwielicht des Tages. Im Süden erstreckte sich die belagerte, abgeriegelte Stadt bis hin zur fernen Themse, eine dunstige Masse von Dächern und sich schneidenden Wänden. Flecken aus silbrig glitzerndem Licht erstrahlten über einigen der breiteren Straßen, wo die Hologrammwerbetafeln noch nicht von der Energie abgeschnitten worden waren. Nicht ein einziges Fenster war erleuchtet; die Einwohner zogen es vor, im Dunkeln zu bleiben aus Furcht, Aufmerksamkeit auf sich zu lenken.

Louise hörte Fletcher lachen. Er stand gegen eine brüchige Brustwehr gelehnt, die um das gesamte Dach herumlief, und blickte nach Süden.

»Was ist denn?« fragte Louise.

»Ich lache wegen meiner eigenen Bedeutungslosigkeit, Lady Louise. Ich blicke auf diese Stadt, die mehr meine Heimat ist als irgendein anderer Ort auf der Welt, nur um festzustellen, daß der Ausblick fremdartiger ist als alles, was ich seit meiner Rückkehr gesehen habe. Das Wort Stadt trägt längst nicht mehr die Bedeutung wie zu meinen Lebzeiten. Ihr besitzt die Macht und die Kunstfertigkeit, um einen solchen Kolossus zu errichten, und doch bin ich derjenige, der bei der dürftigen Aufgabe um Hilfe gebeten wurde, einen einzigen Mann zu finden.«

»Er ist kein Mann, er ist ein Monster!«

»Aye, Lady Louise.« Der Humor verschwand aus seinem hübschen Gesicht, und er wandte sich der antiken City von London zu. »Sie sind hier, doch das wißt Ihr selbstverständlich längst.«

»Wie viele sind es?«

»Weniger, als ich eigentlich gedacht hätte, aber durchaus genug. Ich spüre ihre Gegenwart überall.« Er schloß die Augen und beugte sich ein wenig weiter vor, um die Luft zu schnüffeln. Seine Hände packten die Oberseite der Brustwehr. »Es gibt eine Versammlung. Ich kann es spüren. Ihre Gedanken sind ruhig, und mit Absicht. Sie warten auf etwas.«

»Sie warten?« fragte Ivanov rasch. »Woher wissen Sie das?«

»Sie sind von einer Aura der Vorfreude umgeben. Und der Unruhe. Sie fürchten sich, aber sie sind nicht imstande, sich aus ihrer mißlichen Lage zu befreien.«

»Er ist es! Er muß es sein! Niemand außer ihm könnte eine große Gruppe von Besessenen dazu bringen, daß sie aufs Wort gehorchen. Wo sind sie?«

Fletcher nahm eine Hand von der Brüstung und hinterließ einen dunklen Schweißfleck. Er deutete die Holloway Road entlang. »In jene Richtung. Ich weiß nicht genau, wie viele Wegstunden, doch es ist in dieser Kuppel. Darauf würde ich meinen Hut verwetten.«

Ivanov trat hinter Fletcher und spähte in die Richtung, in die er zeigte. »Sind Sie sicher?«

»Das bin ich, Sir. Das bin ich.«

»In Ordnung. Ich habe die Peilung. Jetzt müssen wir nur noch triangulieren.«

»Ein ganz ausgezeichneter Gedanke, Sir.«

»Ich bringe Se zum Crouch Hill hinüber. Das müßte weit genug sein. Sobald wir eine ungefähre Vorstellung haben, wo sich der Bastard verkrochen hat, können wir einen Weg ausarbeiten, um Sie in die Nähe zu bringen.«

»Wenn ich einen Vorschlag machen darf – ich gehe einfach. Kein Mann würde in dieser Aufmachung an mich herantreten, und noch weniger würden meine wahre Absicht erahnen.«

»Er will in den gottverdammten Sonnenuntergang davonspazieren!« schimpfte Brent Roi. »Ganz bestimmt nicht, Kerl!«

»Wir können darüber reden«, sagte Ivanov. »Fletcher, haben Sie eine Idee, wie viele Besessene in dieser Gruppe sind?«

»Mehrere hundert, würde ich sagen. Vielleicht sogar tausend.«

»Was zur Hölle will er mit so vielen Besessenen an einem Ort?«

»Ich kann keine Rationale im Verhalten dieses Mannes entdecken. Er ist, mit Verlaub, Sir, völlig verrückt.«

»Also schön.« Ivanov warf einen letzten Blick in die Richtung, die Fletcher ihm gewiesen hatte. »Machen wir, daß wir weiterkommen.«

Sie waren gerade wieder beim Aufzug angekommen, als die KI eine elektronische Störung ganz in der Nähe des Archway Tower meldete. Sie meldete den Vorfall ohne Verzögerung an Charlie weiter. Die Störung hatte sich neben der elektrischen Verteilstation ereignet, die den Archway Tower und andere Verbraucher speiste. Eine Sicherheitskamera zeigte zwei Menschen, die sich der Verteilstation durch einen dunklen Korridor näherten.

– **Es gibt Probleme**, warnte Charlie den großen Privatdetektiv.

Die Tür der Verteilstation zerbarst unter einer Detonation weißen Feuers. Drei weitere Störungen traten in der Umgebung des Archway Tower auf. Die Sensoren zeigten Besessene, die sich zielstrebig durch die U-bahn-Schächte, durch Wartungstunnel und Frachtkorridore bewegten. Die Transformatoren in der Verteilstation explodierten, als Salven weißen Feuers in ihre Gehäuse hämmerten.

Ivanov sah die Lichter des Aufzugs flackern, als die Notstromversorgung des Archway Tower übernahm. Sie passierten gerade das neunzehnte Stockwerk.

Unten im Kellergeschoß zerstörten die Besessenen jeden Kommunikationsschaltkreis, den sie finden konnten, und schmolzen die Kabel aus den Wänden. Die KI beobachtete, wie eine Netzverbindung nach der anderen zusammenbrach. Unabhängige Energiezellen versorgten die internen Prozessoren weiter mit Strom, doch eine Verbindung war nur noch über die Kommunikatorblocks der beiden GISD-Agenten herzustellen, was die Bandbreite für die Überwachung der Umgebung und mögliche Gegenmanöver beträchtlich senkte.

Die Sicherheitskameras im Erdgeschoß zeigten fünfzehn Besessene, die über die Treppen in die Eingangshalle gerannt kamen. Sie fingen augenblicklich an, kleine Blitze weißen Feuers gegen die Sensoren und jedes andere elektronische System zu schleudern. Unmittelbar vor dem Ausfall der letzten Kamera sah Charlie, wie eine Lifttür mit beträchtlicher Gewalt eingerissen wurde.

– **Raus!** befahl er. – **Los, macht, daß ihr aus dem Lift kommt!**

Die KI hatte unterdessen bereits eine Verbindung zum Kontrollprozessor des Lifts hergestellt. Sie aktivierte die Notfallbremsen und brachte den Aufzug im dreizehnten Stock zum Stehen.

Louise kreischte erschrocken auf, als der Boden plötzlich einen Satz nach oben zu machen schien, begleitet von einer durchdringenden Alarmsirene. Sie packte das Geländer und klammerte sich daran fest.

Die Türen flogen auf. Charlie übermittelte per Datavis Befehle an sie, und Ivanov brüllte: »Los, Beeilung! Die Besessenen kommen!« Alle rannten in den Korridor hinaus. Schwarze Appartementtüren reihten sich an beiden Wänden. Rauchglasfenster an beiden Enden ließen ein trübes Licht von der untergehenden Sonne ein. Notlichter brannten über den beiden Türen zu den Treppenhäusern.

Charlie befahl einem der GISD-Agenten, seinen Kommunikatorblock im Korridor zu lassen und ihn unauffällig in einem Eingang zu deponieren, damit die KI den Kontakt mit dem Netz des Turms aufrechterhalten konnte. »Die Besessenen kommen jetzt über beide Treppen nach oben«, berichtete er per Datavis. Ihr müßt euch einen Weg freischießen. Ich schlage vor, ihr benutzt den Erinnerungslöscher, wenn es möglich ist.«

»Ganz meine Meinung«, sagte Ivanov. Er zog die kleine Waffe und nahm sie in die linke Hand. In der Rechten hielt er eine schwere Automatikwaffe.

Fletcher und Louise zogen ebenfalls ihre Waffen. Die Agenten und Brent Roi überprüften ihre Maschinenpistolen.

Vorsichtig öffnete Ivanov die Tür zum Treppenhaus. Betonstufen mit einem Metallgeländer wanden sich in einer rechteckigen Spirale um den Schacht. Das Geräusch eilig trappelnder Stiefel drang von unten herauf.

»Sie wissen, daß wir hier sind«, sagte Fletcher knapp.

Die KI verfolgte elektronische Störungen, die sich von Stockwerk zu Stockwerk durch das Treppenhaus fortpflanzten, und berechnete die ungefähre Entfernung. Die beiden GISD-Agenten stellten eine Zeitverzögerung auf ihren Granaten ein und warfen sie in den Schacht hinunter.

Louise duckte sich dicht an die Wand und preßte die Hände auf die Ohren. Explosionen dröhnten von unten herauf, als die chemischen Splittergranaten hochgingen. Als nächstes warfen die Agenten Gas- und Brandgranaten. Flammen erfaßten die mitgenommenen Treppen und mit ihnen die überraschten Besessenen. Schmerzensschreie gellten durch das gesamte Treppenhaus.

»Los, gehen wir«, sagte Ivanov und rannte den ersten Absatz hinunter.

Louise kam an dritter Stelle, hinter einem der Agenten, und hinter ihr trampelte Brent Roi über die Stufen. Louise hatte eine ganze Serie von Programmen in den Primärmodus geschaltet, ein automatisches Bewegungsprogramm, das ihr gestattete, ohne Auszurutschen um die Ecken der Treppe zu rennen, einen Adrenalinsuppressor, der sie mit Hilfe der neuralen Nanonik ruhig hielt, ein Waffenkontrollprogramm, das ihr beim richtigen Zielen mit dem Erinnerungslöscher half, ein Analyseprogramm für die periphere Sicht, Herzschlagkontrolle, die sicherstellte, daß ihre angestrengt arbeitenden Muskeln genügend Blut erhielten, und eine taktische Analyse, die mit der KI synchrongeschaltet war. Es informierte sie, daß die Besessenen aus der Lobby nun ebenfalls in das Treppenhaus vorstießen, um ihren bedrängten Kameraden zu Hilfe zu kommen. Sie würden zwei weitere Treppenabsätze nach unten vorstoßen, dann würden die Agenten weitere Granaten werfen, bevor sie die Treppenhäuser wechselten.

Eine dicke Kugel weißes Feuer schoß durch den Treppenschacht nach oben. Sie schwoll rasch an.

Louise warf sich vom Geländer zurück. Brent und einer der Agenten schoben ihre Maschinenpistolen über den Rand und gaben mit ihren elektrostatischen Kugeln Sperrfeuer.

Die weiße Feuerkugel zerplatzte in einem Schauer brennender Funken. Mehrere davon landeten auf Louises Beinen. Es tat furchtbar weh, als sie sich durch ihre Leggings fraßen. Sie schlug mit der freien Hand nach ihnen und schaltete einen Axonenblocker in den Primärmodus, um den Schmerz zu unterdrücken. Ihr taktisches Programm drängte sie zum Aufstehen. Ein Überwachungsprogramm blinkte warnend und meldete, daß die Kapazität der neuralen Nanonik nachzulassen begann.

„Weißes Feuer zuckte wie ein Blitz durch das Treppenhaus. Er traf den Feldagenten des GISD, der die Nachhut der Gruppe bildete, penetrierte glatt seinen Hinterkopf und versengte das Gehirn. Er brach auf der Stelle zusammen.

»Verdammt, aus welcher Richtung ist das gekommen?« brüllte Brent Roi.

Charlie wußte, daß es nur eine mögliche Antwort gab. Instinktiv übernahm er per Affinität die Kontrolle über Ivanov und wandte sich zu Fletcher um. »Und?« fragte der große Detektiv.

»Er ist hier«, antwortete Fletcher angstvoll. »Ich kann ihn spüren, auch wenn er sich dem Anblick entzieht.«

Unten im Treppenhaus setzten sich die Besessenen wieder in Bewegung. Neurale Nanoniken und Prozessorblocks begannen fehlerhaft zu arbeiten.

Charlie packte den Erinnerungslöscher in Ivanovs Hand fester. »Hier hindurch!« befahl er, und Ivanov brach durch die Tür zum zehnten Stock. Er schwang die Waffe in weitem Bogen, um jeden Winkel des dahinterliegenden Korridors abzudecken. Der Gang war leer, und er sah genauso aus wie der Korridor im dreizehnten Stock. Louise und Brent Roi folgten ihm, während der letzte Agent zwei weitere Granaten über das Geländer schleuderte. Dann rannten alle in Richtung des zweiten Treppenhauses. Die Explosionen der Granaten blieben aus.

»Ist er immer noch in der Nähe?« fragte Ivanov.

»Ganz nah«, sagte Fletcher. Wut und Frustration verzerrten seine Stimme. »Ich kann ihn nicht sehen! Dieser Teufel!«

»Schießen Sie in die Richtung, in der Sie ihn vermuten. Vielleicht funktioniert es trotzdem.«

Fletcher blieb stehen und hob den Erinnerungslöscher. Mit dem Daumen schob er den Knopf nach vorne. Er blickte gehetzt durch den düsteren Korridor, als sei er noch unschlüssig. Dann drückte er unvermittelt den Abzug, und ein dünner Kegel rubinroten Laserlichts schoß hervor.

»Es ist zwecklos!« brüllte Fletcher. »Völlig zwecklos!«

Die energistische Störstrahlung hatte Ivanovs neurale Nanonik fast völlig zum Absturz gebracht. Er konnte keinerlei Datavis-Nachrichten mehr empfangen, was bedeutete, daß die Besessenen inzwischen sehr nah sein mußten.

– Die KI hat jeglichen Kontakt mit den Kommunikatorblocks verloren, sagte Charlie. **– Ich kann nicht mehr feststellen, wo sich die Besessenen aufhalten.**

– Nach oben ist jedenfalls nicht gut, entgegnete Ivanov. **– Wir müssen uns festsetzen und verteidigen.**

– Wie du meinst. Es besteht die Möglichkeit, daß Dexter im Verlauf des Kampfes sichtbar wird. Falls das geschieht, mußt du den Erinnerungslöscher abfeuern, koste es, was es wolle.

– Dazu müssen Sie mich nicht einmal überreden. Diesen Mistkerl zu erledigen ist mir ein Vergnügen.

Fletcher hatte schützend den Arm um die am ganzen Leib zitternde Louise gelegt.

Plötzlich feuerte er den Erinnerungslöscher erneut,

und der Lichtstrahl fuhr dicht über Brent Rois Kopf hinweg.

»Hey! Sei verdammt noch mal vorsichtig mit diesem Ding!« brüllte Brent.

Fletcher ignorierte ihn. »Die anderen sind fast da.«

Drei Maschinenpistolen richteten sich auf die Tür zum Treppenhaus.

»Verschwinden Sie«, sagte Ivanov zu Louise und winkte in Richtung des Fensters am Ende des Korridors. Dann sah er, was hinter ihr lag, und stieß einen schrillen Freudenschrei aus. »Ja! Der älteste Trick im Buch! Fletcher, geben Sie mir Deckung! Wir können ihr zur Flucht verhelfen!« – **Daran hätten Sie wirklich denken können!** sagte er anklagend zu Charlie.

Neben dem Fenster befand sich eine Evakuierungsrutsche, ein großer Doughnut aus Komposit, der an massiven Angeln aufgehängt war. Ivanov packte Louise und rannte mit ihr zum Fenster. Er zog den Auslösehebel an der Seite der Rutsche und drehte ihn um hundertachtzig Grad. Das Fenster fiel heraus, eine Alarmsirene schrillte los, und überall im Gang regnete Wasser aus den Sprinklern. Der Doughnut schwang herum und rastete vor dem offenen Fenster ein. Eine Stoffröhre schoß wie eine Ziehharmonika hinaus, und der Druck der Federspannung ließ sie nach unten fließen wie eine Flüssigkeit. Sie flatterte von der Seite des Turms weg, während sie länger und länger wurde und das freie Ende dem Boden tief unten entgegensank.

– Es ist ein manuelles System, protestierte Charlie. **– Die KI besitzt keine Kontrolle darüber.**

Louise starrte verblüfft auf den Anfang des Stoffrohres, während das kalte Sprinklerwasser sie bis auf die Haut durchnäßte.

»Hinein mit Ihnen!« brüllte Ivanov über den allgemeinen Lärm. »Die Füße zuerst.« Er lachte hysterisch.

Ein Duplikat der Treppenhaustür materialisierte

unmittelbar neben dem Original in der Wand. Brent Roi feuerte mit der Maschinenpistole darauf. Plötzlich tauchten im Fußboden Skeletthände mit langen roten Fingernägeln auf und packten ihn bei den Knöcheln. Er stieß einen panikerfüllten Schrei aus, bevor er nach unten gezogen wurde. Dann brachte er nur noch ein ungläubiges Grunzen zustande, als er mit den Schienbeinen im Teppich zu versinken begann, als wäre es lockerer Treibsand.

Fletcher packte den wild mit den Armen rudernden Halo-Beamten und benutzte seine eigene energistische Kraft, um der Destabilisierung des Bodens entgegenzuwirken. Zwei Besessene kamen aus dem Treppenhaus auf der anderen Seite des Korridors. Sie waren gekleidet wie römische Legionäre, doch die Waffen in ihren Händen waren Armbrüste aus Edelstahl. Der GISD-Agent duckte sich und eröffnete das Feuer mit seiner Maschinenpistole. Blitze zeigten den Weg der elektrostatischen Geschosse durch das Sprinklerwasser hindurch. Die Legionäre gerieten ins Wanken, als die Kugeln laut prasselnd gegen ihre Brustpanzer hämmerten, doch sie hatten im Wasser zuviel Ladung verloren, und die Besessenen blieben auf den Beinen, wenn auch nur unter Mühen. Einer der beiden hob seine Armbrust und feuerte. Der Bolzen traf den Agenten am Knie und trennte den Unterschenkel ab. Blut spritzte aus der Wunde, und der Mann kippte zur Seite, starr vor Schock und Schmerz.

Ivanov wandte sich zu Louise um. »Los!« bellte er. »Raus hier!« Er stieß sie grob mit einer Hand herum und zielte mit dem Erinnerungslöscher in der anderen durch den Korridor. Der Strahl tauchte die vorrückenden Legionäre in helles rotes Licht.

Louise packte den Rand des Doughnuts und blickte direkt in den unendlich tiefen Trichter aus rutschigem Gewebe. Die Vorstellung, dort hineinzuspringen, war entsetzlich. Hinter ihr ertönte ein weiterer Schrei. Sie packte den Griff an der Oberseite des Doughnuts und schwang die Beine hoch und durch den Ring. Und ließ los.

Fletcher hatte eines von Brent Rois Beinen wieder frei, als drei Besessene ihn aus der doppelten Treppenhaustür heraus überfielen. Instinktiv riß er die Arme hoch, und weißes Feuer strömte aus seinen Fingerspitzen. Die Angreifer schlugen heftig um sich und konzentrierten ihre eigenen Kräfte darauf, die Flammen harmlos von ihrer Haut abprallen zu lassen.

Dann wand sich ein Flammenband um Fletchers Torso. Er mußte seinen eigenen Angriff abbrechen, um es zu kontern. Der rote Lichtstrahl des Erinnerungslöschers fluoreszierte kaum einen Zoll vor seiner Nase auf den Wassertropfen, als Ivanov versuchte, ihm Feuerschutz zu geben. Einer der Besessenen brach wie vom Blitz getroffen zusammen.

Ivanov richtete die Waffe auf den nächsten, als ein Armbrustbolzen in seinen Unterarm fuhr und ein gräßlich großes Stück Fleisch herausriß. Der Knochen lag frei. Ohne Muskeln und Sehnen öffnete sich die Hand kraftlos, und die kompakte Maschinenpistole klapperte zu Boden. Blut spritzte auf das stumpfe Metall.

Als Ivanov den Blick wieder hob und Wasser und Schmerz aus den Augen schüttelte, sah er Fletcher im Zentrum von fünf langen Flammenzungen, die von allen Seiten auf ihn geschleudert wurden. Zu seinen Füßen unterdrückte der am ganzen Leib verbrannte Brent Roi ein Stöhnen und hob die Maschinenpistole. Er feuerte blindlings um sich, ohne Rücksicht darauf, wer von den Kugeln getroffen wurde. Von Quinn Dexter war nichts zu sehen. Absolut nichts.

– **Vielleicht versucht er, Louise zu folgen**, sagte Charlie.

Ivanov hatte nicht die geringste Ahnung, wer in diesem Augenblick seinen Körper kontrollierte. Doch er wich zwei unsichere Schritte zurück, bis er den Rand des Doughnuts direkt unterhalb seiner Nieren spürte. Dann sprang er rückwärts hoch und verschwand mit dem Kopf voran in der Rutsche.

Fletcher stolperte zur Seite, als Brent Roi erneut schoß. Die Besessenen warfen sich in Deckung; zwei von ihnen tauchten durch die Korridorwände weg. Aus dem Nichts heraus schoß ein geschickt gezielter Feuerball in Brent Rois linkes Auge, und die Maschinenpistole des Halo-Detektivs verstummte. Noch im gleichen Moment nahmen zwei der Lichtspeere ihren Angriff gegen Fletcher wieder auf. Er wand sich schmerzvoll unter dem Aufprall und deutete mit der Hand in die Richtung, aus der einer der Speere kam, um mit seinem eigenen Feuer zu antworten. Plötzlich klickte ein dünnes Metallband um seinen Hals, und ein elektrischer Stromstoß jagte durch seinen Körper. Fletcher mußte all seine Kraft aufbieten, um zu verhindern, daß sich die unerträgliche elektrische Energie wie heiße Säure in sein Gehirn fraß. Denken war unmöglich, Instinkt alles, was ihm noch geblieben war. Er sank in die Knie, und der Gestank versengter Haut stieg dick in seine Nüstern. Der Erinnerungslöscher fiel aus seinen tauben Fingern.

»Genug.«

Der Strom wurde abgeschaltet. Fletchers Muskeln erschlafften schlagartig, und er brach zuckend zusammen. Es fiel ihm schwer zu atmen mit dem unnachgiebigen Metallring über dem Adamsapfel. Mit schwachen Fingern kratzte er an dem Ding und versuchte es herunterzureißen.

»Hör sofort damit auf, Arschloch, oder ich jag' dir den nächsten Stromstoß rein.«

Fletcher blinzelte durch das Wasser, das noch immer aus den Sprinklern regnete, und bemerkte einen langen Stab, der von dem Metallkragen ausging. Das andere

Ende wurde von einem jungen Mann gehalten. Er war kein Besessener, und seine Zunge hing eifrig aus dem Mundwinkel. »Los, die Hände runter, Kerl. Runter sage ich!«

Fletcher ließ den Kragen los.

»*Braaaver* Junge«, schnarrte der junge Mann. »Hey, Quinn, ich hab' ihn. Er kann nichts mehr machen.«

Quinn Dexter materialisierte unmittelbar neben Billy-Joe. Die Sintflut aus den Sprinklern benetzte seine Robe nicht einmal. »Gut gemacht. Dafür schulde ich dir mindestens eine Komtesse und eine klassische Schauspielerin.«

Billy-Joe legte den Kopf in den Nacken und stieß ein Freudengeheul aus. »Jawohl, Sir! Wenn das so weitergeht, ficke ich mich tot!«

»Zu schade, daß meine gute alte Freundin Louise Kavanagh entkommen ist.«

»Nein, ist sie nicht, Quinn« rief Billy-Joe aufgeregt. Er schob dem verblüfften Frenkel den Griff des Haltestabs in die Hände, und Frenkel packte ihn reflexhaft. »Ich hol' sie für dich, Quinn. Du wirst schon sehen.«

»Nein«, sagte Quinn.

Doch Billy-Joe rannte bereits in Richtung der Notrutsche davon.

»Billy-Joe!« Der Ton war drohend, doch Billy-Joe antwortete nur mit einem tölpelhaften Grinsen und sprang kopfüber in den Doughnut.

»Scheiße!« brüllte Quinn. Er hatte immer wieder betont, wie sehr er Louise Kavanagh wollte, während er die Besessenen zum Archway Tower geführt hatte. Und trotz all seiner Loyalität war Billy-Joe viel zu dumm, um auch nur die einfachste Strategie zu begreifen.

Quinn konnte nicht selbst hinter Louise her. Fletcher musterte ihn mit berechnender Wildheit. Gefangen, aber längst nicht gebrochen. Und es gab zu viele Fragen bezüglich der seelenlosen Körperhüllen, die inzwischen reglos auf dem Korridor lagen. Er schnippte mit den Fingern auf zwei Besessene aus der Hampstead-Gruppe. »Ihr beide. Runter mit euch und helft Billy-Joe.«

Hätte Louise die Zeit gehabt, die Instruktionen und Piktogramme auf der Außenseite des Doughnuts zu studieren, würde sie vielleicht weniger Angst verspürt haben. Die Evakuierungsrutsche war eine alte Erfindung und durch den Einsatz speziell zugeschnittener moderner Gewebe so weit fortgeschritten, daß sie aus fast jeder Höhe eingesetzt werden konnte. Die ersten vier Stockwerke glitt sie fast mit Fallgeschwindigkeit nach unten, bevor sich das Gewebe rings um sie zusammenzog und ihren Sturz sanft abbremste. Es war nur im Querschnitt elastisch, um sicherzustellen, daß die Länge konstant blieb. Das Ende würde einen Meter über dem Pflaster baumeln, ganz gleich, wie viele Menschen gleichzeitig im Innern nach unten rutschten.

Louise wurde sanft ins Freie entlassen. Sie mußte nicht einmal die Knie beugen, um den Schwung abzufangen, als ihre Füße den Boden berührten. Ihre neurale Nanonik funktionierte wieder einwandfrei, und der Adrenalinsuppressor dämpfte rasch ihr Zittern. Sie machte ein paar unsichere Schritte weg vom Turm, dann blickte sie nach oben. Schwache Kampfgeräusche wehten aus dem offenen Fenster weit über ihr. Eine Ausbeulung kam die Rutsche hinunter, die sie an ein Meerschweinchen im Bauch einer Schlange erinnerte.

Es war nicht genug Zeit, um in Deckung zu gehen, bevor die Person in der Rutsche unten angekommen sein würde. Louise musterte den Erinnerungslöscher in ihren Händen mit einem leeren Blick, dann richtete sie ihn auf das Ende der Rutsche.

Zu ihrer Überraschung tauchte ein Kopf darin auf; sie hatte damit gerechnet, daß die Füße zuerst kommen würden.

Ivanov biß die Zähne zusammen gegen die Schmerzen

in seinem Arm, während sich seine neurale Nanonik auf dem Weg nach unten langsam wieder fing. Als er aus der Rutsche glitt, hatte er bereits einen Axonenblock errichtet, der sämtliche Nervenimpulse aus dem verstümmelten Arm unterdrückte. Der physiologische Schock war schwieriger zu kontrollieren.

Mit nur einem Arm um das Gleichgewicht rudernd fiel er unbeholfen aus der Rutsche. Louise stürzte herbei, um ihm zu helfen, und ächzte erschrocken auf, als sie seinen Arm bemerkte.

»Nein«, stöhnte Ivanov. Er rollte sich auf die Knie und packte die Wunde mit der freien Hand, um das Blut zu stauen. »Gehen Sie«, sagte er ernst.

»Aber Sie sind verletzt!«

»Spielt keine Rolle. Gehen Sie. Jetzt.«

»Aber ich ...« Louises Blicke suchten verzweifelt die verlassenen Straßen ab. »Ich kann nirgendwo hingehen.«

Ivanovs Gesichtsausdruck veränderte sich. Es war ein subtiler, aber trotzdem definitiver Wandel. »Ich bin es, Charlie. Lauf, Louise. Renn los. Und bleib nicht stehen. Renn durch die Holloway Road, dort gibt es nicht so viele von ihnen. Schieß auf alles, was sich bewegt. Ich meine es ernst, Louise. Stell keine Fragen, schieß einfach. Sobald du weit genug weg bist, such dir ein verlassenes Loch und versteck dich dort. Ich verspreche dir, ich tue alles, was ich kann, um London zu retten. Du weißt, daß ich es ernst meine, Louise.« Er sah nach oben. Eine Ausbeulung kam durch die Rutsche herab. Sie war bereits auf halbem Weg nach unten. »Lauf jetzt. Bitte! Lauf weg, ich kümmere mich um das hier. Sie werden dir nicht folgen, noch eine ganze Weile nicht.«

Ivanov zwinkerte. Louise wußte, daß er es wieder war, nicht mehr Charlie. Sie nickte und wich zurück. »Danke.« Dann rannte sie durch die Holloway Road davon.

Hinter ihr drehte sich Ivanov zu der Rutsche um. Er

ließ seinen Arm los, und das Blut sprudelte wieder ungehindert aus der Wunde. Mit der unverletzten Hand richtete er den Erinnerungslöscher auf den Rand der Rutsche. Genau in diesem Augenblick tauchte Billy-Joes Kopf auf.

Eine fluoreszierende gelbe Frisbeescheibe segelte hoch über dem weißen Sand durch die Luft. Haile mußte ihr traktamorphes Fleisch in ein langes Tentakel verwandeln, um die Scheibe zu fangen. Jay klatschte begeistert in die Hände und hüpfte im Sand umher. »Wirf sie zurück, wirf sie zurück!« kreischte sie entzückt.

Haile schlang ihr Tentakel um den Rand und entließ die Frisbeescheibe mit einer schnellen Drehung. Sie flog mit der doppelten Geschwindigkeit zurück, mit der Jay sie geworfen hatte, und auf einer perfekt flachen Bahn.

Das kleine Mädchen mußte springen, um sie zu fangen. Sie prallte mit einem lauten Klatschen gegen ihr Handgelenk, und Jay überschlug sich im Sand.

»Aua!«

– Schmerzvolligkeit du spürst?

»I wo, nicht die Spur!« Jay rappelte sich hoch und schüttelte ihre Hand, bis das Kribbeln vergangen war. Sie warf einen schuldbewußten Blick auf das Clubhaus, das ein Stück weiter den Strand hinauf lag. Tracy hatte sie ermahnt, daß sie den Versorger in letzter Zeit viel zu häufig um medizinische Hilfe bitten mußte, wenn sie zum Surfen ging, und gedroht, das Brett zu konfiszieren. Wenn sie den Versorger bat, ihr etwas gegen die sich rasch rötende Hand zu geben, würde das wahrscheinlich weitere Schelte nach sich ziehen.

»Ich brauche eine Pause«, verkündete sie und warf sich auf ihr Handtuch.

Haile polterte herbei und benutzte ihr traktamorphes Fleisch, um eine flache Vertiefung in den warmen trockenen Sand zu graben. Sie legte sich hinein und strahlte dankbare Zufriedenheit aus.

Jay warf einen neuerlichen Blick auf die Kühlbox, dann sah sie zurück zum Clubhaus. »Was sehen sie sich jetzt wieder an?«

– Der Korpus zeigt ihnen Bilder von der Erde.

»Wirklich? Aus welcher Gegend?«

– London. Fletcher Christian ist auf der Erde eingetroffen, um der Polizei bei der Suche nach Quinn Dexter zu helfen. Tracy macht sich Sorgen, weil die Sicherheitskräfte im Besitz der Disruptorwaffe sind, mit der sie das Lebensmuster auslöschen können.

Jay seufzte ungeduldig. Tracy erzählte immer wieder, wie bedeutungsvoll die Ereignisse daheim in der Konföderation waren. Obwohl Jay insgeheim dachte, daß die Art und Weise, wie sich die alten Beobachter so in all diesen politischen Klamauk hineinsteigerten, schlicht und ergreifend dumm war. Sie interessierte sich nur für eins, nämlich wann alles endlich vorbei war und sie endlich zu ihrer Mutter zurückdurfte. Ganze Wagenladungen von Politikern, die darüber diskutierten, wie sie ihre Planeten am besten miteinander verbünden konnten, würden diese Krise sicherlich nicht beenden.

– Freundin Jay, was falsch sein?

»Ich will nach Hause.« Sie haßte den weinerlichen Klang ihrer Stimme.

– Korpus dich bittet Geduld zu üben.

»Ha! Als würde er sich um mich scheren!«

– Er sich schert, sagte Haile betrübt. **– Alle Kiint das tun.**

»Ja, ja, schon gut.« Sie wollte sich nicht mit Haile streiten. Sie regten sich immer beide so sehr auf.

– Tracy herkommt, sagte Haile mit einem Unterton neuer Hoffnung.

Jay sah, wie die alte Frau auf einem chromblauen Schwebegleiter in ihre Richtung kam. Mehrere Bewohner der Siedlung benutzten die kleinen Fahrzeuge, um damit umherzufliegen, und jedes einzelne war so individuell wie sein Besitzer. Tracys Gleiter war ein fettes Ellipsoid mit einem eingelassenen Sattel in der Mitte. Dreieckige Stummelflossen mit roten Hecklichtern ragten aus dem hinteren Drittel; Jay nahm an, daß sie nur zur Schau dienten. Außerdem besaß Tracys Gleiter zwei wirklich anachronistische runde Scheinwerfer vorn am Bug, die aussahen wie Glasjuwelen. Tracy nannte das Ding T-Bird.

Noch etwas, das Jay nicht benutzen durfte. Sie war fest davon überzeugt, daß dieses schicke Gerät eine ganze Ecke schneller flog als das, was Tracy aus ihm holte.

Der Gleiter glitt lautlos mit ungefähr zwanzig Stundenkilometern und in gut zwei Metern Höhe durch die Luft.

Jay stand auf und klopfte sich den Sand aus dem Badeanzug, als der T-Bird neben ihr landete.

»Tut mir leid, daß ich mich verspätet habe, Püppchen«, begann Tracy. »Haile, mein Liebes, du wirst dich heute nachmittag alleine beschäftigen müssen. Ich werde Jay nach Agarn mitnehmen.«

»Was ist Agarn?«

Tracy erklärte es ihr auf dem Rückweg zum Chalet. Sie marschierten zu Fuß über den Sand, und der T-Bird schwebte gehorsam hinter ihnen her. Agarn war ein weiterer Planet in dem riesigen Ring und besaß nur wenige Einwohner. Sie nahmen nicht an der Art von Leben teil, das die meisten Kiint führten, und verfolgten statt dessen mehr philosophische Ziele. »Also achte auf deine Manieren«, warnte Tracy. »Sie sind eine sehr würdevolle Gruppe.«

»Warum müssen wir überhaupt zu ihnen?«

»Die Kiint vom Agarn sind ein wenig anders als der Rest. Ich hoffe, daß sie zu unseren Gunsten intervenieren. Es ist eine Art letzte Zuflucht, aber die Dinge in der

Konföderation stehen wirklich schlimm. Ich befürchte, daß die Situation in einem armseligen Patt enden könnte. Nichts wird gelöst, und das ist fast das schlimmste nur denkbare Ergebnis.«

Sie inspizierte Jays Kleidung, kurze Khakihosen und ein blaues T-Shirt zusammen mit stabilen Wanderstiefeln. »Das wird gehen; du siehst aus wie eine kleine Entdeckerin.«

»Warum muß ich mitkommen?«

»Damit sie einen Blick auf einen wirklichen Menschen werfen können.«

»Oh.« Jay gefiel die Vorstellung nicht im geringsten. »Können sie denn nicht die Bilder aus der Konföderation ansehen, wie ihr es tut?«

»Das haben sie bereits, auf gewisse Weise jedenfalls. Sie haben sich nicht von Korpus abgewandt. Hätten sie das getan, wäre es sinnlos, sie zu besuchen.«

Jay lächelte nur. Sie konnte diesen Korpus wirklich nicht verstehen.

In der Umgebung der Teleporterscheibe, auf der sie materialisierten, war nicht ein Gebäude zu sehen. Sie standen an den runden Vorbergen eines weiten Tals. Es erinnerte stark an die Parklandschaft von Riyine, doch es sah aus, als hätte seit Jahrhunderten niemand mehr etwas daran gemacht. Üppiges smaragdfarbenes Grasanaloges wucherte überall auf dem Boden. Die Bäume waren knorrige Türme mit mächtigen magentafarbenen Kronen. Ein Dutzend Wasserfälle ergossen sich über steile Klippen in das Tal, und jede Falte in den Hängen war von Bächen belebt, die sich in Kraterseen weiter unten entleerten.

Tracy blickte sich suchend um, während sie mit einem Spitzentaschentuch ihre Stirn betupfte.

»Ich hatte ganz vergessen, wie heiß es hier ist«, murmelte sie.

Jay setzte ihre Sonnenbrille auf, und sie gingen zu

einem der Kraterseen hinunter. Zwei Kiint badeten ganz nah beim Ufer.

– **Hallo Fowin**, sagte Tracy.

Der Kiint hob grüßend einen traktamorphen Arm und watete ans Ufer. – **Ich grüße dich, Tracy Dean. Und du Jay Hilton bist, Frage?**

»Ja, das bin ich. Hallo.« Jay schob ihre Sonnenbrille ins Haar zurück, als der Kiint am Ufer ankam und auf das dichte Grasanaloge trat. Er sah Hailes Eltern ziemlich ähnlich, obwohl die Atemöffnungen steiler schienen und die Beine kürzer.

– **Ich danke dir, daß wir dich besuchen dürfen**, sagte Tracy. – **Ich möchte dich bitten, eine Intervention in Betracht zu ziehen.**

– **Das weiß ich. Warum sonst sollten Beobachter mich besuchen? Nach der Stabilisierung von Gebal werde ich jedesmal um einen derartigen Gefallen gebeten, wenn eine neue Spezies auf Schwierigkeiten stößt.**

– **Du bist berühmt beim Korpus für deine Weisheit.**

– **Der Korpus ist eine konstante Erinnerung an Gebal, so sehr, daß ich die Weisheit meines Einverständnisses zur Hilfe ernsthaft bezweifle. Und diese Vorstellung stört mich in meiner Kontemplation. Sie lenkt mich von höheren Gedanken ab.**

– **Die Gebal standen vor einer einzigartigen Situation. Wie heute die Menschen.**

– **Die Menschen stehen vor einer unglücklichen Situation.**

– **Nichtsdestotrotz kann die Menschheit noch volle Transzendenz erreichen. Die inverse Population ist vernachlässigbar. Unsere sozialen Fortschritte und unsere Reifung dauern zugegebenermaßen lang, doch sie sind konstant.** Sie deutete auf Jay. – **Bitte betrachte das Potential, das in uns steckt.**

Jay bedachte den großen Kiint mit ihrem strahlendsten Lächeln.

– Dein Versuch, mich zu beeinflussen, ist einfach und durchschaubar, Tracy Dean. Die Kinder einer jeden Spezies sind ein Reservoir für großartiges Potential, sei es nun gut oder böse. Ich kann den individuellen Weg nicht beurteilen, daher bin ich logischerweise ein neutraler Zeuge. Allerdings sind Kinder unschuldig, weil sie eben Kinder sind. Sehr einnehmend.

– Jay ist aber nun einmal der einzige Mensch, der greifbar war.

– Also schön. Der Kiint richtete seine großen violetten Augen auf das kleine Mädchen. **– Was wünschst du dir mehr als alles andere, Jay Hilton?**

»Ich will meine Mama zurück, was denn sonst? Das sage ich eurem Korpus immer wieder!«

– Das tust du in der Tat. Ich trauere mit dir um den Verlust, den du erlitten hast.

»Aber Sie wollen nicht helfen, oder? Niemand von Ihnen wird uns helfen. Ich finde das gemein von Ihnen. Jeder sagt, wir wären nicht perfekt. Aber wissen Sie, was Vater Horst einmal zu mir gesagt hat?«

– Nein, das weiß ich nicht.

»Es ist sehr einfach und sehr, sehr klug. ›Wenn du wissen möchtest, ob etwas fair ist, dann dreh es herum.‹ Also, wenn Sie uns so gut kennen würden, wie Sie behaupten, und wenn wir diejenigen mit den Tausenden von Planeten und den Versorgern und all dem Zeug wären, meinen Sie nicht, wir würden Ihnen helfen, wenn wir könnten?«

– Ein äußerst gutes Argument, mit Integrität präsentiert. Ich weiß, daß es hart sein mag, aber es gibt weit mehr Probleme, als auf den ersten Blick zu erkennen sind.

»Superschlau«, erwiderte Jay. Sie verschränkte wütend die Arme vor der Brust. »Ich weiß, daß es möglich ist, Possessoren aus den Körpern zu vertreiben, die sie gestohlen haben. Ich habe mit eigenen Augen gesehen, wie es getan wurde. Warum helfen Sie uns nicht wenigstens dabei? Dann könnten wir hinterher immer noch darüber nachdenken, wie wir das Problem lösen. Das ist es doch, was Sie alle wollen, oder nicht? Daß wir für uns selbst geradestehen.«

– Die Waffe, die euer Militär gebaut hat, erfordert keinerlei Hilfe von unserer Seite.

»Das meine ich doch gar nicht! Vater Horst hat Freya exorziert! Er hat die Possessorseele aus ihr vertrieben!«

– Das ist eine sehr interessante Behauptung, Jay Hilton. Der Korpus weiß nichts von diesem Vorfall. Könntest du berichten, unter welchen Umständen dieses Ereignis stattgefunden hat?

Jay schilderte wortreich die Geschehnisse, die sich an jenem schicksalsschweren Tag auf dem kleinen Gehöft in der Savanne zugetragen hatten. Während sie redete, wurde ihr bewußt, wieviel seitdem geschehen war, was sie alles gesehen und erlebt hatte. Und es entfernte sie noch weiter von ihrer Mutter. Sie beendete ihre Erzählung, und eine Träne rann über ihre Wange.

Tracy legte sogleich den Arm um ihre Schulter. »Still, mein Püppchen, still. Die Besessenen können dir hier nichts tun.«

»Es sind nicht die Besessenen«, heulte Jay los. »Ich kann mich nicht einmal mehr erinnern, wie meine Mama aussieht! Ich versuche es, aber ich kann nicht!«

– Dabei zumindest kann ich dir helfen, sagte Fowin. Eine Versorgerkugel erschien in der Luft neben Jay. Sie warf ein kleines Stück glänzendes Papier aus. Jay nahm es mißtrauisch. Auf einer Seite war ein zweidimensionales Bild ihrer Mutter. Jay lächelte glücklich, und ihre Tränen waren vergessen.

»Das ist das Bild aus ihrer Paßflek«, sagte sie. »Ich kann mich noch erinnern, wie wir zusammen zum Registrierungsbüro gegangen sind. Wie sind Sie daran gekommen?«

– **Das Bild ist in den Speichern von GovCentral abgelegt. Wir haben Zugriff darauf.**

»Vielen, vielen Dank!« sagte Jay zerknirscht. Sie blickte erneut auf das Bild ihrer Mutter, und ihr wurde warm ums Herz. »Ich dachte, Sie würden keine Versorger und solche Sachen auf diesem Planeten benutzen? Sie wären zurückgekehrt zur Natur oder so etwas?«

– **Ganz im Gegenteil, Jay Hilton,** antwortete Fowin. – **Wir haben alles abgelegt außer unserer Technologie. Permanente physikalische Strukturen sind unbedeutend. Wir sind frei, allein unseren Gedanken zu folgen.**

»Die Menschen werden sich bestimmt niemals in diese Richtung entwickeln«, sagte Jay traurig. »Wir würden uns viel zu sehr langweilen.«

– **Das stimmt mich froh. Euer Wissensdrang ist etwas Einmaliges. Bewahrt ihn gut. Und seid ihr selbst.**

»Also werden Sie uns helfen, die Seelen zu vertreiben?«

– **Ich denke nicht, daß sich die Umstände häufig wiederholen werden, die es Vater Horst gestattet haben, seinen Exorzismus durchzuführen.**

»Wieso nicht?«

– **Wie du am heutigen Tag demonstriert hast, Jay Hilton, besitzen Menschenkinder einen äußerst starken Glauben. Freya wurde in der christlichen Tradition aufgezogen. Als Vater Horst mit der Zeremonie der Vertreibung begann, glaubte sie fest daran, daß es funktionieren und daß die Possessorseele vertrieben würde. Zur gleichen Zeit erfuhr die Possessorseele Zweifel. Sie hatte eine Form von Fegefeuer über sich ergehen lassen, woraus sie schloß, daß die Priester ihrer Epoche eine gewisse fundamentale Wahrheit kannten, wenn sie über spirituelle Dinge sprachen. Und als sie zurückkehrte, wurde sie mit einem Priester konfrontiert, der fest an Gottes Hilfe bei seinem Exorzismus glaubte. Drei verschiedene, unterschiedlich stark ausgeprägte**

Überzeugungen wirkten auf die Seele des Possessors ein und übten beträchtlichen Druck aus, nicht nur von außen, sondern aus ihr selbst heraus. Die Seele war von der Wirksamkeit der Zeremonie überzeugt. Ihr eigener Glaube richtete sich gegen sie, und sie zog sich zurück, weil sie dachte, ihr bliebe gar keine andere Möglichkeit.

»Dann kann Vater Horst keine ganzen Planeten exorzieren?«

– Nein.

»In Ordnung«, sagte Jay zögernd. Sie hatte keine Argumente mehr, und ihre Hoffnung sank.

– Wie lautet deine Beurteilung? erkundigte sich Tracy respektvoll.

– Ich erkenne an, daß das Ereignis auf Lalonde, das zum Durchbruch zwischen den Kontinuen geführt hat, durch äußere Einwirkung zustande gekommen ist. Trotzdem rechtfertigt das noch längst keine totale Intervention.

– Ich verstehe.

– Allerdings sollte das Potential eurer Rasse erhalten werden. Du magst einen neuen Ursprung initiieren.

»Ich danke dir«, sagte Tracy überwältigt.

»Ich verstehe das nicht!« beschwerte sich Jay, als sie ins Chalet zurückgekehrt waren. »Worüber bist du so glücklich? Der Korpus will uns nicht helfen!«

Tracy saß in einem der Deckstühle auf der Veranda und brach ausnahmsweise einmal ihre eigenen Regeln, indem sie eine Tasse Tee bei einem Versorger bestellte. »Du hast ein absolutes Wunder vollbracht, Püppchen, weißt du das? Fowins Beurteilung wird automatisch und unverzüglich zur Politik des Korpus. Und der Korpus hat uns gestattet, eine brandneue menschliche Kolonie zu gründen, sollte die Konföderation auseinanderbrechen.«

»Und was ist daran so gut? Die Besessenen werden sich nicht über jede menschliche Kolonie ausbreiten, das hast du selbst gesagt.«

»Ich weiß. Es ist das Wissen, verstehst du? Die Menschen fanden heraus, was es mit den Seelen auf sich hat, lange bevor sie sozial weit genug gereift waren, um mit einer solchen Enthüllung umzugehen. Und jetzt wirkt dieses Wissen in jeder menschlichen Kultur wie ein mentales Gift. Es wird die Menschheit in Tausende zerstrittener Parteien spalten – und es hat bereits angefangen mit Kulu und seiner Idee von einer Kern-Konföderation reicher Welten. Jahrzehnte, wenn nicht Jahrhunderte werden vergehen, bis die Menschen sich davon wieder erholt haben, und selbst dann wird die Lösung beeinflußt werden von dem, was vorher war. Korpus wird eine neue Kolonie gründen, mit einer Million Menschen, und sie werden bei Null anfangen. Man wird Beobachter autorisieren, Eier und Spermien zu kaufen, die überall in der Konföderation von wissenschaftlichen und medizinischen Instituten in Null-Tau gelagert werden. Die Anfangsbevölkerung der neuen Kolonie wird in künstlichen Uteri herangezogen und von KI's aufgezogen. Auf diese Weise können wir die Informationen sorgfältig auswählen, die wir ihnen geben. Wir können mit einer High-Tech-Zivilisation anfangen, die dem Wissenstand der Konföderation ebenbürtig ist, und dabei zusehen, wie sie sich natürlich weiterentwickelt.«

»Fowin kann das entscheiden?«

»Jeder Kiint könnte das. Aber zu viele besitzen konformistische Gedankengänge, wenn du mich fragst. Wenigstens machen die Kiint vom Agarn den Versuch, die Grenzen zu erweitern. Nicht, daß es ihnen bei der Sache mit diesem Schlafenden Gott viel genutzt hätte.«

»Was denn für ein Schlafender Gott?« fragte Jay neugierig.

Tracy schenkte ihr ein ernstes Lächeln. »Irgend etwas,

das eine uralte Rasse vor langer, langer Zeit zurückgelassen hat. Es hat diese Zivilisation selbsternannter philosophischer Gurus in ein beträchtliches Dilemma gestürzt. Nicht, daß sie etwas unternehmen könnten, um die Situation zu beeinflussen. Ich glaube, das ist es, was sie am meisten aus der Fassung gebracht hat. Sie waren so lange die unumstrittenen Herren in diesem Sektor des Universums; es muß ein schwerer Schock gewesen sein, auf etwas zu stoßen, das ihnen so unendlich überlegen ist. Vielleicht ist das der Grund, warum sich Fowin heute so zugänglich gezeigt hat.« Sie unterbrach sich, als Galic am Fuß der Verandatreppe erschien.

»Du hast es wieder einmal geschafft«, grinste er.

»Hast du etwas anderes erwartet?« grinste sie zurück.

Er kam die Treppe hinauf und setzte sich neben ihr in einen Deckstuhl. Es dauerte nicht lange, und andere pensionierte Beobachter gesellten sich hinzu, um über die neue Kolonie zu diskutieren. Sie zeigten eine Begeisterung, wie Jay sie noch nicht bei ihnen erlebt hatte, und sie wirkten schlagartig viel jünger und lebendiger. An diesem Abend redete zum ersten Mal nicht einer von ihnen über die Vergangenheit. Nach Einbruch der Dunkelheit zogen sie sich in Tracys Wohnzimmer zurück, wo sie anfingen, Sternenkarten aufzurufen und Planeten auszusuchen. Gutmütige Streitereien über die Vor- und Nachteile möglicher Koordinaten brachen aus. Die meisten wollten die neue Kolonie in der gleichen Galaxis wie die Konföderation, auch wenn es auf der anderen Seite des Zentrums sein mußte.

Irgendwann gegen Mitternacht bemerkte Tracy, daß Jay auf ihrem Sofa eingeschlafen war. Galic hob sie hoch und trug sie in ihr Zimmer. Sie erwachte nicht einmal mehr, als er sie mit einer Decke zudeckte und ihr Prinz Dell auf das Kopfkissen legte. Er schlich auf Zehenspitzen hinaus und schloß leise hinter sich die Tür, bevor er zu der Debatte zurückkehrte.

Louise war eine halbe Meile die Holloway Road hinunter geflohen. Sie war am oberen Ende schmal, die Bürgersteige gesäumt von großen Backsteinhäusern mit zerbröckelnden Fenstersimsen und undichten Dachrinnen. Auf der Straßenebene befanden sich kleine Läden und Cafés, deren trübe, schmutzige Fronten mit Brettern vernagelt waren. Louises Schritte echoten von den harten Wänden, ein akustisches Leuchtfeuer, das jedem signalisierte, wo sie war.

Weiter unten wurde die Straße breiter. Die Bauwerke in diesem Abschnitt waren in einem besseren Zustand, mit sauberen Ziegeln, glänzenden Fassaden und teureren Geschäften. Schmale Nebengassen zweigten ungefähr alle hundert Yards ab, gesäumt von Reihenhäusern voller Mietwohnungen. Weißbirken und Kirschbäume in den Vorgärten hingen über die Zäune auf das Pflaster und erweckten den Anschein einer ruhigen, ländlichen Stadt.

Der Hang wurde flacher, und vor Louise erstreckte sich die letzte Meile einer breiten, verlassen daliegenden Straße. Die größeren kommerziellen Geschäfte hatten eine Seite ganz unter sich aufgeteilt, und ihre Hologrammwerbung flackerte in einem grell schillernden Regenbogen über dem breiten Gehweg. Über den Fahrspuren schwebten Anzeigetafeln der Verkehrskontrolle und blinkten in farbigen Sequenzen auf den leeren Carbo-Beton hinab.

Louise lief noch ein paar Meter weiter, bevor sie stehen blieb. Sie war außer Atem von der Anstrengung. Hinter ihr bewegte sich nichts, doch weiter oben auf dem Hügel war es so dunkel, daß sie ihre Verfolger wahrscheinlich erst bemerken würde, wenn sie vor ihr standen. Es war ganz bestimmt ein Fehler, im hellen Licht der Hologramme weiterzulaufen.

Tollington Way lag fünfzig Meter vor ihr, eine schmale Seitenstraße, die in ein Labyrinth aus Gassen und Hinterhöfen führte, wie es hinter jeder größeren Londoner Durchfahrtsstraße zu finden war. Louise hielt sich die schmerzenden Seiten, während sie noch hundert Yards weiter in die Gasse joggte. Dann machte sie halt und duckte sich in den tiefen Schatten eines Eingangs.

Ihre nassen Leggings scheuerten auf den Oberschenkeln, das T-Shirt war widerlich klamm und kalt, und ihre Füße fühlten sich an wie verschrumpelt. Sie zitterte am ganzen Leib vor Kälte. Hoch über ihr flackerten kleine grüne Lichter in der geodätischen Kuppel.

»Was jetzt?« fragte sie mit zurückgeworfenem Kopf. Sicherlich würde Charlie sie mit seinen Sensoren beobachten und ihr infrarotes Bild tief unten sehen. Per Datavis verschickte sie eine allgemeine Anfrage auf Netzzugriff – ohne jede Antwort.

Weglaufen und verstecken, hatte Charlie zu ihr gesagt. Er hatte leicht reden. Wohin? Niemand würde in dieser Nacht einer Fremden öffnen. Wahrscheinlich würde man sie bereits für das bloße Klopfen und Fragen erschießen.

Eine Katze miaute und sprang von einer benachbarten Mauer, um über die Straße zu rennen. Louise rollte über den Boden und brachte ihren Erinnerungslöscher in einer fließenden Bewegung in Anschlag, noch bevor sie das Geräusch bewußt registrieren konnte. Die Katze, ein Tiger mit dichtem Fell, strich vorüber und bedachte sie mit einem verächtlichen Blick.

Louise stieß einen leisen Seufzer aus, und ihre Muskeln entspannten sich wieder. Das Waffenkontrollprogramm war immer noch im Primärmodus. Sie deaktivierte es, bevor sie sich mühsam wieder auf die Beine quälte und den Schmutz von ihren Knien und der Weste klopfte.

Die Katze war noch immer zu sehen, eine deutliche Silhouette vor dem holographischen Dunst, der wie ein Schleier über dem Ende der Straße lag. Sie wedelte arrogant mit dem Schwanz.

Louise wurde bewußt, daß sie noch immer viel zu nahe bei der Holloway Road war. Ihre Verfolger würden die Straße herunter kommen und jede Nebengasse absuchen. Fletcher hatte erzählt, daß sie Menschen spüren konnten, ohne daß sie etwas sahen.

Louise aktivierte die Karte von Zentral-London, die sie in einer neuralen Speicherzelle abgelegt hatte, und ging vom Licht weg. Der Erinnerungslöscher wanderte zurück in ihre Westentasche, während sie unschlüssig darüber nachdachte, wie sie den Suchtrupps am besten entgehen konnte. Es gab zwei Möglichkeiten, entweder, sie blieb an einem Ort und hielt sich dort versteckt (vorausgesetzt, sie fand einen ungenutzten Raum oder ein leerstehendes Lagerhaus), oder sie blieb ununterbrochen auf den Beinen. Die Chancen waren nicht auszurechnen, hauptsächlich, weil sie nicht wußte, womit sie es zu tun hatte, mit einer organisierten Menschenjagd oder einem Haufen von Besessenen, die desinteressiert umherstolperten.

Das Studium der Karte half ihr auch nicht weiter; sie fand keinerlei Bezugspunkt. Ohne wirkliches Ziel war eine Straße wie die andere. Die Karte half ihr lediglich dabei, sich von den Hauptstraßen fernzuhalten.

Vielleicht sollte ich einfach nach einem Versteck suchen. Schließlich ist es genau das, was Charlie vorgeschlagen hat.

Einem Impuls gehorchend rief sie die Adresse des Ritz' auf. Sie mußte mehrfach die Vergrößerung ändern, so weit lag das Hotel von ihrer gegenwärtigen Position entfernt.

Das Ritz schied also aus. Zu schade. Im Ritz würde ganz bestimmt niemand nach ihr suchen.

»Andy!« flüsterte sie erschrocken. Der einzige Mensch, den sie in London kannte. Und der sich niemals von ihr abwenden würde.

Sie aktivierte seine Adresse und ging damit das Einwohnerverzeichnis Londons durch, das sie zusammen mit all dem anderen Unsinn in ihre neurale Nanonik geladen hatte, der für das persönliche Überleben in einer Arkologie als unentbehrlich galt. Manche Leute verbanden ihre elektronische Adresse nicht mit einem physischen Wohnort. Nicht so Andy. Er lebte in Islington, irgendwo auf der Halton Road. Ein winziger blauer Stern leuchtete auf der Karte.

Zwei Meilen entfernt.

»Lieber Jesus, bitte gib, daß er zu Hause ist.«

Sie ketteten Fletcher mit Hand- und Fußschellen an den Altar, durch die elektrischer Strom floß, und neutralisierten auf diese Weise seine energistischen Fähigkeiten. Dann rissen sie ihm die Kleider vom Leib und schnitten obszöne Runen in sein Fleisch. Sie rasierten ihn. Sie verbrannten einen Stapel Bibeln und Gebetbücher unter seinen Füßen und benutzten die Asche, um ein Pentagramm rings um ihn auf den Boden zu schmieren. Sie hängten ein umgedrehtes Kreuz über seinen Kopf. Es baumelte an einem verwitterten, brüchig gewordenen Seil.

Geister glitten vorüber und drückten ihm ihr Mitleid aus.

»Es tut uns leid«, flüsterten sie. »So unendlich leid.« Vergangene Helden, gedemütigt und herabgesetzt durch ihre Entmannung. Die Besessenen spuckten nach ihnen und scheuchten sie aus dem Weg.

Die St. Paul's Cathedral war allein vom flackernden Licht aus Kohlenbecken und Kerzenreihen erhellt, und das hohe Deckengewölbe lag in Dunkelheit verborgen. Statt Weihrauch hing der Geruch schwitzender Leiber und gegrillten Essens in der Luft. Gebete waren harter Rockmusik aus einem Ghettoblaster gewichen, und zwischen den einzelnen Stücken ertönten die Laute hemmungsloser Kopulation. Fletchers Kopf wurde gewaltsam nach hinten gegen den Stein gezwungen, und er konnte mehrere junge Besessene sehen, die wie Affen hinter den Bleiglasfenstern turnten und sie mit einer klebrigen schwarzen Flüssigkeit übermalten. Eine dunkle Gestalt bewegte sich in sein eng umrissenes Sichtfeld.

Quinn beugte sich über ihn. »Nett, dich wiederzusehen.«

»Genießt Eure Beleidigungen, solange Ihr noch könnt, unmenschliches Monster. Euch wird das Lachen noch vergehen, wenn Eure Zeit gekommen ist.«

»Du bist gut. Du bist sogar sehr gut. Ich bewundere das. Du bist rechtzeitig von Norfolk weggekommen, was für sich allein genommen schon eine Leistung war. Und du hast es bis auf die Erde herunter geschafft, was verdammt noch mal unmöglich ist. Ausgezeichnet. Was hast du getan? Einen Deal mit den Superbullen abgeschlossen?«

»Ich weiß nicht, wovon Ihr sprecht.«

»Scheiße! In Ordnung, ich sage es noch einmal, ganz langsam: Wer hat dir geholfen, auf die Erde zu kommen?«

Als Fletcher nicht antwortete, fuhr Quinn mit der Hand über das Metallband um Fletchers Stirn, das ihn an den Altar fesselte. »Ich kann jederzeit den Strom verstärken, weißt du? Es kann noch viel, viel schlimmer werden, als es jetzt ist.«

»Nur solange ich in diesem Körper bleibe.«

»So ein dummes Arschloch bist du offensichtlich gar nicht.« Quinn schlängelte sich geschmeidig neben Fletcher auf den Altar und brachte sein kapuzenverhülltes Gesicht ganz nah vor das von Fletcher. »Bevor wir weitermachen«, fragte er leise, »Wie ist es, sie zu vögeln? Komm schon, mir kannst du es ruhig sagen. Ist sie eine heiße Braut? Oder liegt sie einfach nur da und läßt es über sich ergehen? Von Mann zu Mann, ich erzähl's niemandem weiter. Macht sie alles mit? Mag sie es in den Arsch?«

»Ihr seid unwürdig zu leben, Sir. Ich werde Euren Sturz genießen, denn es wird ein großer Sturz aus der Höhe Eurer Arroganz.«

»Erzähl mir nicht, du hast es nicht probiert! Diese Frau war Wochen über Wochen bei dir. All die Zeit. Du mußt es doch versucht haben!« Quinn zog sich verwirrt und beunruhigt ein paar Zoll zurück. »Scheiße, du bist von uns beiden derjenige, der unmenschlich ist!«

»Eure Beurteilung hat für mich weder Wert noch Relevanz, Sir.«

»Ach ja? Aber es gibt eine Beurteilung, für die du dich vielleicht interessieren könntest. Ich werde nämlich herausfinden, wie sie ist. Meine Leute werden sie zu mir bringen, und dann kannst du mir und Courtney zusehen, wie wir sie bearbeiten. Ich werde dafür sorgen, daß du hinsiehst. Wollen doch mal sehen, wie lange du dein arrogantes Getue durchhältst, Arschloch.«

»Dazu müßtet Ihr sie zuerst finden.«

»Oh, das werde ich. Glaub mir, das werde ich. Selbst wenn die Schwachköpfe es nicht schaffen, die ich im Augenblick dort draußen habe – Seine Armee wird sie zu mir bringen. Und dann wird dieser kleine geschätzte Rest von Trotz zerbrechen, den du mir jetzt noch entgegenbringst. Du wirst schreien und flehen und weinen und deinen beschissenen falschen Gott für seine Untätigkeit verfluchen.«

»Die Wege des Herrn sind unergründlich, und seine Wunder fern unserem Verstehen. Das Zeitalter der Wunder mag vorbei sein, Sir, doch Seine Abgesandten sind noch immer unter uns. *Ihr* werdet verlieren. So steht es geschrieben.«

»Unsinn! Es gibt keine Abgesandten. Und ich bin eifrig damit beschäftigt, das Buch zu verbrennen, in dem dieser Mist geschrieben steht. Es ist mein Gott, der wiederkommt, nicht deiner. Und Er bewegt sich nicht auf unergründlichen Pfaden. Gottes Bruder ist sehr geradeheraus, wie du bald feststellen wirst. Es sei denn, ich verschone dich.«

»Ich würde mich niemals mit Eurem Mitleid besudeln, Sir.«

»Nein? Und was hältst du davon, wenn ich statt dessen Louise verschone? Komm zu uns. Komm auf die Seite der Sieger, und du kannst sie wiederhaben. Ich würde sie nicht anrühren, ihr nicht ein Haar krümmen. Versprochen. Und sie hat eine ganze Menge Haare.«

Fletcher lachte bitter auf.

»Ich meine es ernst«, sagte Quinn leise. »Du bist ein schlauer Bursche. Ich kann Leute wie dich gebrauchen. Du warst bestimmt früher Offizier, richtig? Die Hälfte von diesen Scheißköpfen, die für mich arbeiten, finden ihren Arsch nicht einmal mit Beleuchtung. Ich würde dir das Kommando über einen ganzen Haufen geben. Du könntest mit ihnen machen, was du willst. Louise heiraten. In einem Palast leben. Besser geht es nicht.«

»Ich muß mich bei Euch entschuldigen, Sir, denn ich habe mich verschätzt. Ich hatte Euch für gefährlich gehalten. Jetzt sehe ich, daß Ihr nur ein kleiner Geist seid. Unserem Herrn Jesus Christus wurden sämtliche Königreiche dieser Welt angeboten, und er hat abgelehnt. Ich glaube doch, daß ich dem Verlangen widerstehen kann, die Frau eines anderen zu begehren und ein schönes Leben zu führen. Wißt ihr denn nicht, daß wir in diesem verhexten Zustand alles selbst erschaffen können, was wir uns wünschen? Ihr könnt mir nichts anbieten, das auch nur den geringsten Wert hätte, und eure Drohungen sind nichts als leere Worte.«

»*Leere Worte!*« fauchte Quinn wutschnaubend. »Er *kommt* wirklich. *Mein* Gott, nicht deiner. Wenn du mir nicht glaubst, dann frag doch die Geister. Sie können hören, wie Seine dunklen Engel herannahen. Seine Nacht *wird* fallen. Und das ist ein neues Wunder.«

»Der Tag folgt auf die Nacht, so war es und so wird es immer sein, Amen.«

Quinn schob sich vom Altar herab und richtete sich wieder auf. Er hielt einen Erinnerungslöscher vor Fletchers Gesicht. »Also gut, der Spaß ist vorbei, Arschloch. Sag mir, was das ist.«

»Das weiß ich nicht, Sir.«

»Du hast aber ziemlich freizügig damit um dich geschossen, wie? Galt das mir? Ist das der Grund, warum die Superbullen dich auf die Erde gelassen haben? Hast du vielleicht versucht, mich aufzuspüren?« Quinn winkte nach hinten.

Frenkel trat in Fletchers Sichtfeld und legte Billy-Joes Körper zu ihm auf den Altar. Der Kopf des jungen Mannes hing schlaff herab. Seine Augen standen weit offen und starrten ins Leere, doch er atmete noch.

»Wir haben ihn so am Fuß des Archway Towers gefunden«, sagte Quinn. »Der große schwarze Typ hat ihn mit einem dieser Dinger beschossen, bevor meine Leute ihn ausschalten konnten. Ich kann ja verstehen, daß sie nach einer Waffe suchen, die Possessoren aus ihren Körpern vertreibt. Bestimmt arbeitet jeder beschissene Wissenschaftler in der Konföderation daran. Aber das hier ist ein wenig zuviel des Guten, meinst du nicht? Billy-Joe war nicht besessen, und trotzdem hat dieses Ding seine Seele ausgelöscht.« Quinn grinste und entblößte spitze Fänge, die sich in weiße Lippen preßten, als er die Sorge in Fletchers Bewußtsein spürte. »Oder ist dieses Ding für mehr gedacht? Hm? Diese Superbullen spielen mit den höchsten Einsätzen, die es überhaupt gibt. Sie wissen, daß ich einfach in einem anderen Körper zurückkehren kann, und der ganze Kreuzzug beginnt von vorn. Weil ich nicht sterben kann, oder? Wir sind alle unsterblich geworden.«

Fletchers Gesicht verwandelte sich in eine Maske starrköpfiger Entschlossenheit.

»Ah«, sagte Quinn leise. Er hielt die Waffe hoch und betrachtete sie mit neuem Respekt. »Wir wollen ein kleines Experiment versuchen, ja?« Er bewegte die Hand über Billy-Joe und öffnete mit seiner energistischen Macht einen Weg zum Jenseits. Eine Seele mühte sich hindurch und fuhr in Billy-Joes Körper. Er richtete sich auf, atmete tief durch und blickte begeistert um sich.

»Das ist ja wunderbar!« rief Quinn begeistert. »Keine Anstrengungen, kein Schmerz. Wir können den ganzen Prozeß um ein Vielfaches beschleunigen.« Er grinste auf Fletcher herab. »Weißt du was? In den falschen Händen kann dieses nette Spielzeug, das du mir da mitgebracht hast, ziemlich gefährlich werden.«

Die Mietskaserne in der Halton Road bestand aus drei billigen Appartementtürmen, die ursprünglich für die Armen und Alten gedacht waren. Ein Drittel der Bewohner fiel immer noch in diese Kategorie, der Rest arbeitete schwarz am Staat vorbei oder lebte von Sozialhilfe und verbrachte seine Tage mit billigen Stim-Programmen und selbstgebastelten Drogen. Das Leben hielt keine anderen Annehmlichkeiten für sie bereit.

Der Boden zwischen den Betontürmen war ein Betonhof, mit Reihen kleiner Garagen. Verblassende weiße Linien markierten Baseball- und Footballfelder, deren Körbe und Torstangen schon vor Jahrzehnten ausgerissen oder abgeknickt worden waren. Trotz seiner klassisch-erodierten städtischen Atmosphäre war es die perfekte Lage für Die Disco Am Ende Der Welt.

Andy hatte seit Sonnenuntergang auf dem ausgetretenen Betonboden getanzt und sich in den allgemeinen Wahnsinn ergeben. Von allen Bewohnern Londons hatten diejenigen, die in Häusern wie seiner Mietskaserne lebten, am wenigsten zu verlieren, wenn die Besessenen aus der Dunkelheit marschiert kamen. Also ... scheiß drauf. Wenn du schon auf jeden Fall von den bösen Toten gefangen, gefoltert oder in deinem eigenen Körper eingesperrt wirst und den Rest der Ewigkeit wie ein Zombie dahinvegetieren mußt, dann kannst du wenigstens eine letzte anständige Party feiern, bevor es soweit ist.

Die Traxjammer hatten ihre alternden Lautsprechertürme aufgebaut, als sich die Dämmerung gesenkt hatte. Sobald die Sonne vom Himmel verschwunden war, hatten hämmernde Rhythmen die Scheiben zum Klirren gebracht und den neuen Herren der Arkologie ihren Trotz entgegengeschleudert. Jeder hatte sich besonders schick gemacht. Das war es, was Andy liebte. Disco-Divas in ihren paillettenbesetzten Mikrokleidern, heiße Funk-Tänzer in Leder und ultraweißen Hemden, Jive-Master in geilen Anzügen. Alle groovten und schwankten in einer riesigen dichten Masse heißer Leiber, und alle machten die gleichen dummen Bewegungen zu den gleichen dummen alten Liedern wie seit Menschengedenken.

Andy wackelte mit den Hüften, winkte mit den Händen und tanzte so ausgelassen wie noch nie zuvor. Unnötig, jetzt noch Hemmungen an den Tag zu legen – es würde kein Morgen geben, an dem die Menschen ihn und seine Koordination auslachen konnten. Er schwankte von den vielen Flaschen, die herumgereicht wurden. Er knutschte mit einer Reihe von Mädchen. Er sang aus voller Kehle mit. Er erfand seine eigenen coolen Bewegungen. Er lachte und jubelte und wollte verdammt noch mal wissen, warum er sein ganzes Leben verschwendet hatte.

Und dann war sie da. Louise. Sie stand vor ihm, die Kleidung naß und zerknittert, und das wunderschöne Gesicht todernst.

Sie hatte sich ihren eigenen Raum inmitten all der

überschwenglichen Tänzer geschaffen. Die Menschen wichen ihr instinktiv aus, wußten, daß sie auf keinen Fall Teil ihrer wie auch immer gearteten privaten Hölle werden wollten.

Ihre Lippen öffneten sich, und sie rief ihm etwas Unverständliches zu.

»Was?« brüllte er zurück. Die Musik war unglaublich laut.

Sie bewegte erneut die Lippen: Hilfe.

Er nahm ihre Hand und führte sie über den Hof. Durch den Kreis älterer Menschen am Rand des tanzenden Gedränges, die vergnügt zu den Rhythmen klatschten und ein paar schlurfende Schritte andeuteten. In die Vorhalle mit ihren nackten Ziegelwänden, und die Treppe hinauf in seine Wohnung.

Als sich die Tür hinter ihnen schloß, meinte Andy zu träumen.

Louise war in seiner Wohnung. Louise! Am letzten Abend der Existenz waren sie zusammen.

Seine Fenster zeigten zur Straße hinaus, nicht zum Hof, und so war der Lärm der Musik zu einem konstanten bassigen Wummern gedämpft. Andy griff nach einem Lichtstab; die Energieversorgung war am frühen Morgen ausgefallen.

»Nicht«, sagte Louise.

Ohne funktionierende Klimaanlage hatte sich schwerer Tau auf die Scheiben gelegt, doch es drang genügend Licht herein, um die Umrisse des kleinen Zimmers erkennen zu lassen. Ein Bett in der einen Ecke, die Laken schon seit einiger Zeit nicht mehr gewaschen. Abgesehen von einem Vinyltisch voller elektronischer Werkzeuge bestand das Mobiliar aus Pappkartons. Die Küche befand sich in einer Nische mit einem Vorhang davor.

Andy hoffte inbrünstig, daß sie sich nicht allzu genau umsah. Selbst in diesem Licht war es schmutzig. Seine Freude darüber, sie zu sehen, wurde beträchtlich gedämpft, als die Wirklichkeit seines Lebens ihn wieder einholte.

»Ist das das Badezimmer?« fragte Louise und deutete auf die einzige andere Tür. »Ich bin bis auf die Haut durchnäßt, und mir ist kalt.«

»Ah. Nein, tut mir leid, das ist eigentlich das Schlafzimmer, aber ich habe es mit Zeug vollgestellt. Das Badezimmer ist unten. Warte, ich zeig's dir.«

»Nein.« Louise trat zu ihm. Sie schlang die Arme um ihn und lehnte ihren Kopf an seinen. Er war so verblüfft, daß er ein paar Sekunden lang vergaß zu reagieren. Dann erwiderte er eifrig ihre Umarmung.

»Heute war der schrecklichste Tag meines Lebens«, sagte sie leise. »So viele entsetzliche Dinge sind geschehen. Ich hatte Todesangst. Ich bin zu dir gekommen, weil ich sonst niemanden mehr habe, zu dem ich gehen könnte. Aber ich möchte auch bei dir sein. Verstehst du das?«

»Nicht wirklich. Was ist passiert?«

»Es spielt keine Rolle, Andy. Ich bin immer noch ich. Für den Augenblick.« Sie küßte ihn, und eine Begierde stieg in ihr auf, wie sie es noch nie erlebt hatte. Die verzweifelte Sehnsucht, gehalten zu werden, bewundert, und das Versprechen zu hören, daß die ganze Welt immer noch ein guter Platz zum Leben war.

Sie forderte alles von Andy ein auf seinem kleinen unordentlichen Bett. Sie verbrachte die Nacht mit seiner Anbetung, lauschte seinen ekstatischen Schreien, die sich mit der Discomusik vermischten, während das schillernde Licht über die Zimmerdecke spielte. Die Luft in dem kleinen beengten Zimmer wurde stickig vom Schweiß und der Hitze, die von ihren Leibern aufstiegen. Sie bemerkten nicht einmal, daß die gigantischen Luftumwälzungsanlagen der Westminster-Kuppel ausfielen.

Als die ersten dünnen Nebelschleier über der Themse aufstiegen und sich lustlos auf die Gebäude am Ufer senkten, waren ihre Orgasmen nah am Schmerz angekommen, so sehr zwangen ihre Nanoniken das längst wunde Fleisch zum Weitermachen. Schließlich, nachdem das exquisite Narkotikum der Verzweiflung abgeklungen war, klammerten sie sich aneinander, zu erschöpft und besinnungslos, um zu merken, daß die dünnen Nebelschleier über dem Herzen der alten Stadt angefangen hatten rosafarben zu leuchten.

12. Kapitel

Liol steuerte die *Lady Macbeth* direkt zu dem großen kugelförmigen Weltraumdock am Rand der Scheibenstadt, wo das MSV parkte, und hielt zwanzig Meter vor der Schleuse seine Position. Joshua hatte sehr entschieden befohlen, daß niemand von Bord ging.

Die Ausarbeitung einer Prozedur, wie Quantook-LOU und fünf Mosdva aus seinem Gefolge an Bord gebracht werden konnten, nahm die gesamte Zeit des Weges aus der transparenten Kugel bis zur Schleuse in Anspruch. Schließlich kamen sie darin überein, daß zwei Mann aus Joshuas Gruppe, Quantook-LOU und ein weiterer Mosdva zuerst an Bord der *Lady Macbeth* übersetzen würden. Alles in allem waren drei Flüge erforderlich, und Joshua würde als letzter an Bord kommen. Auf diese Weise war der Distributor der Ressourcen zufrieden, daß das Raumschiff nicht einfach davonfliegen und ihn zurücklassen würde, sobald der Kommandant an Bord war. Die Vorstellung, daß Joshua als Kommandant niemals eines seiner Besatzungsmitglieder im Stich lassen würde, schien ihm offensichtlich fremd. Ein interessanter Aspekt, stimmten die Menschen überein, und ein deutlicher Hinweis auf zukünftiges Verhalten.

Die Xenos wurden in der Messe von Kapsel D untergebracht, die über einen eigenen isolierten Umweltkreislauf verfügte. Sarha modifizierte die Atmosphäre so, daß sie die gleiche Gasmischung aufwies wie die Scheibenstadt – nicht, daß die *Lady Macbeth* große Mengen Argon an Bord mitgeführt hätte, und die Kohlenwasserstoffe konnte sie sowieso nicht zur Verfügung stellen.

Nachdem Quantook-LOU an Bord und Joshua zurück auf der Brücke war, würden die Mosdva die Koordinaten ihres Zielortes nennen.

Mosdva-Raumanzüge waren aus einem engsitzenden Gewebe gemacht, in das wärmeregulierende Leiter eingearbeitet waren. Lediglich die beiden oberen Gliedmaßenpaare steckten in Ärmeln; die Beine wurden an den Körper angelegt und verliehen dem gesamten Unterleib das Aussehen eines übergroßen Strumpfes. Der Helm war klobig und besaß interne Kontrollen, die sich wie Warzen ausstülpten, sowie ein transparentes Frontvisier mit mehreren schützenden Blenden, die man herunterklappen konnte. Der Tornister mit den Lebenserhaltungssystemen war ein großer Konus, der in einem Kranz kleiner pechschwarzer Finnen endete. Ein einzelnes dickes und gepanzertes Kabel verband den Tornister mit dem Helm. In einer Art Netzweste, über dem Anzug getragen, steckten an Haken und Ösen die gleichen elektronischen Module und Werkzeuge und Behälter, die die Mosdva auch in der Station in ihren Westen hatten.

Beaulieu und Ashly beobachteten die Xenos durch einen Sensor in der Decke, als sie durch die verbindende Luftschleuse in die vorbereitete Messe kamen. Sie bewegten sich nicht mit ganz der gleichen Geschicklichkeit wie in der Scheibenstadt, nachdem die Blattwedel fehlten, an denen sie sich hätten stabilisieren können, doch sie gewöhnten sich sehr schnell an die Haltegriffe und die Leitern zwischen den Decks.

Als der letzte Mosdva in der Messe war, schloß Ashly die Luke und pumpte die neue Atmosphäre hinein. Quantook-LOU wartete mitten im Raum, während die anderen ihre neue Umgebung genau in Augenschein nahmen. Die meisten Apparate und Maschinen waren für diese Reise ausgebaut worden, und zurück blieb eine spartanische Kabine ohne viel Technologie, die sie hätten sondieren können und ganz sicher ohne irgendwelche kritischen Geräte, die durch ungeschickte Manipulation hätten Schaden erleiden können.

Nachdem die Xenos sich überzeugt hatten, daß ihre

Kabine nicht aktiv gefährlich und die Atmosphäre für sie atembar war, zogen sie ihre Raumanzüge aus. Rasch wurden die kleinen elektronischen Geräte von den Übernetzen abgenommen und in die gewohnten Westen gehakt.

Beaulieu hatte einen Neutrinostreudetektor benutzt, um noch in der Luftschleuse alles zu überprüfen, was die Mosdva mit an Bord bringen wollten. Alkad und Peter halfen ihr beim Analysieren der verschiedensten Komponenten. Die Mosdva trugen kleine, mit chemischen Sprengstoffen gefüllte Zylinder bei sich, Laser, Diamantdrahtspulen und ein Gerät, von dem Alkad und Peter meinten, daß es einen starken elektromagnetischen Störimpuls abstrahlen konnte. Die internen Molekularbindungsgeneratoren reichten jedenfalls vollkommen aus, um die Integrität der Messe zu erhalten, falls die Mosdva auf den Gedanken kamen, feindselig zu agieren.

Interessanter noch als die Zahl der Waffen war die Menge an Implantaten, die jeder einzelne von ihnen in sich trug. Der zentrale Nervenstrang, der durch die Körpermitte verlief, besaß eine Reihe von Zusatzgeräten, die mit den Nervenbahnen verbunden waren. Synthetische Fasern waren im gesamten Gewebe verteilt und bildeten sozusagen ein zweites Nervensystem. Biochemische Steuervorrichtungen waren mit Drüsen und Kreislauf verbunden und ergänzten oder verstärkten die Funktion einzelner Organe oder Muskeln. Und in den Gliedmaßen versteckt saßen kompakte Zylinder, wahrscheinlich Waffen.

»Die Waffen kann ich ja noch verstehen«, sagte Ruben, als Beaulieu das Ergebnis ihrer Untersuchung über den allgemeinen Kommunikationskanal weitergab. »Aber der Rest scheint redundant zu sein. Vielleicht haben sich ihre Organe doch noch nicht so richtig an die Bedingungen der Schwerelosigkeit angepaßt.«

»Ich bin anderer Meinung«, widersprach Cacus. »Quantook-LOU besitzt bei weitem nicht so viele Implantate wie die anderen fünf. Ich würde sagen, seine Eskorte besteht aus einem Mosdva-Äquivalent unserer aufgerüsteten Söldner. Sie sind selbst dann noch imstande, weiter zu funktionieren, wenn sie schwer verletzt wurden.«

»Wahrscheinlich hat es etwas zu bedeuten, daß Quantook-LOUs physiologischer Zustand dem der anderen weit überlegen ist«, sagte Parker Higgens. »Seine Knochen sind dicker, und nach dem, was wir von seinen inneren Organen gesehen haben, funktioniert ihre Biochemie mit höherer Effizienz. Daraus schließe ich, daß er speziell gezüchtet wurde. Fünfzehntausend Jahre sind keine lange Zeit für eine vollständige genetische Adaption an die Schwerelosigkeit. Es gibt einfach zu viele Unterschiede zum Leben auf einer Planetenoberfläche.«

»Falls Sie recht haben, würde das unsere Theorie von einer aristokratischen Gesellschaftsstruktur untermauern«, sagte Cacus. »Ihre gesamte Verwaltungsklasse wäre eine Art Elite.«

»Quantook-LOU besitzt eine ganze Menge Prozessoren, die mit seinem Äquivalent eines Kortex' verbunden sind«, sagte Oski. »Weit mehr als die Soldaten. Sie verstärken seine Erinnerungsfähigkeit und seine analytischen Fähigkeiten auf eine ähnliche Weise wie unsere neuralen Nanoniken.«

»Physische und mentale Überlegenheit«, sinnierte Liol. »Das ist ziemlich faschistisch.«

»Nur nach menschlichen Begriffen«, mahnte Ruben. »Und es ist der Gipfel an Vermessenheit, wenn wir unsere menschlichen Maßstäbe und Werte bei Xenos anlegen und sie danach beurteilen.«

»Verzeihung«, murmelte Liol. Er blickte sich auf der Brücke um und sah, wie Ashly und Dahybi wegen der snobistischen Zurechtweisung des großen Edeniten grinsten. Sarha gab ihm einen aufmunternden Wink.

»Jede Aristokratie ist in historischer Hinsicht arrogant«, sagte Syrinx. »Wenn alle Dominien genauso strukturiert sind, dann würde das erklären, warum ihre Meinungsverschiedenheiten so schnell zu Kriegen eskalieren. Die herrschende Klasse betrachtet ihre Soldaten als entbehrlich. Sie sind nichts weiter als Ressourcen, die wie alles andere auch zum Vorteil des Dominions ausgebeutet werden.«

»Und wie genau passen wir in diese hübsche kleine Hierarchie?« fragte Sarha.

»Wir besitzen etwas, das für sie wertvoll ist«, antwortete Parker. »Wir selbst sind entbehrlich, und genau auf dieser Grundlage werden sie mit uns verhandeln.«

Joshua glitt durch die untere Decksschleuse auf die Brücke und begab sich auf seine Beschleunigungsliege. Er ließ sich vom Bordrechner per Datavis eine Systemübersicht geben und übernahm dann das Kommando von Liol. »Wir sind bereit«, sagte er zu Quantook-LOU. »Bitte geben Sie uns die Koordinaten.«

Eines der elektronischen Module der Mosdva übermittelte einen Strom von Daten.

»Das ist einer der Knoten im Röhrennetz, neunhundert Kilometer von unserer Position entfernt«, sagte Beaulieu. Sie übermittelte eine Reihe von Instruktionen an die ELINT-Satelliten und benutzte den am nächsten gelegenen, um den Bereich genauer in Augenschein zu nehmen. »Der Knoten selbst durchmißt ungefähr vierhundert Kilometer und hebt sich siebzehnhundert Kilometer aus dem Meridian der Scheibenstadt. Das umgebende Gebiet strahlt stark im infraroten Bereich. Die meisten der Röhren in diesem Knoten scheinen tot, doch die Wärmetauscher ringsum scheinen noch zu funktionieren, wenn auch mit reduziertem Ausstoß.«

»Also lebt dort noch jemand«, sagte Sarha.

»Sieht danach aus.«

»Wir haben die Position«, sagte Joshua zu Quantook-LOU. »Welche Beschleunigungen halten Sie aus?«

Eine kurze Pause entstand. Dann sagte Quantook-LOU: »Dreißig Prozent der Beschleunigung, mit der Sie sich Anthi-CL genähert haben, wären für uns akzeptabel.«

»Verstanden. Dann sichern Sie sich jetzt bitte.« Joshua fuhr die Kampfsensoren der *Lady Macbeth* aus und die normalen Antennen ein. Die Besatzung machte sich gefechtsbereit. Eine rasche Überprüfung der Sensoren in der Messe von Kapsel D zeigte die sechs Mosdva bäuchlings auf den Polsterkissen, die Beaulieu und Dahybi für sie auf dem Decksboden ausgelegt hatten.

Es wäre Verschwendung gewesen, die Fusionsantriebe zu zünden. Joshua benutzte die Korrekturtriebwerke, um das Schiff mit einem Zehntel g zu beschleunigen. Der Vektor, den er ausgerechnet hatte, brachte sie in eine Entfernung von hundert Kilometern über der Sonnenseite, bevor sie in Richtung Knoten herumschwenkten.

»Siegelbrüche, auch auf dieser Seite!« warnte Beaulieu. »Sie kämpfen offensichtlich noch immer.«

Joshua rief Quantook-LOU. »Wir sehen eine große Zahl bewaffneter Konflikte auf Tojolt-HI. Ich würde gerne erfahren, ob man uns möglicherweise ebenfalls angreift, und falls ja, womit.«

»Kein Dominion von Tojolt-HI wird dieses Schiff angreifen, es sei denn, Sie machen Anstalten abzufliegen. Wenn ich bis dahin nicht Ihre Antriebstechnologie für unsere Rasse gesichert habe, wird das unsere Verzweiflung noch weiter steigern.«

»In welcher Form wird ein Angriff gegen uns vorgetragen? Besitzen Sie Schiffe, die uns abfangen können?«

»Wir haben keine anderen Schiffe außer unseren Sonnenschaufeln, die Sie bereits gesehen haben. Man wird Strahlenwaffen einsetzen, um Sie zu beschießen. Ich nehme außerdem an, daß viele Dominien schnelle automatische Fahrzeuge konstruieren werden. Die Geschwindigkeit, mit der Ihr Schiff fliegt, wurde von uns studiert. Unsere Fahrzeuge werden schneller sein.«

Joshua blickte die anderen auf der Brücke an. »Ich würde sagen, wir müssen uns keine Gedanken wegen Raketen machen. Die Laser bereiten mir schon eher Kopfzerbrechen. Die Dominien besitzen eine Kapazität zur Energieerzeugung, die unsere strategischen Verteidigungsplattformen als schwächlich erscheinen läßt.«

»Aber nicht auf dieser Seite der Scheibenstadt«, widersprach Beaulieu. »Ihre Sensorimpulse haben beträchtlich nachgelassen, seit wir über den Rand hinweg sind. Neunzig Prozent ihrer Systeme befinden sich auf der Dunkelseite.«

»Es dauert ja wohl nicht lange, einen Laser durch die dünne Scheibe zu stoßen.«

»Wir werden danach Ausschau halten«, beruhigte Sarha ihn.

»Ich würde gerne mehr über die äußeren Umstände erfahren«, sagte Joshua. »Quantook-LOU, verraten Sie mir, welche Dominien mit Anthi-CL verbündet sind?«

»Abgesehen von unserem wichtigsten Bündnisquartett kann das leider niemand mehr sagen. Ihre Ankunft hat die Dominien zutiefst erschüttert. Die Dominien am Rand suchen Verbündete im Zentrum, und die Dominien im Zentrum liegen miteinander im Kampf, weil die alten Allianzen Lügen gewichen sind und unhaltbaren Versprechungen.«

»Und daran ist unser Auftauchen schuld?«

»Im gesamten Verlauf unserer Geschichte waren Ressourcen stets limitiert, und das spiegelt sich in unserer Gesellschaft wider. Jetzt, da Sie gekommen sind, scheint jede Ressource unendlich. Jetzt kann es nur noch ein Dominion geben.«

»Wie das?«

»Wir sind im Gleichgewicht. Die zentralen Dominien verfügen über größere Gebiete als die Dominien am Rand, doch der Rand ist der Ort, von dem aus die neue Materie verteilt wird, die unsere Sonnenschaufeln eingesammelt haben. Unsere Bedeutung ist daher nicht weniger groß. Jedes Rand-Dominion versorgt seine Verbündeten im Zentrum mit Materie, und die Menge an Materie, die es liefern kann, ist offensichtlich abhängig von der Anzahl Sonnenschaufeln. Die Anzahl Sonnenschaufeln wiederum, die gebaut werden kann, ist abhängig von der Größe der Allianz. Ihre Konstruktion erfordert furchterregend viele Ressourcen. Wenn eine Sonnenschaufel nicht zurückkehrt, reduziert sich die Menge an Materie, die für die Allianz erhältlich ist, und das führt zu Not und Elend unter den Dominien. Die Allianz wird geschwächt, weil die Dominien gegeneinander kämpfen, um die erforderlichen Ressourcen zu erhalten. An diesem Punkt schmieden die Distributoren eines jeden Dominions neue Allianzen, um wieder ihren alten Versorgungsstand zu erlangen.«

»Ich verstehe«, sagte Joshua. »Und mit unserer Technologie, die ihnen gestatten würde, neue Materie aus anderen Sternensystemen herbeizubringen, könnten die Sonnenschaufeln nicht mehr konkurrieren. Jedes zentrale Dominion von Tojolt-HI wird sich an Anthi-CL wenden, um von dort Materie zu beziehen, und sich mit Ihnen verbünden. Ohne einen Markt werden die anderen Rand-Dominien bankrott gehen und ebenfalls in die Allianz einverleibt.«

»Und ich werde der Distributor der Ressourcen für ganz Tojolt-HI.«

»Aber warum kämpfen dann die anderen Dominien gegen Sie?«

Quantook-LOU hob seine mittleren Gliedmaßen mühsam gegen die auf ihn einwirkende Beschleunigung und schlug sich schwach auf den Rumpf. »Weil ich Ihren wunderbaren Antrieb noch nicht besitze. Wie immer sucht jeder nach seinem Vorteil. Indem sie Anthi-CL zerstören, wollen sie mir die Ressourcen stehlen, um Raumschiffe zu bauen. Sie wären gezwungen, Ihren Tauschhandel mit ihnen abzuschließen, Kommandant Joshua Calvert.«

»Aber Sie haben doch gesagt, die Allianzen zwischen den zentralen Dominien wären instabil?«

»Das sind sie auch. Die anderen Distributoren sind habgierige Dummköpfe. Sie würden uns alle zerstören. Sie haben bereits jetzt mehr Schäden an Tojolt-HI angerichtet als alles, was wir je zuvor ertragen mußten. Es wird Dekaden dauern, bis alles repariert ist.«

»Dann sagen Sie ihnen doch einfach, Sie hätten den Antrieb. Ich werde behaupten, daß es stimmt. Wir können die Einzelheiten unserer Abmachung auch später noch aushandeln. Wenigstens hört dann die sinnlose Zerstörung auf.«

»Die Verbündeten von Anthi-CL wissen, daß ich Ihren Antrieb noch nicht besitze. Ich erhalte unsere Quartett-Allianz aufrecht, indem ich ihnen versichere, daß diese Reise zur Erlangung astronomischer Daten letztendlich in unserem Triumph resultieren wird. Im Gegenzug handeln sie mit dieser Information, um sich Vorteile zu verschaffen, sollte ich versagen. Ganz Tojolt-HI weiß, daß Sie mir die Konstruktionspläne noch nicht gegeben haben. Sie warten ab, was bei diesem Flug herauskommt. Sobald ich Anthi-CL das Signal geben kann, daß ich genügend Daten besitze, um den Antrieb zu bauen, wird sich unsere Quartett-Allianz wieder verfestigen. Die übrigen Dominien haben dann keine andere Wahl mehr, als uns beizutreten. Überlichtschnelle Reisen machen die Vereinigung unserer Spezies unausweichlich. Wir alle wissen das. Bleibt also nur noch die Frage zu lösen, wer der Distributor der Ressourcen für ganz Tojolt-HI werden soll. Wenn ich es nicht bin, dann wird es der Distributor eines anderen Dominions. Das ist auch der Grund, weshalb sie angreifen werden, sollten Sie versuchen zu fliehen.«

Joshua unterbrach die Verbindung zu den Mosdva. »Was haltet ihr davon?«

»Er ist verdammt gut«, sagte Samuel. »Ich glaube, dieser Quantook-LOU hat bemerkt, daß Sie so etwas wie ein Gewissen oder zumindest einen ethischen Kodex besitzen. Aus diesem Grund schiebt er die Schuld für den Krieg auf unsere Ankunft. Außerdem droht er uns, daß wir im Falle eines Fluchtversuches beschossen werden, wenngleich nicht von ihm. Alles, was er sagt, dient seinem Vorteil.«

»Die ökonomische Struktur von Tojolt-HI hat jedenfalls Sinn gemacht«, sagte Parker. »Damit erscheint auch der Rest seiner Erklärung glaubwürdig.«

»Die ganze Situation dient jedenfalls unserem Vorteil«, sagte Liol. »Selbst wenn Quantook-LOU die politische Instabilität übertrieben hat, will jeder hier derjenige sein, der den ZTT-Antrieb von uns in Empfang nimmt. Sie sind sogar bereit, einen Krieg vom Zaun zu brechen, um uns zu geben, was wir wollen.«

»Schade, daß uns das nicht hilft, eine Art Friedensverhandlungen einzuleiten«, sagte Syrinx. »Ich kann mir nicht helfen, aber ich fühle mich äußerst unwohl in dieser Sache.«

»Wir könnten die Information doch einfach über ganz Tojolt-HI ausstrahlen, nachdem wir eine Kopie des Tyrathca-Almanachs erhalten haben«, schlug Beaulieu vor. »Selbst wenn Quantook-LOU uns diese Daten besorgt und wir ihm den Antrieb geben, wird ihr physischer Konflikt wahrscheinlich weitergehen, bis sich ein einziges Dominion konsolidiert hat.«

»Die Ironie der Geschichte bringt mich zum Staunen«, sagte Ruben.

»Ich verstehe nicht wieso«, antwortete Syrinx rasch.

»Du mußt einen sehr schwarzen Sinn für Humor besitzen, wenn du das auch nur im entferntesten lustig findest.«

»Ich habe nicht lustig gesagt. Aber verstehst du denn nicht, was diese Diskussion widerspiegelt? Genauso müssen die Kiint über unsere Spezies debattiert haben, als wir sie um eine Lösung für unser Problem mit dem Jenseits gebeten haben. Für die Mosdva ist überlichtschnelles Reisen offensichtlich die Antwort auf all ihre Probleme; sie können sich unbeschränkten Nachschub an Materie holen, sie können neue Kolonien gründen, sie können ihre alten Unterdrücker auslöschen. Für sie ist es lebenswichtig, daß wir ihnen diesen Antrieb geben, und sie sind gewillt, alles dafür zu riskieren. Und zur gleichen Zeit bedeutet es für uns, die wir die ZTT-Technologie vollkommen beherrschen, daß wir einen mörderischen Kreuzzug in dieser Region der Galaxis zu verantworten haben, wenn wir ihnen den Antrieb geben, einschließlich der Möglichkeit, daß irgendwann in ferner Zukunft die Konföderation von ihnen angegriffen wird. Und wir würden wahrscheinlich verlieren, wenn man ihre Überzahl bedenkt.«

»Falls uns nicht die Tyrathca zuerst erledigen«, brummte Monica.

»Wollen Sie damit sagen, daß wir ihnen den Antrieb nicht geben sollen?« fragte Joshua.

»Überlegen Sie, was geschieht, sollten wir es tun.«

»Das haben wir doch schon durchgekaut. Die Mosdva werden so oder so einen Überlichtantrieb entwickeln, jetzt, nachdem sie wissen, daß es möglich ist.«

»Genau wie die Kiint immer wieder sagen, daß wir unsere eigene Lösung für das Problem der Possession finden müssen, nachdem wir von der Existenz des Jenseits wissen.«

»Meine Güte! Was soll ich denn Ihrer Meinung nach tun?«

»Im Augenblick gar nichts. Wir hatten schon vorher recht, die Frage ist lediglich die nach dem bestmöglichen Zeitpunkt. Ich glaube, wir haben die Antwort der Kiint die ganze Zeit über falsch verstanden.«

»Vielleicht haben wir das«, sagte Syrinx. »Auch wenn ich nicht überzeugt bin, aber sie hat unsere Zukunft sehr deutlich gemacht. Wir müssen zuerst das Problem der Possession lösen, erst dann befinden wir uns in der Position, um das Tyrathca-Mosdva-Problem anzugehen. Und die einzige Möglichkeit, wie wir das schaffen können, ist den Schlafenden Gott zu finden.«

Die ELINT-Satelliten zeigten weiterhin Bilder vom Krieg auf der Dunkelseite von Tojolt-HI. Die Anzahl der atmosphärischen Lecks nahm von Minute zu Minute zu. Dichte Gasfontänen schossen hinaus ins All und rissen zappelnde Körper mit sich. Mosdva-Truppen in gepanzerten Raumanzügen kletterten durch die Täler und über die Erhebungen der Dunkelseite. Die Zugbewegungen waren beinahe völlig zum Erliegen gekommen.

Die schwersten Kämpfe fanden rings um die Grenzen von Anthi-CL und seiner benachbarten Verbündeten statt. Nicht nur heftige Atmosphärenausbrüche, sondern auch Mosdva in Raumanzügen waren zu sehen, die sich mit Lasern und Projektilwaffen beschossen in dem Bemühen, in gegnerisches Territorium einzudringen und kritische Systeme lahmzulegen. Die Satelliten entdeckten außerdem starke Energiepulse zwischen den Wärmetauschertürmen von dort in Stellung gegangenen Geschützen, die Maser- und Laserstrahlen auf die heranrückenden Truppen feuerten.

»Keine atomaren Waffen«, stellte Beaulieu fest. »Jedenfalls bis jetzt nicht. Ich habe ein paar kleinere Kurzstreckenraketen bemerkt, doch sie werden mit chemischen Treibsätzen angetrieben und besitzen konventionelle Sprengköpfe. Sie sind nicht besonders erfolgreich, die Laser schießen die meisten frühzeitig ab. Kaum überraschend, wenn man bedenkt, das die maximale Beschleunigung, die ich bisher feststellen konnte, sieben g nicht übersteigt.«

»Ich frage mich, warum sie chemische Systeme benutzen«, sagte Monica. »Ein einziger gut gezielter Kernsprengkopf würde ausreichen, um ein ganzes Dominion auszuschalten. Sie müssen doch in der Lage sein, Atomwaffen zu bauen. Quantook-LOU hat erzählt, daß sie Fusionsbomben benutzt hätten, um die Asteroiden zu bewegen. Genau wie wir es tun.«

»Wir können Quantook-LOU ja fragen, wenn Sie mögen«, schlug Joshua vor.

»Bloß nicht«, sagte Samuel. »Ich hasse die Vorstellung, ihn auf dumme Gedanken zu bringen. Außerdem interpretieren Sie diesen Konflikt hier vollkommen falsch. Ihre ganze Zivilisation ist ressourcenbasiert, und das gilt auch für ihre Kriege. Ihr Ziel muß es sein, die Bevölkerung des Gegners auszulöschen, aber die Röhren intakt zu lassen. Explosive Dekompression hat genau diesen Effekt, und das siegreiche Dominion gewinnt auf diese Weise Raum für seine Expansion. Ein nuklearer Schlag würde einen großen Teil der Scheibenstadt vernichten, und die Schockwelle würde weitere schwere strukturelle Schäden verursachen.«

»Also schön, dann setzen sie eben Neutronenbomben ein«, sagte Liol. »Töten die Bevölkerung und lassen die strukturelle Masse intakt.«

»Das würde ich gegenüber Quantook-LOU definitiv nicht erwähnen.«

Etchells erweiterte das Raumverzerrungsfeld, um seine Umgebung abzutasten, sobald er aus seinem Wurmloch-Terminus in fünfundsiebzig Millionen Kilometern Höhe über dem roten Riesen Mastrit-PJ geglitten war. Wärmeableitpaneele glitten in ihrer vollen Länge aus jedem

Toroid und jedem Hilfssystem, um die angestaute Hitze abzustrahlen. Gondeln voller elektronischer Aufklärungssensoren öffneten ihre Irisblenden, und Antennen fuhren aus.

Rotes Licht durchdrang die Abschirmung des großen Hauptfensters und flutete über die spartanische Brücke. Kiera blinzelte die Tränen aus den Augen und setzte sich auf ihrer Beschleunigungsliege auf. Das optische Panorama reichte ihr vollkommen, und sie ignorierte die zahlreichen oszillierenden Graphiken und rollenden Diagramme auf den Konsolendisplays, die die Ergebnisse der Sensorscans anzeigten.

»Hübsche Aussicht, wenn auch ein wenig monoton«, sagte sie. Eine Sonnenbrille materialisierte in ihren Händen, und sie setzte sie vorsichtig auf. »Ist irgend jemand in unserer Nähe?«

»Nichts«, antwortete Etchells. »Doch das hat nichts zu bedeuten. Es ist unmöglich für ein einzelnes Schiff, ein ganzes Sternensystem abzusuchen. Immer vorausgesetzt, sie sind überhaupt hier.«

»Unsinn. Sie sind hier. Es ist das einzige System, wo sie sein können. Dieser verdammte Stern funkelt uns an, seit wir den Nebel umrundet haben. Es ist das System, aus dem die Tyrathca gekommen sind und diese Arche. Sie müssen hier sein, zusammen mit dem, wonach auch immer sie suchen.«

»Ja, aber wo genau?«

»Das herauszufinden ist deine Sache. Halt die Sensoren weit offen. Finde sie. Und wenn du sie gefunden hast, halte ich meinen Teil unseres Handels.«

»Die Chancen stehen nicht zu unseren Gunsten.«

»Die Tatsache, daß überhaupt Chancen existieren, spielt schon zu unseren Gunsten. Wenn es hier noch irgend etwas von den Tyrathca gibt, dann muß es auf einem Planeten oder Asteroiden sein. Du solltest anfangen, das System danach abzusuchen.«

»Danke sehr. Darauf wäre ich alleine gar nicht gekommen.«

Kiera machte sich nicht die Mühe eines Verweises. Etchells konnte ihre Stimmung genauso auffangen, wie sie die seine. Es war nicht, daß sie einander während ihrer Reise auf die Nerven gegangen wären, doch sie waren einfach keine natürlichen Verbündeten. »Kannst du die Temperaturen aushalten?«

»Vorübergehend, ja«, sagte Etchells. »Allerdings muß ich die Partikeldichte mindestens genausosehr im Auge halten wie die thermische Einstrahlung. Die technischen Systeme werden mit der Wärme fertig, auch mein Rumpf, trotzdem schätze ich, daß wir diese Umgebung maximal drei Tage aushalten können, bevor ich wegtauchen und abkühlen muß.«

»In Ordnung.« Sie stand auf und streckte sich ausgiebig. Während des Fluges hatte sie viel zu viele Stunden untätig auf ihrer Beschleunigungsliege verbracht. Sie hatte zuviel Zeit damit vergeudet, über das nachzudenken, was auf dem Monterey schiefgegangen war, anstatt darüber, was sie mit der Waffe anfangen würde, hinter der die Konföderation herjagte. »Ich gehe duschen«, sagte sie. »Laß mich wissen, wenn du etwas gefunden hast.«

Beaulieu tastete die Oberfläche der Sonnenseite über das gesamte elektromagnetische Spektrum ab, während die *Lady Macbeth* zu den Koordinaten hin verzögerte, die Quantook-LOU genannt hatte. Die Geflechtröhren und Folien dazwischen unterschieden sich nicht vom Rest der Sonnenseite, doch sie hoben sich halbkugelförmig aus der ansonsten relativ flachen Ebene der Scheibenstadt, genau an der gleichen Stelle wie auf der Dunkelseite.

»Der Knoten mißt etwa drei Kilometer im Durchmesser und ist neunhundert Meter hoch, und ich habe nicht die geringste Ahnung, was sich im Inneren befindet«, berichtete Beaulieu. »Fast achtzig Prozent des Knotens und des umliegenden Geflechts scheinen tot zu sein. Das transparente Oberflächenmaterial ist gesprungen, und die Trägerkonstruktion ist an verschiedenen Stellen gerissen. Trotzdem bleibt noch genügend Masse, um den Innenraum vollkommen vor unseren Sensoren abzuschirmen.«

»Das gefällt mir nicht«, sagte Liol. »Mehr als zehn Kubikkilometer, von denen wir nicht das geringste wissen. Sie könnten so gut wie alles dort drin verstecken.«

»Nichts, das auf einer regelmäßigen Basis benutzt wird«, entgegnete Ashly.

»Genau. Beispielsweise die größte Waffe, die sie besitzen.«

»Die elektrischen und magnetischen Felder sind normal«, sagte Beaulieu. »Ich registriere keinerlei größere Energiequellen über und unter der Scheibe.«

»Keine aktiven, meinst du vielleicht. Die Energie für einen Beschuß ist wahrscheinlich längst gespeichert.«

»Gespeichert? Wofür?« fragte Sarha.

»Ich weiß es nicht. Wir haben noch nicht ein Prozent dieses Sternensystems erforscht. Wir wissen nicht, was dort draußen lauert. Flüchtlingsflotten vielleicht, von anderen Scheibenstädten. Xenos aus dem Orion-Nebel. Besessene Mosdva.«

»Jetzt hör aber auf.«

»Ich verstehe«, sagte Joshua. »Wir müssen vorsichtig sein.«

»Die *Oenone* könnte zu Ihnen springen«, sagte Syrinx. »Unser Raumverzerrungsfeld ist durchaus imstande, das Innere dieses Knotens zu sondieren.«

»Nein«, entschied Joshua. »Ich glaube nicht, daß wir unseren größten Vorteil schon jetzt aus der Hand geben sollten. Beaulieu, ich möchte, daß du diesen Knoten ununterbrochen im Auge behältst. Bei der kleinsten Veränderung der energetischen Zustände springen wir in Sicherheit. Bis dahin wollen wir sehen, was Quantook-LOU uns noch so alles erzählt.« Joshua löschte die überlagernden Diagramme und Daten von den Sensoren, bevor er sich wieder mit dem Mosdva in Verbindung setzte. Tojolt-HI bereitete ihm nun schon seit einer ganzen Weile Kopfzerbrechen. Es war nicht die Sorge über das, was sie möglicherweise erwartete, wurde ihm bewußt, sondern die schiere Größe der Scheibenstadt. Er war beeindruckt gewesen und hatte über Tojolt-HI gestaunt, seit die Sensoren ihr erstes Bild von dem künstlichen Gebilde geliefert hatten. Doch das hier ging noch einen Schritt weiter, weil die kurze Reise sie über die Scheibenstadt geführt und ihm eine neue Perspektive eröffnet hatte. Die *Lady Macbeth* flog über die Scheibenstadt, einen Artefakt, der so dicht besiedelt war, daß eine Arkologie dagegen nahezu leer scheinen mußte. Die BiTek-Habitate der Menschen waren phantastische Wesen, aber man *überquerte* sie nicht an Bord eines Raumschiffes. Jedenfalls nicht viele Minuten lang. Und sie hatten nicht einmal die Hälfte der Entfernung bis zum Zentrum hinter sich.

Die visuellen Sensoren zeigten einen winzigen schwarzen Fleck über dem glänzenden Funkeln und Glitzern des Glases und der Folie, aus der die Sonnenseite bestand. Das war der Schatten der *Lady Macbeth*, kleiner als der Durchmesser der meisten Geflechtröhren. Viele Male hatte Joshua Ganymeds Schatten über die Tagseite des Jupiter fallen sehen, einen schwarzen Klecks, der kleiner war als die gigantischen Sturmwirbel des Planeten. Ein Mond, groß genug, um als Planet durchzugehen, der vor dem Hintergrund des grandiosen Gasriesen zu seiner wahren Bedeutungslosigkeit reduziert wurde. Das hier war genau das gleiche.

»Wir treffen in ein paar Minuten bei den von Ihnen

bezeichneten Koordinaten ein«, sagte Joshua zu Quantook-LOU. »Ich würde gerne mit Ihnen über die Einzelheiten unseres Datenaustauschs sprechen. Ich schätze, keiner von uns beiden möchte, daß unser Handel jetzt noch platzt.«

»Ich stimme Ihnen zu«, sagte Quantook-LOU. »Ich werde meine Eskorte in diese Sektion von Tojolt-HI führen und die Informationen sichern, die Sie verlangen. Wie bereits zuvor werde ich Ihnen lediglich die Inhaltsverzeichnisse der Dateien übermitteln. Sobald Sie zu dem Schluß gekommen sind, daß es sich um die von Ihnen gewünschten Daten handelt, beginnen wir mit einem synchronen Austausch unserer jeweiligen Informationen. Anschließend werden Sie Mastrit-PJ unverzüglich verlassen.«

»Meinetwegen, aber begeben Sie sich dadurch nicht unnötig in Gefahr? Bis nach Anthi-CL ist es ein weiter Weg. Wir könnten Sie zurückbringen.«

»Nach dem Austausch bin ich das einzige Mitglied meiner Spezies, das die Information besitzt. Das macht mich wertvoller als die Masse unserer Sonne in Eisen. Niemand wird es wagen, mir etwas zu tun. Würde ich an Bord Ihres Schiffes zurückkehren, Kommandant Joshua Calvert, welche Garantie könnten Sie mir geben, daß Sie nicht einfach in Ihre Konföderation zurückfliegen und meiner Rasse dieses Wissen wieder nehmen?«

»Ich wäre nicht imstande, Ihnen eine zufriedenstellende Garantie zu geben, Quantook-LOU. Allerdings weiß ich überhaupt nichts von Tojolt-HI. Ich weiß nicht, was in dieser Sektion unter den Geflechtröhren verborgen liegt. Wer garantiert mir, daß Sie dort nicht eine machtvolle Waffe verbergen, die mein Schiff zerstört, sobald sie die gewünschte Information besitzen?«

»Dies ist eine alte Sektion, und ihr Dominion ist beinahe zusammengebrochen. Zeigen Ihnen Ihre Sensoren denn nicht, daß es keine Gefahr darstellt?«

»Wir können an der Oberfläche nichts erkennen, aber ich muß wissen, was darunter liegt. Ich schlage vor, zwei meiner Besatzungsmitglieder mit Ihnen zu schicken. Sie werden lediglich beobachten und sich nicht in Ihre Aktivitäten einmischen.«

»Ich akzeptiere.«

Joshua beendete die Verbindung. »Ione, jetzt bist du an der Reihe.«

Die *Lady Macbeth* näherte sich langsam der Oberfläche der Sonnenseite und setzte ihre Ionentriebwerke ein, um näher an die ungefähre Grenze des Knotens heranzusteuern. Die Geflechtröhren unter dem Schiff waren tot, wie Quantook-LOU verlangt hatte. Außerdem hatte er Joshua um Bereitstellung einer Möglichkeit gebeten, die Kluft zwischen dem Schiff und der Scheibenstadt zu überwinden.

Daher standen nun zwei Serjeants in gepanzerten Raumanzügen in der Schleuse bereit, um mit ihren Manöverpacks zur Oberfläche überzusetzen und dort eine Leine an einer Röhre zu sichern.

Ione sah, wie die langen geschwungenen Segmente aus ehemals transparentem Material näher kamen; unter der stumpfen, kraterübersäten Oberfläche war nichts zu erkennen. Die Sensoren ihres Raumanzugs erkannten mit Mühe die dünnen Linien der inneren Rohrspirale. Der Schatten der *Lady Macbeth* wanderte über die Röhren und Folienabdeckungen, als das Raumschiff näher kam. Ione bemerkte eine unregelmäßige Bewegung über dem dunklen Glas. Eine Vielzahl gezackter Risse breitete sich vom Rand des Segments her aus wie Ranken aus Eis, die das Rohr überzogen.

»Es reißt«, meldete Ione der Besatzung.

»Thermische Beanspruchung«, entgegnete Liol. »Unser Schatten ist schuld daran. Vergiß nicht, daß diese Röhre von Anfang an ununterbrochen den Strahlen der Sonne ausgesetzt gewesen ist.«

»Ione«, sagte Joshua. »Ich halte unsere Position ab – jetzt. Du kannst rübergehen, sobald du soweit bist.«

Das gebogene Glas war noch siebzig Meter von der Luftschleuse entfernt. Der erste Serjeant löste seine Sicherheitsleine aus der Öse in der Schleuse und aktivierte seinen Manöverpack.

Das Ende der Leine zu befestigen war kein Problem. Das gesprungene Glas war aus seiner metallischen Fassung gekommen und hatte eine Lücke hinterlassen, durch die Ione die Leine ziehen konnte. Nachdem sie fertig war, glitt sie zur Seite. Joshua wollte, daß die Mosdva den Weg ins Innere öffneten.

Die Xenos hangelten sich mit Hilfe der kraftverstärkten Handschuhe an ihren mittleren Gliedmaßen am Seil entlang. Ihr Vordringen war ohne jede Subtilität; einer von ihnen zog seinen Laser, um einen Kreis durch das Glas und die Spiralrohre darunter zu schneiden.

Ione wartete, bis alle Mosdva in der Röhre waren, dann folgten die beiden Serjeants ins Innere. Wie es aussah, war die Röhre schon sehr lange nicht mehr bewohnt. Die Blattwedel waren versteinert und dann ins Vakuum ablatiert. Nichts außer einer Wolke von körnigem Staub war geblieben, der die gesamte Röhre verstopfte. Doch auch so war es in ihrem Innern um einiges heller als in sämtlichen Sektionen von Anthi-CL, durch die die Menschen gekommen waren. Ohne die Flüssigkeiten, die das Innere der Röhren in den bewohnten Sektionen abschirmten, war das Licht der Sonne erbarmungslos.

Die Mosdva glitten zielstrebig in Richtung des Röhrenendes. Sie benutzten die Öffnungen als Griffe, aus denen früher die langen Blattwedel gewachsen waren, was ihnen fast die gleiche Mobilität verlieh wie die Wedel in einer unter Atmosphärendruck stehenden Röhre. Ione setzte ihre Manöverpacks ein, um ihnen zu folgen.

Am Ende der Röhre angekommen, zog einer von Quantook-LOUs Leibwächtern erneut den Laser und schnitt durch die Luke der Luftschleuse. Sie durchquerten die Anschlußstelle und schwebten dahinter in eine weitere Röhre, höher in den Knoten hinauf.

Sobald die Serjeants im Innern der Röhre verschwunden waren, benutzte Joshua die Korrekturtriebwerke, um die *Lady Macbeth* in eine größere Höhe über der Sonnenseite zu bringen. Beaulieu meldete, daß neun kleine Satelliten von verschiedenen Stellen über Tojolt-HI aufgestiegen waren. Alle sandten schwache Radarpulse aus, die jeder Bewegung der *Lady Macbeth* folgten.

»Sieht aus, als wollte Quantook-LOU zum Apex dieses Knotens«, sagte Samuel. »Bis jetzt ist er jedenfalls in den Röhren an der Oberfläche geblieben.«

»Ich analysiere die Signale aus den Sensorblocks der Serjeants«, sagte Oski. »Die Mosdva senden eine Vielzahl von Pulsen aus, die meisten davon stammen von Quantook-LOU selbst. Und sie sind mit einem höchst komplexen Schlüssel gesichert.«

»Mit wem redet er?« wollte Joshua wissen.

»Ich denke nicht, daß er mit jemandem redet. Die Pulse sind ausnahmslos schwach, und in den Röhrenwänden gibt es keinerlei elektronische Aktivitäten. Ich denke, es ist alles an seine Leibwächter gerichtet. Ich habe ihre Bewegungen und seine Signale korreliert, und es sieht so aus, als würde er sie tatsächlich fernsteuern. Ihre Antworten sind ganz anders geartet. Wahrscheinlich Sensordaten, so daß er sehen kann, was sie sehen.«

»Ein richtiges kleines Geschwader von Drohnen«, sagte Ashly. »Kann es sein, daß er ihnen nicht traut?«

»Jetzt ist es ein wenig zu spät, um über seinen Status nachzudenken«, sagte Joshua. »Oski, finden Sie heraus, ob Sie diese Leibwächter funktionsunfähig machen können, falls es nötig werden sollte.«

»Mache ich.«

Joshua brachte die *Lady Macbeth* zu einer Position fünfundzwanzig Kilometer über der Sonnenseite. Das Warten fiel ihm schwer. Er wäre am liebsten selbst unten bei Quantook-LOU gewesen, um mit eigenen Augen dabeizusein. Damit hätte er die Kontrolle gehabt und jederzeit reagieren können, falls die Situation es erforderte. Genau, wie er es im Ayacucho und auf dem Nyvan getan hatte. Die vorderste Linie war der einzige Platz, wo er sicherstellen konnte, daß alles richtig gemacht wurde.

Und doch – wenn er etwas aus diesen beiden Abenteuern gelernt hatte, dann war es die Tatsache, daß ein guter Kommandant mehr war als ein guter Pilot. Er wußte, daß seine Besatzung die Schiffssysteme im Traum beherrschte. Und die Experten an Bord waren noch eine Erweiterung dieses Prinzips. Beim zweiten Mal in Anthi-CL, als Quantook-LOU so aufdringlich geworden war, hatte Joshua von Anfang an gewußt, daß es klüger gewesen wäre, nicht noch einmal persönlich in die Scheibenstadt zu gehen. Folglich steckten jetzt eher Schuldgefühle als Professionalismus hinter seiner Entscheidung, die Serjeants in den Knoten zu schicken.

Wenigstens hatte niemand protestiert, weil er nicht mitgeschickt worden war. Joshua vermutete insgeheim, daß die Scheibenstadt den anderen genauso an den Nerven zerrte wie ihm selbst.

Sie waren seit fünfzehn Minuten auf Position, als Beaulieus Sensorüberwachungsprogramme sie über eine Kursänderung der Sonnenschaufel informierten. Die massiven Fusionsantriebe brannten und beschleunigten das gigantische Gebilde mit einem Fünfzigstel g. »Es ist auf Abfangkurs zu uns gegangen«, berichtete Beaulieu den anderen auf der Brücke.

»Jesses. Wieviel Zeit bleibt uns noch?«

»Ungefähr siebzig Minuten.«

Ione lauschte Joshuas Bericht über die Sonnenschaufel

der Mosdva und sagte dann: »Ich denke, ich werde Quantook-LOU fragen.«

Sie befanden sich in einer weiteren verlassenen Röhre, der fünften bisher, und noch immer wirbelten sie Unmengen an Staub auf, wenn sie vorüberkamen. Abgesehen vom Mangel an Luft und Flüssigkeit schienen sämtliche Röhren in einem einigermaßen gutem Zustand zu sein. Ione konnte keinen Grund erkennen, warum sie verlassen worden waren. Irgendwann hatten die Mosdva sämtliche Hilfsmaschinen und Einrichtungsgegenstände entfernt, selbst ein paar Schleusen an den Enden der Röhren waren ausgebaut worden. Dunkle Öffnungen gähnten dort, wo die Röhren in die Knotenpunkte mündeten.

Sie schalteten ihren Kommunikatorblock auf die Frequenz, die auch von den Mosdva benutzt wurde. »Quantook-LOU, der Kommandant hat sich mit mir in Verbindung gesetzt. Er möchte Ihnen mitteilen, daß die Sonnenschaufel ihren Kurs geändert hat und sich jetzt auf Abfangkurs zu unserem Schiff befindet. Wußten Sie davon?«

»Nein. Die Sonnenschaufel gehört zum Dominion von Danversi-YV. Dieses Dominion ist in keiner Weise mit uns alliiert.«

»Stellt die Sonnenschaufel eine Gefahr für unser Schiff dar?«

»Sie trägt keine Bewaffnung, falls Sie das meinen. Ihre Strategie wird sein, die *Lady Macbeth* einzuschüchtern, damit Kommandant Joshua Calvert in Verhandlungen mit dem Dominion von Danversi-YV eintritt und meine Fortschritte auf diese Weise blockiert werden. Besitzen Sie Waffen, mit denen Sie die Sonnenschaufel zerstören können?«

»Wir wissen nicht, welche Auswirkungen unsere Waffen haben könnten. Unser Kommandant wünscht nicht auf ein unbewaffnetes Schiff zu schießen.«

»Er wird seine Ansichten ändern, sobald die Sonnenschaufel ihren Fusionsantrieb auf die *Lady Macbeth* schwenkt. Sagen Sie Kommandant Joshua Calvert, daß das Dominion von Danversi-YV in den letzten fünfzehn Jahren zwei Sonnenschaufeln verloren hat. Diese Vorfälle haben Danversi-YV sehr geschwächt, seine Allianzen sind geschrumpft und mit ihnen sein Einfluß. Danversi-YV wird das erste Rand-Dominion sein, das fällt, sobald ich den Überlichtantrieb besitze. Deswegen versucht Danversi-YV am verzweifeltsten von allen, ihn für sich selbst zu gewinnen.«

»Verstanden.«

Die Mosdva glitten in eine große Anschlußkammer hinaus, von der sieben weitere Geflechtröhren abgingen.

»Das könnte interessant werden«, sagte Ione zu den anderen. »Nach der Lage dieser Luftschleusen zu urteilen führen die Röhren dahinter in den Knoten hinein. Wenn es überhaupt Röhren sind.«

»Wir haben eure Position«, erwiderte Liol. »Ihr seid nur hundertfünfzig Meter von einer bewohnten Oberflächenröhre entfernt.«

Die Mosdva stießen sich einer nach dem anderen vom Schleusenrand ab und hielten schnurgerade auf die erste Luftschleuse zu, die ins Knoteninnere führte. Dort angekommen schnitten sie ein ovales Loch in das kohlefaserverstärkte Komposit und schwebten hindurch.

»Sieht aus, als wollten sie den Einheimischen nicht begegnen«, sagte Ione.

Im Innern der Röhre herrschte völlige Dunkelheit. Als der erste Serjeant durch das Loch glitt, registrierten seine Helmsensoren sechs breitgefächerte Strahlen hochfrequentes ultraviolettes Licht von den Scheinwerfern der Mosdva, die sich eilig an der Röhrenwand entlang bewegten.

»Ich kenne dieses Material!« sagte Ione mit soviel Aufregung in der Stimme, wie ihre BiTek-Neuronen nur gestatteten.

Die Wände der Röhre bestanden aus dem gleichen schwammartig-harten Material, das die Tyrathca von Tanjuntic-RI in den Null-g-Sektionen der Arche benutzt hatten. Die gepanzerten Handschuhe der Serjeants paßten in die regelmäßigen Vertiefungen und ermöglichten ihnen auf diese Weise, den Mosdva mit hoher Geschwindigkeit durch die Röhre zu folgen.

»Das kann kein Zufall sein«, sagte Joshua.

»Die Luftschleuse vor uns besitzt ein ganz anderes Design«, sagte Ione. »Nicht wie die auf Tanjuntic-RI, aber auch nicht wie die Schleusen, die wir bisher in der Scheibenstadt gesehen haben.«

Die Schleusenluke selbst war ein großes rechteckiges Tor aus massivem Titan, mit kolbenähnlichen Angeln und dicken Dichtungen ringsum und gut drei Metern Breite. Iones Infrarotsensoren verrieten, daß sie um einiges wärmer war als die umgebenden Wände.

Die Mosdva waren vor der Luke stehengeblieben und drückten kleine Sensorpads gegen das Metall. »Die nächste Sektion wird noch benutzt«, sagte Quantook-LOU. »Ich möchte fürs erste jeden Kontakt vermeiden. Wir werden nach draußen gehen.«

Ein Stück des verknöcherten Schwamms wurde mit einem elektrischen Werkzeug von der Wand gekratzt, und darunter kam eine glänzende Oberfläche zum Vorschein. Sie schnitten mit einem Laser hindurch und glitten durch die Öffnung nach draußen.

Ione schaltete ihre Helmsensoren auf Infrarot. Sie befanden sich tief im Inneren des Knotens. Sie erkannte keine Ordnung und keinen Plan; Röhren zogen sich kreuz und quer durch den leeren Raum, und die kleinen irregulären Lücken waren durchzogen von Streben, die aussahen wie ein filigranes Vogelnest. Leuchtend rote Kabelstränge enthüllten Wärmeleiter außerhalb der Röhren, und magnetische Feldlinien überlagerten die leuchtend grünen Linien der Energiekabel.

»Jede Menge Aktivität hier drinnen«, sagte Ione. »Die Röhren sind ausnahmslos intakt und undurchsichtig. Ich kann nicht das geringste sehen.«

»Was ist mit eurem Ziel?« fragte Joshua. »Hast du schon eine Idee, wohin ihr geht?«

»Nicht die geringste. Dieses Gewirr ist so gewaltig, daß man nicht weiter als hundert Meter in jede Richtung sehen kann.«

Dicke Streifen des Schwamm-Materials waren der Länge nach über jede Röhre gelegt, so daß sie auch jetzt noch leicht vorankamen. Die Mosdva schienen genau zu wissen, wohin sie wollten. Iones Trägheitsleitsystem zeigte an, daß sie sich noch immer tiefer in den Knoten hinein bewegten.

Nach zweihundert Metern kam das Gewirr von Röhren zu einem unerwarteten Ende. Das Zentrum des Knotens wurde von einem leeren Raum eingenommen, der mehr als zwei Kilometer durchmaß. In seinem Zentrum befand sich ein Zylinder von achthundert Metern Durchmesser, dessen Naben durch schwere magnetische Lager mit den umgebenden Röhren verbunden waren und eine langsame Rotation ermöglichten. An einem Ende bedeckte eine Reihe von zwanzig regelmäßigen Rippen vielleicht zwanzig Prozent der Außenfläche. Iones Infrarotsensoren zeigten, daß die Rippen in einem weichen einheitlichen Rosa leuchteten und wesentlich wärmer waren als der Rest des Raumes. Wärmetauscher, die interne Hitze abstrahlten. Was bedeutete, daß die Systeme im Innern des Zylinders noch arbeiteten.

»So so«, sagte Ione. »Seht euch das an. Wie es scheint, wohnt hier immer noch jemand, der ein Gravitationsfeld vorzieht.« Sie schwenkte ihre Sensoren im Kreis herum. Die Höhle rings um den Zylinder erinnerte an ein Wartungsdock für Raumschiffe: Riesige Ausleger und Kranarme mit Leitungen und Rohren ragten aus dem umgebenden Röhrengeflecht. Sie endeten in massigen Futtern mit Bohrern darin, inert und nach innen gefaltet wie abgestorbene Seeanemonen. Die meisten Bohrkronen waren leer, doch einige enthielten große Stücke pechschwarzen Gesteins, das wie Diamanten in Hunderte kleiner scharfkantiger Facetten geschliffen war. Es gab keine Standardform oder Größe; ein Brocken war so groß, daß er von zehn Kranarmen mit Klammern gehalten werden mußte. Seine konturierte Oberfläche folgte der Wölbung des zentralen Zylinders. Die meisten Diamantfelsen erforderten nur drei oder vier Klammern, und es gab Stücke, die nur von einer einzigen gehalten wurden. Maschinen klebten an den Felsen wie skurril gewachsene Stalagmiten, so dunkel und kalt waren sie. Bis auf eine Ausnahme, in der Mitte des größten Brockens, die in schwachem Lachsrosa leuchtete und interne Hitze abstrahlte.

»Wahrscheinlich irgendeine Art von Verhüttungsanlage«, sagte Ione. »Ich glaube, die Felsen bestehen größtenteils aus kohlenstoffhaltigem Kondrit.« Ihre Sensoren fingen an mehreren Stellen dichte magnetische Feldlinien auf. Die Maschinen, zu denen sie gehörten, waren auf schweren Plattformen montiert, die den gesamten Zylinder umgaben. Sie sahen aus wie die Fusionsantriebsrohre.

»Wer lebt hier?« fragte sie Quantook-LOU. »Das sind die Tyrathca, oder nicht?«

»Das dort ist Lalarin-MG. Es ist der ihnen zugewiesene Ort. Ich bin verärgert, daß sie immer noch leben.«

»Aber Sie hassen die Tyrathca, sie haben Sie jahrtausendelang versklavt. Ich dachte, Sie hätten alle ausgelöscht? Jedenfalls schien das aus Ihren Worten hervorzugehen.«

»Die überlebenden Tyrathca haben sich gegen Ende der Zeit des Umsturzes in ihren Enklaven zusammengerottet. Es war schwierig, sie von dort zu vertreiben, und die Sache war es nicht wert, ihre Verteidigung herauszufordern. Wir schlossen sie vom Kontakt mit unseren neu gebildeten Dominien aus und gestatteten ihnen, in Isolation auszusterben. Heute existieren nur noch die größten Enklaven.«

»Das ist unglaublich!« sagte Samuel. »Sie sind wie ein Sandkorn in einer Auster; die Mosdva haben ihre Scheibenstadt einfach um sie herum gebaut.«

»Ein ziemlich großes Sandkorn«, sagte Sarha. »Sehen Sie sich diese Höhle genau an. Ich gehe jede Wette ein, daß sie ganz vom Fels des Asteroiden ausgefüllt war, als die Scheibenstadt errichtet wurde. Wahrscheinlich war lediglich das Innere des Asteroiden bewohnt, eine Biokaverne wie bei uns. Im Verlauf der Jahrtausende haben sie das Gestein verhüttet, um ihren Bedarf an Mineralien zu decken. Der Zylinder ist aller Wahrscheinlichkeit nach das, was aus der ehemaligen Biosphäre wurde. Sie konnten nicht wie die Mosdva expandieren, also behielten sie ihre ursprüngliche Größe bei. Wir wissen, daß die Tyrathca unbeschränkt lange imstande sind, in einer Zivilisation ohne Wachstum zu überleben. Tanjuntic-RI war genauso lange voll funktionsfähig wie diese Enklave hier. Nur, daß die Tyrathca hier eines Tages keinen Felsen mehr haben, den sie verhütten können.«

»Das stimmt mit meinen Schlußfolgerungen überein, bis auf die Antriebsmaschinen«, sagte Ione. »Warum sind sie immer noch funktionsfähig, wenn die Tyrathca jede Anstrengung darauf verwenden müssen, ihre extrem künstliche Umgebung unter denkbar ungünstigen Umständen aufrecht zu erhalten?«

»Vielleicht waren es ursprünglich einmal Antriebe«, sagte Liol. »Aber das sind sie längst nicht mehr. Ich schätze, sie wurden in die Verteidigung integriert, die Quantook-LOU erwähnt hat. Vergeßt nicht, die Revolution fand statt, als die Scheibenstädte verglichen mit heute noch in einem embryonalen Stadium waren. Die Asteroidenenklave war bestimmt schon mit dem Rest der Scheibenstadt verbunden. Wenn die Tyrathca einen Fusionsantrieb wie einen Flammenwerfer eingesetzt hätten, würde er gewaltige Schäden verursacht haben. Die Asteroiden wären auseinandergebrochen und die neuen Röhren und die Wärmetauscher zerstört. Die Tyrathca hatten nichts mehr zu verlieren, im Gegensatz zu den Mosdva.

Also stimmten beide Seiten einem Waffenstillstand und gegenseitiger Isolation zu.

»Und die Tyrathca, diese phantasielosen Hundesöhne, haben ihre Abschreckung die ganze Zeit über voll funktionsfähig gehalten« sagte Ashly. »Die Fusionsflammen könnten der Scheibenstadt selbst heute noch großen Schaden zufügen.«

»Nicht mehr alle sind funktionsfähig«, sagte Ione. »Ich kann zehn Fusionsrohre sehen, aber nur drei erzeugen magnetische Felder.«

»Das wissen die Mosdva doch nicht.«

»Jetzt schon.«

Quantook-LOU und seine Leibwächter hatten sich wieder in Bewegung gesetzt und kletterten nun über die Röhren um den Zylinder herum. Ione folgte ihnen. »Sieht aus, als wollten wir zu einer der Naben«, berichtete sie. »Quantook-LOU scheint sich mit den Tyrathca treffen zu wollen.«

»Ich fange an, den guten Quantook-LOU zu respektieren«, sagte Joshua. »Er hat uns gegenüber mit relativ offenen Karten gespielt. Die Tatsache, daß er direkt zu einer Tyrathca-Zivilisation gegangen ist, bedeutet meiner Meinung nach, daß er tatsächlich ernsthafte Anstrengungen unternimmt, den Almanach für uns zu besorgen.«

»Ich würde sein Verhalten nicht unbedingt als Fairneß interpretieren«, widersprach Syrinx. »Unser Auftauchen hat ihm nur zwei Möglichkeiten gelassen. Entweder er riskiert alles und schwingt sich an die erste Stelle, oder er muß zusehen, wie sein Dominion von irgendeiner anderen Allianz absorbiert wird. Er will diesen Almanach nicht nur, er braucht sogar ihn dringend.«

»Sie waren früher nicht so zynisch.«

»Jedenfalls nicht bevor ich Sie kennengelernt habe, nein.«

Joshua kicherte und wünschte sich zum allerersten Mal in seinem Leben, über Affinität zu verfügen. Nicht, daß er seine eigene Besatzung hätte ansehen müssen. Liol würde ein Grinsen unterdrücken, während Sarha einen wissenden Blick in seine Richtung warf, und Dahybi würde wieder einmal so tun, als ginge das alles weit über seinen Horizont hinaus.

»Die Züge haben sich wieder in Bewegung gesetzt«, meldete Beaulieu. »Unsere Satelliten verfolgen fünf Stück, und alle sind im Verlauf der letzten zehn Minuten losgefahren.«

»Und warum ist das eine schlechte Nachricht?«

»Sie befinden sich ohne Ausnahme weniger als hundertfünfzig Kilometer von der Tyrathca-Enklave entfernt und sind genau dorthin unterwegs.«

»Jesses! Das hat uns noch gefehlt. Ione, hast du mitgehört?«

»Bestätige. Ich sage es Quantook-LOU; nicht, daß wir die Dinge im Augenblick beschleunigen könnten.«

Die Serjeants kletterten inzwischen über eine Röhre, die direkt unter dem Zylinder hindurchführte. Eine unbehagliche Position. Die Lücke wurde schmaler, je weiter sie sich der Nabe näherten, und die gewaltige Masse des Zylinders war nicht mehr zu übersehen. Wenn Ione vollkommen menschlich gewesen wäre, hätte sie die Erinnerung an den Tag übermannt, an den sie sich mit der Hand in den Speichen ihres Fahrrads verfangen hatte (sie war sechs Jahre alt gewesen, und sie hatte nach unten gegriffen, um einen blockierenden Bremsgummi zu lösen, bevor Tranquility sie aufhalten konnte). Doch weil sie nur eine Serjeant-Persönlichkeit war, war die Erinnerung nicht mit Emotionen verbunden.

»Hier werden wir hineingehen«, sagte Quantook-LOU. Die Mosdva waren vor einer Luftschleuse in einem der Anschlußstücke stehengeblieben. Einer von ihnen plazierte ein elektronisches Modul über das rosettenförmige Eingabefeld am Rand der Schleuse. Nach ein paar Augenblicken zeigten die grünen LEDs des Moduls eine Reihe von Zeichen. Der Mosdva tippte die Zeichen ein, und die Verriegelung der Schleuse löste sich. Die Luke schwang in das Schleuseninnere zurück.

»Wir gehen als erste«, sagte Quantook-LOU.

Ione wartete, bis sie durch den Schleusenzyklus hindurch waren, dann glitten die beiden Serjeants in die Kammer. Die innere Luke öffnete sich in das Anschlußstück hinein. Die Anzugsensoren deaktivierten eine Reihe von Filterprogrammen, damit die beiden Serjeants im Innern etwas sehen konnten. Das Licht war weiß. Sie fragte sich, wie die Mosdva damit zurechtkamen. Falls sie überhaupt imstande waren, Farben zu sehen. Nicht, daß diese Frage gegenwärtig von dringendem Interesse gewesen wäre.

Das Anschlußstück war eine Kugel von dreißig Metern Durchmesser mit sieben Schleusen darin. Zehn Tyrathca der Soldatenkaste standen strategisch verteilt umher, die Hufe in den Vertiefungen im Schwamm fest verankert. Sie rührten sich nicht. Ihre schweren Maserwaffen waren auf die Mosdva gerichtet.

Schnattern und lautes aufgeregtes Pfeifen erfüllten die Luft, als Quantook-LOU eindringlich mit dem einzelnen Brüter sprach, der zwischen seinen Soldaten stand. Der Distributor der Ressourcen hatte seinen Raumhelm ausgezogen.

»Was ist das?« fragte der Brüter; seine haselnußbraunen Augen waren unverwandt auf die beiden Serjeants gerichtet.

»Beweise für das, was ich sage«, entgegnete Quantook-LOU. »Das dort sind die Wesen von der anderen Seite des Nebels.«

»Quantook-LOU spricht die Wahrheit«, meldete sich Ione zu Wort. »Wir sind erfreut, Sie zu treffen. Ich bin Ione Saldana, ein Besatzungsmitglied des Raumschiffes *Lady Macbeth*.«

Mehrere Soldaten raschelten aufgeregt mit ihren Antennen, während Ione sprach. Der Brüter schwieg einen Augenblick.

»Du sprichst wie wir, und doch ist deine Gestalt ganz falsch«, sagte er dann. »Du gehörst zu keiner uns bekannten Kaste, und du bist auch kein Mosdva.«

»Wir sind Menschen«, antwortete Ione. »Wir haben Ihre Sprache von den Tyrathca gelernt, die mit der Arche Tanjuntic-RI in unser Gebiet kamen. Wissen Sie davon?«

»Ich weiß nichts darüber. Die Erinnerungen an jenes Zeitalter werden nicht länger weitergegeben.«

»Verdammter Mist!« rief Ione auf dem allgemeinen Kommunikationsband. »Sie haben ihre Aufzeichnungen vernichtet!«

»Nein, ganz sicher nicht«, entgegnete Parker Higgens. »Die Tyrathca geben nützliche Erinnerungen mit Hilfe ihrer chemischen Programmierdrüsen an die nachfolgenden Generationen weiter. Die Einzelheiten von vor fünfzehntausend Jahren sind wohl kaum wichtig genug, um auf diese Weise erhalten zu werden.«

»Er hat recht«, sagte Joshua. »Wir brauchen ihre elektronisch gespeicherten Daten, keine Familiengeschichten.«

»Ich möchte mit der Familie verhandeln, die für die Verwahrung der Daten von Lalarin-MG zuständig ist«, sagte Quantook-LOU. »Aus diesem Grund sind wir hergekommen.«

»Tyrathca und Mosdva verhandeln nicht«, sagte der Brüter. »Das steht im Separationsvertrag. Ihr hättet nicht herkommen dürfen. Wir kommen nicht in eure Dominien. Wir halten den Separationsvertrag ein.«

»Was ist mit den Menschen?« fragte Quantook-LOU. »Dürfen sie hiersein? Sie haben keinen Separationsvertrag mit euch geschlossen. Das Universum außerhalb von Tojolt-HI hat sich geändert, für Mosdva und Tyrathca gleichermaßen. Wir müssen einen neuen Vertrag aushandeln. Ich kann das tun. Gestatte mir zu verhandeln. Alle werden davon profitieren, Mosdva, Menschen und Tyrathca.«

»Du magst mit Baulona-PWM verhandeln«, sagte der Brüter. »Zwei aus deiner Begleitung dürfen dich begleiten, und die Menschen. Folgt mir.«

Der Brüter führte sie durch eine vielleicht sechs Meter durchmessende Röhre nach unten, in deren Mitte in regelmäßigen Abständen Lampengruppen an einem Kabel befestigt waren. Die Tyrathca marschierten an den Wänden entlang, als befänden sie sich in einem Schwerefeld. Ihre peitschenartigen Antennen wippten heftig hin und her wie zu klein geratene Flügel. Ione fiel auf, daß die Antennen des Brüters viel länger waren als die der Tyrathca, die sie aus der Konföderation kannte.

»Wir haben immer vermutet, daß es sich ursprünglich um Balancehilfen gehandelt haben muß«, sagte Parker Higgens. »Wie es scheint, kommen sie in der niedrigen Gravitation wieder verstärkt zum Einsatz.«

Iones Sensoren ruhten auf dem Brüter. Er war gut zehn Prozent kleiner als die Tyrathca-Brüter in der Konföderation, doch er schien dicker zu sein. Ein kleiner Teil der Schuppen auf seiner sienaroten Haut hatte einen blaßgrauen Farbton angenommen, und seine Beinmuskeln wiesen deutlich sichtbare Knoten auf. Sein Atem ging ein wenig unregelmäßig, als hätte er Mühe, Luft zu holen. Als Ione die Soldaten musterte, bemerkte sie ähnliche Verunstaltungen. Zwei von ihnen hatten offensichtlich Fieber.

»Sie haben die Isolation nicht so gut überstanden wie die Mosdva«, sagte sie.

»Die Bevölkerungsbasis war einfach zu klein«, erwiderte Ashly. »Sie werden Probleme mit Inzucht bekommen haben. Wenn man dazu noch die medizinischen Probleme bedenkt, die sich durch verlängerten Aufenthalt in Schwerelosigkeit ergeben ... wahrscheinlich produzieren ihre Brüter jede Menge untauglicher Eier. Und sie besitzen keine Forschungseinrichtung, um die Probleme zu analysieren und in den Griff zu bekommen. Es ist ein kleines Wunder, daß sie so lange überlebt haben.«

Die letzte Röhre öffnete sich in eine rotierende Luftschleuse hinein. Die Konstruktion besaß verblüffende Ähnlichkeit mit den Schleusen von Tanjuntic-RI, eine lange zylindrische Kammer mit drei großen Luken am anderen Ende und einer Drucksicherung auf halbem Weg. Ein dumpfes rumpelndes Geräusch von der Rotation des gigantischen Zylinders hing in der Luft.

Das bereits von der Weltraumarche her bekannte Design setzte sich auf der anderen Seite der Luftschleuse fort. Ein wartender Frachtaufzug war rechts und links flankiert von Durchgängen, die zu Spiralrampen führten.

Alle drängten sich zusammen in den Lift, und er setzte sich nach unten in Bewegung. Die Gravitation nahm langsam zu und bereitete den drei Mosdva offensichtlich große Schwierigkeiten. Sie mußten ihre Raumanzüge vollständig ausziehen, um die hinteren Gliedmaßen zu befreien und sie zusammen mit den mittleren zum Laufen zu benutzen. Es war nicht leicht; die keulenartigen hinteren Gliedmaßen hatten im Lauf der Entwicklung das notwendige Geschick verloren, und die mittleren waren viel zu zart, um das halbe Körpergewicht zu tragen. Als der Aufzug die Basis des Zylinders erreicht hatte, betrug die Gravitation fünfzehn Prozent Erdstandard. Die Tyrathca schienen sich damit ausgesprochen wohl zu fühlen, und Ione programmierte die Aktuatoren ihrer Raumanzüge um, damit die Serjeants keine ungewollten Riesensprünge machten und die Corioliskraft kompensiert wurde. Quantook-LOU schwankte hin und her; er schien sich nur unter großen Schmerzen zu bewegen. Seine beiden Leibwächter hatten es ein wenig besser; ihre mittleren Gliedmaßen waren prothetisch und stark genug, das Körpergewicht zu tragen. Die Servomechanismen heulten bei jeder Bewegung laut auf. Ione fragte sich, welchen Belastungen wohl ihre inneren Organe und der Kreislauf ausgesetzt waren.

Die Aufzugstüren öffneten sich und gaben den Blick frei auf das Innere des Zylinders. Ione mußte noch mehr Filter aktivieren, um das grellweiße Licht zu dämpfen.

Lalarin-MG war ein einziger offener Raum, umschlossen von einer runden Landschaft aus Aluminium. Jeder freie Quadratmeter Boden war bebaut, die typischen spitz zulaufenden Türme von Tyrathca-Siedlungen. Hier jedoch bestanden sie nicht aus Stein, sondern aus einem pechschwarzen Komposit. Dicke Rohre und unförmige Ausstattungssegmente ragten aus den Wänden, als wären die Türme Maschinen und keine Bauten, in denen Lebewesen wohnten. Ganz im Gegensatz dazu standen die üppigen Reben voll breiter, nach unten hängender smaragd- und lavendelfarbener Blätter, die sich an den Wänden rankten und große, halbkugelige, türkis- und goldfarbene Blüten trugen. Dünne Nebelschwaden hingen über den Straßen und vermischten sich zu einem beständigen perlgrauen Dunst, der langsam nach oben stieg und sich in der Achse des Zylinders sammelte. Auf jedem einzelnen Dach stand eine Batterie von grellen Scheinwerfern, die direkt nach oben gerichtet waren. Ihre breiten Strahlen wurden im Dunst der Achsenregion gestreut, bevor sie eine Bodensektion genau über sich erhellten.

Die steilen Endkappen des Zylinders waren bis auf vorspringende Träger glatt und moosbewachsen. Ein schmaler Laufsteg verlief durch die gesamte Achse des Zylinders – mit einer Ausnahme.

»O mein Gott!« sagte Ione. »Kann das jeder sehen?«

»Wir sehen es«, antwortete Syrinx.

Genau im Zentrum des Zylinders, aufgehängt zwischen den Spitzen des Laufstegs, hing ein Bildnis des Schlafenden Gottes. Von Spitze zu Spitze maß es gut zweihundert Meter, und die ausgestellte zentrale Scheibe besaß einen Durchmesser von hundertfünfzig. Ursprünglich war die metallische Oberfläche wohl einmal metallisch glänzend gewesen, doch jetzt war sie von dicken Algenstreifen überwachsen, und brauner Schwamm sproß aus Rissen und Löchern. Beide Aufhängungspunkte waren überkrustet von Flechtenwuchs.

Die Mosdva schenkten dem Bildnis keine Beachtung, während sie sich gequält durch die Straßen zwischen den Wohntürmen mühten. Die Luftfeuchtigkeit war extrem hoch, und jede Oberfläche war von kondensiertem Tau überzogen. Horizontale Rohre und Simse tropften ununterbrochen. Das ewige Tröpfeln klang wie ein leichter Regen.

Tyrathca-Brüter (immer paarweise, wie Ione bemerkte) drängten sich auf jeder Kreuzung und unterhielten sich trompetend und pfeifend, während die ungewöhnliche Prozession tiefer und tiefer in den Zylinder vordrang. Nur wenige Angehörige von Vasallenkasten waren zu sehen, die meisten davon Soldaten. Bauern kümmerten sich mit langsamen, arthritischen Bewegungen um die Ranken, banden die neuen Triebe an den Spalieren fest und pflückten die reifen Trauben dunkelvioletter Früchte.

Je weiter sie zwischen den Gebäuden hindurch ins Innere von Lalarin-MG vordrangen, desto klarer wurde das Bild, das Ione von der Tyrathca-Zivilisation gewann. Überall waren die Merkmale des gleichen lethargischen Zerfalls zu erkennen, der überall auf Tojolt-HI gegenwärtig schien. Ein paar Gebäude waren in gutem Zustand; eines oder zwei von ihnen sogar relativ neu, mit Ranken, die kaum bis zu den Fenstern des ersten Stockwerks reichten. Doch für jeden neuen Wohnturm gab es vier leerstehende. Selbst die Maschinen und Apparate, die aus den Wänden der bewohnten Türme ragten, waren längst nicht ausnahmslos funktionsfähig. Iones magnetische und infrarote Sensoren enthüllten, daß die Gehäuse inert waren und die gleiche Temperatur besaßen wie ihre Umgebung.

»Sie stehen an der Grenze zwischen Stabilität und Stagnation«, stellte Ione fest. »Und langsam neigt sich die Waage zur falschen Seite.«

»Es ist der biologische Aspekt«, sagte Ashly. »Es muß so sein. Es ist der eine entscheidende negative Faktor, der hier zum Tragen kommt. Sie müssen sich mit den anderen Enklaven mischen, neues Blut in die uralten Linien bringen, sonst sterben sie mit Sicherheit aus.«

Schließlich erreichten sie einen runden Platz direkt unter dem Bildnis des Schlafenden Gottes. Er war mit Aluminiumkacheln gepflastert, die mit Quarz bestreut waren, um besseren Halt zu verleihen. Über ihnen baumelten lange Algenfäden vom Rand des Bildnisses, als hätte man ihm einen ausgefransten Rock angezogen. Wasser löste sich von den Rändern und segelte in einem weiten Bogen herab, um den gesamten Platz zu beregnen.

Tyrathca-Brüter reihten sich an den Seiten der Aluminiumplatten, wo sie vor dem Tröpfeln geschützt waren. Sie saßen auf ihren Hinterläufen, die Antennen hoch aufgerichtet zwischen den zottigen Mähnen, die an ihren Rücken herabliefen.

Auf ein einzelnes Pfeifsignal des Brüters hin blieben die Soldaten stehen. Quantook-LOU ließ sich augenblicklich niedersinken, bis er mit dem Bauch auf den Platten lag. Sein Atem ging extrem schnell.

Ein Brüter erhob sich aus der Reihe von Tyrathca und kam zu den Serjeants hinüber. Wie es aussah, war er ein älterer Vertreter seiner Spezies. Sein Fell war bedeckt von grauen und weißen Flecken, schleimige Flüssigkeit sonderte sich aus den Augen ab, und er schien Mühe zu haben, den Blick zu fokussieren.

»Ich bin Baulona-PWM. Meine Familie reguliert die Elektronik von Lalarin-MG. Die Mosdva kenne ich. Euch kenne ich nicht.«

»Wir sind Menschen.«

»Der Distributor der Ressourcen von den Mosdva behauptet, ihr wärt von der anderen Seite des Nebels nach Mastrit-PJ gekommen.«

»Das sind wir.«

»Hat der Schlafende Gott euch gesandt?«

»Nein, hat er nicht.«

Baulona-PWM legte den Kopf in den Nacken, bis der warme Regen in sein Gesicht fiel, und stieß einen leisen Klagelaut aus. Die übrigen Tyrathca folgten seinem Beispiel. Es war ein bitterer Trauergesang.

»Wissen die Menschen vom Schlafenden Gott?«

»Wir wissen von ihm.«

»Haben die Menschen ihn gesehen?«

»Nein.«

»Wir flehen den Schlafenden Gott seit der Zeit um Hilfe an, bevor der Separationsvertrag ausgehandelt wurde. Wir haben ihn gerufen, als die Mosdva unsere Clans abgeschlachtet haben. Wir haben ihn angefleht, als wir in unsere Enklaven getrieben wurden. Wir haben seitdem ununterbrochen nach ihm gerufen. Stets ist einer von uns hier und fleht ihn an. Der Clan, der in Swantic-LI zwischen den Sternen reist, behauptet, daß der Schlafende Gott das Universum sieht. Er sagt, der Schlafende Gott wäre unser Verbündeter. Warum antwortet der Schlafende Gott nicht auf unsere Rufe?«

»Der Schlafende Gott ist weit weg von Mastrit-PJ.

Möglicherweise dauert es sehr lange, bis seine Hilfe eintrifft.«

»Ihr bringt uns nichts Neues.«

Quantook-LOU streckte seine mittleren Gliedmaßen und stemmte sich hoch, dann blickte er von Baulona-PWM zu den beiden Serjeants. »Was ist der Schlafende Gott?«

Der alte Brüter trompetete laut. »Eines Tages wirst du es wissen. Der Schlafende Gott ist unser Verbündeter, nicht der eurige.«

»Ich bin hier, um neue Allianzen zu schließen. Die Menschen haben all unsere Abmachungen hinfällig gemacht. Sie sind in einem Schiff hergekommen, das schneller fliegt als das Licht.«

Baulona-PWMs Kopf ruckte herum, bis er nur noch Zentimeter vom Gesicht des ersten Serjeants entfernt war. »Der Schlafende Gott weiß, wie man schneller fliegt als das Licht. Wie könnt ihr ohne seine Hilfe schneller sein als Licht?«

Ione schaltete auf das allgemeine Kommunikationsband und sagte: »Ich schätze, wir sollten an diesem Punkt jegliche Blasphemie vermeiden. Irgendwelche Vorschläge?«

»Sagen Sie ihm, daß es ein Geschenk von unserem Gott gewesen ist«, sagte Syrinx. »Dagegen können sie ja wohl kaum argumentieren.«

»Ich möchte wirklich keinen Druck machen«, mischte sich Joshua ein, »aber wir haben nicht mehr viel Zeit, bis diese Sonnenschaufel hier bei uns ist. Und die Züge nähern sich weiterhin Lalarin-MG. Falls es danach aussieht, als könnte Quantook-LOU keinen Handel abschließen, dann mußt du eben mit den Tyrathca direkt reden.«

»Verstanden«, antwortete Ione. »Der Überlichtantrieb wurde uns von unserem Gott geschenkt«, sagte sie zu dem alten Brüter.

»Ihr habt einen Gott?«

»Ja.«

»Und wo ist dieser Gott?«

»Das wissen wir nicht. Es ist lange Zeit her, daß er unsere Welt besucht hat, und er ist seitdem nicht mehr dort gewesen.«

»Die Menschen werden mir ihren Überlichtantrieb geben«, sagte Quantook-LOU. »Dadurch erhalten die Mosdva-Dominien Zugang zu neuen Ressourcen. Wir werden neue Scheibenstädte bauen. Wir werden imstande sein, Mastrit-PJ zu verlassen, wie es die Tyrathca getan haben.«

»Gebt uns den Antrieb«, sagte Baulona-PWM.

»Der Antrieb gehört mir«, sagte Quantook-LOU. »Wenn du ihn willst, mußt du mit mir verhandeln. Das ist der Grund, weshalb ich hergekommen bin.«

»Was willst du von Lalarin-MG?«

»Sämtliche Daten und Aufzeichnungen der Tyrathca-Archen.«

Baulona-PWM trompetete scharf. Die Soldaten rührten sich aufgeregt.

»Du würdest wissen, wo unsere Welten liegen«, sagte Baulona-PWM. »Du würdest alle Tyrathca vernichten. Wir kennen die Mosdva. Wir werden niemals vergessen, was ihr getan habt.«

»Genausowenig wie wir«, trompetete Quantook-LOU zurück. »Deswegen müssen wir jetzt verhandeln. Wenn nicht, werden Mosdva und Tyrathca erneut gegeneinander Krieg führen, das weißt du. Die Menschen sagen, daß sie keinem von uns beiden helfen, bevor wir nicht einen neuen Vertrag ausgehandelt haben, der den Krieg verhindert.«

»Ein schlaues Argument«, sagte Ione zu den anderen. »Ich denke, ich weiß, worauf er abzielt.«

»Und wie lautet dieser neue Vertrag?« fragte Baulona-PWM.

»Die Menschen wollen keinen Krieg in diesem Teil der

Galaxis. Wenn sie uns den Überlichtantrieb geben, dann dürfen die Mosdva damit nicht zu den Welten der Tyrathca fliegen. Wir müssen wissen, wo sie liegen, damit wir sie umgehen können.«

»Das ist die Bedingung dafür, daß wir Ihnen den Antrieb überlassen, ja«, sagte Ione. »Wir kennen Ihre Geschichte, und wir wissen von dem Konflikt zwischen Ihren beiden Rassen. Wir werden nicht zulassen, daß dieser Konflikt erneut ausbricht und andere Spezies hineingerissen werden. Es gibt genügend Raum in dieser Galaxis für Tyrathca und Mosdva, um friedlich zu koexistieren. Es wird sein wie der Separationsvertrag, den Sie hier ausgehandelt haben, aber in einem viel größeren Maßstab.«

»Hier haben wir Waffen, mit denen wir die Mosdva zwingen können, sich an den Vertrag zu halten«, sagte Baulona-PWM. »Was hindert sie daran, die Vereinbarung zu achten, wenn sie den Überlichtantrieb erst haben und wissen, wo unsere neuen Welten liegen? Mit diesem Antrieb werden sie Tojolt-HI verlassen. Unsere Waffen bedeuten nichts mehr. Sie werden alle Tyrathca von Mastrit-PJ vernichten. Sie werden alle neuen Welten der Tyrathca zerstören.«

»Ihr seid es, die zerstören«, sagte Quantook-LOU. »Wir erbauen.«

»Mosdva halten sich nicht an Verträge. Du hast deine Soldaten gegen Lalarin-MG gesandt. Sie sind hier. Wir werden unsere Waffen gegen ganz Tojolt-HI richten.«

»Könnt ihr das bestätigen?« fragte Ione die Besatzung der *Lady Macbeth*.

»Wir fangen ein paar Bewegungen von Mosdva auf der Dunkelseite auf«, sagte Joshua. »Sieht so aus, als würden sie in die Röhren um den Knoten herum eindringen.«

»Wie viele?«

»Einige hundert. Eine starke Infrarotsignatur.«

»Stammt sie vielleicht von den Zügen?«

»Nein. Es dauert noch fünfzehn oder zwanzig Minuten, bis der erste von ihnen eintrifft.«

»Das sind keine Soldaten von Anthi-CL«, sagte Quantook-LOU. »Sie gehören zu den Dominien, die ebenfalls Anspruch auf den Antrieb der Menschen erheben. Ich werde mit den Tyrathca verhandeln, und ich werde einen Vertrag mit ihnen abschließen. Sie nicht. Gib mir die Informationen. Sobald ich den Antrieb habe, müssen sie sich von Lalarin-MG zurückziehen.«

»Sie sollen sich jetzt zurückziehen«, entgegnete Baulona-PWM. »Sobald sie gegangen sind, werde ich mit dir verhandeln.«

»Ich kann aber erst mit den anderen Dominien verhandeln, wenn ich die Informationen besitze.«

»Ich gebe dir die Informationen erst, wenn du sie weggeschickt hast.«

Auf der Brücke der *Lady Macbeth* hämmerte Joshua mit der Faust auf die Armlehne. »Meine Güte! Was stimmt nur nicht mit diesen Spinnern?«

»Zwanzigtausend Jahre Haß und Zwietracht sind beiden ins Blut übergegangen«, antwortete Samuel. »Sie können einander nicht vertrauen, nicht mehr.«

»Dann müssen wir diesen toten Punkt eben aufbrechen.«

»Dazu wird allmählich die Zeit zu knapp«, mischte sich Liol ein. »Die Sonnenschaufel hat soeben ihren Bremsschub verringert.«

»Verdammter Mist«, murmelte Joshua. Er wußte, was das bedeutete. Der Bordrechner übertrug den neuen Bahnvektor des riesigen Schiffs in seine neurale Nanonik. Mit einem verringerten Bremsschub konnte die Sonnenschaufel ihre Geschwindigkeit nicht rechtzeitig genug neutralisieren, um neben der *Lady Macbeth* in zwanzig Kilometern Höhe über Tojolt-HI anzuhalten. Nach den neuen Werten würde sie erst einen Kilometer vor der Dunkelseite zum Stehen kommen, unmittelbar über dem Knoten, in dem Lalarin-MG lag. Und die Schaufel näherte sich mit dem Fusionsantrieb voran; die sonnenheißen Abgasströme würden durch die Tyrathca-Enklave schneiden wie ein heißes Messer durch Butter und den gesamten Knoten verdampfen. Und sie würden die *Lady Macbeth* ungemütlich nah passieren.

»Ich denke, wir müssen von jetzt an eine etwas aktivere Haltung einnehmen«, sagte Joshua zu seiner Brückenbesatzung. Er richtete die Hauptantenne der *Lady Macbeth* auf die Sonnenschaufel. »Achtung, Sonnenschaufel! Ihr gegenwärtiger Kurs führt zur Zerstörung von Lalarin-MG. Mitglieder meiner Besatzung befinden sich gegenwärtig innerhalb dieses Dominions. Erhöhen Sie unverzüglich Ihren Bremsschub.«

»Josh, dieses Ding ist mehr als vier Kilometer groß!« sagte Liol. »Das ist kein Schiff, das ist ein Berg. Selbst wenn du es mit Atomwaffen beschießt, reißen seine Trümmer diesen Teil von Tojolt-HI in Stücke! Wahrscheinlich richtest du auf diese Weise sogar noch mehr Schaden an.«

»Ich dachte, ich hätte euch erzählt, wie ich im Ruinenring mit Neeves und Sipika fertiggeworden bin?«

»Oh?« sagte Ashly trocken. »Das war eine wahre Geschichte?«

Joshua bedachte ihn mit einem verletzten Blick.

»Keine Antwort von der Sonnenschaufel«, sagte Liol. »Und keine Erhöhung des Schubs. Noch acht Minuten, bis der Knoten von ihrer Antriebsflamme zerstört wird.«

»Also gut. Wenn sie es nicht anders wollen ... Alles auf Gefechtsstationen bitte.«

Die Wärmetauscher der *Lady Macbeth* sanken in ihre Rumpfnischen zurück. Joshua zündete die Fusionsantriebe und beschleunigte mit eineinhalb g in Richtung der Sonnenschaufel.

»Das wird ein verdammt schneller Vorbeiflug«, sagte er. »Sarha, du hast die Feuerkontrolle.«

»Aye, Kommandant«, bestätigte sie. Ihr neurales Symboldisplay zeigte bereits die Sonnenschaufel, eine Traube weißglühender Kugeln über einer noch helleren Plasmaflamme, die sich mehr als dreißig Kilometer weit hinter dem Schiff erstreckte, bevor sie sich in einen dunstigen Nebel aus blauen Ionen auflöste, der bis in die kupferfarbene Photosphäre zurückreichte wie ein gigantischer Insektenstachel.

Der Bordrechner sandte einen Strom von Zieldaten an Sarhas neurale Nanonik und überlagerte ihre Sicht mit einem hellroten Gitter. Auf ihren Befehl hin teilte sich das Gitter in fünf Segmente auf, die sich über jeweils eine der strahlenden Kugeln der Sonnenschaufel legten. Sie erhöhte den Energiefluß in den Tokamak-Generatoren und aktivierte die Maserkanonen.

Die *Lady Macbeth* jagte in einer flachen Kurve an dem gegnerischen Schiff vorbei und hielt konstant zwanzig Kilometer Sicherheitsabstand von der Fusionsflamme. Dann feuerten ihre Maser auf die fünf Kugeln. Die Strahlen gingen glatt durch das strahlende Wärmeleitmaterial hindurch. Dunkle Risse zogen sich von den Auftreffpunkten nach außen. Die Maser fraßen sich in engen Spiralen über die Kugeln und weiteten die Löcher noch. Was auch immer für ein Material die Mosdva benutzten, sein Widerstand gegen den Maserbeschuß war minimal. Mehr als neunzig Prozent der Mikrowellenstrahlung gingen direkt in die massiven Reservoirs von wärmespeichernden Kohlenwasserstoffen im Innern der Kugeln. Das Material begann augenblicklich zu kochen, und dichte kochendheiße Dampfschwaden schossen aus den Löchern. Der Druck in den Kugeln nahm zu, und immer mehr blaugraues Gas entwich aus den Lecks.

»Die Beschleunigung der Sonnenschaufel ändert sich«, berichtete Liol. »Das aus den Löchern entweichende Gas erzeugt Schub. Mein Gott, Josh, es funktioniert!«

»Danke sehr. Sarha, halt die Maser im Zentrum. Ich

möchte soviel Flüssigkeit aufheizen, wie nur irgend möglich. Haltet euch bereit, ich senke den Schub. Vielleicht müssen wir nicht umkehren, um die Schaufel noch einmal unter Feuer zu nehmen.«

»Boß!« rief Beaulieu. »Die Sonnenschaufel hat ihre Antriebe abgeschaltet!«

Die Kampfsensoren der *Lady Macbeth* zeigten, wie die Fusionsflamme langsam erlosch. »Scheiße! Haben wir das getan?«

»Negativ«, erwiderte Sarha. »So schlecht schieße ich nicht. Die Antriebssysteme sind intakt.«

»Liol, gib mir den neuen Bahnvektor bitte.«

»Sie haben einen schlauen Kommandanten. Ohne den Fusionsantrieb reichen die Gasfontänen nicht aus, um die Geschwindigkeit aufzuzehren. Sie werden auf den Knoten aufprallen. Einschlag in vier Minuten.«

»Verdammt!« Unverzüglich begann Joshua mit der Berechnung eines neuen Vektors, um die *Lady Macbeth* zu wenden und einen zweiten Angriff zu starten. Das Schiff beschleunigte mit vier g. Er mußte vorsichtig sein, damit ihre eigene Fusionsflamme nicht über die Sonnenseite der Scheibenstadt strich.

»Die Gasausbrüche an Bord der Sonnenschaufel werden schwächer«, sagte Ashly. »Die Flüssigkeit scheint wieder abzukühlen. Ihre Wärmetauscher sind wirklich verdammt gut, Joshua. Ich würde unseren ZTT-Antrieb ohne zu zögern dafür hergeben.«

Die *Lady Macbeth* raste zurück in Richtung Sonnenschaufel. Sarha feuerte die Maser erneut und wurde mit dem Anblick wieder stärker werdender Gasströme belohnt. Das Leuchten der Speicherkugeln ließ die Fontänen in strahlend weißem Silber fluoreszieren, wo sie aus den Lecks schossen; je weiter sie sich von der Schaufel entfernten, desto mehr ging von ihrem Strahlen verloren, bis sie nur noch kirschrot glühten.

Zwei Laser trafen die *Lady Macbeth*. Sie waren von

irgendwo auf der Sonnenseite der Scheibenstadt abgefeuert worden. Joshua brachte das Schiff in eine schnelle Rotationsbewegung, während die Hülle aus Thermoschaum blitzartig verdampfte und die Laser lange schwarze Striche über den Rumpf zeichneten.

»Keine Penetration«, rief Beaulieu. »Diesen Beschuß halten wir volle acht Minuten aus, bevor unsere Wärmereservoirs gesättigt sind.«

»Verstanden.« Joshua beschleunigte die *Lady Macbeth* mit acht g zurück in Richtung der Oberfläche. Jeder kämpfte gegen die gewaltige Gravitation, während die Sensoren ihm die roten und goldenen Furchen und Rillen der Sonnenseite zeigten, die irrsinnig schnell näher kamen. Dann fing Joshua den Sinkflug der *Lady Macbeth* ab und jagte in einer Höhe von sechzig Metern parallel zu der Scheibenstadt dahin. Er schaltete den Fusionsantrieb ab, und unvermittelt setzte Schwerelosigkeit ein.

»Die Laser haben uns verloren«, berichtete Beaulieu. »Offensichtlich können sie uns in dieser geringen Höhe nicht verfolgen.«

Hinter ihnen setzte die Sonnenschaufel ihren Kurs in Richtung Knoten fort. Die fünf Speicherkugeln leuchteten wütend bei dem Versuch, die Energie wieder abzugeben, die von den Masern der *Lady Macbeth* beim zweiten Vorbeiflug eingestrahlt worden war. Die Gasfontänen verloren nur langsam an Wucht.

»Es wird ziemlich eng«, sagte Liol. »Trotzdem glaube ich, daß es reicht.«

Joshua verfolgte den Bahnvektor, den der Bordrechner im Sekundentakt neu zeichnete. Er beobachtete, wie die Geschwindigkeit der Sonnenschaufel abnahm und verglich die sinkende Verzögerung mit der Abnahme der Gasströme. Schuppen aus grauem Brei verklumpten die Lecks immer stärker, doch es würde reichen. Es war eng, doch es würde reichen; das Schiff würde sechzig Kilometer oberhalb der Scheibenstadt zum Stillstand kommen.

Dann schrillten Datavis-Alarme vor seinem geistigen Auge. Die *Lady Macbeth* wurde erneut angegriffen. Energie brandete an den verschiedensten Stellen gegen den Rumpf und brachte große Flecken des Thermoschaums zum Schmelzen.

»Erneut Laserfeuer«, sagte Beaulieu. »Sie können uns nicht länger als jeweils zwei oder drei Sekunden unter Beschuß nehmen, aber es sind verdammt viele. Sie scheinen eine koordinierte Sättigung zu planen. Die Treffer sind inzwischen fast konstant.«

»Quantook-LOU hat uns gewarnt, daß die Dominien versuchen würden, uns am Verlassen der Scheibenstadt zu hindern, bevor wir ihnen nicht die Baupläne gegeben haben«, sagte Samuel. »Sie müssen denken, daß wir genau das vorhaben.«

Joshua überprüfte den Bahnvektor der *Lady Macbeth*. Bei ihrer gegenwärtigen Geschwindigkeit würden sie in weniger als hundert Sekunden über den Rand der Scheibenstadt in den freien Weltraum segeln. Der Kurs hatte sie weit weggeführt von Anthi-CL. Per Datavis ließ er sich vom Bordrechner eine taktische Analyse geben. »Das alte Mädchen wird noch eine gute Weile mit dem Beschuß fertig. Wir müssen nicht wegspringen.«

Die Sensoren der *Lady Macbeth* verfolgten weiter die Sonnenschaufel. Sie war nur noch fünfundsechzig Kilometer von der Oberfläche entfernt, und ihre Annäherungsgeschwindigkeit war auf zehn Meter in der Sekunde gesunken. Die fünf Gasfontänen aus ihren Speicherkugeln waren noch immer aktiv, doch aus den Rissen kam kein Gas mehr, sondern hauptsächlich Flüssigkeit und erstarrender Brei. Bei dreiundsechzig Kilometern Höhe war ihre Geschwindigkeit auf zwei Meter pro Sekunde gesunken.

Bei einundsechzig Kilometern kehrte sich der Antriebsvektor um. Eine Sekunde lang verharrte die Sonnenschaufel bewegungslos über dem Knoten, dann kroch sie mit fast unmeßbarer Geschwindigkeit wieder von der Scheibenstadt weg. Der Strom aus den Speicherkugeln war zu einem unregelmäßigen Spucken matschiger Flüssigkeit abgeebbt.

Dann zündete der Fusionsantrieb.

Joshua stöhnte bestürzt, während der Bordrechner der *Lady Macbeth* die Sensorbilder in reine Daten umsetzte und ihm die Temperatur, die Leuchtstärke und die Strömgeschwindigkeit des Plasmas meldete. Diesmal setzte die Sonnenschaufel ihren gesamten Schub ein. Die Spitze der Abgasflamme jagte der Oberfläche entgegen, während das gewaltige Schiff beschleunigte. Es war viel zu nah an der Oberfläche.

Die Antriebsflamme traf den Apex des Knotens und verdampfte augenblicklich jede Röhre und jedes Stück Folie, das sie berührte. Eine Explosionswelle aus superheißem Gas raste in das Innere des Knotens hinein und zerfetzte weitere Geflechtröhren und Verbindungsstücke. Splitter und Bruchstücke vergrößerten das Chaos noch. Der gesamte Knoten bäumte sich unter dem Aufprall auf und geriet ins Schwingen. Kleine Wellen breiteten sich sinusförmig vom Epizentrum her über die gesamte Scheibenstadt aus. Weitere Röhren brachen an Anschlußstücken und Verstärkungsstreben auf. Über einen Bereich von fünfzig Kilometern im Durchmesser jagten Hunderte von Fontänen aus Zirkulationsflüssigkeit und Atmosphäre in das All hinaus und erzeugten eine membrandünne Schicht aus blutrotem Dunst, der über der Oberfläche hing und im Zentrum von den heißen Plasmaströmen des Fusionsantriebs zu blauem Leuchten angeregt wurde, während sich die Sonnenschaufel immer noch unter maximalem Schub von der Oberfläche entfernte. Das blaue Leuchten breitete sich in einem vollkommen symmetrischen Ring aus, der blasser und blasser wurde, während er über die Sonnenseite der Scheibenstadt jagte.

Die verwüsteten Mosdva-Dominien rings um den Knoten übten Vergeltung. Jeder noch funktionierende Laser feuerte auf die Sonnenschaufel. Kleine Blütenblätter aus Dunkelheit öffneten sich überall auf den leuchtenden Speicherkugeln und breiteten sich immer mehr aus. Geschmolzenes Metall löste sich aus dem Antriebsrohr, gefolgt von Kugeln aus siedender Flüssigkeit. Die Plasmaflamme begann zu flackern und leuchtete in unreinem Smaragd und Türkis.

Die dichten Schatten, die sich über den Speicherkugeln ausbreiteten, verschmolzen an den Rändern miteinander, bis das Licht vollständig erloschen war. Beinahe gleichzeitig zerbarsten die Kugeln und gaben dichte Ströme von flüssigen Kohlenwasserstoffen frei. Sie begannen unter der unbarmherzigen Hitze des roten Riesen zu verdampfen und lösten sich in einen öligen Nebel auf. Ein riesiger Schatten kroch über die Sonnenseite, und das gewöhnliche strahlende Schimmern wich einem staubigen Weinrot.

»Mein Gott!« ächzte Liol. »Waren wir das?«

»Nein«, antwortete Dahybi. »Aber sie werden uns trotzdem die Schuld geben.«

»Ione?« fragte Joshua. »Alles in Ordnung?« Er konzentrierte sich auf die allgemeine Kommunikationsverbindung. Der Blick durch die Sensoren der Serjeants war extrem verwackelt. Die Auswirkungen des Plasmaschweifs auf Lalarin-MG waren die gleichen wie bei einem heftigen Erdbeben. Überall auf dem großen Platz wurden die Tyrathca von den Beinen gerissen oder hatten Mühe, das Gleichgewicht zu bewahren. Die Soldaten hatten die drei Mosdva umringt und stießen ihnen die schweren Maserkarabiner in den Leib.

»Wir sind okay«, sagte Ione. Die Serjeants suchten die Wände und den Boden des Zylinders ab. »Keine Anzeichen von strukturellen Brüchen oder Lecks«, sagte sie. »Der Zylinder ist intakt und rotiert weiterhin.«

»Das ist wenigstens etwas.«

Über den Serjeants tanzte die Statue des Schlafenden Gottes in einer kreisförmig eiernden Drehbewegung, vollkommen außer Phase mit der Rotation des Zylinders. Die beiden axialen Ausleger, die sie an Ort und Stelle hielten, verbogen und drehten sich mit beängstigend lautem metallischen Kreischen.

Baulona-PWM kam unsicher zu Quantook-LOU. Der Distributor der Ressourcen litt noch immer unter den Auswirkungen des Bebens und war unfähig, sich vom schwankenden Boden zu erheben.

»Die Mosdva haben den Separationsvertrag gebrochen«, sagte Baulona-PWM. »Ihr habt Lalarin-MG beschädigt. Ihr tötet unsere Vasallenkasten. Wir werden unsere Waffen auf Tojolt-HI abfeuern. Ihr werdet vernichtet.«

»Halt!« sagte Ione. »Sie dürfen Quantook-LOU nicht töten! Er ist der einzige Mosdva, der bereit ist, mit Ihnen zu verhandeln. Ohne ihn gibt es Krieg. Milliarden von Tyrathca werden sterben, wenn Sie ihn töten. Und Sie sind an allem schuld.«

»Sie werden nicht sterben, wenn ihr Mastrit-PJ verlaßt. Gebt den Mosdva euren Überlichtantrieb nicht, und die Tyrathca hier werden überleben. Der Schlafende Gott wird kommen und uns helfen.«

»Wir werden den Mosdva unseren Antrieb geben. Das ist der Grund, weshalb wir hergekommen sind. Wir wollen das Gleichgewicht in der Galaxis wiederherstellen. Die Tyrathca von Tanjuntic-RI haben den Antrieb ebenfalls von uns erhalten.«

»Die Tyrathca haben den Überlichtantrieb?« fragte Baulona-PWM erstaunt.

»Einige eurer Welten haben ihn, ja. Die Technologie verbreitet sich nur langsam. Außerhalb von Mastrit-PJ wird Ihre Spezies immer mächtiger. Die Menschen und ihre Verbündeten werden nicht zulassen, daß die

Tyrathca zu einer Gefahr für die Galaxis werden. Es muß Gleichgewicht und Harmonie herrschen zwischen den Rassen, nur dann ist Frieden möglich.«

Quantook-LOU atmete hörbar ein, doch er machte immer noch keine Anstalten, sich zu erheben. »Die Menschen sind schrecklich dumm!« sagte er. »Warum haben Sie den Tyrathca den Überlichtantrieb gegeben? Sehen Sie denn nicht, wie gefährlich sie sind?«

»Wir wissen, wie gefährlich Ihrer beider Rassen sind. Jetzt haben Sie die Wahl. Werden Sie einen neuen Vertrag aushandeln? Werden Sie Frieden schließen?«

»Was werden Sie tun, wenn wir uns nicht einigen?« fragte Quantook-LOU.

»Wir werden das Gleichgewicht erzwingen«, sagte Ione. »Wir werden keinen Krieg dulden.«

»Die Mosdva sind bereit, einen Friedensvertrag auszuhandeln«, sagte Quantook-LOU. »Wenn die Tyrathca von Lalarin-MG nicht mit mir verhandeln wollen, suche ich eine andere Enklave, die dazu bereit ist.«

»Baulona-PWM, wie lautet Ihre Antwort?« fragte Ione.

»Ich werde verhandeln«, sagte der Brüter. »Aber die Mosdva greifen Lalarin-MG immer noch an. Es kann keinen Vertrag geben, wenn wir tot sind.«

»Quantook-LOU, können Sie die anderen Dominien dazu bewegen, sich zurückzuziehen?«

»Das kann ich nicht. Ich brauche zuerst den Antrieb, und die *Lady Macbeth* muß dieses System verlassen haben. Erst dann sind die anderen Dominien gezwungen, sich mit mir zu alliieren.«

»Sie werden den Antrieb erst bekommen, wenn wir die Informationen von den Tyrathca erhalten haben«, sagte Ione. »Baulona-PWM, wie lange wird es dauern, bis Sie die für den Vertrag notwendigen Daten gefunden haben?«

»Ich weiß nicht genau, wo sie gespeichert sind. Unsere alten Datenspeicher sind nicht mehr aktiv. Wir müssen sie erst wieder hochfahren.«

»Na wunderbar!« rief Joshua. »Nicht einmal die endgültige Katastrophe bringt diese Schwachköpfe zum Nachgeben. Beaulieu, was ist mit den Zügen passiert?«

»Drei sind noch immer hierher unterwegs, Kommandant. Und die überlebenden Mosdva in Raumanzügen versuchen immer noch, den Knoten von der Dunkelseite her zu infiltrieren.«

»Mein Gott! Wir müssen Ione mehr Zeit verschaffen!«

»Wir könnten zum Knoten zurückkehren und unsere Feuerkraft einsetzen, um Lalarin-MG vor den Mosdva-Truppen zu verteidigen«, schlug Liol vor.

»Nein«, erwiderte Joshua beinahe automatisch. Es würde eine schmutzige Angelegenheit werden, das wußte er. Die *Lady Macbeth* mochte vielleicht das mächtigste Schiff in diesem System sein, aber sie war bestimmt nicht unbesiegbar. Sie benötigten eine Methode, um Lalarin-MG zu isolieren, während die Tyrathca-Brüter nach dem Almanach suchten. Vielleicht konnte Quantook-LOU ja tatsächlich eine Art Friedensvertrag aushandeln. Ein hübscher Bonus.

Er ließ sich die Fakten durch den Kopf gehen. Und mit der arroganten Selbstsicherheit, die das genetische Erbe aller Calverts war, wußte er, daß sie auf Lalarin-MG einwirken mußten und daß es lediglich eine Frage der Möglichkeiten war. Der Möglichkeiten, die ihm zur Verfügung standen.

Joshua begann verschlagen zu kichern.

Ashly schloß die Augen und sandte ein Stoßgebet zum Himmel. »O Scheiße.«

»Syrinx«, rief Joshua. »Ich brauche die *Oenone* hier unten.«

Einer der Serjeants beugte sich zu Quantook-LOU herab. Der Distributor der Ressourcen war halb auf die Seite gerollt und konnte sich nicht mehr aufrichten. Sein eigenes Körpergewicht hatte eine der mittleren Extremitäten eingeklemmt. Ione schob so fest sie sich getraute; zuviel Druck würde Quantook-LOU die Knochen brechen.

»Ich danke Ihnen«, sagte Quantook-LOU, als er seinen Mittelfuß/hand endlich befreit hatte. »Sie würden einen exzellenten Mosdva abgeben. Selbst ich fühle mich verwirrt von Ihren Verhandlungsstrategien.«

»Ein nettes Kompliment, vielen Dank. Trotzdem hat sich nichts an meiner grundsätzlichen Forderung geändert.«

»Ich verstehe. Ich werde meinen Teil dazu beitragen.«

»Sehr gut.«

»In der Erwartung meiner Belohnung.«

»Sie werden den Antrieb erhalten. Die Menschen stehen zu ihrem Wort.«

»Ein willkommenes Versprechen zu diesem Zeitpunkt.«

Der zweite Serjeant war zu Baulona-PWM gegangen und sprach mit ihm. Sie standen mitten auf dem freien Platz, und rings um sie ging der schmutzige Regen vom Bildnis nieder. Die Tropfen kamen inzwischen seltener, doch dafür größer, während die Statue ihre langsam taumelnden Bewegungen fortsetzte. »Mein Schiff hat berichtet, daß die Mosdva in die Sektionen rings um diesen Zylinder vorgedrungen sind«, sagte Ione. »Können Ihre Soldaten sie lange genug aufhalten, bis Sie die Informationen gefunden haben?«

»Woher willst du das wissen? Wir haben keinerlei Kommunikation zwischen dir und deinem Schiff entdeckt.«

»Ich benutze eine Methode, die Ihnen unvertraut ist. Wie steht es mit meiner Frage? Können Sie die Mosdva lange genug aufhalten?«

»Wir haben keine Soldaten mehr außerhalb von Lalarin-MG. Alles ist zerstört. Unsere Nahrung wurde in den Röhren angebaut. Es gibt keine Atmosphäre mehr und keine Flüssigkeit. Unsere Kommunikationsverbindungen sind ausgefallen. Unsere Fusionswaffen arbeiten nicht mehr. Hat dein Schiff keine Waffen an Bord, mit denen es uns helfen kann?«

»Keine Waffen, aber wir können helfen. Ich benötige Ihr Einverständnis, um als Unterhändler zwischen Ihnen und Quantook-LOU zu vermitteln.«

»Warum?«

»Wenn Sie mir die Informationen geben, die den Vertrag zwischen Tyrathca und Mosdva ermöglichen, dann bin ich vielleicht imstande, allen Tyrathca von Lalarin-MG sichere Passage zu einer der neuen Tyrathca-Welten zu verschaffen. Es wäre nicht heute, doch nach unserer Rückkehr nach Hause könnten wir größere Schiffe aussenden, um Sie und Ihr Volk abzuholen. Sie könnten in drei oder vier Wochen in Mastrit-PJ sein.«

»Wir sind in einer Stunde tot. Die Mosdva werden kommen und die Hülle von Lalarin-MG aufbrechen.«

»Mein Schiff kann Lalarin-MG aus der Scheibenstadt entfernen. Die Mosdva wären nicht länger imstande, den Zylinder zu erreichen. Damit hätten Sie genügend Zeit, um die Informationen aufzuspüren und einen neuen Vertrag mit Quantook-LOU auszuhandeln.«

»Du kannst Lalarin-MG von hier wegbringen?«

»Ja.«

»Sobald wir aus dem Schatten von Tojolt-HI kommen, können wir die Hitze der Sonne nicht mehr abstrahlen. Unsere Wärmetauscher reichen gerade aus, um die Hitze zu vernichten, die wir selbst im Innern von Lalarin-MG produzieren.«

»Es wird nicht so lange dauern, bis der Vertrag zustande kommt. Sie werden die astronomischen Informationen für mich suchen und finden. Sobald ich sicher bin, daß es die richtigen sind, werde ich Quantook-LOU die Pläne für den Überlichtantrieb geben und mich zurückziehen. Sämtliche Feindseligkeiten werden dann aufhören, und der neue Vertrag tritt in Kraft. Sie können zu einer anderen Enklave reisen und dort auf die Ankunft unserer Schiffe warten, die Sie evakuieren werden.«

»Ich bin einverstanden.«

Joshua beschleunigte die *Lady Macbeth* mit willkürlichen Schubstößen, während sie zu dem zerstörten Knoten zurückkehrten, um dem Gegner das Zielen zu erschweren.

»Niemand schießt mehr auf uns«, sagte Liol. Es klang fast wie eine Beschwerde. Schweres Abwehrfeuer hätte Joshua vielleicht dazu gebracht, sich seine wahnsinnige Idee noch einmal durch den Kopf gehen zu lassen. Andererseits wiederum freute sich ein Teil von ihm mit kindlicher Häme auf das, was Joshua vorhatte. Wie sein jüngerer Bruder vermutlich auch. Der Rest der Besatzung behandelte Joshuas Plan mit einer Art amüsierter Toleranz. Und Ione redete die verfeindeten Xenos schwindlig.

Er mußte zugeben, daß sich alles wunderbar nach Plan fügte.

»Das liegt daran, daß wir in die falsche Richtung unterwegs sind«, stellte Monica fest. »Wir kommen wieder zurück zu ihnen. Das Wegfliegen ist es, gegen das sie Einwände haben.«

»Ich frage mich, was sie von all dem halten«, sagte Joshua.

Die *Lady Macbeth* glitt über den Rand des Knotens. Praktisch alle schützenden Folien waren von den der Sonnenseite zugewandten Rändern verschwunden, und rotes Sonnenlicht strahlte ungehindert auf das Gewirr von dunklen Röhren, aus denen der Innenraum bestand. Der Raum rings um den Knoten war voll von Partikeln; Kristalle und Stücke von Folie, die das Sonnenlicht in einem Blütenmeer aus rotem Schillern reflektierten. Die Plasmafackel der Sonnenschaufel hatte einen riesigen Krater aus dem Knoten herausgeschnitten. Dreihundert Meter im Durchmesser, die Wände ein gigantisches Tüpfelmuster aus durchtrennten Röhren mit geschmolzenen Enden. Sie leuchteten noch immer hellrosa von dem irrsinnigen thermischen Bombardement.

»Ich bringe uns rein«, sagte Joshua. »Beaulieu, fang mit dem Sättigen des Knotens an.«

»Aye, Kommandant.«

Der weibliche Kosmonik schaltete die Maserkanonen auf größtmögliche Streuung und lenkte das Mikrowellenfeuer in den Krater hinein. Die Strahlung war bei weitem nicht stark genug, um weitere Schäden hervorzurufen, doch sie reichte aus, um jeden Mosdva zu töten, der noch im Innern des Knotens umherkroch.

Joshua drehte die *Lady Macbeth* und begann, das Schiff langsam in den Krater zu steuern. Er benutzte die vorderen Laser, um sich einen Weg durch Röhren und Trümmer am Boden des Kraters zu schneiden. Größere Sektionen lösten sich von der Konstruktion, als Dampf von den geschmolzenen Enden sie langsam vor sich herschob. Rings um den Äquator feuerten die chemischen Korrekturtriebwerke und schoben das Schiff tiefer und tiefer in den Knoten hinein.

Die *Oenone* schlüpfte aus ihrem Wurmloch-Terminus dreißig Kilometer oberhalb der dunklen Seite des Knotens. Die Edeniten in der Lebenserhaltungssektion hatten sich alle vermittels ihrer Affinität auf die Sensorbündel des BiTek-Schiffes aufgeschaltet und betrachteten voller Staunen die monumentale Scheibenstadt. Syrinx und Ruben lächelten sich zu, als ihre Bewußtseine sich gemeinsam an dem Anblick erfreuten. Begeisterte Ausrufe von der Brückenbesatzung durchdrangen das allgemeine Affinitätsband, als mehr und mehr Einzelheiten der fremdartigen Konstruktion deutlich wurden. Die Bilder der ELINT-Satelliten waren nicht mit dem Original direkt vor Augen zu vergleichen.

Die großen konischen Wärmetauschertürme leuchteten in den Sinnesorganen des Voidhawks in beständigem Orange. Die *Oenone* konnte die gewaltigen Hitzeströme spüren, die sie abgaben. Sie breiteten sich langsam in Richtung des Nebels aus. Im sichtbaren Spektrum war Tojolt-HI fast schwarz – mit einer Ausnahme: dem Gebiet, das von der Sonnenschaufel angegriffen worden war. Die großen Folien zwischen den Streben waren entweder abgerissen oder verdampft, und helle Strahlen intensiv roten Lichts stahlen sich durch das Gewirr von darunterliegenden Röhren.

– **Wing-Tsit Chong und die Therapeuten müßten mich jetzt sehen können**, sagte Syrinx zufrieden.

– **Das brauchen sie gar nicht**, entgegnete Ruben. – **Sie wissen, daß sie gute Arbeit geleistet haben.**

– **Ja, aber es hat mich trotzdem geärgert, als sie meinten, ich wäre nur ein schüchterner Tourist, stell dir vor!**

– **Ich bin froh, daß wir hergekommen sind**, sagte die *Oenone*. – **Alles hier ist so neu und gleichzeitig so uralt. Tojolt-HI ist von einer Aura der Beständigkeit umgeben.**

– **Ich weiß, was du meinst**, sagte Syrinx zu ihrem verzückten Voidhawk. – **Alles mit einer so langen Vergangenheit hat ganz sicher noch eine ebenso lange Zukunft vor sich.**

– **Jedenfalls bis zu dem Augenblick, wo wir eingetroffen sind**, entgegnete Ruben.

– **Du irrst dich. Die Mosdva können Tojolt-HI nicht verlassen, genausowenig wie die Tyrathca. Ashly hat völlig recht, der Überlichtantrieb gibt ihnen diese Freiheit nicht. Aber vielleicht haben wir Veränderungen bewirkt. Der Fortschritt wird einen neuen Anfang neh-**

men. Ich mag den Gedanken, daß es unser Vermächtnis ist. Und wer weiß, was sie mit neuen Technologien und Ressourcen alles zu erreichen imstande sind.

– Ich glaube, jetzt gehen wir einen Schritt zu weit.

– Du hast recht. Ein ganz kurzer Anflug von Bedauern erschien zwischen ihren Gedanken.

– Ich fange beträchtliche Radaraktivitäten auf dieser Seite der Scheibenstadt auf, berichtete Edwin. **– Ich denke, unsere Abwehr leitet sie um.**

– Danke sehr, antwortete Syrinx. **– Allerdings fürchte ich, daß wir nichts gegen eine optische Entdeckung tun können. Und wir stellen vor dem leuchtenden Nebel eine deutliche Silhouette dar, die von ganz Tojolt-HI aus zu sehen ist. Serina, hast du die Züge bereits lokalisieren können?**

– Ja, Syrinx.

– Schneid die Schienen durch.

Fünf Laserstrahlen schossen aus dem Waffentoroiden an der Unterseite der *Oenone*. Sie schnitten durch die Schienenstränge, die zwischen den riesigen Wärmetauschern der Dunkelseite mäanderten. Serina wartete, bis die Züge angehalten hatten, dann zerschnitt sie die Schienen hinter ihnen ebenfalls.

– Jetzt können sie nicht mehr weg, meldete sie. **– Keine Chance, jetzt noch in Lalarin-MG einzudringen.**

– Sie wären sowieso ziemlich dumm gewesen, das zu versuchen, sagte Edwin. **– Unsere Sensoren fangen die Mikrowellenstrahlung der *Lady Macbeth* bis hierher auf. Sie ist stark genug, um den gesamten Knoten zu durchdringen.**

– Komm, wir wollen Joshua zur Hand gehen, sagte Syrinx zur *Oenone*.

Der Voidhawk schoß zur Scheibenstadt hinunter und kam direkt über dem Knoten zum Stillstand. Das Raumverzerrungsfeld der *Oenone* breitete sich durch die beschädigten Röhren und Streben hindurch aus und gestattete den Edeniten, seine Anatomie in Augenschein zu nehmen. Die verbliebenen Brocken von Asteroidengestein in der zentralen Kaverne waren dunkle Flecken, deren Massen ein schwaches Gravitationsfeld gegen die Raumzeit ausübten. In ihrer unmittelbaren Nähe rotierte der große Zylinder, dessen Außenschale nur noch ein schwammiger Schatten für die Wahrnehmungsorgane des großen Voidhawks war. Energieleitungen bildeten ein Gitterwerk aus verschwommenen violetten Linien, die das gesamte Gebilde durchdrangen, während die Elektronenströme ihre einzigartige Signatur ausstrahlten. Die größte Energiekonzentration fand sich an den magnetischen Lagern der beiden Naben. Kleine Instabilitäten flackerten in den durchscheinenden Windungen und befleckten die reinen Farben der Emissionen. Kaum fünfzig Meter hinter dem anderen Ende des Zylinders erschien die *Lady Macbeth* als ein heller, dichter Wirbel in der Raumzeit.

»Wir sind soweit, Joshua«, meldete Syrinx über das allgemeine Kommunikationsband. »Der Zylinder besitzt eine Masse von ungefähr eins Komma drei Millionen Tonnen.«

»Exzellent. Das ist überhaupt kein Problem. Mit dem Antimaterieantrieb erreicht die *Lady Macbeth* eine Beschleunigung von vierzig g, und wir besitzen eine Masse von mehr als fünftausend Tonnen. Also sollten wir fast ein fünftel g Schub schaffen.«

»Schön. Wir fangen an zu schneiden.«

Ruben, Oxley und Serina gaben ihre Befehle an die BiTek-Prozessoren weiter, die mit den Waffen in der unteren Rumpfsektion verbunden waren. Unter den Anweisungen der Besatzung durchschnitten die Laser der *Oenone* Röhren und Träger auf der Oberseite des Knotens.

Die Sensoren der *Lady Macbeth* richteten sich nun endlich auf Lalarin-MG selbst. Ihre Laser hatten einen Weg durch das Gewirr von Röhren und Streben geschnitten und Joshua einen breiten Tunnel geöffnet, durch den er das Schiff nun steuerte. Heiße Röhrensegmente wirbelten durch die große Kaverne und prallten gegen den metallischen Zylinder und die schwarzen Felsbrocken. Zum ersten Mal seit Äonen drang Licht in die Kaverne. Rote Sonnenstrahlen schlüpften am Rumpf der *Lady Macbeth* vorbei und mischten sich zum schneidenden weinroten Licht der Laser.

»Wie sieht es bei euch da drin aus, Ione?« fragte Joshua.

»Wir sind bereit, Joshua. Die rotierenden Luftschleusen an den Naben sind geschlossen und versiegelt. Ich habe Baulona-PWM sogar dazu gebracht, ein paar Polster für unsere Mosdva zu organisieren.«

»In Ordnung, haltet euch bereit.« Die Sensoren zeigten ihm die Nabe des großen Zylinders mitsamt dem runden magnetischen Lager genau voraus. Er schnitt die letzte Röhre weg und legte die Luftschleuse ins Innere von Lalarin-MG frei. Dann feuerte er die Korrekturtriebwerke, bis die *Lady Macbeth* mit der gleichen Geschwindigkeit rotierte wie der Zylinder. Der vordere Rumpfabschnitt des Raumschiffes schob sich in das Lager und zerquetschte die ausgefransten Überreste der Röhre. »Sarha?«

»Ich habe die Molekularbindungsgeneratoren auf maximale Leistung geschaltet.«

»Überbrück die Sicherungen. Fahr die Generatoren noch höher. Ich will alles an Verstärkung, was wir in der Belastungsstruktur haben.«

»Verstanden, Boß.«

»Wir haben diese Seite freigeschnitten«, meldete Syrinx. »Sie können anfangen.«

»Okay. Alles bereithalten.« Joshua feuerte die Fusionsantriebe und hielt den Schub bei einem g. Die *Lady Macbeth* drückte nach vorn und quetschte die Überreste der Luftschleusenkammer noch weiter in den Zylinder hinein. Der Rand des Lagers durchbohrte die schützende Schicht aus Thermoschaum, bis er den Rumpf berührte.

»Kontakt!« verkündete Liol.

Joshua erhöhte den Schub der Fusionstriebwerke. Drei ineinander verdrehte Fackeln aus blau-weißem Plasma schossen hinter dem Schiff aus dem Krater. Röhren und Streben begannen unter dem ultraheißen Strom aus Ionen wütend zu kochen. Wirbel aus verdampftem Metall wurden von den Abgasströmen mitgerissen.

»Die Sicherheitszelle hält«, meldete Sarha. Das Geräusch vibrierte dumpf dröhnend durch sämtliche Räume der Lebenserhaltungskapseln, wie Sarha es noch nie vorher gehört hatte.

»Er bewegt sich!« rief Beaulieu. »Der Zylinder beschleunigt mit null Komma null vier g.«

»Okay, los geht's«, sagte Joshua. Er aktivierte den Antimaterieantrieb.

Wasserstoff und Antiwasserstoff kollidierten und vernichteten sich gegenseitig in dem komplexen Einschließungsfeld des Antriebs. Hinter der *Lady Macbeth* entstand wie aus dem Nichts ein Schaft aus reiner Energie, als wäre ein Riß in der Raumzeit aufgebrochen. Zweihunderttausend Tonnen Schub bewegten Lalarin-MG aus seiner sich rasch auflösenden Chrysalis.

»Ich glaube, ich habe etwas« sagte Etchells.

Kiera blickte von ihrem Stück Pizza hoch und hörte auf zu kauen. Zwei der Bildschirme auf den Konsolen zeigten längliche Sterne, die von türkisfarbenen Netzen umhüllt waren. Zahlenreihen huschten daneben über die Schirme, zu schnell, um lesbar zu sein. Bis jetzt hatte der Hellhawk nichts außer ein paar Radarpulsen finden können, wahrscheinlich von Stationen im Orbit um den riesigen Stern. Sie verrieten nichts außer der Tatsache, daß ihre Herkunft fremd war. Kiera und Etchells wollten beide sichergehen, ob außerdem noch etwas in diesem System existierte, bevor sie mit ihren Nachforschungen begannen.

»Was denn?« fragte sie.

»Sieh selbst.«

Die hauchdünnen leuchtenden Schleier des Nebels glitten über das Hauptfenster der Brücke, als der Hellhawk herumschwang. Helles Licht fiel herein, als er erneut Kurs auf die rote Sonne nahm. Kiera schob ihre Pizza in die Thermoschachtel zurück und blinzelte geblendet in die Grelle. Genau in der Mitte des Fensters lag ein weißer Punkt, der den übrigen Lichtschein deutlich überstrahlte. Während sie hinsah, wurde er länger und länger.

»Was ist das?« fragte Kiera.

»Ein Antimaterieantrieb.«

Sie grinste bitter. »Das muß das Schiff aus der Konföderation sein.«

»Möglicherweise. Falls du recht hast, stimmt etwas nicht mit ihm. Der Antimaterieantrieb müßte einem Schiff eine Beschleunigung von mehr als fünfunddreißig g verleihen. Was auch immer diese Antriebsflamme erzeugt, es bewegt sich kaum.«

»Dann sollten wir vielleicht besser einen Blick darauf werfen. Wie weit ist es entfernt?«

»Ungefähr hundert Millionen Kilometer.«

»Aber so hell?«

»Niemand weiß wirklich einzuschätzen, wie stark Antimaterie ist, bis er sie aus erster Hand beobachtet. Frag die ehemaligen Bewohner von Trafalgar.«

Kiera warf einen respektvollen Blick auf das weiße Leuchten, dann trat sie an die Waffenkonsole und begann, die Kombatwespen scharf zu machen. »Los geht's.«

Joshua schaltete sämtliche Antriebe der *Lady Macbeth* ab, sobald Lalarin-MG den Rand des Knotens hinter sich hatte. Der Bordrechner mußte ihm sagen, wo genau das war (oder besser: gewesen war). Die Umgebung der Scheibenstadt war unter dem Ansturm des Antimaterieantriebs einfach verdampft, und zurückgeblieben war ein Loch von mehr als acht Kilometern Durchmesser, wo früher der Knoten in Tojolt-HI integriert gewesen war. Die Ränder leuchteten kirschrot, und überall ragten verbogene Tentakel aus geschmolzenem Metall hervor. Nur der größte Klumpen Asteroidenfels hatte überlebt, auch wenn er nur noch ein Viertel seiner ursprünglichen Größe besaß und rundgeschmolzen war. Er taumelte träge in Richtung der Photosphäre davon, während seine Oberfläche noch immer kochte und blubberte und verdampfende Gase einen kometenähnlichen Schweif aus petrochemischem Nebel erzeugten.

Der rote Riese leuchtete durch das riesige runde Loch in der Scheibenstadt und beleuchtete die Unterseite des Zylinders mitsamt einem sich verjüngenden Stück seiner Schale, als würde eine Flamme an den Seiten emporlecken. Die Ionentriebwerke der *Lady Macbeth* zündeten und schoben sie aus dem zerquetschten Lagerring. Die gesamte Unterseite des Zylinders hatte sich unter dem gewaltigen Schub des Antriebs nach innen gewölbt, doch die Rippen und Sparren der Tragkonstruktion hatten gehalten. Jetzt entfernten sie sich mit gemächlichen dreißig Metern pro Sekunde von der Scheibenstadt.

»Und sie schießen immer noch nicht auf uns«, sagte Liol.

»Das würde ich an ihrer Stelle auch nicht tun«, erwiderte Dahybi. »Nach dieser kleinen Machtdemonstration werden sie sich zweimal überlegen, ob sie uns noch einmal ärgern.«

»Seht euch nur an, wieviel Schaden wir angerichtet

haben«, sagte Ashly. »Es tut mir leid, aber das ist eine Sache, auf die ich alles andere als stolz bin.«

»Diese Sektion von Tojolt-HI war größtenteils tot«, entgegnete Liol. »Außerdem hat die Sonnenschaufel die Röhren zerstört, in denen es noch halbwegs arbeitende Lebenserhaltungssysteme gab.«

»Ashly hat trotzdem recht«, sagte Joshua. »Aber wir konnten nur auf die Ereignisse reagieren. Wir haben die Lage alles andere als unter Kontrolle.«

»Ich dachte immer, das wäre es, was das Leben ausmacht. Großen Ereignissen beizuwohnen. Um sie zu kontrollieren, müßte man schon ein Gott sein.«

»Damit wären wir also in einem schicken kleinen Paradoxon gelandet«, sagte Sarha. »Wir müssen die Ereignisse kontrollieren, wenn wir diesen Gott finden wollen. Aber wenn wir sie kontrollieren, dann sind wir *ipso facto* bereits Götter.«

»Ich schätze, es ist alles nur eine Frage des Maßstabs«, sagte Joshua. »Götter bestimmen, was bei großen Ereignissen herauskommt.«

»Was hier geschehen ist, war ein ziemlich großes Ereignis.«

»Aber nichts im Vergleich zum Geschick einer ganzen Spezies.«

»Du nimmst das alles viel zu ernst«, sagte Liol.

Joshua lächelte nicht einmal. »Irgend jemand muß es schließlich ernst nehmen. Denk mal über die Konsequenzen nach.«

»Ich bin kein totales Arschloch, Josh. Ich weiß ganz genau, wie schlimm es wird, wenn niemand eine Antwort auf all das findet.«

»Ich dachte eigentlich eher daran, was geschehen wird, wenn wir Erfolg haben.«

Liols Lachen klang eher nach einem überraschten Bellen. »Wie kann das etwas Schlimmes sein?«

»Alles ändert sich. Die Menschen mögen das nicht.

Man wird Opfer bringen müssen, und damit meine ich nicht nur physische oder finanzielle. Es ist unausweichlich. Sicher hast du auch schon daran gedacht?«

»Vielleicht«, antwortete Liol rauh.

Joshua blickte über die Schulter zu seinem Bruder und setzte sein verwegenstes Grinsen auf. »Aber du mußt zugeben, bis dahin ist es ein ganz schön wilder Ritt.«

Einer der Serjeants blieb bei Baulona-PWM und Quantook-LOU, um als Vermittler zu agieren, während sie bemüht waren, die Bedingungen eines neuen Vertrages auszuhandeln. *Ein Triumph des Optimismus*, dachte Ione, *daß alle beide glauben, der Überlichtantrieb würde eine neue Ära unter den Scheibenstädten im Orbit um Mastrit-PJ einläuten.* Es war offensichtlich, daß beide übereinstimmten, die verbliebene Tyrathca-Bevölkerung zu den Koloniewelten zu evakuieren. Ihre Enklaven in den Scheibenstädten würden nicht mehr expandieren. Diese Voraussetzung machte es nur noch wichtiger, daß die beiden Spezies sich nicht wieder überwarfen bei der Frage, wer Anspruch auf ein neues Sternensystem erheben durfte. Das Auffinden der Informationen über die Weltraumarchen war tatsächlich zu einer wesentlichen Voraussetzung für den Friedensvertrag geworden. Eine faszinierende Ironie des Schicksals. Jetzt mußte sie sich nur noch Gedanken machen über Quantook-LOUs Aufrichtigkeit. Was sie dazu veranlaßte, Baulona-PWM mehrere Sicherheitsklauseln vorzuschlagen, wie beispielsweise die Öffnung der Kommunikation zu allen verbliebenen Enklaven. Nicht, daß einer von ihnen wußte, wie viele noch verteilt auf den Scheibenstädten überlebt hatten. Quantook-LOU gestand freimütig, daß er nicht einmal genau wußte, wie viele Scheibenstädte es überhaupt gab.

Der zweite Serjeant begleitete eine Gruppe von sechs Brütern, die Baulona-PWM ausgewählt hatte, um die elektronischen Speicherbänke wieder zu aktivieren. Sie folgte ihnen zu dem Band dicker Türme, das sich um das eine Ende des Zylinders hinzog. Es war die Versorgungsregion von Lalarin-MG. In den Türmen waren Wasseraufbereitungsanlagen, Luftfilter, Fusionsgeneratoren (*bestürzend primitiv*, dachte Ione) und Wärmetauscher untergebracht. Glücklicherweise existierte jede der großen Maschinen wenigstens in zweifacher Ausfertigung, so daß eine gewisse Ausfalltoleranz gegeben war. Ein Drittel der Systeme war inoperabel, die Maschinen tot und beschlagen, ein Hinweis darauf, wie lange es her war, daß Lalarin-MG voll bevölkert war.

Ione wurde zu einem Turm geführt, den die Brüter als Kommunikationsstation bezeichneten. Das Erdgeschoß wurde von drei Tokamaks eingenommen, von denen nur einer arbeitete. Eine Rampe führte in einer weiten Spirale in den ersten Stock hinauf. Es gab keine Fenster, und die Deckenbeleuchtung arbeitete nicht. Iones Infrarotsensoren enthüllten die langen Reihen von Konsolen, die denen von Tanjuntic-RI sehr ähnlich sahen.

Die Tyrathca hatten tragbare Scheinwerfer mitgebracht, die jetzt aufgestellt wurden und den traurigen Zustand der gesamten Anlage enthüllten. Feuchtigkeit hatte Algenteppiche auf den Rosettentastaturen und Bildschirmen wachsen lassen. Verriegelungshebel für Wartungsklappen mußten aufgebohrt werden, um an das Innenleben zu kommen – das ausnahmslos von gummiartigen Flechten und Pilzen überwuchert war. Die Brüter mußten Kabel hinunter ins Erdgeschoß legen, um die Anlage hochzufahren.

Eine der Konsolen ging sogar in Flammen auf, als sie eingeschaltet wurde. Oski Katsuras Flüche hallten durch das allgemeine Kommunikationsband.

»Fragen Sie sie, ob wir unsere Prozessorblocks mit ihrem Netz verbinden dürfen«, sagte sie zu Ione. »Wenn wir Zugriff erhalten, kann ich ein paar Questoren in das

System schicken. Das sollte die Sache beschleunigen. Und wo wir schon dabei sind – fragen Sie, ob sie vielleicht ein paar Ratschläge über vorsichtige Reaktivierungsprozeduren akzeptieren.«

Der Wurmloch-Terminus öffnete sich sechshundert Kilometer über der Dunkelseite von Tojolt-HI, tief im Kernschatten der Scheibe.

Die *Stryla* schoß hervor; Etchells hatte seine Harpyiengestalt angenommen, und seine Augen leuchteten rot, als er sich überrascht umsah. Von seiner Position aus verdeckte die gewaltige Scheibe den größten Teil der Sonnenoberfläche, und eine Flut von rotem Licht fiel über die Ränder herein, als würde sie in ein Meer aus Photonen sinken.

Sein Raumverzerrungsfeld dehnte sich aus und sondierte die Xeno-Struktur. Und es prallte mit einem anderen Raumverzerrungsfeld zusammen.

– **Was haben Sie hier zu suchen?** fragte die *Oenone*.

– **Das gleiche wie du.** Etchells fand den Voidhawk dreitausend Kilometer entfernt. Er befand sich dicht neben einem hohlen Zylinder, einer Art Habitat. Ein weiteres Konföderationsschiff war ganz in der Nähe. Als Etchells seine optischen Sinne in ihre Richtung fokussierte, bemerkte er ein schwaches Schimmern von Sonnenlicht in der Scheibe direkt unter ihnen.

Hastig kontrahierte er sein Raumverzerrungsfeld und öffnete ein neues Wurmloch. Diesmal kam er nur hundert Kilometer von dem gegnerischen Voidhawk entfernt heraus. Rotes Sonnenlicht wusch über seine ledrigen, schuppenartigen Federn, und er blickte neugierig in das große Loch in der Scheibe. Die geschmolzenen Ränder strahlten noch immer stark im infraroten Bereich. Die gigantischen Wärmetauscher rings um das Loch arbeiteten mit Vollast in dem Bemühen, die gewaltige thermische Last abzustrahlen, die von den überhitzten Röhren aufgenommen worden war.

»Ich würde sagen, das Adamistenschiff hat seinen Antimaterieantrieb benutzt, um den Zylinder aus der Scheibe zu schieben«, sagte Etchells zu Kiera. »Nichts anderes kann dieses Ausmaß an Schäden verursacht haben.«

»Was bedeutet, daß sie diesen Zylinder für wichtig halten«, entgegnete Kiera.

»Ich wüßte nicht warum. Er ist bewohnt und äußerst zerbrechlich. Es kann unmöglich eine Waffe sein.« Sein Raumverzerrungsfeld fing Scharen kleiner chemisch angetriebener Raketen auf, die zwischen den heißen konusförmigen Wärmetauschern umherflitzten, welche aus der Dunkelseite ragten. Laser feuerten auf die Raketen, und sie explodierten mitten im Flug. Mehr als dreißig Radarstrahlen aus allen Richtungen strichen über den Hellhawk. Eine der Raketen ging zwischen den berggroßen Wärmetauschern nieder und explodierte. Atmosphärische Gase entwichen in einer großen Fontäne aus der Röhre, die dabei zerstört worden war. »Offensichtlich tobt dort unten so etwas wie ein Krieg«, beobachtete er. »Weiträumig, wie es scheint.«

»Sie fliegen den ganzen Weg um den Orion-Nebel herum bis hierher, und dann haben sie nichts anderes zu tun, als einen zerbrechlichen Zylinder aus einem Kampfgebiet zu befreien?« sagte Kiera.

»Also schön, er ist wichtig.«

»Was bedeutet, daß es schlecht ist für uns. Kannst du bitte deine energistische Störstrahlung minimieren?«

Die Umrisse des Hellhawks verschwammen, und sein natürliches Aussehen kehrte zurück.

Kieras Finger huschten über die Waffenkonsole. Zielerfassungssensoren richteten sich auf den Zylinder.

– **Deaktivieren Sie augenblicklich Ihre Waffen,** befahl die *Oenone*.

Etchells leitete die Affinitätsstimme des Voidhawks durch einen der AV-Projektoren auf der Brücke, damit Kiera mithören konnte.

»Warum?« fragte sie. »Was ist da drin?«

– Mehrere tausend unbewaffnete Tyrathca. Es wäre glatter Mord.

»Was kümmert es dich? Warum bist du überhaupt hier?«

– Um zu helfen.

»Äußerst nobel. Und wer soll diesen Scheiß glauben?«

– Schießen Sie nicht, apellierte die *Oenone* an Etchells. **– Wir werden den Zylinder verteidigen.**

– Dieser Zylinder enthält den Schlüssel zu meiner Vernichtung, entgegnete Etchells. **– Da bin ich ziemlich sicher.**

– Wir sind keine Barbaren. Physische Vernichtung löst unsere Probleme nicht.

Kiera feuerte vier Kombatwespen auf den Zylinder.

Die Reaktion der *Oenone* und der *Lady Macbeth* kam fast im gleichen Augenblick. Fünfzehn Kombatwespen wurden auf Abfangkurse geschickt und verstreuten ihre Submunition. Die Nahverteidigungsmaser der *Lady Macbeth* durchbohrten die hereinkommenden Drohnen, gerade als sie ihre eigene Submunition ausstießen. Zweihundertfünfzig Fusionsbomben detonierten innerhalb eines Zeitraums von weniger als drei Sekunden. Einige pumpten Gammalaser auf, doch die meisten waren Gefechtsköpfe auf Trägerraketen gewesen.

Joshua absorbierte den Schwall von Daten, die das taktische Programm seiner neuralen Nanonik ausstieß, während er sich verzweifelt um einen Überblick bemühte. Die visuellen Sensoren waren nutzlos vor dem Hintergrund der sonnenhellen Explosionen, doch keine der angreifenden Kombatwespen hatte die *Lady Macbeth* zum Ziel gehabt – eine merkwürdig nachlässige Programmierung. Die Sensoren des Raumschiffes starrten in das Herz des Chaos und filterten die atomaren und elektromagnetischen Interferenzen heraus. Drei kleine kinetische Einschläge trafen den Zylinder, zusammen mit mehreren Strahlenschüssen, doch die Struktur blieb intakt.

»Sarha, mach den Bastard fertig!« befahl Joshua.

Fünf Maser eröffneten das Feuer auf den Hellhawk. Er rollte sich hastig herum und flüchtete mit sieben g in dem Versuch, dem Feuerschlag der *Lady Macbeth* zu entkommen.

Joshua startete fünf weitere Kombatwespen, die er auf ein verteidigendes Minenfeld programmiert hatte. Ihre Antriebe flammten nur kurz auf, dann schwärmte die Submunition aus und bildete eine schützende Traube rund um Lalarin-MG. Falls der Hellhawk tatsächlich vorhatte, ein Ziel außerhalb eines Gravitationsfeldes anzugreifen, dann würde seine Taktik darin bestehen, so nah wie möglich heranzuspringen, üblicherweise unter einen Kilometer, und eine Salve von Kombatwespen abzufeuern. Und falls das Ziel keine ausgiebige Batterie von Nahverteidigungswaffen besaß, würde zumindest ein Teil der Submunition durchkommen. Das Minenfeld diente als vorübergehende Abschreckung.

Der Hellhawk sprang davon.

»Syrinx, wohin zur Hölle ist er verschwunden?« fragte Joshua.

»Er hat sich in Sicherheit gebracht, zweitausend Kilometer weit weg.«

Die *Oenone* schickte die Koordinaten mit Hilfe der BiTek-Prozessoren an den Bordrechner der *Lady Macbeth*. Die Sensoren richteten sich auf die Stelle und zeigten den Hellhawk, der in sicherer Entfernung Wartestellung bezogen hatte.

»Sie scheinen sehr merkwürdige Vorstellungen über Taktik zu haben«, sagte Joshua. »Oski, wie lange noch?«

»Mindestens eine halbe Stunde, Kommandant. Ich

habe ein paar wahrscheinliche Speicherorte für den Almanach lokalisiert, doch keiner davon ist aktiv.«

»Joshua, ich bin nicht sicher, ob der Zylinder noch einen weiteren Angriff wie den letzten übersteht«, meldete sich Ione. Der Serjeant, der mit Baulona-PWM und Quantook-LOU verhandelte, war aufgesprungen, als der erste Splitter die Zylinderwand punktiert hatte. Ein kleiner Feuerball war aus einem Turm aufgestiegen, der keine hundert Meter entfernt stand. Der gesamte Platz schüttelte sich heftig, als der Turm von innen heraus zerplatzte und die Umgebung mit rauchenden Metalltrümmern und brennender Vegetation überschüttete. Ione blickte sich um und sah ein Dutzend violetter Kondensstreifen, die im Zickzack durch die Luft schossen, fluoreszierende Moleküle vom Beschuß mit Gammalasern. Zwei davon hatten Löcher in die Statue des Schlafenden Gottes gebrannt. Iones Sensoren suchten hastig die axialen Halteklammern ab, doch sie waren nicht getroffen wurden.

Ein automatischer Laster rollte über den Platz zu dem zerstörten Turm. Ein lautes Heulen hatte eingesetzt; Luft, die durch das Leck ins All entwich.

Der Laster entfaltete hydraulische Arme, die eine dicke Metallplatte hielten. Die Platte wurde über das Loch gesenkt und krachte mit lautem Dröhnen an ihren Platz. Aus einer Düse wurde zäher brauner Schleim auf die Fugen gesprüht. Er verfestigte sich rasch, und das Leck war wieder dicht.

»Die Mosdva haben erneut angegriffen«, sagte Baulona-PWM.

Ione dachte, der Brüter würde sich jeden Augenblick auf Quantook-LOU stürzen.

»Nein, haben sie nicht«, beeilte sie sich zu sagen. »Das war ein Schiff der Menschen. Es kommt aus einem Dominion, mit dem wir nicht alliiert sind. Die *Lady Macbeth* hat es abgewehrt.«

»Menschen leben ebenfalls in Dominien?« fragte Quantook-LOU. »Das hast du uns nicht erzählt.«

»Wir haben nicht damit gerechnet, sie hier anzutreffen.«

»Warum sind sie hier? Warum haben sie uns angegriffen?«

»Sie sind nicht damit einverstanden, daß wir den Tyrathca und den Mosdva den Überlichtantrieb geben wollen. Wir müssen diesen Vertrag zu einem Abschluß bringen und die Daten finden. Dann können sie den Austausch nicht mehr verhindern.«

»Meine Familie arbeitet hart«, sagte Baulona-PWM. »Wir halten unseren Vertrag mit dir ein. Wir erlauben dir, weiter zu vermitteln.«

»Und wir werden vertragsgemäß dafür sorgen, daß euch nichts geschieht. Jetzt komm, wir waren dabei, eine Nachricht auszuarbeiten, die an die Dominien der anderen Scheibenstädte geschickt werden soll.« Sie schaltete zurück auf den allgemeinen Kommunikationskanal. »Ihr müßt uns mehr Zeit verschaffen!«

»Wir kümmern uns darum«, sagte Syrinx. »Joshua, halten Sie hier die Stellung.«

»Verstanden.« Die gravitonischen Detektoren der *Lady Macbeth* zeigten, daß der Voidhawk einen Wurmloch-Zwischenabschnitt geöffnet hatte.

Die *Oenone* materialisierte fünfzig Kilometer von der *Stryla* entfernt. Syrinx rechnete damit, unverzüglich unter Laserbeschuß zu geraten. Als es nicht geschah, nahm sie es als ermutigendes Zeichen.

– Ich bin hier, um zu reden, sagte sie.

– Und ich bin hier, um zu überleben, entgegnete Etchells. **– Wir wissen, daß ihr hergekommen seid, weil ihr etwas sucht, das ihr gegen uns einsetzen könnt. Das werde ich nicht zulassen.**

– Nichts wird gegen Sie eingesetzt. Wir suchen nach einer Lösung, die jeden zufrieden stellt.«

– Ich kann mich deinem Optimismus beim besten Willen nicht anschließen.

Der Hellhawk startete zwei Kombatwespen.

Die *Oenone* sprang sofort und materialisierte aus einem Terminus, der auf der der Abschußrichtung der Kombatwespen gegenüberliegenden Seite des Hellhawks lag. Sie war zwanzig Kilometer von der *Stryla* entfernt. Und feuerte zehn Laser auf ihren Gegner ab.

Etchells tauchte weg und kam hundert Kilometer über einem der Wärmetauschertürme der Scheibenstadt wieder zum Vorschein. Die *Oenone* materialisierte unmittelbar hinter ihm, doch damit hatte er gerechnet. Er nahm den Voidhawk mit der Maserkanone unter Feuer. Die *Oenone* jagte hinter dem silbrigen Konus in Deckung, dann schwang sie herum und schoß auf Etchells.

Der Hellhawk beschleunigte mit acht g in ein gewundenes Tal hinein, das von konischen Wärmeabstrahltürmen gesäumt war. Kiera stieß einen unterdrückten Schrei der Überraschung aus, als sie schmerzhaft in ihre Beschleunigungsliege gepreßt wurde.

»Gib mir die Feuerkontrolle«, sagte Etchells. »Du kannst die Kombatwespen für dieses Szenario nicht richtig programmieren. Ich schon.«

»Das würde mich zu einem Nichts machen«, erwiderte Kiera zwischen zusammengepreßten Zähnen hindurch. »Auf gar keinen Fall. Bring uns hier raus.«

»Miststück.« Er hob die sekundäre Manipulation des Schwerefeldes auf, das der Beschleunigung entgegenwirkte. Kiera stöhnte schmerzerfüllt, als sie von der vollen Wucht der Beschleunigungskräfte erfaßt wurde. Sie begann ihre energistischen Kräfte zu kanalisieren, um ihren Körper zu stärken.

Laser fraßen sich über ' Etchells Rumpf, und er schwang mit zwölf g um einen Glasturm herum. Die infrarote Strahlung der Wärmetauscher behinderte seine optischen Sinne wie bleierne Schmiere; er navigierte allein mit Hilfe seiner Verzerrungsfeldorientierung. Und er war viel zu schnell; am Ende des Tals wartete eine scharfe Biegung, fast eine Neunzig-Grad-Kurve. Er wich nach oben hin aus, über die Spitzen der Türme hinweg, während er mit aller Kraft verzögerte. Einen Augenblick lang hatten die beiden Raumschiffe direkten Sichtkontakt. Laser und Maser feuerten über den Abgrund. Dann tauchte Etchells wieder hinunter in das tiefe Tal verspiegelter Dissipatoren.

Die *Oenone* folgte ihm. Syrinx schoß erneut. Etchells warf sich von einer Seite zur anderen, während er in wilden Schüben beschleunigte und verzögerte und das Feuer mit den Masern erwiderte, so gut es ging. Die Energiestrahlen rissen tiefe Wunden in die Wärmetauscher, während die beiden Raumschiffe ineinander verbissen rollten und kurvten und magentafarbene Dämpfe nach und nach das gesamte Tal erfüllten.

Etchells schoß aus dem Smog hervor, und zyklonische Wirbel fielen von seiner Polyphülle ab. Er schwang um eine Ansammlung schwarzer fünfeckiger Säulen herum und benutzte dann die Deckung einer pilzförmigen Verhüttungsmaschine, um seinen Slalom fortzusetzen.

Syrinx' Hände gruben sich tief in die Polster ihrer Liege, doch es hatte nichts mit den irrsinnigen Beschleunigungskräften zu tun, die über die Brücke wuschen. Das Bild der zerklüfteten Scheibenstadt-Oberfläche, die nur wenige Meter entfernt vorbeihuschte, strahlte direkt in ihr Gehirn. Sie hatte die Augen reflexhaft fest geschlossen, doch es nutzte nicht das geringste. Es gab kein Entkommen. Die feste Entschlossenheit der *Oenone*, den gegnerischen Hellhawk zu verfolgen und zu stellen, verbot jegliche Einmischung. Ihre Liebe ausgerechnet jetzt in Zweifel zu ziehen hätte selbstsüchtigen Verrat bedeutet. Syrinx kämpfte ihre eigene Furcht nieder und bemühte sich nach Kräften, Vertrauen und Stolz auszustrahlen.

Auf der anderen Seite der Brücke gab Oxley ein ununterbrochenes leises Stöhnen von sich, ohne daß er jemals nach Atem hätte ringen müssen.

– **Seine Zuversicht schwindet**, verkündete die *Oenone* lebhaft. – **Er bremst jetzt, bevor er in eine Kurve geht. Wir werden ihn bald einholen.**

– **Ja.** Die taktischen Programme gaben absolut nicht das Geringste her, das Syrinx in dieser Situation geholfen hätte. Wäre sie über die künstlichen Täler gestiegen, wäre der Hellhawk imstande gewesen, seine Kombatwespen direkt auf sie abzufeuern. Sie konnte nicht zurückschießen; eine einzige fehlgeleitete Submunition würde Tausende von Mosdva töten. Also ging die wilde Jagd weiter, was letzten Endes nur zu ihrem Vorteil sein konnte. Es hinderte den Hellhawk zumindest daran, auf Lalarin-MG zu schießen. Auf Kosten von Syrinx' Nerven.

Ein weiterer Wurmloch-Terminus öffnete sich keine hundert Kilometer über ihnen.

– **Hallo Etchells**, sagte Rocio Condra.

– **Du?** rief Etchells schockiert. – **Schieß das Arschloch ab, das hinter mir her ist. Sie haben etwas gefunden, das uns alle auslöschen kann.**

Die *Mindori* feuerte drei Laser auf einen Wärmetauscher, der höchstens zwei Kilometer vor Etchells lag. Die Apparatur detonierte inmitten einer sich schnell ausdehnenden Gaswolke in kristalline Splitter. Etchells schrie seine Wut in das Affinitätsband hinaus und beschleunigte mit siebzehn g in dem verzweifelten Bemühen, über das letale Sperrfeuer aus kinetischen Partikeln zu manövrieren. Verstrahltes Gas leckte über die Polyphaut des Hellhawks. Energistische Kräfte flackerten hell strahlend auf und wehrten die Kristallsplitter mit einem Schild weißen Feuers ab. Etchells ging in eine Faßrolle über, um dem sich ausdehnenden indigofarbenen Nimbus zu entgehen.

Der *Oenone* verblieben noch ein paar zusätzliche

Sekunden bis zur Kollision. Der Voidhawk zog hastig nach oben und streifte nur den Rand der wirbelnden Kristalle. Die *Stryla* war kaum dreißig Kilometer vor ihnen. Das Zielradar der *Oenone* erfaßte den Hellhawk, bevor die elektronischen Sensoren Syrinx warnen konnten, daß weitere Laser auf ihren Rumpf gerichtet waren.

– **Nicht schießen!** sagte Rocio Condra.

– **Vernichte sie!** forderte Etchells.

Syrinx richtete fünf ihrer Laserkanonen auf die *Mindori*.

Etchells zielte mit drei Masern auf den anderen Hellhawk.

– **Töte sie auf der Stelle!** verlangte er.

– **Ich werde nicht schießen, wenn Sie es nicht tun,** sagte Rocio zu Syrinx. Zwei seiner Laser waren auf die *Stryla* gerichtet. – **Sie sollten sich zumindest vorher anhören, warum wir hergekommen sind.**

– **Dann erzählen Sie mal,** antwortete Syrinx.

Jed und Beth drückten ihre Gesichter gegen das große Fenster der Brücke und starrten voller Ehrfurcht auf den Xeno-Artefakt, der sich unter dem Hellhawk erstreckte. Sie konnten nicht viele Details erkennen, dazu war es zu dunkel, doch der Rand war nah genug, um die Silhouette verlockender Geometrien vor dem Hintergrund des roten Lichts zu erkennen.

Gerald/Loren Skibbow saß auf der Beschleunigungsliege hinter der Waffenkonsole. Loren beobachtete eifrig die taktischen Anzeigen und sah, wie der Hellhawk und der verfolgende Voidhawk von der Dunkelseite hochstiegen.

– **Verräter!** spuckte Etchells und legte all seine Wut in das eine Wort.

– **Was genau habe ich denn verraten?** fragte Rocio. – **Auf was für einen Kreuzzug hast du dich verirrt,**

Etchells? Was gibt es außer dir selbst, das dich scheren würde?

– Ich versuche, diese Typen daran zu hindern, uns allesamt in das Jenseits zurückzuschleudern. Aber vielleicht willst du ja wieder dahin.

– Werde nicht absurd.

– Dann hilf uns verdammt noch mal, diesen Zylinder zu vernichten! Was auch immer der Zweck ihres Besuches ist, es befindet sich dort drin!

– In diesem Zylinder befindet sich keine Waffe, sagte Syrinx. – Das habe ich Ihnen bereits gesagt.

– Vielleicht werfe ich später einen Blick darauf, antwortete Rocio.

– Arschloch, tobte Etchells. – Ich blase dich in Stücke, wenn du mir nicht hilfst, diesen verfluchten Voidhawk zu erledigen.

– Und das ist der Grund, weshalb ich hier bin.

– Was? Wovon redest du verdammt noch mal?

Rocio genoß die Wut und Verwirrung, die Etchells ausstrahlte. – Tod, sagte er. – Du warst so begierig, andere sterben zu sehen, nicht wahr? Du hast Pran Soo nicht den Hauch einer Chance gegeben.

– Du willst mich wohl verarschen, Kerl! Deswegen bist du hinter mir hergekommen?

– Und wegen Kiera. Ich habe jemanden an Bord, der ganz begierig darauf ist, unsere ehemalige Führerin zu sehen.

– Kiera Salter befindet sich an Bord? fragte Syrinx.

– Ja, antwortete Rocio.

– Hör zu, du halb verblödetes Schwanzgesicht, wir stehen auf der gleichen Seite! schimpfte Etchells. – Ich weiß, daß die Hellhawks eine neue Nahrungsquelle gefunden haben. Das ist brillant! Wir können endlich tun und lassen, was wir wollen, und müssen nicht mehr für Typen wie Capone und Kiera kämpfen. Das ist es, was ich will.

– Du warst Kieras Sprachrohr und rechte Hand. Du tust immer noch, was sie will, auch jetzt, nachdem sie dich nicht mehr erpressen kann.

– Ich habe auf meinen Arsch aufgepaßt, das ist alles. Genau wie du. Wir hatten vielleicht verschiedene Methoden, aber wollen im Grunde genommen beide das gleiche. Das ist der Grund, warum du mir helfen mußt. Gemeinsam können wir diese Konföderationsschiffe schlagen und den Zylinder zerstören.

– Und dann?

– Dann? Was immer wir wollen, was hast du denn gedacht?

– Du glaubst doch wohl nicht wirklich, daß wir dich an unsere Nahrungsquelle lassen, oder? Nach allem, was du getan hast?

– Du fängst an mich zu langweilen.

Jed und Beth sahen den monströsen Raubvogel im Frontfenster auftauchen, ein pechschwarzer Schatten vor der rötlichen Dunkelheit der Umbra. Böse Augen glitzerten in dunklem Purpur und blickten sie direkt an. Sie wichen gemeinsam vom Fenster zurück. Zur einen Seite des Vogels befand sich ein weiterer Schatten, ein längliches Oval.

»Gerald«, sagte Jed nervös, »alter Freund, dort draußen sind ... *Dinger*.«

»Ja«, antwortete Gerald. »Die *Oenone* und die *Stryla*. Ist das nicht wunderbar?« Er schniefte und wischte sich Feuchtigkeit aus den eingesunkenen blutunterlaufenen Augen. Seine Stimme nahm wieder einen hohen Tonfall an: Jetzt sprach Loren. »Sie ist dort draußen. Und jetzt kann dieses Miststück nicht mehr davonlaufen.«

Jed und Beth musterten sich mit einem niedergeschlagenen Blick. Gerald aktivierte eine ganze Reihe von Systemen auf der Konsole.

»Was machst du da?« fragte Rocio.

»Ich fahre die restlichen Generatoren hoch«, antwortete Gerald. »Du kannst ihre Energie in die Laserbänke leiten. Wir erledigen ihn mit einem Schuß.«

»Ich bin nicht sicher, ob das eine gute Idee ist.«

»ABER ICH BIN SICHER!« brüllte Gerald. »Versuch jetzt nicht den Schwanz einzuziehen!« Er umklammerte die Kanten der Konsole und blinzelte konfus.

»Gerald?« sagte Beth mit bebender Stimme. »Bitte, Gerald, überstürz die Sache nicht.«

Lorens Gesicht legte sich über Geralds gequälte Züge. »Gerald geht es prima. Macht euch keine Sorgen. Es geht ihm wirklich gut.«

Beth begann zu schluchzen und klammerte sich an Jed. Er legte die Arme um sie und starrte unglückselig auf die irre Gestalt, die über die Konsole gebeugt dastand. Wenn Skibbow nur der durchgeknallte Gerald gewesen wäre, hätte es schon voll und ganz gereicht. Diese neue Kombination aus gleich zwei Wahnsinnigen war wie der Torwächter der Hölle persönlich.

Loren ignorierte die beiden Jugendlichen. »Rocio, bitte den Voidhawk um Hilfe. Es ist zu ihrem Vorteil. Wir wollen nicht, daß jetzt noch etwas danebengeht.«

»Wie du meinst.« In Rocios Stimme schwang Sorge mit. – **Ich habe einen Vorschlag zu machen**, sagte er im Singular-Affinitätsmodus zu Syrinx.

– **Schießen Sie los.**

– **Ich habe keinen Streit mit Ihnen, und Ihre Mission ist mir auch egal. Etchells und Kiera Salter sind eine Bedrohung für uns beide.**

– **Und warum haben Sie uns dann daran gehindert, sie zu vernichten?**

– **Weil ich Kiera lebendig fangen muß. Der Vater und die Mutter der Person, in deren Körper Kiera steckt, sind hier bei mir an Bord. Unglücklicherweise haben sie die Kontrolle über meine Kombatwespen übernommen. Ich kann die Raketen zwar mit meinen energistischen Kräften lahmlegen, aber die Skibbows wären** imstande, meine Absichten zu durchschauen. Und ich weiß nicht, wie sie reagieren würden; sie sind keine besonders stabile Kombination. Sie könnten beispielsweise auf der Stelle Kamikaze begehen, und ich bin nicht sicher, ob ich die Befehle an die Gefechtsköpfe rechtzeitig blockieren könnte.

– Ich verstehe. Was also schlagen Sie vor?

– Aus dieser Entfernung sind meine Laser durchaus imstande, das zentrale Organbündel der *Stryla* mit einem einzigen Schuß zu vernichten. Etchells wird in das Jenseits zurückgeschleudert, und Kiera bleibt unverletzt. Ich werde andocken, und die Skibbows können sich um sie kümmern.

– Und was sollen wir dabei tun?

– Nichts. Mischen Sie sich nicht ein, wenn ich schieße. Das ist alles, worum ich Sie bitte.

– Was ist mit Kieras Kontrolle über die Kombatwespen der *Stryla*?

– Ein zweiter Laserschlag wird die Wespen in ihren Abschußrohren vernichten. Ich bin sehr schnell. Sie wird keine Zeit haben, die Flugkörper abzuschießen oder zur Detonation zu bringen.

– Hoffen Sie.

– Wissen Sie vielleicht etwas Besseres?

Etchells meldete sich auf dem allgemeinen Affinitätsband. – Rocio, ich sehe, daß du deine Waffengeneratoren hochgefahren hast. Hör zu, Kiera und ich haben meine Kombatwespen manipuliert. Jeder Angriff auf mich oder mein Lebenserhaltungsmodul führt zur augenblicklichen Detonation jedes Gefechtskopfes an Bord. Ihr befindet euch beide tief innerhalb der tödlichen Zone.

– Also gut, sagte Rocio. – Wir sind alle ziemlich schlau und haben uns wunderbar gegenseitig blockiert. Niemand kann gewinnen, also warum beruhigen wir uns nicht alle und weichen zurück?

– Nein! sagte Syrinx. **– Wenn auch nur einer von Ihnen beiden beschleunigt oder den Versuch unternimmt, ein Wurmloch aufzureißen, werde ich schießen. Ich werde niemandem die Möglichkeit geben, zum Zylinder zurückzukehren.**

– Und was sollen wir jetzt verdammt noch mal machen? fragte Rocio im Singularmodus.

– Wir verhandeln wegen der Evakuierung des Zylinders, antwortete Syrinx. **– Sobald sämtliche Tyrathca weg sind, werde ich zulassen, daß wir alle drei simultan zurückweichen. Keinen Augenblick vorher. Niemand wird unschuldige Wesenheiten schlachten, um seine Paranoia zu befriedigen.**

– Verdammte Scheiße! brüllte Etchells dazwischen. **– Rocio, komm auf meine Seite. Zusammen blasen wir den verfluchten Voidhawk aus dem Weltraum und hindern sie daran, die Waffe in ihre Finger zu kriegen.**

– Es gibt keine Waffe, beharrte Syrinx.

– Ich sage dir was, Etchells, erwiderte Rocio ruhig. **– Wenn es soweit kommt, daß ich mich entscheiden muß, dann bin ich auf der Seite von Kommandantin Syrinx.**

– Elender Verräter! Du betest besser, daß ihre Waffe funktioniert. Wenn sie es nämlich nicht tut, dann werde ich dich persönlich bis zum Ende des Universums jagen.

– Du müßtest mich nirgendwohin jagen.

Syrinx blickte zu Ruben und schürzte die Lippen. »Vielleicht sollten wir sie einfach aufeinander losgehen lassen?«

»Verlockender Gedanke. Ich frage mich nur, was die Mosdva von alledem halten.«

»Solange sie nicht anfangen, auf uns zu schießen, ist mir das völlig egal.«

»Wir empfangen Daten«, verkündete Oski Katsura in diesem Augenblick. »Es ist nicht der vollständige Almanach, aber ich habe Zugriff auf Daten mit Koordinaten von Kolonieplaneten der Tyrathca, zusammen mit Referenzen auf Sternkonstellationen.«

»Können Sie auf die Sternenkarte der Tyrathca zugreifen?« fragte Syrinx.

»Ich lade gerade einen neuen Questor ins Netz«, antwortete Oski. »Warten Sie bitte.«

Syrinx und die *Oenone* warteten gespannt, bis die Informationen nach und nach über das Kommunikationsnetz zu sickern begannen. Die beiden ersten Karten, die der Questor fand, zeigten unbekannte Sternkonstellationen, doch die Dritte war zu einem Viertel von einem Nebel ausgefüllt, unverkennbar dem Orion-Nebel. Die *Oenone* setzte die Karte in Bezug zu den Daten, die sie auf der Reise um den Nebel herum nach Mastrit-PJ gewonnen hatte, und korrelierte die Tyrathca-Koordinaten mit ihrem eigenen astronomischen Referenzrahmen. Weitere Sternenkarten folgten und ermöglichten dem Voidhawk, das Koordinatengitter immer weiter zu expandieren und erkennbare Sternbilder einzuarbeiten. Acht Minuten später besaß die *Oenone* einen Ausschnitt der Milchstraße, der gut fünftausend Lichtjahre durchmaß, mit Mastrit-PJ genau im Zentrum. Zielsysteme der Tyrathca waren besonders markiert.

Syrinx' Gedanken strömten durch das mentale Konstrukt, erfüllt von stillem Stolz, während sie die detaillierte Konfiguration absorbierte.

– **Es war ganz einfach**, sagte die *Oenone* bescheiden.

– **Das hast du wunderbar gemacht**, antwortete Syrinx. – **Und das mußte ich dir sagen.**

Ich danke dir.

Syrinx unternahm einen Versuch, ihre Traurigkeit zu unterdrücken. – **Ist dir bewußt, daß wir wahrscheinlich nicht dorthin gehen werden?**

– **Ich verstehe. Wir müssen die Hellhawks in Schach halten.**

– Es tut mir so leid. Ich weiß, wie sehr du dich danach gesehnt hast.

– Nicht mehr als du. Aber wir dürfen nicht selbstsüchtig sein. Es steht viel mehr auf dem Spiel als nur Gefühle. Und wir sind schon viel weiter gekommen als irgend jemand vor uns.

– Ja, das sind wir.

– Joshua wird es schaffen.

– Ich weiß. Belustigung stieg in ihr auf. **– Vor einem Jahr hätte ich noch ganz anders gesprochen.**

– Nicht nur du allein hast dich geändert.

– Aber du mochtest ihn von Anfang an, oder nicht?

– Du hast dich davor gefürchtet, so zu werden wie er. Dein Neid wurde zu Verachtung. Du darfst dich niemals vor dem fürchten, was du bist, Syrinx. Ich werde dich immer lieben.

– Und ich dich. Sie seufzte zufrieden. »Joshua, Swantic-LI hat den Schlafenden Gott in einem System der F-Klasse gefunden, dreihundertzwanzig Lichtjahre von hier entfernt. Ich sende Ihnen die Koordinaten.« Sie befahl den BiTek-Prozessoren auf der Brücke die Übertragung der gesamten Sternenkarte an die *Lady Macbeth*.

»Hey! Phantastische Arbeit, *Oenone*!«

»Danke sehr, Joshua.«

»In Ordnung, wie wollen Sie das Patt durchbrechen, Syrinx? Ich könnte eine Salve Kombatwespen starten, dann wären sie gezwungen wegzuspringen. Wir könnten unsere Kräfte vereinigen, um den Zylinder zu schützen. Vielleicht haben wir Glück, und sie löschen sich gegenseitig aus, bevor sie hierher zurückkehren.«

»Nein, Joshua. Wir haben hier alles unter Kontrolle. Sie brechen jetzt auf.«

»Meine Güte, Sie machen Witze!«

»Wir dürfen die Zeit nicht verschwenden, die der Schutz des Zylinders erfordert. Es wird wahrscheinlich Tage in Anspruch nehmen. Und wir dürfen unter keinen

Umständen das Risiko eingehen, daß wir beide in einem Kampf mit den Hellhawks beschädigt oder vernichtet werden. Sie müssen aufbrechen, Joshua. Sobald das hier vorbei ist, komme ich nach.«

»Das klingt sehr kalt und logisch.«

»Es ist sehr rational, Joshua. Ich bin Edenitin, haben Sie das etwa vergessen?«

»Also gut. Sind Sie absolut sicher?«

»Das hoffe ich doch.« Sie entspannte sich gelassen auf ihrer Beschleunigungsliege und teilte die Perzeption der *Oenone* vom umliegenden Raum. Wartete. Der Sprung der *Lady Macbeth* kam als heftige Verwerfung im Raum-Zeit-Gefüge. Eine Nanosekunde später war sie verschwunden.

Syrinx blickte ihre Besatzung an, und ihre Gedanken und Gefühle vermischten sich mit den ihren. Sie teilte sich und wurde zugleich eins mit den anderen, um das berühmte Gleichgewicht zu erreichen, das so kennzeichnend war für ihre Kultur. Es schien zu funktionieren, denn schließlich fragte sie: »Hat vielleicht jemand ein Kartenspiel mitgebracht?«

13. Kapitel

Die beiden Freunde wanderten gemeinsam über die Klippe des Ketton-Felsens. Sie wollten ein paar Minuten für sich allein, um Lebewohl zu sagen. Die Trennung würde für immer sein. Choma hatte sich entschlossen, Teil von Tinkerbell zu werden und zusammen mit dieser Entität durch die Zeiten zu reisen, während Sinon, fast als einziger unter den Serjeants, beschlossen hatte, nach Mortonridge zurückzukehren.

– **Ich habe meiner Gattin versprochen zurückzukehren und mich wieder der Multiplizität anzuschließen,** sagte er. – **Ich werde mein Wort ihr gegenüber halten, denn wir haben beide an unsere Kultur geglaubt. Indem ich zurückkehre, stärke ich unsere Kultur. Nicht viel, das gebe ich gerne zu, doch meine Überzeugung in uns und in den Weg, den wir für uns gewählt haben, wird zur allgemeinen Überzeugung der Multiplizität und des Konsensus' beitragen. Wir müssen an uns selbst glauben. Jetzt zu zweifeln würde bedeuten, daß es uns niemals hätte geben dürfen.**

– **Und doch ist das, was wir tun, der Gipfel des Edenitentums,** sagte Choma. – **Indem wir uns in Tinkerbells Version einer Multiplizität transferieren, entwickeln wir die Menschheit weiter und verlassen unsere Ursprünge voller Zuversicht und Staunen. Das ist es, was man unter Evolution versteht, eine konstante Lernkurve. Es gibt keine Grenzen in diesem Universum.**

– **Aber ihr werdet allein sein, isoliert vom Rest von uns. Welchen Sinn macht Wissen, wenn ihr es nicht weitergeben könnt? Wenn es nicht dazu eingesetzt werden kann, allen zu helfen? Das Jenseits ist etwas, dem die menschliche Rasse gemeinsam gegenübertre-**

ten muß. Wir müssen die Antwort finden und in unserer Gesamtheit akzeptieren. Wenn Mortonridge uns schon nichts anderes gelehrt hat, dann dies. Am Ende hatte ich nichts mehr außer Mitleid für die Besessenen.

– Wir haben beide recht. Das Universum ist groß genug für alle.

– Das ist es. Obwohl ich bedaure, daß du gehst. Eine unübliche Entwicklung; ich glaube, ich bin mehr geworden, als ich in diesem Körper werden sollte. Ich habe geglaubt, daß derartige Emotionen unmöglich wären, als ich mich der Befreiungsarmee angeschlossen habe.

– Eine Weiterentwicklung war unausweichlich, sagte Choma. – Wir tragen die Samen der Menschheit in uns, ganz gleich, in welchen Gefäßen unser Geist reist. Er wurde geschaffen, um zu wachsen und seinen eigenen Weg zu finden.

– Dann bin ich wohl nicht länger der Sinon, der aus der Multiplizität gekommen ist.

– Nein. Jede bewußte Entität, die gelebt hat, hat sich dadurch auch verändert.

– Das heißt also, daß ich jetzt eine Seele besitze. Eine neue Seele, die sich von dem Sinon unterscheidet, an den ich mich erinnere.

– Das hast du. Wir alle haben neue Seelen.

– Also muß ich einmal mehr erst sterben, bevor ich in die Multiplizität zurückkehren kann. Doch ich bringe dem Habitat nur die Weisheit meiner kurzen Existenz. Meine Seele folgt nicht meinen Erinnerungen, wie die Kiint sagen.

– Fürchtest du dich vor diesem Tag?

– Ich glaube nicht. Das Jenseits ist kein Ort für jeden von uns. Das Wissen, daß ein Weg hindurch oder an ihm vorbei existiert, wie Laton es behauptet hat, reicht völlig aus, um mich mit Zuversicht zu erfüllen. Allerdings gestehe ich, daß ich mit einiger Beklommenheit erfüllt bin.

– Die du überwinden wirst, ganz bestimmt sogar. Vergiß niemals, daß es möglich ist, das Jenseits zu überwinden. Dieser Gedanke allein sollte dich leiten.

– Ich werde daran denken.

Sie blieben auf einem Hügelkamm stehen und blickten über den Felsen. Lange Reihen von Menschen wanderten über das zerstörte Land, die letzten Flüchtlinge aus der verschütteten Stadt auf dem Weg zu der Klippe, wo Tinkerbell vor dem Felsen wartete. Das opaleszierende Licht des gigantischen Kristalls leuchtete warm und freundlich auf die trostlose Erde hinab. Die Luft ringsum hatte einen topasfarbenen Schimmer angenommen.

– **Wie passend,** sagte Sinon. – **Es sieht aus, als wanderten sie in den Sonnenuntergang davon.**

– Wenn ich Bedauern verspüre, dann weil ich nicht weiß, wie ihre Leben enden werden. Sie werden eine merkwürdige Gruppe abgeben, diese Seelen in den Körpern von Serjeants. Sie werden niemals wieder vollständig menschlich sein.

– Als sie aus dem Jenseits zurückkehrten, behaupteten sie, daß alles, was sie wollten, Empfindungen waren. Die haben sie jetzt.

– Aber sie sind geschlechtslos. Sie besitzen überhaupt keinen Sex. Sie werden niemals Liebe spüren.

– Keine physische Liebe vielleicht. Aber es gibt sicherlich noch mehr als körperliche Liebe. So wie du und ich werden auch sie auf ihre ganz eigene Weise zu einem Ganzen.

– Ich spüre jetzt schon ihre Beunruhigung, und sie sind noch nicht einmal wieder in Mortonridge angekommen.

– Niemand ist je zuvor gegen seinen Willen der edenitischen Kultur beigetreten. Und jetzt haben wir zwölftausend verwirrte, wütende Fremde, die im allge-

meinen Affinitätsband ihrem Unmut Luft machen. Die meisten von ihnen mit einem kulturellen Hintergrund, der allein für sich genommen jede Akzeptanz schwierig macht.

– Mit Geduld und Freundlichkeit werden sie sich selbst wiederfinden. Überlege nur, was sie alles durchgemacht haben.

– Jetzt kommen wir zu dem wirklichen Unterschied zwischen uns. Ich bin immer noch rastlos und begierig auf das, was die Zukunft bringt, ein Reisender. Du wirst von Mitgefühl beherrscht, ein Heiler der Seelen. Jetzt verstehst du, warum sich unsere Wege trennen müssen.

– Natürlich verstehe ich das. Ich wünsche dir alles nur denkbar Gute auf deiner wunderbaren Reise.

– Ganz meinerseits. Ich hoffe, du findest den Frieden, nach dem du so sehr suchst, Sinon.

Sie wandten sich um und spazierten langsam über die Klippe zurück. Winzige kristalline Entitäten huschten über ihre Köpfe hinweg, ohne auch nur einen Augenblick innezuhalten. Sie hatten inzwischen den gesamten Felsen eingehüllt und dafür gesorgt, daß jeder Besessene von dem Weg zurück erfahren hatte und was es bedeutete, wenn er sich zum Hierbleiben entschloß. Es war das Ende von Eklunds Herrschaft. Ihre Truppen hatten sie verlassen und sich trotzig zusammengeschlossen, um aus Ketton zu marschieren. Ihre wütenden Drohungen hatten den Aufbruch nur noch beschleunigt.

Fünf lange Schlangen warteten vor Tinkerbells hoch aufragender Kugelgestalt. Zwei davon bestanden aus Serjeants. Die übrigen drei (in gebührendem Abstand) wurden von Besessenen gebildet. Sie warteten in eigenartig gedrückter Stimmung, ihre Erleichterung über das Ende des Alptraums gedämpft von der Unsicherheit über das, was vor ihnen lag.

Stephanie wartete am Ende der längsten Schlange von

Besessenen, zusammen mit Moyo, McPhee, Franklin und Cochrane. Tina und Rana waren unter den ersten gewesen und schon lange durch.

Die kristallinen Wesen hatten Tina stabilisiert (offensichtlich hatten sie die Verletzungen an den inneren Organen geheilt), doch sie waren übereinstimmend zu dem Schluß gekommen, daß der Körper der Frau so schnell wie möglich von einem menschlichen Spezialisten untersucht werden sollte. Stephanie hatte für sich selbst beschlossen, daß es nur rechtens war, wenn sie bis zuletzt wartete. Wieder einmal dieses Verantwortungsgefühl. Sie wollten wissen, daß alle anderen in Ordnung waren.

»Aber du bist nicht für sie verantwortlich!« hatte McPhee gesagt. »Sie alle haben sich unter Eklunds Fahne gedrängt. Es ist ihre eigene verdammte Schuld und Dummheit, daß sie hier gelandet sind.«

»Ich weiß. Aber wir sind diejenigen, die versucht haben, die Eklund zum Aufhören zu bringen, und wir haben elendig versagt.« Sie zuckte die Schultern, als ihr bewußt wurde, wie schwach ihr Argument geklungen hatte.

»Ich warte mit dir«, hatte Moyo gesagt. »Wir gehen gemeinsam durch.«

»Danke.«

McPhee, Franklin und Cochrane hatten sich wortlos angesehen und zu den beiden ans Ende der Schlange gesellt, hinter Hoi Son. Der alte Öko-Guerilla trug noch immer seine dunkle Dschungeluniform und hatte seinen Ranger-Filzhut weit nach hinten geschoben, als wäre er gerade mit einer schweren Arbeit fertiggeworden. Er musterte sie in ironischer Belustigung und verbeugte sich vor Stephanie. »Ich gratuliere. Sie sind Ihren Prinzipien tatsächlich treu bis zuletzt.«

»Ich glaube zwar nicht, daß es einen Unterschied macht, aber trotzdem danke.« Sie setzte sich auf einen der großen Felsbrocken, um ihrer verwundeten Hüfte eine Ruhepause zu gönnen.

»Von uns allen sind Sie diejenige, die am meisten erreicht hat.«

»Sie haben die Serjeants abgewehrt.«

»Nicht lange, und nur um eines alten Ideals willen.«

»Ich dachte, Sie schätzen alte Ideale?«

»Das tue ich. Oder zumindest habe ich es getan. Sehen Sie, das ist das Problem mit dieser Situation. Die alten Ideale haben keinerlei Bedeutung mehr. Ich habe sie angewandt, genau wie die politischen Kräfte hinter der Befreiungskampagne. Wir waren beide auf dem Holzweg. Sehen Sie nur, was wir den Menschen angetan haben, wie viele Leben und wie viele Existenzen wir ruiniert haben. All die Mühen, die nur auf Konflikt und Zerstörung aufgewendet wurden. Und ich habe früher einmal von mir gesagt, daß ich zum Land gehöre.«

»Ich bin sicher, Sie waren überzeugt davon, das Richtige zu tun.«

»Das war ich, jawohl, das war ich, Stephanie Ash. Unglücklicherweise habe ich nicht genug nachgedacht, denn es war nicht das Richtige. Im Gegenteil. Es war vollkommen falsch.«

»Na ja, Mann, hey, das spielt doch jetzt alles keine Rolle mehr«, sagte Cochrane. »Die Geschichte ist vorbei, und wir gehen nach Hause zurück.« Er bot Hoi Son seinen dicken Joint an.

»Nein danke. Ich möchte diesem Körper keine weiteren Gifte mehr zuführen. Ich bin nur sein Hüter, weiter nichts. Vielleicht werde ich schon allzu bald für alle Schäden verantwortlich gemacht, die ich ihm zugefügt habe. Schließlich werden wir ihnen wieder gegenüberstehen, wenn wir durch sind, nicht wahr? Und wir werden nicht mehr unangreifbar sein.«

Cochrane bedachte ihn mit einem säuerlichen Blick, dann ließ er den Joint fallen und zertrat ihn mit seinem

Stiefelabsatz im getrockneten Schlamm. »Ja, sicher, Mann«, brummte er. »Hast recht.«

»Was ist mit der Eklund?« fragte Stephanie. »Wo ist sie?«

»In der Stadt, in ihrem Kommandostand. Sie hat sich geweigert, das Angebot zur Rückkehr anzunehmen.«

»Was? Sie ist wirklich verrückt.«

»Ohne Zweifel, ja. Aber sie glaubt fest daran, daß dieses Land frei sein wird, sobald die Serjeants erst gegangen sind. Sie will sich hier ihr eigenes Paradies errichten.«

Stephanie blickte zurück auf den rauhen Landstrich, der einmal Ketton gewesen war.

»Nein«, sagte Moyo entschieden. »Sie hat ihre eigene Entscheidung gefällt. Und von allen Leuten wird sie ausgerechnet auf dich ganz bestimmt nicht hören.«

»Vermutlich nicht, nein.«

Obwohl alle paar Sekunden ein Besessener hindurchging, dauerte es mehr als sieben Stunden, bevor alle zurückgeführt waren. Die Prozedur war im Grunde genommen einfach. Wo Tinkerbell die steile Klippenwand berührte, hatten sich mehrere ovale Tunnel geöffnet, die tief in das Innere des eigenartigen Wesens führten. Ihre Wände schimmerten in einem weichen Aquamarin, das zunehmend heller erstrahlte, bis es irgendwann den gesamten Querschnitt ausfüllte. Man ging einfach hindurch und verschwand im Licht.

Stephanie war nicht die allerletzte, die hindurchging. Moyo und McPhee hatten schweigend, aber beharrlich darauf bestanden, hinter ihr zu bleiben. Sie lächelte gutgelaunt, als sie sich in ihr Schicksal ergab und die Schwelle überschritt.

Die Luft wurde zusammen mit dem Licht dichter und dichter und verlangsamte die Bewegungen ihrer Glieder, bis es sich anfühlte, als würde sie versuchen, durch den Kristall selbst zu gehen. Ein beständiger Druck lastete auf jedem Teil ihres Körpers. Sie spürte eine Kraft, die durch ihren Körper ging und sie in die Lage versetzte, sich wieder schneller zu bewegen. Das aquamarinfarbene Leuchten verblaßte, und sie stellte fest, daß ihr Körper transparent geworden war, ein Lichtmuster, durchzogen von Kristall. Als sie sich umblickte, bemerkte sie hinter sich den Körper, den sie besessen hatte. Die Frau hob die Hände in die Höhe, und ein Ausdruck von Befriedigung und Abscheu trat in ihr Gesicht.

»Choma?« fragte Stephanie. »Choma, können Sie mich hören? Es gibt noch etwas, das ich tun muß.«

»Hallo Stephanie. Ich dachte mir bereits, daß das geschehen würde.«

In den Körper eines Serjeants zu fahren war die leichteste Sache im Universum. Einer wartete bereits auf sie, umschlossen von Kristall, vollkommen passiv und mit gesenktem Kopf. Es spielte keine Rolle, welche Richtung sie einschlug, sie näherte sich dem Serjeant immer weiter. Dann verschmolz sie mit ihm. Ihr Körper wurde dichter, und schließlich kehrte das aquamarinfarbene Licht zurück. Die Empfindungen waren eigenartig; das Exoskelett besaß keine taktilen Nerven, und doch vermittelte es irgendwie Rückmeldungen über physischen Kontakt. Ihre Füße berührten definitiv eine Oberfläche, und Luft strich über sie hinweg, als sie sich erneut in Bewegung setzte. Das aquamarinfarbene Licht verschwand, und ihre Augen fokussierten mit bemerkenswerter Scharfsichtigkeit.

Sie trat aus dem ovalen Tunnel und war zurück auf dem festgetrampelten krustigen Schlamm von Ketton. Die Ströme von buntem Licht, die aus Tinkerbell heraus leuchteten, mäanderten willkürlich über das Land. Sonst rührte sich überhaupt nichts.

Es war ein weiter Weg zurück über den verlassenen Felsen bis in die Stadt in der Mitte. Selbst im ausdauernden und kraftvollen Körper eines Serjeants benötigte sie eine und eine Viertel Stunde. Tinkerbell brach auf, als sie ein Drittel des Weges hinter sich gebracht hatte. Das Wesen schoß in einem opaleszierenden Blitz in die Höhe und schrumpfte dann mit irrsinniger Geschwindigkeit. Stephanie nahm ihren Trott wieder auf. Die Luft war in Bewegung geraten und expandierte langsam, jetzt, nachdem die Serjeants alle vom Ketton-Felsen verschwunden waren. Eine sanfte Brise wehte über die Klippen hinaus. Ihre energistische Barriere hielt noch eine Weile vor, das lag an der Natur dieses Universums, doch ohne ihre aktive Präsenz, um die Barriere ständig zu erneuern, würde schon bald die Normalität zurückkehren.

Es war viel heller als beim letzten Mal, als Stephanie schließlich die Stadtgrenze erreichte. Die Luft war beträchtlich dünner geworden, und das allgegenwärtige blau-weiße Leuchten des fremden Kontinuums schimmerte mit ungebremster Macht auf das Land herab. Bei jedem Schritt schwebte sie zwei Meter über dem Boden. Die Gravitation war um sicherlich zwanzig Prozent zurückgegangen, schätzte Stephanie.

Das Hauptquartier der Eklund war nicht zu übersehen. Es befand sich in der Mitte der zerstörten Stadt, ein großes Zelt auf einem Hügel, das schwach von innen heraus leuchtete. Annette trat heraus, als Stephanie den Hügel hinaufgesprungen kam. Sie lehnte sich gegen einen Zeltpfosten und lächelte schwach.

»Es ist ein anderer Körper, aber die Gedanken darin sind unverkennbar. Ich glaube, wir haben uns schon das letzte Lebewohl gewünscht, Stephanie Ash.«

»Du mußt mit zurückkommen. Bitte! Du zerstörst Angeline Gallaghers Körper mitsamt ihrer Seele, wenn du bleibst!«

»Endlich! Es ist gar nicht mein Wohlergehen, um das du dich sorgst. Ein kleiner Sieg für mich, aber ich betrachte ihn dennoch als bedeutend.«

»Komm zurück nach Mortonridge. Es gibt noch ein

paar Serjeantkörper, um deine Seele aufzunehmen. Du könntest wieder leben. Ein richtiges Leben führen.«

»Als was? Als langweilige Hausfrau und Mutter? Selbst du kannst nicht wieder in dein altes Leben zurück, Stephanie.«

»Ich habe nie daran geglaubt, daß die Zukunft eines Neugeborenen vorherbestimmt ist. Nach der Geburt ist jeder Mensch auf sich allein gestellt, um aus seinem Leben das zu machen, was er kann. Und wir werden in diesen Serjeantkörpern neu geboren. Mach daraus, was du kannst, Annette. Opfere nicht dich und Angeline Gallagher deinem falsch verstandenem Stolz! Sieh dich doch um! Die Luft ist schon fast verschwunden, und die Gravitation läßt ebenfalls nach. Bald herrscht Schwerelosigkeit, und alles treibt auseinander.«

»Ich bleibe hier. Dieser Felsen wird wieder aufblühen, nachdem er von eurem Einfluß befreit ist. Wir sind in dieses Universum gekommen, weil es uns die Zuflucht bietet, die wir gesucht haben.«

»Um Himmels willen, Annette, gib zu, daß du dich irrst! Darin liegt doch keine Schande! Was glaubst du denn, was ich machen werde? Dich verfolgen und mich brüsten?«

»Jetzt kommst du endlich zur Sache. Wer von uns beiden recht hatte. Das war es doch, was immer zwischen dir und mir gestanden hat.«

»Nein, darum geht es nicht. Eine ganze Armee hat sich unter deinem Banner zusammengefunden. Ich hatte einen Liebhaber und fünf Freunde, die nicht zusammengepaßt haben. Du hast gewonnen. Und jetzt komm bitte mit nach Mortonridge zurück.«

»Nein.«

»Warum nicht? Sag mir wenigstens den Grund!«

Annette Eklunds stures Lächeln geriet ins Wanken. »Weil ich zum allerersten Mal in meinem Leben ich selbst gewesen bin. Ich mußte mich nicht den Wünschen irgendeines anderen beugen, mußte niemanden um Erlaubnis fragen, mußte nicht dem genügen, was die Gesellschaft von mir erwartet. Und das habe ich verloren.« Ihre Stimme schrumpfte zu einem schrillen Flüstern. »Ich habe sie hergebracht, und keiner ist geblieben. Sie wollten nicht bei mir bleiben, und ich hatte nicht die Kraft, um sie dazu zu zwingen.« Eine Träne trat in ihr linkes Auge. »Ich habe mich geirrt. Ich habe alles falsch angefangen, und du bist schuld daran!«

»Du hast niemanden hergebracht, Annette. Du hast uns keine Befehle erteilt. Wir sind hergekommen, weil wir es wollten, weil wir uns verzweifelt danach gesehnt haben. Ich war genauso Teil davon wie du. Als wir dort draußen im Schlamm gelegen haben nach dem Bombardement und die Serjeants einen nach dem anderen in Null-Tau warfen, da habe ich mitgeholfen. Ich hatte soviel Angst, daß ich meine gesamte Energie dazu verwandte, Mortonridge hinter mir zu lassen. Und ich war froh, als wir hier gelandet sind. Wir alle tragen die Schuld daran, Annette. Jeder einzelne von uns.«

»Ich habe die Verteidigung von Mortonridge organisiert. Ich habe die Befreiungskampagne zu verantworten.«

»Zugegeben, und wärst du es nicht gewesen, hätte es jemand anderes getan. Vielleicht sogar ich. Wir sind nicht verantwortlich dafür, daß der Weg aus dem Jenseits geöffnet wurde. Seitdem es angefangen hat, war das Ergebnis unausweichlich. Du trägst keine Schuld am Schicksal und dafür, wie das Universum funktioniert. So wichtig bist du nicht, Annette.«

Annette hatte Mühe, ihre Lungen mit Luft zu füllen. Der Himmel war *sehr* hell geworden. »Aber ich war es.«

»Genau wie ich. An dem Tag, an dem wir die Kinder über die Feuerschneise gebracht haben, habe ich mehr vollbracht als Richard Saldana in seinem ganzen Leben. Jedenfalls habe ich mich so gefühlt. Ich habe es geliebt, ich wollte mehr davon, genoß das Gefühl, wie die anderen mich angesehen und respektiert haben. Eine typisch menschliche Schwäche. Du bist nichts Besonderes, Annette, jedenfalls nicht in dieser Hinsicht.«

»Mein Gott, wie selbstgefällig du bist. Gott, wie ich dich hasse!«

Stephanie beobachtete, wie sich trockene Schlammbröckchen langsam vom Boden hoben, weggeweht von den letzten Spuren Luft. Sie schwebten in einer trägen Wolke davon, prallten gegeneinander und schwebten höher und höher. Die Gravitation war verschwunden, und allein ihre Willenskraft hielt sie mit den Füßen am Boden. »Komm mit mir!« Sie mußte brüllen; die Luft war fast verschwunden. »Haß mich noch eine Weile länger!«

»Willst du mit mir sterben?« schrie Annette zurück. »Bist du so verdammt ehrbar?«

»Nein.«

Annette schrie erneut. Stephanie konnte sie nicht verstehen; es gab keine Luft mehr, die den Schall geleitet hätte. – **Choma, Tinkerbell! Kommt und holt uns, aber beeilt euch bitte!**

Annette umklammerte ihren Hals und rang verzweifelt nach Luft, während ihr Gesicht dunkelrot anlief. Ihre verzweifelten Bewegungen stießen sie vom Boden ab. Stephanie sprang ihr hinterher und bekam einen um sich tretenden Knöchel zu fassen. Gemeinsam taumelten sie weiter und weiter in die Höhe. Das allgegenwärtige weiße Licht hatte die Schlammfelder in ein grelles Silber getaucht, und die zerklüfteten Klippen gleißten wie brennendes Magnesium. Der Felsen von Ketton versank unter ihnen im Nichts.

Stephanie und Annette schwebten weiter und weiter durch das Meer aus Licht.

»Sind sie es wirklich wert?« fragte eine Stimme.

»Sind wir es?«

Kaltes aquamarinfarbenes Licht umfing die beiden.

Luca mußte das Reittier nicht lenken; es folgte dem Weg über die Hochebenen, die er schon so oft geritten war, und trottete ohne Zögern in die richtige Richtung. Es war ein großer Rundweg, der mitten über das Gut führte, durch die obere Furt im Wryde-Bach, an der Ostseite vom Berrybut-Gehölz vorbei, über den Kamm von Withcote, von dort aus über die schmale Buckelbrücke unterhalb der Saxby Farm und schließlich durch die Feuerschneise, die sich durch den Wald von Coston zog. Der Weg verschaffte Luca einen guten Überblick über den Fortschritt der diesjährigen Ernte. Oberflächlich betrachtet war sie genauso gut wie jedes Jahr; das Getreide war ein paar Wochen später dran, doch das schadete nichts. Alle hatten sich angestrengt, um die Wochen wieder wettzumachen, die dem Chaos der Possession gefolgt waren.

Und das ist auch nur recht und billig so gewesen, verdammt. Ich habe Blut und Wasser geschwitzt, um Cricklade wieder auf die Beine zu stellen.

Jetzt gab es für jedermann genug zu essen, und die kommende Ernte würde ausreichen, um die Wintermonate ohne übertriebene Entbehrungen zu überstehen. Stoke County hatte den Übergang außerordentlich gut überstanden. Und seit der Schlacht beim Bahnhof von Colsterworth würden sich auch keine Marodeure mehr in diese Gegend verirren. Gute Nachrichten, vor allem, wenn man das bedachte, was dieser Tage aus Boston durchsickerte. Die Hauptstadt der Insel hatte sich nicht so schnell wieder in die alten Bahnen bewegt. Das Essen dort war knapp, die Farmen im Umland verlassen, und die Bewohner der Stadt plünderten das Land auf der Suche nach Eßbarem.

Diese Idioten schlugen keinen Vorteil aus ihrer industriellen Infrastruktur. Sie dachten nicht daran, Güter zu produzieren, die sie bei den ländlichen Gemeinden gegen Nahrung eintauschen konnten. Es hätte so viel gegeben, das nur die Stadt herzustellen imstande war, angefangen bei ganz einfachen Dingen wie Stoff und Werkzeuge. Und bald würde auch gar nichts anderes übrigbleiben, auch wenn die Geschichten, die Lionel und andere Händler erzählten, gar nicht gut klangen. Ein paar Fabriken waren wieder in Betrieb genommen worden, doch im großen und ganzen gab es keinerlei soziale Ordnung in der Stadt.

Es ist genaugenommen noch schlimmer als damals, als die demokratische Landarbeitergewerkschaft auf den Straßen war und für ihre Reformen geworben hat. Dummes Geschwätz und leere Versprechungen.

Luca schüttelte wütend den Kopf. In letzter Zeit dachte er viel zu häufig *seine* Gedanken. Einige davon offensichtlich, beispielsweise die, mit deren Hilfe er wußte, wie er Cricklade zu führen hatte, und andere subtiler, die Vergleiche, das Bedauern, die alten Eigenarten, die sich langsam wieder in den Vordergrund schlichen, so vertraut, daß er sie niemals würde ablegen können. Am schlimmsten von allem war der verdammte Schmerz, die Sehnsucht, Genevieve und Louise wiederzusehen, zu erfahren, ob sie wohlauf und gesund waren.

Bist du denn ein solches Monster, ein solcher Anti-Mensch, daß du einem Vater das verwehren willst? Ein einziger Blick auf meine geliebten Mädchen!

Luca legte den Kopf in den Nacken und schrie: »Du hast sie nie geliebt!« Der Schecke blieb erschrocken stehen, als die vertraute herrische Stimme über das grüne Land hallte. Wut war seine letzte Zuflucht zu sich selbst, die einzige Verteidigung, die Grant Kavanagh nicht zu durchbrechen imstande war. »Du hast sie behandelt wie Vieh! Sie waren nicht einmal Menschen für dich, sie waren Handelsgüter, Teil deines mittelalterlichen Familienimperiums, Vermögenswerte, die du notfalls gegen ihren Willen verheiratet hättest, um deinen Einfluß und dein Geld zu mehren, du Bastard! Du hast deine Töchter überhaupt nicht verdient!« Er erschauerte, dann sank er im Sattel zusammen. »Aber warum sorge ich mich dann?« fragte er sich selbst. »Meine Kinder sind der wichtigste Teil von mir; sie tragen alles weiter, was ich bin. Du hast versucht, sie zu vergewaltigen! Zwei kleine Mädchen! Liebe? Glaubst du wirklich, du weißt auch nur das geringste über Liebe? Ein degenerierter Parasit wie du?«

»Laß mich in Ruhe!« brüllte Luca.

Sollte nicht ich es sein, der dich darum bittet?

Luca biß die Zähne zusammen. Er dachte an das Gas, das Spanton eingesetzt hatte, und an die Art und Weise, wie Quinn Dexter sie dazu gebracht hatte, den Lichtbringer anzubeten. Er errichtete eine Festung aus Wut, damit seine Gedanken wieder seine eigenen sein konnten.

Er zerrte an den Zügeln und drehte das Pferd, so daß er auf Cricklade zurücksehen konnte. Diese ganze Inspektionstour hatte nur wenig praktischen Sinn. Er wußte genau, wie es auf seinem Gut aussah.

Materiell betrachtet ging es ihnen bestens. Mental ... Die Schleier aus Zufriedenheit, die sich über ganz Norfolk gelegt hatte, wurde langsam dünner. Luca erkannte den eigenartig verlorenen Groll, der sich langsam hinter dem Horizont zusammenbraute. Cricklade hatte es zuerst gewußt. Überall auf Norfolk fanden die Leute nach und nach heraus, was wirklich hinter ihrer äußerlichen Perfektion lag. Die Seuche der Eitelkeit hatte angefangen, ihre Opfer heimzusuchen. Die Hoffnung schwand zusehends aus ihren Leben. Dieser Winter würde mehr als nur physisch kalt werden.

Luca überquerte die Begrenzung aus hohen Zedern und drängte das Pferd über die Grünfläche hinauf in Richtung Herrenhaus. Allein der Anblick der zeitlosen grauen Steinfassade mit den weißgestrichenen Fenstern darin vermittelte seinen Gedanken Trost und Beruhigung. Dieses Haus gehörte zu ihm, und mit ihm seine Zukunft.

Die Mädchen werden eines Tages hier weitermachen. Sie werden unser Heim und die Familie am Leben erhalten.

Er senkte den Kopf, verbittert wegen seiner schwindenden Willenskraft. Es fiel ihm schwer, seine Wut stundenlang aufrecht zu erhalten, geschweige denn Tage. Müdes, weinerliches Selbstmitleid war keine Verteidigung, und derartige Emotionen waren dieser Tage seine ständigen Begleiter.

Rings um das Haus gab es die üblichen vereinzelten Aktivitäten. Eine runde Kaminbürste, die eine Rußwolke aus dem zentralen Schornstein entließ. Stalljungen, die Pferde zum Grasen hinunter auf die Ostweide führten. Frauen, die Laken zum Trocknen auf die Wäscheleinen hängten. Ned Coldham (Luca erinnerte sich nicht einmal an den Namen des Possessors, der vom Körper des Handwerkers Besitz ergriffen hatte!), der die Fenster des Westflügels strich, um sicherzustellen, daß das Holz vor dem kommenden Winterfrost geschützt war. Das Geräusch einer Säge wehte durch die leeren Fenster der Kapelle. Zwei Männer (die vorgaben Mönche zu sein, obwohl weder Luca noch Grant je von ihrem Orden gehört hatten), die nach und nach die Schäden reparierten, welche Quinn Dexter im Innern angerichtet hatte.

Andere arbeiteten im ummauerten Küchengarten an der Seite des Hauses. Cook hatte eine Gruppe von Helfern damit beauftragt, die Spargelsprossen zu stechen und zum Einfrieren vorzubereiten. Es war bereits die fünfte Ernte, die sie in diesem Jahr von den genetisch verbesserten Pflanzen einbrachten.

Johan saß neben dem steinernen Torbogen, eine Decke über den Knien, und saugte die Wärme des aus allen Richtungen gleichzeitig scheinenden Sonnenlichts in sich auf.

Véronique saß neben ihm auf einem Stuhl, und ihr Baby Jeanette schlief in einer Wiege; ein Sonnenschirm schützte es vor dem hellen Licht.

Luca stieg ab und ging zu seinem einstigen Stellvertreter. »Wie geht's?« fragte er.

»Nicht allzu schlecht, danke, Sir.« Johan lächelte schwach und nickte.

»Du siehst schon viel besser aus.« Er hatte wieder zugenommen, obwohl die lose Haut auf seinen Wangen noch immer bleich war.

»Sobald das Glashaus fertig ist, werde ich ein paar Samen ausbringen lassen«, sagte Johan. »Ich mag es, im Winter ein wenig frischen Salat und Gurken auf meinen Sandwiches zu haben. Gegen Avocados hätte ich auch nichts, aber es wird nächstes Jahr, bis sie reif sind.«

»Klasse, Mann. Und wie geht's unserer Kleinen?« Luca spähte in die Wiege. Er hatte ganz vergessen, wie winzig Neugeborene waren.

»Sie ist traumhaft«, seufzte Véronique glückselig. »Ich wünschte nur, sie würde in der Nacht so friedlich schlafen wie jetzt. Alle zwei Stunden will sie trinken. Man kann die Uhr danach stellen. Es ist unglaublich ermüdend.«

»So eine süße kleine Laus«, sagte Johan. »Schätze, sie wird ein heißer Feger, wenn sie erst groß ist.«

Véronique strahlte voller ungezwungenem Stolz.

»Ich bin sicher, das wird sie«, antwortete Luca. Ihn schmerzte die Art und Weise, wie der alte Mann den Säugling ansah; in seinen Blicken lag zuviel Verzweiflung. Butterworth wollte eine Bestätigung, daß das Leben ganz normal weiterging in diesem Universum. Es war ein Verhalten, das unter Cricklades Bewohnern immer mehr um sich griff, wie ihm in letzter Zeit schon häufiger aufgefallen war. Die Kinder in ihrer Obhut hatten mehr und mehr mitfühlende Aufmerksamkeit erfahren. Von Tag zu Tag fiel es ihm schwerer, seinen eigenen

Entschluß aufrechtzuerhalten, auf dem Gutshof zu bleiben und den Drang zu ignorieren, der ihn auf die Suche nach seinen Töchtern trieb. Eine Schwäche, die er auf den Tag zurückdatieren konnte, an dem Johan zusammengebrochen war. Nach der Schlacht beim Bahnhof von Colsterworth hatte sie noch zugenommen. Jeder Schritt auf dem sandigen Kies rings um das Haus drückte schwer in seine Fußsohlen und erinnerte ihn daran, wie unsicher das Leben in diesem Universum mit einem Mal geworden war.

Luca führte sein Reittier in den Pferdehof, schuldbewußt und froh zugleich, daß er Johan hinter sich lassen konnte. Carmitha war bei ihrem Zigeunerwagen. Sie faltete frisch gewaschene Kleidung und packte sie in eine schwere Holzkiste mit Messingbeschlägen. Ein halbes Dutzend ihrer alten Pulverflaschen stand auf den Pflastersteinen, voll mit Blättern und Blüten, und die grüne Flaschenfarbe verlieh ihnen einen eigenartig grauen Schimmer.

Sie nickte ihm freundlich zu und machte weiter mit ihrer Arbeit. Er sah ihr zu, während er den Sattel von seinem Hengst nahm; sie bewegte sich mit einer festen Entschlossenheit, die jede Unterbrechung verbieten sollte. Allem Anschein nach war sie zu einem Entschluß gekommen, dachte er. Die Kiste war endlich voll, und sie warf krachend den Deckel zu.

»Soll ich dir helfen?« fragte er.

»Danke.«

Gemeinsam wuchteten sie die Kiste durch die Tür auf der Rückseite des Wagens.

Luca stieß einen leisen Pfiff aus. Er hatte den Innenraum noch nie so aufgeräumt gesehen. Es gab keine Unordnung, keine Kleidungsstücke oder Handtücher lagen umher, sämtliche Pfannen an den Haken waren auf Hochglanz poliert und wurden von kupfernen Ringen für die Reise gesichert.

Sie schob die Kiste in einen Alkoven unter dem Bett.

»Du willst weg?« fragte er.

»Ich mache mich jedenfalls bereit.«

»Und wohin?«

»Ich weiß es noch nicht. Vielleicht nach Holbeach, nachsehen, ob ein paar von den anderen bis zu den Höhlen durchgekommen sind.«

Er setzte sich auf das Bett und fühlte sich plötzlich unendlich müde. »Warum? Du weißt, wie wichtig du für die Leute hier geworden bist. Mein Gott, Carmitha, du kannst doch nicht einfach weggehen! Sieh mal, wenn irgend jemand etwas gegen dich gesagt oder getan hat, dann rede mit mir. Ich laß ihm die verdammten Eier abreißen und röste sie über einem Grill!«

»Niemand, bis jetzt.«

»Aber warum dann?«

»Ich möchte einfach bereit sein für den Fall, daß dieses Gut auseinanderfällt. Weil das nämlich geschehen wird, wenn du von hier weggehst.«

»Mein Gott.« Sein Kopf sank nach vorn, und er vergrub das Gesicht in den Händen.

»Wirst du gehen?«

»Ich weiß es nicht. Ich bin heute morgen um das Gut geritten und hab' versucht, zu einer Entscheidung zu gelangen.«

»Und?«

»Ich möchte weg. Ich möchte wirklich. Ich weiß nicht, ob Grant mich dann in Ruhe läßt, oder ob ich mich dann völlig aufgebe. Ich glaube, der einzige Grund, warum ich nicht schon lange weg bin, ist die Tatsache, daß er ebenfalls nicht weiß, ob er soll oder nicht. Cricklade bedeutet ihm unheimlich viel. Er fürchtet den Gedanken, das Gut einen ganzen Winter lang allein zu lassen. Aber seine Töchter bedeuten ihm mehr. Ich glaube nicht, daß ich bei der Sache eine große Wahl habe.«

»Hör auf, bei mir nach Unterstützung zu suchen. Du hast immer eine Wahl. Was du dich selbst fragen solltest ist, ob du die Kraft hast, eine eigene Entscheidung zu treffen und hinterher durchzustehen.«

»Ich bezweifle es.«

»Hmmm.« Sie setzte sich auf den antiken Stuhl am Fußende des Bettes und blickte die verzagte Gestalt vor sich an. *Es gibt keine Grenze mehr,* stellte sie fest. *Sie verschmelzen miteinander. Nicht so schnell wie Olive und Véronique, aber unübersehbar. Noch ein paar Wochen, maximal zwei Monate, und sie sind eins.* »Hast du darüber nachgedacht, ob du nicht auch die Mädchen finden möchtest? Damit fängt dein Problem nämlich an.«

Er musterte sie mit einem überraschten Blick. »Was meinst du damit?«

»All dieser plötzliche Anstand, den Grants verschlagener Verstand bei dir zum Vorschein bringt. Du hast noch nichts davon verloren; du verspürst immer noch Schuldgefühle wegen Louise und dem, was du ihr anzutun versucht hast. Du würdest ebenfalls gerne wissen, ob sie wohlauf ist.

»Vielleicht. Ich weiß es nicht. Ich kann nicht mehr richtig denken. Jedesmal, wenn ich etwas sage, muß ich genau auf meine Worte hören, um herauszufinden, welche von mir und welche von ihm sind. Es gibt immer noch einen Unterschied, wenn auch marginal.«

»Ich neige zum Fatalismus. Ich denke, wenn Norfolk erst in ein paar Jahrzehnten gerettet wird, stirbst du vorher hier. Also warum gibst du nicht einfach nach und verbringst deine Zeit in innerem Frieden?«

»Weil *ich* diese Zeit verleben will!« flüsterte er wild entschlossen. »Ich, nicht er!«

»Das ist sehr egoistisch für jemanden, der in einem gestohlenen Körper lebt.«

»Du hast uns immer gehaßt, nicht wahr?«

»Ich habe gehaßt, was ihr getan habt. Ich hasse euch

nicht für das, was ihr seid. Luca Comar und ich wären wahrscheinlich ziemlich gut miteinander zurechtgekommen, wenn wir uns jemals begegnet wären, meinst du nicht auch?«

»Ja. Stimmt.«

»Du kannst nicht gewinnen, Luca. Er wird bei dir sein, solange du lebst.«

»Ich werde nicht aufgeben.«

»Hätte Luca Comar den Marodeur Spanton tatsächlich getötet? Grant Kavanagh hätte es getan, ohne einen Augenblick zu zögern.«

»Du verstehst das nicht. Spanton war ein Wilder. Er hätte alles zerstört, was wir sind, alles, was wir hier mit unserer Arbeit erreicht haben. Ich habe es in seinem Herzen gesehen, ganz deutlich. Mit Leuten wie ihm kann man nicht reden. Man kann sie nicht erziehen.«

»Warum willst du etwas erreichen, Luca? Es ist durchaus möglich, von dem zu leben, was das Land uns gibt. Wir können das, wir Zigeuner. Selbst Grant könnte dir zeigen, wie es geht. Welche Pflanzen eßbar sind. Wo Schafe und Vieh sich im Winter zusammendrängen und Schutz suchen. Du könntest Jäger werden, von niemandem mehr abhängig.«

»Aber Menschen sind mehr als das. Wir sind eine soziale Spezies. Wir sammeln uns in Stämmen oder Clans, wir handeln. Das ist die Grundlage unserer gesamten Zivilisation.«

»Du bist tot, Luca! Du bist vor Hunderten von Jahren gestorben. Diese Rückkehr hier ist nur vorübergehend, ganz gleich, wie es endet: ob du vorher stirbst oder die Konföderation Norfolk zurückholt. Warum willst du unter diesen Umständen eine behagliche Zivilisation errichten? Warum willst du nicht im Heute leben und aufhören, an das Morgen zu denken?«

»Weil ich nicht so bin! Ich kann das einfach nicht!«

»Wer kann das nicht? Wer von euch beiden ist es, der sich eine Zukunft erträumt?«

»Ich weiß es nicht!« Er fing an zu schluchzen. »Ich weiß nicht mehr, wer ich bin.«

Dieser Tage arbeitete nicht mehr ganz so viel Personal im taktischen Einsatzzimmer von Fort Forward, ein Barometer des Fortschritts der Befreiungskampagne und der allgemeinen Stimmung. Die massiven Koordinationsanstrengungen für den ersten Angriff waren längst obsolet. Danach hatte es nur noch einmal eine hektische Zeit gegeben, nach dem katastrophalen Angriff auf Ketton, als sie den Verlauf der Frontlinien und die Vormarschrichtung ändern mußten, um Mortonridge in Einschließungszonen zu unterteilen. Es war eine Strategie, die bis jetzt einigermaßen funktioniert hatte. Jedenfalls hatte es kein weiteres Ketton mehr gegeben. Die Einschließungszonen waren in immer kleinere und kleinere Zonen aufgeteilt worden, und mit ihnen die Zahl der Besessenen, die sich zusammenrotten konnten.

Von seinem Büro aus konnte Ralph Hiltch direkt auf den großen Statusschirm an der gegenüberliegenden Wand sehen. Nach Ketton hatte er tagelang hinter seinem Schreibtisch gesessen und auf die roten Symbole der Frontlinie gestarrt, die sich in ein unregelmäßiges Gitter aus Quadraten verwandelte, das ganz Mortonridge überzog. Jedes Quadrat war anschließend in ein Dutzend oder kleinere Quadrate weiter unterteilt worden, die sich in Kessel verwandelten, bis die Kontraktion schließlich endete. Die Belagerungen hatten angefangen. Siebenhundertsechzehn Belagerungsringe.

Damit blieb dem taktischen Operationszentrum nur noch die Aufsicht über die Aufräumarbeiten auf dem freien Land. Die Hauptaktivität der Kommandozentrale war jetzt die Organisation der Logistik, die Koordination der Nachschubwege zu den einzelnen Lagern und die Evakuierung der Ex-Besessenen. Und all das fiel in die Aufgabenbereiche untergeordneter Abteilungen.

»Wir sind überflüssig geworden«, sagte Ralph zu Janne Palmer. Sie und Acacia waren nach der morgendlichen Stabsbesprechung in Ralphs Büro geblieben. Es war fast zu einer Gewohnheit geworden; sie tranken gemeinsam Kaffee und besprachen Dinge, die nicht die Aufmerksamkeit einer vollen Stabsversammlung erforderten. »Es gibt keine Kämpfe mehr«, fuhr er fort. »Keine falschen Entscheidungen mehr, für die ich die Schuld auf mich nehmen muß. Jetzt geht es nur noch um Zahlen, Statistiken, Durchschnitte. Wie lange es dauert, bis die Besessenen ihre letzten Vorräte aufgebraucht haben, wie wir unsere medizinischen Ressourcen am besten verteilen und unsere Transporteinheiten. Wir sollten einfach alles den Bürohengsten übergeben und gehen.«

»Ich wußte gar nicht, daß Generäle so bitter über ihre Siege denken können«, entgegnete Janne. »Wir haben gewonnen, Ralph, Sir! Sie waren so erfolgreich, daß die Befreiung zu einer glatten Angelegenheit geworden ist. Niemand schießt mehr auf uns.«

Er warf einen merkwürdigen Blick zu Acacia. »Würden Sie die Operation als glatt bezeichnen?«

»Unsere Fortschritte verlaufen jedenfalls glatt, General. Einzelne Individuen draußen an der Front haben selbstverständlich beträchtliche Unannehmlichkeiten erfahren.«

»Auf unserer Seite wie auf der anderen. Haben Sie den Zustand der Besessenen im Auge behalten, die wir einfangen, wenn eine Belagerung erfolgreich war?«

»Habe ich, Sir«, sagte Janne.

»Sie ergeben sich nicht wirklich, wissen Sie. Die Besessenen werden nur so schwach, daß die Serjeants ohne Gegenwehr einmarschieren können. Allein gestern haben wir dreiundzwanzig Belagerungen abgeschlossen, und dabei fanden wir dreiundsiebzig Tote. Ausgezehrt, ausgemergelt, aber nicht bereit aufzugeben, bis zum Schluß. Und die übrigen ... mein Gott, Krebs und Unterernährung sind eine verdammt üble Kombination. Sieben weitere sind auf dem Evakuierungsflug nach Fort Forward gestorben, nachdem sie aus den Null-Tau-Kapseln gekommen sind.«

»Ich glaube, wir haben inzwischen genügend Kolonistentransporter im Orbit, um alle Kranken unterzubringen«, sagte Acacia.

»Wir können sie in den Null-Tau-Abteilen unterbringen«, sagte Ralph. »Aber was ihre Heilung angeht, bin ich nicht so sicher. Vielleicht müssen sie eine ganze Weile in Stasis verbringen, bis wir einen Hospitalplatz für sie gefunden haben. Selbst mit aller Hilfe, die wir von den edenitischen Habitaten und unseren Alliierten erhalten. Du lieber Gott, können Sie sich vorstellen, was erst los sein wird, wenn wir einen ganzen Planeten zurückholen, wohin auch immer sie mit unseren Welten verschwinden?«

»Ich glaube, der Präsident der Konföderationsversammlung hat den Botschafter der Kiint um materielle Hilfe gebeten«, sagte Acacia. »Roulor hat gesagt, daß seine Regierung uns gerne bei jeder physischen Krise behilflich sein würde, die über unsere industriellen oder technologischen Fähigkeiten hinausgeht.«

»Und die medizinische Situation auf Ombey ist keine derartige Krise?« fragte Janne.

»Die Behandlung der Ex-Besessenen von Mortonridge übersteigt nicht die medizinische Kapazität der gesamten Konföderation. Ich denke, das ist das Kriterium, das die Kiint gemeint haben.«

»Es mag vielleicht physisch möglich sein, aber welche Regierung läßt schon ein Schiff voller Ex-Besessener in ihr Sternensystem, ganz zu schweigen davon, sie in die zivilen Hospitäler auf den Planeten und Asteroiden aufzuteilen?«

»Menschliche Politik«, knurrte Ralph. »Die größte Mißgunst in der gesamten Galaxis.«

»Das ist Paranoia, nicht Politik«, entgegnete Janne.

»Die sich in Wählerstimmen niederschlägt, und damit wird sie zu Politik.« Der Computer des Operationszentrums sandte per Datavis einen Strom von Informationen an Ralph Hiltchs neurale Nanonik. Ralph blickte durch das Fenster und sah, wie einer der roten Ringe auf der Karte von Mortonridge eine blaßlila Farbe annahm. »Eine weitere Belagerung vorbei. Eine Stadt namens Wellow.«

»Ja«, sagte Acacia. Sie schloß die Augen, während sie den Serjeants lauschte, die die Ansammlung durchnäßter, schlammbesudelter Gebäude umringten. »Die ELINT-Blocks, die das energistische Feld überwachen, haben einen massiven Rückgang festgestellt. Die Serjeants rücken ein.«

Ralph überprüfte die Administrationsprozeduren der KI. Transportmöglichkeiten wurden bereitgestellt; ein Geschwader Stonys war bereits zum Lager unterwegs. Die medizinischen Einrichtungen von Fort Forward wurden benachrichtigt. Die KI stellte sogar eine überschlägige Schätzung von Null-Tau-Kojen an, die an Bord der Kolonistentransporter benötigt wurden, basierend auf den letzten Infrarotaufnahmen der Beobachtungssatelliten im niedrigen Orbit. »Ich wünschte fast, es wäre noch so wie am ersten Tag«, sagte Ralph. »Ich weiß, daß die Besessenen einen höllischen Kampf liefern, aber wenigstens waren sie gesund, wenn wir sie überwunden hatten. Ich war für das Entsetzen des Krieges gerüstet, und ich wußte, daß unsere Truppen Verluste erleiden würden. Aber das hier – damit habe ich nicht gerechnet. Das ist keine Rettungsaktion mehr, das ist politische Zweckmäßigkeit, weiter nichts.«

»Haben Sie das auch der Prinzessin gesagt?« fragte Acacia.

»Ja. Sie hat mir sogar beigepflichtet. Aber sie gestattet mir nicht, ein Ende zu machen. Wir müssen sie vertreiben, das ist alles, was zählt. Der politische Preis zählt mehr als der menschliche.«

Die Reporter, die von der Befreiungskampagne berichteten, waren ausnahmslos in dreistöckigen Baracken aus programmierbarem Silikon untergebracht, die sich auf der westlichen Seite von Fort Forward erstreckten, nahe dem Hauptquartier und dem Verwaltungsbereich. Niemand hatte Einwände; sie waren nah bei einer Offiziersmesse, was ihnen zumindest den einen oder anderen Drink am Abend ermöglichte. Doch was die authentische Erfahrung eines Truppenquartiers anbelangte, konnte man den Realismus auch übertreiben. Das Erdgeschoß war ein einziger offener Raum, gedacht als allgemeiner Erholungs- und Versammlungsort, ausgestattet mit jeweils fünfzig Plastikstühlen, drei großen Tischen, einem professionellen Induktionsofen und einer Trinkwasserzapfstelle. Weiter nichts. Wenigstens verfügte er über einen Netzprozessor hoher Leistungsfähigkeit, mit dessen Hilfe die Reporter mit ihren Studioleitern in Verbindung bleiben konnten. Die Betten befanden sich in den oberen Stockwerken, in sechs Schlafsälen, mit einem gemeinsamen Badezimmer auf jeder Etage. Die Reporter waren an Vier-Sterne-Hotels gewöhnt und taten sich dementsprechend schwer, sich an die Umstände zu gewöhnen.

Der Regen setzte morgens um acht Uhr ein, als Tim Beard unten beim Frühstück saß. Es gab drei Wahlmöglichkeiten in Fort Forward, allesamt fertig vorbereitet: Tablett A, Tablett B und Tablett C. Tim bemühte sich immer, rechtzeitig nach unten zu kommen, um noch ein

Tablett A von dem Stapel neben der Tür zu erwischen, weil es das reichhaltigste Frühstück war. Auf diese Weise konnte er das Mittagessen ausfallen lassen: Die Tabletts D, E und F stellten eine Verletzung jeglicher Menschenrechtserklärung dar.

Tim schob sein Tablett in den Induktionsofen und stellte den Timer auf dreißig Sekunden, als es draußen vor dem offenen breiten Eingang zu tröpfeln begann. Tim stöhnte bestürzt auf.

Regen würde die Luftfeuchtigkeit für den Rest des Tages zur reinsten Hölle machen, und falls er nach Mortonridge ging, würde er am Abend Anti-Pilz-Gel benutzen müssen – nicht zum ersten Mal. Ein weiterer Tag in den Klauen des Verfalls, während er von einer verrottenden Befreiungskampagne berichtete. Der Ofen piepste und warf sein Tablett aus. Die Umhüllung war gerissen, und der Haferbrei hatte sich mit den Tomaten gemischt.

An einem der Tische waren zwei Stühle frei. Tim setzte sich zu Donrell von News Galactic und nickte Hugh Rosler, Elisabeth Mitchell und den anderen zu.

»Weiß vielleicht jemand, ob wir heute raus müssen?« fragte er.

»Die Stonys bringen uns nach Monkscliff«, sagte Hugh. »Sie wollen uns ein Team von Sanitätern zeigen, die gerade von Jerusalem zurück sind. Sie haben eine neue Methode gefunden, um die Unterernährten mit Protein vollzustopfen. Direkter Blutaustausch, bringt Proteine sofort zu den Zellen. Hundert Prozent Überlebensrate. Wird bestimmt richtig nützlich, wenn die letzten Belagerungen zu Ende gehen.«

»Ich möchte versuchen, noch einmal nach Chainbridge zurückzukehren«, sagte Tim. »Die Army hat dort ein großes Feldhospital errichtet. Ein paar von den Ichwills haben angeblich Selbstmord begangen. Sie sind offensichtlich nicht mit ihrer Rettung fertiggeworden.«

»Ich will auf die Seite der Sieger«, brummte Elizabeth. »Gottverdammt typisch, oder wie?«

»Nein«, widersprach Donrell selbstgefällig und grinste seine Kollegen reihum an. »Das interessiert euch bestimmt nicht. Urswick ist besser, glaubt mir.«

Tim haßte seinen Tonfall, aber Donrell gehörte zu den Typen mit der besten Nase für Informationen. Ein kurzer Check seiner neuralen Nanonik verriet ihm, daß die Stadt Urswick erst am vergangenen Nachmittag befreit worden war. »Gibt es einen bestimmten Grund?« fragte er.

Donrell grinste und schob sich umständlich eine dreieckige Scheibe Toast in den Mund. »Sie haben seit mehr als einer Woche nichts mehr zu essen gehabt«, sagte er kauend. »Das bedeutet, sie mußten irgend etwas anderes essen, um so lange auszuhalten.« Er leckte sich über die Lippen.

»O mein Gott!« Tim zuckte zusammen. Übelkeit stieg in ihm auf, und er schob sein Frühstückstablett von sich. Aber es würde eine phantastische Story abgeben.

»Wer zur Hölle hat dir das verraten?« fragte Elizabeth mit bestürzendem Eifer in der Stimme.

Tim wollte ihr einen mißbilligenden Blick zuwerfen, als Hugh Rosler plötzlich aufsah.

»Eine der Söldnerinnen, eine Bekannte von mir«, antwortete Donrell. »Sie hatte eine Freundin bei den Unterstützungstruppen für Urswick. Als die Belagerung anfing, zeigten die Infrarotsensoren hundertfünf Leute, die sich in der Stadt verschanzt hatten. Die Serjeants haben aber nur dreiundneunzig befreit.«

Hugh blickte sich stirnrunzelnd im Raum um, als hätte jemand seinen Namen gerufen.

»Könnte ein Grund für deine hoffnungslosen Fälle sein, Tim«, schlug Elizabeth vor. »Sie werden nicht mit den Erinnerungen fertig.«

Hugh Rosler stand auf und ging auf die offene Tür zu.

Donrell stieß ein rauhes Lachen aus. »Hey, Hugh, magst du ein paar von meinen Würstchen? Schmecken wirklich eigenartig heute.«

Tim warf ihm einen wütenden Blick zu und eilte hinter Hugh her.

»Hab' ich was Falsches gesagt?« rief Donrell hinter ihnen her. Der ganze Tisch kicherte.

Tim holte Hugh unmittelbar hinter der Tür ein. Rosler ignorierte den Regen völlig und marschierte zielstrebig über die Straße aus Maschengeflecht.

»Was ist denn los?« fragte Tim. »Du weißt etwas, stimmt's? Einer deiner einheimischen Kontakte hat dir eine Datavis-Nachricht geschickt.«

Hugh grinste Tim von der Seite her an. »Nein, nicht ganz.«

Tim stolperte neben ihm her. »Eine heiße Sache? Komm schon, Hugh, ich hab' dich auch immer informiert, oder vielleicht nicht? Deine besten Sens-O-Vis-Storys verdankst du mir.«

»Ich schätze, jetzt kriegst du deine Stories zurück.« Hugh wurde langsamer, dann wandte er sich entschlossen zur Seite und rannte durch eine Lücke zwischen zwei Baracken hindurch.

»Meine Güte!« brummte Tim. Er war durchnäßt, aber nichts auf der Welt würde ihn jetzt zum Aufgeben bringen.

Hugh mochte ein Provinzschreiber sein, der für ein unbedeutendes Nichts von Agentur arbeitete, aber er war immer bestens informiert.

Auf der anderen Seite der Baracken befand sich eine vierspurige Straße, mit einer Kreuzung unmittelbar vor ihnen. Zwei Abzweigungen führten um eins der Feldhospitale von Fort Forward herum. Hugh eilte ohne nach rechts oder links zu sehen auf die vierspurige Straße, direkt vor einen automatischen Zehn-Tonnen-Laster.

»Hugh!« kreischte Tim.

Hugh Rosler blickte nicht einmal auf. Er hob die Hand und schnippte mit den Fingern.

Der Truck stand.

Tim riß die Augen auf. Er konnte es nicht glauben. Der Wagen hatte nicht gebremst, er war nicht schlitternd zum Halten gekommen. Er stand einfach. Bewegungslos. In der Mitte der Straße. Von fünfzig Stundenkilometern auf Null in einem Augenblick.

»O Mutter Gottes!« krächzte Tim. »Du bist einer von ihnen!«

»Nein, bin ich nicht«, antwortete Hugh. »Ich bin das gleiche wie du, ein Berichterstatter. Nur, daß ich es schon eine ganze Weile länger mache, als du vielleicht glauben magst. Man lernt ein paar nützliche Dinge.«

»Aber ...« Tim war am Rand der Straße stehengeblieben. Jeglicher Verkehr war zum Halten gekommen, und rote Warnlichter blitzten hell.

»Komm schon«, sagte Hugh fröhlich. »Vertrau mir, das willst du unter keinen Umständen verpassen. Fang an aufzuzeichnen.«

Viel zu spät aktivierte Tim eine seiner nanonischen Speicherzellen, dann betrat er die Fahrbahn. »Hugh? Wie hast du das gemacht, Hugh?«

»Ich hab' die Massenträgheit in den Hyperraum abgeleitet. Zerbrich dir darüber nicht den Kopf.«

»Meinetwegen.« Tim erstarrte. In der Luft hinter Hugh war ein schwacher smaragdfarbener Lichtschein. Er stieß eine Warnung aus und hob die Hand, um darauf zu zeigen.

Hugh wandte sich breit grinsend zu dem Licht um. Es wurde rasch größer und nahm die Gestalt einer fünf Meter durchmessenden und zwanzig Meter hohen Säule an. Regentropfen funkelten in ihrer eigenen grünlichen Korona, als sie ringsum niedergingen.

»Was ... was ist das?« krächzte Tim. Er war zu fasziniert, um sich zu fürchten.

»Eine Art Tor. Ich verstehe seine grundlegende Dynamik nicht, und das ist für sich genommen schon bemerkenswert genug.«

Tim erinnerte sich an seine Reporterdisziplin und fokussierte seine Retinas auf das kalte Licht. Tief im Innern bewegten sich Schatten. Sie wurden größer, deutlicher, und dann trat ein Serjeant auf die naßglänzende Straße hinaus. Tim schaltete seine sensorische Aufzeichnung auf maximale Empfindlichkeit, während er ehrfürchtig wartete.

»Urgh!« rief das mächtige BiTek-Wesen mit schriller Stimme. »Was für ein wunderbares Willkommen zu Hause, Liebling. Es schifft aus allen Rohren.«

Ralph traf neunzig Minuten, nachdem sie sich geöffnet hatten, vor einem der insgesamt sieben smaragdfarbenen Tore ein. Die Zeit bis dahin hatte er mit hektischen Aktivitäten verbracht in dem Bemühen, einen Sinn im Geschehen zu erkennen und angemessen zu reagieren. Der Operationsraum war zum ersten Mal wieder voll besetzt, nachdem Offiziere von überall im Gebäude zusammengerannt waren und ihre Stationen besetzt hatten.

Daß es sich bei den leuchtenden grünen Säulen um eine Art Wurmlöcher handeln mußte, stand schon recht bald nach ihrem Auftauchen fest. Der genaue Status der Menschen und Serjeants, die in den Wurmlöchern materialisierten, war dagegen eine problematischere Angelegenheit.

»Sie enthalten keine edenitischen Persönlichkeiten mehr«, rief Acacia. »Das allgemeine Affinitätsband ist ein einziges Stimmengewirr. Sie reden durcheinander, ohne sich an die einfachsten Konventionen zu halten. Es ist unmöglich, etwas zu erkennen.«

»Wer sind sie dann?«

»Ich glaube, es handelt sich um Ex-Possessoren.«

Zu diesem Zeitpunkt waren mehrere Serjeants mit ursprünglichen (edenitischen) Persönlichkeiten durch die Tore gekommen. Sie halfen beim Aufklären der Situation und erzählten jedem Edeniten auf oder im Orbit um Ombey, daß sie Flüchtlinge von Ketton waren. Trotzdem rief Ralph Hiltch die höchste Alarmstufe aus und aktivierte damit die Maßnahmen, die in den Wochen vor der Invasion für den Fall ausgearbeitet worden waren, daß die Besessenen einen wilden Ausfall unternehmen und die Verteidigungslinien Fort Forwards überrennen würden. Jeglicher Boden- und Luftverkehr wurde eingestellt, sämtliches Personal in die Baracken beordert. Marines umstellten die Tore. Das wichtigste war jetzt herauszufinden, ob die Possessoren in den Serjeantkörpern noch über ihre energistischen Fähigkeiten verfügten. Nachdem diese Frage negativ beantwortet war, wurde der Alarm um eine Stufe gelockert. Ralph und Admiral Farquar stimmten darin überein, daß die strategischen Verteidigungsplattformen dennoch weiterhin auf die Tore gerichtet bleiben würden. Die Ex-Possessoren mochten sich vielleicht im Augenblick anständig benehmen, aber wer konnte wissen, ob das so bleiben würde?

Trotz aller Merkwürdigkeit bedeutete die Situation einmal mehr ein logistisches Problem. Die Menschen, die aus den Toren stolperten, waren im gleichen physischen Zustand wie jeder Ex-Besessene: unterernährt und dringend medizinischer Hilfe bedürftig. Es konnte kein Zufall sein, daß sich jedes einzelne der Tore unmittelbar vor einem der Hospitale geöffnet hatte, doch die schiere Zahl und Geschwindigkeit, mit der sie materialisierten, beanspruchte die medizinischen Ressourcen für Erste Hilfe bis zur Grenze ihrer Leistungsfähigkeit.

Was die Serjeants betraf – der einzige Fall, für den Ralph und sein Stab keine Pläne vorbereitet hatten, waren mehr als zwölftausend Ex-Possessoren, die keine

Bedrohung mehr darstellten. Ralph stufte sie zunächst als Kriegsgefangene ein, und die KI wies ihnen drei leerstehende Blocks als Unterkünfte zu. Marines und Söldner, die im Lager ihre Freizeit verbrachten, wurden zu Wacheinheiten zusammengezogen und sorgten dafür, daß die Ex-Possessoren die Gebäude nicht verließen.

Es war ein Hinhaltemanöver; Ralph wußte nicht, was er sonst mit ihnen hätte anfangen sollen. Sie waren nicht nur einfach Angehörige der gegnerischen Armee. Es würde bestimmt weitere Vorwürfe geben, beispielsweise Kidnapping und Körperverletzung und was der Dinge mehr waren. Und doch waren sie letztlich nur Opfer der äußeren Umstände, wie jeder gute Anwalt zweifelsohne argumentieren würde.

Trotzdem war das Problem, was hinterher mit ihnen geschehen würde, zum ersten Mal seit langem nicht sein Problem. Er beneidete Prinzessin Kirsten nicht um diese Entscheidung.

Dean und Will meldeten sich im Operationszentrum. Sie würden Ralph auf seiner Inspektion eskortieren. Das nächste Tor lag weniger als einen Kilometer vom Gebäude des Hauptquartiers entfernt. Obwohl die KI die Marines dirigierte, herrschte in dem umliegenden Gebiet das zu erwartende Chaos. Große Mengen von Zuschauern – einschließlich jedes Reporters im Lager – hatten sich versammelt und rannten durcheinander, um ja nichts zu verpassen. Dean und Will mußten sich mit den Ellbogen durch die Menge arbeiten, um einen Weg für Ralph zu bahnen. Wenigstens unmittelbar vor dem Tor herrschte ein gewisser Grad an Ordnung, als sie dort eintrafen. Der befehlshabende Captain der Marines hatte einen hundert Meter durchmessenden Perimeter errichtet. Im Innern hatten weitere Marines zwei Passagen errichtet, durch die die Rückkehrer weggeführt wurden. Eine Passage führte zu dem nahe gelegenen Eingang des Hospitals, der zweite führte zu einem Parkplatz, wo automatische Transporter warteten, um die Serjeants zu ihren Gefangenenlagern zu bringen. Sobald eine neue Gestalt aus dem leuchtenden Tor trat, entschied ein Beurteilungsteam, zu welcher Passage sie gebracht wurde. Die Entscheidung wurde von Kortikalstörern untermauert, und jeglicher Protest einfach ignoriert.

»Selbst unsere wenigen verbliebenen Serjeants mit edenitischen Persönlichkeiten gehen in die Gefangenenbaracken«, sagte Acacia zu Ralph, während sie sich einen Weg durch den Perimeter bahnten. »Es macht die Dinge einfacher. Wir können sie später immer noch von den Ex-Possessoren aussortieren.«

»Sagen Sie ihnen meinen Dank. Ich weiß ihre Kooperation zu schätzen. Wir müssen die Dinge im Fluß halten.«

Der Marine-Captain kam zu Ralphs kleiner Gruppe und salutierte. Regenwasser tropfte in stetigem Strom von seinem Schalenhelm.

»Wie geht es voran, Captain?« fragte Ralph.

»Gut, Sir. Wir haben die Lage inzwischen wenigstens hier vor Ort im Griff.«

»Sehr gut. Weitermachen. Wir werden uns bemühen, nicht im Weg zu stehen.«

»Danke, Sir.«

Ralph verbrachte ein paar Minuten damit zu beobachten, wie Menschen und Serjeants aus dem grünen Licht strömten. Trotz der Feuchtigkeit und dem warmen Regen spürte er, wie sich Kälte in seiner Brust ausbreitete.

Eigenartig, ich kann ein Wurmloch oder einen ZTT-Sprung über viele Lichtjahre als normal akzeptieren, aber ein Portal, das aus diesem Universum in ein anderes führt, jagt mir eine heillose Angst ein. Ist es vielleicht zu göttlich *für mich? Physischer Beweis einer Dimension, in der Himmelsbewohner existieren? Oder genau das Gegenteil, der Beweis, daß selbst die menschlichen Seelen und omnipotente Wesen eine rationale Basis haben? Ich blicke auf das Ende aller Religion, die Tatsa-*

che, daß wir niemals Besuch von irgendeinem Messias irgendeines Schöpfergottes hatten. Eine Tatsache, die so präsentiert wird, daß ich sie unmöglich ignorieren kann. Unsere gesamte Spezies hat ihre spirituelle Unschuld verloren.

Ralph konnte die Überraschung der Ex-Possessoren sehen, die durch das Tor kamen, die begriffsstutzige Verwirrung auf ihren Gesichtern, als der Regen begann, ihre Kleidung zu durchnässen. Die Serjeants polterten hervor. Ihre Konfusion war weniger offensichtlich, doch keiner von ihnen schien während der ersten paar Augenblicke die volle Kontrolle über seinen Körper zu besitzen.

Mehrere Angehörige des wissenschaftlichen Untersuchungsstabes wanderten um das Tor herum und hantierten mit ihren Sensorblocks. Der größte Teil des wissenschaftlichen Stabes war auf der Halbinsel unterwegs, um die Grundlagen der energistischen Kräfte der Besessenen zu erforschen. Diana Tiernan war eine von wenigen, die zufrieden waren wegen der Belagerungstaktik. Ihrer Meinung nach erhielten die Physiker auf diese Weise Gelegenheit, die geheimnisvolle Kraft außerhalb eines Labors zu studieren. Ralph hatte sie im Gebäude des Hauptquartiers zurückgelassen, wo sie sich hektisch darum bemühte, einen Rücktransport für Personal und Instrumente nach Fort Forward zu organisieren.

»Das ist Sinon!« rief Acacia. »Er ist echt!«

Ralph erblickte einen Serjeant, dem die Unsicherheit der anderen fehlte. Die Marines und Mediziner schickten ihn zu der Passage, die zu den Gefangenenbaracken führten. »Sind Sie sicher?« fragte Ralph.

»Ja.«

Ralph eilte zu dem Empfangskomitee. »Schon gut, wir übernehmen diesen hier.«

Der Marine-Captain schluckte seinen Ärger über die Einmischung herunter. »Jawohl, Sir.«

Ein gründlich zerknirschter Ralph Hiltch führte Sinon weg. Irgendwo zwischen Perimeter und Tor blieben sie stehen, umringt von Hiltchs eigenem Stab. »Diese kristalline Entität, der sie auf der anderen Seite begegnet sind – hat sie Ihnen verraten, wie wir das Problem der Possession lösen können?«

»Es tut mir leid, General. Sie hat die gleiche Haltung eingenommen wie die Kiint. Wir müssen unsere eigene Lösung finden.«

»Verdammt! Aber sie war bereit, bei der De-Possession der Besessenen zu helfen.«

»Ja. Sie sagte, sie würde uns nach unseren eigenen ethischen Vorstellungen beurteilen, und danach wäre Raub etwas Falsches.«

»In Ordnung. Wie waren die Bedingungen in diesem anderen Universum? Haben Sie etwas von den anderen Planeten sehen können?«

»Die Bedingungen waren das, was wir aus ihnen gemacht haben. Die Realdysfunktion war allumfassend. Unglücklicherweise haben selbst Wünsche Grenzen. Wir waren ganz allein auf diesem Felsen, ohne frische Luft oder Nahrung. Nichts konnte daran etwas ändern. Die Entität erklärte, daß ein Planet es wesentlich besser getroffen haben würde – nicht, daß wir einen gesehen haben. Dieses Universum ist viel zu groß für eine zufällige Begegnung. Die Wesenheit deutete an, daß es sogar größer sein könnte als unser eigenes, wenn auch nicht notwendigerweise in den physischen Dimensionen. Dieses Wesen ist ein Forscher; es ist in dieses Universum übergewechselt, weil es glaubte, auf diese Weise sein eigenes Wissen ausweiten zu können.«

»Also wartet dort nicht das Paradies?«

»Definitiv nicht. Die Besessenen irren sich gewaltig. Es ist ein Zufluchtsort, weiter nichts. Es gibt dort nichts außer dem, was man selbst mitgebracht hat.«

»Also ist sein Ursprung vollkommen natürlich?«

»Ich glaube schon, ja.«

Nach der großen Konfusion zu Beginn des Exodus hatten die Marines endlich die völlige Kontrolle über jeden, der durch eines der Tore kam. Sie hatten die Situation im Griff, und das änderte sich erst, als die letzten vier Serjeants durchkamen.

Die Marines wollten sie zu den wartenden Transportern dirigieren, wie sie es mit allen anderen Serjeants getan hatten.

»Bestimmt nicht, Mann«, sagte Moyo. »Wir warten hier auf sie.«

»Auf wen?« fragte der Captain der Marines.

»Stephanie. Sie muß irgendwie noch einmal umgekehrt sein.«

»Tut mir leid, keine Ausnahmen.«

»Yo, Dude«, mischte sich Cochrane ein. »Sie ist unsere Anführerin, und sie tut gerade ihre letzte gute Tat. Woher kommt ihr Katzen eigentlich, daß ihr euch benehmt wie Colonel Arschputzer persönlich?«

Der Captain wollte protestieren, doch irgendwie brachte ihn der Anblick eines Serjeants mit einer dünnen purpurnen Sonnenbrille und einem Rucksack mit Paisley-Muster zum Verstummen.

»Hey, ich meine, sie ist ganz allein dort draußen und kämpft gegen die letzte und gefährlichste der Koboldköniginnen, um *eure* Seelen zu retten! Das wenigste, was ihr tun könntet, wäre ein wenig mehr Dankbarkeit zu zeigen.«

»Es schließt sich«, rief McPhee.

Das Tor hatte angefangen zu schrumpfen, bis es nur noch eine kleine smaragdfarbene Sichel war, die kaum einen Meter über der Straßenoberfläche leuchtete. Die Physiker riefen aufgeregt durcheinander und erteilten der inzwischen beeindruckenden Ansammlung von Sensoren, die sie rings um den transdimensionalen Spalt aufgebaut hatten, per Datavis hastig neue Anweisungen.

»Stephanie!« brüllte Moyo.

»Warte«, sagte Cochrane. »Es schließt sich nicht vollständig, siehst du?«

Ein kleiner Rest smaragdfarbenen Lichts leuchtete kontinuierlich weiter.

»Sie ist noch immer drüben«, sagte Moyo verzweifelt. »Sie kann es noch schaffen. Bitte!« flehte er den Captain der Marines an. »Sie müssen uns erlauben, auf sie zu warten.«

»Das darf ich nicht.«

»Hey, warte mal«, sagte Cochrane. »Ich kenne vielleicht jemanden, der uns helfen könnte.« Seit dem Augenblick, da er wieder auf Ombey angekommen war, hatten tausend fremde Stimmen in seinem Kopf durcheinander geredet. – **Sinon,** rief er ihnen zu. – **Hey, großer Kumpel, bist du irgendwo in der Gegend? Ich bin es, dein alter Freund Cochrane. Wir könnten ein wenig einflußreiche Hilfe gebrauchen, und zwar schnell. Stephanie hat wieder einmal eine von ihren kosmischen Dummheiten begangen.**

Acacia trug das Problem direkt zu Ralph Hiltch. Vielleicht wäre er trotzdem hart geblieben, doch die Edenitin erwähnte Annette Eklund.

»Lassen Sie sie dort warten«, befahl Ralph dem Captain der Marines per Datavis. »Wir stellen eine spezielle Wache ab.«

Eine Stunde und zwanzig Minuten später expandierte das Dimensionstor erneut, und drei humanoide Gestalten stolperten heraus.

Stephanie und Annette, jetzt in Serjeantkörpern, die eine am ganzen Leib bebende Angeline Gallagher zwischen sich stützten. Sie übergaben Angeline den Sanitätern, die sie auf dem schnellsten Weg in das Hospital brachten.

Moyo rannte herbei und warf die Arme um Stephanie,

und sein Bewußtsein strahlte einen gewaltigen Strom von Kummer in das allgemeine Affinitätsband.

»Ich dachte schon, wir hätten dich verloren«, schrie er. »Ich hätte das nicht ertragen, nach allem, was wir durchgemacht haben!«

»Es tut mir leid«, antwortete sie. Eine physische Umarmung war beinahe unmöglich, und ihre harten Schädel prallten laut krachend gegeneinander, als sie versuchten, sich zu küssen.

Die Reporter, die bis zum bitteren Ende ausgeharrt hatten, schoben sich um die Wachposten herum und auf die eigenartige Gesellschaft zu.

»Hi Freunde, ich bin Cochrane, einer der Superhelden, die die Kinder über die Feuerschneise gebracht haben. Cochrane. Nein, C – O – C – H ...«

Es war still in den Gefangenenbaracken. Nicht, daß die Serjeants geschlafen hätten; das brauchten ihre BiTek-Körper nicht. Sie lagen auf ihren Pritschen oder gingen in der Halle auf und ab, gaben Reportern Interviews oder sahen sich AV-Sendungen an (in denen es hauptsächlich um sie selbst ging). Am meisten von allem gewöhnten sie sich an die Tatsache, daß sie zurück waren in echten Körpern und sie zu hundert Prozent besaßen. Das Begreifen und Staunen über diese neue Wendung ihres Schicksals hatte ihnen die Sprache verschlagen.

Ralph wanderte durch die Halle in eine der Baracken, begleitet von seinen beiden aufmerksamen Leibwächtern Dean und Will. Die Marines gestatteten den Serjeants, sich frei in den Baracken zu bewegen – mit einer Ausnahme. Fünf bewaffnete Soldaten standen draußen vor der Tür zu dem Büro, in dem das BiTek-Konstrukt gefangengehalten wurde. Zwei nahmen Habachtstellung an, als sie Ralph erblickten, die restlichen drei konzentrierten sich weiter voll auf ihre Aufgabe.

»Öffnen Sie die Tür«, befahl Ralph.

Dean und Will traten mit ihm ein, und ihr Gesichtsausdruck verriet jedem Serjeant, daß sie es nur zu gerne mit ihm aufnehmen würden. Der einzige Insasse des Büros hatte passiv hinter einem Tisch Platz genommen. Ralph setzte sich auf die gegenüberliegende Seite.

»Hallo, Annette.«

»Ralph Hiltch. General, Sir. Sie werden zu einer deprimierend häufig wiederkehrenden Erscheinung in meinem Leben.«

»Ja. Wenigstens ist es jetzt ein Leben, nicht wahr? Wie fühlt es sich an, als richtige Person von den Toten zurückzukehren?«

»Es ist genau das, was ich mir immer gewünscht habe, also kann ich mich wohl kaum beschweren, oder? Obwohl ich denke, daß ich mit der Zeit ein wenig unzufrieden sein werde wegen der fehlenden Sexualität dieses Körpers.«

»Sie werden noch viel unzufriedener werden, wenn ich versage und die Besessenen über den Horizont kommen, um Ihren hübschen neuen Körper für eine Verlorene Seele in Besitz zu nehmen.«

»Seien Sie doch nicht so bescheiden, General. Sie werden schon nicht versagen, nicht hier auf Ombey. Sie sind viel zu gut in Ihrem Job, und Sie lieben Ihre Arbeit. Wie viele Belagerungsringe sind noch übrig?«

»Fünfhundertzweiunddreißig.«

»Ich nehme an, die Zahl fällt weiter. Das war eine sehr gute Strategie, Ralph. Eine gute Antwort auf Ketton. Trotzdem hätte ich zu gerne Ihr Gesicht gesehen, als wir diesen Felsen vor Ihrer Nase weggeschnappt haben.«

»Wohin hat dieses Kunststück Sie gebracht? Was haben Sie damit erreicht?«

»Ich habe einen Körper, oder etwa nicht? Ich lebe wieder.«

»Das ist Zufall, mehr nicht. Und nach dem, was ich

gehört habe, waren Sie nicht einmal besonders hilfreich.«

»Ja, ja, schon gut, die Heilige Stephanie. Die Heldin von der fliegenden Insel. Wird die Päpstin ihr jetzt eine Audienz gewähren? Das würde ich wirklich zu gerne sehen: Eine BiTek-Mißgeburt mit einer Seele, die dem Fegefeuer entkommen ist, sitzt im Vatikan und trinkt mit den Kirchenfürsten Tee.«

»Nein. Die Päpstin wird niemanden mehr empfangen. Die Erde steht im Begriff, an die Possession zu fallen.«

»Scheiße! Ist das Ihr Ernst?«

»Ja. Nach den letzten Nachrichten, die ich gehört habe, waren vier Arkologien infiziert. Vielleicht ist die Erde inzwischen sogar schon gefallen. Sie sehen also, ich mag vielleicht gewonnen haben, aber am Ende waren Sie es, die recht behalten hat. Dieses Problem wird sich niemals hier auf Ombey entscheiden.«

Der Serjeant richtete sich auf, und die tiefliegenden Augen ließen Ralph nicht eine Sekunde aus dem Blick. »Sie sehen müde aus, General. Diese Befreiungskampagne setzt Ihnen wirklich zu, nicht wahr?«

»Sie und ich wissen beide, daß es kein Paradies gibt. Keine Unsterblichkeit. Die Besessenen können nicht bekommen, was sie sich erträumen. Was werden sie tun, Annette? Was wird auf der Erde geschehen, wenn sie in diesem Universum ankommt und keine ihrer Nahrungssynthesemaschinen mehr funktioniert? Was dann?«

»Sie werden sterben. Und zwar für immer. Ihr Leiden hat ein Ende.«

»Und das nennen sie eine Endlösung? Problem vorbei?«

»Nein. Ich hatte die Gelegenheit. Ich habe sie nicht wahrgenommen.«

»Das Jenseits ist also dem endgültigen Tod vorzuziehen?«

»Ich bin zurück, oder nicht? Möchten Sie mich lieber auf den Knien sehen?«

»Ich bin nicht gekommen, um mich an Ihrer Niederlage zu ergötzen, Annette.«

»Warum sind Sie dann hier?«

»Ich bin der Oberkommandierende der Befreiungsarmee. Das verleiht mir für den Augenblick außerordentlich viel Macht, und das nicht nur in militärischer Hinsicht. Sagen Sie mir, ob es einen Sinn macht, daß ich hier bin. Können wir die Angelegenheit hier auf Mortonridge in Ordnung bringen, oder ist alles, was wir durchgemacht haben, umsonst gewesen?«

»Sie haben den Befehl über eine erschöpfte Armee, die einem sterbenden Feind gegenübersteht, Ralph. Das ist keine Plattform für eine Revolution. Sie versuchen immer noch, ihren großartigen Krieg zu einem noblen Abschluß zu bringen. Es gibt keinen. Das hier ist ein Nebenschauplatz. Ein unglaublich kostspieliges, fabelhaft dramatisches Unterhaltungsspektakel für die Zuschauermassen. Wir haben ihre Aufmerksamkeit abgelenkt, während die Männer und Frauen mit der wirklichen Macht über unser Schicksal entschieden haben, wie immer das aussehen mag. Politische Erwägungen bestimmen, wie die Menschheit dieser Krise gegenübertritt. Krieg besitzt diese Fähigkeit nicht. Krieg kennt nur ein Ergebnis. Krieg ist dumm, Ralph. Er ist die Entweihung menschlichen Geistes, ein Martyrium für den Traum eines anderen. Krieg ist für Menschen, die nicht an sich selbst glauben. Für Menschen wie Sie, Ralph.«

Der Sens-O-Vis-Konferenzraum der Sicherheitsstufe eins sah immer gleich aus. Prinzessin Kirsten saß bereits an einem Ende des ovalen Tisches, als sich das Bild aus weißem Nichts um Ralph herum bildete und ihn an das andere Ende plazierte. Sonst war niemand anwesend.

»Nun, was für ein Tag«, begann Kirsten. »Nicht nur,

daß wir all unsere Leute sicher wieder zurückbekommen haben, am Ende gibt es auch weniger Verlorene Seelen, die die Lebenden heimsuchen könnten.«

»Ich möchte, daß es aufhört«, sagte Ralph. »Wir haben gewonnen. Was wir jetzt noch tun, ist vollkommen sinnlos geworden.«

»Auf meinem Planeten gibt es immer noch mehr als eine Viertel Million Besessene. Meine Untertanen sind die Opfer. Ich denke nicht, daß es vorbei ist.«

»Wir haben sie eingekesselt. Die Bedrohung ist neutralisiert. Selbstverständlich werden wir sie weiter isoliert halten, aber ich bitte darum, daß wir die Feindseligkeiten einstellen.«

»Ralph, das alles war Ihre Idee. Die Belagerungen haben zum Ende der Gefechte geführt.«

»Und sie durch lauter Urswicks ersetzt. Ist es das, was Sie wollen? Daß Ihre Untertanen sich gegenseitig auffressen?«

Das Bild der Prinzessin zeigte keinerlei emotionale Reaktion. »Je länger sie besessen bleiben, desto mehr breiten sich ihre Krebsgeschwülste aus. Diese Körper werden sterben, wenn wir nicht aktiv intervenieren und sie befreien.«

»Ma'am, ich habe den Befehl ausgegeben, den gegenwärtig unter Belagerung befindlichen Besessenen Nahrung und wichtige Medikamente zu übergeben. Ich werde diesen Befehl auf keinen Fall widerrufen. Falls Sie nicht möchten, daß es geschieht, werden Sie meinen Rücktritt annehmen und mich von meinen Pflichten entbinden müssen.«

»Ralph, was zur Hölle hat das zu bedeuten? Wir sind dabei zu gewinnen! Allein heute sind dreiundvierzig Belagerungen zu Ende gegangen. Noch zehn Tage, vierzehn im höchsten Fall, und alles ist vorbei.«

»Es ist hier und jetzt vorbei, Ma'am. Den verbliebenen Besessenen weiter zuzusetzen ist ... abscheulich, Ma'am.

Sie haben früher auf mich gehört, mein Gott, so hat diese ganze Befreiungskampagne ihren Lauf genommen. Bitte hören Sie jetzt auch auf mich.«

»Sie sagen aber nichts, Ralph. Das hier ist ein Medienkrieg, eine Propagandaübung, das war es von Anfang an. Mit Ihrer Kooperation, wie ich betonen möchte. Wir brauchen den totalen Sieg.«

»Den haben wir bereits, Ma'am. Das hier ist mehr. Wir haben heute herausgefunden, daß es möglich ist, ein Tor zu dem Universum zu öffnen, in dem die Besessenen Zuflucht suchen. Niemand versteht es oder die Physik dahinter, aber wir wissen jetzt, daß es möglich ist. Eines Tages werden wir imstande sein, den Effekt aus eigener Kraft zu replizieren. Die Besessenen können sich nicht mehr vor uns verstecken. Das ist unser totaler Sieg, Ma'am. Wir können ihnen zeigen, was sie sind und wo ihre Grenzen liegen. Und auf diese Weise können wir anfangen, nach einer endgültigen Lösung zu suchen.«

»Erklären Sie mir das.«

»Wir haben die Macht über Leben und Tod der Besessenen in den Belagerungsringen, insbesondere jetzt, wo die Konföderierte Navy an ihrem Erinnerungslöscher arbeitet. Indem wir die Belagerung bis zu ihrer Kapitulation fortsetzen, verschenken wir einen wichtigen taktischen Vorteil. Die Eklund sagt, diese Krise wird niemals auf Ombey gelöst, nicht von uns. Ich habe ihr eigentlich immer geglaubt, doch mit dem heutigen Tag hat sich das geändert. Wir befinden uns in einer einzigartigen Position; wir können die Besessenen zur Kooperation zwingen und dazu, uns bei der Suche nach einer Lösung zu helfen. Es gibt eine Lösung, Ma'am. Die Kiint haben sie gefunden, die Kristallwesen fanden sie, wir glauben sogar, daß die Laymil eine gefunden haben – nicht, daß Massenselbstmord für Menschen akzeptabel wäre. Also geben sie den verbliebenen Besessenen zu essen, warten Sie, bis sie sich ein wenig erholt haben, und dann fangen sie an zu verhandeln. Wir könnten die Veteranen von Ketton hinschicken, damit sie den Dialog für uns in Gang bringen.«

»Sie meinen die Serjeants, die Ex-Possessoren?«

»Wer wäre besser dazu geeignet, Ma'am? Sie wissen aus erster Hand, daß das Universum, in dem sie Zuflucht gesucht haben, kein Paradies ist. Wenn irgend jemand die anderen überzeugen kann, dann sind es diese Serjeants.«

»Guter Gott, Ralph! Zuerst wollen Sie, daß das Königreich BiTek-Technologie einsetzt, und jetzt soll ich mich mit den Verlorenen Seelen persönlich verbünden!«

»Wir wissen, welche Folgen es für uns hat, wenn wir ihnen feindselig gegenübertreten. Ein Fünftel eines Kontinents verwüstet, Tausende von Toten, Hunderttausende von Krebskranken. Das ist Leiden in einem Maßstab, den wir seid dem Genozid an den Garissanern nicht mehr hatten. Sorgen Sie dafür, daß es nicht umsonst war, Ma'am. Daß etwas Gutes dabei herauskommt. Wenn es möglich ist, wenn es nur die kleinste Chance gibt, daß es funktioniert, dann dürfen Sie sie nicht ignorieren.«

»Ralph, Sie werden noch den Tod meiner Berater auf Ihr Gewissen laden.«

»Dann können sie aus dem Jenseits zurückkehren und mich verfolgen. Was sagen Sie nun zu meinem Befehl?«

»Falls auch nur ein einziger dieser Besessenen die Gelegenheit nutzt, um einen Ausbruchsversuch zu starten, dann will ich alle in Null-Tau. Ohne Ausnahmen.«

»Verstanden.«

»Also schön, General. Machen Sie, was Sie für richtig halten.«

Al war in eine Suite umgezogen, die ein paar Stockwerke höher lag und in der alle Versorgungseinrichtungen noch funktionierten. Die Ärzte benötigten eine zuverlässige elektrische Versorgung, spezielle Telephonleitungen, saubere Luft und all diesen Mist. Sie hatten das Schlafzimmer seiner neuen Suite in einen Behandlungsraum umgewandelt und sämtliche Ausrüstung und nanonischen Medipacks aus dem Hospital des Monterey hergeschafft. Noch mehr Zeug war von San Angeles heraufgeflogen worden. Sachen, die Al nicht ganz geheuer waren, Teile von anderen Menschen, lebendige Organe und Muskeln und Adern und Haut. Emmet hatte den ganzen Planeten nach kompatiblen Augen absuchen lassen und sie schließlich in einem Lager in Sunset Island aufgespürt. Ein Direktflug hatte sie zum Monterey gebracht.

Die Ärzte sagten, daß alles wieder in Ordnung kommen würde. Jez schwebte nicht mehr in Lebensgefahr. Sie hatten ihr Blut ausgetauscht und Gewebe und Haut auf die Stellen genäht, wo Kieras weißes Feuer sich bis auf die Knochen gefressen hatte. Sie hatten ihr neue Augen implantiert. Nachdem die Operationen vorbei waren, hatten sie Jez von oben bis unten in nanonische Medipacks eingewickelt. Jetzt wäre es nur noch eine Frage der Zeit, bis sie wieder ganz die Alte war, hatten sie ihm versichert.

Sie mochten es nicht, wenn Al zu oft Krankenbesuche abstattete. Jez sah so hilflos aus in diesem grünen Plastikzeugs, daß er sich immer aufregte, und das hinderte dieses Plastikzeugs daran, vernünftig zu funktionieren. Also kam er ihr nicht zu nahe, sondern blieb draußen vor der Tür und wachte dort über sie. Wie ein richtiger Kerl es für seine Lady eben tun sollte. Und das Warten gab ihm eine Menge Zeit zum Nachdenken.

Mickey, Emmet und Patricia kamen in die Lounge der Suite. Al beauftragte einen der Stewards, Drinks herumzureichen, als sie sich an den niedrigen Tisch aus Messing und Marmor gesetzt hatten, dann schickte er alle anderen aus dem Zimmer.

»In Ordnung, Emmet, wie lange dauert es noch, bis sie hier sind?«

»Ich schätze, irgendwann in den nächsten zehn Stunden ist es soweit, Al.«

»Das muß reichen.« Al zündete sich eine Havanna an und blies eine dicke Rauchwolke zur Decke hinauf. »Rundheraus, können wir sie abwehren?«

Emmet nahm einen Schluck von seinem Bourbon und setzte das Glas wieder auf dem Tisch ab, wobei er es angestrengt anstarrte.

»Rundheraus, Al? Nein, wir werden verlieren. Selbst wenn sie nur die gleiche Anzahl an Waffen einsetzen wie gegen Arnstadt, haben wir keine Chance. Und sie führen genug Kombatwespen mit, um zwei- oder dreimal mehr auf uns abzufeuern. Alles im Orbit über New California wird ausgelöscht. Die Schiffe können vielleicht wegspringen, aber wo sollen sie hin? Höchstens zu den letzten paar Welten, die wir infiltriert haben. Ich bin nicht sicher, ob sie überhaupt soweit kommen; wir glauben, daß Voidhawks der Konföderierten Navy eine Menge von unseren Jungs verfolgt und vernichtet haben, nachdem sie weggesprungen sind. Es sind nicht gerade viele, die es bis hierher zurück geschafft haben.«

»Danke, Emmet. Ich weiß deine Offenheit zu schätzen. Mickey, Patricia, wie ist die Stimmung bei unseren Soldaten?«

»Sie sind verdammt nervös, Al«, antwortete Patricia. »Kein Zweifel, sie haben die Nase voll. Es ist genug Zeit vergangen, damit die Worte von diesem Miststück Kiera in ihren Köpfen Wirkung zeigen können. Wir sind die Spitze der Organisation, und das macht uns zu einem Ziel, Al. Wir wissen, daß wir keine neue Welt mehr übernehmen können, New California ist alles, was wir haben.

Und eine Menge von den Jungs möchte nach unten, zur Oberfläche.«

»Aber wir halten sie zurück, Al«, sagte Mickey. Sein nervöses Zucken war nicht zu übersehen. »Ich höre kein Gemurre von meinen Leuten. Sie sind loyal. Du hast uns zu dem gemacht, was wir sind, Al, und wir bleiben bei dir.«

Sein blinder Enthusiasmus entlockte Al ein ungewisses Lächeln. »Ich bitte niemanden, für mich Selbstmord zu begehen, Mickey. Das würden sie sowieso nicht tun; vergiß nicht, sie waren alle schon einmal im Jenseits. Sie werden nicht zurückkehren, nur weil irgend jemand sie nett darum bittet, selbst wenn ich es bin. Schön und gut, die Party ist vorbei, Leute. Wir hatten eine Weile unseren Spaß, aber wir sind am Ende der Straße angekommen. Ich bin einmal von der Geschichte falsch verurteilt worden, und ich will nicht, daß das noch einmal geschieht. Diesmal werden die Leute sagen, daß ich für alle das Beste getan habe. Sie werden mir Respekt entgegenbringen, echten Respekt.«

»Wie das?« fragte Patricia.

»Weil wir einen stilvollen Abgang machen werden. Ich werde derjenige sein, der dem Gemetzel ein Ende setzt. Ich werde der Navy ein Angebot machen, das sie nicht ablehnen kann.«

Die *Ilex* war einer der Voidhawks, die im Anschluß an die Massendesertion der Hellhawks einen Beobachtungsposten zwei Millionen Kilometer über New California und der Organisation bezogen hatte. Der Konsensus vom Yosemite hatte schon bald herausgefunden, was es mit dem Almaden auf sich hatte. Hellhawks hatten nicht-besessene Überlebende bei den Habitaten abgeliefert – ihr Teil eines Handels für die Wiederinstandsetzung der Nahrungssyntheseanlage auf dem Asteroiden, hatten sie berichtet. Der Konsensus hatte die Implikationen dieser neuen Entwicklung noch nicht bis ins Letzte durchdacht; es schien unwahrscheinlich, daß sie die Maschinen länger als nur ein paar Jahre funktionsfähig halten konnten. Allerdings war die Tatsache, daß die Hellhawks so offen dem Kampf auszuweichen versuchten, eine ganz besonders angenehme Entwicklung. Capones Motive auf der anderen Seite, derartige Vorgänge zu gestatten (oder sogar zu unterstützen) waren indessen höchst fragwürdig.

Was auch immer der wahre Grund sein mochte, er lieferte dem Yosemite eine ausgezeichnete Gelegenheit, ihre Beobachtung von New California und der Organisationsflotte wieder aufzunehmen. Die *Ilex* war beauftragt worden, das strategische Verteidigungsnetzwerk im niedrigen Orbit auszukundschaften, in Vorbereitung der Ankunft Admiral Kohlhammers und seiner Angriffsflotte. Sie stieß ihre Spionagesonden aus und wartete nun auf das Ende ihres langen Falls bis hinunter unter den geostationären Orbit. Es würde noch wenigstens eine Stunde dauern, bevor die kleinen Sensoren anfingen, nützliche Daten zurückzufunken, als ein Kommunikationskanal vom Monterey auf die *Ilex* gerichtet wurde.

»Ich will mit dem Kommandanten reden«, sagte Al Capone.

Auster informierte augenblicklich die Habitate vom Yosemite. Ihr Konsensus trat zusammen und wohnte dem Gespräch durch Austers Augen und Ohren bei. »Hier spricht Kommandant Auster. Was kann ich für Sie tun, Mister Capone?«

Al grinste und wandte sich zu jemandem außerhalb der Aufnahmeoptik um. »Hey, du hattest recht. Sie sind etepetete wie die Tommys. Okay, Auster, wir alle rechnen damit, daß die Navy jeden Augenblick hier eintrudelt, stimmt's oder hab' ich recht?«

»Ich kann das weder bestätigen noch verneinen.«

»Scheiße. Sie ist auf dem Weg.«

»Was möchten Sie, Mister Capone?«

»Ich muß mit dem Burschen reden, der das Sagen hat. Dem Admiral. Und zwar bevor er anfängt zu schießen. Können Sie das für mich einrichten?«

»Worüber genau möchten Sie mit dem Admiral sprechen, Mister Capone?«

»Hey, das geht nur ihn und mich etwas an, Freund. Was ist jetzt, können Sie ein Gespräch einrichten oder wollen Sie sich lieber zurücklehnen und dabei zusehen, wie ein ganzer Haufen Leute niedergemetzelt wird? Ich dachte immer, das wäre gegen eure Religion oder sowas?`«

»Ich werde sehen, was ich für Sie tun kann.«

Die *Illustrious* materialisierte inmitten einer defensiven Kugelformation aus Voidhawks, dreihunderttausend Kilometer über New California. Admiral Motela Kohlhammer wartete ungeduldig auf das taktische Display und verfluchte die Zeit, die das Flaggschiff benötigte, um seine Sensoren auszufahren.

Plötzlich rief Lieutenant-Commander Kynea, der Verbindungsoffizier zu den Voidhawks: »Sir, die Voidhawks vom Yosemite haben eine Nachricht von Al Capone aufgefangen. Er möchte mit Ihnen reden.«

Es war nichts, womit Kohlhammer gerechnet hätte, doch die Wahrscheinlichkeit war immerhin vorhanden. Capone mußte kein Genie sein, um sich auszurechnen, wohin die Angriffsflotte nach Arnstadt als nächstes fliegen würde.

Das taktische Display wurde hell, ergänzt durch Informationen von den Yosemite-Voidhawks. Die Nachricht, daß die Hellhawks desertiert waren, erfüllte Kohlhammer mit Erleichterung und Freude. Obwohl New California auch ohne sie ein unglaubliches Verteidigungsnetzwerk besaß; seine Stärke war es, die letzten Endes die Größe der Angriffsflotte bestimmt hatte. Bis jetzt hatte noch keine der Plattformen gefeuert.

»Ich werde hören, was er zu sagen hat«, entschied Kohlhammer. »Aber ich möchte, daß unser Aufmarsch weitergeht wie geplant.«

»Aye, aye, Sir.«

Die *Illustrious* richtete eine ihrer Kommunikationsantennen auf den Monterey.

»Sie sind also der Admiral, wie?« fragte Capone, nachdem die Verbindung stand.

»Admiral Kohlhammer, Konföderierte Navy. Kommandierender Offizier der Angriffsflotte, die gegenwärtig über New California materialisiert.«

»Ich schätze, ich hab' Ihnen und Ihren Leuten eine Heidenangst eingejagt, wie?«

»Schätzen Sie noch mal.«

»Das wird nicht nötig sein. Ich weiß, daß es so ist, Freund. Sie sind verdammt viele da oben, und das bedeutet, Sie haben die Hosen voll.«

»Denken Sie, was Sie wollen. Das spielt nicht die geringste Rolle für mich. Möchten Sie sich vielleicht ergeben?«

»Sie sind ein ganz schön offener Mistkerl, wie?«

»Das ist sehr nett gesagt; man hat mir schon schlimmere Namen verliehen.«

»Sie haben eine Menge Leute im Arnstadt-System umgebracht, Admiral.«

»Nein. Sie haben sie umgebracht. Sie haben uns mit dem Rücken an die Wand gedrängt, bis uns keine andere Wahl mehr blieb, als so zu reagieren.«

Al grinste freundlich.

»Wie gesagt, ich hab' Ihnen Angst eingejagt. Das ist eine mächtig harte Entscheidung, die Ihre Konfödererationsversammlung da gefällt hat, einen ganzen Planeten zu opfern, nur um mich zu erledigen. Das wird den

Steuerzahlern gar nicht gefallen, nein, Sir. Sie sollen die Bürger schließlich schützen. Das ist Ihre verdammte Pflicht!«

»Ich bin mir meiner Pflicht sehr wohl bewußt, Mister. Sie müssen mir bestimmt nicht erzählen, was ich zu tun habe.«

»Meinetwegen, ganz wie Sie wollen. Kommen wir zur Sache, ich möchte Ihnen ein Angebot machen.«

»Schießen Sie los.«

»Sie sind doch derjenige, der uns mit seiner Artillerie den Arsch wegschießen will, nicht wahr? Ich meine, das wird hier bald wie in dem beschissenen Alamo für uns, richtig?«

»Sie werden früh genug herausfinden, wie meine Absichten aussehen.«

»Wir haben mehr als eine Million Leute hier oben, noch mehr, wenn Sie uns arme Verlorene Seelen mitzählen wollen, aber ganz bestimmt eine Million Körper aus Fleisch und Blut. Und jede Menge Frauen und Kinder. Ich kann's beweisen, Sir, Admiral. Meine Techniker können Ihnen Zeug senden, Listen und Aufzeichnungen und was weiß ich nicht alles. Wollen Sie wirklich alle umbringen?«

»Nein. Ich möchte niemanden töten.«

»Das ist gut. Darüber können wir miteinander reden.«

»Reden Sie schnell, Mann.«

»Ganz einfach, ich will Ihnen keine lange Geschichte erzählen. Sie haben bereits beschlossen, New California aufzugeben, nur um mich loszuwerden. Ich sage Ihnen, ich fühle mich wirklich geschmeichelt. Das ist ein gewaltiger Preis auf den Kopf eines einzelnen Mannes, wissen Sie? Also habe ich beschlossen, ihnen quasi als Gegenleistung einen Gefallen zu tun. Ich schicke all meine Leute hinunter auf den Planeten, sämtliche Besessenen vom Monterey und den anderen Asteroiden, und wir verschwinden mit dem Planeten von hier. Auf diese Weise passiert niemandem etwas, und Sie kriegen die Geiseln wieder, die ich hier oben gefangen halte. Ich leg' sogar noch die Antimaterie drauf. Na, wie klingt das in Ihren Ohren, Admiral?«

»Es klingt ganz und gar unglaubwürdig.«

»Hey, Spatzenhirn! Wenn du unbedingt dein übles Blutbad haben willst, dann geb' ich vielleicht den Befehl, die Geiseln jetzt im Augenblick zu töten, bevor deine Waffen uns treffen können.«

»Nein, bitte nicht. Warten Sie. Ich möchte mich entschuldigen. Ich hätte fragen sollen: Warum? Warum machen Sie dieses Angebot?«

Al beugte sich dichter über den Aufnahmesensor, der sein Bild zur *Illustrious* übertrug. »Sehen Sie, ich versuche nur, das zu tun, was in diesem Fall richtig ist. Sie wollen Leute umbringen. Vielleicht habe ich Sie dazu getrieben, vielleicht aber auch nicht. Aber jetzt sind Sie hier, und ich versuche es aufzuhalten. Ich bin kein gottverdammter Irrer! Also biete ich Ihnen einen Weg an, der uns beide gut aussehen läßt.«

»Damit ich Sie richtig verstehe – Sie schlagen vor, jeden Besessenen hinunter zur Oberfläche zu transferieren, Ihre Flotte zu entwaffnen und die Asteroiden zu räumen?«

»Hey, das hat zwar länger gedauert, aber wer sagt's denn? Sie haben es erfaßt. Als Gegenleistung dafür, daß wir unsere Körper behalten dürfen, verschwinden wir von hier und machen Ihnen keine Scherereien mehr. Das ist es. Ende der Geschichte.«

»Es wird eine Weile dauern, so viele Menschen auf die Oberfläche zu transportieren.«

»Emmet hier meint, daß es in einer Woche zu schaffen wäre.«

»Ich verstehe. Also, während meine Schiffe hier draußen herumsitzen und nichts tun – welche Garantie bieten Sie mir, daß Sie im Schutz Ihres vermeintlichen

Rückzugs nicht wieder so einen miesen Trick wie auf Trafalgar vorbereiten?«

Al musterte ihn mit *diesem* Gesichtsausdruck. »Das ist ziemlich unter der Gürtellinie, Freund. Was soll Sie daran hindern, das Feuer auf uns zu eröffnen, wenn wir mit der Evakuierung halb durch sind und ich weniger Schiffe habe, um meinen Leuten Feuerschutz zu geben?«

»Mit anderen Worten, wir müssen einander vertrauen.«

»Darauf können Sie Ihren lieblichen Arsch verwetten.«

»Wie Sie meinen. Meine Schiffe werden keinen Angriff beginnen, solange Ihre Evakuierung andauert. Und noch etwas, Mister Capone.«

»Ja?«

»Danke sehr.«

»Kein Problem. Sagen Sie einfach nur allen daheim, daß ich kein total blutrünstiges Monster bin, ja? Ich habe Stil.«

»Das haben Sie in der Tat. Sonst wäre ich wohl nicht hier.«

Al lehnte sich zurück und schaltete die Supertelephonmaschine ab. »Nein, schätze, das wärst du wirklich nicht«, sagte er zufrieden.

Jezzibella stand in der Schlafzimmertür. Sie trug einen blauen Frotteemantel, der locker über dem grünen Plastikzeugs saß und ihr zu einem etwas menschlicheren Aussehen verhelfen sollte, nicht mehr ganz der Blechmann aus dem Wunderland.

Al sprang aus dem Sitz. »Hey! Du solltest doch im Bett liegen!«

»Es macht keinen Unterschied, ob ich liege oder nicht. Die Medipacks arbeiten auch, wenn ich auf bin.« Sie ging langsam durch die Lounge, wobei sie die Knie kaum bog. Sie hatte Mühe, sich in einen Stuhl niederzulassen. Al mußte sich anstrengen, um nicht zu ihr zu gehen und ihr zu helfen, doch er konnte sehen, wieviel es ihr bedeutete, alleine zurechtzukommen. Das zäheste Weibsstück in der gesamten Galaxis.

»Was hast du jetzt unternommen?« fragte sie. Ihre Stimme klang dumpf unter dem dünnen Schlitz in der grünen Maske.

»Ich hab' dieser ganzen Scheiße ein Ende gemacht. Meine Jungs, ich lasse sie runter auf die Oberfläche. Sie sind frei.«

»Das dachte ich mir. Das ist wirklich sehr staatsmännisch von dir, Baby.«

»Ich habe eine Reputation zu verteidigen, weißt du?«

»Ich weiß. Aber Al, was geschieht, wenn die Konföderation herausfindet, wie sie die entführten Welten zurückholen kann? Ich meine, darum ging es uns doch die ganze Zeit, oder nicht? Ihnen auf ihrem eigenen Grund und Boden die Stirn zu bieten.«

Er reichte über den Tisch und ergriff ihre Hände. Die Finger kamen unten aus dem grünen Plastikzeugs hervor, so daß er echten Hautkontakt mit ihr herstellen konnte. »Wir haben verloren, Jez, okay? Wir waren gottverdammt gut, aber wir haben verloren. Stell dir vor, wir haben ihnen zuviel Angst eingejagt. Ich mußte eine Entscheidung treffen. Die Flotte kann diesen Admiral nicht besiegen, wir hätten nicht den Hauch einer Chance. Unter keinen Umständen. Also ist der schlaueste Weg, den Planeten ziehen zu lassen. Wie ich die Sache sehe, kriegen meine Jungs noch ein paar Jahre lang ein gutes Leben in ihren Körpern. Mindestens. Und die Weißhaare in der Konföderation werden bestimmt nicht riskieren sie zurückzubringen, bevor sie nicht eine Methode gefunden haben, uns neue Körper zu geben oder was weiß ich. Sonst würde alles wieder von vorne anfangen. Wer weiß, vielleicht kann New California auch aus dem nächsten Universum verschwinden. Eine ganze Menge kann geschehen. Auf diese Weise muß niemand sterben, und alle gewinnen.«

»Du bist eben der Beste, Al. Ich wußte es gleich von Anfang an. Wann fliegen wir zur Oberfläche hinunter?«

Al drückte ihre Finger ein wenig fester und blickte ihr in das Gesicht. Er konnte gerade die frisch implantierten Augen durch die Medipacks sehen, wie durch eine Schwimmbrille hindurch, nur daß das Wasser hinter der Brille war. »Du kannst nicht mitkommen, Jez. Dieses medizinische Zeugs würde dort unten nicht mehr funktionieren. Und niemand weiß, wie es dort ist, wo New California hingeht. Deine Heilung macht wirklich wunderbare Fortschritte, das sagen alle Ärzte. Aber du brauchst mehr Zeit, um wieder perfekt zu werden. Ich werde nicht zulassen, daß irgendwas dazwischen kommt.«

»Nein, Al. Ich gehe mit dir.«

»Falsch. Ich bleibe hier. Siehst du, wir sind immer noch zusammen.«

»Nein.«

»Doch.« Er lehnte sich zurück und schwenkte den Arm in einer umfassenden Geste, die den gesamten Asteroiden einbezog. »Es ist längst beschlossene Sache, Jez. Jemand muß hier oben bleiben und die Weltraumwaffen am Funktionieren halten, während unsere Jungs runter zur Oberfläche fliegen. Ich traue diesem buckligen Admiral nicht über den Weg.«

»Al, du weißt doch gar nicht, wie die strategischen Plattformen bedient werden müssen! Verdammt noch mal, du weißt ja noch nicht einmal, wie man die Klimaanlage des Hotels einstellt!«

»Ja, sicher. Aber das weiß der Admiral schließlich nicht.«

»Sie werden dich fangen, Al. Sie werden dich aus diesem Körper vertreiben. Du wirst bis zum Ende der Ewigkeit im Jenseits bleiben. Bitte, Al. Ich werde die strategischen Plattformen bedienen. Bring dich in Sicherheit. Ich kann leben, solange ich weiß, daß du in Sicherheit bist.«

»Du vergißt etwas, Jez. Jeder vergißt es, außer vielleicht der guten alten Braunnase Bernhard. Ich bin Al Capone. Ich hab' keine Angst vor dem Jenseits. Ich hatte noch nie Angst davor und werde sie niemals haben.«

Der Voidhawk mit den Nachrichten aus New California traf genau in dem Augenblick ein, als der Flieger von Admiral Samuel Aleksandrovich landete. Was bedeutete, daß er mit einem As im Ärmel zum Treffen des Politischen Konzils gehen konnte. Was immer zu einer guten Verhandlungsposition führte.

Die erste Überraschung erwartete ihn an der Eingangstür zum Tagungsraum. Jeeta Anwar wartete draußen auf die Abordnung der Konföderierten Navy.

»Der Präsident hat mich gebeten, Sie zu informieren, daß keine Berater für diese Sitzung erforderlich sind«, sagte sie.

Samuel Aleksandrovich warf Keaton und al-Ṣahhaf einen verwirrten Blick zu. »Sie sind nicht gefährlich«, sagte er jovial.

»Es tut mir leid, Sir«, beharrte Jeeta.

Samuel überlegte, ob er Theater machen sollte; es gefiel ihm nicht, mit derartigen Überraschungen konfrontiert zu werden. Und wenn schon nichts anderes, so wußte er, daß das bevorstehende Treffen unüblich werden würde – und wahrscheinlich kontrovers. Und seine Berater würden daran auch nichts ändern können. »Also gut.«

Die zweite Überraschung war die geringe Anzahl von Botschaftern, die im Kabinett an dem großen antiken Zirkel aus Mammutbaumholz Platz genommen hatten. Drei insgesamt, die Repräsentanten von New Washington, Oshanko und Mazaliv. Außerdem Lord Kelman Mountjoy. Samuel Aleksandrovich nickte ihm mißtrauisch zu, als er sich zur Linken von Olton Haaker niederließ.

»Ich glaube nicht, daß diese Versammlung beschlußfähig ist«, sagte er milde.

»Nicht, was das Politische Konzil angeht, da haben Sie recht«, antwortete Präsident Haaker.

Samuel gefiel der gestelzte Tonfall des Mannes nicht; irgend etwas machte den Präsidenten sehr nervös. »Dann verraten Sie mir doch bitte, was für ein Treffen das hier ist.«

»Wir haben uns zusammengefunden, um über unsere zukünftige Politik bezüglich der Possessionskrise zu beraten«, begann Kelman Mountjoy. »Nichts also, was die alte Konföderation in befriedigender Weise lösen könnte.«

»Die *alte* Konföderation?«

»Ja. Wir schlagen eine Restrukturierung vor.«

Samuel Aleksandrovich lauschte mit wachsender Bestürzung, wie der Außenminister von Kulu die Gründe hinter der Idee einer Kern-Konföderation erklärte. Die langsame Ausbreitung der Possession unterbinden und die Verteidigung der Schlüsselsysteme stärken. Eine stabile, ökonomisch starke Gesellschaft etablieren, die imstande war, eine Lösung für alle zu finden.

»Schlagen Sie vor, die Edeniten mit einzubeziehen?« fragte Samuel, als der Außenminister geendet hatte.

»Sie waren nicht empfänglich für unser Konzept«, gestand Kelman. »Allerdings ist ihre reservierte Position ganz ähnlich dem, was wir anstreben, so daß wir davon ausgehen können, daß sie früher oder später doch beitreten. Wir hätten kein Problem, weiterhin mit ihnen Handel zu betreiben, denn ihre Habitate sind im großen und ganzen immun gegen die Art von Infiltration, die aus den Flügen der Quarantänebrecher resultiert.«

»Außerdem versorgen sie jede Welt der Adamisten mit Energie«, sagte Samuel beißend.

Kelman gelang es, sein Grinsen zu unterdrücken. »Nicht jede«, erwiderte er leise.

Samuel wandte sich an den Präsidenten. »Sie dürfen nicht zulassen, daß es soweit kommt, Sir. Das wäre ökonomische Apartheid. Es bricht jede ethische Vorstellung, für die unsere Konföderation steht. Wir müssen alle Bürger gleichermaßen schützen.«

»Die Navy ist aber nicht dazu imstande«, entgegnete Haaker traurig. »Und Sie haben die ökonomischen Eckdaten gesehen, die mein Büro zusammengestellt hat. Wir können uns nicht einmal die gegenwärtigen Militärausgaben leisten, ganz zu schweigen davon, sie für einen unbegrenzten Zeitraum aufrecht zu erhalten. Es geht nicht so weiter, Samuel. Wir müssen etwas tun.«

»Genaugenommen haben wir das bereits«, sagte Kelman Mountjoy. »Die Angriffe auf Arnstadt und New California waren ein Eingeständnis, daß wir uns den Status Quo nicht länger leisten können. Das politische Konzil hat entschieden – mit Ihrer Zustimmung, Samuel –, daß wir diese Planeten opfern müßten, um den Rest besser zu schützen. Die Kern-Konföderation ist die logische Weiterführung dieser Entwicklung. Auf diese Art und Weise schützen wir unsere gesamte Rasse. Wir sorgen dafür, daß wenigstens ein Teil sicher ist vor der Possession und imstande, nach einer Lösung zu suchen.«

»Ich finde es interessant, daß Ihr Vorschlag nur Ihren Teil der menschlichen Rasse schützt. Den reichen Teil, um es genau zu sagen.«

»Erstens, indem wir die unrealistischen Subventionen einstellen, die unsere Welten den Sternensystemen der Stufe zwei und darunter zukommen lassen, werden sie ebenfalls gezwungen, sich zu kontrahieren und auf diese Weise sicherer. Zweitens macht es keinen Sinn, wenn sich die reicheren Systeme selbst schwächen; dadurch finden sie bestimmt nicht zu einer Lösung. Wir müssen uns den harten Tatsachen zuwenden, und das mit Entschlossenheit.«

»Aber die Quarantäne funktioniert. Mit der Zeit, und wenn alle Geheimdienste zusammenarbeiten, können wir die illegalen Flüge beenden. Es gibt keine Organisation mehr; Capone hat kapituliert, und Kohlhammer hat New California unter Kontrolle.«

»Das sind Argumente einer obsoleten Politik, mehr nicht«, sagte Kelman Mountjoy. »Sicher, Sie haben Capone neutralisiert. Aber wir haben die Erde verloren! Mortonridge ist effektiv befreit, aber zu welch einem horrenden Preis! Null-Tau kann einen Possessor aus dem gestohlenen Körper vertreiben, aber das befreite Opfer ist voller Krebs und bindet unsere medizinischen Einrichtungen auf Jahre. Das alles muß aufhören. Wir müssen einen Trennstrich unter die Vergangenheit ziehen, damit wir unsere Zukunft in Freiheit erleben können.«

»Sie reden gerade so, als wäre die Possession das ganze Problem«, sagte Samuel. »Das ist sie nicht. Sie ist ein Nebenprodukt der Tatsache, daß wir eine unsterbliche Seele besitzen und daß einige davon im Jenseits feststecken. Die Antwort darauf, und wie wir lernen, mit diesem Wissen zu leben, muß von der gesamten menschlichen Rasse angenommen werden, vom notorischen Schläger auf einer Koloniewelt der Stufe eins bis hin zu Ihrem König. Wir müssen dieses Wissen geeint verinnerlichen. Wenn Sie uns jetzt aufteilen, werden sie genau die Menschen nicht erreichen und aufklären, die am ehesten betroffen sind. Ich kann dem nicht zustimmen. Ich werde dem nicht zustimmen.«

»Samuel, Sie müssen«, sagte der Präsident. »Ohne die finanziellen Mittel der Welten der Kern-Konföderation gibt es keine Navy.«

»Die Konföderierte Navy wird von jedem Sonnensystem finanziert.«

»Aber nicht im gleichen Ausmaß, ganz bestimmt nicht«, sagte Verano, der Botschafter von New Washington. »Die Welten, aus denen die Kern-Konföderation entstehen soll, tragen achtzig Prozent der Kosten.«

»Aber sie können doch nicht einfach ... ah! Jetzt verstehe ich!« Samuel warf Olton Haaker einen verächtlichen Blick zu. »Hat man Ihnen das Präsidentenamt angeboten, damit Sie den Übergang vorantreiben? Meinetwegen nennen Sie diese Koalition Kern-Konföderation, aber im Grunde genommen ziehen Sie sich aus der gegenwärtigen Konföderation zurück. Es gibt keine Kontinuität, ganz sicher nicht in rechtlicher Hinsicht. Jeder einzelne meiner Offiziere hat seine Staatsangehörigkeit abgelegt, als er der Navy beigetreten ist; die Navy ist nur der Konföderierten Vollversammlung verantwortlich, nicht irgendwelchen Interessengemeinschaften.«

»Ein großer Teil, wenn nicht der größte Teil Ihrer Flotte besteht aus nationalen Detachements«, sagte Verano hitzig. »Sie werden abgezogen, zusammen mit den Flottenbasen. Sie hätten am Ende nur noch Schiffe, die sie nicht mehr unterhalten können, in Sternensystemen, die Sie nicht verteidigen können.«

Kelman hob die Hand und streckte den Zeigefinger aus, was den Botschafter zum Schweigen brachte. »Die Navy wird tun, was Sie sagen, Samuel, das wissen wir alle. Was Rechtmäßigkeit und Besitz betrifft, hat Botschafter Verano sicherlich nicht ganz unrecht. Wir haben für diese Schiffe bezahlt.«

»Und die Kern-Konföderation würde die neuen Gesetze machen«, sagte Samuel.

»Präzise. Sie wollen die Menschheit schützen? Dann werden Sie realistisch, Samuel. Die Kern-Konföderation wird ins Leben gerufen. Sie verstehen die Politik wahrscheinlich besser als jeder andere von uns, sonst wären sie niemals zum Leitenden Admiral ernannt worden. Wir sind zu dem Schluß gekommen, daß diese Methode am besten geeignet ist, unseren Interessen zu dienen. Wir tun das alles nur, damit wir am Ende zu einer Lösung finden. Gott weiß, daß ich nicht den Wunsch habe zu sterben, nachdem ich weiß, was mich erwartet. Und eines dürfen Sie uns glauben, Samuel: Wir werden all unsere Ressourcen auf die Lösung dieses Problems verwenden. Helfen Sie uns, unsere Grenzen zu sichern, Admiral, bringen Sie die Flotte auf unsere Seite. Wir sind die Garantie für den ultimativen Erfolg unserer gesamten Rasse. Das war es doch, was Sie zu schützen geschworen haben, oder nicht?«

»Sie müssen mich ganz bestimmt nicht an meine Ehre erinnern«, sagte Samuel.

»Verzeihung.«

»Ich muß darüber nachdenken, bevor ich Ihnen eine Antwort geben kann.« Er erhob sich. »Außerdem werde ich mich mit meinen Stabsoffizieren besprechen.«

Kelman verneigte sich. »Ich weiß, daß es schwierig ist. Es tut mir aufrichtig leid, daß Sie mit dieser Situation konfrontiert werden.«

Samuel redete erst mit seinen beiden Beratern, als er wieder im Marineflieger saß und die Maschine unterwegs war in Richtung der Orbitalstation, die ihm als neues Hauptquartier diente.

»Können die verbliebenen Sternensysteme die Navy allein unterhalten?« fragte al-Sahhaf.

»Das bezweifle ich«, antwortete Samuel. »Gottverdammt, ohne die Navy sind sie vollkommen wehrlos!«

»Ein wunderbares Beispiel angewandter Logik«, sagte Richard Keaton. »Sie werden auf jeden Fall wehrlos, Sir. Wenn Sie die Navy nicht zu dieser Kern-Konföderation überführen, dann haben Sie überhaupt nichts für die anderen Systeme erreicht und gleichzeitig die Kern-Konföderation geschwächt.«

»Wollen Sie damit sagen, daß wir das böse Spiel mitspielen sollen?«

»Persönlich – nein, Sir, ich denke nicht, daß wir das tun sollten. Aber es ist das älteste politische Druckmittel, das es gibt. Wenn wir draußen im Regen stehenbleiben, erreichen wir überhaupt nichts. Wenn wir uns anschließen, haben wir Gelegenheit, die Politik von innen heraus zu beeinflussen, und zwar aus einer beträchtlichen Position der Stärke.«

»Lord Mountjoy ist nicht dumm«, sagte al-Sahhaf. »Er wird sicherlich noch unter vier Augen mit Ihnen darüber reden wollen. Vielleicht können wir den KNIS in den Systemen der Klasse zwei beibehalten. Dann könnten wir die Regierungen wenigstens noch über das Auftreten von Besessenen warnen.«

»Ja«, sagte Samuel Aleksandrovich. »Ich denke, das würde Mountjoy gefallen. So ist nun einmal die Politik.«

»Möchten Sie ihn denn treffen, Sir?« fragte Keaton.

»Das klingt ja fast, als wollten Sie mich in Versuchung führen, Captain.«

»Nein, Sir!«

»Nun, ich möchte ihn jedenfalls nicht sehen. Noch nicht. Ich möchte aber auch nicht, daß die Navy durch meine Sturheit aufgelöst wird und verkommt. Sie ist ein machtvolles Instrument, um den Besessenen physisch entgegenzutreten, und das darf der menschlichen Rasse unter keinen Umständen verloren gehen. Ich muß mit Lalwani über die Angelegenheit reden; vielleicht würden die Edeniten die Flotte unterstützen. Wenn nicht, werde ich mich mit Mountjoy treffen und die Bedingungen für die Übergabe an seine Kern-Konföderation aushandeln. Wir dürfen nicht vergessen, daß jegliche militärische Macht letzten Endes allein dem Schutz der zivilen Bevölkerung dient, auch wenn wir noch so sehr verachten, wen diese Bevölkerung sich zum politischen Führer wählt.«

Die Intensität der Kälte war erstaunlich. Sie breitete sich in Wellen aus, die jeden Teil der Fluchtkapsel durchdrangen und jegliche Wärme wegspülten. Der Temperatursturz war so gewaltig, daß sich die Farbe der Kunststoffbauteile veränderte und sie ausbleichen ließ wie eine zu hohe Dosis an ultraviolettem Licht. Toltons Atem kondensierte auf den Oberflächen zu einer eisenharten Schicht aus Frost.

Sie hatten die Überlebenskleidung aus den Versorgungsspinden genommen, und Tolton hatte so viele der isolierten Overalls übereinander gezogen, wie nur irgend möglich gewesen war. Er sah noch dicker aus als Dariat, und sein Gesicht war mit dichten Bandagen bedeckt, die er sich mehrfach um den Kopf geschlungen hatte, um seine Ohren und den Hals zu schützen. Jedes freie Stück Haut war von einer Reifschicht überzogen, und jede Wimper erinnerte an einen winzigen Eiszapfen.

Die Energiezellen der Rettungskapsel verloren ihre Ladung fast genauso schnell, wie sich die Wärme verflüchtigte. Zuerst hatte die Lebenserhaltungsmaschinerie noch fröhlich vor sich hin gebrummt, die Luft erwärmt, die Feuchtigkeit und das Kohlendioxid extrahiert. Dann hatten sie ein Diagnoseprogramm gestartet und mit Schrecken festgestellt, daß die Zellen beim gegenwärtigen Stromverbrauch innerhalb vierzig Minuten restlos leer sein würden. Dariat hatte nach und nach sämtliche Systeme heruntergefahren, Navigationsrechner, Kommunikationsanlagen, Ionentriebwerke, und nachdem Tolton sich in zwei Wärmeanzüge und seine Isolierkleidung gehüllt hatte, war auch noch der Rest deaktiviert worden – bis auf die Kohlendioxidfalle und einen einzelnen Ventilator. Auf diese Weise hätten die Energiezellen noch zwei Tage halten müssen.

Doch Toltons Wärmeanzüge verbrauchten ihren Vorrat an Energiezellen sehr viel schneller, als sie erwartet hatten. Fünfzehn Stunden, nachdem sie in die Melange eingetaucht waren, war die letzte Zelle leer. Danach hatte Tolton angefangen, Suppe aus den selbsterhitzenden Fertigpackungen zu trinken.

»Was meinst du, wie lange hält der Rumpf noch durch?« fragte er zähneklappernd zwischen den einzelnen Schlucken. Er trug soviel Kleidung auf dem Leib, daß er die Arme nicht mehr durchbiegen konnte. Dariat mußte den Trinknippel an seine Lippen halten.

»Ich bin nicht sicher. Meine Extrasinne sind nicht für derartige Dinge geschaffen.« Dariat schlug sich mit den Armen gegen die Brust. Die Kälte machte ihm nicht soviel zu schaffen wie Tolton, doch auch er hatte mehrere wollene Pullover und ein paar dicke Skihosen angezogen. »Der Nullthermschaum ist wahrscheinlich inzwischen verdampft. Mit dem Rumpf wird das gleiche passieren, bis er so dünn geworden ist, daß der Druck der Melange uns implodieren läßt. Es wird jedenfalls schnell gehen.«

»Schade. Ich würde gerne etwas spüren. Ein wenig Schmerz wäre im Augenblick ein richtig gutes Gefühl.«

Dariat grinste zu seinem Freund hinüber. Toltons Lippen waren pechschwarz, und die Haut schälte sich.

»Was ist denn?« krächzte Tolton.

»Nichts. Ich hab' nur gedacht, wir könnten vielleicht eine der Raketen feuern. Kann sein, daß es dann wärmer wird hier drin.«

»Ja. Und es würde uns schneller auf die andere Seite bringen.«

»Wird auch langsam Zeit. Wenn du einen Wunsch frei hättest, was uns auf der anderen Seite erwartet – was wäre das?«

»Eine Tropeninsel. Mit kilometerlangen weißen Sandstränden. Und einem Meer so warm wie Badewasser.«

»Keine Frauen?«

»O Gott, ja, natürlich!« Er blinzelte, und seine Augenlider verklebten. »Mist, ich kann nichts mehr sehen.«

»Du Glücklicher. Hast du eigentlich eine Ahnung, wie du aussiehst?«

»Wie steht es mit dir? Was würdest du dir wünschen, was uns auf der anderen Seite erwartet?«

»Das weißt du doch. Anastasia. Ich habe für sie gelebt. Ich bin für sie gestorben. Ich habe meine Seele für sie geopfert ... nun ja, jedenfalls für ihre Schwester. Ich dachte, sie beobachtet mich vielleicht. Wollte einen guten Eindruck machen.«

»Keine Angst, das hast du ganz bestimmt, Mann. Ich sag' dir doch, eine Liebe wie deine muß sie ganz schwindelig machen. Die Hühner stehen total auf diese irre Totale-Hingabe-Nummer.«

»Du bist der unsensibelste Poet, der mir in meinem ganzen Leben begegnet ist.«

»Straßenpoet, bitte sehr. Ich kann mit diesem Rosen- und Schokoladengesülze nichts anfangen, dazu bin ich zu sehr Realist.«

»Jede Wette, daß Rosen und Schokolade einträglicher sind.« Als keine Antwort kam, warf Dariat einen genaueren Blick auf Toltons Gesicht. Er atmete noch, aber nur sehr langsam, und die Luft strich leise über die Eiszapfen, die seine Lippen verkrustet hatten. Tolton zitterte nicht mehr länger.

Dariat rollte sich zurück auf seine eigene Liege und wartete geduldig. Es dauerte noch weitere zwanzig Minuten, bevor Toltons Geist aus dem aufgedunsenen Kleiderbündel stieg. Er warf einen staunenden Blick zu Dariat, dann legte er den Kopf in den Nacken und lachte brüllend.

»O Scheiße, wer soll mir das je glauben? Ich bin eine Poetenseele.« Das Lachen verebbte zu einem Schluchzen. »Eine Seele von einem Poeten. Kapierst du das? Du lachst ja gar nicht, und es ist irrsinnig lustig. Es ist der letzte Witz, den du für den Rest der Ewigkeit zu hören bekommst. *Warum verdammt noch mal lachst du nicht?*«

»Pssst.« Dariat hatte den Kopf erhoben. »Hast du das gehört?«

»Wie sollte ich nicht? Dort draußen wartet eine Billion Billionen Seelen auf uns. Selbstverständlich kann ich sie verdammt noch mal hören!«

»Nein, ich meine nicht die Seelen in der Melange. Ich dachte, ich hätte jemanden rufen hören. Eine menschliche Stimme.«

14. Kapitel

Es war eine lange Nacht gewesen für Fletcher Christian. Er war die ganze Zeit über an den Altar gefesselt gewesen, und elektrischer Strom wurde durch seine Gliedmaßen geleitet, während ringsum der Irrsinn getobt hatte. Er hatte zugesehen, wie Quinn Dexters Anhänger das wunderbar kunstvolle Holzmodell der St. Paul's Cathedral in Stücke geschlagen hatten, angefertigt von Sir Christopher Wren, der damit seinen Traum sichtbar hatte machen wollen. Die Bruchstücke waren in die Kohlenbecken geworfen worden, die nun das Innere der Kathedrale erhellten. Das lautlose Gemetzel, als Menschen vor den entweihten Altar geschleppt wurden, wo Dexter mit dem Erinnerungslöscher wartete. Fletcher hatte geweint, als ihre Seelen zerstört worden waren, um die Körper mit Seelen aus dem Jenseits zu beleben, Persönlichkeiten, die den Wünschen des Dunklen Messias gefügiger waren. Salzige Tränen waren über die Runen gelaufen, die seine Wangen verunstalteten, und hatten gebrannt wie Säure. Courtneys irres Lachen, als Dexter sie immer und immer wieder genommen hatte, bis Blut geflossen war und Haut Blasen warf.

Frevel. Mord. Barbarei. Es hörte niemals auf. Jeder Akt hämmerte auf die wenigen Sinne ein, die Fletcher noch geblieben waren. Er hatte das Vaterunser gebetet, wieder und wieder, bis Dexter ihn gehört hatte und die Besessenen zu ihm gekommen waren und obszöne Gesänge angestimmt hatten. Ihre grausamen Worte hatten ihn durchbohrt wie Dolche, und ihre Freude am Bösen hatte seine Gebete zum Verstummen gebracht. Fast fürchtete er, unter dem Druck ihrer Verderbtheit den Verstand zu verlieren.

Und während dieser ganzen Zeit hatte die Konzentration energistischer Macht zusammen mit ihrer Zahl zugenommen, hatte sich ausgebreitet, um Bewußtsein und Materie ohne Unterschied zu umschlingen. Dies hier war nicht das gemeinsame Verlangen, das Fletcher von Norfolk her kannte, die Sehnsucht, sich vor der Leere des Himmels zu verstecken. Hier absorbierte Quinn Dexter alles, was seine Anhänger an Kraft zu bieten hatten, und formte es mit seinen eigenen verdammenswerten Begierden.

Als das düstere rote Licht durch die offene Tür kroch und die Nacht verhöhnte, hörte Fletcher endlich die Schreie der gefallenen Engel. Fast hätte ihr Auftauchen seine Entschlossenheit zerbrochen. Nicht einmal ein Mensch wie Dexter konnte ernsthaft daran denken, diese Bestien auf die Menschheit loszulassen.

»Nein!« heulte Fletcher auf. »Nein! Ihr dürft sie nicht herbringen! Das ist Irrsinn! Irrsinn! Sie werden uns alle verschlingen!«

Dexters Gesicht glitt über ihm ins Blickfeld. Er strahlte kalte Befriedigung aus. »Wurde auch allmählich Zeit, daß du es begreifst.«

Die *Lady Macbeth* materialisierte mitten im interstellaren Raum, eintausendneunhundert Lichtjahre von der Konföderation entfernt. Das Gefühl von Isolation und Einsamkeit der Menschen an Bord war nichts im Vergleich dazu, wie klein sie sich angesichts dieser Entfernung vorkamen.

Die optischen Sensoren glitten aus ihren Rumpfnischen und sammelten ein, was an Photonen in ihre Richtung kam. Navigationsprogramme korrelierten die Informationen mit der vorhandenen Datenbasis und stellten die Position der *Lady Macbeth* fest. Joshua triangulierte ihr Ziel, einen unauffälligen hellen Punkt, der nur noch zweiunddreißig Lichtjahre entfernt lag. Die nächsten Sprungkoordinaten erschienen vor seinem geistigen Auge, ein purpurnes Blinken am Ende eines langen Schlauches aus orangefarbenen Ringen. Der Stern befand sich leicht seitlich von ihnen; die Abweichung entsprach dem unterschiedlichen Delta-V relativ zur *Lady Macbeth*. Beide bewegten sich noch immer mit sehr verschiedenen Geschwindigkeiten in ihrem Orbit um das galaktische Zentrum.

»Alles bereithalten für Beschleunigungsmanöver«, sagte Joshua.

Überall in den Liegen ertönte Stöhnen. Es verstummte, sobald Joshua den Antimaterieantrieb aktivierte und vier g jeden mit eiserner Faust in seine Polster drückte – mit Ausnahme von Kempster Getchell. Der alte Astronom hatte sich nach dem zweiten Sprung in eine Null-Tau-Kapsel verkrochen. »Das ist zuviel für meine Knochen«, hatte er offen eingestanden. »Holen Sie mich raus, wenn wir am Ziel angekommen sind.«

Alle anderen hielten durch. Nicht, daß die Besatzung eine Wahl gehabt hätte. Siebzehn Sprünge in dreiundzwanzig Stunden, jeder über eine Entfernung von fünfzehn Lichtjahren. Wahrscheinlich für sich allein genommen bereits ein Rekord. Doch niemand zählte mit; alle waren vollauf damit beschäftigt, die Systeme funktionsfähig zu halten. Es gab nicht viele Besatzungen, die mit ihnen hätten mithalten können. Wachsender Stolz gesellte sich zu nervöser Erwartung hinzu, je näher das System rückte, in dem der Schlafende Gott wartete.

Joshua blieb in seiner Beschleunigungsliege, während er sie mit seiner üblichen erhabenen Kompetenz von einer Koordinate zur anderen pilotierte. Es wurde nicht viel geredet, während der Orion-Nebel hinter ihnen immer weiter schrumpfte. Nach jedem neuen Sprung war er kleiner, bis er nur noch als winziger verschwommener Fleck am Sternenhimmel stand, das letzte vertraute astronomische Detail im gesamten Universum.

Sämtliche Fusionsgeneratoren liefen mit maximaler Kapazität, um die Energieknoten zwischen den Sprüngen so schnell wie möglich zu laden. Das war der Grund, weshalb Joshua mit hoher Beschleunigung von einer Koordinate zur anderen steuerte, statt dem üblichen Zehntel g. Zeit. Zeit war zum kostbarsten Rohstoff geworden, der ihm geblieben war.

Instinkt trieb ihn voran. Dieser geheimnisvolle, nackte Stern, der beständig im Apex der Sensoren ruhte, zog ihn auf die gleiche magische Art und Weise an wie damals der Ruinenring, als er seinen Glückstreffer gelandet hatte. Soviel war auf dieser Reise geschehen. Soviel seiner eigenen Hoffnungen hatte er inzwischen investiert. Er konnte und wollte nicht glauben, daß alles umsonst gewesen sein sollte. Der Schlafende Gott existierte. Ein Xeno-Artefakt, machtvoll genug, um selbst die Kiint zu interessieren. Sie hatten von Anfang an recht gehabt, zu dieser Expedition aufzubrechen. Die Entdeckungen, die sie unterwegs gemacht hatten, unterstrichen die Bedeutung noch.

»Knoten aufgeladen und bereit, Kommandant«, meldete Dahybi.

»Danke«, sagte Joshua. Automatisch überprüfte er den Bahnvektor. Das alte Mädchen schlug sich phantastisch. Noch drei Stunden, zwei weitere Sprünge, und sie wären am Ziel. Die Reise wäre vorüber. Das war der Teil, den Joshua am wenigsten glauben konnte. Es hatte so viele Zufälle gegeben, die die *Lady Macbeth* zu dieser Begegnung geführt hatten. Kelly Tirrel und die Söldner auf Lalonde. Jay Hilton und Haile (wo auch immer die beiden nun waren). Tranquility, das der Organisationsflotte entkommen war. Weiter zurück noch, eine einzelne Nachricht, die über eineinhalbtausend Lichtjahre leeren Raums weitergegeben worden war, von einem Sternensystem zum nächsten, von einer Spezies, die der stellaren Expansion ihrer Sonne eigentlich niemals hätte entkommen dürfen. Und Swantic-LI, die Arche, die den Schlafenden Gott ursprünglich entdeckt hatte. Unglaubliche Zufälle in einer Kette von Ereignissen, die fünfzehntausend Lichtjahre zurückreichte und die das Schicksal einer ganzen Spezies mit dieser einen Begegnung verband.

Joshua glaubte nicht an eine derart lange Kette von Zufällen. Damit blieb als einzige Erklärung nur noch das Schicksal übrig. Göttliche Intervention.

Eine interessante Vorstellung angesichts des Ziels, zu dem sie unterwegs waren.

Louise erwachte benommen. Ein junger Mann lag auf ihr. Beide waren sie nackt.

Andy, erinnerte sie sich. Es war sein Appartement: klein, schmuddelig, beengt. Und so heiß, daß man die Luft hätte schneiden können. Feuchtigkeit glitzerte auf jeder Oberfläche im dunkelroten Licht der Dämmerung, das durch ein beschlagenes Fenster hereinfiel.

Ich werde nicht bedauern, was wir gestern nacht getan haben, nahm sie sich entschlossen vor. *Ich habe keinen Grund, mich schuldig zu fühlen. Ich habe getan, was ich wollte. Ich habe ein Recht darauf.*

Sie versuchte, ihn zur Seite zu schieben und sich zu befreien, doch das Bett war einfach nicht breit genug. Er rührte sich und blinzelte sie stirnrunzelnd an. Dann zuckte er erschrocken zusammen.

»Louise!«

Sie lächelte ihm tapfer zu. »Wenigstens an meinen Namen kannst du dich erinnern.«

»Louise! O mein Gott!« Er richtete sich in eine kniende Haltung auf. Seine Augen starrten gierig auf ihren nackten Leib, und sein Mund verzog sich zu einem seligen Lächeln. »Louise. Du bist echt!«

»Natürlich bin ich echt.«

Sein Kopf schoß vor, und er küßte sie. »Ich liebe dich, Louise. Mein Liebling. Ich liebe dich unendlich.« Er senkte sich auf sie, küßte drängend ihr Gesicht, während seine Hände ihre Brüste umschlossen und seine Finger die Nippel auf die gleiche Weise liebkosten, wie sie es in der Nacht so sehr genossen hatte. »Wir sind zusammen! Ich liebe dich, und wir sind endlich zusammen!«

»Andy.« Sie wand sich unter ihm und zuckte zusammen, als sie merkte, wie sehr ihre Brüste schmerzten. Für jemanden, der so dünn war, besaß er überraschend viel Kraft.

»O Gott, Louise, du bist so wunderschön.« Seine Zunge leckte über ihre Lippen und begehrte drängend Einlaß in ihren Mund.

»Andy, hör auf.«

»Ich liebe dich, Louise.«

»Nein!« Sie setzte sich auf. »Hör zu, Andy. Du liebst mich nicht, und ich liebe dich nicht. Es war Sex, weiter nichts.« Sie verzog den Mund zu einem schwachen Lächeln, um ihren Worten die Schärfe zu nehmen, so gut es ging. »Schön, es war *ganz besonders guter* Sex, aber es war nur Sex. Sonst nichts.«

»Du bist zu mir gekommen.« Seine flehende Stimme drohte zu brechen, soviel Schmerz lag in ihr.

Louise fühlte sich entsetzlich schuldig. »Ich habe dir gesagt, daß jeder, den ich kenne, entweder die Arkologie verlassen hat oder von den Besessenen gefangen wurde. Das ist der Grund, weshalb ich zu dir gekommen bin. Was das andere angeht ... nun, wir wollten es beide. Und es gibt keinen Grund mehr, es nicht zu tun.«

»Bedeute ich dir denn gar nichts?« fragte er voller Verzweiflung.

»Selbstverständlich bedeutest du mir etwas, Andy.« Sie streichelte seinen Arm und lehnte sich an ihn. »Meinst du vielleicht, ich hätte das mit irgend jemandem getan, du Dummkopf?«

»Nein.«

»Weißt du noch, was wir alles gemacht haben?« flüsterte sie ihm ins Ohr. »Wie schrecklich böse wir waren?«

Andy errötete. Er war unfähig, ihr in die Augen zu blicken. »Ja.«

»Gut.« Sie küßte ihn auf die Wange. »Wir werden diese Nacht niemals vergessen, alle beide nicht. Niemand kann sie uns wieder nehmen, ganz gleich, was auch geschieht.«

»Ich liebe dich trotzdem. Ich habe dich vom ersten Augenblick an geliebt, als ich dich gesehen habe. Das wird sich niemals ändern.«

»Oh, Andy.« Sie zog ihn zu sich und wiegte ihn sanft an ihrer Brust. »Ich wollte dir nicht weh tun. Bitte glaube mir.«

»Du hast mir nicht weh getan. Du kannst mir nicht weh tun. Du nicht.«

Louise seufzte. »Eigenartig, wie anders das Leben sein kann. So viele Dinge, die uns den einen Weg nehmen lassen statt einen anderen. Wenn wir sie nur alle ausleben könnten.«

»Ich würde sie alle mit dir ausleben.«

Sie drückte ihn fester an sich. »Ich schätze, ich werde die Frau beneiden, die dich eines Tages bekommt. Sie wird unendlich glücklich sein.«

»Soweit wird es nicht mehr kommen, oder?«

»Nein. Vermutlich nicht.« Sie warf einen zornigen Blick auf das undurchsichtige Fenster. Sie haßte den Tag, der draußen heraufzog, die fortschreitende Zeit und das, was sie unausweichlich mit sich bringen würde. Noch etwas anderes schimmerte durch das Glas herein, zusammen mit dem roten Licht: eine Aura von Haß. Es machte sie unruhig, erfüllte sie mit Furcht. Und das rote Licht war sehr intensiv für eine Morgendämmerung. Es erinnerte sie an Norfolks zweite Sonne, Duchess.

Sie löste sich von Andy und tappte auf nackten Sohlen zu dem hohen Fenster. Sie kletterte auf eine Kiste und wischte die Feuchtigkeit beiseite, um nach draußen sehen zu können.

»Herr im Himmel!«

»Was ist denn?« fragte Andy. Er eilte herbei und spähte ihr über die Schulter.

Es war keine Morgendämmerung, die hereinschimmerte – dazu war es noch zwei Stunden zu früh. Ein großer kreisrunder Wirbel aus roten Wolken hing genau im Zentrum der Westminster-Kuppel, ein paar hundert Yards über dem Boden. Ihr unheilvolles Licht reflektierte im geodätischen Kristall der Kuppel und ließ die Träger in einer Farbe schimmern, die aussah wie angelaufenes Kupfer.

Die Wolkenunterseite warf ihren blutigroten Lichtschein auf die Dächer und Mauern der Stadt und tauchte alles in ein fleckiges Magenta. Der Rand war keine Meile mehr von Andys Appartement entfernt und breitete sich langsam in alle Richtungen aus.

»Scheiße!« zischte Andy. »Wir müssen von hier verschwinden!«

»Wir können nirgendwo hin, Andy. Die Besessenen sind überall.«

»Aber ... O Scheiße! Warum unternimmt denn niemand etwas? New York wehrt sich doch auch immer noch! Wir müssen uns organisieren und zur Wehr setzen, genau wie sie.«

Louise kehrte zum Bett zurück und setzte sich vorsichtig. Nach der vergangenen Nacht fielen ihr einige Bewegungen ziemlich schwer. Sie benutzte ihre neurale Nanonik für eine physiologische Übersicht, um sicher-zugehen, daß dem Baby nichts fehlte. Es war alles in Ordnung, bis auf ein paar überreizte Stellen und Muskelkater. Das nanonische Medipack entließ ein paar biologisch aktive Chemikalien in ihren Blutstrom, die helfen würden. »Wir haben versucht, etwas zu unternehmen«, sagte sie. »Aber das ist letzte Nacht schiefgelaufen.«

»Ihr habt versucht, etwas zu unternehmen?« fragte Andy. Auf seiner Stirn standen Schweißperlen. Er rieb sie ab und wischte sich das feuchte Haar aus den Augen. »Du meinst, du bist in diese Sache verwickelt?«

»Ich bin zur Erde gekommen, um die Behörden vor einem Besessenen namens Quinn Dexter zu warnen. Ich hätte mir die Mühe sparen können, sie wußten bereits Bescheid. Er steckt hinter alledem. Ich habe ihnen geholfen, ihn zu finden, weil ich weiß, wie er aussieht.«

»Ich dachte die ganze Zeit, die Organisation von diesem Al Capone hätte die Erde infiltriert.«

»Nein, das ist die Version, die GovCentral den Medien erzählt hat. Sie wollten nicht, daß jemand erfuhr, mit wem sie es in Wirklichkeit zu tun hatten.«

»Himmel und Hölle!« stöhnte Andy niedergeschlagen. »Ich bin vielleicht eine miserable Ausgabe von einem Don des Netzes. Ich bin nicht einmal imstande, die wichtigsten Dinge herauszufinden.«

»Mach dir deswegen keine Gedanken. Der GISD ist ein ganzes Stück gerissener, als die meisten Menschen denken.« Sie erhob sich, als die Erinnerung an B7 zurückkehrte. Es ließ ihr keine Ruhe. »Ich muß ins Badezimmer. Du hast gesagt, es ist draußen auf dem Gang?«

»Ja. Äh, Louise?«

»Was denn?«

»Ich denke, du solltest vorher etwas anziehen.«

Sie blickte an sich herab und mußte grinsen. Vollkommen schamlos splitterfasernackt vor einem Jungen zu stehen, nein, nicht vor irgendeinem Jungen, sondern einem Mann, mit dem sie Sex gehabt hatte. *Vielleicht habe ich meine verklemmte Erziehung am Ende doch abgelegt.* »Ich schätze, du hast recht.«

Ihre eigenen Kleider lagen noch auf dem Stapel, wo sie sie hingeworfen hatte, feucht und vollkommen zerknittert. Andy lieh ihr eine graue Jeans und ein schickes navyblaues Sweatshirt mit einem Aufdruck von Judes Eworld, die er in einer speziellen Kiste aufbewahrt hatte, wo sie vor Feuchtigkeit geschützt waren.

Als sie aus dem Badezimmer zurückkehrte, hatte er gerade ein paar Energiezellen an die Klimaanlage angelötet. Die galvanisierte Box erzitterte, als der Motor anlief, dann sandte sie einen klammen Strom kalter Luft aus. Louise stellte sich davor und versuchte, ihre Haare zu trocknen.

»Ich hab' etwas Essen gelagert«, sagte Andy. »Möchtest du frühstücken?«

»Bitte.«

Er zog ein paar Fertigmahlzeiten aus einer weiteren Kiste und schob sie in den Ofen. Louise machte sich daran, sein Appartement genauer in Augenschein zu nehmen.

Er war tatsächlich ein Elektronikfreak, genau wie er es damals im Restaurant behauptet hatte. Er hatte nicht einen Pfennig seines Verdienstes in Mobiliar investiert, nicht einmal Kleidung, wie es aussah. Statt dessen lagen überall technische Spielereien herum; Werkzeuge und Prozessorblocks, Drahtspulen, Glasfasern, mikroskopisch kleine Komponenten in Lupenschachteln, empfindliche Testschaltungen, ein ganzes Wandregal voller Fleks. Als sie einen Blick in das andere Zimmer warf, stellte sie fest, daß es bis unter die Decke vollgestapelt war mit alter Haushaltselektronik. Er schlachtete sie wegen der Komponenten aus, sagte er. Reparaturen brachten einen hübschen Nebenverdienst ein. Sie lächelte, als sie den bekannten Smoking sah, der so offensichtlich fehl am Platz hinter der Tür in einer durchsichtigen Plastikhülle hing.

Der Ofen warf ihre Eßtabletts aus. Andy schob eine Schachtel Orangensaftkonzentrat auf den Dispenser, und Luftblasen gurgelten durch den großen Glasbehälter. Die

Schachtel füllte sich selbsttätig, als sich das Getränk zubereitete.

»Andy?« Louise starrte auf die Agglomeration von Elektronik, und plötzlich verfluchte sie sich selbst. »Hast du vielleicht einen funktionierenden Kommunikationsblock hier? Etwas, womit du einen Satelliten erreichen kannst?«

»Natürlich. Warum?«

»Louise! Mein Gott, ich dachte schon, wir hätten dich verloren!« sagte Charlie per Datavis. »Der Sensorsatellit sagt, daß du in einer Mietwohnung in der Halton Road steckst. Ah, ich sehe, es ist die Adresse von diesem Andy Behoo. Ist alles in Ordnung mit dir?«

»Bis jetzt bin ich am Leben«, antwortete sie. »Wo steckst du?«

»Ich bin hier oben, im Halo. Es ging alles ein wenig drunter und drüber, aber ich dachte, nach dem Debakel der nächsten Nacht wäre es vielleicht ganz angebracht. Weißt du, ob Fletcher entkommen konnte?«

»Keine Ahnung. Ich habe niemanden gesehen, als ich losgelaufen bin. Was ist mit Ivanov?«

»Tut mir leid, Louise. Er hat es nicht geschafft.«

»Dann gibt es nur noch mich?«

»Sieht aus, als hätte ich dich einmal mehr unterschätzt. Ein Fehler, den ich immer wieder begehe.«

»Charlie, unter der Kuppel ist eine rote Wolke!«

»Ja, ich weiß. Ein schlauer Schachzug von Dexter. Es bedeutet, daß die Elektronenstrahlen der strategischen Plattformen nicht feuern können, ohne die Kuppel zu zerstören. Es bedeutet auch, daß ich praktisch keine Sensordaten mehr aus dem Innern empfangen kann. Ich habe versucht, meine affinitätsgebundenen Ratten und Vögel einzuschleusen, um nach ihm zu suchen, aber ich habe jedesmal den Kontakt verloren. Und wir dachten die ganze Zeit, ihre energistische Kraft würde BiTek nicht beeinträchtigen.«

»Fletcher sagt, ihnen würde nichts entgehen, was unter der roten Wolke geschieht. Wahrscheinlich tötet Dexter die Tiere.«

»Sehr wahrscheinlich, ja. Also bleiben uns nicht mehr viele Optionen, oder?«

»Diese rote Wolke ist anders«, sagte sie per Datavis. »Ich dachte, du solltest das wissen. Das ist der eigentliche Grund, weshalb ich angerufen habe.«

»Was meinst du damit?«

»Ich war auf Norfolk unter einer Wolke, als sie sich gebildet hat. Sie war ganz anders als diese hier. Diese hier kann ich spüren, wie eine dumpfe Vibration, die man nicht wirklich hören kann. Sie ist nicht hier, um den Himmel auszusperren, sie ist böse, Charlie. Wirklich böse.«

»Das wird Dexter sein. Er muß inzwischen eine ganze Menge Besessener um sich versammelt haben. Was auch immer er vorhat, es fängt mit dieser Wolke an.«

»Ich habe Angst, Charlie. Dexter wird gewinnen, nicht wahr?«

»Könnt ihr, du und Andy, zu einer der äußeren Kuppeln fliehen? Ich habe Agenten dort. Ich kann euch rausholen lassen.«

»Die Wolke wird immer größer, Charlie. Ich glaube nicht, daß uns noch genügend Zeit bleibt.«

»Louise, ich möchte, daß du es wenigstens versuchst. Bitte.«

»Schuldgefühle, Charlie? Du?«

»Vielleicht. Ich habe Genevieve nach Tranquility bringen lassen. Der Blackhawk-Kommandant hat geschworen, daß er nie wieder einen Charter von meiner Gesellschaft annehmen würde.«

Louise mußte grinsen. »Das ist meine Schwester.«

»Wirst du das Appartement jetzt verlassen?«

»Ich denke nicht. Andy und ich sind glücklich, wo wir sind. Und wer weiß schon, was geschieht, wenn die Erde aus diesem Universum entführt wird. Vielleicht ist es gar nicht so schlimm.«

»Aber das wird nicht geschehen, Louise. Das ist es nicht, was Dexter plant. Er will das gesamte Universum vernichten, nicht aus ihm verschwinden. Und es gibt immer noch Leute auf der Erde, die ihn daran hindern können.«

»Was soll das heißen? Ihr wart doch nicht imstande, ihn zu stoppen.«

»Die rote Wolke hat unseren wundersamen Präsidenten sein Rückgrat wiederfinden lassen. Er macht sich Sorgen, die Besessenen könnten versuchen, die Erde zu entführen. Der Senat hat ihm die Genehmigung erteilt, strategische Waffen gegen die Arkologien einzusetzen und die Besessenen zu eliminieren. Das ist der neue Fatalismus, Louise. Die Konföderation hat Arnstadt und New California aufgegeben, um sich Capones Organisation vom Hals zu schaffen. Der Präsident wird eine Minderheit opfern, um die Mehrheit zu retten. Nicht, daß die Geschichte ihn dafür in freundlicher Erinnerung behalten würde, aber ich vermute, die Überlebenden in den anderen Arkologien werden ihm insgeheim danken.«

»Das mußt du verhindern, Charlie! In London leben mehr Menschen als auf ganz Norfolk. Du kannst es doch aufhalten, Charlie, nicht wahr? B7 darf nicht zulassen, daß sie alle sterben! Ihr seid die wirklichen Herrscher der Erde. Das hast du selbst gesagt.«

»Wir können die Befehle für ein paar Stunden verzögern, allerhöchstens. Die Befehlsschaltkreise zum Absturz bringen, die Offiziere im strategischen Verteidigungszentrum dazu bringen, daß sie ihre Befehle verweigern. Aber letzten Endes wird der direkte Befehl des Präsidenten durchkommen und ausgeführt. Die Plattformen werden mit Gammalasern auf die Arkologien schießen, und jede lebende Zelle im Innern wird ausgelöscht.«

»Nein! Du mußt sie daran hindern!«

»Louise, mach, daß du in eine der äußeren Kuppeln kommst. Du hast den Erinnerungslöscher. Du kannst ihn gegen jeden einsetzen, der dich aufzuhalten versucht.«

»Nein!« rief sie laut, und ihre Hand krachte auf den Tisch, daß die Tabletts und Gläser tanzten. »Nein, nein, nein!« Sie hob den Kommunikationsblock hoch und schleuderte ihn gegen die Wand. Das Gehäuse zerbrach, und Plastiksplitter segelten durch das Zimmer. »Nein, das werde ich nicht!«

Andy saß reglos in seinem Stuhl und starrte Louise entgeistert an. Sie wirbelte zu ihm herum. »Sie wollen alle umbringen! Der Präsident will die strategischen Waffen auf die Arkologie richten!«

Er stand auf und nahm sie in die Arme, um das wütende Zittern zu dämpfen. Selbst barfuß war sie einen halben Kopf größer als er, und er mußte zu ihr aufblicken, um die Bestürzung und Wut in ihren Augen zu sehen.

»Wir müssen ihn aufhalten«, sagte sie.

»Den Präsidenten?«

»Nein, Dexter!«

»Den Besessenen? Den Irren?«

»Ja.«

»Aber wie?«

»Das weiß ich nicht. Wir müssen es ihm sagen. Ihn warnen! Ihn dazu bringen, daß er die rote Wolke verschwinden läßt! Er muß doch wissen, daß er ohne seine Anhänger ein Niemand ist.«

»Und was dann?«

»Das weiß ich doch nicht!« brüllte sie. »Aber wenigstens verhindern wir dadurch, daß jeder getötet wird! Ist das denn gar nichts?«

»D ... doch«, stammelte er.

Sie ging zu ihrem Kleiderstapel und kramte den Erinnerungslöscher hervor. »Wo sind meine Schuhe?«

Andy warf einen Blick auf das glatte schwarze Rohr, das sie mit solcher Entschlossenheit schwenkte, und ihm wurde bewußt, wie ernst es ihr war. Sein erster Gedanke war, die Tür abzusperren, sie am Weggehen zu hindern. Aber selbst dazu hatte er zuviel Angst. »Geh nicht weg von hier.«

»Ich muß!« giftete sie zurück. »Keines von diesen Monstern kümmert sich einen Dreck um die Menschen!«

Andy sank auf die Knie. »Louise, ich flehe dich an, geh nicht. Sie werden dich fangen. Sie werden dich foltern!«

»Nicht lange. Vergiß nicht, wir sterben alle.« Sie schob ihren Fuß in einen Schuh und befestigte die Riemen.

»Louise! Bitte!«

»Was ist, kommst du mit?«

»Das ist London da draußen!« sagte er und winkte mit dem Arm in Richtung Fenster. »Du brauchst Stunden, um jemanden zu finden! Es ist unmöglich! Bleib hier. Wir werden gar nicht merken, wenn es soweit ist. Diese strategischen Waffen im Orbit sind unglaublich machtvoll.«

Sie funkelte ihn an. »Andy, hast du denn überhaupt keine Nachrichten gesehen? Du besitzt eine Seele! Du wirst ganz genau merken, wenn es geschieht, und die Chancen stehen gar nicht schlecht, daß du im Jenseits wieder zu dir kommst.«

»Ich kann nicht da raus!« stöhnte er. »Nicht dorthin, wo *sie* sind! Geh nicht!«

Louise schlüpfte in ihren zweiten Schuh. »Nun, ich bleibe jedenfalls nicht hier.«

Andy blickte zu ihr auf, als sie über ihm stand. Groß, wunderschön und entschlossen. Unglaublich verehrungswürdig. Er hatte die ganze Nacht Liebe mit ihr gemacht, seinen Körper mit einer gefährlichen Überdosis Stim-Programmen gepeinigt, um sie voll und ganz zu überwältigen, und es bedeutete ihr gar nichts. Sie würde niemals ihm gehören, und jetzt erst recht nicht, nachdem sie den wirklichen Andy Behoo gesehen hatte. Sie war weiter von ihm entfernt, als sie es gewesen war, bevor er wußte, daß es sie gab.

Er wischte sich mit der Hand über die Nase in dem Versuch, sein Schniefen zu verbergen. »Ich liebe dich, Louise.« Er hörte die erbärmlichen Worte aus seinem eigenen Mund kommen und verachtete sich für all das, was er war, alles, was er niemals sein würde.

Ärger mischte sich mit Verlegenheit. Louise wußte nicht, ob sie ihn zur Seite schieben oder küssen sollte. »Ich habe die Nacht mit dir trotzdem genossen, Andy. Ich möchte sie nicht missen.« Ein Tätscheln seines gesenkten, bebenden Kopfes wäre zu schrecklich gewesen. Also ging sie um ihn herum und hinaus. Leise zog sie die Tür hinter sich ins Schloß.

Laute Stimmen und knallende Türen rissen Jay aus dem Schlaf. Sie setzte sich in ihrem Bett auf und gähnte ausgiebig, während sie die Arme streckte. Draußen war tiefe Nacht; über dem Lärm im Chalet hörte sie das sanfte Rauschen des Windes und das Geräusch der Wellen, die den Strand hinaufrollten. Menschen rannten durch die Zimmer und unterhielten sich mit aufgeregten Stimmen. Schritte kamen knarrend die Holztreppe zur Veranda hinauf, und die Eingangstür wurde erneut geknallt.

Jay fand Prinz Dell und schlich auf Zehenspitzen in die kleine Diele hinaus. Eine derartige Aufregung hatte sie noch nie im Chalet erlebt, nicht einmal, als die Alten ihre neue Kolonie geplant hatten. Was auch immer geschehen war, es mußte schrecklich wichtig sein. Und das machte das Lauschen um so interessanter.

Die Stimmen verstummten.

»Komm herein, Jay«, rief Tracy aus dem Wohnzimmer.

Jay tat wie geheißen. Es war unmöglich, in Tracys

Nähe mit irgend etwas durchzukommen. Sieben der alten Erwachsenen waren zu Tracy gekommen und saßen oder standen im Wohnzimmer herum. Jay hielt den Kopf gesenkt, als sie zu dem großen Lehnsessel eilte, in dem Tracy saß, zu schüchtern, um ein Wort zu sagen.

»Tut mir leid, Püppchen«, sagte Tracy, als Jay auf die Kissen neben ihr geklettert war. »Hat unser lautes Gerede dich geweckt?«

»Was ist denn los?« fragte Jay. »Warum sind alle hergekommen?«

»Wir versuchen uns darüber einig zu werden, ob wir den Korpus um Intervention bitten sollen«, sagte Tracy. »Wieder einmal.«

»Auf der Erde geschieht etwas Schreckliches«, sagte Arnie. »Wir haben es zuerst nicht bemerkt, aber dieser Quinn Dexter scheint etwas extrem Gefährliches im Schilde zu führen.«

»Der Korpus wird nicht eingreifen«, sagte Galic niedergeschlagen. »Es gibt immer noch keinen Grund dafür. Ihr kennt die Regeln, nur wenn eine andere ahnungslose Spezies in Gefahr gerät. Quinn Dexter gilt jedoch als Mensch. Deswegen ist es selbst verursacht.«

»Dann müssen die Regeln eben geändert werden!« grollte Arnie. »Ich würde diese Bestie nicht einmal annähernd als menschlich bezeichnen.«

»Korpus wird nicht intervenieren, weil der Präsident strategische Waffen einsetzt, dieser Barbar!«

»Außerdem kommt er zu spät, um Dexter zu stoppen«, sagte Tracy. »Insbesondere, wenn B7 interveniert und den Feuerbefehl verzögert.«

Jay kuschelte sich dichter an Tracy. »Was hat Dexter denn vor?«

»Wir sind nicht absolut sicher, Püppchen. Vielleicht irren wir uns auch.«

»Ha!« rief Arnie. »Warte nur ab, du wirst schon sehen!«

»Seht ihr denn zu?« fragte Jay, plötzlich überhaupt nicht mehr müde.

Tracy funkelte Arnie an. Es gab einen mentalen Austausch, Jay konnte es spüren, auch wenn sie die einzelnen Worte nicht verstand. In letzter Zeit wurde sie darin immer besser.

»Bitte!« bettelte sie. »Es ist meine Welt!«

»Also schön«, sagte Tracy. »Du darfst aufbleiben und eine Weile zusehen. Aber glaub nur nicht, daß du auch nur eine grausige Szene zu sehen bekommst.«

Jay strahlte sie an.

Die Erwachsenen ließen sich in den restlichen Sesseln nieder; drei fanden auf dem Sofa Platz. Tracys Fernseher war bereits eingeschaltet und zeigte eine verlassene Straße, die von antiken Gebäuden gesäumt war. Oben am Himmel leuchtete eine dicke rote Wolke. Jay erschauerte; es sah aus wie damals auf Lalonde.

»Das ist London«, erklärte Tracy. Sie reichte Jay einen Becher heißer Schokolade.

Jay setzte Prinz Dell auf ihren Bauch, damit der Teddybär alles sehen konnte, dann nahm sie einen zufriedenen Schluck des sahnigen Getränks. Irgend jemand ging die Straße hinunter.

Die *Lady Macbeth* materialisierte hundert Millionen Kilometer von der Sonne der F-Klasse entfernt, fünf Grad oberhalb der Ekliptik. Da das System nicht kartographiert war, ließ Joshua die Kombatsensoren ausfahren und tastete rasch die unmittelbare Umgebung ab. Die Reaktionszeit der Kombatsensoren war kürzer als die der umfassenderen Standardanordnung, und falls sich irgendein Objekt auf Kollisionskurs befand, würden sie es hoffentlich schnell genug entdecken, um in Sicherheit zu springen.

»Alles sauber«, meldete Beaulieu.

Zum ersten Mal seit dreißig Stunden gelang es Joshua, sich ein wenig zu entspannen. Er ließ sich in die Polster seiner Liege sinken, als ihm bewußt wurde, wie verkrampft sein Nacken und seine Schultern waren. Die Muskeln unter der Haut waren hart wie Stein.

»Wir haben es geschafft!« jauchzte Liol.

Inmitten des Lärms gegenseitiger Glückwünsche befahl Joshua dem Bordrechner, die Standardsensoren auszufahren. Zusammen mit den Wärmeableitpaneelen glitten sie aus ihren Rumpfnischen. »Alkad«, sagte er per Datavis, »holen Sie bitte Kempster aus der Null-Tau-Kapsel. Sagen Sie ihm, daß wir am Ziel sind.«

»Verstanden, Kommandant«, antwortete sie.

»Beaulieu, Ashly, ihr geht bitte an die Überwachungssensoren. Der Rest von euch bringt die *Lady Macbeth* in ihre normale Orbitalkonfiguration. Dahybi, ich möchte jederzeit springen können, sollte es nötig werden; wir halten die Knoten geladen.«

»Aye, Boß.«

»Treibstoffstatus?« fragte Joshua.

»Ausreichend«, meldete Sarha. »Wir haben noch vierzig Prozent unseres Fusionstreibstoffes und fünfundfünfzig Prozent der Antimaterie. Angesichts der Tatsache, daß wir bei der Rettung von Lalarin-MG fünfzehn Prozent der Antimaterie verbrannt haben, verfügen wir über mehr als genug Reserven, um zur Konföderation zurückzukehren. Wir können sogar im System umherspringen, vorausgesetzt, du willst nicht jeden noch so winzigen Felsen erforschen.«

»Wollen wir hoffen, daß das nicht nötig wird«, sagte Joshua. Aus der Botschaft der Swantic-LI war nicht hervorgegangen, wo genau im System der Schlafende Gott wartete, im Orbit um einen Planeten oder im Orbit um die Sonne selbst.

Die Besatzung entspannte sich, nachdem die *Lady Macbeth* von der Reisekonfiguration in die weniger anspruchsvolle Orbitalkonfiguration gewechselt hatte. Sie schwebten träge über die Brücke oder benutzten die Waschräume. Ashly ging hinunter in die Kombüse und bereitete eine Mahlzeit zu. Längere Phasen unter hoher Beschleunigung bewirkten ernsthafte Erschöpfungszustände. Und während der Beschleunigungsphasen zu essen war unklug. Die überhöhte Masse der Nahrung setzte die inneren Organe gehörigen Belastungen aus, selbst mit künstlich verstärkten Membranen. Sie schlangen die schwammigen Pasta-Kuchen gierig in sich hinein und jagten Tropfen von heißer Käsesoße hinterher, die sich selbständig gemacht hatten und über die Brücke schwebten.

»Also, wenn dieser Schlafende Gott das ganze Universum sehen kann«, sagte Liol schließlich mit vollem Mund, »meint ihr, er weiß, daß wir hier sind?«

»Jedes Teleskop sieht das ganze Universum«, sagte Ashly. »Aber das bedeutet nicht notwendigerweise, daß sie uns alle sehen.«

»Also schön, dann hat er unsere gravitonische Verzerrung entdeckt, als wir in das System gesprungen sind«, sagte Liol unbeeindruckt.

»Wo sind deine Beweise?«

»Wenn er weiß, daß wir da sind, dann behält er es jedenfalls für sich«, sagte Beaulieu. »Die Sensoren haben bisher keinerlei elektromagnetische Emissionen dort draußen gefunden.«

»Wie haben ihn dann die Tyrathca entdeckt?«

»Er muß einfach zu finden gewesen sein, denke ich«, sagte Dahybi.

Unter der Anleitung von Kempster und Renato startete Beaulieu die wissenschaftlichen Observationssatelliten. Sechzehn Stück von ihnen jagten in einer kugelförmigen Formation und mit einer Beschleunigung von sieben g aus den Abschußrohren der *Lady Macbeth*. Zwei Minuten später waren die Feststofftreibsätze ausgebrannt, und die Satelliten glitten im freien Fall weiter. Sie waren bestückt mit einem visuellen Sensor, der das gesamte sichtbare Spektrum abtastete, einem gigantischen technischen Fliegenauge, das in alle Richtungen gleichzeitig blickte. Untereinander bildeten sie gleichzeitig ein Teleskop mit einer sich ständig vergrößernden Brennweite und einer gewaltigen Auflösung. Die einzige Beschränkung war die zur Verfügung stehende Rechenkraft der Prozessoren an Bord, die die hereinkommenden Daten korrelierten und analysierten.

Sie registrierten jeden Lichtfleck mit einer negativen Magnitude (Die stellare Standardklassifikation weist den hellsten sichtbaren Sternen die Magnitude eins und den schwächsten die Magnitude sechs zu – alles, was heller leuchtet als eins muß daher ein Planet sein und wird mit einer negativen Magnitude gekennzeichnet). Ihre Positionen wurden fünf Mal in der Sekunde überprüft, um zu erkennen, ob sie sich bewegten.

Nachdem die Planeten lokalisiert waren, würde sich das Teleskop auf die individuellen Himmelskörper richten und nach der ausgedehnten räumlichen Störung suchen, die der Botschaft von Swantic-LI zufolge einen davon umkreiste. Die Wissenschaftler an Bord der *Lady Macbeth* gingen davon aus, daß es sich um ein sichtbares Phänomen handeln mußte – die Tyrathca besaßen keine gravitonische Detektortechnologie. Falls immer noch nichts zu finden war, würde eine umfassendere Suchaktion im gesamten System eingeleitet werden müssen.

»Das ist höchst ungewöhnlich«, sagte Kempster per Datavis auf dem allgemeinen Kommunikationsband, nachdem die erste Suche zu Ende war. Er und Renato befanden sich gemeinsam mit Alkad und Peter in der Messe in Kapsel C, wo ihre spezielle Ausrüstung installiert worden war. Die Messe sah aus wie ein astrophysikalisches Laboratorium.

Joshua und Liol wechselten einen Blick zwischen

Überraschung und Amüsiertheit. »Inwiefern?« wollte Joshua wissen.

»Wir können nur eine einzige Quelle mit negativer Magnitude entdecken, die diese Sonne umkreist«, sagte der alte Astronom. »Da draußen gibt es sonst einfach nichts. Keine Planeten, keine Asteroiden. Die Sensoren können nicht einmal die üblichen Wolken aus interplanetarem Staub finden. Jegliche Materie ist wie weggeschafft, bis hinunter auf molekulare Ebenen. Das einzige, was normal ist, sind die Sonnenwinde.«

»Weggeschafft oder von der räumlichen Störung aufgesaugt«, murmelte Sarha.

»Was ist nun mit dieser Quelle?« fragte Joshua ungeduldig.

»Ein mondgroßes Objekt in einem Dreihundert-Millionen-Kilometer-Orbit um die Sonne.«

Joshua und der Rest der Besatzung schalteten sich auf die Sensoren. Sie zeigten einen sehr hellen Lichtpunkt. Vollkommen undefinierbar.

»Wir erhalten keinerlei spektrale Werte«, sagte Kempster. »Dieses Ding reflektiert das Licht der Sonne mit nahezu hundertprozentiger Effizienz. Es muß in eine Art Spiegel eingehüllt sein.«

»Du hattest gesagt, einfach«, sagte Ashly zu Dahybi.

»Das ist nicht einfach«, sagte Joshua, »das ist offensichtlich.« Er übertrug die Position des Objekts in den Bordrechner und ließ einen Vektor zu einer Sprungkoordinate erstellen, die sie bis auf eine Million Kilometer an das rätselhafte Objekt heranführen würde. »Bereithalten. Beschleunigung beginnt in einer Minute.«

Der impulsive Zorn, der Louise aus Andys Appartement getrieben hatte, war längst vergangen, als sie die Islington High Street erreichte. Der Weg durch die leeren Straßen hatte ihr viel zuviel Zeit zum Nachdenken gelassen. Hauptsächlich darüber, wie ausgesprochen störrisch und dumm ihre Idee gewesen war. Und doch, der Anlaß war noch immer der gleiche. Irgend jemand mußte etwas unternehmen, ganz gleich, wie sinnlos es scheinen mochte. Es war die Aussicht, daß Dexter sie fangen und ihr gegenübertreten würde, die ihre Knie weich und ihren Schritt zögerlich werden ließ.

Ihre neurale Nanonik stürzte ab, als sie sich durch die St. John Street in Bewegung setzte. Nicht, daß sie ihre Straßenkarte noch benötigt hätte – Dexter war sicher nicht weit vom Zentrum der roten Wolke entfernt. Sie mußte nur geradewegs zur Themse hinuntergehen, es waren höchstens zwei Meilen. Sie wußte genau, daß sie niemals so weit kommen würde.

Der Rand der Wolke, eine ausgefranste, aufgewühlte Grenze, kroch noch immer langsam auf die Wolkenkratzer hinter ihr zu. Er hatte bereits Finsbury erreicht, kaum noch eine Meile vor ihr. Von der wogenden Unterseite hallte ein dumpfes, sonores Donnern heran und echote durch die verlassenen Straßen. Die Blätter der großen immergrünen Bäume raschelten disharmonisch, als willkürliche Böen heißer Winde aus dem Zentrum nach außen jagten. Vögel glitten auf der Thermik hoch oben; Louise konnte die winzigen schwarzen Punkte sehen, die sich in großen Scharen zusammenfanden und alle in die gleiche Richtung unterwegs waren: nach draußen.

Sie waren schlauer als die Menschen. Voller Staunen stellte Louise fest, daß sie bisher nicht einen einzigen Bewohner vor der roten Wolke hatte fliehen sehen. Sie blieben alle hinter ihren Türen verbarrikadiert. Waren denn alle vor Angst so paralysiert wie Andy?

Louise passierte den Rand der Wolke, und das rote Licht umfing sie wie eine pervertierte Abenddämmerung. Es war nicht mehr nur die feuchte Luft, die ihr ins Gesicht blies, das Gefühl der Bestürzung nahm von Minute zu Minute zu und verlangsamte ihre Schritte.

Das Donnern über ihr wurde heftiger; es erstarb niemals ganz. Gezackte Risse aus Schwärze knisterten zwischen den wogenden Schleiern; schwarze Blitze, die jegliche Photonen aus dem Himmel sogen.

Als sie und Genevieve einander Lebewohl gesagt hatten, hatte ihre Schwester ihr das silberne Halskettchen angeboten, das sie von Carmitha bekommen hatte. Jetzt wünschte sie, sie hätte es angenommen. Jeder Talisman gegen das Böse wäre jetzt willkommen gewesen. Sie beschloß, an Joshua zu denken, ihren einzig wahren Talisman gegen die rauhe Wirklichkeit des Lebens jenseits von Norfolk – doch das brachte nur die Erinnerung an Andy wieder hoch. Sie bedauerte diese Nacht immer noch nicht – nicht ganz. Als würde es noch etwas ausmachen.

Louise war durch die Rosebery Avenue hindurch und bog nun in die Farringdon Road ab, als die Besessenen vor ihr auf die Straße traten. Sie waren zu sechst, und sie bewegten sich mit gemächlicher Lässigkeit, gekleidet in asketische schwarze Anzüge. Sie bildeten eine Reihe quer über das Pflaster und starrten sie an. Louise ging bis zu dem Mann in der Mitte, einem großen, dünnen Burschen mit ölig braunem Haar.

»Frau, was zur Hölle glaubst du, was du da machst?« fragte er.

Louise richtete den Erinnerungslöscher direkt auf sein Gesicht, die Mündung kaum einen Fuß von seinen Augen entfernt. Er versteifte sich, was bedeutete, daß er wußte, was für eine Waffe sie hielt. Es war kein Trost für Louise – jemand anderes besaß die gleiche Waffe. Sie wußte wer.

»Bring mich zu Quinn Dexter«, verlangte sie.

Alle sechs fingen an zu lachen. »Zu ihm?« fragte derjenige, den sie bedrohte. »Frau, hast du den Verstand verloren oder was?«

»Ich schieße, wenn du dich weigerst.« Ihre Stimme

stand dicht davor zu brechen. Sie würden es merken, und sie würden den Grund wissen, mit ihren teuflischen Sinnen. Louise packte den Stab fester, um das Zittern ihrer Hand zu unterdrücken.«

»Ist mir ein Vergnügen«, sagte der Besessene.

Sie stieß die Waffe vor, und sein Kopf wich synchron dazu zurück.

»Treib es nicht zu weit, Miststück.«

Die Besessenen setzten sich die Straße hinunter in Bewegung. Louise folgte ihnen ein paar zögerliche Schritte.

»Komm mit«, sagte der Große. »Der Messias wartet schon auf dich.«

Louise hielt die Waffe weiter im Anschlag – nicht, daß es ihr etwas genutzt hätte. Sie hatten ihr alle den Rücken zugewandt.

»Wie weit ist es?«

»Ganz nah beim Fluß.« Er warf einen Blick über die Schulter nach hinten, und seine Lippen verzogen sich zu einem dünnen Lächeln. »Hast du eigentlich eine Ahnung, was du da machst?«

»Ich kenne Dexter.«

»Nein, das tust du nicht. Du wärst nicht hier, wenn du ihn wirklich kennen würdest.«

Die von der Swantic-LI übertragenen Bilder waren doch korrekt gewesen. Aus einer Entfernung von einer Million Kilometern war die Gestalt des Schlafenden Gottes ziemlich unverwechselbar: zwei konkave konische Zylinder, Basis an Basis, dreieinhalbtausend Kilometer lang. Ein perfekt symmetrischer Körper, der seinen künstlichen Ursprung nicht verbergen konnte. Der zentrale Rand war messerscharf; die Kante schien sich bis auf molekulare Dimensionen zu verjüngen. Das gleiche galt für die Spitzen, die messerscharf waren wie Rapiere. Nicht einer an Bord der *Lady Macbeth*, der nicht die unbehagliche Vision eines aufgespießten Schiffes gehabt hätte.

Beaulieu startete fünf astrophysikalische Überwachungssatelliten, fusionsgetriebene Drohnen mit multifunktionalen Sensorbatterien, die sich auf bogenförmigen Bahnen von der *Lady Macbeth* entfernten, um einen Ring um den Schlafenden Gott zu bilden.

Joshua schwebte mit der restlichen Besatzung hinunter nach Kapsel C, wo Alkad, Peter, Renato und Kempster versammelt waren, um die Daten von den Satelliten und den Sensoren der *Lady Macbeth* auszuwerten. Samuel, Monica und einer der Serjeants hatten sich ebenfalls hinzugesellt.

Holographische Aufnahmen in Studioqualität entstanden über den Konsolen, die extra zur Interpretation der astrophysikalischen Daten installiert worden waren. Jede Aufnahme zeigte den Schlafenden Gott aus einem anderen Blickwinkel und in einer anderen Frequenz des elektromagnetischen Spektrums. Der große AV-Projektor zeigte das ungefiltert sichtbare Bild des Artefakts als verkleinerte Skulptur mitten in der Messe. Der Schlafende Gott kreiste allein im All, und Sonnenlicht wurde in breiten Strahlen von ihm reflektiert. Das war die erste Anomalie, obwohl Renato eine volle Minute verwirrten Nachdenkens benötigte, um das Offensichtliche zu sehen.

»Hey!« rief er überrascht. »Dieses Ding besitzt keine dunkle Seite!«

Joshua blickte stirnrunzelnd auf die AV-Projektion, dann verband er sich direkt mit dem Konsolenprozessor und überprüfte die Rohdaten. Die Satelliten bestätigten Renatos Beobachtung. Jeder Teil des Schlafenden Gottes war gleich hell; das Gebilde besaß keinerlei Schatten. »Generiert er dieses Licht möglicherweise intern?«

»Nein«, antwortete Renato. »Das Spektrum entspricht exakt dem der Sonne. Irgendwie scheint er das Licht um sich herumzubiegen. Ich würde ja sagen, daß es sich um eine Gravitationslinse handelt, eine unglaublich dichte Masse. Was sich mit der Beobachtung der Tyrathca decken würde, einer räumlichen Anomalie.

»Alkad?« fragte Joshua. »Besteht dieses Ding vielleicht aus Neutronium?« Es wäre die größtmögliche von allen Ironien: ein Gott aus der gleichen Substanz wie Mzus Weltuntergangswaffe.

»Einen Augenblick bitte, Kommandant.« Die alte Physikerin schien verwirrt. »Wir erhalten soeben die Daten der Gravitationsdetektoren.« Mehrere Holoschirme zeigten ein flirrendes Gewirr bunter Symbole. Auf den Gesichtern von Alkad und Peter breitete sich Verblüffung aus. Sie wandten sich gleichzeitig um und starrten auf die zentrale Holoprojektion in der Mitte des Raums.

»Was ist denn?« fragte Joshua.

»Nach den Daten zu urteilen handelt es sich bei dieser sogenannten Gottheit in Wirklichkeit um eine nackte Singularität.«

»Das ist vollkommen unmöglich!« entgegnete Kempster indigniert. »Dieses Ding ist stabil!«

»Sehen Sie sich seine Geometrie an«, sagte Alkad. »Außerdem haben wir eine gewaltige Fluktuation der Gravitationswellen im Vakuum gefunden, ausnahmslos im Bereich extrem kurzer Wellenlängen.«

»Den Satelliten nach zu urteilen folgen die Fluktuationen einem festgelegten Muster«, sagte Peter zu Alkad.

»Was?« Sie studierte einen der Schirme. »Heilige Mutter Maria, das ist vollkommen unmöglich! Vakuumfluktuationen müssen zufällig sein, das ist der einzige Grund, weshalb sie existieren können!«

»Ha!« grunzte Kempster zufrieden.

»Ich weiß, was eine Singularität ist«, sagte Joshua. »Ein Punkt, an dem die Masse unendlich verdichtet ist. Die Ursache für ein schwarzes Loch.«

»Die Ursache für einen Ereignishorizont«, verbesserte

ihn Kempster. »Der kosmische Zensor unseres Universums. Physik, Mathematik – alle Berechnungen führen ins Unendliche und brechen dort zusammen, weil das Unendliche in der Realität nicht zu erreichen ist.«

»Außer in einigen sehr speziellen Fällen«, widersprach Alkad. »Der gewöhnliche Kollaps eines Sterns ist ein sphärisches Ereignis. Sobald der Kern bis zu einem Punkt komprimiert ist, an dem seine Gravitation die thermische Expansion übersteigt, stürzt alle Materie aus allen Richtungen gleichzeitig in das Zentrum. Der Kollaps endet damit, daß alle Materie zu einem unendlich kleinen Punkt komprimiert wird, der Singularität. Und an dieser Stelle ist die Gravitation so groß geworden, daß nichts mehr ihrem Feld entkommt, nicht einmal das Licht. Das ist der Ereignishorizont. Wenn man jedoch – theoretisch, wohlgemerkt – den Stern vor diesem Ereignis in Rotation versetzt, erhält man wegen der Zentrifugalkraft eine verzerrte Form, die entlang des Äquators weiter ist als über den Polen. Wenn der Stern schnell genug rotiert, bleibt diese Auswölbung während des Zusammenbruchs bestehen.« Sie deutete mit dem Zeigefinger auf die Projektion des Schlafenden Gottes. »Es entsteht eine Form, die genau wie diese aussieht. Und bis ganz zum Ende des Zusammenbruchs, wenn jegliche Materie in der Singularität zusammengepreßt wird, bleibt sie erhalten. Und im allerletzten Augenblick, bevor die Singularität entsteht, zeigt sich ein Teil ihrer unendlichen Masse außerhalb des Ereignishorizonts.«

»Für einen winzigen Augenblick«, beharrte Kempster. »Aber bestimmt nicht für fünfzehntausend Jahre.«

»Scheinbar hat jemand herausgefunden, wie man diesen Augenblick unendlich lange aufrechterhalten kann.«

»Sie meinen ganz ähnlich wie bei dem Alchimist?« fragte Joshua per Datavis.

»Nein«, antwortete sie auf dem gleichen Weg. »Diese Massedichten liegen um viele Größenordnungen über dem, was ich mit der Alchimist-Technologie erreichen kann.«

»Falls die Masse unendlich ist«, rezitierte Kempster pedantisch, »dann ist sie hinter einem Ereignishorizont verborgen. Kein Licht kann daraus entkommen.«

»Und doch geschieht genau das«, entgegnete Alkad. »Und zwar von jedem Teil der Oberfläche.«

»Offensichtlich sind die Vakuumfluktuationen dafür verantwortlich, daß die Photonen hinausgeschleudert werden«, sagte Renato. »Das ist es, was wir hier sehen. Wer auch immer dieses Gebilde geschaffen hat, mußte wissen, wie man Vakuumfluktuationen kontrolliert. Und wenn man das weiß, dann kann man so gut wie alles erreichen.«

Peter warf ihr einen amüsierten Blick zu. »Ordnung aus dem Chaos, wie?«

»Kempster?« fragte Joshua.

»Der Gedanke gefällt mir nicht«, erwiderte der alte Astronom mit einem schwachen Grinsen. »Aber ich kann ihn auch nicht widerlegen. Möglicherweise ist es sogar die Erklärung dafür, daß Swantic-LI zu einem anderen Stern springen konnte. Vakuumfluktuationen können negative Energie besitzen.«

»Natürlich«, sagte Renato. Er lächelte seinen Chef eifrig an, als er den Gedanken aufnahm und weiterspann. »Es wären exotische Fluktuationen, von der Art, die ein Wurmloch geöffnet halten. Genau wie das Raumverzerrungsfeld eines Voidhawks.«

Samuel hatte dem Verlauf der Diskussion kopfschüttelnd zugehört. Jetzt sagte er: »Aber warum? Warum sollte jemand ein Objekt wie dieses schaffen? Zu welchem Zweck?«

»Es ist eine ständige Quelle neuer Wurmlöcher«, sagte Alkad. »Und die Tyrathca sagen, der Schlafende Gott diene dem Fortschritt biologischer Entitäten. Das dort ist der ultimative interstellare Antriebsgenerator. Wahrscheinlich kann man mit seiner Hilfe sogar zwischen Galaxien hin- und herspringen.«

»Mein Gott, intergalaktische Raumfahrt!« sagte Liol mit glänzenden Augen. »Das wäre doch etwas!«

»Wunderbar«, entgegnete Monica sarkastisch. »Aber das hilft uns ja wohl kaum über das Problem der Possession hinweg.«

Liol bedachte sie mit einem verletzten Blick.

»Also gut«, sagte Joshua. »Wenn es zutrifft, daß wir es hier mit einer künstlich aufrechterhaltenen nackten Singularität zu tun haben, dann muß es eine Art Kontrollzentrum für die Vakuumfluktuationen geben. Haben Sie Hinweise darauf finden können?«

»Dort draußen gibt es nichts außer der Singularität selbst«, antwortete Renato. »Unsere Satelliten haben die gesamte Oberfläche abgesucht. Nichts versteckt sich auf der anderen Seite, und nichts hält sich im Orbit auf.«

»Aber es muß etwas geben. Die Tyrathca haben es dazu gebracht, daß es ihnen ein Wurmloch öffnet. Wie stellen wir das an?« fragte Joshua.

Seine neurale Nanonik meldete, daß ein Kommunikationskanal geöffnet wurde. »Ihr fragt«, sagte die Singularität per Datavis.

Die Leuchtkraft der Wolke blieb konstant, doch die Schatten verschoben sich weit in längerwellige Bereiche des Spektrums, je näher Louise dem Epizentrum kam. Als sie über den großen Platz vor der St. Paul's Cathedral marschierte, hatte jede Oberfläche einen blutigroten Farbton angenommen. Die Steinmetzarbeiten, die das schöne alte Bauwerk zierten, warfen lange schwarze Schatten entlang der Mauern; ebenholzfarbene Gefängnisstäbe, welche die Kathedrale fest im Griff hielten und die letzten Überreste von Heiligkeit herauspreßten.

Louises Eskorte stolzierte vor ihr her wie irrsinnige

Moriskentänzer, die sie mit spöttischen Gesten weiter und weiter lockten. Das Krachen des Donners endete, als sie die schweren Eichentüren erreichte, und ein lastendes Schweigen entstand. Louise betrat die Kathedrale.

Sie trat noch ein paar Schritte vor, dann versagten ihre Beine. Hinter ihr schlossen sich mit kaltem Knarren die Türen. Tausende von Besessenen standen wartend im Mittelschiff, gekleidet in kunstvolle Kostüme aus sämtlichen Epochen menschlicher Geschichte und Kultur, ausnahmslos vollkommen schwarz. Sie alle hatten sich zu Louise umgewandt. Die Orgel begann zu spielen, eine harte, dissonante Version von Mendelssohns Hochzeitsmarsch. Louise legte die Hände über die Ohren, so laut war es.

Die Besessenen blickten wieder nach vorn zum Altar und ließen ihr eine schmale Gasse genau im Zentrum des Mittelschiffs frei. Sie setzte sich in Bewegung. Es war unheimlich; ihre Beine taten das, was der kollektive Wille der Besessenen ihnen aufzwang. Der Erinnerungslöscher fiel ihr nach den ersten paar Schritten aus den taub gewordenen Fingern und klapperte über die gesprungenen Fliesen.

Geister trieben auf sie zu und streckten flehend die Hände aus. Sie glitten an ihr vorbei, als sie weiterging, und schüttelten voller Sorge die Köpfe.

Die Musik endete, als Louise in der vordersten Reihe Besessener angekommen war. Sie standen auf gleicher Höhe mit dem Querschiff. Der Bereich vor ihnen, unter der großen zentralen Kuppel, war vollkommen leer. Eiserne Kohlenbecken mit stinkenden Feuern reihten sich an den Wänden, und ihr schwarzer Ruß schlug sich auf den hellen Steinwänden nieder. Der Apex der Kuppel war hinter einem Schleier aus grauem Qualm verborgen. Hoch oben lief eine Galerie ringsum. Mehrere Leute lehnten auf der Brüstung und blickten mit mildem Interesse zu ihr hinunter.

Die Besessenen gaben ihre Gliedmaßen frei, und Louise stolperte vorwärts.

»Hallo, Louise Kavanagh«, sagte Quinn Dexter. Er stand vor dem besudelten Altar, vollkommen unsichtbar unter seiner schwarzen Robe.

Sie machte ein paar unsichere Schritte. Furcht hatte von jeder Faser ihres Körpers Besitz ergriffen und sie steif werden lassen. Sie war nicht einmal sicher, ob sie sich noch länger auf den Beinen halten konnte.

»Dexter?«

»Niemand anderes.« Er trat zur Seite und gab den Blick für sie frei auf einen Mann, der mit ausgebreiteten Gliedmaßen über dem Altar lag. »Und nun hat Gottes Bruder uns alle drei wieder zusammengeführt.«

»Fletcher!« stieß sie hervor.

Quinn hielt ihr einen Arm mit einer schwanenweißen Hand entgegen. Ein Klauenfinger winkte und erlaubte ihr näherzutreten.

Die Schnittwunden und das getrocknete Blut überall auf seiner Haut ließen sie das Schlimmste befürchten, doch als sie näher trat, bemerkte sie das Zittern und Beben seiner Muskeln. Ein unbekanntes Gesicht war verzerrt vor Anstrengung, und er atmete in schnellen, schmerzerfüllten Zügen.

»Fletcher?«

Quinn gab einen Wink, und der Strom wurde abgeschaltet. Der Körper erschlaffte auf dem Altar, und langsam überdeckten Fletchers vertraute Züge das blutige Gesicht. Sämtliche Wunden verschwanden, und seine gewohnte Marineuniform materialisierte. Er stieg vorsichtig vom Altar herab.

»Meine liebste Lady Louise! Ihr hättet nicht herkommen dürfen.«

»Ich mußte.«

Quinn lachte auf. »Du hast die Wahl, Fletcher«, sagte er. »Du kannst mit ihr zusammen hier rausspazieren, wenn du die richtige Entscheidung triffst. Wenn nicht, gehört sie mir.«

»Lady Louise«, sagte Fletcher. Sein Gesicht war von seelischer Qual zerfressen.

»Warum können wir hier hinaus?« fragte Louise.

»Er muß nur eintreten in die Armee der Verdammten«, sagte Quinn. »Ich würde ihn nicht einmal zwingen, mit seinem Blut zu unterschreiben.«

»Nein!« sagte sie. »Fletcher, das dürfen Sie nicht! Ich bin hergekommen, um Sie alle zu warnen. Sie müssen aufhören! Sie müssen die rote Wolke auflösen.«

»Soll das vielleicht eine Drohung sein, Louise?« fragte Quinn.

»Sie haben GovCentral zu Tode erschreckt. Die Regierung glaubt, Sie wollten die Erde aus dem Universum entführen. Der Präsident wird das unter keinen Umständen zulassen. Er wird die strategischen Verteidigungswaffen gegen London richten. Alle werden sterben. Millionen und Abermillionen Menschen!«

»Ich nicht«, sagte Quinn.

»Aber alle anderen.« Louise winkte in Richtung der schweigenden Reihen seiner Jünger. »Und ohne die anderen sind Sie nichts.«

Quinn glitt vor Louise. Sein Gesicht kam unter der Kapuze hervor, und sie bemerkte seine nackte Wut. »Gottes Bruder, wie ich dich hasse!« Er schlug ihr mit dem Handrücken über das Gesicht, und energistische Kraft verstärkte die Wucht dahinter.

Louise schrie auf und stolperte rückwärts gegen den Altar. Blutgeschmack breitete sich in ihrem Mund aus, als sie abprallte und wimmernd nach vorn auf die Knie fiel.

Fletcher wollte vorspringen und hatte plötzlich Quinns Erinnerungslöscher an der Nasenspitze. »Zurück, Arschloch!« fauchte Quinn. »Wag es nicht!«

Schwer atmend wich Fletcher zurück.

Quinn funkelte Louise an. »Du bist also hergekommen, um Menschen zu retten, wie? Menschen, die du noch nie vorher gesehen hast. Menschen, die du niemals kennenlernen wirst. Nicht wahr?«

Louise schluchzte vor Schmerz und hielt sich mit einer Hand das Gesicht. Blut rann aus ihrem Mund und tropfte auf den Boden. Sie blickte zu ihm auf, ohne zu verstehen, was er wollte.

»Nicht wahr?« wiederholte er.

»Ja«, schluchzte sie.

»Ich hasse deine verdammte *Anständigkeit*. Diese Anmaßung, daß du irgendwie eine Verbindung zu mir herstellen kannst, weil ich noch einen Rest von Menschlichkeit in mir habe und ein Herz besitze. Und daß ich letzten Endes zur Vernunft kommen werde. Und daß ich selbstverständlich einen Rückzieher machen und in aller Ruhe mit den verfluchten Superbullen reden werde, die meinen Arsch unter Beschuß genommen habe, seit ich den Fuß auf diese stinkende Müllkippe von einem Planeten gesetzt habe. Das ist der Grund, weshalb ich dich hasse, Louise Kavanagh. Du bist das Produkt einer Religion, die seit mehr als zweieinhalb Jahrtausenden systematisch die Schlange in uns unterdrückt. Religionen – alle Religionen, ohne Ausnahme – verhindern, daß unsere wirkliche Natur durchschimmert. Sie bringen uns dazu, daß wir unser ganzes Leben lang vor dem falschen Gott im Staub kriechen. Das ist der Weg, für den du dich entschieden hast, Louise Kavanagh, und das ist es, was du bist: gutgläubig. Allein durch deine Existenz bist du eine Feindin des Lichtbringers. Meine Feindin. Ich hasse dich so sehr, daß es weh tut. Und dafür wirst du bezahlen. Niemand tut mir weh und geht dann davon, um mit seinen Freunden Witze darüber zu machen. Ich werde dich zur Hure meiner Armee machen. Ich werde dafür sorgen, daß dich jeder einzelne meiner Jünger fickt! Sie werden dich ficken, bis dein Verstand bricht und dein

Herz versagt. Und dann, wenn von dir nichts mehr übrig ist als ein Klumpen wahnsinniges Fleisch, dessen Lebensblut in den Ausguß tropft, dann benutze ich diesen Seelenkiller hier, um das, was von dir übrig ist, endgültig aus diesem Universum auszuradieren. Weil ich unter keinen Umständen auch nur eine einzige Nacht in der Hölle mit dir verbringen werde. Du bist das nicht wert!«

Louise wich auf den Knien vor ihm zurück, bis sie mit dem Rücken gegen den Altar stieß. »Das können Sie alles tun, und sie können mich foltern und quälen, bis ich alles verrate, an was ich glaube. Aber Sie werden niemals ändern, was ich in diesem Augenblick bin. Und das ist alles, worauf es ankommt. Ich bin mir selbst treu. Ich hatte meinen Sieg bereits.«

»Du dummes Miststück! Das ist der Grund, weshalb du und dein falscher Gott immer verlieren werden. Euer Sieg existiert nur in euren Köpfen. Meiner ist real. Er ist so beschissen real, wie es nur irgendwie geht.«

Louise blickte Quinn herausfordernd an. »Wenn das Böse herrscht, dann wird es durch das Gute korrumpiert.«

»Totaler Blödsinn. Du und deinesgleichen sind ganz bestimmt nicht imstande, die Armee zu korrumpieren, die ich gegen euch ins Feld führe. Sag es ihr, Fletcher. Sei *ehrlich* zu ihr. Wird meine Armee siegen? Kommt die ewige Nacht?«

»Fletcher?« flehte sie ihn an.

»Liebste Lady Louise ... ich ...« Er ließ den Kopf in bitterster Verzweiflung hängen.

»Nein!« ächzte Louise. »Fletcher!«

Quinn beobachtete sie mit wilder Befriedigung. »Bist du bereit, den wirklich schlimmen Teil zu beobachten?« Er griff nach unten, packte sie bei der Schulter und riß sie auf die Beine.

»Laßt sie los!« verlangte Fletcher. Ein Ball aus massiver

Luft traf ihn im Magen, und der Aufprall jagte Schmerz durch jede Faser seines Wirtskörpers. Fletcher wurde von den Beinen gerissen und segelte rückwärts durch die Luft. Selbst nach der Landung auf den harten Fliesen rutschte er noch weiter, als bestünde die Oberfläche aus poliertem Eis. Als er endlich liegenblieb und seine Benommenheit abschüttelte, stellte er fest, daß er sich genau unter dem Apex der Kuppel befand.

»Rühr dich nicht von der Stelle!« befahl Quinn.

Ein Pentagramm aus hohen weißen Flammen materialisierte rings um Fletcher, um Quinns Worte zu untermauern. Hilflos mußte Fletcher mit ansehen, wie Quinn Louise mit sich in das südliche Querschiff zerrte. Sie verschwanden hinter einer Tür.

Hinter der Tür befand sich eine Wendeltreppe. Louise mußte fast laufen, um mit Quinn mitzuhalten. Die Treppe schien kein Ende zu nehmen, und bald war ihr gefährlich schwindlig. Der Schmerz in ihrem Schädel wurde so stark, daß sie meinte, sich jeden Augenblick erbrechen zu müssen.

Sie kamen durch einen schmalen Gewölbegang, der auf die Galerie hinausführte, welche die gesamte Kuppel umrundete. Quinn ging weiter, bis er dem Mittelschiff gegenüberstand. Dann stieß er Louise zu einer jungen Frau in einer ledernen Weste und pinkfarbenen Jeans.

»Paß auf sie auf«, befahl er.

Zuerst dachte Louise, Courtney wäre eine Besessene wie alle anderen auch. Ihre Haare leuchteten in hellem Smaragdgrün und standen in alle Richtungen in dichten verdrehten Strähnen vom Kopf ab. Doch ihre Arme und Wangen waren von Narben und frischem Schorf übersät, und die Wunden hatten teilweise zu eitern begonnen. Ein Auge war fast zugeschwollen.

Courtney kicherte, als sie Louise an sich drückte. »Ich krieg' dich zuerst.« Sie packte Louise fest am Hintern, und ihre Zunge leckte an ihrem Ohr.

Louise stöhnte, und dann gaben ihre Beine nach.

»Scheiße!« Courtney stieß sie auf die niedrige Steinbank, die sich um die gesamte Rückwand der Galerie hinzog.

»Wir werden nicht mehr lange genug am Leben bleiben dafür«, sagte Louise.

Courtney warf ihr einen verwirrten Blick zu.

Quinn legte die Hände auf die Brüstung und blickte zu seinen schweigenden und gehorsamen Jüngern herab, die sich im Mittelschiff drängten. Fletcher Christian stand immer noch inmitten des flammenden Pentagramms, mit in den Nacken gelegtem Kopf, damit er das Geschehen auf der Galerie beobachten konnte. Quinn machte eine Bewegung, und das Gefängnis aus weißem Feuer erlosch. Fletcher stand allein unter der Kuppel.

»Bevor die Nacht endgültig zu uns kommt, fehlt noch einer in unserer schönen Runde«, verkündete Quinn. »Doch ich weiß, daß er hier ist. Du bist immer in der Nähe, nicht wahr?« Der seidige Unterton von Mißvergnügen weckte Unruhe unter seinen Anhängern tief unten.

Quinn signalisierte dem Akolythen auf der Galerie, und er führte Greta zu ihm. Sie wurde heftig gegen die Brüstung gestoßen und wäre fast vornüber gekippt. Quinn packte sie im Genick und riß ihren Kopf hoch. Glattes langes Haar hing ihr ins Gesicht und hinderte sie am Atmen.

»Sag deinen Namen«, verlangte Quinn.

»Greta«, murmelte sie.

Er nahm den Erinnerungslöscher aus einer Tasche in seiner Robe und hielt ihn vor ihre Augen. »Lauter!«

»Greta. Ich heiße Greta Manani.«

»Oh, Daddy!« rief Quinn laut aus. »Daddy Manani, komm heraus. Komm heraus aus deinem Versteck, wo immer es auch sein mag.«

Die Besessenen unten im Mittelschiff begannen sich

umzusehen. Verwirrtes Gemurmel wurde laut. Quinn suchte über ihren Köpfen nach jemandem, der sich bewegte.

»Komm heraus, Arschloch! AUF DER STELLE. Oder ich töte ihre Seele. Hörst du, was ich sage?«

Das Geräusch einsamer Schritte echote durch die Kathedrale. Die eingeschüchterten Besessenen bildeten eine Gasse, um Powell Manani durchzulassen. Der Zettdee-Aufseher sah ganz genauso aus wie beim letzten Mal, als Quinn ihn auf Lalonde gesehen hatte, ein muskulöser Mann in einem rot-grün karierten Hemd und Jeans. Er trat auf die freie Fläche unter der Kuppel, stemmte die Hände in die Hüften und grinste zu Quinn hinauf.

»Wie ich sehe, bist du immer noch ein totaler Verlierer, Zettdee Quinn Dexter.«

»Ich bin kein Zettdee!« kreischte Quinn. »Ich bin der Messias der Nacht!«

»Was auch immer. Wenn du meiner Tochter etwas tust, Messias aller Schwanzgesichter dieser Welt, dann bringe ich persönlich den Job zu Ende, den Twelve-T auf dem Jesup angefangen hat.«

»Ich habe sie gequält. Schon eine ganze Weile.«

»Jede Wette, daß es nicht halb so schlimm war wie das, was wir mit deinen Freunden Leslie und Kay gemacht haben und all den anderen Zettdees, die wir in die Finger bekommen haben.«

Eine Sekunde lang kämpfte Quinn gegen den Impuls an, über das Geländer zu springen und sich auf den Aufseher zu stürzen, um seine Schlange zu füttern. Die Wut verklang. Wahrscheinlich hatte Manani genau das beabsichtigt. Quinn konnte spüren, wie stark die energistische Kraft in dem Mann war.

»Wenn du sie tötest, Zettdee, dann gibt es nichts mehr, was dich vor mir schützen könnte. Und falls es dir gelingt, diesen Körper in Stücke zu reißen, dann komme ich in einem anderen wieder. Genau wie vorher. Ich werde wieder und wieder zurückkommen, bis diese Sache zwischen uns endgültig erledigt ist.«

»Keine Angst, ich werde dich nicht aus deinem Körper vertreiben. Nicht nach all dem Kummer, den du mir gemacht hast. Vergiß nicht, ich bin kein netter Junge. Und jetzt bleibst du ganz genau da, wo du bist, oder ich töte die Seele deiner Tochter.«

Powel blickte sich auf der freien Fläche unter der Kuppel um, als würde er eine Wohnung besichtigen. »Schätze, Sie stehen ebenfalls auf seiner Scheißliste, wie?« fragte er Fletcher.

»Das tue ich, Sir.«

»Keine Sorge, er wird einen Fehler machen. Er ist nicht schlau genug, um etwas wie das hier durchzuziehen. Und wenn es soweit ist, gehören seine Eier mir.«

Quinn breitete die Arme aus und sah auf seine versammelte Anhängerschaft hinab. »Und jetzt«, sagte er, »nachdem alle hier sind, können wir endlich anfangen.«

Es gelang Joshua, seinen Schock ohne die Hilfe von Suppressorprogrammen unter Kontrolle zu bringen. Er wußte, daß dieser Augenblick viel zu bedeutsam war, um mit etwas anderem als einem völlig klaren und wachen Verstand daranzugehen. »Bist du der Schlafende Gott der Tyrathca?« fragte er per Datavis.

»Du weißt, wer ich bin, Joshua Calvert«, antwortete die Singularität.

»Wenn du weißt, wer ich bin, dann hatten die Tyrathca recht, als sie meinten, daß du das Universum siehst.«

»Dazu ist das Universum selbstverständlich zu groß. Aber um im gleichen Kontext zu antworten, ja, ich beobachte soviel vom Universum, wie du kennst, und noch ein großes Stück darüber hinaus. Meine Quantenstruktur ermöglicht mir eine extensive Verbindung mit einem großen Volumen dieser Raumzeit und einer Reihe anderer.«

»Leichte Konversation liegt ihm offensichtlich nicht«, murmelte Liol.

»Dann weißt du auch, daß meine Spezies von den Seelen unserer eigenen Toten bedroht ist?«

»Ja.«

»Gibt es eine Lösung für dieses Problem?«

»Es gibt eine große Zahl möglicher Lösungen. Wie die Kiint euch gegenüber angedeutet haben, muß jede Rasse auf ihre eigene Weise mit diesem Aspekt biologischen Lebens zurechtkommen.«

»Bitte, weißt du eine Lösung, die für die Menschen anwendbar ist?«

»Viele sind das. Ich bin nicht vorsätzlich bedächtig. Ich kann sie euch alle auflisten, und ich kann und werde euch bei ihrer Anwendung helfen, sollte eine davon relevant sein. Was ich allerdings nicht tun werde, ist die Entscheidung für euch zu fällen.«

»Warum?« fragte Monica. »Warum willst du uns helfen? Es ist nicht, daß ich undankbar erscheinen möchte. Aber ich bin neugierig.«

»Die Tyrathca hatten ebenfalls recht, als sie sagten, daß ich existiere, um den Fortschritt biologischer Entitäten zu unterstützen. Obgleich die besonderen Umstände, in denen sich die Menschheit gegenwärtig befindet, nicht der Grund für meine Erschaffung waren.«

»Was ist dann der Grund?« fragte Alkad.

»Die Spezies, die mich erschuf, hatte den Gipfel ihrer Evolution erreicht. Intellektuell, physisch und in ihrer Technologie. Eine Tatsache, die für sich genommen als Erklärung für jemanden wie dich reichen sollte, Alkad Mzu. Mein Bewußtsein ruht in einem selbsterhaltenden Muster aus Vakuumfluktuationen. Das verschafft mir weitreichende Möglichkeiten zur Manipulation von Masse und Energie; für mich sind Gedanke und Tat ein und dasselbe. Ich habe diese Fähigkeit benutzt, um meinen Schöpfern ein Tor in eine neue Dimension zu öffnen. Sie wußten wenig darüber, außer daß sie existiert und ihre Parameter sehr verschieden sind von denjenigen in diesem Universum. Also entschlossen sie sich, zu einer neuen Phase der Existenz aufzubrechen und dort zu leben. Sie haben dieses Universum schon vor sehr langer Zeit verlassen.«

»Und du hast seitdem den verschiedensten Spezies auf dem Weg der Evolution geholfen?« fragte Joshua. »Ist das der Grund für deine Existenz?«

»Ich benötige keinen fortgesetzten Grund zum Existieren, keine Motivation. Diese Art von Psychologie leitet sich einzig aus biologischem Leben ab. Meine Ursprünge sind nicht biologisch, ich existiere, weil sie mich erschaffen haben. Ganz einfach.«

»Aber warum hilfst du dann?«

»Die einfache Antwort würde lauten, weil ich es kann. Doch es gibt noch andere Überlegungen. Im Prinzip ist es eine Vertiefung des Problems, dem eure Spezies im Verlauf ihrer Geschichte millionenfach begegnet ist, tatsächlich sogar fast täglich. Selbst im System von Mastrit-PJ habt ihr ihm gegenübergestanden. Wann greift man ein und wann nicht? Glaubt ihr, daß es das Richtige war, den Mosdva eure Überlichttechnologie zu geben? Eure Absichten waren zweifelsohne gut, doch letzten Endes waren sie von Eigeninteresse geleitet.«

»War es denn falsch?«

»Die Mosdva denken sicherlich anders darüber. Derartige Beurteilungen sind stets relativ.«

»Also hilfst du nicht jedem und nicht immer?«

»Nein. Mit einer derart häufigen Einmischung, und indem ich die Natur so forme, daß sie meinen Wünschen genügt, würde ich mich zu eurem Herrscher machen. Bewußtes Leben besitzt einen freien Willen. Meine Schöpfer waren überzeugt, daß das Universum allein aus diesem Grund existiert. Ich respektiere das, und ich werde mich nicht in die Selbstbestimmung des Lebens einmischen.«

»Selbst dann nicht, wenn wir immer wieder Katastrophen heraufbeschwören?«

»Das wäre eine weitere dieser relativen Beurteilungen.«

»Aber du bist willens, uns zu helfen, wenn wir dich bitten?«

»Ja.«

Joshua blickte auf die Projektion der Singularität, und eine eigenartige Unruhe ergriff von ihm Besitz. »Also schön, wir bitten dich definitiv um Hilfe. Können wir die Liste der möglichen Lösungen haben?«

»Das könnt ihr. Allerdings könnt ihr mehr damit anfangen, wenn ihr wißt, was geschehen ist. Damit wärt ihr imstande, eine bessere Entscheidung zu fällen, welche Lösung für euch die Richtige ist.«

»Klingt logisch.«

»Einen Augenblick«, sagte Monica. »Du erwähnst immer wieder, daß wir eine Entscheidung treffen müssen. Wie machen wir das?«

»Was soll das?« fragte Liol. »Sobald wir gehört haben, was zur Auswahl steht, wählen wir.«

»Tun wir das? Wollen wir hier auf dem Schiff abstimmen, oder fliegen wir zurück zur Konföderation und bitten die Vollversammlung, eine Entscheidung zu treffen? Wie sollen wir vorgehen? Wir müssen uns zuerst darüber sicher sein.«

Liol blickte sich in der Kabine um und versuchte, die allgemeine Stimmung abzuschätzen. »Nein, wir kehren nicht um«, sagte er dann. »Das ist genau der Grund, weshalb wir hergekommen sind. Der Jupiter-Konsensus hat uns für fähig gehalten, die Aufgabe zu lösen. Ich sage, wir entscheiden hier.«

»Aber es geht um die Zukunft unserer gesamten Rasse!« protestierte Monica. »Wir dürfen nichts überstürzen! Außerdem ...« Sie deutete auf Alkad Mzu. »Verdammt noch mal, sie ist wohl kaum qualifiziert, über den Rest von uns ein Urteil zu fällen. So sehe ich die Sache nun einmal. Mzu wollte den Alchimisten gegen einen ganzen Planeten einsetzen!«

»Wohingegen die ESA eine Institution beneidenswerter Moralität ist«, fauchte Mzu zurück. »Wie viele Leute haben Sie ermordet, nur um meine Spur zu finden?«

»Das soll doch wohl alles nur ein schlechter Scherz sein!« rief Liol. »Sie können ja nicht einmal entscheiden, wie und wer entscheidet! Hören Sie sich doch einmal selbst zu! Diese Art von persönlicher Dummheit ist es, die die Menschheit jedesmal wieder tief in den Dreck bringt! Wir diskutieren hier über die möglichen Lösungen und entscheiden, basta. Ende.«

»Nein«, widersprach Samuel. »Der Kommandant entscheidet.«

»Ich?« fragte Joshua.

Monica starrte den großen Edeniten verblüfft an. »Calvert?!«

»Ja. Ich stimme zu«, sagte der Serjeant. »Joshua entscheidet.«

»Er hat nie am Erfolg unserer Mission gezweifelt«, sagte Samuel. »Stimmt es nicht, Joshua? Sie haben immer gewußt, daß Sie Erfolg haben würden.«

»Ich habe es gehofft, sicher.«

»Sie haben am Sinn dieser Mission gezweifelt, Monica«, fuhr Samuel fort. »Sie haben nicht daran geglaubt, daß sie zum Erfolg führen könnte. Hätten Sie es getan, wären Sie darauf vorbereitet gewesen, eine Entscheidung zu treffen. Statt dessen sind Sie von Zweifeln zerfressen, und das disqualifiziert Sie. Wer auch immer es tut, er muß überzeugt sein, das Richtige zu tun.«

»Wie Sie beispielsweise«, entgegnete Monica beißend. »Eine Teilmenge der berühmten edenitischen Rationalität.«

»Ich selbst halte mich ebenfalls nicht für qualifiziert. Obgleich die Edeniten wie ein Wesen denken, spüre ich, daß ich mich nach der Rückenstärkung des Konsensus sehne, um eine Entscheidung von derartiger Größenordnung zu treffen. Es scheint, unsere Kultur ist doch nicht so fehlerlos, wie wir immer gedacht haben.«

Joshua blickte seine Besatzung an. »Ihr seid alle so still.«

»Das liegt daran, daß wir dir vertrauen, Joshua«, sagte Sarha einfach und lächelte. »Du bist unser Kommandant.«

Eigenartig, dachte Joshua. Die Menschen hatten tatsächlich Vertrauen zu ihm, letzten Endes jedenfalls. Wer er war, was er erreicht hatte, bedeutete ihnen etwas. Joshua spürte so etwas wie Demut. »Also schön«, sagte er langsam, dann fuhr er per Datavis an die Singularität gerichtet fort: »Ist das akzeptabel?«

»Ich kann nicht die Verantwortung für eure Entscheidungen übernehmen, kollektiv oder individuell. Meine einzige Einschränkung ist, daß ich nicht gestatten werde, meine Fähigkeiten als Waffe zu mißbrauchen. Ansonsten gewähre ich dir freien Zugriff.«

»In Ordnung. Zeig mir, was geschehen ist.«

Die Besessenen im Mittelschiff sanken auf die Knie und konzentrierten sich angestrengt, um den Strom energistischer Macht zu erzeugen, den der dunkle Messias für seine Beschwörung brauchte. Oben auf der Galerie verwandelte sich Quinns Robe in reinen Schatten. Sie begann sich zu bewegen, floß von seinem Körper nach draußen und füllte den umgebenden Raum aus wie ein schwarzes Gespenst. Genau im Zentrum leuchtete sein nackter Körper in strahlendem Silber. Quinn nahm die angebotenen Energien entgegen und dirigierte sie, wie er es wünschte. Sie strömten aus der Kuppel hinunter auf den Boden der Kathedrale, wo sie die Struktur der Realität bedrängten und sie schwächten.

Powell Manani und Fletcher Christian starrten konsterniert auf den Boden zu ihren Füßen, als aus den Fliesen ringsum ein leuchtender purpurner Nebel aufzusteigen begann. Die Sohlen ihrer Schuhe verbanden sich mit der Oberfläche, und es wurde fast unmöglich, einen Fuß zu heben.

»Ich muß näher an ihn heran«, sagte Powell.

Fletcher blickte hinauf auf die dunkle Erscheinung unter der Kuppel. »Ich möchte so weit von ihm weg, wie es dieser schreckliche Platz nur möglich macht«, sagte er. »Aber ich werde nicht ohne sie gehen.«

Powel setzte seine eigenen energistischen Kräfte ein, um seine Füße von den Fließen zu lösen, und selbst dann noch kostete es ihn beträchtliche Anstrengung. Er stellte sich so dicht zu Fletcher, daß die beiden sich fast berührten. Dann hob er den Saum seines Sweatshirts und enthüllte einen kurzen Blick auf den Griff von Louises Erinnerungslöscher, der aus dem Hosenbund ragte.

»Gut und schön«, sagte Fletcher, »doch es wird mit Sicherheit kein leichtes Unterfangen, Sir. Ich kann hören, wie die gefallenen Engel näher und näher kommen.«

Der dunstige Schleier vibrierte, ein dumpfes Heulen voller Gier und Wehklagen. Das Gewebe des Universums selbst wurde dünner, genau wie Quinn es wünschte. Sowohl Fletcher als auch Powell spürten den Druck, der von der anderen Seite ausgeübt wurde, ein verzweifeltes Kratzen und Scharren.

»Ich werde versuchen, ihn abzulenken«, sagte Fletcher schließlich. »Dann bleibt Euch vielleicht genügend Zeit, um die Treppe zu erreichen.«

»Das glaube ich nicht. Dieses Zeug ist schlimmer als Treibsand.«

Der purpurne Dunst war verschwunden. Fletcher und Powell blickten sich gehetzt um. Ein Tropfen Ektoplasma schob sich mit einem weichen *Blubb* durch einen Riß zwischen zwei Fliesen nach oben. Ringsum bildete sich ein Kreis aus festem weißem Frost.

»Was machen wir jetzt?« grunzte Manani besorgt.

Weiteres Ektoplasma kochte hoch. Träge Ströme bildeten sich und rannen zusammen. Die unberührt gebliebenen Fliesen waren inzwischen alle weiß gefroren. Fletcher spürte, wie eisige Luft von der zähen Flüssigkeit aufstieg. Sein Atem kondensierte vor seinem Gesicht.

»Willkommen, meine Brüder!« dröhnte Quinns Stimme durch die Kathedrale. »Willkommen auf dem Schlachtfeld. Gemeinsam werden wir die Nacht unseres Herrn herabbringen.«

Der gesamte Boden unterhalb der Kuppel hatte sich in einen Teich aus schäumendem und blubberndem Ektoplasma verwandelt. Fletcher und Powell sprangen von einem Bein auf das andere und versuchten hektisch, die unerträgliche Kälte von ihren Füßen fernzuhalten. Plötzlich erstarrten sie, als sich eine V-förmige Welle über den Tümpel bewegte. Wogen aus heißen, lustvollen Emotionen schossen aus dem Spalt zwischen den Dimensionen, ein Gegenstück zur physischen Kälte. Eine gekrümmte Spitze hob sich aus dem Boden, und Ektoplasma schmiegte sich an seine gesamte Länge. Das Gebilde war über drei Meter hoch.

Fletcher beobachtete in entsetzter Ehrfurcht, wie sie wuchs. Dann bildete sich eine zweite neben der ersten, und laut gurgelnd schwappte Ektoplasma gegen ihre Basis.

»Lieber Herr Jesus, schütze Deine Diener«, flüsterte er. Zusammen mit Manani wich er vor den beiden Spitzen zurück, als eine dritte aus dem Boden wuchs.

Das Ektoplasma kochte nun. Überall im Tümpel wanden sich kleinere Tentakel in die Höhe wie ein Pelz aus räuberischen Flimmerhärchen. Eines davon wand sich um Mananis Bein. Mit einem lauten Aufschrei riß er sich stolpernd los. Die Spitze verwandelte sich in eine fünfgliedrige Klaue. Manani richtete den Finger auf sie und schleuderte ihr einen Ball aus weißem Feuer entgegen. Die Klaue erzitterte, und große Wogen aus Ektoplasma rasten auf sie zu.

»Hört auf!« rief Fletcher rauh. Das Ektoplasma, das sich an seinen Beinen hinaufwand, brachte nicht nur sein Fleisch zum Erfrieren, wurde ihm bewußt. Seine mentale Kraft schwand ebenfalls dahin, und mit ihr seine energistischen Fähigkeiten.

Die Klauen des Tentakels hatten sich unter der Einwirkung des weißen Feuers in ihrer Größe beinahe verdoppelt. Manani zog seine Hand zurück und beobachtete erschrocken, wie die Klaue blindlings in der Luft umhertastete.

Quinn lachte begeistert über die verzweifelten Bemühungen seiner spirituellen Opfer. Inzwischen waren fünf der großen Spitzen aus dem Tümpel gewachsen, und sie krümmten sich zur Seite hin. Er fragte sich, ob es die Spitzen irgendeiner Riesenhand waren.

Unter den Besessenen im Mittelschiff breitete sich ein entsetztes Stöhnen aus, als ihnen bewußt wurde, was sie dort mit eigenen Augen beobachteten. Die ersten Anzeichen von Panik machten sich bemerkbar, als die vorderste Reihe vor dem Rand des Ektoplasma-Tümpels zurückwich.

»Bleibt, wo ihr seid!« donnerte Quinn von oben herab. Der Durchgang in das Reich der Dunkelheit war noch nicht vollständig geöffnet; er schwankte, als die Besessenen unten sich gegen ihn stemmten. Quinn konzentrierte sich auf die Stelle, wo die Realität bis zum Maximum verzerrt war.

Eine große Blase giftiger Dämpfe platzte im Zentrum des Ektoplasmas und entließ eine ganze Reihe weiterer, kleinerer Blasen. Powel und Fletcher duckten sich, als ein Regen von Ektoplasma nach außen geschleudert wurde.

Die Tentakel hatten sich inzwischen um ihre Beine gewunden, und es war beinahe unmöglich geworden, sich von der Stelle zu bewegen. Die entsetzliche Kälte drang von allen Seiten in ihre Körper ein.

Langsam schob sich eine dunkle Masse aus dem schwächer werden Schäumen der Blasen. Es war eine Metallkugel, übersät mit unregelmäßigen Boxen und Zylindern. Streifen von geschmolzenem Nulltherm-schaum rannen an den Seiten herab und vermischten sich mit dem Ektoplasma, das in wogenden Kräuselwellen vor dem Gebilde zurückwich.

»Was zur Hölle ist das?« brüllte Quinn.

Riegel wurden abgesprengt, und eine runde Schleuse flog aus der Kugel. Ein dicker Mann in einer schmuddeligen Toga sprang herab und landete mit einem mächtigen Spritzen in dem Ektoplasma, ohne sichtbar Notiz davon zu nehmen.

Dariat blickte sich mit beträchtlichem Interesse in seiner neuen Umgebung um. »Kommen wir vielleicht ungelegen?« fragte er.

Tolton spazierte geradewegs durch die Außenwand der Rettungskapsel.

Er stand im Ektoplasma und stieß einen dankbaren Seufzer aus. Fasziniert beobachtete Fletcher, wie das Ektoplasma an ihm hochfloß und dem Geist Festigkeit verlieh. Er schien so viel *vitaler* als irgendeine der anderen Entitäten, die sich angestrengt um das Ektoplasma bemühten.

Powel Mananis tiefes Gelächter donnerte durch die Kuppel. »Das sollen deine schrecklichen Krieger sein, Zettdee?«

Quinn stieß einen unartikulierten Wutschrei aus und jagte einen weißen Feuerball in Richtung des höhnischen Zettdee-Aufsehers. Ein paar Zentimeter vor Manani zerplatzte er unter lautem Kreischen in ein Geflecht aus energetischen Entladungen, von denen nicht eine einzige bis zu ihm durchdrang. Das Ektoplasma wogte begierig, als die knisternden Spitzen hineinfuhren.

Ein langer Wedel der Substanz sprang hoch und wand sich um Mananis Brust. Dickere, stumpfe Tentakel hatten seine Beine umschlungen und verschmolzen miteinander. Sie zogen ihn nach unten. »Wie erledigen wir dieses Mistzeug?« rief er Dariat zu. Er hatte besorgniserregend viel Kraft benötigt, um Quinns Angriff abzuwehren; seine Energien schwanden beängstigend rasch.

»Feuer«, erwiderte Dariat. »Echtes Feuer wirkt wahre Wunder gegen diese Biester.«

Etwas schob sich aus dem Tümpel neben Tolton, eine Kreatur, die sicher fünfmal so groß war wie er selbst. Sieben Gliedmaßen entfalteten sich an ihren Flanken. Tolton blickte Dariat an, und die beiden gaben sich die Hände.

Sie sandten einen einzelnen Blitz weißen Feuers in die Unterseite der Rettungskapsel. Die beiden letzten Feststofftreibsätze zündeten.

Die Ereignisse, in die Joshua geworfen wurde, besaßen eine Form ähnlich einem Sens-O-Vis. Sie wirkten verblüffend realistisch, während sich das Geschehen rings um ihn entfaltete, doch er wohnte ihnen allen gleichzeitig bei. Darüber hinaus war er distanziert genug, um alle Ereignisse zu bewerten, die auf ihn einstürmten. Kein menschlicher Verstand wäre zu einer derartigen Leistung in der Lage gewesen.

»Du benutzt meine Gedankenverarbeitungsroutinen«, informierte ihn die Singularität.

»Dann bin ich nicht mehr menschlich, und du triffst die Entscheidung.«

»Die Essenz dessen, was dich ausmacht, hat sich nicht geändert. Ich habe lediglich deine mentale Kapazität erweitert. Betrachte es als einen extrem komprimierten didaktischen Prägekurs.«

Und so stand Joshua an Powell Mananis Seite auf Lalonde, als Quinn Dexter ihn opferte und das Ly-Cilph einen Durchgang in das Jenseits öffnete und die erste Verlorene Seele hindurchschlüpfte. Die Besessenen vervielfachten ihre Zahl und breiteten sich durch das Juliffe-Becken zur Mündung hin aus. Er war dabei, als Warlow am Raumhafen von Durringham mit Dexter sprach und das Geld für die Passage entgegennahm, die Dexter an Bord der *Lady Macbeth* nach Norfolk bringen würde.

Joshua sah, wie Ralph Hiltch nach Ombey flüchtete und die Possession von Mortonridge auslöste. Wie die Befreiungskampagne ihren Lauf nahm und Ketton aus dem Universum verschwand.

»Bist du das Instrument, das die Kristallentitäten dorthin gebracht hat?« fragte er die Singularität.

»Nein, das war ein anderes, ganz ähnlich mir selbst. Ich weiß von mehreren in diesem Universum, doch alle befinden sich in weit entfernten Superclustern.«

Valisk und der Sturz des Habitats in die Melange. Pernik. Nyvan. Koblat. Jesup. Kulu. Oshanko. Norfolk. Trafalgar. New California. André Duchamp. Meyer. Erick Thakrar. Jed Hinton. Andere Welten, Asteroiden, Schiffe und Menschen. Menschen, deren Leben zu einem kohäsiven Ganzen verwunden waren. Jay Hiltons unautorisierte Flucht in das Heimatsystem der Kiint. Der bemerkenswerte Ring aus Planeten, die Beobachter im Ruhestand, die sich vor Tracys Sony-Fernseher versammelten und Schokoladenbiskuits in ihren Tee tunkten, während sie zusahen, wie die menschliche Rasse auseinanderfiel.

»Dick Keaton!« sagte Joshua an einer Stelle triumphierend. »Ich wußte gleich, daß irgend etwas an ihm merkwürdig war.«

»Die Kiint setzen zahlreiche speziell gezüchtete Beobachter ein, um Daten über die verschiedenen Spezies zu sammeln«, sagte die Singularität. »Trotz all ihrer Errungenschaften verfügen sie nicht über meine perzeptiven

Fähigkeiten. Der Korpus verläßt sich noch immer auf Technologie, um seine Informationen zu sammeln und zu verarbeiten. Kaum die perfekte Methode.«

»Haben die Kiint dich entdeckt?«

»Ja, vor ein paar Wochen. Ich konnte nichts für sie tun, und das habe ich ihnen auch gesagt. Eines Tages werden sie imstande sein, selbst meinesgleichen zu schaffen. Doch bis dahin dauert es noch eine ganze Weile. Und es ist auch noch nicht notwendig. Die Kiint haben eine bewundernswerte Einheit mit dem Universum erreicht.«

»Ja, das sagen sie uns immer wieder.«

»Das ist nicht als Vorwurf oder Spott gemeint. Die Kiint sind keine böswillige Spezies.«

»Kannst du mir auch das Jenseits zeigen?« fragte Joshua. »Kannst du mir zeigen, wie man es erfolgreich durchquert, wie die Kiint es tun?«

»Das Jenseits besitzt keine Entfernung«, antwortete die Singularität. »Es besitzt nur Zeit. Das ist die Richtung, die du einschlagen mußt.«

»Ich verstehe nicht.«

»Dieses Universum und alles, was mit ihm verbunden ist, wird eines Tages enden. Die Entropie bringt uns dem unausweichlichen Ende näher, das ist der einzige Grund, weshalb sie existiert. Was als nächstes entsteht, enthüllt sich erst dann und nicht vorher. Das ist die Zeit, zu der das Muster entsteht, das unser Universum ersetzt. Es ist ein Muster, das allein aus Bewußtsein entspringt, der kollektiven Erfahrung aller Wesen, die jemals gelebt haben. Das ist der Weg, den alle Seelen gehen. Ihre Transzendenz bringt alles, was sie ausmacht, zu einem einzigen Akt der Schöpfung zusammen.«

»Und warum bleiben sie dann im Jenseits stecken?«

»Weil sie dort sein *wollen*. Wie die Geister, die an den Ort ihrer Qual gefesselt bleiben, so weigern sich die Verlorenen Seelen, jenen Teil ihrer Existenz abzulegen, der vorüber ist. Sie haben Furcht, Joshua. Aus dem Jenseits können sie das Universum sehen, das sie hinter sich gelassen haben. Alles, was sie gekannt haben, die Beschaffenheit ihrer Existenz, alles, was sie geliebt haben, es ist immer noch da, ganz, ganz nah. Sie fürchten sich, alledem den Rücken zuzuwenden und sich in die unbekannte Zukunft zu begeben.«

»Wir alle haben Angst vor der Zukunft«, sagte Joshua. »Das ist die menschliche Natur.«

»Aber einige von euch wagen sich mit bemerkenswerter Zuversicht hinein. Das ist der Grund, weshalb du heute hier bist, Joshua. Der Grund, daß du mich gefunden hast. Du hast an die Zukunft geglaubt. Du glaubst an dich selbst. Das ist der kostbarste Besitz, den ein menschliches Wesen jemals sein eigen nennen kann.«

»Das ist alles? Mehr steckt nicht dahinter? Vertrauen in sich selbst?«

»Genau.«

»Und warum in Gottes Namen haben die Kiint uns das nicht verraten? Du hast gesagt, sie wären nicht böse. Was für einen Grund kann es geben, daß sie uns diese elementare Wahrheit vorenthalten haben? Ein paar einfache Worte, weiter nichts!«

»Weil ihr dieses Wissen als Spezies verinnerlichen müßt. Wie ihr das macht, ist eure eigene Entscheidung.«

»Eine verdammt simple Entscheidung. Man muß es den Leuten sagen!«

»Jemandem zu sagen, daß er sich nicht fürchten muß, ist eine Sache. Ihn dazu zu bringen, daß er auf instinktiver Ebene daran glaubt, eine ganz andere. Wenn man sich nicht vor dem Jenseits fürchten will, muß man entweder seinen Zweck verstehen oder die nackte Überzeugung besitzen, daß man es auch wieder verläßt, sollte man hineingeraten. Wie viele Mitglieder deiner Spezies sind ungebildet, Joshua? Ich meine nicht diejenigen, die jetzt leben, ich meine eure Vergangenheit. Wie viele Menschen haben unerfüllte Leben gelebt? Wie viele sind als

Kinder oder in völliger Unwissenheit gestorben? Den Reichen und Gebildeten, den Privilegierten mußt du nichts sagen, das sind diejenigen, die auch ohne Hilfe von außen mit ihrer Reise durch das Jenseits beginnen. Es sind die anderen, die du überzeugen mußt, die ignoranten Massen, und paradoxerweise sind es diejenigen, die am schwersten erreichbar sind. Ihre Bewußtseine sind von Kindesbeinen an wegen der äußeren Lebensumstände gegen jede Veränderung und jede neue Idee voreingenommen.«

»Aber wir könnten sie trotzdem lehren. Sie können lernen, an sich selbst zu glauben, jeder kann das. Dazu ist es nie zu spät.«

»Du sprichst von hohen Idealen, doch du mußt diese Ideale auch in der Realität implementieren. Wer wird bezahlen, um jeden einzelnen von ihnen mit einem persönlichen Tutor auszustatten, einem Guru, der den inneren Geist lehrt und berät?«

»Mein Gott, das weiß ich doch nicht! Wie haben es die anderen Rassen geschafft?«

»Sie haben sich sozial weiterentwickelt.«

»Die Laymil nicht. Sie haben kollektiven Selbstmord begangen.«

»Ja, aber zu einem Zeitpunkt, als sie die Natur des Jenseits bereits verstanden hatten. Ihr Selbstmord war kein totaler Untergang ihrer Rasse, eine Methode, die Possessorseelen abzuschütteln, sondern Transzendenz. Sie haben das, was sie sind, gemeinsam zum Ende der Zeit gebracht. Ihre soziale Gesellschaftsstruktur versetzte sie dazu in die Lage.«

»Ich verstehe. Die Possessoren der Laymil stammten aus einer früheren Zeit, bevor sie diese hohe soziale Entwicklung erreicht hatten.«

»Genau. Auch eure Possessoren stammten größtenteils aus früheren Zeitaltern. Deine Rasse hat noch immer nicht die Armut überwunden, Joshua. Ihr habt die Menschen nicht von mühseliger Arbeit befreit, damit sie Gelegenheit erhalten, ihren Geist zu entwickeln. Wenn die menschliche Natur einen Makel besitzt, dann ist es dieser. Ihr klammert euch an das, was euch vertraut ist, an das Alte, Bequeme. Ich denke, das ist auch der Grund, warum es bei den Menschen einen leicht erhöhten Prozentsatz von Seelen gibt, die im Jenseits verweilen.«

»Wir haben uns in den letzten tausend Jahren nicht schlecht geschlagen«, entgegnete Joshua verärgert. »In der Konföderation gibt es einen riesigen Mittelstand.«

»Vielleicht in den Gegenden, die du angeflogen bist. Und selbst dort bedeutet ›mittelständisch‹ noch lange nicht das gleiche wie ›zufriedenstellend‹. Ihr seid keine Tiere, Joshua, und doch schuften sich ganze Planetenbevölkerungen mit profaner, mühseliger Landwirtschaft ab.«

»Der Bau automatischer Fabrikationsanlagen ist kostspielig. Um sie zu finanzieren, muß sich erst eine globale Wirtschaft entwickeln.«

»Ihr besitzt die Technologie, um zwischen den Sternen zu reisen, doch wenn ihr eine bewohnbare Welt entdeckt, habt ihr nichts Besseres zu tun, als den ewig alten Zyklus von neuem zu beginnen. In den letzten tausend Jahren habt ihr nur eine einzige neue Gesellschaftsform entwickelt, die Edeniten, und selbst sie nehmen an eurer ökonomischen Struktur teil und führen sie fort. Die Natur eurer Gesellschaft wird beherrscht von der Ökonomie, und trotz all euren kollektiven Reichtums und all euren Wissens stagniert ihr. Während deiner Reise hierher hast du und hat deine Besatzung darüber diskutiert, wie es möglich ist, daß die Tyrathca sich im Vergleich zu den Menschen so unglaublich langsam entwickelt haben. Jetzt, nachdem du das Heimatsystem der Kiint gesehen hast – was glaubst du, wie weit voraus ihre Technologie der euren ist? Einen winzigen Sprung, Joshua, mehr nicht. Die Replikatortechnologie auf molekularer Ebene würde eure gesamte ökonomische Struktur zum Einsturz bringen. Was meinst du, wie lange die vereinten wissenschaftlichen Ressourcen der Konföderation benötigen würden, um einen Prototypen zu bauen, wenn ihr das wirklich wolltet?«

»Ich weiß es nicht. Nicht lange.«

»Nein. Nicht lange. Das Wissen ist längst da, doch es fehlt der Wille. Obwohl es noch einen letzten inhibierenden Faktor gibt, den wir deiner Wissensbasis bisher nicht hinzugefügt haben. Und es ist ein sehr wichtiger Faktor.«

»Ich habe einen Verdacht, was dich betrifft«, brummte Joshua. »Du mit deiner erklärten Nichteinmischungspolitik.«

»Ja?«

»Wie bin ich hierher gekommen?«

»Durch Zufall, Joshua.«

»Ein sehr unwahrscheinlicher Zufall. Eine Weltraumarche der Tyrathca wird beschädigt, als sie in ein Sternensystem kommt, das über keinerlei planetare Masse verfügt. Tausende von Jahren später erfahren wir im Verlauf der Possessionskrise von etwas, das imstande sein könnte, die Krise für uns zu lösen. Möchtest du die Chancen für einen derartigen Zufall ausrechnen?«

»Es gibt keinen wirklichen Zufall, Joshua, es gibt nur Ursache und Wirkung. Die Tyrathca haben euch bei eurer ersten Begegnung nicht über ihren Schlafenden Gott informiert, weil sie es nicht für nötig erachteten, zu ihm zu beten, bevor die menschliche Possessionskrise begann. Du hast mich gefunden, weil du nach mir gesucht hast, Joshua. Du hast daran geglaubt, daß ich existiere. Quinn Dexter hat seine Armee der Dunkelheit gefunden, weil auch er Überzeugung besitzt. Noch mehr Überzeugung als du, will mir scheinen. Wurde er vielleicht von allmächtigen Entitäten geleitet, die mit lebenden Wesen Schach spielen?«

»Schön, du hast gewonnen. Aber du mußt zugeben,

daß es ein verdammt unglaublicher Zufall ist, dich so nah bei der Konföderation zu entdecken, vor allem angesichts der Tatsache, daß es nur einen von euch in jedem galaktischen Supercluster gibt.«

»Das ist kein Zufall, Joshua. Ich bin allwissend, weil ich mit allem verbunden bin. Wenn du nach mir suchst und genügend Vertrauen besitzt, dann wirst du Erfolg haben und mich finden.«

»Gut. Nun ja, ich habe es bisher versäumt: Danke. Ich werde mein Bestes tun, um dein Vertrauen nicht zu enttäuschen. Und jetzt die Frage: Was war der letzte inhibierende Faktor?«

Die Singularität zeigte es ihm, führte sein Bewußtsein zu dem Orbitalturm, in die Kapsel, die zur Erde hinunter glitt, mit B7, Quinn Dexter und ...

Joshua riß die Augen auf. Die leisen Gespräche auf der Brücke der *Lady Macbeth* verstummten, und alle blickten ihn erwartungsvoll an.

»Louise!« sagte er.

Und verschwand.

Dichter Rauch und blendend grelle gelbe Flammen schlugen aus den Raketendüsen der Rettungskapsel. Der Lärm war eine schiere Wand aus Energie, die Powell und Fletcher rückwärts taumeln ließ. Licht brannte in Fletchers Augen, als er die Reste seiner energistischen Kraft benutzte, um sich vor dem Ansturm aus Feuer und Druck zu schützen.

Die Rettungskapsel schob sich schwankend in die Höhe und gewann an Geschwindigkeit. Flammen schlugen aus ihrer Basis und versengten die Oberfläche des Tümpels aus Ektoplasma. Embryonische Schatten schmolzen unter der irrsinnigen Hitze dahin. Eine Wolke klammer Dämpfe wirbelte hoch, jagte durch das Mittel- und die beiden Seitenschiffe. Brüchige antike Bleiglasfenster gaben unter dem machtvollen Druck nach, und horizontale Wolken aus Rauch und Ektoplasma jagten über den verlassenen Vorplatz der Kathedrale.

Die Rettungskapsel krachte gegen die Kuppeldecke und brach hindurch in den frühen Morgen der Vordämmerung. Ihre Flugbahn wurde vom Aufprall stark beeinträchtigt, und sie jagte in einer flachen Kurve unter der roten Wolke in Richtung Holborn davon.

Unten in der Kathedrale war es unmöglich geworden, irgend etwas zu sehen. Die Luft war durchsetzt von eisigen Partikeln und widerlich ätzendem Rauch. Fletcher stolperte durch den kochenden Tümpel aus Ektoplasma in dem Versuch, seine Orientierung wiederzufinden. Sein Bewußtsein spürte die Besessenen im Mittelschiff, deren erzwungene Disziplin zu bröckeln begann. Abgesehen von ihnen war nichts zu erkennen. Große Trümmerbrocken polterten von der Kuppeldecke herab und landeten in der trüben Flüssigkeit, wo sie unter der Einwirkung der irrsinnigen Kälte zerplatzten wie Eisbrocken.

»Steht noch jemand auf den Beinen?« rief Manani irgendwo im Qualm.

Ein zinnoberroter Lichtschein durchdrang nach und nach den kochenden Nebel, als Licht von der roten Wolke durch die leeren Fensterhöhlen fiel. Falten aus Dunkelheit legten sich über Fletchers Gesichtsfeld. Er hielt inne, wagte keine Bewegung mehr.

Powell rannte gegen ihn. Beide zuckten zusammen.

»Ich muß hinauf zur Galerie!« sagte Manani. »Das ist unsere Chance, er ist genauso blind wie wir.«

»Ich glaube, die Tür liegt in dieser Richtung.« Fletcher streckte die Hand aus. Selbst mit Hilfe all seiner energistischen Kraft bewegten sich seine Füße nur zögernd. Unterhalb der Knie spürte er überhaupt nichts mehr.

Der Nebel begann in weißlichem Licht zu oszillieren, dann wurde er unvermittelt schwer und sank zu Boden.

Plötzlich stand Fletcher vollkommen ungeschützt mitten auf der freien Fläche. Ein breiter Strahl hellroten Lichts schien durch das Loch in der Kuppel und beleuchtete den gesamten Tümpel aus Ektoplasma. Auf der anderen Seite wurden Dariat und Tolton bei dem Versuch überrascht, das nördliche Querschiff zu erreichen.

»Wollt ihr irgendwohin?« fragte Quinn ätzend. »Ihr könnt nicht fliehen. Die Krieger des Lichtbringers sind da.« Mit einer theatralischen Geste deutete er auf den Tümpel und beschwor seine Bewohner herbei.

Ein Aufwogen sandte träge Wellen aus Ektoplasma in die Schiffe der Kathedrale. Der Kopf eines Orgathé glitt nach oben, dann stand das Schattenwesen im roten Licht.

Quinn lachte brüllend, als das Monster sich erhob. Besessene flohen kreischend durch die Türen nach draußen.

Powel und Fletcher drohten in untotem Schlamm zu ertrinken, der begierig seine Pseudopoden aussandte, um sie ganz zu umhüllen. Zu Quinns Füßen lagen Louise und Greta, gebrochen und vernichtet, und weinten Tränen der Angst. Es war Nacht, genau wie Quinn sie immer erträumt hatte.

Dann *geschah* irgend etwas hoch über ihm. Quinn riß den Kopf in den Nacken. »Scheiße!«

Andy Behoo hatte die ganze Zeit über am Fenster gestanden und beobachtet, wie sich die häßliche rote Wolke weiter und weiter über London ausbreitete. Die heiße Luft flimmerte in schrecklicher Klarheit. Über der Kristallkuppel der Arkologie leuchteten die Sterne mit kalter Schönheit in einem wolkenlosen, stillen Himmel. Es wäre eine wunderschöne Morgendämmerung geworden.

Andy wußte, daß er sie nicht mehr sehen würde. Seine neurale Nanonik war abgestürzt. Der Rand der Wolke war keine Viertelmeile mehr entfernt. Unter ihr beleuchtete ihr alles durchdringender Schein verlassene Straßen.

Andy war zum Fenster gestürzt, als Louise ihn verlassen hatte, hatte ihr stumm hinterhergestarrt, und so wußte er, welche Straße sie genommen hatte. Falls sie zurückkam, würde er sie sehen. Das allein würde ihm genug Mut verleihen, sein Appartement zu verlassen. Er würde nach draußen gehen und sie nach Hause bringen. Louise würde das Ende erträglich machen.

Das rote Licht im Innern der Wolke flackerte und erstarb. Es geschah so plötzlich, daß Andy meinte, mit seinen Augen wäre etwas nicht in Ordnung. Nichts bewegte sich in der vor Angst erstarrten Stadt, und ihre Silhouette war so dunkel, daß er seine Phantasie benutzen mußte, um etwas zu erkennen. Er suchte nach Anzeichen, daß die strategischen Waffen im Orbit mit dem Gemetzel angefangen hatten.

Nichts bewegte sich in der Totenstille. Andy blickte nach oben.

Die Sterne waren verschwunden.

Das Wurmloch öffnete sich eine Million Kilometer über dem Südpol der irdischen Sonne. Seine Ränder expandierten mit rasender Geschwindigkeit. Drei Sekunden später durchmaß es bereits mehr als eineinhalb Milliarden Kilometer, mehr als der Orbit des Jupiter. Fünfzehn Sekunden darauf erreichte es die Größe, die Joshua vorgesehen hatte: Zwölf Milliarden Kilometer, etwas mehr als das gesamte Sonnensystem. Dann bewegte es sich nach vorn, verschlang Sonne, Planeten, Asteroiden, Halo und Kometen.

Es schloß sich wieder und verschwand.

Alles, was übrig blieb, war eine einzelne menschliche Gestalt in einer schwarzen Robe, die wild rudernd durch den leeren Raum trieb.

In Tracys Wohnzimmer sprang Arnie auf und hämmerte auf den Fernseher. Das Bild kam nicht zurück.

»Was ist jetzt los?« fragte Jay.

»Der Korpus weiß es nicht«, antwortete Tracy. Ihre Hände begannen zu zittern, als diese Erkenntnis in ihr Bewußtsein sickerte.

Mehr als siebzehn Millionen Possessorseelen in den zahlreichen irdischen Arkologien wurden aus ihren Wirtskörpern geschleudert, als die Erde in das Wurmloch fiel. Joshua hatte die interne Quantenstruktur auf eine Weise ähnlich der angeordnet, die Rubra und Dariat benutzt hatten, um die Possessoren aus Valisk zu vertreiben. Mit einem Unterschied: Die Possessoren wurden nicht zu Geistern; diesmal wurden sie heulend und fluchend direkt in das Jenseits zurückgeschleudert.

Von der Erde aus, dreißigtausend Lichtjahre vom Zentrum der Milchstraße entfernt, war das herrliche Lichtermeer der Zentrumssterne nie zu sehen gewesen. Zuviel dunkle Masse in den Spiralarmen, interstellare Gaswolken und Staubstürme, die von den dicht gepackt stehenden Superriesen ausgingen. Astronomen mußten ihre Teleskope nach draußen richten, andere Sternquellen studieren, um herauszufinden, wie ein derartiges Spektakel aussehen mochte.

Man mußte ein ganzes Stück näher am Zentrum sein, um zu sehen, wie die Korona des galaktischen Zentrums die abschirmende Ebene aus dunkler Materie überstrahlte. Selbst dann noch wäre es kaum mehr gewesen als ein außerordentlich heller halbmondförmiger Nebel, der den Nachthimmel erhellte. Um die volle Pracht zu erleben, mußte ein Planet schon direkt am Anfang der Spiralarme sein, wo das Zentrum als leuchtender Schirm aus silberweißem Licht den halben Himmel einnahm und selbst die lokale Sonne überstrahlte. Bedauerlicherweise war ein Ort wie dieser tödlich; der gewaltige Strahlungsausstoß der dicht gepackten Sterne hätte jedes ungeschützte biologische Leben in Sekundenschnelle sterilisiert.

Nein, um die natürliche Schönheit der Milchstraße in ihrer Gänze zu sehen, mußte man sie von außen betrachten. Von einem Ort oberhalb der Spiralarme, weit weg von der tödlichen Strahlung.

Joshua wählte einen solchen Ort, zwanzigtausend Lichtjahre vom Zentrum entfernt und zehntausend nördlich der Ekliptik. Dort materialisierte das irdische Sonnensystem, begrüßt von einem majestätisch juwelenschimmernden Zyklon aus Sternen vor einer Schwärze, in der keine anderen Konstellationen mehr leuchteten.

Das Kulu-System traf als nächstes ein. Dann Oshanko. Gefolgt von Avon, Ombey, New California. Sie trafen nicht länger eines nach dem anderen ein. Die Singularität war imstande, simultan multiple Wurmlöcher zu erzeugen. Joshua richtete seine Aufmerksamkeit von der Durchführung auf die Auswahl, was hergebracht werden sollte. Durchgänge zu den Universen wurden geöffnet, in die sich die Besessenen mit ihren Welten geflüchtet hatten. Lalonde, Norfolk und all die anderen wurden zu ihren Heimatsternen zurückgebracht, dann zusammen mit ihnen aus der Milchstraße entfernt.

Bald formte die Konföderation ihren eigenen, isolierten Sternenhaufen, der still durch den intergalaktischen Raum segelte. Achthundert Sterne in einer klassischen linsenförmigen Anordnung, mit der irdischen Sonne im Zentrum und dem Rest nie weiter als einem halben Lichtjahr voneinander entfernt.

Andere, unauffälligere astronomische Eingriffe wurden ebenfalls vorgenommen, Saatkörner für die Veränderungen, die kommen würden.

Quinn Dexter begriff nicht, wieso er noch am Leben war. Im Verlauf des Kataklysmus' war Edmund Rigbys erbärmliche Seele aus dem Gefängnis gerissen worden, das Quinn im Zentrum seines Bewußtseins für sie geschmiedet hatte. Dexter besaß keinen Kontakt mehr mit dem Jenseits, und es gab keinen interdimensionalen Riß mehr, aus dem er seine fabelhafte energistische Macht hätte ziehen können. Keinen magischen sechsten Sinn. Und er schwebte mitten im leeren Weltraum, mit Luft zum Atmen.

»Mein Gott!« weinte er. »Warum? Warum hast Du mir den Sieg genommen? Niemand hat Dir jemals treuer gedient!«

Er erhielt keine Antwort.

»Laß mich zurückkehren. Laß mich beweisen, daß ich Deiner würdig bin! Ich kann die Nacht heraufbeschwören! Ich werde die dunklen Engel zum Himmel führen. Wir werden ihn einreißen und Dich auf seinen Thron setzen.«

Eine menschliche Gestalt erschien vor Quinn, in sanftes Sternenlicht gehüllt.

Quinn atmete erregt ein, als die Gestalt näher glitt. Und spie ihr seine Abscheu entgegen, als er das Gesicht erkannte. »Du!«

»Hi, Quinn«, sagte Joshua. »Zetern bringt dich auch nicht mehr weiter. Ich habe die Öffnung zum Dunklen Kontinuum wieder verschlossen. Die gefallen Engel werden nicht kommen, um dich zu retten. Niemand wird kommen.«

»Gottes Bruder wird gewinnen! Die Nacht wird fallen, mit mir oder ohne mich an der Spitze Seiner Armeen.«

»Ich weiß.«

Quinn bedachte ihn mit einem mißtrauischen Funkeln.

»Du hattest von Anfang an recht, wenn auch nicht auf die Weise, die du dir vorgestellt hast. Dieses Universum endet in Dunkelheit.«

»Du glaubst daran? Du akzeptierst das Credo von Gottes Bruder?«

»Dein Credo ist ein Haufen Scheiße, Quinn, und du bist das einzige Arschloch, aus dem sie spritzt.«

»Ich werde deine Seele im Jenseits finden! Und wenn ich dich habe, werde ich deinen Stolz zerquetschen und ...«

»Ach, halt's Maul, Quinn. Ich möchte dir ein Angebot machen. In einfachen Worten, damit du mich auch verstehst: Ich möchte, daß du die Verlorenen Seelen zu deinem Gott führst.«

»Warum?«

»Viele Gründe, Quinn. Mit deinen Taten verdienst du es, für alle Ewigkeit zu verschwinden. Aber das kann ich nicht tun.«

Quinn begann zu lachen. »Du bist ein Engel des falschen Gottes! Das ist der Grund, warum du die Macht besitzt, mich von der Erde zu entfernen. Und trotzdem läßt er nicht zu, daß du mich tötest, wie? Er ist einfach zu mitfühlend. Wie du das hassen mußt!«

»Es gibt viel schlimmere Dinge als den Tod und das Jenseits, Quinn. Ich kann dich den gefallenen Engeln übergeben. Meinst du, sie freuen sich, jemanden zu sehen, dem es nicht gelungen ist, sie zu befreien?«

»Was willst du?«

Hinter Joshua öffnete sich ein runder Ausschnitt im Raum. »Dieses Tor führt in die Nacht, Quinn. Es ist ein Wurmloch, das dich direkt zur Zeit von Gottes Bruder führt. Ich werde dir erlauben hindurchzugehen.«

»Nenn deinen Preis!«

»Das habe ich bereits. Führe die Verlorenen Seelen aus dem Jenseits und in deine Nacht. Ohne sie besitzt die menschliche Rasse eine Chance zu wachsen. Sie bedeuten eine schreckliche Bürde für jede Spezies, die hinter die wahre Natur des Universums blickt. Die Kiint beispielsweise haben verstandlose Körper geklont, um all ihre Verlorenen Seelen zurückzuholen. Sie benötigten Tausende von Jahren dazu, aber jede einzelne wurde zurückgebracht, geliebt und gelehrt, das Jenseits so zu betrachten, wie es betrachtet werden sollte. Aber das sind die Kiint, nicht wir Menschen. Wir haben schon genug damit zu tun, den Überlebenden über die nächsten paar Jahrzehnte zu helfen. Auf gar keinen Fall können wir uns mit Milliarden Verlorener Seelen abgeben, und bestimmt nicht viele Jahrhunderte lang. Und all diese Zeit würden sie ununterbrochen leiden und die Entwicklung unserer Spezies behindern.«

»Mir blutet das Herz.«

»Du hast gar keins.« Joshua trieb zur Seite. Jetzt war nichts mehr zwischen Quinn und dem Durchgang. »Sag mir, Quinn, möchtest du Gottes Bruder sehen?«

»Ja!« Quinn starrte gierig in die absolute Schwärze, die in der Öffnung wartete. »Ja!«

Die Seelen, die in das Jenseits zurückgeschleudert worden waren, hatten eine vernichtende Woge aus Bitterkeit und Wut mitgebracht, und sie bäumten sich hilflos gegen diese Ungeheuerlichkeit auf. Die Freiheit existierte! Es war möglich, zu den Lebenden zurückzukehren! Und jetzt gab es wieder nur noch das Fegefeuer. Kein Riß mehr, der zwischen ihnen und der Realität existiert hätte. Sie brüllten ihren Zorn heraus und flehten zur gleichen Zeit diejenigen an, die sie schwach auf der anderen Seite sehen konnten. Flehten darum, zurück zu dürfen, nur für einen einzigen letzten Augenblick, eine letzte Empfindung. Keiner der Lebenden konnte sie mehr hören.

Ein Riß tat sich auf. Ein einziger, winziger, unendlich kostbarer Riß, aus dem die wunderbarsten menschlichen Emotionen und Empfindungen in das Nichts leckten. Die Seelen drängten sich darum, badeten in seiner Magie. Und es gab genug für alle, um sich daran zu laben. Jede Verlorene Seele spürte die Berührung von

Wind auf der Haut, sah Milliarden von Sternen vor dem nächtlichen Himmel.

Quinn brüllte sich heiser, als er von Hunderten von Milliarden Verlorener Seelen besessen wurde. Die Vergewaltigung war vollkommen; sie verzehrten den Inhalt jeder einzelnen Zelle, die Quinn Dexter ausmachte.

Sein Körper jagte durch die Öffnung, und er nahm die Bürde der gesamten Menschheit mit sich. Hinter ihnen schloß sich das Wurmloch wieder und schnitt den Blick auf die Sterne und Sternbilder ab, welche die Menschheit ihre gesamte Geschichte hindurch als ihre eigenen gekannt hatte.

15. Kapitel

Obwohl es wahrscheinlich niemals auf diese Weise berichtet werden würde, verbrachte Louise den größten Teil der Beschwörungszeremonie nicht ahnend, was um sie herum geschah. Nachdem Courtney sie auf die Steinbank gestoßen hatte, war sie zur Seite gesunken und kämpfte gegen eine schreckliche Übelkeit an. Nur wenig von dem, was Quinn sagte, durchdrang den Nebel aus Schmerz und Elend. Die Rückkopplung der energistischen Kräfte, die von den Besessenen freigesetzt wurden, löste unablässig neue Wogen der Todesangst in ihr aus.

Dann zündeten die Feststoffraketen der Rettungskapsel und tauchten sie in erstickenden Qualm. Sie lag auf dem Boden und würgte sich die Lunge aus dem Leib, als die Orgathé bis in die Galerie hinaufstiegen.

Sie lag dort, zitternd zwischen Spitzen aus Flammen und Eis, und weinte elendig. Und dann starb ihre äußere Wahrnehmung ab, ließ sie zurück in einem stinkenden, körnigen grauen Nebel, der alles bedeckte bis auf ein paar Yards der Galerie.

Schritte knirschten auf den pulverisierten Trümmern, die herabgeregnet waren, als die Rettungskapsel durch die Kathedralenkuppel gebrochen war. Sie hielten neben Louise an. Sie stöhnte, als sie merkte, daß sich die Person zu ihr herunterbeugte. Eine Hand strich über ihren Kopf und schob sanft die Haare aus ihren Augen.

»Hallo Louise. Ich habe doch gesagt, daß ich zurückkommen und dich holen würde.«

Es war die falsche Stimme. Es war vollkommen unmöglich. Aber so unendlich gut. Louise blinzelte nach oben, und erneut überfluteten Tränen ihre Augen. »Joshua!«

Er schlang die Arme um sie und sagte leise immer wieder: »Still, es ist alles gut. Alles ist gut. Alles ist gut«, während er ihren zitternden Körper beruhigend wiegte und an sich drückte.

»Aber Joshua ...«

Er küßte sie zärtlich und legte den Zeigefinger an ihre Nasenspitze. »Es ist alles gut. Es ist vorbei. Ich verspreche es.«

»Quinn«, ächzte sie. »Quinn, er ist ...«

»Weg. Vorbei. Erledigt.«

Ihr Kopf schwang von einer Seite zur anderen, und sie sah, wie sich der Rauch langsam aus der Kathedrale verzog. Unten herrschte schockierende Stille.

»Hier«, sagte Joshua. »Komm, wir bringen dich wieder auf die Beine.« Er riß die Verpackung von einem neuen nanonischen Medipack und legte es sanft auf ihr Gesicht, wo Quinn sie geschlagen hatte.

Sie bemerkte, daß ihre neurale Nanonik wieder arbeitete, und schaltete hastig ihr medizinisches Monitorprogramm in den Primärmodus.

»Es geht ihm gut«, sagte Joshua. »Unserem Baby fehlt nichts.«

»Huh!« ächzte Louise. »Woher weißt du ...?«

Er küßte ihre Hand. »Ich weiß alles«, sagte er mit diesem wundervoll verschlagenen Joshua-Grinsen. Dem gleichen Grinsen, mit dem alles angefangen hatte. Louise glaubte erröten zu müssen.

»Wenn du dich mit den Fragen noch einen Augenblick gedulden könntest«, sagte er. »Es gibt da jemanden, dem du Lebewohl sagen solltest.«

Louise ließ sich von Joshua auf die Füße ziehen, froh über seine Hilfe.

Sie war ganz steif, und ihr gesamter Körper schmerzte. Als sie endlich stand, konnte sie nicht widerstehen und küßte ihn ein weiteres Mal, nur um sicherzugehen, daß er echt war. Und unter keinen Umständen würde sie seine Hand loslassen.

Dann erblickte sie Fletcher.

»Verehrte Lady Louise.« Fletcher verneigte sich tief.

Louise sog scharf den Atem ein. »Die Besessenen!«

»Weg«, sagte Joshua. »Bis auf Fletcher. Und er ist eigentlich gar kein Possessor mehr. Dieser Körper ist synthetisch.« Er reichte dem ernsten Offizier der Britischen Marine die Hand. »Ich wollte Ihnen unbedingt persönlich danken, daß Sie Louise beschützt und ihr durch all das hindurch geholfen haben.«

Fletcher nickte ernst. »Ich gestehe, ich war sehr neugierig, welcher Mann einer Dame wie Lady Louise würdig wäre. Jetzt sehe ich, warum sie von niemand anderem spricht.«

Louise war ganz sicher, daß sie diesmal bis über beide Ohren errötete.

»Muß ich nun in dieses Fegefeuer zurückkehren, Sir?«

»Nein«, antwortete Joshua. »Da ist noch etwas, das ich Ihnen sagen wollte. Sie waren dort wegen Ihrer eigenen Anständigkeit. Sie haben Ihre Familie und Ihr Land verlassen und gegen Ihren König gemeutert, in Ihrer Zeit alles ausnahmslos schreckliche Verbrechen. Sie selbst waren davon überzeugt, und Sie haben sich Ihre eigene Strafe ausgesucht. Und Ihrer Meinung nach war diese Strafe das Fegefeuer.«

Fletchers Augen wurden dunkel, als er sich an den Schmerz zurückerinnerte. »In meinem Herzen wußte ich, daß das, was wir taten, falsch war. Doch Bligh war so grausam über alles Erträgliche hinaus. Wir haben es einfach nicht mehr ausgehalten.«

»Das ist jetzt alles vorüber«, sagte Joshua. »Das ist es seit fast tausend Jahren, Fletcher. Was Sie für Louise und andere getan haben, reicht mehr als aus, um hundert Meutereien zu vergeben. Fassen Sie Mut, Fletcher, das Jenseits ist nicht alles, was auf Sie wartet. Durchqueren sie es. Finden Sie die Ufer, die auf der anderen Seite liegen. Es *gibt* sie.«

»Wie könnte ich die Worte eines Mannes von Eurer Ehrenhaftigkeit anzweifeln, Sir. Ich werde tun, wie Ihr gesagt habt.«

Joshua trat beiseite.

»Lady Louise.«

Sie umarmte ihn fest. »Ich will nicht, daß Sie gehen, Fletcher.«

»Ich gehöre nicht hierher, meine teuerste Lady Louise. Ich bin gestrandet in Eurer Zeit.«

»Ich weiß.«

»Und doch betrachte ich es als Privileg, Euch gekannt zu haben, ganz gleich, wie bizarr die Umstände gewesen sein mögen. Ihr werdet Euer Glück finden, das prophezeie ich Euch, und Euer Kind ebenso. Dieses Universum ist ein wunderbares Ding. Lebt ein erfülltes Leben darin.«

»Das werde ich, Fletcher. Ich verspreche es.«

Er küßte sie auf die Stirn, fast eine Segnung. »Und sagt der kleinen Lady, daß ich immer an sie denken werde.«

»*Bon voyage*, Fletcher.«

Sein Körper wurde transparent, und dann löste er sich in kleine Schleier aus platinfarbenem Sternenstaub auf. Fletcher hob den Arm zu einem letzten Salut, dann verschwand auch er.

Louise starrte noch eine ganze Weile auf den leeren Fleck, wo Fletcher gestanden hatte. »Und was nun?« fragte sie schließlich.

»Ein paar Erklärungen, schätze ich«, antwortete Joshua. »Aber dazu bringe ich dich besser zuerst nach Tranquility. Du brauchst ein Bad und ein wenig Ruhe. Außerdem stellt Genevieve ganz schreckliche Dinge mit den armen Servitor-Schimps an.«

Louise wollte stöhnen – doch dann stockte ihr der Atem. Rings um sie herum materialisierte lautlos Tranquilitys üppige Parklandschaft.

Samuel Aleksandrovich hatte die letzten zehn Minuten vor den Bildern verbracht, die von den externen Sensoren der Station in das Kommunikationsnetz eingespeist wurden. Und doch mußte er es mit eigenen Augen sehen, bevor er es glauben konnte. Das strategische Verteidigungszentrum hatte Alarm gegeben wegen der Anzahl von Raumschiffen, die über Avon materialisierten, doch schnell hatte sich herausgestellt, daß es sich ausnahmslos um Schiffe handelte, die im interstellaren Raum zu anderen Systemen unterwegs gewesen waren. Sie waren ohne eigenes Zutun entmaterialisiert und in den vorgeschriebenen Zonen über Avon wieder aufgetaucht. Nachdem der Leitende Admiral sich davon überzeugt hatte, daß es keine Angriffsflotte war, nahm er gemeinsam mit Lalwani eine Liftkapsel hinauf in die Aussichtskanzel.

Der große Raum war überfüllt mit Navy-Personal. Sie machten den beiden Admirälen nur zögernd Platz an dem großen umlaufenden Fenster. Samuel Aleksandrovich starrte voller Bestürzung auf einen Weltraum ohne Sterne hinaus.

Langsam rotierte die Station, und dann kam die Galaxis in Sicht, mit einem golden und violett leuchtenden Zentrum, eingefaßt von einem silbrig schimmernden Wirbel der Spiralsterne.

»Ist das unsere Milchstraße?« fragte Samuel.

»Ich weiß es nicht.«

»Zehntausend Lichtjahre. Wer in Gottes Namen hat uns das angetan?«

»Joshua Calvert, Sir.«

Samuel Aleksandrovich warf Richard Keaton einen äußerst mißtrauischen Blick zu. »Würde es Ihnen etwas ausmachen, deutlicher zu werden, Lieutenant?«

»Calvert und der Voidhawk *Oenone* haben ihre Mission erfolgreich abgeschlossen, Sir. Sie fanden den Schlafenden Gott der Tyrathca. Es handelt sich um einen

Artefakt, der imstande ist, Wurmlöcher dieser Größe zu erzeugen.«

Samuel und Lalwani wechselten einen Blick.

»Sie scheinen bemerkenswert gut informiert, Lieutenant«, sagte die Lalwani. »Ich weiß von keiner Nachricht der *Lady Macbeth* oder der *Oenone*, die uns erreicht hätte, seit wir hier sind.«

Keaton lächelte verlegen. »Ich möchte mich entschuldigen, daß Sie nicht vorher informiert wurden. Doch es ändert nichts an der Tatsache, daß Calvert jede Welt der Konföderation hierher transferiert hat.«

»Aber warum?« fragte Samuel.

»Indem ein Besessener durch ein Wurmloch von der speziellen Art geschickt wird, durch die wir gerade gekommen sind, schließt sich der Riß, der es einer Verlorenen Seele gestattet, sich aus dem Jenseits in dieses Universum zu begeben. Calvert hat es einfach massenhaft getan. Die Verlorenen Seelen wurden ausnahmslos in das Jenseits zurückgeschleudert. Außerdem hat Calvert sämtliche Planeten zurückgebracht, die die Besessenen entführt haben.« Keaton deutete auf das leere Weltall hinter der Scheibe. »Die gesamte Konföderation ist hier. Es gibt keine Possessionskrise mehr.«

»Es ist vorbei?«

»Ja, Sir.«

Samuels Augen verengten sich zu schmalen Schlitzen, während er seinen Stabsoffizier lange und nachdenklich musterte. »Die Kiint«, sagte er schließlich.

»Ja, Sir. Es tut mir leid. Ich bin einer ihrer Beobachter.«

»Ich verstehe. Und welche Rolle haben sie bei alledem gespielt?«

»Keine.« Keaton grinste. »Diese Geschichte hat die Kiint genauso höllisch überrascht wie die Konföderation, Sir.«

»Ich bin froh, das zu hören.« Samuel blickte erneut auf die Milchstraße hinaus, die langsam seitlich aus dem

Fenster glitt. »Wird Calvert uns wieder zurückbringen?«

»Das weiß ich nicht, Sir.«

»Die Kiint haben zugestimmt, uns mit medizinischen Gütern zu helfen, sobald wir die Krise überwunden hätten. Werden sie sich an ihr Versprechen halten?«

»Jawohl, Sir. Botschafter Roulor wird sich glücklich schätzen, die Kooperation der Regierung der Kiint auf die gesamte Konföderation auszuweiten.«

»Das ist sehr gut. Und jetzt, Mister, schaffen Sie gefälligst Ihren niederträchtigen Hintern aus meinem Hauptquartier.«

Die Türen öffneten sich, noch bevor Joshua per Datavis seine Ankunft mitteilen konnte.

»Willkommen zu Hause«, sagte Ione. Sie gab ihm einen platonischen Kuß auf die Wange.

Er führte Louise in den Raum und genoß ihr Erstaunen, als sie feststellte, daß hinter der gläsernen Wand ein Ozean begann.

»Sie sind die Lady Ruin«, sagte Louise.

»Und Sie sind Louise Kavanagh von Norfolk. Joshua spricht ununterbrochen von Ihnen.«

Louise lächelte, als würde sie ihr nicht glauben. »Tut er das?«

»O ja. Und was er mir noch nicht über Sie erzählt hat, das hat Ihre kleine Schwester getan.«

»Geht es ihr gut?«

»Sehr gut. Ich habe Vater Horst Elwes überreden können, sich um sie zu kümmern. Sie sind auf dem Weg hierher. Ihnen bleibt gerade noch ausreichend Zeit, um sich ein wenig frisch zu machen.«

Louise blickte an sich herab und sah Andys abgetragene Kleidung.

»O ja, bitte.«

Joshua schenkte sich ein großes Glas Norfolk Tears ein,

während Ione ihr das Badezimmer zeigte. »Danke«, sagte er, als sie zurückkam.

»Du hast es geschafft, nicht wahr? Das ist der Grund, weshalb wir hier sind.«

– Ja, ich hab's geschafft. Es gibt keine Besessenen mehr.

Sie hob taktvoll eine gezupfte Augenbraue. **– Und wann hast du diese Fähigkeit erlernt?**

– Ein kleines Geschenk vom Schlafenden Gott. Er ließ seine Erinnerungen direkt über das Affinitätsband fließen und zeigte Ione und Tranquility, was geschehen war.

– Ich hatte recht mit dir, die ganze Zeit. Ihre Arme schlangen sich um ihn, und sie erhob sich auf die Zehenspitzen, um ihm einen Kuß zu geben.

Joshua warf einen schuldbewußten Blick auf die Badezimmertür.

Ione lächelte weise. **– Keine Sorge. Ich werde dir nichts verderben.**

– Ich weiß nicht, was ich wegen ihr machen soll, Ione. Verdammt noch mal, ich habe das gesamte Universum beherrscht, ich erhielt die Antworten auf all meine Fragen, und ich weiß immer noch nicht, was ich machen soll.

– Sei nicht dumm, Joshua. Selbstverständlich weißt du es. Du wußtest es von Anfang an.

Brad Lovegrove erhielt die Kontrolle über seinen Körper zurück, als erwachte er aus einem schweren Koma. Jeder Gedanke, jede Aktion waren entsetzlich langsam und verwirrt. Die gesamte Dauer der Possession durch Al Capone kam ihm vor wie ein Fiebertraum; kurze klare Augenblicke, die sich bruchstückhaft aneinanderreihten und zusammengehalten wurden von verschwommenen Empfindungen und Farben.

Er fand sich an einem großen Glastisch wieder, in der Lounge einer Fünf-Sterne-Hotelsuite. Ein großes Panoramafenster zeigte New California, das tief unter ihm vorbeiglitt. Vor ihm stand eine Kanne mit heißem Kaffee, Tassen, ein Tablett mit einem Berg Rührei. Eine große Blutlache hatte sich auf der Tischplatte gebildet, war um das Tablett herumgeflossen und hatte den Rand erreicht. Große Tropfen fielen auf den dicken Teppich zu Brads Füßen. Die Frau im gegenüberliegenden Stuhl war über den Tisch gesunken. Drei Viertel ihres Körpers waren von grünen nanonischen Medipacks bedeckt. Sie trug einen weiten blauen Bademantel. Eines der Medipacks war von ihrem Hals gerissen und lag auf dem Tisch. Die nackte Haut darunter zeigte einen brutalen Schnitt, der die Halsschlagader durchtrennt hatte. Eine kleine Fissionsklinge ruhte in der Hand am Ende ihres ausgestreckten Arms.

Brad Lovegrove fiel vor Schreck von seinem Stuhl und stammelte inkohärentes Zeug.

Joshua und Louise warteten vor der Schleusenluke des Docks Nummer MB 0-330. Beide hatten sich auf die Sensoren rings um die Landebucht geschaltet und beobachtet, wie die *Lady Macbeth* federleicht auf das Landegestell gesunken war. Aus den chemischen Korrekturtriebwerken rings um den Äquator kamen kleine gelbe Flammenschübe, während Liol das Schiff hereinbrachte. Die *Lady Macbeth* berührte das Gestell perfekt ausgerichtet, und die Halteklammern schlossen sich. Versorgungsschläuche und Kabel erhoben sich aus ihren Nischen und rasteten eines nach dem anderen ein. Die Wärmepaneele fuhren in den Rumpf zurück, und Schiff mitsamt Landegestell sanken zurück in das runde Dock.

Das war wirklich nicht schlecht, dachte Joshua bei sich. – **Wie weit sind Sie?** fragte er Syrinx.

– Fast da, kam ihre Antwort.

Affinität zeigte ihm den großen Voidhawk, der sich dicht bei der *Mindori* und der *Stryla* hielt, während die Blackhawks um die Raumhafenspindel von Tranquility kurvten und dem Andocksims des Habitats hinterherjagten. Die beiden Blackhawks benötigten Führung und Hilfe; ihre Persönlichkeiten waren durch die Possession bis fast zur Katatonie traumatisiert. Beide sehnten sich verzweifelt nach ihren verlorenen Kommandanten zurück. Es würde nicht geschehen, wie Joshua wußte. Kiera Salter hatte ihre Körper auf Valisk zerstört, um die neuen Possessorseelen in die Blackhawks zu zwingen.

– Sie werden sich wieder erholen, mit der Zeit, sagte die *Oenone* leise. **– Wir werden hiersein und ihnen helfen.**

– Ich bin sicher, das werdet ihr.

– Unseren Glückwunsch, Joshua Calvert, sagte der Jupiter-Konsensus. **– Und unseren tiefempfundenen Dank. Samuel hat berichtet, daß Sie allein es waren, der mit der Singularität kommuniziert hat.**

– Ich besaß mehr als reichlich Hilfe auf dem Weg zu ihr, antwortete Joshua. Er wechselte per Affinität ein Lächeln mit Syrinx.

– Die Methode, mit der Sie die Krise zu einem Abschluß gebracht haben, ist jedenfalls spektakulär, sagte der Konsensus.

– Glauben Sie mir, es war noch eine der stilleren Möglichkeiten. Gottesallmacht ist eine bescheidene Untertreibung für die Fähigkeiten der Singularität.

– Stehen Sie immer noch mit ihr in Kontakt?

– Ja. Für den Augenblick. Es gibt noch ein paar lose Enden, die ich miteinander verknoten möchte. Danach ist es vorbei.

– Eine solch unglaubliche Machtfülle aufzugeben bedarf einer beträchtlichen Charakterstärke. Wir sind froh zu sehen, daß Samuels Vertrauen gerechtfertigt war.

– Um ehrlich zu sein, es erscheint mir nicht besonders verlockend, ein Leben lang durch die Konföderation zu springen und die Dinge zu richten. Von heute an ist es nur noch eine Botschaft, die ich weitergebe.

– Joshua Calvert, der Missionar, spottete Syrinx. – Das ist tatsächlich ein Wunder.

– Werden Sie die Sterne der Konföderation wieder zu ihren ursprünglichen Koordinaten zurückbringen? fragte der Konsensus.

– Nein. Ich will, daß sie hier bleiben. Das ist ebenfalls meine Entscheidung.

– Und eine, mit der wir uns abfinden müssen. Schließlich wird es nicht leicht für uns, von hier aus ein Schiff zum Schlafenden Gott zu schicken.

– Unmöglich wäre es nicht. Aber genau darum geht es schließlich.

– Würden Sie das erklären?

– Die Menschen hatten in der Vergangenheit eine ganze Menge Glück. Wir haben uns über die Galaxis ausgebreitet und massenhaft Welten kolonisiert. Ich will das nicht schlecht machen – die Zustände auf der guten alten Erde waren eine ganze Weile wirklich schlimm. Als Spezies mußten wir sehen, daß wir von dort wegkommen, um, wie das alte Sprichwort sagt, unsere Eier in mehr als ein Nest zu legen. Doch das kann nicht ewig so weitergehen. Wir müssen uns der Zukunft stellen und uns weiterentwickeln. Dieser neue Cluster besitzt achthundert Sonnensysteme, und das ist alles. Auf unserer gegenwärtigen sozialen, ökonomischen und technologischen Stufe gibt es keine weitere Expansion mehr. Kein Davonlaufen mehr vor unseren Problemen; wir sind reif genug, um jetzt endlich eine Lösung dafür zu erarbeiten.

– Und unsere Isolation soll sicherstellen, daß wir es auch tun.

– Ich hoffe, daß es ein paar kluge Köpfe zum Nachdenken bringt, ja.

– Wir leben in interessanten Zeiten.

– Jede Zeit ist interessant, wenn man weiß, wie man sie richtig lebt, sagte Joshua. **– Ich habe die neuen Koordinaten aller übrigen Sternensysteme für Sie. Sie werden Voidhawks aussenden und die Informationen weitergeben müssen, damit wir wieder alle miteinander in Kontakt kommen.**

– Selbstverständlich.

Joshua ließ die Informationen aus seinem Bewußtsein fließen, und der Konsensus nahm sie auf.

Die Luftschleuse öffnete sich, und seine Besatzung strömte mit wilden Worten der Begrüßung heraus.

Liol umarmte ihn als erster. »Ein schöner Kommandant bist du! Uns einfach sitzenzulassen und den ganzen Spaß allein zu genießen, und das nächste, was wir hören, ist das böse Gebrüll vom strategischen Verteidigungskommando des Jupiter!«

»Ich hab' euch doch zurückgebracht. Was wollt ihr mehr?«

Sarha kreischte und wickelte sich um ihn. »Du hast es geschafft!« Sie küßte sein Ohr. »Und was für eine irre Aussicht!«

Dahybi schlug ihm auf den Rücken und lachte begeistert. Dann kamen Ashly und Beaulieu, die sich gegenseitig schubsten, um zuerst bei ihm zu sein. Monica sagte: »Sieht aus, als hätten Sie es geschafft«, und es klang fast gar nicht verdrießlich. Samuel kicherte über ihre Sturheit. Kempster und Renato schimpften auf ihn ein, weil er sie so abrupt aus ihren Studien gerissen hatte. Mzu fand kaum Zeit, ihm zu danken, bevor sie ihn nach der internen Quantenstruktur der Singularität auszufragen begann.

Am Ende hob er die Arme und brüllte sie an, zur Hölle noch mal endlich still zu sein. »Wir feiern in Harkey's Bar, und alle Drinks gehen auf mich.«

Beth und Jed drückten sich an das große Fenster in der Messe, als Tranquility draußen materialisierte.

»Es sieht genauso aus wie Valisk!« sagte Jed aufgeregt.

»Laß mich auch mal sehen!« verlangte Navar.

Jed grinste, und sie traten zur Seite. Die Messe sah wirklich eigenartig aus. Die Umrisse der Dampfschiffseinrichtung hatten über den echten Wänden und Maschinen und Konsolen gelegen und das Komposit verborgen. Noch immer konnte Jed Andeutungen der falschen Konturen erkennen, wenn er genau hinsah und sich ins Gedächtnis zurückrief, wie es vorher ausgesehen hatte.

Sie wußten, wo sie sich befanden, und in groben Zügen auch, was sich ereignet hatte, denn die *Mindori* hatte einige Male zu ihnen gesprochen.

Doch der Blackhawk war nicht sehr mitteilsam gewesen.

»Ich glaube, wir landen«, sagte Webster.

»Klingt gut«, entgegnete Jed, während er einen langen Zungenkuß mit Beth austauschte. Gari bedachte ihn mit einem abschätzigen Blick, dann wandte sie sich wieder dem Fenster und dem Andocksims dahinter zu.

»Wir sehen besser nach Gerald«, sagte Beth, als sie fertig waren.

Jed bemühte sich, nett zu bleiben. Wenigstens würde der alte Irre aus seinem Leben verschwinden, sobald sie gelandet waren. »Sicher, machen wir.«

Gerald hatte sich nicht mehr von der Brücke bewegt, seit die erstaunliche Scheibenstadt abrupt verschwunden war und mit ihr Lorens Possession. Stunde um Stunde nach dem Patt mit der *Stryla* hatte er neben der Waffenkonsole gestanden, wie ein alter Seemann, der während eines Sturms das Steuer hielt. Seine Wachsamkeit hatte in der gesamten Zeit nicht eine Sekunde nachgelassen. Als es vorbei war, war er zu Boden gesunken und mit ausgebreiteten Beinen mit dem Rücken an der Konsole sitzen geblieben. Seitdem starrte er durch verschleierte Augen geradeaus und hatte kein Wort mehr gesprochen.

Beth kauerte sich neben ihm nieder und schnippte vor seinem Gesicht mit den Fingern. Gerald reagierte nicht.

»Ist er tot?« fragte Jed.

»Jed! Nein, er ist nicht tot. Er atmet noch. Ich glaube, er ist vollkommen erschöpft.«

»Wir schreiben es mit auf die Liste«, murmelte Jed *sehr* leise. »Hey, Gerald, Kamerad, wir sind gelandet. Die *Stryla* ist ebenfalls dabei. Das ist der Blackhawk mit Marie an Bord. Gut, wie? Du wirst sie bald wiedersehen. Was hältst du davon?«

Gerald starrte weiter regungslos nach vorn.

»Schätze, wir rufen lieber einen Arzt«, sagte Jed.

Gerald drehte den Kopf. »Marie?« flüsterte er.

»Ganz recht, Gerald«, antwortete Beth. Sie packte ihn ermutigend am Oberarm. »Marie ist hier. Nur noch ein paar Minuten, dann siehst du sie wieder. Kannst du aufstehen, Freund?« Sie versuchte, ihn zu sich hochzuziehen. »Jed, hilf mir gefälligst!«

»Ich weiß nicht. Vielleicht sollten wir ihn hier lassen, bis der Arzt da war.«

»Es geht ihm gut. Stimmt doch, Gerald, oder? Nur ein wenig erledigt, das ist alles.«

»Na, meinetwegen.« Jed beugte sich vor und versuchte, Gerald auf die Beine zu ziehen.

Von der Luftschleuse kamen mehrere laute metallische Geräusche.

Gari rannte herein. »Der Bus ist da!« rief sie atemlos.

»Er bringt uns zu Marie«, sagte Beth aufmunternd. »Komm schon, Gerald. Du kannst es schaffen.«

Gemeinsam brachten sie ihn zum Stehen. Zwischen sich und mit je einem Arm über der Schulter bugsierten sie ihn in Richtung Luftschleuse.

Marie saß zusammengesunken auf dem Korridor draußen vor der Brücke. Sie hatte nicht aufgehört zu weinen, seit Kiera aus ihrem Körper vertrieben worden war. Die Erinnerungen an das, was seit Lalonde geschehen war, brannten lebendig in ihren Gedanken, und mit Absicht. Kiera hatte sich einen Dreck darum geschert, ob Marie wußte, was mit ihr geschah und was ihr Körper tat.

Es war widerlich. Schmutzig.

Obwohl es nicht ihr eigener Wille gewesen war, wußte Marie, daß sie niemals würde vergessen können, was ihr Körper getan hatte.

Kieras Seele mochte vielleicht verschwunden sein, aber der Spuk würde niemals enden.

Marie hatte ihr Leben zurück, und sie konnte nicht einen einzigen Grund erkennen, warum sie es leben sollte.

Die Innenluke glitt zu, und die Außenluke öffnete sich.

»Marie.«

Es war eine brüchige, schmerzerfüllte Stimme, doch sie schnitt tief in ihr Herz. »Daddy?« stöhnte sie ungläubig. Und als sie den Kopf hob, stand er wankend in der Schleuse und hielt sich am Geländer fest. Er sah schrecklich aus, konnte sich kaum auf den Beinen halten. Doch sein zerbrechliches altes Gesicht strömte über von all der Freude eines Vaters, der sein Kind zum ersten Mal im Arm halten durfte. Sie konnte sich nicht einmal annähernd vorstellen, was er durchgemacht haben mußte, um jetzt in diesem Augenblick bei ihr zu sein. Und alles, weil sie seine Tochter war – das allein sicherte ihr seine Liebe bis zum Ende aller Tage.

Sie stand auf und streckte beide Arme nach ihm aus. Wollte von Daddy gehalten werden. Wollte von ihm nach Hause gebracht werden, wo sie in Sicherheit war und nichts von alledem wieder geschehen konnte.

Gerald lächelte seine kleine Tochter verträumt an. »Ich

liebe dich, Marie.« Seine letzten Kräfte verließen ihn, und er fiel mit dem Gesicht vornüber auf das Deck.

Marie schrie auf und stürzte vor. Geralds Atem ging ruckhaft. Er hatte die Augen geschlossen.

»Daddy! Daddy, nein!« Sie zerrte hysterisch an ihm. »Daddy, sprich mit mir!«

Der Steward aus dem Bus schob sie beiseite und fuhr mit einem medizinischen Sensorblock über den reglosen Körper. »O Scheiße! Helfen Sie mir!« brüllte er Jed zu. »Wir müssen ihn so schnell wie möglich ins Habitat schaffen!«

Jed starrte Marie an, unfähig, sich zu bewegen. »Du bist es!« sagte er verzückt.

Beth stieß ihn zur Seite und kniete neben dem Steward nieder. Er hatte ein Erste-Hilfe-Pack auf Geralds Gesicht gepreßt, das Luft in seine Lungen pumpte.

»Medizinischer Notfall!« meldete der Steward per Datavis. »Bringen Sie ein Notarztteam zum Ankunftsraum.« Der medizinische Prozessorblock gab einen schrillen Alarm von sich, als Geralds Herz stehenblieb. Der Steward riß eine weitere Verpackung auf und legte das Medipack in Geralds Nacken. Nanofasern drangen in die Haut ein, suchten nach den Arterien und Venen und pumpten künstliches Blut hindurch, um das Gehirn am Leben zu erhalten.

Die Besucher der Disco Am Ende Der Welt wanderten ziemlich verlegen über den Betonhinterhof, während sie sich nach Kräften bemühten, ihre Benommenheit abzuschütteln und die Dämmerung über die Londoner Arkologie hereinbrach. Es war kein Anblick, mit dem auch nur einer von ihnen gerechnet hätte.

Andy war unten bei ihnen und schickte per Datavis Questor auf Questor in das Netz, das nach und nach wieder online kam. Die Satelliten lieferten vorläufige Bilder, während die Behörden eine Art von provisorischer Ordnung herzustellen bemüht waren. Doch Louise blieb verschwunden; keine noch so geschickt getarnte Anfrage brachte eine Reaktion ihrer neuralen Nanonik, und jeder seiner Programmiertricks blieb nutzlos.

Andy setzte sich in Richtung des Tors und auf die Straße hinaus in Bewegung.

Sie mußte irgendwo dort draußen sein. Er würde sie finden, und wenn er persönlich die gesamte Arkologie nach ihr absuchen mußte.

»Was ist das?« fragte jemand.

Menschen waren stehengeblieben und starrten hinauf zur Kristallkuppel. Die Sonne war gerade erst über dem östlichen Horizont aufgegangen; sie zeigte eine graue Wolkenbank, die gemächlich von Norden her heranzog. Dann hatte sie die geodätische Kristallstruktur erreicht und floß sanft um sie herum. Das war kein Armadasturm, im Gegenteil: Andy hatte noch nie im Leben eine Wolke gesehen, die sich so langsam bewegt hatte. Plötzlich wurde es eigenartig schwer, einen Blick durch die kristallinen Sechsecke der Kuppelkonstruktion zu werfen. Es dauerte eine ganze Weile, bis Andy den Grund dafür herausfand; er schaltete sich sogar in die unerwartet leidenschaftlichen Nachrichtenshows, um ganz sicher zu gehen.

Es schneite über London. Zum ersten Mal seit nahezu fünfeinhalb Jahrhunderten fiel Schnee auf die Arkologie.

Es gab keinerlei Hinweis, daß jemals Menschen die rote Zwergsonne namens Tunja besucht oder gar hier gelebt hatten. Joshua hatte die besiedelten Dorado-Asteroiden in das System von New Washington versetzt, zusammen mit allen zugehörigen Industriestationen. Die beiden edenitischen Habitate hatten sich im Orbit um den Jupiter wiedergefunden. Nichts war geblieben, das den neuen Bewohnern einen Fingerzeig auf die berüchtigte Geschichte des Systems hätte geben können.

Quantook-LOU hatte fast zwei Tage benötigt, um sich von den Auswirkungen der Beschleunigung zu erholen, die er in Lalarin-MG hatte ertragen müssen. Er blieb in seinem persönlichen Raum, ohne sich zu bewegen, aufgeschaltet auf das Datennetz von Anthi-CL, und überwachte die anfänglichen Reparaturarbeiten. Die Konflikte zwischen den Dominien der Scheibenstadt hatten geendet, mehr aus Überraschung als wegen einer neuen Allianz. Doch Quantook-LOU hatte einen neuen Vertrag mit den anderen Distributoren ausgehandelt, nachdem alle die Bilder gesehen und geprüft hatten, die von den Sensoren auf der Ober- und Unterseite von Tojolt-HI geliefert wurden.

Die Gabe, die sie enthüllten, war fast unglaublich. Sämtliche Scheibenstädte Mastrit-PJs kreisten nun um den winzigen roten Stern, auf einem gemeinsamen äquatorialen Orbit. Und dahinter lag ein Vorrat an roher kalter Materie, der jeder Logik Hohn sprach. Ein gewaltiger Ring aus Partikeln, mit einem Durchmesser von mehr als zweihundert Millionen Kilometern. Die Mosdva ertranken mit einem Mal in Ressourcen.

Sie konnten ihre alten Scheibenstädte verlassen und neue Dominien errichten, die voneinander unabhängig waren. Soweit die Distributoren feststellen konnten, war jede einzelne Tyrathca-Enklave zur gleichen Zeit geleert worden, zu der die Scheibenstädte Mastrit-PJ verlassen hatten. Der ewige Konflikt, der Fluch, der die Mosdva seit Anbeginn der Dominien verfolgt hatte, war für alle Zeiten vorüber.

Quantook-LOU besaß außerdem die Daten von den Menschen, die ihm verrieten, wie man Schiffe bauen konnte, die schneller waren als das Licht. Andere Distributoren hatten sich bereits um Allianzen mit Anthi-CL beworben und wollten teilhaben an der neuen Technologie. Dies hier war ein neuer Sektor im Weltraum, eigenartig leer ohne den Nebel, der den halben Himmel von Mastrit-PJ beherrscht hatte. Milliarden von Sternen lagen offen vor ihnen. Es würde bestimmt interessant werden, die Systeme der Menschen zu entdecken und anderer Spezies, von denen Kommandant Joshua Calvert gesprochen hatte.

Das Wahrnehmungsfeld des Ly-Cilph dehnte sich langsam aus, nachdem seine aktiven Funktionen aus ihrem Schlafzustand in seinem selbsterhaltenden Makrodatengitter erwachten. Zuerst befürchtete es schon, Erinnerungsverlust erlitten zu haben. Es befand sich nicht länger auf der Dschungellichtung, wo das Menschenopfer stattgefunden hatte. Statt dessen schien es im leeren Raum zu schweben. Das Wahrnehmungsfeld konnte absolut nichts entdecken. Keinerlei Masse in einem Umkreis von einer Milliarde Kilometern, nicht einmal ein einsames Elektron, eine Tatsache, die extrem unwahrscheinlich schien. Die Energiewellen, die durch das Wahrnehmungsfeld wuschen, waren von eigenartiger Zusammensetzung, einer Zusammensetzung, wie das Ly-Cilph sie noch niemals aufgezeichnet hatte. Eine Analyse der lokalen Quantenstruktur des Kontinuums brachte zutage, daß es sich nicht länger im Universum seiner Geburt befand.

Neben ihm materialisierte ein Punkt dichter Materie und strahlte eine Reihe modulierter elektromagnetischer Wellen ab. Es war undurchdringlich für das Wahrnehmungsfeld des Ly-Cilph.

»Wir wissen, daß du auf einer großen Reise bist mit dem Ziel, die vollständige Natur der Realität zu begreifen«, sagte Tinkerbell. »Wir sind ebenfalls auf dieser Reise. Möchtest du dich uns anschließen?«

Die Besatzung der *Oenone* erschien in Harkey's Bar und wurde unter lauten Jubelrufen empfangen. Allmählich sah es danach aus, als sollte die Party epische Ausmaße erreichen. Genevieve genoß jede Minute. Es war laut, heiß und farbenfroh – ganz anders als die langweiligen Partys daheim auf Cricklade. Die Leute waren freundlich zu ihr, und sie hatte es sogar geschafft, zwei Gläser Wein zu trinken, ohne daß Louise etwas bemerkte. Cousin Gideon forderte sie sogar zum Tanzen auf. Aber das Lustigste von allem waren die Mätzchen von Joshuas Bruder Liol, der sich die ganze Zeit über verzweifelt bemühte, einer sehr schönen – und extrem entschlossen wirkenden – jungen Lady auszuweichen.

Louise blieb ununterbrochen an Joshuas Seite. Sie lächelte mehr aus Furcht als aus Freude, daß sich alle um sie beide scharten, um die Geschichte von der nackten Singularität aus seinem eigenen Mund zu hören. Nach einer Ewigkeit führte er sie durch die Tür nach draußen, nicht ohne vorher zu schwören, daß er in einer Minute wieder zurück wäre. Sie nahmen einen Aufzug direkt in die Sternenkratzerlobby und spazierten in die Parklandschaft hinaus.

»Du hast ausgesehen, als wärst du unglücklich dort drin«, sagte er.

»Ich wußte nicht, daß du so viele Freunde hast. Ich habe nie wirklich darüber nachgedacht. Außer dir kannte ich nur Dahybi, sonst niemanden.«

Sie spazierten über einen Weg, der von orangefarbenen Weiden gesäumt war und zu einem nahegelegenen See führte.

»Die Hälfte davon kannte ich bis heute auch noch nicht«, sagte er.

»Es ist so schön hier«, seufzte Louise, als sie das Ufer des Sees erreicht hatten. Die Wasserpflanzen besaßen ballonartige Blüten, die kaum einen Zoll unter der Oberfläche schwebten. Grüne Fische knabberten an den

Büscheln von Staubblättern, die aus ihren Kronen sprossen. »Es muß wundervoll gewesen sein, hier aufzuwachsen.«

»Das war es. Aber erzähl es nicht Ione – ich wollte immer nur weg von hier und fliegen.«

»Sie ist sehr schön.«

Er zog sie näher zu sich. »Nicht so schön wie du.«

»Nicht«, sagte sie aufgewühlt.

»Ich kann meine Verlobte küssen, wann immer ich will. Selbst auf Norfolk ist das nicht verboten.«

»Ich bin aber nicht deine Verlobte, Joshua. Ich habe das nur wegen dem Baby gesagt. Ich habe mich geschämt. Es ist so dumm von mir. Ein Baby zu bekommen ist eine wundervolle Sache, das Beste, was zwei Menschen haben können. Wie eigenartig, ein Vorurteil dagegen zu entwickeln. Ich werde mein Zuhause immer lieben, auch wenn ich inzwischen weiß, wieviel von dem falsch ist, was uns gelehrt wurde.«

Er sank auf ein Knie und hielt ihre Hand. »Heirate mich.«

Nach dem Ausdruck in ihrem Gesicht schien sie Todesqualen zu leiden. »Das ist sehr lieb von dir, Joshua, und hättest du mich an dem Tag gefragt, an dem du von Cricklade aufgebrochen bist, wäre ich wahrscheinlich sogar mit dir durchgebrannt. Aber du weißt nichts von mir, überhaupt nichts. Es würde nicht funktionieren. Du bist ein Raumschiffskommandant und unglaublich berühmt, und ich bin nur eine Landbesitzerstochter. Zwischen uns ist nichts außer einem wunderschönen Traum, den ich einmal geträumt habe.«

»Ich weiß alles über dich – dank der Singularität. Ich habe jede Sekunde deines Lebens miterlebt. Und wage es nicht, dich noch einmal nur eine Landbesitzerstochter zu nennen. Du bist Louise Kavanagh, und das genügt. Ich hatte einen faszinierenden Flug, den ich der Arbeit von Tausenden von Menschen verdanke, die mich hinter den

Kulissen unterstützt haben. Du bist ganz allein vor Quinn Dexter hingetreten und hast versucht ihn aufzuhalten. Es ist unmöglich, noch mehr Mut zu demonstrieren, Louise. Du warst unglaublich. Diese betrunkenen Trottel in Harkey's Bar mögen mich bewundern, aber ich stehe in Ehrfurcht vor dem, was du getan hast.«

»Du hast alles gesehen?« fragte sie.

»Alles«, sagte er fest. »Einschließlich letzter Nacht.«

»Oh.«

Er zog sanft an ihrer Hand, bis sie neben ihm niederkniete. »Ich glaube nicht, daß ich eine Heilige heiraten könnte, Louise. Und du weißt bereits, daß ich nie ein Heiliger war.«

»Willst du mich wirklich heiraten?«

»Ja.«

»Aber wir wären nie zusammen.«

»Raumschiffe zu kommandieren ist von heute an ein Beruf ohne Zukunft, genau wie Landbesitzerstochter. Es gibt so viel zu tun für uns.«

»Du hast nichts dagegen, auf Norfolk zu leben?«

»Wir werden es gemeinsam verändern, Louise. Du und ich.«

Sie küßte ihn, dann lächelte sie zaghaft. »Müssen wir zurück auf die Party?« fragte sie.

»Nein.«

Ihr Lächeln wurde breiter, und sie erhob sich. Joshua blieb auf den Knien. »Ich warte noch auf deine Antwort«, sagte er. »Und diese klassische Pose ist Gift für meine Beinmuskeln.«

»Ich wurde von klein auf gelehrt, einen Mann warten zu lassen«, sagte sie mit hoch erhobenem Kopf. »Aber meine Antwort lautet ja.«

»Anastasia, bist du das wirklich?«

»Hallo Dariat. Selbstverständlich bin ich es. Ich habe auf dich gewartet. Ich wußte, daß du irgendwann kommen würdest.«

»Ich hätte es fast nicht geschafft. Es gab eine ganze Menge Schwierigkeiten, weißt du?«

»Lady Chi-Ri hat stets auf dich herabgelächelt, Dariat. Von Anfang an.«

»Weißt du, das hier ist ganz und gar nicht das, was ich auf der anderen Seite des Jenseits erwartet hätte.«

»Ich weiß, aber ist es nicht wunderbar?«

»Können wir es gemeinsam erforschen?«

»Ich würde nichts lieber tun.«

Es war das letzte Mal, daß Joshua die Fähigkeiten benutzen würde, und strenggenommen war es auch nicht mehr nötig – doch er würde unter gar keinen Umständen die Gelegenheit versäumen, dem Heimatsystem der Kiint einen persönlichen Besuch abzustatten. Ganz sicher jedenfalls nicht aus Tugendhaftigkeit und würdevoller Zurückhaltung. Er materialisierte auf dem weißen Sandstrand unweit von Tracys Chalet. Es war ein wunderbarer Strand, doch das wußte Joshua bereits. Er blickte nach oben und sah die silberne Sichel aus Planeten, die sich quer über den türkisfarbenen Himmel hinzog.

»Jetzt habe ich alles gesehen«, sagte er leise zu sich selbst.

Fünf weiße Kugeln materialisierten in der Luft ringsum, von der gleichen Größe wie Versorger, aber mit einer ganz anderen Funktion.

Joshua hob die Arme. »Ich bin unbewaffnet. Bringt mich zu eurem Anführer.«

Die Kugeln entmaterialisierten wieder. Joshua lachte.

Jay und Haile rannten über den Strand auf ihn zu.

»Joshua!«

Es gelang ihm, sie zu fangen, als sie sich durch die Luft auf ihn warf. Schwang sie in weitem Bogen herum.

»Joshua!« quiekte sie überglücklich. »Was machst du hier?«

»Ich hole dich ab. Es geht nach Hause.«

»Wirklich?« Ihre Augen waren groß und rund und voller Optimismus. »In die Konföderation?«

»Yepp. Geh, pack deine Sachen.«

– Grüße, Joshua Calvert. Dieser Tag mit viel Freudhaftigkeit erfüllt ist. Ich sehr zufrieden bin.

– Hi, Haile. Du bist gewachsen.

– Und du bist noch stärker geworden.

Er setzte Jay ab. »Was soll ich sagen – es gibt Hoffnung für jeden von uns.«

»Es war fabelhaft hier!« schwärmte Jay. »Die Versorger geben dir alles, was du möchtest, und das schließt Eiskrem mit ein. Man braucht nicht einmal Geld!«

Zwei erwachsene Kiint erschienen im schwarzen Teleporterkreis.

Tracy kam die Stufen von ihrem Chalet herab. Joshua behielt alle mißtrauisch im Auge.

»Und ich habe jede Menge Planeten im Bogen gesehen! Und Hunderte und Hunderte von Leuten kennengelernt.« Jay hielt inne und saugte auf der Unterlippe. »Ist mit Mami alles in Ordnung?«

»Äh, ja. Jetzt wird es ein wenig hart, Jay. Sie braucht ein paar Tage, bevor du zu ihr darfst, in Ordnung? Also werde ich dich zunächst nach Tranquility bringen, und von dort aus kannst du zusammen mit all den anderen nach Lalonde zurückkehren.«

Sie zog einen Schmollmund. »Und Vater Horst?«

»Auch Vater Horst«, versprach er.

»Gut. Und du bist sicher, daß es Mami gut geht?«

»Es geht ihr gut. Sie freut sich wirklich sehr darauf, dich wiederzusehen.«

Tracy stand hinter Jay und tätschelte ihren Kopf. »Ich

habe dir gesagt, daß du einen Hut tragen sollst, wenn du hier draußen spielst.«

»Ja, Tracy.«

Das kleine Mädchen schnitt eine Grimasse in Joshuas Richtung.

Er grinste. »Du gehst jetzt und packst zusammen. Ich muß noch ein paar Worte mit Tracy reden, und dann geht es ab nach Hause.«

»Komm mit, Haile!« Jay packte einen der traktamorphen Arme des jungen Kiint, und sie sprangen in Richtung Chalet davon.

Joshuas Grinsen verschwand, als die beiden Kinder außer Hörweite waren. »Danke für Ihre tatkräftige Hilfe«, sagte er zu Tracy.

»Wir haben getan, was in unserer Macht stand!« sagte Tracy. »Urteilen Sie nicht vorschnell über uns, Joshua Calvert.«

»Der Korpus urteilt über uns Menschen und entscheidet über unser Schicksal.«

»Keiner von uns hat darum gebeten, geboren zu werden. Gegen uns wurde mehr gesündigt, als wir Sünden begangen haben. Und Richard Keaton hat Ihren Hintern gerettet, wie ich mich entsinne.«

»Das hat er, ja.«

»Wir hätten sichergestellt, daß etwas von der Menschheit überlebt. Sie wäre nicht ganz aus dem Universum verschwunden.«

»Aber wie hätte sie ausgesehen?«

»Sie sind stolz darauf, wie die Menschen im Augenblick sind, was?«

»Wenn Sie es wissen wollen – ja.«

Sie rieb sich mit der Hand über die Stirn. »Ich stelle immer wieder Vergleiche an. Was die menschliche Rasse von all den anderen unterscheidet.«

»Lassen Sie das. Es ist nicht länger nötig, und es geht Sie nichts mehr an. Wir finden von heute an unseren

eigenen Weg.« Er wandte sich zu den erwachsenen Kiint.
– Hallo, Nang, Lieria.

– Sei gegrüßt, Joshua Calvert. Und unsere Glückwünsche.

– Danke sehr. Obwohl ich mir meine Hochzeitsnacht eigentlich ein wenig anders vorgestellt habe. Ich möchte, daß Korpus sämtliche Beobachter entfernt, einschließlich der Systeme zur Datenaquisition, bitte. Unsere zukünftigen Kontakte sollten auf einer etwas ehrlicheren Basis stattfinden.

– Korpus stimmt dir zu. Sie werden entfernt.

– Und die medizinische Hilfe, die Sie versprochen haben. Wir brauchen sie dringend, so schnell wie möglich.

– Selbstverständlich. Sie wird Ihnen zur Verfügung gestellt.

– Sie hätten uns schon früher helfen können.

– Jede Rasse besitzt das Recht und die Verpflichtung, ihr eigenes Geschick zu lenken. Beides ist untrennbar miteinander verbunden.

– Ich weiß. Ernte, was du säst. Wir mögen vielleicht zu aggressiv sein und uns nicht so schnell entwickeln, wie es möglich wäre, aber ich möchte, daß Korpus weiß, wie unendlich stolz ich bin auf unsere Fähigkeit zu Mitgefühl. Ganz gleich, wie fabelhaft Ihre Technologie sein mag – was zählt ist einzig und allein, wie sie eingesetzt wird.

– Wir nehmen Ihre Kritik an. Sie wird uns ständig vorgehalten, auch von anderer Seite. Angesichts unserer Position ist es vermutlich zwangsläufig.

Joshua seufzte und blickte hinauf zu dem Bogen aus Planeten.

– Eines Tages werden wir hier sein.

– Dessen sind wir sicher. Schließlich haben Sie bereits einen Anfang gemacht.

– Imitation ist die aufrichtigste Form der Schmeiche-

lei, entgegnete Joshua. – **Ich schätze also, Ihre Spezies ist doch nicht so schlecht.**

Jay erschien auf der Veranda des Chalets. Sie trug eine prallvolle Umhängetasche. Sie schrie und winkte, dann kam sie die Treppe heruntergerannt.

»Geht es ihrer Mutter gut?« fragte Tracy drängend.

»Ihre Krankheit ist heilbar«, antwortete Joshua. »Mehr kann ich auch nicht sagen. Ich habe aufgehört zu intervenieren. Es ist einfach zu verlockend – nicht, daß die Singularität noch lange mitspielen würde.«

»Das muß sie auch nicht mehr. Korpus hat analysiert, was Sie getan haben. Ein paar sehr schlaue Schachzüge. Die gegenwärtige ökonomische Struktur kann nicht überleben.«

»Ich habe lediglich die Gelegenheit zu Veränderungen geschaffen. Plus einer kleinen aktiven Manipulation. Was danach geschieht ... nun, sagen wir einfach: Ich bin zuversichtlich.«

Jed und Beth blieben bei Marie im Wartezimmer des Hospitals. Beth war darüber nicht gerade außer sich vor Freude; sie hätte zu gerne die Parklandschaft Tranquilitys gesehen.

Doch Gari, Navar und Webster waren in der Kinderabteilung, nicht weit entfernt, und sie wußte nicht genau, was als nächstes mit ihnen geschehen würde – doch das galt im Augenblick wohl für einen ziemlich großen Teil der menschlichen Rasse. Und es gab definitiv schlimmere Orte zum Stranden als Tranquility.

Der Arzt, der auf den Bus gewartet hatte, kam aus dem Behandlungszimmer. »Marie?«

»Ja?« Sie blickte ihn an, die Augen voller Hoffnung.

»Es tut mir wirklich schrecklich leid, aber wir konnten nichts mehr für Ihren Vater tun.«

Marie öffnete den Mund, als wollte sie etwas sagen,

doch kein Laut kam heraus. Dann schlug sie die Hände vor das Gesicht und fing an zu schluchzen.

»Was war mit ihm?« fragte Beth.

»Er hatte eine Art nanonisches Netz in seinem Gehirn«, erklärte der Arzt. »Seine molekulare Struktur hat sich aufgelöst. Die Desintegration hat massive Schäden hervorgerufen. Ehrlich gesagt verstehe ich überhaupt nicht, wie er so lange hat überleben können. Sie haben erzählt, daß er wochenlang bei Ihnen gewesen wäre?«

»Ja.«

»Ah, nun gut, wir werden selbstverständlich eine Obduktion vornehmen. Doch ich bezweifle, daß viel dabei herumkommt. Es ist ein Symptom der Zeit, in der wir leben.«

»Danke sehr.«

Der Arzt lächelte knapp.

»Der Therapeut wird jeden Augenblick hier sein. Marie wird die beste nur denkbare Hilfe haben, um mit dieser Sache fertig zu werden. Machen Sie sich keine Sorgen.«

»Wunderbar.« Sie bemerkte, wie Jed zu Marie starrte, als wollte er mit ihr weinen, oder für sie, und ihr die Last nehmen.

»Jed, wir sind hier fertig«, sagte Beth.

»Was meinst du mit fertig?« fragte er verwirrt.

»Es ist vorbei. Kommst du jetzt?«

Er blickte von Marie zu ihr und wieder zurück. »Aber wir können sie nicht allein lassen!«

»Warum nicht, Jed? Was bedeutet sie uns?«

»Sie war Kiera! Sie war alles, wovon wir geträumt haben, Beth. Ein neuer Anfang, ein vernünftiges Leben!«

»Das dort ist Marie Skibbow, und sie wird Kiera Salter für den Rest ihres Lebens hassen.«

»Wir können jetzt nicht aufgeben. Wir drei können es noch einmal versuchen, diesmal richtig. Es gab Tausende von Leuten wie uns, die von dem geträumt haben, was sie versprochen hat. Sie werden wiederkommen.«

»Richtig.« Beth wandte sich ab und marschierte aus dem Wartezimmer, ohne auf seine Rufe zu achten. Sie ging zum Aufzug, und ihr Herz machte einen Sprung angesichts der Erwartung, endlich die üppige Parklandschaft und den glitzernden umlaufenden Salzwasserozean zu sehen.

Ich bin jung, ich bin frei, ich bin in Tranquility, und ich werde definitiv nicht zum verdammten Koblat zurückkehren.

Es war ein großartiger Neuanfang.

In der Konföderierten Vollversammlung herrschte Totenstille, als die Abstimmung stattfand. Die Botschafter unten auf dem Parkett waren die ersten, die ihre Stimmen abgaben.

Von seinem Sitz am Tisch des Politischen Konzils beobachtete der Leitende Admiral Samuel Aleksandrovich, wie das Ergebnis seinen Lauf nahm. Es gab mehrere Enthaltungen, natürlich, und die Namen bedeuteten ebenfalls keine Überraschung: Kulu, Oshanko, New Washington, Mazaliv sowie ein paar ihrer engsten Verbündeten. Nicht mehr als zwanzig, was dem Leitenden Admiral ein zufriedenes Lächeln entlockte. Diplomatisch gesprochen war es mindestens ebensogut wie der Mißtrauensantrag, eine scharfe Warnung an die stärkeren Mächte.

Die Botschafter des Politischen Konzils waren an der Reihe.

Samuel Aleksandrovich wählte als letzter; er drückte den Knopf vor sich und sah, wie die letzte Ziffer auf der großen Anzeigetafel umblätterte. *Ein lächerlicher Anachronismus,* dachte er, *obwohl die Wirkung ohne Zweifel dramatisch ist.*

Der Sprecher der Versammlung erhob sich und verneigte sich nervös in Richtung des Präsidenten. Olton Haaker starrte geradeaus ins Leere.

»Für das Mißtrauensvotum gegen den Präsidenten haben siebenhundertachtundneunzig Mitglieder gestimmt, bei keiner Gegenstimme.«

Durringham hatte sich nie von der Verwüstung erholt, die Chas Paske über die Stadt gebracht hatte. Die Docks und der Lagerhausdistrikt hatten am schlimmsten unter der Wucht der Flutwelle gelitten – nicht, daß sie den Ansturm aufgehalten oder auch nur abgeschwächt hätten. Die Flutwelle hatte einen Kamm aus Trümmern mit sich gerissen, als sie weitergerast war, um das Geschäftsviertel zu überrollen. Die hölzernen Bauwerke mit ihren schwachen Fundamenten waren augenblicklich zusammengestürzt. Drei Dumper waren ebenfalls umgeworfen und mitgerissen wurden.

Einen Kilometer weiter landeinwärts hatte der energistische Widerstand der Besessenen die Gebäude geschützt, auch wenn der lockere Schwemmboden, auf dem sie standen, unter ihnen weggespült worden war und die Flutwelle bei ihrer Rückkehr alles mit in Richtung Flußbett gezogen hatte.

Als es vorbei war, erstreckte sich ein breites Halbrund aus Zerstörung mitten durch das Herz Durringhams, ein Sumpf, mit Millionen schmutziger Bretter und Splitter darin. Überall lagen Leichen herum, bedeckt von trocknendem Schlamm, und zersetzten sich langsam in der entsetzlichen Feuchtigkeit. Trotz alledem hatte Durringham weiterhin als urbanes Zentrum fungiert, während Lalonde an einem Ort außerhalb des Universums verborgen gewesen war. Genau wie auf Norfolk, so gestattete auch hier die im Grunde genommen primitive Technologie den Einwohnern, praktisch genauso weiterzumachen wie bisher. Schiffe waren auf dem Juliffe gefahren,

Getreide wurde gesät und geerntet, Holz gefällt und geschnitten.

Jetzt war Lalonde wieder in seinem alten Universum. Die Feuchtigkeit und die täglichen Regenfälle waren mit vermehrter Wucht zurückgekehrt. Und nachdem die Metallgitterlandebahn von Durringhams Raumhafen von dem dicht wuchernden Pflanzenteppich befreit worden war, trafen auch wieder Raumflugzeuge ein. Sie wurden ergänzt von Fahrzeugen der Kiint, kleinen stumpfen Ovoiden, die den Juliffe und seine unzähligen Nebenflüsse hinauf und hinunterflogen und Menschen aus den Siedlungen einsammelten, um sie nach Durringham zu bringen. Mehr als zweitausend von ihnen waren mit ambulanten Diensten beschäftigt. Sie rasten mit Hyperschallgeschwindigkeit über den Dschungel und suchten nach überlebenden Menschen. Die Kiint hatten breite dreißigstöckige Türme am Stadtrand errichtet. Sie waren in einem Zug von einem Versorger ausgespien worden, vollständig ausgerüstet mit all den notwendigen medizinischen Apparaten und Instrumenten, um schwer erkrankte Menschen zu behandeln.

Ruth Hilton wurde am dritten Tag nach der Wiederkehr, wie die Menschen von Lalonde es nannten, im Dschungel gefunden. Als der Flieger vor ihr landete und die Kontroll-KI sie bat einzusteigen, überlegte sie ernsthaft, die Aufforderung einfach zu ignorieren. Die Erinnerungen an die Possession hatten ihre Psyche zerfressen und sie apathisch gemacht. Seit der Wiederkehr hatte sie keinen Bissen mehr zu sich genommen.

Am Ende war es der Gedanke an Jay und die damit verbundenen Hoffnungen, die sie aufrüttelten. Im Verlauf der letzten Wochen hatte ihr Possessor immer mehr Aspekte ihrer Persönlichkeit in sich aufgenommen. Sie war von einer Siedlung zur anderen gereist und hatte nach Neuigkeiten über Jay oder einem der anderen Kinder aus Aberdale gefragt, die jene schicksalhafte Nacht vielleicht überlebt hatten. Niemand hatte etwas aus dem Gebiet gehört, nachdem die Bombe irgendwo in der Savanne hochgegangen war. Zwei Tage lang lag sie im Hospital, wo die Kiint sie behandelten und sie zum Essen brachten. Die großen Xenos schmierten ein blaues Gel auf die Hautpartien, wo die Krebsgeschwüre waren, und es sank in ihr Fleisch ein, als wäre es plötzlich porös geworden. Sie sagten, es würde die Tumorzellen aus ihrem Körper spülen, eine weniger invasive Technik als die nanonischen Packs der Menschen. Eineinhalb Tage lang urinierte sie eine höchst eigenartige Flüssigkeit.

Am Ende des zweiten Tages war sie fit genug, um in der Krankenstation umherzuwandern. Wie viele ihrer Mitpatienten auch saß sie vor dem großen Panoramafenster, das auf Durringham zeigte, und sprach nur wenig. Stündlich trafen neue Technikertrupps ein, und schwere gelbe Geländewagen krochen über die verschlammten Straßen. Gebäude aus programmierbarem Silikon schossen in dem schlammüberkrusteten freien Halbkreis aus dem Boden wie Pilze. Stromkabel wurden ausgelegt, und endlich leuchteten des Nachts wieder elektrische Lichter, wenn auch vorerst nur in einigen Stadtteilen.

Soweit es Ruth betraf, war es verschwendete Mühe. Zu viele Erinnerungen. Zu viele tote Kinder draußen im Dschungel. Diese Welt würde nie wieder ihre Heimat sein, nicht mehr. Sie fragte weiter nach Jay, die Kiint und die KI des Hospitals, doch die Antwort lautete immer gleich.

Dann, am sechsten Tag, marschierten Vater Horst und Jay in die Abteilung, fröhlich und gesund. Ruth klammerte ihre Tochter mit aller Kraft an sich; Jay durfte lange Zeit kein Wort sagen, während Ruth aus dem Kontakt ihren Willen sog weiterzuleben.

Horst zog ein paar Stühle heran, und zu dritt starrten sie hinaus auf die Stadt und das geschäftige Treiben der Eindringlinge.

»Das hier wird für die nächsten hundert Jahre ein ziemlich geschäftiger Ort werden«, sagte Horst mit einer Mischung aus Überraschung und Bewunderung. »Erinnern Sie sich noch an unsere erste Nacht auf Lalonde? Das alte Übergangslager ist verschwunden, aber ich glaube, dort ist der Hafen, wo es gestanden hat.« Die runden Becken aus Polyp hatten die Flutwelle fast unbeschädigt überstanden.

»Werden sie wieder aufgebaut?« fragte Jay. Sie fand all die Aktivitäten höchst aufregend.

»Das bezweifle ich«, sagte Vater Horst. »Die Menschen, die von heute an hierher auswandern, werden nach Fünf-Sterne-Hotels verlangen.«

Ruth hob den Blick und suchte den Himmel ab. Die morgendlichen Regenwolken waren gerade erst nach Osten hin abgezogen, weiter landeinwärts, um die Siedlungen am Fluß zu durchnässen. Zurück blieb ein Fleck blauer Himmel über der Stadt und dem umliegenden dampfenden Dschungel. Fünf Sterne funkelten trotz des hellen Tageslichts am Himmel; der größte davon besaß definitiv Halbmondform. Vielleicht war einer von ihnen die Erde selbst, obwohl Ruth nicht wußte welcher.

Siebenundvierzig terrakompatible Welten teilten jetzt den Orbit der Erde. Allesamt Kolonien der Stufe eins, bereit, die Bevölkerungsmassen aus den Arkologien aufzunehmen.

»Gehen wir nach Aberdale zurück?« fragte Jay.

»Nein, Kleines.« Ruth streichelte ihrer Tochter über das sonnengebleichte Haar. »Ich fürchte, diese Welt haben wir verloren. Menschen von der Erde werden hierher kommen und sie zu etwas ganz anderem machen als dem, was sie früher war. Und sie müssen nicht die Art von Vergangenheit überwinden wie wir. Diese Welt gehört uns nicht mehr, sondern ihnen. Wir müssen einmal mehr weiterziehen.«

Der Bus rollte langsam über das Andocksims, und der Schleusenschlauch verband sich mit der Ankunftshalle. Athene erwartete die beiden, stolz in einer blauen seidenen Schiffsuniform, doch an ihrem Kragen leuchtete kein Kommandantenstern mehr.

– **Ich bin zurückgekommen,** sagte Sinon. – **Wie ich es versprochen habe.**

– Ich habe nie daran gezweifelt. Aber ich hätte es verstanden, wenn du bei dem Kristallwesen geblieben wärst. Es war eine phantastische Gelegenheit.

– Andere haben sie wahrgenommen. Es hört nicht auf zu existieren, nur weil ich nicht dort geblieben bin.

– Standhaft bis zuletzt.

– Eines Tages werden die Menschen – oder das, was dann aus uns geworden ist – selbst eine ähnliche Reise antreten. Und ich würde gerne denken, daß ich meinen Teil zu der Kultur beigetragen habe, die uns auf den Weg bringt.

– Du bist nicht mehr der Sinon, der von hier aufgebrochen ist.

– Ich besitze jetzt eine eigene Seele. Und ich werde nicht mehr in die Multiplizität zurückkehren. Ich beabsichtige, mein Leben in dieser Form zu leben.

– Ich bin froh, daß du wieder zu dir selbst gefunden hast. Ich kann jemanden im Haus gebrauchen, der meine entsetzlichen Enkel bändigt.

Sinon lachte, ein rauhes, metallisches Klackern. – **Tag für Tag habe ich mir nichts anderes gewünscht als nach Hause zurückzukehren. Ich hatte Angst, du würdest mich nicht wiedersehen wollen.**

– Diesen Gedanken würde ich niemals denken. Nicht bei dir, ganz gleich, was du getan hast.

– Ich habe jemanden mitgebracht, der weit mehr leidet als jeder von uns.

– Das sehe ich. Sie trat vor und verneigte sich leicht. »Willkommen auf Romulus, General Hiltch.«

Es war der Augenblick, den Ralph am meisten von allen gefürchtet hatte, das Überschreiten der Grenze. Wenn er hier keine Vergebung fand, dann würde er im ganzen Universum keine finden. Es gelang ihm nicht, die würdevolle alte Frau anzulächeln, deren Gesicht soviel ehrliche Sorge ausdrückte. »Ich befehlige keine Armee mehr, Athene. Ich habe mein Kommando niedergelegt.«

»Sagen Sie mir, warum Sie hergekommen sind, Ralph.«

»Weil ich mich schuldig fühle. Ich habe so viele Edeniten in den Tod geschickt. Die Befreiungskampagne hat alles zerstört, was sie eigentlich retten sollte. Sie wurde nur aus Eitelkeit und Stolz ins Leben gerufen, nicht aus Ehre. Und alles war meine Idee. Ich muß jemandem sagen, wie leid mir das alles tut.«

»Wir hören Ihnen zu, Ralph. Nehmen Sie sich soviel Zeit, wie Sie benötigen.«

»Werden Sie mich als einen der Ihren aufnehmen?«

Sie schenkte ihm ein mitfühlendes Lächeln. »Sie möchten Edenit werden?«

»Ja. Obwohl es ein selbstsüchtiger Wunsch ist. Mir wurde berichtet, daß Edeniten ihre Bürde erleichtern können, indem sie sie mit jedem anderen Edeniten teilen. Meine Schuld hat sich in reine Trauer verwandelt.«

»Das ist nicht selbstsüchtig, Ralph. Sie erbieten an, sich allen mitzuteilen.«

»Wird es enden? Werde ich imstande sein, mit dem zu leben, was ich getan habe?«

»Ich habe schon viele edenitische Kinder in meinem Haus aufgezogen, Ralph.« Sie hakte sich bei ihm unter und führte ihn in Richtung des Ausgangs. »Und noch nie war eine Schlange dabei.«

Es dauerte mehrere Wochen, bis all die alltäglichen Regierungsfunktionen wieder zur Normalität zurückgefunden hatten, nachdem Joshua die Konföderation aus der Galaxis transferiert hatte. Die Menschen hatten erkannt, daß sich ihre Lebensumstände ändern würden, in vielerlei Hinsicht sogar drastisch. Die Religionen waren bemüht, die Singularität entweder in ihr Credo miteinzubeziehen oder ihre Existenz wegzuleugnen. Joshua war es egal; wie er bereits zu Louise gesagt hatte: Der Glaube an einen Gott führte nahezu immer zu einem Glauben an sich selbst. Die Zeit mochte durchaus ein Ende des ungebührlichen Einflusses bringen, den Religionen auf die Art und Weise ausübten, wie die Menschen sich dem Leben näherten. Andererseits – und angesichts der Perversität der Menschen – vielleicht auch nicht.

Die Raumfahrt hatte sich ebenfalls verändert. Das Reisen zwischen Systemen, die nicht weiter als ein halbes Lichtjahr auseinander lagen, ging unglaublich schnell vonstatten, und es war billig.

Jeder Reporter, der Joshua interviewte, wollte wissen, warum er die Systeme der Konföderation nicht wieder in die Milchstraße zurückgebracht hatte. Und jedesmal grinste er nur aufreizend und sagte, daß ihm der Ausblick von so weit draußen besser gefiele.

Den Regierungen gefiel es nicht so gut. Es würde keine weitere Expansion mehr geben, bevor keine neuen Antriebssysteme entwickelt worden waren. Heimlich wurden die Mittel für die Erforschung von Wurmlöchern erhöht.

Es würde keine Antimaterie mehr geben, um Planeten zu terrorisieren. Die Produktionsstationen waren in der Milchstraße zurückgeblieben (obwohl Joshua die Besatzungen wegteleportiert hatte). Politiker kürzten die Verteidigungsbudgets und wandten die eingesparten Mittel für Dinge auf, die mehr Wählerstimmen versprachen.

Die Kiint-Technologie der Universalversorger wurde von der breiten Öffentlichkeit voller Faszination beobachtet, während sie ihre Wunder bei den geretteten Welten vollbrachte. Jeder wollte eines dieser Geräte zu Weihnachten.

Die Bevölkerung der Erde wurde fast schizophren angesichts der neuen Koloniewelten, die zur Verfügung standen. Auf der einen Seite hatte die Singularität das irdische Klima wieder zur Normalität zurückgeführt und die Kuppeln der Arkologien überflüssig gemacht. Doch die Erdoberfläche würde noch wenigstens eine Generation benötigen, um sich zu regenerieren. Und wenn die Erde erst wieder von Wäldern, Prärien und Dschungeln bestanden wäre, würde eine Diaspora aus den Arkologien einsetzen, die alles wieder ruinieren würde.

Doch wenn die Bevölkerung auf die neuen Planeten verteilt wurde (weniger als eine Milliarde pro Welt), könnten alle in einer natürlichen Umwelt leben und trotzdem ihre gegenwärtigen konsumorientierte Industrialisierung beibehalten, ohne die Atmosphäre durch Abfallwärme vollkommen aus dem Gleichgewicht zu bringen. Vorausgesetzt natürlich, daß sich eine Möglichkeit fand, so viele Menschen ökonomisch zu transportieren. Beispielsweise mit diesen schicken kleinen Maschinen der Kiint. Oder vielleicht kam auch etwas bei all der neuen Forschung nach einem Superantrieb heraus.

Langsame und beinahe unauffällige Veränderungen manifestierten sich in fast jedem Aspekt des täglichen Lebens. Sie würden miteinander verschmelzen, aufeinander aufbauen und wachsen. Und irgendwann, so hoffte Joshua, würde die endgültige Transformation nicht mehr aufzuhalten sein.

Doch bis es soweit war, blieben die Methoden der Staaten unverändert. Geld mußte verdient werden. Steuern gezahlt. Und Gesetze durchgesetzt. Unzählige unerledigte Gerichtsverfahren abgearbeitet.

Traslov war eine der Welten, wo die Veränderungen noch in sehr weiter Ferne lagen. Ein terrakompatibler Planet im letzten Stadium einer Eiszeit und eine der fünf Strafkolonien der Konföderation. Joshua hatte sie ebenfalls mitgenommen. Sehr zur Erleichterung zahlreicher Regierungen, einschließlich Avon. Traslov war der Ort, zu dem die Konföderierte Navy ihre Verbrecher brachte.

Die Gefangenentransporte setzten drei Wochen nach dem Ereignis wieder ein.

André Duchamp wurde von einem Wachtposten in die Dropkapsel geführt und auf einer der acht Beschleunigungsliegen festgeschnallt. Nachdem die Bänder befestigt waren und Andrés Arme und Beine gegen die Polster drückten, wurde ihm der Fesselkragen abgenommen.

»Benehmen Sie sich«, sagte der Beamte knapp und schwamm durch die Luftschleuse hinaus, um den nächsten Gefangenen hereinzuführen.

Mit übermenschlicher Selbstbeherrschung gelang es André, sich still zu verhalten. Sein Fleisch war noch immer ein wenig empfindlich an der Stelle, wo man ihm die neurale Nanonik entfernt hatte. Und er war sicher, daß dieser Bastard von *Anglo*-Doktor seinen Verdauungstrakt nicht richtig behandelt hatte; er bekam noch immer nach jeder Mahlzeit rasende Verdauungsstörungen.

Wenn man das, was er zu essen bekommen hatte, überhaupt Mahlzeit nennen konnte. Doch seine Verdauungsstörungen waren nichts im Vergleich zu dem Leiden, das die schrecklich ungerechte Justiz über seinen armen Kopf gebracht hatte. Die Navy gab ihm die Schuld für den Antimaterie-Angriff auf Trafalgar! Ihm! Einem unschuldigen, gepeinigten Erpressungsopfer. Es war teuflisch!

»Hallo zusammen.«

André funkelte den stark übergewichtigen, kahl werdenden Mann mittleren Alters an, der in der Liege neben ihm festgeschnallt lag.

»Schätze, wir sollten uns miteinander bekannt machen, wo wir schon den Rest unseres Lebens zusammen verbringen müssen. Ich bin Mixi Penrice, und das hier ist meine Frau Imelda.«

Andrés Gesicht zerbrach unter der Demütigung, als eine schüchterne Frau, genauso fett und alt wie Penrice, ihm hoffnungsvoll von der Couch neben ihrem Gatten zuwinkte.

»Ich bin ja so erfreut Sie kennenzulernen«, sagte Imelda.

»Wache!« kreischte André. »*Wache!*«

Es gab keinerlei Kontakte zwischen der Konföderation und Traslov, denn die Flüge fanden ausschließlich in eine Richtung statt: hinunter zur Oberfläche. Die Theorie war ganz einfach. Gefangene, in freiwilliger Begleitung ihrer Familienangehörigen, wurden hinuntergeschossen in das schmale äquatoriale Band aus Festland, das nicht von Gletschern bedeckt war. Soziologen, bestellt von den verantwortlichen Regierungen, um Menschenrechtsorganisationen zu beruhigen, behaupteten, daß sich unausweichlich eine stabile Gemeinschaft bilden würde, sobald nur genügend Leute dort wären. Nach hundert Jahren oder einer Million Gefangener (was auch immer zuerst erreicht wurde) hörten die Transporte auf. Die Gemeinschaften würden im Gefolge der zurückweichenden Gletscher expandieren. Nach weiteren hundert Jahren würde sich eine selbsterhaltende landwirtschaftliche Zivilisation gebildet haben, mit bescheidenen industriellen Kapazitäten. An diesem Punkt würde man ihnen gestatten, sich der Konföderation anzuschließen und wie eine ganz normale Kolonie zu entwickeln. Bisher konnte noch niemand die Frage beantworten, ob eine ehemalige Strafkolonie einer Gesellschaft beitreten wollen würde, die jeden einzelnen ihrer Vorfahren ins Exil verbannt hatte.

Andrés Dropkapsel jagte hinunter in die Atmosphäre, während sie mit bis zu sieben g verzögerte. Sie schoß durch die unteren Wolkenschichten und öffnete ihren Fallschirm erst fünfhundert Meter über dem Boden. Zwei Meter über dem Boden feuerten Bremsraketen, und der Fallschirm wurde abgestoßen.

Die Kapsel krachte mit einer betäubenden Wucht in den verbrannten Boden. André ächzte erschrocken auf, als Schmerz durch sein Rückgrat fuhr. Trotzdem war er der erste, der sich erholt und seine Gurte geöffnet hatte. Die Luke war ein primitives Ding, wie alles andere an Bord der Kapsel auch. Ein richtiges Wunder, daß sie lebendig unten angekommen waren. Er betätigte den Griff.

Sie waren in einem ausgedehnten Tal mit sanft ansteigenden Seitenwänden gelandet. Ein schneller Wildbach floß durch die Senke. Das einheimische Grasanaloge war von blaßgrüner Farbe, und die Monotonie wurde nur vereinzelt von ein paar knorrigen Zwergbüschen durchbrochen. Eisiger Wind wehte in die Kapsel, und mit ihm kamen winzige Eiskörner. André erschauerte fröstelnd. Er hatte eigentlich vorgehabt, seinen Anteil an der Überlebensausrüstung zu packen und sich einfach von seinen Mitgefangenen abzusetzen, doch das würde er sich jetzt wohl noch einmal überlegen müssen.

Als er zur anderen Seite des Tals blickte, bemerkte er voller Staunen die charakteristischen Lebenserhaltungskapseln von Raumschiffen, halb in den Boden eingegraben. Es waren wenigstens vierzig. Eine genaue Zählung hätte André verraten, daß insgesamt sechzehn Raumschiffe in den Zwischenfall verwickelt gewesen waren, der die Lebenserhaltungskapseln hier hatte stranden lassen.

Eine einsame Gestalt stapfte entschlossen über den gefrorenen Grund in Richtung der Dropkapsel. Ein junger Mann in schwarzem Pelzmantel, mit einer Armbrust über der Schulter. Er blieb unmittelbar unter der Luke stehen und stemmte die Hände in die Hüften, während er zu André hinaufgrinste.

»Einen wunderschönen guten Morgen auch, Sir, Charles Montgomery David Filton-Asquith, zu Ihren Diensten«, sagte er. »Willkommen in Happy Valley.«

Das Badewasser war durchsetzt mit dem Aroma von Mandarinen; Schaum bedeckte die Oberfläche wenigstens zehn Zentimeter dick. Ione sank mit zufriedenem Stöhnen in das blutwarme Wasser, bis nur noch ihr Kopf zu sehen war.

– Oh, tut das gut.

– Du solltest dich häufiger entspannen, tadelte Tranquility. **– Ich kann die meisten Aktivitäten sehr gut alleine überwachen.**

– Ich weiß. Aber alle wollen das Persönliche; ich fühle mich allmählich fast wie eine Hebamme, nicht wie eine absolute Herrscherin. Und ich habe immer noch nicht entschieden, was aus dem Laymil-Forschungszentrum werden soll.

– Der größte Teil des Personals ist sowieso nur von den verschiedenen Universitäten beurlaubt. Es ist nicht schwer, das Institut entsprechend zu verkleinern.

– Sicher. Aber ich habe das Gefühl, als sollten wir seine Ressourcen besser nutzen. Es in etwas Neues verwandeln. Schließlich – rein technisch betrachtet – sind wir beide dieser Tage ohne richtige Arbeit.

– Eine merkwürdige Sichtweise.

– Sieh den Tatsachen ins Auge, wir müssen uns etwas Neues suchen. Ich habe nicht die geringste Lust hierzubleiben. Sie ließ die Bilder von den externen Sensoren des Habitats in ihrem Bewußtsein aufsteigen. Im Orbit um den Jupiter wimmelte es von Raumschiffen, sowohl Voidhawks als auch Adamistenschiffe. Zwei riesige Industriestationen, die auf organische Synthese spezialisiert waren, wurden hinüber nach Aethra transportiert, wo sie die Schäden reparieren würden, die die Schale des jungen Habitats erlitten hatte. Joshua hatte sämtliche mehr als vierzig juvenilen Habitate aus den Koloniesystemen der Stufe eins in den Orbit über den herrlichen orangefarbenen Gasriesen transferiert.

– **Dieses Sonnensystem wird das Herz der Revolution werden,** sagte Tranquility.

– **Ein weiterer Grund, warum wir woanders hingehen sollten. Wie ist dein gegenwärtiger Status?** Ihr Bewußtsein trieb durch das Habitat, kontrollierte die langen Induktionskabel, die Parklandschaft, die axiale Lichtröhre, den weiten Ring aus Energiemusterzellen. Noch immer lieferten die Fusionsgeneratoren auf dem Andocksims siebzig Prozent der Energie Tranquilitys. – **Was hältst du davon, einen weiteren Sprung zu machen?**

– **Wohin?** fragte Tranquility.

– **Ich denke, es ist an der Zeit für dich und mich, nach Hause zurückzukehren.**

– **Nach Hause?**

– **Kulu.**

– **Soll das vielleicht eine obskure Bemühung sein, den Thron zu übernehmen? Deine Königlichen Cousins werden einen kollektiven Herzschlag erleiden.**

– **Aber sie können mich wohl kaum vertreiben, nicht nach unserem Beitrag zu dieser Befreiungskampagne. Rein technisch betrachtet sind wir ein Fürstentum des Königreichs. Außerdem gibt es eine ganze Reihe von Helium-III-Stationen im Orbit um den Tarron. Ich bin sicher, die Besatzungen würden lieber für uns arbeiten. Letztlich sind wir für jedes Sonnensystem ein äußerst wertvoller Aktivposten.**

– **Wieso?**

– **Weil wir die Revolution voranbringen. Wir sind**

BiTek, und Kulu ist eine der Kulturen in der Konföderation, die BiTek bisher am stärksten abgelehnt haben. Trotzdem haben sie beim ersten Anzeichen von Problemen nicht gezögert, BiTek-Technologie einzusetzen. Das ist eine Schwachstelle, die wir mit unserer Gegenwart noch weiter öffnen können. Diese lächerliche technologische Trennung muß endlich aufhören. Sie hilft niemandem. Das ist die Chance auf den Neuanfang, von dem ich gesprochen habe. Eine weitere kleine Veränderung, die ihren Teil zum Momentum der allgemeinen kulturellen Reformen beitragen wird.

– Das wird bestimmt nicht einfach.

– Das weiß ich auch. Aber du mußt zugeben, es ist schrecklich ruhig geworden, seit Joshua nicht mehr bei uns ist.

– Das erscheint mir immer noch am unglaublichsten von allem. Einfach die *Lady Macbeth* seinem Bruder zu übergeben und mit der Raumfahrt aufzuhören. Wird er auf Norfolk glücklich sein? Es ist ein sehr ruhiger, friedlicher Planet.

Ione lachte und griff nach einem Kristallglas mit Norfolk Tears.

Sie betrachtete das berühmte Getränk, als wäre es der letzte Tropfen im Universum. **– Ich schätze, mit der Ruhe für Norfolk ist es vorbei. Joshua wird dafür sorgen.**

Syrinx und Ruben standen geduldig im Wartezimmer der Klinik, während sich das Team von Psychologen sammelte. Einige von ihnen kannte sie bereits aus der Zeit ihrer eigenen Therapie und begrüßte sie herzlich.

– Das ist sehr aufregend, sagte die *Oenone*. **– Der letzte Akt, den wir in dieser Geschichte aufführen.**

– Du willst immer nur fliegen, neckte Syrinx.

– Natürlich. Und nachdem die Konföderation jetzt so

eng zusammengerückt ist, wird es eine ganze Menge mehr Reisen geben.

– Ich frage mich, was für Flüge das sein werden. Jetzt, nachdem wir gesehen haben, wozu die Technologie der Kiint imstande ist, bezweifle ich stark, daß die Helium-III-Fusion noch lange bleibt. Vielleicht wechseln wir ins Kreuzfahrtgeschäft.

– Ich werde dich trotzdem lieben.

Sie lachte. – Und ich dich. Ihre Hand schloß sich ein wenig fester um die Rubens. – Vielleicht ist jetzt ein geeigneter Zeitpunkt, um Kinder zu bekommen. Wir haben die größte Gefahr überstanden, die es geben kann, wir waren auf der anderen Seite des Nebels, und jetzt verändert sich das Leben. Ich möchte ein Teil davon sein, möchte miterleben, was geschieht, und zwar auf die menschlichste Weise, die es nur gibt.

– Ich mag es, wenn du so glücklich bist. Du bist eins mit dir.

– Nur, wenn wir zusammen sind.

Der Chefpsychologe winkte. – Wir wären dann soweit.

Syrinx trat zu der Null-Tau-Kapsel in der Mitte des Raums und blieb an der Kopfseite stehen. Das schwarze Null-Tau-Feld verschwand, und der Deckel schwang auf. Sie lächelte nach unten. »Hallo, Erick.«

Es dauerte nur einen Tag, bis die Kiint Grant von seinen Tumoren geheilt hatten. Er ergab sich mit passiver Würde in die Behandlung mit dem blauen Gel und tat widerspruchslos alles, was von ihm verlangt wurde. Die gewaltigen Xenos waren so *überwältigend*. Jede Art von Protest schien von vornherein zum Scheitern verurteilt. Sie waren schließlich nur nach Norfolk gekommen, um zu helfen, aus reiner Freundlichkeit ihrer gewaltigen Herzen.

Sie hatten direkt außerhalb von Colsterworth ein riesiges Hospital errichtet. In weniger als einer Stunde, nach den Worten derer zu urteilen, die mit eigenen Augen gesehen hatten, wie es von einem Versorger ausgespuckt worden war.

Kleine Fluggeräte jagten über die Hochebenen, hielten bei jedem an, den sie fanden, und erkundigten sich freundlich, ob er vielleicht Hilfe benötigte, um ihn dann zum Hospital zu bringen, wo alle die gleiche Behandlung erfuhren. Offensichtlich war das Hospital von Colsterworth für sämtliche Fälle auf dieser Seite von Kesteveen zuständig. Ein weiteres Hospital war in Boston errichtet worden, um die Kranken der Stadt zu kurieren.

Grant kehrte nach Cricklade zurück, nachdem alle Tumoren aus seinen Körper gespült waren, und wanderte benommen durch das große Herrenhaus. Das Personal kehrte ebenfalls nach und nach heim, sobald es von den Kiint als geheilt entlassen worden war, und alle warteten darauf, daß er ihnen sagte, was zu tun war. Dieser Teil seines wiedergewonnenen Lebens war noch der leichteste; er wußte ganz genau, was jeder einzelne zu tun hatte.

Es war der Grund hinter allem, der ihm abhanden gekommen war. Grant hatte seinen Körper wieder, aber nicht sein Leben.

Am zweiten Tag kam Marjorie nach Hause, und sie klammerten sich in unglückseliger Verzweiflung aneinander. Noch immer gab es nicht das kleinste Zeichen von den Mädchen.

Flugzeuge brachten die Männer der Miliz zurück, die nach ihrer Possession in Boston geblieben waren. Sie wurden direkt zu ihren individuellen Häuschen und Farmen gebracht. Wo Grant auch auftauchte, überall flossen Tränen des Wiedersehens und gab es zerbrechliches Lachen.

Gemeinsam mit Marjorie fuhr er nach Colsterworth,

um die Kiint zu fragen, ob sie die Mädchen gefunden hätten. Die KI des Hospitals verneinte, doch man sei immer noch damit beschäftigt, die überlebenden Bewohner Norfolks zu erfassen. Stündlich kämen Zehntausende hinzu, berichtete sie, und man würde ihn selbstverständlich unverzüglich benachrichtigen (Die Kiint hatten bereits das gesamte Telephonnetz des Planeten instandgesetzt). Als er um eine Fluggelegenheit nach Norwich bat, bedauerte die KI mit dem Argument, daß keine Kapazitäten für private Flüge vorhanden wären; sämtliche Flugmaschinen würden für die Patienten benötigt.

Marjorie und Grant kehrten zu dem Geländewagen zurück, während sie debattierten, was sie als nächstes unternehmen sollten. Ein Kiint wanderte gemächlich über die breite Kopfsteinpflasterstraße, vollkommen unpassend inmitten der kleinen Steinhäuser mit ihren Schieferdächern und den Kletterrosen. Eine Bande lachender Kinder umkreiste das mächtige Wesen ohne jede Spur von Angst oder Scheu. Es streckte seine dünnen Tentakel aus traktamorphem Fleisch über ihre Köpfe und schnippte sie zurück, wenn eines der Kinder danach sprang. Es spielte mit ihnen.

»Es ist vorbei, oder?« fragte Grant leise. »Wir können nicht mehr so weitermachen, wie es war, nicht mehr.«

»Das klingt überhaupt nicht nach dir«, erwiderte Marjorie. »Der Mann, den ich geheiratet habe, hätte niemals zugelassen, daß unsere Art zu leben beiseite geschoben wird.«

»Der Mann, den du geheiratet hast, war auch niemals besessen. Zur Hölle mit diesem verfluchten Luca.«

»Sie werden bis ans Ende unserer Tage bei uns sein, genau wie wir bei ihnen.«

Versorgerkugeln schwebten um das Herrenhaus herum und stießen Ersatz aus für all die Dinge, die niemals repariert oder ausgetauscht worden waren. Das

Personal folgte ihnen, setzte Dachrinnen ein, hämmerte neue Spaliere an die Mauern, reparierte Zäune, schweißte neue Rohrstücke für die Zentralheizung ein. Grant hätte die Versorger am liebsten angebrüllt zu verschwinden, aber Cricklade benötigte dringend Reparaturen; trotz aller Aufmerksamkeit Lucas war das große Herrenhaus während der Possession ziemlich heruntergekommen. Und die Versorger leisteten für jeden Haushalt in ganz Stoke County die gleiche Arbeit. Die Menschen hatten ein Recht auf ein wenig Wohltätigkeit und Glück nach allem, was sie durchgemacht hatten.

Er prüfte den Gedanken und überlegte, woher er gekommen sein mochte. War er zu menschenfreundlich für Grant? Oder nicht liberal genug für Luca? Doch es spielte eigentlich keine Rolle, weil es richtig war.

Er betrat den Hof, wo ein weiterer Versorger ganz allein damit beschäftigt war, den abgebrannten Stall neu zu errichten. Seine purpurn schimmernde Oberfläche floß durch von der Hitze gekrümmte, rußbedeckte Wände und schwarze Balken, und hinter ihm erstreckte sich ein Streifen gerader sauberer Steine und neuer Balken und ein frisch gedecktes Schieferdach. Es sah fast aus wie ein Pinsel, der eine Skizze mit Farbe und Leben ausfüllte.

»Das nenne ich nun wirklich einen korrumpierenden Einfluß«, sagte Carmitha. »Niemand wird je wieder vergessen, um wieviel grüner das Gras auf der anderen Seite der technologischen Wasserscheide ist. Wußtest du, daß die Versorger auch Nahrung herstellen können?«

»Nein«, antwortete Grant.

»Ich habe mich durch ein beeindruckendes Menü gefuttert. Äußerst schmackhaft. Du solltest es probieren.«

»Warum bist du noch immer hier?«

»Heißt das, ich soll gehen?«

»Nein. Selbstverständlich nicht.«

»Sie werden zurückkehren, Grant. Du magst vielleicht ein wenig lockerer geworden sein, aber deinen eigenen Töchtern schenkst du noch immer nicht das Vertrauen, das sie verdient haben.«

Er schüttelte den Kopf und ging davon.

Früh am nächsten Tag landete der brandneue Ionenfeldflieger der *Lady Macbeth* auf dem Grün vor dem Herrenhaus. Die Hülle aus goldfarben schimmerndem Dunst löste sich auf, und die Schleuse wurde geöffnet. Genevieve rannte die Stufen herab, sobald die Leiter ausfuhr, und sprang die letzten zwei Fuß bis zum Boden.

Grant und Marjorie kamen bereits die breiten Steinstufen des Säulenvorbaus herunter, um nachzusehen, was der Flieger wollte. Beide erstarrten, als sie die vertraute kleine Gestalt erblickten. Genevieve rannte herbei, so schnell ihre kleinen Beine sie trugen, und krachte in ihre Mutter, daß beide fast umgefallen wären.

Marjorie wollte ihre Tochter gar nicht mehr loslassen. Sie hatte Mühe zu sprechen, so dick saß der Kloß vom Weinen in ihrer Kehle. »Warst ... warst du auch ...?« fragte sie zitternd.

»O nein«, antwortete Genevieve unbekümmert. »Louise hat uns rechtzeitig von Norfolk weggebracht. Ich war auf dem Mars, auf der Erde und in Tranquility. Ich hatte eine Menge Angst, aber es war unglaublich aufregend!«

Louise nahm ihre Eltern in die Arme und küßte beide.

»Geht es dir gut?« fragte Grant.

»Ja, Daddy. Es geht mir gut.«

Er trat einen Schritt zurück, um sie anzusehen, so wunderbar voller Selbstvertrauen und Haltung in ihrem modisch geschnittenen Reisekleid mit dem Rock, der ein ganzes Stück oberhalb der Knie endete. Diese Louise würde nie wieder ohne Widerspruch tun, was man ihr sagte, ganz gleich, wie laut er sie anbrüllen mochte.

Und das ist auch verdammt gut so, hätte Luca wahrscheinlich gesagt.

Louise warf ihren Eltern ein verschmitztes Grinsen zu und atmete tief durch. Genevieve begann wild zu kichern.

»Ich bin sicher, ihr beide erinnert euch noch an meinen Ehemann«, sagte Louise eilig.

Grant starrte vollkommen ungläubig auf Joshua.

»Ich war Brautjungfrau!« krähte Genevieve.

Joshua streckte die Hand aus.

»Daddy.« Louise blickte ihn scharf an.

Grant tat wie geheißen und schüttelte Joshuas Hand.

»Ihr seid verheiratet?« fragte Marjorie der Ohnmacht nahe.

»Ja.« Joshua erwiderte ihren Blick ausdruckslos, bevor er sie leicht auf die Wange küßte. »Seit zwei Tagen.«

Louise hob die Hand und zeigte ihnen den Ring.

»Oh, seht nur!« rief Genevieve. »Was wir alles mitgebracht haben! Ich muß euch soviel zeigen!«

Beaulieu, Dahybi und Liol mühten sich schwer beladen mit Schachteln und Tüten und Kisten die Aluminiumleiter des Fliegers hinunter. Genevieve sprang zurück, um ihnen zu helfen, und ihr Armband spie einen glänzenden Kometenschweif aus Sternenstaub in der Luft hinter ihr aus.

»Ich will verdammt sein«, murmelte Grant. Er lächelte, wissend, daß Widerstand zwecklos war – außerdem war er über alle Maßen glücklich. »Ah, schön, meinen Glückwunsch, Junge. Ich will hoffen, daß du dich anständig um unsere Tochter kümmerst. Sie ist unser ein und alles.«

»Danke, Sir.« Joshua grinste sein Grinsen. »Ich werde mein Bestes geben.«

Der Weltraum war anders. Ein erster Hinweis auf das, was in ein paar Milliarden Jahren geschehen würde.

Galaktische Supercluster entfernten sich nicht mehr

länger voneinander; sie kehrten zurück, trieben ihrem Ursprungsort entgegen. Die Quantenstruktur der Raumzeit änderte sich, als die dimensionalen Sphären nach innen zu drücken begannen, auf das Zentrum des Universums zu.

Der Wurmloch-Terminus öffnete sich, und Quinn Dexter kam hervor. Er blickte auf die Heerscharen, die sich am Ende der Zeit versammelten. Sein Körper löste sich schmerzlos auf und gab seine Possessoren frei. Sie flohen vor ihm, bewegten sich frei inmitten der dichten Energiestränge, die den Kosmos durchfluteten. Der gesamte Raum ringsum war von Leben durchdrungen, und der Äther schwang vor Bewußtsein. Endlich frei gesellten sich die ehemaligen Verlorenen Seelen hinzu, schwebten gemeinsam mit allen anderen dem Endpunkt der Zeit entgegen.

Quinn beobachtete, wie Millionen Lichtjahre voraus ganze Galaxien zerrissen wurden, wie Spiralarme hinter den Zentren zurückblieben, als alles der dunklen Masse im Mittelpunkt entgegenstrebte. Sternhaufen flammten weiß, dann purpurn, während sie in den Ereignishorizont sanken, um für immer in der finalen Nacht dieses Universums zu verschwinden.

Quinns Schlange heulte vor Freude, als er sah, wie sich sein Gott in diesem sterbenden Universum ausbreitete, wie er jedes Atom und jeden Gedanken verschlang. Siegreich, zu guter Letzt. Der Lichtbringer wuchs im Herzen der Dunkelheit, und er stellte sicher, daß alles, was folgen würde, anders war als alles Vergangene.

Epilog

Jay Hilton
Gatekeeper's Cottage
Cricklade Gutsbetrieb
Stoke County
Kesteveen
Norfolk

Meine liebste Haile!

Mutter will, daß ich diesen Brief mit der Hand schreibe, was wirklich schrecklich ist. Sie sagt, ich müsse meine Schreibfertigkeit üben. Sobald ich eine neurale Nanonik habe, fasse ich für den Rest meines Lebens keinen Stift mehr an.

Ich hoffe, es geht Dir gut. Vergiß nicht, Richard Keaton dafür zu danken, daß er Dir diesen Brief überbringt.

Das Häuschen, das wir gemietet haben, ist sehr hübsch. Viel besser als alles, was ich auf Lalonde je gesehen habe. Es hat dicke Steinmauern und ein Reetdach, und es gibt einen echten Kamin, in dem Holzscheite brennen. Der Schnee liegt bis zu den Fenstern im Parterre. Das ist großartiges Zeug, es würde Dir bestimmt gefallen. Schneemänner bauen macht noch mehr Spaß als Sandburgen. Ich kann nicht viel nach draußen, aber das ist nicht weiter schlimm. Ich habe jede Menge interaktive Fleks, mit denen ich spielen kann, und Genevieve bringt mir das Skilaufen bei. Wir sind gute Freundinnen geworden.

Gestern abend sind wir alle aufgeblieben, um zuzusehen, wie New California auftaucht.

Es war ein paar Stunden, nachdem Duke untergegangen war, und es ging wirklich schnell. Es leuchtet sehr hell am Himmel, und man kann es sogar während der Duchess-Nacht sehen, wenn man weiß, wo es am Himmel steht. Damit sind jetzt schon fünf Sterne sichtbar! Kaum zu glauben, daß ich in weniger als fünfzehn Jahren alle Sterne der Konföderation sehen kann. Ist das nicht fabelhaft?

Mutter arbeitet in der Schule in Colsterworth, wo sie didaktische Prägekurse hält. Der Rat von Kesteveen hat dafür gestimmt, nachdem Joshua Calvert den Vorschlag gemacht hat. Er wurde erst vor zwei Monaten in den Rat gewählt und ist jetzt schon stellvertretender Vorsitzender. Die Leute hier sind unglaublich stolz darauf, daß er sich entschieden hat, auf Cricklade zu leben, wo er doch überall in der Konföderation hätte hingehen können. Er hat massenweise Pläne für Dinge, die er verwirklichen will, und die Ratsversammlung hilft ihm bei der Planung. Alle sind wirklich ganz begeistert darüber. Aber Marjorie Kavanagh sagt, es wird nicht anhalten. Joshua würde noch vor dem Frühling gelyncht werden.

Letzten Monat hat Louise ihr Baby bekommen. Es ist ein Junge, und sie haben ihn Fletcher genannt. Vater Horst hat alle Hände voll zu tun, um die Familienkapelle für die Taufe fertig zu kriegen.

Ich hoffe sehr, daß Du mich bald besuchst (Das ist ein Wink mit dem Zaunpfahl). Genevieve sagt, die Schmetterlinge hier wären im Sommer wirklich wundervoll.

Tausend Küsse und Umarmungen

Deine

Jay

CHRONOLOGIE

2020 Gründung der Cavius-Basis. Beginn des Abbaus sub-krustaler Ressourcen auf dem Mond.

2037 Beginn großmaßstäblicher gentechnischer Manipulationen an Menschen; Verbesserungen des Immunsystems, Eliminierung des Appendix', Steigerung der Effizienz sämtlicher Organe.

2041 Errichtung erster deuteriumbetriebener Fusionsstationen; ineffizient und teuer in der Unterhaltung.

2044 Wiedervereinigung der christlichen Kirchen.

2047 Der erste Asteroid wird eingefangen. Beginn des O'Neill-Halos um die Erde.

2049 Entwicklung quasi-intelligenter BiTek-Tiere; Einsatz als Arbeiter und Diener: Servitoren.

2055 Die erste Jupiter-Mission.

2055 Die Mondstädte erlangen ihre Unabhängigkeit von den Gründergesellschaften.

2057 Die erste Asteroidensiedlung auf dem Ceres wird gegründet.

2058 Wing-Tsit Chong entwickelt die Affinitätssymbiont-Neuronen und ermöglicht dadurch vollkommene Kontrolle über Tiere und BiTek-Konstrukte.

2064 Das multinationale Konsortium JSPK (Jovian Sky Power Corporation) beginnt mit der Gewinnung von Helium-III aus der Jupiteratmosphäre, wobei Aerostatfabriken zum Einsatz kommen.

2064 Islamische Säkulare Unifikation.

2067 Fusionsstationen verwenden Helium-III als Brennstoff.

2069 Das Affinitätsbindungsgen wird in die menschliche DNS eingeflochten.

2075 Die JSPK germiniert unter UN-Protektorat Eden, ein BiTek-Habitat im Orbit um den Jupiter.

2077 Auf dem Asteroiden New Kong beginnt ein Forschungsprojekt zur Entwicklung überlichtschneller Antriebe.

2085 Eden wird zur Besiedlung freigegeben.

2086 Das Habitat Pallas wird im Orbit um den Jupiter germiniert.

2090 Wing-Tsit Chong stirbt und speist sein Gedächtnis in das neurale Stratum von Eden ein. Gründung der edenitischen Kultur. Eden und Pallas erklären ihre Unabhängigkeit von den UN. Ansturm auf die Aktien von JSPK. Päpstin Eleanor exkommuniziert alle Christen mit dem Affinitätsgen. Exodus aller affinitätsfähigen Menschen nach Eden. Endgültiges Aus für die BiTek-Industrie auf der Erde.

2091 Lunares Referendum zur Terraformierung des Mars.

2094 Eden beginnt mit einem Exo-Uterinalprogramm, gekoppelt mit ausgedehnten gentechnologischen Verbesserungsmaßnahmen an Embryonen, und verdreifacht auf diese Weise seine Bevölkerungszahl im Verlauf einer Dekade.

2103 Die nationalen Regierungen der Erde schließen sich zu GovCentral zusammen.

2103 Gründung der Toth-Basis auf dem Mars.

2107 Die Jurisdiktion von GovCentral wird auf das O'Neill-Halo ausgedehnt.

2115 Die erste Instant-Translation eines auf dem New Kong entwickelten Raumschiffs von der Erde zum Mars.

2118 Mission nach Proxima Centauri.

2123 Entdeckung des ersten terrakompatiblen Planeten im System Ross 154.

2125 Der terrakompatible Planet im System Ross 154 wird auf den Namen Felicity getauft. Ankunft der ersten multiethnischen Kolonisten.

2125-2130 Entdeckung von vier weiteren terrakompatiblen Planeten. Gründung weiterer multiethnischer Kolonien.

2131 Die Edeniten germinieren Perseus im Orbit um einen Gasriesen des Systems Ross 154 und beginnen mit der Gewinnung von Helium-III.

2131-2205 Entdeckung weiterer einhundertunddreißig terra kompatibler Planeten. Im irdischen O'Neill-Halo beginnt ein massives Schiffsbauprogramm. Gov Central startet die großmaßstäbliche Zwangsdeportation überschüssiger Bevölkerung; bis zum Jahr 2160 steigt die Zahl der Deportierten auf 2 Millionen Menschen pro Woche: Phase der Großen Expansion. Bürgerkriege in einigen frühen multiethnischen Kolonien. Die Edeniten dehnen ihre Helium-III-Förderung auf jedes bewohnte Sternensystem mit einem Gasriesen aus.

2139 Der Asteroid Braun fällt auf den Mars.

2180 Auf der Erde wird der erste Orbitalaufzug in Betrieb genommen.

2205 GovCentral errichtet in einem solaren Orbit die erste Station zur Produktion von Antimaterie, in dem Versuch, das Energiemonopol der Edeniten zu durchbrechen.

2208 Die ersten antimateriegetriebenen Raumschiffe werden in Dienst gestellt.

2210 Richard Saldana verschifft sämtliche Industrieanlagen aus dem O'Neill-Halo zu einem Asteroiden im Orbit um Kulu. Das Kulu-System erklärt seine Unabhängigkeit und gründet eine Kolonie einzig für Christen. Gleichzeitig Beginn des Abbaus von Helium-III in der Atmosphäre des Gasriesen von Kulu.

2218 Züchtung des ersten Voidhawks, eines von Edeniten entwickelten BiTek-Raumschiffs.

2225 Etablierung der Hundert Familien. Affinitätsgebundene Voidhawks. Germinierung der Habitate Romulus und Remus im Orbit um den Saturn; sie dienen den Voidhawks als Basen.

2232 Konflikt im dem Jupiter nachlaufenden trojanischen Asteroidencluster zwischen Allianzschiffen der Belter und einer Kohlenwasserstoffraffinerie der O'Neill Halo Company. Einsatz von Antimaterie als Waffe; siebenundzwanzigtausend Tote.

2238 Der Vertrag von Deimos erklärt die Produktion und den Einsatz von Antimaterie im gesamten Solsystem für illegal. Unterzeichnet von GovCentral, der Lunaren Nation, der Asteroidenallianz und den Edeniten. Die Antimateriestationen werden aufgegeben und abgebrochen.

2240 Gerald Saldana wird zum König von Kulu gekrönt. Gründung der Saldana-Dynastie.

2267-2270 Acht verschiedene militärische Konflikte der Koloniewelten untereinander, bei denen Antimaterie zum Einsatz kommt. Dreizehn Millionen Tote.

2171 Gipfel von Avon unter Teilnahme sämtlicher Regierungsoberhäupter. Vertrag von Avon, der die Herstellung und den Einsatz von Antimaterie im gesamten besiedelten Weltraum ächtet. Gründung der Menschlichen Konföderation mit Polizeiorganen. Gründung der Konföderierten Navy.

2300 Aufnahme Edens in die Konföderation.

2301 Erstkontakt. Entdeckung der Jiciro, einer vortechnologischen Zivilisation. Die Konföderation stellt das System unter Quarantäne, um kulturelle Kontamination zu verhindern.

2310 Aufprall des ersten Eisasteroiden auf dem Mars.

2330 Züchtung der ersten Blackhawks auf Valisk, einem unabhängigen Habitat.

2350 Krieg zwischen Novska und Hilversum. Novska wird mit Antimaterie bombardiert. Die Konföderierte Navy verhindert einen Vergeltungsschlag gegen Hilversum.

2356 Entdeckung der Heimatwelt der Kiint.

2357 Die Kiint treten der Konföderation als »Beobachter« bei.

2360 Ein Scout-Voidhawk entdeckt Atlantis.

2371 Die Edeniten kolonisieren Atlantis.

2395 Entdeckung einer Koloniewelt der Tyrathca.

2402 Die Tyrathca treten der Konföderation bei.

2420 Ein Scoutschiff von Kulu entdeckt den Ruinenring.

2428 Germinierung des BiTek-Habitats Tranquility im Orbit um den Ruinenring durch Prinz Michael Saldana.

2432 Prinz Michaels Sohn Maurice wird durch genetische Manipulation mit dem Affinitätsgen geboren. Thronverzichtskrise von Kulu. Krönung Lukas Saldanas. Prinz Michael geht ins Exil.

2550 Die lunare Terraformagentur erklärt den Mars für bewohnbar.

2580 Entdeckung der Dorado-Asteroiden im Orbit von Tunja. Sowohl Garissa als auch Omuta erheben Ansprüche.

2581 Die Söldnerflotte von Omuta wirft zwölf Antimaterie-Planetenkiller über Garissa ab. Der Planet wird unbewohnbar. Die Konföderation beschließt daraufhin, Omuta für dreißig Jahre von jedwedem interstellaren Handel oder Transport auszuschließen. Die Blockade wird von der Konföderierten Navy durchgesetzt.

2582 Gründung einer Kolonie auf Lalonde.

Dramatis Personae

Schiffe

Lady Macbeth

Joshua Calvert	Kommandant und Eigner der Lady Macbeth
Liol Calvert	Fusionstechniker
Ashly Hanson	Pilot des Atmosphärenfliegers der *Lady Mac*
Sarha Mitcham	Bordingenieurin
Dahybi Yadev	Energiemusterprozessor-Ingenieur
Beaulieu	Kosmonik
Peter Adul	Missionsspezialist
Alkad Mzu	Missionsspezialistin
Oski Katsura	Missionsspezialistin
Samuel	Edenitischer Geheimdienst

Oenone

Syrinx	Kommandantin
Ruben	Fusionsspezialist
Oxley	Pilot

Cacus	Lebenserhaltung
Edwin	Toroidsysteme
Serina	Toroidsysteme
Kempster Getchell	Missionsspezialist
Renato Vella	Missionsspezialist
Parker Higgens	Missionsspezialist
Monica Foulkes	Agentin der ESA

Villeneuve's Revenge

André Duchamp	Kommandant der *Villeneuve's Revenge*
Kingsley Pryor	Capones Agent

Mindori

Rocio Condra	Hellhawk-Possessor
Jed Hinton	Flüchtling
Beth	Flüchtling
Gerald Skibbow	Flüchtling
Gari Hinton	Jeds Schwester
Navar	Jeds Halbschwester

Arikara

Konteradmiral Meredith Saldana	Geschwaderkommandant
Lieutenant Grese	Nachrichtenoffizier des Geschwaders
Lieutenant Rhoecus	Verbindungsoffizier zu den Voidhawks
Commander Kroeber	Kommandant der *Arikara*

Habitate

Tranquility

Ione Saldana	die Lady Ruin
Dominique Vasilkovsky	Persönlichkeit des gesellschaftlichen Lebens
Vater Horst Elwes	Priester, Flüchtling

Valisk

Rubra	Habitat-Persönlichkeit
Dariat	Geist
Tolton	Straßenpoet

Erentz	Nachkomme Rubras
Dr. Patan	Physiker

Asteroiden

Trafalgar

Samuel Aleksandrovich	Leitender Admiral der Konföderierten Navy
Admiralin Lalwani	Chefin des KNIS
Admiral Motela Kohlhammer	Kommandeur der Ersten Flotte
Dr. Gilmore	Leiter der Wissenschaftlichen Abteilung des KNIS
Jacqueline Couteur	Possessor
Lieutenant Murphy Hewlett	Konföderierte Marineinfanterie
Captain Amr al-Sahhaf	Stabsoffizier

Monterey

Jezzibella	Mood-Phantasy-Künstlerin
Al Capone	Possessor von Brad Lovegrove
Kiera Salter	Possessorin von Marie Skibbow

Leroy Octavius	Jezzibellas Manager
Libby	Jezzibellas Spezialistin für Dermaltechnologie
Avram Harwood III	Bürgermeister von San Angeles
Emmet Mordden	Lieutenant der Organisation
Silvano Richmann	Lieutenant der Organisation
Mickey Pileggi	Lieutenant der Organisation
Patricia Mangano	Lieutenant der Organisation
Webster Pryor	Geisel
Luigi Balsmao	Ex-Kommandeur der Organisationsflotte
Cameron Leung	Hellhawk *Zahan*
Bernard Allsop	Possessor
Soi Yin	Possessor
Etchells	Hellhawk *Stryla*

Planeten

Norfolk

Luca Comar	Possessor von Grant Kavanagh
Susannah	Possessorin von Marjorie Kavanagh

Carmitha	Zigeunerin
Bruce Spanton	Marodeur
Johan	Mister Butterworths Possessor
Marcella Rye	Ratsbeamter von Colsterworth
Véronique Ombey	Possessorin von Olive Fenchurch
Ralph Hiltch	General, Oberbefehlshaber der Befreiungsarmee
Cathal Fitzgerald	Ralphs Deputy
Dean Folan	G66er
Will Danza	G66er
Kirsten Saldana	Prinzessin von Ombey
Diana Tiernan	Leiterin der technischen Abteilung des Polizeihauptquartiers von Xingu; McCullocks Untergebene
Admiral Pascoe Farquar	Kommandierender Offizier der Navy-Basis Guyana im Ombey-System
Hugh Rosler	Finnuala O'Mearas Nachrichtentechniker
Tim Beard	Reporter
Sinon	Serjeant, Befreiungsarmee

Choma	Serjeant, Befreiungsarmee
Elena Duncan	Söldnerin, Befreiungsarmee
Colonel Janne Palmer	Chefin der militärischen Entsatztruppe
Annette Eklund	Possessor
Hoi Son	Possessor, Ex-Guerilla
Devlin	Possessor
Milne	Possessor
Moyo	Possessor
Stephanie Ash	Possessor
Cochrane	Possessor
Rana	Possessor
Tina Sudol	Possessor
McPhee	Possessor
Franklin	Possessor

Kulu

Alastair II Saldana	König von Kulu
Simon Blake, Duke of Salion	Vorsitzender des Geheimen Sicherheitsrates

Lord Kelman Mountjoy	Außenminister
Lady Phillipa	Premierministerin

Kiint Heimatwelt

Richard Keaton	Beobachter
Tracy	Beobachterin
Jay Hilton	Flüchtling, Freundin von Haile
Haile	Kiint-Junges
Nang	Hailes Elter
Lieria	Hailes Elter

Erde

Louise Kavanagh	Flüchtling
Genevieve Kavanagh	Flüchtling
Fletcher Christian	Possessor
Quinn Dexter	Messias des Lichtbringers
Banneth	Hoher Magus, Edmontoner Sekte
Andy Behoo	Verkaufsratte

Ivanov Robson	Privatdetektiv
Brent Roi	Polizeibeamter, O'Neill-Halo
Courtney	Akolyth, Edmontoner Sekte
Billy-Joe	Akolyth, Edmontoner Sekte

Andere

Konföderation

Olton Haaker	Präsident der Konföderierten Vollversammlung
Jeeta Anwar	Persönlicher Adjutant Haakers
Mae Ortlieb	Wissenschaftliche Beraterin
Cayeux	Botschafter von Eden
Sir Maurice Hall	Botschafter von Kulu

Edeniten

Wing-Tsit Chong	Gründer der edenitischen Kultur
Athene	Syrinx' Mutter

»Neal Asher fordert den literarischen Vergleich mit einem Big-budget-special-effects-Film heraus.«
ALIEN CONTACT

Neal Asher
DIE ZEITBESTIE
Roman
528 Seiten
ISBN 3-404-23283-6

Im vierten Jahrtausend herrscht das Heliothan-Dominium uneingeschränkt über das Sonnensystem. Einer seiner Feinde ist Cowl, der einen künstlich erzwungenen Entwicklungssprung in der menschlichen Evolution verkörpert – und bösartiger ist als jedes prähistorische Ungeheuer. Cowls Haustier, das Torbiest, wächst zu gewaltiger Größe und Gefährlichkeit heran und verstreut seine Schuppen auf Geheiß des Meisters – Schuppen, die ihrerseits organische Zeitmaschinen sind, dazu konstruiert, Menschenproben aus allen Zeiten zu sammeln und zu Cowl zu bringen. Dann kann das Ungeheuer fressen ...

Bastei Lübbe Taschenbuch

Ist die Individualität eines Menschen ausschließlich abhängig von seinen Erbanlagen?

Andreas Eschbach
PERFECT
COPY
Die zweite Schöpfung
Roman
224 Seiten
ISBN 3-404-24343-9

In Wolfgangs Klasse grassiert seit Wochen das Klon-Fieber. Ein kubanischer Wissenschaftler hat zugegeben, vor 16 Jahren zusammen mit einem deutschen Mediziner einen Menschen geklont zu haben. Nun sucht alle Welt nach dem Klon, der ungefähr in Wolfgangs Alter sein müsste. Und Wolfgangs Vater, Chefarzt der örtlichen Kurklinik, hat den Kubaner zur fraglichen Zeit gekannt. Als schließlich eine große Boulevardzeitung mit Wolfgangs Foto und der Schlagzeile »Ist das der deutsche Klon?« auf der Titelseite erscheint, ist in dem idyllischen Kurstädtchen die Hölle los ...